庚子年 ［著］

郁金香庄园

作家出版社

图书在版编目（CIP）数据

郁金香庄园 / 庚子年著 .—北京：作家出版社，2021.5

ISBN 978-7-5212-1355-3

Ⅰ.①郁… Ⅱ.①庚… Ⅲ.①长篇小说—中国—当代 Ⅳ.① I247.5

中国版本图书馆 CIP 数据核字（2021）第 031621 号

郁金香庄园

作　　者：庚子年

特约编审：懿　翎

责任编辑：徐　乐

装帧设计：丁　煜

出版发行：作家出版社有限公司

社　　址：北京农展馆南里 10 号　　邮　　编：100125

电话传真：86-10-65067186（发行中心及邮购部）

　　　　　86-10-65004079（总编室）

E-mail:zuojia @ zuojia.net.cn

http://www.zuojiachubanshe.com

印　　刷：唐山嘉德印刷有限公司

成品尺寸：170×240

字　　数：648 千

印　　张：43.5

版　　次：2021 年 5 月第 1 版

印　　次：2021 年 5 月第 1 次印刷

ISBN 978-7-5212-1355-3

定　　价：65.00 元

目录

第一章

第一节

二○一二年十二月十三日，五点半下班的时候北京的天色早就黑压压的了，虽说华灯初上消散了些薄雾冥冥的孤寂，繁华的车水马龙却不曾为任何人停下过脚步。张天雅走在回家的路上，要拐弯的车在她旁边对她玩命地嘀嘀，她漠然地看一眼汽车但是没有反应，司机降下车窗对她骂着什么她都听不见。那一瞬间，她突然觉得如果被车撞了反而是解脱，就不用回家了。

这个念头惊醒了她，她停下脚步，摘下手套查看手机里的通信录，这个时候能打给谁呢？她的父母辛苦了半辈子，能培养出名牌大学毕业、出国工作的女儿已经是超额完成任务了，而她从高中开始住校生活之后，除了平常的报喜不报忧以外，早就不再和父母请教人生中的决策了，父母是第一个被排除的。打给老公于越吗？这就是她现在最不想见的人。打给原来的同事吗？他们都在美国，现在估计还都没起床。而大学的同学基本都以为她还在国外，逍遥快活，她也没脸让他们知道自己已经灰溜溜地回国了，而且现在还混得这么惨。翻通信录的手指头都冻僵硬了，她看到了楚楚的名字，心往下沉了一下，迟疑了片刻，还是拨出了电话，响了三声后接通了：

"喂，天雅？"

"嗯，你现在怎么样，还好吗……"话说到一半，天雅的眼泪就掉了下来，她赶紧用袖子抹了一把脸。

"你怎么了？你在哪里？"楚楚发现了天雅的不对劲儿，马上追问，听着电话这端没有回应，她急了，"我住在设计院宿舍，我发给你地址，你过来找我吧。"

挂了电话，天雅摸出手纸擦了擦眼泪和鼻涕，朝地铁站走去，想不到楚楚就是救命的稻草。想当年天雅和楚楚是高中同宿舍出了名的闺蜜，两个人性格一冷一热但完全合拍，天雅可以因为其他男生背后说楚楚胖而跟对方大打出手，楚楚可以帮天雅做值日签到等全套来掩护天雅夜不归宿，两个人共用一个饭盒吃饭，夜里挤到一张床上蒙着被子夜聊。天雅永远都记得高一冬天的一个夜里她突发肠胃炎，当时全屋人都睡得七荤八素的，自己腹痛得马上就要失去意识了，用最后一点力气叫的就是楚楚的名字，之后的事情她就不知道了，但是隐约有意识是楚楚迅速帮她穿上衣服，又叫了宿管阿姨找了班里好几个男生一起把她抬到附近的医院急诊，直到天雅家长赶来。

但这一切在高二突然结束了，那一天夜聊，天雅在抱怨男友不爱自己，都不能按时打电话，楚楚突然和天雅说自己一直喜欢她。天雅不记得后来她们说了什么，只记得自己仓皇地结束话题逃回自己床上，之后再也不和楚楚说话了。其他同学都特别奇怪，她俩一夜之间仿佛都变成了对方的禁忌，连毕业合照都没有。天雅知道楚楚和自己考上同一所大学，只是不同系；天雅以为两人终会在校园里偶遇，她欠楚楚一个道歉，为自己的年少无知，为两人曾经真挚的情谊。但四年间竟没有重逢，毕业的时候天雅结婚，没有请楚楚，但是楚楚托其他同学送了红包，天雅想发个信息给楚楚，但是那天事情太多自己又无从开口，终究是没有。想不到这么多年不联系，再联系的时候自己居然是走投无路。

路灯下远远地看到天雅走过来，楚楚迎上去，一把拉住天雅的胳膊喊着冻死了，拖着她快点上楼。楚楚的宿舍在设计院旁边的老小区里，六层楼的顶层，没有电梯，东西向的两居室改的一居室，客厅很大。供暖不太好，屋里有点冷，进了屋楚楚先不让天雅脱羽绒服，递给她一杯热水让焐手，楚楚说："先吃饭吧。"

吃完饭暖和多了，天雅坐定在沙发上发愣，楚楚洗完碗走过来坐在侧向的沙发上说：

"说吧，怎么了。"

"……"千言万语，天雅却不知道如何开口。她本以为和楚楚两个人多年后再次见面会有点尴尬，但是楚楚仿佛对她还是老样子。

"我还好，研究生毕业以后在设计院，虽然一个月几千块钱但是有不要钱的食堂和宿舍，每个周末回家看看爹妈。大学时候谈了一个男朋友分了，现在还在到处勾搭呢哈哈。"楚楚自顾自地说起来，"你没觉得我瘦了啊，我大学的时候减肥到了一百斤，现在又胖回到一百二了，气死我了。"

"别逗了，你能瘦到一百斤我还能上天呢。"虽然七年没有联系了，但是一跟楚楚说话，天雅一下子感觉撑人的精神回来了。

"你看看你也没瘦到哪去，虽然是一米七五的个子，现在也得有一百二三十斤吧哈哈。"

"我还不都是化悲愤为食量，去年这会儿我还一百斤呢。"天雅冲口而出，是啊，自己是怎么从高冷的气质型沦落到丧丧的大妈型的呢？

"你老公是叫于越吧？你就够幸福的，早早地结婚了也不愁变胖了。"

"嗯，我和于越是大学同班同学，大四才开始谈，毕业结婚后他去美国读博，我本来和他说好专心复习 GRE（美国研究生入学考试），一年后也申请过去读 Ph.D（哲学博士）和他团聚，但是随便试着投了个简历，居然几次面试后面上了美国 GH 公司的全球管培生。"

"什么？那个面试你居然面上了？那个公司是个传说啊，据说应届生都年薪百万，当初我周围的同学挤破了头都过不了笔试。"

"笔试，那才是前两关，后面还有电话面试，中国区的两轮群面，最终面是让最后的十个人坐着飞机去美国面试的，五星级酒店包了一层，那个阵势你可不知道！"说起这个，天雅还有点得意，好不容易有个识货的，知道自己面试上这个工作有多么地不容易。

"哇噻，是不是整个北大就录用了你一个人？"看着楚楚有点崇拜的眼神，天雅的眼神反而黯淡了下来，再辉煌，那也是曾经的，身处困境再去回忆这些会让她更加低落，让她觉得自己只会死读书和应试，其他地方一败涂地、一无是处。天雅不想再去强调这些细节，只是想让自己的心尽量平静下来，把她的处境给楚楚说清楚。

"嗯，大陆地区一共招聘了五个人，给办理了工作签证，就去美国工作了，培训后定岗是工程师，负责生产线全自动化控制系统，工作两年后给调岗，可能会外派到中国的子公司做高管；公司也给提供带游泳池的 apartment

（公寓）了，天天准点上下班，最常干的事情就是在泳池边的躺椅上看天上的云，周末就和同事去海边，小日子过得爽极了。"说起一年前风轻云淡的时光，天雅眼睛里都有光，但是马上就黯淡了下去。

"我和于越虽然都在美国，但是坐飞机也需要四个小时，所以一年就见了三次面，经常是开着视频双方各忙各的一晚上都没什么可说的。刚到美国那年我也考了GRE，他跑前跑后积极地帮我申请下来了他们学校Ph.D的全奖，但是我真的不想念了，最终还是没有去，他得罪了自己的导师。当初我结婚的时候太仓促，以为结婚是两个人的事情，后来我才知道他父母对我很不满意。他父亲是部队的，可能有一点点级别，我不了解也不想了解，母亲就是小地方的官太太，说一不二的脾气，本来上学谈恋爱他们就反感，毕业结婚是领证后告知就已经勃然大怒，又听说他因为我得罪自己的导师，可能影响毕业，真的是觉得儿子被我迷惑了心窍。所以他父母说服他博士转成硕士，两年毕业以后回国，给他托关系送进一个有编制的事业单位。而他自从回了国就不消停，二○一一年刚回来就闹着要买房，于是我特意请了年假飞回北京看房子，他自己只有十万存款，每月工资四千才勉强够自己花，不同意贷款，我在国外工作没法贷款，只能全款买了一套他公司旁边的小两居室，我拿出自己这两年省吃俭用存下的一百万，又跟他父母借了一百万才够。之后就是各种闹着让我回国，说必须团聚，我想尽了办法连着两个月天天给老外领导送自己包的包子、饺子，哭诉夫妻不能团聚，领导才各种帮忙让公司也录取了于越，而且工资还定得比我高些，但是他请年假来上了半个月的班就回国了：他等到一个借调去部委工作的机会。公司本来已经开始给我申请移民了，但是他那时候给我下了最后通牒，不回国就离婚。考虑到我们多年的感情，二○一一年年底我只能裸辞回国。"或许是因为太想一下子把事情说明白，天雅像倒豆子一样，也不知道楚楚听懂了没有，但是说出来以后自己平静多了。

"喝点水，你看你们就算扯平了啊，现在不是挺好的吗。"楚楚让天雅喝了口水。天雅盯着她，想着自己流水账的叙述，确实没有表现出自己心里的难受，自己当初去美国的时候也是过五关斩六将，在同学中也是让人羡慕的佼佼者，在美国的时候也是没有一切应届生的苟且，楚楚说的年薪百万有点夸张，但是刚入行就能拿到相当于一年七十万人民币的工资，无论在中国还是美国都不低了，美国当地工作者的平均工资才一年三万多美元，她去银行开户的时候，都会因为自己的公司和职位被接待员送到VIP（贵宾）房间；公司给提供的出租房就是CBD（中央商务区）里的高端公寓，天天可以衣着光鲜，走路上班，正点下班，公寓里面的健身房、游泳池、BBQ（烧烤）场地和开party（派对）的场所都是二十四小时开放，而且从公寓出来走十分钟就到海边，没事漫步在海边草甸上，看看海豚、喂喂海鸥，随便拍照发朋友圈就是风景大片。这所有的一切，都随着自己的裸辞烟消云散，别说同种类型、薪酬水平的工作国内是没有了，她回来以后一时半会儿连工作都找不到。她还在学校的时候也考过公务员，学习和考试向来都是她的拿手本领，千军万马过独木桥都不在话下，公务员考试更是小菜一碟。笔试成绩名列前茅，面试成绩不高，虽然最终是勉勉强强地录取了，但是她向往的是新鲜和有挑战性的生活，她母亲就是公务员，那种二十年都在一个地方的工作，根本不在她考虑的范围内。

"回来后他父母据说托人送礼给我找了个事业单位，虽然没有编制但是稳定啊，我本来想再找找工作的，但是于越非要让我去不可，说这种地方岁数再大就更不容易进去了，而且，其实我这个年龄，已婚未育的女人找工作挺尴尬的，还要考虑生孩子的问题，去了私企不是限制几年内不能生就是生孩子会被边缘化，我觉得他说得也有一定的道理。我去了以后发现自己的专业完全用不上，说是投资部实际上天天就是各种打杂，端茶倒水，擦桌子扫地，还要忍受领导抽烟训话，说我一个北大毕业生，还出过国，简单的一页纸给上级的签报都写不好，需要改十遍，书都白读了！专业上不行，工作态度也不好，不会主动学习提高，也不知道还能干什么。几年前我刚工作的时候工资都是打到卡里的，现在每月发工资都是一个信封装的现金和工资条，就为了这五千块钱，自己还要诚惶诚恐地弯腰从领导手里双手接过信封，同时承受一个来自领导的你配吗的眼神。"天雅想起自己天天被领导冷嘲热讽，没有编制还要承受有编制同事高人一等的眼神和对待，记得有一次自己没控制住躲在洗手间里面哭了；因为没有人教她该怎么做事情，她根本不知道自己错在哪里，该怎么改，这种无助的感觉到底是因为她在国外待傻了所以自己什么都不行了，还是因为"领导"对她有偏见，还是因为她初来乍到不懂得去攀附关系而被孤立？她想不通。

"你还记得高中时候一班的小郭吗？当初在学校的时候就是各种拉帮结派，我都懒得正眼看她，后来我去集训队通过竞赛拿奖提前被北大录取了，也就没有再关注她了。但我在现在的单位里居然碰到她了，她毕业以后就来这边工作了，当时校园招聘的有编制，在开会的时候斜着眼睛看到我真是抑制不住地笑，就差在说，学习好怎么样？你也有今天。"说起这个，天雅想到自己高中的时候抢了郭的男朋友虽然当时是不知情的，但是想到她的眼神就感觉当初绿得漂亮。

"你这么骄傲的人居然能忍得了这些？"楚楚明显地为天雅气愤。

"最初两个月我安慰自己是回国后的不适应，后来我发现确实接受不了，三个月就不干了，我最恨的就是走的时候没跟前领导拍桌子。"天雅想到自己受了多年的教育，毕竟还是要顾及言行不触及底线，离职的时候都强迫自己有风度，克制住骂回去的心思。回国后的诸多不适应，让她经常夜里惊醒了以为自己回国是梦，但是发现旁边睡着的于越就明白了，然后自己坐起来无声地掉眼泪。

曾经有一次，天雅还在事业单位的时候，晚上两个人躺在床上，天雅说起领导骂自己什么工作都干不好，她觉得是这个单位不干实事，一个给飞机研究发动机的研究院连发工资都没有实现信息化，不适合自己，自己是真的不善于看领导的脸色说话。于越一直觉得既然工作是他家里帮着找的，天雅对这个工作的不满就是认为他家能力不够，这次他真的不能忍了，他冲天雅大声地说："张天雅，你以为你是谁？当初我已经跟你说了，你可以选择美国的生活，不回国我们离婚就好了，是你要回来的；当然你有牺牲，我很感激你做了这个选择，但是归根结底，当初是你一意孤行地要找美国的工作的，那时候你就没把我的意见当回事，我心里的痛苦并不比你少！你我虽然都是北大毕业的，但是家里都没有什么根基，能找到这样稳定的工作，家里已经是尽力了，我都没有告诉你为了这个机会我爸专门托人送了一幅两万块钱的画，而你就这样一点都不珍惜，眼高手低，最简单的工作都不能安下心来做好，就知道抱怨！你自己反省一下吧，之前是我照顾你一直忍着，我们今天说开了，以后我不想再跟你说这个问题了。"于越的一顿高声说道让天雅惊呆了，她一直夜不能寐，她第一次意识到，自己的付出就给了一个这样的人，在于越眼里或许她就是个只会埋怨别人的怨妇。她夜里面睡不着，坐起来默默地流泪，她知道于越是醒着的，但是于越没有说一个字，也没有转过身来看她一眼。

"那你现在在哪工作？"

"现在是自己投简历找的一家央企，在投资部，基层级别，工资并没有很高，但是这毕竟是我自己找的工作，投资我觉得很有意思，拒绝了于越家里给找的工作，我就下决心一定要好好干。而且，当初招聘我进来的领导很有能力，原来外派过美国，是他面试的时候一眼相中了我，让我三天后就报到，进来后再慢慢走招聘流程，这让我特别感动；他本想大展宏图地开拓新业务板块，所以开始的时候经常带着我跑各个部委，并邀请境内外各个大公司的创始人来公司会晤和交流，让我感觉自己终于英雄有用武之地了；但是好景不长，也就半年光景，他就因为政治斗争失败靠边站了，新来的领导对我横挑鼻子竖挑眼的，比原来事业单位的领导更刻薄。原来的领导说我不会写签报好歹还是真的让我写了，新领导在我什么都没干的情况下就批评我专业不对口，刚来没多久，全公司开大会的时候当众问人力招聘我进来是不是走了特殊通道，还说，'北大毕业的怎么了？不是这个专业的，还不如一个三本的！'这个态度一出来，公司内部一下子就没人理我了。"想到现在自己在公司里就是孤家寡人，她也明白新领导就是认为她是前领导的余孽，就想挤她走，天天不给她安排工作，就让她反复写之前都干过什么，动不动就鄙视她是非专业出身，让她天天上班都是上坟的心情。

天雅自觉不是一个矫情的人，她上大学的时候右手骨折了都没哭，因为右手骨折，她考试的时候只能勉强用左手作答，左手也是临危受命写得又慢又丑，她都没有申请特殊对待或者要求延长考试时间，导致那门专业课得到了史上最低的及格分数，她都没有觉得委屈，因为她觉得是自己做得不够好。但是现在，她觉得委屈了，这种心理上的压抑和痛苦让她无法承受。在来国企之前她也多次地告诫自己要调整心态，让一切归零，自己从头开始再努力，不能因为年少时的顺风顺水就觉得理所应该得成功，不能因为国内外条件的落差就意志消沉；从事业单位的离职已经让于越诟病她当了逃兵，这次绝对不能再让他把自己看扁了。但是工作不比上学的时候，没有课程也没有人教她；尤其是现在，于越总是强调国企第一是会做人，第二才是会做事。她反思了一下自己的做人，因为思路快，在大会上不管对方提出什么，她都会很快地判断、响应并提出自己的观点，于越骂她这就犯了国企的大忌："在座的人有一个傻子吗，领导不表态你就先表态，领导是不是恨你？"她还有点不服，感觉领导不在的时候，她和外人谈判的时候总要公事公办吧，于越又骂她："国企这么多领导，你知道对方到底是谁的关系？在座的各位同事搞不好都是高干子弟，凭什么就让你出风头？你这样的人去了哪里都招人恨。"她一想确实有道理，大家说话都像打太极一样，自己可能是无意间就得罪了所有人。她一本又一本地看各种书籍：《北大教不了你高情商》《这样说话让你更受欢迎》，不管她如何努力地去运用里面那些招数，都感觉力不从心。

"那你还不换部门？"听到天雅被穿小鞋，楚楚都火大。

"别提了，这两天我为什么这么绝望，就是因为这个。原来看好我的领导被调到其他子公司去了，我本来是那种绝对不会私下找领导的人，都突破了自我去找了他，告诉他我现在的窘境，他也都明白，运作着帮我调过去。好不容易运作了两个月他那边都没问题了，他就正常地找了集团分管副总批了，我本来一直忍耐着就是为了调走，满心欢喜地准备脱离苦海，结果现在的领导跳出来找分管副总去闹了，说他的人如果随便被调走就是不尊重他、不支持他开展工作。"说到这里天雅低下头眼眶有点湿，她想到了自己为这个事情亲自去求情的过程，那是除了在会场汇报工作以外，第一次去集团找分管副总，第一次去他的办公室。她尾随着其他人混过了门禁，副总分管好几个子公司，门口总是排着等着汇报和签字的人，她没有预约而且也脸生，排在队伍后面的时候没少被来来往往的人白眼，中间不断有加塞汇报的，副总还出去开了个会，她站了三个小时，从上午九点多站到中午十二点多，终于见到了。副总对她的事情还是略有耳闻的，尽管排到她的时候还有好几个加塞进来了，副总让他们先出去，关上了门，对她说清楚，自己明白她的来意，但是这件事情他确实帮不了她。其实天雅来找副总之前就知道，副总能坐在这个位置，就不会为了她这么一个小人物的前途，去压现在的领导，只是她实在是不甘心，见到了副总她也就死心了。

"一个工作至于吗？你这么痛苦，于越是死了吗？他不安慰和帮着你吗？"楚楚着急地站起来看着天雅。

天雅没有说话，最深的伤害来自最亲的人，于越对她的批评和不屑，这两年来让她感觉自己一无是处，感觉生活没有希望。她不想跟于越说话，说了就经常是被批评做得这不好那不好；于越一副自己的事情大过天的样子，加班晚回家是常态，还不能问，如果天雅打电话去问什么时候回家吃饭，他要么是一直不接电话，要么就是打回来骂她打扰自己，自己不努力工作还要拖他下水。看看手机，晚上九点多了，没有任何来电或者信息，她和于越好像谁都不想回那个低气压的家。她做出回国的选择虽然让她失去了之前的一切，但是她并不想以此为由乞求于越的同情，她希望他们之间的感情是纯粹的相互吸引和共鸣；而于越显然对于她回国的各种生活上和工作上的不适应有些不耐烦，开始的时候还听听她的抱怨和牢骚，没两个月就对这些置若罔闻，而且天雅在工作上的不顺利给了于越诟病她的机会。

两个人渐渐地陷入了冷战，除了同在一个屋檐下必要的对话，他们之间的沟通归零了。换了新的工作之后，开始的时候天雅还志得意满，后来被虐得又开始意志消沉，这次她试着去和于越探讨一下领导不喜欢自己怎么办，于越又给她说了一顿，让领导喜欢自己是必须的，做下属的要摆正心态，尽量讨领导的欢心，而不是等着领导主动来欣赏她。说到这里的时候于越又一次嘲笑了天雅，说"你没有这个本事，到了哪都不行"。这让天雅彻底放弃了和于越倾诉，两个人毕业后天雅的工资一直是于越的十倍，他那会儿都有所收敛；但是天雅回国后诸事不顺，对比于越的事业一帆风顺，她从他那里不会得到任何安慰，只有无情的嘲讽和鄙视，于越终于露出了自己的本性，他希望天雅就像他妈一样，做个聊胜于无的工作，重点是要承担家里的全部家务，未来还要负责带娃和赡养老人。于越在家就是什么家务都不干，天雅做饭他看电视，天雅拖地他抬脚，原本还管个刷碗，后来因为他老加班不回来吃，刷碗都不管了；天雅上班事不多，家里的大事小情理所应该地都推给了她，从交水电煤气费，到大件物品的采买，从换灯泡到抽油烟机的清洗，她都要操心，天天也是心力交瘁。

多少次夜里，工作和生活上的不顺心压得她睡不着，她看着在一旁打呼噜的于越，不能相信自己曾经可以为了这个男人放弃一切，而他们之间早就已经无话可说，自己对于于越来说或许就是一个会赚钱的全职保姆，还能免费提供性服务，他认为这是理所应当的，丝毫不珍惜，也不关心她。一天夜里，她曾经在睁着眼睛流泪的时候对于越说过，离婚吧，当时于越没理她，只是让她不要闹了快点睡觉。昨天晚上她在睡觉前又说起了离婚，于越觉得她不可理喻，毕竟于越在单位天天加班、打拼，正是事业上干得风生水起的时候，他不想在这个事上浪费精力；在他看来，自己早出晚归都为了工作，没有移情别恋，就已经是做得非常到位的老公了，天雅这些都是没事干闲的，无理取闹。

楚楚看着沉思的天雅，开始往客厅搬被子，她说："如果你想待在我这里可以睡沙发，厕所可以洗澡就是有点冷有点反味，平时有些过路的蟑螂小心不要踩到，你可以先用我的擦脸油，我每天晚上要和我妈视频半小时，马上要到点了先进屋了。"然后她又说："如果你想说了，随时叫我。门钥匙我手里只有一把，明天我把另外一把备用钥匙拿回来给你。"

天雅没有洗澡，她给于越发了个信息说自己突然需要陪领导出差不知道哪天回来，然后就躺下睡了，她太累了，也哭得太多了，现在唯有在楚楚的客厅她才真正地觉得困了。

第二节

阳光好刺眼。天雅醒来发现有拉窗帘，但是根本挡不住东面耀眼的光芒，看看手机快八点了，自己如果不快走就要迟到了。她收拾好以后带上了门，下楼的时候收到了楚楚的信息，她在附近上班可以随时回来开门。天雅本想回对不起，又想回谢谢你，最后都删了回了好的。她这个人让人感觉不易接近，因为她不爱说话，很多事情她一眼能看出来，更多别人的事情她不关心；而她自己的事情，她又懒得去解释给别人听，都说人生得一知己足矣，能理解她的人太少了。

好好地睡了一觉给了她力量，天雅感觉自己被困在一个缝隙里，越躲闪越没有余地，这不是她的性格，为什么不能放手一搏，走出这个阴影呢？以她和于越的关系，生孩子这个问题短期内不会困扰她了，还有什么顾忌让她留在这个棺材里？想到这里她就有了精神，打开各种招聘网站开始投简历。上午楚楚给天雅拉进了一个几百人的校友群，天雅马上在群里简单介绍了自己，并求推荐工作，马上就有师兄私信加好友，然后问天雅对生产企业是否了解，天雅马上介绍了自己在GH做了三年工程师的经验，并把简历发给了师兄，对方说有空可以下周见面聊聊。

这天下班的时候天雅感觉好多了，她像以往一样买了菜回家做饭，于越回来的时候她已经在动手了。于越告诉她说厕所马桶堵了，自己晚上有应酬要马上出门。天雅拿皮搋子弄了半天不行，只能自己查找网站上修下水道的电话，这么冷的天，前几个电话的师傅都不愿意来，饭后终于来了一个，说必须要上机器通，弄得厕所一片狼藉才弄好。师傅走了以后天雅正跪在厕所收拾残局呢，突然自己手机来电话了，她摘下手套烦躁地接起来：

"请问是张天雅女士吗？"

"对。"

"我这边是天贺集团的人力，打电话给您是想问您现在可以来面试吗？"

天雅有点惊讶，但是她马上说："可以。"

对方发过来了地址，希望她尽快赶到。天雅把胶皮手套扔在马桶旁边不管了，马上换上一身西服就跑出了门，跑到地铁上才停下来，低头看到皮鞋上还粘着一圈泥，赶快用手纸使劲擦了几下。想到自己乱糟糟的头发，赶紧用手胡噜胡噜，走得急也没拿自己打印出来的简历。这么晚了让去面试，是不是骗子公司啊？

路上查了一下天贺集团，是一家多元化经营的大型民营企业集团，传闻控股多家上市公司、商业银行、证券公司、信托公司、保险公司、期货公司和资产管理公司，但是集团旗下披露的主要业务涵盖投资、并购、资产管理和产业基金，是近年来突然崛起的草莽金融公司，网上的介绍都有点语焉不详，而天贺集团的官网又毫无信息量，就像小道消息说的，在很多领域都能看到天贺的身影，但却神秘又低调。天雅猛然想起白天联系过的师兄是天贺集团的，难道招聘就这么快？她马上联系了一下，师兄说简历发给人力了，但是他不知道面试的事情。一年后，天雅回想起当初的招聘感觉太仓促了，所以公司的人员流动性远超行业水平，但是当时业务发展突飞猛进根本顾不上这些，天雅亲自选下属的时候只面试一个问题，就是最快能到岗的时间；直到两年后，招聘的流程固化下来，天雅作为终面人，终于可以从容地提问和匹配了。

到了天贺已经晚上九点了，大厦地处国贸地区，依然是开发商起的名字，外立面上并没有天贺集团的名字或者标识，能看到很多办公室依然灯火通明。天雅被人力带到一间会议室，里面有三个人在等她，其中一个是个女士，一身红裙，齐肩的直发，化妆有点重但是还算是美女，身材也不错；左边是个长得像兵马俑的男士，右边是一个长得有点抱歉的短发女士。左边的男士自我介绍说是人力负责人刘伟，中间的金女士是天贺集团投资部的执行总经理 ED，右边的宋小姐是投资部的项目负责人。三个人中宋小姐先发问天雅在美国的工作经历，生产线的具体运转情况，核心的技术点，等等。在这个时候，天雅能感觉到这三个人应该对于生产线的运营一窍不通，根本问不出任何有技术含量的问题；本来她来的路上有点诚惶诚恐的，觉得自己虽然自学考过金融分析师一级资格证，但是对金融的了解也仅限于一级的那些知识点，之前在国企已经荒废了一年什么都不让她干了。这么仓促的面试根本来不及准备，天雅也不是那种有一说十的人，恨不得是有十说一的人，特别不善于吹牛和推销自己；她本来以为自己过来就是炮灰，但是面试的东西让她感觉还挺有希望，他们明显地不是在找懂金融的人，而是在找懂生产的人，重点是他们自己都不懂，天雅虽然原来也就是个工程师，并没有做到主管，但是没吃过猪肉总见识过猪跑，比起他们三个面试官对生产的了解还是有碾压性的优势的。宋小姐问了大部分的时间，之后金女士再象征性地问了一下为什么要换工作，语言能力怎么样，是否从事过投资领域，也就三两分钟完事了。半小时后她们先走了，就剩刘伟，板着僵尸脸，语速很快问一些什么性格啊，优势啊，薪酬和到岗时间这块有没有具体要求，因为现单位的工资实在拿不出手，所以天雅提供了国外的工资证明，刘伟也认了，但是告诉她工资大概率比国外低；这件事情天雅当然知道，她想着只要工资能比现单位的高就行。现单位的这段工作经历只有前半年是好的，天雅宁愿之后那段时光根本就不存在，但是毕竟是在所谓的投资部，自己也不算零基础转行。回去的路上天雅心里还嘀咕，头一次来面试就已经谈了薪酬，这也太快了。

坐着公交车回到家已经十点多了，于越应该是喝多了躺在沙发上睡着了，天雅继续收拾好厕所才睡觉。

第二天上午才十点钟，天雅接到了刘伟的电话，跟她说被投资部录用了，试用期月薪两万五，转正了以后月薪三万，下周一上班。多年以后，在自己的办公室和刘伟聊起当初的面试，刘伟挤出满脸的笑容说："张总，您最应该感激的是吴老板，他对于校友是最偏爱的，全公司都知道。"

第三节

二〇一二年十二月十七日，是天雅第一天上班的日子，但不是来天贺，是宋小姐周日给天雅打电话让她周一出差去趟红石，她自己坐飞机去，落地了会有人来接她，她此行的任务是现场核查红石市上市公司国强股份的新建生产线。天雅感觉心里挺蒙的，都没有正式地入职就要自己买机票出差了？工作怎么干？自己住哪里？怎么报销？原单位那边虽然没有人告诉自己工作该怎么做，但是入职那周至少是有人带着，告诉她各种事情都找谁，出差都是先向上写申请批了再走，出差也不会让她一个人去啊！她安慰自己说或许金融机构都是这种风格，自己也不是刚毕业的小姑娘，硬着头皮上吧，既然出来了，怎么都要混出个样子，让原来单位那帮看热闹的好好地羡慕嫉妒恨。

下了飞机，天雅接到了接机司机发来的车牌号，走出机场上了车，司机说等一下再走。大约等了二十分钟，一个戴着墨镜的男人拉开了后排座的门，看样子他和天雅差不多高，身材不胖，梳了个四六分头，鼻子很挺，脸上很干净，拿着一个 RIMOWA 的登机箱，这么冷的天气居然穿着九分裤露着脚脖子，脚上是一双 Valentino 铆钉鞋，也是个有点追赶潮流的精致男人。他本准备把登机箱放在车后排，看到天雅，他摘下墨镜，也算个浓眉大眼的小帅哥，灵活的眼神把天雅上下打量了一下，笑着说：

"张小姐吧，宋兰兰和你说过吗，我是国强证券部业务员孙恒。"然后没等天雅说话他就关上了后排座的门，把登机箱放后备厢，然后坐在副驾驶，司机开车出发。孙恒和司机很熟，抱怨了一下自己这么辛苦，昨天还在深圳出差，今天就要坐早班飞机这么早到，还没想到红石这么冷自己冻死了，然后就戴上眼罩和头枕开始睡觉。能听出来孙恒对于这趟差事心存抱怨，或许司机也是吧，总之上车以后就没人理后排的天雅，她有点蒙，国强股份的新建生产线在哪？这次出差的行程是什么？需要完成什么任务？给宋小姐发微信不回，打电话不接，自己都是头一次知道原来宋小姐叫宋兰兰。现场核查是什么意思？是出于什么目的，要做到什么地步、完成什么内容？这些天雅都是一问三不知，她看宋兰兰没说这些也不知道是不是自己应该问，她决定先凭着过去工作的经验来推断工作内容，幸好自己的笔记本里面有别人做过类似工作的报告，她翻出来好好看看，准备照葫芦画瓢。她本想再问问车上同去的人，看着副驾驶上秒睡的孙恒，她话又咽了回去，只能无聊地看向窗外的戈壁，想到自己早上五点起床赶六点多的飞机，也有点困了就闭上了眼睛。

几年后天雅问过孙恒对自己的第一印象，孙恒实在记不起了，经过提醒才想起来，他说："你那时候土得掉渣，眼神呆呆的，一身没牌子的西服，羽绒服裹得像个茧蛹子，也看不出身材，跟现在一点都不一样。"

车过收费站颠了一下，天雅醒了，看看表才十点，睡了二十分钟吧，车过了收费站停在卫生间旁边，大家都去上。天雅回来后孙恒居然已经在睡了，司机递过来一瓶水让她少喝点，说等会儿下高速进戈壁了要开四个小时没有卫生间。

天雅昏昏沉沉地又睡了一小时，醒来一看手机都没有信号，道路两边间隔好久才能看到一个破旧的砖房，而且没有人生活的痕迹，天雅都怀疑是不是自己被皮包公司卖到山沟里去了。但是这个时候她没心思担心被拐卖的事，她虽然没喝水，却有点想上厕所。她怕吵醒孙恒，小心翼翼地问司机路边哪里可以上厕所，司机说再等一个小时左右可能有餐馆，或许可以上厕所。她想做点什么分散一下注意力，拿出书来，结果车上有点颠看不成，只能把原来自己做工程师期间的各种工艺流程和设计图纸拿出来再仔细地看一遍，只求一个小时能尽快过去。其实美国和中国的工艺流程都是相似的，差距在减小，但是天雅在国内找不到和自己匹配的职位，原因是美国人少，所有的自动化流程设计都是旨在智能取代人工，整个生产线监控覆盖，通过图像识别和智能控制来实现无人值守，这在当时的中国根本不需要，一个人的眼睛就等于六个摄像头加识别和控制程序，而且成本也不高。

想上厕所的感觉越来越强烈，天雅一看表都十二点二十了，一问司机原来餐馆刚才已经过去了，因为冬天太冷没人吃饭关门了。天雅的内心是崩溃的，她只能收起电脑躺在后排座上，免得车颠簸得太厉害了更想上厕所。这个时候估计是突然有信号了，天雅的手机响了，是于越，因为不想让别人听到自己跟他吵架就挂掉了，接着收到了一堆于越的信息，责问她怎么可以一声不吭地就换工作，也收到了宋兰兰的信息让她对国强股份的新建生产线估值，具体要求没有说，目的没有说，日程安排没有说，意思就是她自己定。孙恒的两个手机也响了，他摘下眼罩，开始接电话，融资的事情，要对方提供材料。没说两句就又没有信号了，孙恒抬头看看周围，问司机这是哪，司机说去白衣厂址的路上，孙恒说：

"坏了，我忘了告诉你，我们不去白衣，去新建的大辉厂。怪我怪我，上来光顾着睡觉了，现在才想起来，晚上请你喝酒。"听到这个消息天雅心里是崩溃的，这个孙恒，太不靠谱了，她真想扇他两巴掌，但是自己跟他不熟，所以她忍住了没说话。

司机埋怨着多绕了两个小时的路，孙恒递过去一根软中华，然后两个人降下车窗开始抽烟，烟雾随着灌进来的冷风劈头盖脸地向天雅袭来。孙恒瞥见天雅脸色不太好，想想自己把没睡醒迁怒于她一直没理她也有点没风度，就问她怎么了，天雅说没有地方上厕所，孙恒马上让司机靠边停车。路边都是戈壁，道路右边十米处有一个小土包，孙恒叼着烟带着天雅走到小土包后面，示意就跟这里，天雅一看土包的高度只够挡住蹲下的，而且只能挡住左边道路上的车，右边根本没遮挡，这哪行啊。

"你不来我来了啊。"说着孙恒就开始解皮带，天雅马上背过身往远了走，就听见背后小河流水哗啦啦啦啦，看来也是憋了一阵子了，想到这里她不禁笑了。孙恒走上来看到她笑了，居然有点不好意思，然后解释了一下国道周围都没有地方方便，一般车停下来了就以车为隔挡，男左女右，最缺德的一次司机在大家方便的时候突然发动车，吓得大家都仓皇提裤子，好几个都尿身上了。两个人都笑了，孙恒踩灭了烟头，往远了走几步，背对着天雅说：

"你就在土包后边吧，我帮你挡着点这边。"然后他自顾自地哼起了歌走远了。天雅本身并不太在意这些，既然条件就这样，她也就入乡随俗了。

再上路以后气氛缓和了很多，司机说大约下午三点左右能到，中午就凑合忍一下，到了地方有饭。车上了高速，手机又有了信号，司机和孙恒都在接电话，天雅只能被动八卦。司机应该是在接老婆的电话，战战兢兢地详细说自己今天一直开车还走错路，带着客户，还让孙恒接过电话说了两句做证明；孙恒应该也接到了老婆的电话，说陪客户去现场检查，客户是女的，但是不认识，而且天贺集团派来的项目负责人基本上一个月一换，上个月的确实是男的，总之就是两个人各种解释保证。之后孙恒又接到了大辉厂厂长的电话，可能是和办证有关，孙恒说这事包在他身上，晚上安顿完客人以后就把安监局的人约出来喝酒。

天雅觉得正常上班还被问这问那有点过了，司机问她是哪里人，这是天雅心里两个比较在意的问题之一，另一个就是问她从哪个学校毕业的，她吃过太多偏见的哑巴亏了。

很多人印象中，北京人就像是被共和国宠坏的孩子，形象多是拆迁发家的暴发户，房子是不缺的，整天游手好闲的，工作也是有点吊儿郎当的，随性，没事就喜欢侃大山，说话不靠谱，总之这些预设的标签让人先入为主，看她的时候先戴上有色眼镜；比如她婆婆，听说她是北京人，就感觉她配不上于越，毕竟于越是市里前十名，而北京人上北大，还不是轻轻松松就上了，而且天雅当时的高考成绩在北京都排不进前一百名，天雅当时就跟婆婆说，高考大家用的同一张卷子，虽然她的成绩在全学校都不一定能排进前一百名，但是分数比于越高出二十分，是妥妥的吊打了。其实她说的都是表面的，她高二因为竞赛被提前录取，高考本就是赶鸭子上架凑合考的，这些她就不说了；而且在大学里面都是全国荟萃的精英，各省的状元大集合，对比很多外省的状元不能面对考试垫底心态崩了，她倒是一直没体会到那种垫底的感觉，成绩当然是比于越好不少。越是狭隘的人才越自以为是，天雅一般对于这些论调都懒得反驳，北京并不是所有的人都是含着金钥匙出生的，靠拆迁发家致富的也是少数，大多数的人要想买得起自己的房子，还是要奋斗；而且在北京长大的孩子，自小就习惯了和来自全国各地的同龄人同场竞技，什么阵势没见过，什么牛人没见过，心态早就被锤炼了成百上千次了，天雅从没有怕的；她在前单位那么痛苦，并不是因为加班改文件、出差这些工作上的劳累，而是她感觉自己没有价值，也学不会如何有价值；来天贺集团之前，师兄警告过她天贺的强负荷工作量和对人意志上的摧残，她并没有太多的犹豫和思考，倒是想见识见识，除了对自己的怀疑，到底有什么是她承受不了的。

而问她是哪毕业的，就更尴尬了，一般的人或多或少的都有点酸葡萄心理，她做得出色，别人觉得是应该的不会说什么，但是做得一般般或者不怎么样，别人马上就会说："喊，还北大的呢，也不过如此，就是会考试而已。"她自己的自尊心被打击就算了，拖累学校的名声让她无法坦然，往往需要很大力气才能压制住心底里生出来的愤怒。

司机知道天雅是北京人，说："我们小寨子的人不比你大寨子的人，我们都怕老婆。"她觉得有点意思，司机也知道北京妞嘴上不饶人但是绝对不难缠，这边的女人能把男人管成这样肯定是好手腕。没过多久，天雅就知道了这位司机是个好演员，他在公司有工厂的几个县上基本都有相好的，他出车的时候晚上不住宾馆，总要他相好的负责给他找当地宾馆的发票，但是全公司的人都知道他怕老婆，工资全交、打不还手骂不还口，真是做戏做全套男人的典型。

到了山沟沟里新建的大辉厂，厂里只有十个人左右在值守，因为证照还没有批下来部分厂房和设备还没有弄好。饭菜早就准备好了，为了款待他们杀了一头牛，刚剥下来的牛皮还晾在食堂门口，几只苍蝇围绕着飞。荒凉的地方没什么绿菜，除了大块的牛肉，就是土豆，饿的时候能吃上饭就不错了，尤其是这种穷乡僻壤。几个工程师在会议室给天雅讲了设计图纸和工艺流程，并讲了工期进度，天雅做了笔记并拷贝了电子版资料，之后说去现场和上游的原料厂看看。几个工程师迟疑了一下，跟孙恒说，原来来检查的人都是听听汇报就走了，工厂那边条件很艰苦，上游的原料厂更是没人提及过，她居然还要去现场？孙恒说，天贺的人要去那必须去啊，正好自己也没去过，看热闹不嫌事大，一起去看看。其实天雅并不是想标榜自己和之前的人有什么不同，只是按照曾经的工作经验，到了现场就必须要去看情况和拍照留资料的，她不知道为什么之前的同事都没有；虽然她第一天上班，但是她认为工作要对得起自己的良心，该做到的地方就要做到。

于是一行人套上工地防护服，换上到膝盖的胶皮靴，戴着安全帽往厂区走，路上都是碎石，还要稍微翻过一个山坡，一路上很多洒过水的地方都结冰了，穿着有点大的胶皮靴不注意就差点滑倒，不敢走太快，走出去几十米天雅就落在工程师们的后面。往山上走的时候一个脚下不稳天雅就向前摔倒了，磕到了膝盖，撑着地的手掌隔着手套也火辣辣的。孙恒本来在天雅后面走得更慢更吃力，看到天雅摔倒了马上让工程师们停一下，过来帮忙，看到工程师们谁都不好意思过来，自己向前跑几步把她扶起来，帮她掸了掸腿上的泥，感觉这个女的愣愣的，干事还有点不管不顾，有点为她担心：

"你看你，非要下现场，这要是受伤了被富总知道，非得怪我没照顾好天贺的领导不可。我听说现场都没有女的来过，要不然我们回去吧。"

"没事，继续走吧。"

因为现场天气太冷，而且原料是通过一条一公里的地下轨道运到加工厂，加工厂一部分在地下，要坐电梯下去，地下轨道里面没有接电，大家打开安全帽上的头灯，两个人共用一个手电。地下又阴又冷，胶皮靴本就有点大，里面的脚早就冻僵了，工程师在前面不停地讲解，因为不停地拍照还需要摘下一只手的手套，天雅感觉自己不自觉地在哆嗦，她尽量控制着自己的声音在和工程师交流的过程中不让对方听出来。黑暗中她感觉孙恒挽紧了她的胳膊，一路上告诉她注意抬腿地上有钢筋，需要低头的地方都用自己的手护住她的头，她走得慢了孙恒还会低声问她是不是走不动了，需不需要扶着她，快走回有电源的电梯的时候他就自动松手了，前面的工程师们应该是毫不知情的，或者装作毫不知情，也省得她尴尬。她感觉孙恒这个人，或许是怕自己摔坏了不好交代吧，对人还挺温柔的。

第四节

出差了三天才回来办理入职手续的天雅见到刘伟，才知道宋兰兰被开了，当天是宋兰兰来公司的最后一天。她本来刚刚整理好现场核查报告的素材，想和宋兰兰沟通一下需要完成一个什么样的书面报告，但是宋兰兰已经收拾好了自己的箱子，显然也没心思说报告的事情。但是毕竟宋兰兰是招她进来的人，也是她唯一认识的业务同事，宋兰兰感觉心里对天雅也有点愧疚，她把天雅拉到旁边一个没人的办公室，关上门说：

"你千万要小心金娜，我是被她挤走的。"可能因为两个人根本不熟，可能因为不知道从何说起，宋兰兰也没有接着说前因后果，她叹了口气又说了一句："千万不要单独去和吴老板汇报工作，他叫你去也不行。"

"吴老板是谁？"

"吴老板你都不知道？曾经的天贺集团董事局主席，现在躲在幕后，但总之就是在天贺他最大，三万多人里面他说了算；不过你知道这些也没用，估计你也没有机会见到他。"宋兰兰看着一脸无知的天雅，估计是感慨自己招了个书呆子接班，叹了口气；然后她感慨了一下公司里的人流动性极大，能待满半年的就是老员工了，认真做事的容易背锅，反倒是拍马屁打太极的过得不错，她最后嘱咐道："在这里做事情，成不成不说，一定要学会甩锅，记得保护你自己。"

然后宋兰兰带着天雅回到办公区，介绍投资部的同事给她，秘书陈慧，今天新入职的会计师事务所出身的杨明，还有券商出身的保荐人汪恒，其他三个同事在出差。宋让汪恒接手自己负责的国强股份项目，汪恒笑嘻嘻地答应了下来，但是让宋把国强股份相关的文件全发给天雅，每天要查公告、行研报告写日报，从周五开始由天雅来写项目周报，汪负责汇报。然后汪又问了一下天雅出差的报告写好了没有，写好了尽快发给他，金总在催着要。天雅问汪恒，我用DCF（现金流贴现法，绝对估值法）加上可比交易的估值方法可以吗？汪说你最好类比成PE、PB、EV/EBITDA（市盈率、市净率、企业价值倍数，都是相对估值法）估值的方式，太复杂的金总看不明白。天雅当时就觉得这个金总看样子也不是特别懂，但是她没细想，只觉得自己心虚得很，毕竟自己不是金融专业的，原来的单位表面上是做产业投资的，虽然写过很多报告的材料里面用的都是关注标的价值的真正来源的绝对估值法，天雅就是照方抓药，其实不是很懂，汪恒提到的相对估值法她不熟，但是很多时候为了让自己不在同事面前露怯，她先应下来，自己再去网上找方法去拼拼凑凑。为了让自己说话硬气些，她翻出来于越用过的CFA（注册金融分析师）二级教材，天天下了班有空就自学会计和金融课程，笔记都记了满满一本。

直到两年后，天雅才断断续续地拼凑出当初宋兰兰被开的经过，金娜曾经是吴老板的秘书，英国野鸡大学毕业的，并不是学金融专业的，因为她父亲和吴老板是朋友的关系，才进入天贺集团工作，当了两年秘书后被直接任命为投资部的副总（当时总经理职位空缺，副总主持工作）。因为在专业上并不在行，金娜在这个位置特别有危机意识，最反感投资部的任何一个人不经过自己直接和吴老板联系，但是当时宋兰兰负责的国强股份项目涉及是否投资的问题，老板特别关心，经常亲自过问，因为金娜转述得不够清楚，吴老板直接给宋兰兰打电话询问项目的工程进展等专业情况，这犯了金娜的大忌，让她动了对宋兰兰的杀心。所以她当初着急招聘专业出身、被原单位折磨得看起来自卑又软弱的天雅，一是今后有了天雅的专业判断，她对于项目更有把控，二是储备一个备选的国强股份项目负责人。果然，录用天雅的当天，因为吴老板召见宋兰兰去当面汇报，而宋兰兰没有提前告知金娜就自行前去了，金娜怒火中烧并手起刀落。当时全公司通报批评宋兰兰，理由是她负责的项目持股主体的股权发生变更未出具简式权益变动报告书，可能会导致证监会的处罚（其实并没有），但是大家都知道背后的理由；金娜用这一招杀鸡儆猴，警示所有想越过自己联系吴老板的人。

几年后天雅问吴老板，当初他和金娜是什么关系，虽然天雅知道自己在这个位置上根本不该提出这个问题，吴老板皮笑肉不笑了一下，说金娜刚生的孩子是自己的，天雅说不可能。吴老板随后说，我跟金娜真的没事，你信我吗？天雅说，不信，大家都说你们有一腿。吴老板说，反正我怎么说你都不信。

第一天到天贺上班，天雅就数不清自己被拽进了多少微信群，这些群里有公司的，还有投资部自己的功能性的通知群、签到群、日报群、汇报群、学习群、讨论群、流程审批群等，有因为接替宋兰兰的工作被拉进的十几个项目群，还有方便沟通单拉的各种小群，很多微信电话会都是临时告知需要马上接通，开始的时候确实不太习惯这种随时被点名的感觉。

新工作除了随时都需要看手机以外，其他的地方跟原来相比真是棒极了，首先是工资高了三倍，想起来就爽翻；其次是再也不用天天无所事事了，工作中涉及的内容，不管是了解资本市场资讯、行业动向研究，还是学习和讨论并购重组的案例和手法，都有意思多了；最重要的是，在工作讨论和争执中，大家可能因为不同的利益和立场针锋相对，但是群里讨论的文字内容中从来不会出现人身攻击和人格侮辱。只能说原来的工作就像一场噩梦，只要能醒来都会让天雅庆幸不已。但是天雅在与人交往的时候还是有些拘谨，意识到其他同事都是投行、律所或者会计师出身，自己只是自考学过 CFA，就算刚刚入行没有经验，还是有些自卑；同时她时刻谨记宋兰兰的嘱咐，谨记不能得罪别人，那最好的方式就是尽量地减少自己的存在感，当一个汪恒手下安全的小透明。于越看天雅已经铁了心地在天贺上班了，也就不提别的了，两个人各自忙着自己的工作和应酬，过上了有点像合租的相安无事的生活。

天雅跟家里打电话的时候轻描淡写地说了自己换工作的事情，虽然她一贯自己做决定，但是她不希望父母为她担心。她先说了自己现在的工资，确实比原来高多了，而且天贺集团有三万多名员工，旗下还有银行、保险公司、信托和基金公司，也是个大机构。这些理由确实冲淡了父母对于她失去"稳定"工作的忧思，但是他们对于金融这个行当还很陌生，印象中天雅从事的也是工程师的职业，这一下转变太大了他们有点理解不了。天雅耐心地跟他们解释了一下，随着改革开放以来中小企业的发展，民营企业已逐渐占据全国经济的大半，人民收入和储蓄的增加，资金的融通越来越重要，高效地利用闲置资金促进了经济有活力的增长，这种正向反馈机制造成了这些年民营金融机构的突飞猛进，它们对于有实体企业从业背景的人员特别青睐。天贺集团就是民营金融机构中的翘楚，管理的资产体量虽然天雅还不是特别地清楚，但她知道不亚于一家股份制银行，天雅之所以被招进来，也是因为自己的工程师背景，虽然工作职责没有那么清晰，但是她就是负责国强集团这个项目的行业部分，包括行业分析和现场核查，作为公司的投资依据，对已投资的部分做好投后管理。本来她是想周末回家吃饭的时候再说这个事情的，但是怕父母叨叨起来她还要费劲解释，索性就打电话说了完事。

几年以后，天雅想到当初彷徨的自己，简直大可不必，因为金融行业日新月异的时候也是鱼龙混杂的时候，相对于她的战战兢兢，很多盲目自信、不管不顾、大干快上的人反而更容易博出位。

其实金融公司的同事间关系是比较生疏的，因为流动性高所以大家基本都把工作和私生活分开，同事之间默认的尊重是不聊私生活；因为组织结构扁平化，所以上下级这种意识没有那么强烈，前中后台之间也没有明显的歧视链。直到名片印好了天雅才知道自己的级别是总监，总监以下有高级经理（杨明），再以下是经理（陈慧），总监以上就是执行总经理 ED（金娜），ED 往上就是董事总经理 MD 了，其中 ED 和 MD 算是管理层，其他的不分级别都是平层，级别纯粹是区分工作年限和工资的。天贺集团下辖的金融机构比较多，各个机构有各个机构的薪酬体系，都是随行就市；就投资部来说，月工资是根据级别给的，总监以下的经理工资在两万到三万之间，总监工资在三万到五万之间，ED 工资在四万到六万之间，MD 工资在六万以上，再往上的管理层因为有分红权或者年终奖的分派权，工资反倒是不重要的了，吴老板就标榜自己从来没有拿过工资，天雅知道的集团领导的工资也就三万多。投资部下面有几个团队，天雅所在的是其中之一，其他团队还有四五个，天雅一个都不熟。除了刚入职不久天雅被要求在周例会上和新同事杨明互相介绍以外，她基本上不主动结交新同事，没有受邀也没有主动加入任何无关的小团体。即使和坐在她身后的人，在公司见到了都相互不认识也不打招呼。

宋兰兰走的时候说出差报销的事情可以交给秘书陈慧，但是陈慧说她是业务秘书不管这些，后来天雅听说当时公司的人都打赌她坚持不了三个月，难怪那个时候陈慧不怎么理她。比较起来杨明倒是左右逢源，天天都有一些天雅不感兴趣的小道消息流出，什么吴老板要被抓了，吴老板要跑路了，因为两个人下班一起走着去坐地铁，所以天雅不得不听他八卦十几分钟。天雅工作不到一个月，杨明带给她一个全公司都传开了但是天雅不知道的消息：汪恒不干了。据说汪恒原来在券商做保荐人一年几百万的收入，是在金娜玩命画大饼下才加入的天贺，结果许诺给他的高收入达不到，另外金娜承诺他新年前自己会升任MD，会提拔汪恒做ED，但是很明显地又没有实现，汪恒不愿意在金娜身上浪费时间了。本来天雅对这个消息半信半疑，但是确实之后再没见过汪恒来公司，那之后自己不得不被动成为项目负责人直接和金娜汇报了。

之后天雅才知道，汪恒走了以后建了一个离职和准备离职人员群，在里面交流公司违规操作的事情，用以跟公司博弈离职赔偿金。她感觉这就不是她的风格，她如果离职了，只想从此一刀两断，绝不会再纠缠不清。

第五节

这是天雅第二次前往红石市了，也是她以项目负责人的身份第一次去见国强股份的董事长兼实控富国强。之前汪恒和她说过，富国强不好见，他接替宋兰兰负责国强项目以后几次打电话富总根本不接，杨明也跟她说，富国强是和吴老板对等的老板，两个都在财富榜上，富国强的家族在当地是首富，当年二人合作都是吴老板先找的富国强，这种老板怎么可能见基层业务员。但是金娜在微信里说得很直白，作为项目负责人就必须能够全权掌握项目情况，和实控成为朋友并施加影响是必须的，不能因为吴老板认识富总就通过吴老板去接洽，难道还让老板去给业务员完成工作吗？这个事情杨和人力打听过，还告诉天雅，汪恒应该是搞不定富国强被开了，而不是像他说的那样自己走人的，要不他不会离职了还要赔偿。刚来就接二连三地经历公司开人，天雅明白，完不成任务自己的工作就保不住，她倒要看看富总到底是何方神圣。

　　天雅给国强股份董事长和董秘打电话对方都不接，好在孙恒就像冬日里的一缕阳光，他凭着自己证券部的身份给天雅安排了接机和酒店，因为天雅刚刚帮过他一个大忙。因为宋兰兰信披那时候大股东的股权变更未出具简式权益变动报告书，交易所批评了国强股份证券部，也就是孙恒，如果后续上报到证监会，真的因为信息披露给大股东个处罚，董秘无所谓，但是替死鬼孙恒的饭碗估计保不住了。孙恒给原来在券商工作的前同事打电话问了一圈也不知道怎么办好，他让天雅跟他一起想办法，毕竟天雅负责维护好国强股份，两个人都怕挨处罚。天雅想了一晚上，还是决定和监管机关解释一下，死也死得明白。于是一上班直接给交易所的客服打电话，这个电话比较好打，接线员告诉她这个问题客服无法回答，需要咨询法律部，给了一个法律部的直拨分机号码。就是这个号码，天雅不停地拨，一直没有人接，一般的人拨个十次八次也就不拨了，但是天雅一直在拨，中午吃饭的时候她也是边吃边拨，杨知道以后跟她说别拨了，这个号码是公开的都可以查到，全国两亿股民打电话，要是随便就有人接那还不得累死交易所的法律部。她不听，持续地拨到快下班，终于有人接听了电话，给天雅紧张坏了，她不是学法律的，而接通时风控的律师都不在身边。听声音是个年轻女孩，先问了她是哪个上市公司的，交易所专管员的态度是怎样的，天雅哪联系得上专管员，只能说专管员让她请教法律部的老师，然后一五一十地把国强股份这次涉及的这个事情解释给对方，对方心情不错，表示大股东确实是疏忽了，但是大股东自查发现了，而且实控未变更，对上市公司并没有造成不良影响，她建议及时公告简式权益变动报告书就可以了，然后她会联系专管员。就这样，最终交易所没有因此处罚大股东，大家都平安；而从这以后，天雅再给交易所的法律部打电话就没有这么困难了，和当初接电话的老师也很熟了，虽然公司里的其他人还是打不通，公司的法务都让天雅帮忙；凭借着自身的学习能力，天雅和法律部的老师沟通，从开始的照本宣科、磕磕绊绊，到后来的侃侃而谈、有理有据，只用了半年；而两年以后，交易所在制定新规实施细则的时候，还让天雅帮忙审阅草稿，就是否切实可行提修改建议。

　　天雅第一次来到国强股份的总部，作为当地的明星企业，楼顶上气派的公司名字隔着几个路口都能看到。集团办公楼坐落于红石市市政府广场的西侧，占地面积和广场差不多大，虽然主楼只有十二层但已经高于市政府大楼，在十楼的证券部可以俯瞰市政府广场，有人上访、有人跳广场舞都看得一清二楚。虽然窗外气温零下十几度，但是大楼里地暖烧得太旺，即使开着窗户也热。孙恒都是羽绒服里穿短袖，在证券部办公室给天雅找了个没人的位置，让她坐在这里等，如果董事长来公司了会告诉她；结果她一坐坐一天也没人告诉她，闲得她边看证券考试的书，边跟孙恒聊天。经他介绍，天雅知道了国强集团是上市公司国强股份的控股股东，持股38%，富总又是国强集团的实控人，他自己持股95%，另外持股5%的人是他的两个兄弟，这是一个纯粹的家族企业，当初起家的时候就是富总自己折腾起来的，发展到现在这么大了也一直没有接受任何外人入股。国强集团内部也是姓富的天下，除了富总是董事长说一不二，总经理是他兄弟，三个分管人事和行政、生产及安全、财务的副总分别是他外甥、他女婿和他表舅，班子成员一共就这几个人，还有一个是凑数的草包，不重要，孙恒没提。而国强股份按照上市要求，表面上和国强集团是两套班子，其实国强股份把生产委托给了国强集团代管，就是一拨人管实际的生产；另外国强股份比国强集团多了一个证券部，恒斌作为董秘进入上市公司的班子，班子里的外姓人除了他还有一个财务总监，披露各种财务数据的时候要签字的，其他股份班子成员除了集团的老人，还包括监事长、监事也是富总的七大姑八大姨，这两个外姓人在班子里基本说不上话。孙恒插一句："富总原来吃过一回外姓人的亏，之后心里一直有个坎。"这里天雅忍不住八卦一下到底是什么亏，是不是桃色的那种，孙恒笑着说不是她想的这样，而是有个比较信任的下属带着公司的技术和资金出去另起炉灶了，但是后来经营不善，最后求到富总，还是富总勒紧裤腰带花大价钱给承接的烂摊子。国强集团是标准的家族作坊做大的，时至今日仍然采用原来的管理模式，工厂的财务是被集团的财务副总控制的，不报备，自己没有签字付款的权力，集团为了做业绩，对于各种成本都抠得死死的，比如人力成本，一线工人的工资给得不算高，而工厂的管理层工资基本只有外面同等企业的一半不到。

天雅听到这里，问："那谁还干啊？"孙恒说："你看你，性子还挺急，我还没讲完呢。"

正常的工厂里面，凡是有点实权的，比如厂长、业务部长、仓管这些人，基本都是姓富的，他们虽然工资低，但是手里的权力是实在的，大到工厂的业务承包给谁、产品卖给谁、人力外派给谁，小到请假准许、轮岗调班、产品是否合格，都是他们说了算。"工人都是三班倒，为了能调休，还给小组长送条烟呢，你说如果是好几千万的外包单子，人家要给送多少？"孙恒这么一说，天雅不说话了，虽然她原来也在生产企业，但是公司都有相应的制度和流程，对于这种不正当竞争以权谋私特别敏感，这对于大公司的发展是风险极高的，是必须规避的。国强股份上市的时候，是把好的资产打包上市，把不好的资产剥离扔回给了国强集团，所以上市公司体内的工厂都在正常生产和定期维护，集团体内的工厂就各有各的问题了，有的是在做全面技改停工，有的是曾经产生有毒有害危废的，已经停工处理好几年了。就算是停工的工厂，里面也养着富家人在那里看守厂房，孙恒偶尔路过，去蹭过饭，里面的厨师都请的五星级酒店的，这种不用干活还拿钱的生活，老滋润了。

听了国强这边的生态，天雅就知道，富总这个人应该是个比较固执的人，这么多年以来，因为吃过一次外姓人的亏至今都心有余悸，看来还是比较难沟通的，怪不得之前的项目负责人都见不到他。

除了国强的基本情况，孙恒还告诉天雅，她前面有两任项目负责人来过红石，宋兰兰因为签约见过富总短暂地住过一天还好，之前的一个男的来了以后要求比较多，既要求酒店星级，又要求给他租辆车，在红石市自己游玩了一周好多个违章，孙恒托了不少关系才把那个男的租车扣的十二分销了，因为销分这个事不能报销他自己垫钱，所以他对天贺集团派来的人没什么好感，都是基层业务员，谁比谁高级啊？但是天雅这种不提要求，还干活玩命的架势把他吓到了，他觉得她很不一样。天雅围观了一下孙恒跟资方谈融资的过程，又把孙恒的董秘资格考试的培训材料翻过来倒过去地看。晚上她一个人在宾馆看着今天的日志，感觉好失败，她下定决心不能就这么算了。

第二天天雅早早地去了国强的办公楼，她搬了一把椅子坐在董事长办公室的门口，有几次富国强的秘书劝她不要白白地等在这里，如果董事长来了会通知她的，她说：

"吴老板有几句话托我带给富总，见不到他我不走。"

等到上午快十一点，富总出现了，虽然没见过真人，但是网上一搜大把的照片，天雅还是认得出的，照片也算伟岸，只是没想到他真人比自己还矮。

富总让自己身后跟着的几个人先等等，让天雅跟自己进了办公室。富总的办公室占据了整个顶楼办公楼的半层，外加一个阳光房，打开门里面分三层：首先映入眼帘的是宽敞气派的会客室，不同于正经会议室的红地毯白沙发，会客室装修风格有点欧式，几个奢华风的欧式大沙发，旁边角几上放着一个老式的唱片机，茶几上放着一盒雪茄和烟灰缸，沙发这边过了是一张宽大的会议桌，配着两排复古的椅子，宽敞的房间两旁的陈列台上摆满了奇石美玉；往北边的一个套间里面是老板屋，里面的实木地板上铺了一整张虎皮，一个完整的虎头对着会客室，可以远远地看到老板桌和沙发；往南走是一个阳光房，里面中心是一个茶室，周围的一圈都错落有致地分布着绿植和小景观。他们就坐在茶室里，富总从茶罐里夹了一块普洱茶，说：

"吴老板派你来的？你是天贺新的项目负责人？"

天雅简单介绍了一下自己，从上次现场考察大辉厂说起，生产的工艺和设计思路都是设计院的规定套路，她担心成也萧何败也萧何，工厂对旁边原料厂可以说是完全地依赖，如果原料厂因故停工那么工厂也在劫难逃。富总只是点燃了一根雪茄看看手机，这些事情还轮不到一个外人来发表意见，毕竟这个行业他做了三十年，整个上市公司就是他的家族企业，手下都是信得过的亲人，眼前这位要不是因为给吴老板面子再加上堵办公室门他根本不见。天雅心里还是有点小得意的，毕竟自己不管是越级营销也好，还是堵门不走也好，总算是见到了富总，已经够她和杨明吹牛的了，至于他听不听自己说的什么，反倒是不重要。多年后想起这段，天雅对于当年自己的手段还是佩服的。

"你是哪个学校毕业的？"

"北大。"天雅迟疑了一下，还是回答了。富总抬起眼来看了她一眼，又低下头看着雪茄说："我跟你说，别看我学历低，国强没有我，谁来都不行……"

没说多久天雅看到富总望向自己身后，她回头一看会客厅那里站了一位帅哥，身高超过一米八，有点瘦，穿着一身西服，发胶让头发三七分得一丝不苟，五官很深刻，浓眉下一对丹凤眼，鼻梁高得就像外国人，皮肤白得就像刷了腻子粉，稚嫩的脸上留着小胡子刻意装成熟，和周围土土的其他员工有点不搭，像投行的人，人比较严肃，嘴唇有点薄，看起来有点高冷。看着富总送客的样子，天雅不自信地站起来最后说，如果公司有什么融资需要，也可以沟通的，毕竟天贺的流程是走得最快的。听到这里，富总微笑着跟等着的帅哥说，你先回吧，然后让天雅坐下，天雅听着他给董秘打电话，董秘不在但是告诉他小孙在负责这个事，他跟董秘说让小孙马上过来他这里。

一分钟后，孙恒赶到茶室。董事长问他进展，他说已经把材料发过去了，三家机构初步沟通都感觉差不多能做，等着上会呢，到最后钱下来估计要两三周。董事长算了算日子，跟天雅说：

"这样吧，你看你们能不能做，我一周之内要钱，成本比别家高也能接受。"然后他又嘱咐了一下孙恒，"你一定全力配合天贺的领导，节前如果这笔钱下不来工人都得闹事。"

出了富总办公室，孙恒一脸的忧郁，看着很傻很天真的天雅，叹着气说：

"不知道的事情别瞎张罗，你以为这个业务动动嘴就能做吗？你知道天贺的审批和放款流程吗？一周的时间放款其他机构想都别想，你倒推一下时间，不管怎么借钱抵质押是少不了的吧，一天完成办理第二天放款就算快的，这就剩下五天了，五天时间你需要初步沟通、尽调、写材料、上会、反馈意见、双方谈条件撕逼，再妥协谈拢了出全部协议、双方盖章，你自己想想可能吗？到时候做不成，白白浪费了时间和精力，你有没有事儿我不知道，但是董事长又要怪我不靠谱了。"

听孙恒这么一说，天雅有点回过神来了，自己刚来不久，公司的流程根本不知道，而且自己都不确定公司做不做这类的业务，她当时都没概念这是股权还是债权投资，只是平时总听周围的同事打电话的时候吹嘘天贺资金实力多么多么雄厚，审批效率多么多么高效，自己顺嘴就说出来了，并不知道揽了个多大的活儿。于是她马上让孙恒把融资项目的基本情况发给自己，自己马上汇报，如果确认来不及的话也好尽早和富总说。

第六节

天雅的汇报发出来，金娜的电话就来了，天雅汇报了一下融资项目的情况，说了时间比较紧只有一周，金娜说我们有头寸，必须要全力争取做成。

几年后天雅想到当初的这个项目，当时真的是好时候，全国的金融机构包括非金融机构都在放债，就算天贺的投资部标榜是做股权投资的，里面也有不少明股实债。谁放得多谁就能把利润和规模做起来，市场上全是钱，即使天雅不做有的是机构做，她的百无禁忌立功了，金娜本来就业绩不够，刚好也想借此机会涉足这块本该是集团其他板块负责的业务，顺水玩命推舟罢了。

放下电话，天雅看到自己被拉进一个群，金娜在里面简单留言，天雅是项目负责人，杨明是项目组会计师，还有一个程媛媛是其他团队刚入职的律师，借过来做项目组律师，三个人的工作组组队完成，群里还有投资部当时的法务总监大纲，他代表公司风控和老人来指导全流程，大家的任务就是一周内完成放款。电话会随即开始，大纲先说，他可以帮着做一些程序上的文书，立项、初筛什么的，剩下的他们要先上投资部的内审会，通过了才能上集团的会，而且集团的会一般会要求二次上会，反馈条件是否可以落实；上内审会的先决条件是出具完整的尽调报告和完成上会材料，他把这两个材料的范本发在群里，建议三人分工协作，各自完成各自的部分，最后统一汇稿。

天雅感谢了大纲的支持，介绍了项目基本情况，目前的优势是国强集团的融资资料基本是齐的，她等会儿发在群里，她人在红石市，会马上返回北京，路上她会完成行业分析研究这部分，杨明和媛媛也马上开始工作，如果还有需要补充的材料尽快在群里说。孙恒订好了最近一班飞北京的机票，两个人中午饭都没吃就往机场赶。天雅路上收到于越的微信问什么时候回京，没空回；收到杨明的抱怨语音说自己昨天夜里刚从丰收股份赶回来，困得都不行了还要接大活，她马上安抚一下，说回去请他吃饭。两个人在候机室掏出电脑就开始奋笔疾书，孙恒不会写别的帮着填填立项表什么的一堆申请书，天雅就在玩命凑报告，时不时让孙恒帮着查点数据。

杨明由于除了常规的集团各种证照及三年一期的报表外，还要部分核查国强集团的财务现状，后来就直接和孙恒打电话对接国强集团的财务了，要了一堆账，孙恒开始的时候还请示董事长富总这个能不能提供，那个可不可以给，后来富总急了让他都配合别问了。群里的媛媛和大纲也没闲着，除了常规的法律尽调资料，他们还要论证合理的交易结构，通过什么样的通道可以实现放款，毕竟业务的合法性是不可突破的下限，合规性是否突破可以计入成本分析的。大纲把另一个部门的同事王林拉到群里，他原来联系过银行的委贷业务，王林在群里了解了个大概，然后说那必须尽快联系通道了，要不来不及过通道的流程，他让天雅无论如何在今天给出一版差不多就行的尽调报告去找通道立项上会，后续还会发过来需要的资料清单。

天雅一方面整自己这部分报告，一方面在群里反馈其他人的需求，但是她发现融资项目最核心的地方需要她和富总确认——借款用途、还款来源；另外需要她和金娜确认成本和放款条件。在候机室，孙恒买了两盒泡面，这时候天雅饿得也顾不上泡面高热量没营养吃了胖这些事了，她把电脑和泡面放在候机室的椅子上，自己蹲在地上一边看电脑说话、一边吃泡面，因为一只手要接电话没法端泡面。于是候机室就出现了这样的场景，一个蹲在地上讲电话的女人，嘴里谈着五个亿的项目一年到底是赚五千万还是一个亿，一边捞出一叉子泡面吹吹热气往嘴里送，周围的人有几个起身去其他的座位了，估计是感觉这个女人疯了。

一直到空姐站在她背后要求她关机，天雅才不得不挂电话。在飞机上无法工作，天雅和孙恒除了睡觉，还聊起来富总办公室出现过的那个帅哥，孙恒马上告诉天雅，国强集团第一大帅哥就是他了，他不但人帅，而且还是国强的太子爷——富国强没有儿子只有一个女儿，他是富总唯一的侄子，富总疼他超过自己的女儿，叫富帅。富总出钱让他小学毕业后去美国念的书，毕业后在上海工作过两三年，富总叫他回来接手家族企业，真是人如其名啊，天雅心想，他就应该改名，叫高富帅。本来说到这里的时候孙恒还是一脸正经，后面马上话锋一转，说："他就是国强集团领导班子里那个草包，啥都不懂，好几次我们集体开大会的时候，他坐在主席台上听董事长讲工作计划都睡着了，我们偷偷拍下来发在小群里，乐了半天。估计他自己也知道我们都在背后笑话他，所以他不怎么理我们。"好吧，看起来富帅就是个标准的富二代，至少目前还在韬光养晦。

落地了以后他们马上往公司赶，杨和媛媛都在会议室赶报告。晚上四个人就在公司楼下吃的拉面，媛媛比天雅大两岁，法学硕士，在香港工作过，人比天雅矮点不到一米七，身材不瘦脸很大，头发和眉毛都有点稀，但是看起来还算顺眼，很会聊天不会冷场，虽然是第一次和另外三个人一起工作，四个人年龄差不多很快就开始熟络地互相斗嘴，这也为接下来的工作配合做好了铺垫。

到了晚上十点左右，终于汇成了一个初稿，尽管上面还有天窗，天雅发在群里，王林用这个去弄通道，大纲先给点反馈意见。孙恒跟天雅说了他明天家里有事必须要赶回去，已经订好了最晚一班回红石的机票，天雅送他下楼上了出租车。本来剩下三个人就准备回家了，但是大纲在群里说这个初稿差太多了，根本不能用，并且丢给他们一个其他团队的某能源企业债权项目的尽调报告，做成这样才能申请召开内审会。于是三个人仔细看了一下，差距确实不小。天雅马上给国强股份的董秘恒斌打电话，让他再派个人过来帮忙，他们三个马上又开始按着样子改报告。十一点半的时候孙恒一脸哀怨地又推着箱子回到了会议室，本来他都过了安检，恒斌给他打电话，说其他人都不清楚情况，让他无论如何回去配合天雅他们。天雅心里很过意不去，她没想到会是这样，隐隐地听到孙恒在会议室外和老婆吵架，回来后虽然还在干活但是情绪低落。

　　熬到凌晨三点左右，孙恒和天雅能干的事告一段落了，他俩先走人了，孙恒也懒得走远了，就在公司旁边的快捷酒店凑合一晚。看着孙恒落寞的样子，天雅更愧疚了，问孙恒怎么能让他感觉好点，孙恒说抱我一下吧，天雅停顿了一秒，就过去了，两个胳膊分别绕过他的肩头和腰间，本来想拍拍他的背，但是他背着双肩包只能拍拍他的肩头；孙恒开始没反应过来，等天雅拍他肩头的时候他伸出两个胳膊搂住了天雅的腰，天雅的下巴一下子搭在了孙恒肩头。一瞬间天雅感觉孙恒的体温比自己高，她内心有点波动，因为孙恒和她都结婚了不应该这样，但是很奇怪自己并没有一把推开他。倒是孙恒先笑了，他放开手说：

　　"你这个人就是太实在，让你抱就抱啊，幸亏是我，以后别犯傻了。"看着天雅站在路边等出租车，孙恒犹豫了一下，说："这么晚了，要不你跟我去酒店？"

　　"不用了，你早点休息吧。"

　　"我没别的意思，就是这么晚你回去也影响家人休息……"

　　"我知道，你走吧。"天雅上了车，满脑子想的都是刚才的事情。她又将了将自己的思路，孙恒有老婆，看他钱包里的照片是个挺漂亮的小女人，自己的老公于越高大帅气，刚才就是孙恒开玩笑的，嗯，自己和孙恒就是项目上暂时的合作伙伴，别想太多了，以自己的为人，他们之间绝不能有什么。

　　第二天早上于越七点半出门了天雅才起来，因为她实在不想和于越解释为啥自己那么晚回家。简单地洗漱完了就往公司跑，群里大纲说上午九点开始内审会，杨明和媛媛弄完都已经早上五点了，天雅到公司的时候他俩分别找了个有沙发的办公室倒下了还没有起来。三个人清醒了一下，还有半小时商量一下上会策略，因为天雅之前功课做得很多，本次担保方之一就是新建的大辉厂，这部分天雅能讲得非常明白；而法律这块问题不多，交易结构可是实操过的，问题不大；唯一吃紧的就是财务部分，杨明上手时间短功课做得少，而且由于借款主体国强集团是上市公司的控股股东，为规避同业竞争，国强集团赚钱的制造业都给了上市公司，自身的经营性现金流惨不忍睹，还款全靠融资，这真的是项目的致命点。所以在行业、财务和法律这三部分中，行业是最强的，财务是最弱的，大家相互照应，如果扛不住就往天雅这推。

快到九点的时候孙恒来了，还带了楼下买的两屉小包子，媛媛说咋没买咖啡呢，孙恒说，你看他俩都不说话玩命吃，你再不动手就没有了。天雅吃完了问孙恒咋来了不多休息一会儿，孙恒说他听杨明说九点上会就想过来看看，毕竟是给国强融资他比较关心，他就知道他们肯定没来得及吃早饭，正好投喂来了。说话的时候孙恒一直盯着天雅，天雅没有接他的目光。

内审会的过程反倒比较顺利，财务部分没有被集中火力，业务部分确实是重点关注点，通道那边也比较积极。但是会上提到了一个天雅他们没有涉足的盲区：新建的大辉厂装入上市公司的时间表是怎样的？本次债权是否和并购重组的时间表契合？这样一来项目组是否应该进一步参与并购重组？还有另一个棘手的问题是成本，投资部的资金是集团给的，集团和投资部结算的成本就高达年化15%，尽管目前市面上对国强集团这次融资的报价在年化10%～13%，但是内审会要求报给国强的融资成本不低于20%，这个情况昨天沟通的时候完全没提到，天雅本以为参考市场报价就可以了，没想到这么高。

内审会结束的时候快十二点了，孙恒坐在天雅的座位上看着三个人面色苍白地走过来，天雅让杨明和媛媛回家休息补补觉，等她沟通好了关键问题随时联系。然后天雅和孙恒说了上会的情况，孙恒皱眉地打断她：

"不可能，第一我们没借过这么贵的钱，第二借款用途和还款来源都告诉你们了，为什么非要问和重组有什么关系，富总听了肯定火大。"

不用他说天雅也知道，但是现在必须和富总沟通这件事情，她做了一下心理建设，跑到一个没人的办公室关上门开始打电话。孙恒在屋外虽然听不到说话的内容，但是他能听到里面时不时地在嚷嚷，天雅还拍了桌子，有的时候又突然一阵没有说话声，不知道天雅是不是哭了。这期间他接到了恒斌的电话，问他这边上会的情况，其他几家机构的进展，他又问了一圈，临近过节各家机构都估计来不及节前放款，他和恒斌回电话说，确实其他家都来不及，根据经验如果硬推，势必是要加成本的。

天雅在里面确实和富总吵架了，这是他们第一次面红耳赤，和当初见面时候的彬彬有礼截然不同，富总确实豪毛了，他说："……你之前让我配合的材料，要什么给什么，对吧？你自己看，现在提的这些要求合理吗？我只是跟天贺借钱，不是卖身！哦，还让我什么都听你摆布？你说什么就是什么？张天雅，你算个什么东西！你们吴老板都不敢这么和我说话！……""够了！"天雅也气炸了，嚷嚷出来了挂了富总电话，差点把手机扔墙上。本来是被富总一顿骂惹恼了，但是她想了一下，自己最在意的是想做成这单业务，至于富总骂自己什么，倒不是最重要的。她想富总一顿咆哮完了或许也消点气了，她又把电话拨回去，跟他说："富总，我希望您能明白，这些意见都是公司反馈的，我作为项目组负责人已经在尽力地和公司沟通了，这么拼命加班也是为了解决您的燃眉之急，希望您冷静下来以后能好好考虑一下。"

一会儿天雅出来了，本来就苍白的脸由于一上午没喝水嘴都发白了，孙恒说还是先去吃饭吧，买卖不成仁义在，他请客。吃完饭天雅刚想闭会儿眼恒斌就来电话了，说成本的事情如果最后能做再定，和她通报一下大辉厂重组的时间表，双方一起拉了群，包括项目三人组，重组券商的三个人和孙恒。券商发出的进展时间表分为重组方案设计阶段和重组审核阶段，确实和债权周期是吻合的。天雅和媛媛商量，还是要国强集团出承诺，让天贺投资部参与到并购重组的过程中，发行股份购买资产这个过程中定价等关键点需要提前沟通并且经同意才能执行，毕竟涉及融资还款来源。这一点恒斌不能接受，让天雅去找富总谈。眼看快下班了，天雅让媛媛先起草承诺和全套协议，她怕来不及，然后她又钻进办公室关上门打电话。

孙恒一直陪着等，听着里面打电话的声音时大时小，断断续续，打了一小时。天雅出来的时候是笑着的，她说去吃饭吧她请客。富总因为之前骂了她有点不好意思，这次谈条件，虽然双方还是剑拔弩张地据理力争，但是没像之前那样惨烈。其实天雅最大的筹码就是富总需要这笔钱，这么短的时间里只有天贺能做，她需要做的就是不断跟富总强调这件事，通过富总自己说的多需要这笔钱来暗示他只能接受天贺的条件。

因为和富总这边差不多谈拢了，相当于内审会的要求满足了，大纲申请到了明天中午临时加到集团的会里，具体时间不定。晚上的事情比较多，天雅需要修改上会内容，她修改完了会发给杨明，由杨明负责做出高大上的PPT（演示文稿），而媛媛则需要起草全套协议，让天雅确认协议内容，万一明天过会了国强那边全套协议还要法审。而孙恒就像天雅的秘书，负责边边角角的资料收集啊，画图，改错字，还有端茶倒水啥的。

天雅一看表就是晚上十一点了，办公室一个人都没有了，孙恒劝她说：

"你这干活不要命啊，回家睡觉去吧。"

"那不行，没弄完呢，我玩命弄好了才能给杨明，我们必须在明早九点前把做好的PPT发给集团，另外媛媛的协议如果弄好了我还要审，我审完了才能提交风控审核，风控必须一天内通过要不时间都来不及。"各种时间线把天雅逼得都不想眨眼，她头也没回地说。

等天雅发给杨明的时候已经十二点了，她催完了媛媛就准备在沙发上闭会儿眼，看到孙恒还在就让他回酒店休息，孙恒说：

"你看你头发都打绺了，明天上集团的会，就说你不靠脸吃饭，也要稍微注意点形象吧？"这句话天雅听进去了，孙恒接着说："我今天订了前面的国际酒店，比旁边的快捷酒店强多了，你可以跟我回去洗个澡，再休息一下，我真没有别的意思。"

天雅同意了，因为今天确实可能要通宵，自己顶着这一头油油的头发实在不好意思见人（熟人不算人）；或许是自己想多了，孙恒就是单纯地想讨好她，就算自己没想多，在这个节骨眼上，孙恒和她也没可能发生什么。进了酒店房间是一个标准间，两个单人床，孙恒刚才在楼下本想再开一个房间，但是都满房了，只能凑合一下。天雅把西服扔在里面一张床上，就进了卫生间准备洗澡，发现卫生间的门死活锁不上，她在那里弄了五分钟，孙恒走过来说你别弄了我真的不看，看天雅瞪了他一眼，不理他，于是帮着弄，他在卫生间里面好不容锁上了，结果开不开了，他回头跟卫生间里的天雅说：

"你看本来咱俩能睡屋里，你偏要锁这个门搞得我们被锁里面了吧，这要是把服务员叫来还得解释半天，人家以为咱俩要在厕所干吗呢。"

"呸呸呸，别说了，快弄这个锁，你一个大男人咋这么废柴呢。"天雅都被他逗笑了。

孙恒好不容易弄开了锁，天雅把他推出去就锁上了门开始脱衣服，孙恒在外边嚷嚷等会儿出不来叫他。洗完澡出来看见孙恒没脱衣服躺在另一张床上，看见她出来了起身给她一个自己的 Gucci 的短袖，说：

"先睡一会儿吧，穿着衬衫睡多难受，这件衣服我买来洗好了还没有穿过，你换上睡吧。"天雅此刻困得也顾不上别的了，她把内衣脱了换上短袖钻进被子就睡着了。后来天雅问过孙恒，当初他有没有别的意思，孙恒解释说他还是有脑的，他不是没有过别的意思，但是感觉像天雅这样做事的人，更适合做多年的朋友；如果是约炮那容易多了，他也不愁找人，但是约完了就怕做不成朋友。

天雅醒来的时候，孙恒正戴着眼镜在看一堆文件，见她醒了，说：

"这才五点，你才睡了三个小时，接着睡吧。"

"你在看什么？"

"媛媛发过来的协议初稿，我打印出来了。"

"她什么时候发过来的？你怎么不叫醒我？"

"刚发过来一个小时不到，我先帮你看看条款，我看你太累了。"

"你怎么戴上眼镜了？"

"我平时都是用隐形眼镜，那样比较帅，哈哈。"孙恒说完就收拾了一下文件说自己到酒店大堂的沙发上看然后就走了。

天雅起来先换衣服，然后回复手机里的一堆信息，把新弄好的给集团的上会材料发出去，然后打开电脑开始看媛媛发过来的文件，这一个压缩包里面有三部分文件，包括通道方和借款方国强集团的，国强和天贺之间的，还有天贺和通道方的，每个包里面都是十几个文件。需要天雅确认的都是涉及国强的，天雅强迫自己精神起来，依次打开文件查看，但是看着满篇的文字就是看不懂在说什么，媛媛这会儿没接电话估计在睡觉，只能把孙恒叫回屋一起看。孙恒看天雅急得坐立不安，就安慰她，说自己其实也没学过法律，但是基本的一些套话他知道是什么意思，一份文件核心条款在哪里他指给天雅，看透这部分就好了。从清晨五点多开始，天雅和孙恒一起对协议条款，一直到八点多媛媛回电话，天雅跟孙恒已经明确了协议上约定的内容，并且跟媛媛电话确认了。天雅安排的下一步的工作是，媛媛把协议递交天贺的法务审核，同时让孙恒把协议发回国强的法务审核，然后让王林去沟通通道方的流程和协议审核进程。

九点钟的时候天雅在公司会议室聚集了三人项目组和孙恒，四个人一边吃着豆浆煎饼，一边碰了一下集团上会的策略，过了一下PPT的材料，中间还和王林反复沟通了一下通道方上会的事情，赶着时间给通道方做了简化版的上会材料，媛媛还在和大纲沟通三套协议内容的侧重点。

刚讨论到十点多，大纲亲自推门来通知说临时通知集团上会时间提前到十点半，三个人一听说这就准备上楼去集团大会议室外候着了，都有点慌张，杨明比较见多识广马上打印了十份上会材料，为会上各位领导准备好，天雅和媛媛相互提醒着把头发再扎得整齐一些，衣领再整平一些。集团大会议室在投资部的楼上，门禁更为严格，天雅他们都是第一次上去。在大会议室门口，大纲带着他们三个，他们不敢互相讨论，也不敢接手机，被来来往往的穿得西服笔挺的人用眼神扫描，让人浑身不自在，幸亏也就站了半个小时就让进去了。

进去以后是一横排桌椅，隔着十米开外坐着的是五个评审委员，中间的一个看起来比较年轻的是天贺集团的总裁，周围的委员要么是地中海发型的大叔，要么是戴着丝巾遮掩颈纹的大姐，天雅没有正眼看他长什么样，隐约地感觉他人很高，头发黑得很浓密，杨明和天雅说过，这正是吴晓天的侄子吴子牛。总裁一直在低着头貌似闭着眼，两个手抱在胸前，看着好像睡着了；大纲请求是否可以开始的时候，他貌似哼了一声表示同意，也没有睁开眼。

杨明在门口的时候悄悄地和天雅八卦，吴子牛貌似和金娜冤家路窄，因为金娜提拔得快，投资业务经常是金娜和吴老板直接汇报拍板，他这个总裁、正牌的吴老板的亲侄子，在金娜面前没有存在感；这一句天雅就明白了，金娜本来对于业务就是半吊子，这个吴子牛在业务上肯定还不如金娜。不但如此，金娜借口投资业务需要，跟吴老板要走了总裁直接分管的一个公司主体，并且把原来主体中的亏损业务都踢回给了总裁，这件事情其实还是天雅来了以后操刀办理的，但是天雅办的时候并不知晓，还以为对接人的不爽就是正常的兄弟公司间的相轻。据说两个人结下了梁子，所以总裁当评审的集团会金娜是不会出现的，而且总裁阴沉的脸也不会变。大纲毕竟还是有些经验的，他从容地介绍着项目概况，突出亮点和优势，但是刚说了不到三分钟，总裁就睁开了眼，他明显地是不耐烦了，眉头一皱用手一拍桌子，说：

"这种业务是你们投资部该做的吗？这是浪费我的时间，我不想听，你们走吧。"

这个时候天雅没有觉得很尴尬，她自己弄的项目不够好，被集团嫌弃，也是她预料到的一种情况。趁着总裁抬头天雅大概看到了他的样子，五官深邃，跟富帅一样都称得上帅哥，戴着一副显老的眼镜，只是富帅更年轻；给人感觉富帅虽然看着高冷，其实眼神里还有点对人的好奇；但是天雅根本接触不到吴子牛的眼神，他投下来的都是王之蔑视。有之前的被羞辱的工作经验打底，天雅对于这些不针对个人，只说业务能力不行的劝退感觉很礼貌了，倒是大纲，他表面上什么都没有说，带着他们三个讪讪地退出了大会议室，但是刚回到投资部的楼层他就气呼呼地去打电话，给金娜汇报总裁公报私仇。

天雅他们三个加上孙恒正在工位上互相吹捧，虽然说项目没做成吧，但是毕竟大家一起奋斗了这三天，还是有一同打仗的同志情谊的，各自都觉得战友还不错，自己人关键时刻都没有掉链子。三天以来每个人都总共睡不够十小时，杨明做的国际投行范儿的PPT，媛媛写的三套协议那个工整，还有天雅逆天的抗压谈判和协调能力，都够各自吹一阵子的，大家虽然都有些遗憾但是都没有表达，只是商量着是先出去吃顿大餐，还是直接回家补觉，孙恒感慨道："你们都太拼了，尤其是天雅这个人真的不像北京人，干起工作来不要命一样。"

"北京人招你惹你了，你地域歧视啊？"媛媛替天雅打抱不平。

"没有没有，我不是这个意思，我大学在北京上的，也交过北京女朋友，我觉得北京女孩不会这么拼命，但是我绝对没有别的意思，北京妞儿大气又敞亮，别误会……"孙恒马上辩解。

"那你的意思是我这种外地女孩不大气、不敞亮了？"媛媛可是不吃亏。

"媛总，你看你这话说的，各位都是女神，各有各的可爱之处……"孙恒的嘴，真的是骗人的鬼，三两句就能让天雅和媛媛心里都舒坦。

几个人正聊着，天雅的手机收到一个未知号码打来的电话，她边笑边顺手接起来：

"我是吴晓天，你是国强项目负责人吗？"

天雅有点头脑断片，马上往大纲的工位跑，毕竟她一方面不知道这位最高领导为何会直接给她打电话、她该如何作答，一方面她想起了宋兰兰的阵亡经历，她不能就这么空手接炸弹。幸好大纲在，她拉扯着大纲迅速进了旁边空着的办公室关上门，打开了手机外放，大纲本来一脸的不解与不屑，听到电话里的声音迅速地吓得蹲下了，勉强用两个胳膊撑住办公桌保持嘴对着手机收音处。

之后的对话基本发生在大纲和吴晓天之间，大纲定了定神，把刚才背下来的项目的亮点和优势快速又坚定地对手机说起来，也就是一分钟说完核心以后，吴晓天就叫停了，说他支持，后续会让集团法务合规中心联系项目组。电话挂断，天雅和大纲都已是一头汗了，两个人都缓了一下，大纲说自己要回去审协议了。天雅在想，吴老板是如何有了自己电话的呢？后来她想想，自己作为项目负责人，电话都登记在集团上会材料里面，再说了，吴老板要想找天贺集团的任何一个人，都是易如反掌。

天雅马上给王林打电话，刚才上会被拒天雅已经通知了王林，叫停了通道流程，这下一个电话项目又起死回生了，通道走流程不能停。走回自己的工位跟他们几个一说，大家刚才还在抱怨困死了，一下子又有了干劲，杨明给集团合规中心整理项目尽调材料，媛媛去配合大纲弄协议，孙恒也赶紧让国强的法务继续看协议。大家中午吃的盒饭，虽然工作辛苦，但是只要能有成果就是开心的。

下午法务合规中心确实让项目组过去汇报，只是又让他们等结果。快下班的时候，天雅他们得到了大纲的通知，集团讨论后要追加一个担保条件：要上市公司出具保证才行。本来天雅觉得没什么，但是听媛媛和杨明、孙恒一争论，她才知道，国强集团借款，要上市公司出具保证是违规的，一来上市公司出具担保不披露违背信披要求，二来上市公司不能为大股东借款提供担保。而天贺集团法务要求出具这份文件就是希望用违规作为抓手，至于真正的法律效力那倒是两说，毕竟金融机构都被监管机关默认明知违规，不能列为善意第三人。

这件违规的事情让孙恒直接跳脚了，毕竟这件事如果东窗事发，连孙恒的顶头上司恒斌都保不住。天雅试着跟富总说起来，对方也是根本不谈，富总忍不住骂她是不是疯了，底线不容触碰。僵持不下，天雅他们只能各自回家，毕竟也晚上七点了。孙恒给她发了几段语音，意思是刚才跳脚不是针对她，让她别往心里去；又说了不能出具这种文件，毕竟集团人多嘴杂，这份文件签署、扫描、归档都会有痕迹，到时候如果其他人拿到了向证监会举报也让大家吃不了兜着走。这件事说到天雅心坎上了，原来症结点在这里。

饭后天雅分别给大纲和孙恒、恒斌打电话，讨论能否把追加担保文件作为隐藏条件，在文字上不留痕迹，能否双方共管保存文件以防止泄露，有没有切实可行的方式。中间还要穿插双方协议条款的调整，本来双方基本谈崩，公司里从上到下，除了天雅以外没有人认为这件事还能继续推进，所以天雅让媛媛改协议的时候，媛媛有点不情愿，她说："还有意义吗？"

"我觉得本质上是一致的，我感觉肯定有办法到达双方满意的点，你如果信我，就帮我这个忙。"天雅说得坚决，媛媛将信将疑，她答应下来帮忙，但是还是不情不愿得有点拖拉。

本来天雅自己谈的条款，她认为自己动手修改协议会更快更准确，但是一出手就让媛媛笑掉大牙，比如因为形式的限制，双方的协议要改成单方面的承诺函，天雅直接把签约的一方删掉了，内容一字没改，这个笑话媛媛念了好久；所以天雅只能催着媛媛修改协议，同时和大纲沟通；除了天贺内部协议走流程盖章，还有和通道方的交手，就通道费砍价、谁出通道费扯皮；等等。折腾了一晚上，于越很不理解，如果天雅在公司加班他看不到也就不好发表评论，但是他看到天雅在家一直打电话还是不爽的，认为晚上九点以后就不应该随便打电话讨论工作的事情了，这是对人休息的打扰。但是天雅无暇理会这些，时间就是无形的手攥紧了她，她挨过太多的骂，她只想尽力做一件事情，至少证明自己还是有用的。

临近午夜，天雅谈妥了，这个消息告诉项目组和孙恒的时候，大家都惊叹："太厉害了！"媛媛不停地追问到底是如何达成一致的，天雅简单说了一下，如何防止外泄，孙恒说："也就是你能想得到。"

第二天项目组和通道方坐最早一班飞机奔赴国强集团所在的红石市现场签约、开户，之后办理质押等一系列手续，都弄好后恒斌会带着上市公司国强股份的公章，双方在北京共同签署保证之后封存。

六点多的飞机，五点就要起床，四个人在机场见面的时候都是黑眼圈。在国强集团顺利签完协议是上午十点，马上还要奔赴资产所在地办理抵质押手续，大家兵分三路，国强的人陪着媛媛在红石市办理，有人陪着杨明在两小时车程以外的某县办理，孙恒和天雅驱车去大辉厂所在县办理，他们时间最紧，至少四个小时的车程。这趟办理孙恒坚持要陪天雅去，因为确实只有他才摆得平当地的工商部门。

这几个里面最先办理完成的是媛媛，毕竟红石市里的营商环境比县级市好多了。杨明那边最先发现问题，当地工商局不认可准备的材料，额外提出其他的要求，一会儿说盖章盖得不对，一会儿说要营业执照原件。孙恒告诉杨，这就是当地的工商局在要好处，他按照孙恒说的办就能搞定。本来媛媛和杨明可以当天返京的，但是临近春节，飞机票异常地紧张，买不到当天的经济舱的机票，他们这种级别又不可以坐头等舱，只能住一天看看明天有没有票了。最麻烦的是天雅这组，下午四点赶到地方发现没人上班，孙恒托了关系，让办理的人帮着审材料，办理的人说负责人不在，即使材料可以也办不了。

于是孙恒把天雅送到酒店里然后自己去摆平这些关系，天雅听着他打电话应该是喝花酒去了。第二天早上天雅见到一身酒气的孙恒，还打趣他昨晚占了不少便宜吧，孙恒一脸的委屈，长得好的姑娘都去大城市了，这种小地方叫来的，谁占谁便宜啊，逗得天雅一阵笑。

本该九点上班的工商局，等到十点钟，负责人才晃晃悠悠地来了，酒还没醒。来了以后也是各种挑毛病，让明天带齐东西再来。天雅给孙恒一个眼色，他工作不到位啊；孙恒一脸无奈地回了天雅一个眼神，他也想不到对方还要更多啊。于是孙恒又是一顿背后操作，终于在十一点半中午下班前办妥了，临走的时候办理员还反复叮嘱，明天记得把需要补充的材料拿来啊，孙恒笑脸相对地答应下来，扭头就黑着脸跟天雅说，这个破地方，他再也不来了。

下午天雅和孙恒赶回红石市的时候，富总和恒斌已经到北京准备签担保了，杨明和媛媛却还在，还没买到机票，眼看着明天必须放款，项目组必须回去，王林警告过天雅，拖到后天银行就有可能扣下钱充业绩不让划款了。四个人都堆在孙恒的办公室里面发愁，该怎么办呢？几个年龄相仿的人总是愁着愁着就闹起来了，媛媛早就看到了墙角的平衡车，这个新鲜玩意儿是孙恒刚买的，她非要试试，她这么一说大家都来了兴趣，孙恒正好给他们炫耀一下。他踩上平衡车从办公室里面就飘了出去，楼道里面没人，他熟练地在空旷的楼道里进退自如，然后让天雅他们也试试。天雅有点觉得危险，但是架不住周围起哄的，自己踩上去想试试，又有点害怕，孙恒在旁边扶着她踩了上去，教她怎么控制，没两下天雅觉得没啥意思就下来了，媛媛正好跃跃欲试，这个时候孙恒就躲一边去了，杨明说："小孙你不对啊，咋了，你就扶我们天雅，你是不是看上我们天雅了？"这个时候天雅正扶着媛媛踩平衡车，她跟杨明说："我和媛媛你都不扶，是不是我们两个谁你都看不上啊？"

"刚这个时候就开始胳膊肘往外拐了啊，天雅你这是重色轻友啊！"杨明为自己叫屈。

"你看看人家恒恒比你长得可爱多了，要是我也偏他。"踩在平衡车上的媛媛这个时候都说话了，杨明在一旁做着呕吐的表情。

孙恒只能摊手说："杨明啊，我也没办法啊，谁让我这么人见人爱花见花开呢。"四个人在楼道里嬉闹追跑，这个时候原本空无一人的楼道里面突然出现了一个小姑娘，四个人都定在那里看着她，她笑了，说："孙哥，我从楼上签字下来，听见这边有动静就来看看……"

"你吓死本宝宝了。来来来，都不是外人，这个也是我们证券部的负责投资者关系的，这三位是天贺集团的领导，你都叫哥哥姐姐就行！"孙恒介绍着大家认识，天雅跟大家说还是回办公室吧，在外面太吵了不好，小姑娘就要往楼梯口走，孙恒突然叫住她问："董事长他们不是去北京了吗，你找谁去签字？"

"太子爷在呢啊。"

回到屋里，孙恒咬咬牙说可以买头等舱，他可以帮天雅他们报销，但是头等舱只剩两张票了，他们又有四个人，怎么办呢？这个时候，天雅想到了富帅，孙恒告诉过天雅，太子爷的办公室在办公楼顶层下一层，他的办公室也是占据了半层。虽然太子爷目前不分管国强集团具体的事务，但是他毕竟是太子爷，将来要接班的，富总给他一个上市公司的高管干，平时他住在北京，上市公司开领导层会议的时候他回来参加一下，一般不在公司坐班，但是既然小姑娘刚找他签过字，他还是应该在的。孙恒看天雅按电梯，问她去哪里，天雅说去找太子，问孙恒去不去，孙恒说："我哪敢啊！你厉害，你都不认识他还敢找他，不愧是北京妞儿，什么都敢干。"

"瞅你那个小胆儿，太子能吃了我是咋的？他管得上你又管不上我，敢说我我就骂回去。"看着孙恒和其他两个人确实没有跟着来的意思，天雅自己上了电梯。

天雅走过去的时候发现太子爷办公室的门开着，天雅敲了敲门没有人应，伸头看里面也没有人，里面和外面没有明显的装修风格的变化，也没有欧式的奢华，就是简单地分割成三块区域，进门最近的地方是一大圈沙发围绕着地毯，这左边是一面墙的书柜和电脑桌，右边是喝茶的桌椅，整个办公室显得很空旷，就像大会议室。刚好太子从茶桌后面推门走了出来，原来里面还有一个套间。能看出太子比富总高了很多，眉眼更秀美，富总的粗犷些；富总是白手起家实干出来的企业家，黝黑的脸上挂着沧桑，嘴角有点向下，看着总感觉苦大仇深的，不像太子细皮嫩肉，白净的脸上有的只是为赋新词强说愁。他看到天雅有点意外，但是不露声色地挂上营业式微笑，走过来伸出手说："张总，幸会，今后多跟你学习。"

"富总您好，随时欢迎来学习。"

双方在沙发上坐下后还隔好几米，太子欲言又止，还是没忍住："张总，你们搞金融的见多识广，但是我们搞实业的也独当一方，你也太不谦虚了吧。"

"富总，您的意思是？"天雅上来就蒙了。

"我的意思是，我说跟你学习，是客气一下，你难道不应该回一句，相互学习吗？"

"对对对，你说的是，相互学习。"天雅差点笑出来，看着他挺成熟的样子，没想到是这么爱面子又计较，这种人就适合捧杀。"富总，今天是我头次拜访您，确实有件事需要您帮个忙。"天雅边说边低头示弱。

"在国强股份，你算是找对人了，说吧。"听说要帮忙，太子一脸的傲娇。

于是天雅就说出了他们今天必须返京，飞机又没有票了。太子想都没想，就冲着门外喊："来人。"刚才还空无一人的楼道里马上站了一个男人，天雅都惊了，这个年代居然还有这种操作。太子让他去安排一辆商务车送天雅他们回京，马上，口气是如此地不容置疑。天雅马上称赞太子有求必应，她之前没想到还能开车回京，有点迟疑："时间久吗？"

"我开得快，三个多小时，你放心，我安排的车不怕超速，四个小时肯定到了！"看他说得如此自信，天雅准备叫上战友们回家了，太子示意她先加了微信再走，他的微信头像是阳光下戴着墨镜的自拍，仿佛知道自己帅得整个人都在发光。天雅顺手上网搜索富帅，惊奇地发现地方电视台居然有很多对他支教故事的报道："每年夏天，留学美国的男孩富帅都会回国和家人团聚，虽然一年仅有几个星期的团聚时光，但他仍要抽出三分之一的时间，独自一人跑去乡村中学支教。连续六年里的每个七月，这个九〇后大男孩给山村里的贫困学生带去了纯正的英语拓展课。"网上还有很多煽情的采访稿、照片和影像资料，能看出当时还青涩的富帅留着寸头，中学的时候又矮又瘦，特别清秀，眼神特别清澈，一堆女学生看着他眼里都有星星。据报道，他每次离开的时候学生们都哭成一片，只盼着明年还能见到他。啧啧，看来富总为了营销富帅也下了本钱，刨去报道中的溢美之词和煽情，富帅应该是个从小到大都被保驾护航、自带光环的人，好生让人羡慕。

一伙人上了车，除了司机以外还有陪同人员，媛媛追问天雅是怎么办到的，天雅当着这么多人不想说，就说要不咱不走了；孙恒酸酸地说，看见帅哥就走不动道了，媛媛就怪天雅有帅哥也不介绍给姐妹。嬉笑中接到了太子的微信："我帮了你一个忙，你要答应我一件事。"天雅心想这个男人真是斤斤计较，倒要看看他让答应什么。太子回话了，说在北京约吃饭。嗨，还以为是什么事情。

第七节

度过了惊心动魄的一周，天雅终于带领项目组在春节前放款了，这一周的吃不好睡不好，让天雅瘦了快十斤。整个春节最令人开心的事，就是于越等不到天雅放假自己回老家了。这是她婚后第一次在北京过春节，之前不是在国外就是在于越家。父母是老好人，嘴上总是支持她跟于越回老家过节，这次在北京，父母开心得不得了，天天都是大做饭，天雅喜欢吃什么轮番招呼，唯一不太满意的就是她为什么不和于越夫唱妇随，天雅一贯地报喜不报忧，找个理由遮过去了。节前最后一天公司发了年终奖，年底刚入职的她出乎意料地领到三十万，她给父母看了通知短信，本想给两位老人发红包结果父母死活不要，她只能帮父母换了最新款的手机，没得到什么表扬反而被埋怨乱花钱。

天雅的父母是被耽误的一代人，但是好在他们心思特别简单，对生活的要求又特别低。从天雅记事起，家里的生活水平就一直不高，倒不是因为收入低，那个时候工资都差不多，只是父母价值观太朴素，比较圣母，自己的生活标准比较低，对别人倒是爽快得很。父母结婚的时候单位给分了房子，当时有没分到房子的同事跟他们借这套房子，他们没考虑就给了同事，想着人家外地来的没地方住，好歹他们是北京人有老人家可以住。那可是北京的一套房，天雅工作了才听说这件事，想到自己从小住爷爷家亲戚间没少摩擦，父母也没有怨言，后来再让单位分房就被百般刁难，分了一间胡同里的十平方米的平房，三口人凑合了好几年，后来拆迁了才安置了位置偏远的楼房。这些年北京的房价就像坐上了火箭，父母从来没有动过买房的心思，他们总觉得有地方住就很好了。父母从来不在外面吃饭，不管多晚都回家做饭吃。天雅被影响得在美国几年也没在外面吃过几次饭，平时中午都是自己带饭，连刚落地美国的那晚都没有出去吃饭，她从中国背过去电饭锅和一堆咸菜，到了以后在家周围的超市买了包米，吃的白粥就咸菜。

因为目睹了父母过得比较辛苦，天雅从小就从来不和父母要任何东西，她从来没有零花钱，也不喜欢花钱。父母是双职工，她小学下了学就在母亲的单位等着母亲下班了才能一起回家。母亲在单位给她找了一个堆杂物的房间，叮嘱她不能跑出来或者出声音，她一个人默默地看书写字，母亲单位的同事都听说有个小孩经常来单位，但是基本上都没有见过她。

从她上小学，父母就跟她说明，她要上任何的课外班或者买书，他们都支持，但是要上好学校，天雅只能靠自己，他们都没有能力也不会管。父母是真的没有管，天雅上的渣小，上到四年级的时候，小学校址被征用，学生被打散了分到其他各个小学，天雅被分到邻近一所比较大的小学，师资和硬件都远远强于原来的小学，但总被嘲笑说她是弱智学校转过来的。这种局面没维持多久，区里数学集训队选拔赛过后，全学校就录取了她一个人；周一早上升国旗的时候全校广播，全国作文一等奖、绘画二等奖获奖者张天雅；体育队她也挑大梁，从长跑、跳高，到投掷，她在区里都是数一数二的，凭着体育名次她已经被重点中学提前录取；那时候全学校投票选举大队长，她高票当选也不输地头蛇。天雅铭记父母的话，她的路只能自己走。

假期天雅除了在家陪父母、逛逛庙会以外基本都在看协议，看各种她从媛媛和大纲那里要到的协议，记下各个协议的侧重点和背后关注事项。天雅从小就是别人家的孩子，搞得亲戚里同一辈的孩子从小心里都暗暗不服，总想看她的笑话；这下她工作了总算是等到机会了，她一不在政府或者国企，没个一官半职的，二没有嫁入豪门，带回小开老公，这次春节串门的时候又是一个人形单影只，天雅就去看了看老人，剩下的时间还是在家老老实实地待着。这样也好，学习没人打扰，唯一的不足是她感觉突然地放缓节奏有点不适应，她期待的是变化，是不一样的生活。

随着其他同事的离开，天雅接手了另外两个上市公司的项目，节后到处出差。一天出差回来发现公司一个会议室里多了好几个穿着制服的陌生人，这是证监局突然来检查的人，所有人员如果需要都必须配合检查，上交手机和电脑。她本以为是例行检查，后来问了侯才知道公司有同事涉及内幕交易已经被带走，侯让她没事别在公司待着。天雅只能连续出差了，第一次发现金融是个高危行业，接下来的几年，很多身家几十亿甚至百亿的富豪，晚上还在高朋满座中和她把酒言欢，第二天就失联，这其中不乏被调查的、被批捕的、逃亡的、殒命的。

集团的年会姗姗来迟，在五星级酒店里召开，要求女士化妆并穿晚礼服，天雅出差归来临时抱佛脚已经来不及了，她翻出了自己结婚时穿过的敬酒服，还有配套的红色高跟鞋，幸好自己瘦了十斤，还能塞进去。她套上大羽绒服，把高跟鞋装到背包里坐地铁来到了酒店。虽然现在收入高了很多，她还是习惯坐地铁。

临进宴会厅，媛媛叫住了她，让她抹点自己新买的口红，顺便嘲讽了一下她的敬酒服，天雅也嘲笑了一下媛媛的复古丝绒裤。两个人进去的时候看到金娜已经来了，她穿着香奈儿高定的白色套裙，一头栗色的短发，妆容精致笑颜如花，细高跟鞋的真皮鞋底都透着高贵大气。年会开始前大家都在自由合影，天雅看着镜面前的自己，一张素面朝天的脸因为日晒雨淋显得不那么白，但是皮肤很光滑细腻，比起那些粉底厚到开裂的清爽很多；柳叶眉不是很浓但有英气，扇形双眼皮，眼珠子黑黑的，很有神但是露出一股寒气，在眼镜的阻挡下她的气质柔和了很多。她脸上没有什么肉，下颌线条很清晰，这种脸上肉少的人年少的时候缺少婴儿肥显得成熟，但是越到成熟的年龄越抗老。得益于年少时的体育锻炼，她身高过了一米七，但是也由于体育锻炼，她从来没体会过羸弱和病娇——骨架不小，肩膀很宽，四肢很长，有事业线有腰，身材属于健美型的。天雅对自己的容貌早就有了认识：不能靠脸吃饭。但是她感觉在不靠脸吃饭的人里，她长得算加分的，至少男客户见了她不会着急要走，但又不至于引起女客户的反感。

年会下午开始，金娜做开场讲话，首先介绍吴老板是如何支持国家的战略发展，和多少个省市签订合作协议，未来还会全球考察先进企业的经营模式，持续引进先进的技术和生产模式；其次是天贺集团长期以来的人才战略，对贫困生、高校的捐款资助，对做出贡献的科研人员奖励，尤其是对国外高精尖人才不计成本地引进；最后强调的是，天贺集团一直致力于和中国金融市场共同健康成长，合规经营是根本，一旦发现苗头立即整改，绝不姑息。会场的掌声经久不息，入职两个月就被转正，天雅感激金娜给了自己一个新生的机会，但是听了上面这些，天雅真正地对天贺集团、吴老板肃然起敬。今天吴子牛也坐在下面，看着金娜风风光光，除了羡慕嫉妒恨以外他什么都不能做。

金娜等掌声结束开始工作总结：各个业务部门和子公司的成绩、问题，展望未来和打鸡血。虽然她念得还算熟，但是她讲得差点自信，能看出来她无法脱稿。会后晚宴开始，冬天穿着丝袜和露肩服，天雅冻得发抖，裹紧了大围脖，好不容易坚持到吃饭想喝点热汤，结果发现居然是西餐。酒店一道道地给每个人上菜，先上领导的，等汤端到天雅这里已经凉了。哆哆嗦嗦地正切牛排，宴会厅中心一阵骚动，原来是吴晓天亲自来给所有人敬酒了。吴晓天今天身体欠佳，让金娜替自己发言，但是他显然认为敬酒更重要。

天雅有点小激动，这是她第一次见吴晓天。吴晓天是资本市场传得神乎其神的大鳄，在来天贺集团之前天雅就在网上查过他的资料，六八年生人，中原人，当地的状元，也算天雅的师兄；毕业后到地方上挂职锻炼，后来下海；他做过实业，靠倒买倒卖起家，到如今手握金融全牌照，在资本市场呼风唤雨，位居福布斯富豪榜前列，也是一代传奇人物。网上对于吴晓天的描绘莫衷一是：有人说他富可敌国，拥有多国国籍，在国外坐拥无数香车美女，在公海赌场一掷千金；有人说他背信弃义，借助前岳父的实力发迹，却对发妻始乱终弃；有人说他当干部出身，善于官商勾结，一路走来都是以钱开道，背地里少不了蝇营狗苟甚至背信弃义；当然也有歌功颂德的文章，说他以一己之力打造天贺集团的资本帝国，一直不忘初心，坚持慈善事业，对口支援全国几十个贫困县的经济发展，曾用自己的私人飞机送急病的员工就医，在各个大学的捐赠一年就几个亿，为人低调不张扬。网上的图片，有正襟危坐的、当众讲话的、带队视察的，都是自带气场、不怒自威。远远地看到真人，也是非常出挑，鹤立鸡群：身高超过一米八，一身西服笔挺，身材保持得很顺溜；一头自来卷以黑为主、梳得利落整齐，露出额头，脸型像刀削出来的一样棱角分明；剑眉星目，高鼻梁薄嘴唇，五官比吴子牛更深邃和高级，但是一脸的冷峻，他盯着别人看的时候会让周围的人都感觉火车呼啸而来，被注视的人往往都不敢直视他的眼睛，即使是他展露出亲和的笑容，也会让人不自觉地紧张，不知道是不是下一秒就会被火车的车轮碾过。

侯曾经有幸参加过吴老板主持的一个电话会议，自此就总是和大家吹嘘，好像他和吴老板相识很久了的样子："在天贺，不能称呼其他的人某老板，因为天贺只有一个老板，凡是提到老板就是他，其他人都不能称为老板""一场八点三十分开始的会，八点二十到可能就是天贺定义的迟到，因为比老板晚就叫迟到"。

天贺集团在全国有三万多名员工，十多位副总裁以上级别的高管，其下有近百人的各个子公司负责人，下面又有数不清的中层负责人。吴晓天是天贺王国的最高领导人，活动范围就限定在私人场所。他脸上挂着笑容，但是这并不意味着他和蔼可亲，下面的人都战战兢兢的。做前台业务的都知道，老板认为出差太少就是偷懒不跑业务，天天赶着大家出差，但是又要求随叫随到，这就让天雅他们这些业务员，在北京待着的时候怕被骂，出差的时候又怕让汇报下一秒就要赶飞机回来。有次吴老板在中午吃饭的时候问起总裁怎么没来，总裁马上从海南赶回来，晚上面圣的时候，脱下羽绒服里面还穿着短袖短裤；还有一次电话会的时候，吴老板问法务部是怎么审核条款的，怎么某项目合作协议写了那么多页，吓得法务部全员三十多人通宵改出来一版，第二天交上去吴老板说看错了，再改回去。

吴老板的一句呓语，一个小小的情绪，一句无关痛痒的评论，可以让高管如此紧张，如坐针毡，就别说其他人了，公司每一个人压力都很大，但吴老板也做到了在待遇上让大家无牢骚可发。天贺集团人均工资超过一年五十万，对比北京市的平均工资一年六万多，钱给到位了，再苛刻的要求都能满足。据说吴老板偏爱北大毕业的，他自己就是绝顶聪明的人，喜欢和聪明人打交道，北大毕业都优先录用，工资也尽量往高了给，天雅也沾了光。

天贺的薪酬虽高，但并不好赚。KPI（绩效指标）是一把看不见的尺子，背后是每个人都要努力地"跳高"，力所不逮，没法越过"尺子"的结果是被天贺淘汰。吴老板不是一个有耐心的人，不管高薪挖来什么人，他只给半年时间，做不出成绩就滚蛋；听说他从四大行挖来一个省行的行长，任该省保险的一把手，制订了三年发展方案，结果半年就被开了。天雅来了短短的几个月已经数次迎来送往，明白能过试用期的人都算是"老人"，天贺是在用管理销售的方式来管理人力资源。

和其他公司不同，天贺的所有业务，只要是吴老板觉得有必要就会亲自过问。这在其他同体量的公司里面是不可想象的，天贺管理着数以万亿计量的财富和资产，业务模式千差万别，项目纷繁复杂，每个重点项目他都会亲自过问、操刀、打通关节，这种日理万机的工作量也说明了吴老板非同一般的体力和智商，成功没有偶然。

天雅随着大家一起站起来等着敬酒，注意收小腹，虽然很冷但是不能抖。吴老板敬酒金娜全程陪在旁边，到天雅前面一个人的时候，天雅看到了吴老板的脸色不太好，目光虽然没有拒人于千里之外的寒气，但是深不见底。前一个人自报家门说是负责丰收股份的，吴老板和他聊了好几句关于丰收股份的近况和重组的进展；天雅心里盘算着自己也要好好抓住机会给领导留个好印象，准备几句话介绍国强重组。到了天雅，她自报家门以后，本以为吴老板也会跟她聊几句，毕竟吴老板不久前还亲自拯救过她的项目，没想到吴老板的眼神迅速地转向了自己后面的人，心里不禁有点失望。金娜走过的时候倒是看了她一眼，有怜悯，还有不屑；她确实比金娜差太多了，从穿戴到气质，在开场前她甚至都没有勇气和金娜合照。

后面突然说话声音大了起来，吴老板的声音很有穿透性："实控人突然卖掉控制权你们居然不知道？还在这里干什么？还不去和他们谈？今后谁来履约？挣不到收益谁来承担责任？"

三个西服革履的男同事灰溜溜地小跑出去，气氛一下子紧绷起来，刚刚大家还踊跃地汇报工作，现在都噤若寒蝉。天雅才想起来一直没见到侯，他不是负责丰收股份吗？她问媛媛才得知侯被开了，他不回微信，后面歌舞她也没心情看，好不容易熬到晚宴结束，媛媛告诉她侯是被末位淘汰的，原因是工作不能独当一面。这不稀奇，侯是国企出来的，凡事习惯要请示汇报，他跟丰收股份打太极对方很不愉快，直接找金娜甚至找吴老板，他踩雷身亡。前有宋兰兰，后有侯，天雅感觉自己在天贺如履薄冰。

侯很长一段时间都情绪低落，后来天雅再跟他联系起来的时候，他已经重回国资投资公司了，他实在是想不通以自己八面玲珑的处世绝学，远远高于天雅等人的情商，积极主动地向金娜靠拢，怎么会被末位？他可能没搞清，在扁平化、干活第一的天贺，关系没有业绩靠得住。他还是回了国资，混得如鱼得水，三年后公示提拔到总经理。天雅之后都不再主动和他联系了，他只是想打听后来这群傻×是不是都完蛋了，有没有人后悔当初让他离开。

几年后天雅和吴晓天单独在咖啡厅的时候，天雅问起过吴记不记得头一次见面的情景，吴说见全脸是在庄园吧？天雅提到了年会的时候，吴完全没有印象，他一晚上和几百人敬酒，根本不可能记得住。

第八节

年会那天晚上，哆哆嗦嗦的天雅刚回家不久，就收到了大纲的电话，说金娜有笔业务着急去深交所办，业务人员里面只有天雅和深交所打过交道，让她明早来公司拿了文件坐最早那班飞机过去。君要臣干活没法拒绝，不过"和深交所打过交道"这个名声到底是怎么回事？她自己也只是电话沟通过，并没有去过，晚上她赶紧查了半天地址做做功课，同时把酒店订好。天贺在花费上一贯精打细算，入职半年内不给报销招待费和打车费，天雅作为业务员出差的标准是最低的，在深圳的住宿标准是四百元一晚，这比她刚工作的时候差旅标准还低，只有快捷酒店可选了。业务员的出差补贴一天是八十元，在深圳也就是一顿饭钱，出差就等于倒贴。想到这里天雅突然明白了，其他人都不愿意去深圳出差，找了借口把活儿推给她，公司的人好像都知道天雅从不推脱工作。

连轴转跑了一天，从机场回来的路上，富帅给天雅发了一个位置，让她来吃饭。天雅感觉有点不尊重人，哪有随叫随到请吃饭的，而且也不说其他信息，但是毕竟自己欠他一个人情，就当是还他的吧。

饭店门口停着一排超跑，虽然不懂行，玛莎拉蒂、兰博基尼还是认识的，天雅想起一次陪孙恒在国强股份的地下车库里开车的时候，孙恒给她指过，这一排都是太子爷的车，富总对他有求必应，悍马、超跑好多辆，还有摩托车好几辆。进了包厢，中间坐着富帅，两旁各坐了五个人，除了紧贴着富帅坐的一个是女的，其他都是男的，自己谁都不认识，坐在富帅的对面的空座上。大家寒暄了一下，都是富帅的朋友，还有女朋友，今天吃饭一来是超跑俱乐部聚聚，二来是天雅刚刚为他家的生意解决了问题，一起庆祝。富帅说话的时候眉飞色舞、收放自如，和在红石的沉稳拘谨判若两人。这让天雅想起孙恒的评价：装。看来太子在他大伯面前隐藏得很深。太子女朋友是标准的网红脸，翻翻她的朋友圈，全是美美的自拍，偶尔也有同款蛇精脸的闺蜜照，最近出现了和太子还有他超跑的合照，配上文字："喜欢是声色犬马，一晌贪欢；而爱是过尽千帆，温酒煮茶，共杯盏。"天雅怀疑自己为什么在这里，她也说不上具体哪里不高兴，富帅回避了她的目光。

一堆人瞎聊着，都是恭维太子，没多久菜上了，天雅本想低头吃饭，结果大家开始敬酒，天雅不喝白酒但是服务员一起都倒上了也没办法，太子领衔三杯，第三杯的时候他敬天雅，天雅照例抿了一下，没想到触了太子的龙鳞："张总，再不喝就是不给我富某人面子。"

"富总，我是真的不喝白酒，您这么大的领导不会强人所难吧。"天雅想着我就不给你面子你能把我怎么样？

"我怎么强人所难了？要不是我们企业给你们照顾生意，你做得成业务吗？就是这么对待客户的啊？"太子一点都不客气，桌子上气压瞬间就低了下来。

"生意归生意，国强的实控人是富国强富总，他都不会对我这么说话。"天雅根本不买他的账，自己风尘仆仆地过来是还人情的，大家好说好话还能交个朋友，他这种威胁式的说话方式，一点风度或者力度都没有，他也配？就这样也能接班？天雅本来就不高兴，现在明着瞧不上他。

"你算什么东西！也配跟我谈生意！"打人不打脸，太子大庭广众下丢了面子，把酒杯重重地砸在桌子上，女朋友吓得捂着嘴，周围原本不出声坐着的人此刻都慌了，有两个上去安抚太子，还有两个拿着天雅的大衣上来劝她快走吧，怕打起来。天雅听到这话血往上涌，她实在看不惯他不管事还作威作福的样子，国强都火烧眉毛了他还花天酒地，想到自己费尽千辛万苦，一周都没怎么睡觉才帮国强解决了资金问题，确保大辉厂的供应商和工人们拿到货款和工资安度春节，而不是聚众闹事、跳楼讨薪，自己好歹是有功之人，以礼相待是最基本的，富总见面都是你随意我干了，他算哪根葱？装什么大瓣蒜，老娘凭什么要作陪，根本就不想待，走了正好，唯一可惜的就是刚上的菜没吃成，她猛地站起身来准备穿大衣走人。

但是侯的阴云突然上头，过去被各种刁难和鄙视的经历仿佛在提醒天雅，还想不想干了？她初来乍到，没有依靠和人脉，富总和她的关系刚刚融洽，如果因为惹了富帅而得罪富总，岂不是小不忍则乱大谋？想到这里，天雅迟疑了一下，她之前走的路还不够弯吗？脾气该改改了，她或许看不惯很多人，至少不能让对方觉得自己没遵守游戏规则。她没有接递过来的大衣又坐下了，按住自己气愤的心，管理一下绷紧的表情，强迫自己露出了笑容："您是要接手家族企业的人，老董事长逢人就夸您有眼光识大体，今后天贺和国强的合作还要仰仗您的支持，怪我，朋友聚会谈什么生意。感谢您的大力相助，未来的日子还请您多关照。"她虽然勉为其难地先示弱，但是不确定太子能不能顺坡下驴，鸦雀无声的包厢里，众人一脸的惶恐，但这话一出太子脸色好了很多。

"北京冬天虽然没有红石冷，但是无奈风太大，我一个小业务员天天风里雪里地跑，月月都感冒咳嗽，吃着药没法喝酒，刚才没有和您汇报是我的疏忽，我以茶代酒，敬您，我干了您随意。只要有机会，我一定全力支持富总工作。"天雅端起面前的茶杯一饮而尽，微笑地看着太子，她的手不抖了，她根本不在意太子的言语攻击，或者同桌人的眼神，她把这当成是谈判来处理。

"这才像是从张总这种高学历人才嘴里说出来的话，刚才我以为是来踢场子的。我干了。"其他人狂跳的心放松下来，重新入座，什么都没发生过一样又恢复了谄媚的笑脸。

席间有人问天贺投资在资本市场做过什么案例，天雅讲了几个通过重组让股票连长十几个涨停的案例，真是说者无心听者有意，居然有人听进去了。

第九节

在美国的时候，天雅经常去喂养旁边公园里的黑天鹅，每次黑天鹅远远地看到她都激动得跑过来，真是可爱又暖心。自从接触了资本市场，"黑天鹅"

这个词再也无法让人快乐了。

按计划大辉厂的重组已经筹划到位，三月底国强开始停牌，准备提交草案，券商和交易所天天追在富总屁股后面，就在这个节骨眼上，富总突然失联。所有人，包括国强、券商的人都手足无措，天雅甚至冒着心里的反感联系了富帅，也找不到富总。

没有其他办法，作为重组的负责人之一，天雅火速赶往红石和恒斌会合，先稳住局面和其他人，千万不能让交易所知道。富总的电话终于在两天后的晚上接通。他嗓子有点哑，说自己没事，在天雅的追问下他约了天雅去吃涮肉。

晚上九点天雅赶到涮肉馆，已经过了饭点，她等在门口看着富总一个人走过来。或许是天冷风大的缘故，他的背佝偻着，没有戴帽子，一头花白的头发被风翻动着。不像红石其他高档饭店都认识富总，服务员很不耐烦，把他们领到包厢说还半小时关门，让他们尽快点菜买单。富总掏出兜里的一沓一百元的钞票，问对方多少钱，然后捡出几张说不用找了，不知道是没听见还是没理解，服务员把找回的零钱扔桌子上走了。富总让天雅把这零钱装上别浪费了，天雅感觉有点匪夷所思地没要。一直到两人离开，谁都没动这个钱，后来天雅想明白了，富总这样的老板身上是不装零钱的，没用。

光速上菜，富总赔着笑脸让服务员受累给拿一碗盐来。天雅感觉坐在对面的富总不是平时那个说一不二的富总，就是个小老头，还是老受气一肚子辛酸的那种。富总自己要了一小瓶白酒，先喝了一大口，发灰的脸上才有点血色，他和小料的时候加了好多盐，看着天雅惊呆的眼神，解释说："老习惯了，改不了，年轻的时候天天干活，出得一身一身的汗，衣服上结的都是盐嘎巴，所以吃得咸。"他突然停住了话，好像在想说这个干吗，就招呼着天雅吃饭。天雅已经和券商一起吃过工作餐了，此刻就是意思一下，她知道富总肯定有话要说。富总也没吃几口，有一段时间双方都没有说话，只听见锅里的汤在呱呱地翻滚。富总叹了口气，说："这次是出事了。"

饭馆下班两人走了出来，路上空荡荡的显得更冷了，没有司机停在门口。富总有点佝偻着往前走，速度有点慢，或许是心里感觉沉沉的走不动道，天雅没走出十米脚就冻透了。走了一百米就到酒店了，富总停下来对她说："我也知道跟你说这个确实有点不合适，但是如果有机会，你帮我求求吴老板。"

回到酒店天雅好久都暖和不过来，她左思右想，给金娜汇报富总有急事找老板。过了几分钟，金娜打来了电话，她和吴老板在一起。吴老板听了情况说他处理，明天联系。电话挂了，天雅心里真不是滋味，好不容易在新岗位干得起劲，就赶上洪水滔天的事，搞不好就砸了饭碗。

第二天恒斌接天雅去茶楼的包厢，富总也在，他让天雅把手机放外面，关机也没用可以随时被监听。三个人坐在那里，恒斌倒茶，富总抽着雪茄，没人说话。坐了一个多小时，天雅绷不住了出去催金娜，回来时富总和恒斌正在说话：

"有证据吗？"恒斌小心地问。

"有转账记录，那通话录音都给我听了，真真的，没跑。"富总一脸无奈。

"初步沟通是怎么处理？"

"肯定要处罚，这是小事，如果重组被终止国强就完蛋了！而且他以后还要接班，有处罚记录怎么办，唉！"

"您找人了吗？"

"必须的啊，能找的都找了。"说完这句，富总攥紧的拳头捶在茶桌上。天雅和恒斌都不敢说话，小心地喘气。昨晚富总喝到位了，话也多了，给她讲了自己从二十多岁开始干企业的历程：辞了公务员的铁饭碗，一路走来各种辛酸，企业小的时候挣点小钱，企业做大了就不想着挣钱了，怎么样保住企业、保住自己和家人才是揪心的事；当时为了国强上市富总差点去蹲监狱，他经历过配合调查这些事情，但是这次涉及太子，他的心头肉，未来家族的继承人。

临近中午的时候，恒斌问富总，想吃点什么，是不是订个酒店，富总没心情，就叫了盒饭送来。正吃着服务员敲门，天雅手机在响，接起来是吴老板，他只是说，让富总接电话。恒斌和天雅在包厢里等，富总出去接电话。天雅和恒斌讨论着重组的事情，如果终止会有什么后果，多大损失。

接完电话，三个人才散了，外面的阳光暖暖的。天雅此时有点为富总心酸，不但要操心公司的事情，还要为太子擦屁股，而太子自己不能干活就算了，女朋友还在停牌前弄出了内幕交易的大事，几百万的买入金额被调查，钱是太子给的，重组要停牌是女朋友在跟太子的电话里问出来的，还有更强输出的猪队友吗？如果重组终止了，几十亿资本化节奏打乱，富国强一辈子打造的公司就会被拖垮，而太子也会遭受处罚，未来一片黯淡。

在这个关键时刻，吴老板出手了。根据国强股份公告，因先决条件未达预期，重组中止，并承诺半年内不再实施重组。未公告的是，太子女朋友，因内幕交易被处罚，罚一没一。估计以后再也见不到这位心思活络的蛇精脸小姐姐了。

听孙恒说太子被调到下属工厂工作，不会在国强的办公室出现了。这件事情太子不能说毫不知情，但是他确实想不到女朋友要这几百万不去买包、买房子、买豪车，而是去买了国强股份的股票。他本以为给了女人的钱，最坏情况就是打水漂了，只能说他还是太嫩了，这也是给他上了一课：富二代合格的标准首先是不添乱。不过天雅估计富总不会太严厉地说太子，甚至太子不会知道富总为了帮他解围费尽心力，更不会知道天雅也参与其中。以太子要面子不要命的脾气，天雅绝不会跟他提起这件事。

因为重组中止，大辉厂的资本化至少被拖后了半年，三十亿外债半年的财务成本至少两个多亿，而且势必造成几十亿债务的逾期，后面会反复地折磨富总；吴老板的忙不是白帮的，人情难还，天雅这次回京，富总托她给吴老板带了几块当地特产的奇石，每块至少上百万，都是用于平事的。听金娜说，这些奇石她拿给吴老板的时候，吴老板只用余光瞥了一眼，就让送走鉴定是不是真的值钱，如果不值钱就给退回去，吴老板送出去的东西都必须是好东西。

第十节

金娜终于如愿以偿地升为 MD 了，手下的业务扩展迅速，她根据几个工作组的业绩情况，提拔了几个 ED 分管各个工作组，提拔的人里面天雅的资历最浅，但是来势凶猛让人不得不防，金娜不太情愿地提拔了她，但是并没有涨到相应的工资，也没有独立的办公室。

天雅相当开心，她特意早些下班请楚楚吃烤鸭。楚楚一脸的甜蜜，还没等坐下来就说自己恋爱了，跟一个小她五岁的男孩，对方今年才硕士毕业。天雅挺为她开心的，让她快讲讲，这几个月不见她也太能了。楚楚说："我们是在火车上认识的，铺位挨着，当时我是去出差，他是和同学去社会实践，他们打牌的时候我跟他们一起玩，后来夜里睡不着我俩聊天，回北京就好上了。"

"你和他差五岁，这是个障碍吗？"

"我发现八〇后和九〇后差异还是挺大的，八〇后脑子里还有点条条框框，做事思前想后的，但是九〇后就随性多了。爱情就是爱情，和年龄无关。他有他的年轻，我也有我的成熟，各有各的魅力。"

"嗯，你厉害。"天雅笑容收起来了一些，然后说，"注意安全生产。"两个人都大笑了起来。

成为 ED 以后事务性的工作更多了，包括每天收集团队里人员的日报，写各种汇报，制定预算和回款计划，天雅也是硬着头皮瞎做，媛媛提醒过她，自己定的预算含着泪也要考核，写的时候保守点，别自己给自己下套。当然除了这些杂七杂八的破事，好事也是有的，比如天雅团队每天中午都有饭。这件事是天雅定的，公司每个月给团队三千元的团建费，其他团队用来吃大餐、喝大酒或者报销分掉，天雅让陈慧和一个家常菜馆谈好，给他们团队送盒饭月结饭钱，一个人三十元标准，可以吃到三荤三素，外加汤和水果，这样天雅团队每天中午都凑在一起吃饭，占据一个会议室，聊聊项目上的事情，大家很快彼此熟络。

团队里天雅最熟的是陈慧，经常一起下班。和天雅一样，陈慧也是大学毕业就结婚，只不过不是跟同学，而是跟老师。婚后陈慧陪着老公到美国访学生了孩子，同时靠着老公的脑袋，本来学工商管理的文科生在美国生孩子期间又拿到了一个计算机系的硕士学位，回国之后想体验一下工作的感觉，在投资部做最初级的项目秘书。陈慧是个典型的小女人，身材娇小，天天都妆发精致，不断尝试微整形和半永久，衣服都是品牌的套装，首饰会搭配鞋子和包包，开着一辆奥迪代步。她从小到大被保护得很好，家里不缺钱，老公是家里人带她相亲认可的，比她大十岁，归国已是"千青"，在北京有两套大三居没有贷款，孩子四个老人抢着带，而且从幼儿园到大学，老公的学校都包办解决。没有挣钱的压力，没有做主妇的一地鸡毛，陈慧天天只负责打扮得美美的来上班，唯一发愁的事情就是但凡和老公说点公司不顺心的事情，老公就让她不要上班了。天雅不会为难陈慧做不愿意做的事情，比如贴报销单、为自己订票，也不会让她加班，因为她知道陈慧不会忍耐。但是陈慧有她善于做的事情，比如催审批流程，内外沟通，档案整理。

老员工于飞是券商研究员出身，一直在全国各处跑，找各种项目，人特别健谈。他长得人高马大,但是少年老成头发花白、一脸的络腮胡,本来是八〇后,但是曾有几次对方的实控把他认成同龄人,还有四十多岁管他叫大哥的。他在圈中人脉广,天雅让他收集信息,有啥不懂的行业也会问他。

新近进组的有:李拉、范鹏、田心、陈烨和刘晓华。这五个人都是节后陆续面试入职的,面试的时候金娜主面,天雅只是旁听,一般只问一个问题,什么时候能来上班?这其中陈烨和李拉是法律背景,陈烨已经做到合伙人,李拉在律所只做了两年,范鹏和田心是财务背景,四大的审计出身,刘晓华原来是券商出身。除了陈烨岁数稍微大些,其他四个都是天雅的同龄人。

其他部门制定了一些考勤要求,比如每天最晚九点到岗,下午五点半下班等,天雅自己每天早上八点以前到公司,晚上不确定几点下班,但她其实不在意坐不坐班,对于团队的唯一要求就是二十四小时必须随时响应,而且她也不干预出差去哪去几天谈的什么,黑猫白猫论,逮住耗子就行。因为大家晚上经常加班到凌晨,早上十点多才来上班很正常,为此人力多次和天雅谈话让整顿考勤她都扛住了。

天雅为部门也定了一些规矩,比如每周要召开一次例会,沟通工作情况和分享案例,每人每周都要上交一个项目,部门内部汇总讨论,等等。其中分享案例让人受益匪浅,比如李拉分享的《内幕交易对上市公司重组审核的影响》,里面详细地串讲了天雅缺失的部分知识,让她明白:如果按照当初被掌握的证据,太子被立案调查,大辉厂至少三十六个月不能重组。

然而即便内幕交易表面上没有波及太子,国强也做了让步自行中止重组,这就是人情社会,吃相不能太难看了,否则就是掀桌子了。对规则和情理最在行的就是吴老板,这些年和他合作过的政商界的人物有破产的、逃亡的、入狱的、跳楼的,连他的下属被送进监狱的都数不过来,唯独吴老板片叶不沾身,稳坐主席台。

第十一节

虽然坐上了 ED 的位置,但是金娜话里话外都透出对天雅的打压,她明确地和天雅说过，每个人都不可能躺在功劳簿上，ED 在三个月内无法落地新项目，就说明无法胜任。天雅不认为自己比任何人差，说起学习能力她毫不谦虚，和组内成员的鸡血都打了，天雅要带着团队大干一场。

天雅带着李拉和田心坐早班机，落地龙沙市的时候才九点，于飞等在出口，接上他们往上市公司飞飞科技那边赶，公司在远离机场的科技开发区。差不多两周前吴老板带队曾经走访过龙沙，金娜陪同，当时出席的就有飞飞科技的董事长石山，总之在于飞和董秘搭上线之前金娜已经和石总相识。根据于飞的推测，当时双方应该就是点头之交，毕竟飞飞科技实控人是国企，而国企一般不和民营机构玩，就像学校里面 A 班不和 F 班做朋友一样。

董秘平姐是国企老财务出身，对于飞十分客气，之前于飞断断续续地为平姐解答了不少资本市场的问题，也帮她联系了一些业内的同事，确实帮上了平姐的忙；前几天平姐试探性地问于飞，可不可以帮她个大忙，怎么样让国企持有的飞飞科技股份增值，她要向董事长汇报。于飞立即答应下来，天雅当天火速拉了一个项目组就来了，她心想，人还是要有点理想，就算是 A 班的直树，万一天贺是湘琴的命呢。

四个人在会议室跟平姐访谈了一上午，中午平姐请他们在食堂吃饭。天雅提议帮平姐做一套跟董事长汇报的 PPT，或许是个机会。大家都同意，李拉自告奋勇，梳理国企市值管理的合规性法规和案例，天雅来承担天贺集团既往相关案例的汇总和提思路，于飞负责上市公司行业内的情况分析，田心整理财务情况，下班的时候汇总到田心处核稿。

天雅手里现成的资料不太多，她管媛媛和大纲都要了，媛媛只有自己部门的一点点汇报材料给她了，大纲谨慎得很，天雅好说歹说，叫了半天大哥，做了半天口头保证就差签保密协议了，大纲才给了她点只言片语，唬外行人没问题。下班的时候平姐请大家吃饭，天雅说晚上还要继续核稿，不着急请客，等做好了明天好汇报。于是平姐送四个人到酒店，天雅请大家嗦粉，大家感慨来了一趟龙沙市也没有机会去市里面转转旅游景点，天雅马上画饼说搞成了事一定带大家去。天雅自己去过龙沙几趟，从来没有时间去玩，对龙沙唯一有印象的就是机场、酒店，路上偶尔有兴趣望向车窗外的时候，只看到和其他城市类似的高楼大厦。

经过一晚上的修改和串讲，四个人一致认为于飞是表达得最好的，不愧是券商中的战斗机。李拉想出去消夜的，但是两个男同事都不感兴趣，天雅还有汇报没写完就没跟她去。十点李拉回来给天雅带了炸臭豆腐，天雅感觉这个小姐妹还是有胆量的，而且说干就干。

天雅早上收到孙恒的消息，大辉厂办证终于拿到了，可给天雅高兴坏了：拿证了国强集团就可以银行融资了，替换之后国强降低资金成本、天贺也能收回债务。天雅对金娜汇报情况，金娜回复说："尽量拖延还款时间好多赚收益。"通过和富总的几次过招，天雅觉得实业赚钱不容易，金融机构才是一本万利的买卖。算算这单收益，税后一千万左右，养团队肯定够了，其他没有债权的投资团队还是亏损的状态，相比起来自己团队压力最小。这么好的消息要马上和部门分享，天雅拉了电话会就宣布了，然后还鼓励大家积极寻找类似的债权项目机会。

大家还在兴奋之中，平姐问可不可以让天雅团队陪她一起去和董事长汇报，汇报材料石总很感兴趣。真是求之不得，天雅马上让项目组收拾一下准备见客。大家本以为是去董事长办公室，结果平姐把他们领到了一个大教室，他们对面黑压压地坐了好几十号人，平姐也坐了过去，介绍在座的都是飞飞科技的管理层，大家对于市值管理都非常感兴趣。对着这么多人有点紧张，天雅平静下来介绍自己的团队，于飞毕竟是参加过大型路演的人，开始有点紧张，说了几句之后就进入状态，激光笔也不用了，自己走上投影屏幕前用肢体引导，挥洒自如；李拉全程都笑盈盈的，积极地递话，到合规那一部分的时候她也上前去讲解了一番，让大家频频点头；相比较起来，田心的财务部分不太亮眼，对于上市公司的财务状况的分析没有得到什么响应；天雅收集的案例派上用场，她讲的时候就有人跃跃欲试地要提问，讲完更是被狂轰滥炸，幸亏昨晚大家在串讲的时候都模拟了问题，偶尔有个超纲的就用敏感信息不方便透露对付过去了。会议从十点半开到了快一点，看得出石总很满意，请天雅他们在宴会厅吃饭。

飞飞科技的员工食堂再往里面走就是宴会厅了，石总、平姐和另外两个证券部的男同事作陪，刚落座基本所有的菜就都上桌了，石总以茶代酒敬了大家。之后端上来一大只炖甲鱼，据说这是野生甲鱼，石总本来留着招待领导的，特意拿出来炖了请天雅他们尝尝。石总只有五十多岁，正是国企领导的当打之年，肯定也是想做出点成绩的，天雅感觉有追求就有合作的可能。石总最感兴趣的问题是拉升股价，看他和于飞聊得起劲，天雅趁机抛出此行的目的：让天贺参与上市公司的市值管理和投资并购。石总有点犹豫，天雅看出来了A班同学的担忧，说前一段吴老板来的时候都是市委领导接见的，天贺集团虽然是民营企业但也是合法合规经营的，如果石总不放心，他们可以出一个详细论证的方案，李拉也在旁边帮腔，石总同意了，让平姐全力配合。

四个人下午在会议室商量方案，初步拟订了以后，天雅跟金娜汇报，希望可以趁着平姐配合，对上市公司开展尽调。没想到金娜的第一反应是，飞飞科技这个项目，是她第一个见到的石总，应该算她承揽的项目。这里就不得不提投资部的分成原则了，项目投出去就分奖励，承揽分60%，承做分20%，还有20%给中后台。这个原则在天雅看来其实并不合理：第一，项目投出去就分钱，造成投资人员好大喜功，未来不知道会留多少窟窿；第二，这里面没有投后管理的部分，不论管得好不好都不分收益，这是不科学的；第三，承揽的部分太高了，一个投资项目赚不赚钱除了天命不可违的大趋势外，承做团队谈的各种条款和退出机制也起着至关重要的作用。但是天雅不想为了分利益而和金娜闹不愉快，她没有纠正金娜的说法，这为她争取了继续开工的机会，也让天雅在心里瞧不起金娜，格局太小。

第十二节

从机场出来，天雅的手机又收到了未知号码的来电，她心里一惊，有点期待也有点不安，小心地接起来发现真的又是吴老板："你最快多久能到庄园？"

天雅心里机灵一下，宋兰兰的前车之鉴浮上心头，而且她并不知道老板的庄园在哪，她感觉再不说话对方就要不耐烦了，咬着牙说："一个小时内。"放下电话她一身冷汗，毫不迟疑就告诉金娜了。金娜说这件事她知道，老板想和富总通电话，天雅自己去就可以了，她会把地址发来。天雅想着好险，通过了金娜的考试，同时她心中悲凉，下棋中常用"丢卒保车"，为什么要用她来传话，估计她就是那个"卒"。

打车到了庄园门口就不让进了，门卫跟里面核实好了才把高高的大铁门打开一个缝，让天雅一个人走进去。庄园高墙耸立，进了大门里面就像风景区一样，一眼望不到边。大门背后是喷泉墙，外面的繁华和喧闹仿佛都不许进来，放眼望去有山有水有树林，路旁各种烂漫的鲜花盛开着，往前走几十米就有了水塘，水塘背靠远近高低各不同的石山，不断地有汩汩的水从山上流下，在阳光的照射下波光粼粼，水塘里有睡莲，大面积的水面是清澈见底的，可以看到一大群各色各样，但是身长都得超过正常人手臂长度的锦鲤在悠闲地游动。后来听吴老板和管家的对话，这些都是日本进口的锦鲤，每条身价都超过十万人民币，因为水土不服每周都有死的，不得已吴老板还需要找专人来伺候和打预防针，这个价格是一年六十万，吴老板心疼地说："这个价格都够我养个业务经理了。"

道路另一边是一片青青草地，里面星星点点散着各色的小花，一眼看过去不远的地方有几只丹顶鹤，周围还有几只大雁，来不及细细地观赏，天雅走到一个十字路口，有个穿着西服的男士助理等在那里，他背后停了好几辆车，他领着天雅往东面的竹林里走，有一条小路伴着小溪流到了一所中式庭院，穿过了影壁、垂花门之后直奔正房，正房一进去是一圈红木的沙发和茶几，屋里烟雾缭绕，天雅进门下意识地皱眉。正对面的大沙发中间坐的正是吴老板，剩下的沙发上坐满了人，他前面放了琉璃盏的茶杯，其他人面前都是小一号的紫砂茶杯，他们正在谈事，看天雅进来了，吴老板的目光马上转向天雅，正在说话的人马上不说了，吴老板说："给她搬把凳子，我们还要几分钟。"一下子被一屋子的人行注目礼，天雅有点受宠若惊马上低下头，助理搬过来圆凳，天雅一屁股坐下来才敢四处看看。会客室左右还有房间，四个角都摆放了绿植，墙上挂着书法字画，门是透明的玻璃门，如果外面有人，看得很清楚。很快有助理端了一杯茶给她，她跑了这么远正好渴了，一口气都喝了，助理马上又给她斟了一杯，她又喝了，突然想到他们在谈事，助理一趟趟地走动惹人烦，于是小声和助理说，不用再倒了。一个地中海头型的人提出这周要二十亿，吴老板没说话从桌子上的烟盒里抖出一支烟，没等助理上前，地中海就像从沙发上起飞一样瞬间移动到吴老板身边给他点火，吴老板吸了一口，说给子牛打电话。这个时候一直站在房间一个角落不起眼的一个小姑娘马上拨通了电话，递到老板耳边，吴老板问了一句有没有钱，然后就示意挂了电话，让小姑娘把吴子牛的电话给地中海，让他们去对接。这伙人刚准备千恩万谢地花式拍马屁，吴老板已经站起身来往门口走，送客。

天雅跟着大家站起来，还在犯嘀咕自己是不是要陪着出去，老板回头对助理说，领她去茶室。这时候刚才那个小姑娘走过来对天雅说："张总幸会，我是吴老板的秘书君君，你可以加我个微信方便联系。"

这个小姑娘刚毕业一两年，眉眼长得很好看但是一脸的青春痘，一身职业装。看到她，天雅不禁掂量一下自己的装扮，今天没穿西服，而是穿了一件宽松的线衣，长度到大腿了有点学院风，下面是黑色瘦腿裤和皮鞋，看起来不是太正式，但是自己着急过来也来不及准备了。提到加微信，这就踩雷了，她挤出一个微笑："君君小姐，幸会，我是金娜团队的张天雅，有什么事情您联系金总就好了。"

君君对于天雅的求生欲一脸的惊讶，不过也就不说什么，领着她到了会客室后面的一间屋子，里面也是中式风格红木家具，但是有整整一面墙都是落地玻璃，为了遮阳拉下了竹帘，外面看不到里面，但是里面可以清楚地看到外面的情况，此刻地中海正佝偻着背，拉着站姿挺拔的吴老板，在打开车门的车前说话，其他人上车了，助理都站得比较远。地中海上车后把车窗放下继续和吴老板挥手，直到车拐弯了吴老板才放下手往回走。

进屋之后吴老板让助理开窗开门通通风，把屋里的净化器都打开，然后他走进茶室，让天雅坐、助理重新泡茶，并自己点燃了一根檀香。天雅这才想起刚才他们抽烟的时候自己有点皱眉，这么微小的细节难道都被老板发现了？难道不但被发现了，而且还被留意了？吴老板坐在面对落地玻璃的太师椅上，对面有三把椅子，天雅看没有别人就坐最中间的直面吴老板，助理给两个人重新拿了玉一样的青釉茶杯，这个红木的桌子很大很长，中间等距的四个区域每个都摆放着整齐的果盘和零食盘，吴老板抓了几块包装精美的点心扔到天雅面前，让她尝尝，这是早上别人从日本刚带回来的。天雅嘴上抹了口红本不想吃东西怕掉色，但是吴老板给她的她也不敢不接，只能小心翼翼地撕开一包小口吃着。

"你叫什么？"

"我是国强项目负责人张天雅，您叫我小张就行。"天雅着急地把点心咽下去回话。

"你是哪里人？"

"北京人。"天雅虽然告诉自己要时刻谨慎，但是真的坐在吴老板对面开始对话的时候，她反倒是一点都不紧张，就事论事，国强集团的情况没有人比她更懂了，她也盯着吴老板。

"清朝曾经出过一个学士张天植，跟你有关系吗？"

"没有吧，不认识。"天雅心虚地回答，她的语文早还给老师了，在文科状元出身的吴老板面前有点抬不起头。

吴老板这时示意助理下去吧，然后让天雅给富总打电话。接通了以后吴老板自己接过电话，天雅不知道自己该回避还是该留下，她站起来走向门口，吴老板突然对她说，坐下。

电话开到了外放，富总很恭敬地跟吴老板汇报了大辉厂已经拿到了银行的批贷，这个月内就能还款了，吴老板问还重组吗？有人想买大辉厂，已经开价了，不低于重组价格，富总说哪天当面说吧。两个人又寒暄了几句，吴老板说给富总拉两箱酒尝尝，都是他最近在拍卖会上斩获的，富总说自己这边出名的水果和杂粮给吴老板送去，不值钱的东西但是心意。富总在电话里感谢了天雅，而且还是滴水不漏地感谢"在金总领导下的天雅"，这让天雅不禁感叹，富总想得比自己都周到。这时外面呼呼啦啦又来了两辆车，吴老板示意助理带着他们去了其他地方。挂了电话，吴老板问天雅重组什么时候再启动，天雅说半年后肯定启动，吴老板没继续说这个事："走，中午一起吃饭。"就起身往外走。

天雅来不及回答好或者不好，只能快速地翻出自己的外衣和包跟了上去，但是出门以后还是不见人了。及时出现的另一个助理把她引到了竹林外，往前是一片树林，有条隐蔽的石阶小路，曲径通幽，到了另一块空场，迎客的地方有一排喷泉和水池，里面还是锦鲤，后面是两层的会所，里面金碧辉煌的大厅里一个人都没有，礼宾小姐把她送到左手边的宴会厅，帮她挂了外衣放好了包，进去以后才发现里面一大桌子人都在等她，她赶紧坐到门口一个空座上，服务员递上热毛巾，吴老板就开始讲话了。

宴会上他们谈的什么天雅没头没尾地听不懂，但是她能观察出来吴老板是一个心思缜密的人，他对别人的照顾对得起"无微不至"，饭桌上二十个人都被他照顾得如沐春风。每道菜端上来他都会介绍特色，亲自给周围的人布菜，让服务员停下转桌让其他的人夹菜，每个人都会被照顾到。甚至他准备抽烟之前，会问一下远在另一头的天雅，是否介意。天雅自知是蹭饭的而且确实饿了，整个宴会上只有她在结结实实地吃饭，其他人都在觥筹交错，勾肩搭背地私聊。端上来的有千岛湖的巨型鱼头，巨型到了天雅都不知道如何下筷子；有炖林蛙，肚子里面全是子；有红烧河豚，肉质鲜嫩；有开边糖醋虎虾，虾身子就和手掌一样大，因为需要剥壳所以全场就天雅真的在吃；有刚到的新鲜刀鱼，还有大雁汤，大快朵颐。一旦开始相互敬酒她也不能幸免，眼看天贺集团的人都敬过老板了，她端着水杯过去了，老板眉头一皱问她，业务人员不喝酒怎么做业务？天雅不好意思说自己不会喝酒，只能推说自己有点感冒，想着快点敬完快点走，但是老板让助理拿来自己的手机，说："你加一下我的微信。"

这一瞬间，天雅感觉苍天饶过谁，该来的还是来了，这不是等于赏赐了一丈红吗？吴老板明显地看出来了天雅的迟疑，脸色明显地阴沉了，估计他并没有被下属拒绝的经历。他有点生气了，当着这么多人，自己的脸有点挂不住，而天雅还在那里神游。这个时候邻座敬酒，天雅赶紧撤退了，她本想跟老板解释一下联系金娜就好，后来想着这么多人没法说，唉，还不如不吃这顿饭。

吃完饭老板送这堆人上车，他自己上车前，问天雅车呢，天雅说打车来的，他让集团的其他同事给天雅带回去，然后就上车走了。一路上天雅还在那里忐忑加微信的事情，她把今天见面的事情详细地给金娜汇报了，同时惦记着唯有这件事千万不能让金娜知道。多年后，吴老板对这顿饭还是有印象的，一是从来没人敢拒绝加他微信，二是没见过在他面前这么能吃的女的。

第十三节

天雅团队天天自发地加班，项目多得根本做不完，同时在推进尽调的投资项目有十个，其中一半都是金娜塞过来的，不管质量是不是说得过去，工作必须要做详细才行，有的项目初判就算是不靠谱天雅也要硬着头皮去装模作样地拜访，否则对方跟金娜一投诉就不愁小鞋穿了。其中一个头疼事是为七色光影视制作公司寻找合适的上市公司并购重组。七色光是跟集团借款的一个债务人，眼看着债务到期就要还不上钱了，当前正是影视娱乐标的资本化的风口，各大标的如过江之鲫等着跃龙门，趁着这个机会把七色光打扮打扮推出去也是急活，天雅团队的所有人都在电话、微信群和朋友圈推销，让实习生天天对上市公司电话推销。

组内的项目天雅都分配了负责人，每个人都至少会参与五个项目，大家经常晚上下班没有地铁了一起拼车走。最重点的项目是国强股份的重大资产重组和募集配套，自从太子风波后，富总和恒斌逐渐进入到了工作状态，因为资产规模最大、净利润率高，在同类型的上市公司中优势明显，还有过顺利合作，天贺集团同意参股国强股份，通过认购配套的方式。之前有过交手，就配套的数量和价格，天雅和恒斌天天吵得不亦乐乎，拉锯的时候天雅总给富总打电话，后来富总都不接她电话了，天雅就直接打飞的去富总办公室堵门，道路虽然不平坦，但是为了做成她会全力以赴。

其次是和飞飞科技的资本运作，天雅的方案都没过，后来还是石总提出，最终会把上市公司的控制权交给天贺。这是天雅想都不敢想的，飞飞虽然市值不高，但是政府把市中心核心地段划拨给了上市公司，有无数地产商觊觎，和石总谈买壳都被拒了。从天而降的机会不容错过，天雅催着于飞牵头大干快上。

这期间也有飞来锅盖，集团督查审计中心新来的同事叫旭日，金娜邀请他稽查投资部，他让各个团队自查，并在周例会上表明"坦白从宽，抗拒从严"。这种时候如果没有一点问题也不好交代，天雅左思右想还是自己交点东西，考勤不严、加班过多什么的。一周之后，旭日让天雅陪他去国强做一次大客户回访，天雅实在抽不开身，田心自告奋勇陪着旭日去了。

这之后没几天，大纲突然来找天雅，把她拉到旁边没人的会议室里，给她看手机上的一份草案《关于对张天雅、程媛媛等人违规操作的处罚决定》。当时天雅手就冷了，她看下去，这是稽查中心今年以来出的第一号文件，里面提到国强集团债权项目，根据稽查结果，发现并未完全按计划用款，至少有五千万移作他用；同时访谈中还得知项目组还存在违规行为，包括私用客户车辆、坐飞机头等舱等行为，目前还在进一步地证实。

看完这个，天雅一方面感谢大纲在文件还是草案的情况下就拿给她看，这里面还有运作空间和时间；一方面她很困惑，这个债权项目已经还款了，问题严重吗？而且那么多问题项目旭日不去稽查，专门稽查她这个盈利的？她问大纲，是不是要趁着文件发下来之前离职，保全自己的名声？大纲是个刀子嘴豆腐心的人，他表面上冷酷但是对天雅不错的，这次他替她抱不平："你一点都不知道？"

看天雅无力地摇摇头，大纲说："你自己得罪了什么人吗？"天雅没说话。

"你就不打算做点什么？平时多难的方案你都想得出来，现在为了自己想不出来了？"大纲摇摇头说，"你自己不想办法，没人帮得了你。"然后就离开会议室，留下天雅一个人在发呆。天雅上一秒还在想离职怎么写申请，突然就反应过来了，这件事不只牵扯到她，还有媛媛，她给正在出差中的媛媛打电话。媛媛是吓得不轻，但是她让天雅别着急，这件事是田心陪着旭日去现场调查的，让她先打听一下情况，毕竟对方手里拿到的是什么兵器，是匕首还是冲锋枪，决定了她们能不能扛住和反击。天雅觉得奇怪，田心并没有和自己汇报什么异常情况，导致她毫无察觉。

孙恒马上就听出来不对劲，问是不是有事了，天雅感觉可遇到亲人了，竹筒倒豆子都说了。孙恒生气地说："这帮王八犊子，过来的时候就眦着贼眉鼠眼的，要不是看在你的面子上我才懒得管。没想到你们内部还搞这些破事，你别着急我帮你，我要不行还有董事长呢。"

孙恒给天雅盘点了一下旭日在国强访谈的那些问题，借款用途挪用这个问题确实是授人以柄；私用客户车辆应该是太子派车把他们送回京的事，头等舱是什么？孙恒想起来了，有一次也是回京的机票特别紧张，当时是天雅和田心、李拉一起，他们两个都早就订好了机票，天雅订票的时候已经没有经济舱了，孙恒自告奋勇地用自己的关系，给她买了一张超售的经济舱，柜台给天雅升级成了头等舱，其实那班廉价航班的头等舱和经济舱的唯一差别就是多了一瓶矿泉水和一包饼干，天雅自己都不记得了。坐的一趟飞机，到底是田心还是李拉帮她记得的呢？

孙恒给天雅出主意，还是要找富总，虽然他被重组条件烦得都不想接天雅的电话，但是毕竟天雅是帮了他们忙的，银行放下来新的贷款的当天天雅就帮他们走好流程还款了，按照原来金娜的风格肯定会拖上一阵子，借款利率从年化 20% 替换成 10%，一天节省的利息就是小三十万。富总是个有担当的人，或许他跟吴老板打个电话就没事了，孙恒可以帮她和富总说说。天雅问孙恒为什么要帮她。孙恒说，于公来说，他们毕竟是一起做过项目的有这个情谊，另外天雅和其他项目负责人风格不一样，没有理所应该地让他请吃饭送东西，而且，没跟他要过钱；于私来说，他希望和天雅能成为好朋友。天雅没有说话。

<h2 style="text-align:center">第十四节</h2>

这次天雅不是自己打车来的，而是和富总一起坐恒斌的车来的。三个人上午到的时候吴老板还在谈事，三个人各自在竹林外溜达，天雅回微信，富总开始抽烟（出门不方便抽雪茄就抽烟），恒斌作为董秘有接不完的电话，小到基金经理问询重组什么时候再开始、公司高管是不是脑残、为什么不做国际并购，大到交易所问询重组事宜、股票异动。眼看着恒斌接电话越走越远，富总跟天雅说：

"后来你就没事了吧？"

"嗯，没有文件再提这个事了，只是开大会的时候不点名地说了一下，让大家注意。感谢您。"

"没事就好。这都不算什么。以后多留心点。"

姜还是老的辣，当时天雅本想让富总直接帮她说话，但是富总告诉她这个时候越帮她说话越完蛋，让天雅以自查发现为由向上汇报，并提出违约赔偿方案。恒斌不知道是富总出的主意，跳脚反对说钱都还了还提违约，天雅也于心不忍，但是富总批示让国强以财务顾问费的形式再支付给天贺集团一百万，就当是违约的罚金。这件事变成了天雅自查主动发现问题，并及时地要回了真金白银，反而值得其他项目组学习了，其他的事情什么用车啊飞机票啊也烟消云散了。没等招聘新人，田心就被开了，他没有找天雅试图挽回，天雅在通知他离职以后就让陈慧把他从所有的群聊中踢出去了。天雅想起李拉曾经告诉过自己，田心看着不可靠，自己并没有放在心上，还跟李拉说不要搞小团体，幼稚。

一会儿工夫三个人进了茶室，吴老板也落座了。这次来是在重组前沟通能不能加一个标的，一次做两个，也能帮吴老板解决点问题。金娜本来要参加的，结果飞机延误了。双王见面，先寒暄一下，富总夸赞普洱茶有年久的香味，恒斌附和了，天雅心里想着这分明是一股腐败的味道就没有附和，只是皱了皱眉，吴老板开心地表示富总识货，这茶是有年头的，香港拍卖要两百多万一饼，其他人喝的时候都用克称，既然富总赏识就送给他两饼，也给恒斌一饼，然后他对天雅说："既然你不觉得好就不给你了。"

天雅感觉见到吴老板自己脸上就开启弹幕功能，没说话都得罪人。吴老板说完了之后看着天雅，好像在等她开口，恒斌也在一旁帮腔说："张总你快说两句，刚才光顾着品茶了，不是觉得不好，让吴老板关照一饼回家好好品品。"

"你们要吧，我不要。"天雅冲着恒斌说的，余光瞥到吴老板，吴老板估计也没料到她说得这么刚，把自己的目光转向了别处。

然后吴老板说到正事，富总的态度是能做就帮忙，大辉厂的数据他让恒斌介绍了，但是其他标的能不能一起重组有些硬指标，这里他让天雅补充一下。吴老板看手机的时候戴上了眼镜，但是每一个人讲话的时候，吴老板的两只眼睛都从眼镜后面瞪着他们。没说几句话，助理进来问，新成熟的果子要给富总拿几箱？吴老板大手一挥，说，走，我们去看看。于是一行人走出竹林，往果园那片林子走，到了这片林子，助理给天雅和恒斌发了篮子和手套，看着双王越走越远，两人识趣地开始采摘。越往里走、往树上端，果子越大越红，天雅穿着西服，不顾脚上的高跟鞋踩在泥里，认真地摘果子，下面的不够红了她还踩着梯子上树去摘。过了一阵子，天雅的手机响了，是恒斌，他看到双王往会所走，赶紧通知天雅过来。天雅感觉自己太二了，人家给个篮子就以为必须摘满，自己是来工作的不是来采摘的，马上下树，深一脚浅一脚地往回走。就在天雅拎着一篮子水果找不到路的时候，恒斌出现了，他让天雅快把篮子扔下，吴老板没有开席，在等着她呢。

这次天雅坐下的时候面前的酒杯就已经倒好了酒，她顾不上想这些一心就惦记着自己鞋上蹭的泥等会儿得去洗手间处理一下。吴老板又凑了一大桌子客人，挨个介绍，到了天雅的时候又说了一遍张天植的梗，这个举动让天雅感觉不正常，吴老板滴水不漏为什么要再次提起？必然是刻意为之的，吴老板到底是什么意图？

等天雅从洗手间出来的时候，恒斌正在给吴老板敬酒，用的是喝水的大杯子，装的白酒，他干了吴老板随意。恒斌回来以后小声让天雅也去敬酒，天雅稍有迟疑吴老板已经发现了，他亲自端着酒杯走到天雅身后，有点力度但又是能感觉到有所克制地拍了一下她的肩，天雅不得不喝只能敬老板。亲自过来，老板一脸的不高兴，富总赶紧帮腔说天雅虽然从来不喝酒但是脑瓜好使，以后一定要记得主动给老板敬酒。天雅喝了以后老板也干了，问是不是加过微信，天雅这次反应过来了，马上说上次信号不好，这次一定加上。坐下了以后天雅心里有点嘀咕，因为吴老板刚才拍她肩膀的时候停留的时间有点长，这不太对劲，但是吴老板或许只是无意为之。

吃了一阵子金娜才姗姗来迟，进门先敬了一圈酒，吴老板马上让再加几个菜，金娜笑着说："不用了，有饺子就行了，自家种的菜特别香，别的地方吃不到，我每次都吃不够。"吴老板开心得很，马上让服务员给金总打包两盒带走。金娜马上说："谢谢老板，老板太慷慨了，上次您给我拉走的两箱红酒还没喝完呢。"这句话说得特别像撒娇，恒斌马上接着拍马屁，金总这么得吴老板赏识，这点东西对于吴老板算什么，哈哈哈哈，在座的都笑了，吴老板脸上有一丝不快。

金娜来了天雅就有点不自在，在金娜面前她表现得和吴老板越不熟才能安全点，旭日谁请来的天雅心里还没数吗。吴老板聊到高兴的地方问天雅："小张，你知道我这红酒多少钱一瓶吗？"

"不知道，也不想知道。"天雅实在是不想接话，万一自己随着拍马屁，老板再送自己点红酒不得加速引爆金娜啊。这个时候金娜及时地跳出来打圆场，说天雅不会说话让老板别介意。

宴席结束的时候金娜还有些事情要和老板汇报，富总、恒斌和天雅坐着车先走了，天雅自己采摘的果子都被人装好放在后备厢里。临走的时候，吴老板专门送富总上车，并且感谢了富总送天雅，富总解释说只是顺路而已。路上恒斌还在跟天雅说："老板还挺关心你的，当时老板要送东西的时候你就顺势说句好话不就行了，搞得没弄到茶叶吧？"

"那些东西你们懂，我不懂也不在乎。"

之后恒斌接电话，富总劝天雅在老板面前积极点，他感觉吴老板挺喜欢她。天雅心里暗骂富总还挺八卦，不过她相信富总这种老狐狸一般都不会搞错；想到吴老板，她竟然心里还有点小小的开心，虽然在感情方面她有点点迟钝，但是她的直觉也能感觉到吴老板对她有点不一样，这让她有所期待。入职天贺之前，她感觉自己已经见过了不少大场面，还有各色位高权重的人，但是吴老板这样的，她真的没见过，看到吴老板她难免地心跳加速。想到肩上的业绩压力，她告诉自己不要多想了，还是一本正经地跟富总说还是尽快安排去尽调老板提到的项目吧，毕竟时间不多了，她只想有份工作能干点事，不想让生活变得太复杂。

第十五节

　　国强和飞飞都在推动中，飞飞的方案七月份公告之后股价连着五个涨停，天雅凭这个项目在投资部坐稳了自己的位置，在天贺集团内部也小有名气。根据双方事先的约定，天贺会委派天雅去上市公司任董事。天贺内部吸取了原来的教训，事先让天雅把老公、父母，还有公婆的证券账户资料交上去，这次天雅公婆出问题了。

　　平时天雅和公婆不交流，是历史原因造成的，公婆一直感觉天雅配不上自家儿子，直到现在还在念叨当时有哪个市长的女儿看上于越了，双方一直不愉快，春节天雅没出现公婆还挑礼了。天雅看不上公公帮她找的工作，天雅不干了他还相当地不高兴，认为简直是不识抬举。于越做双面胶不容易，为了让公婆理解多一些，一直在电话里强调天雅在股票市场叱咤风云，这才让公婆对天雅的态度改观了一些。公公一直在炒股，有次听于越说起来天雅去飞飞科技出差了，感觉会有大动作，于是买了十万块钱的飞飞科技，直到于越问公婆要股票交易记录的时候发现了。于越一般不给天雅打电话，结果那天他打电话说可能明天要出差，紧接着他随口说了公公买股票的事，并没有感觉怎么样，但是天雅发怒了。记录显示，公公除了飞飞科技，还买了国强股份，公公还满不在乎地表示，不就是个挂职董事吗，大不了不干不就行了。天雅头脑里一片空白，已经不想当不当董事，而是这件事是否会毁了她在资本市场的前程。当初太子女朋友买股票的时候天雅就觉得她够傻的，差点毁了太子的前程，就该果断分手；现在发现公公炒股，怎么切割？

　　自从稽查过去以后，媛媛和大纲就刻意地回避和天雅接触，他们是自保，她也不想因为自己的事情再给他们添麻烦，还是先和李拉商量一下。李拉和天雅差不多年龄，是嘴上从来不输的湖南妹子。她脸型和五官都很匀称；一米六的身高估计一百一十斤左右，但一点都不显胖，她平时都穿高跟鞋，懂得穿搭和配饰，南方人皮肤很好也很白，梳着披肩发还染了前卫的青色，后来逐渐变成了黄色，显得非常活泼，笑起来很可爱，严肃的时候也不会太冷峻。之前由于李拉喜欢议论别人，天雅并不想跟她有深入的私人交往，但是稽查那件事，李拉曾经帮着快速搞定了协议，并且在公司例会对这件事讨论的时候，先声夺人扭转了这件事的负面影响，办事得力。

　　在一个没人的办公室，天雅和李拉说了目前的情况，她已经是金娜的重点关注对象了，难道要辞职吗？李拉让天雅先去忙，她对照交易记录查一下相关的资料和法规。

　　天雅作为项目负责人既要抓项目，又要抓资金，如果是从天贺集团拿内部的资金，结算成本很高，最低要年化 15%，这就倒逼投资部自己去找便宜的资金。有了股票质押，从银行、券商和同业机构都可以融资，风控要求从高到低对应了融资成本的从低到高。每次和这些机构谈配资就要至少占用一个半小时，一天要是谈三场，时间表基本上就安排得很满了，所以天雅来不及彷徨和烦恼，就要整理一下心情接待资方了。

　　资方里面也分三六九等，开始的时候天雅见他们还没有头绪，后来基本上见多了就识广了。基本功是识别假资方，打着资方的幌子来骗取项目资料，好出去拉大旗作虎皮，再去骗取其他投资人的资金或信任的。正常资方分安分的和不安分的，安分的只给钱，也只要还钱；不安分的诉求各不相同，希望分后端收益的、掌控卖出节奏的、借此机会让天贺出资反投回去的等等。而资方的业务员也分成几种，正规金融机构的正常业务员，一般穿工服，喜欢约在纯工作时间，不吃饭，几个人上门拜访，凡事必提及请示汇报；正规金融机构的不正常业务员，前面都差不多，一般是满嘴跑火车，什么事都能说了算；非正规机构的正常业务员，造型随心所欲，喜欢让融资方上门拜访；如果是非正规机构的不正常业务员，那就百无禁忌了，要求更是千奇百怪，有约在饭点专门来蹭饭的，有来了以后让报销车费的，有上来不谈业务先谈财顾费的，最夸张的是还有加了微信本以为谈业务却发现是约炮的。

这天接待的是银行，天雅说了一小时心想该结束了，要不该留吃饭了，对方还真的识趣地准备走，临走的时候问，融资主体公司的牌子有吗？公司要求照相留影。这可真是灵魂一问，天贺集团下面用于投资的主体都是马甲公司，哪有牌子。对方看天雅一脸的放空状态也明白了情况，但是还是让天雅配合一下他们工作，毕竟他们给出的成本是最低的。各个行业，金融业尤甚：只要钱到位，啥姿势都会。天雅让陈慧把融资主体的营业执照原件要出来，又让她打印了一张公司名字用相框装起来，跟前台借了面墙，把营业执照原件贴在墙上，旁边再挂上公司名字，银行的人加上天雅团队七个人一排照个相，也算是给个面子。

下班的时候，李拉带来了一些好消息，公公买股票的时候国强股份已经中止了重组，是排除内幕消息敏感期的有力证据；飞飞科技那边有点棘手。这种情况下，李拉判断是不影响天雅当董事的，主要是因为这个量级的买入金额应该还不至于引起证监会大数据筛查的关注，而且天雅也没有泄露什么内幕、公公没有卖出获利，当然后两个理由只是为天雅开脱，上不了台面。天雅和李拉商量到天快黑了，李拉建议不交这些记录，出问题的概率很小；天雅本身是一个风险厌恶型的人格，她还是倾向于最稳妥的做法——更换董事人选，为解释原因她愿意把这件事向公司和盘推出。天雅让李拉把整理好的情况说明给她，她会亲自交给旭日，旭日该多么地高兴啊，刚来不久就不费吹灰之力地办成了一个大案。

第二天，李拉的个人资料报给了上市公司，天贺委派的董事变成了她，这是天雅的意思。尽管金娜没有出面，但是天雅和她的代言人旭日谈妥了条件：不会对天雅处罚，但是她的年终奖、个人的晋升会受到影响。天雅心里很失望，那些藏着掖着的人都安安稳稳的，反而怕牵连公司利益勇敢站出来的被罚，她把自己的简历更新后挂在了招聘网站上。这件事情真是顺了金娜的心思，眼看天雅风头正盛，十月份集团就要选拔新一拨的管理后备人才去美国参加培训了，不用费心去找其他理由排挤她了。后来吴老板跟她说起，他问过金娜，后备人才里怎么没看到国强项目负责人，金娜跟他说这个人没有领导才能，而且人品不太好。

这些不公和委屈，天雅和于越说了以后于越并不以为意，他觉得天雅有点夸张了，而且他不觉得这对于天雅是很大的代价——他认为就以天雅的水平在天贺干不久。如果说之前两个人还能相安无事地过合租的日子，现在天雅心里已经对他们的关系动了杀心。

这件事情没有公开，天雅的委屈无从和别人说起，她感激李拉关键时刻伸出援手，帮着明确了最坏情形的边界。慢慢地，除了工作，两个人也聊一些私人的事情，文理科的思维方式不同，天雅比较实用主义，李拉比较浪漫主义，喜欢什么样的衣服、发型、口红色号，到男人类型，就没有一点重合，交流起来特别带劲，就像火山碰上泥石流。

第十六节

二〇一三年下半年天气最热的时候，除了股市上非公开发行百花齐放，还有一件大事就是北京的二套房提高首付了。

高涨的房价让于越好多同事坐不住了，在办公室公然讨论，天天都在惊叹房价日新月异。于越看了多少楼盘天雅不知道，但是有一天上班的时候她突然接到于越的电话，他在电话那边激动地说，排上了。

打听到新楼盘临街的单元是特价房，于越早早地去排队领号，虽然前面早去的关系户不少，但是大都奔着楼王去的，排到于越的时候居然还有特价房，当时就交了定金。他们之前商量过，天雅工资攒下三十万，还收到一笔海外退回的养老金三十万，于越凑凑能有十万，两个人按三成首付计算可以买得起总价两百万以内的房子，这套均价两万五，八十平方米的两居室刚好合适。签下来以后于越很开心，加入了好几个群，俨然已经是业主心态了，天雅想着按部就班地买就行了也没费心。没想到北京房市突然出台新政，二套房七成首付就要一百四十万，让人措手不及，群里有些人开始商量是不是不买了。销售给出主意，于越晚上专门跟天雅约了时间商量：离婚行吗？

天雅按捺住心里的雀跃，在她有点吃惊的脸上看不到半点的嘴角上扬，她无法忘却这几年的辛酸委屈，她在前单位被鄙视得毫无自信、在家寻求安慰又被冷暴力对待，无论什么时候想起来都让她恨得牙痒痒，恨自己没有痛下决心早点摆脱那个什么都没有做的男人。现在的工作虽然让她如履薄冰，但是毕竟她正在逐渐地捡回对自己的信心，如果再能摆脱面前的这个男人，她感觉这简直是买一送一的快乐。于越和天雅当初是校园恋情，轰轰烈烈才在一起，但是婚姻中一个人快倒下了发出求救信号，另一个人却冷眼旁观，这已经让她对婚姻的所有幻想都破灭了。两个人的感情并不是异国的寂寞或者日常鸡毛蒜皮的生活能撼动的，天雅在婚姻生活中确实有不满，比如公公婆婆没看上自己，老公毕业后挣钱少也没有给她，婆婆原来是全职主妇所以老公觉得女人干家务是天经地义的，她需要承包家里所有的家务，但是种种的一切都不足以击垮他们的感情。相对于热爱，真正的反义词不是恨，而是冷漠，她曾以为两个人会相互成就，婚姻是一段势均力敌才能携手的旅程；她曾自愿放弃一切只为和他在一起，但是经历过于越批判她的为人处世，不再接她的电话，不再为她的伤心而心疼，对她的崩溃无动于衷以后，她就已经放下了对他的所有期待，在心里对他们的感情说了再见。天雅并不想否定于越，否定他就是否定年少时的坚持，但是没有营养的婚姻，终结是早晚的事情，她提过离婚，于越只是让她别闹了，就算上法院他也能举证他们的感情没有破裂；后来天雅一门心思扑在工作上，但她一直在等，等自己腾出手来好尽快止损。现在没承想，于越自己就提出来了，天雅一方面很开心正中下怀，一方面也为自己的决定感到庆幸：他居然对于自己的想法没有一点察觉。此刻她并不想表露出心愿被满足的样子，只想将计就计："为什么呢？"

"离婚了就可以按首套房买了，不但首付低、贷款利息低，契税也低。"于越有点不好意思，毕竟提出离婚是为了这么现实的原因，但是他马上说，"不是说真的离婚，等买房贷款下来了，我们再复婚。我看群里刚结婚一两年的都这么干，想着我们结婚这么多年了，不过如果你不愿意的话，可以把房子退掉……"

天雅马上重复了一遍他的经济账，她认为于越说的非常有道理，好不容易才抓住的买房机会不能浪费，何况他们的感情这么坚固。说这话的时候，天雅感觉要不是自己天天都在训练见人说人话见鬼说鬼话，可能还真的要笑场。于越本来准备一个晚上都开导天雅，但是没想到她这么识大体，最终他们商定：先把原来的房子过户给天雅后离婚，于越拿一百万做首付其余公积金贷款买房，其中天雅出九十万。方案论证得很细，绝对可执行，于越的小算盘天雅清楚得很，新房写的是于越的名字，天雅出了这么多钱把未来公公婆婆的住房问题解决了，但是他如果没有动力的话怎么会离婚呢？销售一条龙服务，连离婚协议的范本都准备好了："哥，您和嫂子的感情是真的好，我见过有大哥离婚后不复婚的。"

怕自己答应得太爽快，天雅还跟于越担忧地说："男人岁数越大越吃香，外面小姑娘又那么多，你人帅又有前途，你不会不要我了吧？"于越自然是一顿拍胸脯。天雅注意到离婚协议里有一条是债务，双方平分家庭债务，这条跟天雅在网上搜到的范本不一致，是于越的小心思，如果她以后不和于越复婚，他会拿出当初给公婆打的欠条来跟她要钱的。

其实看到这里，天雅就明白，未来即使于越知道了自己就是要离婚，恼怒的肯定是被愚弄，但是应该是给点利益就能摆脱他的，因为他对天雅也并没有太多的担当和付出。想到这里天雅不禁心疼当初的自己，她以为自己的牺牲感天动地，现在看来所托非人。到底是人是会变的，还是她自己看不准呢？

为了凑够九十万，天雅需要借三十万，这件事她不会找父母。思来想去，她还是想到了孙恒：孙恒有钱还和天雅是朋友，最主要的是，天雅感觉孙恒不会拒绝她。晚上十点多，孙恒应该没睡，她给孙恒打了个电话，对方没接，但是回了个微信：什么事。天雅：借钱。孙恒电话打过来，天雅跟他说了一下要买房子差三十万，能听出来电话那边有个女人在嚷嚷，孙恒马上挂了电话，但是要她的账号。天雅把账号发过去了，心想着应该怎么和他说利息和还款时间的问题，他已经把转账截图发过来了。虽然天雅料到孙恒不会拒绝她，但她以为要问房子在哪多少钱、谈个利息、约定什么时候还钱，还要让她在富总面前美言几句，最后再让请吃饭啥的，准备了半天完全没用上。

第二天于越专门请假和天雅约在民政局见，门口都是等着步入婚姻殿堂的情侣，离婚不用预约直接办理。二人被领到一片绿植圈出来的小区域，给了一张纸让学习，要等专人来先调解，于越就请了半天假急得要命，他跟旁边的工作人员嚷嚷了起来，工作人员一看这个架势谁还敢调解，肉眼也能看出来性格不合，马上给他俩找了个单间，没有其他废话地就办了。当初领结婚证的时候，他俩就在家旁边的小照相馆花了二十块钱，随意的衣服，没化妆没洗头，天雅早就看结婚证不顺眼了，离婚证上的照片是她精心化了妆照的，她很满意。

拿到离婚证于越就赶紧回去上班了，天雅目送他离开了以后，才敢打电话，她打给楚楚的时候都控制不住嘴角上扬：请她吃顿大餐。

第十七节

金秋十月，国强股份终于停牌开始重组，标的是双黄蛋：大辉厂加吴老板推荐的。带队去吴老板推荐的标的尽调，天雅当仁不让，说好由她带着恒斌和券商一起去现场的，但是在北京机场，天雅见到的却是太子和帮他拎着包的助理。助理简单地说恒斌还有其他协调会，走不开，是富总让太子锻炼锻炼，也强调了工作以天雅为主。酒桌上拍桌子的事件之后第一次见面，双方都不想说话，天雅找借口分开等飞机了。天雅给恒斌打电话，说他也太不够意思了，恒斌笑着说："富总那么信任你，你又不是外人，帮着教育和激励太子吧！"天雅心里叫苦不迭，本来是个协调员，这下变成主持工作的、外加傲娇儿童保育员。

到了目的机场，天雅在摆渡车上看到助理，才知道太子坐的是头等舱。去标的企业的路上，大家聊起来在北京挤地铁，太子一直都不参与讨论，后来天雅问他平时坐几号线，他才勉为其难地说："我不能待在人太多的地方，受不了，我在北京没坐过地铁。"装吧，大家都知道了，聊天不带他。

到了标的企业，随行的五个券商马上进入干活状态，天雅带两个访谈标的企业高管，大家紧锣密鼓地都开干了，太子还在等着车送他去酒店放行李。看着没人理他，他让助理叫了车。没多久助理打来电话，问天雅要不要和太子一起升级成行政套房，天雅说不用了。一下午没见到太子，快下班的时候他来了，在一旁看着大家干活，再过来听几句访谈，没多久标的企业就表示，天雅他们头一天来，晚上请吃饭略尽地主之谊。这就到了太子表演的时间了，他怎么说都是要继承家族企业的，最善于的就是讲话，不打草稿就能说出一二三四五条，有当领导的口条。到了喝酒的时候他就更在行了，助理成了酒司令，和标的企业的人三两句黑话就统一了敬酒规则，也有当领导的酒量。天雅还是没什么长进，被人诟病地一杯红酒敬完所有。标的企业把太子当作财神爷，夸他年少有为、青年才俊、将门虎子，但是一说到估值、对赌业绩、回购条款这些事情，太子就开始顾左右而言他了，让人感觉有原则又老练，其实是关键问题他都不清楚，天雅就在一旁微笑又不失礼貌地看戏。

好不容易回到了酒店，天雅和券商几个人背着行李刚要回屋，太子说想在外面逛逛，券商推说还要内部讨论都不去，天雅本来不想去，但是助理喝多了被先搀回屋了，万一太子一个人出点啥事她也不好交代，只能硬着头皮背着自己的大包，陪太子遛弯。

这座城市天雅也是头回来，从酒店出来不远就是湖边，路灯下三三两两地有一些散步的人，两个人肩并肩走着，相隔半米吧，太子突然问天雅是不是看不起他。见天雅低头不语，太子开始长篇大论，讲他出过一本书，内容是研究中国家族企业接班的，经过他深入浅出的分析得出结论：打江山不易，守江山更难。天雅附和他说，确实不容易，一代创业人都是白手起家，各行各业各有各的辛苦，二代普遍受不了原生行业的这种辛苦，转行做其他行业挑战堪比再创业，因为岁数小经历少，容易上当受骗。这个话就进入了太子的知识范围，他从小被培养识人和用人，这是天雅这种草根无法从书本上习得的，又是只可意会不可言传，他玩命地吹嘘自己的驭人之术，助理就是被他的魅力折服，拼死拼活地要跟着他。是是是，天雅看太子沉浸于装逼模式不想再聊了，准备专心地看风景。但是太子也许是喝多了，也许是又被天雅这种不屑的态度激怒了，居然拉住天雅站在路灯下开始诉苦。

他曾经背井离乡在外求学，不缺钱但因为体弱多病没少体会校园霸凌，灰暗的记忆让他毕业后再也不想回到美国。毕业后想靠自己打拼，但富总还是托了人，他始终不能融入企业，同事们中午一起吃饭都不带他，他也受不了上海冬天的阴冷，回国强后富总并不给他安排什么实质性的工作，而且不允许太子在公司叫他大伯，只能像其他人一样，叫"富总"或"董事长"。他自以为是地花大价钱给国强上了办公系统，根本没人用；好不容易刚在上市公司成为董事，又被女朋友搞得差点身败名裂，被派驻工厂，基层的工人不比都市白领知书达理，很多工头都没文化，交流全靠喝酒，这几个月太子基本每天两顿酒，三天一断片，最亲的就是马桶，有的时候吐完了都能抱着马桶睡着。

太子讲述自己"悲惨"遭遇的时候，激动得口水直喷，天雅本想推开他，躲远点，但是看到他眼泪就在眼眶里打转，只能看向其他地方别被喷一脸；太子还非要看着她说，搞得她装作擤鼻涕擦了把脸。周围路过的人已经有要围观的了，天雅一看这样哪行，太子发酒疯自己不能跟着出丑，她拉着太子的胳膊就往前大步走，前面刚好有个小卖部和长椅，她买了瓶水给太子，刚刚站着说话没走动导致天雅的腿被蚊子咬了好几个包，她翻出包里的药膏给腿上擦药。太子缓了一下有点清醒了，他看天雅被咬了这么多包心里过不去，但嘴上也没说出什么软和话，只是说，穿裙子被咬了吧。天雅懒得跟他多说，看他挺可怜的也就没撑他，她望着不远处的湖边亭，不禁感叹自己出差都没时间游玩。太子又突然提出要帮天雅照相留念，天雅真是没想到，大晚上的适合照相吗？太子根本就不是建议，他已经站起来往亭子那边走了，边走边说："你一个北京人还这么扭扭捏捏的，一点都不大气。"

天雅站在亭子跟前本想着随便拍一张就好了，但是太子还挺注意效果，一会儿让她往前一会儿让她往后的，后来干脆走过来要帮她背着包，她说："大晚上的，凑合照一张得了。"

"那哪行，你自己糊弄是你的事情，我的作品不能糊弄。"看着太子这么认真她也不好拒绝，就把背包卸下来给了太子，接过去的那一刻太子才知道她的包这么重。勉为其难地背着天雅的背包，太子还在那里挑角度、挑光线、挑姿势，还要等镜头里的其他人出圈，有个围观的热心大爷都看不下去了，跟他说："小伙子，我来帮你照。"大爷一把接过他的手机，三下五除二就照完了，他正谢谢大爷，大爷说："你也过去吧，我再给你们两个照一张。"天雅和太子都有点犹豫，但是大爷那么热情，周围还有两个看热闹的大妈，太子迟疑了一下就走过来了，两个人姿势怎么摆都有点尴尬，天雅把自己的背包接过来两只手拎着垂在腿前面，太子插着裤兜站在旁边。大爷发话了："姑娘你把包放地上，两只手自然点。"天雅照做了之后，大爷又发话了："小伙子你离太远了，再过来点。"两个人的肩膀就挨得有点近了，天雅能闻到太子身上的酒气很重。本来周围只是有点散步的行人，看天雅这么一照相，大家突然被激发了灵感，也有了照相的欲望，还真有几个人等在大爷身后。照了一张以后大爷还是不满意，他说："人家姑娘腼腆很正常，你一个小伙子还不主动点，再近一点。"看来大爷是误会了，本来天雅想跟大爷说他们不是男女朋友，正在斟酌用词，太子一把搂住了她的肩膀，两个人靠在一起，大爷满意地照完了，还给太子看看。

往回走的路上，好久天雅和太子都没说话，天雅想着太子不是一个爱开玩笑的人，刚才估计是喝酒了周围人又多。正想找个话题，太子说话了："你的包这么重，你一直背着吗？""你是想帮我背吗？"天雅心说我自己不拿着，难道像你一样有助理给拿着啊。"那倒没有，不过我这么大人不记小人过，可以帮你拿一会儿。"太子这嘴硬的，本来是想帮忙，偏偏说得这么傲娇，天雅一直背着肩膀正酸呢，不跟他客气地给他了，可以看出他一脸嫌弃，不知道是嫌弃背包太重，牌子太烂，还是嫌弃被汗水浸湿的背包带。没有背包一身轻，天雅有兴致地看着路边小摊，太子很不耐烦地站在一旁，尤其是看天雅买个冰箱贴还要砍价，感觉要崩溃了："真是浪费时间，如果我带着钱早就买下来了。"想不到太子身上居然没钱，天雅本想嘲笑他一下，但是看在他为自己背包的分上给他普及了支付宝，但是太子显然是对电子支付不感兴趣。其实不光是太子，天雅后来发现，有钱又有权的人身上都不带钱，因为没机会自己花钱。

在外面陪着太子散步的一会儿工夫，天雅已经推了好几个电话会，内部的有于飞、李拉要讨论跟飞飞设立并购基金，范鹏汇报七色光影视潜在买家，人力来约招新人的面试时间，法务来跟进项目进展；外部的有恒斌来问标的情况，券商约时间拜访，还有猎头打电话问跳槽不跳槽的。和金娜的电话她接了，太子听她和金娜的对话不太客气，教育她："就你这还北大毕业的呢，基本的上下级的怎么沟通都不清楚，难怪这么高学历还是只能跑跑腿。"

天雅这个不爱听，她本来就憋着对金娜的不满和不服，太子的论调又和前领导这么像，她心里的火一下子就腾起来了："你懂什么，会说话的就能做业绩吗？我就凭本事吃饭了！"

"我懂什么？我当然懂了！"太子这下突然得意了，"咱俩不一样，我是做领导的，你一看就是下属都做不明白呢。"

"你懂你说啊，怎么做领导？"天雅打断了他，她有点不耐烦了，太子这个人就是傲慢又目中无人，她是什么样的人还轮不到他来评判；况且他都是纸上谈兵，说了半天都是废话，也没说出一句所以然来。

"这哪是三言两语说得清的，你要慢慢跟着我学了。"太子说得慢条斯理的，还是一脸的得意，好像已经在等着天雅拜师学艺了。

"扯淡，没空跟你废话。"天雅边说边看手机，准备回电话了，太子没有正事要干她还是有的，还不少。

"你看你，不懂还不谦虚。我也没说你不会干事，但是人是社会的人，你不是活在真空中的，你可以不在意别人的眼光和生存之道，但是这是我们大多数的人遵循的处世原则……"听着太子这番话，天雅觉得确实似曾相识，于越也曾经和她说过同样的话，她本就是大大咧咧的北京女孩，一直是学霸，身上多少都有点清高劲儿，即使是当初被国企虐，她也不愿意低下自己高傲的头，更何况是如今，她在资产市场初出茅庐就崭露头角，凭什么让她低三下四去讨好金娜？

"哎，我说的你别听不进去。你这条路，我觉得未来很难走。你不能调整你自己去适应你领导，难道你希望领导能适应你吗？你上哪找一个就喜欢你这种臭脸，说话难听，办事之前不解释，还能无条件支持你和信任你的领导？"这句话让天雅想到了世有伯乐，然后有千里马，她懒得和太子辩论，一句话结束了这些："是啊，我又没有家族企业等着继承。"

短暂的沉默之后，天雅还接到了孙恒的电话，他没说业务，只是问说话方便不方便，天雅说自己和富总在出差，就匆匆挂了。这个电话之后太子问天雅刚才是谁的电话，是不是国强集团的人打过来的？为什么这么晚会给她打电话？天雅本不想回应他，但是看到他很认真地停下脚步，好像不听到回答就不走了的样子，只能说："是证券部的，要跟我讨论一下重组的事情，事情紧急的时候我们经常晚上打电话的。"天雅想着说到这里也就算可以了，聊业务太子管不着也不懂，重组的事情更是他不应该多打听的。

"来电话的是男的女的？"太子还是不依不饶的，天雅感觉他有点过分了，这是私人的事情与他无关，但是考虑到太子喝酒了，天雅不想和他硬碰硬，只是说："快走吧，就是找你签字去的那个小姑娘。"快到酒店门口的时候，天雅看到路边有卖炒田螺的，她拉着太子尝尝，太子不会吃也学不会，天雅想着别浪费都吃了。

回到酒店以后太子执意要把天雅的背包送回房间，进了房间太子一屁股坐在大床边上，天雅被各种事压着急着回电话，也没管太子。要说太子也是奇怪，坐在床边就看着天雅工作，也不知道是要干什么。天雅心里也有点波动，要说太子长得也挺帅的，如果跟他约炮应该自己也不亏，而且自己跟于越本来就已经同床不交作业好几个月了，自从离婚了以后还没有开荤，要不要从太子身上迈出第一步呢？这不是开玩笑，自己毕竟没约过，也不是那种随便的人，如何约她不清楚流程；而且太子喜欢网红脸，自己贸然主动再被太子嘲笑配不上可就丢人了。想到这些天雅就放弃了，还为了自己刚才的心理波动忏悔。她决定继续做保育员，不行等会儿伺候太子睡下了自己再去开间房。中间孙恒微信问过，天雅跟他说太子在旁边，孙恒回了个：太子看上你了，哈哈哈。

天雅目不斜视地一边开电话会一边写汇报文件，太子就坐在后边，不喝水不上厕所，坐了一个小时，他突然问天雅："你喜欢听谁的歌？"天雅吓了一大跳，她都是随便听的，也谈不上喜欢不喜欢："都行。"太子就自顾自地清唱了起来，旋律有点熟悉，是个温柔的情歌，但就是想不起是谁唱的。唱完以后天雅客气地说唱得不错，据说红石人好像都喜欢酒后唱歌，富总喝酒了都去KTV唱歌。后来太子的电话响了，助理醒了找他，他就离开了，走了以后发来微信："我本来想跟你说点事，你一直不给我机会，就算了。"天雅心想难道还要我深夜去你房间吗，可算了吧，自己这么忙没空陪太子，而且对于这种死要面子不张嘴的男人她也没有兴趣，信息她也没回。

洗完澡躺下以后天雅感觉很累了，看着看着手机就睡着了。夜里不知道是几点，天雅被一阵阵的恶心惊醒了，她感觉身体沉沉的又一阵阵发冷，胃里翻江倒海的想吐，挣扎着起来穿上浴袍，看看手机是夜里两点，她跟跟跄跄地走到卫生间，感觉这么难受也不是个办法，用牙刷往嗓子眼捅，然后感觉就上来了，抱着马桶就是一顿喷，感觉实在是太难受了，就给太子发微信：我有点不行了。发了估计也是白发，大夜里的谁能看见。但是逐渐地感觉眼前有点黑白雪花屏，耳朵也听不到声音了，她怕自己晕倒的不是地方，赶紧用最后一点力气把马桶盖盖上省得头掉马桶里，晕倒的姿势她就控制不了了。不知道过了多久，她感觉遥远地有人叫她的名字，一开始可能是想正面抱她起来，但是没抱动，后来她感觉对方应该是拽着自己的两条胳膊往屋里拖行，自己的一部分大腿和小腿就蹭着冰凉的卫生间地面，再到地毯，直到跪到床旁边，才有人搭把手把她放到床上。经过这漫长的真空期她感觉意识逐步地恢复了，睁开眼看见太子就站在床头，旁边还有一个酒店的男服务生，太子正在让人叫急救车，天雅感觉应该是晚上的炒田螺有问题，但是吐出来就好多了，估计休息一下就好了，这个时候不想折腾着去医院打点滴，赶紧让太子别叫急救车了。

于是惊魂未定的男服务生先离开了，太子坐在床边上问天雅到底怎么了，天雅心想着这种时候都不给倒杯热水真的是应该单身一辈子的男人。但是天雅实在是太累了又刚吐完，两个眼皮感觉像粘上了，不自觉就睡着了，然后她就感觉被打脸，不是做梦，是太子真的在打她的脸。"你干吗打我？""你醒了就好，我还以为你晕过去了，赶紧抽耳刮子掐人中，这还没掐呢你就醒了。"天雅差点被太子给气死，她说："谢谢你，我吃坏了吐完就没事了，你回屋休息吧。"太子听到这话，站起来就要往门口走，走了两步回头说："真的没事了吗？"天雅也看出来他是好心，但是自己真的需要睡觉，到底太子对她有没有那个意思她摸不准，对她好也不能自作多情；而且即使太子有这个意思，她确实对太子没那个意思，刚刚结束一段令人失望的感情，无心恋爱，就说没事了让他回去。

后来天雅想到太子，总觉得他是个好人，但是时机不对，如果当初让太子留下来了，如果两人可以开诚布公地谈谈，结局可能会不一样。即使是有点迟疑，但是太子还是在天雅又闭上了眼睛之后，把一瓶水放在她床头，坐在她旁边，把纸巾蘸湿了帮她擦了擦嘴，帮她把散落在卫生间的拖鞋摆到床旁边，又披了披她的被子，才离开。

第二天上午上班天雅没吃早饭，只比平常晚到了一小时，她被金娜的电话叫醒问项目进展，她说她昨晚晕倒了不太舒服，金娜只是说知道了，接着让她汇报工作。天雅翻出猎头电话，仔细问了情况，是个新成立的投资公司在招MD，基本年薪一百万，如果她能带团队过去更好。良禽择木而栖，没必要在金娜这棵歪脖树吊死。

太子还没有来，助理说昨晚累着了。天雅反省太子抱不起来她是不是由于自己太重了，因为这个累倒了，自己是不是应该感谢他。后来一想太子那么不吃亏的人，肯定会自己提出来的，不用她主动。上午的时候金娜来了新指示，明天飞飞的石总来北京见吴老板，让天雅带团队一起去。天雅订了晚上回北京的机票，白天把工作日程再排得紧密一点。中午太子才来，还问天雅为什么不在酒店休息，天雅感谢他的关心，说自己感觉好多了，早上还要汇报工作，太子跟她说这种上司太没有人性了，生病了都不体谅，还不如让天雅跟着自己干，天雅笑了，笑得很释然，原来太子是想找个下属，不是看上她了。太子看她不当真，追着她说富总在外面有几个亿的私募早晚是要给他的，她没接话，几个亿满足不了她的胃口。

中午标的公司给所有人订了工作餐，太子说吃不下去，拉着天雅出来吃，这次助理跟着，总算是带钱了。出来以后助理问去不去吃旁边的烤肉，太子说那些东西太油了怎么吃啊，让助理找个粥店，助理显然是没有准备，手忙脚乱地带着去了一家海鲜粥店。天雅昨夜晕倒除了金娜以外没有和任何人说起，只有太子知道她病了。她本想着中午试着吃点白饭的，太子坚持要带她出来吃饭，她还是有点感动的，毕竟太子没有说出照顾她的这层意思，除了她以外的所有人都认为是太子自己娇生惯养、挑三拣四。

天雅喝了点白粥，太子还点了一些虾饺、小笼包什么的，看天雅不想吃也没劝她吃。吃完天雅感觉胃有点难受，她弯下腰，用手按住胃部，太子问她要不要回酒店休息，她说不用，下午还有工作要做，晚上要回京。太子盯着她："随便你。"

快下班的时候天雅安顿好了券商的工作，标的企业告诉她太子也是今晚走，会安排车送机。到了机场，助理打好了登机牌，太子安排助理留下，标的企业送给他们两个人每人一台工程车模型，挺重的，助理给了天雅提着。等两个人走进了机场，太子自己拎着一个提包，让天雅把两盒车模给他另一只手拿着，接过去以后感觉不是很沉，于是让天雅帮他拎着提包，把她的背包给他拿着。天雅觉得太子还有点暖，她跟他笑着说："拿着背包多别扭啊，你帮人就帮到底，背上包，两个手刚好一手拎包一手车模。"

"做人不能得寸进尺，提包又没多沉，你还想都让我拿着啊。"太子也笑了，天雅这种试探性的小手段一定要果断地打回去。太子拽她来到贵宾室，环境好多了还有桌子和电源方便加班。登机的时候天雅瞟了一眼发现自己和太子座位挨着，突然想起不对劲："你不是都坐头等舱吗？"

"是啊，这不是为了陪你吗。"太子确实是一百八十个不愿意地踏上了经济舱的廊桥，好像为了陪天雅做出了多大的牺牲。

"哎哟，我何德何能，太子说笑了。"天雅笑了，情不自禁地当面说出了大家背地里对他的称呼。

"你看你还不相信，我真的是为你特意订的，咱俩座位还挨着。"太子并没有介意天雅对自己的称呼，这次他把话说得这么明白反而叫天雅不知道说什么了。两个人上去以后发现是小飞机，两侧的座椅都是三个座位连着一排，飞机坐得很满，两个人的座位是太子靠窗、天雅在中间，靠过道的座位上已经坐上了人，是个大叔。太子走在前面，到了这排座位他把两人的东西放到行李架上，准备坐进去的时候迟疑了一下，然后以不容置疑的口吻跟天雅说：

"你进去坐靠窗的位置，我坐中间。"

靠过道的大叔是个东北人，自带小品效果，他站起来让天雅过去的时候说话了："哎呀小伙子还挺护着女朋友的。"天雅看了一眼太子，他没说话，脸上也搞不清是不是在笑。等太子坐下以后胳膊和腿都半天摆不对姿势，他有点受不了，还是跟天雅说要换座位，自己坐靠窗的那边。

"咋又换座位了，小情侣真奇怪。"过道大叔又发表意见了，这下天雅不能忍了，她跟大叔说："我俩是同事。"她转念一想，自己和太子也不是一个公司的，说同事也不对："我俩也不是同事，就是合作伙伴。"

"明白，帮你拎包、你说了算的那种合作伙伴呗。"

"不是，就是正常的朋友。"天雅着急了，是飞机没开空调吗，怎么一下子她觉得脸有点热。大叔显然不买账，他的目光看向太子寻求答案。

"她说什么就是什么。"太子忘了自己的高冷人设，也绷不住笑了。这下大叔更是瞬间露出了意味深长的微笑，天雅气得抬起右手要打太子，太子马上笑着用左手护着头，但是一瞬间就想起来了自己是高冷人设，又一脸正经地对天雅抗议："我说什么不对的了？"打嘴仗天雅好久没干过了，今天就看谁怕谁，她没理太子，转过头跟大叔说："不好意思，他有病，坐得离陌生人太近了不行。"

"你才有病呢，我就是单纯地不喜欢坐中间。"太子不干了。

"我算看出来了，他不能挨着别人，就只能挨着你。但是你别说，这小伙子一看就不是一般人，长得这精神。"大叔先开始了互吹模式，太子马上抢道："不敢当不敢当，不过您的眼光真准，比她强多了，我上学的时候确实不是一般的，是二班的。"夹中间的天雅突然感觉一阵基情满满，她跟大叔说："我算看出来了，咱俩换座，我成全你们。"说着她就要站起来，旁边大叔乐和地看着，太子一把按住她的肩头说："你这么大个的金融大鳄别闹了。"

"别逗了，我哪有你大啊，上市公司接班人。"

看他们俩这样大叔更乐了："你俩是不是来经济舱体验生活的？"

"她是病人，我是为了陪她才来的。"太子先声夺人，并且说得义正辞严，天雅接上话："还不是因为昨晚你让我陪你。"这下大叔两眼放光了，这是八卦现场啊。

太子也不是吃素的："昨晚谁给你抱回床上的？"

"你看你这小体格，那也叫抱，分明是拖上床的。"天雅干脆就直说了。

信息量太大，大叔都惊呆了，前排的人开始回头看了，太子有点挂不住了，只好抱着肩，把脸扭向窗户。飞机起飞了，天雅也开始闭眼睡觉了，昨晚毕竟还是没睡好有点困。

再醒来的时候开始发饭了，天雅不想吃，太子不愿意吃，大叔也不敢随便搭话了就是埋头吃自己的饭，天雅的电脑和书都在背包里忘了拿出来，就只能和太子聊聊天。太子讲到某著名投资人，说自己很佩服他投出了很多著名的标的，而不像天贺这种出名全凭在资本市场兴风作浪，天雅一天到晚就知道算资本运作投资收益，根本都不关心被投企业是不是能引领未来发展的方向。

这种高高在上的论调让人很难受，于天雅而言有点戳心。古人说"仓廪实而知礼节，衣食足而知荣辱"，没有经济基础哪来说话的底气。太子等着继承家族企业，富总支持他去做其他行业，做得好自己出去独立门户，做不好他也不会丢饭碗；不像天雅，不干活铁定丢饭碗、干活不出业绩会丢饭碗，干活出了业绩不遂领导的心意更会丢饭碗，天天需要操心明天的饭碗，太子苛责她追求低，简直是新时代的"何不食肉糜"。另外，市场上对于天贺的"兴风作浪"还都是捕风捉影，如果有证据早就按律处罚了，轮得到他来指摘吗？天雅对于天贺是感恩的，如果没有天贺，她还是只能在前单位当当杂工挨挨骂。

两个人聊得话不投机，天雅后来回想应该是因为两个人都没有照顾对方的感受、没有准确地表达自己的观点。太子表达天雅太关注钱的问题，其实是想突出国强今后发展好，让天雅来给国强打工，但是国强出不起天贺那么高的工资，所以才让她不要一切"向钱看"；天雅暗指太子不当家不知柴米贵，其实也是回击到太子的痛处了。

飞机上狭小的空间让两个人不可避免地会有身体接触，所以沉默的时间没太久两个人又聊了起来。太子对于投资挺感兴趣，问："你现在手下有几个人？"

"七八个吧，现在特别缺人，还在不断地招。昨晚就有人力的电话，我都没接，我跟人力说只要能干活、尽快能来上班就行了。"

"那哪行啊，你看看，当领导当不明白了吧。用人首先要确认是自己人，忠心是第一原则，能干不是……"太子又开始教育人了，天雅没花心思听，他爱说说去吧，但是她想到了田心，好像确实是这样。太子看她神游的样子，就知道她没听，只能一拍她的胳膊，说："给你免费讲课你不听，你这种人，摆不平下属，就算当上领导也早晚要出事。"

两个人下飞机以后一起排队等出租车，太子说送天雅回家，天雅突然接到了于越的电话，问几点到家留不留门，太子问天雅："你和家人住一起？你结婚了？"

"对。"天雅迟疑了一下，但是不想和太子解释太多，太子显然是没有预料到这个回答，他冲口而出："你为什么结婚了不戴戒指？朋友圈还没有一张和老公的合照？"两个人默默地随着排队的人流向前走，天空中零星地掉下了雨点。天雅想着，之前她在太子面前从来没有接过于越的电话，大家也没有聊起来这个话题，现在虽然和于越还住在一起但是已经离婚了，是不是应该解释一下？但是太子没问，她也没说，两个人排到了以后太子把她的背包放在出租车后座上，跟她说的最后一句话是："车模你都拿走吧。"之后就头也不回地走向旁边的空车。

坐在车上天雅赶紧加入电话会，但是看着越来越大的雨滴拍打着车窗，她的心思却在别处，和太子之间到底是一种什么样的关系呢？太子对她应该是有点感觉，但是一起出差的男女擦出点火花也不稀奇。这件事说穿了就是天雅对自己和太子都没信心：自己刚刚从于越这个泥潭里爬出来，事业也是步履维艰，实在是没有足够的精力和耐心，而且如果真的开始交往，天雅离婚的这个事情，放在北京不算什么，放在小地方还是上不了台面的；天雅始终对自己的样貌不够自信，尤其是在太子面前；太子年纪小她好几岁、不主动，而且她和太子是不同世界的人，这些顾虑让她没有开始的勇气。几次她都在和太子的微信对话框里输入，但是都没有发出去就删了。

最让她哭笑不得的是出租车司机，听她一路都在说着几十个亿的大买卖，车停到小区口就打表出票了，因为下着雨，天雅让他开进小区，他说进小区可以，但是要加五十块钱，结果天雅交完车费转头就下了车，望着她背着包拎着车模在雨中的背影，估计司机怎么也想不通做这么大买卖的人还在意这五十块钱。天雅不管在什么时候，最不喜欢被威胁。

第十八节

飞飞的石总来北京见吴老板，从四面八方赶回来的团队准备动身去吴老板庄园的时候，金娜发来消息，不用他们去了。其实天雅感觉去不去都没有太大意义，毕竟金娜在场的情况下他们都是人肉背景板，但是怕团队沮丧，于是跟李拉商量是不是中午给大家加鸡腿，李拉提议大家聚在一起不容易，她用天雅的董事津贴请大家在楼下吃小火锅，天雅说以后赚钱了一定请大家吃日本和牛，李拉说还必须要搭配艺伎。团队成员关系都挺好的，天雅准备跳槽的时候带人一起走，她已经把李拉和于飞的简历发给了猎头。明显地，金娜一直对天雅带着提防，用天雅干活出业绩，但是又时刻抓把柄打压。天雅感觉自己对金娜已经够谦卑了，多次在金娜面前表达自己只想做事，而且认同金娜的领导，即使是这样也不得安生。

王林搞定了几笔项目上的融资，晋升到财务部负责融资，和天雅平时联系很多，他和几个财富公司探讨合作，而融资必须要有底层资产，天雅就是带着项目和他一起探讨。这些项目里面天雅最先选择的是国强集团，因为国强集团和天雅关系最好沟通最顺畅，而且国强集团融资方式主要靠借贷，从需求上看也是最合适的，天贺从中撮合收财顾费，也是新业态。

两个人之前已经商量好了，把国强集团借款项目包装成合法合规的理财产品售卖给合格投资人，富总非常同意，因为融资的渠道拓宽了，财富公司有发行费赚，天贺收财顾费，可谓一举三得。其实投资人也满意，因为经济的快速发展，很多借贷发展起来的民营企业借款成本远远高于银行同期的理财产品收益，投资者也希望能有投资渠道，来享受企业高速发展带来的红利。天雅相信，这也是"P2P"（互联网金融点对点借贷平台）等互联网金融的发展初衷，就是搭建项目和资金的通道，同时减少中间环节。富总已经相当配合地提供了各项资料，王林开着他的二手花冠带着天雅亲自去财富公司的门店给理财经理们路演，费尽了九牛二虎之力，尤其是拿着麦克风或者大喇叭讲解项目情况之后，一多半的时间都在回答理财经理们的各种提问，很多问题并不是针对项目的，比如有人问购买额度超过两千万可以要求国强控股请吃饭吗？

总之两个人第一次跨部门合作，收益分成五五开，都安排好了第一笔发行款会在当年的十二月二十日前发行完成，富总刚好需要赶在这个日子支付银行和其他机构的融资利息。十二月中旬，几方都签好了合同，财富公司这个项目已经开始接受预约，和投资人的几百份合同都印刷好了，王林也把这个事情列入了工作进展对公司汇报了。

结果，狗血剧情来了。有一天财富公司的项目部的负责人邹总来和天贺集团的人力聊了一阵子，走的时候摔门而出，并在办公区域里推倒了好几盆绿植，接下来好几天没见王林来上班，但是还接听电话，他跟天雅说十二月二十日前发行完成不可能了，让天雅和富总说，天雅一下子就急了，这用钱都环环相扣的，怎么能突然就不成了呢？王林没办法，只能跟天雅说了原委，他不小心睡了邹总的老婆，邹总不但给他打了一顿，还让财富公司暂停发行了。天雅也是无语，王林几分钟搞砸了他们筹备了两个月的大事，自己怎么和富总交代呢？她本想把王林骂一顿，但是听说他鼻梁骨都被打断了，去医美花了五万给修复的，她就没有说其他的，只是催着他和其他几家财富公司联系，毕竟事情还是要做的。

后来听陈慧和人力八卦，那个邹总气冲冲地来天贺集团让人力把王林开掉，因为王林作风有问题，结果被人力拒绝了，因为天贺集团用人的第一标准就是业绩，作风问题是人家的私人问题，公司不干预。因为公司有规定不允许两口子在一家公司工作，邹总和理财经理隐婚，而这个理财经理带了好几个大客户，王林好几次开车带她一起跑客户，后来有个大客户预约了四千万的额度他俩开心坏了就一起吃饭庆祝，结果喝多了就不可描述了。本来这个事没被人发现，女方也没声张，但是王林真的想好好跟对方谈恋爱，居然拿着大把的花和礼物去她公司表白，被邹总发现，女方跟老公哭诉自己被灌酒后就什么都不知道了；邹总没有其他证据，想去派出所报案被老婆拦住了，想让天贺集团把王林开掉也遭到了拒绝，愤而打人。要说王林乱搞吧，大家都觉得他有点冤，王林这个人长得不赖，就是亏在个子矮，穿上增高鞋也不到天雅肩膀，所以一直交不到女朋友，眼看三十的人了，天天朋友圈求介绍对象，要求只有两条：女的，活的。他是真的不知道女方已婚，花心思准备了一个爱马仕包包当礼物，结果却落得这个下场。

　　邹总在原公司干不下去了，自己拉了好几个同事一起离职创办了另一家财富公司，听说抢了原公司不少客户，而他老婆的朋友圈画风也变成了网红风，天天在全球各个度假圣地打卡，连坐飞机都要拍上头等舱的座椅。几年后再看到他的名字就是在财经新闻里了，因为无法给投资人兑付，他和公司很多高管一起被警方控制，不知道分期兑付和清盘能否拯救他。

　　总之是黄了一家，只能另找其他家，好在王林和天雅原来都跑过，有另外一家愿意推进，但是还要重新备案走流程，估计最少需要拖延一个月。这就耽误富总的用款了，天雅赶紧和富总商量，她只是说出了意外没说王林的破事。富总不知道在什么情况下出的意外，也不知道未来会不会出现一样的意外，他对天雅有点失望，有点后悔融资没有多头推进，紧急让孙恒去找市场上的过桥资金，先看谁能做这笔业务，报价都好说。

　　眼看业务僵在这里总还是要想办法推进的，天雅想到了让天贺先借一笔资金给国强集团作为过桥资金，这样就可以解决富总急迫的付息问题，也能给公司增加一笔利息收入。没想到微信上汇报了事情的原委以后，金娜没回复是否做这笔过桥，而是把旭日拉入微信群，让他追查天雅和王林延误国强集团债权项目是否涉及渎职。真是搬起石头砸自己的脚，天雅好意想让公司有额外收益，只是她忘记了，金娜对她虎视眈眈。

　　这下天雅所有的手头工作都停摆了，要配合旭日调查，她和王林商量好了，他俩截取这两个月以来的微信记录，证明一直在全力推，锅甩给财富公司。天雅习惯了，金娜针对她不是第一次了，她平静地跟富总解释，自己又被收拾了，这两天估计要应付公司内部检查。那天晚上九点多，天雅洗完澡接到了未知号码的来电，吴老板让她马上过去。她手忙脚乱地穿上西服，披上羽绒服就跑出了家门，跑到路边等出租车的时候，才感觉到自己头发还湿着，冬天的夜晚，路上没有几辆车只听见呜呜地刮着风，她焦急地顾不上这些，见到吴老板她必须要说自己被金娜排挤，跳槽之前爽一把。

　　等她打上了车，接到秘书君君的电话：不用过去了；国强的债权项目抓紧推，先做一笔过桥解决富总的燃眉之急，会有另一个子公司的人联系她。她只能失落地回家，同时在心里盘算为什么吴老板会亲自过问，看到恒斌的来电，心里就猜得八九不离十了。果然是富总和吴老板通过恒斌和君君联系了，富总说了自己的项目天雅在帮着发债，但是发债来不及了想让吴老板支持一把。这种送上门的人情加买卖吴老板当然欢迎，立即拍板把业务给了身边的另一个子公司。

旭日的调查就这么不了了之了，其他子公司对天雅比较客气，她手握国强这个大客户具备给他们送业绩的能力。后来天雅听孙恒说，他那会儿同步在外面找过桥资金，资方能做的不多，好不容易有几家有头寸，报价都让天雅哑舌，银行普通对国企贷款利率大约是年化5%，对民营企业放款一般上浮到年化8%，国家规定法律支持的利率最高是年化24%，而过桥资金的报价是2.5‰每日，也就是年化90%，这笔因为王林掉链子而做的过桥不能按市场化的报价收费，她极力为富总争取。当然，两个老板的对话其他人都没听到，但是旭日的调查就这么偃旗息鼓了，吴老板肯定是下过指示的。后面的工作开展得就特别顺利了，天雅也明白了一点：哪有什么岁月安好，不过是有人帮你修桥铺路。

其实一年以后天雅才陆续地得知了两个老板谈话的内容，富总上来先说的是吴老板推荐的那个标的，情况大家心知肚明，所有的尽调都是面子工程，标的如果正常评估价值也就两到三个亿，但是吴老板希望评估价不低于六个亿，富总亲自找了多年合作的评估公司，说清楚了评高价是自己重组不去祸害别人，而且大辉厂超额完成的业绩会掩护这个标的，好说歹说评估公司才同意把估值评估到六亿以上。所以吴老板才投桃报李地就融资问题给富总开绿灯。老板见面，说话都是字斟句酌的，而天雅能在入职这么短的时间内，让飞飞的石总和国强的富总都提到她，这让日理万机的吴老板记住了她。

第十九节

过桥协议签订的时候，是孙恒带着全套公章来北京，天雅带着子公司团队的一伙人，双方在北京老牌的朋友酒店签订的。朋友酒店挂五星级，经常接待政要，但是毕竟开业时间久了装修陈旧；当初富总就是在朋友酒店谈妥上市事宜，他认为这是福地，所以在这里长期包下了一间套房，只要他来北京就会住在这里，即便是富帅和富蕴（富总女儿，富帅的堂姐）在北京都住别墅，他也不会去跟他们同住。除此之外，富总还在朋友酒店长期租赁下来了一栋办公楼，正在重新装修，今后作为北京办公室。文书盖章弄完了也天黑了，孙恒本想请忙了好几天的大伙吃个饭，结果子公司的人都着急着回去弄放款的事情不好挽留，天雅也想早点回家。

富总和大多数企业的一把手一样，是注重细节尽善尽美的人，他自己在红石盖的三进三出的院落光装修就做了十年，孙恒开玩笑说等装修把房子都等坏了。这次在朋友酒店内部租的办公楼就是按照中式特色装修，估计又要弄好几年。因为富总装修实在太慢了，国强在红石的高档会所就是太子负责装修的，请的贝聿铭的设计团队，奢华欧式风格，所有装修材料、家具都进口，光海关报关就跑了好几趟，装得都比富总进度快花钱少。

还没走出酒店多远，天雅就收到电话，刚才忘了盖承诺函，经办团队着急走放款流程就不回来，让她帮着去找孙恒盖章。孙恒的电话一直占线，她直接去孙恒的房间敲门，等了好久，孙恒的房间突然开门了，天雅赶紧要盖章。进去房间烟雾缭绕，孙恒把窗户都打开了散散烟味，屋里没开灯，外面路灯的光洒在孙恒脸上天雅才发现他眼睛红红的，情绪也非常低落。盖章的全程孙恒都没说话，也没有核对内容，只是漠然地盖完了章，然后就把写字台的灯关了，自己坐在窗边又点起了一根烟，跟天雅说："走的时候把门带上。"天雅先拍照给经办团队发了过去，然后收拾好文件，本想转身就走，都走到门口了，她把房门关上了，然后走回去，把孙恒手里的烟拿过来弄灭了："到底怎么了？"

"不关你的事，别问了。"孙恒烟被掐了有点不爽，扭过身子往床边走。

"我想知道。我们算是朋友，这段时间我感觉你不对劲。"

孙恒弓着背坐在床边，看向窗外的路灯，缓缓地说："我要离婚了。"之后说的很多话都没头没尾的，天雅断断续续地串起来事情的经过：孙恒是红石人，父母都是当地有头有脸的人，他大学毕业以后在深圳闯荡，没两年父母怕他玩野了硬把他叫回红石，靠着家里的关系让他去了当地的银行，每个月底他拉个几千万存款也就是几个电话的事情；父母着急要抱孙子，一直不停地给他安排相亲，他都没看上，反而背地里和银行柜台一个业务员谈上了，谈了一年真的要结婚了，父母不太高兴但是给他婚房都准备好了，还给了小两口一个正在经营着的门店；两个人结婚了就不好在一家公司了，两年前他家里又靠着和富总认识把他塞到国强股份。他从来不知道自己赚多少钱因为他从来不花工资，结婚前他看上老婆不是物质女孩，在不知道自己背景的情况下跟自己恋爱是真情实感。婚后老婆的控制欲让他不能忍受，从晚上他接电话就阴沉着脸，发展到晚上不让他接电话，偷偷接电话被发现了就砸他手机的地步；不信任他出去应酬、陪客户、出差，要追问还要证据，有一次他飞机晚点夜里三点回到家他老婆逼着他交代出差这几天的工作安排，精确到每个小时，总之闹得他根本不想回家；三是不愿意陪他回公婆家，也不愿意让他自己回，总是嘲笑他妈宝男。但是家里急着抱孙子他就忍着，结婚一年多小孩终于出生了，丈母娘和老丈人过来同住，老婆在父母的怂恿下越发地挟天子以令诸侯。事情的导火索还是有一天晚上天雅打来的电话，他想不接但是又怕老婆起疑心，正常接了，他老婆听了以后炸了锅，说他接天雅电话的态度和接其他业务电话的态度完全不同，一听就有奸情，接着就逼问天雅是谁，还要给天雅打电话，两个人抢手机，结果他不知道怎么的碰倒了老婆，老丈人不说劝劝双方，反而一起骂他，还踹了他好几脚，他也火大了跟老丈人扭打在一起，被老婆报警了，他家里又是找人，又是教育他半天让他服软给老婆道歉和解了，才在里面待了一天就给捞出来。公婆想着孩子这么小劝和不劝分，就亲自拉着他想和亲家和好，结果一见面还没说三句话，要不是他玩命拦着，公公就要和老丈人打起来了。这下公婆也不劝了，他老婆原来吵架的时候三句话必提离婚，这下他铁了心要离婚，老婆倒是死活不同意了。他已经请好了律师，往法院交了起诉书，唯一的遗憾就是孩子在两岁内自己肯定得不到抚养权，而他老婆是没可能再让他看孩子的。刚才的电话就是他老婆打来的，不分白天黑夜地给他打电话，他说了他在北京出差老婆根本不信，还告诉他要给小孩改名字，以后都不认他当爸爸。

"你说，曾经那么相爱的两个人，为什么变得水火不容？"孙恒吸了一下鼻子，窗户一直开着，天雅穿着羽绒服，他没穿外衣，天雅想关上窗户，他制止了，"开着吧，我想冷静冷静。"

天雅也沉默了，是啊，她的思绪飘到了自己身上，她和于越曾经那么相爱，异国的艰辛都没能让他们动摇，到底是什么让他们形同陌路？沉默了一阵，天雅突然问孙恒："我难看吗？"

"还行吧。刚见面的时候感觉你是书呆子一样的，但是越交往越感觉还行，细看还挺耐看的。"孙恒说话挺直白，但是好像觉得是不是说错了，又补充说明了一下，"对于我来说，长得怎么样就是一个门槛，在这个门槛之下是肯定不行的，之上的话都可以。"

"那为什么这两年以来，我老公都不看我了呢？"天雅问完这句话，还是转身把窗户关上了，她不想让孙恒看到自己泪往上涌，长久以来心底压抑的痛苦在路灯下弥散开来，她想不明白为什么自己做了那么多的牺牲，两个人却回不到从前，为什么于越对自己如此冷漠？到底是因为成长让人变得现实，还是对方本就是现实的人，只是当初被感情的滤镜蒙蔽了双眼？这种势必让人心碎的寻根问底，天雅一直没有勇气面对，付出过真心最让人心痛，她宁愿带着过去的美好让这段感情终结在这里，也不想双方在面红耳赤的争吵中，把感情的黑暗面尽情释放，毁掉了她曾经心中的美好。

看到天雅一下子失神的样子，孙恒走过来了，他走到天雅身前，天雅没有回避他的目光；他张开手臂抱住了天雅，天雅犹豫了一下，也抱住了他。他在天雅耳边说："你嫌我抽烟有味吗？"天雅没有说话，也没有松开抱着他的手，孙恒把头从天雅肩上这个位置抬起来，吻住了天雅的嘴。

本来屋里就黑，天雅一闭眼感觉更黑了，她感觉自己很久都没有这么投入地接吻了，孙恒的嘴里确实有股烟味，但是这些都不重要，她能清楚地感觉到他柔软又有温度的嘴唇包裹住自己的下唇，他的舌头循序渐进地接触到她的下牙，然后和她的舌头纠缠在一起。虽然她心里还带着对于越的怨气，但是此时此刻让她想到的，只有和于越刚在一起时的青涩时代，那时候于越还是热情和温柔的。

不知道吻了多久，她把他的舌头推出自己的嘴巴，本想推开他一些，结果猛然发现孙恒的右手已经伸进了她的胸罩，正在揉搓着，她一下就笑了："你这也太快了吧。"

"不好意思，我就是习惯了。"孙恒也笑了，但是并没有抽出自己的手，而是更有力地捏着，望着天雅。天雅看看孙恒，是挺可爱的，她对这个男人还是有好感的，既然情绪到了，也就不想管其他的了。

天雅揪着他的胳膊把他的手抽出来，说："脱衣服。"

孙恒麻利地都脱了，还来得及帮天雅脱。天雅看着他赤条条的样子，尤其是重点部位，还有点嫌弃："都没硬啊。"

"我的妹妹，我都三十了，你还以为我是十几岁的小伙子动不动就硬啊。

放心吧，用过的都说好。"孙恒一边动手帮着脱一边说。

"你说咱俩算是什么关系？"天雅躺在床上，看孙恒动手了她也就盖上被子不动等着被伺候了。

"咱俩就是比朋友更好的好朋友。"孙恒说完了又停下了动作，"你不会想嫁给我吧？我不是什么好人，女朋友换过好多个，我今后也绝不会再结婚了。如果我们今后不能做好朋友了，就不要这么做了。"看天雅在思考没有说话，他也就停下了动作躺在天雅身边盖上被子，天雅能感觉他身上冰凉，孙恒说的话她很有感触，对婚姻她是失望的。

看见天雅躺在那里出神，孙恒默默地穿上了衣服，他本来想抽烟，看了天雅一眼，把抖出来的那根烟又塞回了烟盒，背对着天雅坐在床边，叹了口气，自己感慨："谁能想到，我衣服都脱了，居然啥都没干。"

第二天放款了，孙恒请经办团队和天雅撸串，经办团队恭维他有钱，他说自己这点家底在北京根本不算什么，最后悔的事情就是当初在北京上学的时候没买几套房，现在自己想买房都没有购房资格；天雅突然想到了买商住房不限购，就跟他说了。听者有意，撸串结束后孙恒拉着天雅陪他去看看房子，他俩到著名商圈随便找了个门店一问中介，果然可以买，看了三个店里推荐的盘，孙恒就签约了，房子是精装修的大一居，可以拎包入住，两个人跑了一下午，天雅还帮着看了半天购房合同，砍了中介费。忙完了孙恒打车把天雅送回家，天雅都走出好几米了孙恒还把车窗摇下来对她喊："有事找我。"

第二十节

如果不是于越问天雅什么时候去复婚，他怎么也想不到，天雅居然是真的想离婚。他问的时候已经晚上十一点多了，天雅在另一个屋守着暖气开电话会，她简单地跟于越说："明天告诉你。"

电话会里面在说国强重组的进展顺利，重组的材料已经报会，初步沟通来看问题不大，就等着会里出第一轮反馈的意见了，募集配套也同步启动谈判了，天雅和恒斌在具体谈判中拼了半天刺刀，确定了保底收益和上端分成，还谈下来了具体的担保物，确保天贺收益的安全。其他的找上门的投资机构恒斌挑了半天，选了几个认购了剩余的五亿额度。后来听孙恒说，恒斌没少收认购人给的好处，光孙恒认识的那个投资人就拿了认购额度的1%给恒斌，这次非公开发行做完之后恒斌在国贸买了一套四居室。

第二天下午天雅比平时早些回家，收拾了一箱自己必须要带走的东西，装不下的都放在编织袋里，打车去了孙恒新买的房子。

孙恒回红石处理离婚诉讼去了，这几天两边的律师正在谈判，孙恒第一次查到了自己在国强股份的工资，是三千一个月，如果法院判决离婚，他每个月支付的抚养费不会超过六百，他老婆万万不能接受，孙恒给她花钱不含糊，几万块的包包说买就买，所以律师感觉双方达成和解的概率很大。

孙恒让中介等在楼下，把钥匙给了天雅，中介还贴心地提前约了物业入户打扫了卫生，帮天雅把行李箱搬下车，把编织袋拎到房间里。天雅简单收拾了一下就可以住了，屋里就是没有锅碗瓢盆，正好一个人也不做饭了，以后让陈慧再统计一下晚上都谁加班，晚上加班的都给订晚餐送来，这样自己就天天不用做饭了。

直到很晚了，于越才发现衣柜里面一半空了，他给天雅打电话，天雅告诉他，不会复婚。然后她就关机睡觉了，第二天早上拉开窗帘，她才发现落地窗外就是空中花园，满眼的绿色，草地上还有喜鹊在散步。打开手机，看到于越的一堆信息，大部分是质问，质问天雅为什么不复婚；后面又变成了自怨自艾，感慨自己多年以来为了跟天雅在一起付出了多少，美国的博士都没念完；再后面又是指责，指责她蓄意离婚独占两个人的房子；信息哩哩啦啦的，最后一条是凌晨五点多发的，要求天雅回来见他说清楚是怎么回事。天雅没有时间陪着他闹，但是她不想在意料之外的时间和地点看到于越，就给他回了消息，投资部组织周末出游两天，下周一晚上七点可以约在外面吃饭，地点于越挑。

投资部的出游地点是河北的一个滑雪场，周五下班三十多人一起从公司包车出发，天雅的部门这次一共去了六个人，包括十一月份新来的财务背景的同事邱小平，他跟着范鹏一直在跑七色光影视的事，没来的是刘晓华和于飞，他俩一贯不爱参加公司组织的集体活动，知道参加就是受罪；大巴晃晃悠悠地开了四个多小时才到地方，车上的人都没吃晚饭，也没预备什么零食，个个饿得眼冒金星，吃饭的地方有点类似农家院，桌上的菜都摆了多时了。到了以后根本顾不上冷热，一顿风卷残云，都吃饱了的时候烤全羊才端上来，真的是有心无力了，大家只能挨个和烤全羊照相。

到酒店快十一点了，随机地同性别两个人一间，发房卡的时候也十分混乱，大家到屋里睡下的时候都十二点多了。第二天早上八点钟在酒店的一个西餐厅由金娜给大家开总结会，陈慧忍不住跟天雅小声说："太不公平了，全投资部的利润基本都是我们部门贡献的，投出去的资金里面我们部门也占了大部分，凭什么表扬优秀团队和个人的时候都没有我们的事？"午饭时他们离主桌最远，团队都有点低落，李拉笑着跟天雅说："张总，以后你要是带着大家出去玩可不可以选点高大上的地方啊？"天雅说："那必须的。"天雅已经和猎头一起去面试过了，对方在北京新组建投资团队正缺人，着急催着她带团队来，她和对方说好了，等到春节后天贺的年终奖发下来了再入职，她虽然还没有和团队成员说，但是她有把握大家会跟着她一起，所以金娜再不公平她也不放在心上，反正钱分下来就要拜拜了。

下午太阳很好，是滑雪时间，除了选择滑雪，还有少量雪地摩托车可供选择，先到先得。天雅、李拉和陈慧看着男同事们去抢雪地摩托觉得太幼稚了，后来邱小平抢上了一辆，他兴高采烈地边挥手叫着边从老远的地方飞速向她们冲过来，接近的时候又调转方向潇洒而去，看他玩得这么开心天雅他们都在感叹刚才为什么那么矜持没去抢摩托车。

因为天雅不常滑雪，大家都在初级道慢慢蹭，没玩两下陈慧和李拉就觉得太冷去屋里喝东西去了，天雅自己调整着适应着慢慢来了感觉，她正自我感觉良好地从初级道滑下来，看到金娜和几个同事正往高级道的方向走去，金娜看到她滑过来，一个人走上来问她怎么不去高级道滑，天雅说自己水平有限，以往也没有去过高级道，金娜笑着跟她说试试吧，而且上高级道坐的是缆车还能看风景，如果感觉不行再坐下来呗，天雅一想有道理，就跟着他们去了高级道。

滑雪场人不多，高级道更是看上去就没有人滑，缆车上车的地方没有工作人员，大家都是自助上车，坐在缆车上天雅还在用手机拍照，雪场空旷视野又好，拍出来最适合发朋友圈，就是头上包裹得比较严看不出来是谁。随着缆车越走越高天雅有点心虚了，毕竟自己还没从这么高往下滑过，接近顶峰能看到高级道分两段，最高的地方往下几十米是一个陡坡，再往下才是漫长的大斜坡，天雅已经看到有同事滑下去的时候摔倒了。她感觉自己吓得手都冰了，这样的坡度哪是她该玩的，还是别下缆车再坐下去就当观光了。结果到了顶点的时候有个工作人员非让她下车，看她坐着不动把她拽下来，告诉她所有人在山顶必须下缆车，不允许再坐下去。

这下天雅可蒙了，她第一反应是自己太自不量力了，居然练了几下初级道就敢上高级道，而且自己太轻敌了，现在金娜估计正在下面看着她怎么出丑呢。工作人员估计没料到弱鸡敢来高级道，催着她快点下去，山顶地方小别堵在这里。天雅冷静了一下，自己是无论如何都不能逞强，万一摔倒搞不好粉身碎骨，但是如果自己背过身来爬下去应该还相对安全，被嘲笑也好过进医院吧。想到这里她拆下脚上的滑雪板，准备从山顶爬下去，工作人员马上制止了她，她以为是工作人员心软了让她坐缆车，没想到工作人员说的是让她拿上自己的雪板和雪杖，扔在这里不行。这下她可犯难了，本来爬下去就需要用到双手，怎么拿上滑雪板和滑雪杖呢？看她确实为难，工作人员还给她出主意先把装备背在背上，过了陡坡或许可以试着滑，两个人正商量着怎么背装备的时候，高级道上了一个拿单板的人，看这种情况就问天雅怎么不滑下去，天雅如实说了自己技术不行准备爬下去，那个人想了一下说："你上来，我背你下去。"真是天降救星，省的自己爬下去当众出丑，天雅来不及怀疑对方的实力，她感觉拿着单板的人肯定有两下子，他背着自己就算摔了也有垫背的。天雅满心欢喜，但是又有点犹豫，她不太善于接受别人的帮助，又是一个陌生的男性，她有点习惯性地拒绝，她说："要不你帮我把雪具带下去吧，我自己倒着爬下去可以的。"

"你不要废话了，你爬下去摔倒了是你自己的事，万一连累其他人，你负得起这个责任吗？"隔着面罩根本看不见他的脸，只知道他的声音坚定又不容置疑，天雅觉得他说的也有道理，就不再坚持了。

对方个子很高，看着估计超过一米八，身材看着还算结实，天雅趴到他背上，工作人员把装备递过来让天雅抱着，人加全套装备至少一百三十多斤，天雅也为他捏把汗，对方倒是风轻云淡地就出发了，还之字形地滑下去速度很快，天雅紧紧地抱住他，生怕自己掉下去，他倒是比较绅士，只是胳膊夹住她的大腿，手都没用到。或许是感觉天雅太过紧张，把他勒得有点紧，他跟天雅说："放轻松，看远方。"天雅控制着自己别叫出来，尽量控制着别抖，感觉这个速度挺享受的，她没想到自己能滑着下来。一路上对方一直都没有再说话，但是天雅提着的心已经放了下来，滑到大斜坡的时候天雅曾经想着要不要和对方说自己下来滑一个试试，不想被人看到自己这么狼狈；后来想着对方是一本正经地帮忙，自己太计较这些反而有点不大气，也不在意其他人怎么说了，还是让他把自己尽快带下去。快下到最下面的时候老远就看到陈慧在跟她挥手并叫着她的名字，对方这个时候停了下来，天雅下来的时候对方问她："你是天贺的？""对……"天雅还没来得及说完，陈慧冲过来说："天雅天雅！不好了不好了，邱小平出事了！"接着就拉着天雅往更衣室那边跑，天雅都没来得及问问是谁帮了自己。

就在天雅上高级道的时候，邱小平的雪地摩托车翻车了。没人看到事发经过，只知道滑雪场地面本有些高低不平，但是被大雪覆盖不易察觉，邱速度太快被颠翻车了，他被摩托车甩出去后，又高难度地被继续行进的摩托车碾过左脸，雪场的工作人员和在休息区的同事已经抬着他去最近的医院了，天雅和陈慧找了个车也往医院奔。路上两个人还在说，雪场也不知道是谁联系的，就是个私人承包的管理不规范的地方，到处也见不到安全员，也不知道有没有给他们上保险，但是现在最重要的事情是救人。

见到邱小平的时候，他虽然左脸包上了，但是头脑还算灵活，表达也没毛病。初步检查结果出来了：好消息是他的眼球和身体其他部位没大事，坏消息是他的左脸大面积擦伤，眼眶和鼻梁骨折，有些脑震荡，而且他的眼镜框被碾碎压进脸部肌肉，当地医院没有手术的条件。金娜没有露面，人力在处理这个事情，已经和他老婆联系上了，他老婆吓坏了，要死要活地要过来，天雅在问过了医生后给人力商量好，救护车尽快送邱返京治疗，路上发动大家同步联系北京的医院。临上车之前，天雅接到了金娜的电话，里面轻描淡写地问候了一下，说了自己还有事走不开。

天雅和人力在救护车里陪着邱小平，李拉和陈慧帮大家收拾东西、跟滑雪场交涉事故经过和赔偿的事情。路上邱还在说自己拖累了大家，他特别关心治疗周期，怕影响自己的工作，天雅让他别多想，先治病，工作什么时候做都可以，治好了肯定随时欢迎他回来；邱还坚持交接工作，如果不是大家拦着，估计他就要打开电脑现场讲解了。一边安慰他，人力也一直在给金娜打电话联系医院，天雅还在和邱的老婆发微信，他老婆和亲戚找了几个大医院都满满当当的，根本排不上手术，急得直哭。天色渐渐地暗下来，估计到北京就是晚上了，人命关天，但是北京的医院想安排得有非常手段。天雅此刻想到的只有一个人：吴老板。

她的联系人里面自从添加了吴老板以后，两个人还没有说过话，第一次联系，也不知道吴老板会不会看到，或许他早把自己删除了。她作为下属是不敢打电话的，怕说不清楚，写了好几遍确保言简意赅，说明是在投资部出游中发生的事故，需要联系北京的医院马上手术，发了出去。天雅心里是有怨气的，集团出游的事故金娜应该负有责任，但是金娜都不想为了这件事耽误自己的时间，更不会为了一个刚入职不久的新人去求吴老板，自己就算是打小报告也必须要说。一分钟后，她心跳还没降下来，吴老板打来电话，问了一下想联系哪个医院，大约什么时候到医院，然后又问了一下邱小平和天雅什么关系，就挂了。进了北京六环的时候，吴老板发过来了一个电话号码。天雅打过去，对方介绍自己是××医院首保科负责人小南，后来她才知道首保科全称是首长保健科。

到了××医院，急诊科里面人满为患，门口地上坐着的躺着的都是人。进去以后看到了邱小平的老婆，她挂好了号正焦急地等待着，小南等在护士台那里，是个穿军装的小伙子，看样子就非常机灵，他安排邱到军人专属的急诊区域，忙到快夜里十二点，给邱请好了护工，就离开了，邱小平感谢了他，他老婆心里有些怨恨，除了治病救人，没有跟天雅多说一句话。

都安顿好了走出医院，天雅给吴老板发了感谢的信息，并发了跪地磕头的表情，正在想着自己给吴老板发这种表情是不是不太合适要不要撤回的时候，不小心碰到了上面的语音通话，吓得她马上挂断了，心想幸好这都夜里十二点多了，估计不会被看到。没想到吴老板秒回："你找我？"

没等她反应过来，吴老板的电话就到了，她和吴老板汇报了送医院的进展，或许是太紧张了，她在汇报的时候用了"吴总"这个称呼，吴老板没有理会她的千恩万谢，只是说："不要叫我'总'，几年前我就已经交出了在天贺的一切职务，现在只是个闲散人员，过点普通生活。我不上班，也最不喜欢上班，平时帮着公司和朋友们解决点问题。"天雅一听这个话心想着他装什么大瓣蒜，不管他在哪个位置，天贺还不是他说了算，但是他刚刚帮了大忙，打电话还是要注意态度，以后就算跳槽了也不能得罪他："吴老板，人在哪个位置要看人心所向，有了您天贺才有底气，希望有机会能跟您多学习。"这句话说出来，吴老板应该是受用的，他看天雅确实没什么事情，挂上了电话。

挂了电话以后天雅的心还在狂跳，她没想到吴老板这么热心肠，对员工的事情这么上心，过了午夜都在关心一个普通员工，或许他是靠这种方式笼络人心的，她感觉吴老板是个好人，可惜自己的直属领导不是他。还在看着电话出神的时候，吴老板仿佛感应到了她的思绪，信息又到了："这个世界好人不多，但我还是喜欢每个人的正能量。"

天雅看到这句话，没头没尾的，吴老板是什么意思她拿不准，是说他喜欢自己身上的正能量，还是她身上的？总之发的内容和工作无关，天雅感觉有点难回复，这不是工作有一说一，老板发这种信息是不是在挖坑套话？她反正也准备跳槽了，想怎么说就怎么说："做人要对得起良心，做事要有原则，相信您也一样。"

"你喜欢有原则，很不一样的感觉……"吴老板这句话也是让人摸不到头脑，但是实在是太晚了，天雅只能回复："您有任何建议随时告诉我，我随时改进，晚安！"

本来都已经终止了聊天，吴老板又发过来一个："梦想！"天雅想着，这是说让自己有梦想？勉励她好好干？实在是太困了，不能再回了，脑子不清楚说话容易说错。

第二十一节

二〇一四年的一月份，天雅感觉自己好久没有来过王府井了，地铁一上来就人头攒动。他们约在一家湘菜馆，天雅到得早先点菜了，好久没吃剁椒鱼头了，想当年自己和于越谈恋爱最喜欢吃顿剁椒鱼头，看来于越选这个地方也是用心了。比约定时间过了十多分钟于越才到，他一边脱大衣一边解释，其他的饭馆都订不到位置了才订的这家，这两天他上火不吃辣的，天雅赶紧把服务员叫来退了两个菜，但是剁椒鱼头马上上桌了，看来之前是自己想多了。

一同吃饭的人并不多，两个人说话的声音也不大。天雅的关注点一直都在吃鱼头上，虽然她看着于越的嘴型知道他在说话，但她的心思并不在，于越说的无非也就是自己这些年来多么地不容易，而自己这么真心的对待换来的却是天雅的无情欺骗之类的。

吃着吃着天雅还是感觉自己快要落泪了，毕竟面条有点太辣了，而男人的爱情让她太失望了。于越诉说着自己对于天雅的付出，戳到了天雅的痛处，或许是他们都因为彼此而牺牲了很多，导致他们想起过往，第一个想到的不是曾经的温柔，而是自己付出的代价。她和于越，对于"爱"的定义有些差异，她不怪于越，也不想改变他。

于越虽然很难理解天雅的意思，但是他看出来天雅的心不可挽回了，他沉下脸跟天雅说："给你的那套房子毕竟有我父母出的钱，我不可能就这么算了。"这种恶狠狠的语气如果在从前天雅可能心里还有点害怕，现在她就当这是个生意，谈判桌上横眉立目的能吓倒她吗？

"那你想怎么样？"她毫不回避，盯着于越的眼睛，盯得于越看向了别处。

"我要你把名下的房子过户给我。"

"可以。"天雅马上就答应了，反正现在这套房子于越占着，天雅也不是不讲道理的人，公婆在买房的时候确实出了钱。"但是我父母也出钱了，而且新买的房子我也出钱了，这样吧，等新买的房子房本下来以后我们交换。"天雅提出了自己的方案，毕竟对于于越这种不吃亏的人，天雅不能不为自己的利益考虑。

于越在心里算了一下账，感觉还行，不亏，于是两个人商量好未来互换房本名字，于越最近还正在评副处长，特别怕离婚的事情传出去，而天雅也不想让家里担心，两人约定离婚的事情暂时保密。这顿饭吃得并没有预料的久，结束的时候还不到八点，照例还是天雅买单，天雅说自己溜达一下，于越就叫车先走了，也没有问天雅现在住在哪里，需不需要送她回家。

天雅准备回家的时候，意外地接到了太子的电话，太子好像有点醉了，他非要天雅过去，说有重要的事情跟她说。天雅打了个车很快就到了一家日料店，推开包厢的门，里面是榻榻米，正对着门的一边依次坐着一个女生、太子和富蕴，另一边坐了另外三个男人。虽然和富蕴是第一次见面，但是富蕴和富总长得很像，她对富帅一口一个弟，看得出的宠溺。他们和天雅彼此都没有预料到会见面，太子看天雅进来了示意她过来坐自己身边，富蕴给天雅使了个眼色让天雅坐自己身边，也就是富蕴搁在太子和天雅之间。落座了以后经过介绍知道对面三个男的，其中一个是富蕴的老公，另外两个都是太子的手下；而太子身边的女人就是他的新女友。这个女人一看就是个好脾气的姑娘，稚嫩的脸上总挂着笑，是太子在美国认识的，听说她自小在美国长大，为了太子独自来到中国，应该是一直喜欢太子而太子刚刚答应她，中文都说不利索。太子有点喝多了，嚷嚷着让服务员快点给加菜，姐夫马上推开门出去叫来了服务员，天雅先喝了点热的大麦茶。本来天雅已经吃过了，但是太子硬是要加菜，姐夫拿过菜单来又点了一大堆。

大家举杯的时候，太子发现天雅没喝酒，隔着富蕴亲自给她倒满了。富蕴天生喜欢搞艺术设计，有个自己的工作室，策划和布置高档婚礼，她老公是摄影师，两个人商量好了不要小孩，常年全球地旅游顺便工作，她说了未来家族企业就靠太子了。太子的女朋友只能讲英文，她讲原来上学的时候太子多么地腼腆，都不参加同学活动，出去唱歌就他不去，给他叫去了他也死活不唱；姐姐马上补充说太子从小就这样，跟他们那个地方的人都不像，就是不爱唱歌，富总让他唱他都不听话，估计他不鸣则已一鸣惊人。天雅突然感觉有什么地方不对劲。她想起来了，就在酒店的房间里，在她背后，太子给她唱过一首歌，她没有再听她们的谈话了，调出那段记忆重放，一瞬间她感到心在跳。

她清楚地记得太子唱得很好听，虽然歌曲有点老，但听得出感情是真挚的，当时她不懂，现在她百度了歌词才知道歌名，但是现在她再也想不起原唱，只记得太子是怎么唱的。如果不是她们聊天，天雅可能永远都不知道这件事，事到如今又有什么关系呢？烂在肚子里吧。天雅看了一眼太子，她没出声用口型对着他比画了一下曾经那首歌的歌名。太子好像呼吸都突然凝固了，就盯着她出神。

鱼生里的冰化得水都要流出来了，把人家店里的一种清酒给喝光了，姐夫提议太子别喝了，其他人改喝啤酒，突然太子端起面前的半杯清酒，跟天雅说："你把这酒喝了，我们之间就清了。"

天雅还没来得及尴尬，中间隔着的姐姐马上替天雅挡着太子的身体和胳膊，推说太子喝多了说着玩呢，还给姐夫使眼色。太子没理会他姐，身子更多地探过来，一脸严肃地对天雅说："以我们的关系，喝这酒会别扭吗？"天雅看了一眼太子的女朋友，她应该没听懂，但是能看出脸色并不好看。气氛一下子冰冻了，天雅不知道该说什么，也不敢接触太子的眼神，女朋友过来握住太子端酒的胳膊，跟他说别喝了，这个时候大家也跟着附和，女朋友温柔贤惠，让太子听人劝。但是太子根本没松动，他有点生气："我只问你喝不喝，不喝以后就真的没机会了。"

天雅还是没有看他，也没有说话。她和太子即便有些淡淡的情愫，也谈不上有什么关系，当着这么多人，如果自己接话了可能会伤害他身边的女朋友。

"人家不愿意，你就不要这么端着了，快给我吧。"富蕴有点严肃了，嗓门也稍微提高了一些。没有人附和，姐夫趁机递给天雅一小瓶啤酒，说："喝这个不会头疼。"

太子这个姿势也很久了，看天雅接过了姐夫递过来的啤酒，他默默地扭回了身，眼里有点闪烁。天雅心里也不舒服，必须要公开处刑吗？这一下弄得在座的人都尴尬，草草喝完酒就结束了。走出包厢的时候姐姐拉着天雅快步走在前面，她们听着后面太子在吵吵让天雅扶着他。到门口的时候太子挣脱开姐姐和女朋友，拦着天雅让她帮自己拉上羽绒服上的拉锁。一个大男人连拉锁都要让别人给拉，还觉得天经地义的一样，天雅觉得可笑。姐姐姐夫跟太子拉扯着，女朋友给拉好了拉锁，太子跟天雅趾高气扬地说："这样的女人才能做我老婆。"之后太子本来还想拉着大家去唱歌，天雅实在不能再陪着他闹了，就不顾他在车后嚷嚷打车走了，这就是太子要跟自己说的重要的事情吧，或许他需要一个了断。天雅有些难受，太子虽然有点拧巴人还不错，如果自己不是被于越伤透了心，如果她没有那么自卑，如果太子没有那么骄傲，如果他们可以坐下来心平静气地好好谈谈，或许他们之间不会搞成这样。

后来听孙恒说，太子一个月后就结婚了，当时国强的司机开着豪车队来北京迎亲，路上因为司机相互飙车还追尾了，据开车的司机说没想到玛莎拉蒂的刹车太好使了，后面的悍马没站住。太子夫人三年抱了四个，相当高产，在生下第一个孩子以后就在王府井那边拥有了半层写字楼，成了国强子公司的高管，她从来不去上班，孙恒每每都需要到北京的别墅里找她签字，基本上见到她的时候都大着肚子。

春节前基本上所有的人都无心工作，只想回家过年，所以到七色光影视开年会的时候，本来想带领全部门去蹭饭的计划泡汤，天雅只能带着现有的几个人去了。七色光的王总想请金娜没请来，参加年会的只有天雅、范鹏和李拉。三个人下班后，就穿着西服直接过去了，到地方才发现入场要走红毯，别人都是晚礼服，一路都有专业的摄影师拍照，走到场地门口是签名墙。工作人员把他们引导到了主桌左侧的一张桌子上，他们按桌上的名牌坐好，观察周围的人已经来了大半，影视公司的年会，有几桌是演员，在人群中还是很扎眼的。作为股东和债主，天雅他们也算是带身份来参加年会的人，所以他们没有过多地往演员那边看。

范鹏刚刚给她们两个拿了香槟酒，七色光的实控王总就来到天雅身边，跟她说实在不好意思，主桌上摆了金娜的名牌，还请天雅千万别介意，移步主桌。本来天雅想和团队坐在一起，但是王总面子不好推托，两桌距离不远可以相互抛眼神来交流。主桌和旁边的桌还是很不一样的，每个人的座椅上都放着伴手礼，是七色光影视名字的充电宝和一把雨伞，天雅觉得公司定制礼品这个创意不错。主桌上王总介绍大家相互认识一下，天雅左边是艺人经纪公司的老总，右边是业内知名的影视剧上市公司的董事长汪总。寒暄之后年会场地上暗灯了，舞台上投下来的光照亮了两个主持人，应该是某个省台的职业主持人，天雅感觉看着脸熟。开场白讲完就是王总上前发言，王总依次介绍了今天到场的重要嘉宾，天雅记住的，除了汪总，还有正处于上升期的男明星陈伟。李拉中意陈伟，陈伟和李拉同龄，以演技著称的男小生，虽然不是传统意义上的大帅哥，但是很耐看，而且他的眼神既深邃又充满温情，一股浓浓的文艺范。两个人刚入场就想去找明星签名，被天雅制止了，怕他们去丢人：能不能有点股东的样子，矜持一点？

不得不说，节目还是相当专业的，不论是独唱、舞蹈或是魔术、杂技，都是专业水准，旁边的人相当地热情，一直跟天雅在聊资本化的事情，天雅也要把关系维护好，这都是未来她准备拉走的客户。经人提醒，天雅回头一看陈伟就站在自己身后，稍微俯下了身，端着香槟微笑着在等她聊天的空隙，这个时候天雅用余光看到李拉射来了羡慕嫉妒恨的眼神，她马上回了一个得意的白眼，然后站起身来，举起自己的香槟对陈伟说："久仰久仰！"

"不敢当不敢当，张总说笑了，我先敬您。"陈伟的声音低沉而又有磁性，他弯腰弯得更低了，杯子上沿才勉强碰到天雅的杯底，然后就一饮而尽，之后马上又让服务生给他倒满了一杯。

"你一个大男人喝香槟算什么，去换白酒去。"王总有点戏谑有点生气地跟陈伟说，陈伟马上就有点不好意思了，天雅马上说："没事没事，都是自己人，心意到了就好。"但是陈伟一边赔着笑，一边还是迅速地找服务生去拿分酒器了。好不容易喝完了一杯白酒，主桌上的其他人不干了："哎，陈伟，你和我们都喝香槟，和张总喝白酒，这不行啊。"陈伟又赔着笑敬了半圈，天雅看到李拉那个心疼的眼神，她也是无可奈何。中间和李拉去洗手间的路上，刚好碰到陈伟，他跟天雅说刚才有点乱，忘了加她的微信，李拉听到这里就先走了，等天雅进了洗手间马上问她到底加了没有，天雅说："不告诉你。"

春节前天雅约了首长保健科的小南吃饭，顺手送了几千块钱的购物卡，也不说什么特别的，就是聊聊家常，小南说，今后有事都可以找他，别客气。大家边吃边聊，天雅给他夹菜，说当初同事住院的事情真是麻烦他了，小南说还是天雅这边的关系硬，是医院上面主管部门的领导亲自打的招呼，院长督办，这是多大的面子。

第二章

第一节

天雅一直以来是不爱看电视剧的，但是这回天雅好好地看了几集《甄嬛传》，主要是李拉让天雅好好学习，就按天雅目前的段位和心思，估计都活不过片头曲。确实有些启发，天雅试着天天上班前都花二十分钟给自己化个淡妆，显得气色好了很多，而且化妆确实能让五官更立体，她烫染了头发，新造型让很多同事眼前一亮。

天雅感觉自己有点过于严肃了，就像有些公司开黄腔好像是公司文化一样，她就算是融入不了也不至于排斥，至少让自己显得随和一些。有些事情可以改，但是有些事情天雅想过了，就像她和金娜的关系，她永远都处于下风，妥协都是没有用的，因为她没有话语权；而话语权的争夺，和宫斗剧的争宠是一样的，背后都是资源和权力。虽然她去年的业绩在投资部最亮眼，且按照金娜曾经画的大饼，年后天雅团队应该可以成立子公司单独运营，但是天雅如果真的这么以为，才是活不过片头曲的节奏。明显的功高震主，有目共睹的打压，金娜所有的项目资源都塞给其他投资团队，内部审计是天雅的常客。更过分的是人力要求天雅在春节前开掉于飞，因为于飞除了在公司任职外还自己注册了公司干私活。对于承揽人员来说，天雅感觉这不是什么大事，只要不耽误工作就行，但是这和公司规定相左，被抓了也让人无话可说。天雅亲自和于飞聊的时候，他比较坦然，刚好干独立 FA，天雅让他等自己去了新公司就一起过去。

临近春节要发年终奖，天雅看到了年终奖计算的文件，国强股份、飞飞科技的承揽都跟她无关；国强集团发债项目算作是她和王林部门合作的项目，奖金中的一半还暂时不发，按照金娜的说法，这是公司默认的，其实还不是金娜一句话。天雅本来想为离职的同事争取点年终奖，但是公司规定离职人员没有年终奖，所以她在部门分配奖金的时候和大家讲好，有一部分是给离职同事的，由陈慧联系他们并发放。李拉和天雅曾经在飞机上算过账，今年部门创造的现金利润六千多万，在二级市场的浮盈十个亿，这个业绩即使是按照投资部和公司 20% 分账的比例，就算现金利润、不算浮盈的话也有一千三百多万，但是最终金娜分下来的只有六百多万；这个数字虽说在几个部门里面算最高的了，但是和天雅她们期待的还是有着不小的差距，李拉甚至说："咱还不如出去单干……"天雅说："放心吧，我有数。"天雅心里不甘是肯定的，猎头推过来的机会她都约着面谈，而且谈得都不错，她就等着节后跳槽了；但是为什么要自己走，为什么不是把金娜取而代之？

天雅拿一百六十万的奖金是部门里最多的，但是并不到整个部门奖金的四分之一。其他部门虽然奖金总量没有他们多，但是听说有部门负责人一个人先拿 80% 的，总共二百万的奖金他拿了一百六十万，其他五个人分四十万，满腹牢骚。

春节前几天，天雅还带着陈慧一起去看望了邱小平，他已经做完了第一次手术在家休养，脸上肿肿的，左脸还包着，但是精神很好，天雅跟他交代了一下李拉他们调查的结果，雪场并不是正规经营的场所，摩托车是跟淘宝低价买的，雪场不想承担责任，甚至说是因为邱小平操作不当造成事故，还跟李拉提出让赔偿撞坏的摩托车。李拉已经就违规经营这件事情向当地的工商局举报了雪场，对方已经停业整顿了，公司有为员工统一购买的保险，赔付的金额也下来了，这两天会打到邱个人卡上；天雅让他好好休息等着他回来上班，看他有点哽咽了，天雅开玩笑说他应该趁着这次机会顺手把双眼皮、去眼袋这些美容项目做一做，再回来的时候就能直接出道了。天雅心里对邱是有些愧疚的，毕竟是跟着公司出去玩受的伤，邱虽然来的时间不久但是干活认真，她对于用人和识人确实不懂，但是她有个朴素的价值观：对她团队的人都想尽力照顾好。

春节天雅带父母去了海南，跟他们说于越回老家了。虽然酒店机票的价格都比平日翻了两三倍，但是丝毫没有影响天雅的心情，年终奖发下来她就把跟孙恒借的钱都还了，还计划节后再看看北京的房子。刚好酒店旁边有拎包入住的海景房，价格不贵父母也看着不错，她当即买了一套两居室，让老两口以后也加入冬天的候鸟大军。天雅每天除了陪他们海边走走外，就在泳池旁的观景榻上看书，自带的帷幔掩映下，阳光温暖而不刺眼，她所有的精力都集中在手机上，专心地等着一个人回信息：吴老板。

两个人因为邱小平的事情第一次联系，春节前一周又因为国强的事情联系，吴老板每次回话都非常快，搞得天雅有点诚惶诚恐、不知所措，只能谄媚地回复："老板大恩大德无以为报，又不会喝酒，唯有努力工作。"

吴老板并没有像天雅预料的一样不回复，而是发给了天雅《白鹿原》里写的一段话："人活着就是一首史诗，活着才有希望。站在未来向后看，百年风雨都是过眼烟云。"这是知识盲区了，她立即找李拉，上来就说自己最近认识了一个人，对方发过来一句这样的话，是什么意思。李拉很八卦地问对方是什么样的人，天雅说很优秀，但是不知道对方是什么意思搞得她很犹豫，不确定对方是不是想跟她当个笔友；李拉安慰她别想太多了，不要八字还没一撇，心中默默地写完一个鳖字，既然对方很优秀就好好勾搭争取先做朋友。李拉上次听到陈伟要加天雅的微信，她心里默认为天雅说的这个人就是陈伟，来了兴致，刚好《白鹿原》这本书李拉看过，她写了书评发给天雅，让她回复给对方。

一来马上就有一回，回复过去的时候已经快夜里十二点了，没想到吴老板仍然回复了："有时间看一下《静静的顿河》。"这本书李拉也没读过，天雅只能回复："好的，我有空好好拜读一下。"然后吴老板还在说最喜欢背诵的诗，天雅只能恭维他博学多才，看到吴老板炫技展示文学素养，自己也不能示弱，她马上发了一段截取的英文诗，她想着英文的吴老板应该不太擅长吧，没想到吴老板很快回复说，这首诗他会背诵全文，很欣赏里面关于力量、勇敢和生命的赞颂。这下天雅败下阵来，她的文学积累已经用尽了，只能说："感觉工作后那点文学水平都还给老师了，现在就是妥妥的没文化。"

"心比文化重要！"

看她没有回复，吴老板继续发，问她有没有少数民族血统，她回想了一下，姥姥是八旗子弟改成的汉族，她勉强算少数民族吧，给吴老板一五一十地回复了，吴老板马上回："我母亲是满族的后代，我们是同族的后代，真好。"

天雅立即蒙了，这是什么套路，撩妹吗？她不确定，吴老板她接触不多但是见到的时候都是前呼后拥的资本大鳄，或许他只是想多接触一下员工，天雅想多了。但是如果没想多，就有点尴尬，他岁数比自己都快大出二十岁了。在不确定吴老板到底是不是撩妹的情况下，天雅不想贸然地捅破什么，她继续对付着回："中华民族都是一家，不过您确实很有魅力。"

"我喜欢冷静的人。"这句话一出来，天雅有点慌了，这是越来越危险的节奏啊，她必须要把谈话内容拉回来，别越跑越偏。

"我不是个冷静的人，我只是不善于表达内心的恐惧和喜悦，因为说话不好听所以少说话，不像您，让周围的人都如沐春风。"

"我喜欢真实的人，有血有肉有灵魂，更爱。"这句话一出来，天雅感觉吴老板在玩火，她试图拉回来到正题上的企图没有奏效，她搞不清吴老板到底是有这个意思，还是聊天的时候就是这个风格，暗示不行就明示："多谢老板的鼓励，我一定尽心尽力给集团赚取利润。"

之后太晚了，天雅和吴老板道了晚安，吴老板回复了"好"以后，天雅就不敢再回复了，再这样下去真没完没了了。正准备合眼的时候，吴老板的信息又到了："你还真是个匪夷所思的小女孩！"这句话让天雅辗转反侧了一夜。

第二天一整天天雅都心不在焉。晚上到十一点半天雅准备睡觉的时候，吴老板的信息又来了，两个人聊了一会儿国强重组的事情，因为原来一起吃饭的时候知道吴老板一直在健身，天雅就恭维他日理万机的时候同时恭维了他有毅力，没想到他回的是："那我们一起运动吧……"

这个回复就明确多了，就是撩妹。天雅感觉自己的直觉还是准的，同时她不知道该怎么回复。吴老板本人就是高富帅的霸道总裁，魅力确实大，但是和下属的暧昧传闻也不绝于耳，他这个岁数的人肯定是身经百战，跟他搞暧昧无异于玩火。人对需要冒险的事物总是欲罢不能，或许吴老板对她只是一时的好奇，她努力说服自己保持清醒，就快要跳槽了，和吴老板对付着别把关系搞砸了，时刻铭记绝对不能陷进去。

吴老板这个时候发来信息："你一个人在家吗？"然后就打来了视频通话。

天雅有点慌，想到自己穿着睡衣窝在被子里好狼狈，马上挂断了视频，回复道："在办公室加班呢。"

吴老板说："你有空可以来庄园找我。我在北京都会在这里见不同的人。"

之后又发了："晚安。"

天雅只要回复，他就会回复，到快十二点半了，他还转发了桥水基金总裁达里奥的一个专访，天雅看着看着实在太困了就想闭眼先休息一下，结果等她再睁眼的时候已经是凌晨三点多了。她一方面对自己的玩火行为有些兴奋，这导致她睡不着了，一方面她也在想该如何回复吴老板，毕竟达里奥和他很熟。专心地看了半天专访，她写了一段自己的认识，发出去的时候她就有点后悔了，毕竟昨夜聊到快一点吴老板都没睡，凌晨五点发消息也有点打扰领导休息吧。出乎意料的是，五点半不到的时候，吴老板回复了，问她怎么这么早起。她感觉看到吴老板信息的时候心脏怦怦直跳，但是她提醒自己绷住了，别搞得像谈恋爱一样，她不能说是激动的，只能说今天要出差坐早班机。但是一来一回的居然又聊了起来，聊到了早上八点。天雅节前毕竟还是很忙的，天天顶着黑眼圈去上班，连七色光开年会都忘记单独带衣服了。

第三天一到晚上十一点，天雅想着能不能早点开始聊，这么一夜一夜的不睡觉还要正常上班真的扛不住了，她等着他的信息，百爪挠心的，不由自主地按照自己心中吴老板的样子画了一幅肖像；仔细想想，他的发型，有神的眼睛，高鼻梁，她边画边笑，看着自己的作品感觉还算满意，拍下发给了吴老板。干完了这个事情，她突然想到，自己表达得是不是有点太直白了？本来吴老板并没有明确地说什么，她到目前为止也是半推半就地陪他聊着天，但是这个时候想撤回已经不行了，吴老板回得很直接："我想我们都有这方面的感觉和想法。"后面不等天雅回复，他发的信息更直接："我是一个创造历史的人，只要你对自己有信心，我会给你时间和机会，推你到你想不到的位置。"

天雅没想到吴老板会说得这么直接，她的第一感觉居然是有点不屑，他用这个理由来吸引她，她看起来这么有野心吗？或许她内心真的有，被戳中了也有点不爽，但是吴老板这个回复，确实让她想到了甜甜的草莓。自己到底怎么接招？犹豫着，吴老板看她没回，给她打来电话。

电话里面两个人正经地聊了一会儿工作，吴老板问起来天雅曾经的工作经历，天雅紧张地回答，幸好吴老板并没有说其他出格的话。放下电话，两个人又在微信上聊了一会儿，天雅表示了对吴老板这个师兄的崇拜之情，要跟他多学习，吴老板说明天想见她，告诉她秘书会通知她过去吃饭。双方互道晚安的时候已经又是一点多了，早上五点多吴老板又发来语音，上午有个外国大使拜访，让天雅过去，这样她能多待一会儿。天雅的心一直悬着，她心里有些隐隐的期待，但是又提醒自己工作和感情不能混为一谈，自己要跳槽了，一定要把握好这个度。后面天雅才知道，吴老板眼睛不好，看手机很费劲，他确实喜欢让别人帮他回复信息，而为了跟天雅联系，他拼了老命天天抱着手机打字。

上午的时候果然君君通知天雅过去，接电话的时候天雅还要装出很意外的口气。冬天的庄园里还是一样地别致，因为有喷泉，流水不结冰，而屋里更是温暖又洒满阳光，还提前点起了檀香，没有一丝烟味。原来吴老板注视的目光让人不寒而栗，天雅都毫不避讳他的眼神，现在天雅感觉他的目光里带着火，让人感觉怕被灼伤而不敢接触。前来专程拜访的大使还带了本国著名的水晶作为礼物，吴老板接过巨大的水晶的时候，天雅感觉他的目光还在自己身上，担心他万一失手打碎了水晶。但是不管目光怎么炙热，吴老板在别人面前都没有任何言语和行动上的表达，天雅也一样，除了偶尔会脸红。

中午吃完饭才道别分开，下午又开始聊，团队成员感觉天雅在会上有点不在状态，还老露出傻傻的姨母笑。吴老板无心工作可是要耽误几千亿的买卖，他自己都感觉不行，下午五点的时候说真的要开会了，天雅就说，噢，开会确实比较重要。女人都有点作，尤其是有机会的时候，难怪形容美女都用"倾国倾城"，不让男人付出点代价证明不了自己的价值，天雅也难免的，回复得酸酸的。没过十分钟，吴老板发来信息说听不进去汇报了，问天雅人在哪里，让她到庄园来吃饭。天雅晚上刚好走不开，两个人相约晚上各自完事后联系，结果吃饭中间还在发消息，吴老板抱怨自己喝多了，天雅也发现满篇的错别字。

当天吴老板有点感冒，晚上真扛不住了，十一点多的时候跟天雅说他准备睡觉了，明早还要飞美国。天雅真的好久没有跟男人有过这种感情上的互动了，有点报复性的作，她根本不管这些，只是说，自己好傻，老被人耍，一看就是抱怨吴老板对自己不在意。这下吴老板慌了，赶忙解释自己什么都有，就是没时间，他既然花了这么多时间，就不是在耍天雅。然后几次打电话天雅都不接，她想让吴老板哄自己只喜欢她一个，但是他夸她有见识、有气质、有胸有屁股，就是屡次都哄不到点子上，天雅不高兴了，回他说，睡吧，集团的女下属都搞一遍肯定累。这下吴老板生气了，这对于他来说是中伤，是对他的轻视，但是他也看出来了这是天雅的气话，还是耐下心来跟天雅解释，打字太慢就发语音，好不容易哄好了，但是聊到春节期间不能见面又是各种难过，两个人又抱着手机折腾到一点多才睡。

吴老板会发给她一些自己做项目中的结构设计问题，他搭的结构比较复杂，天雅看到以后确实有点消化不了，她有点不自信，和吴老板回信息："作为基层业务员，实在还是差得太多，思路跟不上您的节奏，没有前瞻性的眼光，我在您面前都不敢在业务问题上说话。自从加入天贺，无数的夜里我都睡不着自省，自己到底差在哪里，怎么提高。见了您，我就感觉我那点学习能力根本不值一提，怎么样都不可能有您这样的见识。"

吴老板倒是安慰她："那不一定。你要有自信，我会看人，只要给你更多时间，我相信你会不一样。人生都是在变化中前进，谁都不知道自己的潜力，你会到什么位置没人能知道！"

经常两个人深夜联系的时候天雅还在处理工作上的事情，这个时候收到吴老板关切的信息"孩子，要学会爱自己！"让她甜到心里，她想着他也是天天这么晚，不禁也关心道："您中午好好休息一下，这些天晚上都被打扰得没休息好。"

"没事，你放心，每天都是这副德行活着！"平时高冷的吴老板聊起天来还这么热情，让人想起来就感觉有点反差萌。

两个人在春节里也天天聊，相互发发照片、自拍什么的，吴老板嘱咐天雅千万不能让别人知道他们在联系，也问起了天雅和金娜的关系，那必须说得明明白白，文字的信息天雅就写了好几段。吴老板后面跟她见面的时候也几次问过天雅，可不可以和金娜搭班子成立公司，天雅每次都是一口回绝了，她瞧不上金娜，就要单干，而且已经准备跳槽了。吴老板让她老实在天贺干，他会帮她解决，天雅心里还有点怀疑，但是想到金融圈就这么小，得罪了吴老板肯定不好，都怪自己大嘴巴要跳槽的事情都随便说出来，这下麻烦了。

春节里天雅和楚楚通了电话，她就是不注意安全生产，怀孕了不得不结婚，天雅抱怨她办酒不叫自己参加，只能在微信上发了一个两千块钱的红包，楚楚偏不要，说当初她参加天雅婚礼的时候才包了二百，自己结婚也只收二百。男方家婆婆不太满意，娶了一个岁数大的女人觉得儿子亏了，公公倒是中性的态度；楚楚家本来也不太同意，觉得男方岁数太小没有责任感，早晚会辜负楚楚，但是看在下一代的分上也就全力支持，办酒的时候楚楚的肚子都藏不住了。这次打电话，楚楚明显地没有上次那种甜蜜感了，她抱怨自己怀孕了老公还在外面和女同学吃饭。天雅让她安心养胎，她也提到了自己离婚的事情，楚楚倒是坚决地支持她，还问用不用给她介绍对象。天雅有点不好意思，她说自己在见着一个人，楚楚非要问是谁，天雅就是不告诉她，楚楚劝她小心，天雅说，可能就是一时的冲动，放心吧，都不是小孩子了，心里有数。

第二节

春节回来在机场天雅买了好几支口红，还有眉粉腮红什么的，眼线笔她是真的下不了手，其他的难度不高的她都愿意试试的。她问吴老板给他带点什么特产，花几万块钱能买一个半人高的砗磲，但是吴老板只是说她平安回来就好，他什么都不缺。谈好的新工作被天雅拒了，想走还不容易，无论是事业还是感情，她都对吴老板有所期待，大不了等一段时间再跳呗。

上班的第一天天雅就去了吴老板庄园，表面上是来初判相关的制造业项目，其实就是想见面。天雅粗略估算项目至少值一百亿，但是当前债务就有三十亿，想要开发还要至少再投入三十亿，这么大的项目必然会对政策特别敏感，不确定性太多。当然吴老板听了这个评价嗤之以鼻，他耐着性子说："目光太短浅，谁上台不都得发展经济啊？"当着这么多人天雅也不好说什么，她仔细听了吴老板的评价，他不做是因为项目回收期太长了，算不过来账的事情不能干。天雅自责着自己怎么又在老板前头发表意见了，但是吴老板没有因为这件事情不高兴，他好像喜欢她这样敢于往上冲的性格。

会后人比较多，估计要喝酒，天雅看这种情况也不想留下吃午饭就跟吴老板打了个招呼自己打车走了。表面上风轻云淡、谈笑风生的吴老板，一直抓机会在手机上跟天雅道歉，保证抽出时间来单独陪她。

第二天吴老板又找了个理由叫天雅过去，其间很意外地，天雅接到了金娜的电话。当时正在谈两个上市公司交叉买对方股票做市值的事情，肯定是不能让金娜听到的，天雅本想挂掉，但是又怕不妥只能自己马上跑出屋去外面冰天雪地的院子里接电话，吴老板马上使眼色让助理把她的羽绒服给她披上。金娜在问认购出资的事情，应该是醉翁之意不在酒；果然，说了两句金娜问天雅这两天人在哪里，天雅说都来公司上班了，只是白天出来见客户，金娜又问是谈的哪个项目，天雅迅速在头脑里想了一下，在北京的项目只有七色光影视，她就一口咬定了这个项目。接完这个电话，天雅知道金娜已经怀疑了，她给吴老板发消息，让他嘱咐一下周围的秘书、助理和司机。

趁着双方董秘在算账，吴老板跟天雅发信息，说自己天天只顾着看手机根本没法工作了，天雅说再给你发信息我就是小狗！送走了这拨客人，吴老板让助理、司机带着君君开车去专卖店买几个爱马仕的包包他要送人，支走了他们，他让天雅陪自己在庄园走走。两个人边走边聊，聊文学，聊艺术，庄园里面幽静又广阔，斑驳的树影下就只有两个人影。吴老板说自己喜欢某个画家的作品，他的庄园一角专门给这位画家留了一栋小楼在这里创作，天雅有空可以带她进去看看。天雅看那栋楼上着锁，估计还要找人开门，被人发现她和吴老板走在一起她感觉挺别扭的，就说不用了。再往前走，吴老板问天雅喜欢什么树，天雅说："梧桐树吧，去南京玩的时候觉得道路两边的梧桐树在空中握手，整条街都充满了浪漫。"天雅其实对树没什么研究，但是今时今日和吴老板一起走在路上，她想起来的只有梧桐树。

"是吗？刚好我想在庄园的一侧种树，那就从南京进几棵来吧。"吴老板说得轻描淡写，字字都打动着天雅的心，她不得不自我提醒，吴老板就是碰巧要种几棵树，种什么都行，也不是特意听的她的话，别想太多了。

快走到围墙的时候，突然好多只藏獒扒着一人高的围栏立起来冲他们一起狂吠起来，这也是天雅第一次近距离地看到活的藏獒，吓得一下子躲到吴老板身后，两只手紧紧攥住吴老板的两条胳膊，生怕这些畜生冲开了围栏扑过来。吴老板倒是一点都不慌张，他高声呵斥着，这些藏獒才缓缓地放下身子，在围栏里来回跑动，叫声也小了很多。"这些是我养的藏獒，有三十多只吧，喂不熟，你要是害怕我就把它们都处理了。"吴老板回过头看着惊魂未定的天雅，天雅才意识到自己还攥着吴老板的胳膊，他们就像初中生恋爱一样，谈了好久手还没拉过，猛然的身体接触还有点不适应，想到这里她赶忙放下手，往后退一步："不，不好意思……"

"没事，这有什么，你不是早就抱过我了。"吴老板的眼睛直直地盯着天雅，天雅一时有点蒙了，什么时候？自己是不是被这些畜生吓傻了？看到她迟疑的样子，吴老板笑了，他往天雅近前又走了一步，低下头对她说："谁不会滑雪就直接上的高级道？"这句话一出来天雅当时就傻了，吴老板是怎么知道的？难道吴老板这种日理万机的人去滑雪了？不可能吧他这个级别的富豪应该包机去阿尔卑斯吧……就在她一脸茫然的时候，吴老板突然抱住了她，在她耳边轻声说："为了背你下来我腰疼了好几天……"天雅这才想到当初那个身影，捂得严严实实的脸看不到，但是身材确实差不多。吴老板说出这个的一瞬间她绷紧的内心一下子就崩了，他们之间不光是吸引，已经动心了。她缓缓抬起了自己的双臂，抱住了吴老板，身旁的那些畜生渐渐地都不怎么叫了，不知道是不是在偷看。

吃完中午饭天雅本来要打车回公司的，吴老板说顺路送她出庄园到大路上好打车，天雅就上了他的路虎。两个人坐在后排，中间隔着操控扶手，吴老板抓住了天雅的手，天雅坐在司机后面，知道司机可以通过后视镜看到自己，非常尴尬地想挣脱，只是吴老板的手又大又温暖，相比之下天雅的手又细又瘦，还冰冷冷的，力量显然是处于下风的，算了，随他吧。

下午吴老板又给她发消息，正月十五要在庄园里放烟花，让她晚上一定要来，专门为她准备的。天雅回了一个行，吴老板马上回复："好小狗！"

晚上天气很好，月朗星稀，庄园占地面积很大，远远地可以看到周围零零星星地有人也在放烟花。吃饭前能看到，庄园里一条两百米以上的路上一字排开二十个和人一样高的巨大礼花箱。

经过多次观察，天雅发现吴老板宴会的座次是精心安排的，不同的官阶、影响力、身家的座位不同，谁比谁更重要都反映在座次上。比如上次富总和吴老板吃饭，那晚最重要的客人是某市的市委副书记，吴老板对他有所求；富总是第二重要的，因为他已经是吴老板的合作伙伴了；那晚还有一个香港上市公司的实控，虽说身家高于富总，但是和吴老板还在洽谈合作，位置在富总之下；另一个谈合作的某标的方实控位置最低，核心客人和带来的人是坐在一起的，所以带来的人之间的高下并没有参考价值。这些都是客人，那晚还有两个集团高管，如果单独排位肯定应该高于天雅，但是天雅随富总的排位，所以那天晚上的座次，从吴老板往左依次是：某市市委副书记，他随行的助理；香港上市公司实控、董秘，以及他在天贺集团这边的对接人；某标的方实控，财务总监。从吴老板往右依次是：富总，恒斌，天雅，天贺集团的其他两个高管，以及标的方实控叫来活跃气氛的三线小明星。

晚上天雅一直惴惴不安，根本不记得吃了什么，就是因为她的座位挨着吴老板。她不知道是不是吴老板本来就这么安排的，只知道当时大家走进宴会厅就各自坐下了，她本来在吴老板对面的位置找空座位，但是进去就发现没她的地方，她抬眼一望，居然大家都迅速找到了自己的位置，然后很多人催她快入座，给她指了吴老板左手没人，吴老板也微笑着让她坐过去，没想到还能有这一出，她拖得越久越尴尬，只能故作大方地过去坐了。新春酒宴，吴老板应该是怕天雅尴尬，避开了日常认识金娜的那些合作伙伴，那些人精好像能看透人的思想，有几个人给天雅敬酒以后转身去逼着吴老板替她喝。中间有个插曲是吴子牛非要来敬杯酒，吴老板没同意他来，说自己请一些朋友跟生意无关。吴子牛来了之后发现吴老板并没有加座位，就知道吴老板的意思了，但他坚持要代表吴老板给每个人敬杯酒再走。天雅担心吴子牛认出自己来，两个人毕竟上会的时候有一面之缘，紧张地看了一眼吴老板，吴老板用眼神告诉她：没事。果然吴子牛满脸堆笑地从吴老板对面开始勾肩搭背地敬酒，每人一大杯，喝到天雅这里的时候已经满脸通红，他眯缝着眼睛，天雅左手边的人赶紧上来介绍说："这是张总。"吴子牛低着的头都快到天雅膝盖了，他舌头都有点捋不直了，说了两句拜年的话以后就敬下一个去了。天雅长舒一口气坐下来，猛然发现吴子牛又折返回来，这让她的心又提了起来，想着万一被问该怎么回答，用眼神向吴老板求救，吴老板黑着脸盯着吴子牛，随时准备出手收拾他。没想到吴子牛到了近前只是双手奉上了自己的名片，说："张总，以后有业务一定找我！"吴老板这才又开始招呼大家吃菜。

吃完晚饭后一伙人呼啦呼啦地走到马路旁边，吴老板组织给二十个人发点火器，让其他人站在五十米开外的地方，最好有遮挡以防出危险。最后一个接过打火器的是天雅，吴老板特意嘱咐助理，等大家都就位了，统一点火，点完助理就搀着穿着高跟靴的天雅往前面跑，跑出去一百米了才站住。巨型礼花弹带来的视觉盛宴闪耀了天际，二十个礼花接连不断持续了二十分钟，天雅都震撼得忘了录像。这期间天雅望向吴老板，而被人簇拥着的他也正望向自己：一眼万年。

晚上天雅回家以后又和吴老板闹了：两个人没有单独见面，吴老板急得百口莫辩，问天雅在哪里，天雅给他发了位置，孙恒的高端公寓地处闹市，平时楼下经常碰到明星和狗仔，吴老板可能有所顾忌，跟天雅说他想办法找个别墅见面吧。当天晚上又是聊到凌晨，早上天雅五点多醒了，根本看不进去书，她恨自己都结过婚的人了怎么这么没见过世面，但是随着吴老板六点多就开始跟她聊天，她就不纠结了。

上午吴老板突然约天雅在一个偏僻的咖啡馆见面，离他的庄园不远，但是也有两公里的距离，天雅打车赶到那里的时候吴老板已经到了。这个咖啡馆有些隐蔽，在一个私人会所里面，地图都搜不到，吴老板不会发送位置，只能描述和拍照。外面是树和草地，这座一层的小楼并没有牌子，推开玻璃门里面层高有四五米，古典欧式装修，还有乐队表演的舞台和打碟工作台，吧台里面只有一个服务员在忙自己的事情，阳光透过玻璃洒满了地面，一眼望过去高大的皮质沙发里都没有人，各个隔间里也没见人，听到吴老板一声咳嗽才发现咖啡馆的角落里还有一个用帷幔隔开的私密区域，吴老板坐在里面一张高大靠背的单人沙发上，他背后是一面巨大的落地窗户，他正戴着眼镜在看手机，阳光下的面庞帅气得惊心动魄。天雅见过他年轻时候的照片，不输很多影星，以他的外在条件当初直接出道毫不夸张，人过中年，众人之中依然非常出挑，即使没有身份地位的加持依然可以吸引眼球。

天雅坐下后吴老板叫服务员给她倒了杯水，又让服务员拿了一盒软中华和打火机过来。天雅发现吴老板满头是汗，一问缘由真让她哭笑不得。原来吴老板为了支开周围人，跟秘书说自己出去见客人，在车上的时候又让助理和司机去给他买礼物，等会儿买好了回来接他，车把他放在庄园门口就离开了，他自己一个人本想打车过来，但是苦于身上没有一分钱，只能穿着皮鞋走过来，又怕自己迟到，小跑着过来的，身上没带烟，兜里只有手机和眼镜。天雅想教他用手机支付，还给他发了个红包，他笑笑但是没接，他这样的老板身边随时有人，会用手机支付是不合常理的。

两个人开始聊工作，天雅讲出金娜对自己的打压，这让吴老板很气愤，他直接给集团总经理打电话，让他提拔天雅到集团副总的位置，刚挂电话天雅就跟他急了，无功不受禄，她不想莫名其妙地被扶上去被人指指点点，她要的是公开的、因为成绩当上投资部的一把手。吴老板想了想，马上给总经理发语音让他不要动。吴老板对金娜并不满意："你别把金娜太当回事了，她连国外野鸡大学都差点没毕业，要不是家里给做工作，毕业证都拿不到。她是有点小聪明，但是她那些烂事也不少，我知道她为了做项目没少和对手方上床……"

"你和她到底什么关系？"天雅对金娜的能力毫不关心，除了业务上的打压，其他的事情她都不想和吴老板提起，也不喜欢在背后诋毁别人；她不爽的是，吴老板对金娜这么熟悉，是不是因为他们两个有一腿？而且吴老板这么跟自己说，是不是怀疑自己跟对手方上床？吴老板虽然否认了，但是他也明白，再提金娜会让天雅翻脸。

两个人聊起来业务的事情，天雅介绍了在手项目，吴老板饶有兴致地听她讲，说七色光包在他身上，另外还有一个好东西，他谈得七七八八了会让天雅往下去推。两个人都是正襟危坐的，吴老板突然把手放在天雅的大腿上，天雅下意识地推开他，之前吴老板和她的身体接触，也就是拥抱和攥住她的手了，那都让她的心要沸腾了；现在环境这么暧昧，天雅知道，自己已经陷进去了。她努力让自己冷静下来，既然是要交往，就要明明白白的，她问吴老板："你结婚了吗？"

他有点意外，看看表已经出来一小时了，手机在不停地振动估计是下属在玩命找他。天雅看他不回答，有点着急，她说："我查过公开的资料，你曾经结过婚，但是目前没有在任何场合披露过你的婚姻状况，这件事情对我很重要。"

"我之前结过婚，但是后来离婚的时候两次进了医院抢救。我是不可能再结婚的，而且我这个位置身不由己，除非是过了十年淡出这个市场，我愿意跟你过才能跟你过。当然，我们大概率是没有结果的，到底要不要往前走，你自己想。"然后他就站起身来，天雅站起来的时候，他伸手抱了她一下，跟她交代了别忘买单，就走出了咖啡厅，可以看到他的车停在门口。如果从这个咖啡厅的人流量来看，即使一杯水收费二百块，仍然是无法盈利的，但是这确实是个见面的好地方。

天雅一脸愁容地走出了这里，吴老板不婚主义她听懂了，她也不想再结婚了；但是最后说的话让人难受，她搞不清"往前走"的意思是什么，是说他们就维持在这种暧昧的关系，还是谈婚论嫁为时尚早的意思？

下午天雅都在烦躁中度过，这时候吴老板打来电话，天雅找没人的地方接起来，吴老板已经谈好了一个要做双主业的上市公司江海股份，对七色光非常感兴趣，联系方式会发给天雅。天雅拉着范鹏一起给发过来的手机打电话，接电话的是对方的董秘孙洋，上来就进入了具体数据的了解，主要关心的是会不会触发借壳，双方谈了十几分钟，马上拉了群，江海股份拉了自己的会计师和律所的两队人，天雅这边拉了自己团队、七色光的实控，实控又拉了财务总监和运营总监，保密协议是当天群里轮着盖章的，七色光虽然不是那种闻名遐迩的牛公司，拍摄制作的也不是爆款作品，但是在众多明星持股下业绩非常稳，每年都会产几部高质量的剧上星播出，收入和口碑都比较稳定，这个质地刚好符合江海股份转型的需要。

江海股份的实控人陈江海，包邮区的制造业起家，靠着细分领域的垄断供货成功上市。这些年资本市场的波涛汹涌让陈总心驰神往，多少个造富神话在一夜之间上演，多少上市公司中的"老破小"因为业务萎缩，不得不挥泪卖壳，眼看江海小得可怜的市值，逐步被各路人盯上要买壳，陈江海遇到了吴老板。吴老板看人都是一眼看到心底里，他看出陈总不甘于卖壳，瞥见过资本市场灯红酒绿的人怎么会甘愿过平平淡淡的日子？吴老板是商人，更是摆弄人心的高手，有对于资本市场的了解，有运作的手段和天雅这样干活好使的帮手，再加上陈总这么心甘情愿的木偶，他可以两手干干净净地赚大钱，何乐而不为。吴老板三两句就打动了陈总征战资本市场的心，而且还感恩戴德地求一条明路。

吴老板建议陈总全面地打造双主业，而传媒娱乐正是目前的香饽饽，不失时机地推出七色光，只要赶上风口，股票拉几个涨停都是客气的。陈总点头如捣蒜，他听说市场上很多游资跟庄，只要跟吴老板沾边的股票，至少先拉三个涨停，有个澄清跟吴老板没有合作的公告一出来都有乌龙涨停，足以证明吴老板在这个市场呼风唤雨。陈总下了决心要紧跟吴老板，像好多鸡汤文里面写的，凡是不能做出改变的人，都会被时代狠狠地抛弃。

群里的几方都明白时间的重要性，江海快马加鞭地安排会计师事务所和律所到七色光现场尽调，今晚就到，明天开始工作，范鹏进场陪同；同时天雅安排李拉带着陈烨、新来的律师小朋友王吉，还有财务小朋友一起去包邮区的江海股份做尽调，毕竟要出一份完整的方案还需要掌握江海的业务、法律和财务情况。按照工作计划，天雅在办公室作为机动人员随时接应，两队人马预计一周内出初步结论，三方就合作方案碰头。

范鹏这几个月泡在七色光，和实控王总已经称兄道弟，有他在现场协调可以做到事半功倍；而李拉最善于试探虚虚实实，让她带队去江海好摸摸底；天雅必须留在北京，因为她掌握着最核心的资源——吴老板。孙洋和天雅对外，特别是对金娜，宣称的都是范鹏把七色光影视的资料发给的江海承揽的项目。天雅还嘱咐范鹏，他的财务人员是邱小平，虽然他目前还在家休息，但是他可以胜任一些分析和研究工作，这样也能帮助他更快一些回归。

当天晚上吴老板还是像之前一样动不动就嘘寒问暖，但是天雅的顾虑放不下，她对吴老板抛出了这个问题：你对我是什么样的感情？吴老板不想回答这个问题，但是被逼无奈，很坚定地说感情肯定是有的，但是到多深的程度不好说，毕竟他们认识的时间不长。这个问题不说明白天雅就不放过他去睡觉，两个人在一起应该经过用心的告白、反复的考验，即使她再迷恋和情愿，也不能让他得来得不费工夫，结果吴老板这一个回撤让她彻底不淡定了。吴老板看她死缠烂打的，只能挑明了说：他欣赏她，但是跟吴老板谈恋爱太辛苦，他不愿意看到她这么辛苦，他身处帝国中心，身边的环境复杂，他不想看到她受到伤害；他们可不可以就停在目前这个状态，不要再往前走了。到底是他心疼她，还是他不够爱？还是他觉得她不够格？她感觉像套路，吴老板欲擒故纵，他那么说其实就是等她不甘心，主动提出要继续，不就是比谁爱得更多吗？她说："好的，都听领导的，明天开始我不会再给领导添麻烦、打扰领导休息了。"

天雅确实无暇去理吴老板，毕竟两队人马都有一堆的事情需要她处理和关注。她心里想到和吴老板的关系，总觉得是个坎，到底他是在套路，还是他真的就想让他们的关系停在这里？不管未来会怎样，从未有过的崇拜感让她着迷，她已经心动了，根本不可能就此放下，她想好了，只要吴老板有心，再难的路，她就偏要走走看。

吴老板这下不淡定了，天雅上班的时候又开会又讨论，刻意地没有看信息，下班的时候一看，吴老板给她发了一堆，打了好多语音和视频电话，就问她是不是出事了怎么不回信息，她心里还挺得意，吴老板再打来电话的时候急得要命，天雅说自己今天太忙了没看手机的时候，能听出来他是刻意地控制着才没骂人；晚上想让她过去，天雅说晚上接着加班没空，能听出他很落寞。第二天大早上五点多他又发信息，问她今天能不能来，他想见她一面，天雅昨晚加班到两点，早上睡到七点多才醒，也没有响应他，让他好好上班，既然他们的关系"停在这里"，那么两个人都别影响工作；消停了一上午，下午天雅开电话会的时候，吴老板不停地打电话过来屡次打断她，每次就问一些鸡毛蒜皮的事情，某某新闻看了没有，中午吃的什么，她只能提前跟他说好，今天一天她都排得满满当当的，如果他打电话不说和江海相关的事情，就不要找她了。第三天吴老板早上等到了八点才给她发信息，有点哀求似的，说今天能不能抽空陪他一会儿，天雅跟他说："真的没时间，如果你再打扰我，我就带一堆馒头去你的池塘里面喂鱼。"

"×，喂那个还不给我的鱼都吃死了！"

"我知道啊。"天雅就是赤裸裸的威胁，别再打扰她，除非吴老板不在意几十万一条的鱼，估计他在电话对面气得翻白眼。

吴老板虽然霸道，但威胁过后还算比较讲道理的，如果他发消息天雅没马上回复，他就会不断地打电话直到天雅接起来为止；但是如果他发消息以后，天雅马上回复他，在忙，他就绝不会再打扰。晚上他又忍不住给天雅打电话约吃饭，天雅说没空，他就嘱咐一句，有任何问题随时找他。第四天的时候吴老板实在受不了，说好几天不见了，天雅也老对他爱答不理的，今天是真的有业务，让天雅晚上过去见上市公司伟盛。天雅去了以后发现伟盛和江海一样也是制造业，这种买卖对于吴老板来说就是送上门的，他让天雅又一次见证了对人心的把控，不露痕迹地把自己的意识灌输给对方，怎么样的买卖能够既达到自己的目的，又让对方感恩戴德。

吴老板想把天贺持有的一个金融公司卖给伟盛，对方表示，虽然想做金融双主业，但是想双方合作入股标的，这样未来重组的时候伟盛自己也能赚一笔。只要大家都赚钱就没问题，吴老板当即指定天雅为经办人去落地这件事。

晚上送走了客人，天雅看到吴老板并没有准备离去，她注意到今天吴老板的脚有点别扭，就问他："脚怎么了？"

"别提了，那天你死活不接电话，给我弄得心神不宁的，看手机走路不知道卡在哪里了给扭了一下，好几天了。"天雅心里过意不去，她知道吴老板在等着她松口说点软和话，但是她没说话，她心里还不高兴呢，是吴老板自己说让他们的关系"停在这里"的。看她望着地面，吴老板感慨了一下："能不能别这么别扭，亲爱的。"

"不是你说的往前走太辛苦，那就别往前走了呗。"天雅盯着他。

"那你让我怎么办？不往前走也不能让我这么难受吧？我不管了，其他的都不想，我就想听你的，你说往哪走就往哪走，咱们都舒坦！"

"今天太晚了，我回去还要过方案，改天再说吧。"天雅边说边掏出手机准备叫车，吴老板一把拉住送她回家。临别的时候，吴老板亲自下车，站在马路边，对天雅说："你好好考虑一下我说的话，我一般不说这样的话。""知道了。"天雅想着别弄得依依惜别一样，还嫌司机看不够吗。

吴老板的表达和他高端大气上档次的外表不符，在不熟的人面前还有所收敛，在熟人面前满嘴脏话，尤其是喷高管的时候一点都不给留面子，比如："我×你妈，你看看你这个××屌样子，能干出这种×事，滚你妈×！"在天雅面前也是说话脏得很，一般天雅电话接得慢了就会说"×，别××跟我这装×，你××忙能有我忙吗？"，给她东西会说"我×，让你拿着就××拿着，别××废话"。天雅一开始有点不习惯，她一度认为吴老板就喜欢骂脏话，所以她还刻意地学习了这些特定词语的用法。有一次两个人在咖啡馆单独见面的时候，吴老板先到了，眯着眼睛看手机上的信息，看到天雅他没有抬眼："又××这么晚，我发现你××太不把我放在眼里了。"

天雅随口而出："这××能怪我吗，你也知道北京交通这个×样。"

这下吴老板有点震惊了，他转过头来，目光直接冲出来射到天雅身上，一字一顿地说："说话放干净点。"

天雅有点不服气地质问他："你不是也骂人吗？"

他头已经转回去盯着手机，没有说话。后来天雅发现，凡是下属，没人敢在吴老板面前喷脏话，有求于他的人也不敢，但是他出去求见别人，就会情况反过来；这不是骂不骂脏话的问题，这归根结底还是地位的问题，他在别人面前骂脏话显示的是他独一无二的权威性，在天雅面前更多的是一种放松的状态。

第三节

天雅坐早班机赶到了江海股份，一来是跟李拉会合看看他们的进展，二来是亲自跟李拉来商量伟盛的事情，伟盛距离江海一小时车程。

天雅来了，一直没露面的陈江海亲自接风，他和天雅差不多高，五十岁，头发黑不榄榄的，用发胶梳了个大背头，虽然发际线有些上移但是发量还好；整个人胖胖的，肚子大腿细，脸上的五官都大大圆圆的，笑起来露出熏黄的牙。他伸出又厚又圆的手逐一和大家握手，嘱咐秘书中午领他们来参加宴席，就先走了。

江海股份在工业园区占了一大片地方，有办公楼、厂房、小树林和运动场。南方的冬天阴冷潮湿，屋里也无法脱下羽绒服，李拉他们占了一个会议室，没有暖气只有一个巨大的暖风机，离远了风也冷得不行，天雅表示大家辛苦了。

天雅和李拉在园区里面溜达，晒太阳暖和暖和，顺便聊聊重要的事情。在伟盛实控人姜潮的安排下，今晚天雅会带李拉见伟盛董事长苏伦，虽说苏伦只是一名职业经理人，但是未来的落地实施都由他负责，不可轻视；她分析集团下面潜在标的的卖点，李拉打断她能不能搞清各个标的和集团盘根错节的关系，别因为不知情而触了霉头，天雅说，我来处理，伟盛是吴老板给的机会，只能做成，失败了就不知道还有没有下一次了。李拉安慰天雅别太紧张，她建议晚上带王吉一起去伟盛。

中午一行人来到江海的私人宴会厅，挑高四米多的宴会厅让人一言难尽：水晶灯透出一股欧洲宫廷风，窗边的茶台又是古风，墙上的软包有点现代轻奢，餐桌椅又是八十年代那种老旧的实木样式，墙上有抽象派的油画，地上有聚财的玉石，旁边立着的展示柜是北欧简洁风，里面放的既有毛选，又有耶稣雕刻。陈总穿着西服外套，里面是 Gucci 的休闲衫，巨大标志的爱马仕皮带，紧身皮裤，鞋的颜色也是诡异的白色，脖子上有大金链子，手上还有万国表，笑起来脸上的褶子里仿佛都能挤出油来。所幸陈总对食物非常讲究，在这个时节依然可以吃到新鲜的清蒸刀鱼和红烧河豚，而且味道更胜吴老板的庄园，如果不是因为总要说话菜有点冷，简直就是天雅吃过最完美的河鲜。陈总啰啰嗦嗦讲了半天，主要强调和吴老板关系多么好，隐含的意思是让天雅好好干；自己的上市公司多好，七色光能搭上他简直是三生有幸，就是想压价；天雅他们是专业人士，要好好干，希望今后和他们多合作，潜台词就是干不好后面的生意都不给了。

天雅明白陈总有点瞧不上自己，在吴老板面前是三孙子，在她这里就充大瓣蒜，江海股份徐娘半老，吹得像皇帝的闺女一样。她代表着天贺，气势不能输，端起红酒杯简单说了两句：陈总带领江海上市是业界传奇，令人称道；并购重组哪家强，天贺集团来帮忙；互利才能合作共赢，和七色光的联姻必然是三方都受益；未来会继续为江海打造转型后全产业链打通，剑指千亿市值。

天雅准备了几个标的，陈总果然听得眼前一亮，听她详细地讲储备标的的情况都忘了喝酒，当即打电话给在北京带队的董秘孙洋，让他未来好好跟天雅学着点。很快天雅就知道了李拉为什么让她带着王吉，王吉确实有过人之处，他满脸堆笑会喝酒，还会帮着天雅挡酒，为了照顾陈总的面子他还多喝多敬，没有让天雅因为不喝酒而尴尬。

吃饭的时候吴老板给天雅发信息问她在干什么，天雅回了一张宴席上的照片，里面正是喝得满面通红的陈总，吴老板有点风趣地给这幅图配标题："我什么时候到千亿市值。"吴老板想到天雅陪着别的男人喝酒，心里有点酸酸的，他让天雅别跟这个土包子多纠缠，天雅也很懂地回复："陈哪配给您提鞋。"

下午天雅电话会沟通七色光尽调进展，范鹏吐槽孙洋的业务水平，孙洋是工厂的出纳出身，一直跟着陈总干到了财务总监，对文娱行业并不了解，但是他喜欢发表评论和大题小做，动不动就给陈总打电话抱怨七色光不配合，天雅嘱咐范鹏千万要以大局为重，不能让孙洋得罪了七色光，同时也不能让孙洋觉得自己不被重视要让七色光和江海都来巴结天贺。

下午吴老板还是意难平，给天雅转过来了别人写给他的微信：

"我看到了满天的烟花。

"想象着这样美丽的烟花映照下的你，应该是舒展了眉头，眼里有闪闪亮光。

"受您眷顾颇多，也自认披肝沥胆，以报赏识之恩。

"时隔上次汇报八个月，我在庄园见到您大步流星，风采翩然，隔着一个道的距离，走向我，然后握住我的手，说辛苦了。直到现在，我还记得您脸上的笑容和手掌的暖意。何其幸运，让我遇见您，让我拥有最纯粹的仰望和最明媚的眷恋。"

真是个小气的男人，非要让天雅也吃醋，仔细看下舔狗的写作用词，是老阿姨无疑了，自己吃哪门子的醋，但是还是要配合吴老板玩下去，就假装不高兴了，吴老板马上解释对方是一个五十多岁的女校长。

吴老板这个岁数的男人很怕自己失去魅力，他平时对自己的外貌非常注意，浑身名牌一丝不苟、发自拍的时候用美颜、转发自己出席重要活动的新闻，都是为了强调自己宝刀未老。因为天雅发了陈总的照片，他就给天雅发了张自己的自拍，还专门配了句话"别老看他，看看我的丑照"；天雅一看，自拍四十五度角，这张没加美颜，但是这张脸的每一个线条，甚至每一处皱纹，都能引起她心底美好的感觉，这就是一张无与伦比的脸，并不因为白发或是皱纹减少任何的风采。但是这样的话她绝不会说出来，否则他就更得意了。

天雅和李拉在准备晚上伟盛的资料，李拉突然笑着说，没想到苏伦还挺帅的，天雅勉为其难地看了一眼，作为一个四十出头的男人，气质还可以，模样跟吴老板可是没的比，只能说还不算难看。正聊着孙恒给天雅来电话了，他的离婚终于办妥了，孩子判给女方，男方每半个月有一次探视权，男方每个月给女方五千作为孩子的生活费，未来的学费另算，同时结婚时候男方父母给小两口的买卖都给了女方，条件是女方不去破坏男方的名誉。这次打电话也是问天雅要不要最新的苹果手机，他最近先后约了两个女学生，准备每人送个新手机，问要不要顺手给天雅带一个；也算是作为报答，她带着去买的房子据中介说开春回来三个月已经涨了40%。两个人还聊了一些业务的事情，国强要成立并购基金，孙恒根本没办过，这个过程天雅给他讲了一遍，最后嘱咐他别玩太过了。

晚宴是在伟盛的会所里举行，由苏伦带队，伟盛参加的人有董秘、证代、财务总监、总经理，还有几个分管副总，这边是天雅、李拉和王吉。出乎天雅意料的是，晚上并没有喝大酒，苏伦一看就是工科毕业的实干派，大家就是蜻蜓点水地喝点黄酒，主要是在说标的情况，苏伦的问题比较细致，李拉适时地讲笑话打圆场，王吉就负责笑，气氛比较轻松。天雅也摸清了这件事是实控人姜潮的想法更多些，他岁数大了不想干了，如果直接卖壳对跟着自己多年的这些小弟兄都不好交代，所以想通过这次运作看看能不能有什么起色，小弟兄们都挣到钱了也好交代。

伟盛和国强是两种打天下的模式，国强是家族企业，伟盛是汇聚四海的弟兄们一起上，实控人发财了也不忘了大伙，除了分股权以外，实控人给高管的家属都安排工作，在自己的园区盖了几十栋别墅给大家一人一套，孩子出国留学费用公司都给出，弟兄们工作也卖力。这或许和地域有关，国强所在的内陆城市肯定是没有伟盛这边的经济发达、政策友好，吸引不到那么多人才；同时制造业也分三六九等，国强那边经常会出各种事故，严重的时候负责人需要去蹲监狱，也就只有家族里的人能心甘情愿地做出牺牲。

晚上吴老板跟天雅说自己今天开心，为了天雅多喝两杯，天雅还挺惦记他的，怕他又摔了，开会的时候动不动就问晚宴结束了没有？他居然没回信息，以往都没有这种情况的。她有点心焦，一连发了一大堆："还好吗？""喝多了让助理扶一下""怎么还不回？君君在你身边吗？""是不是喝多了摔倒了？""再不回信息我也要疯了，我不能问君君，只能等着你回信息！"直到这条，吴老板才回了一个"没事，这些天我一直有心事，还想着你的事情，没休息好，你忙你的吧"。看到这条，天雅才放下心来，她有的时候真的觉得自己别绷着这个劲儿，要能直白地表达出来对吴老板的关心就好了，哪怕当吴老板的秘书也好，只要天天能照顾他也不用这么揪心。后来一想，自己那个毛手毛脚和说话噎人的习惯，吴老板早晚被她气死，还是把工作做好吧。

两个老板坐在一起的时候你好我好大家好，喝喝酒就完事了，具体落地的时候撕逼的事情多着呢。苏伦要求对新建的公司拥有一票否决权和人事任免权。天雅和李拉交换了一下眼色，她俩讨论过这些权利都可以给伟盛，但是天雅借机要求伟盛提高投入，即使是两方股比不动，必须承诺增加对公司资金的投入。两边的人都在饭桌上进入工作状态，笔记本电脑都拿出来了，大家就需要落实的问题一个个沟通，本来天雅认为是最耗费时间的选公司的问题却十分容易，对方就要成立时间最短的，高管都是要换的。双方从注册地开始撕，一直谈到资本化后退出顺序，幸亏是伟盛自己的会所，如果是外面的饭馆早就打烊了。天雅也有点着急了，什么都有争议，是谈不成的节奏，态度越来越强硬；苏伦也毫不相让，针锋相对。就在双方剑拔弩张的时候，一直笑嘻嘻的李拉突然哭了，天雅和王吉马上安慰她，她满眼泪花地跟苏伦说："苏总，我们谈事就谈事，您为什么瞪我呢？"这个神来之笔把大家都搞蒙了，天雅虽然不知道李拉葫芦里卖的什么药，但是相信她一定在用缓兵之计，对面的苏伦就彻底蒙了，手足无措地表达了半天自己不是针对李小姐，最后天雅打圆场，双方同意总的合作思路是认可的，争议问题争取在一周内落实，尽快走到合作协议。

晚上开会的时候吴老板给她打电话，她按掉了说在开会，两个人信息聊天，天雅说最近看完了谷歌的书，感觉自己很认可谷歌的精神，吴老板信息发过来："那我支持你去谷歌！"天雅耍性子："咋老想把我甩给别人。"

"我要你！"吴老板一下子急了，天雅赶紧哄哄，怕他一着急又受点伤，让他推荐点书目。

"《红与黑》。"

"不推荐点专业的书吗？"

"那种书你自己找，两种书都读才知道自己是什么样子。"然后吴老板问了天雅父母的情况，天雅如实说，自己父母被"文革"耽误了，吴老板回："希望你的人生出现奇迹。上一代的苦难，都是下一代的财富！"吴老板这双眼睛真的看透了太多，也看透了天雅的心，同样的话，她还没听别人说起过，当然，这或许也是她不愿对任何人说起的。

苏伦特意让自己的司机送天雅他们回酒店，并约好无论如何明早都要请他们吃早餐以表歉意。天雅特意去李拉房间问她是真的有事还是战略性的，李拉还是笑嘻嘻的，她第一次跟天雅说她的事情，她和老公是中学同学，她大学时把当时的男朋友带回家，父母坚决反对到要断绝关系，她无奈准备和父母抗争的时候，男方居然就轻易地放弃并开始下一段了，她受了情伤才接受了老公多年的追求，有一个儿子今年四岁，今天突然的情绪失控是想到了她老公。天雅没有再追问是什么事情，但是毕竟自己也是被感情折磨过的人，她安慰李拉说，照顾好自己，感情的事情没有过不去的坎，自己刚离婚。

等天雅回屋的时候已经凌晨三点了，恒斌通知她国强重组过会拿批文就差一步了，明天要去交易所提交个材料，涉及天贺的盖章，天雅已经安排陈慧明天办理了，但是恒斌凌晨又说最好是天雅过来，可能还需要和交易所的老师当面沟通。天雅只能订了明早八点的飞机，她还能睡两小时。人又困又累的时候反而睡不着了，天雅想着交易所的材料要得急，和苏伦的谈判肯定还要趁热打铁，只能交给李拉了，七色光和江海的事情也要尽快签合作协议，迟则生变，先让范鹏起草一版，这些事情都堆上来她感觉自己分身乏术，就算人力不给她招人，她也等不了了，让陈慧去各大高校的论坛发帖子招实习生，否则真干不过来了。正是高歌猛进的时候，需要大量干活的人，她想到拉自己的大学同学，毕竟同过窗也是选人的重要渠道。迷迷糊糊的不知道自己睡着了多久，闹钟就响了，该赶飞机了。

在出租车上天雅一直在发信息，安排这一天的工作，下出租车的时候还在接大纲的电话，她一手拎着书包，一手打电话，下了出租车刚走两步就眼看着自己向前扑倒，冬天她穿着羽绒服感觉胳膊肘和膝盖酸酸的但是应该没破皮，但是因为她摔倒的时候还保持着打电话的姿势，手掌根部重重着地，地上的碎石嵌入血淋淋的皮肉中，手机屏幕碎了，整个手机因为着地受力也弯成了弧形，书包也摔在了地上。天雅不顾手上剧痛先从地上爬起来，别让路人看到她的狼狈样，把羽绒服上的土拍掉，电话居然还在通话中，她把书包捡起来，和大纲又说了两句好话让他帮忙催流程才挂上。

下出租车的地方往机场入口隔着个没有刷黄油漆的马路牙子，因为不醒目，所以天雅没看到，绊倒了。进了机场，先问服务台有没有医务室，被告知是没有的，天雅去洗手间把伤口里的土渣冲洗干净，发现手指头上也有两道出血的伤口，只能先抹上唇膏了。虽然手机的屏幕都摔碎了，整个手机都变形了，但是神奇的是还能用，她还在收发信息，其间她本想打开电脑看看资料，结果猛然发现，电脑屏幕开不开了，一片花。这下天雅有点崩溃了，没有电脑让她怎么工作啊！她坐在候机厅犹豫着是不是应该掉两滴眼泪，孙恒来电话了。天雅说自己摔倒了但不严重，等会儿来接她的路上买点碘酒和包扎的纱布就好，但是让孙恒务必查好哪里可以修电脑。天雅没跟吴老板说，毕竟隔得那么远他也帮不上什么忙，她也没那么娇气。

天雅走出机场的时候孙恒等在门口，看到他真感觉看到了亲人。两个人打车直奔电脑配件城，在大楼里七拐八拐地找到一个堆满了零件的房间，一堆零件中间是位刚起床不久的维修小哥，他拿过天雅的电脑先测试了十分钟不到就告诉她是屏幕摔坏了，但是其他都好的，换个屏幕就能用了，换屏幕他建议去专卖店，毕竟是大品牌的电脑应该有质保。但是天雅等不起，她问小哥可以换屏幕吗？小哥有点犹豫说今天有其他事情，而且换个新屏幕要去楼下拿货不挣钱。天雅说你拆个旧的给我换上，能用就行，除了屏幕钱我额外再给两百块，小哥跟她说二十分钟就好。

这个时候孙恒和天雅才腾出工夫给伤口上药，先用酒精消毒后撒上云南白药，再包上纱布。上酒精的时候，孙恒怕天雅忍不了让她咬着纱布，结果天雅只是皱了皱眉。孙恒让天雅别用摔烂的手机了，免得被屏幕上的碎玻璃划伤，顺手给天雅一部新手机，他多买出来以备不时之需，正好派上了用场。修好了电脑两个人去找恒斌，交易所突然说不用补充材料了，此时陈慧带着文件已经在飞机上了，天雅只能感慨同事们都太给力，只能等她落地再告诉她要打道回府了。

有孙恒在身边，天雅感觉心里踏实多了，她这个时候告诉吴老板自己受伤了，吴老板问了她严不严重，需不需要他帮忙，天雅说不用，让他照顾好自己。晚上万籁俱寂，天雅才感觉手掌好痛，深圳的天气湿湿的，她躺在床上一直睡不着，她发信息给吴老板："好久没这样了，感觉心里长了草一样，老惦记着。"

吴老板倒是回得直白："你想要吗？是不是我们相互得到了就好了？"

天雅沉默了，事情如果往这个方向发展，就落了窠臼。她是想念吴老板，但是精神层面上更多一些，还不是想跟他滚床单的那种想念，她回："还不到那个时候吧，如果感情不到位，得到了也是更伤心。"

"你是感情至上的人。"过了几秒吴老板又来了一条："如果害怕，那么我们就永远别走那一步，行吗？"这句话就像之前的调调一样，她怕什么？人不快意枉少年，即使自己万劫不复，至少是她自己的选择，畏畏缩缩瞻前顾后就不是她的性格。但是她感觉有点别扭，好像全在于她想不想："我自己冷静一下，搞了半天是我想多了，你都无所谓的。"

"你在哪里？"吴老板的电话马上就来了。

"深圳。"

"给我个位置我马上飞过去，我得把话说清楚！"吴老板这么一说，天雅脸上已经笑了，她倒要看看老同志的诚意，够不够深夜奔袭两千多公里。正要发位置，又感觉现在不是闹脾气的时候，好多工作需要干："别闹了，这么晚了，我明天办完事就回去了，到时候再说吧。"能听出来吴老板在电话那头不停地踱步说："×，你这么一说让我今天晚上还怎么睡觉！"

"忍忍吧。"天雅说这个话的时候憋着笑，看把老同志急的。

"×，干脆你来当我助手吧，白天工作，晚上我们就……"

"拜拜。"一听这种不着调的话天雅就挂了，吴老板今晚也不知道抽的什么风，她不想陪他闹，就想快点休息，吴老板要视频通话也被她拒绝了。吴老板只能发来信息："不让看？你的胸好大……"

"我裹得这么严实你也能看出来？"

"我就喜欢这种禁欲主义风格，床上都是疯狂的人！我在你这个岁数的时候每天都要！"天雅一看这句话真是哭笑不得，他脑补得太多，但是他曾经每天都要是什么意思？是不是在吹嘘经验丰富？这种花花公子天雅看不上，她不高兴了："是啊，你这么有钱，什么样的女人没有，我这样的哪能入你的眼。"

"你无法理解我！对于我来说钱是最没用的东西，最大的成本是时间，你到底接不接我电话？！"天雅就是不接，他说话总是不按她的思路，她因为跟不上他的速度老是不知道该怎么说，每次打电话都吃亏，她给他发信息："我就是一直想不明白，我简直就是女人中的男人，不打扮不注意形象。你到底图啥？"

"等你回来我们见面谈好吗？"吴老板已经气死了，满篇的错别字。

"我实在是不理解，你要是累了就休息吧，拜拜。"天雅这么一说，吴老板憋不住了，语音发过来："你那一段的信息，我看了并不是很开心。我是一个有感受的人，我不缺女人。你觉得我的人生中有这么多时间每天都熬到这么晚吗？你有点过了。"

"我不会说话。"

"你确实不会说话。你记住，永远不能出卖我。我真是想好好培养你，来控制一个机构，但我一直不想说出来。说出来，可能我们的关系就变味了。"吴老板这么一说，天雅感觉他确实是为了自己考虑了，这一下动心了，接了吴老板的电话，认真地问吴老板："你对我有感情吗？到底是什么样的感情？"

"其实我一直对你有好感，从见你的一刻开始，我对你就有感觉。但是要提到感情，我觉得现在这个时候有点太仓促了，我不希望现在下这个结论。我能理解你，你是个性情中人。但是你就不能温柔一点，会来事一点吗？"

"行吧，我想通了，你早点休息吧。"这句话显然有点敷衍，被吴老板发现了，他说："你想通了？那你给我说说你怎么想的？"

"我对感情比较敏感，但是性格又臭又硬，估计改不了，要是会温柔还能离婚啊，尽量好好干工作别闹了呗。"

"早点休息吧，回来以后我们一定要见面好好聊聊。这次我不犹犹豫豫的了，一定要和你弄得透透彻彻的。"

第四节

早上起来的时候天雅感觉昨天和吴老板闹又有点过了，不知道是不是又导致吴老板的一堆事被往后推了，她有点后悔，给吴老板发了一条信息：

"昨夜我几乎无眠，突如其来的感情让我猝不及防，乱了阵脚，几乎是毫不体谅你的各种纠缠，我不希望自己是这种人，我一直坚信爱一个人就要成全他，我发誓凡是自己能解决的事情绝不打扰你；感觉像做梦一样，遇到一个能发现自己才能的人不容易，同时还能忍受我的不足的人更是少之又少，我珍视你对我的理解，滴水之恩当涌泉相报，所以无论是感情上还是工作上，我都希望能尽力成全你。人云千里马常有而伯乐千古一人，千里马得遇伯乐，必当彩云追月，一日越千里，方不负伯乐慧眼之识。我在金钱和物质方面一贯没有什么过高的要求，遇到你感觉就是天翻地覆，我不希望你对我的信任被辜负，如果能够成全你哪怕是需要牺牲我，我也在所不惜。最是较真终不改，难得本色任天然，你能懂我，别无他求。"

吴老板回得很快："我只想在你心里，听到灵魂深处的声音！"

不知道是不是天雅摔跤积攒的人品，国强股份顺利过会，富总带队和天雅在交易所门口留影纪念，天雅激动地把照片发给了吴老板，吴老板对她表示了祝贺，同时也发来了一张自己的照片，是吴老板捐赠三个亿给高校的签字仪式的照片，他和以往一样西服笔挺，气宇轩昂。吴老板的捐赠还未真正出资，他让天雅说服富总出五千万，自己就能少出。富总自然也明白，他刚好有些利益不好处理，让天雅约吴老板亲自聊这个事情。天雅给吴老板打电话说这个事情的时候，吴老板抱怨天雅怎么回信息那么慢，让他着急的，天雅马上解释自己是当着富总的面，隔着电话都能听出她一脸正经的样子，吴老板突然问她什么时候回来，自己的司机会去接她，天雅的脸感觉烫烫的，她怕富总看出什么，马上说好。

落地北京的时候已经是晚上九点了，吴老板的司机小马在等着天雅，把车开到一个私人别墅区就停下了，能看到吴老板一身休闲服站在路旁，小马放下车窗，吴老板说："我和张总边散步边说点事情，你一小时后过来。"天雅没背包下了车，等司机走远后和吴老板走进了别墅区，空旷的视野里有绿地、水系和各种景观，路上有着婆娑的灯影，并没有其他人。吴老板走在前面，天雅跟他隔着一个人远，她有点不好意思，本以为司机要送她回家的不知道要见他，她都没有梳妆打扮，穿的羽绒服还是摔跤的那个。走了几步天雅就感觉受伤的膝盖挺疼的，吴老板回头发现了她走得有点跛，就搀着她的胳膊往里面走，大冷天的，天雅感觉吴老板的胳膊坚定有力。

七拐八拐的没走多远到了一个独门的小院，吴老板摸出一把带门禁卡的钥匙，但是死活都刷不开大门。两个人面面相觑地站在院门外，吴老板有点尴尬，他本来预想的台词是："瞧我弄的房子厉害吧。"天雅笑场了，她本想问吴到底是哪里弄的房子，能不能再问问对方，但是她忍住了，现在这个时候吴老板太没有面子了，还是等他自己想说再说吧。吴老板眉头紧锁在门口踱步，应该是在想哪里出了问题，到底是自己走错了还是钥匙拿错了。

后来天雅才知道，这套四合院是吴老板从一个开发商手里拿的。这片别墅建好后没有对公众开盘，开发商对各路朋友半卖半送，而且在别墅群的中心位置给自己留了六套四合院，吴老板在年初的时候曾经问过开发商能不能用三亿买其中一套，对方坚决不要他钱，就是要送给吴，吴当然不能要，但是对方把钥匙留给他了，因为从来没有自己来过这里，不确定到底是哪一套。

天雅觉得吴老板挺好笑的，这种事情弄得鬼鬼祟祟的，但是她笑完了仔细一想，自己和吴老板到底是什么样的关系？踏出了这一步，未来的路该怎么走？但是看着这个男人，她无心担忧其他的事情，因为这是一个让她无法拒绝的男人，她搞不清自己对他的迷恋是因为他霸气的魅力、王者的风范、成功人士的光环，还是对她的特别和温柔，抑或是他对于她命运的影响，所有这些都让她沉醉其中无法自拔，她在他面前甚至都无法思考。

吴老板本来想给开发商打电话问下到底是哪一套的钥匙，但是这么晚了他问这种事情，意图太明显了。距离他们进入别墅区已经过去二十分钟了，按照吴老板刚才和小马说的一个小时为限他们的时间不多了，她走过去挽住吴老板的胳膊，微笑着说："好几天不见了，我想和你说说话，在湖边散散步吧。"吴老板默认了天雅的说法，跟着她往外走，心里必然是憋屈的，本来想露一手结果没玩好。虽然天雅说着话，吴老板明显地心不在焉的，突然他停住了脚步，一拍大腿："我想起来了，上次不是走的这条路。"吴老板是出了名的记性好，讲话从来不拿稿子，他每天见几百个人，但是别人的名字说一遍他就记得，就算是周围漆黑一片他又有点微醺，对自己记忆力的自信还是有的。这次到了另一个和刚才的院门长得一模一样的门口，门禁卡刷了一下指示灯变绿了。

天雅感觉进了屋自己要失控，她停在门口没往里走，说："我今天确实有点累，感觉不太好，我还是先回家……"吴老板不由分说地又跨出门槛来把她拖进院子，死死地拽着她，低声说："你就算是要驾崩，也得先跟我进来再说。"

小院里面没有灯光，一路用手机照着，两个人一顿捣鼓终于进了屋，才找到电闸。屋里是新装修好的，家具电器的一应俱全，门口有新的拖鞋，客厅的餐桌上居然还摆放着核桃大枣等零食。吴老板把钥匙扔给天雅，让她拿着，没事来收拾收拾卫生。天雅一听说还要收拾，把钥匙又扔回给他，说自己没空。吴老板骂她傻，多少女的巴不得住别墅。

两个人在客厅聊了两句工作，吴老板用手就能砸开桌子上的核桃，剥出核桃仁递给天雅，他就上楼了，半天不见下来，天雅走上去看看情况，发现吴洗完澡披着浴衣出来了，看天雅还傻站在那里，问她："你还等什么呢？还不快点！"天雅进了浴室一看，里面啥都有，刚才那会儿工夫吴居然还刷了牙，真是讲究。等她洗完了才觉得自己太实在了，居然还洗头发，半天都干不了。她进屋的时候，吴老板正躺在床上看手机，屋里没开灯，透过落地窗洒进来的月色柔和又暧昧，让人看得朦胧心里痒。她默默地在床另一边坐下，吴从背后把她揽到怀里，解开了她浴衣的带子；双方都袒裼相见的时候，她感觉自己有点吃亏，吴毕竟是快五十岁的人，平时西装革履隐藏得很好，但是肚子上的肉还是清晰可见。吴是何等精明，即使是在月色下也能察觉到她眼神中的迟疑，他马上叫停天雅的遐想，说自己这个岁数这个身材就够可以的了。两个人大眼瞪小眼十几秒，吴问天雅："你怎么还不上来？"

天雅有点蒙了："上来什么？"

吴老板也有点无奈："你是真的不会？还得让我伺候你？"

天雅有点无语，居然嫌弃自己不会，她抓起浴衣要走："我不会，你自己玩吧。"

吴老板一把拽过她来把她压在身子底下，兴奋地说："都现在了你还想跑？"她感觉吴应该是经验比较丰富的，但是不知道他一贯如此还是急的，没有预想的那么温柔，接吻比较敷衍，他的手太有力量了，捏住天雅的胸感觉就像外科医生在手检一样，她疼得叫出了声，让他轻点；这个时候就由不得她了，吴老板平日里七窍玲珑、一个眼神就能参透对方心思，现在也不理会她是真的希望他能下手轻点，只是看她叫出了声就用自己的嘴堵住她的嘴。也许是好久都没有欢爱了，她的身体很敏感，三两下就摸着湿漉漉的，当他正准备提枪进入的时候，天雅突然用力抵住他前胸，问怎么不带套。

吴老板的头脑还算是清醒的："你没有吃药吗？"天雅说自己从来不吃药，虽然今天不是危险期，但是她的原则就是必须戴套。他还真的没有考虑过这个问题，停下来打开台灯，幸好床头柜里面有一盒新的安全套的，马上拆开一个，他没用过死活也不知道怎么戴上，弄了几下眼看要软了，气得他把套撇在一边说最后用，就关灯继续了。

直男在床上都差不多，大不大，粗不粗，叫爸爸；吴老板也问了一样的问题，天雅犹豫了一下说了一声"嗯"。他显然受到了很大的打击，从来被恭维的兄弟就得到这样的评价，他这么好胜的人不能认输，使劲掰开她的大腿开始了几浅几深有规律的挖掘。她这下可受不了了，也无法矜持了，怎么叫着顺口就怎么叫了，开始的时候是感觉大腿被压着像劈叉一样抻得筋疼，后来是真的有了感觉，确实让人欲罢不能，整个人都软了下去，也就彻底放弃抵抗、随波逐流了。等换到后入式的姿势的时候，她跪在床上，吴站在床边，他一只手揪住她的马尾辫把瘫在床上的上半身揪着挺起来，另一只手随着运动的节奏用力地拍打她的屁股，她实在是受不了了，感觉下面的肌肉不自觉地收缩，有些痉挛，这一下吴也挺不住了，他没来得及戴套就赶紧拔出来，随手用浴衣捂着怕弄到床上，两个人浑身是汗，吴起身去冲澡了，天雅不休息一下根本就起不来。

已经十一点多了，早就过了吴老板和司机约定的时间，天雅赶紧起来穿衣服；吴没有洗头，他冲冲身上的汗之后也迅速地穿好了衣服。两个人坐在楼下的客厅里面吃点东西，喝点水，功夫茶的设备都是现成的，吴老板又用手捏开两个核桃，把核桃仁递给天雅，又给她抓了把红枣，天雅并不想吃但是要给他面子就勉强吃了，他说："你可以好好想想，不要跟别人说，你现在接触的哪个上市公司，你感觉有潜力做到千亿市值的，你就过去，我给你资金支持，百八十亿的都不成问题。这样你从天贺体系里离开还不耽误前程，我们不用这样偷偷摸摸的，你可以在我庄园附近办公，我们的事也能兼顾。"天雅心里有点不开心，她感觉吴老板是不是精虫上脑，就想着那种事儿，事业也能开玩笑吗？金融企业只是玩钱，上市公司那是实业，里面涉及的生产和人事问题多了去了，她一个人单兵作战去上市公司怎么开展业务？好不容易对天贺熟悉了，就这么轻易地离开了，她不甘心。

看天雅陷入沉思，吴老板劝她："你这么有才华，经过我的培养和助力肯定会与众不同，你考虑一下。"天雅憋不住了："你怎么就这么想轰我走呢？这不是你第一次说了，我哪也不想去！"吴老板被呛声，他没说话，也算知道了天雅的态度。

出去的路上吴老板又问起天雅可不可以给金娜当副手，天雅断然拒绝，就要做一把手。两个人走到小区门口，小马停在路边赶紧开过来，吴也不避讳，他亲自送天雅上车，然后送天雅回家。路上吴对天雅说："也不见你开车，是不是没有车？这辆车今晚开过去就留给你。"出乎意料地，小马问："老板，您怎么回家呢？"吴老板毫不犹豫地说："你打个车，我们两个一起走。"天雅是那种拿了驾照就一直没开车的人，感觉平时坐地铁公交很方便，更重要的是，吴老板送的车金娜怎么会不认识？她无法开着去上班那就是没用，所以她死活不要。路上吴老板接到了一个电话有急事，让小马把他放到某个酒店门口，下车的时候两人还吻别了，看来以后是没必要对小马避讳了。小马把天雅送回小区的时候从车的后备厢拿了好几箱子东西送上楼，说是吴老板嘱咐的，知道张总摔倒了，这些都是为张总补身子：两个大箱子里面是各种包装精美的干果，还有两箱是蜂蜜、酸奶，一盒阿胶和一盒燕窝。她看到这些东西感觉不太好，给吴老板发了条信息："以后别随便给我东西，你的心意我知道，不用这些。而且家里从小就教育我无功不受禄、来而不往非礼也，收了我心里也是个负担，不知道该送你什么好，我对于物质总是不想花心思，有的用能用就行，我也观察不出来你缺什么喜欢什么东西。君子之交淡如水，世间最难是真心。只要我明白你的心意就好，你不用给我什么。"之后实在是太累了，没等看见回信，天雅就睡着了，都忘了拉上窗帘。

天雅醒来看到吴老板的回信，说那些吃的东西都不值钱，他觉得没什么，不过天雅既然建言了，他就采纳。天雅感觉胸还有点疼，抱怨吴老板的手劲好大，吴老板怜惜地说："我还没用力呢，下次一定轻点。"

第五节

虽然天雅告诉父母目前和于越分开住是因为公司给配了公寓，方便她加班出差，但是她周末回家的次数多了，父母还是看出了端倪。禁不住母亲的盘问，天雅和母亲交代了离婚的事实，母亲虽然料到了但心里不接受，她追问到底是什么原因，毕竟在父母那一代眼里，性格、三观不合都不影响过日子，跟谁过不是过。天雅无心和她说这些，只是让她尽快去看房子，北京的房价就像坐上了火箭，晚买一天都是白干一个月。

自从高中以后，天雅就很少和父母谈心了，两代人之间做到真正的彼此理解是很难的，天雅的性格又有点清高，按照媛媛的话说就是"不解释，懂得的自然懂，不懂的无所谓"；她从来没有和父母提起过自己回国以来的不适应、失落和痛苦，也没有提起过于越对她的冷漠，以至于父母都以为他们仅仅是性格不合。天雅想过，如果告诉父母她曾经的痛苦和对于越的死心，或许父母不会再为于越说话，但是这样做就会让父母为自己难受；想到这一点，她下定决心，就像之前她会为自己所做的决定负责一样，宁愿被诟病性格不好，也不愿让他们知道自己的痛楚。

即使是结婚这样的大事，天雅也是事后告诉父母的，她以为这次也是告知了就翻篇了；但是天雅始料未及，母亲居然和于越联系上了。母亲很中意于越，认为少年情侣终成正果不易，于越在体制内刚刚提拔，同样三十岁的男人是一枝花，女人就是豆腐渣了，天雅能找到于越就算是赚到，而且通过交流发现于越还想复婚，只是天雅根本不给他机会，母亲没事就背着天雅跟于越打电话，做知心姐姐安慰一下他，再指点一下他应该怎么做。

周末天雅回家，经母亲提醒发现餐桌上多了一个花瓶和一把百合，花的中间还有一只小熊，拿着个卡片。她都无语了，她不相信于越弄了这么个玩意，她是一个肩负着工作和家庭责任的女人，不是女学生，怎么样帮助她实现个人价值是她最关心的事情。所以那个卡片她看都不看，不管母亲怎么说，她都不领情。

　　天雅当着父母的面从来不接吴老板的电话，拒绝他的视频请求，这让他大为光火，老问她为什么不接，她是怕露馅，父母毕竟是父母。吴老板三番五次地说要请天雅的父母吃饭都被拒绝了，吴老板比她大二十岁，还是上司，跟吴老板的感情在父母眼里必然是不光彩的，天雅也不想让任何人知道；另一方面，到底吴老板是否认真地跟她交往，父母能不能接受她的不婚主义，就像悬在头上的一柄利剑，她目前只想享受激情带来的欢愉，还不想面对这个令人头疼的问题。当人很忙的时候，就无暇顾及很多的事情，所以天雅干不完的活也算是一种解脱，让她不至于陷入没有结果的思考。

　　两个人都忙，有的时候天天都人约黄昏后，有的时候一周都找不到机会见面。天雅偶尔有个小病小灾的，摔得身上有伤、拉肚子、姨妈疼什么的，吴老板都比较关心，他希望天雅能和他一起锻炼："身体是每个人最需要关注的，有激情的生活方式，有规律的作息时间，是一个人成功的关键！"天雅说自己肯定没空天天锻炼的，吴老板就说："那我们还是找机会一起继续研究一下如何更有力地去工作和生活！人生都是孤寂的灵魂！"天雅想着老同志太皮了。有一件事打动了她，让她感觉吴老板心里有自己，这件事和性、权力以及金钱都没有关系，而是吴老板有天晚上给她发了一首自己唱的歌：

　　　　胭脂红粉只能点缀青春
　　　　却不能掩饰岁月留下的伤痕
　　　　有什么可让我刻骨铭心
　　　　唯有你唯有你爱人

　　　　海誓山盟说是情深意浓
　　　　问谁真心为爱厮守一生
　　　　你有血你有泪淋漓尽致
　　　　那热情熨烫着我的一颗心

　　　　悲欢岁月浮华人生
　　　　难得有这一份情

让我在今生今世记忆深深

你是我最心爱的人

刚开始听的时候天雅都笑抽了，这是哪门子陈年情歌，但是笑着笑着心里还是有个地方怪怪的，她想到了太子，想到了只存在于她脑海中的绝版情歌，她不应该辜负。她给吴老板回："感谢你的真情，我必将铭记终身。"

"你是个好人，而我已经被这个社会给……"回得让天雅捉摸不透，她本以为真挚会换来更真挚的回应："为什么这么说呢？"

"你的身体非常有力量，加上你的星座，性要求应该特别强！"没想到居然又被他给绕回来了，天雅有点不好意思，谈论这件事她还是不习惯，她说："这件事对于我来说没有那么重要。"

"非常难以理解你为什么是这样的生活方式！"这句话让天雅又不高兴了："这件事没那么容易，必须要跟看得上的人。"

"好的，我明白你的生活了！"吴老板显然是发现自己说得不太合适，但是他还是没放弃撩骚，继续说："我就是你喜欢的坏男人，对了，你发个裸照曝光一下自己。"

"这个从来没照过。"天雅看到这条消息的时候吓得手机差点摔了，她埋怨吴老板怎么这么不靠谱，突然说这个干什么，吴老板听说她吓到了还挺不好意思的，让她小心点别摔了手机再割破自己。

和吴老板在外面约会的时候，两个人经常去那个僻静的咖啡馆，值得一提的是，自从天雅第二次去咖啡馆就不让她再买单了。虽然咖啡馆基本没有其他人打扰，但是天雅还是很怕服务员突然过来加水，因为吴老板经常有点猴急，让天雅坐在自己腿上，有的时候还把手伸进她的领口和裙子里捏她，大白天的在公共场所做这种事情天雅还是难为情的，吴老板经常被打手也就不勉强了。

天雅还见识到了吴老板的多疑，有次约会的时候富总刚好打电话找天雅，天雅不想接就挂了，吴老板非逼着她接起来，还让她外放出来，天雅不愿意这样做，她告诉吴老板，和富总只是工作接触，吴老板还是不信，就查看了她手机里所有和富总的来往信息，这件事伤害了天雅的自尊，虽然事后吴老板道歉了，也安慰她："你是人才，人见人爱。"言外之意是他的怀疑也是可以理解的。

"可是我就只想着你啊。"天雅还是觉得他过分了，吴老板凑过来，眯上眼睛小声地问她："想我哪里啊？"

两个人还去过一家西餐厅，坐落在一个人迹罕至的花园里。吴老板那天自己开车带天雅去的时候，显然不知道是要提前预约的，两个人坐在散座上，周围有人让他们有点拘谨，有一个人不断地在拍照更让吴老板坐立不安，虽然餐厅的服务员说那个人只是因为周末要在这里办婚礼，提前在拍场地，但是吴老板还是自己先离开了，留下天雅默默地看着窗外的美景吃完了两人份的主菜和甜品。吴老板应该有些不悦，难道是怀疑天雅故意找人拍照？天雅不想把心思浪费在这些事情上，自己的为人他还不清楚吗。

吴老板反复叮嘱他们的交往不能被别人发现，尤其是集团和金娜，他怕对天雅不利。吴刻意跟她说："我的手机现在都自己拿着，谁都看不到。"天雅只能在自己的手机里把吴老板的名字改成券商承销王总，就算被人瞥到也不会暴露。吴老板反复叮嘱她，不可以留下任何的把柄，手机定期删除，天雅自然有些舍不得，很多吴老板的自拍、唱过的歌都是她的珍藏，但是既然吴老板提出来了，她索性都删了，有些东西值得她过目不忘，只要她想记得。

就是因为吴老板这么谨小慎微的，天雅老是用李拉的话笑话他八字还没一撇，心中默默地写完一个鳖字。有的时候他问东问西的，天雅想起来就烦，她用毛笔按照不同的笔体写了一页几十个"鳖"，发给吴老板："哪天给我惹急了给你贴得满庄园都是，给你那个鱼池里放一堆鳖把你的鱼都吃了！"对此吴老板倒是不生气："哪有那么多的气可生，珍惜每一天，珍惜你爱的人！"交往多了她发现吴老板也絮絮叨叨的，还双标，管天雅叫"小狗"，天雅管他叫"鳖精"就不行；他自己喝酒是不得不喝、不能打扰，天雅应酬他就不让她喝酒，一晚上问好几次回家了没，还老让她小心；他让天雅注意休息，但是他自己动不动一天就睡两个小时，天雅让他把工作分出去点的时候，他就顶嘴："你没有办法了解我的世界，在我的生活方式里只有对自己严格要求，我们只有共同做事，你才能懂我。"天雅早就把吴老板视作自己的榜样，希望有一天自己能像他一样精力充沛、博览群书、出口成章。

有时候吴老板让天雅去庄园陪他谈生意，天雅去之前都会打听，几个人、都是什么人、谁会一起出现这些，让吴老板都有点无奈，但是小心无大错，也就不天天叫她去了。要说吴老板眼睛确实不太好，有的时候该发给别人的信息经常就发给天雅了，但是经常马上就发现了，连说十多个"sorry（对不起）"，也是可笑了。天雅一看内容，里面对方的称呼是"一生一世的兄弟姐妹"，就问吴老板是不是拒绝过对方，这不是套路吗，拒绝的时候就招呼别人是兄弟姐妹，吴老板回："你猜。"

两个人约会也好，见面也好，时间都是不充裕的，吴老板有空的时候天雅还有可能被叫走，但是为了工作，吴老板也不好制止，只能事后发信息说："哪天我们再好好谈谈，今天时间确实不够了。"天雅也有点意犹未尽："要不我不工作了行吗？"

"不行！"

"那我无心工作怎么办？"

"那我也不工作了，每天就陪你玩！"吴老板这话说得，天雅还挺怕怕的，万一他撂挑子了天贺不得停摆啊："别闹了，我再找你就是小狼。"她想着上次都变小狗了，总不能次次变小狗吧。

"那我就变成小狈，狼狈为奸！"天雅决定上班的时候不看手机了，要不没完没了的她也别开会了，别人在讲项目风险她就在傻笑，太明显了，一把手都对工作三心二意的，下面的人能好吗？所谓其身不正，虽令不行，她强迫自己把手机收起来专心开会。

母亲体检的时候发现有甲状腺结节，边缘不太清晰，不排除恶性的可能。这一下子母亲各种崩溃，说自己这辈子也没干过什么亏心事，为什么会得癌症之类的，还没有看到天雅生孩子。天雅感觉母亲平时能吃能睡能跳舞，家族也没有癌症遗传，应该是问题不大，而且甲状腺结节比较普遍，原来医疗技术落后的时候很多人一辈子都带病生存，但是在这个时候实话实说让母亲感觉自己不受重视，她只能多帮她预约一些有名的医院和专家，老人就这样，让她从别人嘴里听到的东西她会更相信。这个时候于越托人给母亲联系上了一个老专家，这个老专家上过电视节目，母亲看了非常地迷信他，经过他手诊认为问题不大，母亲如释重负，而且对于越赞不绝口。因为客观的结果还是好的，阻止了母亲胡思乱想，所以对于这次于越的出手天雅并不反感，她很感激他比自己想得还周到，听说那个老专家在私立诊所一次挂号费就是五百，她给于越发红包没收，他只希望天雅能出来吃个饭，天雅没回。

工作上正是四处开花的时候，几个项目都在有条不紊地推进，天雅理解了那句"叫醒自己的不是闹钟，而是梦想"，她每天晚上十二点多睡，早上六点多醒，最近经常是早上五点多就醒了，复盘一下昨天的工作情况，新一天的工作安排。周末回家住的时候，母亲几次起床了发现她在工作都有点吃惊，她是体制内工作的思维："这么拼命干为谁啊？身体是自己的，下了班在家的时间还干活这不是傻吗？"天雅让她别担心，自己拿着这么高的工资就是要承担这么多的责任，母亲后面也就习惯了。她感觉自己全身充满了能量，对很多的业务形态都感兴趣，她和团队的未来也有着无限可能。其实不只是她，全团队都很有干劲，微信群从早上六点多就已经有信息，晚上一般都会活跃到她睡觉的时候。按照媛媛在几年后的说法可以很好地总结那时候的状态，她怀念的不是曾经的辉煌，而是曾经携手一起打拼的那些日子。

和飞飞设立的并购基金由陈烨在负责，已经设立了，就等着备选项目尽调完成后出资了；和国强股份的非公开已经箭在弦上，天雅亲自落实投资主体和资金来源；江海和七色光的重组也进展迅速，天雅近期和陈总在北京展开第一轮谈判；和伟盛的合作也在推进中，李拉主导，大家你来我往了几次也都心里有数，就等着天雅和吴老板汇报完定夺了。另外在市场上漂，总有许多的信息充斥在空气里，什么买壳卖壳的，金融机构和企业需要摆账充业绩的，还有各种一、二级市场的投资项目，有的时候天雅也会和吴老板提起，只要他不反对，她都会去进一步地了解业务模式和盈利情况，她带着狼群开始狩猎，没时间挑肥拣瘦，能赚钱的项目都往上冲。

这天下班刚好李拉想去逛街，非要拉着天雅一起；天雅不逛街的，但是因为李拉好不容易回一次北京，天雅刚好也有不少事情要跟她商量，就同意了。走出公司的时候，天特别阴，天雅估计雨还不小，两个人也没放在心上，一路挽着胳膊，边说边笑走过去，刚进购物中心的大门，天雅突然接到吴老板的信息，到咖啡馆来。她一看到信息就停下了脚步，吴老板让去，那是必须要去的，李拉看她站住发愣就问她怎么了，她说："实在不好意思，我有事先走了。"

"你开什么玩笑，都到这里了，这个时候你去干什么啊，外面都开始下雨了，你听都打雷了。"李拉显然是以为天雅还是不想逛街在找借口，她有点不高兴了。

"我是肯定要走，你也知道我一贯重色轻友。"天雅看李拉急了，只能如实说。

"嗨，你早说啊，不过你男朋友也太不体贴了吧，这个时候突然要见面，他有没有替你考虑过啊，你怎么过去啊？"李拉听到天雅的理由也就不生气了，只是有点为天雅担心，"你看，这周围要打车至少要排队等几十个人！"

"没事，我可以坐地铁，不好意思先走了，改天请你吃饭。"天雅着急地跑下电梯，留李拉一个人站在那里了，她想着先坐上地铁再说，虽然地铁不能直接到，下了地铁至少还有三公里的路，但是这个天气，又赶上下班高峰，就算打上车到那边都需要两小时，还是坐地铁靠谱。她往楼下奔的时候，吴老板的电话已经过来了："你没回我信息，我就问你多久能到。""一个小时以内肯定到了。""好的，我等你。"

下班高峰的北京地铁，出城方向，天雅虽然早有心理准备，还是被现实惊到了。车厢里挤得满满当当的，从头到尾保持一个姿势；换乘的时候，感觉就像被海浪推着走，脚都触碰不到地面，就这么被裹挟着上了台阶；下车的时候，她用尽全力才让自己的身体在关门前脱离车厢这个罐头。她想着到了咖啡馆以后一定要先去趟洗手间补补口红和脸上的粉，估计一路上都蹭掉了。从地铁口上来空荡荡的，一辆出租车都没有，估计这么偏僻的地方要等很久，她实在等不了，看地铁口停着共享单车，导航显示十二分钟能骑到。

从地铁口出来，天雅才领悟到外面风雨的真正实力。没有人打伞，是因为风太大了，伞根本撑不住，行人都在躲雨。想到自己的承诺，她没有犹豫就一头扎进了风雨里。虽然她戴着帽子，但是她感觉眼镜片上全是水，强劲的风夹杂着大粒的雨滴往她脸上砸，她都睁不开眼。勉强地看着眼前三米的路，还要听着导航，她尽量让自己骑快点；暴雨总是考验城市的下水系统，路面的积水瞬间就让马路变河流，尤其是在车灯的映照下就像是滚滚长江东逝水，街上只有偶尔开过的私家车，天雅一个人蹬着自行车，想着再难也要坚持，这么冷的天蹚水更没法走。雨水已经把天雅的裤子打湿了，冲锋衣很给力地没有透水，骑得费劲让天雅感觉一身的汗，她解开了领口。

眼看着再有几百米就到了，天雅远远地看到背后有车灯，靠近得特别快，她回头看到一辆轿车疾驰过来，轮胎两边都扬起了一人多高的水浪，从汽车道一直泼洒到自行车道，她赶忙把车靠近最里面的马路牙子，想对着那辆车叫，让它慢点开，但是那辆车毫不理会地就开过去了，地上的脏水如醍醐灌顶一般浇在了天雅身上，这下全湿透了，她解开的领口让脏水也灌到了里面的衣服上。

吴老板有点惊呆，天雅走进来全身是水，身上还都是泥点，手上拎着的包上都是泥点，他说："怎么搞成这样？"

"下雨天不好打车，我坐地铁以后骑车过来的，路上有个车碾过溅起的水喷了我一身。"

"那你怎么不让那辆车负责？"

"你看我眼镜都这样了，哪看得清，能不掉到开口的下水道里面已经不错了。"

"快，服务员，拿毛巾来！"

送来了毛巾她擦了把脸，想着这下妆全没了，吴老板让服务员去煮红糖姜茶，走过来捂住天雅冻得冰凉的手，有点愧疚地说："天气不好，约好人临时取消了，我才见缝插针地想见见你，没想到……"

"没事，我也想见你。"天雅感觉虽然身上冰凉的，但是手和心里还是热乎的，她自嘲道，"谁让我是做地下工作的呢。""那就让我好好地爱你！"吴老板的脸凑过来，手也攥得更紧了。

"我还要跟你学东西呢，你说咱俩这种算不算老师和学生乱伦啊……"天雅又开始开不合时宜的玩笑，吴老板吻了她，她睁开眼睛的时候吴老板正看着她的眼睛，问："你不想我吗？"

"想啊，但是要时刻提醒自己正常点，无欲则刚，要不就啥也别干了。"

"你清心寡欲了我怎么办……"虽然天雅浑身湿漉漉的，但是两个人见面了还是干柴烈火，吴老板说，"等会儿我还有个重要的客人，要不今晚不能让你走。"

两人共进晚餐后，吴老板把天雅送回家。坐在车上一阵沉寂，今天不是小马当值，两个人在司机面前还比较注意，吴老板也没干什么出格的事情。可能为了打破沉默，他突然问天雅："坐地铁要钱吗？"

天雅和司机都笑了："哪有不要钱的，你真逗。"

"是多少钱？"吴老板又问，他是真的没坐过地铁吗？太脱离现实了。

"那要看你去哪啊。"

"什么意思？"吴老板还是不懂。这个时候司机听不下去了，他给吴老板讲了一下北京的地铁是分段计费，每个人根据坐的距离不同收费是不同的，吴老板听得津津有味。下车的时候雨已经停了，吴老板让司机把后备厢里的一个爱马仕的包拿出来给天雅拿上，她今天的包脏了不能要了，天雅不要，她天天坐地铁过安检用不了这样的包，她转身听到吴老板在背后骂："傻女人。"天雅一边走一边笑了，她就是这样的傻女人，只要吴老板的心。

有次吴老板恰好跟她提起想买证券公司，天雅问除了大陆地区的是否还看香港的，答复是肯定的，为了这件事天雅专门约大学同学小朱喝咖啡，他博士毕业以后就进了著名券商做基金经理。两个人见面以后也不客气，开门见山地谈了业务，小朱表示会给天雅介绍几个想卖的券商，还有他认识的某香港上市公司，旗下持有所有的香港券商牌照。聊完了以后两个人又闲聊了二十分钟，小朱问于越的近况，才知道天雅和于越已经离婚；双方聊了一下在哪里买房子比较好，天雅问起他妈妈，小朱说他妈妈最近在北京，但是就不邀请天雅去他家了毕竟再见面大家也尴尬。其实天雅倒是想见见他妈妈解释一下当初的事情，毕竟那件事导致天雅在大学里从大一开始风评一直不好，一直到大四才经过很多事情能和于越走到一起。天雅天性不喜欢解释，她认为懂她的人自然会信她。

后面小朱还推荐了做投行业务的女同事茹萍给天雅，她对于收购香港上市公司是有经验的，可以先咨询。没想到小朱还有额外附送，他居然联系了于越。小朱和于越从大学就一直不说话，这次联系是因为其实事情还是要从大一说起，天雅所在的系是理科传统系，全班三十个男生，才有四个女生。平时看起来挺斯文的男同学小朱给住一个屋的女生群发表白短信，只是昵称稍有不同，小猫猫、小狗狗和小绵羊，唯独到了天雅这里成了小长颈鹿，让她觉得很不公平，她开诚布公地跟小朱谈了一下，能不能别再无差别地骚扰女生了，小朱当即道歉了，以后不会再这样做了，但是他拜托天雅能不能帮他一件事，跟他吃个饭，天雅答应了。等到天雅去吃饭的地方才发现还有小朱的妈妈，她是专程来北京看儿子的。小朱跟天雅好像很熟的样子，吃饭的时候还一个劲地帮她夹菜，他妈妈倒是十分和蔼，非但不介意反而笑开了花，还照了好几张天雅和小朱的照片，听小朱说吃过这顿饭之后他妈妈就离京了。当时天雅有点奇怪，小朱其实平时对人很绅士，学习也不错，有时还帮着天雅记笔记打掩护什么的，她也就没再多想。大一军训的时候天雅发现不对劲了，每天都有个面目清秀的帅哥等在训练场旁边，本来这种颜值的帅哥就十分少见，八卦之魂在每个女生心中燃烧，后来大家发现帅哥居然是在等小朱，小朱解释这是他学弟，等着跟他讨论功课的。虽然小朱一直没有和天雅说起过，但是得知离婚的消息小朱心里一直觉得对天雅有所亏欠，他告诉于越天雅是个好人，希望于越能主动做出一些改变，不要轻易放弃两个人的感情。抛开私人生活不说，天雅觉得小朱对她还是够意思的。金融掮客赖以生存的土壤就是信息，让他们介绍买卖双方认识，不先签个财顾费协议是不会让见面的，一条联系方式收取交易总额的 1%～3% 的费用，这就是信息极度不对称的结果，当然小朱是无条件帮忙的。

　　天雅和风雷证券的总裁一拍即合，只是互换名片的时候有点尴尬，毕竟对方是公司总裁，天雅目前的名片还只是天贺集团投资部 ED，看起来双方不对等，吴老板知道后让天雅对外面的人宣称是自己的秘书，这样好办事。对方希望面谈，最好是拜访吴老板，天雅让他们先来北京和自己见面，如果满意再安排他们见吴老板。事情在稳步推进中，有一天吴子牛突然给天雅打来电话，态度特别客气，希望有空能请她吃饭，太阳从西面出来了？后来跟吴老板提起这个事情来，他才告诉了天雅，那天金娜给吴老板转发其他人发来的信息，问她天雅是不是她手下，为什么自称是吴老板的秘书，金娜转发这条消息的意思就是告诉吴老板天雅在外面假传圣旨，而且一直以来行踪诡秘，这种吃里扒外的人不能留。吴老板一直觉得天雅不明不白地替自己干事有些委屈，一看这条信息马上就火大了，对金娜也受够了。他随即安排天贺集团召开总经理办公会，提出了投资部成立公司的议案，新公司的一把手，大家本来都在心里盘算是空降一个集团领导呢，还是提拔金娜，抑或是从相关机构挖来的大拿，此时吴老板在电话里指示，他推荐张天雅。第一个捧场的是总经理，列举了张天雅进公司以来的成绩和收益，只是建议新公司的财务由集团掌控；第二个捧场的是吴子牛，他作为总裁坚决拥护吴老板的决定。

第六节

　　有了吴老板的批示，事情推进得相当快，集团将现有的一个壳公司更名为"天贺资本",办妥了之后下一步会将法人更名为张天雅。很多需要扯皮的事情,包括哪些项目带到新公司,新公司的初始资金问题,以及办公场地的问题,在吴老板力挺下都变得轻而易举。

除了集团公司委派的财务人员以外,天雅带着的团队会跟着她直接进入新公司,除此之外,她要了几个其他团队的人:程媛媛、大纲和王林,总员工数也就二十个人。她招聘的第一个员工是刘伟,刘伟原来在房地产企业做了五年人力,后来在天贺集团做人力经理,曾经面试过天雅,招进来升任人力总监负责招兵买马,原则上每一个人都必须是天雅亲自面试通过才行,她对于薪酬这块就一个原则:她给开出的工资绝对比集团里面其他子公司能开出的最高工资再高一点;招聘的第二个员工小王是吴老板私下推荐给她的拐着弯的亲戚,退伍了以后本来在干中介,现在来她这里做行政并负责开车。吴老板终于可以名正言顺地送给她一辆奥迪。

集团的人对天雅都非常客气,只有吴老板的秘书君君有点说话带刺,天雅让君君帮她预约吴老板时间汇报工作,被君君掉回来了:你和他更熟,自己约他吧。为此天雅怪了吴老板,都是他平时在这些人面前不注意,搞得人家好像有点瞧不上她,吴老板让她别没事找事,就是个秘书,放在心上干什么。

天雅曾经无数次想象过金娜的狼狈样,但是真正官宣后,她反而不想去关心了,就连旭日过来专门跟她套近乎想说起金娜的事情,她都不接话。天雅在投资部没有再见过金娜,两个人即使都在公司也不见面。提起金娜,天雅还是感恩她把自己招进来,同步带来很多考验,如果当初金娜没有对她特意地打压,或许天雅会接受和她搭档的提议,但是到了今天这些就无从提起了。听说金娜是明升暗降,从投资部调离到下属子公司做了董事长,但是因为公司半死不活的,权力大不如前。几年以后天雅想想,金娜因为怀孕生子失去了吴老板的关照,也就失去了大块的资源,她这样的反应有几分是出于自保;但是她无法原谅金娜的恶意,她相信即使是在极端情况下,她也无法用恶意去对别人,尤其是对并肩作战的同事。

突如其来的提拔带来如山倒的压力,公司的人财物、责权利,哪一个都需要操心,公司资金怎么来,项目怎么来,内部怎么设计架构,业务条线的流程怎么样才合理,好几天的夜里天雅都睡不着觉,她大夜里绕着自己住的楼转圈,她估计转一圈几百米,数不清她转了多少圈,身体是疲惫的,躺在床上头脑却是清醒的，她有无数次怀疑自己是否能承受这个担子，但是这个念头往往只出现一秒，下一秒她就已经在想如何做好了。原来看武侠小说里面有人一夜白头，天雅感觉太夸张，她自己发现事到临头才能体会这种感觉，她的一头黑发里有很多都突然变得泛黄了，虽然还不至于变白，但是明显地颜色变淡了，搞得李拉以为她染发了，还是那种挑染的，天雅苦笑着，她哪有时间？

天雅白天去见吴老板的次数也比原来频繁了，但是她和吴老板都比较注意公事公办；天雅越是因为和吴老板这种关系，越不希望被别人说自己是靠关系上位的，她希望像过去一样，做出真正的成绩。做了公司的负责人，和原来的部门负责人还是有很大区别的，站得更高了，角度自然不一样，原来只看到自己部门里面那一亩三分地，就在划定的圈子里一门心思往前跑就好了，现在公司的发展方向，尽管吴老板会帮着参谋，但是不可能事无巨细地去帮着弄。资金问题不用担心，不管是集团的增资，还是集团下属子公司的拆借，抑或是通过天贺集团持有的各个金融公司作为通道变着法地出资，吴老板想办法搞定；但是投资、管理和退出这个过程要靠天雅自己判断，她不得不边干边学边思考。如果说之前做项目还可以玩命，可以单打独斗，那么公司就是打群架，一个人无法成事，必须要靠团队，这就需要团队有很强的信息收集、消化和判断的能力，募投管退哪个环节都不能掉链子，关键位置上都要有正确的人。

天贺集团里面不成文的规矩就是半年观察期，除了吴老板，其他任何人半年干不好都要下课，无形的鞭子就在她身后。天雅自认为还算淡定，但急于把公司业务铺开、规模做大，看到团队工作中的问题难免有些急躁。有一天李拉带队汇报进展的时候天雅刚好被吴老板说了，她在天贺资本的会上一下子控制不住自己，大声地训斥了团队："这都干的什么？你们以为公司是请你们来养老的吗？干不好的都滚蛋！"这句话说出来天雅自己就后悔了，这些压力她控制不好就容易传导下去，影响士气。她压住心中的怒火，平心静气地说：

"我们是刚成立的创业公司，大家要玩命往前推项目才行，现在确实比较辛苦。我入行不久，也是边学边干，一点心得和大家分享：投资项目就像相亲，双方都要看对眼儿，项目方就像女方一样的，追求者很多又缺乏安全感，我们目前的实力还没有到土豪的级别，甚至我们的报价都不算高，如果拼价格我们没有胜算；但是我们要做全天候男友，二十四小时随叫随到，而且是认真响应，不能对方说肚子疼让多喝热水，而是带着药和热水袋出现在对方门口。对方和我们之间的信任就是通过平时一点一滴的交往建立起来的，这种不断积累起来的正向反馈很重要，会让我们从众多竞争者中脱颖而出，比如国强和江海，都是犹犹豫豫变得死心塌地。另外，相亲差不多了就要马上结婚，恋爱谈久了不结婚就容易分手；所以从接洽项目到签订协议，必须控制在一个月以内，我不允许拖拉，像一个项目拖两个月的，那只能是在别的机构。我们抢到过一个标的，报价比腾讯的投资公司低了10%，就是因为我们虽然是后来接触的，但是两周内完成尽调、谈判和签约。我们都在和公司共同成长，公司虽然不大但是凭着这种'闪电战'的策略必然会高速成长，我希望大家的成长速度可以高于公司的。"天雅说这段话的时候虽然已经平静下来了，但是会场的气氛一点都不缓和，本来她就不是和蔼可亲的脸，公司的人见了她都有点怕怕的。

公司管理她特别需要帮助，而吴老板对她只能是看心情，心情好的时候就告诉她两句，什么"慢慢来，别着急，用人之前先观察""大饼必须要不断地画，你自己必须要最有信心"之类的。心情不好的时候就一句话撑过来："我平时的破事已经够多了，咱俩见面能不能说点轻松的？""以后不要和我说你业务范围内的事情，这样影响我们之间的关系！"相比较之下，李拉就可靠多了。经常在午饭后拉着天雅去外面走走，顺道安慰和鼓励她。她没有说天雅不该发飙，而是跟天雅说，自己为了教育孩子上了一些增强沟通的家长学习班，里面强调了要正面强化，不要强调错误的事情，这种交流方式特别有效。天雅表面上笑话她老拿育儿经带团队，实际上天雅心里是认同的，明显地，李拉在公司看起来亲和力更高。天雅让李拉多承担队伍建设，自己主抓业务。

这段时间和吴老板去别墅的次数没有很频繁，一周一次，倒不是他不想去，而是双方都控制着，尽量别去别墅见面，否则按照他的话说，就是："还是不能去别墅，去了就想干，都没空谈正事。"只要吴老板想和天雅单独约会就需要支开周围的一圈人，司机都不方便带。有次晚上天雅看着他宴请的时候喝了半斤白酒，还坚持支开司机自己开车，感觉太揪心了，而且违法，天雅在副驾驶苦苦相劝他才把车停在路边，让天雅开。天雅自从大学拿了驾照就不开车，原来在美国的时候曾经开过小本田，坐在路虎的驾驶座上都不知道怎么松手刹，吴老板一看她这个架势就懂了，说去去去你后边坐着去吧，还是我来开吧。好说歹说，天雅把吴老板拉下车，车扔路边被贴条总比酒驾出事故强。吴老板埋怨了天雅开车不行，搞得自己还得给她当司机，她反过来问吴老板："我开个本田你坐吗？"

"什么车都行！你拉上我，咱俩想去哪儿就去哪儿，也不用跟这帮 ×× 废话了，多好！""行！"

两个人在月色下溜达，天雅想约他去看电影，但是吴老板只是笑笑，他两只手插在外衣兜里，天雅的右胳膊挽着他的左胳膊，两个人贴得紧紧的，天雅在犹豫要不要把头靠在他肩上。他们快走到别墅入口的时候，天雅的余光看到有辆车往他们跟前靠，吴老板的胳膊下意识地抖开了天雅的胳膊，当他发现那辆车只是掉头有点尴尬，装作左手掏出手机来看看才又放回去，天雅也注意到了，就不再挽住他的胳膊，而是间隔半米地跟在他身后。这个细节很伤人，天雅感觉心里有点难受。

过两天吴老板专门告诉来开会的人，自己在庄园新装了一个电影院，欢迎大家没事来看电影，这句话就是说给天雅听的。晚上九点多吴老板让天雅过去，一起看电影。等天雅赶到的时候已经开始放映了，里面是两排座位，第一排是三个并排放置的宽大的单人沙发，两个沙发间有酒台，第二排是一个超级宽大的沙发，里面有三个人在和吴老板聊天，看到天雅来了，没等吴老板介绍，纷纷起身坐到前面的单人沙发里。不知道是不是吴老板想弥补，他大大方方地介绍天雅给这三个人："这是我女朋友。"大家就举杯了，天雅感觉幸亏屋里暗，要不能看出来自己脸都红了，虽然这三个人自己都不认识，但是还是没想到吴老板能这么直白，她有点感动。陪着吴老板看的是二战时期的电影，年代感太强，吴老板看天雅不感兴趣喊助理换内容，问天雅喜欢看什么也没头绪，吴老板只能钦点《权力的游戏》，没想到吴老板还看美剧，但是遗憾的是天雅也不看，无论如何这次她不能再扫兴了。结果就是天雅连带着前面的三个人，没头没尾的都看不懂，吴老板一直在讲剧情也觉得没意思。吴老板挺无奈，天雅怎么什么娱乐活动都不感兴趣，天雅想着，谁有他那么精力充沛，天天睡四个小时，最多工作十六个小时，至少还有四个小时用来看书、看电影、看电视剧，自己每天睡觉就比他浪费了两个小时，工作上也是连滚带爬，哪有休闲的时间和心思。

天雅的父母在北京住的是老房子，虽然年头久、没有客厅，但是是板楼，楼层高，每个房间都有窗户，敞亮又通透。天雅让父母帮着看房，他们各种地挑毛病，新房嫌太远，城里的二手房太憋屈、户型脑残，公寓公摊太大，总之没有一个满意的。眼看着北京的房价嗖嗖地涨，天雅也坐不住了，她专门抽出时间去公司旁边看了套房，然后跟中介约好了下班的时候签约。房子是公司旁边的高档小区，因为是公寓式管理，物业费高并且没有燃气，所以楼面价格并不算太贵，每平方米三万出头，是个八十平方米的两居，次顶层，朝南，视野特别好，俯视旁边的公园。这次买房完全没有原来买房时对于金钱的焦虑，天雅节后工资已经涨到了五万一个月，成立新公司以后工资没变，去年年底的年终奖她拿到手一百三十多万，其中三十万还了孙恒，三十万在海南买了房，手里的钱足够了。房子很新，卖家的钥匙、家具和家电都留下了，她问孙恒，自己搬走以后需不需要帮他把空出来的公寓租出去，孙恒说不用，就那么放着吧，他不差这点钱。

一般集团成立一家新的子公司，可插手的地方很多，但这是吴老板亲自批示成立的子公司，他都没有安插任何一个人，下面的人谁都不敢提了。吴老板的偏爱伴随的就是集团上上下下带来的嫉妒，这点天雅团队也或多或少地感受到了，目前他们无心引战，只想低头赶路。

新的办公室就在集团的楼下，租了五百多平方米，小王在负责装修，天雅他们暂时还在集团原来的位置上办公。设计装修的时候天雅就提出要把除了承重墙之外的墙都打掉装玻璃隔断来透光，但是都装上了发现有点商场风格，又推倒重来；本来天雅想在卫生间里面隔出一个淋浴间，这样就可以方便了出差回来又来不及洗澡的同事，但是卫生间的面积太小，实在无法隔出来，小王给了她另一个解决方案：用楼下健身房的淋浴室，按次收费，可以一段时间公司统一结算。既然是这样，天雅让小王顺便把健身的价格谈下来，只要是公司的员工都可以随意出入健身房，公司按次数结算。既然小王这么负责，天雅提拔他兼任行政主管。

制定公司的各项制度天雅交给李拉和刘伟了，让他们借鉴集团的制度和公司的情况，她只管提要求，比如要给员工提供免费的餐饮服务，包括从早餐到消夜，而且不能只有一种选择，要有中式西式、多种口味可以选；每年必须有一次全员参加的拓展训练，还要有两次旅游活动，等等。有些制度原来在天雅的部门内部推行感觉成效不错，会全公司推广，比如每周例会的时候做某个领域的分享，对于公司制度定期组织全员考试，以考代学，工作时间弹性制，对开会迟到的人要罚款，设立专门的奖金鼓励跨部门的合作，等等。天雅早在之前就和李拉谈过了，如果她成了董事长，总裁的位置就是李拉的；财务总监不好干，因为财务都控制在集团的手里，所以这个财务总监必须会做人又懂专业，准备让范鹏来干一阵子，后期再慢慢地招；人事、薪酬制度全让刘伟负责，估计以他处理不了，还要抓紧时间挖人，最好是四大或者外企的高管，把整个公司带得高大上一些；风控合规还是让大纲来负责，让他再招两个小弟。都布置完了，天雅和李拉分工，天雅去和范鹏谈，李拉去和刘伟安排招聘任务。

虽说升任公司的财务总监是提拔，但是范鹏倒是没有明显地喜形于色，他的心里也是矛盾的，前台投资变成了后台，带领的又是惹不起的集团财务，他感觉是福是祸不清楚；而且他正在推动七色光的重组，不希望这么大的项目被中途换将。天雅没想到范鹏会拒绝，她根本没有备选方案，而且她更没有想到范鹏居然会用七色光来威胁，或者说提醒她，她还不能凭自己的意志支配他。

范鹏有点胖胖的，平时总是说说笑笑的，最喜欢说黄段子，但是却是一个非常顾家的男人，他老婆曾经做到了律所的合伙人，为了怀孕生子而放弃了工作，所以范鹏工作十分卖力，他有糖尿病一直在吃药，但是自从七色光重组以来，经常拉着标的实控和孙洋喝酒谈心，弄得糖尿病加重，每顿饭前必须要对着肚皮打针了。天雅一直感觉他是团队中非常有担当的人，以后必然会委以重任，但是目前看样子是让天雅失望了。

但她马上就意识到自己需要改变策略，所以她马上抛弃了刚才的那种失望感，取而代之的是晓之以理动之以情，跟范鹏说了四条：我们就是一起打过仗的好兄弟，这个时候你一定要帮我；财务总监是高管，参与公司重大决策，工资会比现在有大幅提升；财务部是集团的动不了，但可以成立税务部、融资部和二级市场交易部；七色光重组仍可继续参与，尤其是这块的业绩参与分成。

李拉那边除了和天雅说定的事项，还让刘伟再招聘两个人，一个是公司的前台，一个是天雅的个人秘书，因为陈慧辞职了。陈慧的老公拉到了风投，她不得不去辅佐老公了。

第七节

　　孙恒来过几个电话，天雅在开会没来得及接，拨回去的时候孙恒笑话她，升官了就不认人了。其实要找她说的是能不能给他介绍点资方，他帮国强集团融资，天雅答应下来，帮他留意着。同时天雅问孙恒在北京有没有车，她借着开开，孙恒说没问题，问她要大 G 还是法拉利，天雅说要个小本田。

　　这期间风雷证券把全部的资料都发了过来，天雅初步查看后认为可以推进，于是安排吴老板与风雷实控见面，一共五个人参会，吴老板、天雅、风雷实控、总裁和秘书。天雅会前准备了一个谈判提纲发给了吴老板，里面重点针对的是交易结构、交易价格和付款方式。对方一早飞北京，约的会面时间是上午十点，结果尴尬的是对方和吴老板都到了，天雅因为堵车居然晚到了十五分钟，北京的交通一切皆有可能。那天双方谈了一个小时，主要在谈购买资质，以及尽调时间和进场方式。等送走了对方，吴老板安排集团承接股权的主体，去跟监管机关沟通资质问题，然后让他们安排人进场尽调。安排完工作，吴跟天雅发脾气了，估计是嫌她迟到了，但是又不好直说，而是挑了一堆别的刺：说天雅被对方忽悠了，对方号称见过吴老板，今天见面发现压根没见过。这点吴老板倒是没说过头，业内有很多人以认识吴老板为幌子坑蒙拐骗，天雅曾经在国贸三期吃饭的时候听邻桌大肆吹嘘认识吴老板，昨晚刚一起吃过饭，她看了一下，别说昨晚，压根没见过那个人。但这也不算大错，吴老板最不满意的是天雅的打扮，比对方的秘书差了十八条街。对方的秘书认真地化了全套的妆，穿的是 Prada 的真丝裙子，细高跟鞋，披的风衣是 Burberry 的，拎的包是 Hermes，再看天雅，还是穿着没牌子的衣服，拎个运动的双肩包。吴老板冷着脸说话，还远远没到目光可以杀人的地步，但是天雅没见过他这么严肃，感觉很低落，不说话也不看他。吴老板感觉自己有点过了，他清了一下嗓子，从手机套里面摸出一张银行卡，缓和了一下语气："前两天你不是笑话我没钱吗？吃个饭还让你请客，今天我找到一张卡，卡里还有一千八百多万，今天我请你吃饭。"天雅还是没精打采的样子，吴老板拉起她往外走。

小马的车等在外面，吴老板带天雅去了一家高级定制服装专卖店，对方应该是认识吴老板，还没进门就笑脸相迎，等他们进店以后就对外挂上了暂停营业的牌子。店内挂着禁止吸烟的牌子，对方摆好烟灰缸并主动给吴老板点烟，他坐在沙发上让对方把最新一期的图册拿来翻了翻，指了几套衣服让拿来，天雅感觉穿上以后跑步是困难的，而且显得有点老气。试完了，吴老板带她去一家西餐厅，她没胃口，前菜和汤她都没怎么动，吴老板还以为天雅不爱喝蔬菜汤，把自己的南瓜汤推给了她，还特意先尝了一口说挺好喝。后面端上来一个炭烤的架子，上面有牛排、龙虾、几种香肠，吴老板自己也就尝一口，然后就都夹给天雅，盘子里都堆不下了。吴老板明白天雅还在闹别扭，耐着性子好言相劝："可能你不注意这些，但是你现在的位置就是要和普通人有点距离感才行，这才能让你显得与众不同。我看人先看牙齿，再看手表和鞋，讲究的人一眼能看出来，他们可能会赢得更多的机会。"天雅还是不说话，他有点后悔嘴上一时爽，再怎么哄都哄不好，以后也就不再说天雅穿得不好了，只是变着法地给她发些链接，什么《跟女魔头学穿衣》《美国国务卿赖斯的穿衣经》之类的。

第二天下班的时候，司机小马送天雅回家，并从后备厢拿出了三套套装，还有两个盒子帮她拎进屋。天雅看到这三套正是昨天试过的，两个盒子一个是灰色的铂金包，一个是香奈儿的化妆盒。她马上把套装挂起来，把包塞到柜子里，把香奈儿随手送给母亲，说是公司发的。

收到这些东西，天雅心里还挺难受的，甚至有一丝对感情的怀疑。她总自我安慰，吴老板跟她是异性之间高层次的相互吸引，并不是单纯的冲动，也不掺杂利益。为了维护感情的纯粹，天雅从不跟吴老板要东西，也不想接受他的东西，而这次吴老板送衣服，从两个方面打击了她的鸵鸟心理，一是让她认识到吴老板和她之间的交往无法不落窠臼，二是男人都是视觉动物。其实后来想想，天雅当时天真得可笑：对于吴老板这个岁数的男人，什么样的女人没见过，对天雅应该就像从外面捡回来的流浪猫，他把猫梳洗打扮抱在怀里，如果猫适合当宠物他就养着；如果能把猫打造到身价倍增地卖掉，他就赚到了；但是如果哪天他不喜欢了，也谈不上对猫有多深的感情，把猫送走就好了。

吴老板送衣服，不是单纯地想讨女朋友开心，而是希望能把天雅打造成公司里的标杆和榜样人物，让所有的员工看到努力的方向，所以他是站在领导的角度指导天雅怎么样从穿衣上标榜自己，帮她真正走向公司董事长的位置。让有能力的下级成为忠实的下属，解决所有老板需要解决的又红又专的问题，这或许是他独特的用人之道：用感情绑定忠诚。天雅的第六感很准，她感觉到了吴老板对她的感情不像她期待的那样纯粹，这像一根刺，刺痛了她天真的心。

还来不及自怨自艾，一天都没有给吴老板发信息的天雅，深夜突然接到他的电话，并没有笑着问她对送来的衣服是否满意，而是很严肃地质问她："你有没有事情瞒着我？"这一句话让天雅当时就蒙了。他问的是什么事？难道他知道于越给她送过花了？难道是金娜又去抖天雅的黑料了？她脑子里一片空白，一下子紧张得感觉耳朵都听不见了。见天雅没有出声，吴老板收敛了一下严肃的语气，只是说没事，然后就挂了。天雅被他一句话搞得半天没反应过来，不能就这么算了，一连拨了三个都没回应，她就发信息问到底是怎么了。吴老板就是这样，他找天雅的时候必须要找到，但是别人找他就不能这样，没办法，谁叫他就是天贺帝国的王。

等到十二点多吴老板回了信息，说没事了让她别担心，搞得天雅在床上翻饼烙翻了一夜，到了早上起来还是一肚子怨气，这个吴老板葫芦里卖的什么药，为啥没有感谢他送的衣服就非要这么折腾人，小样，等着的。

虽然有了司机，但是小王一直在张罗装修的事情，所以天雅还是打车去了庄园。原来门卫见到还会拦着问去干什么，现在看到她根本不敢拦着，马上放行还要站得笔直地敬个礼。天雅大步流星地奔向四合院，使劲推门进去发现吴老板不在，里面一脸惊愕的君君马上反应过来："张总，吴老板在果园里。"天雅并没有说一句话，转身就奔出去，远远地看到吴老板正站在道边和工人聊天，旁边站着助理。天雅走到他身后，助理看到她了就走远不见了。吴和对方说："闺女上了大学就算熬到头了，这些力所能及的事情你别放在心上，有什么需要我帮助的地方尽管跟我说。"对方点头如捣蒜，千恩万谢地恭送他离开，天雅只能跟在他身后走，心里盘算着怎么问他。吴老板早上穿着休闲服和运动鞋在庄园里走，能看到鞋上有泥巴，他对天雅说："我是农民的儿子，始终记着人没有高低之分，我经常和工人一起吃饭干活。刚才那个干活的人是我三叔。"天雅不知道他唱的哪一出，只能万能地接上："那你这一路走来真不容易。"吴老板并没有接天雅的话，而是跟她继续说："有人说我心狠，自己当老板让亲三叔干农活，但是他们不知道，我让他在北京种地是因为他只会种地，我帮他女儿来北京上学，让他既能照顾在北京上学的女儿，又能包吃住一年给十万，这个待遇在老家是绝不可能的。你记住，不管你做了什么都会有人不理解，不必去理会那些小人。"天雅还是听不出来话里的意思，老板的每一句话都不是白说的，而她理解不了背后的意思，是说做人不能太贪心吗？还是吴老板在标榜自己？总之她接上了一句："你是个好人。"这个时候吴老板看着远处，叹了口气，慢慢地说："和你不一样，我们这个位置，这个岁数，怎么可能还能有一个好人。但是做人要对得起自己的良心。"这句话天雅依然不知道该怎么接了，她感觉出了距离感，吴老板坐在高高的王座上，他们之间不知道隔了多远。

"你平时跑步吗？"天雅实话实说不怎么跑，吴老板让她陪他跑过果园的林子，估计有三百米吧，她看了看自己一身的西服和皮鞋，只能硬着头皮陪跑。毕竟还是岁数小，该死的好胜心让她越跑越快，等她跑到尽头一看吴老板落在后面已经在走了，她赶紧又跑回他身边。吴老板感慨这个年龄不适合跑步，还是老老实实地去做普拉提吧。两个人边走边平复一下高速跳动的心脏，吴老板终于说起天雅一直写在脸上要问的事情。

风雷证券没有让天雅跟进，要签协议的时候突然反水，和另一个民营金融机构突然签约了，这就相当于相亲对象在婚礼都筹划完了的时候改嫁别人了；经办团队认为最应该承担责任的是天雅，风雷证券是她介绍的，她难道不知道对方的进展？吴老板被告知天雅不是吃里扒外就是知情不报，昨晚打电话就是试探她到底是真不知道还是装不知道。

天雅第一感觉是委屈，收购证券公司不是她工作职责内的事情，也不算她的绩效，纯粹是出于想帮他忙，动用的都是自己私人的关系。天贺投入了时间、金钱成本，最后竹篮打水一场空，总要找个人来承担责任，或许自己就这样当背锅侠了？看着客人的车队已经开进了庄园，吴老板平静地对她说："没事，我没有怪你，你经验还少，我让小马送你回公司。"

路上天雅心里依然很憋屈，还是那种无法言表的憋屈，她帮吴老板这个事无法跟别人说；背了锅更是无从说起。但是她转念一想，不能就这么不明不白地背锅，她要找风雷证券问个明白。这个时候，怎么给对方打电话都不通了。她只能打给了小朱，问能不能帮着问问原委。小朱告诉她风雷证券确实是改嫁他人了，对方出价比天贺的高，属于截和，让天雅别纠结了。天雅只能把这些信息发给了吴老板，但是她还是和吴老板认错了，自己以为其他团队接手了就不用她再继续跟进了，是她考虑得不周全。

但还是意难平，她编了很长的短信发给风雷的实控，说了因为这件事自己也承担了责任，还是很难受的，资本市场低头不见抬头见，希望今后能有机会真正地和他合作。出乎意料的是，对方回电话了，说自己目前在东方君悦的酒廊，如果天雅有空可以过来喝杯咖啡。天雅马上从公司跑出来，怕堵车坐地铁，挤得一身汗，跑到酒店门口看到对方在抽烟。对方看她来了赶紧猛吸两口把烟熄了，跟她说马上还有事情，但是还是想跟她聊两句，毕竟小朱说了话，做人不能不地道。两个人就在门口说了三分钟，之后对方上车离开了，留下了汗还没干的天雅在发呆。

天雅以为对方要强调新买家出价更高，在商言商之类的，但是并不是，对方很明确地告诉她不能合作的理由，恰恰是因为经办团队：经办团队让风雷做高交易价格，然后将高出的部分运作出来两边分成。这下风雷不干了，风雷老板犯不上为了这点钱做这种私下的交易。至于天贺的尽调报告怎么到了其他收购方的手里，经办团队应该最清楚。天雅连他们做完了尽调都不知道，就稀里糊涂地背了锅，她咽不下这口气约吴老板出来说话，吴老板说实在不方便，天雅说我开车去接你。

开着孙恒找来的小本田，一路上虽然心惊肉跳的，但也算是有惊无险。到了庄园门口吴老板已经等在那里了，他给天雅又打了电话才确认是这台车，当初既然说过行，犹豫再三还是上车了，估计他有年头没坐过这么便宜的车了。上了车，束手束脚的，天雅让他把座椅往后调调，他看不到按钮在哪，天雅说右手边有个操纵杆，要摸到了才能调；吴老板还没来得及抱怨车破，座位憋屈，他就发现了更揪心的事情——天雅的驾驶水平。吴老板吓得紧紧地靠着椅背，比自己开车都紧张，天雅想跟他说点别的，吴老板就马上跟她说："好好看路，别说话。"本来天雅想带吴老板去找个风景好的地方逛逛，但是还没开出去一公里吴老板就让她去不远的咖啡馆，这个时间是吴老板中午休息的时间，他的倦意被天雅开车都吓没了。两个人刚坐定，天雅就把风雷的事情跟他说了，吴老板看她这个样子，点了根烟闻着，但是并没有吸，安慰她说："因为这个事情集团内部对你的风评有点负面，但是你放心，我心里有数。什么事情不用弄得太明白，对你没什么好处。"

"哦。"天雅心里有点失望，她什么都没做错，吴老板并没有安慰她，也没有说她辛苦了。现在回想起来，从她一踏入这个圈子就应该清楚，多干事情会给她带来机会，同时也会带来麻烦。事实就是，这件事里面有人得到了好处费，有人买到了证券公司，而她背了锅，但是好在吴老板是信她的，至少在那时是信她的。吴老板让她不要多想，专注地做好自己的事情，以后这些涉及集团的事情，他来处理，尽量不让她掺和，按照吴老板的话说："你斗不过那些人，还是我来吧。"

看着天雅有点失神的样子，吴老板安慰她说："多大点事儿啊，原来我挂职负责招商引资，经常有各地的人来见我，拿的各种当时稀罕的东西，一盒一盒的大对虾、黄花鱼什么的，我想着大家都不容易，但凡是送给我的东西，我给每个人都分一份，结果我的好心被当成驴肝肺，这些东西被作为证据检举到了纪委。要不是纪委里面管事的人是我学长，当时我就完了。不过从那以后我就铁了心地不当官，天天钩心斗角的没意思。所以你这刚哪到哪啊，这点委屈不算什么，何况你还有我。别愁眉苦脸的，你不是说要带我去公园吗？是不是去公园里的小树林……"吴老板说着话就一脸坏笑地凑过来，天雅下意识地用手把他推远点，说："我是想带着你去公园里唱歌的。"

"唱什么歌？"

"夕阳红合唱团不知道吗？你也干点你的同龄人干的事情行不行？"天雅拐着弯地说话嫌他老，他没有不爽，只是望向窗外，说："我要是自由的人该多好！你说的事我都做不到。"天雅跟他逗着玩，他认真了搞得还有点伤感。吴老板突然往后一靠把腿抬起来架在天雅的大腿上，天雅没反应过来："这是干什么？"

"给我按摩按摩，捶捶，尊老爱幼，懂不？"

"是是是，再不揉揉肌肉都萎缩了……"吴老板被噎得直翻白眼，天雅下狠手没几下他就求饶了："我说亲爱的，求求你，做个女人行吗？手咋跟钳子似的……你没事干点正经事，多看看财经新闻，对经济数据多记着点，不要不在意这些小事，记住了。"打情骂俏的时候时间总是过得特别快，眼看要开会了，吴老板叫司机来接他。天雅有点失落，他也没有抱一下自己，吻别一下，她光在意这些小事情了，没有意识到吴老板已经给了她特殊的待遇，天贺资本的项目无须上集团的内审会——团队说了算。她想到吴老板对小本田鄙视的眼神，心里有点沮丧地把车还给了孙恒，估计未来不会再让她开车了。

吴老板经常问她晚上吃的什么，有几次她回家吃饭了，看母亲做的四菜一汤挺好的，就拍下来发给吴老板说是自己做的，吴老板就问她："哪天做给我吃啊？"这一下子她就紧张了："我善于做的菜都是川菜，水煮鱼回锅肉，都是重口味，你肯定吃不习惯。"

"没事，下次你做给我吃，我就想过这样的生活。"

天雅还没想象过跟吴老板过日子，也不知道他平时睡觉打不打呼噜，在家里干什么家务，想到他那个样子估计就是油瓶倒了都不扶的主儿。

第八节

清晨四点五十二分，天雅猛然睁开了眼睛，上一秒在梦什么丝毫记不起来，只是潜意识里感觉自己应该起床了，看看闹钟定的是五点整，像以往一样，她又一次在闹钟响之前自主地醒来了。她简单收拾一下，穿上了一套吴老板送的套服，就跑下楼了，出租车已经在楼下等了。

上了车的同时，老板司机小马的电话已经来了："张总，您起来了吗？"

"我已出发了。"

"好的，张总，飞机六点半起飞。"

想到昨晚小马送她回家的路上说，自己家住通县，每天上下班开车都要一小时，昨晚他到家估计都要一点了，今天四点就要起来，也很辛苦了，自己今天不让他来接，吴老板不会怪他吧。算了，以后还是应该多用用自己的司机小王，虽然天雅一时半会儿还不习惯用司机。公司的装修已经完成，这两天小王正在安排全员搬家。

刘伟给她招了助理，小倩大学刚毕业，一脸的胶原蛋白和清纯，一双桃花眼，浓密的眼睫毛，挺楚楚可怜的，个子不高很清瘦，好像风一吹就倒了。天雅没看上这个小姑娘，觉得她有点矫情，但是刘伟劝她，助理这个职位基本工资才六千，要求金融专业毕业，英语流利，能接受随时加班，还会开车，候选人已经够难找了，小倩一身的名牌，住在不远的华贸公寓，来工作就是真的看上了天贺集团，不会因为工资的问题就随便离职。一身名牌打动了天雅，人越缺什么就越在意什么，借此机会让她帮自己打造一下形象？天雅同意小倩入职了。

最近还有一个新入职的同事，是专门配合茹萍收香港上市公司的，原来在美国读计算机博士，后来在华尔街工作了两年，叫肖轩晖。当时本来想叫上李拉一起面试，但是李拉纠缠在伟盛的苏总那里，双方已经着手工商变更了，新公司的名字叫青石保理，由伟盛集团控股，目前正在招兵买马组建团队。

目前投资部门有两个，投资一部的分管人是王吉，这是李拉主张的；投资二部的分管人是天雅的高中同学李洋，他是财务专业出身，在四大会计师事务所、券商都干过，至少是一个相识多年的人，他顺便拉来了一个项目——宝石龙定位高端零售业，在全国的高端商场、机场和高铁站有直营和加盟的销售网点上千家，一年净利润破亿，实控郭宇和李洋称兄道弟的，郭宇想在近期完成融资，估值十亿人民币，明年就登陆港股了，对标企业的市值都是大几十亿。这个项目听起来很不错，但是因为行业从来没有接触过，天雅有点犹豫，她让刘伟尽快招聘一个做行业研究的好帮她决策。

吴老板看准了一、二级市场联动的并购：一级市场上投资的项目，包装好了可以在他控制的金融机构下面来回倒手抬高估值，二级市场提前布局股票后实施并购重组，一鱼两吃。在一级市场上对标的的把控、在二级市场上对上市公司的把控，是天贺的核心优势，这一点天雅看得很明白，天贺资本要想做大必须要借势。但是光靠控制项目端、退出渠道是无法做并购的，至少标的的协同优劣、是否被二级市场和投资人认可，是需要做工作的。吴老板站得比较高，有大资源，能搞清大行业和大趋势，但是往下落，还需要天雅自己动脑筋。说到底，拼的是资源和决策，资源就是拿到各种信息的能力，不管是政策动向、赛道发展、市场偏好或是标的情况，市场上飘着的碎片化的信息太多了，而且真真假假需要分辨，要想做出判断必须要通盘掌握情况。为此天雅很重视提升团队的整合和分析的能力，她也主张成立行业研究部，这相当于自己的智库。

最近还新来了交易部的负责人，李琛原来是操盘手，最喜欢分享的内容是缠论，看大盘的 K 线数浪来推测短线交易的策略，整得神乎其神的。除此以外，刘伟还找到了一个会说中文的外国人，英文名叫 Mike，是一个全球五百强的大中华区人力主管，在等着天雅和李拉面试。

天雅手机上的未读微信成灾，在出租车上赶快处理一下，先看李拉发的，她已经快到约定地点了；再看看陈江海的，昨晚十点多给他的交易方案还没有回，不应该没看到啊，所有条款双方都碰过，难道是他不想对赌业绩了？马上给董秘孙洋发微信，让他催陈总看方案。其他的微信扫了一眼，现在都没有时间和心情理他们。这是天雅第一次跟着吴老板出差，她还是要做些功课，快速地浏览一下全球股市、商品和期货情况，既然吴老板跟她提起过这件事，就必然很重要，以后让研究部每天早上给她汇总这些信息。

正看着手机，师傅问天雅，等会儿就停路边吗？天雅说有个打双闪的车那里。李拉已经笑着从驾驶室出来了，她染了一头红发，看起来神采奕奕，苹果肌那里异常地亮，画了眼线戴了隐形眼镜，还穿了超高跟鞋，她见天雅没有行李就转身往回走。天雅坐上她的车，她说："今天气色很好啊，你怎么不叫小王送你呢？"

"算了，这么早，还要报车号给机场那边，别麻烦了。"

"这是我头一次坐吴老板的私人飞机，看你一点都不激动，是不是你原来坐过？"看李拉问得这么八卦，天雅不屑地跟她说："瞅你那点出息，私人飞机也是飞机，又不是火箭，瞎激动什么。"天雅略有耳闻，吴老板有三架私人飞机，有急事的时候提前一个小时打电话就能走；上飞机是在公务机场的私人区域，确保候机的地方没有其他人。天雅有一次跟吴老板聊天的时候无意间说起过这个事情，她觉得弄这些排场上的事情根本没鸟用，吴老板都懒得看她："你懂个屁！"吴老板私下并不是个讲究档次的人，他会问东西的价格，吃东西的时候不愿意浪费，也会和服务员说"你们这一杯果汁九十多太贵了，来杯白开水吧，加片柠檬还要钱吗？"之类的话，但是天雅理解，他那个位置的人，就是不能出现在公众的视野中，他时刻保持神秘和难以接近，才能在天贺坐稳帝王之椅，在金融圈封神。李拉看天雅思绪飘远了，找话题给她拉回来："你也要用用小倩，她是你助理，就应该替你安排这些事情，小姑娘看着挺乖巧的。"

"你说陈总为什么还没反馈啊？我催着孙洋盯着这个事呢，万一等会儿吴老板问起来怎么说？"

"昨晚刚发过去，老板问起来就如实说啊，你别焦虑。"

天雅没有接她的话，心想昨晚还是应该让范鹏给陈江海打个电话，最直接地看看他的反应，想到这里她马上给范鹏发语音让他去联系。

"说到小倩，她昨天陪我出去，路上拧开一瓶水喝了一口就扔了，说拿着重，我都惊了！"

"你看看你说的这个事和她做你的助理有什么关系？只要她能努力做好助理，你管她是不是公主。"

李拉总是能笑着劝人，天雅感觉她说的有一定的道理，就给小倩发语音安排会议。想不到小倩居然马上回复了，现在是早上五点多，看来自己确实对小姑娘有点偏见。

进了机场，已经六点了，看到君君，她面无表情地说飞机原定六点半起飞，因为两个人没带身份证，推迟为七点起飞。这件事情吴老板居然没跟天雅说，看来肯定是他自己忘了带身份证，出糗被抓包，天雅不禁笑了。飞机上的早饭都是现点现做，有助理过来询问她们想吃什么，李拉试探着问道："中式西式都有吗？""都有的，这里有菜单和酒水单您看一下。"她们两个正看着，君君过来和助理叮嘱道："老板的牛排要八分熟，别太生了。"早上起来吃牛排，看来吴老板今天日程肯定排得很满。

天雅坐下来的时候才感觉后脑有点疼，昨晚睡了四个小时确实有点疲惫，但是这个时候也不能躺啊，还是处理工作：范鹏深夜发微信，说为了布局江海的股票需要五亿现金，目前公司没有这个头寸，要么去跪求吴老板给钱，要么处置点在手项目；刘伟问小倩的表现怎么样；李洋想单独约谈宝石龙项目。正回着微信，李拉的脸凑了过来，天雅看着她："怎么了？你咋这么开心？"

"看我新买的口红漂亮吗？"

"还行吧，猪腰子色。"

"从你嘴里说出点好话怎么这么难，你要试试吗？"

"青石保理进展得怎么样了？你看最近能把哪个项目卖了退出吗？如果我们要参与江海的话钱不够。"

"那边还是蛮顺利的，退出的事情我想一下告诉你。"

李拉肯定明白，天雅作为一把手是要面子的，不到万不得已的情况下，不会去直接跪求老板给钱，这是无能的一种表现。天雅余光中发现一伙人呼啦呼啦地往这边走，就知道吴老板到了，马上站起来行注目礼，她的目光接触到吴老板的时候就闪躲着看向地面了，隐约看到他身后跟着集团好几个高管，每个人都穿得西服笔挺的，别着集团的徽章，而她好像从来没别过，徽章发下来都不知道扔到哪去了。很自然地，李拉拉着她一起说："老板好。"然后她们一起跟上这伙人的尾巴往里走。

在吴老板的私人飞机上手机一直有信号，不耽误处理工作，这真的是让天雅唯一感觉羡慕的地方，而李拉则对大厨的手艺赞不绝口，和民航客机那种生产线上加工过的餐食有云泥之别。吴老板在众星捧月中有条不紊地和每一个人都寒暄一下，看到天雅的时候眼神闪烁了一下，有点微笑又有点正经地问周围的人："昨天两市合计成交额多少？"周围的人都在犹豫要不要拿出手机来查看的时候，吴老板望向天雅，天雅从容地说："报告老板，昨天两市合计成交六千五百六十亿。"

"是吗？"总裁查了后低着头跟吴老板说："是，张总说得没错。"

"你们学着点张总，都关心着点市场，别一天到晚地瞎××忙都不知道在忙什么！"被吴老板一说，周围的高管都低下头噤若寒蝉，天雅心想吴老板又调皮了，吴老板接着对天雅说："陈总回了吗？"

"还没有，我已经催了。"

吴老板的视线过去了，天雅马上转过脸小声地问李拉，自己隔离霜涂匀了没有？李拉比画了一下左嘴角天雅马上擦了一下，看来对于天雅今天的形象吴老板评价她衣服穿得还行，妆容不太行，因为他没看到鞋子所以天雅还没有看到他对于鞋子的表情。

在飞行途中，老板一直在和周围的高管说话，天雅也没休息和李拉在远处商量青石保理的事情，尽快卖给上市公司能尽快收回现金，两个人梳理上市公司发股收购的节奏，江海的付款节奏，公司其他权益或者债权项目能否顶上来。说到宝石龙项目，李拉听说李洋要私下跟天雅谈，她感觉这个风气不太好，有事情就应该在项目群里开诚布公地说。这时候天雅看到吴老板示意，马上走过去，他问："法人换好了吗？"

"还在走流程，预计下周就换好了。"

"君君，换好了法人马上签发文件，以后天雅就是天贺资本董事长，天贺资本未来是天贺集团负责投资并购的唯一品牌。"他声音很大，机舱里的所有高管都听得清清楚楚。

天雅还没来得及说话，吴老板马上接着说："听说早上你自己过来机场的，以后要安排司机送你。"

天雅又没来得及回话，老板对着后面的李拉挥挥手，大声说："你们两个好好干。"李拉马上笑了，动作幅度巨大地点点头。吴老板低下头，压低声音对天雅说："化好妆是女人对别人的尊重。"

天雅低下头，小步回到自己的座位，跟李拉说：

"把你那个猪腰子口红给我看看。"

第九节

不到九点到了有力市，副市长、秘书长、投促局长来接吴老板，直接去市里谈合作。天雅上的车是局长作陪，他在路上简单介绍了一下当地情况，今年和往年不一样，雪不大。然后他说：

"张总久仰久仰，早就听闻您是天贺资本的一把手，真的是幸会。"

"哪里哪里，叫我小张就好了，在您面前都是学生，以后要多跟您学习。"

"张小姐您太谦虚了，我们共同学习，共同进步嘛。"

刚才在停机坪见过面，局长还没有自己高。看着眼前这位从副驾驶探出半个身子的油腻中年男人，天雅尽量一脸真诚地点头，心里想着真应该给他推荐一个植发的诊所，旁边的李拉一直陪着笑，也在找话题搭话。

进了布置好的会议室，墙上挂着红色的横幅：热烈欢迎天贺集团吴晓天先生一行莅临有力市。双方落座了以后开始各自的表演，有力市先开始，这个时候是天雅回一拨微信的时候了。

陈江海终于回了微信，让有空的时候给他回电话；接着是范鹏的，他回复说陈总确实对于对赌业绩的具体数字不满，毕竟是后续要置出的资产，他感觉要求太高了。天雅就知道是这样，虽说是陈江海求着吴老板带他玩的，但是他还是一个斤斤计较的小老板，听江海的小姐妹吐槽，他居然还亲自过问员工出差北京的差旅标准，是不是经常打车，就知道跟他签任何合同都不会太顺利，必然经过一番讨价还价精确到元角分。于是给范鹏回微信让他探一下陈总的底。往下翻看到了孙洋的微信，说得比较直白，如果七色光和天贺这么苛刻，不能充分信任江海的话以后没法合作。真是陈总的走狗，义正辞严得好像江海要的条件不苛刻一样，天贺作为七色光的小股东，江海都要求天贺对七色光的承诺利润担保，这根本就没有道理，为了捆绑而捆绑，三方估计还要经历山路十八弯才能达成一致。

会上李洋几次发微信天雅都没有回，他这么着急像是确实有事了，但是看内容又只是强调再不签约对方就要跟别人谈了云云。肖轩晖从昨晚就一直在说港股买壳的事情，天雅支持他先去谈着。肖轩晖是从华尔街出来的，他希望成立海外交易部，但是他推荐的港股也好、美股也好，都太没有想象力了，而且他也没有直接的关系接触到上市公司的实控，这和天雅的期待相去甚远；国外的股权投资项目也乏善可陈，天雅希望看到的是国内没有的实业项目，新技术和新方向。肖是美国藤校博士毕业，本来天雅以为他的加入可以给团队带来不一样的血液，但是到目前为止都没有建树。唯一还算欣慰的就是他长得还算顺眼，身高快一米九，身材健硕，脸上没有什么多余的肉，棱角分明，一双浓眉下面长了一对丹凤眼，高鼻梁薄嘴唇，笑起来牙很整齐，而且不知道是不是在国外待久了语言不太通，还是真的不懂，范鹏开的黄腔他都听不明白，想起这些觉得他蛮可爱的。

有力市出完牌，吴老板介绍了天贺集团的业务领域、发展规模和相关产业项目。接着本该是双方大王和气收尾，但是有力市居然开始下沉介绍几个地区的重点项目，吴老板马上让各个业务板块简单介绍一下自己的情况，好进一步对接。这条不在君君发的开会通知上，天雅马上收心回来组织语言，天贺资本前身是天贺集团的投资部，为了进一步地做大做强并购重组而专门成立公司，主要的大客户和成功案例，目前在管资产规模，投资并购的领域，再介绍一下团队成员。

十二点，一堆人午餐，有力市这边太热情，觥筹交错，大家各自敬酒，天雅躲在一个角落不引战不回撑，李拉不喝白酒只喝红酒，她倒是满场敬帮着挽回了点面子，喝到将近两点才结束。这个时候就庆幸是赶的中午场，如果是晚场估计就是不倒下不能回了。后面吴老板的行程中就没有天雅的事了，席间天雅让小倩为她和李拉订了机票，同时让她通知范鹏带人和她一起去江海出差找陈总；李拉带王吉去找伟盛的苏总，她们兵分两路各自突破。

一伙人随着吴老板的车队又回到了有力市机场，吴老板简单地和她们握了手告别，三点起飞赶晚场去了，天雅和李拉还在盘算着公司资金头寸的事：

"你那边的苏总好对付吗？"

"开玩笑，就没有我湖南人吵不赢的架。不过苏总其实人挺好的，你们工科的毕业生真的逻辑很有趣，他发给我的笑话，我都不知道点在哪里。"

"拜托你搞清楚一点，我是理科生，你非把我和工科生画等号，我感觉身价被拉低了；而且工科生的逻辑能力可能只是理科生的子集。"李拉目瞪口呆，她俩同时笑出声了。

"我这边的陈总就让人头疼了，估计要一块钱一块钱地谈，他不让步，我们也不希望并购后被制造业拖后腿。"

"除了陈总难搞，七色光的王总你搞定了吗？我们是一手托两家，两家都要听话啊。"

"哎哟，我的妈，你不说我都忘了，老王欠的债还不上呢。"天雅才想起来王总的债权还不上估计要延期，这个事倒不是个坏事，正好以此为要挟让他听话点，到时候她唱红脸，让范鹏唱白脸。天雅马上发语音给范鹏，让他找律师查一下当初借款协议上的违约条款。

"别头疼了，想想公司新来的肖轩晖。"李拉一脸的坏笑。

"你就别八卦了，快想办法搞定你的苏总去。"这个李拉，真是人精，不过提到肖轩晖就让人嘴角上扬。

苏总人很严谨，丁是丁卯是卯，但是总是能被李拉以柔克刚，有的时候谈判陷入僵局了，李拉愤而离场，苏总不好意思亲自去劝，就让王吉走在前面，自己站在后面不远的地方偷偷地看着。有一次苏总晚上想起来一个地方想商议，直接给李拉发信息，李拉给他回了一个："不合适吧。"苏总就连发了好多条说明他的想法怎么怎么合理，左说右说李拉也不回他，后来第二天他气呼呼地质问李拉为什么不合适，李拉说："苏总，当时已经十点多了，我说的不合适是这么晚了我们讨论这个不合适，您让家里人看到该怎么想呢？"当时苏总就有点脸红，然后后面他也就不提这个事了。李拉说的时候都笑弯了腰，她说她一看苏总那个提议就知道是脑袋一热拍出来的，懒得跟他纠缠，这么一说没想到他这么大岁数还脸红了，从此以后，晚上他再有啥奇思妙想都轻易不敢骚扰李拉，而是跟王吉讨论，特别需要的时候才会很正式地打电话，李拉感觉这个男人特别有意思。接着李拉又说到了婚姻生活，她是十指不沾阳春水的做派，男人就该做饭，女人就该被宠爱，她儿子虽然才五岁不到，就已经知道关心安慰她，她和孩子爸爸吵到离婚，儿子不但没有吓哭，反而单独安慰她，让她不用担心他，妈妈过得快乐是最重要的。李拉在说的时候眼睛都有些泛红，她跟天雅说本来以为小孩子无忧无虑，什么都不懂，其实他们心里什么都明白，她感觉自己这个妈当得不合格，平时多是打电话或者视频陪伴，现在只能向儿子保证：就算是离婚，爸爸妈妈还是会一样地爱他。说到这里天雅赶紧给李拉递了纸巾，毕竟在候机室不停地有人来来往往。李拉收了一下自己的情绪，让天雅说说她最近怎么样，上次提到的那个人和她什么进展了。

看天雅支支吾吾的，李拉不依不饶地追问天雅到底那个人是谁。天雅是打死也不能说的，李拉还是不甘心，就追问三个问题，只要天雅好好回答这三个问题，她以后就不问了，天雅答应了。

"这个人我见过吗？"

"见过。"

"认识他的人多吗？"

"多。但是认识他的人他不一定认识。"

"他经常上新闻吗？"

"对。"

李拉还是不甘心，她最后加问一个："你和他的事情为什么不能说？会对他的事业有影响？"

"那必须的啊。"天雅一点假话都没说，吴老板和她的事情如果公开了，对双方事业上的打击都是巨大的，天雅所有的个人努力都白费了；吴老板扶植这样的亲信也上不了台面。

李拉心满意足地认定那个人是陈伟了，上升期的爱豆公开恋情等于失业。其实天雅也猜到李拉会错意了，但是她不想说，以免暴露出她真正在意的人。而她和陈伟，确实有联系，也不方便让别人知道，因为陈伟想单干。当初陈伟入行晚，参加某国际大导演的电影选角失败，但是被慧眼识珠的经纪公司果断签约三年，三年里勤勤恳恳地拍戏，除此之外绯闻也好、演技也好，公司都帮他炒作了，但始终半红不黑的，后来公司跟他说如果他再续约就给他上星电视剧和大制作电影男二号的机会，他就又续约了三年。谁知道之前积攒的好几部作品中的男三、男四居然帮他拉了不少人气，他没有通过公司又争取到了一部热播剧双男主之一的机会，一炮而红。很多人挖他，他都没有动心，毕竟公司对他也算有知遇之恩，但是想到公司对他呼来喝去，抽成太高害得他在北京一直租房这些事情，他还是想等合约到期就自己成立工作室。和天雅联系，一来是看看能不能拉来投资人，二来是直接为未来工作室资本化做准备。

反正从头到尾天雅也没有说出过任何人的名字，李拉愿意怎么猜随便她。天雅低下头和她说了自己在他面前有点自卑，无论是地位、才华、阅历还是为人处世，都无法望其项背。李拉倒是有点替她鸣不平，说：“你有点信心好不好，我觉得你很出色啊，勇敢又善良，独立又能干，你对自己的要求太高了，以至于看不到自己的出色，我不觉得你比他差。”天雅心里感谢李拉的力挺，但是李拉根本不知道这个人是谁，到目前为止，天雅生命中经历的任何人都没有让她如此地自卑过。

显然只是猜那个人是谁根本满足不了李拉的好奇心，她又不断地刨根问底，各种打听交往中的细节，天雅告诉她两个人确实无法在公共场所吃饭看电影，说到这里李拉觉得这种恋情好辛苦，她无法想象不能在阳光下牵手的感觉。这一瞬间好像有什么东西击中了天雅的心，阳光下牵手，无法想象，她的印象中牵手就是月色下寂静的小路上的那种只有两个人能感受的愉悦，阳光下的牵手到底是什么感觉？刚好有个电话，把她从思绪里拽回来，是个券商，他收到了天雅之前发过去的基本资料，初步反馈刚好有十几亿可以放给国强集团。天雅走到候机室的玻璃窗那边给孙恒打电话，让他们直接对接，孙恒问天雅她那份钱怎么给她，天雅说：“我就是帮你一个忙，我不要。”孙恒说：“你真的不要？那我就真的不给你了，你想好了，这笔至少能分你一千万。”天雅没理他，她心里还在痛，就问孙恒，自己和一个在意的人无法在阳光下牵手，很痛苦，该怎么办。孙恒没有一点惊讶，对于天雅有感情问题他好像也见怪不怪，他一点犹豫都没有：“你可不可以不要这么矫情。能和你在阳光下牵手的人多了，有哪个男人是因为能跟你牵手吸引你的？你应该关注的是吸引你的东西，而不是这些无关紧要的少女心。”

天雅和李拉一起在候机室和肖轩晖通了电话，肖说了好多内容，但是她俩都没听懂他的点在哪里，天雅没说出来，但是她很讨厌这种啰啰嗦嗦说二十分钟，都没有提炼重点的汇报，浪费时间。天雅直接打电话给茹萍，茹萍说了香港上市公司的控股方基本同意了卖壳方案，目前需要和联交所沟通，还需要聘请律师和会计师团队，她感觉肖轩晖和香港人打交道很有优势，因为他一口流利的英语，很有气势。天雅和李拉决定让肖去香港，同时天雅让刘伟把茹萍挖过来配合买壳，刘伟汇报说刚刚面试了一个券商研究部出来的分析师，等着天雅的时间终面，天雅让他安排尽快。两个人之后又一起跟李洋通了电话，李洋说宝石龙项目必须尽快打款，有其他方试图截和，天雅让李洋想办法拖两周，目前公司账上没有头寸。天雅心里其实是有点犹豫，宝石龙这个项目的投资逻辑没理顺，她虽然对外支持李洋，但是她心里对这个项目是有疑虑的，如果真的是好项目，她绝不会拖。

天雅还抽出时间来专门给茹萍打电话，让她考虑过来跟着自己一起成长，可以做自己的业务助理，未来提拔她做前台团队的MD。虽然天雅给开出的工资在民营投资机构中算高的，但是和券商的投行部还是比不了，所以天雅知道无法从工资上打动她，只能用未来的晋升来说服她了。目前给了肖轩晖一个海外业务MD的职位去了香港，肖自己招了两个人，刘伟跟天雅说不能再增加部门和MD的数量了，当初和集团备案的数额到上限了。天雅只能让刘伟发通知，公司成立香港买壳工作组，工作组成员是茹萍、肖轩晖、肖的两个人和小倩，组长是茹萍。其实天雅这么做就是制衡肖轩晖和茹萍，两个人实力都还没有得到印证，肖虽然是华尔街回来的，除了翻译，并没有出彩的表现，而茹萍是券商投行出来的，怕眼高手低，不知道独立办事能力如何；加上小倩，确保他们在香港也要看北京的脸色行事。

这招还是管用的，茹萍同意加入，天雅承诺她现在就可以发劳务费了，等茹萍办妥离职手续后再正式入职发工资。

晚上的时候天雅和吴老板电话聊了会儿天，主要是吴老板在说，他对今天上午天雅的表现不太满意，认为她发言准备得不够充分，以后去哪发言之前都要充分地准备好。天雅原以为吴老板出面了自己只要划水就行，殊不知她说话就代表了吴老板，也有些愧疚。不过吴老板告诉天雅，和有力市不会推行什么大的合作，他了解到当地的财政收入，七成靠补贴，自身财政收入只有三成。吴老板认为这是不正常的，如果未来对中央财政的依赖不能递减，国家的压力和包袱越来越大，不可持续。吴老板会分享很多他的思路，估计也是想让天雅尽快熟悉一把手的思维方式。接着吴老板抱怨君君下个月可能要请一个比较长的婚假，这让他比较被动，毕竟君君是他的秘书，很多事情还是她办得顺手。天雅跟吴老板说有什么需要做的也可以找自己啊，自己也能做到随时待命，吴老板未置可否。他们两个在电话中说话都是公对公的，吴老板从来不会在电话里说"亲爱的""我想你了"这类的话，但是天雅理解，吴花时间跟天雅聊工作，本身就是一种表白。理解了这层意思，聊工作突然就变得很浪漫，吴老板说"你今天准备得不好"，就好像在说"亲爱的，你今天不乖哟"，一句话就能让人开心好久。

等吴老板基本说完了，天雅跟他说起了公司头寸的事情，吴老板说这件事包在他身上，他会找人联系天雅，怎么给国强集团发债，就怎么解决这个问题。天雅还有点担心，毕竟国强集团有个下属的上市公司，而天贺资本是刚成立不久，并没有什么拿得出手的有说服力的既往业绩，吴老板说，你就庆幸吧，有我在。

第十节

晚上六点，北京夏天的天还很亮，盘古七星上面的会议室里，天雅、小倩、范鹏、刘晓华、券商律师和七色光的王总、财务总监、法务总监和总经理正在扯闲篇，服务员端上来了果盘和咖啡，天雅给了小倩一个眼色，小倩看着手机摇摇头。今天约好了七色光和江海签约，之前七色光和天贺，天贺和江海之间已经谈得七七八八，天雅和陈江海过招就三四次了，战线拖了两周，重点的分歧已基本谈好，天贺在七色光中的债权换股为上市公司的股票，换股价格基本敲定，双方就为了价格相差一分钱谈了三天，同时天贺为七色光未来三年的承诺利润承担差额补足，作为交换，江海承诺未来三年制造业的利润，并就未完成的利润三倍补偿天贺，同时天贺和江海成立并购基金，由天雅牵头管理。

相对于江海，七色光的王总欠着天贺钱，还是比较配合的，只是每次陈江海反反复复的时候比较反感，后来范鹏就不按陈江海说的来沟通王总了，等着陈江海给个最后的版本，别再反复地拉抽屉。今晚王总和陈江海会敲定最后条件，然后三方就可以签协议了，会前天雅就知道今晚不好过，因为王总核心的点就在于资本化后的变现离场，而陈江海希望绑定王总让他一直好好干，双方利益不一致，必然是场硬仗，她心情沉重，怕搞不好就一拍两散。

从情感上天雅是支持王总套现离场的，但是理智上她又不得不和陈江海保持一致，因为天贺未来就是江海股份的股东，而且极有可能变成控股股东。王总今年快六十了，头发都白了，看着心宽体胖的，对人都是笑眯眯的，说话也很平和，其实心里苦。他早年间在电影制片厂一直干到快三十五岁，下海拍电视剧，靠着过硬的质量和圈内的人脉，几年时间就做得有模有样，因为他老婆有哮喘，移民澳大利亚生活，生孩子的时候发生意外，因为产钳导致孩子脑瘫，之后他老婆一直没有工作，在照顾孩子、与医院打官司；虽然医院赔了七百万澳币，负担小孩之后所有的康复治疗的费用，但是毕竟是一个脑瘫的孩子，父母不可能放弃他，但是他们一辈子都不会听到他喊爸爸妈妈，也无法看到他站起来。

据王总说，有一段时间他老婆都走不出去，不想活了，他用一个说法说服了老婆：为了孩子，万一奇迹发生了，你不在了谁照顾他？两个人就此两地分居，他回国挣钱，因为医院的赔偿是按年支付的，而妻儿在澳大利亚生活、康复治疗、请护工，开销挺大。到了儿子八岁的时候，依然不能沟通，无法坐起来，两口子商量着为了让儿子在他们老了以后还有人照顾，再生一个。于是王总在四十多岁的时候又有了一个儿子，这次是个健康的孩子，但是这个孩子从出生之时就背负了照顾哥哥的重任。

王总作为公司的一把手干得兢兢业业，每年他只去澳大利亚一个月，但是他心里一直惦记着自己的大儿子，他不止一次地说过，对公司对朋友他都没的说，这辈子如果有什么遗憾也就是对不起自己的家人，希望能资本化后尽早退休去澳大利亚生活。这个要求过分吗？从江海的角度来看，就很过分。因为江海股份要做业务转型，陈总对于文娱是门外汉，王总走了谁来管理七色光？谁来承担对赌业绩？

该死的陈江海，约好了今天签约，不接电话也不出现，是要玩哪出？天雅心里想骂娘，借口去洗手间跑出来亲自打电话，给陈江海，没人接，给孙洋，关机，这个小倩办事还是不牢靠，怎么样中午的时候要确认他们参会吧？

赶紧给江海财务部的出纳小姐妹打电话，这个时间小姐妹下班去接孩子了，所以半天才接电话，她答应帮着问问。等了一分钟，小姐妹电话就回过来，说孙洋是从深交所赶到北京，中午十二点的航班本该下午四点落地，但是深圳飞北京的航班就没有不延误的，习惯性地延误了一个多小时，起飞后因为北京雷阵雨无法降落，看预测他们要落到石家庄去了，但也有可能看北京雨停了再飞回来。

这就让人安心多了，天雅赶紧回到会议室跟王总说了飞机延误的事情，好在王总脾气比较随和，既来之则安之，范鹏提议他们边吃边等，王总也同意。一伙人移步酒店餐厅的包房，服务员端过来菜单，王总让给天雅，天雅把菜单交给小倩，让她照顾好大家吃个便饭，自己出去接孙洋的电话了。

孙洋带来了一个好消息和一个坏消息，好消息是他已经落地北京，从机场赶过去一个小时内怎么堵也该到了；坏消息是陈江海并没有和他在一起，陈总昨天就到北京了，今天中午上飞机前他们还联系过，目前谁都联系不上他。天雅追问陈总住在哪里，孙洋说他没细问，陈总的秘书电话也没人接。天雅推理了一下陈总的位置：定在盘古七星签约是陈总要求的，会议室是他订的，那么他最有可能住在这里。赶紧给前台打电话，问有没有一个入住的客人叫陈江海，没想到酒店出于保护隐私拒绝回答；天雅换个角度，问是不是住酒店的客人订的会议室，答案倒是比较明确，应该不是，因为结账方式不是挂房账。这就是说陈总应该没住这里，天雅查了一下周围的五星级酒店还有三家，她打了电话三家都不给确认，这下线索断了，只能先回包房。

推门进屋以后发现菜都上了几个了，大家都等着她没有动筷子呢，马上先招呼大家吃上。桌上有蒜蓉澳龙，鲍鱼烧鸡，每人一份小米辽参，她看了一眼范鹏：我不是说了便饭吗？咋这么多礼？范鹏回给她个眼神：小倩点的菜。天雅想着忘了，小倩这尊真不知是何方神圣，以后记着千万别让她点菜了。

虽然不知道她家里是干什么的，但小倩是典型的白富美，聊天的时候她说，她长得这么漂亮本想踏入演艺圈，但是家里死活不让，她才出国念书。作为刚毕业的新人，工资六千块的情况下，她租住的华贸公寓房租就两万，每天她不在公司吃饭，因为觉得公司的饭不好吃，自己叫外卖或者出去吃；从头到脚都是香奈儿，包括帽子、头饰、墨镜、化妆品、香水、衣服、皮包、钥匙扣和拖鞋，有次天雅和她聊天的时候说她的衣服看起来很难洗，那个料子看起来没法扔洗衣机，她完全没有这个烦恼，因为穿脏了就刚好过季了，该不要了，让天雅感觉没事别跟她聊天浪费时间了，她们根本就是不同世界的人。看她的朋友圈，经常还有私人飞机出镜，她到底为什么来上班？

刚吃了没两口，孙洋来电话，他已经在赶来的路上了，也找到了陈总订的酒店，就在刚才天雅查到的三家之中，但是具体哪个房间不知道。天雅把范鹏叫出来，问他熟不熟陈总的口音，范鹏说还行，于是天雅让范鹏给酒店前台打电话："喂，我是陈江海，我房间的浴缸不好用了，尽快给我换个套房！"

"陈总您好，请问您在哪个房间？"前台小姑娘还真是不依不饶，天雅给范鹏使了个眼色，让他下狠手。

"我哪记得这些，我现在人就在浴室没穿衣服，你让我出去看吗？怎么做的服务！我要投诉你们！"范鹏马上翻脸，还学得真挺像的。

"陈总您别生气，您稍等，我和您确认一下，您住的一八〇八号房，今天已经没有其他套房可以换了，给您升级到总统套房，您看可以吗？"服务员小姑娘也是吓得不轻，天雅怕穿帮赶紧让范鹏打住。

"先不用了！"范鹏拿腔拿调地挂了电话，天雅让他安抚住王总，自己奔出酒店。

距离一公里她五分钟跑到了，砸门砸了十多分钟，陈总才穿着浴衣、睡眼惺忪地打开门，一看到她没反应过来，天雅都要发飙了他才反应过来，等他三分钟马上走。路上才知道，原来陈总是昨晚没睡好，还有点感冒，今天上午准备买房子，在鸟巢周围看了好几个楼盘，实在有点累，下午吃了两片感冒药，想着稍微睡一觉晚上好有精神谈事，结果糊里糊涂地忘了上闹钟，要不是天雅来砸门他还睡得死死的。天雅心想，陈江海办事太不靠谱，还非要赖感冒药劲太大了，以后他办事一定要多加小心。

陈总和孙洋一起到的时候已经快八点了，天雅带着他们一起到包房，简单地加了点主食，大家都知道晚上的重头戏是谈判和签约。

那天晚上的会议室云山雾罩，几杆大烟枪不停地抽，呛得人眼泪要出来了。双方寒暄都跳过了，直接进入正题，开始的时候还是两边的律师在对条款，后来是陈总脾气暴，先提出来其他的不用看了，几个关键的问题大家谈一下。

第一个是七色光资本化是换股还是现金，王总想要现金，天贺已经和江海谈好后面还有资本运作，所以选择换股，七色光的其他股东有想现金的有想换股的。因为是第一个问题，大家还比较客气，王总也提出来了公司这么多年管理人员都非常辛苦，合理地套现他们也可以改善生活，双方你来我往的，最后确定了，八成换股两成套现，税后王总到手的钱就几百万，剩下的全是股票。

第二个是配套的认购。由于上市公司未来还要投资其他项目，本次重组会募集配套，价格比直接接老股合适，所以天贺会认购一部分，陈总希望王总和所有高管也能认购一部分。这就有点过分了，陈总的算盘打得挺好，给了七色光现金也要吐出来，这下七色光的人不干了，已经装到兜里的钱为啥再掏出来？陈总往回退了点，说价格上可以谈，这下天雅开心了，毕竟配套的价格低了对天贺是有利的，她也想促成这条。

王总没想到天雅态度变得这么快，他以为天雅会支持他套现的，但是这是谈判桌，怎么可能感情用事。天雅提出七色光跟天贺借款的时候承诺过资本化时限，到目前已经构成了实质违约，七色光应承担违约责任，和王总亮出了大棒让他就范，同时又递上了胡萝卜：天贺可以承诺每年给七色光的广告植入带来不低于一千万的订单，而且陈总也同意，如果七色光超额完成业绩，拿出超额的五成给七色光作为现金奖励。王总和高管商量半天后也认了，认购价格和业绩奖励的细节两边的财务又扯了一阵。

第三个是人员的绑定和任免权。为了公司的稳定性和未来业务的发展，江海肯定是要绑定王总和主要高管的，同时为了加强对公司的控制，江海也要任命新的总经理。这下两边差异有点大，王总认为这是乱来，两边吵得不亦乐乎，天雅实在受不了了出来透透气，已经是夜里十一点了，看来今天真的要通宵。手机上一堆的信息，就是没有吴老板的，李拉在苏总那边鏖战，李洋补充了一版宝石龙的财务核查，针对上次会上提出的问题补充尽调，希望尽快二次上会，天雅安排小倩去碰一下大家的时间，组织会议。茹萍已经和联交所初步沟通，除了汇报工作进展，她建议在香港设立办事处或者分公司，这样既可以办公又可以为未来成为香港上市公司控股股东做准备，天雅同意了，她让小倩常驻香港处理这些，北京的琐事暂时交给司机小王。

交代完这些，她心里空落落的，给吴老板发信息："在忙吗？"发完了以后，她有点犹豫是不是要撤回，前面是不是应该加上"老板"两个字，又觉得是不是太生分了，应该叫他"亲爱的"，不对太肉麻了，到底叫啥好呢？天雅想了一堆称呼"亲""小可爱""小心肝""宝贝""小狗狗""哥哥"，她感觉自己在想这个问题的样子肯定又傻又二，不觉笑了起来，这时接到了吴老板的电话。

吴老板没有问她在干什么，也没有说自己在忙什么，只是说能不能帮他给吴子牛写个短信，内容就是给对方庆生，天雅有点忐忑，不知道自己能不能写好，接话没有那么快，吴老板仿佛看到了一样："你一个北大的，写点东西还不是小菜一碟，正常写就行了。"天雅马上写完发给他，他说别写得太客气，要跟他的口气一致，天雅感觉轻松了很多，不像在前单位写东西被批得体无完肤，吴老板对她的水平没有质疑，只是让她别写得那么文绉绉，下面的人不一定都看得懂，要写得简单直白。天雅又修改了一下，他才觉得行：

"作为吴家的后代，你比集团的其他高管都让我感觉更淳厚、更具胆识。我希望通过这次分管业务的调整，你能抓住机遇、不断学习、不断开拓市场。我的孩子还小，承载不了未来，所以你是希望所在、重任在肩，不要辜负我对你的期望。努力不是表面上，而是发自内心的。有两件事要跟你说：

"一、坚持锻炼，把身材练好，这看似小事，但实际是考验人的自控力；

"二、每天至少抽出两个小时学习。'问渠那得清如许，为有源头活水来'，只有不断学习，才能获得不断进步的动力之源。"

人越想隐藏的越是欲盖弥彰，吴老板对吴子牛瞧不上但又不得不依仗。吴老板对吴子牛眼神里藏不住的蔑视和鄙夷，天雅早就知道，但是这是吴老板第一次提到他的孩子。这一点让天雅心情不太好，但是想到吴老板让她来写这些内容，还算是坦诚，是要跟她表达什么呢？让她更多融入自己的生活？顺便鞭策她？让她知道自己会接替吴子牛？吴子牛的身材还不算太糟糕，难道在暗示天雅的身材该锻炼了？

之后吴老板让天雅去找个大师写一幅字送给吴子牛，天雅马上给父亲打电话，幸亏父亲在打牌睡得晚，她让父亲带上点礼物去找市里有名的书法家给写个字，父亲答应了下来，明天就办，但是裱装需要时间，最快弄好估计也要五天以后了，天雅让他选琉璃厂那边最贵的裱装档次，尽量加急。交代完这些事情天雅心满意足，干劲满满地返回了会场。

她进会议室的时候，扑面而来的还是烟雾，进去以后适应一下眼睛，看出来两拨人各自歪倒在自己的座位上沉默地抽烟，或者用胳膊支在桌子上低着头。看到她进来了，范鹏马上提起了精神："刚好张总回来了，大家再商量商量。"

听了范鹏的解释才明白僵在这里的原因，并不是对价、支付方式的事，而是陈总想让七色光迁址到江海所在的地级市。陈总谈之前压根没想到这件事是个问题，他以为上市公司收购了七色光全部股份，让迁址还不是手到擒来，他已经和当地开发区管委会谈过，这种高附加值低能耗的文娱产业，各地都是竞相追捧的，当地承诺会划拨给他一大块地，还有很多的政策倾斜，陈总都能预见到各种荣誉称号纷至沓来，为自己土土的身份镀镀金；这次王总杠上了，陈总安插高管就已经插手公司业务，他不是不想交出公司，而是怕陈总瞎搞扰乱公司的正常运营，而承担对赌业绩的人是王总，如果只是注册地的变动没有问题，但是陈总要求的产业迁移，肯定要面对大批的员工和客户的流失，不能再妥协了。

天雅这次站王总，她也觉得陈总是瞎搞，但她跟陈总强调为未来考虑：未来江海还会持续地收购文娱行业的全产业链，陈总作为掌舵人应该站在高处指点江山，有个宽广的视野是必不可少的，江海未来的办公地一定是一个文娱高度发达的城市，而北京作为全国政治文化的中心当仁不让。说这个的时候陈总并不以为意，天雅马上话锋一转，跟陈总聊起了北京的房价，陈总今天看过房子，他抱怨说北京房价太高了，一套三居室都够他在地级市盖一栋别墅的了，而且房价还在以肉眼可见的速度上涨。天雅跟他说本次募集的资金里就应该拿出钱来在北京买一栋办公楼，这样未来房价上涨陈总也能享受到，王总和未来的标的方也可以搬过来，一举两得。这句话陈总听进去了，他还跟孙洋说自己今天看了写字楼，有好几个他觉得都不错，云云。天雅摸透了陈总爱占便宜的心思，他也知道当地招商局说得再好也是镜花水月，未来能不能赚到是未知数；但是买楼，实实在在的东西摆在眼前，赚到手里才是真的。

夜里快两点了文件基本定稿了，眼看着胜利就在眼前，陈总却提出，文件还要再看看，而且就这么签字似乎不太讲究，应该让吴老板见签，毕竟是吴老板促成的，也要当面感谢他。太晚了脑子不灵活，天雅一听陈总说的居然觉得挺对，让吴老板看到她的能力和成绩是件好事就答应下来，王总本来不悦，但是看天雅答应了就不再多说了。一堆人疲惫得不行就散了，范鹏赶紧跟着王总走，安抚他那颗不爽的心。

吴老板的时间一般需要提前一周预约，但是天雅怕迟则生变，这个时候必须用她的特权，第二天下午一点吴老板挤出半小时来见签。虽然吴老板只给半小时，但是集团丝毫不敢怠慢，会议室架设了摄像机，还拉了横幅欢迎陈总和王总，范鹏一早就准备好了文件，就等下午签字了。这次陈总没有迟到，他到得有点早，十二点就到了，天雅刚劈开木头筷子准备吃午餐，陈总就到了她办公室。天雅请陈总去会议室先坐坐，但是陈总没有要走的意思，他坐在沙发上，右脚架在左膝上："张总啊，我觉得协议还是有问题。"

听到这句话天雅就知道，筷子是白劈了。她控制着挤出一个微笑的表情："陈总，您看这话说的，有问题我们就现在改不就行了。"她让小王把自己的饭端出去，带上门。

屋里只有陈江海和天雅，他挑明了此行的目的：江海和天贺签过的协议吃亏了，他要求重新签。天雅真没见过这种签了字还能反悔的，不提契约精神，简直是连基本的法律常识都不放在眼里，签过了还能反悔？她实在是气不过，屋里没有其他人能唱红脸，她也忍不了干脆自己上阵。刚要喷，又咽了回去，现在已经十二点十五分了，一点钟的时候吴老板来，她绝不能让吴老板见证撕逼，绝不。

这才明白陈总是精心设计的套路，他肯定猜到了直接提出反悔天雅不会理他，七色光的王总也会翻脸，他借口要让吴老板见签来拖延时间，又赶在吴老板来之前以此要挟要改，天雅昨晚真是鬼迷心窍才答应了他，她提醒自己记住，以后千万不能随便答应陈总，凡事要给自己留个后手。这次天雅手里并没有什么陈总的把柄，丧失了势均力敌的机会。罢了，吃一堑长一智吧，人品先放一边，还是在商言商。天雅给范鹏发信息，让他安排好王总准备一点签约，平静地给陈总讲了条款已经生效了，要求改，依据的什么呢？

范鹏很奇怪，十二点四十五分了，他安排好了王总及随行的人、公司出席的同事、江海这边除了陈总以外的人，就是没有看到天雅和陈总，手机都不接，集团的人提醒他吴老板要出席的活动他们需要提前十五分钟到场的。他风风火火地跑到天雅办公室门口，听到里面传出了天雅高声说话的声音，这很不寻常，接着他听到了陈总清嗓子和咯痰的声音，就知道肯定又出幺蛾子了。他先回到会场，很正常地跟集团的人说，怕烟味影响吴老板，所以陈总在外面抽烟，天雅陪着他呢，两个人马上过来。然后他返回天雅的办公室，帮着按他们讨论的意思修改协议。

没时间打印一式四份了，一份协议打印出来的时候，已经是十二点五十九分了，先带去会场签了。三个人走到会场门口的时候刚好吴老板往这边走来，三个人就像是刻意站在门口迎接他的，只有吴老板注意到天雅笑得不太自然，他还想着是不是因为自己抽出的时间太少了她挑礼了。

见签十分和谐，你好我好大家好，吴老板、陈总和王总称兄道弟的搞得像桃园三结义，吴老板根本不知道今天本该见证的只是七色光和江海的合作协议，而他其实见证了七色光和江海、江海和天贺两份协议的签署；天雅刚刚在屋里就天贺的认购价格每股提高了一毛钱，一共是五亿股，天贺的利润让了五千万出去，天雅脸上那不是皮笑肉不笑，是肉痛。

第十一节

宝石龙的二审会在江海签约之后，现场参会的人有天雅、范鹏、李琛、大纲及另两名律师，研究部的新来的负责人田亮，人事行政新来的副总裁Mike，以及李洋团队四个人，电话参会的有在伟盛的李拉和王吉，以及在香港的茹萍和肖轩晖。

会议开得索然无味，昨晚太累了，听着团队照着PPT一个腔调地念让人昏昏欲睡；天雅根本听不进去，她满脑子想的都是陈总从她这里割走的五千万，未来并购基金的管理人幸亏是自己，要不真的要被带到沟里去。宝石龙这个项目，纯粹是因为李洋是天雅的高中同学才有二审的机会，天雅看不到亮点在哪里，电商已经这么发达了，再投传统的线下为主的门店，有意义吗？不过李洋过来了几个月再不落地项目就尴尬了，天雅总要帮他做点业绩让他站稳。他和王吉是两个团队长，王吉跟着李拉确定可以拿下伟盛，如果李洋没投出去就被动了，想到这里，天雅还是决定支持他一把。

会议中间范鹏出去上厕所，天雅等他回来的时候叫他去办公室聊一下，范鹏是一直不同意投的，他感觉财务数据不真实，销售数据有水分，存货有问题，开店的费用也不太合理，所以李洋本次补充尽调的内容就是核实，找大客户核实，找同行业对比，去两个店采集了业务数据，盘点了库房。天雅话锋一转，问他最近公司的头寸怎么样。范鹏一下子精神就来了，现在真不知道是怎么了，他去募资路演之前还在担心自己对公司的项目不够熟悉、解释得不够好，或者听众都不感兴趣地跑没了，结果完全出乎他的意料，大批的投资人蜂拥而至，会场都坐不下，很多人听都没听完路演内容，就冲着"天贺资本"这个名字，都愿意出资。惊呆的是范鹏，他感觉钱太多了根本拿不过来，而且目前账上二十个亿趴着他压力很大，不投出去就要倒贴利息。天雅早就预料到了这个局面，因为吴老板承诺过她这件事包在他身上，他肯定默默地吹过了一轮彩虹屁，才让募资变得这么容易。其实两年后天雅回想起当初募资的疯狂，她意识到功劳并不都归吴老板，那个时代就是人人都想用钱生钱的疯狂时代。

图穷匕见，天雅跟范鹏说，你也知道，钱留着不投项目谁能负担得起这么高的利息。一句话让范鹏没了话，天雅说完就回了会场。

到了每个人发表意见的时候，级别越高的越后说，天雅注意到茹萍对宝石龙是相当支持的，也给了好几个支撑的观点；新来的研究员也是毫不含糊，分析对比了香港上市的好几家相关业务的公司，从业务模式到盈利模式，最后的结论就是当前宝石龙的投资价格非常有利。天雅知道大家都在等着她的意见，她上来就批评了李洋团队做的PPT，虽然天贺资本不是国际投行，但是做出来的东西要精益求精，不说要和国际投行对标吧，至少也要用心做，让观众感觉到被尊重；纵观PPT，开头没有提纲，每页没有重点观点的提炼，很多内容是文字连篇，简单粗暴的堆砌，根本没有一个消化吸收再提炼总结的过程，一看就是敷衍；很多文字中的数字一大片，为什么不用图表来展示？以后上会前风控必须预审上会材料，做成这样的以后不让上会，打回去从新做。天雅说这些的时候很严肃，她发现会场上的活跃的气氛一下子凝固了，所有人都低着头不敢看她，奋力地记录着她的话，她也在想是不是自己说得太过直白了，但是她想到吴老板跟她说过的，只要大饼和激励到位了，用人就要说，下面的人没压力，自然上面的人就有压力，所以她必须绷住了不能缓和自己的脸色。骂归骂，最后天雅明确地表态，她支持这个项目的推进，李洋这才擦了把脸上的汗珠，出了口气。

会议晚上才结束，李洋要请大家去撸串，天雅跟李洋这么熟，她就不去了，知道李洋也不会挑礼；吴老板早就说过她，当了领导就要和下面的人保持点距离，别老混在一起吃吃喝喝的，没有神秘感就没有威严。其实天雅不去的真正原因是她想去找吴老板，江海的事情他还没表扬她呢。但是她满心欢喜快到庄园的时候，吴老板给她发信息："今天不行了，我没完事，不好意思，你回去吧。"天雅扑了空，只能落寞地回："一日不见如隔三秋，算算我们也九年不见了。"

"要不你来吧，今晚不谈了，谁爱死谁死，我想见你！"

"别闹，好好工作！别为了我干什么出格的事！我回家了别找我。"

听茹萍汇报香港的进展很快，已经需要提供资金证明了，这件事情就要找吴老板了，她让茹萍汇总香港工作的现状、未来的工作计划和展望，她自己修改后再配上需要支持的工作列表，发给了吴老板。当然光是这些肯定不可以，天雅给吴老板打了电话，重点汇报了这是一个经过挑选的优质的壳，里面资产比较干净，而且最重要的是，里面附带金融牌照；按照吴老板之前的规划，未来会把天贺资本装入香港上市公司，引入境外的战略投资者，打造一个中国的伯克希尔·哈撒韦；另外，香港股市比大陆的股市更保护投资者的隐私，这就给拉股价做市值提供了更肥沃的土壤。吴老板听着天雅的汇报频频点头，后面说壳费不低的事情他没有提出异议，只是说钱的事情不用她操心。

肖轩晖老给天雅推荐境外的股票，本来天雅是懒得看的，但是现在确实是形势变了，账上的钱太多了，而且不做些境外项目没法出去吹牛。天雅找了刘伟，让他尽快招聘能带项目资源的人加入，目前的项目质量太乏善可陈了。

一会儿吴老板电话过来，没说钱的事情，问她有没有日本签证，天雅对日本这个国家没有好感，没去过也不想去。吴老板说为了香港上市公司买壳和未来的运作，他想带天雅去日本做路演，几个大财阀都是他的好朋友，都介绍给天雅，未来好让他们在海外支持一些资金，想做大生意就要拉更多的人下水，人家才会帮你，你不拉，别人就在岸上看热闹；当然，路演之余，两个人还能顺便二人世界。这件事情天雅没有找小倩，而是自己找旅行社，问最快的签证需要几天，旅行社说普通的只要二百是一次的签证，办理周期两周，最快的三天，还能做三年多次往返的签证，价格是一千二，天雅说我给一千五，旅行社马上派人上门来收材料。

三天之内果然拿到了签证，天雅故意带着，晚上和吴老板在别墅见面的时候她就拿出来给吴老板看，吴老板很满意这个速度，他说自己在东京有个小院，请了一位有名的老师傅，从业五十年专门做甲鱼，两人就着美景边吃甲鱼边喝珍藏的清酒，无限风月。如何过去安排得比较细，吴老板坐私人飞机，天雅怕北京人多嘴杂，她自己坐飞机过去，两个人在那边会合。吴老板到了日本以后也会有一堆接机的人，他要应酬一下才能甩掉他们，估计到小院也很晚了，所以他打电话关照东京那边，会有一位张女士先到，一定要认真款待；他还要司机去机场接她，但被拒绝了，她自己一个人在外面跑惯了，还没有退化到像他一样生活不能自理的地步。吴老板突然说："把你父母也带上吧，我刚好请他们吃个饭。"

"那哪行。"

"那有什么不行的，我请下属父母吃饭很正常，不观察她的父母怎么更好地了解她本人呢？"吴老板一脸正经。

"别观察了，我怕你看上我妈。"天雅一边说一边笑出来了。

"别扯淡了，快去洗澡吧。"吴老板发现她在开玩笑，自己也乐了。

"我今天来之前洗过了，你闻我的头发。"天雅说着话往吴老板身上扑过去，吴老板嫌弃地往旁边闪了一下身子，怕天雅的口红蹭到他衣服上。吴老板脱衣服准备去洗澡，没说让她帮忙，天雅只能在一旁看着，这是她第一次观察吴老板脱衣服。只见他脱得一丝不苟，先脱下来的西服平整地搭在椅背上，再脱下来西服裤子又抹平搭在另一个椅背上，然后是领带，平整地放到桌面上，衬衫，叠好了放在领带旁边，内裤，叠好了放在衬衫旁边，最后是袜子，都叠整齐了放在椅子上。看得天雅都惊呆了，她回想了一下，吴老板再猴急，衣服都没有乱扔过，吴老板看她那个表情，跟她说："这有什么的，我整洁惯了，从来不用别人帮我收拾，因为我很讲究搭配，哪套西服配哪件衬衫，哪条领带，甚至是哪双袜子，都是有讲究的。我自己第二天要穿的衣服都是头一天晚上准备好，按顺序摆放在床边。"

吴老板说这些的时候，天雅的心里是崩溃的，这是他对自己的要求，其实就是他希望别人做到的标准。领导说的话，没有一个字是白说的，他说了这么多，就是要让她记住。她是个不太讲究的人，脱了衣服都是随手一扔，他肯定在意。

吴老板去洗澡的时候天雅站在门口，他冲澡只要三分钟，出来的时候天雅给他递上浴巾。两个人躺在床上的时候，吴老板跟她感慨，自己的第一个女人是他的中学老师，两个人相差了十岁，那会儿他还上初中，跟家里就说去老师家补课，每天晚上都住老师家。两个人除了翻云覆雨就是在床上讨论学习，老师对他特别好，都舍不得让他枕枕头，就让他枕着自己的胳膊睡觉。天雅问后来呢，吴老板说后来，她老公就回家了。然后吴老板就跟打开了话匣子一样，又开始讲他的第二个女人，还有喜欢偷窥他办事的第二个女人她妈，天雅想以他长的这个模样，到处留情的风格，估计讲到明天早上也讲不完，她不想知道他的情史，只是在想他讲这个是什么意思？讲第一个女人是为了强调对方对他好，难道是嫌弃自己对他不好？讲第二个女人的口活有多好，必须是在嫌弃她的技术了。这样下去不行，变成批斗会了，天雅不能忍了，翻身扑上去堵住他的嘴。

在进行中的时候吴老板就不是含沙射影了，而是直白地质问："你是真不会是吧？"

天雅听他说了那么多有点心虚："你说怎么弄，我学还不行吗？"

"我这两天有点累，你上来吧。"

……

"算了，你躺下吧，还是我来吧。"

完事了他出了一身的汗，仰面躺在床上喘气，他问天雅："你有没有想过，万一有一天我突然死在你床上怎么办？"

"当然是尽力抢救啊……"天雅还没说完就被打断："当时就死了，救不活那种。"

"那就只能给你拖到楼下大街上伪装你是被撞死的，总不能说是死在我床上吧，我是你什么人啊。"天雅说完了这句话，才感觉自己这句话不像是开玩笑，她不应该在还没搞清楚吴老板想法的情况下就发表意见的，她不知道吴老板这个问题到底是针对什么，为什么会突然问起这些。

吴老板若有所思，后面就没有说话，站起身去冲澡了，到底也没搞清他怎么想的，自己说的是不是太现实，有没有惹他不高兴，要不要过去安慰安慰他。但是突然她感到心疼了一下，去安慰他，谁来安慰自己呢？她说得一点都没错，她是他的什么人？即使不能结婚，她也想正大光明地和他在阳光下牵手，但是显然他还是遮遮掩掩的，以吴老板的性格能办到的事情肯定办，或许他确实身不由己。

以天雅现在的身份，坐飞机已经可以坐头等舱了，但是她特意和小倩说不要给她订头等舱，主要是想节约开支。她自己订了一张飞日本的经济舱，不想让任何人知道她的行程，只是和小倩说这两天她不在公司。她带了淘宝买的比基尼和好几条休闲度假的裙子，还查好了在日本买些什么药妆，怀着度假的心态，很放松地来到机场。

吴老板早上八点起飞，天雅跟他说好了晚上东京见，她是上午十点的航班，优哉游哉地在早高峰后去了机场。问题发生在出关的时候，天雅被边防检查部门拦下，过了二十分钟才知道，自己被限制出境了。此刻吴老板应该已经在飞机上了，她一个人站在机场里，头脑一片空白，为什么会被限制出境？该怎么办？

第一件事是给吴老板打电话，吴老板的私人飞机一直有信号，他帮她找人，同时让她查清楚原委，解决了就尽快过来。她拨通了刘伟的电话，告诉他自己本想去旅游一两天，现在北京机场无法出境，让他帮着查明白是怎么回事。刘伟也很意外，他估计一时半会儿解决不了，让小王先去机场把张总接回来。

沮丧的天雅并不想见到任何人，她让刘伟不要声张，自己打车回了家，心情特别不好，想着为什么这种事会发生在自己身上。这个时候好死不死的孙洋打电话来商量并购基金的投委会可不可以加江海的席位，被天雅吼了回去，什么都要占便宜，不干，混蛋！中午她没心思吃饭，李拉不断地给她打电话，到她家把她拉出来说要请她吃好的，不知道是不是已经知道了她的倒霉事。

到了地方一看还有媛媛，姐妹们说说笑笑也好，能放松一下心情。吃的粤式火锅，有两个服务员专门给涮，熟了夹到碗里，就差喂到嘴里了。李拉先说为什么要请大家吃饭，是因为她好不容易出差回来了，而且她收到了一枚特别漂亮的胸针，几千块虽然不贵，但是苏总这种工科直男能有这样的审美让她十分惊讶。天雅想着怪不得她觉得苏总的目光总有点羞涩，原来她以为苏总是不好意思看她，现在才明白苏总应该是不好意思看李拉。但是天雅马上想到一个问题，苏总难道是单身？她这个问题提出来，李拉沉默了。

媛媛也是出差刚回来，她岔开了话题，讲了好多和壳方斗智斗勇的故事，大家笑得肚子直疼。壳方有点封建迷信，办公室装修得就跟佛堂一样，人更像是一尊赤脚大仙，趿拉着一双布鞋，经常是大家坐着说话的时候他就把脚架到大腿上抠脚底板，一边搓脚一边说话，如果你不巧在这个时候走进办公室，他会热情地上前和你握手，对，伸出的就是刚刚搓脚的那只手。媛媛讲得声情并茂，讲到握手的时候真的伸出了手，让人喷饭。壳方的律师也是个奇葩，裤腰带系到胸上这种穿着就够让人吐槽了，专业水平也是一样地让人大跌眼镜，就是一个平常的协议上常规的违约条款，壳方问他有问题吗，他深吸一口烟，一边吐着烟圈，一边慢条斯理地说："这条咯，可以让人倾家荡产，家——破——人——亡——啊……"给媛媛当场气得背过气去，抽死他的心都有，哪有律师这么说话的，让人家怎么签字？他说一句话，需要媛媛做好几天工作才能拉回来。具体这个项目的事媛媛没有说，这是姐妹间的聚会不是工作会，她分得清。

除了笑得喷饭，媛媛也说了她出差这么久家里意见很大，如果她不按住，她老公都要去找王吉理论，李拉问她需不需要自己跟王吉谈谈，别安排她出差这么久，媛媛苦笑着说不用。多年后，天雅才知道，媛媛那时几乎就要离开她们了，王吉作为她的直属领导，对她自尊的打击一度让她怀疑自己，而她老公的愤怒并不是因为她出差，而是想帮她出头；而媛媛之所以揭开自己的伤疤，是想安慰天雅，谁都有逆风的时候，她不想看见天雅掉进痛苦的深渊。

吃过饭以后天雅心情好多了，也回公司上班了。下午刘伟小心翼翼地来她办公室汇报几个事情：第一个是限制出境的无妄之灾，在天贺集团把法人变更成天雅之前，公司因为贸易纠纷被告上过法院，但是案子已经结了，不清楚为什么公司处于未结案的状态，天雅作为法人被限制了。刘伟已经让大纲去处理，快的话三四天就能解决。第二个是人事变动，大纲不干了，刘伟没留住，他提出了离职按劳动法一个月后就走了，刘伟正在尽快招聘人员但是不知道会不会影响业务。第三个是 Mike 和范鹏好像就投后管理的问题有点不一致，Mike 认为他作为副总裁要设立一个运营部门分管投后事宜，因为他原来就擅长做管理咨询，这正是投后增值服务的强项；范鹏是老人，又是 CFO，公司的投资项目他都清楚，虽然没有文字明确这个部门归谁管理，但是目前实际是归范鹏管辖的。第四个是刘伟找到了一个互联网行业大公司的业内人员朱浩，自带的资源不少，有意转做投资，是否安排面试。天雅跟刘伟强调一定要尽快处理好之前的案件，随时和自己汇报进展，和朱浩尽早约见面，就示意他出去了。虽然 Mike 是刘伟的直属上司，但是天雅还是喜欢用刘伟，刘伟办事还算牢靠，表达也更顺畅，Mike 的散装普通话听着还是费劲。

　　天雅找大纲进来，开门见山地问他为什么要走，大纲说得很直白，因为没有前途。他以为自己看得很明白，就因为原来是金娜的手下，感觉自己不会被天雅真正地信任，也没有让他加入领导班子。这点上他还真的错了，天雅很信任他的专业能力，否则就不会带他来新公司，但是对于他平时在公司的态度始终无法释怀，他有点先入为主，不是一个散发正能量的人，可能是风控做多了，他动不动这个看不惯那个看不惯，经常在会上当着天雅的面让她下不来台，比如天雅问他能不能变通一下，他居然当众说："你愿意背责任你就这么做，我反正是不建议，但说了也不算。"这种人留着影响士气，天雅只是边缘化他就是一直在给他机会，等着他幡然悔悟。既然他提出来了，天雅讲明他什么时候能走取决于一件事：公司找到可以替代他的人，这样大家以后都是朋友，还能做业务。如果他任性，这个圈子很小的，他可以试试与天贺为敌的下场。天雅平静地说出这些话的时候，一直看着大纲的脸，看他的表情从很轻松地有点不屑，到不自然地咽口水，他好像有点不认识面前这个女人，一脸和蔼地说出强硬的话，是她变化了还是自己原来没有发现？天雅用眼神告诉他，不用奇怪，你坐在这个位置你也这样。

　　送走大纲，天雅去找李拉说想让媛媛暂时去做大纲的副手，这段时间怕他工作不负责，而且媛媛上手了就算他突然不干也不至于让公司的业务受影响，这样等新的风控总监到位了媛媛就可以回原业务部了。李拉怕媛媛不同意，毕竟是从前台转去后台，直接影响的是工资，未来影响到职业的发展，天雅说她知道，但是媛媛是她们信得过的人，只能委屈她一阵子了。天雅让李拉说服媛媛，同时和王吉说明年底分奖金的时候要照顾到。

　　然后天雅去找 Mike，他正在屋里写材料，看到天雅来了一脸堆笑。他说他和小倩约了天雅下周的时间当面汇报，没想到天雅亲自来了；他给天雅戴了好多高帽，说她年轻有为之类，巴拉巴拉的，天雅微笑着听他扯淡，之所以来找他，就已经想好了要支持他。目前级别最高的核心高管就四个人：天雅、李拉、范鹏和 Mike，前三个都是老人，Mike 是新来的，但是公司业务蒸蒸日上，目前已有员工六十多人，她要让所有人看到她支持新人的态度，未来才会吸引更多新人，和燕昭王千金买骨是一个思路。

　　没想到 Mike 侃侃而谈耗到了下班，他拿出原来给其他全球五百强的公司做的管理咨询的案例，给天雅举例说明有哪些问题是企业发展中亟待解决但是又无法自主发现的，这是做投后管理很重要的一个增值服务——帮助上市公司提高管理水平，从而为股东创造更多价值。他的思路就是仿照其他知名机构，成立一个运营管理部，将所有的已投项目都汇总过来，坚信自己可以让投后管理的水平上一个新台阶，做到让被投企业都主动采购他额外提供的管理咨询服务。天雅看起来很兴奋，她让Mike务必整理出实施方案，会配合他推进工作。走出Mike办公室的时候，天雅想着自己的表演水平越来越上台阶了，没有对Mike生搬硬套的方法嗤之以鼻，自己要和范鹏好好聊聊了，为了见识一下Mike到底能不能本土化增值服务，只能委屈范鹏来兜底了。怎么样来平衡呢？天雅想好了，让范鹏手下的小弟刘天伟去Mike的运营管理部下面工作，这样Mike可以招聘新人按他的思路做，范鹏也没有真正地撒手不管，而且即使Mike犯错了也有人可以接上，工作不至于断档。刚好看到范鹏屋里亮着灯，天雅让他来自己屋里一趟。

　　天雅和范鹏两个人在屋里说话的时候公司的晚餐到了，两个人都去打了饭，关上门边吃边聊。范鹏接受了她的建议，天雅已经为他考虑了；但他对Mike的提议不以为然，各个部门自己投的项目，哪有汇总给Mike管的道理？他有那个能耐吗？天雅其实心里对Mike这个部门的必要性是有怀疑的，但是理由却不是范鹏那个理由，而是天贺资本的投资模式和市面上几个知名机构还是有差异的，后续还要做并购重组，这就决定了天贺资本必须得是项目组全生命周期参与管理，不可能交得出去的，但是趁着这个机会把各个部门的项目好好摸一摸是有必要的，不能都是黑匣子；让Mike总结出一套投后管理的流程，这对于今后各部门的落实也有好处。但是她没有和范鹏说自己的想法，只是说自己也不放心Mike，所以千万要盯着点他，范鹏本来就看他不爽，自然是满口答应。

　　晚上天雅到家的时候已经快九点了，想到今天本该在日本和吴老板风花雪月，却在公司不停地抹稀泥，不知道吴老板在日本干些什么，有没有想她，天雅此刻也没心情跟他聊日本的见闻。这时她收到了吴老板的信息：

　　天雅：

　　　　一夜睡不着。也许生命的里程中，总是出现意外的风景，令我思绪万千，难以成眠。

　　窗外雾霾又笼罩了这个城市，心情压抑，看来自然对人的影响特别重要。十一点半来到东京，十二点见日方财阀，我认为这个合作可以探讨。中午我们一起午餐，结束后和软银高管讨论了一下午，然后宴请了他们。晚饭后，见完基金的人，已经九点了。我多想拨开厚重的雾霾，去看阳光、蓝天、大海，随着时间的推移，我愿意与君共度这美好的时刻。

　　这就是吴老板迄今为止最直观的告白了吧，天雅感觉自己的心扑通扑通地跳，吴老板明显地是感觉到她的遗憾，所以特意写了这段文字来安慰她，这是承诺吗？

　　她不禁发自肺腑地给吴老板回了一条信息："忍这个事，我太善于了，从小忍到大。想念一个人，我太习惯了，只要你心里有我。"

第十二节

　　不知道是不是大纲要走了磨洋工，天雅限制出境还没解决，于公于私她都着急着去香港。媛媛调动去风控，并没有像天雅和李拉预想的那样抵触，疑虑是有的，但可以脱离王吉的冷暴力，还可以经常坐办公室不出差了，她积极地接受了，也快速适应了角色，这就是自己人。

　　随着茹萍在香港的快速推进，租房子、装修、进家具，香港办公室风风火火地挂牌了，因为天雅限制出境的问题还没解决，只能在朋友圈为香港办公室预热。开业的那天，李拉去现场剪彩，很多人都送去了花篮，包括吴老板、国强的富总和富帅、飞飞的石总、江海的陈总、七色光的王总、宝石龙的郭总等等，还有好几个券商和律所、会计师事务所，现场的照片花团锦簇，风风光光。吴老板还特意给办公室送了八盆含苞欲放的兰花，吴老板的日本朋友还送了盆景，给北京办公室也送了，只是还没寄到。

　　出乎意料地，吴老板从日本直接去了香港。这期间资本圈疯传吴老板出事了，因为当初吴老板和别人一起做上市的一家证券公司被查出带病上市，证券公司的一把手跳楼了，一个政策银行的行长落马，证监会又放出消息双规了几个领导，大家马上把这两件事联系了起来，认为这后面有着不可告人的大事，而吴老板作为上市的灵魂人物，实控背后的实控，不可能全身而退。

吴老板和天雅说到这件事的时候只是简单地说了几句，他是天贺集团的缔造者，认为天贺目前全部的业务条线都码齐了，他的工作重点转向海外，相信天雅肯定能把天贺资本做好，有事可以去香港找他，他在半山有个庄园，平时待在四季酒店。

天雅邀请吴老板去香港办公室办公，有个正式的挂着天贺牌子的地方会客，这件事让他龙颜大悦。天雅没想到误打误撞的还办对了，看来除了死，什么事情想到了就要马上去实现。考虑到君君和小马没有跟着吴老板过去，天雅跟小倩说了如果吴老板过去让她多照顾着点，他在香港的保镖不方便在办公室端茶倒水。虽然吴老板说得冠冕堂皇，但天雅心里还是充满了不安，她刚上任不久就被限制出境了，而吴老板却片叶不沾身地自由来去，证监会在调查他就出国了，是不是真的只是巧合？他对自己的解释是刻意隐瞒还是另有隐情？隔着电话，她有点吃不准，吴老板到底是不信任她才不对她说，还是吴老板不信任电话这个媒介？

天雅把思路拖回到了工作上，既然得到了吴老板的首肯，她和茹萍说了，要钱给钱，要人给人，一切以能落地为标准。这期间茹萍没少跑联交所，有一次她着急回来跟天雅汇报工作，穿着细高跟赶飞机扭伤了脚，天雅特意让她在北京多休息几天，看茹萍没有摇到号一直没买车，就把自己的配车先给她用，她越发坚信自己没有选错人。天雅和刘伟交代了，让刘伟去打听一下北京市摇号的政策，看看公司能不能在北京注册子公司，好弄点车牌子作为福利，当然头一个要给的就是茹萍。

茹萍侧面地跟天雅透露肖轩晖不太配合她，手下的人也不太听她的话，小倩又不懂业务，有的时候还要用自己的人脉让中介白给帮忙。天雅抽调给了她好几个人配合工作，并答应她在成功收购以后就给她人事权，当前情况紧急，发生的劳务费用她会让范鹏想办法给茹萍报销。就报销外部机构劳务费这个事情上面，公司的其他人有怨言，但是天雅想得很清楚，只要事情能推得成，哪怕是这些钱都进了茹萍的腰包，她也觉得值；再说公司的钱是那么好拿的吗？人无百日好，等到出了问题的时候，有这些问题的人都会被揪出来，名正言顺地成为罪魁祸首。因为吴老板在香港办公室工作，天雅担心茹萍直接汇报自己会不清楚情况，这点茹萍看得很通透，她跟天雅保证第一时间先和她汇报。

自从天贺投资了宝石龙，天雅就让宝石龙给天贺定制了一系列的带天贺资本标志的高端礼品，公司就是要高举高打，什么都是最高规格，礼品也必须是。茹萍这次走的时候，刘伟让她拿些礼品好送客户，另外天雅让小王去准备了爱马仕的丝巾和腰带各十条，给茹萍带上，这些东西吴老板或许用得上。

肖轩晖的存在感很弱，他拿来的几个项目，什么香港文娱公司、台湾医疗公司，这些公司大家看不懂，也是本着投资国际化项目可以提升咖位的角度勉强投的，金额都不高，都加起来不超过一个亿，投了以后没什么可运作的，港台那些公司不配合，单纯的财务投资就是看天吃饭，工作不力差不多消耗光了天雅对肖的好感。但是最近他突然有了价值，因为他为吴老板做翻译。

吴老板在香港约见的都是国际投行、基金和海外标的的掌门人，而肖轩晖形象好、学历好，语言又是好上加好，为人又有点不谙世事，就是最合适的翻译人选。吴老板很喜欢带着他，已经跟天雅预定了要带他去全球访问。天雅通过肖去了解吴老板见过什么人，谈过什么项目，他关注的点在哪里。肖虽然白天陪着吴老板，不能够及时地回信息，但是无论多晚，他只要完事了就会立刻给天雅回电话，让天雅对他的印象大为改观。

新来的朱浩一直在互联网大厂工作，圈内好友众多，确实给天雅带来了耳目一新的感觉，经过吴老板的特批，只要互联网有项目落地朱浩就是新的MD，让刘伟抓紧给他配一个ED助推一下。天雅都是用去年的年终奖来激励这些员工，干得好就有晋升有钱发，每个人都跟打了鸡血一样。

千防万防，家贼难防。吴老板平时有健身的习惯，一般是自己做瑜伽和普拉提。到了香港小倩成了他的临时助理，除了端茶倒水以外，还特别地殷勤，提出自己也健身，可以陪他一起锻炼。据说，穿得那叫一个沟沟壑壑，呼之欲出，吴老板不得不时刻控制自己的眼神，结果小倩动不动让他帮她纠正动作，时不时这里疼那里疼的，吴老板跟天雅直说了："天天这样谁受得了，看得我心里这个痒痒，别墅里也没人拦着，再有个两天我估计就要扛不住了。"

天雅想着小孩子太不懂事了，让茹萍安排小倩去跑业务，换个人给吴老板当助理，心想着如果她能参透，今后不去骚扰吴老板，就让她继续在香港干。但是茹萍反映小倩还是黏在吴老板那里，天雅立即让刘伟联系小倩，调她回北京。没承想，小倩不理刘伟，直接给天雅打电话了："张总，我现在还不能回北京。"

"有什么原因吗？"天雅耐着性子问。

"吴老板需要我当助理，他在哪里我在哪里。"

"知道了。"天雅冷笑一声，小样的，治不了吴老板我还治不了你了。但是她想到这个孩子毕竟是刚毕业，要不再给她个机会试试："你还是回来做我的助理吧，做两年我支持你去前台业务部门。"

"张总，你也知道我不是做业务的料，你们开会说的东西我都听不懂，我就想做吴老板的生活秘书，你一定要支持我啊，我不会忘了你的。"

天雅都能想到小倩在电话那边扭扭捏捏的样子，她隔着几千公里都想甩给她个巴掌，你也配！挂断了电话通知刘伟，不用调回来了，干死她；然后和茹萍打电话说了工作推进，顺便安排小倩的事情。天雅反思她太大意了，怎么能安排小倩这样的人去做吴老板的助理，这就是自己给自己挖坑，小倩明显地就是来找饭票的，吴老板虽然不是什么正人君子，但也不是傻子，他提醒天雅，放这样不了解的人在身边当秘书太危险了，幸亏她对于业务听不懂，也没有见识过公司的纰漏，要不真是养虎为患，以后用秘书一定要加倍地小心，摸清底细，不是自己人不能用。

不对，肖轩晖为什么没有报告？难道是小倩做得太隐秘？不应该吧，骚气都能逆风飞扬到北京，想到这里天雅拨通了肖的电话。简单地问了一下投资的进展，肖说很顺利，台湾有个上市公司专做保健品的，里面有辅助治疗前列腺的药，他让对方寄过来一批，可以送给吴老板，天雅感觉他脑子确实有问题，送这种东西不被打才怪。天雅问他最近小倩工作怎么样，肖说挺认真的啊，吴老板来上班以后她跑前跑后的，没少出力，然后又夸天雅安排得好，充分调动了小倩的积极性。天雅不甘心地又问肖下了班后，他们一般都干些什么，肖就说他生活比较规律，都是运动健身，看书，周末可能跟朋友吃吃饭；其他人他不清楚，他手下两个人，其中一个人跟他一起运动，另一个是个女生，女生的情况他不清楚，毕竟私生活大家都相互不过问的。唉，这个呆子，天雅心想。

第二天早上天雅已经把小倩的微信和电话都拉黑了，她也和李拉、媛媛说了小倩意图勾引吴老板，还不听指挥。她们两个都觉得这也太胆大包天了吧，李拉倒是笑着问天雅："你是怎么知道的？"

"这件事对公司形象不好，吴老板会觉得我们招聘的员工不靠谱。"天雅没有接她的话，李拉就知道自己不该问，马上说："那就和老板承认错误，我们刚起步不久，确实用人来不及精挑细选，有失察的责任。"

"我觉得倒也不能这么说，这属于个人品德问题，面试是表现不出来的。我们只要妥善地处理了，再保证小倩手里没什么东西能赖上吴老板，反过来倒打一耙他性骚扰，应该就算称职了。"还是媛媛说得在理，三个人在屋里讨论了一下对策。天雅问吴老板和小倩有没有什么聊天记录，吴老板说："×，我××都没有加她的微信，你以为我××那么随便吗？"万事俱备，就等着看好戏。

果然上班不久李拉就接到了小倩的电话，她在里面哭诉，自己的门禁卡突然不能用了，连大楼的电梯都进不去，保安还盯上了她，让她站在远离入口的位置才能打电话，然后吴老板和天雅的电话都没人接，眼看着早上吴老板应该来上班了，自己这就要迟到了，该没人给他泡茶了。李拉试着提醒她，有问过茹萍或者刘伟吗？正说着，小倩说太好了，茹萍来了，就挂了。之后是茹萍转播，她早上上班第一件事就是拿个箱子收拾了一下小倩的所有东西，本来想交给楼下保安的，但是刚好碰到在打电话的小倩，就告诉她所有的东西都收拾好了，刘伟通知她的，公司已经和她解约，按劳动协议提前一个月通知，赔偿N+1的工资，接下来的一个月她不用来上班还有工资，月底的时候赔偿的工资会到账。小倩第一个感觉是根本不信，看她气鼓鼓地准备拨电话，茹萍就走了。过了半小时，茹萍又来播报了进展，小倩给茹萍打电话，说自己的东西里面少了香奈儿的钥匙扣和零钱包，要亲自上去找。茹萍早有准备，她早上就已经和楼下安保人员、办公室的保洁阿姨打好招呼，让他们盯紧小倩不能让她进到办公室，想见吴老板哭诉根本不可能。她和小倩说，自己从进入办公室的时候就叫上了保洁阿姨，她在给小倩收拾东西的时候，阿姨同步都录像了，如果小倩有任何个人物品的丢失，请她报警，茹萍会把录像内容提供给警方，阿姨也可以作证，而且大厦有二十四小时的录像监控，都可以配合提供给警方。听说后来小倩真的报警叫来了警察，但是警察和茹萍了解了情况之后就离开了，小倩始终也没能再进办公室。

过了几天，刘伟跟天雅发信息说小倩想上午来公司办理离职，她如果不想见到小倩可以让她晚上过来。天雅冷笑了一下，说："没关系，你正常办就好。"真逗，自己还需要这样？据媛媛说，小倩愤愤地来公司，她平时自命不凡，跟大家都不交朋友，所以没有人上去跟她说话，只有和她几乎同时入职的前台小妹，跟她说了两句，她就在办公室借机大声地说："你小心点，我就是被张天雅挤走的，她和吴老板肯定……"这个时候在旁边的刘伟严肃地提醒她说："小倩，公司里到处都是摄像头，你说话是要负责任的你知道吧。"

小倩看看周围坐着的大半有律师证，也就不说了，气呼呼地走了。跟天雅预料的没错，小倩根本没胆子来见自己。事情都处理完了，肖轩晖才后知后觉地跟天雅说，这两天在吴老板办公室没看到小倩。吴老板倒是再也没有提到过小倩，天雅早就料到了，不关心就是他的态度。

天雅除了长记性以外，还去落实了一件事：找个健身教练。吴老板的爱好就是她的爱好，她只是需要一个入门级的引导。普通私教的价格是两百多一小时，天雅提高到四百，但是要求他必须随叫随到，而且不能多话。

有一天有个人打电话来找天雅，说自己是某某小基金，是香港上市公司的投资人，想跟她了解一下公司业务和未来发展，天雅心想着这都是哪来的电话，她是董事长怎么能负责这个，就和对方说有事情请打公告上的电话。她还跟吴老板发信息抱怨呢，真是有人不知道天高地厚，随便打电话来问她。结果吴老板电话打过来了，语气是非常温柔的，但是就是骂她："你怎么能这么跟人说话呢？你以为对方怎么会有你的电话？那个人背后是四大行的一个行长，你怎么说话呢？"

天雅哪知道这些，吴老板没有事先跟她说，她有点委屈，但是也只能答应着："好好好，是是是，你放心，我以后态度都是大大地好，等会儿我回电话过去一定注意措辞。"

"你别不当回事，人家帮着你的股票抬轿子是看着我的面子，说不好了人家马上就撤资，你自己处理好。""明白了，以后这种事能不能先跟我说一声啊？"吴老板没理她就挂了电话，看来天雅是多余问了，这个事情都悟不出。

送走小倩的当天，楚楚就生了一个千金，天雅怕她当天太累，第三天才去看她，带的大包小包的，还有给千金准备的红包。病房门口是楚楚的小奶狗和公公，两个人等在那里因为楚楚在里面试着喂奶。天雅进去先把东西都放下，楚楚一脸的憔悴还招呼着让天雅自己剥橘子、香蕉吃，天雅看到她生完了之后脸色憔悴，侧卧着也能看出来肚子依然很大，上面的妊娠纹好难看，就感觉生孩子对女人的身体来说确实是摧残。孩子小小的就像个小虫子，外面的老公和公公能帮的都有限，估计她的路以后也很辛苦。

第十三节

昨晚狂风吹散雾霾，早上起来天雅拉开窗帘，看着窗外，不禁感慨"长空万里送秋雁，对此可以酣高楼"。秋高气爽的天气，让人爱上紫禁城。天雅穿着一身休闲服，和富总、恒斌等六人一起出差。这次她带着新的秘书——肖轩晖手下那个女孩——苏珊，还有茹萍、范鹏坐同一班飞机，她和富总坐的头等舱。经过三个半小时的飞行落地新疆，一路上不能抽烟，富总开始的时候还跟天雅聊会儿天，后面就跟没了魂一样一直在昏睡，都打起了呼噜，天雅则是继续在看《隆美尔传》。

这次来新疆是富总有几个并购标的邀请她来看看，恰巧七色光影视、天贺资本在新疆也要设主体来合理避税。虽然天雅已经是一把手了，国强集团的项目也转交给范鹏手下去打理，但是和富总的交情还在，富总这个人不会让人吃亏，他和天贺资本签了投资顾问协议，一年支付二百万费用，帮着看标的一次四十万，虽然富总给的价码出得够高了，但几十万对于天贺资本来说仍然不值一提，天雅所谋肯定不是这点财顾费，后面的并购重组才是她剑指所在。以后可以派其他人来，但这是签协议后第一次看标的，天雅坚持自己带队。

这两年新能源题材扶摇直上九万里，凡是沾边的上市公司全都鸡犬升天，富总一心做制造业三十年，但是天天看着其他上市公司各种骚操作还不断地拉涨停，心里也不是滋味。尤其是天雅总给他吹风，曾经江海体量还不到国强的一半，国强重组大辉厂后已经做到细分领域资产第一，但市值也就是重组前的二倍；而江海自从公告了跟七色光的重组以来，连续十多个涨停，市值已经是国强的二倍，真是得来全不费工夫，他心里不是滋味。江海股份的资本运作是天雅一手操刀的，她逮着机会就给富总讲双主业的打造，先并入一个盈利稳定、体量大的标的做基石，然后往上下游延伸，成熟标的直接并购，不成熟就用并购基金收入囊中；天贺不仅善于在资本市场讲故事，还有把故事讲圆满的能力，江海并购七色光也就只有三个涨停，但是马上成立并购基金，持续公告收购艺人经纪公司的事情，后续还有全产业链条的布局，包括刘晓华找的出版的公司，邱小平找的主播养成公司，吴老板介绍的美国电影公司，还有朱浩介绍的游戏公司，李洋也找了一个专做植入广告的公司，孙洋也在到处看发行标的，陈总还想办法让江海和几大省台搭上线，这些动作在路演的时候都是基金经理最追捧的，江海的股价一路走高，最夸张的时候，连江海股份改名为"江海文化"，都有三个涨停。天雅苦口婆心地劝富总，应该抓住资本市场大爆发大炒作的机会，市值提升并不完全靠业绩，更多的估值是给未来的预期，江海文化的动态市盈率早都几百倍了，各种研报还在推荐买入，而国强市盈率也就三十多，却鲜有人问津，归根结底还是行业不够亮眼。

当然，天雅还找到一个突破口说服富总，那就是富帅。富帅未来要接班是国强上下都清楚的事实，但是集团的高管不是他长辈就是跟随富总多年的老人，对嘴上没毛的太子不放在眼里，太子也志不在此，根本不想再做制造业赚辛苦钱。富总肯定也顾虑未来他怎么接班，而打造双主业，就是给太子一条路，在这个赛道他拥有资本加持的力量，可以重新组建团队，只要做出成绩做大规模，他的位置就稳了，这件事说到了富总心里。

有了动机，富总还需要解决资金的问题，这就又是天雅的强项了，因为富总对业绩有信心，大辉厂重组没有拿现金全部换股，天雅推荐给孙恒好几个券商和机构，帮着股票质押融资好几个亿，用这几个亿做劣后组个并购基金，找银行配资杠杆一比五，做了三十亿，万事俱备只欠标的了。天雅让全公司的人都去找新能源标的，很快就找了一个锂电池制造厂，吴老板给推荐新能源汽车制造厂，而富总通过自己的关系找到加工厂，这次来看的就是新疆的加工厂，未来还是走建厂的思路。截然不同的领域建厂，富总亲自来论证清楚技术是否跑得通、团队能不能支持、未来有多少发展空间。当地政府欢迎国强来投资，没来的时候就配套各种政策、土地，能招呼的都往上招呼。

双主业的想法天雅已经给富总灌输好久了，她自知没有吴老板那么深入人心的洞察和说服力，唯有日思夜想地换位思考，说到富总的心坎上，才有可能推得下去，吴老板用一次她用十次，吴老板说几句她说好多句，吴老板自己说，她是组团忽悠，甚至动用个人关系，拉上了公募基金的首席研究员一起拜访富总，首席说得信誓旦旦，炒概念的都能到八百亿市值，国强借着新能源这波收个大标的，市值直接干上五百亿不成问题，听得富总点头如捣蒜。

俗话说三个臭皮匠赛过诸葛亮，富总的转变吴老板都办不到，她就能弄得成，搞得她没少跟吴老板面前嘚瑟，吴老板也没撑她，只是让她好好筹划筹划，给富总做到千亿市值才算是真牛逼。

这次出差前天雅顾虑太子也要来，大家当着富总的面如果有什么尴尬就不好了，后来她想着有富总在，怎么会尴尬呢？好在太子没来，抑或是富总舍不得，非要折腾这么远亲自把关，又做得不露痕迹不让太子知道，可怜一片苦心，天雅自然是不会跟太子提起的。

下午一行人驱车去看加工厂，一起拜访了当地政府，这次发言天雅是准备过的，她代表天贺集团响应国家号召，投资向实体倾斜、向新能源产业倾斜，同时积极地带动当地经济发展、拉动就业，这些都是当地政府热切期待的，效果非常好，当地政府虽然没有真金白银能共同投资，但是承诺这一个地区的资源加工整合都可以签给国强。有了这个政策，未来下游企业会主动地上门来投怀送抱，而且至少在这一地区不担心扎堆竞争的问题，富总频频点头。

晚上天雅站在酒店的窗前，眺望乌鲁木齐的夜景，远方是积雪的天山，微凉秋夜，不禁想起"怀君属秋夜"，秋天令人伤怀、令人幽思、令人想起吴老板，天雅把这个诗句发给吴老板，他没有回。现在是北京时间一点五十分，万籁俱静，吴老板应该已经睡了吧。听媛媛说限制出境的问题解决了，但是目前天雅却忙得走不开。吴老板在香港的作息和在北京的时间不太一致，天雅早晚找他的时候他经常不方便，有几天没联系上，吴老板也挺不好意思的，经常把自己的日程表给天雅发过来，上面从早上到夜里排得满满当当的，天雅只能安慰他说："不方便就不要耽误工作了，反正联不联系的都缓解不了我对你的思念，干脆就让我自己难受就行，别耽误你的事。我只要知道你心里有我就行，联系不联系的都不要紧，我在别人面前一直都是高冷寡言绝不会透露出任何痕迹的，就是相思要命。"吴老板回得比较简单，倒是让天雅直翻白眼，一下子就不顾影自怜了："你就算要死，也等我回来干完你再死。"

盘点一下今年的利润，飞飞的股票已经过了锁定期，股价也比去年涨了三倍，如果目前退出能带来巨大的获利；但是天雅记得吴老板说过飞飞科技最终是要拿控制权的，能不能退她要请示吴老板，之前吴老板说他考虑一下。还有今年一定要从伟盛那里收到保理公司卖老股的钱，这点天雅叮嘱李拉了。交易部今年也动用了几个亿的资金，收益一般般，年化20%，和大盘的涨幅差不多，有点差强人意。总体算下来，今年公司的现金利润应该能有四个亿左右，浮盈二十个亿左右，虽然这和集团控股的金融公司动辄几十亿的利润、几百亿的浮盈没法比，但是这对于刚成立不到一年的天贺资本来说已经是相当亮眼的成绩单了。

天雅正要去洗澡富总来电话了，因为明早天雅就要启程去其他城市了，富总特意嘱咐一下让天雅的团队帮他把好关，然后又提到了Mike，他刚刚带人去访谈过富总。最后富总说，晚上吃饭的时候听说天雅喜欢日本料理，他知道北京有家特别好的日料店，推荐给她。

对于Mike，富总简单的一句话就说明白了自己的意见："我早就上了OA管理系统，但是这种事我以后不会再办了，不实用。"意思是以后不要让Mike再来了。这件事情和天雅从别人嘴里得到的反馈是一致的，这些上市公司并没有像Mike预计的那么欢迎他。其实天雅静下来想想，能和天贺合作的上市公司，要么是资金紧缺疲于融资的企业，要么是主营业务增长乏力寻求其他方面并购期待获得突破的企业，这些合作企业最需要的，是解决融资、解决抓住风口的问题。天雅给Mike发了语音，让他把工作思路转换一下，在访谈的时候从上面这两个方面入手，看看会不会有更好的效果。同样地，天雅也把这个思路分享给了范鹏，毕竟投后管理负责实施的是他带出来的人，大家都去赛跑，谁最后能跑出来天雅就用谁。

这么晚了，李拉居然还没睡，她给天雅分享了一首老歌《女儿情》，是苏总分享给她的。天雅感觉李拉这个状态怎么看怎么像谈恋爱，聊起苏总就滔滔不绝、兴高采烈的，真是公费谈恋爱。但是她又有点为李拉担心，毕竟这个圈子不大，江海和伟盛离得不远，她有意跟孙洋八卦过苏总的情况，苏总和他老婆是大学同学，有一个女儿刚高考完，伟盛的姜总给苏总老婆安排在伟盛财务部上班；孙洋特意说，苏总老婆出了名地凶悍，经常因为加班、出差嚷嚷，闹得全公司都知道。天雅暗自为李拉捏把汗，但是转念一想，自己还有闲情逸致为别人担心？

第二天吴老板回的信息只有一个字"出"。天雅看到就明白了，她没有问为什么吴老板改变思路不去拿飞飞科技的控制权了，吴老板有他的考量。两年后天雅目睹了飞飞科技的石总被撤职调查，也看到了好几个资金方想用钱买飞飞科技的壳而不得，都陷在这个泥潭里，她就知道当初吴老板之所以能看得更远，肯定是因为有人带他飞。

减持这件事情不能让她之外的任何人知道，表面上天贺资本和一个券商推荐的减持团队谈好了委托交易，背地里吴老板找了一个朋友联系了天雅，把一共要在二级市场上退出的股数和退出安排都筹划好了。退出在二级市场上进行了两周，股价是平稳地往上走，越卖越涨，甚至最后一天卖出的时候达到了一年内的价格最高点。天贺总共减持了4.97%，五亿现金收入囊中，当初进入成本是一亿五，扣除资金成本和税费，净利润有两亿七。在路上算计的时候天雅还没有概念，这下真金白银到手了，她才意识到，这种感觉真是太好了。

减持完成的时候已经十二月份了，天雅忙完一个段落终于可以去找分开了好几个月的吴老板了，只是她要带着团队一起去汇报工作，同去的还有集团其他团队。事情出乎意料地顺利，联交所批准了收购香港上市公司控股权这个交易，香港上市公司更名为"天贺资本"，批准这个消息放出来的当天，股价瞬间上涨了200%。联交所下了函件要调查股价异动，但是买入的多是境外资本和财团，天雅也让法务部发表澄清公告，天贺资本和股价异动无关。这是她作为上市公司董事长签署的第一个文件，她自己心里也清楚，买入来帮着抬轿子的肯定是他找来的"朋友"。这次去香港，一来是为了犒劳一下在香港辛苦打拼的同事们，二来是亲自处理一些需要董事长签字的事情，三来是见吴老板，这才是最重要的事情。

天雅带着团队负责一行十人，分三辆车驶进吴老板在香港的庄园。来庄园的路上可以俯瞰香港的车水马龙，高楼林立，庄园里面却一派安宁。一进到这里，天雅一度恍惚以为是北京，庄园里面的园林和装饰与北京无异，一样的迎宾喷泉、锦鲤鱼池、内置假山，池畔有临水茶树，花木葱郁，松、柏、槐、榕、桂、紫薇、茶花、杜鹃、九里香等在湿润的南粤气候里花繁叶茂，仿佛在提醒天雅这里不是北京。庄园内不仅广植四时常欣的奇花异树，更精心移植来众多百年以上的榕、柏、紫薇等珍贵古木，衬以姿态色彩各异的奇石，营造出一种在大都市早已销声匿迹的山林野趣。

临近庄园建筑物的时候，一排名车整齐地停在那里，天雅看到吴老板刚到，他依然坐着一辆路虎，下车以后前呼后拥的还是一帮子人，只不过面孔都不认识。天雅团队给吴老板带了礼物，一批宝石龙定做印有天贺标志的皮质文件夹和台湾保健品公司生产的保健品，另外富总从新疆的朋友那里拿了两块玉石，每块不低于一百万，托天雅带给吴老板。一行人等了十分钟进到会客厅的时候，上一个团队的人刚汇报完，脸色都不太好看。吴老板本来在皱着眉抽烟，看见天雅带人进来了，她新买的套裙很亮眼，马上脸上有了笑容，猛吸了一口在水里按熄了烟，同时让人打开了屋里的空气净化器。

"两个多月不见，您瘦了。"感觉就像是几年没见，吴老板的眼里像有一团火，紧紧地盯在自己身上，她不敢直视他的目光，怕自己控制不好会着火，只能故作大方，微笑着开场。

"有那么久没见了吗？我怎么没有感觉。"

吴老板这么说的时候，天雅差点忍不住掉泪，她清楚地记得上次见面的时候他还在床上跟她约好了同去东京，这一别竟然就到了现在，而最委屈的是，好不容易见面了又不能在旁人面前表露出分毫。

汇报完工作，吴老板非常满意，他提出了几个明年的业绩指标，包括净利润要达到六亿，浮盈三十亿，管理资产规模要到二百亿，合作的上市公司到百家，等等。可以看出来团队的成员里，吴老板最喜欢的是肖轩晖，其次是互联网 MD 朱浩，因为朱浩带来了好几个项目让吴老板耳目一新，而且上市公司海星股份被互联网巨头借壳的案例就是他自行承揽的，这是个亮点。吴老板看到朱浩手腕上戴的百达翡丽的手表，跟他说别人送过自己一块一直没戴，等朱浩回北京了会让秘书拿来送给他，朱浩有点征求意见地看了一眼天雅，天雅微笑着点了点头，他才谢过了吴老板。

晚上吴老板宴请了大家，还是跟在北京一样的菜谱，连酒都还是茅台，最能喝的就是王吉。说实话，如果能不参加，天雅根本一秒都不想多待，因为她觉得不自在，她真的无法表现得像吴老板那样泰然自若，她更怕被人发现她竭力隐藏的不安，所以她说话很少，李拉还以为是刚刚吴老板的指标下得太高了让天雅闷闷不乐，就发信息给她让她放宽心。吴老板的一个助理悄悄走到天雅身旁，俯身跟她说，集团子公司的一把手来香港以后都可以住吴老板的别墅，问她住不住，天雅马上同意了，吴老板必然是安排得天衣无缝，也不枉她日思夜想了这两个多月，之后她就明显地开心了。

晚宴完毕，天雅团队相互搀扶着回了酒店，天雅喝得不多，上了一个助理的车到了别墅。助理把她送进门，告诉她楼上右手第二间是她的房间，里面什么都有，明早早餐在楼下吃，如果缺什么东西随时联系他，因为她没有箱子需要搬他就不上去了，怕不方便。天雅听到最后一句的时候还有点不好意思，他怎么知道不方便？不想这些先上去洗澡晾着头发等他。

天雅往楼梯上走，突然看到集团另一个女高管穿着睡衣从楼上走下来。这是怎么一回事？助理送错地方了？这个别墅是吴老板后宫？今晚难道是一堆人侍寝？天雅僵在这里没说出话来，对方倒是大方地打招呼了，说自己是昨晚过来汇报工作，明早的飞机就走了。看天雅应该是头回来，估计不熟悉，她介绍这个别墅并不是吴老板本人居住，真的是给集团子公司的一把手准备的，今晚这里除了她们，还有其他两个子公司的男负责人，一般是男的住三楼，女的住二楼，厨房、客厅、活动室、洗衣房和餐厅在一楼。然后她带天雅来到房间，每个房间都有独立的浴室，里面一应俱全：全新的内裤、袜子、真丝睡衣，甚至面膜都有。吴老板本人有洁癖，住外面的酒店常年包房，全球的办公地都有别墅，行踪不定；让高管入住别墅估计是笼络人心，出入都有助理和用车，他也好控制。对方本想和天雅聊聊业务上有没有合作的机会，但是看天雅一副无精打采的厌世脸，还以为她被老板骂了或者压力太大了，就回屋了，留下天雅一个人待在屋里。

早知道这样还不如跟李拉去住香格里拉，晚上还能出去逛逛夜景和夜市。天雅不甘心地给吴老板发信息，问他在哪里，吴老板回得很官腔："有什么事情吗？如果有任何不清楚或者需要的地方可以随时找助理，助理就住院子里的后面一栋楼。"好吧，看来吴老板说话不方便，天雅只能闷闷不乐又无可奈何地去睡了。她夜里好几次看手机上的信息，就是希望看到吴老板找她，但是并没有。

第二天一早她没有在这里吃早饭，而是直奔中环的办公室，李拉说带她去吃好吃的。当初茹萍选址的时候没少跟天雅汇报，写字楼是公司的门面，还要靠近半山、兼顾餐饮，最后就选定了长江。李拉选的地方在通往中环中心的小巷子里，她超爱这家茶餐厅的沙嗲牛肉米线，李拉边等边给天雅讲自己昨晚买药的奇遇。

昨晚李拉头疼去酒店旁边的药店买止痛药，进去的时候她刚好戴着耳机在打电话，药店的服务员看她是大陆口音就给她推荐西洋参，说了半天她也没听，就接了句话"嗯"。结果对方麻利地拎出西洋参就切片，跟她说称重的，价格是八万多港币。销售得意地看着她说都切了，不能不要，否则就报警。李拉也同意报警，她的律师证不是白拿的，她在打电话的时候就一直在录音，放录音给警察听，她从头到尾都没有在言语上承认要买并同意店员切片，她要告店员欺诈。这招估计也不是店员头一次耍了，原来住在周围的大陆土豪没少被坑过，这次栽在李拉手里。

两个人吃得爽了，在中环中心蛋糕店给办公室的人打包了面包奶茶。上午到办公室已经是十点了，大家都到了，天雅在办公区域随性地表扬了大家，虽然香港办公室只有不到十个人，但是都穿得非常职业，站得也非常笔挺，鼓掌的时候特别齐，看来茹萍是用了心思的。天雅说得很直接：希望他们再接再厉，在项目并购上发力，争取再下一城，年终好发钱。还没有在办公室坐上一会儿，助理通知天雅，中午要参加吴老板的家宴，准备出发了。

路上是茹萍陪着天雅过去的，等到了那里她再独自返回，争取更多的时间跟天雅当面交流。因为头一天在吴老板面前，肖轩晖出尽了风头，茹萍心里觉得委屈，自己抛家舍业地在香港出差这么久，方方面面都照顾得很好，在吴老板眼里还不如一个翻译；不但如此，香港上市公司未来的运作还不明朗，她对于自己未来的职业发展也有些困惑。天雅安抚了她，告诉她自己已经看到了她的能力，会和吴老板说让她回北京带团队，给她成长的空间和时间，让她放心。

吴老板的别墅正好望着赤柱湾的海岸，海水在静静地流淌。他家里还是同样的装饰风格，刚进门的地上铺着一张完整的白熊皮，换了拖鞋进到会客室，吴老板正在和一帮说着港式普通话的人聊天，经介绍得知有香港科技局局长，还有几个香港上市公司的实控，客套之后送走了他们，吴老板安排完工作就站起身来，跟天雅说："我们出去走走，也迎迎客人。"天雅跟着吴老板后面走出别墅，她见没有人跟随了，有点嗔怪吴老板："昨晚怎么不来陪……"

"这周围到处都是摄像头，说话注意点。"吴老板没等她说完就严肃地制止了她，天雅很快冷静下来，间隔半米跟在吴老板斜后方，恭敬地听他说话。

"香港的经济基本是控制在一个十几人的小圈子里，他们抱团做生意，等会儿我会带着你见几个人，你尽量少说话，多听他们说。"吴老板走路的速度很快，很快就走到了大门口，两个人站在那里等着的时候，吴老板微笑着缓和一下气氛，歪头对天雅说，"这段时间，辛苦你了。"

"你……有事吗？"天雅迟疑了一下，还是忍不住问出了口，现在整个圈子里都在传言吴老板出事跑路了，虽然她在别人面前对这种说法嗤之以鼻，但她心里也有点打鼓，不希望自己是最后一个知道的，"我听说上面正在让你配合调查。"

"没事，我都没有被边控，过段时间就回去，放心吧。"吴老板有点不悦地看向别处，向斜上方伸出自己的右胳膊，晃了晃手，没几秒钟不知道从哪里跑来一个助理，拿着一支烟放到他手上，并帮他点上。天雅咽了口唾沫，没说话，看来他们的一举一动都时刻有人关注，默默地看着他皱着眉抽烟。看天雅的脸色并没有转晴，吴老板明白她在担心自己，抽了一口，往其他地方吐着烟，说："二十多年了，我每天都在这样生活，从我去地方上挂职的那一天起，这种谣言就没停过，我都习惯了。你也是做大事的人，不要太在意这些流言蜚语，有限的精力先做好自己的事。对了，你现在还是一天睡四个小时吗？这样下去你的身体会出大问题的，一定要注意！"天雅心里对吴老板是心疼的，他到底是有多么刚强，才能不畏人言，在资本市场杀出一条血路来；即使被怀疑，他都能体谅自己是为了他着想，反过来安慰和鼓励自己，他在她心里就像太阳一样散发着光和热。

一支烟还没有抽完，好几辆车缓缓地驶过来，吴老板灭了烟亲自上去挥手，对方看到他，推开车门要下车，吴老板赶紧走上去按住车门："你腿脚不方便就别下来了，直接进去吧。"这几辆车就先开进去了，等吴老板他们走到别墅门口的时候刚好碰到，为首的一个上了年纪的拄着拐杖的看到吴老板就微笑着伸出了手，说："好久不见了，你还是这么年轻，我已经不行咯。"

"年轻什么，还不是这么没心没肺地活着。"吴老板大跨步上前跟他握手，笑着说。两个人看起来很熟，互相扶着让着往别墅里面走，直接去的宴会厅。这次是家宴，吴老板带的是天雅、儿子和他的家庭教师，对方是一家子人，除了李老，还有他的儿子儿媳，以及公司信得过的两个高管。这是天雅第一次见到吴老板的儿子亮亮，看起来也就十岁左右，长得浓眉大眼很像吴老板，是见惯了大场面的人，毫不怯场，落座后他特意要了小半杯红酒，敬一下客人以表地主之谊。

　　天雅之前查过各种资料，吴老板没有公开的女朋友，曾经和几个女明星有过绯闻，但是他的投资本来就涵盖了娱乐圈，事后都澄清了说是工作关系；市面上流传出来的他老婆应该是他前妻，天贺集团内部都管她叫琳姐，这是个不简单的女人，比吴老板大一岁，帮着他到了现在这个位置。这个孩子应该是他和琳姐的孩子，天雅想着。

　　吴老板夸了半天李老的为人和齐家之道，希望两家的世交常青，今天带天雅来参加，是因为李老的儿子儿媳都是留洋回来的，让天雅陪他们更有的说一些。吃喝还是那些东西，本来吴老板准备了四瓶拍卖得来的茅台，但是李老坚持中午只喝红酒，所以宴会以聊天为主；家里的几个菲佣很勤快，基本上吴老板一个眼神就出现，拿什么东西比画一下就明白。酒过三巡菜过五味，亮亮和家庭教师就先离席去学习了，李老那边的两个高管也先告辞了。吴老板跟李老聊起儿子的教育问题，羡慕他儿子一表人才，李老十分谦虚，说自己几十年都准点到公司上班，就是儿子接班了他也不敢完全放手，能陪着走多久就走多久；吴老板何尝不是这么想的，他最大的问题就是亮亮太小了，他至少还要坚持十多年才有可能退休，他抱怨着本来孩子的事情他一概不管的，但是男孩到了十岁妈妈就完全管不了了，他是被迫接手，不但要工作还要管孩子，天天脑壳痛。

　　饭后吴老板拉着李老去另一个房间谈事，天雅和李老的儿子儿媳坐在沙发上聊天，虽然他们的港式普通话有些拗口，但是大家都是同龄人，聊得还不错。聊他们两口子怎么认识的，当初在国外留学都有什么趣事，吐槽一下美国的中餐馆水平，儿子对华尔街的对冲交易十分了解，大家聊聊有没有可能把这种模式引进大陆，合规操作。等送走了李老一家人，吴老板交代了下午还有三拨客人让天雅陪着一起见见，他先要做一小时的普拉提，本来天雅想陪他一起做，但是她没带健身服，女式的健身服吴老板不可能给准备的，只能作罢。

　　第一拨客人是三个大佬，其中一个地产商目前持有的股票市值是三百亿港币，大家各自谈好出资一百亿，预计可以至少把市值拉到九百亿，这样既可以解决融资又可以大赚一笔，他们拉吴老板参与，这样赚的钱再投资到大陆也方便，吴老板并没有明确表态。

　　第二拨客人是香港几大基金的负责人，他们给吴老板汇报香港股市情况，最明显的特点就是流动性头部集中，吴老板希望能和他们保持密切的合作，把自己的商业版图扩展到香港，带着大家一起赚钱，需要大家有钱的捧个钱场，没钱的找点钱捧个钱场。虽然没有对各位基金经理说任何利好或者宣布和哪个上市公司合作，但是明里暗里地，吴老板提到了第一拨客人需要拉的股票。

第三拨客人是一个女士带的老外团队，在外国投行混过的人模人样的，来跟吴老板沟通考察欧洲的事宜，肖轩晖做现场翻译，本来天雅是想直接跟老外用英语交流的，但是毕竟不用英语办公好几年了，怕业务生疏出糗，而且有个翻译缓冲她也有更多的时间思考和组织语言，所以她也决定以后都用翻译。会议中能看出来吴老板还是比较推崇国际精英的，肖轩晖也在推波助澜，对吴老板的一些提问经常回答"确实是国际惯例"，"根据华尔街的习惯"，这点让天雅特别不爽，肖难道不应该帮着自己人说话吗？另外肖表态之前，应该先征求一下自己的意见，他昨晚肯定已经拿到了今天会面的通知，或许连会谈的内容都拿得到，为什么没有上报给自己？让他表态的时候为什么没有让天雅先说？相比较起来，朱浩虽然不是金融机构出来的，做人比肖强不少，至少知道谁是领导。天雅盘算着自己不好说，有机会让刘伟或者李拉敲打一下肖，否则对他外貌的好感也支撑不了这令人不满的处事方式。

来访女士反复提及自己有多么深厚的人脉和背景，这种优越感让人作呕。既然吴老板看好，并一口答应下来去考察，天雅也就不好再说什么，她本想建议吴老板做国外项目的时候至少聘请当地的律师团和中介，并且肖轩晖的水平还没能被完全印证能不能独当一面，要聘请专业的团队来谨慎从事，天雅在美国工作过，她的经验告诉她，外国人并没有多牛逼，但是他们善于把中国人拖到不熟悉的领域，然后再用信息不对称来碾压。吴老板面前谁敢提不同意见，即使是天不怕地不怕的天雅，那也只是曾经，现在不能经常见到吴老板，万一说错话了她都没有把握下次什么时候才能见面。天雅几次张开了嘴还是把话咽了回去，如果因为自己泼凉水就耽误了他的大事，吴老板肯定不高兴，还是私下说比较好。

晚上吴老板还是在宴会厅宴请几个好朋友，整个气氛比较轻松，工作谈得少些，更多是叙叙旧。有两口子一起来的，男的是境内上市公司实控也就四十岁，他夫人看起来很年轻虽然妆很浓，宴席上就天雅和他夫人两个人岁数相近，吴老板安排她们座位挨着方便聊天，但是天雅跟她说了几句之后就发现无法聊到一起，化妆品和时装都是天雅的知识盲区。这两口子通过上市实现了财务自由，有了钱不知道该干些什么，就把钱投给吴老板或者跟着他投资，赚到了钱就更信任吴老板，希望把上市公司都交给吴老板打理，唯一工作就是花钱。两口子真是一对，女的喜欢奢侈品，男的喜欢海外房产，跟大家聊的不是曼哈顿的公寓就是布里斯班的海景别墅。还是吴老板比较会带节奏，他跟这两口子说当前最赚钱的投资就是入股天雅的香港上市公司，这就是未来的股权私募第一股。天雅也顺势介绍了一下目前公司项目的收益情况，两口子听得连连点头，打听了半天如何在港股开户购买。

还有一个聚会的开心果 Jim，大家都喜欢调侃他，他跟吴老板称兄道弟，看起来也就四十多岁，听了好久并不能听出来他是干什么的，只知道他上周还在美国打高尔夫，今天在香港跟吴老板吃饭，明天就和上面那两口子去新加坡看楼盘。他最近正和一个港星打得火热，这个女明星长得美，身材好，就是脑子乱乱的，吴老板老用这个女明星调侃他："她来我这里吃过饭，那会儿她刚失恋，我看她那样子挺可怜的就问她想找个什么样的男人，我可以帮她推荐推荐。结果她说，要真正的男人。我还以为是我没说清，只能挑明了问她，是找个有钱的，还是找个人好的。结果你猜怎么着？"桌上的人都催他说下去。

"她居然在饭桌上，当着十几个人，说，就要找个能干的！对，就是明说要找个床上厉害的，当时我都接不下去话了。"一桌子人哄笑起来，Jim 也讪讪地笑着。吴老板边坏笑，边用明显的眼神瞟了一眼 Jim："别不好意思，这说明你小子够能干的啊。"笑声更加此起彼伏，Jim 不好说行，更不能说自己不行，只能招呼喝酒，但是他很快想到一个能让自己脱身的梗，爆料了旁边的大哥："Tom 哥比我还厉害，平白无故多了个十六岁的儿子。"

旁边的 Tom 哥无辜中枪，他看样子比吴老板大些，肚子不小，有些慈眉善目的样子，看来年轻的时候也是风流倜傥的一把好手。他想着打个哈哈就过去了，没想到八卦群众揪住他不放，只能无奈地讲述：他一直在香港、美国地跑生意，前些日子在美国一个女的领着一个十六岁的男孩去他办公室见他，他只觉得女的面熟但真的记不清是谁，女的号称这个男孩是他的，自己养了十六年，实在是管不了了，留下男孩走了。他根本不信，以为是诈骗，无奈带着孩子去做了亲子鉴定，发现还真是他儿子，赶紧联系女的，对方说了当初一夜情是你情我愿，对方不差钱也不用他负责任，这么多年以来没有跟儿子提过这件事，就是儿子到了十六岁实在不听话才万般无奈地甩给他，只求能脱手不管了就行。现在 Tom 哥这个郁闷，家里的老婆勉强接纳了，儿子从小在美国长大，满口英语，中文都不会说，或者是不跟他说，而他除了打钱也管不了这个凭空掉下来的儿子，给儿子申请转学到香港，希望把他带在身边看着他，但是儿子动不动就往美国跑。桌上的人都感慨教育孩子不容易，饭桌上挺欢乐开心的气氛一扫而光。Tom 平静地讲完后居然情绪失控地擦了眼泪，他自己都不好意思，双手合十给大家作揖抱歉，Jim 搂住他的肩低声安慰他，他微笑着说："没事没事，就是原来不知道有这个儿子，他怎么样都无所谓，现在知道了，才让人放心不下了。"

Jim 跟他说："老哥啊，人家女方帮你生了孩子，又自己带了十六年，你就知足吧！"

Tom 哥有感而发："当初刚知道的时候，感觉对不住她，后悔年轻时候太冲动，她不要钱也不用我做什么，觉得亏欠她。但是现在我有时候挺怪她的，毕竟是我的儿子，我这一辈子都对他负有责任的。要是当初她能早点让我参与到儿子的生活中，或许现在我也不会这么痛苦和内疚。"

Jim 一看 Tom 哥真的走了心，马上岔开话题转到女明星身上去了，说对方多么多么黏人之类的。天雅在 Tom 哥剖白内心的时候看向了吴老板，或许他也感同身受；果然他眉头紧皱，注意到天雅的目光，他看了天雅一眼，这一眼里面仿佛有些话要说，但他很快就收起了这种情绪，作为主人用眼神让菲佣给 Tom 哥拿条热毛巾擦擦脸，自己的情绪还是等有时间再照顾吧。

晚上天雅给吴老板发信息提前问明天的安排，她有个校友，有金融牌照做过天贺资本的通道方，所以结识，对方知道天雅到香港约着一起坐坐。吴老板问起是哪家，听她说了，电话里顿了一下，她能听出来吴老板不太高兴："你就不能认识点层次高的人，你看你认识的都是些什么人！"

天雅被说了自然心里不服，她努力为自己辩解："对方是校友，在香港上市公司任董事长，还有……"

"不要浪费时间，以后别和她牵扯。和什么人交往是做人做事的基础，哪些人能交往需要你自己分辨。以你的才能，应该相信自己能做到的！"没等天雅说完，吴老板就挂了电话。他也没说到底为什么对方层次低，也没有说怎么才能定义层次高，天雅实在是参不透，满脑袋问号。都答应了人家，正常的业务拜访她没想到吴老板会反对，只能让李拉替自己去一趟。

第十四节

天雅在香港的三天行程安排得满满当当，海洋馆迪士尼压根就没空去，本想请香港团队去兰桂坊放松，也因为天雅住在别墅晚上不好意思太晚出去而作罢，只能让李拉代表了。走的时候天雅本想买几本在香港地区才有的书带回去看，又被李拉警告怕回去入关的时候有麻烦，索性什么都没带。

临出发那天，吴老板趁着客人没到的间隙让助理拿过来一只施华洛的水晶腕表，拆开层层的盒子递给天雅，天雅问他这是什么，他说这是他统一买的，送给集团女高管的新年礼物，虽然日子还没到但是他想亲手给她。天雅平时不戴表，而且这不是吴老板专门买给她的，这次来香港，天雅期待的是补上之前没去成东京的缺憾，没想到吴老板并没有任何机会跟她卿卿我我，连送的礼物都这么毫无新意，天雅一脸的不悦，吴老板扔掉了包装和盒子，他看出天雅的脸色和不屑，他心里有点不爽，能看出来他觉得这块表跟天雅的气质还挺搭。他把表甩给她，一脸不高兴："你要是不要就扔了。"天雅马上感觉自己做得不妥了，她皮笑肉不笑地说："感谢老板，哪能不要呢。"

吴老板看了一眼周围没助理，他压低声音对天雅说："我知道这个表也就万把块，你非要一百多万的表吗？"天雅能看出来他是认真地问的，她低下眼皮，无奈地说："不用。我不戴手表。我缺的不是手表。"吴老板从眼镜后面瞪着天雅刚要发声，助理走过来说客人到了，吴老板马上转头对助理说我们走吧。

回来的飞机上，李拉和天雅一直在聊天，李拉说起了她替天雅去拜访那个校友，跟天雅想的不太一样。香港办公寸土寸金，天贺资本在香港只有吴老板有单独的办公室，其他人都是大开间；而走进校友的办公室，就像走进酒店大堂一样敞亮，秘书都是脚踩平衡车；她的办公室三面的落地窗，背后一面的墙上挂满了人像画，开始的时候李拉没注意，后来一细看人像居然都是对方本人，作者都是当代书画大家！再看对方的穿着，Prada当季的限量款连衣裙，手上戴着传说中一百多万的手表，而且举手投足流露出的都是只有钱才能堆砌出的高级感。这位姐皮肤特别好，李拉恭维她"天生丽质"，她立刻给李拉讲了自己在楼下投资一家美容院，主打的都是最新的科技美容，包括金雕做脸（李拉没听懂这是什么鬼）、热玛吉紧肤除皱等，好多明星来这里包场做，她自己也会定期做。李拉跟天雅感慨："哪有什么岁月静好，不过是有钱任性。"除了面容精致，身材也十分凹凸有致，让李拉十分羡慕，当李拉得知她已经生了三个孩子，目前最小的孩子还不到一岁的时候，她感觉简直别活了。对方特别会生活，跟李拉聊了很多饮食上的注意事项，不知道是不是因为常年生活在香港，她特别推崇燕窝，早晚都会喝，而且标榜自己每天十点钟睡觉，熬夜的女人老得快。

天雅有点惊诧，同是香港上市公司董事长，她每天夜里十二点前能睡觉就阿弥陀佛了，一周里面她只有一两天能这么早睡。她让李拉先别扯那些没用的，说说业务上有没有什么合作空间，她最近在看什么投资方向，李拉说："我跟你说你别不高兴，你这个校友不太像是做业务的，而且她生怕别人不知道她和集团一把手的关系，她说她爸在国内是将军，但是看得出来，她再没有提到一点关于将军的事情。她这么以大婆自居，又不敢说自己是一把手的老婆，一看就是通过生孩子上位的小三。"

天雅一贯相信李拉的判断力，她终于明白了吴老板为什么不高兴她去见对方。她感觉心里有点乱，跟李拉说自己要休息一下，就戴上了眼罩。她心里有点不舒服：她认为自己本质上和对方是不一样的，虽然她渴望成功，但是她有底线；她需要的是机会，不是别人的赏赐。但是探究一下自己的内心，她极力隐藏的、想去否定的就是她始终不敢面对这个灵魂之问：她有没有借助和吴老板的感情达到目的？这个问题她始终不敢触及，虚张声势地告诉自己没有，其实是她没有勇气来面对。她尽力说服自己，和吴老板的感情是纯粹的，他给她的所有东西都是老板对业绩突出的下属一视同仁的礼物；吴老板对她的要求是努力工作给公司赚钱，并不是给她在半山买豪宅、做个挂名董事长给他生孩子。想到这里，她内心好受了一点点，随之而来的纠结又缠绕着她：那么吴老板对她的感情是什么呢？是不是看在她能为自己赚钱的分上配套给她的呢？

回到北京，天雅刚一上班就把吴老板送的手表给了别人，给得太随意了以至于根本不记得到底给了谁。这次去香港，天雅太失望了，从情感上自不必说，从事业上吴老板也并没有过多地倾斜资源，没有表态要让天雅去跟进境外项目，这让天雅感觉更沮丧。她摘取了一段《甄嬛传》中的词发给了吴老板：
"春日宴，绿酒一杯歌一遍。再拜陈三愿：一愿郎君千岁，二愿妾身常健，三
愿如同梁上燕，岁岁长相见。"吴老板马上就回了一个"好的"，一看就是他在
忙根本没看随便回的。这个猪头，到底知不知道自己心里的失落。

直到手机不停地振，她才看到吴老板给自己打电话，说让她帮着写今年
的工作总结，并希望天雅能代表他在集团的年会上发言。说这句话的时候吴老
板相当地志得意满，估计是等着天雅的感激，这件事对于她来说是种公开的肯
定和认可。帮着写东西天雅马上就答应下来，但是代表他发言没同意。她不是
不识抬举，而是依然记得前年金娜代表吴老板发言的时候台下一众高管难看的
脸色，吴子牛的嘴都要撇到耳朵下面了，她不想成为众矢之的，建议还是让吴
子牛代替吴老板发言，吴老板沉默了一下说，还是自己来吧。

平时天雅的其他手机都让秘书帮着拿着处理工作，她自己手里的号码是
不公布的，一般只和吴老板联系。秘书有一次专门请示，有猎头的电话，要不
要接，这种电话天雅避之唯恐不及，吴老板这么多疑这是大忌，天雅嘱咐，以
后只要接到猎头的电话，立即挂掉拉黑。

因为飞飞科技的顺利退出，有几家专门做排名的机构找上门来，要给飞
飞项目颁奖。刘伟最近招聘了负责公共关系和舆论监控的新同事小鹿，她原来
在主流媒体做财经板块，对公司的业务熟悉得很快，比集团公关的团队更接地
气、有的放矢。年底参加两个主流排名机构的颁奖就是小鹿接洽的，除了飞飞
项目，还通过赞助的方式，让天贺资本进入私募股权前十。这个钱该花，目前
的项目和资金资源大部分是吴老板给的，在市场上有了名头可以让天贺资本早
日真正独立。小鹿还给天雅争取了新锐投资人奖，天雅就是团队的牌面，只有
把她打响了才能更好地推广天贺资本。为了全面地配合宣传，天雅带着团队去
照相馆按照名利场常见的模式，穿正装照了宣传照，让小鹿全面负责统筹宣传
文案的书写。

天雅带着李拉、范鹏、Mike 和苏珊来参加颁奖典礼和晚宴，小鹿早就在
那里等候了。会场里十分燥热，天雅穿的 Gucci 秋季的连衣裙刚刚好，一度热
得她都想去卫生间把腿上的丝袜脱了，想到光腿的拍照效果不好才一直忍着。
有一个环节是邀请嘉宾上去座谈，天雅提前准备好讲稿，上台以后她发现舞
台上的灯太亮了，睁开眼也根本看不到下面有什么，就是黑漆漆的一片；但是

领奖环节和主持人的追捧让她感觉非常好，好到她根本不想从上面下来。尤其当她站在满是鲜花的致辞台前发表获奖感言的时候，周围密集的相机对着她拍照，底下不绝的掌声，她脸都笑僵了。

宴会的时候频繁地有人来敬酒，苏珊一直不停地在替她收发名片，还有微信加好友，很多标的方希望她能去看看项目，其他的机构要一起合作。宴会的香槟塔一茬接一茬，觥筹交错中天雅感觉自己从未如此引人注目，她闻到了各种混合的香水味，让她沉醉其中。

当晚宣传的通稿就出来了，里面的照片都是美美哒，连原本有点谢顶的范鹏都发量感人，文字句句都是低调的赞美，大家都很满意。等着颁奖机构确认了，小鹿最先官宣，天雅看到所有同事都在朋友圈里转发获奖的新闻，一度刷屏，内心激动不已，她自己编辑了一段话，感谢大家的支持，今后会再接再厉带领天贺资本走向辉煌，和获奖链接一起发在自己的朋友圈里，瞬间点赞的人多到了省略号。此刻其他原来看轻她的人是不是能看到、会不会觉得打脸，她都不关心，吴老板为她点赞了，这就是她唯一关心的。

天雅还接到了司机小马的电话，祝贺她获奖，小马去了天贺集团旗下的小贷公司做副总经理，但是刚刚起步，希望天雅能多支持业务。天雅不但满口答应，而且还立即帮他联系。这个电话有点耐人寻味，小马这种级别的人她口头招呼一下就好，但是小马什么都清楚，他张口，天雅不得不给面子。天雅电话孙恒，让他和小马联系，有业务多招呼给小马。

孙恒一口答应下来，顺便和天雅汇报之前融资的财顾费分配，天雅的一千万没要，但是孙恒心里过意不去："你放心，你那份钱就是暂存在我这里，我心里都给你记着呢，我都放在银行做现金管理，什么时候你要用只管跟我说，随时支取，只是现金超过二百万需要提前一天跟我说。"

天雅不是不爱挣钱，而是爱惜自己的羽毛。做中间人来钱快，但毕竟是灰色的，她所谋者大，挣钱够过普通的生活就好了，她的目标，是像吴老板一样，建立自己的金融帝国。但是她话还没说完，孙恒就打断她："我知道你不要钱，你也不爱花钱，但是你不能光想自己，这些钱能办不少事情，你不喜欢别人喜欢啊，万一有个大事小情的，也能留一手。"

"有道理。"

"再说了，你就不想想，这个钱用着多灵活，你有什么不方便做的，有什么特殊的关系要安排的，我就直接帮你打点了，都不经过你的手，只要你信我。"

"嗯，我记住了。你这么说确实提醒了我，凡是天贺和你有业务的，该送钱就送钱，让我知道就行。"天雅赌别人更爱钱，她不想去惹别人，但是她也要留一手，暗中攥着别人的小辫子总是没有坏处的。

年底的最后一周财务封账了，各种核算都在争分夺秒地进行，天雅每晚离开公司的时候都看到范鹏屋里亮着灯，他团队全员报加班晚餐。茹萍已经回到北京办公室，就坐在天雅门口苏珊的工位旁边，她和苏珊原来在香港就熟悉，关系很好，苏珊相貌平平但是做事踏实认真，她对于当秘书有点抵触，但是天雅承诺了只要她干满一年就让她重回业务团队，可以跟着茹萍，茹萍也承诺她如果未来投出去了项目，自己单独成立的投资部让她当部门副总，苏珊这才同意干的。

晚上吴老板来电话，祝贺天雅拿奖，肯定她的成绩，后面说到重点，是让天雅注意如何当一个一把手。他告诫她不要陷入到无休止的具体业务中，自己做确实是最牢靠的，但是领导者最重要的事情是指出发展的方向，过多的精力被牵扯到业务中势必会影响对大势的判断，得不偿失。同时，他告诫天雅不要什么都跟别人说，公司里都是同事，没有朋友，刻意地保持神秘感是必需的，坐在这个位置上的人都是孤独的，他希望她能更深刻地体会他的感受。吴老板问起了天雅的生日，马上就要到了，吴老板跟她说到时候送她个礼物，让她见识见识，这倒是让天雅心怀期待。天雅提起小马的事情，吴老板说小马去做副总是他安排的，反正小马也没什么事，这么多年开车他让人信得过，让他去这个位置上赚点钱。可见在吴老板心里信得过最重要，有没有本事倒不打紧。

挂了吴老板的电话，天雅梳理了一下目前的业务线条，公司的前台团队包括投资一部的李洋团队，二部的王吉团队，茹萍的上市小组，朱浩的互联网团队；中后台包括刚招上新人的法务部，Mike 的运营管理团队，范鹏的财务管理中心，还有刘伟的人力行政部，公司的组织架构已经初具规模，正式员工八十多人，实习生二十来个，每天在公司吃饭的就有一百人左右，还是忙不过来。根据刘伟统计，自愿离职的人员里面一半都是因为工作太忙无法兼顾家庭，所以她准备跟吴老板申请再补充两个业务团队。各个部门里面最不让她满意的就是 Mike，既不创造 KPI，还不是亮点，除了装逼之外没有任何干货。但是她注意到了在运营管理团队中的刘天伟，原来是范鹏的小弟，跟着江海文化一路做并购，比较难缠的陈总和孙洋对他还算认可，是个提拔的人选。

李拉来问天雅年会在哪开，天雅无所谓，李拉说要不去日本吧，其他子公司还没有在境外开年会的；天雅说你定吧，让小鹿安排就行，天贺资本的第一次年会一定要风风光光的，一定要邀请吴老板让他见识见识，要办得不同凡响。

新年将至，各个合作方、中介机构还有其他结识的个人或者公司给天雅寄来了各种礼品，快递堆在公司的前台让人无处下脚，很多东西天雅给公司的人分掉了，比如成箱的水果、熟肉，米面油优先给家里做饭的；空气净化器、加湿器、按摩椅就放在公司用，两台跑步机和两台单车只能分散在各个MD的屋里。天雅让苏珊记下寄来东西的人员清单，回赠印有天贺资本标志的各种礼品，不能失礼。吴老板人虽然不在，庄园会定期地给高管们送绿色无污染的蔬菜和肉蛋，天雅一个人基本不在家吃饭，这些东西也都给大家分掉了。这段时间公司的所有人都特别喜欢加班，因为天雅总在她下班的时候才想起来处理，谁在就发给谁，拎着蔬菜水果、鸡鸭鱼肉和米面油回家，大家都开玩笑感觉公司像国企一样，什么都发。

十二月三十一日决算大家都通宵加班，一号放假在家天雅也没休息，还要准备吴老板的年终总结。吴老板出口成章，讲稿一般只列提纲，但是今年他对其他子公司的意见很大："这帮人就是'南山群童欺我老无力'，今年一定要发正式文件好好敲打敲打他们。"自己的男朋友受气哪能坐视不理，必须出手，她以吴老板的口气写其他公司的工作点评是第一次。

一开始的大纲是吴老板留语音口述的，罗列了些具体的业务数据，天雅第一稿写了两个多小时，吴老板改动得比较多，主要是因为他喜欢简单明了的叙述，点评中书面化的地方很多，要改成他习惯的口语化方式，比如形容行业增长"好不到哪里去，但也不能坏到哪里去"；让大家努力"我希望我们在座的各位除了工作还是工作"；还有时代感强的，"建立一种比、学、赶、帮、超的企业文化"。但是一旦用一个多小时改好了一个子公司的，其他子公司的文件就不费力了。只是给自己的公司点评有点奇葩，天雅假模假式写了几个问题，实际上是变着法地自夸。

多年商场征战，吴老板的发言总是尽量深入浅出地阐释清楚自己的观点。他肯定能看出来天雅的小心思，写别的团队就是人员冗余效率低下、不思进取不求上进，写自己就是加班过多，不过他也没有点破，这是对她特别的宠溺。吴老板提起别人都是"那帮傻逼""他们懂个屁""别让他们掺和""我都懒得理他""不见，就说我忙"，提到天雅的时候就是"你跟他们不一样""你只管去做，有困难找我""别理他们，别跟他们一般见识""你随时找我，我随时方便"。这样的天雅越来越瞧不上集团其他人，集团唯一派到公司的财务人员，随着被发现一笔投资款打了两次而被开掉，换范鹏新招的人担任，会跟集团定期汇报，但是已经不会随时随地和集团据实汇报了。这其实是天雅的一种试探，如果集团有任何微词或者再派人来，她也接受，但是集团并没有，大家心知肚明地从此不提了。

集团的子公司很多都在楼里办公，其他公司的一把手会来拜访，天雅一般都让李拉或者范鹏见他们，她自己推说不在。虽然有傲娇的成分，但主要是吴老板不喜欢看到子公司一把手之间关系太好，而且天雅早就在书面上点评了他们的业务，总怕当面流露出一些蛛丝马迹不好收场。逐渐地，全集团都知道，天贺资本是老板直管，其他人管不了；天雅是直接汇报老板，其他人见不到。

曾经是天雅和王林求着财富公司帮忙发行产品，现在天贺资本在市场上打出了名头，也有了成功案例，财富公司都排着队求公司发行产品，天雅听范鹏说那家曾经和王林闹得不愉快的财富公司，专门在新年的时候请王林去马尔代夫玩了三天，求他大人不记小人过。王林也是心思活泛的人，他和几个同事凑了一百多万去买自家公司在财富公司发行的产品，再让财富公司把给销售的返点 2% 直接给他，年化收益率不低于 10%，比银行理财收益率高多了。但是凑钱凑到起投线严格说起来算违规，所以他不敢声张，就是同部门的同事知道，可以让财富公司退还销售返点他也没说，还是范鹏自己去买了产品觉得收益率没有他的这么高去问他才知道的。

第十五节

这段时间吴老板不在，天雅经常感觉莫名其妙地发低烧，吴老板天天催着她去看医生，化验没查出什么所以然来，为此她去私立医院找了个老中医，老中医一看她这个情况，判断是因为熬夜、思虑过度，引起的身体虚损，需要补益，说白了就是心里惦记着，压力大。天雅看着老先生意味深长的笑，心想，这难道就是传说中的"相思病"？自己还是把精力多放在工作上，一把年纪了，"老房子着火"还烧这么凶，自己都不好意思说出口，吴老板追问，她只是说多休息就好了，吴老板发消息过来："身体最重要，这段时间我真的感觉得到你的爱，我最担心的就是你！"

吴老板又让司机来给天雅送各种补品，阿胶、人参、鹿茸什么的，这些天雅不会吃还占地方，她还挺别扭的，特意问吴老板是不是每个高管都有，她不想搞特殊，吴老板跟她说："放心，全集团都知道你拼命加班，业绩好，多辛劳点也是正常的。"之后吴老板可能怕她又多想，又补充了一条："如果我在的话，一定会亲自去你家慰问你的，你等我回来。"天雅本来就没挑礼，她挺感动的，但是还是想表达一下自己的态度："我这个工资也可以了，想买啥没有，你千万别再送啥了，搞得我都不知道该送你什么。"

"以身相许吧。"吴老板回得也简单，见不到面这么撩骚还挺有意思的，她也不示弱："没条件啊，领导鞭长莫及啊。"这下给吴老板噎死了，没想到他居然说："我想去找你，只要完事了我马上回去。你可以想着我自己玩，我陪着你说话，就不一样。"看得天雅脸红心跳的，这时候有人敲门，吓得天雅下意识地把手机藏在背后。

一月五日是天雅的生日，公司这天全员都没有出差，为了完成给集团年终的汇报。之前刘伟问过她是否可以给她办生日会，她说了没必要，公司都在月底统一给当月过生日的员工庆生，她不想搞例外。上午李拉偷偷给她订了个小蛋糕，精致的七彩蛋糕坯和翻糖外皮，天雅、李拉、范鹏、媛媛、邱小平、陈烨和刘晓华聚在天雅办公室里，天雅带上生日帽，点了一支蜡烛，吹灭了就切蛋糕，不唱歌也不鼓掌，天雅很开心，以往的生日都不庆祝。恰好大家都散了，吴老板打来电话，问她看到自己的礼物没有，天雅早上还特意嘱咐过苏珊，有快递就直接送到她屋里，但是没有收到吴老板的东西。她担心吴老板又买一些华而不实的东西，像给她的包包一样被扔在衣柜里接灰，但是吴老板说："我让你看的是大盘。"然后再怎么问他就不回了。天雅自己看不出个头绪来，她让交易部的李琛密切关注一下今天的大盘，有任何异常及时汇报，但也不敢说得太详细。

苏珊送进来一摞涉及香港上市公司信披的文件让她签字，天雅的签字包括中英文两部分，并且在每一页的页脚还要签上自己名字拼音的首字母 ty；签着签着，她突发奇想，在交易软件里的搜索栏里面输入 ty，蹦出来的所有股票，今天都涨停了。爱她就拉涨停？是这样吗？她觉得有点难以置信，但是她又不敢让交易部去确认，只能从中随便选了一只股票让李琛研究一下今天的情况，得到汇报：一早就封停了，还是超级大单封停，一直能看到买盘中出现"520"这个数量。天雅低下头含着笑，她真怕被人看出来，但是她真的觉得这是她有史以来收到的最浪漫的生日礼物，即便无法炫耀。

她给吴老板发消息说："我看到了，很开心。"马上吴老板电话就打过来："看到了吧，你男朋友厉害吧！"

听到这里，天雅的脸突然就红了，她下意识地低下头怕别人看到，三步并作两步把办公室的门关了，站在窗边，看着窗外的艳阳高照的晴空，对吴老板说："嗯。"

吴老板在电话的那边看不到，他看天雅隔了一阵才回了一个字，以为她对自己精心准备的礼物不满意："你信不信我能再拉三天。"

"信信信，你厉害，别拉了。"天雅这次马上跟上，她怕吴老板真的这么干，她有点怪他，"你怎么不早点告诉我，我让交易部提前进去也能做点业绩。"

"我早点告诉你还有什么意思。再说，你告诉我，你怎么和交易部说？因为我要过生日所以这些股票要买入？"吴老板说完这一顿以后就挂了，这话说得也有道理，让她怎么跟交易部解释，心里偷着乐就好了。

小鹿汇报工作的时候天雅还饶有兴致地把李拉叫过来，边听汇报边讨论。年会四晚五天，两晚住香格里拉，两晚希尔顿，都是五星级标准；在日本的行程安排是第一天东京游览，晚上到箱根泡温泉；第二天上午自由活动，下午工作总结会，晚上是年会大戏，餐食都是酒店自助；第三天游览富士山、皇宫、天空树和神社等景观，中午安排著名的和牛涮肉，晚上海鲜自助；第四天是观赏相扑比赛，秋叶原和东京购物，餐食是给大家发现金自行解决，标准是一个人五万日元；第五天就是自由活动加上返程了。本次行程一个人的预算是两万五，天雅和李拉都觉得小鹿安排很棒，支持她放手去做。三个人说说笑笑，李拉和小鹿都感觉到天雅一脸的春风得意，感觉今天汇报什么都能被表扬。

小鹿还请示了另外两个事情。一个是老牌商业论坛办的"领导力培训"课程，时间短，周末上课就能结业，现在报名机会已经开放给天贺资本，只限高管报名，是否参加；另一个是为了庆祝年会是否做一个展示，也可以拿到集团年会上作为天贺资本的节目。培训就是为了扩大交际面，替范鹏也报上，一共是三人参加；天雅提议，做展示就做高端大气的，比如拍电影，现在资源比较多，她会打招呼让小鹿直接联系影视公司，服化道拍摄一条龙都找专业机构，剧本可以让媛媛把关，做出的东西必须配得上公司的档次。

等她们都出去了，苏珊来告诉天雅午饭已经到了，天雅告诉苏珊她自己去打饭，不用帮她打了，然后关好门，想给吴老板打电话，邀请他来参加年会。这个时间吴老板应该是在应酬，天雅就给他发消息邀请他参加。天雅去打饭看到前面排队的有三个人，看到她过来大家都让她先打，她大方地跟大家说没关系，拿了一个一次性的餐盒排到了队尾。

打饭这种事情别人帮着做往往不符合自己的心意，天雅打得最多的是凉拌黄瓜和清炒生菜，其次是：水煮肉片、麻辣香锅、炸带鱼，还盛了点炒蘑菇和红烧豆腐，还盛了一碗胡辣汤，本来还想拿橘子和香蕉，但是没有手了，刚好前台小姑娘过来，帮她端着汤和水果往回走。路过李拉办公室，发现几个女的拉了凳子凑在里面吃饭，过去加入她们，前台小姑娘放下东西了，李拉让她过来一起加入"女士午餐会"，看她迟疑的样子，就给刘伟发语音让他帮着在前台盯一会儿，小姑娘就开心地端着自己的饭过来了。大家一边吃一边讲段子，开心得不得了，李拉提起了七色光年会，说天雅和男艺人陈伟有私交，这下炸了锅，众人堵住天雅问东问西，什么结没结婚、有没有女朋友、会不会约会粉丝，她和大家说明联系内容仅限于业务，根本不聊私生活，她让这帮女人清醒点，别老把影视作品中的人物带入到艺人身上，他私下里没有那么深情款款、温文尔雅。一帮人正在打趣天雅，说她要么是吃不到葡萄说葡萄酸，要么是怕别人跟她争的时候，吴老板来电话了，天雅赶紧回到自己办公室关上门接。

吴老板说今年他在香港不回去，估计不会参加集团或者其他子公司的年会，但是天雅的邀请他肯定去，正好在东京见见朋友，但是他没办法全程参加，只能参加两个晚上。天雅想着每次跟吴老板打电话都是这么正经，太没意思了，还是发信息刺激。

天雅发语音给苏珊，告诉她自己的饭盒在李拉屋里，帮自己扔掉，然后让小鹿过来。小鹿刚好和天雅汇报找影视公司询价的结果，公司的十分钟宣传短片，加上年会微电影的全套报价一共是四百万，天雅让小鹿好好把关，多少钱不重要。说到正题，吴老板要参加年会，两个晚上，两个人商量了半天，海鲜自助还是要换更高大上的项目，最后定了登上东京湾的游艇，在游览中品尝特色鱼生料理，并请歌舞伎伴舞助兴。吴老板在的这两天天雅还让小鹿去订好相扑比赛决赛的前排票，万一他有空去看呢。公司的年会一个月内召开，届时要播放宣传片和微电影，考虑到后期制作需要两周，所以时间很紧，倒排时间表这周就要签协议并准备好剧本，下周就要拍摄了，天雅跟媛媛打了招呼，让她尽量配合小鹿。天雅让刘伟发通知，二十分钟后，全体中层以上人员开会，出差的同事必须电话参会，通知年会的准备事宜。

会议是天雅亲自主持的，MD里面只有肖轩晖没参会，是由部门的小朋友代为参会。因为时间紧任务重，天雅让大家尽量配合小鹿安排。小鹿说了几件事情，一是年会的基本安排，这两天会收集材料统一给大家办理签证，后续机票和酒店的安排出来后肯定是全公司无法一架飞机过去的，具体的分组安排请各部门尽量配合，如有特殊情况比如部门集团加班无法早走的要提前和她沟通；二是跟各部门广泛地征集剧本创意，希望各部门配合公司宣传片和微电影的拍摄；三是让各部门提前准备公司年会的节目，必须出一个时长五分钟左右的节目，各种表演形式，唱歌、跳舞、魔术、武术等表演形式不限，但是不能重复，表演形式先到先得，大家要尽早报名。会议半小时结束，范鹏第一个抢着报名了唱歌，这是最容易的，小鹿提醒他，财税融算三个部门，他不能就准备一个节目，范鹏说部门一直加班肯定没时间排练太久，天雅给打圆场说那就让他们中心出一个总时长十五分钟的歌曲联唱。范鹏走了以后，李拉和天雅说："你怎么不为自己考虑，准备表演什么？"天雅才想起来这件事，转头问小鹿："我们也要表演吗？"小鹿笑着点点头，天雅这才如梦方醒，看着李拉："你说怎么办，我是啥都不太行。"李拉笑着说："伸头是一刀，缩头也是一刀，我们高管干脆报名一个舞台剧吧。"天雅也认命了，死活得上。

下午四点刚好是和江海股份并购基金的项目上会时间，这次的上会项目是邱小平自行承揽承做的青苗公司，主打网络影视和网络综艺出品，并且是国内最大的网红经济公司。公司的亮点是依靠互联网平台成功打造网红剧、拥有众多少女组合，投资这个标的肯定可以让江海文化在资本市场上更受追捧；但是最大的硬伤就是一直亏钱。

天雅之前和邱小平打过电话，基金的投委会一共有七人，天贺这边是她和李拉、范鹏、刘天伟，江海那边是陈总、孙洋和王总，投委会通过需要超过三分之二的人同意，也就是天贺需要再拉一个江海那边的委员同意才能通过。为了说服江海的人，天雅特意拉来了朱浩和搭档的 ED 赵阳，让他们协助邱小平上会。

朱浩和赵阳真是邱小平的救星，他俩把邱小平从被指摘的位置送到舒适区。朱浩强调互联网行业文娱公司的特点，点击量和用户数是两个关键的评价指标，远远比盈不盈利、收入多少有针对性，平台的打造靠黏性用户，不管是网红带货、广告推广，还是深耕艺人培养，有了平台都有空间；赵阳是身兼律师、会计师和保荐人，对比了几个对标的企业业务模型和盈利情况，比邱小平找的上市公司更具说服力。他们的火力支援让孙洋哑火了，互联网确实是他和陈总的弱项，也就不再反对，王总就是和事佬，青苗顺利地过了会，预计春节前就可以签约和打款了。会后江海的人没走，商量什么时候公告，孙洋想在最近的路演上提及，天雅表示公告时机还是要配合着资本运作的节奏，等她通知。陈总和孙洋对资本运作有着敬畏之心，都听天雅的。

吴老板推荐刘老师给江海做总裁，刘老师原来是电视台出来的，通过一系列的和当红明星的捆绑炒作也成了网红，在业内人脉口碑都有，他的加盟有利于资本运作，还可以整合内部资源，陈总也照单全收了。

原本邱小平是在刘天伟的团队里，做江海的投后管理，但是朱浩通过这次上会发现邱小平对互联网的了解很深，大家一拍即合，朱浩和天雅请示让邱小平到自己的团队来，刚好互联网项目缺人手，天雅跟范鹏商量了一下同意了。毕竟邱小平是跟着天雅的老人，如果是其他新人绝没有这个机会的。前两周有个新入职交易部的小伙子，天天缠着前台的团队长求转部门，找到茹萍的时候她刚好缺人手，他就找了刘伟；李琛找天雅说了，天雅二话不说当着他的面给刘伟打电话，让新人走人。她绝不会为一个新人得罪她的 MD，她与茹萍的私交没到能够让她违背原则的地步；但是邱小平不一样，大家是共同打过仗的，希望邱小平在新部门能更好地发挥能力。

刚好借着这个机会，天雅找青苗要个舞台剧剧本好编排节目，这刚好是手到擒来的青苗事，问好了一共几个人就给出了剧本，还可以提供服饰和道具。剧本分三个场景，第一场是李拉和Mike，第二场是天雅和邱小平，第三场是范鹏和苏珊，本来李拉和范鹏起哄让天雅跟肖轩晖凑一对表演节目，但是因为肖轩晖一直在香港不能排练，只能同意了天雅提议的邱小平。情节取自王家卫电影，台词比较尴，邱小平决定牺牲自己娱乐大家，他排练的时候虽然只有天雅和苏珊在，但是她们两个经常笑岔气。

微电影的剧本媛媛和李拉在紧张的修改中，公司宣传片的中文文案是小鹿定稿，英文文案是肖轩晖定稿，天雅知道他们经常通宵。拍摄公司的宣传片是以部门为单位，小鹿协调各个部门出差的时间，让他们凑在一起拍摄也不容易，全办公室都是拍摄和收音设备、电线、打光灯和遮光板，还有一堆拍摄人员、化妆师。光拍摄天雅对公司的两句介绍就NG几十次，拍了好多段备选。天雅体验过就不想再拍了，实在是太麻烦了，造型就一小时，再配饰，布景，拍的时候就像拍婚纱照一样，被打着光，看一个虚拟的点，还要说台词，拍到最后脸和舌头都僵了。

没承想李拉必须拉她拍微电影，无奈跟他们去棚拍，小鹿承诺一天肯定拍完，天雅真的没想到是一整天。她按照通知早上八点就到了鸟不拉屎的摄影棚，棚里没有暖气，沙发上缩着两个在睡觉的化妆小姑娘，她们说昨晚拍到三点，希望今晚能早点收工。幸亏苏珊给大家都打包了早饭，这么冷的屋里喝点热的太重要了。天雅带着公司几个姑娘盘发穿旗袍，走的民国风，妆容画出来很惊艳但是实在是太冷了，穿上旗袍后就都冻得无心拍照了。天雅选个自己喜欢的款式根本穿不进去，只能挑了个最大号的，那件从大腿根就开衩，她没法像其他姑娘一样里面穿秋裤，就算是披着长羽绒服站在电暖气跟前，也觉得冷，打电话直哆嗦。

等到了十点布景师才陆陆续续地就位，摄影师一会儿换电池一会儿铺轨道，从十二点才开始试拍。刚拍了两个镜头，苏珊给大家叫的中午饭来了，下午一点才又进入拍摄过程。导演的要求很高，同时只有两台摄像机，他又想每个人都交代上关系，只能把同一段情节从每个人的角度分别拍好多次，即使是拍完的人也不能动，会带上关系。每次导演一喊"卡"，所有人都直奔自己的羽绒服和电暖气，根本无暇去看摄影机里面的效果，导演说过了就过了，绝对不会多拍一秒。听说前一天拍摄还有武打镜头和吊威亚，天雅还挺想看成片的。

还有一个重头戏就是年会的过程，包括演讲的安排，活动的安排，主持人串场的台词，这些确定了才能安排灯光和音响，是小鹿和天雅、李拉一起定的，每天讨论完这些就已经很晚了，但是小鹿都不能和她俩去消夜，因为小鹿的事太多了，她天天加班，每天都有需要处理的新情况，比如有同事护照有状况、酒店订不到一个、飞机可能落到两个不同机场，还要安排活动，天雅看她一个人确实忙不过来，让苏珊帮她一起弄。这是新公司组织的第一次年会，不能有闪失，更不能出现邱小平当初那样的事故。

走之前天雅破天荒地染了颜色，还烫了一头大波浪。

第十六节

出发去日本的当天，天贺资本收到交易所反馈的互联网借壳问题，需要尽快回答，赵阳决定留下来处理，像这样因为业务临时掉队的人有三个，小鹿又是一阵手忙脚乱。天雅也是有惊无险，她看通知上让提前三小时到机场，还觉得太早了，只能进去和李拉找咖啡馆坐着了，结果到了机场才发现她拿了旧的护照，幸好到得早还来得及回去取。本想到机场贵宾室吃早餐的，这下也没吃成，一直到通知登机的时候天雅才放下电话，她在朋友圈发了一条消息：接下来五天在日本开年会，如有电话、信息接收得不及时，请大家海涵！

飞机快落地的时候，可以俯瞰富士山，天雅的《隆美尔传》终于看完了，她的心情已经调整成了放假模式，暂时不用绷得那么紧了。出发的飞机是十一点起飞，第一天已经没时间游览了，直接全体拉到箱根。到了酒店，就发现小鹿的心思细腻，每个房间里都放了"欢迎参加天贺资本年会"的贺卡，还配了这几日行程的说明和一份地图，另有一个信封里面是五万日元的现金；同时还有一大盒包装精美的"白色恋人"给大家作为伴手礼，想得真周到。第一晚是日式小火锅，小鹿特意跟大家叮嘱，等会儿要泡温泉不能喝酒，今晚没准备酒水。

　　日本的温泉不像小电影中演的，一般是男女分开的，有室内的也有室外的，不像国内要穿泳衣，就是要一丝不挂地泡。一堆女同事从冲澡的时候就在聊各自的身材了，大家在池子里打打闹闹，小资的日本温泉有了大众澡堂子的感觉。天雅在屋里泡了一会儿就去了室外，冷天泡温泉挺爽，能听到男部那边也是一阵喧哗。

　　李拉也出来了，告诉天雅住套房的客人可以去专属的温泉，那边可以穿泳衣男女共浴，要不要去看看热闹，万一有帅哥呢。来都来了，天雅答应和李拉一起去看看。结果到了那边发现，池子里是肖轩晖，旁边躺椅上是李洋。李拉说帮天雅放浴巾去，天雅就下去了，李拉和李洋假装聊天，实际上就是看着他俩泡着不来了，肯定以为他俩会尴尬，但是这有什么的，天雅不觉得一起泡温泉就说明两个人关系很龌龊，有这样思想的人才龌龊。她看到肖轩晖身上很多肌肉，就和他聊起来健身的事情。她请了个私教但感觉没什么效果，肖告诉她除了练力量，还要加强有氧的练习，一周最好三次刷脂。天雅没听懂什么意思，肖就让天雅过来靠近点，让她做前平举，用大拇指和食指捏她大臂下面垂着的肥肉，他让天雅捏他的这个位置，基本上只有一层皮裹在饱满的肌肉上，没有什么脂肪。他再让天雅捏他的肋骨下方和大腿上，也是没什么脂肪，都是有氧运动的功劳。李拉和李洋都看傻了，他们离得远听不到两个人的对话，水汽缭绕的池子里两个人开始往一起凑的时候，他俩就张着嘴瞪着看，摸到胳膊的时候他俩嘴张得更大了，再往下摸的时候也看不清摸的哪里，他俩下巴都要掉了，李拉还帮着看看别被人拍照什么的，他俩盘算着要不要跟酒店说临时包场……

　　天雅一抬头发现原本在旁边的两个人都没了，肖轩晖还特别认真地问天雅是想要减脂还是增肌，健身的目标是什么。天雅想着总不能说自己健身是为了跟吴老板一起做普拉提吧，就说随便练练。肖说从她的身材上来看，下肢比上肢的问题大，重点应该是加强有氧运动和核心力量的训练。难道肖作为一个男人，不知道任何时候都不要挑女人的毛病吗？天雅对他身材的好感已经被他这几句话全部败光，再多待下去就让人不舒服了，天雅推说还要去排练节目就走了。

　　天雅出来走到门口的时候，看到守在门口的李拉和李洋，李拉上来拉着她的手拖到一边小声问她："这么快就完事了？"

"你想什么呢！"天雅看他俩一脸坏笑，就知道他们脑子里肯定是小电影。

"走走走回屋说。"只有两个人的时候，李拉悄悄地问她到底发生了什么，君子坦荡荡，天雅给她讲了以后她简直要笑死，还有这么拎不清的男人，估计会被自然淘汰掉。

吴老板的飞机是第二天中午到，天雅跟他说自己去机场接他还能在东京逛逛，他顿了一下，说不用，他下午先跟朋友聊事情，晚上朋友会把他送到酒店。看来天雅把事情想得太简单了，她以为吴老板过来能陪着她旅行玩耍的，怎么可能，吴老板顿了一下就是在责怪她说话不过脑子，吴老板的时间不是自己说了算的，助理都会帮他记录在册，想有两个人的时间是基本不可能了。即使心里再失落，天雅也不能在这个时候表现出来，毕竟是自己安排的年会，只能成功。

晚上在天雅的房间，六个人又串了几遍出场和台词，拿出做项目的精神排练，练到一点才散。

第二天早上天雅睡到八点，发几个微信没人回只能独自下去吃早餐，她没去套房的餐厅，酒店自助餐厅有不少同事，刚好小鹿也在，周围的同事给她腾出了位置，她坐小鹿对面。小鹿跟她说酒店的温泉很有名，建议她上午再泡泡，后面的行程就没机会了；昨晚确实被酒店投诉了，但是不是因为在汤池喧哗，而是财税融中心晚上在练歌……小鹿说到这里露出了无奈的苦笑，边上财务部的小伙伴马上接话"临阵磨枪不快也光！"，大家都笑了。天雅快吃完的时候李拉过来了，稍微吃了点，天雅本来等着她一起去泡温泉的，但是李拉非要拉着她去拍照，李拉特意买了漂亮的泳衣和连衣裙，叫来了刚醒不久的媛媛，三个女的准备先去套房的温泉池，再去酒店的阳光游泳池照写真。其实小鹿很贴心地安排了整个行程的随拍，但是不认识的人有点拘束又有点信不过，丑照万一流出就丢人丢大了，所以三个人压根没想找专业的帮着拍。

天雅就带了一身游泳衣，昨晚泡完晾着早上根本没干，只能凑合穿上；李拉带了两身，昨晚那身分体式的不穿了，换个连身的刚好遮掩一下腹部的肉肉；媛媛昨晚就没有泡温泉，昨晚在王吉屋里通宵打牌。温泉池幸好没有人，三个人先在陆地上各种找地方挑角度，在躺椅上摆姿势凹造型，怎么显得瘦一些，腿长一些，胸大一些，腰细一些，脸小一些，经常摆姿势的人认为自己美得不行，拍出来只想摔手机；拍的人有时候都没有耐心口头指导动作，直接上去用手掰，剩下一个笑抽筋地蹲在旁边。单人的照完以后，三人同框才是斗智斗勇，拍照的时候都尽量把头往后点显得脸小。

上午拍完照小鹿就提醒天雅和李拉要准备下午的发言了，中午十一点开始预演会议和晚会的串场。现场的灯光和音响都要跟上，从哪里上场，站到哪里，用哪个话筒，从哪里下场都是有讲究的，如果是坐着的话，椅子什么时候往上搬，放到哪里，什么时候往下搬都要安排好。天雅和李拉配合着小鹿把自己的走位走完了就去吃午饭了，听说小鹿他们彩排，中午都没空吃饭，幸好下午开会的时候安排了下午茶能垫一下。天雅对小鹿尽心竭力的工作总体满意，偶尔会有一点点不尽如人意的地方，比如有个部门的表演节目是演奏电吉他，酒店会议室不支持这样的设备，最终比较遗憾地放弃了。

工作会议下午两点开始，全体正装，中文主持人是融资部的小姑娘，英文主持人是肖轩晖，其实就是照顾几个香港办公室的老外。会场严肃而又小资，主色调是黑白，桌子下摆都是定制的黑丝绒，每个人的桌上摆放印有天贺资本的写字本和签字笔，旁边是一瓶依云矿泉水，水晶的名字摆台。会场里面温度舒适，天雅穿的黑色西服套裙和白色丝绸高领衬衫，别了一个胸针是跟李拉借的，她上午彩排的时候刻意都试探了一遍上台的台阶，都很稳，免得穿高跟鞋绊倒。会议开场就是天雅做开场致辞，讲了很多鼓舞人心的业绩数字，还有近期在国内权威机构评选中拿到了"新锐投资机构""私募股权行业前十名"等称号，然后是指出公司的未来的发展方向，要做天贺集团的单体利润第一，带着所有同事一起财务自由。天雅站在用鲜花装饰好的发言台后面，这次灯光按她的要求没有直射她的眼睛，而是从上面打了一束温柔的光下来，虽然是照着文稿念，但她已经对内容相当熟悉了，对节奏的把控很自如，发言的时候她的目光扫过下面的每一个人，大家都专心地在听，没有人看手机，整个会场安静得翻稿子的声音都显得特别明显。小鹿站在台下观众看不到的地方随时用对讲机控场，苏珊随着她发言的节奏在翻动大屏幕上的PPT，这一切的一切，都让她心满意足，坚信之前所有的付出都是值得的。发言接近尾声，一贯冷静的她说话声音有一丝的激动，但马上被台下经久不息的掌声和喝彩声淹没了，李拉捧着一大束花给她并扶她下场，直到她落座，掌声都没有停，她不得不从座位上再次站起身来跟大家挥手，主持人不断广播"全体请坐下，我们进入下一个环节"后，众人才平息下来，彩排中都没有这个环节，天雅很感动，要不是刻意收着情绪差点泪洒当场，她感激这么多志同道合的小伙伴能和自己一起奔跑向前。

接下来是李拉做公司运营情况的总结，比较具体地介绍项目情况，接着是人员情况，根据业绩，评优的部门大部分员工都可以升职加薪，评良的部门只有小部分人可以加薪，表现最不好的财务部的两名员工已经被开除，希望全体员工以他们为戒。之后是全场关注的重点，年终奖的分配规则，讲到这块的时候，李拉重点讲了公司经过管理层多次讨论的分配原则，原则上离职的人没有，在职的人中：前台部门靠业绩说话，奖金分到部门以后由团队长决定具体的分配金额，换部门的同事两边部门都要考虑商量好，中后台部门按照考评的表现发固定的年终奖，比如表现极其优秀的税务部，通过税务筹划给公司合理避税几千万，上一年度的年终奖是十二个月的工资，财务部有工作失误，年终奖是两个月工资。除此之外，公司有一部分奖金划入公司奖励基金池，用于平衡年终奖，比如朱浩所在的部门去年没有利润，先从基金池支取年终奖。讲这段的时候是大家耳朵竖得最积极的时候，天雅还记得前两天是她带着李拉和范鹏去集团谈的奖金分配，集团的原则是现金利润的 10% 给到团队，四千多万，但是要扣一部分准备金，天雅提出去年扣下的准备金应该今年发下来，讨价还价之后集团同意四千多万都给他们。公司才八十人，平均一个人五十多万的税前奖金，已经创了集团人均奖金之最，剩下的子公司只有眼热的份。公司平衡基金说了算的主要是天雅，除了朱浩部门外，还放进来了三个她有心照顾的人：媛媛、茹萍和邱小平。媛媛跟着王吉做的项目一直未落地，在法务部工作时间又短，奖金数额确实少，比给天雅开车的小王都少；茹萍跟朱浩有点像，要照顾一下；邱小平因为是病休耽误了工作。李拉和范鹏并没有放人进来，天雅知道李拉偏向王吉，给王吉争取的已经不少了；范鹏不但对财税融中心的人负责，还对现在 Mike 手下、曾经是自己手下的刘天伟也十分关照，分得都不少。其实通过分奖金的事情，Mike 就应该明白自己被边缘化，他作为高管，年终奖还没有前台部门的 ED 拿得多。天雅余光看向 Mike，他穿着考究的燕尾服，但是脸上并不轻松，估计他肯定会找自己谈，天雅已经做好了他离职的准备。

李拉讲完之后是范鹏发言，他从财务总监的角度讲公司年度花费情况，提出未来的改良措施，比如公司目前的差旅住宿标准是当地五星级酒店标准，但是为了鼓励大家节约成本，凡是报销金额不到差旅固定标准的，不到的部分有一半可以返还给报销人。他讲到了税务部的功劳，不但为公司节税，更为在座的所有人都节了税，因为他们和几个地方政府谈好了，对员工有税收返还，以后的工资会从几个地方发，每年固定时间会返税，听得大家一片喝彩。

范鹏结束是三点半，跟预计的时间基本不差，大家中场茶歇，四点开始各个部门的工作总结。每个部门的 MD 都想多展示一点自己部门的亮点，发言稿子很长，天雅这个位置能看到小鹿频繁地对着他们指手表。到五点十分的时候，苏珊提醒天雅先回去换衣服，年会是六点二十开始，吴老板会在五点五十到达酒店，天雅必须在这之前换好衣服并带妆。

天雅悄悄地起身回屋，晚上要穿的礼服是一袭奔放的红裙，上身合体裁衣，显得胸大腰细，下身是发散出去的裙摆，裙摆上面有不少水钻，是她为年会专门定做的。早有化妆师等在房间外，这么重要的场合还是要捯饬一下，自己涂个口红是不行的。

吴老板快到了的时候，天雅带苏珊穿着羽绒服在酒店门口迎接，等了没多久一辆加长的轿车就到了，吴老板的助理从副驾驶跑下来给他开门，他穿着一件灰色的羊绒大衣，戴了一条亮眼的红色围脖，神采奕奕地从车上下来，天雅马上迎上去说："老板好！"吴老板看了她一眼："我没觉得这边有这么冷啊。"

天雅先带吴老板到贵宾休息室，大家都脱了大衣，两人分别坐在两个沙发上，吴老板背后是助理，天雅背后是秘书，本来苏珊想出去，发现吴老板的助理没出去，她就没动地方。两个人前面摆了一壶红茶，旁边是奶和糖，但是谁都没喝。天雅不喝是怕弄花了口红，吴老板估计是瞧不上眼吧，真是疏忽了。

"这条红裙子挺漂亮的啊。"吴老板往前探探身，让自己坐得更舒服，先打破了沉默。

"谢谢领导夸奖，过来路上还顺利吗？"天雅尽量让自己说得不卑不亢，让后面的两个人既看得出来两个人很熟，又没有那么熟。

"年终奖的事情董事长跟我说了，我觉得今年就这样吧，明年分配比例可以调整。"吴老板没有接她的话，直奔主题。

"好的。"

"但是明年你必须要有一个不少于30%的利润增长，这个事情做到不难吧？"

"这个事情我要和团队仔细筹划一下了……"天雅没想到吴老板上来就提工作指标，她一时头脑有点短路只能拿团队搪塞，但是明显地被吴老板识破了。

"×，我跟你说个事，你还用这么回答我，就不能爽快点。"吴老板的话是有点不乐意了，但是脸上却是笑着的，他胳膊没动，只是手往后面一伸，助理递上了手机，他戴上眼镜翻了一下递给天雅看，里面是集团董事长对他的汇报，前面的内容没细看，后面明显地写着"建议暂扣一半奖金，奖金金额巨大或引起其他子公司不满"。她抬头看看吴老板，他笑着说："你以为都是顺理成章的呢，要是没有我，你就别想。"他得意地摘下眼镜，一只手拍着自己跷二郎腿的膝盖，天雅低下头没说出感激的话。

"我听说明天是在船上吃日料，我带了好酒，明天我带过去，你让人安排好。"天雅马上掏出手机给小鹿发信息。

"你瞅你那急的样，等会儿再发，我还没说完呢。"吴老板肯定是觉得天雅显得不够稳重了，不过他也是开玩笑的口气，"我晚上大概八点就要走，明天我直接去吃饭的地方，把码头的位置发给我助理。"

"噢……"天雅的口气里透着失望，吴老板来一趟并没有时间陪她，她还订了明天的相扑决赛的门票，估计只能自己去看了。吴老板注意到了，他眼里掠过一丝的愧疚，但很快就一闪而光："集团今年会评选优秀团队和个人，我支持你的。"这时候苏珊提醒天雅，年会要开始了，吴老板先站了起来，说："我们过去吧。"天雅默默地点头赶紧走到前面来领路。

虽然是同一片场地，年会的会场布置得和下午工作会议截然不同，会场上方悬挂了以紫、红、粉为基色的彩带和气球，桌椅都是紫红色的配饰，桌中心有鲜花造型，每个人的座位前面都有摆台，餐具是西式摆法，盘中间用粉红丝带系着今晚的菜单，酒水是红酒和香槟。台上灯光异彩纷呈，中心巨幕上滚动播出着公司新鲜出炉的宣传片。吴老板进场的时候，小鹿指挥着大家起立鼓掌夹道欢迎，吴老板一路跟大家打着招呼走到主桌的正座，他对宣传片很感兴趣，专门完整地看了一遍，称赞拍得很热血，小鹿才让主持人上场。

主持人依然是下午的主持人，只不过女士换成了长裙摆的晚礼服，男士是燕尾服。两人的开场词也不像下午一样严肃认真，尽量营造一种诙谐幽默的气氛，上来就设计了互动环节，是让台下的众人都站起来，因为希望加强同事间的交流，座位不是按部门而是打散的，所以第一个环节就是相邻的人拥抱。天雅坐在吴老板的右手，李拉坐在他左手，大家站起来以后听了互动内容，吴老板笑了："你们不能说我占便宜啊。"于是他率先向天雅张开了双臂，天雅和他拥抱的时候能感觉到他的手臂还是那么地有力量，但是跟李拉就明显有点敷衍，这个环节是谁设计的，真的应该给他加鸡腿。暖场后气氛活跃多了，晚会正式开始。

开场舞蹈是 Mike 领着香港办公室的人热舞，不说跳得怎么样，他们的扮相都有模有样，Mike 放开得很快，和前台的小姑娘有一段独舞，底下的人频频喝彩，此时陆续上菜，各桌都倒上了酒。一支舞结束，主持人请吴老板和天雅上台给大家讲两句祝酒词。吴老板听到这个就原地站了起来面对着大家，灯光马上给到他，小鹿猫着腰送上麦克风，吴老板却摆摆手。会场上顿时连背景轻音乐都关了，鸦雀无声，只听他声音洪亮地说："我今天来是专程来参加天贺资本第一次的年会，是客人，不想喧宾夺主。但我要表明一点，就是我非常看好公司，看好我们这个团队，今年我不会参加集团其他公司的年会，来这里就是我的态度。第一杯酒，还是要让你们张总来说。"

会场上爆发出雷鸣般的掌声，吴老板伸出双手往下压，示意大家安静，他指了一下小鹿，小鹿马上拿着麦克风走到天雅旁边，大声说："下面有请我们的董事长张总讲话！"天雅接过话筒，能感觉到上面都是汗，看来小鹿也很紧张。这里有点出乎意料，因为按照台本，吴老板说祝酒词后天雅只要说让我们举杯就行。天雅也面对着大家站立，稍微组织了一下语言，举起自己手里的红酒杯："谢谢！这第一杯酒，我想敬在座的所有人，感谢吴老板百忙之中亲临我们的年会现场，过去的一年中天贺资本的发展少不了您不遗余力的支持；感谢过去这一年中陪伴着我一起打拼的各位同事，相信我们必然可以通过自己的努力让这段岁月值得被铭记！让我们共同举杯，干杯！"

第一轮敬酒之后就是交易部带来的魔术秀，他们准备了不少小道具，三个人的动作还算是整齐划一，这期间热菜上来了，天雅知道必须趁着有机会赶紧吃，否则等会儿敬酒的时候就没机会吃了。大屏幕上开始放映微电影的第一部分了，是类似《碟中谍》一样的情节，双方争抢的是合作协议的签字权，不论是情节还是质感都非常感人，小鹿去后期制作那里看样片的时候，就听说这个微电影的质量比好多网大质量都高。这次年会还邀请了江海的新总裁刘老师一起来参加，刘老师看到微电影比较吃惊，惊呼拍得相当可以，还问小鹿是否可以拍下来发在他的公众号上，被小鹿婉拒了。

然后主持人公布了第一轮抽奖，是五等奖，奖品是某电商的购物卡五百元，大家的号码就在名字摆台的底部，主持人让没中奖的同事不要眼馋，越到后面奖越大。吴老板转过头对天雅说："我要是中奖了就归你。"天雅一笑说："谢谢。"她赶紧给小鹿发信息：别让吴老板中奖。

抽奖环节后公司开始颁奖，年度风云人物，高管不参与评奖，获奖的五个人奖品是最新苹果笔记本一台。之前没有公开评奖，所以获奖的小伙伴都没有准备，尤其是刘天伟，做项目挺会说话的，发言的时候激动得磕磕巴巴的。

研究部上场之前舞台黑了下来，他们表演的是刀剑舞，能看出排练时间肯定不短。虽然吴老板说他是客人，但是上菜以后都是他为天雅和李拉盛菜到盘子里，还招呼别人自己盛，感觉还是他在照顾别人。这时候开始播放微电影的第二部分了，天雅参演，里面的旗袍扮相让吴老板眼前一亮。

第二杯酒的祝酒词是主持人写好的串词，干了第二杯以后是抽奖环节，然后又是颁奖环节，这次是最佳项目奖，获奖的是七色光重组，奖品是苹果电脑。天雅正在鼓掌，感觉吴老板在桌子下面捏了她大腿一下，她条件反射地盯着他，他示意让她凑近点说话："你不是说健身了吗，怎么没瘦？"天雅这叫一个气啊，吴老板说这种话就是故意挑衅，她想着怎么找机会捏回去的时候，吴老板给她盛了两块烤羊排，让她"好好补补，都瘦了"。

还没捏回去，苏珊就让他们几个高管去换衣服，该他们上了。为了追求喜剧效果，大家都是反串，天雅演的大师兄，邱小平是小师妹，天雅穿上汉服长衫、把头发盘在头顶做成一个发髻就好了，邱小平让众人在化妆室里就笑趴下了，化妆师专门给他贴了满脸的络腮胡子，化的如花一样的大浓妆，穿的是抹胸裙，露出一片胸毛，让李拉直呼"辣眼睛"。为了更敬业，邱小平还从宴会餐桌上顺了两块餐布，攒成球塞在自己胸前，看起来鼓鼓囊囊的更辣眼睛。好在是天雅和他搭档，要是其他人早就要笑场了。前面李拉表演的没有这么好笑，天雅先上台的时候还正经地要了一段剑，观众刚要喝彩，邱小平这个师妹从台下一跑上台，底下就笑翻了。可以看出，剧中师兄对师妹的嫌弃是有理有据，让人信服。这种效果一直持续到表演完，邱小平下台以后没来得及卸妆，就被一堆男同事围住，争相去捏他的胸部，还抢着跟他拍照。

这真给吴老板也逗乐了，他问天雅："这是你们自己弄的？"天雅告诉他是借用的剧本和道具，他连说："太有才了。"天雅怕吴老板随时要走也没有卸妆，还是师兄的装扮，女同事争相过来跟她合影。

接下来又是抽奖和颁奖环节，最佳部门奖下的双黄蛋，发给了投后管理和税务部，奖品是苹果平板。考虑到吴老板还有二十分钟就要走了，小鹿把压轴的节目往前提，是财税融的歌曲联唱。十多个人在台上分声部演唱相当地震撼，但是天雅和李拉知道范鹏这首歌是他们提前在录音棚里录好的，在这里闭麦大家对口型，昨晚对口型居然排练到酒店投诉，真的是让人哭笑不得。

听完唱歌，就是欢送吴老板，一直到把他送上车，天雅都没机会捏回来那一把，她只能咬着牙微笑着跟吴老板挥手再见："老板明天见。"

天雅回去以后发现大家喝得东倒西歪的，台上表演的其他节目都没人关注了，眼看着王吉和李洋两个人杠上了，王吉放话出来："是不是我喝多少你也喝多少？"她想着自己再留在这里也没意思，就回屋了，好好洗个澡。吴老板离开了大家都不用拘谨了，这下天雅都走了，宴会厅像吵翻了天一样。天雅洗完澡就早早地躺下了，结果不知道是怎么了，翻来覆去地死活睡不着，她给李拉发信息，睡了吗？李拉说没呢，让天雅到她屋里来聊天，天雅穿着睡衣就去了，媛媛也在她屋里。大家都有点睡不着，说起今天年会的节目还是非常精彩的，真的没想到公司成立第一年就能到日本开年会，还办得这么红红火火，三个人都感觉像做梦一样。她们还跟天雅提到了公司最后颁奖的项目分别是男神和女神奖，这个事情天雅都忘了，她自己把男神投给了肖轩晖，女神当然是自己，最后的女神奖是没有悬念的，男神居然是身材微胖有点谢顶的范鹏！天雅听到这个结果以后大喊："黑幕！绝对是黑幕！"让她俩好一顿损，她自己就是黑幕还反黑幕。

女人凑到一起就开始聊男同事，虽然大家观点一致地不认可范鹏，但男神是谁颇有争议。天雅当然推崇肖轩晖，要身高有身高、要肌肉有肌肉，就是别说脑子；李拉推崇王吉，觉得他体贴会照顾人，而且身材还算正常，不像肖那样夸张，就是不能直视王吉脸上的痘痘；媛媛还是偏爱头脑型的大纲，觉得他浑身都散发着智慧的光芒，虽然身材完败，但是她还是愿意冒着被老公削的风险跟大纲在晚上打电话。媛媛还接到小鹿电话，让她帮着查一下条款，公司好多人在酒店喝吐了，弄脏了地毯、卫生间，这种情况会不会被酒店解约，媛媛安慰小鹿别太紧张了，态度好些跟酒店协商赔清洁费用，但是要求必须出具单据支撑金额。这些喝多的真的给中国丢人了，不过人生能有几回醉，大家又感慨一番。眼看过了午夜，李拉突然说我们真心话大冒险吧，天雅先来，李拉说你现在给肖轩晖发信息让他过来，看他敢不敢来，你不是说你们没有什么，你敢吗？天雅说这有什么不敢的，让你看看我们确实没什么，我估计他不会来。天雅用自己的手机给肖发信息，她问了李拉的房间号，写了："我在×××号房，睡不着，你能过来找我吗？"然后就发出去了，李拉和媛媛一看，这么主动，没啥意思，估计肖就一本正经地解释一下自己已经睡了之类的。过了几分钟肖都没回，天雅跟她俩说，我赢了，正想让李拉交出手机看看她和苏总的聊天记录，三个人突然听到敲门声。

李拉吓得瞪大了眼，媛媛下意识地用手捂住自己的嘴怕叫出来，李拉跑下床一看，确实门口是肖轩晖，还穿着浴袍，她就拉着媛媛躲到套间的里面的榻榻米上面，让天雅去开门，拉上了套间的门。天雅被她俩搞得无可奈何，但是给肖叫来了也不好不让他进来，刚好有她俩见证，倒要看看肖到底是真纯洁，还是装纯洁。

天雅穿着睡衣下了床，开了门让肖轩晖进来就回到了床上，肖并没有坐而是站着，他解释说自己在泡温泉，才看到天雅的信息就过来，问找他什么事。天雅让他坐下说话，他说不坐了自己泳衣是湿的怕弄湿凳子或者床。天雅跟他聊年会的事情，夸主持得很不错，肖说本来他想和香港办公室的人一起跳舞的，奈何实在没有时间练习，两个人聊了起来。躲在隔间里的李拉和媛媛受不了，太尴尬了，再这么聊下去她俩在套间里既想上厕所又要冻死了。肖突然发现套间的门开了，李拉和媛媛两个人低着头从他旁边快走过去，边走边说，走错屋了，不好意思。天雅看不到她俩的表情，但是感觉到一定在八卦笑。她俩走的时候带上了门，好像生怕肖跟她们一起走了。肖笑着问天雅："她俩怎么在这？"天雅跟他解释了她们是在玩真心话大冒险，就看肖来不来。肖又问天雅："你怎么知道我不会来呢？"天雅心说你让我怎么回答。肖站的时间长了也有点累，他一屁股坐在地毯上，跟天雅聊起在国外的生活。天雅让他拿被子裹在身上别冻感冒了。

过了一会儿，李拉带着媛媛刷开门，本以为只有天雅了，但是两人尴尬地发现天雅和肖轩晖还在聊天，幸亏两人从行政酒廊多拿了两瓶饮料，刚好给他们一人一瓶。李拉和媛媛也上了床，于是三个女的在床上半躺着靠在床头盖着一床被子，和床下裹着被子的肖聊天。

肖轩晖也有点睡不着，讲自己的一些经历和困惑，他最困惑的是自己的定位：他一路走来都能明确在不同人生阶段的目标，但是到了天贺以后他就迷茫了，没有明确的工作职责，也没有人告诉他目标是什么，每天就是疲于应对上门的问题，根本没机会去规划后面的路，这让他特别不踏实。天雅回忆工作会议的 MD 发言，她对肖的发言一点印象都没有，应该是肖讲得太没有重点和营养，但她只能安慰肖："不要说个人的目标，就是公司的目标都是时刻在调整中的，应该赖我没明确。这是个变化的市场，我们唯有适应市场才能站在这个舞台，否则就无法登台了。"李拉一看这个安慰的水平只能让肖更焦虑，她赶紧补充："其实我们每个人都一样地彷徨，但是我们始终坚信自己在往前走，这就行了。不需要和别人去比较，做好自己就好了。"媛媛就更像居委会大妈口吻："你看你这么好的条件，长得又高又帅，学历又好，年纪轻轻已经做到了国内顶尖私募股权公司的 MD，简直是多少人羡慕不来的，我说肖总，别想太多了，知足常乐。"

几个人你一言我一语地说着说着就一点多了，李拉特意叫了送餐服务，几个人在屋里一边消夜一边聊，肖轩晖解释自己一身肌肉的由来：校园霸凌。他中学时体弱多病，特别瘦弱，在班里面经常挨打；后来发现通过体育锻炼可以让自己吃得多，身上挂得住肉，从此一发不可收，除了学习有空就去运动场，这个习惯他一直保持到现在。现在他如果因为工作太忙没去健身房，最大的恶果就是会变瘦。这个观点一出就让他成了三个女士攻击的对象，人家都是挖空心思买代餐买瘦身仪器或者节食减肥，而且经常是瘦两斤一开心暴吃一顿就又长回来，在减肥的路上越减越肥，听到他这个话真想把他拖出去斩了。

聊到三点，他回屋了，三个女的也困得不行，天雅回了自己屋，媛媛就睡在李拉的屋了。多年后说起那天晚上，无论是当时的谁都感觉有点可笑，深夜在异国的酒店和异性穿着睡衣聊聊天，真的只是聊聊天。

第三天早上通知的是八点半酒店门口出发，小鹿八点半上了大巴车发现就到了一半的人，有一股一股的人从自助餐厅慢悠悠地边吃水果边往出来走的，有刚起床的着急奔到车上放下包去自助餐厅拿口吃的的，还有在房间里压根就没起床的。已经上了车的人也坐不住，陆续有人下车回酒店上厕所、回屋拿电源线的，总之是各种打电话点人头，折腾到九点才出发。天雅、李拉和媛媛昨晚睡得太晚，都是被小鹿电话叫起，匆匆忙忙地上了车，根本来不及吃早餐。上午的活动第一站是游览神社，刚好天气不错，在那里可以照到完整的富士山，大家下了大巴以后先列队穿插着站好准备照全家福，小鹿拿出准备好的横幅"庆祝天贺资本第一次年会在日召开"给第一排拿着，大家一连照了好几张，之后各个团队分别让旅拍的摄影师给他们拍照，其他没啥玩的，大家拍拍照就上车了，下一站是浅草寺，可以自由活动两小时。

下车后大家都被各种商店吸引，天雅跟着李拉在药妆店里转悠，导购都是中国人，介绍了几款必买好物，她俩都随大流买了。有一些同事说可以租和服，李拉想去看看，天雅觉得太麻烦了就和茹萍一起先走了。到了浅草寺人山人海，里面还真有一些穿着和服的漂亮妹子，范鹏多次来过日本，他还煞有介事地介绍那是日本学生在办成人礼，结果大老远的就听着妹子说话的东北口音。太没意思了，茹萍跟天雅说要不咱俩去逛街吧，天雅马上同意。两人打了个车，茹萍认识，带她来到购物中心，刚好天雅想着买件外套，她记得吴老板的眼神，穿羽绒服被鄙视。两个人在里面逛，确切地说是茹萍陪着天雅挨着个地遍历女装店，走了两家天雅就烦了，在 Burberry 买了一件经典款的风衣，里面带衬里保暖，刚好适合日本的温度，刷卡的时候天雅换算一下，一万多人民币，比在国内买便宜多了。接着她和茹萍在 Coach 买了好几个打折的钱夹，方便回国之后送人，这时候小鹿打电话说中午去吃和牛涮肉别忘了。

天雅以为自己到得肯定算晚的了，但是她去了才发现公司还有一半的人都没来。小鹿无奈地站在店门口，她让天雅多吃点，因为餐馆火爆必须提前预定，公司是按人头预订的和牛涮肉，每个人定量供应四份肉，结果有一半像天雅一样自由活动的同事不来了，一下子就订多了，肯定是不能退的，只能嘱咐所有来的人每个人多吃点，估计要吃八份肉才不浪费。天雅真为那些没来的同事可惜，这是日本有名的和牛馆，每份肉是四片，一片肉薄薄的一指长两指宽，折合人民币一百多块，可以生吃也可以涮，请大家到日本吃和牛是天雅曾经夸下的海口，她如今兑现了，不知道当初听她吹牛的人还记不记得。

下午大部队去皇宫，李拉跟天雅说肯定没故宫有意思，她拉着媛媛和范鹏一起，四个人从码头坐船去了台场。码头的风景不错，近可观江景，远可眺天空树。虽然外面很冷，天雅还是挺喜欢看江面的，她看到远处有鱼跃出江面，这种恬静和自在，她感觉已经是很久没有过的了。

到站后直奔购物广场，各商场使出浑身解数，布置得个性十足，橱窗的摆设都那么地精致，大家忍不住买买买。眼看快到三点，范鹏拉着大家去看广场前一比一的高达模型表演，说是表演，其实就是一点声光秀，女士们都感觉太敷衍了还是回去购物实在。范鹏还想拉大家去看看什么女神像，都忙着购物根本没人理他，他提议下次出游得让带家属，天雅说行，你财务好好做什么都行。

吴老板六点到码头的时候，天雅带高管早就等在船旁边了，公司的其他人都已经在船上坐好了。船是观光船，里面是榻榻米，进去先脱鞋，一共两溜桌子，每一溜桌子面对面地坐人。等吴老板上船坐好，助理把酒也弄好了，发现船已经开动，稳得让人一点感觉都没有。天雅和李拉还是坐在吴老板两侧，他对面是范鹏，范鹏两侧是吴老板的助理和肖轩晖。这回吴老板讲了话，他心情不错，让大家多努力多分钱。讲完了就干杯，船上的料理一道道地上了。天雅给了范鹏一个眼神，范鹏马上开始夸奖吴老板带来的酒简直就是琼浆玉液，让吴老板很受用，这种客套话天雅实在说不出口。桌子上有预先摆好的小菜，先端上来的是鱼生，每人一份，红的白的好几种，看起来非常新鲜，但是毕竟是冬天，船舱里就算不冷吃冷的还是有点尴尬，她注意到吴老板没吃，本来还怕他推给自己，结果他看对面的范鹏挺能吃就推给了他。当着吴老板不好给小鹿发信息，天雅就给小鹿使眼色，小鹿也心领神会，默默地离开船舱去后面了。之后就好了，上的是烧扇贝，巴掌大的扇贝肉被切成几段烧汁后又装入贝壳中，下面架着小火苗端上来，吴老板吃了。

这个时候艺伎来表演节目了，跟天雅预想的有点不同，她期待的是美艳的日本妹子，结果发现是几个日本大妈，脸涂得白墙一样，好在精于业务，表演弹奏、唱和舞都赢得了大家的喝彩，还积极配合拍照。但是这显然不尽兴，范鹏早就准备好了，原来他们财税融中心那天晚上被投诉的排练就是为了在船上的表演，范鹏、王林领舞，边唱边跳表演《葫芦娃之歌》，保密工作做得太好了才能一鸣惊人，现场笑倒一片，吴老板都跟着拍手。他们的表演显然勾起了吴老板的兴致，他问船上有没有卡拉OK，小鹿马上安排，话筒递到他手里，刚好船上卡拉 OK 都是老歌，但是大家以为的"老歌"，在吴老板这里也是"新歌"，场面有点尴尬。这个时候还是 Mike 救场，他站起来自告奋勇地对着手机上的歌词给大家清唱一首《光辉岁月》，虽然唱的水平平平，但是起到了抛砖引玉的效果，吴老板接过话筒给大家清唱《塞北的雪》，他没戴眼镜，眯缝眼睛也看不清手机上的歌词，索性就凭记忆唱，反正就算唱错了也没谁敢笑。

吴老板唱完众人拍手叫好，要求再来一个，他一连唱了三首，在烤和牛端上来的时候才交给别人，船舱里面此时热气腾腾，人声鼎沸。吴老板跟天雅说："来年你还准备去哪办年会？""业绩达到您要求了，我们明年就去美国办，还要邀请所有的合作伙伴，让大家和我们一起庆祝。"天雅自信地说。"好！我等着参加你在美国的年会！干了！"

送吴老板出来，他没有马上上车，而是和随行的人说："我和张总说点业务。"吴老板和天雅站在河边，灯光下树影婆娑，天雅看到随行的人站得不远，就和吴老板保持了点距离，吴老板问她最近忙不忙，她说比较忙，每天睡四个小时吧，经常是坐久了，站起来的时候有点头疼。吴老板心疼地看着她，说："要好好珍惜自己的身体，身体素质下降会导致很多问题。我年轻时是运动员，为了工作、情感，身体出现问题住过好几次医院。要改变这种状态，听话。"说完他就走了，天雅不舍地望着他上车，却说不出什么。她觉得委屈，不说海誓山盟，吴老板原来答应要培养她，但很多时候都无暇顾及她的消息，有的时候一天都没空好好回条微信，而她一边在感情中体谅，一边在工作中摸爬滚打。两个人异地几个月了，缺少交流就会感觉越来越疏离，她都不知道吴老板的心情是阴晴圆缺，有没有闲暇时光，不斟酌用词就会招致吴老板的反感。刚刚的谈话就是，两个人隔了一定的距离，她感觉身体和心理上都是，虽然吴老板是关心她，但是这个话说得让她有点玻璃心了，年轻时候的吴老板不管经历了如何刻骨铭心的感情，都与她无关。

晚上喝的吴老板带的清酒，一开始觉得没什么感觉，多喝了几杯挺上头的，回到酒店天雅有点头疼，李拉叫她去消夜她没去，不过今天在船上吃得精致确实不太饱，想到昨晚没睡好还是早点休息吧。天雅的心情很复杂，年会办得很梦幻，超出她预期，她真的希望在这个梦里长睡不醒；吴老板对她的态度却让她隐隐作痛。虽然他还正常地打电话、回信息，但他始终都没有单独陪她，让她十分失望，但这些情绪无法通过电话或信息来传递，她把这些隐藏在心底，希望这样能让自己看起来"懂事"一些，但是委屈感经常压不住，一到夜深人静的时候就跑出来，她只能不断地安慰自己要坚持下去。她曾经跟吴老板说，能不能把他用的香水拍照发来，她见不到他闻到熟悉的味道也行，吴老板当时开会也没理她。

这个时候苏珊汇报，吴老板的助理运来了吴老板给大家的礼物，每人一大箱子，数量还有富余，里面是从头到脚的日化用品，包括洗头水护发素、电动牙刷、电动洗脸仪、沐浴露、身体乳、面膜、防晒、唇膏、眼药水、浴衣、毛巾、拖鞋一大堆东西，还有些药品，什么膏药、玻尿酸、止咳的、退烧的，真是心思细腻。天雅让托运走这些东西，到了北京再发给大家，否则真的不好拿。除了这一大堆，还有一个盒子是专门给她的，她打开一看是一瓶阿玛尼为吴老板定制的男士香水，瓶身上还有吴老板名字的缩写。看到这个，才知道吴老板不是没理她，而是他用的香水市面上根本买不到，她很开心，亲自给吴老板发了条信息："谢谢您的礼物，真的很贴心很细致。"吴老板秒回："你喜欢就好。"

她已经躺下了，李拉给她发信息："起来嗨。"她还没来得及回，李拉电话过来了："人生得意须尽欢，莫使金樽空对月，夜间娱乐走起。"天雅是被她软磨硬泡地拉起来的，抓了一把零钱素面朝天地跟她和媛媛打车出来，本来三个人想去看脱衣舞的，碰到街上穿得西服笔挺的皮条客，用中文告诉她们今天不巧脱衣舞都歇业，只能去"偷窥"女的换衣服，一般女的去看这个没意思，三个人感觉生不逢时，但是想着不能白来就继续往前走。前面的街边又站着一个"案内人"，看她们听不懂日语，改说英语，三个人都听懂了，招呼她们去牛郎店，问了一下价格，第一个小时折算过来大概六百人民币，第二个小时一千八，三个人想着见识一下，天雅还跟她俩说，要不咱仨第二小时带走一个共享一下，李拉说不行，第一个用完就废了，后面两个怎么办，三个人哈哈大笑地走进店里。

进去以后第一小时包括几瓶免费的啤酒、小食，皮条客先帮着找了一个店里会英语的牛郎，小哥是南美和日本的混血，天雅主要跟他聊天，他也能翻译；李拉从一拨拨上来递名片的小哥哥中找了一个可爱的，不想用翻译，就打开了翻译软件两个人连比画带猜地聊得也开心；媛媛稍微地会一点点日语，但是不喜欢那种日系花美男，所以还在像面试官一样地挑挑拣拣，偶尔也让南美小哥帮着翻译翻译。环顾店里，她们以为能去牛郎店的都是上了岁数的大妈，但是进了店发现其实像她们一样的岁数不大的女职员很多，经常看到普普通通的上班族背着双肩包直接进店带人走的，店里的女客人大多也挺漂亮的，大家来这里就像正常地去酒吧一样。如果是在三里屯，这个价格也只能点到这些东西，还没有小哥哥陪。三个人体验一把武则天的后宫感，不枉少年，一小时后也没有带出来人就回酒店了，天雅把身上的零钱都给了南美小哥。鉴于这件事在国内好说不好听，三个人决定，在日本的事情，就留在日本，回去谁也不提了。

第四天早上公司订了票去观看相扑比赛，但是大巴上只有不到十个人选择去看，其他人都单飞了。天雅挺心疼，倒不是心疼十几万的门票钱，而是小鹿，准备了半天花了很多心思没人捧场。天雅看了几分钟就感觉相扑比赛节奏太慢，入场，和观众亮相，两个人准备，裁判哇啦哇啦，两个人还蹲下左右各跺一下脚，简直要睡着了，她看手机回了一条微信，小鹿拉她看，发现居然已经比完了一场，真的是瞬间就完事了？天雅看了二十分钟就退场了，到门口和运动员照照相，之后就去加入了李拉她们的购物大军。她们太夸张了，人手买了大旅行箱，买了东西就往里放。天雅也凑热闹买了几件衣服和鞋子，中午着急购物的她们就在路边热狗摊位上每人吃了一个热狗，范鹏还打趣说，自己好不容易请客没想到大家都这么为他省钱。

下午去秋叶原，大家在街上照相，听范鹏八卦王林买了好几本成人杂志。其实感觉这部分没啥意思，还不如逛街买衣服，晚上李拉和天雅跟着王吉的部门一起去吃海胆饭，金枪鱼鱼生吃爽了，天雅要请客但还是被王吉抢先买单了。

第五天返程飞机是上午十一点的，大家都有点依依不舍地踏上了回京之旅。这次年会总的来说是成功的，大家都很开心，也没有发生什么意外或者事故，天雅非常满意，跟刘伟说让小鹿成立公关部，她当头。

第十七节

年会回来事情特别多，天雅看自己的日程表已经排到年三十；这些天李拉、王吉、李洋和范鹏都在看房子，公司年终奖的数目已经确定了，就等年三十发钱了，改善居住条件是首选，在北京房子不但可以住，还可以升值。他们看了顺义新开盘的别墅，独栋八百万起，李拉和范鹏当场就订了，王吉和李洋还要先去卖了老房子才能凑够钱，所以他俩春节后两个月才订的，据说那时已经涨到一千一百万，太疯狂了。

天雅也想买套房子给父母住，让他们别再住老房子了，首选的地方还是中心城区，吃饭看病包括未来的小孩上学都比较便利，所以她谢绝了李拉一起买的提议，看了一套中心城区的二手房。小区自带花园，卖主是做珠宝生意的，移民卖房，房子虽然住了四年但装修保养得非常好，家具家电都齐全，南北通透直望花园，俯视李老在北京买的四合院，人车分流带地下停车位，一百五十平方米的三居室要价一千万，天雅当天就订了下来，房东钥匙留给她随时拎包入住，天雅让小王帮她换了个锁。跟家里一说，父母还觉得挺浪费，现在的房子又不是不够住，但是天雅说这个房子是为了保值增值，他们就不说话了，毕竟他们这种"够住了"的心理让他们错过了二十年房市的高增长。

孙恒给天雅打电话，聊起年会期间国强和小马所在的公司拆借了一笔资金，让小马的公司赚到了钱。这个是明面上的，私底下的财顾费近一千五百万，小马要一半，剩下的一半孙恒和天雅分。照例，天雅不要，钱还是存在孙恒那里，她只关心小马那一半是怎么拿走的，孙恒说小马指定要的现金，是他头一天和银行预约好，第二天亲自到北京的银行取的现金，两个行李箱；两个人约好晚上七点在城中村的一条小巷子中见面，小马都没下车，让孙恒把箱子搬到他的后备厢就开走了。

为了鼓励公司的员工坚持工作，天雅让刘伟在临近过节这一周加强伙食的质量，并且在公司群里说了最后一天上班的时候会发红包，返工第一天也会发红包，在公司的小伙伴才可以领到。

快过节了，还出了个小插曲，天雅办公室的柜子里有台备用电脑，早上还在挂衣服的下面，但是下班的时候拉开柜子没看到。这件事有点奇怪，她马上跟苏珊和小王说了，因为备用电脑只是为了应付突发的检查什么的，所以她没当回事就正常下班了。晚上八点多小王给她打电话，希望她能来派出所做一次笔录。原来小王调取了当天的监控录像，看了两个多小时，才发现中午有个不认识的人进过天雅的房间，进门和出门对比，能看到他包里鼓了，应该是他拿了天雅的电脑。这个人趁着中午人都去打自助餐的工夫，尾随进了公司，进了两个办公室，分别是天雅的和研究部的。当时天雅和研究部都在一个会上，他应该只是拿走了天雅的备用电脑，研究部丢了一个公文包，里面没什么钱；这个人临走还顺手拿走了苏珊桌子上的卡包，就大摇大摆地走出了公司。这件事让天雅记住了小王，他对天雅的话很上心。

失窃事件是个教训，临近年底了，不能再有其他安全事件了。天雅让刘伟加强了公司的安保，每个人进出门的时候注意是否有人尾随，遇到不认识的人马上报告。刘伟提议是在公司失窃的，是否公司给遭受损失的个人提供补偿，天雅感觉还是不要开这个先例。

吴老板送给大家的礼物小鹿给大家发下去了，多余的安排寄给了合作方，天雅想着这箱东西刚好可以在新家用，让小王帮她送过去。小王一直跑前跑后的不容易，他的工资才四千多，但是天雅给他的年终奖是三十万。

节前集团的年会在北京召开，天雅带着范鹏、刘天伟和茹萍去的，他们四个是集团获奖的个人。去了以后，发现集团的年会除了比他们的人多以外，其他都远远赶不上他们的年会。四个人时不时地品头论足，幸好没邀请集团的人参加公司的年会，否则就是当面打脸。但是看周围的人的目光，不少人肯定已经在朋友圈围观过他们的年会了，那种羡慕嫉妒恨的眼神让她感觉很享受。集团的颁奖只有奖杯和奖状，听说后续会给价值二百元的小礼物，这都比不上吴老板给的大礼包。总体看下来集团的年会预算不会超过一个人五百，而天贺资本这次日本之旅人均费用超了两万五，具体超了多少她没管，因为这个钱花得值得。好几个其他子公司的一把手到天雅这桌来加她的微信，说什么百闻不如一见的客套话，其中好几个都曾被李拉、范鹏打发走，但是这次天雅都微笑着加了他们，用平时苏珊保管的那个备用号。

本来是接父母过来享受的，父母没觉得大房子有多享受，天雅倒是感觉头要炸了。天雅不叠被子、不收拾东西被批得体无完肤，尤其是她平时不做饭，天雅真是恨死了那些朋友圈里发什么"微波炉致癌""常年用快餐盒得胃癌""饭馆各种添加剂的秘密""僵尸肉特供饭馆"的人，父母批判起不做饭的人头头是道。没两天她就受不了了："你们能别说了吗？""我们都是为了你好，其他人我们才不稀得说呢。""能别管我了吗？""不管你，能长这么大吗！"

两句话她就被噎死了，还是好好工作尽量加班吧。

　　小鹿通知天雅，已经给三位高管报名了领导力培训，春节后两周起开课，但是本周末晚上就有预热活动，在三里屯一个酒吧。晚上开始的时间是八点钟，七点多天雅就到了，活动地是一个大包房，里面的桌子上摆着好多瓶没打开的香槟，旁边倒好的香槟塔可以自取。天雅端着一杯香槟刚想问问范鹏什么时候来，就有人凑上前来跟她换名片："你好，我叫孟斌，是香港上市公司××的董事长，你应该是张天雅女士吧，很高兴认识你，能和你成为同学是我的荣幸。"对方长得一般般，很谦逊地双手递上自己的名片。天雅有点不好意思，她的名片盒在皮包里进来就被服务生接走了，孟斌看她迟疑赶紧说："没关系，我们相互加个微信，发给我电子版的方便存。"天雅拿出备用号，正操作着，他拉过来旁边一个上了点岁数的男人，说："黄老哥，给你介绍个美女同学啊。张小姐，这是黄老哥，教育界的大拿，旗下有大中小学和幼儿园，也是同学。"黄老哥还拉了旁边一个乔哥给大家认识，乔哥也是做教育的，但是是做少儿培训的。后面还陆陆续续地基本都加了个遍，范鹏迟到了，主持人说到晚了的必须给大家表演节目，范鹏倒是练出来了，也不怵，就着自己五音不全的嗓子现场给大家高歌一曲《忘情水》，天雅只想装不认识他。

　　主持人真正开场，大家做自我介绍，除了主持人像托儿一样对每个学员吹捧一番以外，每个人都重点讲了一下自己所在的行业和公司的情况，毕竟来这个学习班的基本都是民企老板，大家通过这个渠道相互打通人脉，勾兑业务。天雅介绍天贺资本的主要业务，显然在座的有人听进去了。

　　晚上回来的路上特别地冷，居然有点掉雪花。她在朋友圈看到好多感慨下雪的，还有撒狗粮的，什么两个人一走就走到白头。她心里一紧，去年在吴老板庄园放烟火的震撼依旧历历在目，今年怕是没机会了。虽然她已经对自己越来越有信心，但是感情上却步步退，根本不敢奢求"白了头"，她只希望可以有一段全情投入的时光，让她回忆起来的时候不至于懊恼和后悔。

　　当晚就有同学跟她联系，乔哥发来了自己公司的融资宣传的PPT，希望天雅有空可以聊聊。天雅把PPT丢给研究部，研究一下培训行业和乔哥所在的细分领域，是不是有价值，尽快给她个回复。

第十八节

天雅在办公室约见了乔哥，陪她一起见面的是茹萍，乔哥所在的细分领域是课外培训，具有较强的盈利能力和较高的行业增速，是当前资本市场争抢的头部标的。

乔哥单枪匹马找到天雅，确实是他遇到了难事。他去年年底和某投资公司签了投资协议，对方让他先跟银行短期信用借款扩张业务，未来增资款到了就能还款；结果对方临近增资打款的日子却突然爽约了。这下可把乔哥架到了火上，和银行的借款眼看着春节后就要到期了，拿什么还呢？

乔哥说得情真意切，说到伤心处眼泪都要掉下来了，说自己是个老实人不懂资本，当初是这家投资公司主动找上门的，竞争激烈的行业中找到资本当靠山不是件坏事，而且未来实现了业绩对赌还能套现走人，他听着挺好才同意的；和银行借钱的时候还让他老婆签署了连带担保，本来他老婆就因为他不着家颇有微词，他好说歹说，拍着胸脯保证肯定没问题才签了字；现在怕还不上钱，被逼得天天睡不着觉，头发都白了。所以他想到鼎鼎大名的天贺，天雅又是他同学，无论如何要帮帮大哥。

天雅对他说的将信将疑，让他先不要着急，肯定有办法解决，她也有能力帮他。在乔哥来之前，天雅请示过吴老板，她本来以为乔哥找她是要正经地谈入股的事情，教育类资产还没有大规模地被资本化过，肯定是未来的风口，吴老板也同意。趁着这个机会刚好可以拿下这个标的，奇货可居，这种质量的标的会成为公司的名牌项目。想到这里，她问乔哥的诉求，乔哥表明自己只想还上银行的借款，如果天雅能接受去年年底的同等条件就可以投资入股。天雅说，她想要的比例更多，最好能到公司股份的 51%，这样未来好给公司借款担保；其实这么说也只是个借口，因为天贺资本本身无法从银行贷款，但是控股权确实是天雅的目的。

乔哥解释说他本人持股比例只有 35%，而且他还承诺未来拿出 10% 给员工做股权激励，如果是天贺要 51% 就要和公司的两个老股东谈谈了，天雅说既然这件事情你这么着急，我们就在这里定下来，你可以去旁边的会议室打电话，我们也商量一下。

乔哥果然去打电话了，天雅叫来了范鹏，电话连线了李拉，现场开会讨论。范鹏问了财务部资金头寸没有问题，不管是要出几亿还是十几亿；李拉说她已经听说了很多上市公司在寻找同类资产，因为业内两家最大的都上市了，所以确实是稀缺的；天雅就让茹萍做项目负责人，再让媛媛全力配合。茹萍提出来，时间上真的来不及，目前离春节放假只有不到五个工作日了，而用款就是节后上班第一天，即使是项目组加班，标的方都不一定有空陪着。天雅这个时候真的很想自己上，这么好的机会就像天上掉馅饼，但是她毕竟身份不同了，还有很多事情需要她操心，而且吴老板告诫过她。于是她跟大家讨论她想到的另一个方案：先借款给乔哥，让他把控股股权都质押过来，等做完详细的尽调再投。这个方案大家都满意，这就变成了一个债权项目，大家驾轻就熟，她让媛媛来她这里。

媛媛还拿了一份李洋团队写好的投资协议，条款都没什么问题，只是业绩计算和补偿的表述比较复杂，她实在是看不懂，拿着这份协议来让天雅帮着看看。本来这种事情天雅是不想管的，但是她还没来得及皱眉，媛媛就说："来来来，让北大的高材生来挑战一下，这个太复杂了，看看你能不能用三两句话让我明白是什么意思。"天雅心里的胜负欲上来了，她接过了协议。看了两眼，她让李洋到自己屋里来。

李洋跑过来才知道，天雅找他居然是为了算数学题，天雅让他解释这是怎么回事，他淡然地接过来协议看了两三分钟："这个条款没错吧，其他协议好像都是这么写的……"

"你自己算算，这种表述下每年的补偿和三年累计的补偿是不是有一部分重叠了？"天雅盯着他，脸上的表情写着：这点问题都搞不清还做什么投资。这一下李洋脑门上就见汗了，他挠了一下头说："张总……这个……这么写我们不亏吧。"

"那要看情况了，而且你看看后面业绩超额奖励那里的表述，和这个相似，我们总有一种情况是会吃亏的。你先回去吧，以后工作仔细点。"媛媛是文科生不善于算账说得过去，天雅警告了李洋。

乔哥一会儿的工夫就回来了，得偿所愿，持股40%的老股东李铭是他好朋友。天雅跟他说了自己的方案，只要能及时还钱乔哥都没有意见，双方就说好了按这个方案。后面就是具体的条款细节了，天雅离开了办公室，让茹萍、媛媛和他谈。

天雅确实有事，朱浩和一个游戏公司谈入股，有好几个竞争者，朱浩跟对方忽悠得天花乱坠，天贺在娱乐圈通杀，对方只提了一个请求：能否让艺人陈伟代言新款游戏。很多演员比较爱惜自己的羽毛，对代言游戏有顾虑，而且陈伟还没有代言过游戏。天雅说知道了，你去跟对方说，让陈伟免费代言都可以，但是陈伟签约的时候对方签跟我们的合约，否则不谈了。

天雅拨通了陈伟的电话，跟他说了原委，陈伟沉默了一下，说他节前确实有空，不过在横店拍戏，如果对方的摄影师过来他可以请半天假。他没说报酬的事情，天雅跟他说不好意思让他白帮忙，费用天贺资本会出。但是陈伟连说不用，只想咨询一些企业注册的问题，天雅说协议、注册、合理避税这些问题我都帮你解决。

茹萍出来找天雅汇报初步谈定的条件，天雅感觉乔哥刚被投资公司坑了，怕茹萍提的条件太苛刻会让他心怀芥蒂，毕竟以后要长期合作，所以基本上没啥改动。但是媛媛也出来了，特意来跟她俩说，这个条件不行。

媛媛作为法务人员，这整件事情在她看来并没有这么简单：没听说入股乔哥的投资机构有资金链断裂，所以冒着违约的风险不出资必有蹊跷，她怀疑乔哥的资产有问题，隐藏了巨大的或有负债也未可知，而且他借钱的银行在他正常运营的情况下为什么不能给他展期，值得怀疑；万一投资机构跟他的合作协议无法解除，双方可能会陷入官司对簿公堂，对标的的影响还不好说。天雅认可媛媛说的，在对风险没有完全地评估之前，无法谈定条件。于是她回到办公室亲自跟乔哥说，钱肯定是有的，但是公司是集体决策也是需要走流程的，目前还没有做基本的债权尽调，但是只要他配合，春节前所有的程序都能走完，到时候再定下来具体的条款。午饭已经送过来了，天雅留乔哥吃工作餐，乔哥也就不客气了，不过他说事情完了以后一定请大家吃饭。

天雅想着节前跟刘伟还要好好交代一下，春节后一般是金融行业离职和入职高峰，对于解约员工要更审慎地处理，对于招聘不能放松，随时可以约天雅的时间面试。另外天雅让刘伟去联系一个老同事——旭日，让他过来做公司的监事，她的核心目的是把公司的业务做大做强，至于笼络人心、恩威并施这些都只是手段。分钱的时候爽快，打手也是必不可少的，公司也需要一个内部的审查员，让人有所忌惮，否则前台团队瞎搞她都不知道。旭日在集团年会的时候专门过来天雅这桌让她大人不记小人过，希望能给个机会，天雅也刚好想找条好狗看门，暂且试试吧。

第十九节

天雅不管在外面怎么说一不二，回家都是三孙子，动不动就被一顿剋。她在做什么父母根本不知道，说得清他们也听不懂，母亲总拿跳舞听来的事教育她，说人家闺女工作稳定，三年抱俩，天天上着班还不耽误带孩子和照顾家里，三十岁也提了正处，真是典范。她特别想掸母亲，天天上着班不务正业三心二意，还能提拔，要么是老爸很牛，要么是老公很牛，但是这样一来又会误伤父亲，自己就更孤家寡人了。母亲始终觉得于越是她最好的选择，他离婚后一直没有再找，就一门心思地混仕途，以后前途不可限量，听得天雅直翻白眼。

有几次天雅想和母亲说说吴老板的事，但终归还是没张开嘴，毕竟吴老板的岁数不小，两个人又结不了婚，有多少母亲能支持自己的女儿有这样的感情。

最过分的是，母亲还叫于越来家里吃饭。天雅有天下班回到家才发现他来了，本想转身就走，小王应该还没走远，但是想到还是要给母亲面子，否则又不知道要念叨多久，就留下了。于越请天雅帮个忙，原来他一直没有跟家里说他俩离婚的事情，去年没和他回老家，公婆有点微词，今年肯定是又不回了，能不能跟他一起给公婆打个电话。天雅一点兴趣都没有，不管于越怎么求她，只是淡淡地说："不管。"这个时候母亲过来放水果，她也帮着于越说话："你就帮着说两句又能怎么样。"这下天雅不能忍了，她跟于越说："你自己的事情可不可以自己处理好？"

于越走了以后母亲要跟她没完，但是天雅接入了肖轩晖的电话会，里面是吴老板在推的几个海外项目的评审会，第一个是一个欧洲的发电厂项目，国际投行测算的年化 IRR（内部收益率）是 8% 左右，天雅不赞成，这种项目最适合银团投资，类似于固定收益，而且在资本市场上可讲的故事不多，不适合天贺；第二个是美国一个电影制片公司，这个标的确实有知名度，但是价格也高，吴老板专门上线，说不管有多贵，只要有人接盘都可以做，天雅没吱声。吴老板即使是召集老外开会，也保持着他的习惯和做事风格，有话要说时，他才不管会议进展到了哪一步，当即直击痛点，让天雅听着很过瘾。

这段时间吴老板在世界各地看标的，有的时候在欧洲，天雅快下班他那里才是早上；有的时候在美国，她的夜晚是他的白天；经常是天雅觉得好笑的段子或者图片发给他，等他回"哈哈"的时候，天雅已经忘了笑点在哪里。曾经天雅和吴老板经常分享读后感，但他现在忙得已经没有时间去看书了，他让天雅把看过的有营养的观点提炼出来发给他，这就让读书分享这个互动也弱了很多，天雅单纯地发一些自己的观点，孤掌难鸣。吴老板几次提起让天雅带父母去他的庄园，那里一年四季都有自产的蔬菜水果，父母肯定喜欢。但是没有吴老板的庄园，天雅根本不想去，也没有应声。

小马这段时间给天雅送了好几回庄园的农产品了，说吴老板交代的。送来的东西母亲以为又是天雅上网瞎买的，各种挑毛病，后来天雅告诉她是集团免费送的，而且绿色无污染，她才改口。家养的猪肉有点肥，大雁不会做，而送来的菜量太大当天吃不了，放几天又不新鲜了，送来的东西并没有让天雅觉得多好，只是吴老板的心意而已。

春节前一天，茹萍带着债权上会，有一多半的委员是电话参会的，气氛整体还是很轻松的。因为这是债权的尽调，所以并不涉及标的太具体的生产经营情况，通过尽调确认了乔哥说的基本都是属实的，但是投资公司还是想争取延期出资，他们甚至想和天贺商量借一笔过桥资金帮他们按时完成出资，给天贺付息。这当然是不可能的，怎么能做这种给他人做嫁衣的事情呢。而乔哥，也隐隐地提过，这次资金紧张的时候过去了，天贺控不控股还可以再商量，这也是不可商量的。

最后会议讨论出了放款条件：必须马上和原投资公司解约；乔哥本人出具承诺，未来一年内找投资必须得到天贺资本的同意，同时乔哥的股权质押给天贺资本。另外，本次放款的利息是年化 30%，但未来天贺资本投资入股了就退还利息。

乔哥咬咬牙，费了九牛二虎之力，跟投资公司死缠烂打、以死相逼地谈了好一阵子，又答应免除违约金五百万，对方才同意。他来公司签协议的时候，媛媛突然来找天雅，说她还是不放心未来乔哥是否会卖控股权，还是应该约定违约金，否则她心里不踏实。茹萍听到以后十分恼火，她甚至跑到媛媛的工位质问她是不是针对自己，临时加条件她很难谈。天雅安抚了半天茹萍，劝她继续和乔哥谈，乔哥但凡反弹得太凶就让他来找自己。果然，乔哥冲进天雅的办公室，天雅跟他解释了公司都是按流程决策的，她也帮不了这个忙，但是金额可以商量，一千万太高的话她可以帮着沟通降一些。最后双方说好，违约金八百万，节后第一天放款。

大年三十年终奖发下来大家心情都不错，年三十晚上天雅让刘伟组织在公司微信群里发红包。天雅本来是随便一交代，刘伟还真认真，专门在群里发了一个通知，让所有的高管和MD参与，其他人发不发不强制，发红包一共有三轮，第一轮是普天同庆轮，所有高管发的都确保群里人手有份，每个包的金额都不少于两千元；第二轮是拼手气轮，公司的高管先发，手气最好的人所在部门MD要发红包，红包的金额是最好手气的二十倍；第三轮是拼手速了。刘伟作为整个活动的组织者和裁判，会监督违规者自发一千元的红包。这个规则看得群里的人激动不已，群里热闹极了，各种表情包斗起来，大家都在兴奋地搓手。天雅早早地在微信里充了三万，想想怕不够又放了二万，一共是五万，准备好了，她就开始先发了。高管都发完了到了MD，卡在了肖轩晖这里，任凭刘伟怎么提醒，他也没动，天雅只能在群里说肖在出差，由自己代发。为了测试是否有机器人抢红包，刘伟会在群里时不时地发测试红包，因为之前没好好看规则，好几个人被罚，最惨的是范鹏，本来他不抢红包只发红包，但是他儿子偷偷玩他手机点了好几回测试红包，害他被罚了三回，只能在群里直播追着打孩子，笑得天雅眼泪都要出来了。最后一轮的时候群里八十人一次只有五十个红包，经常是天雅自己发的自己都抢不到，感慨网速真是第一生产力。春节晚会里唱起《难忘今宵》的时候，也是红包雨的高潮，天雅一个人又发了十轮红包，阳光普照每个人两百一个包，是啊，看着无数变着花样跪谢的表情包，这种快乐让人欲罢不能，就更别提生杀予夺的权力了。

后来红包雨都结束了，睡觉睡过了的肖轩晖才匆匆上线，天雅本来想着大过节的也能这样，后来想到他应该陪吴老板去了趟美国，估计倒时差呢，就不怪他了。

春节期间她邀请楚楚来家里玩，本想让她带着宝宝的，但是她说宝宝太小了在家让老人带着呢，她一个人来的。母亲对楚楚十分热情，让楚楚介绍一下生孩子的心得体会，催着天雅："岁数不小了，也该当妈了，好知道知道当妈有多不容易！"

天雅借口带楚楚到楼下转转出来了，虽然外面很冷，但是是自由的味道。楚楚这才敢放开了抱怨老公的不靠谱，他刚毕业工作，夜里楚楚几次起来喂奶换尿布，老公就算在熬夜打游戏也不过来搭把手，让他过来帮忙他就说"我知道什么啊，你行你就都弄了吧""你在家休假不弄，我明天还要上班呢"。原来她没有感觉，老公虽然是个大孩子但是她觉得很可爱，现在又有了一个小的需要照顾，才发觉老公不给力多么地痛苦。她每天都希望老公别回家，老公去公婆家是最好的，这样她还可以少伺候一个人。天雅安慰她，人人都不是生来就当父母的，男人本来就心智成熟晚些，她老公岁数又小，多鼓励，慢慢地就适应了，而且楚楚生的是女孩，多可爱啊，哪个男人顶得住。

楚楚边走边问天雅："你是搞金融的，能不能帮我看看我公公的业务能不能行，我想让他帮我理财呢。"楚楚的公公搞民间小额借贷，他自己做风险评估，凡是借款的必须都要押房子押车，做了这几年没有折的；只有两起借款没还上，通过拍卖资产的方式也追回来了，年化收益率至少10%。楚楚有点心动，想让他帮着理财。天雅感觉还是可以的，毕竟抵质押物都是好东西，这几年明显地，钱很好挣，俗话说"清华北大不如胆子大"，凡是敢借钱的，不管是去炒房还是炒股，都很容易赚到，楚楚的公公本质上和银行放贷是一样的，只不过银行可能不覆盖这部分客户，很多客户弄了钱去炒房都赚得盆满钵满，放贷的跟着喝点汤而已。天雅建议楚楚可以拿一部分钱出来试试，她老公还在实习期，两千多的工资，自己花都不够，她在设计院的工资也不高，刚好贴补一下家用。给楚楚送上地铁的时候，天雅给了她自己从日本带回来的马油和钱包，还有购物卡、电影卡，想想楚楚还能休四个月的产假她就特别羡慕，自己休息四天就不行。

其实天贺资本通过各种包装也发行理财产品，收益率也有10%，但是天雅从不推荐给自己的朋友，她不希望和朋友掺杂利益在里面。在日本的时候富帅看到她的朋友圈问过天雅回来给自己带什么礼物，天雅给他买了一个打折的男士钱包，但是回来以后天雅就不想送了，当时买的时候她脑子也不清楚，富帅怎么会用打折的钱包呢？天雅这么想着就顺手把东西给了母亲，没想到母亲又把钱包给了来吃饭的于越。

于越年三十值班，晚上几个部委值班的哥们一起打了场篮球。于越在旁边休息的工夫突然外交部有个哥们倒地了，所有的人都不知道他是什么病，叫了救护车，好在旁边就是医院，春节也不堵车，三五分钟来了车拉走了。后来警察来了，带在场的人去派出所做了笔录，于越才知道倒下的兄弟不到三十岁，派出去待了两年刚回来，看着特别壮，当时人就没了，让他心有余悸，不知道意外和明天哪一个先来。讲到这里的时候，于越有点伤感，如果是自己出事了，都没有一个亲人陪在身边。这个时候母亲又登场了，说少年夫妻老来伴，年轻人总有些脾气需要磨合，两个人哪有不吵架的云云，父亲也帮腔说多年的感情都是越吵越好，天雅服气了，惹不起躲得起，大过年的她一个人跑出去遛大街。

为了防止他们再叫于越来吃饭，天雅经常带父母出去吃，她喜欢吃日本料理，父母应该还没尝试过。这个时候的日料店没开门的居多，开门的口碑好的就约不上，天雅想到了富总推荐的那家日料餐厅，顺手拨通了电话。

"喂，您好。"对方是个男的，声音听起来年纪不大。

"您好，请问是日料店吗？富总介绍给我的。"天雅有点不知道从何说起。

"是张总吧，您想哪一天来呢？"

"哦，今晚行吗？"天雅没想到这么顺利。

"可以的，稍后您加我个微信，我给您发位置，没有门牌，您到了按铃会有人开门。"

晚上天雅带着父母过去的时候差点找不到，按铃后有穿戴整齐的厨师给开门，真想不到这个地方闹中取静，门外是摩肩接踵的南锣鼓巷，院子里面有个二层小楼，一楼是操作间和吧台，厨师把他们带到二楼，是个独立的套房，里面是榻榻米，装饰的日式风格，落地推拉门外面是露台，榻榻米的桌子上有几碟开心果、腰果、松子和小核桃仁。等他们坐好以后热热的茶水端了上来，厨师提醒他们旁边有一个冰柜，里面的酒水都可以自选，天雅问他有什么推荐吗？他说女士喝樱花酒很不错，天雅让他打开一瓶，他下楼拿上来好几样小菜摆在桌子上，另外还有三个自带储冰区域的酒盅和小杯子，给他们每人倒上一盅。父母还以为是天雅安排好的，觉得挺不错的地方，父亲还在冰柜里看还有什么酒，基本都没有喝过，他拿出一瓶梅子酒准备等会儿尝尝这个。天雅表面十分平静，内心有一点疑虑，这个地方让人摸不到头脑，菜单都没见过，也不知道会不会被宰。后来她一想，请父母吃饭就是要开心的，想东想西的干什么，年终奖也发了，吃个日料有什么吃不起的。

仔细看一下端上来的小菜，酒煮的花螺实在太大了，吃起来相当过瘾；酒煮的花蛤，也是很大，但是肉都十分地松软弹牙，剔除了有沙子的部分，还十分入味。小菜里面还有不知道是什么鱼的鱼块，本来这些东西应该是凉菜，冬天厨师特意温了端上来的，天雅本来担心父母不吃凉的，这下也放心了。

沙拉里面有大块的鳄梨和三文鱼还有蟹子，新鲜的蟹子嚼起来很清脆；之后上了鱼生船，各色的鱼片琳琅满目，每种的口感都惊艳，不亚于东京吃的料理，而且食材更上一个台阶，和手掌加上手指一般长的牡丹虾刺身，一个就让人吃得好满足，金枪鱼腩更是超过一般日料店的冷冻后化冻的口感，水嫩嫩的，北极贝更是巨大又无沙。鱼生完了是四盘热的，一盘是煎和牛肉粒，一盘是煎鹅肝，一盘是煎扇贝肉，一盘是烧汁鳗鱼段，厨师提示都要尽快吃免得冷了影响口感。前两道都有入口即化的感觉，扇贝肉一个就和手掌心一般大，香嫩多汁，父母都赞不绝口，牛肉也可以这样好吃。快吃完的时候厨师又端上来了蒸雪蟹，每个腿都破开了便于食用，母亲看这个架势就问还有没有菜了，都吃撑了，厨师说知道了，就不上拉面了，后面是甜品。

三个人喝了三种酒，开始的樱花酒，中间的梅子酒和最后的清酒，讨论着还是樱花酒最好喝，母亲老操心是不是特别贵。天雅查到这家餐厅在网上有评价，据说人均两千起步，她感觉这个价格其实并不夸张，确实对得起食材和品质。三个人正说着话，听见有人上楼的脚步声，母亲还在感慨"别再上了，真的吃不了了"。但是走近了一看并不是厨师，而是一个年轻的小伙子，顶着一个西瓜太郎一样的头型，让人感觉年纪很小，小伙子鞠了个躬："张总您好，伯父伯母好，我是这家店的老板叫徐飞，我来回访一下，您感觉这顿饭吃得满意吗？"父母马上招呼小伙子坐着说话，厨师给他上了杯茶。

小伙子有点紧张，看父母夸赞了菜品才逐渐地神采奕奕。他早就对餐饮感兴趣，要做就做高端的，倒不是因为逼格有多高，而是他发现普通的餐饮主要是价格战，不赚钱，而北京这种地方，只要东西好总有人出得起价，他赚的就是有钱人的钱。这两句话一说出来，天雅感觉小伙子不简单，商业逻辑很清晰。徐飞接着说，他的食材都是当地采购的顶级食材，当天空运到北京，到了店里还要再筛选，基本上要扔三分之一，而且鱼身上最好的位置就只能做几片，剩下位置不好的他也不用，他现在请的厨师是当初考察了好多店以后定下来的，虽然主厨工资一个月只有一万，但是其他餐馆用高几倍的价格挖不走，他让他们猜原因，母亲说"因为你对人家好"，父亲说"因为这里工作环境好，没那么多客人就没那么辛苦"，天雅说："你给人家股份了？"徐飞都摇头："之所以不走，是因为我这里的一套刀具，他片生鱼的刀一把就六十万，一共三把，厨师爱不释手，我跟他说了，干满三年刀就送给他。"用别人最珍视的东西挽留人才，天雅觉得思路很对。

说到了刀，徐飞说起每一样食材他都很在意，比如他们吃的芥末，就是两种山葵根茎现场研磨的，厨师端上来新鲜得发亮的两种根茎，一种是全绿的，一种是有点带红的，还有一个鲨鱼皮的研磨板子。徐飞邀请大家现场磨点看看，父母是第一次见到，动手磨出来的两个口味有些不一样，怪不得刚才天雅感觉有两种芥末的口味呢。他解释芥末无法提前制作，因为山葵里令味觉感到辛香的成分在研磨后的三分钟达到顶峰，必须要现吃现做。另外再说鱼生的吃法，很多人把芥末打散混合在酱油里，然后用生鱼片蘸着吃，这其实有点不得要领，最讲究的吃法是把芥末用鱼片包裹着蘸酱油，入口以后味道是分层次的，先是酱油和鱼肉的鲜嫩可口，然后是山葵的清香，鲜甜中带一丝辛辣，唇齿留香。听他这么一说三个人醍醐灌顶，这时候厨师又端了四片金枪鱼上来，三个人学着徐飞的样子吃了一片，刚才吃过的食材味道又上一层楼。

听他说得这么头头是道，母亲问他是不是专门研究这个的，看他小小年纪真不简单，他笑了一下，低下眼睛，跟他们说："我从小念书不好，初中毕业就没念了，自己出来讨生活。一开始在汽车修理厂做学徒，但是我干什么就喜欢琢磨，做汽修我也有心得，也是低端的很难赚钱，所以我立志做高端汽修，具体的今天就不说了；日料是前两年我去日本玩的时候喜欢上的，回来以后立刻动手，为了开店专门吃遍了北京的高端日料店。开始的时候只是想着不赔钱就行，现在越来越发现利润特别好，不愁客源。高端是三年不开张，开张吃三年，这里一共就两个厨师，每周能有一桌人来包房就打平成本，现在天天都订满了，所以为了用户体验，楼下散座都不接受预订了。"天雅看着这个年轻人感觉他其实经历得挺多,看他一个西瓜太郎的头型本以为他开餐馆是挂名或者玩票,现在看来他是认真的,这让天雅不由得仔细观察了他一下,他本人穿得很休闲也看不出是大品牌,不戴手表,人很瘦,脸晒得有点黑,五官还算深邃,不戴眼镜,很爱笑。天雅突然想到,既然预订得很好,为什么自己想今天来就能订上呢?她提出了这个问题,徐飞腼腆地笑了:"不好意思,我能叫您张姐吗?我是听富总说您非常能干,所以想跟您交个朋友,以后肯定还有其他事情多请教。这个事我要跟您道歉,因为提前没告诉您,但是单独请您吃饭怕您不赏光。"小伙子说得很真诚,父母都频频点头。

"徐总,交个朋友没问题,但是今天是我请父母吃饭,以后有机会我们再约,好吧。"天雅恍然大悟为什么自己不用点就噌噌上菜,她也明白了徐飞的意思,但是她不想让对方请客,无功不受禄。不管天雅和父母怎么说,小伙子都笑脸相迎,但是态度相当地坚决。天雅都说了如果这次不让她结账那以后就没法来了,小伙子也是笑着说以后来不来那是您的事情,今天就是我的事。

总之是拗不过,三个人出来的时候小伙子一直送出来,送到胡同口的时候路边停了一辆幻影劳斯莱斯,他提出这里不好打车,送他们回家,天雅马上说不用了,父母也说刚好溜达一下消消食,他以为是三个人介意什么:"叔叔阿姨也看到了,我刚才没喝酒,我今天是从修理厂直接过来的,这个车是我朋友的,我开的技术肯定没问题。"但是看到三个人坚持,也就送到那里了。

天雅心里觉得,这个徐飞还挺有意思的,他怎么认识富总的呢?估计是帮富总修车吧,毕竟他发过来了广告,豪车维修是专营店报价的两折,而且上门取送车、速度快,如果修车也和日料相似的体验,那肯定差不了。翻看他的朋友圈,头像是他身穿维修服站在自己店面前拍的,背后就是他的店,在北京就有好几家,里面停满了豪车,看起来是个挺务实的小伙子。虽然不让天雅买单这件事情做得有点霸道,但是对他总体印象并不反感。刚好借着这个机会,让父母看到自己还是有点本事的。父亲一贯地啥事不管,母亲倒是比较操心地说:"你爸妈这辈子都清清白白做人,你千万别因为吃吃喝喝这种小恩小惠犯错误。""知道了知道了,你女儿是什么样的人你还不知道吗?"

当天几乎所有的菜端上来以后天雅的父亲都拍照了,留个纪念,迫不及待地发朋友圈炫耀女儿请吃饭，看着一堆人点赞他也开心，毕竟朋友圈炫子女是每个父母都摆脱不了的魔咒。天雅跟父亲要了点照片发给吴老板，吴老板问她："又上哪吃好的去了？"

"不告诉你，等你回来带你去。"

"人家为啥请你吃饭？"

"交个朋友。"

"是不是看上你胸大了？"

"你以为人家都跟你一样啊。"

第三章

第一节

节后第一天上班刘伟给全员准备了实体红包，金额从八十八到八百八十八不等，天雅亲自发放，大家都笑着开工。

给乔哥的钱顺利地放出去了，乔哥想请项目组吃饭，天雅说等投资完成了再吃吧。项目组节后马上进场工作，教育类的标的还没有被资本化的浪潮涤荡过，很多地方都不标准，比如财务两套账，人员普遍不给上社保等，茹萍客观地汇报了工作量过大，天雅批复：可以启用第三方机构。有了天雅的批示，十个人的理账审计团队很快进场，也外聘了律所。

天贺的借款期限只有一个月，乔哥三天两头地给天雅打电话沟通催进展，天雅让他不要着急，如果是因为天贺尽调没做完导致不能如期投资，给他展期借款，他才没那么焦虑了。即使乔哥不来烦天雅，天雅也经常问茹萍进展，叮嘱她早日安排上会，天雅最多给她两周时间。

朱浩那边捷报频传，陈伟帮着拍广告的游戏公司搞定了，互联网巨头顺利借壳，天雅让刘伟设立特殊贡献奖，在周例会上颁奖并奖励团队成员每人五万元现金。及时的奖励激起了全公司的士气，也让业务团队有点急躁，听说李洋和王吉为了抢项目在办公区差点打起来，天雅和李拉商量无论如何不能内斗，各个团队以立项为准先来后到。

吴老板推荐给江海文化的国外影视公司块头大而且不便宜，一亿美元的利润报价要三十多亿美元，倍数太高了，天雅和江海讨论着未来的盈利增长点，如果是不跟国内市场结合那么就没有高增速，但是结合呢，中西合璧往往还容易水土不服。讨论来讨论去，感觉还是不太适合。其实天雅就不看好这个项目，但是她不好去驳吴老板的面子和好意，只能借着陈总死活不同意的态度来表达给吴老板。吴老板是何等地精明，他听了两句就知道是什么情况，他在电话里跟天雅说："你傻不傻？给你还不要，这么好的东西给谁都是个巨大利好，我是仁至义尽了，以后别抱怨我没给你好东西。"确实，等过两个月另一个默默无闻的上市公司公告了"蛇吞象"的并购计划后，市场给予了十多个涨停的回应。天雅虽然没有和大家公开讨论这件事，但还是把相关的新闻转给了陈总和孙洋，让他们明白，是他们推掉了天贺送上门的好意。同时她也在想，自己是不是错过了这个机会，如果做了这笔交易，今年的投资额完成任务了，浮盈也做上去了，就算是出现问题，怎么也是两三年后的事情了，自己的坚持有意义吗？这么一想天雅给自己都吓到了，什么时候自己变成了这么功利的人？在有选择的情况下，她还是想遵从自己的内心，即使这或许不是吴老板希望的。

　　节后第一周培训班还有预热活动，这次是另一个学员露脸，活动场地就在某二环以内高层建筑的顶层，有着无与伦比的视野和初春的暖阳。天雅让小鹿尽快去联系场地，以天贺资本的名义尽快组织活动，而且也要有伴手礼，不能差。这次李拉还是没来，在伟盛那边紧锣密鼓地帮保理公司开年初的经营会，走不开。这次活动乔哥没来，孟斌等间隙的时候过来跟天雅说："能借一步说话吗张总？"周围的人都侧了侧身，天雅稍微走近了些，他说："张总是在和乔哥合作吗？"

　　天雅本想问他是怎么知道的，后来觉得这个信息对自己并不重要，她不置可否："孟总有何指导啊？"

　　"乔哥最近好像在接触上市公司'一本万利'，张总知道吗？"孟斌压低了声音说。

　　"我对别人的业务确实关心得少，孟总您多费心。"天雅平静地说，内心有点不好的感觉，难道乔哥在脚踩两只船？但是她想到自己手里的东西应该还是能确保自己掌握先机，就不慌。她找没人的地方给茹萍打电话，问她是怎么回事，茹萍表示自己带一堆人天天在现场尽调，只有访谈的两天见过乔哥，之后也没有见过他，她能肯定的就是培训机构的总部里面只有他们一家在尽调，其他家就算是在谈也没有进场尽调。听到这个消息，天雅放心了很多，即使乔哥跟对方接触也无法撼动自己的有利位置，最多是为了未来资本化先熟络一下罢了。

春节后的第二周茹萍带着项目组上会了，客观地说在这么短的时间内完成的尽调报告质量还是很高的，介绍得很全面，大家的重点集中在财务情况，还有证照问题，办学使用土地的瑕疵这些都需要在资本化之前处理。会后马上投票，投委们除了有一票明确反对，一票明确赞成之外，其他的票都是有条件通过：要把估值降下来。

看着沮丧的茹萍，天雅请项目组在楼下吃小火锅，当初自己的项目难的时候就是在这里，今天还是在这里，她要为他们打气。茹萍情绪不高，她心气很高，一直认为自己就是最名副其实的 MD 人选，一直当工作组组长有点尴尬，而项目一直不落地无法提拔。她急于求成，之前上会项目被否也是因为她为了投资而投资；天雅这次故意把这个项目塞给她好让她证明自己，她鼓励茹萍一定可以做得出来，毕竟天雅的工作重点正在往承揽和管理上转，不可能自己下场再去拼刺刀了，她需要能打仗的人，茹萍又是她信得过的自己人。她跟茹萍说，自己会私下亲自给乔哥打电话来说估值。

谈到降估值乔哥没那么强硬，他强调一直都想跟天贺合作，只是另一个股东李铭的态度特别不好商量，觉得天雅就是趁着资金链紧张这个时机压价，他不同意。乔哥说当初天雅提的放款条件是和之前那个投资机构解约，他宁愿不要对方的违约金都这么干了，就说明了他的诚意。天雅放下电话就让茹萍去研究一下这个估值到底合不合理，最好去找感兴趣的上市公司询价，如果确实在市场上值这个钱，也好说服各位委员。

有一天下午天雅突然接到乔哥电话，说再问她最后一次，能不能马上签合作协议，如果不行，就要和李铭联系的资方签了。真是让人始料未及，天雅马上让茹萍去把乔哥人提溜过来，免得他和别人签字，天雅亲自给李铭打电话。李铭倒是很淡然，他跟天雅说，在商言商，并不是他对天贺资本过河拆桥，而是上市公司一本万利真的特别有合作诚意，不但直接认可天贺资本的尽调报告，而且对价给得比天贺资本高，所有的条件都更宽松，每年还提供不少于两亿的流动性支持；最主要的是，他们不要求对赌业绩。天雅不想探究李铭说的到底是确有其事还是虚张声势，她只是说，目前标的方的股权都质押在自己手里，自己如果不同意，谁都别想动。李铭在这里也软了下来，说，张总，有事好商量，大家毕竟都在一个圈子里低头不见抬头见，天雅挂断了电话。

一会儿工夫，乔哥出现在天贺资本的会议室，他跟天雅说上市公司一本万利是李铭联系的，做商业地产起家，账上现金丰厚，现在也在搞多元化，特别想布局教育板块，除了李铭告诉天雅的条件，还同意在新建的商业区里面划出一部分帮着乔哥扩展店面数量，乔哥已经去全国三个省实地考察过对方的场地，觉得这个资源嫁接得特别有意义。他和天雅是同学，一女二嫁这种做法确实不够地道，但是他个人愿意按原承诺承担全部的违约金，希望天雅能放他一马，同时他还把一本万利给他提供的合作协议的文本给了天雅，他是希望和天雅合作的，但是他提出的合作方案天雅这边三天了一直没有回应，他这边也拖不了了，对方已经盖章了，照片可以给天雅看。

这个时候，天雅还没有放弃，她马上召集投委会，乔哥已经明确要支付违约金了，不是他们以为的讨价还价，要马上决策投不投。天雅自己都知道，天贺资本虽然有钱，但是没有一本万利的优势，一本万利如果以做产业投资的思路去做，那就是不在意短期收益率的行为，而天贺资本就是靠短期内的资本化去变现的，必须要短期赚钱，拼不过的。会议室里面还在僵持，乔哥给天雅发了一张图，是李铭把自己的老股转让的合同，他已经签字盖章了，现在问题就变成了，天贺资本是否愿意和一本万利一起投资？一本万利可以，但是天雅不可以，不能控制资本化就毫无意义。到了这个时候，多说无益了，散会了，这次折戟真的让天雅有点郁闷。她不想再见乔哥，让媛媛去小会议室跟他谈，该怎么样就怎么样吧，乔哥给了违约金他们以后就两清了。

天雅独自闭门复盘项目失败的因果，自己盲目地自信了，有钱这个优势不是独一无二的。有些行业比如教育、医疗，天贺很难和产业投资竞争，她需要跟吴老板请示，公司对这些行业的战略是不是要调整。她想起了孟斌曾经的提醒，应该感谢他。还是媛媛靠得住，要不是她当初坚持要加违约金，现在就真的感觉更糟糕了，至少乔哥本人的八百万是赚到了，即使这样天雅仍然感觉到了挫败感，她默默地看着窗外的车流，直到刘伟敲门。到位不久的法务部负责人不干了，主要是觉得累，事情太多，平时的大部分工作推给媛媛，现在找到了下家。体会到法务的重要性，必须让自己人负责，天雅让范鹏兼任法务部一把手，他原来是前台业务员出身，可以反向思维，和媛媛关系又融洽，带带媛媛未来好提拔。

和媛媛谈好之后，乔哥并没有马上走，他执意要见天雅一面，天雅想着买卖不成两个人也还是同学，就见他了。乔哥表达了自己的愧疚，感激天雅在危急时刻拉了他一把，让天雅一定要同意自己做东请大家吃个饭，项目组做的尽调报告特别详尽和专业，很多业务的改良都是根据这个报告，而且这个报告发给一本万利对方直接采用了。天雅答应了，她不怪乔哥，人不为己天诛地灭，她只是说，你对不起茹萍团队，她肯定受到了很大的打击，乔哥也沉默了。

送走了乔哥，天雅让刘伟给全公司发通知，今后尽调报告一定要严格保密，不要随便地发出去，违反的人要承担相应的责任。这次表面上是茹萍泄露了尽调报告，但其实是天雅大意了，她本该早点警觉出手的；但这个时候她也不好说出来，她已经是天贺资本的灵魂人物了，是最有能力的人，这点不容置疑。

周五刚好李拉和天雅都在，媛媛非要请她俩吃饭，请客的理由是她有二胎了。事情还是缘于去年王吉派媛媛去大山里出差不回家，媛媛的老公当时跟她吵架很厉害，后来她回来了以后，也不知道怎么的，两个人为爱鼓掌的时候总能有点什么意外，忘戴套了啊、戴了一半摘了啊、套破了啊，总之她老公各种意外让她中招了，她那会儿长期出差本来就月经不调，两个月不来大姨妈是常态，所以她一开始也没有放在心上，等快三个月不来大姨妈了，才去的医院，果然是木已成舟。天雅和李拉都祝贺她，既来之则安之，刚好媛媛做法务可以尽量少出差，安心养胎，到时候天雅和李拉都是孩子的干妈，三个人举杯就把这个事定了。

李拉也分享了一个让人一点都不意外的事情：她办妥离婚了，但不是因为苏总，她的离婚是注定的，早就计划着这么干了，唯一的顾忌是儿子，现在尊重儿子的意见，他在念国际校，平时住校，周末想跟谁就跟谁。苏总那边有点复杂，几年前起诉离婚法院都已经判决了，毕竟是多年的婚姻，虽然两个人早就没有感情了，但孩子还在读中学，如果闹大了对他的工作、孩子的学业都不好，他和前妻没有对外公布，离婚不离家，还住在一起但是分屋睡觉，约定好孩子十八岁就了结，现在孩子十八岁了，也送出国了，按理说应该公开离婚分家产了，但前妻死活不认账，还想复婚，而且威胁要去伟盛和天贺闹。李拉认为办妥离婚是苏总的事，跟她没关系，但她怕苏总的老婆来天贺闹。她这话一说出来，天雅跟她表态了，放心吧，不信那个女人有那么大的胆子来闹，如果有，立马报警。

李拉说完了不安的事情，转脸就给她俩发狗粮。有一次她看到一个文章，说的是中国男人女人的平均寿命，她晚上和苏总打电话说到这个事情了，苏总以为她怕死就跟她说，自己宁愿把寿命给她，让她多活十年。李拉伤感女人本来就比男人平均寿命长，苏总又比她大十几岁，以后万一苏总走了她那二十年该怎么办呢？说着说着她就哭了，苏总才发现原来会错意了，他怎么安慰李拉都哭，没办法只能订了当天最晚一班的飞机，来陪了她一晚上，给她哄好了，第二天早上坐最早一班飞机回去上班了。

这一段真是甜得发腻，媛媛说没想到老年人的黄昏恋都这么带感，天雅只有羡慕的份，她内心也期待有这样对自己在意的男人，但她又让自己现实一点，但凡是她能看上的男人，都是在某个方面能出类拔萃的，男女之情必然是要让位的，但这就是她喜欢的人，甘蔗没有两头甜。

三个女人又八卦了公司里的事情，李拉新买了一辆保时捷跑车，有天在公司的停车场猛然发现王林也新买了一辆一样的跑车，她让她俩猜王林买车的主要用途，天雅说，这还不好猜，狗改不了吃屎，肯定是用于讨女朋友欢心的，媛媛说肯定是便于他提高相亲的成功率，李拉说你们说的都没错，但是我说的是用途，答案揭晓了——拉顺风车。王林就用这辆车天天挑长得漂亮的拉顺风车，据说已经有车震发生过了，但这是王林自己吹牛的，不可信；可信的是在电梯里听到另外两个人八卦，说某哥用自己女朋友的照片做头像，居然有个傻×用保时捷拉他顺风车回家后给他投诉了，说他欺诈。李拉说："你们猜，这个傻×是谁？"

等到培训班再开课的周末，就是天雅做东了，在私人高尔夫俱乐部，不接受散客，只有推荐才能入会而且会员一年只能预约五场球，即使在北京也是高端场所了，这次被天贺资本包场。从进门开始就都悬挂着天贺资本的旗帜，只有提前报车牌号的才能开进来，场地的入口是一片园林和会所，会所里面是那种北欧的装修风格，墙上挂着鹿角等兽首，桌子上随处可见的鲜花摆台，吧台上的茶歇自助，到处都是天贺资本的标志。所有的来宾都有伴手礼，天贺资本定做的高尔夫球帽、手套和球，还有俱乐部提供的全新服装和鞋。

会所后院草坪上竖起了高大的台子，上面写着本次活动的主题："见端知未 知地取胜"，下面的小标题是"聚人·交流·共赢"，前面是临时的发言台和鲜花门，李拉发表了欢迎致辞，所有的球具和球童都到位了，大家分头开始。明显地，一些同学知道了天雅和乔哥的事情，孟斌还过来安慰天雅，大家都是和事佬，希望关系不要闹僵，日后还可以继续合作。乔哥还主动过来催着天雅定下来什么时候吃饭，周围同学也让天雅给个面子，于是就定下来周日晚上去。打球的时候孟斌和天雅一组，他们聊起来，天雅说其实自己不反感乔哥，他也不容易，都是李铭捣的鬼。孟斌笑了，真的是天雅看到的这样吗？他们站在场地旁边让别人开始，孟斌用自己的手机拨通了电话，电话那头是李铭，外放。

"李总，好久不见，听说你最近发达了，把乔哥的股权卖了啊。"

"孟哥，看你这话说的，什么发达不发达，这点小钱你也看不上眼。这个事你是不知道，好处都让乔哥占了，非要让我当坏人，得罪了天贺资本的张总，张总还给我打来电话，以为我是幕后主使。你看我拿到的现金，大部分都借给乔哥了，我太惨了。"

"李总，咱们明人不说暗话，张总就在我旁边，我电话给她，你跟她说一下来龙去脉。"说着孟斌就把电话递给了天雅，天雅收起了免提："李总，这么巧。"

"张总，不知道您在，我说的都是真心话，乔哥交的违约金都是我出的。"

"到底是谁的主意？"

"公司是乔哥在做，我就是个财务投资人。平心而论，您觉得我配去和一本万利谈吗？还不都是配合他演戏。"见天雅没回话，李铭在手机那头着急了，"张总，我也有企业，您看哪天赏脸我请您吃饭，我做的买卖不比乔哥的小，没有必要为这点瞒您，您千万给我个机会……"不等他说话，天雅就挂了，她对于李铭和乔哥的罗生门丝毫不感兴趣，不想浪费打球的时间，毕竟打十八杆时间很紧张。

疏于练习，孟斌的高尔夫水平跟天雅不相上下，两个人打进洞费劲，进池塘的倒不少，虽然太阳底下暖暖的，两个人还是觉得挺冷的，不如回会所来点点心和热饮。服务生用电瓶车把他俩送回去的时候，其他人都还在打球，这么好的场地人家都不舍得暴殄天物，只有菜鸟躲回来看风景。小鹿守在会所总调度，她又安排了专业的摄影师，等活动结束会把大家的美照发出来。孟斌很奇怪天贺怎么包场的，他之前问过被拒绝了，天雅让一旁的小鹿告诉他。这次活动天雅非常满意，逼格刚好配上如今的天贺资本。

天雅拍了好几张风景的图片给吴老板发过去，吴老板还问她是在哪里。天雅一看就知道吴老板不会打高尔夫球，连这是高尔夫球场都看不出，她反问吴老板："你也不培养个兴趣，比如打高尔夫，打牌什么的？"吴老板无奈地回："哪有心思啊！没完没了的问题，没完没了的酒局，没完没了的运作，没完没了的风险，只要还有明天。"

孟斌端着一杯咖啡来到天雅身边，两人的沙发正对着球场，孟斌安慰天雅生意就是生意。如果天雅对什么标的感兴趣，他可以给介绍，当然，做成了别忘了给他财顾费就行。天雅对中间人并不排斥，毕竟猫有猫道，狗有狗道，各行各业都有自己的生财之道，做事情有良心就好。昨晚和吴老板沟通公司的投资战略，不能都是急功近利地赚快钱，也要有一些口碑项目，毕竟企业要承担社会责任，这一点吴老板应该更清楚，他每年做慈善的钱也是大把的。吴老板也同意她的这个想法，长线投资里他最看好医疗、教育和新能源，天雅马上让刘伟去找个医疗投资团队，确实可以让孟斌帮着找找教育项目。

晚上乔哥请天雅、范鹏和茹萍团队吃饭，选了个会所，据说股东是李铭，吃的海鲜火锅，乔哥一顿招呼，龙虾鲍鱼什么贵上什么，反正按照他的话说："我请客，让李铭买单，吃哭他！"天雅真的觉得茹萍这次为了乔哥的项目牺牲了很多，春节都没有过好，就撇下老公和孩子回来尽调，乔哥的办公场地（违建）没有供暖，都是空调，冬天吹热风让茹萍他们几个都上呼吸道感染，嗓子一直不舒服咳嗽，这些天雅都看在心里。本来想着这一个项目就能让她扬名立万，但是乔哥的临阵倒戈让这些努力付诸东流。乔哥就跟参加检讨会一样，全程都在道歉，态度十分诚恳。

酒足饭饱，乔哥又叫了一辆商务车带大家去唱歌，大家本不想去的，但是乔哥神神秘秘地跟范鹏说了几句，范鹏就跟着走了，天雅问范鹏他要去哪，范鹏说，曾经的"天上人间"，天雅和茹萍说没意思，让他们去，但是乔哥非要拉着她们一起不可，还当着她们的面给妈妈桑打电话，问有没有"少爷"，对方说有，天雅才勉强同意去见见本土化的牛郎。到了地方，从大堂到地下一层，里面曲径通幽，乔哥轻车熟路地进了一间大包房。大家刚落座，唰的一下就进来了一排姑娘，各种打扮风格的都有，有穿着包身裙、小礼服的，还有穿着睡衣或者超短裙的，妈妈桑跟乔哥很熟，她刚想让姑娘们介绍一下自己，乔哥就对她摆摆手说："要好一点的。"于是换了另一排姑娘，应该是比头一次进来那排贵些，因为身高都高了，胸大腿长，范鹏看得眼睛都放光。按照站的从里到外，每个人依次跟大家鞠躬，然后说"你好，江苏""你好，黑龙江""你好，成都"……在座的四个男士，乔哥招呼着每人选了一个，范鹏有点挑花了眼，又不好耗费时间太多，只能选了个和自己同省市的姑娘，姑娘穿了一件白色紧身连衣裙，他俩就坐在天雅旁边，其他没选上的都出去了，乔哥招呼大家点歌，姑娘们打开桌上的酒劝着边喝边唱。天雅本来等着见识"少爷"呢，也没见人来，乔哥去问，妈妈桑尴尬地说少爷今晚都出台了，实在不好意思，要不送天雅和茹萍一人一个姑娘，天雅说那就不用了，唱两首歌吧。这些姑娘们，名义上是陪唱歌，真的让她们唱歌，唱得惨绝人寰，天雅很郁闷，她们这么多人就不能有点差异化经营吗？

　　天雅不愿意再浪费时间，叫小王来接，路上天雅把刚才照的一排姑娘发给吴老板，问他选哪个？吴老板的电话马上就打过来了，问她去哪混了，别跟不三不四的人混在一起，天雅说自己在车上准备回家，让吴老板放心，没瞎玩，吴老板说你发过来的这些人我都看不清，我就选拍照的人，让她给我讲讲哪个好。天雅说哪个都比拍照的人好，吴老板说不是，他说拍照的人有个无与伦比的优势，天雅等着听他要放什么彩虹屁，结果他说，拍照的人不要钱，这些都要钱。给天雅气的，刚想发作，吴老板突然说，自己就快回北京了。放下电话，天雅看着车窗外，第一次感觉到车外的灯红酒绿色彩这么强烈，让人对生活充满了期待。好久没见到吴老板了，好像现在的感情也没有之前那么疯狂了，她好久没有好好地给他写过比较长的信息了，躺在床上她一阵感慨："这些天不知道你是否还是依然疲惫，想到目前在开两会，想必你会牵扯精力关心这些人事变动。我反省自己还是不够爱你，不能为你分忧，还牵扯你的精力，我想你，都放在我心上，我做不到让你开心就尽量做到不去打扰你，实在忍不住的时候，跟你说一声，唯愿君安，望早日归来。"

第二节

　　一天天雅发现家里多了个新的旅行箱，一问才知道是超市门口有办信用卡送礼品的活动，母亲跟着跳广场舞的姐们办了，看母亲炫耀半天，天雅也没多说话，信用卡办了就办了，只是母亲这种爱贪小便宜的作风不值得鼓励，她本想跟母亲说说，但是想到引战只会让战火往自己身上烧，就没敢说什么，只是说办得不错，以后没有用的东西就不要办了。这还被母亲一顿说，怎么没有用了？你出差不用了？老背双肩包像话吗？

　　之后母亲就一发不可收，跟着跳舞的老姐们各种薅羊毛，白天去听个讲座，每人发一盘鸡蛋，参加个推荐会，能发一袋大米。母亲一直叨叨叨炫耀自己的战利品，天雅多年来养成的左耳朵进右耳朵出的习惯都没过脑子听。直到有一天，天雅猛然发现厨房多了一台面包机，这也能送？母亲骄傲地说："就是送的。"

　　"哪里送的？"天雅觉得现在商家的推广费用预算都太高了吧，这都能送。

　　"就是银行送的，在银行门口。"这里面有问题，她赶紧追问："是做什么活动吗？"

　　"是啊，还是姐们告诉我的，银行的一个什么P2P产品，认购一百万就送！还好我去得早，后面就没有了……"母亲说得颇为得意，天雅的脸色已经不好了，她声音有一点点的变化，打断了母亲："哪凑的一百万啊？"

　　"就是之前你给我的那五十万，你爸退休一次性发住房公积金十五万，还有我这些年攒的三十五万，这几天你没看我老往银行跑呢……"

　　天雅基本上明白了，她还是不动声色地让母亲把产品说明拿给她。母亲一边抱怨天雅耽误她出去跳舞了，一边嫌她事多。几下子摸出了产品说明，花花绿绿的广告纸，就像售楼处楼盘的介绍，天雅一看这个，心就凉了，真是多年的猎手被狐狸给耍了。

　　这哪是什么银行的理财产品，分明就是皮包公司卖的P2P，这比天雅发行的产品差远了，天雅发行的产品是交易所备案的，发行的时候要审核确实是有投资项目的，而且认购人必须是合格投资者才可以认购。街面上这些皮包 P2P 就是用点小恩小惠去蒙骗大爷大妈，还在银行门前卖装作多么地正规，真的是心都黑了。天雅让母亲把打款的记录翻出来给自己看看，母亲挺不耐烦地把自己的手机给她，让她上网上银行自己看，出门去跳舞了，留下天雅一个人手都出汗了。

款打给了一个 ×× 金融咨询公司。天雅知道大事不好，但是还是想确认一下，她给银行的客服打电话，问他们和 ×× 金融咨询公司有没有关系，得到否定的答复后，她又拨通了宣传页上面留的客服电话，对方帮她查到了母亲的产品信息，认购就开始起息，肯定不能退了；而且更悲催的是，母亲以为这是一年期的产品，其实买的时候协议上有一行小字，写着"本产品到期后自动认购下一期，如不需要自动认购请勾选"，她压根没有注意，也就是说，产品到期后还要再认购一年，一共是两年。

这下天雅可气炸了，欺负人欺负到老娘头上了，她把产品认购协议发给媛媛帮着看，另外让税务部帮着查查这个咨询公司的工商信息，不能就这么算了。天雅平时工作太忙，没空跟母亲交流，心里十分愧疚，如果自己能多介绍一点平时工作的情况，是不是母亲就不会上当受骗。上一辈人很单纯，平时鸡毛蒜皮的小事斤斤计较，大的利益面前反而容易轻信别人。一百万对于她来说不算多，但怕母亲接受不了，毕竟是攒了好久的积蓄，被皮包公司就这么卷走了非得气病了不可，还是别让她知道了。

很快，媛媛就给了反馈，其实咨询公司就是一个中介，拿走了 3% 的居间费用，其他乱七八糟名目的费用 7%，也就是一百万中有十万都被他们拿走了，而他们并不承担任何责任，母亲自愿把钱借给 ×× 煤炭公司，后面还不还得上钱就是煤炭公司的事了。税务部门也有了反馈，咨询公司注册资本五十万，就是一个壳公司，估计用一阵子就会被注销，而煤炭公司能看出来连年亏损，其他情况不详。

当晚母亲跳舞回来，还在埋怨天雅疑神疑鬼的，一起跳舞的姐妹都买了，自己唯一遗憾的就是买的利率低了，才年化 8%，有人买的三年期的利息是年化 15%，跳舞队里面有几个大爷玩得猛，借了网贷去买的，网贷的利息是 6%，贷款四十万，一年干赚三万六，真是躺着就把钱赚了。

天雅实在是听不下去了，她让母亲以后再也不要去占小便宜，别碰 P2P，这不是银行的产品。母亲不再理她，而是愤愤地说，明天去找银行就好了。天雅让她别管了，自己会去找的。

第二天上班的时候母亲打来电话，有点语无伦次，说银行说了这个事跟他们没关系，昨天卖她产品的小伙子今天没看到人了，怎么会有这样的事情呢？

天雅真有点后悔昨晚跟她说那些，让她放心回家，自己来处理。她让媛媛给咨询公司打电话，看威逼利诱着能不能让对方服软，结果对方软硬不吃，说如果有意见可以按合同约定的去公司所在地的法院去起诉，如果想提前终止合同，去和借款人商量，总之就是恕不接待，走好不送。给天雅气的，居然拿这种公司没辙，她让税务去查一下，能不能举报这个公司偷税漏税，虚开增值税发票。

一筹莫展的时候，她突然接到于越的电话，原来是母亲找了于越说明了事情的一些片段，于越大概也听清楚了发生了什么，听说天雅这里有协议就想看看。天雅这个时候本来很烦躁，但是她转念一想，既然他主动提出想帮忙，自己应该团结一切可以团结的力量去解决问题。

中午的时候，天雅约了培训班上认识的黄老哥一起吃饭，她惦记的是黄老哥的教育集团。吴老板每年拿出大笔的资金去捐赠大学设立奖学金，每个学校上亿，就说明吴老板对教育肯定感兴趣，而黄老哥手上的民办大学和联合创办的职业技术学院就有好几十所，除此之外还有从幼儿园到大学的垂直链条，比较起来，乔哥的资产差远了。中午两个人带着各自的助理约在会所边吃边谈，刚坐下寒暄了两句天雅手机上就来电话了，陌生号码，她不想接挂掉了，对方又接着打来，她只能失陪走到了包房外面。

接起来以后对方自报家门，是咨询公司的负责人，态度特别好，问天雅她母亲购买的产品，是不想持有了还是想换一款产品。天雅说不想持有了，想拿回钱。他说没问题，马上派工作人员上门和她母亲去签一个补充协议，然后一百万就从原路返回。天雅让他把所有需要老人签署的文件发给自己，看好了以后会联系他。虽然不知道为什么突然就顺利了，但是黄老哥还在包房里，天雅让媛媛处理这个事情，就匆匆回去了。

黄老哥是上了年纪的男人，看着比吴老板大十多岁。严肃的时候不怒自威，笑起来慈眉善目，天雅以为做教育的天天教书育人，他应该是超凡脱俗的一个人；但经过一段时间的交往，天雅发现，商人就是商人，本质上都是为了利益，并不会因为从事哪个产业就会有先天下之忧而忧的情怀。

黄老哥这样功成名就的人本就是时代的受益者，他上过大学，这让他在他们那个年代有了超高起点，对比富总受教育程度是"高小"；他的经历和吴老板有点像，都是少年得志，大学毕业以后因为不满毕业分配去清汤寡水的单位，毕业就下海，从事电子产品的倒买倒卖，短短三年给自己赚了好几个亿，但是他们那个年代的人，经过了"文革"和九十年代，不安全感都特别重，他总怕自己赚钱多了不安全，谁的资本积累没有点黑历史？有了一定数量的钱之后就是人在江湖身不由己，有命赚钱了能不能有命花钱？思来想去他就想好了要做学校，至少保他平安。

于是他靠着做学校这个明面上的招牌，边做学校边做房地产；十几年下来，各种荣誉称号和头衔都来了，他很满意自己当初的眼光。作为一名商人，必不可少的是对赚钱的渴望和对机会的洞察力和执行力，能和天雅一起吃饭，必然是各有所求。

天雅在不认识黄老哥的时候就看到过铺天盖地的新闻报道，源于两会上偶然的一次记者采访，问他对当前的高房价怎么看。当时他也没想太多，就是实话实说，开发商开发了多种产品提供给不同的人群，要量力而行。结果记者标题党做新闻，"人大代表说了：房价不高"，还配上了他的照片。一石激起千层浪，黄老哥被各种口诛笔伐，什么"不为老百姓代言""为富不仁"这些都来了，媒体还打电话到他的集团，他实在是受不了，找机会耐着性子跟记者解释，不是说房价不高，而是说可以选择适合自己经济水平的。结果第二天新闻通稿出来了，标题是"这就是我们的教育家：让穷人别妄想"。他都无语了，越解释越糟糕，多年以来做学校而抬高的形象，这下全毁了，以后他一律不接受所有采访。

这段遭遇天雅是同情他的，这属于飞来的锅，他还不懂搞公关。从记者的角度也情有可原，毕竟资本都是带着原罪的，有哪个有钱人敢站出来说自己的每一分钱都是干净的，往有钱人身上泼脏水就和往明星身上扣绯闻一样被人民群众喜闻乐见，而且反差才有新闻价值，人大代表为人民发言是应该的，这种新闻没人看，只有博眼球才有点击量，对记者本身才有商业价值。真是天下熙熙，皆为利来。天雅看上的是教育这个名头，黄老哥看上的是资本的力量，双方的合作应该是循序渐进的，上来就谈大买卖是不现实的，天雅推荐给黄老哥几只股票，让他关注一下。

黄老哥有些傲骄，他感觉自己和吴老板才是对等的，如果不是吴老板不在，他都不会单独出来和天雅吃饭。说起学历教育是一把心酸，民办学校没有六到十年是无法树立口碑的，和现有的知名学校合作比较快一些，但那样利润都给合作院校交"保护费"了；黄老哥做了十几年，办学结余增长很慢；这些年赚钱主要靠地产，他建学校也是为了拿地，这和其他人讲的是一样的，什么建开发区、软件园，本质上都是为了拿地。

除了生意两个人还聊了别的，黄老哥有个女儿，在美国读哈佛。天雅问黄老哥就只有一个女儿吗？是不是有点可惜了，黄老哥说肯定是想要儿子啊，但是这个东西随缘吧。天雅说女儿大了也就熬出头了，是不是可以跟着女儿出国享享福了，黄老哥笑了笑，不置可否，只是说，国内这么多事哪走得开啊。

下午肖轩晖带了一个美国辅助生殖的标的上公司的初判会，刚好刘伟找了一个原来某投资公司出来团队，是三个人，天雅让他们一起听，好借此看看实力。上来就引起大家一阵吐槽，据说国内适龄夫妻中有超过 20% 有生殖障碍，这也太夸张了，和某保健品上市公司公告的"中国每三个男人中就有一个不行"有什么区别？辅助生殖里面有一块业务——代孕，目前在国内还是盲区，法律不支持，但是需求又是存在的，很多资本都注意到了这点。新团队为首的是吴迪，他是美国约翰霍普金斯医学院的博士，在投资机构做了五年了，他认为这个美国标的意义不大，主要是因为代孕价格太高了，整个过程至少需要一百万人民币，而泰国的机构只收三十万人民币，价格更亲民，受众更大。会后天雅跟刘伟说尽快把吴迪招进来，新成立一个医疗投资部。看到媛媛的信息，说钱已退回。

Mike 终于提出不干了，他在民营土豪里又找到了新金主，皆大欢喜，他走之前和天雅聊了，如果有可能希望以后还能合作，天雅祝他好运。

晚上天雅回到家发现于越又在，一脸的不悦，母亲赶紧给天雅拉到一边，跟她说要是没有于越那一百万也要不回来。于越在负责梳理和调研那个无良咨询公司注册地的P2P情况，所谓"县官不如现管"，在基层业务层面，最高法院不如当地工商和公安好使，找人带个话，事情才能这么快解决，对方还要事后诸葛亮地拍大腿："您的事情早说就好了，别说是我能解决的，我不能解决的就算是上刀山下火海我也万死不辞！"这下天雅确实是没的说，自己折腾了半天没搞定的事情，被于越几个电话搞定了，虽然挣得少但挺有本事。

母亲晚上做了好多好吃的，天雅也不好表现出不耐烦的样子，于越吃饭的时候说让母亲以后处理跟资金有关的事情多询问天雅的意见，这说得不错，天雅希望母亲能听进去；他说天雅也应该经常跟老人交流，让他们的思想能跟得上时代潮流，这点天雅确实做得不到位。母亲表态以后再也不去什么送东西的讲座了，跟老姐们就光跳舞不说其他的事了，如果不是天雅及时发现，于越出手帮忙，她都不知道要上哪哭去。天雅和于越都安慰她，钱财是身外之物，身体是最重要的，涉及钱的事都要商量商量。

说完这个，于越又表达了对这些打着"金融创新"名义的金融乱象的看法，很多是赤裸裸的诈骗；即使不是诈骗，很多用高息引诱客户认购，然后拿着客户的钱出去投资，投资是随便就能做的吗？他感觉这些都是庞氏骗局，早晚要倒台被清算的。这么说天雅不爱听了，她是转行做投资，于越是不是在说她不够专业？她和母亲说自己吃饱了，先去开个会，往房间走的时候，于越追上了她，跟她解释说自己刚刚并没有针对她的意思，让她别误会，并且他觉得天雅做得很好，天雅跟他笑着说谢谢。另外于越说快要到大学的校庆日了，同学们都要回去看看，他问天雅哪天去。天雅之前看到这个消息了，她很犹豫。

别管赚多少钱，天雅荒废了专业去搞金融，她有点自卑不想回去，她低下头看地上："我可能没时间……""一起回去看看吧，听说系主任得了癌症，大家商量着都去看看她，看一眼少一眼了。"天大地大，人命最大，系主任当初带她做过毕业设计，想到这里，天雅说："我尽量吧。"

于越一直没有真正接受离婚这个现实，他以为天雅在跟他掰手腕，只要认输了，天雅还会回到他身边。天雅对这个态度很反感，但是这次于越帮了忙的，她不想在这个时候挑明。她听着于越在客厅和母亲说话，母亲问他最近摇上号没有，他说还是没有。北京的汽车牌照自从天雅回国那会儿就需要摇号了，在那之前父母就跟天雅说了小道消息，让她先用自己的名义买辆车占上指标，当时她还不以为意；但是回国了以后她和于越自从进入了摇号池再也没了然后。

天雅最不喜欢欠别人东西，于越帮了她，就是一个人情，她必须要还。想到这里，天雅走到客厅加入他们的闲聊，她问于越，现在新能源的车挺火的，但是听父亲说好像还是传统的油车驾驶感更好，如果他摇到号了想买什么车呢？

第三节

中午饭的时候，天雅接到孙恒的电话："今天给司机放假吧，我接你下班。"

"你下午有事吗？"

"哟，你这个董事长下午居然不用上班啊，有什么安排？"

"我想去买辆车，你过来接上我去看看吧。"

"我上午开车到的，有点困，我睡会儿去找你，大概三点多，行吗？"

孙恒四点才到，天雅临出来的时候又被苏珊拦着签了几个字，并告诉她，孟斌推荐过来个教育类的资产，民办大学春风，天雅让苏珊把材料转给茹萍去做。耽搁了几分钟，天雅想着孙恒应该到楼下了吧，她冲下楼没看到宝马，正站在那里拿出手机准备打电话的时候，斜对面的车轻轻地嘀了一下喇叭，是辆奔驰大G，还是新车，牌子都没挂，变色车窗放下来，孙恒在里面跟她笑着说："看什么看，还不快上车！"

天雅坐下以后，就感觉坐垫热热的："这都四月中了，还开什么坐垫，挺热的。"

"这不是为了跟你炫耀一下吗，你看这背后还有按摩的。"孙恒一边说一边打开了。

"你好好开车吧，别动这些了，再撞上。"

"呸呸呸，你就不能说我点好。我新买的车，不错吧，你猜多少钱？"

"不知道，我哪知道这些。"

"告诉你吧，我这个车要在正规门店没有四百万下不来，这是我专门托了人去天津港提的，全下来加上内饰，才三百万。"孙恒得意洋洋地说。

"噢。"

"什么叫噢，这么开心的事情你也不为我高兴高兴。"孙恒还有点撒娇的样子，天雅感觉鸡皮疙瘩都要起来了，她敷衍地说："为你开心。"

"你喜欢不？喜欢就送你，我再去提一辆，这不是正好你要买车吗？"

"不用了，你这个车一般人开不了，太嘚瑟。再说我买车也不是我用，我是给别人买的。"

"哎哟,什么人啊?肯定是个男的。"孙恒一脸的坏笑。

"不是你想的那样,但是你正好给参谋参谋,我只是知道牌子和大概的款式、颜色,具体挑选还真的不会。"

两个人直奔了汽车专卖店,买车的过程倒是挺快,主要是孙恒在挑,还拉着天雅试驾,天雅根本体验不出好或者不好,她就负责在专卖店会客区一边喝饮料一边接电话,远远地看着孙恒跑前跑后的,跟销售谈这谈那的,等看到他摸出钱包里的黑卡的时候,她坐不住了。

"我来我来!"天雅冲了过去。

"你看你不好好工作,过来干吗,这又没多少钱,你管这些呢。"

"这辆车必须是我买。"天雅边说边接过销售手里的单子,能看到最终的价格是三十万出头,她的态度很认真,不像是开玩笑:"没多少钱,不用你出手。"听到这里,孙恒讪讪地收回了自己的黑卡,感慨道:"也是,你挺在意这些的,没有个上千万的事你也不找我。"

买完车才六点,孙恒找了相熟的中介提车、上牌子一条龙服务,就不用天雅再操心了。天雅感谢了孙恒,晚上要请他吃饭。

"咱俩之间就别客气了,今晚你想吃什么,我请你吃。"

"我都行,不太饿,别太长肉就行。"

"那就去吃蒸汽海鲜吧,刚好我也想吃点清淡的。"

吃饭的时候聊天,孙恒现在不约炮了,女朋友也有固定的了,但是一朝被蛇咬十年怕井绳,他想要孩子,只是再也不想结婚了,他就和天雅商量怎么能办到,天雅给他推荐了代孕,他一开始觉得不错,后来觉得不行,光有了孩子他又不能带,还是需要个负责任的妈妈来带娃。天雅说他,你既要求对方承担母亲的责任,你还不想承担丈夫的义务,甘蔗没有两头甜啊。孙恒说,只要是在红石市,他就有办法,什么证他都能办来。天雅笑着跟他说,这件事没有他想的这么容易,难道他能跟对方说:"媳妇,怕你累着,你看,我把结婚证都办好了,不用你去!"要是这都能信的女的,孙恒也得小心孩子智商随妈。

两个人有一搭没一搭地聊着,天雅突然收到吴老板的信息,明晚庄园见。

"看什么呢你,眼睛都亮了,还笑,给我看一眼。"孙恒看天雅那个死样子,猜个八九不离十,天雅才不给他看。孙恒说:"你看你现在这个样子,也不好好打理打理形象，烫的花也没啥了，衣服还是去年这些衣服，是不是新认识的啊，也不注意揸饬一下。"天雅突然觉得有道理，她说："不吃了，走，咱去逛逛街。"孙恒说："行行行，你说走就走。"

周围的商场还是几个大俗牌，孙恒说今年流行粗一点的鞋跟，你也换双鞋吧，等天雅真的试了粗跟的靴子，孙恒感觉还是细跟的更符合直男审美，但是天雅感觉粗跟的还是好走路，细跟的不行。试了一件连衣裙一样的长衬衫，很不错，很正式又显得很低调，孙恒还顺便给小女友看上了一双马丁靴，上面密密麻麻的都是钉子，他说现在的小女孩就喜欢这个，花不了多少钱还能讨她欢心。

第二天早早的，天雅就没心思干事，见人谈事心里也长草一样，中午去健身房一趟，不是为了健身，而是为了洗澡，吴老板最喜欢那种刚洗过的带着香味的头发。天雅今天穿得挺用心的，下午站在屋里凝视着落地窗外的风景，想着上次和吴老板见面仿佛就在上周，媛媛经过从背后给她拍了张照片。天雅一看照片还挺满意，把自己拍得有点曲线，她来了兴致，主动凹造型让媛媛多拍几张，结果刻意的效果反而不如无意间拍的。天雅把那张照片发给吴老板，并说自己在想好几个月前的事。吴老板光速回了一个"在开会"，过了会儿又回了一个"知道了"。

晚上天雅被助理带到新装修好的会客室，吴老板在最里面的沙发上坐着，周围还是一群人在汇报，屋里烟雾弥漫，烟灰缸堆满了烟蒂，天雅进去以后没有打扰他们，先脱了外衣，本想搭在沙发背上，但是不知道怎么搭好，她转了一圈觉得放哪都不适合，这个时候吴老板突然打断了在说话的人："怎么了张总，展示新买的裙子呢？"

"没，没有。"听他这么一说，天雅马上不找了，先把外衣挽在自己臂弯里，匆忙地想找地方先坐下别引人注目，在座的人里面有个挨着吴老板近的人赶紧起身，弯腰低头地站在一边把自己的座位让给她，天雅一看自己不过去他也就这么站着让，同时汇报也耽误着，吴老板就这么看着自己，也就赶紧听人劝地坐下了。这个项目跟她无关，吴老板听完以后三两句给了批示，这些人就退下了，他们说话的时候天雅偷偷望了好几眼，他还是掌控全场、收放自如，还是一身西服打着领带，皮鞋还是一尘不染油光锃亮，不知道是因为屋里热还是中午的酒还没退，他脸上有点泛红，看起来气色不错，往下瞅了瞅好像肚子一点都没小，不过不知道是不是心灵感应，还是天雅脸上自带弹幕，他突然用眼睛剜了她一下，吓得天雅马上收回眼神装作记笔记。这些人刚一走，吴老板就笑话她："我 × 他 ×，刚才说的跟你有啥关系，你就在那里瞎 × × 记。""那你让我跟这里干啥，难不成就盯着你一个人啊。"天雅就撑他，好不容易没人了，马上幽幽地说："都好几个月不见了。""有吗？我怎么感觉也就一个礼拜没见。"感觉到了天雅有点委屈，他的口气也变得温柔了，看天雅有点木木的样子怕她掉眼泪，马上说："你看你，这不是挺开心的事吗，我不是也回来了吗？"天雅努力调整一下自己，是啊，吴老板回来了，开心点。

这个时候助理走进来，说，老板他们到了。吴老板跟天雅说，走，吃饭去。天雅都习惯了，等会儿估计又是一大桌子人，还要喝酒敬酒换名片。结果到了宴会小厅，里面已经坐了三个人，是吴老板的儿子亮亮坐中间。吴老板并没有介绍，而是沉着脸问，今天跑步跑完了吗？男老师小声地说："亮亮今天有点累，没跑完。"亮亮低着头，吴老板脸色当时就不好了："没跑完坐在这里干什么？带着他出去跑，跑完了带他去和工人一起吃饭。"他们两个出去了，女老师本想跟着一起走，吴老板叫住了她一起吃饭，仔细问了亮亮今天的表现。四个凉菜四个热菜端上来，都比较素，吴老板显然没什么胃口，就喝了点白菜豆腐汤。女老师安慰他说："这个孩子得慢慢适应，况且您也没给他那么多时间。"吴老板说："我身体上的病，之前在日本好了很多，在香港的时候感觉还行，但是现在真的担心状况转差，看到亮亮还这么小，想到自己这个身体，很担心他的未来。"

吴老板什么时候生病了？她怎么不知道？她原来只知道吴老板的腰椎和颈椎不好，估计就是这个问题吧？吴老板继续说，去年曾经发现内脏上长了个东西，当时他谁也没告诉，独自去日本看病，幸好切了以后检验是良性的。听到这些天雅很心疼他，原来她还在抱怨他对她疏于关心，现在才知道她曾经也对他疏于关心，错过了陪他一起面对的机会；而吴老板和她又何其相似，痛苦都留给自己。

这顿饭大家都吃得不多，吃完，吴老板让天雅陪他散散步，好久没有巡视他的庄园了，他也有点陌生。天雅还惦记着吴老板的身体，问他情况，他并没有说细节，只说不用她担心。天雅让他把烟酒都戒了，他说："这哪戒得掉，我天天压力山大。"

"凡是需要意志坚定才能做到的事情我都不怀疑，你肯定能做得到。再说了，压力大你可以排解排解……"

"我这不是在跟你谈恋爱排解吗。"天雅又没词了，她自己也在不低的位置，有些感同身受，到吴老板这个位置别人都以为他随心所欲纵横捭阖，其实他基本没有自己的生活和时间，时时刻刻都在工作，人在江湖，身不由己。想到这里，天雅跟吴老板说："你多注意身体，能休息多休息一下吧，平时喝茶会客的时候可以喝点西洋参泡水什么的，补气安神，少喝点酒。我不给你添乱，希望多帮你分担一些。"

"你现在睡觉的问题解决了没有？看你状态还可以。"

"解决了，有的时候太累了能睡十个小时。"天雅心说原来自己睡觉没问题，都是和吴老板谈恋爱闹的，现在感情没有那么激烈了，自然就好了。人都不是铁打的，天天睡四个小时谁扛得住。

"解决了就好，我看你打电话的时候比较凶啊？"

"我不像你把情绪都消化了，你让每一个人感觉如沐春风但是自己却默默背负了太多压力。我感觉平时公司的管理和业务都让我头疼，需要发泄，又不好骂并肩的同事，所以我经常和对手方正面刚，也是一种减压方式。这帮对手方就是贱，项目负责人好言好语地谈方案，他们天天挑刺，还非要上升到我这里来告状，我能给好脸色吗？如果我给了好脸色他们以后就都找我了，必须骂回去。让他们知道，跟项目负责人谈就是最好的待遇，跟我谈绝没有好果子吃。我很为你的健康担心，活得没心没肺才没负担，希望你能找到情绪的出口，快意恩仇，随心所欲，不行的话骂我也行，我又不生气。"

"嗯，发泄情绪这个事情你说得在理，我年轻的时候特别喜欢骂人，但是后来我发现，你只是随便骂一句，被骂的人能难受好久，就像一根刺一样一直存在很长时间，所以我后来就不怎么骂人了。再说你给对手方都骂了，怎么开展业务？你啊！不能这样处理问题，你的脾气要改改，女人要温柔一点。"

"是是是，你多教教我。"吴老板又开始教育她，她有点不耐烦，她天天这么大的压力，自控得再好也偶尔有憋不住的时候，公司上上下下的百十口人吃喝拉撒、大事小情的哪个不得操心，业务上前有屁都不懂还自以为是的合作方，后有同行业的追兵，她必须不断地往前跑一刻都不能停。

借着和吴老板抱怨压力大的机会，天雅汇报了公司投资策略的转变，公司从一开始的多点开花，有钱就赚地做规模，到现在有了一定规模，用精品项目来给公司撑口碑，要做就做行业标杆。这件事情谈何容易，光是上下统一思想就让她颇费唇舌，全员展开类似批评和自我批评，现在也是慢慢地在转弯。吴老板饶有兴致地听她说，似乎有点不屑，天雅后来想着，是啊，大风大浪他见惯了，管着集团好几万人，就自己这点小风雨，估计在他眼里就是成年人和幼儿园的差距，自己的烦恼还能说得出，而他的烦恼，根本说不出。嘲笑归嘲笑，吴老板跟天雅说，他手里有好东西，但是几个团队都在谈，他可以介绍天雅也去谈，但是子公司竞争他就不方便插手了。

"我感觉你最近都不认真给我回信息了，经常就是回一个表情，是不是像昆德拉说的'人类一思考，上帝就发笑'？"

"没有啊，我那是在见客人或者在开会谈事，给你回个表情就是告诉你我看到你的信息了，但是没空回复文字，只能回个表情。"吴老板倒是解释得挺认真的，搞得天雅不懂事一样，她还有点不好意思。

一边散步一边聊天，吴老板突然想起来了什么，翻出手机上的照片给天雅看，里面是他在香港的别墅门口贴着的对联，他让天雅看写得怎么样。实在谈不上多好看，无法用太美好的词形容，她就说写得很工整，吴老板一脸得意地说："亮亮写的。"他还翻出了亮亮的照片，能看出虽然小小年纪，但是英气逼人，天雅称赞说虎父无犬子，她真的希望自己能有一个这么精神的儿子。吴老板说亮亮刚归他管的时候，天天闯祸，现在每天他都让亮亮住在庄园，和工人一起吃住和劳动，晚上其实工人的伙食吃得更好，他们干活的顿顿都有肉，吴老板反而吃得比较素。吴老板还跟她忏悔，早上他控制不住打了孩子，她能看出来吴老板只是太希望亮亮成材了所以对他比较严厉，她说："要不我给你当家庭教师吧。""你拉倒吧。"他走了几步，说，"女人不能没有家庭，你还是应该有个孩子。"

"我有孩子了谁给你干活啊！"

"我们各自做好各自的事情，不给别人添麻烦，我也是希望你好。你如果有了我的孩子……"

"不可能，我这里从来没有意外。"

之后吴老板走在前面，天雅拖着自己的两只脚走在后面，两个人都没有说话。这是什么意思？吴老板想和她生孩子？看不到他的脸，只听到他悠悠地说："要不你别干了，我给你……"

"那不可能的。"没等他说完天雅就打断了他。这就是天雅一直不敢想的问题，只要天雅还在天贺一天，他们都没有未来。吴老板从开始就知道，天雅现在才想明白这个问题。

突然吴老板站住了，他跟天雅说记得旁边的路灯这个位置应该是一棵梧桐树啊，怎么不见了，回头一看天雅的样子，他也不管是不是有人在旁边了，过来抱着天雅的两个肩膀，跟她说："你看你，本来挺好的事，怎么这样了。我这是为你考虑，你不想跟我要孩子吗？"天雅还是没有说话，她感觉让眼泪在眼眶里打转很不符合自己的性格，她现在只是在想如何让眼泪尽快地吸收进去，别出来丢人现眼。吴老板顾虑庄园里到处是眼睛，他站得稍远了些也放了手，然后让天雅帮他看看这里是不是有梧桐的痕迹。天雅回了一下神，打开手电筒仔细看，确实有个树根，原来的树干可能不行了被砍了，吴老板说："我就记得这里有棵梧桐的。"

天雅已经不想再走了，她跟吴老板说自己鞋不舒服，先回家了，吴老板皱着眉低声跟她说，他原来走的时候别墅的钥匙放下了，现在也不知道还能不能用了。天雅说，自己还有个小房子，只不过一直空着没有住，她收拾一下，地址发给他。

自从搬到皇城脚下后，公司旁边那个公寓就扔在那里，她不想让任何人知道。晚上她让小王把她放公司，说自己加班，不用等她了；到了办公室她确实打了几个电话，待了会儿，然后才去了小公寓。幸好当初搬走的时候还留了一些生活必需品，床上被褥也是齐全的，公寓卫生间里还有一些基本的洗漱和沐浴用品，其他就没什么了。离得不远有个小超市，天雅买回来了一兜子东西：新毛巾、男士拖鞋、饮料和零食。因为公寓的保洁下班了，天雅自己在家打扫卫生，地板上有好几个潮虫尸体，还有蜘蛛网和蜘蛛，她今晚就需要出点力气，让自己很累，否则她怕自己心里事情太多睡不着。

夜里不知道为什么，她还是醒来了，想起去年桃花盛开的时候她还给吴老板拍照，吴老板还给她回过一个自己庄园里桃花的照片，当时是"云想衣裳花想容，春风拂槛露华浓"，现在梧桐树都不能笑春风了。人总是在夜晚胡思乱想，天雅越不让自己去想，就越翻来覆去的睡不着，她对吴老板明明有所期待，但是却要说服自己放弃。同时，她不想依附于任何一个人，只想尽快成长为更有能力的自己。她爱吴老板，迷恋着他，但是她希望这是一场势均力敌的爱情。过去十年的感情纠葛教会了她：即使到了万般无奈的情况下，不得不做出选择，她宁愿放弃一切，也不想在失衡的关系中失去自己。

<h1 style="text-align:center;">第四节</h1>

周末就是校庆日，和于越约好了去看系主任。天雅和吴老板说起要去的时候，吴老板只是说："去吧，亲爱的。"

天雅不想让小王周末加班，自己打车去的，拎了一箱牛奶和忘了谁送的两大盒燕窝，到了系馆门口下来了以后一问于越，系主任在学校另一侧的教师公寓。天雅只能骑个小车自己过去，一路上还是熟悉的风景，道路两边挺拔高耸的大树在空中握手，想到原来自己无数次骑过这条路，后来又坐在于越自行车的后座上，多年后于越才说出来实情：当初为了带着天雅，他自行车后轮的内外胎一个月就要换一次，但是他怕天雅知道以后会有负罪感，瞒了好久。想到这里，天雅笑了，和于越那个时候真的挺好的。

到了系主任家，才发现只有于越和天雅。系主任挺开心的，他们是她带的最后一届，她退下来以后只有少数学生还跟她持续地联系着，于越就是之一。她目前跟着女儿住在北京城的另一端，一方面帮着照看孙子，一方面自己去化疗也方便。今天她上午回学校出席系里的庆祝活动，下午专门等着他们过来。虽然得了癌症但是她心态很好，说话过程中经常大笑，聊起自己教过的学生如数家珍，说起谁谁评上了教授、拿到了"千青"、发了多少文章，骄傲得不得了；她自己早已经看淡生死，说教出了这么多才华横溢的学生，在各行各业都有所建树，生活上也后继有人，一辈子够本了。她的公寓依旧是上世纪八十年代的感觉，家里还是水泥地面，屋里四白落地，厨房是白色小瓷砖，很多都掉了或是裂纹了，暖壶估计都比天雅的岁数大，桌子凳子是老式折叠的，天雅坐的时候特别注意了一下怕没坐好摔倒。但是天雅特别羡慕系主任，她的精神让人感觉充满了活力和自信，她问天雅在做什么的时候，天雅有点犹豫了，自己到底在做什么呢？如果不认识的人看到聊天的场景，肯定会认为，这两个人中，天雅才是得病的那个，一脸的心事，而系主任才是过来看她的那个。

回家的路上天雅接到了系主任的电话，她问天雅是不是一个人，天雅说是，她跟天雅说于越是个好孩子，他告诉自己和天雅离婚了，但是他坦言说是自己以前对天雅太不珍惜了，也没想到过她会离开他，他依然觉得他们很配，希望系主任能帮他一把。天雅跟系主任说了，她和于越纠缠了十年，看清了彼此，她早就死心了，而他连她的心什么时候不在了都不知道。

系主任说："我估计我时间也不多了，你也不用忌讳，能看出来你有心事，有什么想法可以跟我说说。"

"怎么好意思给您添麻烦……"

"你爱上别人了吧？"

"嗯。"

"那很好啊。"系主任开心总是特别容易，天雅这边却沉默了一阵。

"我还配不上他。"

"那有什么关系呢？你不觉得爱上一个出色的人，这件事本身就很棒吗？我真的为你开心和骄傲！"天雅真的有点绷不住了，她本来以为系主任会像老一辈人一样，劝她别瞎折腾了好好生孩子过日子，一个女人岁数大了还有什么资本，她都已经准备好了对抗的说辞和告别语，结果这话就像子弹射进她心里。这一刻，天雅常规的控制情绪波动的手段都失效了，她虽然面无表情但是眼泪已经掉下来，好在是在打电话，对方看不到她，她往下压了压跳动的心，对系主任说："可是我还是想结婚，想要个孩子。我也三十了，同学的孩子都能打酱油了。"这些话天雅从来没跟别人说过，而且她还撑过别人自己现在根本没空想工作以外的事情，但是她自己清楚这是她心里的另一个声音。

"想做什么就去做，老师相信你们这一代人都有能力和办法让自己不留遗憾。"

"老师，我怕我以后不幸福。"说到这里的时候，天雅已经放弃情绪管理，她的腔调已经完全暴露出她哭了。

"傻孩子，幸不幸福是自己选择的，不是任何人给你的。"

放下电话，天雅从包里拿出纸巾，她没想到老师能说出这番话，应该也是个有故事的人吧。

天雅给于越打电话送车的时候，于越真的有点意想不到，他十分开心地问："真的吗？"

"真的，你知道我不喜欢欠人情。有件事我想和你说明白：过去的事已经过去，我希望我们都能翻过那一页，今后我们各自过好自己的生活。"于越是知道天雅的脾气的，天雅也知道自己这么说于越心里肯定也不舒服，他在电话那端长时间地没做声，天雅在想他是不是不会要这辆车。

"既然我们还是朋友，我感觉不能就这么地白用你的车和指标，我按年给你钱吧。"于越还是一贯的实用主义，天雅懂得他在官场必然更加爱惜自己的羽毛，这一点无可厚非。

"如果你这么在意，可以签个东西，租金一年两千吧。"

处理了于越的事情，天雅感觉占用了自己很多时间，她只能晚上多加班来把这些失去的时间补回来，可能是因为休息少，可能是她的情绪上还是有些波动，毕竟是十年的感情，就这么随着岁月结束了吗？她感觉早上起来的时候眼前有点发花。到了公司又是一堆事情，听融资部讲非金收购模式一直走神，范鹏又来找她商量关于减持的事，有只股票走得还不错，但是不减持，公司现金流就有点紧张，减持了的话，如果影响股价对方有微词，后续资本运作或许就不跟公司合作了。这种事情，其他的时候天雅自己就定了，今天实在是感觉有点无力，她给吴老板发信息汇报了这个事情，吴老板还挺不耐烦的："这种事情你自己定，我哪知道你的头寸。"她觉得要爆发了，跟吴老板说："今天我状态不太好。"虽然没说其他的，但是吴老板完全懂了，他回复只有几个字："交给我吧。晚饭后抱抱你！"

第五节

回到家，天雅洗澡的时候听到自己的手机不停地响，不得已接起来发现是吴老板，他跟她说自己正在过去她小公寓的路上，听到这里她不得不以最快的速度奔出家门，即使是头发滴着水打上车，她也肯定迟到了，因为吴老板已经到了，而她至少还有半小时才能到，她跟吴老板说公寓每一层都有沙发区域可以坐着休息，她马上。吴老板不在的这几个月，天雅已经忘记了那种随时待命的感觉，自责太大意了。她本来想告诉吴老板车可以停在地库，后来怕被他催，就没管了。

她到了楼下没有看到吴老板的车，还想着吴老板是不是走了或者是到周围哪里待着去了，走近的时候发现他蹲坐在公寓门口的台阶上正在眯缝着眼睛看手机，一看就能猜到肯定是他一开始在门口踱来踱去，走累了才蹲坐在那里的，撅着嘴在生闷气。天雅轻声叫他："走啊。"他看了一眼天雅，没啥好气但是又可怜兮兮地说："拉我一把，腿麻了。"给天雅乐的，差点没劲拉他起来，瞅他这可怜样儿。天雅跟他一边上电梯一边问："没看到你车啊。"

"我让司机找地方停。"

"那不会看到我吧。"

"看到又怎么样？我跟他们说我来这边谈事的，看到你也正常。"

两人进了屋，屋里一直不开窗稍微有股味道，天雅对这个味道不敏感，他一进门就皱了皱眉，然后说："房间还是要经常通风。"进来了以后天雅拿出新准备的男士拖鞋让他换上，他又皱了皱眉，说自己平时在家都穿棉质拖鞋，穿塑料的脚冷，就没换鞋。坐下以后天雅给他递了一瓶矿泉水，他看了一眼没接，说："我不喝凉水。"天雅只能在厨房翻箱倒柜地找出一个烧水壶，把矿泉水倒里面热上，又摸出两个新的马克杯洗了，水烧热了倒上递给他。他看了一眼马克杯，接过来喝了一小口，就放下了。天雅说："是不是有点热，我去再倒点凉的。"说完就要站起来，被一把拉住坐到他腿上："我这么费劲过来找你不是来喝水的。"

天雅来的路上想了好多要和吴老板私下汇报的事项，但是真的被他抓着的时候，她头脑里一片空白，只想紧紧地抱着眼前这个男人，能和他单独相处的机会难得，除了梦里就是现在。他不在身边的那些眼泪和委屈，在他面前都不再重要。

他紧紧地抱着她，在她耳边说："没事的，等我到了五十岁，孩子也大点了，我想跟谁过就跟谁过……"她已经不想听他说话了，把舌头塞到他嘴里。

他抱着她走到床上的时候，她还在想自己是不是太重了，他万一闪了腰怎么办，下一秒她就决定好好享受当下别胡思乱想。

完事之后他去冲澡，出来的时候问："有浴巾吗？"天雅边穿衣服边走出来，告诉他墙上毛巾架上有新毛巾，他嫌弃地问："新毛巾洗了吗？"她眼神恍惚了一下，让他凑合用，他说："以后买点大浴巾。"她以为完事了两个人还能在床上躺会儿，晚上在这里一起过夜，但看他洗完澡就麻利地穿上了西服的样子，不像是能停留的样子。天雅穿着睡衣走向他，想把他再勾回来，但他正襟危坐在餐桌旁，刻意和她拉开距离，她不甘心地问："你是不是特别喜欢穿西服？"

"喜欢个屁，这就是我的狗皮，穿上这个我就是狗，你看我现在过的是人过的日子吗。"

"集团的业务情况不是越来越好吗？是你追求太高了，在开拓海外业务吧。"

"集团那帮××，你以为都像你这么让我省心吗？"

"但是这种生活我真的觉得好心累，见面都是偷偷摸摸的。"

"你看看我，晚上工作中间跑出来，这么累回去还要工作，我估计回去的路上都能睡着。"他突然灵机一动，兴奋地说，"以后等你把公司的事情都安排妥当了，你就去外面干点其他的事，只要跟天贺无关就行，比如说在庄园旁边开个茶馆，到时候我随时有空了就能随时去找你，多好。"

"开茶馆哪有那么容易……"

"我给你照顾生意啊，傻瓜。你想想，我觉得还真行，要不你开个饭馆，糊口的地方，就算是经济不好还能坚持，你考虑考虑。"

说完这些他接了个电话，就走了，剩下天雅一个人。有点失落，但还挺甜蜜的，他还想着怎么和她在一起，虽然想法有点异想天开不靠谱吧，但是她还觉得挺浪漫的。她现在这么纠结，或许是因为天贺资本的很多业务依然在仰仗着吴老板的威名，他们的关系无法公开；或许哪天她能和他比肩，心态就平和了。

正笑着，她接到了吴老板的电话，说刚出来没多久下雨了，她如果要出去就载她一程，怕她不好打车。天雅拉开窗帘才知道外面下雨了，吴老板是一片好意，但不想让他等就让他先走了，等会儿就算打不到车也能坐公交。天雅感觉心里好多了，一切就跟吴老板走之前一样，她没有必要想太多。

第二天上午在吴老板的庄园，天雅带某游戏上市公司的实控一行去见吴老板，对方在与天贺资本合作前想见见吴老板，毕竟对方也是拍下巴菲特午餐的人，那个自命不凡的气势只有吴老板能压得住。一行四个人到了吴老板的茶室，吴老板坐在北面的正座，对着南面的三个人和背后的玻璃落地窗，天雅坐在吴老板的右手侧的位置，三个人在南面坐着，背对着玻璃窗，因为太阳很足，玻璃窗上半透明的百叶遮光板放下来了，天雅是会场唯一的女性。

两拨人正在高谈阔论之间，吴老板的视线突然凝固了一下，天雅透过半透明的落地窗看到外面站着一个女人。她正面对着茶室站在院子里，天雅一眼就看出来，她就是琳姐，亮亮的妈妈，吴老板的前妻。很显然，吴老板的迟疑只有天雅发现了，对面的人还在夸夸其谈，天雅的全部注意力集中在吴老板身上，吴老板示意助理过来轻轻地在耳边说："她怎么来了？"对面的人停顿了下来，吴老板马上说："没事没事，你继续，你刚说要收购博彩公司？"助理轻手轻脚地走出茶室，天雅看到助理走到琳姐旁边跟她耳语了几句，然后回来，在吴老板旁边耳语了一句，她只听见吴老板说："你让她去屋里等，别站在那里。"然后吴老板又继续跟大家扯淡，天雅看到助理肯定是过去劝琳姐了，但是她并没有动，她就站在院子里，风韵犹存，妆容精致，虽然有点发福了。她来这里干什么呢？吴老板在别人面前不愿意提起琳姐，即使她就站在落地窗外，他都没有过去，甚至都没有看她，他想表达什么呢？天雅感觉琳姐的目光望向自己，她下意识地扭过来脸回避。过了十分钟，琳姐还没走，就站在那里望着屋里，吴老板依然和客人谈笑风生，而天雅拘谨得无法进入状态。

感觉像过了一个世纪，外面出现了一个熟人，小马带着琳姐走了，天雅才觉得轻松了不少。

等中午吃完饭，吴老板和天雅送走了其他客人，两个人在庄园里遛弯，他说今天见的人路子挺野的，但是确实思路多，这个市场需要这样的人，可以多跟他合作。天雅本想问上午的事，但是还是忍住了没问。两个人准备走的时候，吴老板先上的车，天雅绕到车的外侧准备开车门的时候车就往前走了，她听见吴老板训斥司机："没看见张总正要上车吗？是不是没长眼睛！"等车停下，天雅上了，让吴老板别生气，她倒要看看是哪个新司机不长眼，结果一看居然是小马，他不应该犯这样的错误啊。

车子走到原来的锦鲤池塘的时候，吴老板突然发现里面现在种满了芦苇，他问小马这是怎么回事，小马说："您忘了吗？琳姐怕亮亮为了抓鱼掉水里改的。"这一说让车里冷场了，天雅望向车窗外，按理说小马这么通透的人应该知道，提琳姐会让天雅不爽。

天雅提前下班，回小公寓把上次吴老板看不上眼的地方改进一下，买了男士棉拖鞋、五星级酒店的浴巾，特意把新浴巾洗干净了，新买了两个漂亮的玻璃杯，又开窗开了好一阵，找公寓的专业保洁做了半天卫生，阿姨跟她打听为什么现在不怎么住这边了，是不是房子要卖或者出租，她可以帮着找客户，天雅说自己不卖也不租，就想这么放着。阿姨说，房租一个月一万块钱呢，这么放着多浪费；天雅说浴室的玻璃不是太干净，能不能再擦一遍。

过两天吴老板来的时候，天雅在公寓门口等他，她隐约地瞥到开车来的人是小马。上来以后吴老板换好了新拖鞋，跟天雅聊了两句工作，天雅给他端过来了新杯子，他看了一眼，说："以后我给你拿点好茶叶。"天雅问他要不要先冲澡，这个时候他接了个电话，看名字是小马："不用了，以后这些事你别管。"放下电话，吴老板说小马发现他没带烟和打火机，非要给他送上来，他说不用了。

等吴老板洗完澡，天雅刚要给他炫耀准备好的浴巾，吴老板手机又响了起来，天雅像以往一样拿上手机给他递过去，她看见屏幕上显示来电的人是琳姐的头像。吴老板没接，他擦干了以后就上床了，然后天雅去冲澡，但是脱衣服的时候她听到了他讲电话："我在谈事，亮亮的事回去再说，挂了。"不用说了，小马是琳姐的人，肯定是小马跟琳姐说了什么才惹这么些麻烦事。

天雅上床的时候，吴老板跟她说："以后每周都要换一次床品，注意卫生，你如果没空可以让助理弄。"

"这套房子的钥匙只有我有，如果你需要我可以给你一把。"

"我拿它干什么，我身上有什么东西都是有数的，别给我。"

"都是小马给你带？他又回来当司机了？"

"小马是自家兄弟，信得过。"

"真的吗？"天雅一脸的不屑，吴老板听出她话中有话："你知道什么？"

"没什么。"天雅感觉自己说多了。

"别学别人嚼舌头。"这下天雅真的火大了，她不是那种人，吴老板这么说，她就让他知道知道："小马至少从国强的人手里拿过一千万现金，你知道吗？"

这下吴老板脸色变了，他那么信任小马，让他去下属企业任副总，去年年终分了几百万，平时一直开着八手奥拓，吴老板怎么也想不到。天雅告诉了吴老板这件事，只想让他对小马留个心眼，结果吴老板居然当场给小马打电话，质问他是不是这样，国强的人告诉他了。天雅就听到电话里"扑通"一声，小马说他给老板跪下了，他绝对不会干对不起老板的事情，否则天诛地灭不得好死，之后就听见他"砰砰砰砰"地在那里磕头。然后他说，自己确实收过现金，但都是帮公司收的，为了避税，不信吴老板可以去查公司的账。

说得真真切切的，天雅都差点信了，小马不当演员可惜了，但是吴老板好像也信了。他问天雅说话有什么证据，这下天雅无语了，怎么告诉吴老板？把孙恒抖搂出来？她和孙恒什么关系？天雅投鼠忌器，不能说到底她是怎么知道的，吴老板居然想问富总，被天雅拦下来了，富总怎么会知道。总之天雅问吴老板信不信得过自己，小马确实是收过拼缝的钱。吴老板火大了："他拼缝赚的钱就是他的吗？他的位置是我给的，他在这个位置才能赚到钱，都应该是公司的钱，这个数额足够把他送进去了！"天雅这才意识到这个问题对于她来说是自己一时泄愤，对于小马来说就是生死攸关的大事了，难怪他刚才跪下磕头，真的一点都不夸张。天雅有点后悔了，小马必然会疯狂反扑，她软磨硬泡了半天想息事宁人，吴老板才不置可否地走了。她觉得自己做的没大错，是因为不想暴露孙恒才没有透露其他细节，但是小马应该清楚，惹了她是会说的。

当天晚上很晚了，吴老板来电："张总，我已经查清楚了，小马就是帮公司收的现金，是国强付的利息，一百多万，都没事了跟你说一声，你也和富总说一声让他别误会。"天雅知道吴老板已经不会对小马怎么样了，但是小马也知道了是她在动手，虽然后面在吴老板周围没看到小马了，但是天雅知道自己和小马的梁子就算是结下了。

这件事情天雅和孙恒说了，就说自己在吴老板面前说漏嘴了，给孙恒气的："你是不是嘴贱，没事说这个干什么，对你有什么好，这下你没得好处还得罪了老板最信任的司机，你脑子是不是有包了？"

天雅不好说自己是先被小马气到了，她只问他如果今后真的需要指证，他可不可以站出来，孙恒说："当然不可以了，你脑子不好使了，我的还是好使的，我是活腻歪了吗这么干？这不是把自己的财路也断了。"这下天雅才觉得自己惹了事，搞不好吴老板都会怀疑她。

碍眼的小马虽然不在了，天雅总感觉吴老板对她没有原来那么珍惜了。每周来两次公寓，也可能吴老板倦了，有次他在床上半天都硬不起来，天雅心里想着是不是该给他买点蓝色药丸了，好像被吴老板看出来了，他有点不悦："你给我舔舔就好了。"

天雅面有难色："怎么舔？"

"就拿嘴裹，不会吗？"吴老板有点不耐烦了，没开玩笑。

"会会会，我来。"天雅笨拙地弄了半天也不行，吴老板干脆翻过身来了，说今天累了不弄了，问她会胸推吗？舔不好她已经过意不去，不好再说胸推不会，只能硬着头皮上。难道是自己对吴老板吸引力越来越少？真是书到用时方恨少，平时不努力，床上徒伤悲，天雅一顿使劲，吴老板一脸勉强。她感觉自己尽力了，不是专业出身，要求她提供增值服务需要她努力研究一阵子。一瞬间她感觉不好，这种服务感就像是下属对上级，完全不像是男女朋友那种相互你来我往的打情骂俏。她情绪不高，吴老板反而兴致勃勃地给她讲起二战时期，为什么日本男人死光了女人反而乳腺增生发病率降低，就是日本女人善于相互做胸推，这波洗白她懒得听，就是敷衍着说噢噢噢。

两个人坐回沙发上的时候，吴老板想抽根烟，他拿起烟的时候示意天雅帮他点，因为平时不抽烟，她一两下没打出火来，看吴老板叼着烟不耐烦了，她使劲一下，火苗一下子差点燎到吴老板鼻子，他瞪了她一眼，还是接过了打火机。他吸了一口烟说："你那会儿不收那个美国电影公司，别人收了翻了十倍，你傻不傻！"

"噢。"天雅实在不知道该怎么说，总不能直说她觉得不值，但是又不想跟吴老板承认自己错了。

"你看你根本不觉得，这样我怎么放心。"吴老板又吸了一口，"你好好做利润，我想把天贺资本卖掉。"天雅是第一次听到这话，她惊得来不及组织语言："那我怎么办？"

吴老板不经意地看了她一眼："这些我都会考虑的。"又跟她说："为了香港上市公司好运作，我会换个人替你当董事长，当然这不影响你干活，我换的人肯定是有背景的。"天雅点点头，她没法说别的，吴老板决定的事情只能点头。吴老板让天雅把公司在手资产的详细的列表发给自己原来的秘书海峰，他在负责给天贺资本找买家，好像是不放心天雅一样，他又补一句："发完告诉我一声。"

说完了这件事，吴老板又说："你能不能在我的庄园周围租套房，你这个地方实在是太远了，我每次来回就要一个多小时，太耽误时间，我在庄园周围散步的时候看了好几遍了，周围走路可以到的地方有几个小区，拿出手机来我指给你看。"

"为什么要租房？我不喜欢住租的房子，你没有房子了吗？"

"开玩笑，这么多年以来我一直都是这句话，谁觉得我有问题，随便去查，我名下就在老家有一套房子，其他什么固定资产都没有，这也是这么多年以来保我不出事的关键，谁抓了我都弄不到钱。我跟你说，如果我要用房子，那多得很，但是我名下真的没有。咱俩这个事，用别人的房子我总觉得不保险。"

"那我给你买一套吧，在你周围。"

"开玩笑，花女人的钱那还是人吗！租房比较好，一居室一个月也就两千块钱。"

吴老板说得这么认真，天雅只能把手机摸出来，吴老板给她指了几个小区，天雅说自己等会儿查查吧，他临走前嘱咐天雅："不用租太大的，咱俩租个一居室足够了，干净就行，也不用要什么家具，有张床就行。"

吴老板走了以后，天雅越想越怕，自己所有的一切都是吴老板给的，他今天能给香港上市公司换一个人当董事长，明天就能换掉自己。突然头上悬起利剑，吴老板到底是真的像他说的一样只是为了表面上好看，还是提醒天雅，别忘了自己只是一个打工仔？难道天雅以为的感情在吴老板眼里只是生意？天雅强迫自己没有把握的事不要随便怀疑，至少工作要干好，不管有没有真感情，吴老板公私分明，业绩不好她都会走人。

吴老板说的小区，其中一个是回迁房小区，里面楼挨着特别近，密密麻麻的，天雅怀疑隔音不行；另一个是商改住，一梯十几户，难道让吴老板在那里等电梯？吴老板根本没概念，那些个退休的大爷大妈最喜欢八卦这种事。天雅越看越皱眉，她给吴老板说了不行，吴老板实在是不愿意再跑了，他又提出来去周围的五星级酒店。天雅说，我无所谓，你出现在酒店安全吗？

第六节

肖轩晖电话打过来的时候，天雅正在和黄老哥吃饭，黄老哥的会所就在他民办校园的一角，原来是一个文物保护单位，四合院的建筑，三层小楼装修的中式风格。黄老哥上次听天雅的建议买股票赚了钱，他想探讨进一步的合作。天雅根据他的情况推荐资本化，他问是不是先买个壳，天雅刚好有个好主意要跟他说的时候，肖来电话了，天雅挂掉，肖又打，天雅又挂，她正想着是不是要关机的时候，肖的短信息来了："老板的事。"天雅马上跟黄老哥说失陪去趟洗手间，跑出会所给肖打回去。

肖轩晖非常紧张，说话有点乱，听了两句感觉他在撇清责任，就知道肯定出事了，让肖慢慢地从头说，把经过说清楚。肖问她还记不记得在香港见过的外国团队，当时他俩都在，是个中国女士带队，谈的欧洲项目，他发现这笔好像出问题了。这笔投资天雅没参与，肖参与翻译，但是决策都是老板做的，那个团队用私人飞机接吴老板考察，还安排吴老板见了好几国的总统和总理，当时吴老板就拍板要做，双方约定在境外成立公司，吴老板出资三十亿美元。之后的操作不清楚，肖只是最近收到一个文件帮着翻译，里面对方团队说当初吴老板出资认购的不是这个项目的股权，而是出资认购的他们团队私募基金的 LP（基金出资人）份额，所以现在吴老板无权过问项目的进展及运营情况。肖虽然只是翻译，但他明白出了巨大的问题。

天雅听明白了，吴老板肯定是被骗了，而且这个套路并不鲜见。就好比国内的房地产，好的房子、商铺在开盘之前就要找人，托关系才能买上；凡是车接车送去看房的，买房就送车位、送现金的，买了以后大多数砸手里。好的项目，资方挤破了头地往里钻，大家各种拼，拼钱多、钱便宜、能拉流量、能带货，还用飞机接送着去看啊。很明显地，吴老板被人钓鱼了，人家用一个好项目骗他出钱，然后钱莫名其妙地就变成了投给团队，任凭对方操作，对方理直气壮地发文件来说，肯定是法律手段难追责。天雅问肖当初为什么要如此操作，肖说确实是有理由的，因为当地相关法律法规，来自中国的资金被禁入高科技领域，所以吴老板通过对方境外的基金当通道去绕过当地的禁令，没想到被请君入瓮了，钱打过去了以后对方就翻脸不认人。

天雅想到了富总，吴老板曾联系富总一起看国外项目，但富总死活不去，他当时说得很直白："我是小学文化，不懂外国的事，但我看过好多被骗的例子，外国人我玩不转，不弄。"不管天雅当时怎么推荐，还提及富帅可以陪吴老板去考察，富总都不置可否。天雅跟外国人打过交道，单纯论聪明，外国人并没有中国人聪明；但外国商业规则比中国完善，不按规则就不被法律支持，这个经验和中国这拨企业家的经验正好相反，吃着改革开放红利做起来的中国企业家，基本上都经历了"大干快上，先做上再说"，哪个行业做起来了，政策才姗姗来迟，他们都无序发展惯了，法律意识相对淡薄，让很多外国骗子大展拳脚。现在天雅无法去关心吴老板，滑铁卢总是越少人知道越好，而且这么大金额的上当受骗，会极大地影响吴老板本人乃至天贺的声誉，甚至会影响到天贺资本。她叮嘱肖轩晖，让他无论如何不能和任何人透露，有任何消息随时和自己汇报；又拨通了小鹿的电话，让她密切关注天贺近期的负面舆情，随时汇报，必要的时候该花钱删帖就花钱，如果局面控制不了，就尽快地准备发言预案，统一口径。

做好了这些，天雅又跑回了黄老哥那边，继续跟他说令人激动的创意。这是李拉最先想出来，起因是丰收股份和天贺的合作胎死腹中。同样的模式丰收做得比伟盛早了几乎一年，但是丰收第一次重组报会的时候，会里反馈很多问题，再加上股价波动被会里关注，丰收的实控刘老头胆子小，抑或是因为股价波动和他有关，去年年初他就中止报会了；吴老板做了不少工作说服了他，好不容易去年十月份又报会了，但偏巧那个时候吴老板跑去香港不敢回来了，丰收当即停了重组并公告不跟天贺合作了，一年多的心血付诸东流。收尾过程中，李拉和丰收的高管搭上了线。

丰收几个高管私下对刘老头很不满，一起创业十几年的老搭档，不患寡而患不均，手里的股权分到的太少，他们就盼着丰收和天贺合作能带着股价节节攀升。刚刚宣布两边要成立合资公司的时候，公司的股价翻了好几倍；去年宣布终止合作之后，公司的股价又打回原形，这些高管心里太难受了。这就像盲人见识过光明无法再继续当盲人，他们就是要通过资本运作炒高股价，无法让刘老头回心转意就只能让刘老头下台。刘老头在上市公司持股 28%，几个高管的持股合计 24%，天贺资本只要持股不到 5% 就可以合计超过刘老头。

天雅、李拉和范鹏论证了方案，李拉先说了自己的看法：这是一件高风险高收益的事情，她认为值得冒这个险——今年 A 股市场都疯了，尤其是转让控股权，也就是"卖壳"，除了股票溢价以外，壳费高达十亿，显然通过丰收高管的里应外合，他们拿下这个壳的代价会远远小于壳费。范鹏劝谨慎，把大股东赶下台，成功的屈指可数，如果刘老头宁死不从，弄得鱼死网破，怕未来不好弄；他补充了刘老头的财务情况，持股都质押了，或许资金链紧；刘老头六十多了，三年前刚刚上市成功，两年前就匆匆换了媳妇、生了小孩，股票质押的钱都用于离婚补偿了，性格上偏保守，天贺有点风吹草动他就做了缩头乌龟。天雅一直没表态，一般她会考虑汇报给吴老板，但今时今日她犹豫了。她如果只是吴老板的一个影子，随时就不在了，她必须是她自己。不管是自己去承揽项目也好，减少对吴老板的汇报也好，路演的时候都推广团队也好，她都希望天贺资本真正地做起来，甩开吴老板的拐棍，她才能站起来。

天雅亲自去跟丰收的高管签的协议，她在回来的高铁上就约好了跟黄老哥的这次会面，天贺资本的最终目的不是拿壳，而是通过再卖出去赚钱。天雅让黄老哥从她手里买丰收的壳，壳费当然可以商量，有了天贺资本的安排，刘老头如果不从，就召集股东大会罢免他。黄老哥对资本市场觊觎已久，但他对天雅说的将信将疑，毕竟涉及的金额不少，万一赔了肯定以亿计算，他这么辛苦做民办学校一年也就几千万的利润，不得不谨慎。吃饭的时候双方的人都不少，话也不好说得那么直白，饭后黄老哥习惯性地来根烟，说自己去露台上抽，天雅跟出去单独跟他说："老哥，我知道大家挣钱都不容易，你其他的先不管，从二级市场慢慢收点丰收，无论最后能不能拿到控制权，你都不会亏的。"

"估计要收多久？这个事我不太懂。"黄老哥选了个下风口，吸了一口往背后吹出去。

"您如果信得过，我就让手下交易部的帮您操作账户，买入都是有技巧的，买也不能让股价涨。"

"妹妹，你给个方案吧，钱的事情都好说，老哥都信你。"黄老哥一边吸着烟一边说，显然就是在说不信她。

天雅当着黄老哥的面给李琛打电话让他研究方案，黄老哥应该是憋了半天，一根接着一根抽。天雅顺便问了他民办大学春风，孟斌推过来的项目，茹萍势在必得，眼看着马上要上会了，她和黄老哥打听情况。黄老哥先表明春风和他的办学区域不重合，他对春风不熟；听天雅粗略的描述，他感觉春风一年一千万的净利润还算正常，给天雅推荐了一个产投基金的负责人郭总，这个基金刚好是春风的股东。一会儿工夫，李琛回了电话，给了一个预计的时间和估算的成本，黄老哥没有当即表态，说东说西的，天雅跟他说这个项目不论他参与不参与，天贺资本都会先行一步。

当天晚上天雅约好了第二天上午和郭总见面聊聊。天雅到得稍早，她不习惯喝咖啡，叫了一壶花果茶，坐了一会儿郭总也到了，解释说早上要送孩子去幼儿园所以迟了些。两个人聊起来，郭总是大她两届的师兄，都两个孩子了，说天雅在这方面应该加油啊。天雅一直想聊业务，郭总却总说不急，然后就扯到别的地方去了，难道她这么远跑来是为了聊校友之情吗？春风问不出所以然，本想交流在手项目资源，无奈对方总是务虚，她匆匆道别离开，郭总还在问她忙什么，一起聊会儿天吃个中午饭，下午回家休息一下多好，女人不要那么累。

路上的时候，吴老板让她过去，她车刚开进庄园，就看到吴老板和助理在外面溜达，她下来和他一起，他先说话了："你知道了吧。"

"嗯。"明人不说暗话，在他面前根本没什么可隐藏的，虽然吴老板走在前面看不到他的脸色，但是肯定像这天气一样都是雾霾。他没有说是什么事，她也没有说。

"当时在香港见那个娘们儿的时候你就一副臭脸，但你这个人老是一副臭脸，能不能改改。"说到这里，吴老板叹了口气，"以后别有什么顾忌，你在我面前还有什么不能说的？当时你如果觉得不靠谱，你就应该提醒我，我一直觉得你这个人和别人不一样，虽然有点愣但是敢说话，如果像别人一样就会说我对，这就让我伤心了，是不是不够信任你男朋友？"

天雅战战兢兢地以为吴老板会在自己面前大骂对方，会找理由把雷霆之怒发到自己身上，但是都没有，反而让她心疼。吴老板自己背着手走在前面，低着头说话，倒像做错事的男朋友在对女朋友做检讨。本来天雅已经打定主意，吴老板怎么骂她都不说话，这个时候说得多错得多，但是能看得出来，吴老板需要她这样敢说话的人在身边，她心里一热："当初我确实感觉有点不对劲……"

"以后我让你看的项目，一定要好好地帮我看看，该说什么说什么，乱七八糟的事情不用考虑，好吧。"

"好的。"天雅心里挺愧疚，就像母亲会买 P2P 一样，吴老板是个快五十岁的老人了，金融圈里天天都有新东西，她都学不过来，吴老板执掌整个金融帝国，除了投资并购，他还要操心银行、证券、保险和信托，肯定是需要帮手的。她应该早点做些什么，而不是等着看他出事，她低下了头。

"以后知道了什么事情先告诉我，找公关盯着舆论也应该和我交代一声的。"

"好的。我也是担心那些媒体瞎写，现在那些写东西的都太没节操了，什么都敢写……"辩解有点词穷，她以为自己可以装不知道，但是这些小伎俩显然都被吴老板识破。她感觉吴老板有点瞧不上她找的公关，本想撑回去的，其他兄弟公司的花边新闻层出不穷，什么晨会之前在会议室啪啪啪被直播、原配打上门去堵小三、投资项目失败被人拉横幅什么的，这些新闻天贺资本都没有，吴老板这么厉害的公关咋不帮他们擦擦屁股呢，但是看着吴老板的脸，感觉他白头发好像又多了，脸色也不太好，她就忍住了。她自己也明白，吴老板这样的金融大鳄，对风吹草动明察秋毫，他上当的消息出来之后，热度没有多久就降了很多，必然是做了工作的；而且上当事件后续没有发酵，曾经有人质疑吴老板的三十亿资金是怎么出境的，很快被压了下来。集团对社会通报的口径是，虽然违法者在国外，但是天贺一定会通过法律的手段保护自己的权益，受害者形象跃然纸上。

"有好的律师可以推荐给集团法务部，这件事肯定没完。"

"好的。"

"你××只会说好的，能不能说点别的，提醒我点。"吴老板也不是对天雅生气了，开玩笑的语气，但是说完这句话就黑脸了，"肖这个人，你先把他调回来吧。"天雅知道是吴老板把被骗归咎于肖轩晖了，其实她也感觉肖不是无辜的。他虽然人不坏，但是在这个位置就应该提出职业的意见；之前一直没提示，事后慌慌张张来报告的，哪个领导会喜欢。

"还有两个项目想跟您汇报：一个是民办学校准备收控股权，等未来业绩满足了以后再全部收过来，以后做好了就改名天贺，符合集团实业要做教育的方向；另一个是刚过会的定增项目，投资医疗上市公司健康医疗，十亿的定增用三个主体认购，每个主体都持股不到2%，这样未来减持的时候也方便。这个上市公司早就有海外并购的意图，我们一直在帮他们寻找标的，可以让肖轩晖去以色列陪同出差，您看可以吗？"

吴老板没说不可以，天雅心里有点为肖轩晖可惜，他在香港和海外跑了这么久，在北京的家都不回，如今不管是因为什么原因，项目出事了，不管他负多大责任，他在吴老板这里都算是玩完了。

"我给你的香港上市公司找了一个更适合的人当董事长，是国际投行出来的。"然后吴老板顿了一下，说，"他还是一个人的女婿，这是最重要的。"天雅说话听到这里没的说了，他继续："你让人安排好他下周一入职，就是个面上的事情，都不影响的。"她有点失落地跟在他后面垂下了头，心想自己太幼稚，吴老板还是把上当的事情归咎于她了。

"怎么了？你还信不过你男朋友吗？"发现天雅士气不高，吴老板努力想解释自己的行为和归咎并无关系，但显然她不这么认为。他停下来，回过头看着她，她以为他要给她一个拥抱，就往前凑了一小步，没想到他马上往后退了一大步低声说，有摄像头。又是这样，她避开他的目光说："以您说的为准。"他看她的目光好像觉得有点亏欠她，突然助理走过来说客人到了，吴老板边往会所走，边回头大声说："我就不留你吃饭了，项目就按你说的推。"

天雅站在那里望着他走远的背影，感觉这个人是如此地可怜，在他的这个位置，时刻都不自由，要考虑别人说话的动机，分辨到底是真是假，所谓的高处不胜寒吧；她从来都不敢说了解吴老板，但她日思夜想的那个威武霸气的男人，也有软弱和无助的一面。正在那里发愣的时候，她收到吴老板的信息："现在有人，晚上再说。"

下午茹萍上会，春风项目从上会就展现出了势在必得的气势，项目组成员就四个人，但大会议室后方的座椅上还坐了好几排技术支持，有委托的会计师事务所、律师事务所的人，还有春风的实控人李春风带来的业务负责人。这次上会准备得非常充分，天雅事先安排苏珊在上会过程中拍照和记录，可以给其他项目团队作为今后上会的标杆。新的财务总监也已经到位了，但是范鹏还是惯性思维，他怕宣传外聘尽调会鼓励其他团队都采用外部第三方的尽调，这样团队内部的律师和会计师会推卸责任，而且还费钱；天雅说看完成质量，如果外部做得好我们不差这点钱，以后集团派人来审计的时候也好给他们看看。

会上比较顺利，虽然范鹏问得比较犀利，针对财务这块也提出了未来是否能完成业绩的疑问，但范鹏和茹萍私交不错，不像李洋上会都能被问得差点自闭，茹萍对答如流。会后大家对她纷纷表示祝贺，春风必然是今年的明星项目了，虽然投资金额不大，但这是未来集团重点布局的产业，又是公司控股，和其他一、二级市场那些投资意义截然不同，天雅把茹萍叫到自己办公室。

天雅先祝贺茹萍成功拿下春风，但谈话目的是想让她返回香港上市公司，去协助新来的董事长。肖轩晖会去和吴迪一起为健健医疗收购海外项目，茹萍可以在香港上市公司任职总经理，估计新董事长并不分管业务；天雅抛出了一个升职的甜饼，她的真实意图是让茹萍去监视新来的董事长，省得对方在那边搞小山头。茹萍拒绝了天雅，她不想再回香港，因为香港就是一块飞地，一旦自己被发配去了那边就远离了权力核心，今后估计就没有机会了；她坚持当时回来的时候天雅承诺过让她去带团队做投资的，她还是想这样，但是她又变通了一下，如果天雅坚持让她去香港，她要做投资部的负责人兼任香港的职位。天雅同意了，年中人事调整的时候任命。

虽然舆论热度被控制住了，但是起底天贺以及吴老板发家史的文章层出不穷，为了扭转被骗事件带来的不良影响，公关部集中发力，天雅在各大主流财经媒体上看到了对吴老板的专访，这是他第一次接受媒体的采访，没有视频，通稿全是文字，但是满满的干货：

在接受本报记者独家专访时，吴晓天讲述了天贺集团的创业史，并引用别人的话说，创业维艰，"辛苦难以名状"。对于外界指责天贺集团"操纵股市"等传言，吴晓天回应称：

天贺集团，聘用了很多北大清华学生，核心还是靠智力和智商。力量有三种基本形式：暴力、财富和知识，其中知识最为重要，暴力和财富都依靠于知识。天贺入股的上市公司，对于天贺的其他资产的体量而言，肯定不是战略重心，这些股票的市值也才几百亿，和资本市场五十万亿规模相比微不足道。我们将金融股以很低的成本装进上市公司，但是公众股东和政府都分享了巨额的收益和利税，所以对于"包装项目卖给上市公司让股民买单"这样的说法，我觉得不可思议。

我在国外待了很多年，台湾的股市我也研究过一些，香港、美国的股市我也研究过，中国证券市场从创立到现在，你们可以看一下历史，所有庄家都垮台了，因为一个背着包袱前进的"庄家"，一旦面临大的经济周期调整，基本上都会被压垮的，真正赚钱的人是跟庄的或者跟大势的人。顺便提一点，外界说我是因为涉案远避海外，你们可以到政法部门查询，天贺高层自创业十几年来，没有一个人受过国家政法部门的通缉、边控和调查，所以种种潜逃、如何如何，基本上都是一些不负责任的猜测。

吴老板本人非常低调，接受采访也不照相，天雅感觉他回答得非常自信，同时也点破了一个最核心的问题，他为什么每次都能跟对"大势"？

第七节

茹萍过会就已经预定了当月的业务之星，天雅特意亲自为她颁奖并致辞，并提前为茹萍团队发了项目落地奖，她希望全公司的人都能够像茹萍一样想公司所想，急公司所急，在做业务的路上披荆斩棘，她感觉看着茹萍就像看到了当初的自己。当然这样做让一些人不满，天雅能看出来，比如吴迪团队，落地的定增质量自然不如茹萍的；整个公司里面，最落寞的人是肖轩晖，他现在已经不是海外部的 MD 了，手下的两个小兵，一个跟了茹萍继续在香港，一个觉得跟着他没前途跳槽了，他一个人在外国或外地出差，天雅好久没看到他了。

团队大了，公司的各方势力在露头，李拉对茹萍没有好脸色。刚好吴老板推荐过来重磅项目，本来是跨境并购应该交给肖轩晖的，但是肖已经是日暮西山了，天雅也不再挺他；茹萍风头正盛，为了平衡公司的势力，新的项目她听了李拉的建议，交给了王吉。王吉这个人除了会做下属以外，没有一点亮点，天雅也明白交给王吉其实就是交给李拉，随她吧。

香港上市公司换董事长让股价当天上涨 20%，或许吴老板说得对，就应该换这样的人。天雅让苏珊亲自去香港帮着新董事长熟悉工作，虽然吴老板说就是撑撑门面装装样子，但是天雅还是要小心一些。

月上柳梢头，人约黄昏后。晚上六点多，吴老板自己摸上来直接敲门，没用天雅下去接。天雅对上次吴老板不行了心有余悸，怕这次他还是不行有点尴尬，她上次还说"要不要帮你买点药"，这句话太伤人了，如果这次他还不行，一定要好好鼓励他。她和李拉、媛媛一起吃饭的时候就讨论过这种问题，媛媛说自己的老公，虽然时间久，但是中间一度会让媛媛不知道他在哪里、是不是还在，李拉倒是觉得苏总虽然大她十多岁，但是倒还好，主要归因于苏总经常打羽毛球，媛媛自从听了这个就让自己的老公去打羽毛球，觉得还是有些作用的，搞得天雅都想让吴老板多打打羽毛球了，但是话到嘴边还是没敢说。

她早早来到公寓，开窗通风顺便打扫卫生，上次吴老板挑剔了床品没有每周一换，她这次决不能再犯。天雅干得一身汗又冲个澡，也为了等会儿省时间；洗完澡她没有穿内衣，而是穿了一件低胸包身的睡裙，本想着这么穿挺有情趣的吴老板应该喜欢，结果打开门以后吴老板看到她，上下扫描了一遍，只是说，今天怎么穿得这么奇怪，这一句就让天雅没了任何心情。

吴老板进来以后坐在沙发上，跟天雅说，今天晚上他八点半还要见一个人，天雅等会儿八点给他送到东方君悦，还有一个多小时，今天没空干别的了，因为他还没吃饭。他说到这里天雅有点失落，刚刚换了全套的床品、专门穿的睡衣，英雄无用武之地。吴老板看天雅噘着嘴，过来搂着她说："怎么了，你就非得要啊？"天雅低下头，说："也不是……"没等她说完他就开始脱衣服了："还愣着干吗。"

这次明显地感觉他兴致不高，就是顾着天雅，天雅说："这样行吗？"他说："你别管我，你怎么舒服怎么来。"

看着天雅满意了，他并没有尽兴就直接去洗澡了。洗完澡两个人没穿衣服又在床上躺了会儿，他接到一个电话，天雅看着头像是琳姐，他还是一只手把天雅揽在怀里，一只手拿电话毫不避讳，能清楚地听到他的谈话内容，对方的话一阵一阵地能听到：

"你几点回来？"

"很晚。"

"我明早的飞机。"

"几点的？"

"十点的，但是我箱子多，准备早点到机场，提前三小时吧。"

"让小马他们帮着你搬不就行了，别什么事都自己干，像个农民一样！另外你就算是国际航班也不用提前三个小时到机场吧，太早了也没事干，你听我的，八点出发足够了。"

对方说的什么就听不清了，吴老板最后说"好嘞"。全程天雅没有发出任何声音。既然吴老板没有避讳，她感觉就没什么问题，琳姐可能是短期过来看儿子的，总之不值得她操心。她在这一行也干了这些日子，感情的事情她有点迟钝，但是做业务却是一把好手，对吴老板的信息一直在收集。他在天贺集团体内体外的资产，凡是她能查到的，最终受益人都是他自己或是他儿子，琳姐如果和他还有关系，她的名字必然出现在受益人里面，所以天雅感觉他没说谎。

放下电话，吴老板看了一眼天雅，若有所思："当初如果不是两次闹着自杀，我也不会跟她……"天雅并不想听任何解释，她抱紧了他。控制不住自己，她还是会想到琳姐，为什么自己坐飞机从来没有被关心过？她出神了，想着要不要答应和他生个孩子，她想要儿子，他曾在饭桌上多次羡慕那些生了女儿的，应该就是缺这个。

"我×，都这么晚了，饭还没吃呢！"吴老板猛然一拍大腿，赶紧起来穿衣服。天雅回过神来，她穿得更快，问他想去哪吃饭。他说没时间出去吃了吧，还有二十分钟，能吃什么？天雅马上穿好鞋跑下楼，在楼下饭馆买了一个肉夹馍，一杯豆浆和一个水果杯。拿上来以后，她问："够吗？"他说："够了够了，水果太凉了你吃吧。"不到五分钟吴老板就吃完了，天雅的小车一直停在地库，他看到这车又有点嫌弃，她说："要不我给你叫个车？""算了，快走吧，早知道让车过来接我了，现在说也晚了。"吴老板拉开副驾的门就上来了，他想把座椅往后调，又死活不知道按钮在哪里了。

路上天雅想跟他再聊聊，但是每次刚想张嘴，吴老板就让她专心开车，而且全程专心地帮她看着路，看来他对天雅的车技记忆犹新。看着快到了，他让她不要停到正门，因为他的车就在大门旁边停着，他让天雅绕到另一侧把他放下就马上开走，他自己走过去。天雅还挺为他担心的，通过后视镜追着他是不是安全地到了。

天贺资本在二级市场上的动作还是引起了刘老头的注意，他特意约了天雅面谈。刘老头有点官僚主义，总认为自己应该跟吴老板对等，天贺其他人一概不见，这次能亲自来见天雅，太阳从西边出来了。

刘老头穿得很朴素，脚上穿一双布鞋，一脸的忠厚老实，宽皮大脸，肉鼻子厚嘴唇，少量仅存的头发向两边梳着，白的多黑的少，带着董秘一起。天雅走进去的时候，他站起来，主动伸出了手，但是身体没挪动位置，等着天雅过来跟他握手。宾主坐下之后，刘老头先开腔了：

"张总啊，我本来想约吴老板的，他说他出差了不在北京，有什么事跟您谈也是一样的。"刘老头脸上皮笑肉不笑，让天雅看着还挺难受。这个时候董秘给助理递上了一个包装得还不错的盒子，里面是一辆长达一米的同比例缩小的工程车，精致的车灯、设备都可以开关，天雅想着摆哪里呢？她想到了亮亮，把这个东西给吴老板送去，他应该会高兴吧。

"刘总您太客气了，有什么事情您随时吩咐就好，还亲自跑一趟北京，如果您有空一定要赏光一起吃个饭，让我们也尽到地主之谊。"天雅也是一脸假笑，她想着老这么笑，自己的法令纹算不算工伤。这个时候前台拎过来了礼品袋，里面是两个宝石龙的男士钱包，天雅示意把东西放在他们手边。

"大家都是老朋友了，谈不上客气不客气，相互多走动走动是应该的嘛，张总最近生意怎么样？"刘老头还攀谈上了，天雅只能跟他你来我往地瞎聊，就等着他抛出要说的话。

"张总，是不是天贺资本对丰收股份有什么误解？最近为什么要悄悄地进来呢？"

"刘总，我们是确实看好公司的发展，大家也是老朋友了，互相支持是肯定的。"

"您看我都公告了，由于省里面环保改造，估计今年下半年可能要停工，这对业绩的影响还是不小的，您是不是对上市公司的发展还有一些好的建议？我这次也是专门来和您了解的。"

"刘总，环保改造停工不是件坏事啊，这点您比我清楚多了，等到再复工的时候，其他小厂都停了，定价权就回到大厂了。"大家都是揣着明白装糊涂。

"我听别人说、听别人说的啊，天贺资本可能对我的控制权有意图，我想着不可能，天贺这么大的公司还是要名声的，这要是在市场上传出去，不好。"

"刘总，您看您头发都白了，家里还有小宝宝，需要您操心的事情太多了，这种传言您就别费心思了，大家都是为了上市公司好，为股民负责，我们也不希望出什么事。"

坐了半小时刘老头就说有事要走了，送走之后天雅马上给黄老哥打电话，让他尽快买入，买入什么她没说，她预感到刘老头就快有动作了，黄老哥说知道了。

第八节

李春风股权转让成功，还在校园里办了一个巨大的庆功宴，天雅看到了茹萍传回来的照片，有大型的签名墙，郭总也去了，所有人都穿着礼服戴着胸花。茹萍非常会做人，她给公司的主要领导还有中后台人员都带了伴手礼，春风定制的充电宝和无线鼠标键盘套装。东西很有心意，平时这些东西都在办公室桌子上放着，让人看着就想起茹萍。不但是天雅，全公司中后台都觉得茹萍很厉害，与合作方的关系处理得妥妥帖帖。其他投资团队也不甘心，大家展开了送福利竞赛：吴迪团队联合健健医疗送洗牙代金券，李洋团队争取了宝石龙的内部折扣价，朱浩联系互联网体检平台以低价订了超豪华的体检套餐，王吉团队联合伟盛送了小龙虾，连融资部都联合银行提供快速消费贷，让集团其他的子公司羡慕死了，看着天贺资本的员工天天在朋友圈晒，一时间风头无两。根据刘伟给天雅汇报的数据，原来公司的员工里面重点大学的比例不到一半，现在达不到这个标准根本过不了简历关。

小鹿来找天雅汇报年中旅游的事情，本来定好泰国潜水，但是天雅觉得最近朋友圈里面晒海岛游的太多了，必须要标新立异才行，她给小鹿定了个小目标：全员西藏。天雅提了几个基本要求：酒店五星级；飞机必须一趟过去；安排一定的徒步活动，让无人机航拍；最后一个要求，也是最关键的一个——必须保证安全。去西藏的灵感还是黄老哥给的，他说组织员工去哪里玩都行，就是西藏不行，主要是高原反应风险太高，头疼脑热的小感冒就有可能要命，这要冒多大的风险才敢去啊。说者无心听者有意，天雅自己也没去过西藏，正好借着这个机会，让广大同行看看天贺资本的风貌，就是敢为天下先。小鹿挺紧张的，这次出游需要全公司配合，全员要提前两周按时服用红景天，以及掌握紧急救生技术。

和天雅预料的差不多，丰收股份突然停牌了，董秘一个人匆匆赶到北京，专门和天雅解释停牌的原因：想要重大资产重组。天雅知道董秘是来当说客的，而天贺资本是绝对没有可能顺了刘老头的心意。她并不想见董秘，让茹萍代替自己，她自己去见互联网大佬老李，是朱浩介绍的。

　　和老李的见面是在他的办公楼里，天雅到的时候，老李屋里坐着好几个程序员，他让他们先撤了，办公室里面一片狼藉，不得已让天雅跟着他去会议室，结果推了几个会议室的门都被白眼了。其实互联网和金融相对于传统行业算是新贵，不同于传统行业的西服革履、等级森严，新贵都不那么讲究，天雅曾经在候机楼一边吃泡面一边谈几个亿的买卖，老李和天雅是在楼里一个茶水间谈的事。

　　"吴老板最近有什么发财的机会想着兄弟们啊？"

　　"必须的啊，李哥，知道您弄了一个众筹投资股权的平台，我们可以多合作啊，我们有项目！"

　　"妥了，我找负责人小侯过来，你们谈。"小侯看样子岁数不大，九〇后，典型的程序员，他来了以后老李就先走了。小侯接着在茶水间和天雅聊，周围来来回回接水的人不少，小侯看出天雅的目光有点分散："张总不好意思，我们都没有单独的办公室，工位上地方小，就在这里聊吧。"

　　小侯详细地讲了众筹平台运作的过程，天雅和他商量先用邱小平推的青苗来试水。青苗这个做女团养成的标的刚一拿出来，小侯眼睛就直了，马上开始尽调。这个事情谈得简单明了，天雅很喜欢互联网公司，因为他们反馈快、执行力强。

　　回去的路上茹萍和天雅汇报了丰收董秘来面谈的内容，无非是想让天贺配合重组，股东大会上不要否决议案。双方心知肚明，刘老头肯定知道几个高管把股票质押融资的事情跟天贺有着千丝万缕的联系，他们质押了股票以后都辞职了，刘老头心里明镜一样的。听李拉说几个高管都收到了刘老头的电话，让他们回去谈投票的事情，几个高管都避而不谈，所以刘老头才让董秘千里传话。

　　茹萍打太极拳般地接待了狗皮膏药一样的董秘，天贺不会让丰收重组，因为天贺就是要拿下丰收这个壳，而重组之后，拿壳就无从谈起了。晚上天雅、李拉和范鹏三个人开会，大家明确了反对重组冠冕堂皇的理由，反正不见董秘人家也不走，不如让他们知难而退。

　　第二天天雅见了董秘，上来就直白地说："不知道刘总对标的企业有没有了解，清不清楚对方财务的问题。都在市场上混，我们对标的企业的情况有所耳闻，可能以这个标的的财务情况无法过审的，您考虑过吗？"董秘没有想到天雅问的不是重组方案，而是标的无法过审。他支支吾吾地说，回去再去确认一下。

晚上在吴老板的庄园，天雅等着跟吴老板汇报健健医疗，到的时候前一拨人还没走，她还是照例跟在后面听，吴老板跟其中一个人说："你这次去几个地方？"

"先去香港，再去新加坡，然后再回到香港。"

"你到香港的时候帮我买几双鞋，就是我脚上穿的这个牌子，还挺好穿的，我回来以后别的鞋还真就穿不惯了，你看一下这个牌子，我记不住。"说着吴老板往前伸出了自己的一只脚，他把鞋底跷起来让旁边的男人看。

"老板，这么看我也看不清，而且要看看您这个鞋的尺码，不介意的话我帮您脱下来看看。"这个油腻的男人单膝跪地，把吴老板的脚捧在自己怀里，帮他解鞋带脱下来，然后一只手在下托着吴老板的脚，一只手捧起鞋放到眼前使劲地看，找了一圈没有看到鞋码。吴老板说："你眼拙吧，张总来看看。"天雅没想到会提到自己，这个油腻的男人过于谄媚得让她浑身起鸡皮疙瘩了，现在难道也让她跪下去捧着臭鞋使劲看吗？天雅愣在那里没动，吴老板也看出来了，他给她个台阶下："算了，我估计她也不知道，小那个谁，你过来帮着看看。"旁边的一个助理应该是新来的，马上过来也单膝跪地，两个人使劲看，最后在一个地方找到了，跪着如获至宝。之后助理帮吴老板穿上鞋，仔细地系好鞋带，才站起身来退回到不显眼的位置。记好了鞋码、品牌，又讨论了要什么样式、颜色，各要几双，那个油腻的男人才准备离去。临走，他思前想后，还是跟吴老板要一双备用的鞋，这才如获至宝地捧着走了，看得天雅目瞪口呆，这个拍马屁的功夫也是学不来。

等他走了，吴老板让助理重新去拿茶叶，看助理出门了，天雅有点不高兴，她跟吴老板轻声说："为什么要让他买鞋？我也能买，我给你买吧。"

"不用。"吴老板看了一眼天雅，发现她有点不高兴，好像自己拒绝了她的好意，只能耐着性子轻声跟她说："我让他买，是因为他欠我的，你不欠我的。"

"我放在门口的大盒子里面是一辆工程车，送给亮亮的，等你下班的时候别忘了拿回家。"天雅有点得意地说。

没承想一贯处事不惊的吴老板反而有点慌张，他没料到还有这一出，紧张地赶紧起身把盒子放到柜子里面，坐回到太师椅上的时候才小声说："以后别这样了。"

天雅有点气不过，想问他为什么自己不能给亮亮送东西，这个时候助理回来了，吴老板马上就高声说："还有什么疑问吗？"

天雅除了工作，兴致勃勃地跟吴老板说明天公司去西藏旅游，但是吴老板明显地不感兴趣，只是说："你们去呗，跟我有什么关系。"天雅有好多话想跟他说，想和他一起去，自己心里还是挺忐忑的，怕公司这么多人万一有身体不好的，怕徒步的时候有人倒下，怕夏天去雪山上太冷或者空气太稀薄出意外，太多的担心，都因为他不感兴趣而无从说起。说完就走了，吴老板送她出来以后没有让她上车的意思，如果是平时她可能会和他在庄园里溜达溜达，赶上黑漆漆的小树林两个人还能暗中接个吻再相互搂搂抱抱，今天她也没兴趣，拉开车门准备上车，吴老板站在那里，欲言又止，天雅坐在座位上，看到他，心里也有点挣扎，如果能随自己的心意，她真的想扑上去跟他吻别。但是现在她无法做任何想做的事情，也无法说出她想说的话，她也那么看着吴老板，吴老板突然觉得气氛有点不对劲，他扭过脸对助理说："给张总搬两箱日本的葡萄，刚送来的那个。"天雅马上说："谢谢老板，我吃不了，就先走了，别搬了。"

吴老板一皱眉："×，让你拿着就拿着，什么时候给你点东西都这么费劲，快点啊。"助理跑着去跑着回，这期间天雅默默地看向远处，她能感觉吴老板灼热的目光就停在她身上，如果他这个时候走过来，真想带他一起走。但遗憾的是，今夜只能带走葡萄。

去西藏之前，天雅最后和黄老哥确认是不是已经实施完了，黄老哥确实准备了买丰收股票的钱，他也知道目前到了双方要亮剑的时候了，但是天雅听出来了，双方博弈不见血，黄老哥是不会出手的。

这次是全公司一趟飞机过去，大飞机上一半的人都是天贺资本的。天雅和李拉、范鹏一直在商量丰收下一步的行动规划，考虑到经济舱最后几排没有人，他们三个从头等舱跑到经济舱的最后去商量，苏珊、刘伟帮着拦着其他人别过来，注意保密。这个时候李拉感慨，以后公司做大了，就包机，要不谈点事都偷偷摸摸的，还是吴老板的私人飞机最爽了，天雅拿眼睛斜了她一眼，说："快干活吧，干好了什么都有！"

落地拉萨的时候，全公司的人在刚出机场的地方，拉着横幅一起照了全家福，这个时候虽然太阳很大，但是天雅穿着短袖就感觉有阵阵凉意了。到了香格里拉大酒店，酒店从停车场到接待大厅这一路都拉着"欢迎天贺资本"的横幅，大厅更是准备了欢迎的歌舞表演，穿着民族服饰的姑娘小伙热情洋溢的舞蹈让大家都很尽兴，还给每一个人都献上了哈达。酒店的走廊上都标注了酒店的海拔高度是三千六百五十六米，导游特意提醒了第一天的晚上最好不要洗澡，免得着凉感冒有危险。头一天的晚上，据说有团队自己出去吃饭了，天雅嘱咐刘伟，让人力部一定要及时掌握公司人员的动向，公司每个人出去的时候必须报备给团队长，至少两个人结伴同行。

稍微吃了点菜和汤，天雅准备早点睡觉，她感觉心脏有点异样。躺在床上翻来覆去地睡不着，她在想自己是不是有了高原反应，应该去医务室看看情况。她穿好衣服，走到酒店的医务室，发现不但是里面，外面都坐满了公司的人，大家都在吸氧，小鹿在现场，她跟天雅汇报公司随时都带着成箱的氧气给大家用，让她放心。天雅在医务室测了指标都正常，医生就让她回屋了，小鹿给了她两瓶氧气，让她回去不舒服就吸氧。就是心脏的难受，让她几乎一夜没睡着，心里也是止不住地胡思乱想。恍惚中，她仿佛来到了吴老板给集团开会的现场，吴老板在讲话的时候有些头疼，好像有点站不稳，她冲上去扶住了他，但是他还是倒下了，人躺在地上，天雅跪在地上把吴老板的头捧在自己怀里，叫人来帮忙，而其他人就在周围看着他们，仿佛在议论他们的关系，而这一刻她只想让他醒过来，其他的一切她都不在乎。她着急着给他做人工呼吸的时候，突然醒了，看看表才睡了二十分钟，既然第一天不能洗澡，第二天总可以了吧，天雅起来洗了个澡。虽然几乎一夜没睡，但是天雅尽量让自己看起来还算精神，她洗完澡做完面膜还涂了好几层，面霜、妆前乳、防晒霜和粉底霜，感觉脸上都要和泥了，这才算防晒到位了。早上的自助餐她没胃口，让人送来一碗清淡的米粉和菜吃了，她给吴老板发信息："领导还好吗？"她怕吴老板身体真的有事。

早上八点集合，由于布达拉宫限流，公司分三批参观。蓝天白云晴空万里，往上面走的时候，吴老板回信息了，他今天确实有点腰疼，等会儿他要找医生来看看。天雅想到母亲前一段闪了腰的时候，邻居刚好是中医针灸的大夫，街里街坊的上门帮母亲扎的针灸，也就半小时，本来都动不了的母亲就能起来了，还能自己活动活动，她马上找个没人的地方给邻居打电话，问她今天坐不坐诊，刚好她今天轮休，天雅说想让她帮着上门看个病人，架不住天雅的哀求她勉强答应了。联系好了医生，天雅给吴老板打电话，说给他找了一个针灸的大夫，等会儿送她上门给吴老板看看，吴老板那边没有马上说话，只是说谢谢天雅的好意，但是不用她找人来，吴老板也认识针灸大夫，会让人家上家里来看的。放下电话，天雅有点失落，谢过了邻居，然后独自往上走。

所幸大部队发现她没跟上就一直没有再往高了走，一堆人在半路的台阶和白墙上各种自拍和合照，天雅勉强陪着拍了几张，她心里一直在想吴老板怎么样了，同时又觉得自己太可笑了，吴老板这么谨慎又多疑，怎么可能随便让人来给他看病呢？天雅对自己的邻居并不知根知底，不应该草率地把她推荐给吴老板的，真是急得一点脑子都没用，再说吴老板用得着她给找医生吗？

除了布达拉宫，后面还去了拉萨八廓街，天雅根本没心思，满脑子都是吴老板，好在他后来发信息过来说好多了。中午的时候小侯给天雅打来电话，青苗众筹十分顺利，估计过一周就能产品上线，可以准备看下一个项目了，他约天雅有时间聊聊其他业务。

晚上是酒店自助加自由活动，李拉撺掇着他们自费去看一个大型实景演出，天雅买了票，后来游玩过程中听另外的游客抱怨说演出是露天的，还人工下雪，冻得半死，好多人打了退堂鼓，但李拉坚持拉着天雅和范鹏去看。不得已，晚上从宾馆出来的时候，天雅穿上了最厚的装备，结果到了大巴车上一看，李拉和范鹏每个人从酒店搬了一床被子，真的是心思活络得很。从入口到进表演大厅还有一段几百米的台阶和路，天雅都不想跟他俩走在一起，扛着被子太丢人，李拉也觉得有违自己的淑女形象，找了同去的一个男同事帮忙，进去以后才拿过来。他们三个的票在前排，周围的人都不认识，表演场地不允许随意地走动，也没有人能给他们拍照。进去的时候感觉没那么冷，但随着表演开始天色越来越黑，才感到阵阵寒意。表演途中天雅回个微信感觉都冻手，后悔没戴手套来。表演中还真有人工降雪这一段，天雅他们离得近感觉狂风卷着雪花往脖子里钻，这个时候顾不得面子不面子了，李拉和范鹏的两条棉被都派上了用场，一条从头上横起来罩住三个人，盖住背后，另一条横起来从胸口正面盖到脚，三个人缩成一团，范鹏艰难地掏出手机来给三个人自拍了几张照片，李拉还打趣地说，这才叫风雨同舟。天雅拍了一个表演的画面给吴老板发过去，他回："正在开会。"天雅问他："腰还好吗？"他回："要折了，坚持着坐着。"天雅说："不行就站着吧。"

晚上又是辗转反侧睡不好，跟吴老板聊了会儿天，他还发过来了做针灸的照片，感慨身体真的很重要，平时工作再忙还是应该坚持锻炼，普拉提可能比较难坚持，他试着去打打太极，身体好了才能更高效地工作，今天开会什么都听不进去，因为腰疼得要断了。天雅跟他讲了讲西藏之旅，吴老板还问有没有遇到什么帅哥，天雅说真的都没你帅。

第三天的行程是大昭寺，还有另外两个什么寺，都是烟熏火燎、朝圣者络绎不绝，天雅不信这些东西，也从来不拜，但是她这次隔着距离地双手合十，在心里说："请保佑父母身体健康，吴老板平平安安，请给我勇气，让我这一生无所畏惧，无怨无悔。"

晚上自由活动，前一天晚上公司很多人都自发地去布达拉宫看夜景了，拍出来的照片效果不错，所以晚上天雅、李拉和范鹏三个人结伴出去。晚上的布达拉宫广场人不少，李拉在一个手艺人那里编头发，天雅和范鹏在旁边等她的工夫，碰到了吴迪团队和肖轩晖，他们也是来夜游广场的。大家一起结伴走，天雅有日子没见过肖轩晖了，看他有点憔悴，就边走边聊了会儿，肖说现在总在健健医疗他感觉挺累的，天雅心里明白但实在说不出口，这是吴老板的意思。

走着走着，吴迪团队就不见了，就剩他们四个人，李拉、范鹏晚上想去西藏的酒吧和夜店逛逛，天雅实在没兴趣，肖轩晖也有点高原反应没睡好，他陪天雅回酒店，四个人就在广场旁边分手，范鹏和李拉先打了一辆车走了，天雅和肖轩晖本想在广场再走走，结果刚走了没几步狂风大作，跟着就是电闪雷鸣，因为风大，有伞也没法打，一时间广场上的人四散躲雨，乱作一团。肖轩晖和天雅大步走到了一个桥洞下，他让天雅等在那里，自己冒着雨在外面拦车；打车的人实在太多了，肖和另一个人一同拦到了一辆车，两个人还在理论谁先谁后，司机嚷嚷都上来再说，这边不能停的。于是另一个人坐前面，天雅和肖轩晖坐上后排驶离了兵荒马乱的广场，上车一问，前面的人去的地方比较远，司机说先送天雅他们回香格里拉。看着雨像泼水一样浇在车窗上，天雅想着拼车也值了，早点回去最重要。

司机脸上晒得黝黑黝黑的，说话不太利索，一直抛开副驾驶另一个男的不理，总是回头和天雅说话，让她特别尴尬。他居然开车的时候回头聊天，而且天雅不回话他就不回头，太危险了。聊天无非就是问天雅从哪里来的，是不是一个人来旅游，旁边的肖轩晖马上站出来说不是一个人，他们是一起的；他夸天雅长得漂亮，一看就不是本地人，天雅心想骂娘，自己没有穿得很文艺啊，看起来就像很好骗的样子吗？眼看着司机差点追尾，一车人都叫出来了，天雅和肖轩晖心都提到嗓子眼了，两个人身体绷紧的，都坐得很靠前，上肢撑住前面的座椅，都挺害怕的，两个人互相眼神交流了好几次，如果不是因为下着这么大的雨，而酒店距离只有不到三公里，他们肯定马上要求靠边停车的。

就是提醒着提醒着，还是逃不过，司机越来越过分，头都要扭到后座上来了，天雅和肖轩晖眼看着前面一辆车在路中间等着左转，而他们这辆车就在他们的尖叫声中毫无任何减速地撞了上去。虽然天雅和肖轩晖早有准备，但还是保持着对望的姿势让身体冲撞到了前座上，这就导致肖轩晖撞到了左肩，而天雅撞到了右肩。两个人回过神来的时候，车里一片浓烟腾起，坐在副驾驶的人最无辜，头都被风挡玻璃划出血了，正在那里呻吟，司机也是头上见血了，不过还算有活力，他忍着疼问天雅他们没事吧，然后拉开车门下车去看情况了。天雅他们两个稍微动了一下酸疼的肩，也马上下车了，看到出租车的机器盖都撞翘起来了，里面冒着烟，肖和司机打招呼说先走了，司机问他们用不用去医院，天雅赶紧拉着肖快点离开这个二货司机。

两个人走出去了十几米才反应过来，现在在下大雨，天雅从包里把太阳伞翻出来，两个人一查车祸地点离酒店就只有一公里多了，天雅不想再冒险打车了，她跟肖说："我们走回去吧。"肖轩晖马上同意了，他也心有余悸，两个人谁都想不到可以看着车祸发生。刚才两个人刚下车的时候太紧张，真走了两步以后发现腿都有点软，而且下着大雨就只有一把小阳伞，两个人自然而然地靠在一起，相互搀扶着、鼓着劲往回走，路上都是积水，两个人还要一起跳过水坑。两个都有高原反应的人，一起小跑着回了酒店，中间都不带停的。天雅感觉走了得有快二十分钟，因为中间还有等红灯和过桥什么的。进了酒店的大门以后两个人才松了一口气，也松开了彼此的臂弯，肖轩晖帮着收伞的时候，小鹿才带着一伙人围上来。焦急地问天雅到底发生什么了，天雅才发现太紧张了没看到一堆未接电话，同行的肖轩晖手机被打到关机他都不知道，公司一伙人急疯了到处找人，他们守在酒店门口，看到他们回来了，小鹿赶紧让其他在外面找的人回来。天雅说没事，不好意思让大家担心了，小鹿陪着她回房间，其他人都散了。

等到没有了其他人，小鹿才一脸坏笑地跟天雅说："刚才你们刚走近我就看到你们抱在一起进来的，我赶紧把人都引到前台那边，等你们分开了才带人过来。这种事情还是要注意一点，如果你们抱着的时候被围住就不好隐藏了。"

"我们之间真的没什么，我俩之所以这么晚回来，是因为出了点事。"

"不会是人命关天的大事吧……"小鹿还是一脸坏笑，天雅想着她都被媛媛带坏了。

"不是你想的那样，我们赶上车祸了。"

"什么？"小鹿一脸震惊，这个时候刘伟从她们背后跑过来，小鹿看到以后赶紧说，"导游不都说过了吗，别跑，慢慢走。"

"张总，听肖轩晖说您出车祸了？有没有感觉哪里不舒服？要不要去医院？"刘伟一脸的担心，跑到跟前才停下来。

"不用了，也不严重，我只想早点洗了睡了。"回到了熟悉的环境，被簇拥着，天雅才真正地轻松下来，心态也平和了很多，她庆幸自己还算走运，并没有出大事故，这个小插曲就让它尽快过去吧。

送走了一堆人，天雅才回屋，桌上摆着晚安牛奶和水果点心拼盘。她想跟吴老板聊聊，但是想到他为了自己的身体应该已经够心烦了，别去打扰他了，就轻描淡写地提了一句这边的人开车都不太讲究，以后如果他来这边应该注意安全，吴老板回了个微笑。天雅心中暗暗期待着他的关心，但吴老板并没有，她在睡之前又给孙恒打电话，孙恒安慰她说："白天拜佛管用了，后面再好好拜拜，谁知道哪朵云彩有雨呢，心诚则灵。"天雅觉得有道理，到了这个地方就拜拜。

过了一阵子，吴老板发过来一张照片，是他二十岁的样子，眉眼带光，帅气逼人，天雅还故意问，这个帅哥是谁啊？她心里感觉到吴老板的不自信，他本身已经很好了，就是现在也算得上帅哥，何必那么在意自己是否年轻呢？吴老板又发过来一张自拍，美颜后的，说："这是我现在的丑照。"何必呢？天雅跟他实话实话，即使是现在，他依然是玉树临风，与众不同。吴老板跟天雅抱怨说自己天天坐着开会，屁股上都长湿疹了，估计求安慰的，天雅故意逗他："你是不是自己不老实偷吃得病了？"

"你是个坏人！"吴老板和她都笑了。笑归笑，天雅还是让他多注意，能不能以后站着开会，别坐着了，老坐着老好不了；吴老板只是跟她抱怨一下，并没有接受她的建议，他说了，就算是咬碎了牙，他也坚持着。

天雅的高原反应，在撞车之后痊愈了，她睡得很香。她应该猜到，自己在这个位置总有人关注着她，吴老板已经听说了她和肖轩晖的绯闻，不管是夜里房间私会，还是相拥着回酒店，都有模有样的，这种情况下，吴老板也在怀疑，怀疑自己没有魅力，怀疑天雅心有所属，这些天雅都没有感觉，她还是太迟钝了。

第二天一早全公司出发去林芝，其他人坐大巴车，单独安排了一辆越野车带着天雅、李拉和范鹏。一开始大家还有说有笑的，天雅讲了昨晚的撞车经过，李拉讲了在酒吧遇到老同学，文艺青年总觉得到了西藏灵魂就净化了。李拉和天雅坐在后面，她小声问天雅："跟肖轩晖还是什么都没发生？""嗯。"

"他发生事故的时候没有紧紧把你搂在怀里吗？"李拉说到八卦的部分眼睛都放大了。

"想什么呢，又不是拍电影，我俩都反应不过来，自己脖子没撞到就已经万幸了，哪有时间搂别人。"天雅给了她个白眼。

"真替你俩着急，但凡有一个脑子好使的都不至于这样。"李拉一副恨铁不成钢的样子，直摇头。

"你要是想上自己上啊，有贼心没贼胆。"

"你以为我不敢啊！"李拉脱口而出，但又缩回去了，"不过跟肖就算了，对他是真的没兴趣。"天雅又白了她好几眼，你没兴趣，人家还没兴趣呢。李拉看出来天雅在鄙视她，她说："就以你的谜之审美，估计你看上的跟我看上的绝对不重叠，我们就不要相互攻击了。"

中间路过的米拉山口海拔五千米，三个人都沉默地吸氧，勉强下来排队和地标照相，那里有头挂着花的大金牛，天雅也和金牛照相了，资本市场从业者都喜欢牛，这张照片发给吴老板肯定喜欢。下午下起了雨，到巴松措风景区的时候越野车终于追上了大部队。碰到肖轩晖，天雅问他肩膀感觉怎么样，她今天还有些痛，他说他的肩膀和腿都有些痛，尤其是今天坐大巴车空间小，他又人高马大的，伸不开腿更难受。天雅跟他说越野车上还有位置，他可以来坐，这个时候李拉也蹦出来说欢迎肖来一起坐，人多了比较有意思，范鹏太无趣了。

于是跟小鹿打了个招呼，从景区出来的时候全公司的人就都看着肖轩晖跟着天雅去了，肖轩晖的脸色有点不正常，他悄悄跟天雅说："这么多人看着是不是不太好，要不我还是回去吧。"

天雅眼皮都没抬，依然往前走着，说："管他们干什么。"余光发现肖轩晖停下了脚步，她回头问："需要我搀着你吗？"肖才继续走。天雅根本不在意"他们"、"他们"是谁、能把她怎么样，无非就是羡慕嫉妒恨。撇开吴老板，天雅天不怕地不怕，而且在天贺资本她就有说一不二的权力。睡不着的夜里天雅曾经比较过这种感觉，和那种怦然心动的感觉，哪个更动人，当然是这种至高无上的感觉。

范鹏还是坐前面，天雅、李拉和肖轩晖聊起来业务的事情，肖说目前吴老板的团队还在外国看项目，天雅跟李拉商量她们也不能止步于香港，应该在全球成立办公室，这样触角可以伸得更远一些，而且哪个地方的业务先做起来了，未来在天贺内部就占上了坑，天贺资本通过全球化可以走出一条持续做大做强的路。为了广招天下英雄，天雅愿意拿出有竞争力的薪酬，香港办公室的合伙人，天雅愿意给到一千万港币一年，而美国办公室的负责人薪酬也可以给到一百万美元一年，都比天雅的工资高。这不奇怪，公司里天雅并不是工资最高的人，自从当上天贺资本董事长，天雅的工资一直都是一个月五万，她希望招来的人都能强过自己，这样团队才能越来越强，但是一年拿出一个亿来砸几个全球办公室，是不小的开支，李拉没意见，范鹏比较保守，虽然勉强同意了，但是他提出要和国内同样的考核机制，天雅跟他约定：一年无法实现盈利就裁撤。另外，肖还讲了当初给吴老板当翻译的时候，吴老板帮着天贺资本说了不少好话，凡是好事，吴老板都推荐天贺资本；有些不靠谱的事情吴老板就直接帮着推掉了，他说天贺资本是独立的子公司，他也管不了张总。大家都挺感激老板，觉得都挺为他们着想的，尤其是天雅心里热乎乎的。

晚上到了林芝，在一个特色农庄里安排大家吃喝玩乐。越野车先到的，下车的地方有几个穿着民族服饰的小孩在玩，有大有小，其中有个男孩最小，几个哥哥姐姐都不愿意带他玩，他一个人屁颠屁颠地跟在他们后面追着还摔倒了，肖轩晖看到就长手长脚地跑过去把他扶起来，之后这个小孩就缠上他了，好像自己有了靠山，去挑衅大孩子以后躲在肖的背后，还顺着肖的大腿往上爬到他肩上，给天雅她们笑的。肖跟天雅求助，天雅笑嘻嘻地过去了，对方和他们语言不通，但是什么意思都猜得到，无非是小孩子让他们陪着他玩。天雅本想招呼李拉和范鹏过来，结果一回头他俩都没影了，也不知道跑哪去了，肖轩晖没解救出来，反而自己也搭上了，被几个小孩缠上，玩老鹰捉小鸡，天雅当鸡妈妈后面挂着一串小孩，肖轩晖当老鹰。一开始的时候还是都比较客气的，但是小孩老是挑衅，老鹰不捉他们都要偷偷过去偷袭老鹰，给老鹰惹急了，满场追着小鸡跑。天雅感觉笑得都要喘不过气来了，她觉得这样的生活挺好的，是不是岁数到了，她突然觉得小孩子都挺可爱的，能有一个小孩拉着自己的衣服靠自己保护，该有多棒。

因为不能喝酒，晚上吃饭没有太尽兴，朱浩叫天雅跟他们一起去酒吧，她嘱咐刘伟小鹿也去，一方面盯着点别有喝多了的出事，一方面一定要把单买了，天雅要请大家，不能再被别人抢先了。等天雅到的时候一堆人马上给她腾出了中间的位置，她旁边是苏珊，另一边在大家的起哄中肖轩晖被推了过来。他一边反抗一边有点尴尬，天雅倒是不介意，她大方地跟他说："既然大家都让你坐这里，你就坐这里吧。"然后朱浩开始当指挥，带着大家喝酒玩游戏，输了的罚酒。游戏都是两两一组，天雅和肖一组，大家玩类似于二十一点，可以相互下注和使诈，罚酒杯数成倍增加。天雅他们组上来赢了几把小的，别人罚酒最多两个人四杯，后来天雅他们被合着坑了一把大的，罚酒四十八杯，大家起哄让喝，啤酒虽然度数不太高，但是四十八杯这个量受不了；肖还绅士地保护天雅，让她喝一杯，剩下的都他喝，天雅本来想着他喝几杯打个哈哈就过去了，没想到大家都数着呢，眼看着喝了四杯了喝不动了，朱浩给出了主意，让他俩喝交杯酒，"大交杯"和"小交杯"，就算他们过关，大家都鼓掌同意，天雅一看气氛这么高涨她就牺牲了让大家娱乐一下，但是肖倒是颇不好意思，幸亏他之前喝得多，也看不出他的脸红是因为什么。

回到酒店的时候又是午夜了，吴老板之前发过信息天雅才回，他电话过来问怎么这么晚，天雅说跟大家去喝酒了，吴老板有点不高兴，他让天雅没事少喝酒。天雅心想奇怪了，你自己天天赶场子喝酒，我就这么偶尔一次，怎么就算多了？想到这里，她和吴老板回嘴了："你是我什么人，凭什么管我喝不喝酒？"

"你喝多了。"吴老板顿住了一下。

"我没喝多，我就算喝多了又能怎么样？"说这句话的时候天雅感觉自己有点要失控，她有点要哭了。

"等你酒醒了再说吧。"吴老板就挂断了电话。估计他也怕再说下去，天雅会说出什么意想不到的东西，天雅的心里更难受了。很明显地，吴老板不是一个关心她到这个地步的男人，他不能让她对自己倾诉，也不能照顾她的情绪，更不能给她期待的关怀。天雅给肖打电话让他过来，肖过来了以后，天雅倒在他肩膀上哭了，但是天雅边哭，边问肖的问题是：

"他为什么不能对我再好一点？为什么不能哄哄我？"

肖轩晖理解天雅应该是一种情绪的宣泄，他没有作答，只是默默地抱着天雅，给她递上纸巾。天雅心里也有些怨恨肖，如果在这个时候他能从言语上安慰她，不管他是虚情假意还是真心实意，只要他能说"别担心，我会永远保护你的"或者说"不管别人怎么样，我是永远不会让你失望的"，或是"我会一直陪着你"之类的话，天雅真的会考虑把肖留在自己身边，不管是肉体上还是工作上。但是肖没有，他只是等天雅平静下来，把她扶到沙发上，坐在旁边跟她说："你的问题我帮不了你。"天雅感谢了他能过来，跟他说了晚安，告诉他可以走了，肖说："如果你需要，我可以留下来陪你。"天雅说不需要了。她对肖虽然有所期待，但是绝不是很认真的那种期待，就是一种可有可无的调剂，分量还不如吴老板的一根头发丝。

后面的行程还有雅鲁藏布江大峡谷等景点，天雅没有再邀请肖轩晖来坐越野车，李拉还凑近了问天雅："你怎么不叫肖一起了啊，你俩怎么了？听说在酒吧玩得挺好啊，是不是因为你终于发现肖太笨了？"天雅给了她一个白眼，说："我又不是第一天知道他笨好不好。"天雅戴上耳机开始听歌，她不想继续跟李拉讨论这个，而该死的吴老板还没有找她。

这趟西藏之行没买什么纪念品，朱浩买冬虫夏草的时候天雅凑着热闹也买了点，想着可以送给吴老板，但是她回到北京再一想，吴老板缺这个吗？算了，自己就买了这个，还是送这个吧。

第九节

回到北京，天雅最先见的是小侯。两个人在小侯公司旁的咖啡馆见面，小侯穿着大背心大裤衩和洞洞鞋就进来了。天雅感谢小侯的支持，但他说："先别急着谢我，有个事情我感觉能和张总聊聊，您知道区块链吗？"

"看过几本相关的书籍，谈不上多了解，有什么指教吗？"

"我们公司想弄，大家要不要一起？"

看到小侯一脸认真的样子，天雅回忆吴老板在跟其他人说话的时候，确实提到过"区块链"和"发币"相关的事情，但是他说的是用对应的资产发币，不知道小侯是不是也是这个意思，她问："是怎么样弄？"

"我们在做境外交易所，国内法规不支持，弄起来交易所以后我们可以拉各家来发币，天贺在二级市场上的手段我都见识过，同样的买卖，你们来负责炒作，我们对半分利润。"小侯推了一下眼镜，说，"我真的在做交易所，最近经常出国，国籍也办到了欧洲。"

"欧洲？"

"欧洲有些国家法规上支持数字货币，我们就在那里设立交易所，国籍也是办小国的欧盟通用。"

"多少钱呢？"

"交易所弄起来也就几百万。"

"我说的办国籍。"

"小国的国籍只要五十万，你要是感兴趣我可以帮你介绍。"

趁着和吴老板汇报健健医疗收购海外标的的机会，天雅准备把冬虫夏草给他。天贺资本跑前跑后的，健健医疗却想甩开天贺资本自己跟外方合作，幸好外方不配合，天雅这次汇报的重点是改方案。原方案是天贺资本参与到上市公司的并购基金里面去收海外标的，但现在为了防止跳单，天贺资本准备自己拿海外资金去收购标的资产，未来再重组给上市公司。吴老板同意，让天雅锁定退出渠道，轻描淡写地说境外收购的钱天雅自己解决。这种情况头一次出现，以往如果吴老板同意会帮忙解决资金，天雅还没为资金费过心；现在他居然就撒手不管了，天雅感觉这像个信号。

天雅和吴老板提到数字货币和小侯的提议，他反问天雅小侯是谁。他确实有心参与数字货币，但是境内法律不允许他弄，在境外圈外国人的钱没问题。另外，他说别认识一些乱七八糟的人，他弄就自己弄，绝不会和别人一起。他没有继续这个话题，而是让天雅看几家上市公司的股票，能不能在外面找到配资，天贺资本出资十个亿左右，在外面加杠杆做到五十亿的规模，然后去二级市场上买这些上市公司的股票，这些上市公司的实控都可以给保收益的，赚了分成就好。这听起来是一本万利的买卖，天雅这个时候对他交办的业务也加小心，她没有马上大包大揽下来，而是说："好的，我回去研究一下。"

吴老板脸上有一丝转阴，天雅把冬虫夏草拿出来，他看了一眼，说这是什么玩意？天雅说，冬虫夏草啊。吴老板说："我知道冬虫夏草，我只是问你这是什么玩意？"天雅有点蒙了，吴老板给助理一个眼色，助理出去了，吴老板跟天雅说："你晒黑了啊。"天雅说有吗？她自己没感觉黑了多少。吴老板说，女人的脸还是要白白净净的，越干净越好。这个时候助理拎着两个盒子进来了，是某大品牌的冬虫夏草，吴老板打开包装盒，把里面精致的玻璃盒子装着的虫草递给天雅，并没有说其他的话。天雅还是没明白的眼神，吴老板只能明说："这两盒别人送我的一直放在那里，给你拿走吧，省得浪费了。"她给吴老板送的虫草没送出去，还被科普了两盒回来，有点失望。往出走的时候，吴老板送她出来，低声跟她说：

"肖这个人还在吗？"

"在呢，健健医疗他在弄。"

"留着他干什么？"天雅停下来脚步，转过身望着吴老板，倒不是想保住肖，而是吴老板第一次干涉她的人事问题，她目光里含着质问。吴老板发现她这么看着自己，也停下了脚步，让助理过来帮张总把两个盒子先放到车上，他跟张总稍微多说两句。两个人往池塘那边溜达，吴老板说："你怎么用人，我不管，我只看结果。肖这个人我不满意，另外跟你挺好的那个女的，李什么，你知道她和伟盛的总经理搞到一块去了吗？姜总都气坏了，专门找我说了这事没完，我也很生气。"他停了一下，又跟天雅说："李这个人我没看上，有一次你带着她来见我，我就发现你是自己推开车门就下来了，而她是一直坐在那里，等着助理给她开门才下来的，你没有注意到吗？"

天雅知道吴老板要说肖的事情，没想到吴老板提到李拉。肖这个人本来就可有可无的，她也不会为了他而不给吴老板面子，但是李拉是她的左膀右臂，她不能失去李拉，而且感情的事情跟业务无关，从共情的角度她没觉得李拉错了，她觉得李拉很棒，自己很羡慕她，李拉敢于追求自己的幸福，而苏总敢于放下一切和李拉站在一起，李拉做到了天雅想做而不敢做的事情，天雅想保护她，而且觉得自己有能力保护她。她微笑着跟吴老板说："李拉的事我也知道，她天性就是一个张扬不低调的人。但她在工作上一直都为公司利益考虑，也没有影响工作，伟盛的事情现在还在推进，等伟盛弄完了我会处理的。"之后她又怕吴老板说别的，马上补上说："肖的事情您放心，我马上处理。"然后她就往车的方向走了，余光看到吴老板站在原地，皱着眉，抱着肩。

天雅没跟李拉说过这件事，她作为一把手，帮下属扛着点压力是应该的；但肖是必须要走的，尽管他兢兢业业地工作，还一直在项目上出差，怎么说好呢？她感觉不应该由刘伟去处理，这样对肖太残忍，虽然肖的级别不够，她还是要自己出面。没想到她还没找好说辞，肖给她发了信息，问她晚上有没有空吃饭，天雅马上答应了。

天雅联系了地下钱庄，原来融资的时候接洽过，当时天雅嫌贵想砍价，钱庄说，想便宜可以借美元啊。天雅去联系之前还是跟吴老板请示，没想到他打来电话，说这个渠道根本没那么多钱，别浪费时间了，还是正经地走内保外贷，该走什么流程走什么，该拿ODI（境外直接投资）审批就去弄，不行他让天贺集团给背书。有了他这句话，天雅就放心了，吴老板还是爱自己的。

天雅直接去了王林的办公室，为了并购海外标的融资的事情。她是直接走过去的，王林在打电话，看见天雅进来草草挂断，还没寒暄，天雅直奔主题："我想融一笔离岸的资金去收标的，怎么弄？"

"这个简单，内保外贷。"

"马上去弄，多谈几家，有没有其他备选方案？"天雅虽然坐在写字台对面的汇报椅上，但是坐得很随意，王林坐在老板椅上反倒是紧绷身子往前探着。这个时候突然有人敲门，王林没应声，对方还是推门进来了，天雅一看是个小姑娘不认识，对方瞥了一眼天雅就冲着王林说："王总，周大福没有这个款式的吊坠了，可以买其他品牌吗？"

"都行都行，我这边有事，你先出去。"王林一脸的尴尬，小女孩还想再问的，看他眉头紧锁就关上门出去了。王林马上解释："新来的实习生不懂事，张总别和她计较。"

"你泡妞的礼物让她去买，是吧。"天雅盯着他说。

王林低下头有点词穷："我这不也为了更好地工作吗？"

"你怎么弄我不管，但是以后不要让实习生处理非工作的事情。另外你在外面怎么样的私生活我不管，但是你不要在公司或者集团体系内去搞事情，我不想被人来办公室拍桌子。"天雅盯着他严肃地说完就站起身来，最后说，"尽快弄，早点告诉我方案，我会让苏珊把这件事列为绩效考核之一，每周统计进展的。"走出融资部的地方看到刚刚那个小姑娘正走过来，走过她身边的时候目不斜视，没有跟她打招呼。

天雅回到屋里的时候李拉刚好在屋里等她，苏总给她寄来了网红的永生花，她来炫耀了，另外一起寄来的还有好多坚果，李拉拿过来天雅这屋和她一起吃，天雅让她把媛媛也叫来屋里，叫苏珊帮她泡一壶花果茶，端进来以后，三个人关上门吃开心果喝茶，算是忙里偷闲的下午茶了。天雅讲了公司里居然有小姑娘不认识自己，现在招实习生是不是太混乱了，应该让刘伟统一抓一下，李拉笑着说："你同时说了一个好消息和一个坏消息，坏消息是对于你的，在公司居然有人不认识你；好消息是对于小姑娘的，因为你不认识她。"三个人笑成一片，这件事就这么算了，天雅想着实习生是每个部门的自留地，随他去吧。李拉提议晚上出去吃饭，媛媛说去吃烧烤，天雅说自己有事改天再约。随着天贺资本越来越频繁在资本市场出手，各种新闻层出不穷，小鹿运作着帮天雅和李拉都弄好了百度百科，三个人又一起看了相关的新闻，暗爽一番，再给里面的配图挑毛病，李拉和小鹿发信息说以后图片不修到满意绝对不允许发出去。

等媛媛出去以后，李拉关上门和天雅说了丰收股份的事情，不知道刘老头怎么要到的李拉电话，总之他挺不住打电话来求和了，如果天贺能支持他重组，他愿意以目前股价两倍的价格收购天贺和几个高管持有的股票。能提出这个报价，说明刘老头很清楚天贺的小算盘就是谋求他的控制权，而他高价收购股票的目的也是给天贺一部分利益，让他们收手。天雅给茹萍叫进来测算收益，茹萍汇报这个方案的利润就一个亿左右，没有开始设想的弄到控制权赚几个亿那么多。天雅她们商量，让刘老头把收购价格抬到目前股价的三倍她们就同意。

讨论完已是晚上六点多了，李拉准备和媛媛去吃饭，天雅还特意问了她们去哪里吃饭免得碰到，然后给肖轩晖发信息，两个人分头走，在约定的饭馆碰面。饭馆是肖选的，天雅过去的时候他已经到了，令人没想到的是他居然没有订包间，而散座靠落地窗，虽然落地窗是有色玻璃，外面行色匆匆的人估计没兴趣看里面吃饭的人，但是天雅在这里还是如坐针毡，怕人多嘴杂。虽然她到得晚了，还是要求肖换个地方，最后他俩换到一个离应急通道最近的桌子，两旁没人。点完了菜，肖跟天雅聊起来西藏的车祸，没说两句他接到海外打来的电话，问他几个健健医疗并购相关的问题，肖蹲在地上一边翻电脑一边打电话，天雅就在座位上等他。坐在那里一会儿，天雅收到李拉的信息，里面是她和媛媛在吃烧烤的照片，应该也是在公司周围，天雅想着这里还是离公司太近了，不太好，菜上来了她就先吃了，一会儿肖回来了天雅让他快点吃，肖以为天雅有事就风卷残云地很快吃完。天雅没有告诉司机等她，肖问她怎么回家的时候她说打车回家，肖说自己开车了，他去取车送她回家。天雅在卫生间耗了会儿，站在路边等让她浑身不自在。

等上了肖轩晖的车，她紧绷的心情才稍微缓和了些。这个时候突然接到吴老板的电话，她让肖先靠边停车，自己下车去接电话。吴老板问她今晚在干什么，她说在跟朋友吃饭，吴老板突然一反常态地问她男的女的，她本来想说有男有女，但是她想了一下，说，男的，已经吃完了在回家的路上，吴老板说等回到家了给他回电话，有个东西让天雅帮他写。

放下电话，天雅感觉有点不对劲，吴老板想让她干什么一般都是直接布置，怎么突然还客气起来了？另外他从来不问吃饭是跟男的还是女的，莫非是他知道了什么？天雅感觉很不舒服，她怀疑自己被跟踪被告状，或许是自己多心了。上了车发现肖没有发动车，她以为肖要抽根烟，没想到肖从驾驶座下来走到后面坐到了后排，跟天雅面对面，天雅知道他有话要说，看他犹犹豫豫的样子，不会是要跟自己表白吧？要是这样就太尴尬了，既要拒绝他又要告诉他被开。

肖坐在那里，深吸了一口气说："张总，我可以叫你天雅吗？"

"可以啊。"

"我知道你对我挺好的，我也很感激你，但是其实我是有家庭的。"原来肖鼓足勇气就说出了这个，莫非他以为自己在追他，给她发好人卡？这让她太没面子了，根本没追过他就被拒了，她露出了轻蔑的微笑，但是考虑到自己毕竟要开掉肖，也不好太轻蔑，就还是有涵养地听他说完。

"我没有一点说你不好的意思，坦白地说，我和老婆矛盾比较多，我们的小孩才两岁，我却经常出差照顾不了家里……"他低头叹了口气，然后又面带微笑地看向天雅，接着说，"我感觉，两个人出了问题就要两个人沟通才能解决，和其他人无关。至少目前这个时点，我的问题没有解决的情况下，是没法考虑你的。"

"明白。"天雅看他竭力地解释，都有点替他费劲，就算真的想拒绝，直白地说出来就好了，还用这么费劲，还做铺垫，她不要面子的吗？她真的有点没有耐心了，想让他长话短说，自己确实对肖有点好感，但还没有到追求他的地步，他是不是太自作多情了？

肖轩晖有点愧疚的样子，他对天雅说："我这么说你介意吗？我真的觉得你非常棒。""我真的不介意。"天雅耐着性子等他说完。

"你真的一点都不介意吗？你不知道公司私下很多人都在议论吗？"肖一脸惊讶看起来不像是装的，天雅问："知道什么？他们都讨论什么了？"本来天雅一点都不关心下面的人怎么嚼舌头的，但是现在她有点想知道。

"唉，具体的我也听得不是很仔细，但是大致的意思都是挺不好的，说我们两个关系不清不楚的。"

"关于我的，还有其他的吗？"她其实并不在意和肖之间的传言，但是她特别在意有没有她和吴老板的传闻，这才是她不能说的秘密。"其他的我也不知道，我在办公室的时间也不长，只听说你偏爱茹萍，而且茹萍做成的春风项目是你同学介绍的，你同学因此也拿到了 FA 的费用三百万，公司里面很多人不服气。"肖顿了一下，失去笑容，"这些议论不知道你怎么想，我听了挺不舒服的，这也是我今天约你吃饭的原因，我也是经过了深思熟虑，才决定这个事情的。"绕了半天到底要说什么呢？这个肖，李拉说他脑子进水了真的是恰如其分，说了半天都不知道他要说什么，算了，再忍他一阵子。

肖好像是下了很大的决心才说出来："我还没有跟刘伟说，但我想先跟你说，毕竟我是你招进来的，我想休息一段回归家庭，处理好家里的事情再工作。"听到这话她一脸的吃惊，没想到自己还没说肖就主动不干了，真的是得来全不费工夫，本来自己还在想着怎么和他谈，说他哪里不足才能既有说服力又不伤害自尊，是否跟他解释公司未来发展的战略和他个人定位不符等等，这下都迎刃而解，但她不能表现出得偿所愿的样子，表现出惊讶就是对肖最好的尊重。

肖脸上有些愧疚，自认辜负了她的信任，马上补充："你放心我一定会做好交接，尽量不影响公司的经营的。"看着他有点自责的样子，她于心不忍："是不是家里出了什么变故，需要你回去处理的？要不你先考虑放一个大假？"这句话说出来她真恨自己心太软了，万一肖答应了怎么办？"确实是家里有些事情要处理，是我老婆家有个家族基金需要打理，我也该为家里分担一些事情了。"她听到长舒了一口气，之前还怕他不愿离职，想多给他争取点补偿的，看来是多虑了。但毕竟有点理亏，她还是一脸惋惜地说：

"实在是太遗憾了，但是对你来说个人发展为重，我支持你的选择。我会和刘伟说，你一直在外面出差确实辛苦了，正常补偿外再给你两个月的工资。希望你能好好休息一段时间，未来你想回来随时欢迎你回来。"这个时候突然有人来敲车窗，天雅吓坏了，肖摇下窗户，外面的人问，要代驾吗？肖打发走了他，她说："我们走吧，如果你有事我自己打车就好。"肖还是把她送到了小区门口，两个人挥挥手，这就是最后的道别。

她心里觉得肖是个好人，抛开业务能力不说，他是一个非常绅士的人，不会趁虚而入。坊间流传，天雅用淫威强迫肖，肖不情愿以至于宁愿离职；坊间还传言，肖是天雅的后宫，因为天雅移情别恋受到打击所以离职；后来肖经手的港股和台湾股市的股票亏损，坊间又传言是肖骗取天雅的感情上位，因为工作失误败露被发现而被辞退；当然，还有传闻，说吴老板看上肖了，想让肖取代天雅，所以被天雅杀人灭口，赶走了。

第十节

天雅给媛媛打电话求证肖提到的三百万财顾费的事情，媛媛说这么晚了她正在安胎，天雅说你正好加强对娃的胎教，让他出生就会做法务。媛媛否定了这个事情，在春风项目上没有签订过任何的财顾费协议，但这个事情不是空穴来风，具体的情况茹萍或许更为清楚。这个时候天雅突然想起来吴老板找她说晚上让她写个东西，于是她给吴老板打电话，吴老板没接，回了一个："在开会，明天再说。"

茹萍总算是把事情说清楚了，春风项目孟总作为"中间人"，业内一般的中间费用1%～3%都正常，孟总发过来了收取2%中介费的财务顾问协议。但天贺资本没有给中间人支付财顾费的先例，因为大部分项目都是吴老板承揽过来的。茹萍怕贻误了战机，耽误春风项目的签约，就把财顾费协议搁置了，她专门给孟斌打电话，让他去找李春风，不要从天贺资本这边拿财顾费，所以这份协议并未真正地签署。

天雅想起来有两天孟斌给她打过电话，但是都是她在开会的过程中，要么就是晚上她在接吴老板电话的时候，她都挂掉了，她和孟发了信息说有任何事找茹萍说，不要找她；现在想起来，应该是孟斌着急跟她说财顾费的事情，茹萍都不好意思牵头，天雅更不会松口，不接他电话就对了，孟斌倒也没有到处骂娘，李春风收到钱了肯定给他好处了，所以从天雅这里收不到钱也还有的吃就不会骂娘。但是天雅很怀疑茹萍的所作所为，毕竟让孟斌善罢甘休是不容易的，茹萍肯定是有些操作的，天雅暂时不想过问这个事情。

媛媛给天雅发了个朋友圈的截图，天雅一看就都明白了。发朋友圈的这个人是肖手下的一个男孩，工作资历比较浅，肖带他一直在香港上班；但是随着肖被调回，这个小朋友归茹萍管理，或许是不好用，茹萍让小朋友选择是自己辞职还是被开。处理得有点没人情味，这个小朋友选择了自己辞职，但是心里带着怨恨，在办公室游荡收集了好几条他认为的黑料，还有照片作为"实锤"，其中一条就是这个财顾费协议的照片，还提到天雅想潜规则肖，配图是两个人往越野车走的照片，看得天雅匪夷所思，现在小朋友的脑洞都这么大？小朋友离职后机缘巧合地被拉进离职人员群，里面的人就喜欢看这种材料，一下子就爆出来了，根据群里的支招，小朋友已经在怂恿下准备跟公司打仲裁官司了。媛媛让天雅别担心，这件事情即使真的发生了，正常应诉好了，她也能搞得定，这次幸亏是个乌龙，如果盖章的文件被拍了就被动了。

吴老板嘱咐过的事情格外上心，他发了好几条信息问天雅二级市场基金的事情怎么样了，他说如果她准备弄，他想把集团一千五百亿规模的基金平台交给她，让她担任总裁去推这个事情。这个体量可比天贺资本大多了，但并没有打动天雅，她对于这项业务不看好，主要是觉得二级市场波动太大控制不了。和媛媛商量，媛媛说这事不能干，如果说天贺资本游走在灰色地带的话，这件事是过线了，变相操纵股价。天雅正正经经地给吴老板回了好长一条信息，为什么不能做，哪里违规，不管结构怎么设计，二级市场上五万以上的操作都会被大数据关注，担保一旦暴露就会牵一发而动全身。

"担保和分成都是口头约定的，对方都是市值千亿上市公司的实控，我们合作很多次了，我觉得不存在这部分泄露的风险。另外，资金来源是问题吗？我有这么多的渠道，上市公司买个银行或者保险的理财，钱就到了天贺体内，包装成产品把钱给了基金和信托去炒股就好了，我几万亿的资金池还搞不定这个？"吴老板的电话又追过来。

"这样我确认一下吧，看这个结构能不能跑得通，如果搭结构都风险太高，我还要看看如何做阻断。"天雅说的是实话，天贺的业务路子野她比谁都清楚，做事情可以不合规，要看赚取的收益是否值得；但是有一条底线，做事情必须合法。

"×，×× 不做还这么多话，你不做有人做。"

业务上的事情，天雅也没有玻璃心，她想着还得找机会哄哄吴老板，别让他觉得自己故意往外推他的业务。吴老板还是不过瘾，他发语音说："你别什么都听风控的，那些学法律的懂个屁，听他们的就什么都别干了，拿着工资不想承担任何责任，这种人天贺不要，干他们！"当时的天雅没有想到，吴老板对她手下的警告，其实就是对她的警告，这绝不是耳旁风。

这个时候李拉和范鹏又和天雅拉起了电话会，深夜来电，说的还是丰收股份的事情，刘老头愿意在当前收购报价的基础上，再加一点，到两点一倍，收购几位高管和天贺持有的股票，可以马上签协议付款。态度很明确，丰收股份和重组方为了让天贺配合而做出让步，虽然范鹏非常想甩掉这个烫手山芋，但是天雅和李拉都想继续斗下去，他也就只能妥协了。三个人定好，还是提出收购价格要到现在股价的三倍，否则不谈。

第二天刘伟来办公室和天雅说，集团通知了让报名参加羽毛球比赛，一把手必须参加，天雅也知道刘伟来找她问怎么办，就是让她报名的意思，她只能拉上李拉一起报上，刘伟给公司里报名参赛的人订了场地，下午的上班时间去练球。

第一次练习李拉不在，天雅不好意思不去，跟刘伟说自己今天没带装备，刘伟说这个问题不用担心，他那里有备用拍子。天雅只能跟着几个要参赛的男同事一起走，自己的司机小王在休假，天雅本想自己打个车带大家过去，刘伟说他们都开车了，王吉主动说自己的车停得近，而且场地他订的，他去过认识路，天雅还是坐他的车比较好。

上了王吉的奔驰，他主动跟天雅说起打球的注意事项和心得体会；下车的时候，他很自然地递给天雅一个运动背包，里面是他为她准备好的运动装备，天雅打开运动背包，里面是一身羽毛球服，其中上衣还是带内衣的，穿上居然很合身，背包里面还有运动袜和羽毛球鞋，平时天雅穿每个运动鞋的鞋码都不尽相同，她自己买都不一定试到满意的鞋码，王吉买的鞋果然有点大有点肥，还是穿自己的鞋吧。背包里面还有发带和腕带，她都嫌热没有戴。换好衣服出来，王吉在等她，看到她出来了没有换自己准备的鞋，他马上让天雅等一下自己出去了。刘伟他们也到了，刘伟拿出自己带的备用拍子给天雅，他们先开始简单地热身。没打两下，王吉跑着回来了，手里还拿了另外两双鞋，不同牌子不同鞋码，让天雅试试，说还是专业的鞋穿起来舒服。鞋弄好了，他从自己的羽毛球包里面拿出新拍子递给天雅，说是自己备用的让她试试，她能看出来拍子的毛巾手胶是新的，更轻更大、接球更稳。刘伟还是懂行，问王吉怎么会有女士球拍，王吉说张总要打球那必须要准备好。

打球的时候天雅发现刘伟和王吉水平都很高，她以为他俩应该就是报名男单的两个选手，结果发现研究部的年轻人打得更好，还有朱浩部门的赵阳，也是一把好手，打球那个阴损，远角压底线的球接着就是网前的小球，来回遛人根本接不上。王吉是最佳陪练，他的球都比较给面子，天雅想扣的时候就来高球，想练反应的时候就网前小球，想正反手切换的时候就左右一边一下。打完球之后刘伟提议大家去聚餐，天雅还有一堆事不去了，王吉让她把装备给自己帮她拿着。怪不得李拉这么喜欢王吉，确实怪招人喜欢的。

等到几天后第二次练球，李拉回来了，她还带了苏总一起来练球的，这个狗粮发得天雅猝不及防。首先两个人穿的情侣运动服，其次李拉打得极臭，苏总水平老到一看就是民间高手，但是苏总还是耐心地指导她，给她喂球，李拉笑得那叫一个妩媚，天雅鸡皮疙瘩掉一地，她不知道其他人尴尬不尴尬，她有点没眼看了。没打两下天雅就拉着李拉去买水，毕竟李拉和苏总的事情全公司里面知道的人不多，但是再让李拉和苏总腻歪下去，至少打球的这些人就瞒不住了，她让李拉克制点。李拉让天雅放心，她劝天雅，只要自己不觉得就不会尴尬。第一次练完了天雅手臂疼到现在，最严重的时候她用筷子都需要用嘴来找筷子。

集团比赛的时候天雅的胳膊还带着隐约的酸痛，早上她来到规定的某大学羽毛球馆，场地顶端高高拉起了"天贺集团羽毛球赛"的大横幅，总共有几十块场地，很壮观，她拍了个照片给吴老板发过去了，吴老板说："你拿第一我亲自给你颁奖，你要是拿不了第一呢？"天雅说："那我就没脸见你了。"

比赛紧张有序地进行着，预赛是淘汰赛，天雅到的时候其他人都到了，王吉早就换好了比赛服等在那里，装备他都帮天雅拿过来了，他陪着最后临阵磨枪和加油鼓劲。天雅每得一分，天贺资本的人都在场边为她喝彩，对方得分就是默默地得分，搞得像天雅打主场一样，交换场地的时候王吉都过来给她递上饮料，同时暗中嘱咐她对方的弱点和应该采用的战术，要为后面的决赛保存体力。等她结束战斗，王吉马上给她披上一件运动服，让她注意保暖，吴老板祝贺她进了淘汰赛，她走到比赛场地外去打电话了。

等小鹿来找她的时候，预赛已经进行完了，进入决赛的只有天雅和赵阳，两队双打都败了，集团的组织者问过苏总的身份，合作方按理说是不能参赛的，但是这次败了，集团也就没追究，其他子公司说天贺资本请外援，天雅说没事让他们说去吧。李拉跟天雅说他们先走了，在周围找地方吃饭，让天雅比完了过来开庆功宴。王吉凑过来跟天雅说，刚才他还看了其他场地上女子项目的比赛，天雅在里面绝对算是水平高的了，让她对自己有信心，是啊，天雅还等着吴老板给她颁奖呢。

决赛的第一场天雅换到了最右边的场地，发现对手确实比预赛的强了很多，每一分都需要争取，对方选手的力量和反应跟她不相上下，没有明显的优势，唯有心态能与之一战。双方都是信心满满地上场，对方明显地有些急于求成，几次扣杀不成之后失误明显增多，天雅一看就知道稳了就有了。赢得很艰难，天雅已经很累了，场上的裁判告诉她稍作休息，下一场的对手是中间场地的胜者。这次天雅不出去打电话了，王吉陪她一起去刺探情报。过去以后天雅有点惊了，并不是中间场地上的对手让她惊了，而是她看到了旁边场地上正在进行的一场淘汰赛，参赛者正是金娜。

看背影天雅就知道是她，纤长的身材，标志性的染过的飒爽的短发，包身的短裙，跟原来不同的是，晒得有点古铜的肤色。只看背影就知道她打球很凶悍，每次凶狠的发力能从后场打到对方底线，变线得不露痕迹。看了几下，天雅知道与金娜一战必败。估计是参赛的队伍太多了，所以一开始的时候天雅并没有发现金娜。虽然赛场上人声嘈杂人来人往，但是王吉显然注意到天雅被旁边场地的比赛吸引，他歪过头来用手捂着小声对着天雅的耳朵说："进了四强才会碰到旁边场地的胜者，您放心肯定进四强。"

天雅没有说话，她心里在想如果进入四强，必然会碰到金娜，到时候就是金娜在球场上耀武扬威的时刻，全场的高光都会见证自己的失利，这是她绝对无法面对的情况，凭什么给她打败自己的机会？或许不管她在天贺资本如何地呼风唤雨，今天这场小小的羽毛球比赛，她没有办法让志得意满的金娜输给自己。她打定了主意，如果必须要输，下一场就输，还要输得快，输得不露痕迹。

眼看着天雅体力不支，开始的时候可能因为不适应对方的打法失分比较多，后面逐渐地往回追，但还是在赛点上功亏一篑，让周围观众扼腕叹息。天雅下场的时候，虽然有很多人围上来跟天雅说"张总已经打得很好了！""张总有空一起打打球啊，以前真不知道您打得这么好！"……但是天雅只想尽快离开场地，她衣服和鞋都没换就分开了围上来的人群，跟大家频频微笑着点头答应着快速离场了，整个过程中，她都没有看到金娜的正脸。天雅不想在这个场合和金娜见面，应该她前呼后拥地站在无数高光聚集的全集团瞩目的讲话台上，看着台下面坐在阴暗角落里垂头丧气的金娜。

天雅感觉自己没有原来有冲劲了，曾经的自己是那么地无所畏惧，无论面对什么情况都敢挺着胸，现在她反而有点思想包袱。转瞬间她又马上安慰自己，这么选择是因为自己更成熟理智了。她没有去找李拉，直接上了小王的车，让李拉照顾好大家多吃点。公司的人都以为天雅是因为输了球不高兴才着急走的，在群里直播比赛情况也停了，谁都不敢多说话。后来她才知道唯一的独苗赵阳，淘汰赛第一轮很倒霉地遭遇了上届冠军，天贺资本代表队全军覆没、颗粒无收。吴老板问天雅比赛成绩怎么样，他颁奖词都准备好了，她只能自拍后用马赛克把全脸涂得模糊不清给吴老板发过去了。吴老板问这是什么意思，天雅回他，没脸见你了呗。

回家的路上天雅越想越不对劲，金娜这样的人，没什么本事为什么还能一直留在集团？背后必然是吴老板的意思，为什么要留着她估计背后是一段情，想到这里，她打翻了醋瓶子，给吴老板发信息："颁奖词你给金娜留着吧。"

"你什么意思？"

"你还不懂我什么意思？"

"我再说一遍，我们两个只是工作关系。她有老公有孩子有家庭，跟我有什么关系？你怎么又来了！我没空跟你闹。"吴老板应该知道她和金娜有过节，留着金娜是几个意思？

第十一节

第二天一早天雅刚上班，听到前台在办公区域嚷嚷，早餐怎么不够了，谁没订早餐又拿了？再不自觉就要罚款了。这两天苏珊休假她才想起是不是自己没有订，马上出去问前台，因为小笼包挺好吃她拿了两盒是不是影响别人了。前台傻了，这个时候刘伟已经出现在天雅身后，他低着头弯着腰跟天雅说："张总您每天都订了，不是您的事。"然后他扭过头跟前台说："这种小事情以后不要嚷嚷了，你看还打扰了张总，从今以后每天早上多订二十份，如果有吃不了的都让保洁阿姨带回家。"

天雅回了办公室，刘伟也跟了过来，天雅跟他说 Mike 走了也这么久你也应该扶正了，刘伟满脸笑容地应下来；他跟天雅汇报王林突然失联了，昨天一个银行来谈内保外贷就找不到他了，新来的财务总监彭文临危受命去谈的。这不是王林第一次失联了，天雅一点意外都没有，估计是狗改不了吃屎，是不是赶上扫黄打非了，她给彭文发信息让他十分钟后到她办公室。她跟刘伟说估计又是什么不太光彩的事情，这段时期密切关注一下王林的情况，让小鹿和媛媛都时刻准备好应急预案。交代好了刘伟就出去了，他走的时候顺便帮天雅把饭盒收拾好了带出去，推开门的时候彭文已经等在天雅门口了。

彭文是国企子公司财务总监出身，四十多岁看起来像六十多的，和长相配套的，说话办事都非常老成。天雅明显地感觉到他说话不像她的同龄人，特别圆滑，不行也不说不行，典型的不得罪人但是让她很反感。之前刘伟和范鹏已经面试过他了，反馈都不错，看着他长得挺老成的，说话又温和，很有耐心的样子，她才没有反对。但今天她不太开心，明确地告诉彭文，说话方式一定要改，别让她听着费劲是基本的要求，否则天贺资本不欢迎他。彭文马上记在本子上，他让天雅给他一个月，一定让自己匹配公司的要求。内保外贷是天雅重点关注的，但是她实在没心思听彭文絮絮叨叨，让他今后工作直接汇报给范鹏。

送走了彭文，天雅心里盘算着请他这种老油条是否经济，给他的月工资二十万，超过了目前所有人的薪酬，但是他能给公司创造这么高的价值吗？这件事说到底还是吴老板建议的，他提议高管尽量用政府、国企出来的人，这是一种变相的背书，给草莽出身的民营金融面上贴金，好标榜根红苗正。刘伟建议她至少给彭文半年的观察期，别太着急了；李拉的意思也是希望彭文给公司补短板，让天雅有点耐心，同时也让刘伟再物色着人选；范鹏态度有点暧昧，毕竟彭文接的是他财务负责的职位，但是薪酬比他高出一大块，他心里不太舒服，也想看看对方的本事。

在真正出资健健医疗定增后，吴老板想见健健医疗的实控，开诚布公地谈谈海外并购。天雅要求吴迪团队安排健健实控先和自己谈，约好的时间是晚上八点，刚好错过饭点，这是天雅最喜欢的，她不善于在饭桌上跟对方觥筹交错。

按时来到香格里拉的行政酒廊，吴迪已经等在那里，健健实控董总还没到，吴迪看到天雅到了有点紧张，他赔着笑一遍又一遍地催，请天雅点喝的。吴迪小心翼翼地表达歉意，实控腰不舒服，所以下了飞机就送积水潭医院去看骨科了，今晚只能见董秘了，但他让天雅千万别生气，也千万不要轻视对方，董秘在实控面前有相当大的话语权，因为两人关系不一般。这一点天雅也料到了，按道理健健实控董总是要见吴老板的人，这种岁数超过六十岁的人等级观念还是很明显的，不愿意见她也是意料之中，既来之则安之，和董秘聊聊吧。晚了十几分钟，董秘姗姗来迟，是个年轻漂亮的小姑娘，天雅马上就懂了"关系不一般"的意思。

"久仰大名张总，不好意思让您久等了，董总今天突然腰不舒服送医院了，实在不好意思。我是健健医疗的董秘，叫我 Helen 就好。"小姑娘笑着一边走过来一边主动伸出手，天雅和她握了手，双方谦让着坐下。

"全靠同行陪衬，都是同龄人我们就不要客气了，叫我天雅就好。你们一路辛苦了，董总的事情我听吴迪说了，还挺担心他的，明天上午可以正常跟吴老板会面吗？"

"目前还不确定，董总刚才还在医院，我随时跟吴迪联系吧。"小姑娘依旧笑着说，她穿得不是很正式，短袖短裙都是 Gucci 的，妆容也十分精致。这个时候 Helen 的司机提着两个手提的行李箱走过来，请示她是否帮她把行李放到房间里，她跟天雅说失陪一下过去跟司机说两句话。这个时候吴迪悄悄地对着天雅的耳朵说："你看司机手里拎着的两个箱子里有一个是董总的，他们应该是睡一个房间……"天雅摆了摆手，吴迪就不说了坐正了身子，她根本不需要他提示这些，而且在别人视线范围内说悄悄话很不礼貌。

天雅使了个眼色，吴迪找个借口离开了，留两个女人聊天方便些。Helen倒是不避讳地讲了一下自己当上董秘也就不到一年，很多事情还在熟悉中，原来她是一个小券商的研究员，一年前被董总赏识挖过来的。两个女人岁数差不多，聊点业务聊点其他。董总很有野心，想把医疗器械这块做大做强，毕竟董总集团旗下几大板块，包括未上市的板块，盈利能力都非常好，所以不差钱，对资本运作不是特别感兴趣。这对天雅不算是好消息，上市公司资本运作的意愿越强烈，和天贺的合作才会越紧密，双方相互绑定得更深，就像江海文化一样很听话；但是像健健这样不缺钱的，把控性不强。

Helen 的奶茶上来的时候，她一边搅动着奶茶一边问天雅，吴老板是个怎么样的人。天雅张嘴就来："吴老板是天贺的核心人物，他一手缔造了天贺，而且……"Helen 笑着打断她："我说的是在你眼里，他是个什么样的人。"天雅笑了一下，她边想边说："他首先是个特别聪明的人，有大智慧，能预见大机会，出口成章，过目不忘，而且善于创新，市面上很多最新的交易结构都是出自他的手笔。其次他又是个特别开明的领导，用激励和鼓励打造了善战骁勇的团队，善于用人敢于用人……"说起吴老板的优点，天雅如数家珍、滔滔不绝，Helen 微笑着看着她："他帅吗？"这个问题真的让天雅回避了一下她的眼神，说："这要看个人的审美了。"

"你觉得他帅吗？"Helen 还是微笑着，看着天雅的眼睛，天雅感觉她们两个还是有默契的，相视一笑，天雅问："你觉得董总帅吗？"

"当然啊，别人问我择偶标准，我就希望能和董总一样帅。你也一样吧？"天雅只是对 Helen 笑了笑，没说话。两个女人，彼此心知肚明，何必说破。

第二天一早，董总按约定赶到了吴老板的庄园，这是天雅第一次见他，个子矮小其貌不扬，但 Helen 看他的时候眼里都是星星。双方在桌上并没有谈定任何事情，吴老板和董总约好未来随时沟通，联系人就是天雅和 Helen。

送走他们以后，吴老板跟天雅在庄园里散步，他感觉董总靠不住，是那种时刻会翻脸不认账的人，天雅问他看没看出董总和董秘是啥关系，吴老板没有回答，只是嘱咐天雅，不要让董秘看出自己和天雅的关系。吴老板又抱怨了晚上从她的公寓回来要四十分钟，实在受不了，他还是又找回了原来借过的那幢别墅，两人约好了晚上老地方见。

下午是丰收股东大会投票的日子，茹萍一早从北京出发，在一个接头地点见到了高管。投票截图发过来以后，天雅嘱咐她撤回并删掉，不要留下任何证据。事实就如同天雅她们预测的一样，丰收股东大会遭到否决，重组胎死腹中。据说刘老头大为光火，要跟这些高管没完，同时刘老头还在派人做说客，让他们同意重组，只要他们同意，刘老头就重新召开股东大会，这些高管东躲西藏的要么出国要么旅游要么投奔儿女。虽然天贺资本三缄其口，但是外界上对于天贺资本要抢夺控制权的报道依然甚嚣尘上，问询者众，小鹿对此已经给出统一的回答口径："不实报道我们拒绝回应。"但是私下里小鹿怀疑，能描绘这么多细节的报道，应该是刘老头给喂的料。这件事牵扯出来对刘老头有利，随着宝能万科之争，资本争夺控制权的讨伐正在风口浪尖上，"门口的野蛮人"成为过街老鼠，这个背景下天贺资本只能尽量保持低调，不要引起市场的关注。天雅用其他的电话打给黄老哥，让他准备好以小股东的身份去和刘老头谈谈。

处理完工作，打发走小王，在公司吃口饭，晚上八点多天雅就到了久违的别墅，结果吴老板有事还要一会儿，天雅手里没有钥匙只能在别墅区闲逛。别墅区守卫森严，天雅在门口伺机尾随着等了好久才跟着别人蹭进来，她怕引起别人的注意，在别墅区里面到处溜达，装作是饭后散步的。估计吴老板快到了，就埋伏在那栋别墅周围。果然吴老板也不敢让司机把他送到门口，也是一个人溜出来，天雅远远地就看到他走过来，她躲在路边的松柏后面，准备等会儿他经过的时候跳出来给他一个惊喜。吴老板人高马大，穿着西服黑皮鞋没戴领带，四平八稳地走过来，边走边回信息更像是散步。他快走到天雅这棵树时，边走边放屁，走了三步放了三个屁，她还是第一次见他这么响地放屁，怕自己嘲笑他被发现，在树后面没敢出来，憋着声音都要笑晕过去了。直到他到别墅跟前没看到人，给她打电话，她才从树后面蹿出来跑过去。过去的时候给吴老板都吓着了，她穿着深色的连衣裙，背着黑书包，戴着黑色的鸭舌帽和口罩，头发还盘起来了，要不是大晚上她肯定戴墨镜，吴老板皱着眉，下一秒又笑出了声："你是不是有病？我都没这么夸张，你搞这么夸张干什么？还戴口罩，又不是在公司，你以为多少人认识你！"

天雅进屋才摘下了口罩："今天有雾霾，戴口罩也算正常。再说我这不也是小心无大错嘛，你还怪我！"她从背包里取出一盒核桃仁，这是她特意为吴老板准备的，新疆的纸皮核桃她剥出仁来，挑好的用烤箱烤了，又剥去了口感涩的外皮，白白的核桃仁装在精致的小盒子里，为了干这个她忙活了两个多小时，手上磨了两个泡。吴老板尝了两个没说什么，她有点失望。她今天特意穿了高跟鞋，结果脱了袜子才发现，两个脚上都磨了泡，吴老板跟她说没必要，外表对于他来说不重要，以后见他穿平底鞋就好了。

屋里有点热，她打开了墙上的中央空调，吴老板嫌空调容易着风，不让她开，她只能打开了窗户缓解一下，借着外面的昏暗的灯光，屋里的一切都有些朦胧。

到了吴老板快完事的时候，他问她今天是不是安全期，她这个时候的心态已经有些变化了，她感觉，如果真的有个孩子，就生下来，也挺好的。因为她一直没回答，吴老板果断地拔出来，她感觉腰上一热，然后吴老板迅速用旁边的枕巾帮她给擦了。天雅马上去冲澡了，还想着是不是应该告诉他是安全期，但她不喜欢刻意隐藏，在想是不是应该跟吴老板挑明了想跟他生个孩子，但是下一秒她就觉得自己是不是疯了，这种关系下别说自己带孩子有多辛苦，有了孩子吴老板想不想让她继续工作更是一个大问题……

吴老板今天完事了没有马上起身去洗澡，他躺在床上回信息，突然对旁边正在穿衣服的天雅说："想什么呢？"

"没什么。"

"你有事瞒着我。"

"没有，我在算日子，到底是不是安全期。"

"那你就别担心了。对了，后天跟我出差，我给你介绍当地的市委书记，他应该很喜欢你这样的。"然后吴老板一脸正经地跟天雅又补充说，"好好争取，他未来会更进一步。"

当天晚上天雅独自回家的路上，一直在想吴老板最后跟她说的话，她手机上查了一下，市委书记五十多岁，本科跟自己所学的专业差不多，后来又读了博士。吴老板是什么意思？难道吴老板给自己介绍对象？不可能啊，哪一个这个位置的官员缺老婆。难道是自己最不愿意相信的那种？真的这么残忍？自己视他为爱人，他只当自己是个棋子？自己都想给他生个孩子自己带，他还想把自己送给别人？她心好疼，闭上眼不想再去想了。

第十二节

一大早天雅该接电话接电话，汇报自己马上出门，然后车开到半路天雅突然说自己肚子疼，让小王把自己送到医院，因为车上还带着公司宣传册，她让小王开到公务机场去交给彭文，这次跟吴老板出访，原定是天雅带彭文去。小王留下天雅一个人看病有点不放心，天雅说没事等会儿叫刘伟过来就好了他才走的。急诊医生询问了一下情况，根据她的描述，医生写了：疑似阑尾炎，开了血常规和影像的化验单，她把单子拍下来，发给吴老板的秘书说自己无法去了，只能让彭文代表天贺资本去路演。吴老板的秘书马上打来了电话，天雅接起来是吴老板的声音，问她严重不严重，需不需要他联系医院，她说自己能处理，只是有点惋惜怕耽误他的正事，他让她不要在意工作先弄好身体。天雅去输液的地方转悠，看到一只手很像自己的，给那只正在输液的手拍了照，给吴老板发过去。小王给她打电话的时候，她还坐在急诊大厅里，嘈杂的各种叫喊和叫号的声音，她让小王先回公司，有家人来陪她了。很快她接到了李拉和范鹏的电话，问她病得严重不，她都说先输液控制住了。

等她坐上回家的出租车，刘伟来电话她按断了，说自己在输液。看着车窗外快速变换的风景，她在想，自己有没有做完全套，到底还有没有自己遗漏的地方。突然她想到自己没戴帽子，黑色鸭舌帽是自己新买的，怎么不见了呢？应该是那晚忘在别墅了，估计按照吴老板的风格，这些都会被毁尸灭迹，再也找不回来了，包括她这颗毫无保留的一厢情愿的真心。当时她没反应过来也不敢问吴老板，她怕，怕听到吴老板的理由；虽然这次她骗吴老板自己生病了不出差，但是她并不害怕被吴老板戳穿，他应该明白到底她为什么不去。

刘伟给她发来了信息，一个好消息，一个坏消息。好消息是王林找到了，坏消息是他不是作奸犯科被抓包，而是他在微信群里转发不该发的信息被公安局带走。天雅感觉他就是手贱，随便转发，也该让他长长记性了。天雅让刘伟去找媛媛，王林毕竟是公司员工，看看能不能尽快把他弄出来。等天雅回到家，发现刘伟拉了一个群，里面有她、李拉、范鹏、媛媛和小鹿。媛媛发了对王林事件风险的预判，就怕警方查证的过程中发现王林的其他问题，更怕警方还发现天贺资本的一些违规操作，牵扯公司进去。李拉质疑一般公安局不管金融机构违规操作的问题，认为媛媛有点多虑了。

不知道是不是上天听到了她们的祈祷，同日，公司收到了证监局发出的需要天贺资本配合调查的函，告知公司一周内会有工作组进场，希望公司配合，项目人员暂时不要出差。天雅慌了马上找吴老板，他没接电话；她让范鹏联合旭日，整个公司立即启动应急预案，所有部门梳理排查签署过的文件，电子文档统一交出后个人手上的全部销毁。让旭日组织工作组在三日内对每个员工进行过滤式检查，包括手机、电脑，工位上的所有文件等，迎接一周后到来的工作组。除此之外，天雅让苏珊在距离公司一百米的公寓楼内租房专门存放公司的抽屉协议；让小鹿马上请讲师给全员上课，如何回答监管机构及媒体问题，所有人必须参加，课堂伴有随堂测验，闭卷考试，通不过就开除。另外交易部实在是太敏感了，按理说天贺资本不应该有交易部，所以这几天交易部的人都不用来公司上班。天雅最怕的就是丰收股东大会投票操纵的事情被调查，她让旭日确认不留痕。

紧张地布置完了，吴老板回电话了，本来还以为天雅会虚弱地说自己有多难受，结果天雅着急跟他说调查的事情，他听起来根本不在乎，说会帮着问问情况。天雅这个时候才想起自己本该是病恹恹的，只能说自己急得都忘了肚子疼，吴老板问她需不需要把检查结果发过来，他找专家给看看，天雅说不用了，自己输液以后感觉好多了。她心里嘀咕，即使被吴老板看出来了她装病又怎样，他说出让她去陪别人都不觉得丢人，难道她装个病就丢人吗？后来天雅想想，自己处理得太不尽心了，吴老板看她，就像大人看小学生表演一样，她竭不竭尽所能都是徒劳，他是何等聪明人，能不知道她的小心思？

这几天也不知是怎么了，繁花锦簇的股票市场突然像六月飞雪一样，上演千股跌停，而且恐慌心理还在蔓延，跌起来一泻千里，看得人胆战心惊。公司质押融资的很多股票几天下来连跌了30%，直接跌破预警线，逼近平仓线；出资方多是券商和银行，都玩了命地找公司补仓，碰巧王林进去了接不上电话，而彭文又是新来的不太熟悉，公司一只股票由于没补仓，被券商公告违约。

这条新闻一石激起千层浪，转发的很多，吴老板都问她是怎么回事，天雅心情特别不好，公司的账上又不是没有钱，不管是谁负责，总要有人负责啊，该补仓补仓啊，坏事都赶到一起了。她赶紧让范鹏去处理，跟券商谈谈，给点违约金就算了；又让小鹿去核查所有的相关新闻，夸张报道的一概投诉尽快处理。天雅亲自给所有MD和ED开会，这次出问题的股票是李洋团队管理的，让大家三天内上交统计表，包括公司持有的股票质押融资的预警线和平仓线，各个团队MD负责汇报当天股价是否异动。天雅本想马上开除出事股票的项目负责人，但刘伟劝她在调查的这个节骨眼上，别急于处理。

吴老板的渠道有了回音，证监局去天雅那里调查，只是例行调查到天贺资本了，并不是拿到了任何材料或者证据，让她尽量配合、问题不大。这让天雅悬着的心放回了肚子里，她本来担心是王林手机里有什么东西牵扯了公司，这下放心了。

天贺资本这周里最辛苦的就是打扫卫生的阿姨了，时时刻刻都有人在碎纸机旁边碎纸，碎纸机都烧了两台，最后大家都用手撕文件。扔出去的文件成堆，媛媛特意叮嘱阿姨分散着扔在几个垃圾点，别都扔一起。天雅自己都扔了不少文件，办公桌前所未有地干净。苏珊已经租好了两居室，一间屋子用来放抽屉协议，另一间屋可以住人休息。天雅跟李拉说等调查组的人走了，把新租公寓的钥匙给她，她买的别墅比较远，今后可以住公司旁边，另外李拉也该给自己找个助理了。

证监局的调查进行了一周多，还对天雅个人出具了配合调查的函，天雅这几天已经启用新的手机和笔记本电脑，但是证监局并没有让她上交电子设备，只是询问了好几只股票停牌前她是否购买了，也算虚惊一场。

调查组头一周在的时候，天雅都没敢出公司，等调查完她了就开始看项目了。项目是吴老板推荐的，标的公司的实控徐姐曾经在著名媒体做主持人，蜚声海外后下海。天雅到的时候，她正在面对前来的记者开发布会，在台上的徐姐一头利落大方的短发，吹的造型一丝不苟，妆容得体，打扮也不俗，仪态更是身姿挺拔，发言清晰准确，回答问题灵活幽默，看年纪四十大几，但依然散发着魅力。吴老板说徐姐是一个"老朋友"，难道他们两个有一腿？天雅感觉自己有点无聊，什么时候她也开始想那些乱七八糟的了。

徐姐等所有的记者都离开了，把天雅迎到楼上的办公室，她的办公室虽然不大，但装饰得十分文艺，大片的书柜上不乏近期的畅销书，屋里有鲜花有香薰，玻璃门外是洒满阳光的露台。天雅和她坐在沙发上，助理端来两杯咖啡，问天雅加不加奶和糖，这个时候天雅突然发现玻璃门外面出现一条大金毛，正吐着舌头看着自己，徐姐笑着大声冲它说："回去，我有事呢。"转头跟天雅笑着说："不好意思，这是我养的狗，平时我上班的时候就把它放在露台，没吓到你吧。"

徐姐用一个多小时详细介绍了公司业务内容、盈利模式和发展方向，目前她在 B 轮融资，A 轮的投资人包括好多商界大佬，她也在计划上市。天雅仔细地边听边记笔记，最后还提了很多的问题，她的基本判断：不靠谱。

唯一有价值的卖点就是徐姐个人的名气和影响力，她做的业务都是已有模式，并不存在创新的地方，听起来她总把互联网营销挂在嘴边，但她所做的事情其实和互联网没有太大关系。这个标的既没有规模很大，也没有盈利很好，一时半会儿无法上市，吴老板为什么要让她来浪费时间呢？她想尽快结束，和徐姐说自己还需要时间消化一下资料。和吴老板汇报后，他说："反正你已经接手了，就算你不投也要给徐姐找到投资人。"晚上细细想，徐姐和吴老板关系不一般，吴老板之所以让她来应该是拿她当挡箭牌，他既可以不亲自出面，又可以不拒绝徐姐，还可以有个好理由把球踢给天雅。

一直到调查组的人走了，从头到尾作陪的小王也没有请成客。天雅把李洋和旭日找来，公司股票质押爆仓被曝光的事情还没算完，王林等他出来天雅再跟他算账，天雅让旭日彻查此事，凡是有干系的人一定要处理，旭日说李洋团队中项目的负责人必须承担责任，这件事情还要全公司通报批评，以儆效尤，李洋一头汗地出去了。天雅又把刘伟叫过来嘱咐，裁人的时候别太在意补偿了，公司不差那点钱，弄出来不满情绪到处发泄，公司平事花费的钱更多。

李洋裁员不是特别顺利，员工觉得股价急剧下跌他控制不了，让他来承担责任并不公平。这个时候刘伟出来解决问题，他承诺员工什么时候找到下家的工作，工资发到什么时候。原本员工还在公司里到处传播负能量，刘伟跟他谈完了之后就不来公司上班了。旭日的调查报告对李洋团队整体通报批评，在公司的全员会上做检讨，且团队年终考核下调一个评级。在这之后，其他团队都对股价的事情非常上心了，李洋有点士气低落，天雅虽然是李洋的同学，但感觉李洋和李拉更熟悉，她让李拉请他吃饭聊聊，李拉说李洋独自喝了一瓶二锅头。

这段时间被调查搞得人心惶惶，公司业务停滞了，为了提振公司的士气，天雅亲自主持了王吉团队的项目初判会。按照公司的流程，初判会是到不了她的，只有过后的内审会她才会选择性地参加；但王吉的项目不一样，这是吴老板推荐过来的，集团里面有其他子公司也在同步推，重要性不容小觑。王吉说得磕磕巴巴的，还是李拉亲自接过话来讲的，天雅一听就明白了为什么其他团队先进去的，但是推得犹犹豫豫：这个项目的优势和劣势都很明显。这个项目是跨境并购芯片公司，技术顶尖，销量足够亮眼，年利润三亿美元，绝对让任何投资人心动；但劣势也不可忽略，并购金额六十亿美元，跨境并购基金的银团结构特别复杂，天贺资本即使参与，也只能作为有限合伙人的有限合伙人的有限合伙人分到两亿元的份额，多层结构带来的不稳定性可想而知；未来项目退出的渠道也不明确，这么大块头的标的只有在国内资本化才赚得多，在美国再上市并不一定有的赚；而且，这个项目违背了天贺资本一贯的原则，只能作为财务投资人，对项目无法施加影响力。集团的其他子公司已经过会，在发愁出资的事情，王吉差点说出来时间肯定来不及。刚讲完没等参会的人提问题，天雅就表态了，这些问题瑕不掩瑜，她非常看好这个项目，天贺资本既然已经明确地转型做精品项目，就要这样做，集团里面他们必须是头一份，她认为这个项目不用等尽调上会了，条件允许就准备出资，她会和李拉一起去谈，既然并购基金在境内外都有，他们争取在境内出资认购，可以从时间上占优势，如果非要境外出资，她会去找吴老板。

天雅这番话出来，鸦雀无声。会后李拉和媛媛追着天雅的屁股后面跟她回了办公室，关上门，李拉说："你是不是疯了？宝石龙的项目你还没得到教训吗？"

"你这样决定，让法务怎么办？我就是明知违规还不纠正，这种事我干不了！"媛媛也不干了。

面对着两个不懂她的人，天雅第一次爆了粗口："×，你们两个娘们儿能不能有点眼光！"说完这个话，天雅想着，糟了，她居然学吴老板。反正她是铁了心要做，这两个人看苦口婆心也拉不回来她，只能帮着想怎么善后了。

自从天雅装病放了吴老板的鸽子，他就一直没找过她去别墅了，而天雅也陷入自己的情绪里面，她不能原谅吴老板把她当筹码，但装病不去心里也有愧，不知道怎么面对他。虽然有事还是会找他，但是她感觉他不再像过去一样倾囊相助了，原来的东西来了她先挑，现在怎么给她的都是鸡肋。不管了，她不想去跟他示好，她明白如果她真的求到他，于情于理，他都不会坐视不管，但是她就是不想求。

天雅在公司的办公区看到孙恒，他过来送文件，她从旁边走过也没有说话，等会儿孙恒给她打电话，说晚上一起吃饭。等她下楼又找不到孙恒的车，但是一辆出租车按喇叭，上去发现孙恒在车上；问他怎么不开车了，他说别提了，最近这两天在北京修车，新路虎被人追尾，还不知道什么时候能修好。说起这个，天雅说认识一个专门修豪车的小伙子，价格还便宜，孙恒说："可以啊，你把他推给我吧。"天雅找出徐飞的微信，推给了孙恒，孙恒突然眯上眼仔细看，北京的夏天晚上六点多的太阳还是强到让屏幕不太清楚。他仔细地看了好几遍，一边看一边喃喃自语着"不是吧，不是吧……"然后他看向天雅，有点神秘地问道："你知道他是谁吗？"

"不知道啊，就是修车的啊。"

"他说他叫徐飞？"

"是啊。不然呢？"

"虽然他晒黑了，但是眉眼我还认得，你知道他原来叫什么吗？"

"不知道啊，你就快说吧。"天雅有点不耐烦了。

"我见过他几年前的身份证，叫富阳。"孙恒意味深长地说。

"他是富总的……？"天雅想着，怪不得富总亲自介绍她去这家饭馆，富总那个岁数看样子就不像是爱吃日料的人，自己早该猜到他们之间有千丝万缕的联系，估计这个小伙子是富总的亲戚。

"你别知道太多。"天雅一脸的嫌弃。

孙恒又继续说："徐飞这孩子也够可怜的，他学习特别不好，动不动就逃学，他妈后面也管不了他了，就随他去折腾了。本来富总想在国强集团里面给他找个差事，但权衡了半天，最后没敢。"孙恒若有所思地说："这个小孩后来就自己出去打拼了，做的买卖也和国强没关系，挺不容易的，比富帅强。"

"富总为什么对富帅这么好？"

"哎哟，富蕴是丁克，富帅一连给他生了四个宝贝，富总恨不得把孩子都捧在手心里，你没见过，全员开大会的时候，谁的电话富总都不接，但是孩子给他打电话居然接了，我那会儿刚好站旁边听着他接电话，可逗了，让他给买玩具，他一口答应下来，给买奥迪。后来挂了电话又觉得不对劲，给这么小的孩子买奥迪他怎么开啊？他又拨回去，才搞清楚是'奥迪双钻'的玩具，我在旁边憋着笑都要憋死了。""哈哈哈……"

没想到同是富家人，通过朋友圈就能看出来，富帅高大上的圈子和徐飞的格格不入，徐飞头像的背景就是他的汽修厂，富帅的是他站在外国的大瀑布前；徐飞的住所比较简单，应该就是前店后场经营模式，住所和厂房连着，富帅住的是独栋的别墅，宠物是孔雀；徐飞前两天刚发了朋友圈，是自己和一堆工人庆祝生日，一排穿着牛仔裤的年轻人喝得东倒西歪的，而富帅的朋友圈是祝贺自己的好兄弟股票上市，总之如果不是孙恒，天雅绝对不会把他们两个人联系到一起。徐飞到底是受了多大的打击，才破釜沉舟来北京闯荡的？

天雅收到刘伟的消息，说王林终于出来了，问如何处理。王林自从进去以后一直没主动联系公司，估计觉得自己太二了，公司不会再要他了。确实，如果是别的公司，估计在他刚进去的时候就开人了，不赔偿的。天雅亲自给王林打了个电话："你这种情况确实让公司挺难做的，未来有什么打算呢？"王林说自己做点自己善于做的吧。本来天雅是想着，如果王林真诚地求原谅、表忠心，自己是不介意这些的，刚好杀杀他的锐气，结果他没有，天雅只能落寞地挂断了电话，跟刘伟说让王林走人。

还没到家，天雅就收到了更不好的消息，公司收到了一份传真，是证监局问询的几个问题：认购健健医疗定增的三个不同的主体，与你公司是否有关联关系，相关基金是不是你公司实际出资及控制？你公司是否有参与二级市场交易？你公司在丰收股份本次重组被否决中是否基于独立判断？你公司与上市公司成立的并购基金是不是独立运营？是否存在多个基金一个工作班子的情况？

每个都让人胆战心惊，天雅马上问媛媛，如果解释不清，对于天雅这个法人来讲，最坏情况会怎么样，媛媛说，可能要进去。

天雅感觉一下子自己的手都出汗了，她有点听不清媛媛后面说的话，扶着椅背缓缓地坐下，自己都要进去了这些还有什么意义。无助的她给吴老板打电话，他没接，她持续地打，他有点不耐烦地接起来，她说证监局出问题了怎么办，他说："该怎么回答就怎么回答，这个难道需要我教你吗？"天雅说："我怕出事。"他不耐烦地说："能有什么事，你太夸张了。"然后就把电话挂了。天雅记得媛媛说的，公司的法人是天雅，吴老板只是股东，如果公司有违法乱纪的行为，跟他没一毛钱关系，他还是受害者，无论是面谈还是电话，她都没录音，根本没有任何证据能指向他，而她自己就逃不了干系了。

想到这里，她给小侯打电话，小侯接起来说他在美国，问天雅是不是对数字货币的事情有想法了，天雅说自己在组建美国团队，已经七七八八了，肯定会做这一块的。但是目前她感兴趣的是弄国籍，弄了国籍才好注册公司啊。小侯很爽快，马上就把中介电话发过来，跟她说提自己的名字可以不收其他费用了，一个月内搞定。虽然是大晚上的，但是中介很快接起了电话，和小侯说的一样，交五十万一个月内弄好。天雅思前想后，感觉办国籍这件事情，不跟吴老板说不太好，毕竟自己也很担心他，怕他出事，所以天雅下了半天决心，跟他说自己准备办理外国国籍，问他要不要一起。他一开始说考虑一下，后来回电话说："你爱弄你弄吧，我不要。"

处理完这个事情，就是交易部的去留问题了。天雅昨晚就对李轩大发雷霆，让他一早来述职。早上天雅等中介取完材料，到公司都快十点了，听说李轩不到八点就到了，一直等着呢。天雅没空见他，上午先处理答复证监局问题的事，天雅和范鹏连线李拉商量到十一点多，才让李轩进来。

李轩进来的时候，范鹏也在，手里拿着财务口径的数据。李轩颇为紧张，天雅不高兴他知道，一贯嬉皮笑脸的范鹏都一脸正经，对着电脑上的表格等着对数据，他就知道情况相当地不妙。等他出去了天雅看了一眼范鹏，问他什么意见，范鹏说："我觉得这个事没有什么好谈的了。"两个人的意见都是一致的，交给刘伟处理，交易部那些账户和持有的股票，项目上有关联的，就交给项目组处理；没有关联的交给财务部统一处理，认亏割肉。两人复盘交易部的得失，当初他们以为既然能在并购重组游刃有余，做二级市场也应该纵横捭阖，现在发现真的不能做不擅长的领域，交易部的收益还不如买指数基金。

在这期间，天雅给徐姐介绍了一个上市公司，对方对她的企业挺感兴趣，见面聊了，推没推成她就不知道了，对方不联系天雅，就是对她的工作不满意，如果推成了是徐姐的本事，如果没推成是天雅不靠谱。这种人她见多了，把别人免费提供的服务当作是理所应当，不联系也罢。

徐飞跟天雅咨询股权架构的设计，他想融资，天雅让他先做介绍材料，给他发了好几个例子，还亲自帮着一点点改；她既然知道了他的身世，还是想帮他一把。在说到修车厂未来如何走的时候，徐飞是想做大，但是他没想好该怎么走，天雅建议他做好自己的旗舰店，目前有的这八家店资产已经很重了，未来梳理好了模式可以对外输出，徐飞的优势是维修内容和人员培训，走轻资产模式更容易上规模，最终的目标肯定是要上市的，让他不要犹豫，如果走重资产路线就需要高举高打大规模融资，经营风险比较高；徐飞觉得她说的非常有道理，两个人经常一打电话就打一个多小时。除了帮徐飞梳理战略，她还和春风联系着让徐飞去宣讲，这是个一举多得的产教融合之策。徐飞屡次要请天雅出来吃饭，都被天雅以各种借口拒绝了，她帮他不是因为要什么，只是见多了辛酸，希望他能成功。

第十三节

茹萍跟天雅汇报了海外办公室成立的情况，美国团队已经有了三个人，除了年薪百万，做好了还有股权激励，天雅已经留了数字货币的作业，短期就会有项目上会。另外是春风正在筹建新校区，希望能够项目融资，融资金额是四千万，李春风提交了一些材料希望天贺资本优先考虑入股。天雅听完让茹萍准备上会材料，等她出去了，天雅收拾东西去了健身房。

虽然她自认为到得不算晚的，但是到了大操房一看前面都是用东西占地方的，只有后面的位置了。天雅不太高兴地从健身房出来了，给刘伟电话，刘伟马上说公司正在想办法丰富员工的体育生活。当天晚上，天雅就在公司群里看到了刘伟发的"好消息"：公司为了丰富员工的体育锻炼，加强员工身体素质，每周二、四下班后在大会议室，有外聘老师带领大家跳健身操，欢迎大家积极参与。等真正在开课的时候，大家都让天雅站最前面，比健身房人少多了，而且老师也重点照顾天雅，确保她学会了才开始一首新的歌曲。

锻炼之后天雅请茹萍吃晚饭，吃完后两人在周围逛街，她去试运动潮牌，穿出来效果不错，她拍照给吴老板发过去，他就回了一个字："买。"过会儿他打电话过来了："给我发这个干什么？"

"就让你看看，没让你给我买。"

"买不买还不都是你自己定。再说怎么不是我给买的，你工资谁发的？"

"是是是，谢谢老板。"天雅止不住地在电话这边撇嘴，她听出来他笑着跟她开玩笑，但是他真的觉得所有的一切都是他赋予天雅的。

一件运动背心一千块，天雅一下子买了三件好换着穿。两个人商量着去吃个甜品，结果天雅接到了楚楚的电话，刚一接起来就听见楚楚在哭，她让茹萍先走。

"这次是真过不下去了，因为他骗我。我俩刚结婚的时候他刚工作，那会儿是在大公司实习，实习工资才两千多，勉强够他自己花的，我也没有让他交工资。后来我一直以为他在那里工作了，直到现在孩子都十个月了，我想着该自己买个房子了，不能老租房了，就跟他商量买房子的事，他跟我说没有钱，我不相信查他的网银，确实没有钱。还有更严重的事情，他只是毕业之后简短地实习了两个月，之后就不再上班了，你能想象吗？两年不上班，还装作天天上班的样子？"

听到这里天雅也惊到了："啊？"

"是啊，我也想不到啊，我就问他这两年到底在干什么，怎么活着呢，你猜怎么着？"

"嗯？"

"他还是天天去大学里面上自习，上班的时候出门去学校，不管是上自习还是打游戏，反正到了下班的时候才回家，中午就在学校食堂吃饭，偶尔也打打零工挣点生活费，但是更多的是跟家里要钱，说我俩开销大，他一个人的工资养不起我，他家里也是我这么一闹才知道他没工作，如果不是我揭穿他，估计他还能这样好几年。"

"太让人不敢相信了。"楚楚的老公看起来稚气未脱，好像那种一眼就能看穿的小朋友，怎么会干出这么出格的事情。

"他还做戏做全套，经常约原来一起实习的同事吃饭，还发朋友圈，搞得我一直以为他和公司同事关系还挺好的，我这次还专门跑到他们公司，一问根本就没有他这个人。回想起来他逢年过节拿给我的那些所谓'公司发的'购物卡，肯定都是他从家里偷拿的，他爸妈也丢三落四惯了，根本没察觉。"楚楚咬牙切齿地说，"而且最过分的是，他事情败露了，居然还求我不要告诉他爸妈，他可以继续往家拿钱和卡！"

"他怎么还像小孩子一样幼稚啊。"

"是啊，他刚工作挣钱少，我都可以体谅，但是他好歹也是做爸爸的人了，怎么可以天天这样逃避问题，我真的没有办法跟他再生活在一起，我妈还劝了我半天，说他毕竟是孩子的亲爹，有个亲爹总好过一个人带孩子，还是原谅他。"

"你怎么想呢？"

"我真的是不能忍了，带娃基本都是婆婆偶尔搭把手，跟他离婚，我还能少伺候一个，开心得很。本来公公婆婆有点瞧不上我，但是他们倒是也不想离婚，主要是孩子太可爱了，他们说了，如果孩子不能判给他们，他们以后就不给钱。"

"你一个人带孩子是不是太辛苦？孩子给他们带呢？"

"不可能的。我是肯定舍不得把孩子给他们的，这可是我自己身上掉下来的一块肉啊。我想过了，我自己挣钱虽然不太多但是也够我和孩子花了，就算他以后不给钱，我经济上是问题不大的。现在带娃本来就是我和我妈，婆婆只是偶尔过来搭把手，多她一个也不多，少她一个不少。现在就是最辛苦的时候，等未来孩子大了，就更好带了，女孩听话，是娘的小棉袄，我们娘俩相依为命没问题。"说到这里，楚楚又有点要哭了，天雅马上安慰她：

"别把事情想得太糟糕了，我感觉你老公的问题不算太大，毕竟他比你小，刚刚工作，在你面前他缺少自信。他可能一开始只是不知道该怎么对你说起这件事，后面就是孩子似的得过且过逃避问题了，但是本质上他没干什么伤天害理的错事，可不可以给他一个机会呢？"听着对面的楚楚没有说话，天雅继续说："你看他岁数小，但是经过这个事情他也会成长的，男人都不是一夜长大的，是吧？他没有出去瞎玩约炮也是还好了，你怀孕的时候还陪着做产检，还知道从爸妈那里拿卡给你贴补家用，也算是有点良心吧。"

"我已经跟他说好了，明天去民政局离婚。"

"我感觉你有点冲动，要不你等两天再去？没有别的意思，不管你决定什么我都支持你，如果你买房子钱不够我也可以帮忙，但是我只是希望你不要匆忙地做决定。"

"我知道了小雅，你说得也有点道理，我正准备找结婚证呢，有了孩子乱糟糟的，我记性也不好了，都不知道这个东西放哪里了，如果今天找不到，就说明我还需要考虑一下，啥时候找到了啥时候再说。"

"行了行了，你有事找我，去民政局之前告诉我一声，别自己轻易行动就行。"

"好好好，一定先和张总汇报。"说到这里的时候，天雅感觉那个总是乐呵呵的楚楚又回来了。有的时候，女人打电话只是想抱怨一下，并不需要电话那边的人做任何事，而天雅需要做的事情就是，倾听，理解，支持，让楚楚相信自己。

天雅感觉自己在这条街转悠了好多遍，店名都倒背如流了，挂上电话她擦擦手上的汗，电话打得都热了，发现有好几个李洋的未接电话。

不知道有什么事情，但是这么晚来几个电话，看起来不像是好事情，天雅给李拉打电话，显示正忙，估计李洋找不到她就找李拉了。她到了家就洗澡，手机叮叮咚咚地响个没完。出来以后天雅一边擦头发，一边给李拉回电话，李拉一秒就接起来，问天雅干什么呢，天雅说洗澡呢，李拉说你以后应该在浴室里装一个通话设备，天雅说那不行万一搞成视频了不就直播了。两人笑完了，天雅问李拉啥事这么着急找她，李拉说你记得宝石龙吗？天雅说记得啊，李拉说，宝石龙的实控被刑事拘留了。

本来天雅还在擦呢，一下子她把毛巾扔到一边："什么？"

"郭总资金链断了，他只支付了很少的定金收了很多加盟店，然后拿着这些店面抵押贷款，拿钱再去开新店，争分夺秒为了上市多开店；结果新店亏损太严重，他资金链断了，就都暴露了。"天雅听到这里已经基本明白了情况，她简单地擦擦身上穿上睡衣，坐在沙发上：

"是谁把他送进去的？"

"不是我们，是银行，骗取贷款的罪名，另外加盟店的一堆店主还要告他诈骗。"

"当初我们投了以后，有什么安全保障措施吗？"

"他手里的一部分宝石龙的股权质押给了我们。"

"李洋找我就是这个事情吧，他怎么说？"

"是这个事，他特别紧张，本来他的团队就出来了爆仓的事情，现在又出了这种事，他压力很大。"

"你怎么想？"

"我想着尽快地找个律师咨询，我们要准备一下了。"

天雅刚听到这个消息的时候有一点点的心理波动，现在已经完全冷静下来了，她没觉得事情有多严重："你想过没有，我们投在宝石龙一个项目上的资金也就两个多亿吧，即使都亏了，也不会撼动公司的基本面，今年的利润只能比去年多，我们其实面临的不是灭顶之灾，只是一个小沟。"

"话是这么说，但是……"

"我看李洋来电话了，先不跟你说了，你先跟范鹏商量一下吧，我要接他的电话了。"天雅想好了，先安慰李洋，毕竟他是自己的同学，而团队都这么年轻，经历些沟沟坎坎是难免的。

第二天一早天雅主持召开了紧急情况处理会，李洋介绍情况，然后范鹏和媛媛负责去找律师咨询和沟通，尽可能地从法律上帮公司追溯利益；彭文负责权衡这笔如果造成坏账对公司财务情况的影响，出个分析报告；李洋团队的相关人员去现场待命，随时汇报情况，看看除了公司股权还有什么有价值的东西可以保全；让刘伟招聘一个懂得资产处置的人来，宝石龙这笔投资还未形成坏账之前，只要能够处置掉，都不是大问题；让小鹿留意相关的新闻报道，涉及天贺资本的一律马上汇报，不能让媒体借题发挥，影响声誉。今天的会上，虽然李洋很紧张，但是比昨天晚上好多了，能静下来回答问题了。

会后，天雅和李拉、范鹏三个人开小会，天雅对外称宝石龙只是一个小概率事件，但是并不是说公司的投资团队工作没有疏漏，等这个事情处理完之后，一定要开项目的复盘会，让团队都吸取教训，靠着融资大干快上的项目都要慎重。她认为宝石龙到此为止，虽然爆雷但占公司资产的比例不高，现在也没有必要太大惊小怪，大家如期地参加上午的美国团队带来的数字货币项目。上会的材料发到各个委员手里，天雅以为会详细地讲解数字货币的来龙去脉，结果拿到手才发现特别少，美国团队告诉她，没有时间完善了，这个项目的额度还是抢来的，材料就给了几页纸，不能马上决定投不投就来不及了。这就是现状，如果要参与，就要对现状妥协；如果不参与，就永远都只能围观风口。

　　天雅的态度很明确，就是要投入其中，几千万大不了交学费，有了像芯片、数字货币这种明星项目，才能在市场上立起招牌、站得住脚。知名度越大生意越容易做，天雅明白吴老板的资源已经不再无私地对自己敞开大门了，能不能把品牌做起来就是生死攸关的，否则按照吴老板话里有话这个态度，换掉自己换个更听话的人也不是不可能。

　　下午天雅带着茹萍去黄老哥那里和他商量丰收的事情，双方有分工的，天雅负责"威逼"，通过言语不留痕迹地让刘老头知道，不拿到丰收的壳，天贺不会善罢甘休，他的重组方案都无法通过；黄老哥负责"利诱"，他可以帮刘老头从天贺的围堵下杀出一条血路，黄老哥自身的资产质量就高，装进丰收也能帮着刘老头提升股价，刘老头不需要费心就能躺着赚钱。

　　正当天雅在回去的车上和茹萍闲聊新买的运动衣第一次穿会不会太紧绷的时候，吴老板来电话，她示意茹萍不要说话，接了起来，吴老板让她晚上吃完饭后过来，就挂了。放下电话，天雅和茹萍继续聊健身操的老师有多娘，但是她心里感觉怪怪的，以往吴老板要找她过去，大多是晚饭后有闲暇的时间才想起她，临时找她马上过去，并不是事先筹划好的，这次为什么这么早给她打电话？估计是工作上有事情，但是一般吴老板工作优先会拿起电话跟她马上说，怎么会等？

　　晚上天雅跳完健身操就吃了个三明治，还想着到吴老板这里要是赶上吃饭自己还能再吃点。到了的时候，吴老板果然还在宴会厅里面和别人觥筹交错，天雅到了助理就让她过去坐坐，说留了她的位置。天雅过去以后发现果然留了她的位置，吴老板看到她来了说再上两个素菜。她和周围的人不熟，大家也没有过多地关注，还是在聊他们的。其中一个坐在吴老板左手边的人跟吴老板说："哥啊，我就这么一个儿子，你一定要帮忙啊。"没头没尾的，这是犯了事要捞人吗？吴老板这里就像个土地庙，来的人各种求神拜佛，好像他能有求必应一样。

"你说你也不早点找我，要是高考前的话，这些都不是问题，走个提前招生，或者点招，都不算事儿，现在高考成绩都出了，你让我怎么帮你，你以为我能起死回生啊？"

"我不管，哥，我就知道你肯定能帮我，当年在香港，如果不是我……"吴老板瞪了他，他就闭嘴了，吴老板脸上有些不悦，他掏出手机戴上眼镜开始找人，全桌的人都一下子沉默了，只有天雅在默默地吃东西。

"李校长，今年高招结束了吗？……正在招啊，你给我解决个孩子好吧，他在光辉省参加的高考，你帮我打听一下，今年学校在光辉省的录取分数线是多少，等你回话。"打完电话，左边的人赶紧给敬酒，吴老板说，"你也听到了，为了你的事我也是万死不辞，以后光辉省的事情你要给我用心啊。"

"那是那是，包在小弟身上，我敬您！"对方爽快地干了，吴老板就喝了一口。大家又热闹起来，有说有笑的。一会儿工夫，吴老板的手机开始振动，整个宴会厅又安静了，吴老板拿起来接上电话："……就是光辉省，今年一共招二十人，录取分数线是六百六十四分。"这个时候吴老板突然问左手边的人："你家小子考了多少分？""六百六十二。"吴老板继续讲电话说："你帮我解决一下，这孩子就非要上你那里……那你先运作，我等你话儿，尽快好吧。"

其他的人早就不吃了就等看结果呢，吴老板摆摆手，服务员把骨碟都换了新的，上了水果，左手边那个人和吴老板说："这个事还得找您，我一开始不知道小孩这么想上这所大学，等成绩出来了我怕不够，找的是省招生办的主任，对方也是想帮我，但是省招生名额是早就确定下来的，没法操作，实在没辙了来求老哥的，就知道老哥肯定有办法。"

"你儿子的事就是头等大事，也是我的事，放心吧，能帮肯定帮。"虽然吴老板说的话虚虚实实，但是里面有些肯定是真话，比如说两个人相互照应，李校长这么给力，吴老板到底帮了他什么呢？

李校长办事速度真的是立等可取，很快就给吴老板回电话了，放下电话以后，吴老板跟左边的人说，成了。左边的人还有点不放心，问是不是走其他路线招生，吴老板说："我办事你还不放心吗？既然已经帮了你，我就帮到底，让你明明白白的。现在招生都是透明的，根本不可能做手脚，像原来那种张冠李戴、把分高的挤走，现在都不行了。虽然每个省的录取名额数都定了，但是校长手里还是有一些名额作为机动，为了录取你家小孩，学校只能跟省里打个招呼，把机动的名额调剂几个到光辉省，我给你问了，一共需要多录取四个孩子，才能把你家孩子招上，李校长出大劲了。"左边的人激动地连干了三杯。

席间还有其他人问："吴老板，那多录取的另外三个人不就太幸运了，本来都落榜了，结果就这么奇迹地被录取了，肯定感觉自己特别幸运地压线了。"

"那怎么办，做好事不能留名啊，哈哈。"大家都笑了。天雅想着幸亏自己来了，这真是一场见证资本力量的盛宴。

饭后，吴老板在茶室等她。不同于以往，这次茶室里除了吴老板，还有另外两个人，天雅看到背影，本想在外面等，吴老板看到她冒头，说进来吧，这两位都是集团的，一个是分管财务的刘总，一个是分管合规的傅总。两个人回过头来跟天雅打了个招呼，天雅一看确实脸熟，刚才吃饭的时候没他们，难道是专门为了她来的？她有点疑惑地坐下，吴老板开门见山地问她，宝石龙项目是怎么回事？

这个事情居然这么快就传到了吴老板的耳朵里，她一瞬间只想知道到底是谁走漏的风声，因为丝毫没有准备，脑子里并没有发言大纲，只能竭力地想几条自己的观点，先表明这个项目的体量在公司所有投资中的占比，想说明这个项目占比小，而且目前还没有明确这笔投资就是一笔坏账，律师的意见是……说了没两句就被吴老板打断，冷冷地问："出现这种情况按照当初的约定，该怎么处理？"

"实控人回购。"

"他都进去了怎么回购？"

"我们还在想办法转让股份……"

"别说那些没用的，出了这么大的事为什么没有马上汇报？"吴老板瞪着天雅，天雅第一次感到不寒而栗，这种目光和月下的目光没有一丝相似，就不像是天雅那个吴老板。吴老板最善于不等对方说完直接出击，打乱对方的思路然后被他牵着鼻子走，这种战术应用在天雅身上，还当着集团的其他人，她真的有点没反应过来。吴老板应该看出来了，他语气稍微缓和了一下："哪怕你第一时间汇报，我都不会这么生气。"天雅抬起头看到他依然直直地盯着自己，目光冰冷，旁边两个集团的人都没有一丝声音。她还是想解释一下没有那么糟糕，但是现在多说无益，吴老板已经发怒了，他问的不是这个事情会给公司造成多少损失，而是她为什么不汇报，就是怪她了。她还是默默地低下头，想着应该怎样跟吴老板认错，才能顺了他的意思，也让自己在集团的人面前不至于太丢人。吴老板显然是没耐心等，他跟集团的人说："你们回去配合张总去分析一下当前的情况，下周一我要见报告，你们先回去吧。"那两个人走了，留下了依然低着头的天雅没精打采地坐在那里。

"你怎么这么自作主张，居然还需要别人告诉我，我才知道。"吴老板等集团的人走了，态度变得温和了很多，但是口气也十分不悦。

"我真的觉得没有那么糟糕……"

"你如果还这么想的话，就不用说了。"他生气地站起身，走之前对天雅说，"必须要有人为此承担责任，这笔投资当初投的时候就不合规，投委会也没尽到审查义务，你自己看着办吧。"

天雅以为是吴老板让项目团队走人："项目团队目前还在现场沟通情况……"

"不是下面的人，是管理层，说白了，你们三个人，必须有人要走，你自己定。"

"那我不干了行吗！"天雅一下子没按住自己的脾气。

"别没事找事！"吴老板的语气不像是哄她，"好好干自己的事情吧，要学会控制情绪。每天我的事情太多了，你不要给我多事。"

吴老板说完就走，剩天雅一个人坐在那里，有点迷茫，她的威胁在吴老板那里就像是小孩瞎闹。吴老板的态度已经很明确，能说出"三个人"，应该是对公司的情况相当熟悉的，到底是谁泄露的情况，谁通报的消息，天雅感觉心好累。吴老板把自己交给集团的人处置，如此严厉，是为什么？

在路上她想了很多，到底让谁来背锅？李拉还是范鹏，天雅没有选择，但如果她想袒护任何一个，自己就要承担责任，吴老板或许会派人来天贺资本做董事长，这是万万不能接受的。天雅需要李拉，她们之间没有很明确的分工，但是很多事务性的事情，比如团队的维护，平衡各团队的奖金，还有平日的经营，很多事情是李拉负责的，天雅只挑自己感兴趣的业务，李拉确实帮天雅分担了不少。思来想去，只能牺牲范鹏了。但是为什么非要这样呢？想想范鹏这些年来陪着公司走过的风风雨雨，从开始的项目组成员，一步步地干到现在的高管，他做错了什么？天雅不禁想着吴老板也太小题大做了，估计是这两天吃错药了，这么大火气，哪天晚上跟他多撒撒娇估计就好了。天雅生吴老板的气，吴老板倒是显得无所谓，还给天雅发一些老年人常常转发的信息，什么冬天多喝热水的十条好处，什么脚热全身就热之类的文章。

天雅还是想跟吴老板争取一下，她想保护所有人，但是她不确定自己有没有这个能力，她想着的工夫，范鹏居然来电话了，说内保外贷搞定了，对美国那边数字货币项目的出资肯定不影响，是否打款。天雅说，没问题，尽快落实。然后天雅并没有挂电话，范鹏看这个情况也没有挂，天雅听着电话里面有点嘈杂的声音，一般除了工作她不经常关心别人的私事，但是今天例外，她突然问："听到有小孩子的声音，孩子多大了？"

"老大四岁，老二两岁，老三还在他妈肚子里，是不是有点吵？我都已经躲到卫生间里打电话了，实在是不好意思。"

"没有没有，我就是羡慕，孩子多可爱啊。"

"哎呀，等你有了就知道了，一分钟都不消停啊……"范鹏是一肚子苦水，他平时工作忙还经常出差，好不容易回家，老大、老二闹着让他陪，真是一刻都不得闲。他老婆是四大的合伙人，怀孕在家肯定影响收入，他是家里的支柱，如果这么走了一定要多给点赔偿。

第十四节

旭日陪着集团领导梳理宝石龙项目，天雅心中的疑惑一直没有解开，到底是谁随时通报了消息呢？可能是旭日，他是集团派来卧底的？可能是茹萍？茹萍在香港和吴老板有接触机会的，毕竟自己给茹萍的提拔一直不达预期，她是不是心生不满了呢？天雅和范鹏、李拉通报了情况，只是说吴老板已经知道了，让集团来例行调查，让李拉安慰李洋不要有太大压力。

集团的人把当时投委会的人都访谈了一遍，访谈的时候并没有让旭日进去，只能事后根据回忆把访谈的内容告诉天雅，问了尽调的情况、投委会投票的情况等，没有主观的问题。访谈到天雅的时候，旭日还是等在会议室门外，里面是一排集团的人。旭日本来想领着集团的人去天雅办公室的，但是坐得太拥挤了，天雅说还是在会议室吧，别搞特殊了。天雅想着问些客观的情况，记得的加上想起来的也够了，例行公事呗。对方坐中间的人上来跟她打了个招呼："张总，您在这个项目上有什么特别的考虑吗？"

"什么意思呢，我不太明白。"天雅感觉不对劲啊，上来就往她身上引导，这不是客观的，这是主观的。

"听范总说，这个项目他一开始并不太看好的，但是你带头投的赞成票，大家才都跟着投的赞成票。"对面的人面带微笑地说，天雅感觉一身汗，范鹏这不是就在说这是自己的责任吗？这样带节奏的话对她不利，她马上也露出了微笑："各位领导，我给大家介绍一下天贺资本的投资决策流程，这里面绝对不是任何一个人就能左右投票结果的……"

对于天雅的这个说法，集团的调查组没有再提其他的异议，中间的那个人还是微笑着，问天雅："张总，您总结得非常对，但毕竟还是给公司造成损失了。如果说有人为此负责任，您认为最该负责任的人是谁呢？"

"我认为整个团队都是非常出色的团队，每一个人都很努力和公司一同成长，作为公司的董事长和法人，我理所应当地承担责任。"天雅有点不高兴了，这也太小看自己了，她需要把责任推卸给别人吗？天贺资本的事情还轮不到这几个闲杂人等来过问。她尽量忍耐着微笑着等着结束，回到自己办公室就重重地关上门，她极少这么失态地给吴老板打电话。不管在什么时候，她最讨厌被人威胁，吴老板现在的做法，虽然是他一贯的驭人之术，但是天雅受不了；吴老板要达到的目的不过是让她低头，乖乖地按他说的做，她不喜欢兜兜转转地绕圈子。如果说在感情上，吴老板在脾气好的时候还算是个温柔的人，在工作上他绝对是老谋深算的帝王，绝对要做到让人俯首称臣。天雅生气了，她不是别人，难道吴老板对她还需要这么套路吗？

"喂？"

"有什么事情不能直接跟我说吗？需要让集团好几个人来围着我问？"

"人家也是走个程序，你该怎么说就怎么说呗。"

"天贺资本的事情都是我的责任，我认了，你还让我怎么说？"

"好吧，我知道了，你别管了，我来弄吧。"

说完吴老板就挂了电话，天雅满心的委屈，即使无法在电话里抱怨，说说其他的事情也能帮着舒缓一下憋屈的情绪，但是吴老板这一挂，让天雅感觉像是出拳打到棉花上，打空了。她正坐在那里平复自己的情绪，让自己冷静下来，吴老板的电话过来了："是不是要保李拉？"

天雅犹豫了一下，吴老板让她做二选一，此刻唯有狠下心，咬着牙："对。"

"好，我知道了。"然后吴老板又挂了，又没有给天雅说话的机会，天雅在电话这边还在说着"等会儿……"，毫无任何反应，气得想摔手机，再打回去他也不接，如果能从手机这端伸手进去，她真想揪住他的耳朵好好说道说道。

不过吴老板应该是管了，旭日过会儿来敲门汇报集团的人接到电话已经回去了，天雅这才舒服点，至少眼不见心不烦。在美国投资了数字货币这个事情，天雅让茹萍写个简短的汇报，她好发给吴老板，最后的落脚点放在"通过本次投资有效地了解海外发币的步骤和实施，为后续天贺集团的海外发币打下基础"；但是想到茹萍也不一定是自己人，还是自己往上面加吧。收到短信以后吴老板回了一个"收到"，没有说"好"说明他要么不关心要么不满意。

天雅烦心的时候突然想到这几天也没有和楚楚联系，也不知道她离婚了没有，但是看她一直没发朋友圈，估计肯定是没离，还是关心她一下吧，一般人不开心的时候，看看别人的一地鸡毛会感觉好很多。

"你有空找我啦。"楚楚接起电话还挺快，能听出她心情不错，就差唱歌了。

"你又没事啦？"

"嗯，好多了。"

"不离婚了？"

"不离了。"

"我还等着你的信儿呢，你老公到底来不来我这里上班啊？我已经想好了，让他去公司的监事会，各个项目组都能接触，到时候让他全面地看看自己喜欢干什么。"

"谢谢啊不用了，他爸不是在对私人放贷吗，忙不过来就让他去上班了，这样他爸也能天天看着他，免得他以后再不务正业，我也放心多了。"

"买房了吗？我这边钱都是现成的。"

"买了啊，他爸把我的钱都替出来了，还多给了几十万，这样下来装修的钱都有的，真的不用，谢谢你，我也是一孕傻三年，应该早点和你说。"

"什么？"天雅感觉楚楚说的这句话，话中有话。

"哈哈，你知道我为什么没离婚吗？"

"不会是你又有了吧？"

"真的，太巧合了，说好要离婚当天没找到结婚证，一拖着我就感觉有点不对劲，一测两道杠，又有了。"楚楚说起来口气特别开心，不像是被逼无奈的样子，"知道我又有了，两边的家长都不闹腾了，他们家还上门来跟我道歉，另外体谅我妈带孩子辛苦，他妈给请了育儿嫂，每个周末接走孩子让我妈也轮休。"

"那你老公呢？"

"他也是承认了错误，想当个好爸爸，让我再给他次机会……"

"就这么几句甜言蜜语你就算了啊？"天雅语气已经放松了，她知道楚楚已经没事了，当然为她开心。

"我觉得，跟谁过都是过，你把自己的幸福寄托到别人身上，其实是一件不太现实的事。不要指望别人能让你幸福，幸福是一种能力，我觉得我就有这个能力，跟谁都能过得挺好的。"

"行了，你就别得了便宜还卖乖了。"君子和而不同，天雅明白楚楚做决定很容易被别人影响，随她去吧。刚好天雅收到了其他人寄来的两箱水果，她让苏珊给楚楚发个闪送，就当是庆祝她怀孕了。

这段时期，天雅总感觉自己有点过于执拗了，是不是应该跟吴老板说点软和话，两个人的关系别别扭扭的，感情里有了些阴影；她感觉自己再以女朋友的心态来面对他，有点力不从心了。就像李拉讲的，伴君如伴虎，宫斗剧的小主先要摆正自己的位置，才能谈得上其他的情啊爱啊的事情；自己和吴老板明面上仍然是上下级，需要听命于他、服从于他、执行他的命令、揣摩他的意愿，现在自己好像有点摆不正位置。理性告诉她，应该在工作上尽量得到吴老板的认可，获取他更多的信任，但是实际上她总是带着情绪，感觉吴老板对她太冷酷了，没有人情味。

她无数次打开和吴老板的对话框想给他写点什么，又无数次地关闭了对话框，她不想妥协，不想像其他人一样跪下来，她跟自己说，这是两码事，一码归一码，感情是感情，工作是工作，工作上她会尽力给吴老板一个交代，但是感情上，她就要吴老板认可他们是平等的。她无意中发现吴老板居然发了朋友圈，是"蓝鲸鱼"公司的推广链接。

"蓝鲸鱼"是八五后创业青年左旋仅用了一年多时间做起来的炙手可热的项目，受到追捧是因为身上有各种标签："上市公司兜底""创始人一直创业成功""题材取巧""互联网思维""模式易于加盟和复制""迅速占领市场"……而左旋其人，更是频繁见诸财经新闻报道。二〇一二年，一九八九年出生的左旋成立蓝鲸鱼，第二年公司的互金业务正式上线了P2P网贷平台，成为此轮新金融行业大发展的赢家。而看到这里，天雅看到了一个熟悉的人影，徐姐。

徐姐的业务模式是给创业者和业内的成功人士提供对话的机会，当然这是一个三赢的合作：第一的赢家当然是创业者，像左旋曾经公告表达过的，"草根创业者想要成功只能借助大资源"，他一直在通过各种炒作来立足，如何迅速地混入商界大佬的朋友圈是他的目标，结识徐姐为他通往成功的道路铺上了一条捷径，徐姐帮他牵线搭桥认识了业界大佬，从此他的创业公司再也不是小作坊和小打小闹，而是短期内陆续获得一众资本加持，一飞冲天的金凤凰；第二的赢家当然是功成名就的大佬们，深谙一将功成万骨枯的道理，千军万马走过来只有他们还能岁月静好，双手必须洗得白白的，就像屁股一样，但凡有一点点不干净的东西马上擦干净扔掉，所以他们乐得见到左旋这样草根出身，毫无畏惧和底线，极度渴望成功的年轻人，像极了年轻时的自己，只要在背后推波助澜，做得成可以乐享其成，做不成也只是受害者，坏事都是别人干的；第三的赢家当然是徐姐本人，她只不过是高级中介，只要安排好见面，真金白银就到手了。

现在看来，左旋肯定是通过徐姐这条线攀上的吴老板。天雅很清楚，吴老板和那些商界大佬还不是一路人，他骨子里就有点清高，而且同行是冤家，怎么会在同一个池塘捞鱼？

之前一直闷声发大财的左旋，在今年年初终于浮出水面，成为隐形的P2P上市第一股，名声大噪；天雅一看就知道，首先通过上市公司延伸出一个新主业，形成双主业格局；新主业与重组公司主业相同，再通过收购同类公司完成实控人变更，这样的曲线借壳在创业板鲜有先例，此番挪腾模式怎么看怎么都和吴老板有关。

蓝鲸鱼的业务简单天雅是预料到的，不过这轮互联网的资本盛宴已让她大开眼界，资本追捧的不是那些高精尖的东西，阳春白雪曲高和寡；资本就喜欢简单但是见效快的，只要加大投资就可复制的是最好的，所以这一轮盛宴，做快递的、外卖的、家政的、租车的，不管烧多少钱，只要最后能成功上市资本化，都先后飞升成了业内的经典投资案例，估值也是芝麻开花节节高。虽然天雅心里对蓝鲸鱼很鄙视，但是她也想耐着性子看看吴老板到底在关注什么，她试着给吴老板发了条信息：蓝鲸鱼真的是一个不可多得的项目。字斟句酌，不违背自己的良心，同时又能说出点吴老板爱听的话。果然，吴老板给她打来了电话："你也看过？"

"同时期的项目，或多或少地看过点，肯定没有您了解和深入，也没有您的见识。"这句话显然吴老板还是受用的，他态度还挺温和："左旋你认识吗？和你差不多岁数，他经受了许多不为人知的痛苦和艰难，我感觉你可以和他聊聊，他能成为你们这个年龄段的人的楷模，跟他学学勇往直前。"

"您说得对，我有机会一定和他好好聊聊。听说他是做 P2P 起家的？"虽然对吴老板的话不以为然，但尽量地迎合他，在天雅看来，左旋最成功的地方就是把 P2P 的规模弄得这么大，成功绑住了多少人。做 P2P 闷声发大财的人不少，敢于走到前台来抛头露面的人不多，敢于跨界到资本市场来搅和的人，野心肯定是不小的。

"他很有能力，路子也很野，我坐过他的私人飞机，他还是很会做人的。你应该跟他多学学那种为人处世的态度，如果蓝鲸鱼能按照我说的去运作，不搞地雷战、地道战，只有做阳光下的事，才能把企业做大做强。P2P 那个东西你记住千万别碰，我还是那句话，找点大资源，才能把 P2P 的问题解决好，让自己从边缘地带上岸。我在帮他你知道就好了，到了我这个年龄，其实很多事都是身外之物，更珍惜人与人之间的情感，我希望你们都能把事业做得风生水起，真正成为中国市场的英雄。"吴老板是不是在暗示他周围不缺能人？这让天雅不寒而栗，不管在哪个方面，她对吴老板都没有一点话语权。

"好的，我谨遵您的教诲。"吴老板并没有说什么情话，是他现在对这些都淡了，还是一贯地这样公私分明？

第十五节

每当要上健身操课的时候，天雅心情就很好，快下班的时候她已经换好了运动服坐在办公室里等着老师来了。但今天比老师先来的，是集团分管合规的傅总。他直接出现在天雅办公室门口，说自己刚好下班路过，张总有空就聊两句，那必须有空啊。天雅让苏珊泡茶，傅总说不用了，自己真的就两句话，且听听他葫芦里卖什么药。

"张总，宝石龙项目集团介入调查了这件事您清楚吧？"

"嗯。"

"调查了总是需要有个结果的，所以我事先来跟您沟通一下，这也是吴老板的意思。"

天雅心里惊了一下，吴老板居然不亲自跟她说，需要这个名不见经传的来传话？虽然心里不平，但是天雅料想傅总不敢说假话："您说。"

"集团认为宝石龙投资存在合规问题，初步讨论的结果，就是要给天贺资本投委会通报批评，并全体降职降薪。"

"这不公平，投资是按照流程走的，其他兄弟公司也有……"天雅真的有点绷不住了，太过分，欺负人欺负到天贺资本头上了。

"张总，您先别着急，老板就是让我跟您先沟通一下，正式的文件什么都还没定稿。"天雅暂时无法发作，她不想跟面前这个人多纠缠，亲自送他上电梯，保持微笑到电梯门合上。回屋就给吴老板打电话，不接就接着打，直到吴老板发过来一条语音，听起来有点不悦："我已经让傅总和你说得很清楚了，你自己处理好，好吧，我相信你能给我一个满意的答复。"

苏珊告诉她老师来了，天雅说你们开始吧，我有点事去不了。这个时候想全身而退是不可能了，她没有选择，只能弃车保帅。

她望向范鹏的办公室，他还在加班。她走到范鹏的办公室门口敲敲门，里面的人不耐烦地打开门，看到她都马上站了起来，范鹏问要不要去她的办公室，还是让财务的人先离开，天雅说没事，就是想一起吃个晚饭，你等会儿完事了找我。

天雅走回自己办公室的时候，公司会议室里面已经传来了令人激动的舞曲，震得公司的地面都有点颤颤巍巍的，她却为自己的无能而低落，她想尽量多地为天贺资本做些事情，包括牺牲范鹏。范鹏来敲门的时候，天雅还在屋里发呆。

不像李拉会挑地方，范鹏吃饭最没有创意，每次都是铜锅涮肉，平常人吃一回就够了，范鹏一周吃三回，财务部的小伙伴提到涮肉头都疼，每次团建都必须去，也是苦了他们了。毫无例外地，范鹏说去吃涮肉吧，天雅说好。

虽说按时间现在的北京已经过了夏天，进入秋天了，但是气温一点都没有秋天的意思。吃涮肉热上加热，范鹏跟天雅说散座没人，天雅说还是去包房吧。喊里喀嚓地上了一堆肉，范鹏招呼天雅吃，天雅说今天不太饿，等会儿吃点菜就行。范鹏也没客气，几下子三盘子肉都下肚了，天雅问，用不用喝点酒，范鹏说吃火锅喝啤酒痛风，喝白酒她陪着吗？天雅说，服务员来两瓶苏打水。范鹏说：“你今天怎么了，叫我出来吃饭又兴致不高，你要是不想请客就明说，不用省着，我请就我请。”

天雅等着苏打水，她不知道该怎么说这个话，手里不拿个东西她不好说。这个时候不知道是炭火的烟熏了眼睛，还是突然有感而发，她突然感觉眼眶有点湿了，马上用手胡噜胡噜，范鹏让服务员来把炭火弄小点，上两块湿毛巾。她本想说自己没事的，但是怕这句话说出来自己绷不住，她努力回想当时调查组说范鹏把责任推给自己，而不是这几年共同熬过的夜。

这个时候饮料端了上来，范鹏帮天雅打开倒在玻璃杯里面，两个人碰了一下，喝完后范鹏说：“说吧，到底有什么让你这么为难。”

“你看出来了，我确实有烦心事，当初宝石龙这个项目确实我太着急了，现在搞成这样很被动。”天雅皱着眉，范鹏依然在吃。

“集团的调查结果出炉了吗？”

“还没有，我只是得到了一点风声，你知道下班的时候集团风控来找过我吗？”

“不知道啊，他怎么说？”

天雅看着锅里翻滚的水花，下定了决心，盯着他的眼睛：“集团认为这个项目的合规有问题，他们要处理合规部的所有人。”

范鹏停下了正在涮毛肚的筷子，脸上也没了笑容："严重吗？"

"全部通报批评，集团委派合规负责人，你可能需要降薪降级，今后和新的负责人汇报。"

听到了这话，范鹏从纸抽盒里抽出好几张纸，擦擦额头的汗，他目光看向地上，小声地问："你也没有办法了吗？"

天雅还是盯着他的眼睛："你也知道吴老板对天贺资本的支持超过集团任何一个子公司，为了这个事情我已经反复去找过他。"天雅感觉眼睛里还是不太舒服，她用湿巾擦了擦："当初我有些误判，以为事情不大，想等搞清楚来龙去脉了再去跟他汇报，但他认为我知情不报是在袒护谁，我也挨说了。"

范鹏停住了擦汗的手，他的头发被擦得立起来几根，天雅看到了也没有说。他沉默了一会儿，看向天雅："那你今天找我出来是要跟我说什么呢？"

"我们是一起打过仗的，摸爬滚打走到现在，我真的把你当朋友。我理解现在你所有的情绪，而且我很自责没能保护住你，但是我希望你能听听我的建议。"

"你说。"火锅里的水哗哗地开着，两个人都没有管。

"不论是接受集团的处罚也好，还是降职降薪也好，对于你个人的职业发展都没有好处。我们在私企混的，跳槽的时候带着这些东西很不利。所以我建议你自己辞职，"看范鹏有点激动，天雅盯着他说，"你先听我说完，于公来说，这件事你没有责任我是清楚的，未来所有的调查报告或者文件里我保证不会提到你，我换了风控的负责人，对集团也是个交代；于私来说，我们是朋友，补偿这一块你放心，我可以给你一年时间来休息，陪陪家里人，新工作我还可以帮你推荐。"

看范鹏不说话，天雅继续说："花无百日红，天贺资本一时风头正盛，平心而论很多项目都是赶鸭子上架，我心里也没底，当然有你和李拉陪着我，我可以更有底气面对，但是从你的角度，离开未尝是件坏事。"天雅给自己和范鹏的玻璃杯里都添上苏打水，举杯去碰了一下范鹏的杯子。范鹏坐了一会儿才动了起来，他伸过来杯子和天雅碰了一下，喝了一大口，然后叹了口气："其实这一天我也不是没想过，能陪着你一起走一段，把天贺资本从小做大，我已经感觉是我们的缘分了。"

范鹏又喝了一口，盯着天雅的眼睛："别说你护着我，就是你不护着我，让我走，我也会走的。"天雅看着他的眼睛，他没有退的意思，天雅说："我们三个同进退，你走了我很伤心，这点你要相信我。"

"我相信你，但是既然今天话说开了，我想提醒你，小心李拉。她在公司笼络人心，在吴老板那里也有名头，你看几个业务团队，除了朱浩、吴迪是外来的十三不靠，王吉是李拉的嫡系，李洋和李拉更好，茹萍和李拉的关系就更不用说了。我跟你说，茹萍从香港回来前专门飞机绕道李拉出差的地方见她，这还是财务部的兄弟告诉我的。"范鹏又喝了一大口，"原来是我们三个人一起往前走，我走以后，我怕你斗不过李拉。天雅，不是说你不好，但是你不是那种善于权谋的人。"

两个人在涮肉馆吃到快九点，一开始天雅没胃口，后来聊天聊得她也饿了，第一次觉得涮肉也挺好吃的，只是以后再也不想吃了。初秋的北京，晚上的气温降了些，天雅和范鹏站在路边打车，停了一辆空车，天雅让范鹏先上，范鹏拗不过就上去了，他看到外面的天雅有点难过，虽然她没有说也没有表情，但是她的脸上绷紧的肌肉还是让人看出来了，范鹏放下车窗，安慰她说："天下没有不散的筵席，这次你送我出来又不是最后一次，相信我们还会见面的。张总为了让脸上少长皱纹一直都是面瘫，到了今天，我终于可以劝劝你了，你也多笑一笑，长得美不美和皱纹没啥关系的哟。"天雅笑了，这个范鹏，临走临走的，还要说自己长得不咋地，让人心里怪舍不得他的。

晚上回到家，天雅给吴老板电话，他没有接，天雅发信息告诉他，范鹏辞职了，天贺资本为了防止今后出现股权投资类项目风控吃不准的情况，投资额大于一亿的项目都会上集团的会讨论，具体的步骤她会和傅总细化。吴老板电话来了："唉，刚才我在忙，你发这些是什么？"

"看你发那么大火，我也反思了，确实应该让集团多给把把关。"她尽量让自己的语气显得心悦诚服。

"我什么时候发火了？"吴老板不知所云，她是不是多想了。

"没有吗？那就是我理解错了。"

"你真逗，我一天到晚这么多的人和事，我哪有精力和你发火，别想太多了，改天来庄园吃饭，请你吃铁板烧，我新开发的。"

"集团是不是可以精简一下人员了，那么多人天天都不知道在干吗，不知道是不是没事就嚼舌根。"想起来集团那几个来找她的人就不忿。

"你管好自己，别再跟我说这样的话！"

"好的，最近忙吗……"只是轻轻地伸出了试探的小手，马上被按住了。她本想问这周什么时候去别墅见面，但是被他直接挂了。她交出了一部分权力，又砍了自己的羽翼，吴老板满意了，她还要尽量压抑自己心里的不满，不能有一点点的表达。

之后确实就没事了，宝石龙的调查就像不存在过一样，烟消云散了，也根本没有人再追究。这让天雅感觉，不管她是不是公司的董事长，也不管她平时在天贺资本多么地众星捧月说一不二，她始终就是吴老板手里牵着线的木偶，心里再不甘都没有反抗能力，她连自己都保护不了，更别说保护别人了。她必须找到一个方法，让自己有更多的话语权，多到吴老板都不能随意地动她。这个念头一出现，她又有点自责，毕竟吴老板帮她到了这里，而且还是她心上的人，这样做不但不知感恩，而且他们之间的感情也会分崩离析。天雅心里很矛盾，她毕竟是女人，为了感情可以不顾一切，她甚至想着，只要能在吴老板身边，就做一个木偶不好吗？自己这么不甘心到底是在坚持什么？

第二天是周五，刘伟周四夜里通知例会全员必须参会，不能请假，在项目上也要电话接入，因为这次会议上范鹏会宣布离开。这是天雅第一次，也是她唯一一次破例，召开送别会。天贺资本平均人员流失率35%，高流动性下的入职和离职都相对低调，强调离职怕动摇军心，但范鹏不一样，他值得让全公司停下脚步来送他。

全员大会到的人比较多，大会议室都坐不下，很多同事站在最后面，今天再见范鹏，天雅感觉他一下子沧桑了很多。昨晚两个人聊到未来的去处，天雅说去和天贺资本有合作的上市公司去做财务总监或者资本运作就好了，她可以和对方说定的；但范鹏说既然离开了，就不拖泥带水了，况且如果和天贺资本还有关联，未来再有什么问题需要他澄清的，也是后患。人挪活树挪死，还不如到新的地方从头再来。他相信资本市场还在快速增长，机会还是比较多的，在外面看看机会，也考虑带孩子出国转转，毕竟天雅给了他一年的带薪假，他要好好利用。

例会的其他内容都是一带而过，很快就是重头戏，范鹏发言，他说自己身体不好，工作不能太累而且还不能喝酒，但是一直以来的高强度工作和频繁的应酬，让他的身体已经到了不得不休息一段的时候了，他感觉非常地遗憾，因为无法和这么伟大的公司共同走下去了，他希望在座的各位能和天雅一起，让天贺资本在舞台上大放异彩。范鹏真挚的表述，和他憔悴的形象相结合，很有说服力，讲完后在座的同事有些人都流下了眼泪。天雅在范鹏讲话之后也准备了一篇演讲，她并没有过多地煽情或者强调范鹏在公司的重要性，她上来简单地提到了范鹏为公司十分努力地工作，但是她转而强调公司里的每个人都必须十分努力地工作，才不负天贺集团对大家的厚爱。当前的市场环境瞬息万变，资本市场的厮杀越发激烈，这就要求所有的职业经理人要开足马力、全力以赴。整篇讲下来，大家刚被范鹏弄得波动的情绪应该都拉回来了，天雅侧面的含义很清楚，公司离了谁都转，大家都要玩命地往前跑才能不被公司甩掉。在这个时候讲这个话，自己有点点不近人情，但是她不知道在座的各位，谁是吴老板的卧底，她感觉自己没有选择，要么今天要走的人，就是她。

第十六节

吴老板为了在庄园增设铁板烧项目，在会所里安装了铁板烧的操作台，围着的吧台可以坐八个人。天雅本想请徐飞的师傅来的，徐飞自然喜出望外，随叫随到，让师傅自带食材，做一部分铁板烧，还能做一部分鱼生。对于这个安排吴老板没说不好；但是跟他定时间的时候，他犹豫了，还是自己找了一个师傅，给师傅提供的食材。估计入口的东西，他还是担忧，也有可能是怕她找的人不知根知底，过来庄园不稳妥吧。

徐飞特意打了好几个电话，跟天雅说自己为了这事进口了一条巨大的冰鲜金枪鱼，早上到北京才分割成了几斤一块的肉条，如果没有人吃该浪费了，非要给她送二十斤，让她给家里、给公司的人都尝尝；他说得真切，而且开着保鲜的厢式货车，已经到了国贸附近，让天雅给个地址，他马上到。这种情况下，天雅还是没接受。两个人聊起来业务的事情，徐飞的宣讲让学校眼前一亮，学生不管是工作还是学习，都抢着去，最新的智能系统看着就让人眼热，豪车的实物展示更博人眼球，徐飞开过去的新款玛莎拉蒂周围满是拍照的人。既然有市场有需求，天雅建议徐飞真的费心做做产融结合，这是个创口碑的事情，而且做好了真的赚钱。电话的结尾，徐飞一改信心满满的态度，有点不自信地说："姐，我这买卖就是太小了，知道你也看不上，但如果以后能做大我一定要请你全职过来。"

光顾着帮徐飞筹划了，天雅过去庄园的时候，师傅已经到了，吴老板请了一对夫妇一起。吴老板坐最右边，他旁边空出来的是天雅的位置，那对夫妻坐天雅左边。当着外面请来的师傅，四个人闲聊一些有的没的。吴老板习惯性地了解一下铁板烧从业人员的工资，这个师傅估计也知道吴老板是大佬，说话的态度特别谦卑，有问必答，而且每次都从吴老板这边上菜，能看出来吴老板特别享受这种高高在上的感觉。这两口子应该是上午就来了跟吴老板谈完了业务，所以在吃饭的时候就不聊了。天雅有点不爽，谈业务的时候不带她，叫她来就是专门吃饭的？

这个两口子里面女的吃得不多，师傅的每个菜品分量都不大，天雅还想着自己是不是也矜持点少吃点。结果到了鱼生、牛排肉粒这些东西的时候，吴老板把手一摆，让师傅把他盘子里的那份都给了天雅，吴老板说："我消化不了这么多，你多吃点。"天雅觉得有点尴尬，吴老板盘子里的给自己，外人面前有点明显，但是又不想表现得太突兀，往正常理解可以是领导疼爱下属吧，她安慰自己。

上到甜品的时候，吴老板伸过头，小声说："你身上有钱吗？"天雅用手拢着小声跟他说："包里有。"吴老板让她去拿两百，她从会所出去，一路路过几个助理跟她打招呼，回到四合院里面的时候秘书君君刚好在那里，问她："张总好，您找什么呢？"

"没什么，我取点东西，你还没去吃饭吗？"

"不劳您费心，我们要等会儿才吃。"天雅一边听她说一边从包里摸出六百放在西服口袋里，她不知道吴老板要钱干什么，但是多拿点吧。

等回到会所，天雅把六百暗中递给吴老板，吴老板顺手就把钱给了在清理操作台面的师傅。天雅心里有点失望，原来让她去拿钱就是打赏，她还以为吴老板藏点私房钱打车买花啥的。

等送走了一起吃饭的两口子，天雅和吴老板在庄园里稍微走走，吴老板背着手，天雅走在他后面保持正常距离，并没有靠得很近。看四下没人，天雅说："我刚才回去取钱的时候看到君君他们还没吃饭呢。"

"他们一般要等到一点钟左右，确认我没事了。"

"君君不是在吗？为什么还让我去拿钱？"

"用她多麻烦，问这问那还要记账。"天雅心里直嘀咕，原来让我拿就是方便啊，顺手就让我办了，你还真是不求人，好事不叫我，这种事叫我。

"我还以为你要干什么呢，多拿了，要是早知道是给师傅的，你说二百我就拿二百，绝不多拿。"

"那你怪谁呢。"听吴老板说话的口气，这完全是天雅自找的，根本没有一丝丝的开玩笑的意思。天雅刚要不高兴，吴老板继续说："你还记得那个咖啡馆吗？"

"记得。"天雅的思绪不禁被牵扯得好远，那些朦胧的月光，和咖啡混合烟草的味道，那个咖啡馆的空气中始终弥漫着一股甜甜的香味，像是草莓的味道。

"晚上吃完晚饭我们在那里见。"

天雅坐上车以后，小王说："今天心情不错啊。""嗯。今天你正点下班吧，就不用管我了，我晚上有事情。"

从晚上下班的时候天雅就有点激动，她已经有日子没和吴老板相约在咖啡馆了，她感觉这段日子以来自己的心里始终不太舒服，而且好多话，她都想当面说给吴老板听，如果在公寓或者别墅见面就光顾着滚床单了，在咖啡馆见面也好，终于能好好地聊聊天了。刚下班的时候彭文过来请示海外发债的几个问题，天雅跟他说现在没空，等会儿有一个很重要的会要准备一下。

六点钟晚上的自助餐送到，天雅刚要去打饭，黄老哥来电话了，他已经到了丰收股份所在地，约了一帮子人吃饭，当然重点就是前来的刘老头，天雅让他专心谈，别和自己联系免得被起疑心。黄老哥又说起和天贺资本一起成立私募基金收教育资产的事情，这些事情天雅都让茹萍去办了，但黄老哥还是老式的思维方式，任何事情不和一把手交代就不把牢，絮絮叨叨的让天雅烦死了。天雅把自己静音，一边听黄老哥哔哔一边吃饭，偶尔"嗯嗯"几下，接了半小时才完。黄老哥要说的是，能不能基金出资在广西买套房注册用，天雅说不行，不合规，他就说那算他买吧。天雅想着这事一分钟就能说完，他磨叽这么久，怪不得他做到当前这个资产规模无法向百亿突破，人不大气。

在公司熬到晚上七点钟，天雅就打车出发了，她顺利的话应该四十分钟就到了，但是万一遇到个交通管制什么的就傻眼了，还是要提前点。坐在出租车上她才涂口红，她特意挑了一个娇兰的正红，涂上去显得脸都白了，如果是上班就太过了，但是她这是去约会。好像又回到从前，吴老板不会用手机发送位置，让她把电话给司机；还有一次，天雅都快到地方了又失望回家，就像是昨天发生的事情。

一般吴老板吃完晚饭过来是八点左右，天雅提前二十分钟到了咖啡馆，想着自己能稍作休息再补补妆，出乎意料地，咖啡馆除了吴老板还有一个人，他们两个人在那里吃着牛排聊着天，看到天雅，吴老板用餐布擦擦嘴，把半块牛排的盘子往她这边一推："吃饭了吗？这牛排不错，是自家养的牛，你尝尝吧。"

"谢谢老板，我吃过了。"天雅并没有接，她觉得有点尴尬，在其他人面前她还是想做回"张总"。

"叫什么老板，唐总我给你介绍，这是我女朋友天雅，以后有事你找她和找我是一样的。"对方马上站起来跟天雅抱拳说："天雅总，幸会幸会，免贵姓唐，您快请坐。"说着他就要往远点的地方挪，吴老板按住了他端盘子的手，说她坐我这边，不碍事。都已经说成这样了，自己绷着也没用，她大方地微笑着说："唐总您客气了，还要跟您多请教。"

"哎，你这个话就说对了，我就让你跟唐总学徒的。"吴老板眉飞色舞地说，"你知道唐总是谁吗？"天雅仔细地想了一下金融圈的大佬，还真的没有印象："不知道。"唐总低头弯腰地笑笑，跟吴老板说："没有您说的那么夸张啦。"

"唐总你都不知道，做游资杀出来的第一人，多少股票一连几十个涨停，背后都是唐总。"讲完了这个，吴老板又把头凑过来跟天雅压低声音说，"今年光是被证监会处罚，他就当场交了十亿现金，你看这对于他来讲都没有放在心上，你就知道他的资金量和利润了吧。"这句话显然是被唐总听到了，他马上半个屁股坐在椅子上，探过身来对天雅说："吴老板老是夸张，也没有说不放在心上，有违规的地方我也在积极整改，哪能不放在心上呢。"接着又点头哈腰地跟吴老板说："要说资金量，谁敢在您面前拍胸脯！在资本市场您是专家，我就是想抱大腿来喝口汤。"唐总看起来比吴老板岁数大，只是一副小弟的模样，点头的时候低得都要和吴老板的膝盖一般高了。

"没问题。"吴老板转过头跟天雅说，"还记得当初退出飞飞科技的股票吗？要不是唐总，你能越卖股价越高？"说到这里，天雅才反应过来，吴老板又说："我接触过那么多做二级的人，唐总是靠谱的，我希望你跟着唐总做，把这块业务做起来也是你的。这件事情不能让其他任何人知道，我通过其他人的账户给你几千万，你先做起来。"

"好的。"天雅想着这件事应该不合规，但是她先应下来吧，回头再问法务。

"你可得好好干啊，这几千万是我自己的钱，得给我管好。"吴老板看天雅答应得没那么干脆，还要嘱咐一下。

"明白，您放心……"天雅还没说完，唐总就笑着说："这个事您放心，我一定全力以赴，天雅总您总是信得过的吧。"

"那必须的，你有什么事不方便来找我，就直接跟她说。"吴老板言之凿凿。

他们两个人面前都有红酒杯，吴老板让服务员拿过来一个新杯子，给天雅倒了红酒，三个人举杯碰一下。他们两个都干了，吴老板看天雅没喝光，就很自然地把她杯子端起来帮她喝了，跟唐总抱怨："让她喝点酒这么费劲，咱俩喝，不带她了。"服务员过来把吃完的盘子收拾了，吴老板让服务员端个果盘上来，再拿一副扑克牌过来，他今天心情不错，想打会儿牌。这么久以来，天雅都没有见过吴老板打牌，想看看这么绝顶聪明的人是不是打牌也精于算计。结果服务员说咖啡馆没有新的扑克牌了，只有一副打开的，吴老板说也行。三个人斗地主，刚摸好牌出第一张牌的时候，天雅发现自己手里也有这张牌，这说明肯定不是一副牌。她这个话一说，吴老板把自己满手的牌往桌子上一扔，不玩了，多牌少牌怎么算计。天雅挺后悔的，好不容易有兴致玩玩，还不如不告诉他，反正对于天雅这种瞎玩的人来说，啥样的牌都能玩。

唐总先告辞了，就剩吴老板和天雅的时候，吴老板说："我刚才说的话是真的，确实想让你和唐好好学学，你和他接触一定要注意保密，有事情见面说，不要在手机里面说不该说的。有什么事情，让他往前冲，你充其量就是个介绍人，什么都不知道，记着了吗？"

"明白。"

"芯片那个标的你出资了？"

"对，为了快，不成立境外公司和外管局审批，我们通过境内公司出资的，款已经打过去了。"她就是要在集团里面拔得头筹。

"我就知道还是你有眼光，集团那帮傻×不行，烂泥扶不上墙，这么好的标的还拖拖拉拉的。"吴老板眼里闪着狡黠的光，放低声音跟天雅说，"你知道这整个收购都是我攒的，拉了好多人，站台的不是我，但是后面的资本运作是大动作，花了这三百亿收购，能轻松把一个几十亿的壳公司推到市值千亿的位置，这帮傻×根本不知道我的心思。我在境外参与，当然也不是天贺出面，我未来还要运作，总是要有个由头的，你出资即使表面上只占了3%，我也是名正言顺地参与，其实谁也不知道背后是我。"看他得意的样子，天雅想着幸好自己押对了，公司第一次破例没过会就出资，她还捏了把汗万一被吴老板知道了会被骂，这下稳了。她看吴老板神采飞扬的样子，感觉他有点炫耀的意思，但这种手法应该不是他第一次使出来了，她没那么崇拜主要是她心里不太高兴，这事为什么不早跟她说？如果早说了，她心里有底了，就不用一直纠结了。

"嗯，还是你厉害，你牛逼。还有什么别的事情跟我说吗？"天雅的意思是，他这么远约她在咖啡馆见面，必然是有什么工作以外的事情想跟她说的吧？

"什么意思？"他看天雅没有为他的大手笔倾倒，有点不爽。

"我的意思是，我们好久没约在咖啡馆见面了。"看着他，她的眼里满是期待。

"有好久吗？我真的不记得。"他显然是不想继续这个话题，披上大衣往外面走了，天雅站在他背后有点失望，她满腹的话想和他说，这段时间两个人别别扭扭的，也该把话说开了；但是此时她居然什么都没说出来，静静地看着他离开。走了几步，他停下来了，天雅眼睛一亮，她感觉内心的祈祷终于被听到，他回头说："对了，帮着去前台买下单。"她无语了。走到吧台，服务员说刚才先走了的那位先生买单了，她还挺意外的，怪不得吴老板喜欢唐总，这么有眼力见儿的人谁不喜欢。

事后回想起来，天雅也觉得自己不会说话，她和吴老板已经在策略上不谋而合了，他是赞许她才把自己的通盘计划都告诉她，如果她表达出对他的心悦诚服，他们之间在工作上携手前进的关系本可更进一步，但是当时不加掩饰的高傲让她错过了。当时的她还不懂，总以为他们之间交流的机会多得很，忽略了他这个人其实很没有耐心，不喜欢再给别人机会。

第十七节

天雅整理完心情，彭文说的海外发债的事情必须马上推进，只要在海外顺利地发债了，海外团队就稳了。天雅问彭文海外发债需要自己配合什么，彭文说全球路演，天雅说没问题，让小鹿安排，同时她让彭文统计今年的盈利的情况，她要尽快知道数字。

刚上班小鹿敲门和天雅汇报几个事，第一个是年底发债路演，预计会从来年一月上旬之后开始，因为西方圣诞节从十二月底到一月初放假，会去香港、新加坡、东京、伦敦和纽约等三个美国城市。天雅一下子就想到了年会的事情，虽说一般都是十二月份才开始准备年会，但是今年她有个好想法：全员去美国，这是她去年发过的愿，她乐于让说过的话变成现实。小鹿说这么安排时间上比较紧凑，一月份去是非常好的，刚好和路演的时间重合，就是不能赶在春节前，而且美国的冬天有点难受，天雅说这个不难吧，去迈阿密。

天雅自从回国也有好几年没去美国了，好在美国这个国家并不像中国一样日新月异。回忆起当初在美国的那几年，唯一留下的印象只有几处：自带优越感表面笑嘻嘻的白人，超市里面超便宜的冰淇淋和薯片、坐着电动轮椅的大胖子，还有糟糕的中餐。当初没有办移民就裸辞了工作回国的天雅，现在的工作签证早就过期了。小鹿跟她说，去美国的第一关是签证，没有团签，必须面签，所以全公司的人能否都签过不好保证，她只能通过全员培训来尽量地提高通过率。天雅和李拉商量，去年去日本的时候，公司给员工安排了很多活动，但大家并不领情，自由活动是最大的诉求；今年的美国之旅，除了必要的公司大会、晚上派对之外，干脆都是自由行，不给大家安排活动公司能省不少经费，只保证机票、酒店和年会的费用，一个人三万足够了。确定了这个之后小鹿轻松多了，去年给她累得人仰马翻，三天三夜都没合眼，今年估计忙活完年会就轻松了。李拉提了一个建议，应该请项目合作方、潜在合作方都一起去，公司刚好可以借着这个机会广交朋友，也给大家展示一下天贺资本的实力，这个建议好，天雅让小鹿尽快去落实。

小鹿还问年会的节目、是否还拍摄电影，天雅和李拉都觉得上次的微电影让她们很长脸，必须要拍，而且要拍好；年会的节目的形式和去年一样，天雅和李拉说我们也表演个舞蹈，跟着老师跳了半年健身操，我感觉我们可以，李拉说，你上我就上，没问题。

布置完了小鹿就出去了，天雅和李拉聊了各自的项目进展，丰收黄老哥和刘老头谈得很顺利，天雅只要顺势而为就可以了；李拉和伟盛合作得还不错的，把青石保理重组进上市公司已经是稳操胜券了，其实天雅明白李拉总待在伟盛也是为了和苏总待在一起，否则苏总要三天两头地往北京飞；李拉提到李洋团队近期落地了两个定增项目，算是一扫宝石龙爆雷的阴霾，应该表扬，天雅未置可否，如果不是李洋也不会害她逼走范鹏。虽然全公司的其他人都以为是范鹏自己要走的，但是天雅心里清楚。

两个人聊天的工夫，刘天伟来敲门，他曾经是范鹏小弟，后来范鹏负责法务了天伟就提拔成 ED 了，还管着曾经的好几个项目，什么江海文化、国强股份等，Mike 走了他在主持投后工作，之前还跟范鹏汇报，现在估计六神无主。刘天伟只坐了椅子的前一半，姿势有些拘谨，但还是决定要汇报："张总，有个事情跟您汇报。"

"你说。"天雅面无表情地看着他，估计多半不是好事。

"李洋推荐给江海基金的八音盒项目没有完成对赌业绩，您看怎么处理比较好。"

"说说具体情况。"

"我们和江海文化成立的江海基金，一直是我们在运作，目前已投六个项目，四个都成功退出给上市公司，退出收益率超过年化100%，整体运营得还不错。还有两个项目在手，其中一个是邱小平推荐的青苗，这个项目通过您牵线的网络平台已经让基金成功地退出了本金，还有一部分都是利润了；另一个项目就是李洋推荐的八音盒，音频播放平台转型做内容。"

"讲重点。"

"青苗虽然一直亏损，但是不愁退出，青苗的实控周总自己也在找投资人把我们从股东里面替走，因为我们老用投资协议里的业绩对赌要求他赔偿现金，已经有人前来接洽股份转让的事情了，对于我们来讲只是赚多赚少的区别，不会亏钱的。"

"咬死了，有进展随时汇报。"

"八音盒当初投资的时候您还记得吧，一亿增资进去持有项目 20% 的股权。"刘天伟小心翼翼地说。

"记得，当时江海那边的委员就不是很同意，主要是认为当时的业绩不实，我记得李洋团队还去补充尽调了财务真实性。"这里面天雅隐含没说的意思就是，其实这个项目她也感觉没什么亮点，但是李洋团队毕竟是天贺资本的自己人。

"是的，当时江海的陈总和孙洋就不同意，一期投资五千万，八音盒那边 20% 股份的过户已经办完，约定三个月后打二期的投资款五千万。但是一期款出资之后，江海认为项目不靠谱，让八音盒与线上资源方深度绑定，我们在中间斡旋了好久，最终八音盒同意让渡一部分股权给重大资源方，此时江海说还要顺延三个月观察期，但是半年后八音盒出了年度财报，没有达到承诺业绩，江海就果断地说不能打款了，八音盒的业绩就是有问题。公说公有理婆说婆有理，八音盒说投资款是要投入到新项目上去做业绩的，江海不打款，业绩自然就完不成。现在两边扯皮很严重，八音盒的李总说自己患上抑郁症了，还在朋友圈里骂江海文化逼死人，僵在这里了，所以找您汇报。"天伟说得很实在，她庆幸天伟来汇报了，如果被集团的人先知道就又被动了。

"你的意思呢？"

"还是尽量促成双方的和解。"

"我也同意，让双方各退一步，目前已经出的投资款也无法要回来，基金里面毕竟还有天贺资本 30% 的钱，尽量地挽回损失吧，如果需要我去谈，我可以去和陈总和孙洋谈，我们也是老朋友了。"天雅其实挺喜欢天伟的，平时不麻烦她的人她都觉得不错。

"好的，您看从我们的角度，能接受的底线是什么呢？"

"你尽量去说服陈总和孙洋，我也会去帮忙，让他们接受目前的现状，然后再尽量说服李总让他打起精神把公司做好。"

看到天伟出去了，天雅想着自己不能不管这件事，她拿起电话来给陈总打了个电话，很快就接通了："张总，您怎么想起来给我打电话了啊？"隔着电话天雅都能听出陈总的油腻。

"陈总，您可就见外了，没事我不能给您打电话关心关心啊？"

"当然欢迎，但是张总没事不打电话啊，上次知道你去伟盛做客了我给你打电话想请你过来，你就不接电话，一直等到机场了才给我回，我也是很惆怅啊。"

"下次一定专程去拜访您，我专程邀请您来参加天贺资本在美国的年会，酒店机票都是我负责，您可要赏光啊。"

"哎呀，这么客气啊张总。"陈总在电话那边想了一下，"我到了年底肯定是走不开的，但是我儿子一家人还没有去过美国，让他们去玩玩吧。"

"好啊，稍后您把联系方式给我，我让人去安排，您就放心吧。"天雅一边微笑一边翻了个白眼，这个陈总占便宜没够，本来想请他一个，他安排了儿子一家人，算了，也不差这点。

"张总那就实在是太感谢啦。"

"客气什么，我们都是老朋友了。对了，听天伟说基金投资的八音盒有点摩擦？"

"那个李总就是个疯子！我好心投资他，他还骂我，真是不知好歹。"

"就是，我也听说他得了抑郁症，您就别和他一般见识了，我们是来求财的，不是来生气的。"

"张总你是个明白人，你说到底谁做得过分了。"

"陈总，您听我一句劝，冤家宜解不宜结，您这么大老板和一个小土豆费什么劲置什么气啊，早点让天伟他们把这个标的卖出去比什么不强啊。"

"能卖出去吗？张总你别不爱听，当初我就不看好这个项目，都是那个什么洋让投的，他水平太次了。"天雅还是不爱听了，自己的人怎么说都无所谓，但是天雅还是说服自己不要和陈总打嘴仗，让他听听天伟的方案再说。

很快，天伟拿出了解决方案，基金投资五千万占八音盒股份的20%，但是相应的对赌业绩都减半，并且从一年后才开始计算，给了八音盒一个业务缓冲的时间。这个方案两边都觉得不是不能接受，天雅让尽快把双方拉到一起谈一谈，敲定了就签了，这样也解决了一个心病，要不又有一个项目爆雷被吴老板抓住了尾巴就被动了。

天雅借着邀请别人参加年会的由头又联系了几个人，其中一个是健健医疗的 Helen，她当然不会为了玩离开董总，但是她跟天雅说自己在北京，有个事情可以见面聊。中午天雅和 Helen 约在国贸高层的饭馆，视野不错，吃的也不差，Helen 说之所以叫天雅出来，是有两个事，第一个事是业务。众所周知，董总是不缺钱的，他在上市公司体外的业务每年净利润都几十亿，他就是懒得上市。但是董总的弟弟很缺钱的，他经常赌博还老输，董总就知道自己弟弟这个特点所以都不给他钱，他弟弟只能股票质押换钱，但是即使把在手的股票都做了也不够花的，所以他弟弟想找人抬高股价，再想办法减持一些。这正合天雅的心意，天贺资本持有健健医疗的股票，拉高了天贺资本也能趁机出货，所以她动力十足。天雅想到了唐总，她跟 Helen 说了唐总的业绩，毕竟是吴老板推荐，这个信誉是市场上的游资无法比的，Helen 记下了。

第二个要说的是她自己的事，她怀孕了。新生命总是值得庆祝的，而且看不出来董总老当益壮，天雅问 Helen："他值得吗？以后你的路会不会比较艰苦？"Helen 微笑着问天雅："你觉得什么叫辛苦？"她望向窗外："我前男友跟我退了婚、娶了领导的女儿，估计会平步青云，我并没有瞧不起他的意思，因为我们本质上都是一路人，被生活压得喘不过气来。我很庆幸遇到了董总，他给了我机会，让我从一个小小的研究员成了集团投资部的责任人，在我的同学里面，除了二代，我还是第一个当上上市公司高管的。"天雅感觉 Helen 很孤独，就是想和人倾诉，和能听懂她的人，她并不需要天雅发表任何意见，天雅确实能理解，如果说生活教会了她什么，第一条就是站在别人的角度去想问题，不要轻易地去评价别人。

Helen 说："是不是我说太多了？我们要两杯鸡尾酒吧？"

"没有没有，你继续说吧，怀孕了还是别喝酒了吧，要不我们喝点果汁？"

"你看我这个记性，又忘了，哈哈，果汁你来点吧，我就不喝了怕糖分超标，哈哈。"Helen 特别爱笑，她继续说，"到底什么是辛苦？每个人的定义不一样，有的人会认为怀孕了老公不能随时陪在身边，就是辛苦；但是对于我，没有一套大房子能让我和我的家人住得舒心，没有司机等着我，没有私人医生为我检查，没有体面的工作，我才会觉得辛苦。"

"我能理解你说的，人生苦短，都辛苦，只是每个人看重的东西不同罢了。"

"说了半天我，你怎么样？"

"唉，一言难尽。"天雅看向了别处，她挺羡慕 Helen 的，至少得到了自己看重的东西；而吴老板的心就像是一把流沙，越想抓住溜得越远。

"既然不能喝酒，我们就以水代酒吧。"两个人碰了杯。

天雅把弄股价的事和吴老板汇报了，他嘱咐她让他们去弄，把自己择出来别掺和。另外吴老板发过来一条信息，是另一个上市公司希望天贺集团去参与定增，实控人说了，能给保本金保收益，目前公司的股价低是因为之前的定增解禁了，持股方一直在减持，过一段时间就好了。天雅实在没有看到这个公司的亮点，既然吴老板没明示，她是不会为了给他面子而投资的，她回了做不了，最近没头寸，吴老板说知道了。一年多以后，天雅得知兄弟公司参与了这个定增，看股价走势，如果一年到期就抛了，亏损50%，如果一直没卖留着，应该亏损了80%，而且实控的资产已经被轮候冻结了十多轮了，求偿无门。

陈总在北京买了一栋十层的办公楼，孙洋在北京的时候就在这栋楼的顶层上班，他的办公室正对鸟巢，晚上刘天伟约了八音盒的李总和孙洋在北京谈补充协议，天雅进来的时候，孙洋冲外坐着脚跷在办公桌上，他看到天雅马上起身："张总，你来也不先说一声，我好给你泡上茶啊。"孙洋笑得挤出一堆皱纹。

"孙总，都是老朋友，你看进来都没人拦着我。"天雅倒是不见外，找地方坐下了，孙洋让人给张总倒杯水，两个人提前聊会儿天。曾经孙洋挺谦虚的，看到天雅就请教问题，现在他参加过无数次的路演，感觉自己能力升级了一样，跟天雅聊天的时候也有底气了，动不动就"我觉得不对""我不这么认为"，天雅看出来他翅膀硬了。

天雅过来给上市公司推荐标的企业，游戏就是现金奶牛，天雅更看好手游，在手机端上玩受众更广、推广更快，但孙洋表示页游公司更适合。她冷笑了一下，听说江海的陈总搭上了著名视频播放平台柠檬，他肯定认为跟天贺合作股价和发展都到了瓶颈，想重现当初的辉煌就要找到新的增长点，天贺被抛弃了。但即使是明知道这样，天雅也不能甩手而去，天贺资本还是江海的股东，她看江海蹦跶也不想戳穿，风来了猪都能吹上天，吹得越高摔得越惨，只要天贺资本能在风停前带着自己的那一杯羹跑掉，她不在意猪落地后会不会摔死。她说佩服孙洋的眼光，并表示如果有需要可以派人去免费帮忙，孙洋当然是欢迎的，让天贺去梳理财务和合规性，他才好重组。孙洋感觉不错，他肯定觉得天雅这个傻子帮着别人做嫁衣还开心呢。

孙洋说起来个头疼事，江海文化管理混乱，不是专业的人管事，也做不到公平公正公开，让人不服气。江海体内的几个上下游关联的公司都背着对赌业绩，上游的出版企业，热门爆款的小说的影视版权以极低的价格给了江海的影视公司，出版企业有意见，凭什么少赚钱让影视多赚钱？而且陈总还喜欢占小便宜，让青苗出女艺人去给江海的路演站台，还让陪酒，让人反感。

如果说之前的江海是小作坊做到上市的典范，那么现在加入了新业务，管理方式和思路也要做相应的提升和转变。天雅掂量着怎么说这个话，还是给孙洋个建议，让江海文化挖个有能力的一把手过来，孙洋没等她展开，就开始对她倒苦水：江海高管大多数是跟了陈总十多年的老人，从创业开始一点一滴地走到现在，他的工资才一个月三万，看着子公司的一把手身家上亿、高管的工资都比自己高，觉得心里苦；另外这些子公司之间斤斤计较，没股份的眼热有股份的，被投资少的眼热被投资多的，集团虽说打通了上下游企业，但是各自为政根本不听从集团调遣，陈总已经被他们伤透了心，根本信不过外面来的和尚了。

天雅看得清楚，问题最大的人是陈总，他一不愿意分权，二不愿意分钱。从根上说，吴老板也有责任，陈总就不是能扶得起来的人，格局比较小，身家几十亿就已经是上天给他最大的眷顾了，再上一层楼就德不配位，享受过风口起舞的人，有几个还能踏踏实实做实业？能够和吴老板一拍即合，本身就向往刀口舔血。飘远了，还是想如何凭借现有的资源把江海这些人黏在一起往前走。她跟孙洋说上市公司做个股权激励，大家干活也有动力了，她这么一说孙洋的眼睛亮了，他说这个事要张总去劝劝陈总，陈总一直不愿意这样做。

八音盒的事孙洋表面上特别不忿："李是个什么烂人，五千万对于我们不算什么，就狠下心来跟他打官司，让他变成老赖，我就要争这口气！"他说这个话的时候一下子就激动了，手直拍桌子。

"孙总，您跟他生什么气，不值当的。您也知道文化行业都是轻资产，如果真给李逼急了，他就放弃八音盒在外面用马甲另起炉灶，把八音盒掏空了资源都带过去，这样我们即使打了官司也拿不回任何赔偿。李名下根本没资产，老赖了无非是拿着他弟弟的身份证坐高铁和飞机，打蛇打七寸，伤不到他我建议还是理性一些。"天雅这些话说出来，孙洋平静多了，他勉强同意等会儿去见李。

最后，天雅又侧面地问是不是陈伟合同到期了跟经纪公司不会续约了，孙洋提起这个事，还在说陈伟不靠谱，好不容易捧红了就留不住了，想到未来的业绩如何保证他就烦；而且他对陈伟也没有好印象，天雅找陈伟帮忙拍广告的事情江海也知道，但陈伟根本不理孙洋，请他帮着给出版社站台说没档期，找他给游戏代言更是直接要价五百万起，孙洋对他嗤之以鼻。天雅心说又不是你捧红的他，这么气愤干什么，大家公事公办是常规，多帮忙并不是应分的，而是情分，她相信陈伟能一直不违约不是不懂感恩的人。陈伟确实也让天雅帮着他找找有没有上市公司感兴趣愿意跟他合作的，她前几天就已经给陈伟发了几条语音，意思就是，希望他能走得更远，她会尽量帮他留心资本化的机会的，但是她希望他能专注于提升自己。更多的话她没有说，希望他能读懂：资本是一种考验。多少人在资本面前被试炼，凡是想借助资本的力量扶摇直上的，都要做好高空坠落的准备。

孙洋是勉勉强强地被天雅拉过来的，到的时候她看到刘天伟带着李总已经到了，都有点等得不耐烦了。开始的态度都还好，没几句孙洋就挑起了问题，他说，李总你是不是以为我们都是傻子，说完把面前的玻璃水杯使劲往桌上一蹾，杯子都裂了，天伟招呼着让人马上收拾了，李总脸色一下子不好看了。孙洋站起来就要往出走，李总也急得要拂袖而去，天雅和天伟两边拉架，她看出来孙洋在带节奏，但李总是真生气了，拳头都攥得紧紧的。差不多了，她眼神示意孙洋别太过了，孙洋才假装被劝回来，坐下来后表示自己晚上喝多了让李总别介意，几句话又圆回来，三两下她就确认了孙洋的小伎俩，无非就是让李被他牵着鼻子走，从利益上说天贺和江海是共同的，她也乐得看孙洋表演。

当晚的会到夜里十二点天雅就离开了，拉锯战最无聊，谈判的地方烟雾缭绕呛得人难受。天雅走了给天伟发消息："辛苦你了，实在不行可以抽屉协议，你记住帮李总说话，但跟孙洋是一头的。"

Helen跟董总的弟弟说了做股价的事情，一拍即合同意弄，天雅打电话给唐总约了马上见面聊。唐总和天雅约在君悦的咖啡厅，一端有人在现场弹奏着钢琴，刚好既不影响两个人的对话，又不至于让两个人的对话被其他人听到。唐总到了以后问天雅手机关机了吗？天雅说关了，唐总说给我，天雅给他了以后他拿着两个人的手机到了大厅窗户旁边的一盆绿植那里，把手机放到绿植的盆里，然后才走回来位置上，笑了一下："不好意思，职业习惯，您不要怪我太小心，手机关机的时候也有可能被录音，我吃过亏的。"天雅被这个举动惊到了，她已经在做非法的事情了吗？

看她有点紧张，唐总跟她先聊聊其他的事情缓解一下，天雅问他最近有什么大买卖？他说最近没有主导只是配合着参与一下，天雅问他，是哪个呢？唐总说，无敌科技。这个名字好耳熟，好像也是很多财经新闻的头条，唐总看她茫然的样子："不会吧，张总，左旋你认识吧。"天雅一下子就想起来了，左旋入主上市公司以后把公司的名字改了，不过改的这个名字太暴露野心了吧。唐总说："无敌科技股价一直拉，从左旋入主以来的两个月，股价从三十五拉到一百零七，我都不敢这么玩，只给提供点临时拆借的弹药和操盘手。""啊？真的能这么拉吗？""你去看看他家的股东数，这些数据都是公开的，市场的参与者基本都是散户，每个人持股平均持有二十五万的话，一百多亿市值的上市公司一般有两万名股东，这还是往少了算的；无敌科技股东只有四千人，现在拉到了四百亿市值，算上流通盘占比，单个股东平均持股金额高达五百万，拉得有点不讲究，股价不受业绩和消息还有外围的影响，其日均换手率大多数时候不足 1%，明显的'庄股'特征，太不给监管面子了，我估计他早晚跑不了。"

天雅想着，还是左旋胆子大，什么都敢干，但是这种通过降低下限而博得的成功，真的值得歌颂吗？她想想自己的所作所为，好像并没有立场来批评别人，她虽然感觉是被裹挟着往前走的，但事都是自己做的，道路也是自己选择的，或许自己对左旋的反感是来自吴老板对他这种不顾一切追求成功的赞许，来自对他的嫉妒；她的内心深处也是渴望成功的，和左旋一样都是草根出身无依无靠，只是她无法抛弃内心的底线和尊严。

她跟唐总说了董总弟弟要推高股价之后减持的事情，唐总又走到绿植那边拿出自己的手机查看健健医疗的交易数据，这期间他和天雅谁都没说一个字，直到他查完了关机了再把手机放回去了，两个人才开始交流。唐总说："他要减多少？要求多少钱减持？"

"具体的我还真没问，要不我给联络人打电话问问，你在旁边听着？"唐总站起身来帮天雅把手机拿过来，天雅拨通了 Helen 的电话："亲爱的，你知道他具体的价格和量吗？"天雅上来一句不清不楚的话，她怕 Helen 听不懂，但这个事不能说清楚，好在 Helen 一点就透，她一点都没问："估计量是 3%，希望能到目前价格的两倍，如果再高，往上都是分的。"

"他的票都可以用吗？"

"可以，花钱也可以商量。"

三两句说明白了，唐总把手机放回去后粗略算了笔账，可能需要十几亿的资金才撬得动，董总的弟弟股票质押可以提供充两亿当劣后，剩下的他来配资解决；他还需要健健提供所有的股东名册和交易明细。天雅感觉自己不能在中间勾兑了，容易惹上问题，还是让他们直接联系吧。

十二月份的北京冷得不行，风呼呼地一吹让人无法忍受，还要在美国使馆前面转着圈地露天排队，天雅感觉美国欺人太甚，能不去才不去呢；瞧不上归瞧不上，自己已经夸下海口定在美国开年会，含泪办到吧。她和苏珊一起随着人流一点点地向前，签证代理还在对大家喊话，让大家最后一遍检查东西是否带齐了。在里面排着队来来回回地走了好多圈，才进到屋子里，好歹不那么冷。天雅和苏珊后面是前台小姑娘，小姑娘担心自己过不了，她出国次数不多，只跟着公司去过日本，剩下的护照是白本，天雅安慰她英语那么好，过去跟人家好好说说就行了。工作人员把她们三个分到一个窗口，天雅站在最前面，能看到窗口现在是一对中年夫妻，他们想去美国旅游不懂英文，前面已经过了的留学小姑娘自愿留下帮他们翻译，签证官要他们的房产证，递进去签证官问他们房子是哪里的？他们说是沈阳的，还没来得及解释就被拒了，特别失望地往出来走。

也许是因为她们三个人一直聊天，签证官有点不高兴，天雅过去的时候就看出来了。签证官是个很瘦的白人老头，戴拴着绳的老花眼镜，脸上肉都是僵的。天雅刚过去还没来得及问好，签证官就问她为什么去美国，天雅说开年会，签证官有点鄙夷地要了她的房产证，还质问她当初为什么从美国回来，一番唇舌才让她通过了，刚转身准备离开，签证官让工作人员把她后面的两个人叫过来，她们两个看签证官太严厉想偷偷摸摸地换到别的窗口也没成。也就不到一分钟，两个人就灰头土脸地出来了，据说签证官没看其他资料，确认她俩是单身就拒了。天雅感觉太不公平了，狗眼看人低，要投诉签证官，被小鹿拦着怕节外生枝。全公司像她们这么倒霉的人不多，十个被拒的人又约了二签，只有苏珊过了。全公司去美国小一百人，再加上邀请的嘉宾四十多人，一共一百五十人，嘉宾的规格参照高管，头等舱加行政套房，整个活动预算五百万。

公司的微电影又要拍摄了，因为天雅要去国内路演，只能单独拍摄个客串，不会和大家合体拍了。

第十八节

十二月末北京到处都弥漫着圣诞的气息，各种装饰无非是各路商家又发现了一个刺激消费的由头，天雅听到电台里一首英文的老歌很应景，不禁发给吴老板，过了几分钟吴老板给她打电话："这是什么玩意？"

"是一首庆祝圣诞的歌曲啊。"

"哦，是吗。"一听就不知道，不过他这个岁数没听过也正常，她没忍住："这个都没听过，哈哈哈哈哈哈……"气得吴老板给挂了。天雅翻出吴老板的资料包看看，他是大学本科学历，但同时她突然发现，根据身份证上的信息，吴老板生日就在两天后，这可是个自己忽略了的大事。天雅想到刚才他给自己打电话应该是有事情，她打过去："我不该笑话你，有什么需要我办的吗？"

"真是有个事，"他不是一个小气的人，更不是一个睚眦必报的人，要不天雅也不敢老摸老虎屁股，"小亮这个孩子其实不错，但是有点皮，刚刚不愿起床被我拎出被窝来踹了一脚，我心里有点……"他这么一说，她就懂了。"你写个东西吧。"

天雅左思右想，按他的口气，写了段话：

自古以来，父爱都是深沉的、内敛的，但不能掩饰的是内心的牵绊。

成长总是伴随着经历，各种经历酸甜苦辣；这个过程中，有高朋满座欢声笑语也有独自一人寂寞修行，有一击即中的喜悦也有屡败屡战的坚韧。但是，无论是阳光明媚，春风细雨，还是狂风暴雨，电闪雷鸣，家永远是你的避风港，而爸爸永远都在你身后，尽我最大的力量，尽量以你接受的方式爱你。

　　附上一首我最喜欢的朗费罗的《人生礼赞》，时至今日我仍然可以并且也需要从中汲取不断向前的力量，与你共勉。

　　吴老板还给她发过孩子写的诗歌作品，看得出他对孩子的教育很上心，让她帮着把英文诗歌都翻译成中文的，好给孩子出本诗集，天雅绞尽了脑汁，就怕自己翻译不出那个意境，帮着他办这些事情，让她感觉他还是个有血有肉有情感的人。吴老板是个好学的人，之前不断地总有中英文的信息发过来，让她做整理的工作，很多是国外金融集团的业务模式和成功模式的，她明白这也是吴老板让自己一起学习。这种时候，她心里对他的忌惮就会少些，总觉得很多时候是自己把问题复杂化了。

　　这段时间天雅突然尝任何东西都是苦的，一开始她以为饭有问题，后来发现喝水都是苦的，她才知道是自己出了问题。她的不对劲被吴老板察觉到了："最近怎么了，不对劲啊？"

　　"好像身体出点问题。"

　　"那快点去医院啊！我给你联系个机构吧。"

　　"不用。我不想去。"

　　"哪能不去啊？"

　　"我怕万一真的有什么问题，就麻烦了。"

　　"能有什么事，这不是有我呢吗？"天雅在这个方面和吴老板是一样的，她打定主意，如果她真的有什么问题，就找个没人的地方不麻烦别人，尤其是他。扛不住他的催促，她去了医院，做完了检查也没个所以然。

　　尽管自己身体有点怪怪的，但是不影响工作和生活，她最惦记的是如何给他个生日惊喜。她先给李拉打电话，问苏总过生日的时候给他买什么了。李拉说了，苏总这个人是个典型的理工男人，对于穿着没有任何搭配和研究，天天穿着公司定做的西服和衬衫，冬夏的区别就是里面穿不穿秋衣秋裤，所以李拉对于帮他穿搭这件事特别上心，外套不再是一成不变的西服，而是羊绒衫、夹克之类的，搭配出来让人有不一样的感觉；生日送他的羊绒衫特别喜欢。天雅一听没参考价值，吴老板的眼光这么高，别人买的衣服哪有他能看上的，自己对于衣服的穿搭还不够让他诟病的呢。

天雅又问媛媛，她的回答更没价值，她老公没事就爱打游戏，本来是背着她偷偷摸摸地玩，但过生日的时候媛媛送了他一个游戏手柄，把她老公感动坏了。

放下电话，天雅发现给同龄人打电话根本没意义，她跟着他这么久了，他的爱好也不能说没有，什么一池子几百万的锦鲤、上千万的奇石美玉、拍卖会上好几百万的茶叶或酒、好几个亿的别墅、私人飞机，前阵子他说太平洋上买个小岛他也感兴趣，或者买个大学，总之，他喜欢的东西没有便宜的。

想明白了这一点，无限悲凉，既然自己无法在砸钱上有所建树，就只能多花点心思了，左思右想，她给跟他年龄相近的黄老哥打电话："老哥休息了吗？"

"没有啊。"

"有个事情跟您请教，我有个比较重要的关系要维护，对方是大领导，送东西怕送不好，请教您怎么能表达心意。"

"这个事情你就算是问对人了，老哥我其他事情不敢说，这个事情还是过来人，对方有什么特别喜欢的吗？"

"贵的肯定都喜欢。"

"那些不明确定价的呢？比如字画？"

"这个我还真的不了解。"

"这样吧，我帮你打听打听。"

第二天黄老哥回话了，说是刚好他和佛教协会关系不错，可以求到一幅当代高僧妙善法师的《般若波罗蜜多心经》手抄真迹，不知道能不能解决她的问题。她跟黄老哥说这个东西不能白拿，但是黄老哥马上说不用客气，这让她有点摸不着头脑，黄老哥说他知道天贺资本收了春风项目，能不能给机会让他参与春风的运营，天雅马上答应下来，公司会正常地走招投标程序，当然她会重点关注，如果都差不多当然给黄老哥。这件事就这么谈定了，送来的《心经》的手稿已经裱好，看着还挺像回事的。黄老哥让她千万注意，盒子保管好别放后备厢。临挂电话的时候，她突然想起来自己不太懂，问黄老哥："这个东西可以当作生日礼物送人吗？"

黄老哥说："应该没什么忌讳吧。"他顿了一下，突然问天雅："你不会是要送给吴老板吧？"天雅马上说："怎么会。"

黄老哥说："也是哈，他这么叱咤风云的人物，怎么会对外人透露自己的生日呢，我给你说，他这种人的生辰八字都是机密，泄露出去会影响他的运势的。"

转过天来是吴老板生日，天雅提着《心经》去庄园见他，他没料到她来，看到她冒头就让她在其他屋先等一下，等他谈完没把客人送出去，而是直接来看她，她拿出了《心经》，说祝老板生日快乐！他面色有点尴尬："你怎么知道我今天生日？"

"身份证上都写着呢啊。"

"嗨，身份证上错了，我的生日半个月前就过完了。"

"噢。"天雅感觉一盆冷水浇头，他看出来了她有点低落，也不好打击她："没事，我都不过生日，就是自己喝两杯。"

"那你以后叫我行吗？我还是想给领导庆祝一下的。"天雅望向吴老板，他正在看带过来的《心经》，从衣服兜里摸出眼镜，看了看递给天雅："这个你拿回去吧，我不信这个。"

"噢……"天雅想着自己为了这个东西还求人，真是白费了，她打起精神说："我还请人写了一幅字，您看……""拿过来吧，这个就不错，心意我都领了，好好工作就不容易了，别花心思在这个上面。"吴老板突然对助理大声说："今天中午加个燕窝，昨天我记得有人送来一条鱼给蒸了，张总喜欢吃。"

到了会所，有些其他的客人，吴老板指挥着在自己的主座旁边给天雅加了个座，再让厨房多炒两个素菜。饭桌上还是那个天雅熟悉的吴老板，对每个人都照顾有加，尤其是蒸鱼端上来的时候，他直接弄了半边身子都给了天雅，让她多吃点。能看出来他心情不错，还主动喝了好几杯，桌子上有个看得出来事的，说张总还是应该多来，来了以后吴老板精神都好了。好在其他人一打哈哈就过去了，要不天雅也尴尬，吴老板倒是一点都不在意，别人敬他酒的时候，他本想让天雅替他喝，天雅怕再被起哄也没接茬，吴老板说："一点都不心疼我。"

饭桌上有人给吴老板看了个图片，是某酒厂出的帆布鞋，一只写着"我没有醉"，另一只写着"把酒倒满"，吴老板逗得哈哈大笑，拿过来给天雅看一眼，说给我买个这吧。天雅马上掏出手机，吴老板的脚太大，天雅问了几个店小二都说没有这个号码，只能找到一家做手绘帆布鞋的小店，就是手绘的会有点掉色，天雅跟他提示的时候，他才反应过来："你一直查这个呢啊，我就那么一说，觉得这个挺有意思的，不是真的要买。"

走的时候，吴老板送她上车前给她手里塞了个东西，小声说："这是刚才上市公司'超级新'的老板送我的，你拿着。"天雅没有声张，上了车一看是个塑封的翡翠玉牌，雕刻的弥勒佛，后面的背板是白金的，玉牌不小，有手掌那么长。天雅不懂这些，她也不知道这个东西的贵贱，顺手放衣服兜里了。

过了会儿吴老板给她打电话，说很感谢她有这个心意，她心里是热乎的，说："这不是应该的吗？"因为当着司机，她不好把话说得那么明，但他接下来说的话，她想不到，而且以后每每回想起来，总让她觉得，他喜欢说实话："我不值得。"

"什么？"

"我不值得你对我这么好。"

然后吴老板就挂了，天雅无论如何也想不明白他是什么意思，是不是自己表现得太积极了，让他有压力了？他以为自己要逼婚？

新年前几个事都处理了，难缠的李总和孙洋终于都被搞定，青苗项目被一个游戏上市公司看上，要接基金手里的老股，对价是当初投资额的三倍，但是青苗项目未完成对赌业绩的补偿款一直没谈拢。

事情虽然不大但场面闹得很大，青苗的实控周总对补偿款承担连带责任，是白纸黑字约定的，但是周总不干，天雅不跟他谈，他给天雅发信息说这是他的最后通牒，如果再不让步，他就在朋友圈里揭露天贺资本，逼死创业公司。天雅根本懒得理他，没理的事情，上法院都会输，怕他才怪。后来天雅在朋友圈和微博上看到他发的文章了，写得还挺好的，把自己写成一朵盛世的白莲花，受到天贺资本的迫害，公司本来就流动资金紧张，还要拿出一千万补偿款，就是逼着公司倒闭。天雅让小鹿去处理了，投诉歪曲事实。但是周总拐着弯地找到了君君，让她帮着说两句话，天雅还是想给君君个面子，再说周总再这么闹下去天雅也怕市场上都传言她不好对付，所以天雅给周总打了电话。周总现场直播一哭二闹三上吊，天雅最后接受了对折五百万，这已经是熟人介绍打折价了。

虽然周总这单业务帮着基金赚到了钱，但邱小平自我检讨了一下，说当时强推青苗他有点后悔，周总的水平和格局都不高，很难成事。果不其然，两年后天雅在朋友圈看到了青苗破产的新闻，只有退潮了才知道谁在裸泳。青苗完成付款，彭文让拖到春节后再分配收益，去年的利润够了，不要做太高了，要不来年 KPI 要求更高了。

天雅趁着江海的陈总来北京开年会见了他，陈总还是穿着西服、紧身裤、白皮鞋，他志得意满地坐在老板椅上，两条腿向两边叉开，两只手搭在椅子的扶手上，向后仰着坐，鼓出大大的肚子，仰着点下巴，低着眼皮看着天雅，说："张总，你看我叫你张总是不是太生分了，叫你天雅吧。"

"您怎么叫都行。"天雅还是微笑着，心想着你咋不上天呢。

"天雅啊，这次青苗的事，你就是年轻、太好说话了，要是我的人处理绝对不会让他这么翻江倒海的，还给他降价。"陈总一边说一边笑着，还点上了烟。

"对对，您说的是。"天雅感觉脸上为了微笑都上劲了，陈总还真敢说。

"年轻人还需要多努力，以后江海做大了，孙洋想去专心地做投资，你要是有兴趣可以来上市公司给我帮帮忙。"陈总一边吐着烟圈一边说，他敢张嘴让自己给他打工，他怎么那么有勇气啊。

"承蒙陈总看得上，是我的荣幸，上市公司人才济济，您麾下全都是业内的大咖，我何德何能啊。"

"唉，你这就不知道我的难处了，他们都挺难管的，事情多得很，一天到晚地吵得我脑仁疼。这些并购来的企业，我总觉得他们跟我不是一条心，谁知道他们会不会在外面在搞一摊子事情。"

"陈总，优秀的人总是有点脾气的，您可以考虑一下，用股权激励的方式来把大家都绑到这条船上。如果您不做激励，他们有的没有业绩对赌、有的业绩对赌快到期，都没有动力去做业绩，做出来了也是上交给上市公司，他们就会在外面搞事情，把企业的利益让渡给外面的主体。我也是坦白地跟您说，我们都是股东，都是为了上市公司好。"天雅说这个的时候陈总的眉毛是拧在一起的，他一个手撑着头，还夹着烟，思考的时候好久都没吸一口。

还有个事情最让人振奋，就是刘老头同意把上市公司的表决权给了黄老哥，黄入主以后已经在跟天雅商量怎么把自身的业务通过重组装入上市公司，同时黄老哥和天雅设立的基金也可以大干快上地收项目，既赚钱又能增厚上市公司资产。有个让人不太舒服的地方，黄老哥没收丰收几个原高管持股，只是说自己尽量先去解决刘老头股份的收购问题，那几个高管天雅这边管一下，等股价上去了大家都好说。

第十九节

按照小鹿的计划，一月上旬先开年会，再从美国开始路演。今年天雅的生日非常地热闹，生日那天早上银行给她送来一大把鲜花，从上午开始，公司就陆陆续续地收到了更多的包裹，送来的水果就在前台的地上摞起来好多箱，砂糖橘就收了十箱；送来的蛋糕更是公司的冰箱都放不下了；送花的有永生花、小盆景、各种盆花，盛开的蝴蝶兰和君子兰，天雅让刘伟摆在公司里面，前台摆漂亮的蝴蝶兰，会议室放滴水观音，君子兰放在她自己的办公室。她的手机一直就没断过接电话，有的人不自觉，送东西不留名，天雅根本无暇顾及到底是谁送的，又要拒绝一遍想请吃饭的徐飞。为了处理蛋糕和水果，天雅特意在当天下午办了一个生日会，所有的蛋糕全公司的人分享，加上实习生，当天在公司能有一百人，最后蛋糕还是剩下了，给公司的保洁阿姨，还有楼下的保安都送去。别人送来的水果都分了，天雅觉得都是别人的好意，给谁都是吃，省得自己浪费了。还有一些远在外地的合作机构和伙伴，有几个寄大闸蟹的，重庆的地方政府寄了火锅底料；杭州的寄来了新鲜的莲子和桂花糕；新疆的寄了酸奶、坚果；还有寄鱼头的，寄野鸡的，寄大鹅的，寄山羊的，寄锅碗瓢盆的，寄化妆品的，游戏公司给天雅定制了一款经典手游的人物手办。天雅让苏珊记录下来到底谁给她寄过东西了，这个生日过得太累心了。天雅最希望收到的，是吴老板的关心，他确实在晚上让人给她送来了一个手串，据说是某高僧开光并送的，天雅随手就放到了一边，这个东西一看就不是专门准备的。

坐在飞往迈阿密的飞机上，天雅并没有觉得疲惫。这次路演带着李拉、彭文，但输出担当是彭文，他长得老成看着就有说服力；特别会捧，通过不夸张的文字，用鲜明的投资收益的数据展示天贺资本的品牌和投资能力，说五分钟就能说得明白，但是如果时间允许，说一个多小时也不会重样。彭文烘托到位了以后引出天雅，天雅并不用满场地跑动来演示 PPT，需要讲的彭文都讲过了，天雅只是再重复一遍未来会继续做好投资，为投资人带来高额的回报，最多三分钟。

在路演过程中，天雅还顺便领了好几个奖，都是有影响力的平台评选出来的，其实这些都是小鹿运作的，每个奖项都明码标价，个人有分量的大奖三十万，小奖十万，团体的五万就行，成为会员以后还有优惠。天雅这次领了好几个"年度最佳新锐投资人""最具潜力投资人"等，给李拉也有"卓越领导者""年度最佳投资项目"等，花钱就有花钱的好处，获奖的通稿铺天盖地的几波宣传配合上路演，锦上添花。根据地接募集团队反馈的结果，天贺资本是募集得最顺利的。通过这些天紧凑的路演，彭文嗓子发炎到失声，颈椎病又犯了，天天戴着一个脖子托到处跑。但是路演的效果特别好，一趟下来公司募集资金几十亿，创下了单个机构募资的纪录。看到彭文这么称职，天雅和李拉商量等春节回来给他升为CFO。

坐在飞机上，天雅还有一点隐隐的担忧，她回到北京见过唐总，隐约着听他说了点蛛丝马迹，周期需要半年左右，通过唐总控制的几千个证券账户慢慢地吸筹，想要达到现在股价的二倍卖出，必须确保股价先涨到现在股价的三到四倍，拉高以后慢慢出货，还不能卖得太明显，否则会引起证监会的关注。她无意于知道其他的细节或者操作手法，但是唐总说了一句很关键的话："我和吴老板沟通过了，他说想参与，让我找你。"

天雅当时就给吴老板电话，他说他的钱无法直接给到唐总，她先帮着出点钱，未来赚了也先放她那里；天雅说如果未来赚钱了都是他的，但是天贺资本的钱不经过审批流程是不能动的。吴老板不高兴了："这点事你自己解决吧，不要来问我，我就要参与五千万的，你解决吧。"天雅也没有办法，她想过用天贺资本的钱，但是天贺资本的钱都是定向用于投资股权项目的，她如果挪用就是犯罪，她和唐总说了自己的为难。唐总说："这个简单，有房子吗？只要房子值一千万以上，抵押给我指定的主体，我负责配资。"吴老板说，目前他住的房子虽然值四亿，但是不在他名下，没法配合抵押。吴老板问天雅："你有房子吧？"天雅说："有，目前在住的这一套市值超过一千万了。"吴老板说："那不是刚好。"

尽管天雅安慰自己别再想这个事情了，她心里还是惴惴不安，唐总做的事情她不了解，也不想了解，她还在挣扎要不要和这件事有关联，但是吴老板让她这么做，理由已经相当充分了。天雅觉得自己的态度已经相当明确了，她宁愿抵押房子背负相信吴老板的风险，而且还承诺所有的收益都归他，能做的都做了，他应该懂自己的心吧。他夸她很有担当，但是邀请他去美国参加年会的时候，他还是没去，说自己出国比较敏感，祝她年会成功。除了吴老板外，天雅瞧不上集团任何一个高管，没有邀请他们，他们怎么说，她根本不在意，现在天贺资本风头正盛，知名度甚至都盖过了天贺集团，那些拖后腿的子公司哪有资格站在她面前。

从北京出发的时候，天雅还穿的羽绒服，下飞机的时候艳阳高照，幸亏里面穿了短袖。到酒店的路上大家的度假热情都被调动了起来，除了阳光、沙滩和海岸之外，迈阿密还有着一种时髦热烈的活力，看到的每个人都主动和大巴车上的人挥手打招呼。酒店还是五星级，专门有欢迎的人给每个人都送上了花环，门口拉好了横幅，扎好了欢迎大家的鲜花气球门，铺了红地毯，这次装饰明显地比以往的装饰都更用心，大量的鲜花让现场香气四溢，据小鹿说这些鲜花会摆放到他们离开那天；酒店的走廊都摆上了亚克力制作的天贺资本的公司名称和标志，真不知道这么些东西小鹿是怎么托运过来的。

到了酒店以后，没等天雅她们拿行李，门口的小哥特别热情地帮她们拿箱子，殷勤地一直帮她们把箱子送进屋。李拉还在感慨资本主义的服务真好，天雅默默地从包里掏出五美元给了小哥，小哥才欢天喜地地走了。李拉这才恍然大悟，说还是你有经验。

头一天到了那里，当地的接待先带大家全员去兜风，介绍当地著名的自然名胜和风土人情。天雅换上了带来的沙滩裙，这还是为了跟吴老板一起出去玩才买的，现在才有机会穿。在南迈阿密海滩附近的历史建筑街区，赶着拍了一张还算满意的照片，下一站到了迈阿密最高级的购物中心，整个中心都像长在花园里一样，被热带风情的植物包围，生机勃勃，清新优雅。白色的建筑，天井阳光洒落在池塘，还有充满度假感的吊扇和木质围栏，有个角落还有个雕像，那里人不多，有一棵高大的树，周围环绕的楼梯，走上去有树顶漫步的感觉，很浪漫，树顶上有个咖啡屋。本来天雅想好好拍照，但是李拉忙着买鞋，媛媛肚子大了没来，苏珊和茹萍去买衣服了，几个男同事给天雅拍的根本没法看，等李拉试完了鞋太阳落山了，太让人遗憾了。曾经记得美国的名牌东西都好便宜，现在天雅感觉，美国的东西还是很便宜，只是也没有那么好，还不是中国做的。

晚上自由活动，天雅之前就说好了请李拉、彭文和刘伟吃饭。他们在购物中心找了一家评分最高的牛排餐厅，里面没有中国人，几个人落座以后让天雅帮着点菜。在北京待久了，高档的餐馆大家都没少去，再看美国餐厅的东西，也不过尔尔。天雅还和彭文说，去年的年会他没参加，在日本请大家吃的和牛，这次他赶上了吃牛排，彭文还问，为什么都这么喜欢牛呢？李拉说自己带了麻将过来，约了大家晚上在她屋血战到底。整顿饭算上小费一个人三百美元，她刷的信用卡，回忆起刚去美国的时候，她都不敢去西餐店吃牛排，就怕太贵了，但是现在花美元跟花人民币一样让她没有感觉。当然，对食物也少了期待。

晚上天雅去李拉屋里的时候里面已经有几个人了，看见天雅来了大家都站起身来让她入座，谁点炮谁下台。三两下天雅就下台了，她一个人出去外面走走，这个时候苏珊和茹萍跟了上来陪着她往私人海滩走。海滩非常静谧，晚上没了遮阳伞，但躺椅还在，依然有服务生等在那里随时送上饮料。三个人在躺椅上悠闲地坐着，点了三杯没看懂名字的鸡尾酒，看着大海和明月。海水一层层地拍到岸边，月亮看起来特别大特别亮，天雅不禁拍了张海水和月亮的照片发给吴老板，希望能和他天涯共此时，吴老板给她回了一个表情。天雅接着问，很久没见了打视频吧，吴老板回了三个字，在开会。

想起很久没跟家里打电话了，现在应该是北京的早上，父母应该起床了，她给他们打电话，父亲接了，说母亲去跳舞了，问她今年的春节在哪过，天雅说今年春节去马尔代夫吧，免签方便，也带他俩度度假，让他们快点去办个护照，自己已经有这个实力带着老人享受一下晚年的生活。

喝完了东西三个人在海滩上继续漫步，茹萍跟天雅提起能否让自己的职位更进一步，另外节后她想让苏珊来部门做副手，天雅跟她说了这也是天雅希望的，茹萍和苏珊都是自己的得力助手，但是茹萍更进一步需要获得集团的审批，有机会才能解决，她会把和黄老哥设立的教育产业基金交给茹萍去运营，等节后马上推进一个大标的，好好做；然后天雅保证她们两个的年终奖都会有所反映。说完天雅感觉跟她俩一起散步很没意思，她说累了回房间了。她从阳台望出去，夜景十分美好，不禁想起曾经在日本夜谈的肖，那个时候聊的都是一些有的没的，篮球啊，上学啊，刚工作时作为职场小白的经历啊，真傻，天雅想着就笑了。

虽然有时差，但可能是因为累了，可能是酒精的作用，天雅睡得还不错。早上起来运动完了刚好享用一顿精致的早餐，天雅换了一条新的长裙子，全身涂满了防晒霜才出来。酒店的装潢清新自然，柔和得像海边的风，各种小物都很有热带情调。天雅选一个百叶窗边的位置坐下准备好好享受海的味道和咖啡香，结果李洋团队浩浩荡荡地就过来了，看来又是不得安生的一顿早饭。

天雅吃差不多了李拉才起，她不来餐厅吃饭了，让天雅帮她带点面包，直接去玩。下午小鹿安排了邀请客人的欢迎酒会，大家举着酒杯到处聊，天雅待了一会儿就感觉意义不大。凡是企业的一把手，都不能在这个时候有空来美国，凡是这个时候有空来美国玩的，不是不掌权的，就是说话不算数的。本来天雅还有点担心富总让富帅来，好在富总不让其他人来免得集团内厚此薄彼的。在酒会上没待多久，天雅拉着李拉去最后地彩排舞蹈，临阵磨枪不快也光，拉着三个男的伴舞又练了一阵子。

酒会结束后就要开始年会了，这次小鹿安排的主题是"万国来朝"，每个部门抽签决定穿哪个国家或者民族的服饰，有的还算正常，比如"日式和服""苏格兰裙子"，有的就勉为其难了，比如"夏威夷草裙""法式宫廷礼服"。天雅和李拉是单独准备的旗袍，两个人到了会场被其他人的奇装异服笑得半死：首先是财务部，新生代年轻的员工喜欢角色扮演，除了和服以外还有异色假发和二次元造型，居然还有背着日本刀的；然后是朱浩部门抽到草裙，他带领部门的男同事都豁出去了，只有下身穿了内裤，穿着椰子壳做的胸罩还有草裙，让人忍俊不禁，后来因为太麻烦他们上身的椰子壳都不戴了，造型太辣眼睛了；吴迪部门是印度服饰，穿得像卖神油的一样，还配合了笛子和假蛇，吓得好几个女同事花容失色；还有一个自愿认罚的彭文，他一直没空抽签，最后剩下的一个就是他的，所以他看到自己的服饰要求的时候就傻眼了——日式相扑服。这次晚宴本来她们还等着看他的笑话，结果他穿得西装革履的说自己认罚，实在是岁数大了经不起折腾，怕羞死人。天雅让小鹿在年会上增加一个环节：抽中一名幸运观众让彭文给他现场按摩。其他国家的服饰都是中规中矩，有穿印度莎丽的，有穿朝鲜服的，有苏格兰裙，还有法式宫廷礼服裙戴假发的，看来大家都很重视这次年会，除了大家相互合影以外，还有酒店围观的客人，询问是否可以拍照的。这次现场吸收了上次的教训，音响效果特别好，还请了现场的乐队和歌者演唱，配合上灯光和无边泳池，很有气氛。小鹿还请了很多金发碧眼的俊男靓女来给大家当服务生，俊男都是全身充满了结实肌肉的高大帅小伙，穿着紧身裤赤裸着上身，好多女同事都不好意思跟他们合影；美女穿着比基尼打扮成兔女郎的样子，特别活泼可爱招人喜欢，男同事倒是抢着跟她们合影，对比着冷冷清清的肌肉男，天雅不禁过去跟他们合影，开始的时候他们还是几个人跟天雅拍照，后来过来的人多了，他们一起把天雅横着抱起来托着，其他的女同事都没敢过来，真是女王的感觉，天雅不禁用眼神给小鹿点赞。整个活动都完美，唯一的瑕疵是，小鹿拿着麦克风扯着嗓子反复地提醒在场的男同事，这些"嘉宾"都是只能看不能摸的，摸了要罚款！很重的罚款！听得天雅和李拉直翻白眼，至于吗他们。

　　年会现场除了香港团队的人，还来了美国团队和日本团队，他们都感觉大开眼界。等到年会正式开始的时候，天色暗下来了，主持人还是一男一女，看着他们，天雅不知道怎么的有点走神了，她想到了肖轩晖当主持人的时候，中英文来回切换，天然的蠢萌搭配任何女主持都百搭，比这两个人生硬的互动看得要舒服多了。天雅致辞完了苏珊就着急拉着她去换衣服要开场舞了，表演没出大问题，天雅发现李拉有的动作没记住，但表情特别好一直笑着，天雅在背动作脸上一直比较严肃，所以拍出照片来两个人有点像在跳不同的舞。结尾动作摆出来的时候，在座的同事都起立鼓掌，还有很多从酒店其他层的阳台伸出头来看节目的老外给鼓掌和喝彩，不知道是谁带的头，大家一边鼓掌一边欢呼着天雅的名字，叫了好久，这一刻真的让她很激动，感觉自己要流泪了，主持人把话筒递给她，李拉她们赶紧下台了，她马上控制了一下自己的情绪，即兴说了两句："各位在座的同事和朋友，非常高兴我能有这个机会和大家一起庆祝天贺资本的年会在美国胜利召开，这在三年前甚至是两年前，真的是我想都不敢想的，但是今天我们确实做到了，希望大家能给自己一点掌声！"等了快一分钟之后，小鹿示意大家安静，天雅继续说："这几年我一直都在想怎样做才能无愧于集团对我的信任，无愧于团队对我的信任，无愧于朋友对我的信任，所以我无时无刻不在思考天贺资本的发展，只有天贺资本真正地发展了，才值得所有的付出。不说那些辛苦，在今天这个欢聚的时刻，我希望大家能够开心地享受，享受天贺资本带给我们的光荣和梦想，让我们共同举杯！"现在唯一能让她激动的就是这种众星捧月的感觉，除此之外的美国之行都让她毫无期待，还有什么美食、美景是她没见识过的？

天雅换完了衣服回来已经上了好几个菜了，龙虾、螃蟹可劲上，她抓紧机会先吃几口，果不其然，刚吃几口就开始敬酒了。天雅想着，酒店包中国人的酒水一定会哭死的，是时候给酒店个教训了。当晚还播放了新出炉的微电影，天雅客串的只有几秒钟的镜头还是抠图，夸张的服化道、吐槽行业魔改的剧情，在场的人好多笑得都喷饭了。但是总归不是天雅花心血拍的，看起来也无感，只是笑笑就过去了。后面敬酒太厉害天雅找机会先回屋了，等她想起来晚上还有无边泳池的音乐趴，就又偷偷下去看情况，只见中国人都走光了，就剩下请来的二十多个俊男美女一边跟着乐队唱歌一边跳舞。这帮人，又去打麻将了吗？真是太无语了，跨了半个地球过来还打麻将。天雅直奔李拉那个屋，果然一堆人在，麻将桌也支起来了，天雅说请大家出去逛逛吃消夜，大家这才全体出动。其实出来就尴尬了，晚上九点多，很多商场都关门了。找了个酒吧，核实了他们都年满十八岁以后，保安才让他们进去，里面挺没有意思的，还不如在酒店和肌肉小哥哥们快活呢。

当天晚上，天雅失眠了，翻来覆去就是睡不着，时差的问题终于显现了。睡不着就免不了地胡思乱想，想到吴老板，他为什么最近都不约自己在别墅见面了？到底是不是对自己倦了？还是他感觉自己对他的感情让他有压力？他不是犹犹豫豫的人，而且天雅从来没有逼婚，她感觉自己已经懂事得不能再懂事了。她突然想到吴老板今年没找自己写年终总结啊，这让她空落落的，她拿出手机来给吴老板发消息，问他有没有什么自己能为他做的。他只是短短地给她回了一个"不用"，她还不甘心，继续说自己现在倒时差睡不着，也没事干，其实就是想让他关心自己，结果他回了一段语音："怎么能没事干呢？宝石龙项目处理完了吗？没事干去想办法处理去啊。"

肯定是赶上了他心情不好的时候，她不敢再去打扰他了，怎么她到现在都记不住，他不是那种会陪聊天的人。人生得意须尽欢，莫使金樽空对月，这几天天雅没少发朋友圈，很多和肌肉帅哥的照片她没放，怕影响不好，也怕吴老板看到了误会，其他的她可是没少招呼，又是美景又是美食的，评论多得看不过来，在美国的前同事让她有空回去看看，大家都很想她。多年不联系的刘岚联系了她，两个姐妹聊了两句，原来在美国的时候都是小芝麻，刘岚说自己回国了，哪天在北京聚聚。刘岚的老公是美国人，五十多岁的工程师，肚子大大的腿细细的，大女儿比刘岚都大；刘岚是小城市出来的，英语专业毕业了以后在外企做前台，入职不到一年就搞定了老头嫁到了美国，又在美国公司做前台，跟天雅的工位挨着。

她和刘岚两个人天天都傻吃傻喝的还挺开心，刘岚教天雅化妆，天雅帮她接电话，下班了还一起去逛街，那几年异乡生活也不至于太枯燥。天雅临走的时候确实有点依依不舍，但是刘岚抱头痛哭的样子也让天雅接受不了，自己只是回国又不是上刑场，而且机会还是在中国。从金融行业来看，华尔街也在论资排辈，只有中国才有这么多的年轻高管。其他领域也是，美国都发展成熟了根本没有青年人施展的空间，而中国依然有无限的可能，这才是国内外最大的差异。也不知道刘岚现在是不是还是守着老头老公，过着单调的生活，依然认为中国水深火热。

天雅夜里越睡不着越想，几乎一夜没睡，想到一早说好了要去玩，只能硬撑着起来了。第一站是潜水圣地，天雅和李拉游泳还可以，两个人大胆地往里面游，看着下面的珊瑚礁越来越多，越来越高，天雅跟李拉示意是不是路不对，珊瑚礁再高就要划伤身体了，李拉说都到这里了，四下也没人，咱再往里面走点吧。天雅跟着她又往外面游了游，越游鱼越大，眼看着前面有一片大的潟湖，珊瑚礁陡然向下生长了，李拉停在路上看鱼，天雅想着先到潟湖那边看看下面有多深。她一个人刚游进这里，就看到一条比她都长的鱼，看起来像是巨型石斑鱼，看这个嘴的大小，还有尖牙，应该是吃肉的，快跑。给她吓得心怦怦跳，好不容易游回去了水浅的地方，她看到李拉向她这边快速游过来，刚想告诉李拉潟湖那边不要去，李拉就立刻转到她身后，天雅还没搞清楚怎么回事，就看到李拉身后其实有一条大海鳗，灰色带白斑，一张一合的大口跟尖牙都会让人觉得不寒而栗。天雅挡在李拉前面，屏住呼吸地看着海鳗空洞地从自己面前游走，也吓得够呛。之后她和李拉就无心潜水了，两个人速度很快地回到了岸边。上去以后，她跟李拉说，好哇，你有点事就把我推到前面，李拉说，你块头大，我就想吓唬吓唬那个鱼。天雅追着要打李拉，两个人逗逗笑笑地换了衣服，天雅跟李拉说，自己特别困，昨晚基本没睡，李拉说干脆回酒店睡觉吧。

中午一点多起来了，李拉等着她吃饭呢，苏珊买了比萨带回酒店，天雅叫上苏珊带上比萨去海边喂鸟，顺便出去吃。在迈阿密吃海鲜，主打螃蟹，从阿拉斯加帝王蟹到当地独有的石头蟹，几个人大快朵颐。这顿饭李拉说什么都要请客，天雅不让她请，结果李拉说，就当是拿她当挡箭牌的精神损失费，她说那估计在美国吃饭你都要请了。

下午几个人驱车出去，李拉听王吉说他们正在爬周围的一个小山头，大家也想凑凑热闹，就说一起过去看看。到了那里，需要爬山路了，天雅才发现，本来自己以为是去海边的，穿的拖鞋，爬山也差点意思吧，但是都到这里了，也别扫兴，硬着头皮上山。上了一点点，就碰到了等着他们的王吉和刘天伟他们，一看到天雅来了，王吉过来帮她拿着背包，天雅说自己可以拿，王吉看到了天雅穿的拖鞋，只是小声地告诉她自己有创口贴，如果磨脚了可以找他。

爬到一个小坡顶的时候，大家都在照相，天雅突然收到电话，是父亲的，这个时候应该是北京时间的凌晨吧。父亲有点犹犹豫豫，说母亲夜里上厕所的时候摔倒了，他扶她上床休息，但是现在好像不会说话了。天雅让父亲马上带母亲去医院，她虽然没经历过什么抢救过程，但是跟吴老板在一起她没少查突发疾病的医学临床表现，她怕母亲是脑梗，而脑梗的最佳抢救时间是四小时。这个时候她顾不上别的，也没心情打招呼，自己穿着拖鞋往土坡下面跑，让苏珊给她安排最近的机票马上回国。

路上天雅跟李拉一个人说了，自己家里出了点事，让她照顾好公司的同事和请来的朋友，自己先回国了。父亲又打电话来了，说确实有点脑梗，但并不严重，是自己的疏忽，很自责，应该当时送来就好了，这个时候母亲抢过来电话，说自己没什么事，而且医生说了，脑梗得不严重，都不用长期住院，可能是这两天天气凉了，夜里上厕所还是有点冷，自己疏忽了。母亲这么说的意思就是让她别担心，她说刚好年会开完了本来就要回来，母亲这才长出了一口气。天雅根本就不担心工作的事，她想着春节估计就没法带父母去马尔代夫了，好遗憾。

第四章

第一节

这边的天黑了，天雅等在机场里，她想着该给吴老板买点什么呢？这个时候他应该起床了，给他打个电话吧。他没有接，也没有回消息。天雅在机场买了一堆巧克力和冰箱贴，准备回去送亲戚朋友。这次美国之旅并不像天雅想的那样，她以为她会很激动，但是并没有，整个过程中给她心脏冲击最大的就是海鳗了，以后多吃点鳗鱼饭。

落地的时候打开手机，里面一堆的未读消息，没有吴老板的。她跟吴老板说自己回到北京了，让他看到以后尽快给她回电话。路上的时候，她还是想他，给他打电话，他还是没接，算了。天雅回到家的时候，母亲已经躺到了家里的床上，她说着自己没事了，希望自己快点好起来，免得让孩子为自己操心。父亲做的清淡的汤面条，饭后，让母亲服用了抗凝和活血化瘀的药物以后就休息了，天雅过来埋怨父亲怎么没有第一时间送医院，父亲也有点懊悔，他还没有经历过脑梗，母亲还有颈椎病，所以头晕、恶心都会被认为是颈椎病症状，天雅一看这个情况安慰了父亲，好在母亲脑梗并不严重，发现得也还算及时，目前没有什么大碍了，就是右手有点没劲；天雅问他大夫没查出脑梗的原因吗？父亲说约好了过一周再去复查看看，刚好做做全面的检查。天雅让他今后多观察着点，有问题千万要第一时间送医院。

下午的时候，一堆亲戚来家里看望母亲，天雅顺便把自己从美国带回来的一堆东西给大家分一分。现在大家生活都好了，天雅带回来的都不是什么稀罕的东西，她感觉大家接过东西的时候也不是特别开心，冰箱贴不招人喜欢，巧克力大人怕胖不吃，又怕小孩蛀牙不给他们吃，总之礼物都比较尴尬，只能临走的时候给小孩子手里塞几百块钱，帮她找回了面子。

没想到的是，下午于越也来了。好久没见，他头上的白头发越来越多，样子倒是没什么变化。他是来看母亲的，所以天雅心里还是感激他有这份心的，父亲去休息了，留他们两个人在客厅聊天。于越说看到很多她获奖的新闻，为她感到高兴，曾经的自己确实相信她是非常有能力的，但是没想到她现在这么出色。天雅有点心虚，她在想如果于越知道自己是怎么被提拔上来的，自己的奖都是怎么包装出来的，还会认为自己出色吗？吴老板对自己确实有知遇之恩，自己也跟着他学习了很多业务，但是怎么样做更好的自己，怎么样去带团队，吴老板并没有对她额外指导，让她总感觉自己像走在棉花上一样虚。

天雅走了一会儿神，于越就已经说到他要去联合国参加个会议了，然后于越就感慨，妈这么好的身体，怎么突然就脑梗了，真让人想不到，他劝天雅也要珍惜身体，他就是因为经常加班吃饭不规律经常胃疼，天雅说那就要去医院看看啊。于越说，去看了，医生让做胃镜，又要预约，听说特别疼还要打麻药，就一直没敢去。说到这里，她问于越明天有空吗，于越说可以啊，天雅就定了胶囊胃镜的时间，让于越明天直接过去检查就行了。于越再三问天雅不疼吗？天雅说不疼，但是后面几天要检查是不是摄像头排出了，两个人都笑了。天雅记得上次欠了于越一个情，这次刚好还他，检查的钱她出。

天雅让母亲去做全面检查，母亲说根本没必要，休息两天，后天她就要出去跳舞了，哪有空天天泡在医院里。一天的忙碌，让她现在才想起来吴老板还没给她回电话，到底怎么了？她忍不住给君君打电话，君君说也不知道他在哪里，这两天没有过来庄园。天雅有点着急，难道是吴老板身体出问题了？还是哪里有突发情况他去加班了？真是让人担心。

第二天是周日，天雅又在家待了一天，母亲已经能下地了，家里的氛围从父慈子孝又转变成了熟悉的叨叨叨。母亲说自己身体硬朗，她觉得在医院住院都是过度医疗，天雅就劝她，医院也要确认她没有更多的问题啊，母亲就说，我要是得大病了也就不治了，天雅说，呸呸呸。各种事情母亲都要发表意见，比如天雅买的巧克力不实用啊，又抱怨天雅一直没有小孩，家里从来只有送红包的命没有收红包的命，又说起来于越真是重情重义的好孩子，听得天雅脑壳痛。于越给天雅打电话感谢了她，说要把胃镜的钱给她，她说这是我母亲的心意，于越也就不提这个事了。

第二节

天雅真的有点要疯了，她疯狂地检索了吴老板的消息，并没有。大晚上的，她拿着本书，就是看不下去。突然，她听到手机响，一个未知号码来电，她马上接起来，就是吴老板。

他说出了点状况，他这段时间都不在北京，刚好还要动个小手术，所以可能不能及时回复，最后，最重要的一点，不要发信息跟他说任何和工作无关的事情，他现在没法解释。天雅有好多话想跟他说，说在美国的事情，年会的事情，给他买了烟的事情，还有母亲生病了，她也很担心他的身体等，但是都还没来得及，电话就挂断了，一共也就一分多钟，她想拨回去都不行，让她特别不爽。

憋了一肚子气，她给茹萍打电话，尽管茹萍的声音听起来很疲惫，天雅还是让她尽快开展工作，运作丰收的并购重组，股价一上涨，所有的事情就都稳了，茹萍的位置也有了，丰收投出去的钱也降低风险了。教育基金的第一个标的是黄老哥挑的，据说是一年净利润一个多亿的民办职业学校，这么好的资产还不马上推进，难道等着跟别人抢吗？天雅给黄老哥打电话，让他联系尽调，黄老哥有点吞吞吐吐的，说哪天见面了细说，而且他希望天雅去跟对方谈，讲清楚基金未来的资本运作，尤其是收益，目前这个标的的实控对于资本运作还有点抵触，黄老哥没法说服。天雅说："这个没问题，我去说，但是你先把实控的基本情况给我，我也好对症下药。"黄老哥有点犹豫："是起点教育集团，实控李娜，是我老婆。"

天雅也没想到，费尽了九牛二虎之力才让黄老哥说出名字的人，居然是他老婆。黄老哥这么费劲地做了这么多产业，一年的净利润才大几千万，他老婆的企业净利润一个多亿，是不是有压力也是正常的，这两口子估计也有故事。天雅上网搜索了一下黄老哥的老婆李娜，她长得漂亮，也是政协委员，经常在公开的场合讲话，好几年前的新闻里她的身份还是黄老哥夫人，之后她就是李娜。天雅感觉这个女人应该不简单，她能做起来这么大的一摊业务，还能把女儿培养到哈佛去念书，必然是个有能力的人。天雅让茹萍准备一下材料，约了周一下午和李总见面。

会面是在李总的校区里面进行的，楼下是教学楼，最上面三层是办公区域，李总的办公室就在顶层。校园的安保措施非常到位，天雅的车即使提前报了车号，仍需要二次确认才放行。茹萍和李春风很熟，一个圈子里面或多或少地知道些八卦，茹萍给天雅普及了黄老哥和老婆的爱恨情仇。

黄老哥创业的时候，他老婆曾是他秘书，她是模特出身，仪表不俗，是业内知名的大美人；跟了黄老哥以后，只想做个相夫教子的家庭主妇；但是在黄老哥这个位置，又是少年得志，怎么可能安分得下来。李总怀孕了以后，黄老哥身边的秘书越来越多，李总也闹过，但是大着肚子又抓不到把柄；后来生完孩子，黄老哥不想让她再上班了，她非要上班，说在家没意思，在眼前就耽误他的好事，于是他就让她去管一个新拿过来的民办校，当时那个民办校是因为原来的主办方实在太差被教育部取消了办学资质，黄刚好关系到位了给接过来了。

本来想着也就是给李找个事干，没想到李还真的破釜沉舟，她把孩子扔给保姆，一连好久吃住都在学校，在老师数量不够的时候自己亲自去代课，跟当地的教职工打成一片，当时学校名声不太好，老师和学生流失得都很严重，黄觉得这个民办学校很难做起来了，她硬是软磨硬泡地跟黄要了一笔资金高薪挖了几个抓教学的主课老师，严抓教学，引入了一些现代化的分级机制，让教学风气焕然一新。民办校不好招生的一大原因是出口不好，也就是就业成问题，她跑了好多用人单位，有黄的面子，也有自己找上门去的，让用人单位愿意用人，才是硬道理。后来有个传统行业的用人单位和李总商量可不可以定向为他们培养一些人，赔本赚吆喝的买卖李总一口答应。合作久了对方帮她撮合和国有的大学联合办学，给国有的交保护费，但有了国有学校的背书，招生不成问题。之后学校就越做越大了，当地的政府越来越重视，给划拨了好多土地，现在做得比黄老哥的摊子还大。当然李总也有软肋，她不想离婚。黄老哥在事业上拼不过老婆，就报复性地不回家了，天天都住在外面，李总也不管。后来两个人的事业都齐头并进，都是政协委员了，为了没有政治污点更不能离婚了，还不能让外人看出他们不在一起住，黄老哥就带着自己的小三，后来还有小四小五，住在李总别墅旁边，回家早了就能看到，给李总气得晚上不到九点不回家。这么些年她一直希望黄老哥回家跟自己好好过日子，但是小三还是小四给黄老哥生了男孩以后，多年的希望彻底地落空了，她已经彻底放弃了谢顶又发福了的黄老哥。

见到她之前，天雅已经知道她是个厉害的角色，她很喜欢李总朴实无华的办公室，她也理解很多人弄得奢华是为了标榜自己，让自己看起来更可信、更有权威，但是真正有实力的人往往不需要这些东西。李总进来的时候，自己拿着马克杯，坐下立即开始工作；她四十多岁，看起来就像是三十多的人，齐肩的黑发特别整齐，一刀切下来的一样，干脆利落，没看到有白发，化妆特别精致，眼睛炯炯有神，脸上有些皱纹，但是和岁数相比较还算是给面子的，下颌线很清晰，看着就很清爽不油腻。身材依然不错，大胸长腿，在她这个年纪绝对是下过功夫才能保持的；身上穿的套裙，脖子上配合着套裙戴了一条装饰用的大项链，下面是黑丝和粗跟皮鞋，看起来既正式又没有感觉太突兀。天雅不禁感叹，黄老哥年轻时候的眼光还是不错的，这么好的老婆不珍惜，天雅不禁为了李总惋惜，女怕嫁错郎。

她坐下以后身姿挺拔，两个手放在桌子上，打开一个本子，拿起笔，跟天雅说，久仰大名，感谢张总亲自来，请指教。来之前黄老哥讲了，李总对于被收购是十分抵触的，去年曾经有个认识多年的朋友想帮她资本化，但是折腾了小一年没成功，一朝被蛇咬十年怕井绳。没资本化成功这件事让黄老哥很愤愤，他觉得是李总那个朋友水平不够耽误了时机，但是李总不怪他，给了他三百万作为报酬，还委托他继续当顾问。通过这件事，天雅就知道李总是大气的人，她不算小账，倒是黄老哥的态度让天雅想笑，人家李总都不理你了，你还上赶着为她抱不平，好像她是你老婆一样，为啥当初不对她好点。

为了打消李总的疑惑，天雅给李总详细地讲解了资本化安排，以 A 股市场的当前情况，政策上并不是特别允许整体装入，涉及的法律问题较多估计这么大体量的很难整体资本化，但是可以探讨打擦边球，给出了两个方案；其次就是在境外，通过架设境外结构来上市。能看出来李总还是听进去了，她不断地记笔记，并提问，尤其是资本化后的市值运作，天雅大概给她分析了一下，以港股为例，资本化就是为了融资，融资之后必然要投资，通过重资产的并购把体量做大，然后再通过轻资产的加入把业绩和题材做好。李总听完后打电话让教研主任过来，给天雅介绍学校的具体情况。

看来她一开始不介绍学校的情况，就是要看看有没有这个必要，如果她不感兴趣就不浪费时间了，天雅其实很欣赏这种双方都省时间的做法。在教研主任讲解的同时，李总出门接电话了，天雅等了两分钟以后也出了门，李总邀请她去走廊另一侧的会客室聊聊。会客室这边倒是装饰得高大上，精致舒服的欧式沙发，茶几上都是水果和小食，因为这边是和外国联合办学的招生处，和美、加的联合办学收费、利润更高，这也是她的得意之作。天雅跟她聊聊，也好更合理地设计交易结构。

李总倒是没什么遮掩，她说，自己早就对老公放弃了希望，未来只希望能和女儿团聚。她本人虽然赶上了好时代和好机会，做起来了这个事业，但这些年来对女儿照顾不多，这也是她心里的缺憾。天雅真的不理解，没有好好照顾，女儿能上哈佛？她也太谦虚了，但李总却笑了，张总，掌握的资源越多，选择也就越多，不是吗？虽然女儿是哈佛毕业，但是李总却对她的就业一点都不乐观，这个事情黄老哥也侧面地提过，女儿还是要回国的，在企业里便于培养。李总说，她最希望能有人接手她的事业，如果女儿能继承衣钵最好，如果不能，她最希望通过并购自己能拿钱出局，然后做个慈善基金，浪迹天涯。多么浪漫的说法，天雅感觉她未来想做什么，听听就算了，但她想要钱，天雅听懂了。不是一家人不进一家门，黄老哥和李总估计都喜欢赚钱，只不过李总喜欢赚大钱。她想一次性变现的意思就是不想分步走被收购，不想换股，不想承担对赌业绩，而且她要的估值超过了香港上市公司的平均市盈率。做基金就是为了赚一、二级市场的差价的，如果李总把差价都吃没了，基金赚什么？天雅一度怀疑是黄老哥和老婆在联手做戏，把天贺资本引过来当雷锋，不过她也没有上来就说要价高，因为教育产业都是资本化的处女地，天雅说，你之前交税了吗？

两个人聊了一会儿业务，然后就开始聊聊生活。其实天雅还是挺佩服她的，在这种名存实亡的婚姻里这么多年，都能培养好孩子，做好事业。李总笑了，她说，幸好自己年轻的时候脑子还算清楚，生完第一个孩子，包括黄老哥在内的很多人都希望她做全职太太。她说，我不想当太太，我首先是一个人，我只想做一个人，而不是别人的附属品。

天雅觉得她说得很对，从情感上，她支持李总，但是从商业角度，她希望李总能考虑到黄老哥的利益，毕竟黄老哥跟天雅是利益一致方。所以她对李总说的话不置可否。在天雅的努力下，起点集团和天贺资本签订了具有排他性的合作协议。

天雅留茹萍团队在李总那边尽调，尽快推方案。她跟黄老哥说了会面的情况，给黄老哥气坏了，面前的茶杯差点泼了，李总也太不给他面子了，好歹是夫妻关系，要价那么高怎么做买卖。黄老哥感谢天雅从美国给他带的巧克力，他儿子很喜欢，天雅问孩子几岁了，知道男孩才三岁，黄老哥不敢朋友圈晒娃估计也心里痒痒，掏出手机来给天雅看照片，天雅夸孩子长得像爸爸，黄老哥说要是像他妈妈才漂亮，天雅想着，希望是你亲生的。黄老哥还在抱怨孩子这么难带，看来他原来也没怎么带过娃。

起点的尽调就由茹萍领军进行了，聘请的会计师团队也很快进场了，刚好学校放了寒假，学校里面人不多还安静，听茹萍说，没放假的时候上下课铃听得人脑壳痛。茹萍自嘲自己跟春节犯冲，一到春节就忙，天雅说这应该叫春节旺财，一到春节就挣钱。

第三节

春节前还有个着急的事要处理，就是七色光影视换股的部分，一年期满，该解禁了，天雅要天伟想办法尽快处理解禁的股票，必须要尽快套现，节后好马上操作。这部分的股票对比投入的成本已经涨了十倍，尽快套现了才是资本市场上的传奇案例，也是真金白银的收入，天雅亲自督办的大事。

这么大量的股票，想通过二级市场甩卖根本不可能，大宗也麻烦得很，要一家家谈价格，而且每天交易的价格都不一样，最方便省心的就是协议转让，天雅号召全公司的人去外面寻找有意接盘的买家，方案最好是春节前定下来，这样公司今年的年终奖可以和集团商量着多分一些。

在范鹏还在的时候，天雅就已经筹划着要做全员持股和完善员工的跟投制度，这样可以最大限度地发挥员工的积极性，全员持股的主体设立就花了两百多万，但被吴老板叫停了，节前刘伟再一次提起了跟投，通过探讨和论证已经多次修改过了方案，天雅觉得有必要再跟集团谈一次。

小姐妹刘岚还约着天雅见面叙叙旧，确实有好多年不见了，天雅排了半天时间，把见面的日子定在跟集团汇报完的那一天，让苏珊帮自己约好吃饭和酒吧，要求既要好吃，又要有逼格。

周末的时候天雅给家里打电话，母亲已经像往常一样继续出去跳舞了，她完全没把生病的事情放在心上，父亲还说她心太大了能有啥病。既然她自己觉得全好了，又不想去医院躺着做各种检查，父亲也不好逼她去，随她吧，天雅嘱咐冬天外面冷，出去活动的时候一定要注意保暖，别出汗了吹风又感冒，她让父亲随时观察着，有事了及时送医院。

到了汇报的那一天，是在集团的大会议室里面，天雅、李拉和彭文、刘伟一起去的，面对的是坐成一排的十几名集团的高管，如果是私下里，天雅根本都懒得正眼看他们。但是这次不一样，吴老板现在联系着不方便，找不到人，天雅只能暂时跟他们低个头，姿态放低点。上来彭文先汇报公司年度经营情况，之后的分别汇报有点像述职，天雅想着，净利润不计算马上要退掉的七色光之外是六个亿，这是现金收益，浮盈是一百多亿，这种业绩在全集团都是亮眼的，总要多分点年终奖吧。但总裁说，集团一贯鼓励表彰先进个体和团队树立榜样，但是不鼓励以发钱多少来衡量贡献大小，而且同一个集团大家分工不同，待遇上不应该有太悬殊的差距。这几句话一说，也就是要搞大锅饭，不允许天贺资本多分钱，最后的结论果然就是和去年的年终奖的奖金包差不多，这个结果是天雅他们预料到的最差结果。有些不甘心的天雅在大会后专门找到了总裁，跟他说了跟投机制的事，希望他能赞成，要不待遇跟不上团队确实不好带，总裁只是说："集团目前没有先例，你还是直接去征求吴老板的意见吧。"天雅哪碰过这种钉子，她从集团下来的路上就给吴老板打电话，不接，她一连打了几十个，都没有人接，只能作罢。回到办公室她真的是生气了，业绩翻倍，年终奖和去年比没有大差别，那谁还有动力天天不要命地干。

外面一阵慌乱，听说是财务部一个小姑娘通宵了两天刚刚晕倒了，天雅让小王把小姑娘送回家，让彭文去超市买点什么阿胶糕、红糖和巧克力之类的给送去，同时让刘伟发布安全提示，员工有身体不适一定要及时地就医或休息，在外出差的也要注意身体，不能为大家争取更好的福利，她本来就心有愧疚，不能因为过劳让大家出事。

从年会开始媛媛就已经休假不来了，但是她在家还可以参会，有的时候天雅感觉会议拖得有点晚了，让媛媛早点休息，媛媛还跟天雅开玩笑说："你不是说让我干到上产床吗，我每发言三分钟，要休息一分钟的间隔用来宫缩。"媛媛还在聊天的时候嘱咐天雅说，以后生孩子千万别让老公陪产，看到女人生孩子的过程男人都有心理阴影，她老公陪产看了一眼就阴影了半年，要是让他接生还不终身不举了啊。这个梗天雅不能独吞，她讲给李拉，两个人笑了五分钟。

晚上天雅和刘岚约在知名的网红餐厅，吃的是日式和牛火锅，多少年不见，在人群中天雅一眼就认出了她，因为刘岚还是那个样，她本身就是那种小包子一样的圆脸，圆圆的大眼睛小双眼皮，一头大波浪头发特别多；因为喜欢化浓妆，所以年轻的时候不显年轻，但岁数越大越吃香。刘岚本身只比天雅矮几厘米，年轻的时候就喜欢穿得花花搭搭的，大红大紫的色彩很重，爆炸头加上高跟鞋，在人群中相当地出彩，这次也是一样的，外面是红色的羊绒大衣，里面是玉色底带紫罗兰绢花的连衣裙，穿着一双黑色的靴子，头发盘在头上，还是浓妆，两个人见面就笑了，各自都觉得几年过去了对方没什么变化。

刘岚跟天雅感慨在美国的中国人多少年了基本还是那个样，有一心带娃无心仔细工作的女工程师，进了公司十年还拿着入职时的一年十万美元，做着最初级的录入工作；还有善于讨好上级的男同事，虽然也是工程师但是自愿给领导做了一年的助理，之后提拔为区域经理，工资翻倍到了一年二十八万美元左右。天雅和刘岚感慨，自己如果留在美国，工资估计不会低于十五万美元吧，孩子可能也生了几个。刘岚笑了，这有什么意思？国外的好山好水是真的，别墅跑车是真的，高工资和福利是真的，但是同时，作为一个受过高等教育的中国人，远离祖国、缺乏认同感、工作缺乏成就感、二代移民子女教育的困惑，这些也都是真的；对于天雅来说，无法在中国高速发展的时候，切身地投入其中，就是最令人遗憾的事情。

两个人聊了没多久餐厅就上菜了，天雅问："你回来是度假的吗？"

"没呀，我早就离婚了，你走后没多久。"

"为什么呢？"天雅这么问出来了才觉得是不是不太礼貌，好在刘岚没感觉到被冒犯："这有什么不能聊的，你知道老男人都是自私鬼。不像你们这些智商高能通过工作赚钱，我学习不行，也知道自己吃不了太多苦，就是想通过嫁人来改变命运的，俗话说'嫁汉嫁汉穿衣吃饭'，男人的担当不就是他肯为女人花钱吗？"这个时候天雅示意服务员过来再给加点茶，她问刘岚要不要喝点酒，刘岚说都行，天雅说喜欢喝什么，刘岚说咱俩就喝清酒吧，度数不高，天雅说我喝不了多少，刘岚说你怎么还没历练出来。

老男人给刘岚花钱不痛快，只想让她生孩子带娃，她果断离婚，把家里面自己的东西收拾了就毅然回国了。所以她现在住在国内的星城，她从美国带回来的钱买了两套房子，现在房价已经翻倍了，她又买了一辆二十多万的车代步，自己从零开始。这次来北京是因为她父亲的肠子上长了个囊肿，她联系了北京的一个有名的医院住院检查，她陪着一起，住在医院旁边的酒店里。

想不到她离婚都这么干脆，能为自己亲人联系上北京的住院检查，能量自然可想而知。天雅问她跟原来的同事还有联系吗？刘岚说基本没有，她不是个傻子，能看出公司很多工程师根本就瞧不起她，所以离职了以后跟她们都断了。想起天雅，算是年轻时一起相伴着走过一段的人，值得聚聚。

两个人没有刻意地聊什么，就是什么都说说，日式火锅端上来的扇贝柱一个有掌心那么大，一个就一百块钱，天雅觉得吃着挺过瘾，又要了几个，刘岚说，你要是喜欢吃这个就来星城找我，星城这些东西可多了还比这个新鲜，天雅就问她在星城干什么工作。说到这个她就笑了，说，你想不到，我这连数数都数不对的人，现在当老板呢，干工程承包，主要是跟着大型基建项目，做土方简单粗暴。天雅说你怎么干上这一行了？

刘岚回国后，先把自己打扮得美美的，联系上前男友，对方还没结婚，刘岚就是考虑到他心里应该对自己还念念不忘，主动出击。前男友家做土方工程承包，有施工队和设备，她回国以后没上班，一门心思地把前男友一家糊弄好了，自从她哭晕在前男友家门口被抱进去了以后，她就名正言顺地把前男友又收了回来，人也住到了前男友家。说到这里的时候，刘岚还是十分地得意的，这个难度的事情在天雅看来都是不可能完成的。

天雅说，让我猜猜，你跟人家分手了然后把设备留下了是不是？刘岚说，你不知道，是他对不起我："我做业务那么忙，他还居然在外面跟别的女人吃饭，我哪吃得了这个亏啊，电话里就跟他吵起来了，结果晚上在谈事的桌子上，他当着一堆人的面打了我一个耳光，当时我就想跟他干仗，被拉开了，我就知道我俩走不下去了。我就搬回自己家了，他爸妈还老劝我，让我回家，我都没回，但是我也想着自己岁数不小了，不行就凑合了，你说哪个男人不偷吃的，我脑子进水了还真的准备原谅他了。后来他和小贱人吃饭被我堵上了，他还恶人先告状，说我当初抛弃他，现在又逐渐地不温柔不体贴了，小样的，我脱下高跟鞋就揳他头上了，他头上挂彩了缝了两针呢，我就是一点皮外伤。"天雅看她笑得那叫一个解气，说："那他家也不错了，分手了还给你设备，还有原来的人脉关系，让你在这行也干得不错啊。"

"得了吧，机器是抵给我的工资，现在的关系都是我自己找的，虽然一年赚得不多，几百万是有的，就是干得挺辛苦的。"说到这里，她就垂下了眼，天雅知道赚钱都是各种难，也料定了她肯定吃了不少苦头，两个人没说话就只管碰杯了。吃得差不多了，天雅说要不换个说话的地方，刘岚说行，咱俩去酒吧转转吧，天雅刚好订了。

两个人过去的时候，门口已经有许多俊男靓女在排队了，大冬天的穿着超短裤露着大白腿，天雅不禁感慨，年轻真好。刘岚跟她说，羡慕这个干啥，谁没年轻过。看着旁边几个年轻人在抽水烟，刘岚问天雅要不要尝尝，天雅说你来吧，刘岚说开玩笑的，这么大岁数什么没见过，早就不需要这些了。这里的鸡尾酒品相好多了，连冰块上都雕花，在顶层的露台上俯瞰满是霓虹灯的京城闹市区，在夜幕的掩护下有种末日之城的情调。

刘岚问起天雅知不知道目前在基建行业有名的企业，她现在的男朋友，也就是这个国企的副总，同时也是星城区域负责人。天雅一下子就明白了，刘岚的生意是谁帮着揽过来的。她们都是离婚的女人，说话就没有什么顾忌了，既然她分享了她的，天雅就跟她说，自己也喜欢上一个男人，但是很痛苦的是，估计这段感情不会有结果。刘岚马上说："以我对你的了解，你虽然没说是谁，但是我也知道你男朋友是你老板，对不对？"这种事情刘岚一抓一个准，天雅心里骂自己说话的时候肯定不经意地老提到他，但是不说话也就是她没有否认。既然话说到这里，天雅索性就放开了，她跟刘岚说了交往的程度，和自己现在的痛苦。刘岚说："咱俩虽然好久没见了，但算是好朋友，我劝你别陷得太深了，我感觉他并没有把你放在那么重要的位置。"

天雅没说话，她看着远远的夜空中的高楼顶闪烁的灯光，想想自己已经多久没有收到吴老板的消息了，感慨自己越来越卑微了。刚开始她时刻憧憬着什么时候能收到吴老板给的惊喜；后来她期待着什么时候能和他私下互诉衷肠；再后来，她都不奢求私下的见面，只希望能和他见上一面；而现在，她只想让他像曾经一样跟她保持联系，哪怕是几天一次也好。

晚上天雅和刘岚都喝多了，天雅本想给她送回酒店，后来她说有点走得飘了，两个人就在旁边的五星级酒店睡了一晚。在一张大床上，还聊了半天，聊到最后天雅都不知道自己说的什么。

第四节

比吴老板信息先到的，是一则新闻。早上八点多起来天雅头昏昏沉沉的，刘岚还在睡，天雅来不及洗漱就直接打车去公司了，手机上很多人都发了一条新闻的链接：李涛被查。一般越大的事情报道越短，新闻内容只有一行字：中国天河集团党委书记、董事长李涛涉嫌严重违纪违法，正接受纪律审查和监察调查。

天雅的头嗡的一下，她又揉了揉眼睛，仔细看了看，确实是李总，他和吴老板可是非一般的关系，经常她跟吴老板通话沟通合作业务的时候李总就在旁边。李总和吴老板差不多同岁，也是大学生，他没有关系，自己一步一步干上来的，在三十多岁的时候竞聘的天河集团的副总经理，之后带着业务萎缩的天河集团通过各种整合资源一路做大做强，现在光控制的上市公司就小十家，跟吴老板更是有千丝万缕的联系，整个资本市场都知道天河和天贺基本就是一家，李总就是吴老板的合伙人。比起一般的国企领导，李总的底气来自他出色的业绩，让曾经岌岌可危的老企业焕发了活力，曾经有好几次听说他被人举报，用公款赞助选秀活动，把他冲到风口浪尖，但他都高调发声：自己是"为国家打工"，所做的都是为公司利益考虑。也是非常地正面刚了，天雅对他印象不错。

天雅快到公司的时候A股已经开盘了，天河集团控股的上市公司基本都跌停了，市场的反应立竿见影。刚进办公室，李拉后脚就跟了进来，急切地问："怎么一直不接电话？担心死你了。"

"昨晚见个朋友，喝多了，手机也快没电了，你看，刚充上。"

"看到了吗？"

"看到了。"

"看到小鹿发群里的了吗？"

"还没有，是什么？"

"你自己看一下吧，没事就好，吓死我了，我先出去了，对了，你吃饭了吗？"

天雅摇摇头，她根本没胃口，李拉默默地出去了，在外面她跟苏珊说，叫点粥来，尽快。小鹿发在群里的新闻链接：《天河集团李涛因何被查是否会引爆天贺危机？》《央企天河集团董事长李涛被调查或涉天贺集团》，除了直接剑指天贺集团的文章，还有各路媒体暗指天贺集团操纵上市公司，并沿用"门口野蛮人"这一说法，文章直指天贺，是不是有人授意？天雅看了李涛被带走的日期，没有提到，只是说十天前家人联系不上他，她想到从吴老板不理自己，到现在差不多两周，吴老板的莫名离开肯定跟此事有关。一瞬间她居然还有点感动，吴老板不跟自己联系，或许真的是在被监控的情况下，尽量地保护自己。天雅这个时候，最担心的是吴老板的安危，不知道他是不是被控制了，如果他有事了自己也不能乱，要把公司做好等他回来。

她平复了一下心绪的波动，必须传递一个正向的信号，稳定军心。她把李拉、彭文、刘伟和小鹿叫到自己办公室，电话拉上媛媛，首先和他们传达吴老板没受到任何牵连，他目前因为身体原因在休养，一定要跟所有的员工和合作方澄清；小鹿提醒大家，一定要口头澄清，以免被人别有用心地再次发酵。另外让小鹿出个通稿，在书面上可以发布的东西，这是最正面的回应，越早回应越有利，越不影响业务。简单地交代几分钟就散会，苏珊送进来了皮蛋瘦肉粥。屋里就剩天雅和李拉的时候，天雅一边喝粥，一边对李拉说："确实我做得不好，昨晚应该及时看手机的，越是这种时候我越要稳住。"

"这也不怪你，突发情况谁能料到，本来我这次回来就是看看没啥大事我就准备回家过年了。"

"你怎么看？"

"至少我们的业务是禁得起检查的，即使吴老板牵扯其中，我们也能正常运转。"李拉看天雅在吃饭，索性就开始说了，"我最反感的是现在到处使用的

'门口野蛮人'的这一说法，简直是滑天下之大稽。资本是逐利的，如果没有资本虎视眈眈，恐怕很多公司的股价还会长期停留在那几块钱；实控人可能还会有更多闲暇时间攀登珠峰或搞桃色新闻；确实，这些资本不排除会是市场的搅屎棒，但鲶鱼效应下也激活了市场。"

"凡事必有因，不去说这些没用的了，你我都是没权力上牌桌的人。这次李涛被查必然是一场地震，地震之后必然还有余震，或者说目前可能只是开头，后面还有其他的动作，我们必须要做好准备，不是那么简单就能过去的。"不知是不是昨晚受风了，天雅感觉头晕晕的，早上就开始流鼻涕了，她估计自己是感冒了，李拉让前台的小姑娘送药过来。接着两人聊了会儿轻松的话题，李拉说自己这次放假也想带着老人和孩子出国转转，弥补一下自己老不能陪伴的缺憾，天雅说母亲这样她不放心出国，还是在国内吧，可能还是去海南过节。两个人商量着，媛媛快生了，天雅把刘伟和苏珊叫来，跟他说以后还要给公司的员工增加一个生孩子的福利三千元，让他快去发文；然后让苏珊去买两个银手镯，买个水果篮，还有新生儿的衣服，这个钱公司报销，媛媛就是享受生孩子礼物的第一人。在山雨欲来风满楼的日子，生孩子算是为数不多的好消息。

茹萍带来一个令人哭笑不得的消息，李涛出事以后，黄老哥让她暂缓尽调，李总有点介意；但和李总平时的沟通发现她并没有那么多顾虑，反倒是黄老哥，打听这个打听那个的，应该是他心怀芥蒂。天雅让茹萍刚好正常放假了，节后也不着急复工，对黄老哥的疑虑多说无益，就等着时间去验证吧。这几天天雅的电话都接得发烫了，各种借着拜年的由头来询问天贺是否涉事的，明着暗着问的，幸好集团的官方答复当天就出了，要不天雅需要接的电话估计更多。这么多的电话里面，有一条信息是天雅想要的，就是吴老板发给她的三个字："我没事。"

刘天伟在推江海的减持也受到影响，好几个原本有兴趣接盘江海的合作方明确表示暂缓推进，也有过会的变卦说节后再说的，资本市场就是这么现实，好的时候大家都是朋友，有问题的时候大家都巴不得不认识。

节前于飞还帮天雅约了一家公募基金，接江海的股票是目前报价中最高的。北京冬天的气温并没有那么低，但如果刮大风，在室外就是五分钟从头凉到脚。因为没找对大楼，天雅一下车就感觉整个脸像贴在冰块上，风一吹她都晃三晃，要稳住了下盘才能往前走，隔着帽子她感觉头皮都要被风刮掉了。绕着大楼找入口的时候，天雅感觉被风吹得都斜着走了，眼里都是眼泪，清鼻涕止不住地往下流。到了公募基金那里，除了这只股票，双方还聊了一下其他股票的合作，有些业务，比如说股票代持这类擦边球业务，公募基金是不能做的，但是一块牌子下面还有私募基金，他们是可以承接的，天雅都懂了。公募基金账上的现金都是现成的，这件事基本敲定了，天雅心里就踏实多了，就等着春节回来减持了。

基本定了操作时间，天雅给孙洋电话拜年，告诉他节后自己会操作协议转让，让公募基金接盘，让他出一些利好配合减持。孙洋跟天雅东拉西扯的，天贺资本减持成功了江海能得到什么好处，天雅直接让他提条件，他说临近过节江海集团有点资金紧张，能不能拆借两个亿，天雅说，用什么担保？孙洋说上市公司做个暗保吧，成本不能太高，天雅说，我是年化15%拿的，就这个价给你，倒贴钱我不做。孙洋说行，节前放业绩会大幅提升的消息，节后再放股权激励的消息。天雅问，股权激励谈定了？孙洋说，大体上吧，这个还得谢谢张总的帮忙，陈总同意做了。

第五节

春节天雅订了去海南的机票，海南的房子放了好久没人住，天雅到了以后先去的酒店，安排人打扫卫生，她跟着干了一天。第二天父母才到，她已经千辛万苦地都收拾好了，就等着他们一起贴春联了。母亲挺多话的，说天雅不知道节省，自己有房子还在外面住酒店，还不在家做饭，实在是浪费。海南是个候鸟型城市，据说只有冬天才这么热闹，但是消费价格也是坐火箭上天了，租车平时的报价是三百块一天，到了春节这几天居然涨到了一千块，让人咋舌；蔬菜水果价格翻倍上涨，韭菜十多块钱一斤，各种海鲜比内地还贵，让母亲直接念叨了一路；出去吃更贵，饭馆要么是没有菜单了按人头收钱，要么是临时涨价，母亲这种节约了一辈子的人，哪看得惯这些，没少叨叨。中午的时候才回到家，一车的东西，天雅还买了一串椰子，据说这边做饭都用椰子汁。

搬了两趟才搬完，这个时候天雅接到李拉的电话，天雅估计她在等飞机没事干，说长话短说，她作为家里的壮劳力还在干活。李拉说，就一句话，我被边控了。天雅没想到，她本想问李拉全家出游怎么办，明摆着泡汤了，她说："你是从北京机场走的吗？"

"不是，从上海。我就让你有个心理准备。"

放下电话，母亲还在问她怎么了，都大年三十了还有工作呢啊，她说没有，朋友问候一下。晚上按照公司的传统，是红包雨的时节，跟着春晚一起，今年的公司群比去年又壮大了，天雅准备了十万的额度来发红包。李拉的遭遇说明，李涛被带走确实还是有影响的，而且除了影响公司还影响高管，天雅心里装着这个事情，就不像去年一样尽兴了，好在父母只是抱怨她天天抱着手机，并没有发现不想让他们发现的事情。后来亲属圈里面开始发红包，十块二十块的，父母抢得不亦乐乎，还拉她来抢，她给他们看一眼公司群里红包的金额，他们就不叫她了，三个人开着电视放着春晚，没有一个人在看。

第二天一早，像过去一样，天雅早上被父母叫起来去海边走走，她虽然困，但是大早上五点多开始就一直哩哩啦啦地有人放炮，被吵得睡不着觉，只能陪着他们去海边逛逛。海边的沙滩上到处是昨晚燃放烟花爆竹的残留物，往远处走走人去得少的地方还算干净一些，天雅陪着他俩捡捡贝壳，抓了几个特别漂亮的寄居蟹，能看到海面上还有小螃蟹，人一走近就躲进了沙子里，被抓住了好几个。走了一段距离，才看到太阳缓缓地升起来，刚往上升的时候还是红彤彤的，天雅抓住这个机会给父母拍照，母亲戴了一条黄色的纱巾，她和父亲联袂出演了八九十年代的各种经典的拍照姿势，每张照片都要看到底睁没睁眼，眼睛大不大，天雅想着自己也有日子没给他们照过相了，好好服务一回吧。等母亲照得满意了，足够发朋友圈了，想起来要给天雅照的时候，太阳已经完全地跃出海面变成金灿灿的了，三个人都没抹防晒霜，赶紧拿着战利品往回跑。天雅一边跑一边笑，她总是感觉像是回到了小时候，三个人一起在海边跑，只不过当初是她作为跟屁虫，而现在是她一马当先地跑在前面着急去开车。多么希望时间就停留在这个瞬间，他们三个人都这么简单地开心着。

春节也不能天天在家待着，要不父母白天就喜欢做饭，天雅就带着他们到处去玩玩，父母倒是年轻的时候都来过，他们节俭惯了，玩得最开心的都是免费的，一到吃饭的时候就想凑合，老被天雅教育。去一个雕塑大观园的时候，买门票还送了每人一张儿童乐园的票，母亲就说起天雅这么大了还是不要孩子，她都着急，不知道自己有生之年还能不能看到下一代，天雅说，呸呸呸，你也不盼我点好。

在一个泉水池里体验小鱼亲亲的时候，天雅收到了吴老板的电话，她心里好激动，马上赤着脚上岸，光着脚跑到泉水池旁边的泥地里去接电话，吴老板熟悉的声音传来："干什么呢？这么慢才接。"

"泡泉水呢。"

"在哪？"

"在海南。"

"噢，那个，我这边挺好的，也都安排好了，你就把天贺资本给我管好了。"

"什么时候回来？"

"还没定。"听到这个她心里很失望，但是她最关心的还是他的身体，他在哪里？现在怎么样？说话是不是方便？天雅不敢说别的，只能咬着牙，故作平静地说："还没祝您过节好，保重身体。"肚子里千言万语，说出来只是这干巴巴的两句，她也要考虑电话是不是在被录音，自己说的话一定要符合下属的身份。

"那个年终奖的事情我听总裁说了，你不满意，我知道的。你也知道我的意思，我希望能把天贺资本的部分股权卖出去，到时候自然会给你们股权，到时候你想怎么分都可以，我不干涉。"还没等天雅伤感和流露感情，吴老板马上就说到了正题，他这么一说天雅就没的说了，而且他也没准备让天雅回话，天雅刚说"那跟投……"他就马上说："跟投的事情目前没有其他任何一个子公司在做，你这样让我很不好处理，你等我把公司的部分股权卖掉了之后再做。"根本不给她机会。

"还有一个事情要跟您汇报，持有的江海股票节后就解禁了，我们已经谈妥了一个接盘方，是一只公募基金，报的条件是所有接盘方里面最好的，现价的九五折接全部，我们准备节后操作，当然江海也配合，您看可以吗？"

"你先别着急，集团内部有其他投资基金投资了电影制片厂想和江海谈资本化的事情，他们想接你手里的股票，你等着有人会找你，在这之前不要操作。"

"好的。"

"没有其他的事就这样吧。"说完吴老板就挂了，她还没来得及跟他说点别的，说高管被边控的事，但是她转念一想，估计他自己也烦呢，还是不要给他增加烦心事了，还有可能激起他的怀疑，天贺资本背着他干了什么坏事了，这就更不好了。

天雅心里挺失望的，她满脚泥泞地走回去，找了个人在室内给她洗脚捏脚。没过多久突然下起了雨，想到她父母还坐在泉水池边，天雅想过去把他们叫到室内来，没想到他们就想打着伞相互依靠着坐在雨里，刚才还坐满了人的池子边这会儿就剩他们了，他俩撑着一把伞在雨中，天雅从后面给他们照了背影，不禁想起有首诗说的"从前慢，一生只够爱一人"，真的很让人羡慕，而谁又能与她相依呢。

第六节

春节期间，媛媛果然生了，是个男孩，她给大家发了照片和视频，天雅和李拉跟她约好了，等孩子满月再去看她。节日里另一个团队的负责人美嘉联系了天雅，想把天贺资本持有的江海股票接过来，问她需要多少钱，天雅说金额差不多是二十多亿，让美嘉先准备钱。天雅赶紧嘱咐天伟先不要和其他的接盘方接触了，要按吴老板说的办；另外让他就江海大股东从天贺资本拆借两个亿的事尽快准备材料，节后上会，暗保不要提。

吴老板找人接盘她心里不知吉凶，不得不在春节期间跟大家商量，李拉认为这件事有好有坏，好的是接盘方是兄弟公司，有吴老板坐镇，天贺资本不会吃亏；不好的是天贺资本也不好占太多便宜。彭文认为大概率是好事，但都是一个集团的不好计较，万一钱一直拖着不给不好办。只有天伟说的话引起了天雅的注意，如果不能通过市场化的方式退出，是否算真正的退出？这句话一出马上天雅就一身冷汗，这可是二十个亿的利润，如果这笔不算是真正的退出，那岂不是几年的辛苦都白费了。这一下其他人也惊醒了，天伟也是歪打正着，他怕未来江海出现任何问题还需要算在天贺资本头上，而天雅他们担心的是巨大的利润如何分配。等其他人下线了，天雅和李拉、彭文商量海外路演的事情，这个时点再去大肆地曝光或许不利，而且高管都被边控了，只能先搁置。

江海股票退出利润在天雅见美嘉之前一定要确定下来，天雅想着每次找吴老板都那么麻烦，这次她只需要推三阻四地不见美嘉就好了。春节放假一结束，天雅就一个人回了北京，让父母在海南再住一段。

媛媛的部门新招了一个干活的小朋友，听说是个小帅哥，天雅还是听苏珊提到的他，因为苏珊没对象，看上了新来的又不好意思去主动联系，只能眼睁睁看着财务部和研究部的小姑娘围着小鲜肉转圈，听说刚来不到一周已经有三个人跟他表白了。天雅有一天看苏珊气呼呼的，一问才知道情况，毕竟苏珊是自己人，天雅当时就走过去了，看到一个男孩正在电脑上打字，天雅站在他背后拍拍他的肩膀，他回头看到天雅马上要站起来，天雅示意他不用站起来："知道我是谁吗？"

"久仰……"小伙子一脸的惶恐，还没来得及说拜年的话，天雅就打断了他：

"有女朋友吗？"

"有……"小伙子不知所措。

"能换一个吗？"

"能……"更不知所措。

"多久能分手？"

小伙子惊了，他咽了一下口水，咬了一下牙："给我两周吧……"

得到这个答案以后天雅转身就走了，留下一句话飘在空中"分手了去找苏珊"。天雅回去跟苏珊说，搞定了，小鲜肉跟女朋友分手了就来找你，留下一头雾水的苏珊呆在那里。这件事被李拉和媛媛嘲笑了好久，媛媛说你这么过去一说妥妥的就是要潜规则，不告你性骚扰已经不错了；李拉说小伙子空欢喜一场，这是不是欺诈啊。总之，苏珊的这次恋爱，是天雅帮着促成的。

果然没几天，吴老板主动来了电话，天雅问了利润如何分配，如果利润不能真正地算在天贺资本，她建议还是考虑市场化退出。吴老板有点不高兴，他认为自己给天雅找到了退出渠道她应该感恩戴德，居然还挑三拣四地提条件，吴老板说，如果你要算清楚，那利润给你们，但是集团给天贺资本的原始注资在这次退出后要归还。说完他就挂了，天雅感觉他是生气了，她觉得挺委屈的，写了一条很长的信息发给他，江海退出的事情确实她有些计较，但这不是她一个人的事情，而是公司的事情，如果只涉及她一个人的利益，她都服从领导安排。吴老板收到以后很久没有回，隔了几个小时，才回了一个，收到。

这期间天雅心里也在煎熬，到底要不要把吴老板得罪了，她对他是百分之百的心意，也不求物质上的回报，只求精神层面有个寄托，但是现在两个人的关系有点尴尬，认识的时间也不短了，自己是什么样的人，难道吴老板不知道吗？给吴老板发的消息里面通篇都是正常的表达，她无法表达任何的私人情感，她希望是自己多心了，他只是因为不方便才没有马上回复她的。

转过天来，吴老板给天雅打电话了，天雅一看来电就放心了很多，看来他应该没生她的气。他说的是一直在操办的事情：把天贺资本卖掉，他找了某省国资委下属的金控公司，要到天贺资本做尽调，他让天雅尽量配合，有求必应。说完了这些，又让她每天把资本市场上的大事统计出来发给他，最好是精选过的，语音的，方便他听。听到这个她很开心，吴老板除了工作以外，还有其他的事情找自己办，就说明他想找机会跟天雅联系，心里还是有她的。

她立即拉了一个电话会，有李拉、彭文、刘伟还有茹萍，说了吴老板会安排国资来公司尽调的事情，她让彭文尽快从财务口径统一一版报表，确保报表数据好看，再让刘伟届时安排好行政，接待好这些人，同时还不能让公司其他的人知道这个消息以免人多嘴杂、走漏风声、引起军心不稳，然后茹萍是实际负责接待的办事人员，如果有任何项目上的问题，天雅和李拉可以直接回答，近期茹萍还要统计一下公司各个项目的近况，梳理一下公司成立以来的项目情况，尽快准备。天雅和大家说了，一旦公司能够卖出部分股权，这对公司是好事情，公司有了国资的大粗腿，融资成本更低，在投资的时候更有优势了，最重要的是吴老板同意，股权出让的同时做股权激励，所以大家的心很齐，就是要打扮好了拥抱国资爸爸。

江海退出的事情，因为跟吴老板谈好了大原则，天雅见了美嘉，但只是短暂地见了几分钟，客套一下，之后的交易细节就让天伟去和她谈了，以美嘉的资历是不够格和天雅坐在一起的。天伟和美嘉就是针锋相对了，项目都是真刀真枪地对拼出来的，你好我好不能谈成的。最终谈定条件比原来找的公募基金出价还高，而且利润也确认了，刘天伟说还有个信息披露的小问题，天雅让他跟美嘉谈，让这个主体采取其他手段来让实际控制人不是吴老板，这样做是为了规避监管。彭文去集团开会的时候，好多领导阴阳怪气的，集团的人已经听说了，天贺资本不是好惹的，跟他们打交道可烦了，连吴老板都占不到便宜。

按照跟天雅约定的，孙洋发布了利好，江海的股价在节后一直在缓慢但持续地上涨，美嘉有点着急，催着天伟尽快地办手续，天伟让上市公司公告了协议转让的消息，同时公告的内容还有天贺资本会继续运营上市公司并购基金，并在未来一如既往地支持上市公司的资本运作和发展，引入的新股东也有一些在手的资源，比如电影制片厂、院线和电影发行，在另一个层面上又迎合了资本市场的期望，所以公告了之后股价不降反升。办妥了这一件大事，二〇一六年全年的利润就够了，大家的心里都踏实了。

江海成功退出，这一笔让天贺资本在资本市场上名声鹊起，用一年多的时间，取得了近十倍的回报，现金利润二十亿，这个案例比花钱炒作有用多了，天雅能预料得到，今年各大媒体的评奖不用花钱也会有奖。果不其然，当年国内各大商学院就已经把这个案例放到了教材中。连黄老哥都主动给天雅打电话，约着一起吃饭，天雅说最近比较忙，黄老哥说春节过了，也不见茹萍团队继续尽调啊，天雅说，这不是等您话呢吗。看来赚钱的效应可以消散人心中的不安，资本市场信仰的是资本，谁能赚到钱，谁说话就可信。繁华之下，天雅心里感觉不安，她从没见过吴老板这么仓促地离开，这么长时间不把控天贺的业务，这得是多大的事情。

虽然集团的抽资比起这一笔所赚的利润确实不算多，但是原本利润就是要投资于新项目的，这样一来天贺资本所需要的资金量就有缺口了，公司讨论通过其他融资方式补足，彭文也已经和长期合作过的银行谈好了，流动资金贷款可以做一个亿，公司所持有的某些股权也可以融资，但是银行过会的条件是需要母公司担保。这个问题原本没当作是问题，只是往上报了好几天集团都没有反馈，彭文亲自去催集团财务口的领导，人家说了，知道你们的事情急，但是我们也有我们的流程啊，不能你们的事情总走特殊通道。集团批了彭文再去催银行，银行也不说不可以做，只是说集团给担保的同时必须要见吴老板亲自签字。银行提出了不可能完成的任务，天雅资金缺口填不上，如果和集团去拆借，一来成本高，二来还要解释来龙去脉，更得低三下四的，她不想这样，怎么办呢？她问彭文认识不认识其他的金融机构，彭文表示从零开始的融资，不管什么方式，一个月内都很难出资。她左思右想，拿起电话，拨通了以后等了好几声对方才接："张总，稀客啊。"

"你小子现在干什么呢？"

"我还能干什么，糊口呗，跟几个朋友弄点钱。"

"没跟你开玩笑，你现在到底上班了没有？"

"没有，我自己干呢，怎么了，张总有什么指教？"

"你小子快点回来上班，弄钱来。明天就来，我让刘伟找你。"

"怎么突然……"

"别废话，来不来？"

"来来来。张总让来我能不来吗，那不是不识抬举。"

放下电话，天雅发语音给刘伟，让他准备一个人的入职：王林。王林回来就是给天贺资本弄钱的，怎么弄得快，弄得多，弄得合法，只要他能搞得定，都让他说了算，给他一个部门，但是必须保证公司能够及时补流。刘伟等会儿来反馈，王林明天到岗。

有陌生的手机号打给天雅，天雅接起来对方是某省金控公司的副总，跟她联系是为了现场尽调的事情，如果方便的话这一两天就到北京了，天雅马上安排，欢迎领导们来现场指导工作。

第七节

天雅的父母春节后在海南住了不到一个月就回京了，天雅执意让他们来健健医疗的私人高端诊所，费用的事情不用他们操心。上次于越去做过胶囊胃镜，天雅付的钱，后来 Helen 执意要把钱退给她，她知道 Helen 是好意，但她也知道公私要分开，给于越做检查怎么能给免单呢，倒不是说信不过 Helen，而是人多嘴杂，谁在看着你不好说。这次给母亲做全身性的检查，想什么时候做就什么时候做，反而让人犯了拖延症。

周一早上天雅从家走得早，八点钟要开投委会，茹萍带着起点集团上会。到公司的时候还不到八点，但是大会议室里面人都到了，天雅看到茹萍还带来了起点教育集团的几个业务负责人，感觉今天肯定会开得酣畅淋漓。会议开始前，天雅给王林电话，问募资的情况，听他闷闷的声音就知道他还没起床，天雅让他尽快整理出当前的进展，预计起点至少估值二十亿，而天贺资本至少出资十亿，一定不能掉链子。今天还是金控领导要来公司尽调的日子，天雅早点到也是关心一下刘伟是不是都安排妥当了，刘伟已经口头通知了全公司会有监管机构的领导来公司现场工作，并给他们准备好了会议室，公司的员工对于"监管机构"这几个字都避之唯恐不及，不用通知就知道不要和他们接触，刘伟自己会负责他们的吃喝住行，让天雅放心。天雅嘱咐着，用我的车去接他们，他们什么时候到，我要亲自请他们吃饭。

会议一开始，茹萍先介绍项目概况和投资亮点，提到交易架构这部分是张总亲自去谈的，既然她说到了这里，天雅就不得不站出来，她不避讳这个项目是自己承揽过来的，也不避讳自己亲自去操刀茹萍的项目，因为在天雅的关注点里面，只要能做得成，她认为都是值得的，即使会引起一些人的不满，她管不了大家的嘴，也不在意。天雅介绍了没几句，手机响了，她马上按没声了，但是手机还是继续响，她看了一眼是父亲来电话，心里面感觉有点奇怪，但还是马上地停止了会上的发言，让他们继续，自己先出去接个电话。走出大会议室，天雅接了父亲的电话，对面是惊魂未定的父亲，他有点颤抖地说："你妈好像又脑溢血了。"

"什么时候的事情？"天雅最怕的事情还是发生了，但是她依然还能控制自己不要放大音量。

"早上起来我看她一直睡，以为是她昨天累了要多休息，但都八点多了还不起床我觉得不对劲了，现在就是叫起来了，好像不能坐起来，让她靠着床头勉强能坐，但是会向两边倒……"

"那还不赶紧送她去医院！"天雅这下是急了，她一面往自己的办公室跑一面说，她准备赶紧去拿大衣和包。

"送哪个医院啊？我一个人也抱不动她啊……"

"你先给她穿好衣服，我来安排。"说完了之后天雅就让小王马上去，帮着把母亲送医院，千万别耽搁。小王问送哪个医院呢，天雅想了一下，想到了几年前曾经吴老板帮她联系过的小南，当年请他吃了顿饭，送了点东西，这几年都是微信点赞之交，不知道他还在不在那里，这个时候了不管三七二十一，先联系再说。

电话打过去的时候对方很快就接了，还叫出了张总，让天雅感觉特别好，她来不及客套，直接跟对方说了情况，对方说急诊没问题，马上给安排。这让天雅心里一下子有了底，她让小王赶紧去小南在的那个医院，她自己也打了车往那里跑。到那里的时候小王还没有到，天雅先去急诊，看见挂号的那里攒了一堆人，据说急诊已经暂时不挂号了。天雅分开人群，过去跟挂号的人说，是小南让我来的，护士给了她一个纸条，让她去挂号，周围有人问，护士说了是军人。安排妥当，等母亲送进来的时候护士长直接让小护士推着床去门口把母亲推进来的。急诊的床位都满了，护士把他们领到了旁边一个关着灯的房间，打开了灯看到里面写着：军人急诊室。似曾相识的感觉。

等拍完了片子出来了，天雅给母亲推回来急诊室输液，有几个医生来了，自我介绍了一下是住院处的心脑血管科的医生，还有颅内外科等三个科室的医生，被小南哥叫来的。没多久，几个医生从急诊室都出来了，招手让她过去。其中一个医生对天雅说："你是病人女儿吧，做好心理准备。"之后护士长上场，天雅知道情况不乐观，她想着是不是母亲脑溢血太严重了，今后会有后遗症，这个确实挺麻烦的，也不知道还能不能恢复。

"没事的，您说吧。"天雅看护士长吞吞吐吐的，反而安慰她。

"您母亲可能是脑癌，现在已经有点扩散了，我在颅内看到几个肿瘤，最大的一个直径五毫米，可能情况比较糟糕的，你做好准备。"这句话一出来，天雅一下子感觉周围的声音都小了，她感觉头脑里面好像突然有个气球爆炸了，让她理解了什么叫一片空白。她沉默了一下，咽了口唾沫，尽量让自己还能听到他们说话，努力地说："危及生命了吗？"

"是的。"

"有办法救吗？"

"不乐观，还要做很多的检查。"

"还有多久？"

"不好说，你做好准备，有可能一个月。"

"有什么其他的建议吗？"

"建议你还是找专门的肿瘤医院，我们毕竟不是这个方面的专家。"这句话说出来了以后，天雅陷入了沉思，她来不及悲痛，护士长的提醒让她只想到一件事，怎么找肿瘤医院的床位。肿瘤医院一号难求，按照医生说的，母亲就剩一个月了，已经来不及慢慢地运作关系了，必须马上就去肿瘤医院住院。

护士长让她签一个病危通知书，她很快就签好了，同时她跟护士长说别和父母说，她怕母亲接受不了。

天雅走到医院外面清醒一下，谁能帮助自己，她给小南哥打电话，小南哥让她别太难过，事在人为，但是实话实说，床位的事情他帮不上忙，他让天雅尽快想办法，他也尽力帮着问问，但他估计即使是区长说话都不好使，找医院的直管机关最有效。天雅第一个想到的人就是吴老板，她现在找不到他人，只能给他发消息，期望他尽快地回消息；她到处打电话，面子不重要，只要有希望的人她都打电话，黄老哥接了电话，他本以为天雅要找他说的是起点上会的事情，没想到她上来就问他能不能找到肿瘤医院的关系。天雅想着他应该是有很多资源的，没想到他居然乐了："这个事情你找我？"他觉得这个事情天雅找他有点过了，尤其是他每次找天雅合作都是需要利益互换的，这次他没有准备，天雅让他马上答复有点超过他的理解范围了，他还要权衡一下这件事的成本和收益，天雅也是挺寒心的，真的要跟他合作几十亿的基金吗？

天雅从自己的通信录里面挨着个地挑人打电话，挑一些她认为位高权重的，对方有不接的，有已关机的，有一口回绝的，还有几个人说帮着问问。天雅电话打过去富总接起来："啊？"

"富总，我有事找您，我想找肿瘤医院的住院床位。"

"你找那个干啥？"

"我妈病了，好像是脑癌。"天雅说到这里的时候，尽量控制住自己的情绪，让自己别听起来太情绪化，富总在电话那边沉默了一下，天雅想着他在红石市，估计使不上劲，还是跟他说算了。

"你再说一遍，要找哪个医院？这个病应该是找什么科室？"

虽然其他人也有说问问的，但是没有像富总一样真的在拿笔把天雅说的医院和科室的名字记录下来，天雅心里感激富总。她虽然之后没有再直接负责过国强，但是富总一直都念着当初她拼了命帮着解决的困难，富总说自己可能没那个劲，但是有多少使多少，让天雅别着急，他马上找人。

她放下富总电话于越的电话来了，听说母亲住院了？严重吗？天雅这个时候真的有点激动，她还没张开嘴眼泪就要掉下来了，她赶紧先擦了一下眼角，平静了一下，说："情况不太好。"

"怎么不好了？"于越有点着急，平时天雅不是说话吞吞吐吐的人。

天雅又往下按住了情绪说："你能找到肿瘤医院的床位吗？母亲需要马上住院，可能时间不多了。"

"这么严重吗？是不是医生说得太严重了？有没有搞错？"

"你如果不能帮上忙就不要打扰我好吗？"天雅一下子就生气了，她挂断了电话，医生说得太严重？这件事情她怎么能知道，她又不是学医的，如果说有什么事情是她能做的，那就是尽快找到有能力告诉她这些问题答案的人，而不是问她问题的人。

天雅又在朋友圈和各大群里发消息，问谁能帮忙找找关系，这种询问就像石沉大海一样，会有很多人询问事情的原委但是没有什么帮助。但这也是天雅唯一能做的，尽量让自己很忙。孙恒还问她情况，天雅告诉他以后，他跟天雅要银行卡号，说自己帮不上什么忙，她没有给他，但这个心意她领了。母亲已经恢复意识了，但是这次脑溢血之后她的左眼的眼皮就低垂着，跟右眼明显地不太一样了，她也不吵吵着自己没事了，估计也知道应该问题不小。天雅左思右想，还是应该把病情告诉父亲，让他有个心理准备，她让小王帮着盯一下，自己拉着父亲到抢救室外面，后来觉得外面还是太嘈杂，出到医院外面，外面有阳光有大树，一切都是那么地美好。

父亲确实接受不了，天雅扶着他坐在一个隔离墩上，他没有戴帽子出来，能看出头顶已经有点秃了，头发也是白的多黑的少，他佝偻着背坐在太阳下面，丝毫没有打牌时候的趾高气扬，他狠命地挠着头顶："是不是搞错了？"她一下子居然有点生气，都到了这个时候了，父亲的第一反应居然是这，她心里对父亲是有怨言的，如果他能早点发现，也不至于像现在这样发现了，按照对医生口吻的推测，于事无补。但是看着眼前这个头都抬不起来的老男人，她无法再责怪他什么，只能说："医生只是初步判断，所以我在找关系找医院，你先不要多想，我们能做的只有尽人事而听天命。"说完了之后她转身走进了医院的大门，回头一看父亲并没有跟上来，她又折返出去，到了父亲坐着的地方把他扶起来，父亲整个人都有点木木的样子，她跟他说，坚持住。

这个时候于越来电话了，说通过一个同事找到了肿瘤医院的急诊的一个副主任，他把电话发给天雅，让天雅先用救护车把母亲送过去，他随后就到，听到这里的时候，天雅真的感觉自己对于越有点失礼，他确实是在帮着解决问题，不管能力够不够，解决一点是一点。联系好了以后，天雅和父亲陪着母亲上了救护车，小王开车走在救护车前面了，在救护车里面母亲还在嘟囔："正常的病就该怎么治怎么治呗，还挑什么地方……你该上班不上班，还一直在外面跑，公司的事情怎么办？"天雅敷衍着，说那边急诊人太多了，这边会更精细些。嘴里这么说着，心里想着，到了肿瘤医院，估计母亲也会明白个大半，但还是不能告诉她，她心重。在车上的时候，天雅接到了吴老板的电话，看到来电她马上缩在一个角落里面用手挡着嘴悄悄地接。

"唉，怎么了，出什么事了？"吴老板说这句话的声音还是那么温柔，天雅一下就有点想哭，如果是周围没人她肯定就哭了，但是在父母面前，不能表现出一点点的脆弱。

"我母亲生病了，真的需要找关系去那里看病，您一定要帮我。"尽管已经很克制了，但是天雅还是第一次说出这样求人的话，她希望吴老板能发现她的异常，听到她心里的呼喊。

"上次我不是给过你一个联系人吗？他叫小什么来着，你就找他，就行。我再帮你问问叫什么来着……"

"小南吗？首保科的？"

"我真有点忘了，不过应该是，这是多直接的关系啊。"

"我找他了，他只能管自己所在的医院，没法管那边啊。"天雅都没敢提到"肿瘤医院"的名字，就是怕母亲听到以后多心。

"你就在他们医院多好，那已经是北京首屈一指的好医院了，多少人想进都进不去。"

"我知道，但是这个事情医生说了，还是要转院比较好。"当着母亲，天雅也不好说得太明白。

"我给你找的你说不行，那你让我怎么弄，我又不是开医院的，随便去哪个都行，我给你再打听打听吧，但是你听我的，还是住那边我能说上话。"

"我就想找这边的关系，您帮帮忙。"天雅无法实话实说，而且还不能在父母面前表现出自己多无助，要控制着自己。

"你这想一出是一出，哪有那么容易。好了，先不说了。"吴老板挂断了电话，天雅听出他有点不耐烦，嫌弃她故意找事情吗？他都没有问到底是什么病，怎么个来龙去脉，到底为什么非去肿瘤医院不可，他压根就没有想帮忙的意思，只有对天雅的嫌弃，给他多事，这让人太心寒了。或许现在他也是疲于应付，自顾不暇，但天雅不想再去找他了。

走到一半的时候于越已经到了，天雅就不让小王去了，小王为了自己家里的事情跑前跑后的，已经超过了他的工作范畴，挺不容易的。但是小王没走，他说车停在医院里面，有事随时叫他。撇下了公司的事情突然离开，天雅给茹萍和李拉都打了电话，她们都让她别担心工作，茹萍等她有空的时候单独汇报。母亲听到她打电话，还在嘟囔让她回去上班，天雅让她别想太多了。

到了肿瘤医院之后，母亲看到白大褂上印着的字，说："你实话跟我说，我是不是得了癌？"天雅赶紧跟她解释，在脑子里面发现点阴影，只是怀疑，但是有可能是良性的，让她别多想。于越已经等在那里了，先入住急诊病房，副主任医师还在跟天雅解释说有些可能不能报销，但住院床位没有先权宜之计，把该做的检查做了。天雅跟他千恩万谢，她现在不在意钱不钱，只想知道到底还有没有的救。天雅来得急，于越就想得周全多了，他带了好几张购物卡，趁着天雅跟医生讨论的时候，他一个握手就把卡塞到了对方手里，这个时候天雅也没时间去问于越到底多少钱了。于越帮着安排好了天雅让他回去，他说陪她待一会儿，天雅说不用，于越就先走了。

从天雅他们一到了急诊室，就有人特别热心地过来招呼着，一会儿帮着接设备，一会儿帮着搬东西，后来天雅发现他们过于热情，跟上来一直说，才知道他们是急诊的护工，来招揽生意的。护士看他们是医生的朋友，就暗中嘱咐别找他们，帮着推荐了晚班的护工，天雅问了最快明晚才能到，她想着也就坚持一个晚上，自己还年轻，能行。中午饭基本没吃，晚上的时候小王买了盒饭、水果、饮用水给送了进来，天雅让他下班，目前各项指标都平稳，天雅让小王把父亲送回家，晚上她一个人就可以，父亲明早过来替她，这个时候父亲已经是行尸走肉的状态了，让他干什么就干什么，都不会说一句话。本来公司的小伙伴想来医院看看，天雅说这个时候都挤在急诊不方便，等住院了再说吧。医生说多给病人喝点水多代谢，天雅一直在给母亲喂水，倒尿，时不时还要看看点滴是不是滴完了。入夜了，母亲跟她说，让她也租个床休息一下，天雅也弄了一个好小的像躺椅放在边上，但是又吵又亮，根本睡不着。她一个人想着吴老板，这个她日思夜想的男人，她曾经为他祈福，希望能用自己的福报换他的太平，但是现在看起来是不是过于自作多情了？

迷迷糊糊的，听到护士叫家属，她马上坐起来，发现是于越来了，他带了一盒子切成块的水果，能看出来苹果皮都没削干净，活干得有点糙，但她还是感激于越能过来，于越说他帮着值夜班，天雅说那怎么行，自己这么做是理所应当的，不麻烦他了。于越说那他今天就待到夜里十二点，让天雅先去洗漱一下，他带了些卫生用品来，给了天雅，天雅本来还想推托一下，看他已经和母亲聊上了，也就放心了，自己去洗漱和处理一下自己的事情。到了现在这个时候，她根本无心工作，所有的事情她都交给李拉去办了，只想尽快地弄清楚病情，她找到健健医疗的 Helen，把检查结果发给她，让有名的医生看看，能不能尽快确认病灶，再确认解决方案。突如其来的事情，让天雅的思路有点不清楚，但她清醒过来就明确了目前的任务是尽快确诊，她找了好几个同学群，听说大学同学里面有好几个去美国做了医学相关的博士，还有去制药厂工作的，这些人天雅都在尽量地联系，她现在最缺少的就是时间。不知道是不是因为刚才在躺椅上受风了，她感觉全身发冷，赶紧回到急诊室让于越想办法今晚找个护工，她可能有点挺不住了，于越说他盯着，让她赶紧去看病，她叫了个车就回家了，到家的时候父亲已经睡了，她感觉从嘴里面呼出来的气已经很热了，全身一动就头疼，她从药箱子里面摸出来退烧片，泡了点矿泉水喝了就爬上了床。

天雅在办公室，突然来了一堆人把办公室围了起来，是上级机关来检查了，收缴了所有人的电脑和手机，她急得一下子醒了。醒了以后发现还是夜里，她浑身是汗，汗水已经把睡衣的前胸和后背打湿，床单和被子都潮乎乎的，她想起来了是自己吃了退烧药，出了一身汗，不过她的烧是退了。她起来换衣服，一看表是凌晨四点，带件厚衣服赶紧去医院。

医院的整个走廊都还安静着，急诊室里面的灯光也是暗的，天雅到的时候于越正躺在小小的躺椅上闭着眼休息，天雅轻轻地推他的肩膀，让他回去休息，于越简单地跟她交代了一下母亲的情况，就晃晃悠悠地走了。

大概六点钟急诊室的灯就开了，然后急诊室的人该洗漱的洗漱，该吃饭的吃饭，天雅给母亲擦了把脸，然后给她递了漱口水，母亲很不喜欢这个感觉，但是还是勉强漱口了。经过输液治疗后，母亲的脑溢血缓解了不少，基本能动了，本想自己去卫生间洗漱的，被天雅和护士制止了，怕万一摔倒了更麻烦。早饭送过来了，天雅把母亲病床的后背升起来，让她坐着一起吃饭。一边吃饭，母亲跟她说："知道你不爱听，但是这次你也能看出来，于越是个好人。"看天雅心不在焉地哼哈着，母亲就没有继续说下去了。她和于越认识了这么久，知道于越不是一个坏人，感激他的所作所为，只是他已经再也不能让天雅心动了，天雅在想找机会开诚布公地和他谈谈，她不想因为自己态度暧昧不清，而让他怀揣着一种不切实际的幻想。唯一让她动心的吴老板，这个让她魂牵梦系又求之不得的男人，此刻或许也在经历人生中的生死攸关，出于保护她的角度而没有告诉她，天雅安慰自己。

早上八点多，父亲来了，天雅本想问他怎么到得这么晚，但看着他黑黑的眼圈和无神的眼睛，就没说什么，父亲带了一饭盒的煮面片，是他早上做的，母亲说可以中午吃，正好她不想吃油腻的东西，安顿好了天雅就去公司了。

回到公司一堆人都等着她，她先见了李拉和彭文、刘伟，最近这些天家事可能会占据她很多的精力，希望他们三个各司其职，把公司的问题尽早处理，尽量不要拖到大问题等着她来处理。之后来不及和李拉聊天，天雅见了茹萍，茹萍单独给天雅讲了起点集团的上会情况，总体来说就是委员认为价格偏高，这个问题确实跟李总缺乏资本化的相关背景知识有关，她有一亿多的净利润，但她有几个校区办学资质、土地有问题，考虑到这些瑕疵要价就高了。已经有其他的上市公司对起点教育集团感兴趣，找到李总以后李总把他们都推给了茹萍，还算是遵守了约定。按照这些上市公司初步的报价退出，其实就算是李总这个高价，基金应该也是不亏的，天雅让茹萍加油说服李总，最好尽快落地这个项目。

天雅下一个见的人是王林，王林说了募资的情况，按照他设计的方案，募资速度差不多是一个月十个亿，他要给天雅讲结构，天雅让他去给法务和财务讲，他们能通过就行了，尽快去做，不要耽误公司用款。因为江海的顺利退出，天雅让小鹿组织一次春游，犒劳大家顺便鼓舞士气，这下她也没空过问了，让李拉来处理。正说着这个事情的时候，天雅接到了富总的电话，她摆摆手让李拉先出去，李拉顺手带上了办公室的门。

"天雅啊，你在哪呢？"这个富总打电话的习惯就是如此，总是先问人在哪呢，天雅这么着急还要耐着性子说："在公司呢。"

"不在医院啊？现在转院了吗？"

"噢，昨天太忙忘了告诉您了，已经转院了，目前挂到了急诊的号，让您多费心了。"天雅想着富总就是回访一下，估计也是帮不上什么忙的。

"你晚上有空吗？"富总依旧是不紧不慢地说，"我找了你说的那个什么医院的院长助理出来吃饭，以后好帮着你办事。"听到前半句的时候，天雅就想着富总不靠谱，自己都急成这样了哪有心思吃饭，听到后面半句的时候，她简直不敢相信自己的耳朵。

"有有有，那您是不是要过来啊……"

"是啊，我这不是在机场呢吗，马上起飞了，吃饭的时间和地点等会儿我安排好了给你发信息，先跟你打个招呼，晚上人比较多，我找了我邻居，他是红石的市委书记，他女婿是省里卫计委的，和那个医院所在区的卫计委领导是好朋友，最后找到了院长，今晚院长不来，他助理来。"

"明白明白，谢谢您！"

"噢，对了，记住了，我说的都是自己的亲戚出事了，你对外就说是我侄媳妇，这样我帮着你找这个关系才说得过去，要不人家不重视。"里面传来了准备起飞的提示音，富总就挂断了，天雅放下电话，心里真是说不出的滋味，富总这么大的董事长，为了自己的事情专程跑来北京一趟，确实够意思。

中午吃饭的时间，天伟还来跟天雅汇报江海退出后的安排，美嘉要求接过所有的合作关系，天雅团队今后不能再插手。天雅听出来美嘉的不满：按理说，美嘉加入集团不会在天雅之后，但是做了这么久，一直都是团队，一直都不是公司，她心里不满也是正常的，所以她说的是"天雅团队"，不是"天贺资本"。反正自己现在也没有精力去帮着江海折腾，这些事情就随她去吧，美嘉以为自己能搞得定这个泥潭，就让她跳。本来天伟挺愤愤的，表示做了这个项目这么久，怎么能说交就交，这里面的关系那么错综复杂，利益都是盘根错节，陈总万一弄不好就出事，必须要有人拦着他点，但天雅说，交，全交。

下午一点天雅见了金控的领导们，能约在这个时间，就说明对方是办事的，一般不办事的国字头的公司下午都是两点以后才工作的。对方四个人，中间为首的头发有点花白，头衔是党委书记，两边一个是投资部的一把手，两个是办事员，四个人都穿得西服笔挺的，头发都很利索。天雅这边是四个高管，双方都介绍了情况，金控为了适应资本市场，尽快地跟上资本的步伐，考虑收购天贺资本作为子公司，想听天贺资本的发展计划。天雅讲了一下天贺资本的整体发展进程，当前的情况，未来三年内重点布局的地方，还有长远的规划，希望能对标黑石，做出自己的品牌。双方谈得比较愉快，会后是下午三点多，天雅先离场了，富总刚刚给她发过来了晚上吃饭的时间：五点半，地点就在红石市驻京办的包厢。

天雅本想让苏珊去帮她买点超市的购物卡，这个时候孙恒给她打电话，说自己的车在楼下，等会儿一起去吃饭。天雅说，你怎么来了？孙恒说你先下来吧。孙恒的路虎停在楼下，她本想坐副驾驶，拉开门以后发现副驾驶堆了一堆吃的，成箱的草莓、火龙果、酸奶、牛奶，她只能坐到了后排："你怎么来了？"

"哎哟，董事长的儿媳妇那必须有牌面啊，董事长做事多细致啊，让我来给你当小打来了。"孙恒还是一脸的笑，说话也还是那么俏皮。

"晚上的安排你知道了？"

"必须啊，我这马上就坐飞机过来了，超市的购物卡我准备好了，怎么能让张总亲自动手呢。"

"真是麻烦你了。"

"嘿，瞅你这个话说的，就算富总不安排，就算你不是张总，需要我也肯定过来的，别说生分的话。是肿瘤医院吗？"

"对。"

到了医院以后，孙恒的东西太多了都没有地方堆，天雅让他把成箱的牛奶和酸奶都拎走，水果可以多吃点，父亲机械性地欢迎和感谢，母亲对于眼前这个男人倒是有着不小的敌意，她看着天雅和孙恒说话挺熟的口气，孙恒这么不见外，有点怀疑他俩的关系，但又不好问。孙恒说："阿姨，您看您这么年轻我应该管您叫姐，但是辈分又不能乱，要不叫您小姨吧。"这下母亲有点笑了。

"小姨，这草莓可甜了，您可得尝尝，我为了买这个草莓专门吃了人家好几个，就怕有酸的。"

"我感觉水果太甜了都是不正常，尤其是现在的草莓，个个都跟抹了蜜一样，是不是都打糖水了。"天雅知道她在挑刺呢，孙恒是好意来看她，才第一次见面，她怎么这么有敌意呢。她想着是不是应该帮孙恒说说话，免得让他心里不舒服，但还没等她开口，孙恒又笑了："小姨，您说得太对了，我也怕草莓太甜不正常，所以我还买了千禧果，这个东西是蔬菜又是水果的口感，吃起来肯定特别开胃。"

"小西红柿皮儿太多，感觉吃一口净是皮儿了。"

"小姨您说的是，我还买了不打农药不催熟的西红柿，也尝了，酸甜口的特别清新，还有小时候那个西红柿味，您保准爱吃……"

刚好这个时候急诊室门口有医生冲她招手，是于越相熟的那个副主任，拿着核磁检查的结果，跟她说情况不太好，发现胸腹部也有，而且胸部的肿块更大。目前肿块的成因还没有搞清，他还在帮着联系住院检查，但即使是住院了，预约活检也需要时间，让她做好心理准备。她感谢了医生，问问后续的检查基本的时间表，就回去了。她心里做好了最坏的准备，腹部还有肿瘤对于她来说也不算是出乎意料，只是这个病怎么会转移得这么快，她对于肿瘤真的一无所知。看时间差不多了，她拉了一下还在那白话的孙恒，两个人打了个招呼说晚上过来，就往晚饭的地方去了。路上孙恒还在安慰她，说阿姨挺有精神的，看样子状态不错，他觉得没那么严重。

到了以后穿着旗袍的礼仪小姐把他们送到包厢，没来得及单独感谢富总，他在屋里聊得正欢，一桌子坐了八个人，富总给大家简单介绍，几个关键人外还有老朋友季主任、富总侄媳妇、孙恒是她助理，这里面除了院长助理和天雅，剩下的都是红石老乡。看人到齐了，富总说："我侄子平时都在红石，侄媳妇管着家里的大大小小，都不容易，所以这次我必须得为她做点什么，这也是我该做的。各位，我富某人无名无号，但好歹在红石也有个产业，各位朋友在红石有大事小情的，我有力出力，别的不多说了，先干为敬！"说完富总拿起分酒器一口气都干了，喝完了以后分酒器倒过来一滴都不剩，他看了一眼在座的各位："小张的酒量不好，又要照顾病人，她就意思一下，其他的人大家都干了。"

天雅抿了一下，果然酒很辣人，等大家都干了，富总对孙恒说："你还不替张总喝了！"

"是是是，您说得对。"孙恒马上给自己又倒上敬了大家。

之后的事情都是富总包办，各种敬酒和说好话，酒过三巡菜过五味，驻京办上了一道当地特色的大菜，还有乐队和演员的现场表演，带着大家又唱又跳了三首歌，之后是自由点歌，除了天雅每个人都唱了，还有人现场伴奏和伴舞，唱完还有小姐给敬酒，挺过瘾。院长助理也不避讳，直说了每年光找到院长的人就成百上千的，天天都有人托关系，但是这次不一样，每年卫计委在肿瘤医院有两个住院指标，这就算用了一个，这个时候卫计委的人说，为了红石的媳妇，这不都是应该的吗。助理在酒桌上跟天雅交换了联系方式，也问清楚了天雅母亲的姓名和年龄，让她有事就直接找他，天雅说能不能今天就办住院，急诊的环境太差了，助理马上要出去打电话了，天雅真的感激涕零，她主动端起酒杯来要敬对方一杯，这可是为数不多的她主动地想敬酒，助理推托着要敬也要敬富总，说到这里富总亲自端着酒杯走过来说，我哪帮上什么忙了，领导这么给面子，我陪一个吧。

趁着敬酒的时候，孙恒把购物卡都送出去了。富总和老朋友据说还要去唱歌，天雅就不参加了，富总亲自把天雅和孙恒送出来，低声说办不成尽快告诉他，他再通过另一条线想办法。孙恒叫了代驾，富总看见路虎后不禁问，这是谁的车？孙恒马上笑着说，当然是张总的车。天雅心说，又让自己背锅，但是他也不容易，在公司都怕露富，平时在红石都低调地开快报废的破车，背就背吧。天雅本想对富总好好道谢，但是富总伸出手示意她别说了，先忙自己的事吧，他也帮不上什么。

天雅过去的时候，正在兵荒马乱地搬东西到住院处，单间的条件不错，有家属的陪护床，有沙发，有衣柜，还有独立的卫生间，楼道里也很安静，比急诊那边条件好多了。在往柜子里面整理东西的时候，天雅发现孙恒送来的一包东西特别沉，刚才没来得及看，现在拆开一看全是现金，数了数有五十万。天雅马上给孙恒打电话，问他怎么回事，孙恒说，如果直接给你你肯定不要，这是我的一点心意，你要是不要就扔外面，我反正是送出去了。既然他这么说，天雅也就不再多说了，等以后有空了再跟他处理这个。当着父母的面拆开的，天雅瞒不了他们，母亲看到以后说，怎么了？千万别因为我犯错误。天雅说，不会的，人家就是个心意，以后我再给他。母亲说，小心点，无事献殷勤非奸即盗。天雅说，我知道了，你放心。

今晚父亲是说什么也不走了，他说他一个人在家也睡不着觉，吃了安眠药早上起不来，难受一天，今天就睡在医院了。天雅白天有点要发烧，但是事情太多被忽略了，回到家有点难受，她赶紧洗了个澡，挣扎了半天没吃退烧药，怕夜里又是一身汗地被惊醒，还不如发烧烧一会儿呢。

晚上喝得不多，她躺在床上胡思乱想，母亲生病了，身边还有她和父亲，将来如果她遇到同样的问题，身边又有什么人可以依靠？她现在连吴老板人在哪里都不知道，想到这里她又感觉自己对吴老板有点亏欠，至今也不能帮他做点什么，也不知道他能不能挺过这一关，还是尽量不要给他添乱了；就算吴老板真的像他曾经说过的，五十岁以后想跟谁跟谁，以他俩相差二十岁的差距，他又是长期地熬夜和烟酒不离手，势必到她病倒的时候他应该已经入土了。她想到了孙恒，他是个好朋友，但除非自己聘用孙恒，否则他给她的时间也不会特别多。想到平时的工作生活中，也有各种示好的男人，还有给她办公室送花、送东西的，有吴老板的珠玉在前，她根本看不上任何人。胡思乱想之间，她浑浑噩噩地睡着了。

所有跟医生的讨论都是天雅一个人参与，父亲始终在屋里陪着母亲，新换的周医生说了是院长亲自跟她打的招呼，她会尽力的，所有的检查结果她建议天雅都拍成电子版的，好给其他医生也看看，大家群策群力，天雅想到自己还有在美国的同学，可以让他们帮着看看，周医生说了能让美国的同学帮上忙最好，因为中国范围内，送到这里的病人基本就到头了；但美国说不定还有办法，有一些癌症病例在国内被判了死刑，到了美国申请到了靶向药或许有转机。周医生建议她也研究一下，最终拿主意的人还是她自己。

第八节

周医生建议做检查的时候回来，其他时候就可以回家休息了，没确定病灶之前是没法治疗，都是维持。她的意思天雅听懂了，想干点什么陪她干点什么，趁着还有机会。天雅感觉自己没有选择，她唯有休一段时间的假，趁着这个最后的机会陪陪母亲。她把她休假的消息先发给了吴老板，吴老板过了一天才回：休息吧，公司的事情安排好，需要我做的地方尽管告诉我。

暂定公司的事都报到李拉，如果有需要到她的，李拉会统一地发消息给她。但是敏感时期这个举动不好让所有员工知道，经讨论刘伟对外宣布天雅将会亲自去组建海外办公室，但也会经常回来处理公司的事情。这个口径天雅和集团汇报了，她在朋友圈发布了要去海外工作一段，可能会无法及时回信息，请大家见谅。江海的陈总打电话，张总啊，你们股票退了，你自己也走了，留下我们怎么办啊？天雅跟他说，您有事情找美嘉，她的水平也不差，您要相信她。

对于知道这件事的有限的好朋友和同学，都跟天雅说多花点时间陪陪母亲是对的选择，事业什么时候不能做，母亲只有一个。天雅专门给富总打电话，让他有事就找天伟，如果处理不了就直接找自己，富总让她尽力而为，但是量力而行。

做完了能做的检查，天雅就带着母亲回家了，如果需要，她随时能回来住院。回家以后，天雅还找了小舅妈和小舅来陪她打打牌，有精力的时候让小王开着车带着他们再转转北京城。

虽然天雅和父亲都没有告诉母亲，但是母亲不知道怎么地猜到了，父亲说他夜里睡起来会发现母亲在抹眼泪，他心里也难受，但是他怕自己忍不住，只能装作不知道，躺着不动。天雅没上班，天天在家里活成母亲希望的样子，早上去早市买最新鲜的菜，跟一堆大爷大妈抢着挑，回家亲自做饭，母亲也吃不了什么油腻的，但是医生跟天雅说必要的营养还是要摄入的，天雅就天天变着法地做成馅，各种饺子、包子、馄饨，什么事情只怕认真，天雅相信以自己的认真程度，没什么做不好的美食。越是这样，母亲反而越唉声叹气的，想让她回去工作，但是目前这个等待的时候，或许就是她们最后的相处机会。

天雅感觉自己的内心已经相当强大了，但是这种时刻，她是第一次面对，也需要精神上的疏导。只不过，她还是太高傲了，不想让别人看到她脆弱的一面，也不想因为自己的事情麻烦别人，她还是选择自己消化无助和惊慌，父母看到的她，不能是哭哭啼啼、毫无办法的，就算这是命，她不服。

有一天母亲颤颤巍巍地拿出来两张纸，是她手写记录的为天雅买的保险，年代久了，原来的保单上的保险公司都被合并了，从九十年代开始连着交了十年的保费，保的是天雅的生命和养老，如果天雅在七十岁前去世，则一次性赔付十万元，如果七十岁后还存活，可以取出当初缴纳的保费，并且每年领到一千多的养老金。天雅看到这两份保单很感动，在自己小时候母亲就尽力为她做好了规划，生老病死都让母亲惦记着，这种感情，估计是不养儿不知父母恩，自己还是体会不到。但是眼泪还没涌出来，她就让保险条款气着了，问候卖保险的祖宗十八代，这么缺德的条款，她想着也不知道中国的金融改革什么时候才能到保险。

所有的结果里面，最先出来的是 PET 的检测结果，还是没头绪。而根据经验，一般都是按照癌症发病的可能性逐步排除，一般来说，心肌上的癌症很少见，医生说发病率只有二十五万分之一，还是先从发病率高的癌症入手，才能对症下药。医生实话实说，虽然目前没有确认发病的源头，但即使能确认，可以采取的措施也很有限，已经转移全身了，要做好最坏的准备。这个事情天雅早就知道了，她只想知道，到底还有没有另外一条路。

从医院取结果出来的天雅一头的雾水，无法理解报告上的语言，她一路上都在搜索，自己才看得懂。她回家以后就没闲着，也不买菜做饭了，跟父母说自己在忙，她先在各大科普网站上学习，直接查国内外的相关文献、论文；在国内工作这几年基本不用英语，天雅感觉看起来已经很吃力，但她没有选择，母亲就是在国内医院被判了死刑，她要么认命准备送母亲最后一程，要么不认，要找另外一条路。母亲虽然现在叨叨得已经很少了，但是还是说她："一天到晚地要么抱着手机要么抱着电脑，晚上也不开灯，黑乎乎的就在那里看个不停，早晚眼睛要不行！"看天雅根本毫无反应，父亲走过去帮她把灯打开。她的眼睛里面全是血丝，长时间地看电子设备让她感觉有点干眼病的症状，一只眼睛睁不开了，她网上买了一堆眼药，还把那只眼睛蒙起来，就用一只眼睛看。一连好几天，天雅就这么起床就看，不叫吃饭就不吃饭，连上厕所都抱着电脑看，晚上都是看到不能睁开眼了才上床睡觉，根本也不好好洗脸刷牙，头发好几天没洗了油乎乎的都贴在头上，脸上一直不抹油都起皮了，不换衣服也不出门。父亲还担心她精神不正常了，她说没事的，就是在学习。

手机她开到了飞行模式，于越来家里的时候，只见她一只脚踩在椅子上，膝盖蜷缩在胸前，有点擀毡的头发解开了像墩布头上垂下来的脏布条一样披下来。天雅看到于越有点意外，她没想到自己这个样子被人看到，心说父母也不先告诉她，让她这么狼狈；但是转念一想，也没什么，两个人一起生活过，吃喝拉撒都不避讳，见过自己各种狼狈的样子，她倒是也就坦然了。倒是于越有点手足无措，他这些日子习惯了见到自信和自得的天雅，这个样子也惊到他了。他解释说，自己也在帮她问朋友看看能不能有结果，但是重点还是想看看天雅是不是还好，这几天她一点动静都没有，打电话也不接，父亲让他关心一下天雅，天雅好像最近有点不对劲，怕她想不开钻牛角尖，所以他才过来。

天雅扭过脸，她没有时间跟于越扯东扯西的，她还要学习。于越把大衣脱了又抓了一个凳子过来坐在她旁边，说："让我看看你的学习成果，咱俩大学是一个班的，水平都差不多的，给我讲讲。"天雅把头发简单地抓起来，把腿放下去，她了解到病因分很多种，做了一个目录专门是分类各种病因的，对应的治疗方法和效果的文章都放在了对应的文件夹里面，还没有学习完；还在收集国外靶向药的研究动态，哪个研究机构或者药厂在从事临床试验，靶向药或许是她最后的希望，母亲做了活检再做基因检测或许才能确定病因，过程需要一两个月，后面的治疗就是和死神赛跑，必须抢跑。虽然天雅讲得特别快，思路跳跃，但是于越听明白了，天雅是在着急工作，在病因确定前把能做的都做了，他对天雅说："听我说，你先去洗个澡，我帮你继续看，不会耽误你的进度。"

"你先做哪个工作？你做的工作给我看一下，我要确保能用。"天雅并没有反驳他，他给了一个好的提议。

"我来统计列表吧，这个是我的长项，而且原来我宿舍的同学去美国医学院了，我还可以多问问他，我看一下你的表头，嗯，有机构名称，申请的网址，联络人，从事的具体项目，符合申请条件的要求，反馈的周期，我建议你再加一项，是否有熟人推荐，毕竟这个时候，有熟人推荐会容易很多，我尽可能地把自己的关系先标注一下，你看行吗？"于越不是敷衍，她站起来了，确实该洗个澡了。

她洗完出来的时候，父母已经在吃饭了，天雅还想着自己不盯着就没人干活，没想到回到书房发现于越还在奋力干活，他专注得都不知道天雅走进来了，天雅跟他说话的时候他吓了一跳。

"你怎么没去吃饭？"

"父母吃得比较淡，我定了外卖，毛血旺和牛蛙，等会儿送到，我们两个吃。"

"……"天雅根本不在意吃什么，她只想着叫外卖会不会引起母亲的反感。

"没事你别担心，我跟他们都说过了。"

"噢，我用另一台电脑，你负责到哪里，我们分工。"天雅这就坐下了，虽然她的头发还在滴水，但是她现在只想学习，这就是她唯一的希望。

"天雅……"于越有点犹豫。

"说。"

"你有没有想过，其实有可能父母比我们想象的更加坚强？"

"你的意思是他们那一代人更能承受疼痛？"

"并不是，而是，他们可能比你想象中的，更能接受死亡。"于越说出这个话的时候，天雅沉默了，她控制不住自己的眼泪夺眶而出，或许于越戳中了她，她最不能接受的，就是"死亡"。虽然她从来没有和母亲说过她的真实情况，但是从母亲种种的举动来看，或许母亲已经准备好了，而不能准备好的人，恰恰是她自己。

于越递给她纸巾，没有说其他的，而是继续在查网站。天雅默默地擦了眼泪，很快就平静下来了，她是不能接受，她的人生才走了三十多年，死亡这个命题有点超纲了，母亲可以接受那是母亲的事情，她不能。她平静地说："你知道我接受不了，即使我能接受，你站在我的角度想想，你会放弃吗？你了解我，我绝不放弃，不管结果怎么样，至少我努力了，晚上才能睡得着觉。"两个人默默地继续干活，天雅一瞬间有点恍惚，感觉像是大学毕业设计的时候，于越和自己一起在实验室通宵跑数据，虽然自己还没来得及跟他说清楚，但是有他在身边感觉安心很多，自己终于不是一个人面对这些了。于越一直没有对外宣称自己离婚了，他真的是在等自己吗？天雅这个时候心里十分矛盾，她太渴望能有一个人陪她了，但是这样对自己、对于越真的公平吗？

他俩吃完以后，天雅扶着母亲坐到沙发上打开电视机，母亲跟她说："你坐下，我有点话跟你说。"天雅心里咯噔一下，这就要说话了吗？她还没有准备好，她现在只是跟母亲说现在脑溢血有点后遗症，腹部有点肿块但是都是良性，就是进一步测试一下看怎么治最好，因为肯定不想选择开刀，比较痛苦。但是如果母亲问得太细节，她怎么回答呢？母亲会问她活检的事情吗？她到底说不说？说到什么程度？她心里七上八下的，只能随机应变了，但是千万不能哭，如果她都哭了，母亲就更没底了。

"怎么了，是不是哪里又不舒服了？"天雅微笑着跟母亲说。

"没有，妈只是想跟你说，能有一个你这样的女儿，妈这一辈子就值了。"说到这里的时候母亲的眼里有点泛泪花，她的左眼因为肿瘤压迫已经不能自主控制了，天雅控制着自己不能有一点点的难过，她往下压了压情绪，跟母亲说："瞎说什么呢，我还等着带你去美国转转呢，我们还没有走遍全球呢，就这么一点小问题别想太多了。"

"要说遗憾，我还真的有，不能看到你结婚生子，不能给你带孩子了。你这个人啊，有点邋遢，以后自己带孩子可不能老邋遢，带出来的孩子都邋遢。"母亲总是这样，说不了三句话就揭短，天雅听不下去了，但是她听得明白母亲的意思，就是放不下。"其实我和你爸，这么多年吵来吵去，生气的时候我都想拿菜刀砍他，但是我们从来没想过离婚。妈真的不想看到你总是一个人。于越人不错，也一直在等你。妈说话你不爱听，但是妈是真心为你好，如果能有个人照顾你，妈也安心了。"这个时候于越走过来了，天雅就没有继续和母亲说话，她看着于越，于越一边放下袖子，一边问："继续吗？"

"嗯。"两个人就去书房了。

等天雅猛然一看表的时候，已经是夜里十二点了，自己有点觉得困了，看于越还在盯着屏幕，心里有点不好意思，说："房子是三居室，有一个是客人房，里面有被褥，你就直接睡下吧，太晚了。"说完她站了起来，准备去休息了，于越一把拉住了她的手："我对你怎么样，你还不明白吗？"夜深了，于越说话声音刻意压低了些，但还是听得出来他有点着急了，天雅没有表情地看着他："在这个时候，你想说什么？"

"不管在什么时候，我都希望能和你站在一起，我们一起面对，好吗？"于越把自己的另一只手盖在拉住天雅的手上，生怕她把手抽回去。她感觉于越的手上全是汗，湿漉漉的。遭遇这么大的事情，她感激于越能陪在身边，但这到底是不是爱情？她怕于越只是一时的冲动，也怕自己一时冲动。于越看天雅低下头，没有回应，他依旧是抓住天雅的一只手，突然从椅子上起来了，单膝跪地说："可以嫁给我吗？张天雅，就像十年前一样。跟你离婚的这些日子，我每天都很痛苦，经常睡不着觉，我感觉你就是我老婆，我不能接受其他人。"此情此景，让她回忆起十年前，就是在一个阴暗的晚上，学校旁边的一个小宾馆，因为其他房型太贵了只能开一个上下铺的房间，两个人办完事以后躺着凉汗，天雅说毕业了以后就这么不明不白地住在一起不好吧。当时于越就在上下铺旁边，单膝跪地求婚的，也是什么都没有。当时两人都简单又莽撞，想着结婚不就是十八块钱领证的事情吗？后来少不了被双方父母一顿骂。这都已经十年后了，于越还是在这种昏暗的环境中，赤手空拳地跟自己求婚，是不是穿越了？他的适时出现让她心里的感激和依赖之情迸发出来，算不算一种乘虚而入？想到这些，她居然笑了出来："真的吗？就在这里？"

"我是认真的，有多少次我都想跟你说这句话，但是我害怕被你拒绝，真的害怕，我可能准备得不够，但是我真的是这么想的。"于越有点着急，说话声音有点越来越大的趋势，她用另一只手示意让他小点声，不要让父母听到，没有看他的眼睛，只是小声地说："我考虑一下吧，现在这个时候无法做决定。"

天雅甩开了他的手，往自己的屋走去，她是在煎熬，也渴望关心和陪伴，但是不管怎么让她失望，吴老板都是她心中唯一的爱人，于越是不可能有机会觊觎这个位置的。于越应该是有点落寞的，他这么爱面子的人最怕被拒绝，但还是被拒绝了。

第九节

一天上午，李拉和嫒嫒突然来看天雅，这让天雅措手不及，她还是邋邋遢遢的。母亲的腹部越来越大，左眼已经越来越明显，现在整个眼眶都肿得凸出来了，看起来有点怕人。李拉和嫒嫒带了好多水果还有一捧鲜花，父母都张罗着让两个人坐下吃点水果，两个人说不打扰阿姨休息了，要先走，天雅送她们才匆忙出了门。她们两个人来，看来公司有什么事情发生了，李拉说，没什么，阿姨目前这样在家可以吗？天雅说，目前活检的结果还没有出来，医院不给治啊，只能等找出了病根再治，但很多病人是直到病发身亡都没有找到的。李拉说，你照顾好自己，公司这边没什么事，就是茹萍不干了。天雅说，因为什么呢？李拉说，不知道啊，她就是突然辞职了。天雅想着，茹萍这个时候走，也不问自己，太不识大体了吧，和起点的合作也不知道进行到哪一步了，国资收购的事情还没完，现在自己又不去公司，这个时候她走确实有点被动；或许是现在市场好，她出去另起炉灶了，算了，随她去吧，自己的事都没时间弄呢，就不管她了。

活检结果出来前，天雅已经确认要去美国，财力证明非常雄厚，父母的签证已经顺利地拿下来了，下面去了美国，花费就高了，天雅算了算，手头的两百多万现金有可能不够，租房子、租车都是小钱，自费医疗太贵，美国的检查费动不动就上万美元，有的靶向药一颗就几万美元，同学说了，没有五百万现金不要来美国治病。她手头有三套房子，一套当初跟于越离婚买的期房，还没有下房本，不太好交易，一套现在住着的大三居室，有点瑕疵的地方是抵押给唐总去炒二级市场的股票了，还有一套曾经和吴老板约会的公寓，那个公寓一直空着，她懒得出租而且还等着吴老板回来约会用。她也想过要不要跟朋友借钱，尤其是她的朋友圈不乏一掷千金的土豪，但是她好歹也是天贺资本的董事长，也是有头有脸的人，号称在海外干大事，怎么会突然缺钱呢？虽然孙恒一直让她缺钱了找他，但是她还是爱惜羽毛。

估计吴老板不再会来公寓了，她下定决心给几个中介打电话，说自己要卖房，中介都像狗熊见到蜂蜜一样扑上来，正是北京房子涨得好的时候，一天一个价，坐地起价都是常态。但中介十分会说，说公寓房本就不好卖，赶上国家这波大水漫灌，就是卖房子最好的机会。她说了就要现金和全款买家，不签独家，谁能找到，中介费就归谁。这件事情她不想跟父母商量，也不想让别人知道。因为想尽快出手，她挂牌价是小区单价最低的。当初她买这套房子的时候才两百多万，这才两三年时间，挂了四百多万，也赚够了。

等第二天天雅独自到公寓的时候，几拨中介已经都等在楼下，但是客户他们相互之间都藏好了，以免跳单。天雅让中介都在楼下等会儿，她先上去打扫。打开公寓门的时候，熟悉的气息扑面而来，得有一年没来了吧，她的思绪都有点恍惚了，屋里还有吴老板香水的味道，仿佛吴老板此刻就坐在沙发上眯着眼睛看手机。她让自己振作一下，把窗户开开，太久没来上面都有蜘蛛网，好几只长手长脚的草蜘蛛在墙角笨拙地爬着。简单保洁就可以迎门接客了，天雅让中介先上来拍照，这家中介还带了个胖胖的阿姨，跟天雅的母亲一样的岁数，阿姨上来看了两眼房子，就跟天雅谈能不能贷款，她是给儿子买房子，儿子在各个省电视台辗转工作，在北京刚定下来落脚。天雅匆匆几句打发了这个阿姨，她给中介发信息说，不是说了只要全款用户吗？下一家中介还专门等着前一家都走干净了才上来，带了一个很温柔的，比天雅小一些的女人来看房子，她应该是刚生完宝宝，肚子还没回去，在朝南的客厅里面比画着是不是隔出来一个儿童的活动区域。她应该也是看上这个房子了，但看完就走了。另一个中介也带了一家子人来看房子，他们是住在周围老旧小区的一家人，想给儿子买套婚房，这家人想就地谈价格，希望能便宜个十万最好，天雅让他们要谈约在中介店里谈，这个公寓目前还没有卖出去，还是她心里的乌托邦，不容玷污。

他们走了以后，第三家中介给她不停地打电话，让她去店里谈，她不想再降价了；第一家中介说让她去店里和阿姨谈，她也不想去；不管怎么说，自己都要和这个房子再见了，还是收拾一下东西吧。卫生间里有些洗浴用品和毛巾，橱柜里有一个烧水壶，两个茶杯，厨房台面上的几瓶饮料都过期了；茶几上有一包烟和一只火机，这是吴老板的，怎么处理？

正在那里发愣的时候，她接到了陌生的电话，对方自报家门，是个没听说过的中介公司，特怕她挂了一个劲地让她先别挂，说上午有个客户看完房子特别满意，想通过这个中介公司成交，天雅一听就皱眉，她的事情已经够多了，不想再多事了，反正中介费也不是她出。但是对方还是让她先别挂，问她有没有和哪家中介签了独家代理，她说没有，对方说委托人也没有，这就是双方你情我愿，有什么问题呢？而且，委托人愿意把节省下来的中介费，和天雅对半分，这句话说到了重点，没有法律风险，未来就算中介闹腾堵锁眼也不干天雅的事，还有收益，她收起了惆怅，移步到了离房子一站地以外的中介的店面，里面上午那个温柔的女人正在那里，一同坐在那里的还有她老公。

中介是个一脸皱纹的中年人，点头哈腰的，天雅没在他家挂房子，中介费可以降到1%，比起其他家中介上来就收2.7%要便宜几万块，中介也乐得做这种天上掉下来的买卖。买家老公的年龄看起来比天雅小，中介还在问需不需要再去房子里面看看，老公说，不用了，老婆看上就好了，然后一脸宠溺地看着老婆。老公也是从事金融行业的，平时在陆家嘴工作，爱好就是在全国的省会城市都有一套像样的房子，全款没问题。天雅本来还担心对方会不会认出自己，但是看对方的口气，是她多虑了。两边聊得都很干脆，一拍即合，天雅象征性地把总房款给他们降了一万，他们节省出的中介费里面有两万多给天雅，抹去零头，里外里天雅收到挂牌价再多一万。全程都是老公在和天雅谈，签协议是用老婆的指标买房，所以所有的签字是老婆完成的，看着老公奋力地谈，挨个地查条款，最后就告诉老婆在哪里签字，天雅心里酸了。就这样老婆还把字签错了，老公还要重新填前面，老婆不好意思地说："唉，我也是一孕傻三年，这么个小事都干不好。"老公一面填，一面笑着说："怎么会，是我没说清，不怪你。"双方签完了协议，对方付了定金六十万，中介再三叮嘱天雅不要把交易的事情告诉其他中介，免得节外生枝。

果然其他中介对天雅狂轰滥炸，一直让她出来谈，不接电话就发信息，还有跟她说能加价十万成交的，她都一概不回。当天中午就没吃饭，晚上签完协议回到家已经快八点了，父母还怪她不回来吃饭也不说一声，都剩下了，她说马上吃。

通过同学和朋友的介绍，天雅已经跟十五家美国的医疗机构邮件联系过了，十五家都回信了，其中十二家说需要病人过来接受检查，才能进一步确认下一步的行动，三家直接说目前不接受外国患者。这十二家里面，有四家甚至还推荐了临床试验项目，如果检查结果符合要求那么就可以参加临床试验，临床试验的药费是免除的。看到这些回复，她真的开心坏了。

转过天她准备交房，直到这个时候，她才真正地意识到，跟公寓要说再见了。她翻出前两天打扫卫生的时候在公寓窗边拍下来的落日，把这张照片发给了吴老板，并没有说任何的话。她心里对吴老板既思念，又带着怨恨，既想让他知道自己想他了，又不想看到他冷冰冰的回应；想告诉他自己出于财务上的需要处理了这套房子，既怕他要给她钱，又怕他什么都不说；理智告诉她该庆幸，情感上又有些伤感，失去了这套承载着太多回忆的房子。吴老板马上就回复了，我喜欢这个地方。

第十节

活检确诊了，母亲得的是腺癌，体内的癌症正以肉眼可见的速度发展，每次去照片子，肿瘤都比原来更大一些。医生要继续在细胞层面做病理分析，天雅根据多方面的反馈建议以心脏为主，医生感觉可能性太低，心脏跳动得很快，一般很少生癌症。病理分析很快，病灶确认长在心肌上，因为发展的速度太快，医生建议去美国前还是先化疗，正中病灶化疗后或许身体状况能好一些，否则以母亲的身体情况都无法去美国。天雅开始联系美国的房子和机票，想着万一自己被限制出境了怎么办？她想好了，带着第三国的护照，到时候真需要用的时候就拿出来。她知道吴老板在美国是有不少关系的，但是她没跟吴老板说，她不想再被拒绝。

化疗前最后一晚在家吃饭的时候，母亲跟她说，如果我以后成了植物人，不要给我插一堆管子，我想有尊严地走。这句话说出来，大家都沉默了，父亲说，吃饭的时候说这些干什么。母亲说，我现在想起来了，怕我后面就忘了说，天雅姥姥曾在床上植物人三年，基本上我们几个子女到最后都拖垮了，老人最后在 ICU（重症监护室）的时候天天只能见一面，看到她没有知觉，下身都没穿衣服，大小便失禁也不知道谁给她处理的，我真的不想走到那一步。天雅说，放心吧，我保证不会让你到那一步的。

化疗的过程据说比较痛苦，母亲是一个特别怕疼的人，平常连点眼药水都费劲，这次化疗她没让天雅陪着，都是父亲陪着她。周医生很明确地跟天雅说过了，即使是化疗，对于晚期且多处转移、无法手术切除的患者来说，也不可能治愈，虽然已经尽力了，但是她估计患者还是坚持不了三个月，除非美国在临床试验阶段有超级管用的药，否则去了美国也救不回来。天雅必须要拼尽全力，不到最后一刻决不放弃。

第一天化疗结束的时候天雅去看母亲了，她有点虚弱地躺在那里，什么都不想吃，医生给开了肠道吸收的营养液。天雅坐在床旁边的凳子上，跟母亲说："等一个阶段的化疗做完，我们就去美国，用你们的话说就是'打入资本主义内部'。"

"天雅，你跟妈实话实说，和于越能不能复婚？你爸不让我问，但是我实在是怕，怕没机会了。"这个时候她不想再顶回去，违心地说："您放心吧，我们两个也是患难见真情，兜兜转转还是会走到一起的。"母亲有点难受，她忍着，但是也能看出来她皱着的眉头："你们两个领证了吗？"看来仅仅嘴上的敷衍是过不去了，天雅这个时候怎么能掉链子呢，微笑着说："原来小的时候不懂事随便领证，这次领证怎么也要算好日子，挑个好时辰，您说是吧？"

"是哪天领呢？"

"天机不可泄露。"天雅笑着说，"您就放心吧，领了证保证给您看！"

虽然从感情上天雅绝不可能再接受于越了，但是她不想让母亲带着遗憾走，她是有点书呆子气，但是绝不是不懂得变通。这年头没有钱办不到的事情，不管怎么样，天雅拿到了她想要的"结婚证"，上面的照片是红底白衬衫的两个人，天雅选的是两个人的单人照片，办假证的给修得就像是两个人亲自照的一样。她把证拿到医院，母亲已经抬手很费力了，天雅举着证在母亲的右眼前，母亲看了好久，天雅手都酸了母亲也不让她拿走："照片怎么不好好修一下，于越头上都有抬头纹了。"

"都是三十多岁的人了，能没有皱纹吗，再说男人怕什么，我没皱纹就不错了。"天雅还是习惯性地掉了母亲，说完了又有点后悔。

"说得也是，我总以为你才二十多岁，你看我，老了啊。"母亲这么一说，天雅心里有点过意不去了："其实这是照相馆的技术，就是要写实，要照出特点，不能千人一面。"

"我记得退休的时候曾经在照相馆照过一张大头照，你能帮我修一下拿给我看看吗？"天雅的心狂跳，母亲是在操心自己的后事吗？她已经在给自己选遗照了吗？这个时候，天雅不能再责备母亲想太多，她说好。

夜里的电话，天雅是秒接的，听得出来，父亲压抑了自己的惊慌，告诉她尽快来医院，母亲大面积脑溢血了。父亲佝偻着背坐在 ICU 门口的凳子上，天雅跑过去的时候护士和医生都过来了，这个时候需要一个做主的人。医生介绍了情况，夜里护士站监测到母亲的指标突然恶化，原因还不清楚，这个出血量已经可以判断是脑死亡了，现在已经无法自主呼吸，需要家属签字，是否要割开气管。天雅没想到这个时候这么快就来了，她睡觉之前还在想着自己应该先去美国安顿好再接母亲过去的，现在这么快，不但美国的医疗梦碎了，连活下去都不太可能了，天雅听到这个消息以后想到曾经在梦里模拟过这个场景，她是不是应该眼前一黑然后晕倒，但是现实不是做梦，这些事情还等着她拿主意。她望向父亲，父亲还是佝偻着背坐在那里，摘下眼镜，抹了一把眼泪，很费劲地说出来几个字："你定吧……"然后他就站起来佝偻着走向另一边的走廊了。

天雅找到了周医生，夜里的抢救她还亲自过来，天雅感谢了她，估计这就是最后一次聊病情了。周医生说，天雅，我们认识也有一段时间了，知道你一向比较冷静，也知道你不差钱，我见过一个一直靠呼吸机生活的植物人，患者的儿子说只要患者还躺在医院他就还有妈，但是你替病人想想。天雅说，周医生，谢谢你，我考虑一下。

她早就想好了，就按照母亲曾经交代过的，别再受罪了。但是她不想马上就说出来，这样未免显得太草率了，她到底有没有尽力，这是不是"最后一刻"？她在 ICU 旁边的走廊里站着没动，她想着是不是应该跟父亲商量一下，但又一想，这个选择，还是她来做出比较好，有自责也是她自责，父亲已经够心痛了，就不要再让他面对这个难题了。想到这里，她转身又回去了。

人走了，事情还要处理，父亲要安慰，出院结算、办死亡证明，医院的太平间能停三天，天雅还得联系火葬场，火葬场还涉及哪个好，火葬场还有一堆套餐：是一人一个炉子还是多人一个炉子，家属要不要选骨灰，要不要十八相送，要不要单独的告别式，要不要骨灰盒，天雅还要做个功课。母亲早就说过，骨灰埋到一棵树下就行了，别给她放在一个石头洞子里，怪冷清的。所以一人一个炉子还是必要的，其他的项目，按照母亲的说法，都是坑钱的，母亲在世的时候都嗤之以鼻，不在世了还被坑了钱，这哪行。

父亲自从回了家就一直没有精神，天雅想着不能一个走了另一个也垮了，父亲说了，支持她的决定，相信母亲也支持天雅，但是他心里还是难受，让天雅不要管他。天雅想着还是陪父亲多一阵子，再带他散散心，希望他能想得开，母亲说过，这都是命，半点不由人。

晚上天雅下班回家，推开家门，看见父亲正在看电视，厨房那边传来母亲的声音："别看了，快准备吃饭了！"天雅真的有点激动，她大衣都没脱，跑到厨房那边，看到母亲系着围裙正在厨房里包饺子，看见天雅还说："还不赶紧过来帮忙！"天雅站在那里，她笑了，母亲看着她笑了也不帮忙，还问她为什么笑了，天雅说："没事，我知道我做梦了，我只是不想醒过来。"她边笑边感觉自己可能要流泪，即使在梦里的母亲面前，她也不想流泪，赶紧使劲把眼泪憋回去，这一下，醒了。摸了一下眼角，并没有眼泪，她好后悔，还不如在梦里好好地哭一场，或者顺着母亲说几句她爱听的话。

到了去火葬场的那天，准备工作都是在医院的停尸房做的。母亲都做了安排，她选好了一套自己最喜欢的衣服，说好了走的时候不穿寿衣，就穿自己的舒服，父亲说，母亲爱美，穿上丝袜和皮鞋，她就是广场舞的一枝花。父亲在外面等，她和请来的化妆师一起在太平间里面给母亲换衣服和化妆，因为考虑到母亲的左半边脸化妆也掩饰不了，她特意在网上买了一顶带半边面纱的贵族礼帽，化妆师说，还挺新潮的，天雅说，那必须的啊，我还带了假睫毛呢，平时她怕疼不弄，这回终于能好好给她化化妆了，只是这次化得这么美，穿得这么时髦，没法发自拍了，母亲会不会觉得遗憾呢？想到这里，她居然笑了。

他们弄完了推出去的时候，下一家人要进来了，是老人死了，一大家子人，听着他们刚才还在门口为了钱和房子吵架，等太平间的门一开，几伙人突然换成了哭天抢地的嘴脸往里面冲，有的都差点扑到他们这边来了。

送到火葬场，家属可以在亲人进焚尸炉前最后告别。早上起来的时候她就买好了一束鲜花，小舅一直扶着父亲，让他节哀，父亲走过去放鲜花的时候还是哭了；天雅把亲戚都送出去，自己最后上去放花的时候，觉得母亲这个表情，看起来还笑盈盈的，但是这个时候她也有点忍不住了，虽然没有声音，但是眼泪还是掉了下来，她扭头看看四下无人，或许就是给自己掉泪的时间吧。她心里对母亲道歉了，不该办假证骗母亲，但是她也是出于好意，不想让母亲担心；她出来的时候心里愧疚，不该在母亲面前流泪，否则母亲怎么能安心呢？这个时候工作人员走过来问，还有人吗？天雅说，没有了。现在的全套操作都是透明的，天雅甚至有点怀疑这样做真的人道吗？一堆亲人站在玻璃外面，看着里面的人被机器送进焚尸炉，看着烧，唉，也不知道母亲会不会觉得疼。

烧完了以后自选骨灰，人的骨灰太多了，烧完了直接还是送进去的那个台子退出来，上面是骨灰和一些烧不尽的东西，比如人的大腿骨太难烧了，出来就还是大骨头。一般的骨灰盒都装不下，所以通常火葬场会帮着盛一点带走，父亲一看这么多，跟天雅说怎么办？幸好天雅早有准备，她带了一个很厚实的袋子，说，全都要。看着父亲不动，天雅自己动手。

最近天雅都没有和吴老板联系，从工作上说，她因为自己的家事耽误了工作，没有心思管业务，也没有什么情况需要和吴老板汇报；从生活上说，母亲的事毕竟是她自己的事情，她虽然有点怨恨吴老板没能伸出援手，但是理智告诉她，吴老板出不出手或许结果并没有不同。当她隔着玻璃出神地望着工作中的焚化炉的时候，她想到吴老板，心里更多的是愧疚，愧疚自己这些天无法坚守岗位、无法为他排忧解难、无法做他的小太阳带给他温暖和正能量；只是这些心思，千头万绪，都无从和他谈起，也不知道他能不能挺过眼前这一关，又会不会在意她的这些心思。

第十一节

处理完这个事情，天雅好好地整理一下心情，她给吴老板发信息，说自己近期会回公司上班，吴老板给她打了电话过来："都处理完了？"

"嗯。"

"有什么需要我做的吗？"

"没有。"

"你还小，这个事也算是个坎了。我跟你说，我应该没事了，近期会回去，等我回去吧。"

"好。"一个字包含了千言万语，不知道吴老板会不会像天雅一样。

几个月没有上班了，天雅都有点不太适应，感觉办公室里面一半的人她都不认识。天雅回来以后，先让李拉给她汇报当前的情况，她记得离开的时候公司正在处理起点的事情，目前搁置了，李拉没有说是因为茹萍的离职，但是天雅听起来感觉有点关系，起点教育集团的第一次上会是有条件通过，也就是需要满足委员们提出的先决条件才能投资，茹萍走了就没有人去落实这些条件了，起点的李总是很不容易信任别人，好不容易总算是认可了天雅和茹萍，其他人去联系她都不理，僵在这里了。说到这里，天雅想着自己还是应该给茹萍打个电话问问到底是因为什么原因离职的，李拉说，可能不用。李拉把办公室的门关上，然后问她："你还好吗？"

"还好。"

"你不是说还要去美国吗？"

"不用了。"母亲去世的事情她没有跟任何一个人说，包括吴老板，但是吴老板自己猜到了。

"是情况不好了吗？"李拉小心翼翼地问。

"嗯，都已经处理完了。"

李拉也不知该说什么好，她看着天雅还是面无表情的脸，不知道是该让她节哀，还是该为她打气。因为细节太少了，不好把握说话的态度，李拉干脆就不表态了，她直接说回工作的事情："你还记得春风集团吗？茹萍做的项目。"

"记得。"

"春风集团出现了特别大的窟窿，前一段时间发现的，茹萍辞职办好手续后，窟窿就出来了。"李拉看了一眼天雅继续说，"春风集团的实控李春风，在外面搞了好多的民间借贷，现在还不上钱东窗事发，债务人就把学校围了，天天在学校外面拉横幅，都影响正常经营了。"

"集团知道这个事情吗？"

"还没有跟集团说，目前还没有搞清楚春风的具体情况，是应该报警还是应该上法院，这种情况也没法跟集团说。"

"具体怎么回事？"天雅听到这个事情，只是皱了皱眉。

"这个事情我们一直在调查，方方面面的，据说李春风也是受害者，他和另外一个合伙人一起开了一个金融咨询公司，是那个人一直在从事非法集资活动，他打着集资办学的旗号，声称资金用途就是给李春风办学校，我们看到过他发的宣传单，上面就是简单粗暴地先给出每年 10% 的固定收益，然后后面还有办学的分红，承诺的不低，至少年化 10%，所以投资的人还挺多的。这么高的收益肯定维持不了，那个合伙人就卷着钱跑路了，但是李春风跑不了，这些投资人就去找李春风，找不到他人，就把学校围了，让他还钱。"

"噢。他用学校担保了？"

"他说没有，但是好多投资人手里都拿着盖学校公章的承诺函。"

"都到现在了，还没有搞清楚吗？"李拉很少见到天雅发火，天雅脸色不好的时候都不多，但是现在能看出来天雅不高兴了，"当初没能尽调出来吗？"

"这个事情是个或有负债，当初这些投资人没有站出来，确实从尽调的角度，发现不了也算是情有可原。"

"茹萍收钱了吗？"

"这个事情就不知道了，茹萍离职以后再给她打电话她也不接了，从公司的账上，有两笔律师费有点奇怪。"

"查了吗？"

"查了，本来茹萍在的时候一直让付，但是她走了以后财务一直不敢付，现在都还没付。"

天雅这才想到，助理苏珊怎么一直没出现，她问李拉："苏珊呢？"

"她也走了，茹萍不干了她就不干了，本来她是想跟着茹萍成立部门的。"

"那倒也是，我知道的，我只是觉得挺遗憾的，刚给她撮合成的，男朋友还在公司，她居然不在了。"天雅有点惋惜，她应该多帮苏珊考虑一点，苏珊从一开始就不是特别想当她的助理，她也当时答应苏珊干满两年给她回归业务部门的权力，不过现在再想这些也晚了。在天雅不在的这一段，她安排司机小王去给李拉开车了，现在自己也不好再要回来，让刘伟给自己再招个助理，要会开车的，这样就两全其美了。她继续问李拉："学校情况严重吗？"

"还是挺吓人的，家长都提意见，有一次上学的时候保安没看住，有好几个人跑进校园了，学校停课了。后来的时候就都文明了些，就是围在校园外面拉横幅。"

"这个事李春风应该负责啊。"

"我们每次都让他处理，他一直答应得挺好，但是一直没见解决。这件事情是他违约了，按照投资协议，他对学校的或有债务承担连带责任担保。"

"公司目前谁在处理这个事情？"

"是资产处置部的高强。"

"以后李春风和投资人谈的时候，让他也一起去听听，我们好知道第一手的情况。"

两个人又说了一下公司其他的事情，天雅想起来，江海拆借的资金也好几个月了吧，还了吗？李拉说，还没有，天雅说，不是集团有专门做资金拆借的公司吗，让彭文去找个公司替换掉我们的钱。两个人说起了伟盛，青石保理卖给伟盛以后的尾款都付了，还有一部分换股，等着锁定期到了就可以退了。天雅问李拉，苏总离婚已经搬出来了，他们两个为什么还是偷偷摸摸的样子，李拉说，苏总这个岁数的男人好像都不会对外宣称自己离婚了，让她非常苦恼，这种情况下她就不敢高调，否则怕非议。天雅马上给伟盛的董秘打电话，拐着弯问他知道苏总离婚了吗？对方惊奇地说，不可能吧。李拉无奈地摇了摇头。

中午三个人在天雅办公室里吃的饭，现在的午餐自助不但有米饭炒菜，还有各种花样，今天中午是牛肉米线，送餐公司的人在会议室里面现场支起了炉子，一边是滚烫的牛肉浇头，一边是大锅现场煮米线和烫青菜，还可以煮饺子加在里面。三个人边吃边聊，媛媛给天雅带了孩子满月的伴手礼，定制的布包里面有孩子生肖石的吊坠，样子设计得很可爱，媛媛委婉地表达了希望天雅可以振作起来，天雅没说什么。李拉给了媛媛一个眼色，天雅回来上班是上班了，但是整个人看起来就不太好，原来虽然也有点面瘫但嘴不饶人，现在完全就是木木的。李拉赶紧岔开话题，说看了媛媛的宝宝以后她都想再生一个了，媛媛顺着说女人生孩子就是好了伤疤忘了疼。

米粉吃到一半的时候，外面一阵喧哗，天雅还说，现在的小孩子们中午都这么吵了吗？有人敲门，刘伟有点慌张，看到天雅屋里有三个人还犹豫了一下，但是马上就直说了："春风的投资人好多在公司门口堵着，听说楼下还有，只是公司门口的地方太小，站不下那么多人，所以没全部上来。"他说到这里的时候，天雅马上站起来走到窗边，通过落地窗可以看到，大厦入口那里几个人举着横幅正站在那里，字很大，从楼上都能清楚地看到，上面写的"天贺资本还我血汗钱"，剩下还有些人正在向来来往往的人派发传单。

看到这个情况，天雅表面上还是没有什么，心里真的很难平静，她问道："这到底是怎么回事？"

"根据初步了解，应该是李春风自己扛不住，如果再去围学校就要影响招生了，他跟这些人说，是因为天贺资本不能及时地支付对价款，所以导致他无法给投资人付款，投资人现在就来闹了。他们的诉求是尽快把所有投资款支付给李春风，让李春风把债务偿还干净。"

"岂有此理！"李拉说，"这个李春风还要不要脸啊！这都能拉我们当垫背的！"

"能不能跟这些人讲讲道理呢？我们是跟李春风签订了投资协议，但是也是需要他做到很多条件我们才能完成支付，而且他欠下的担保跟我们又没有关系，能不能冤有头债有主啊。"媛媛说的话完全是站在法理的角度上的。

"资产处置部的高强正在和他们谈，隔着公司的玻璃门。"

"知道了。"天雅说，这个时候慌张有什么用，"报警了吗？这种事警察应该管吧，都干扰我们正常上班了啊。"

"报了，警察还没有来。"

"那就正常上班。"刘伟出去以后三个人也没心思吃饭了，天雅观察了公司内部暂时还是安全的，因为整层楼都是天贺资本的办公地，所以电梯出来两端对着的都是天贺资本的高强度玻璃门，公司自从丢东西以后加强了安保，除非前台刻意地给开门，否则很难尾随进来。现在能看到电梯间这里积攒了十几号人，再多也装不下了，他们席地而坐，搞得公司的大门无法进出。但是公司还不至于完全瘫痪，因为公司还有一个消防通道，平时是锁着的，这个消防通道里面还有货梯，平时没有人坐，现在进出公司大家都默默地走了货梯。往回走的时候，天雅听到王林他们那边在吵吵，说什么图片都流出了，天雅走过去问他，什么图片，王林有点惊慌，说，就是公司被围的图片，他在公司的离职员工群里看到了。天雅马上让刘伟发通知，让员工不要发图片，保护公司的声誉，看到不实报道或新闻要及时汇报，另外通知全员从消防通道进出，注意安全，公司会妥善处理当前的突发情况；她让小鹿时刻关注舆情，有不利消息马上举报或者投诉。天贺资本是受害者，李春风隐瞒了一堆的或有债务，现在又把投资人的焦点转嫁到天贺资本来，太不公平了。让小鹿走了之后，天雅让刘伟把高强叫过来，问了他一下目前的情况，高强说："据我观察，来闹事的人很多不是投资人本人，从穿着、行为方式和中午有人送饭过来他们蹲着吃这些地方能看出来，他们是被雇来的农民工，就是来闹事的，不用和他们讲道理，他们也听不进去，所以我现在的回复一概就是：只要他们还在这里闹事，就什么都不谈，除非他们走了，否则我们一概不谈。"

"嗯，我同意你的说法。报警了吗？警察怎么说？"天雅看着这个高强，看起来成熟稳重，长得挺成熟的，人有点黑胖，个头不太高，说话很慢但是还算是条理清晰。天雅还是期望警察能出手，这种明显的闹事难道没有人管吗？

"嗨，您就别指望警察了，这种事情我也见过好几回了，警察都是抹稀泥。"高强说，边说他的电话边响，然后他就出去接电话了。没两分钟他进来了，跟天雅说："张总，我建议您先离开公司，很多投资人网上查到了您的照片，据说他们正在商量着在大楼堵截您，就是要跟您谈，我怕对您不利。"

"真逗，朗朗乾坤，我为什么要怕他们！"天雅笑了，天贺资本又没有违法犯罪，而且其他同事还没有走，她压根没想过要走。这个时候前台跑过来，通知刘伟和高强，警察来了，他们两个赶紧先过到玻璃门那边去了。等一会儿就听到公司门口那里一阵喧哗，门口带门禁的玻璃门被剧烈地拍打，接着一伙人冲进了公司内部，公司内部的隔断玻璃门全都关上了，天雅本来想出去看看到底怎么了，小王过来跟她说，张总，您跟我走。她还在问，李拉过来跟她说，别耽搁了，公司的员工都会走的，他们已经闯进来了。天雅跟着小王一路，从消防通道转移到地下健身房，再到停车场，然后开车从地下停车场开车到公寓出口才开走。

在路上天雅才知道，警察到了之后，高强隔着玻璃门跟警察说了事情的原委，天贺资本从来没有跟他们借过钱，警察说听懂了，但是事情不能这么拖着，让高强出来和警察还有闹事的人的代表说清楚，高强说不出去，这个时候警察就坚持让他出来，闹事的人本来听着警察的话都想走了，有些人已经按电梯准备下楼了，发现冲突都回来了，聚在玻璃门外面边砸门边嚷嚷："出来，出来，出来……"这下控制不了，警察跟里面的人嚷嚷："快打开门！"前台小姑娘看到这个阵势吓坏了，高强让小姑娘躲到里面的区域，开开门，人群一拥而入，都冲进了公司。幸好刘伟的紧急预案就是把公司的各个区域都隔开，冲进来的人占据了前台，前台两侧的会议室，还有厕所。高强和警察说，让我们开门干什么，现在他们都进来了我们怎么办公？警察说了，他们都堆在外面我不好解决，你们是债务冲突，自己协商解决。天雅这才懂了高强说的话，警察都是抹稀泥，是什么意思。现在事情已经控制不了了，得尽快汇总情况，她也要准备回答集团的口径。

快到家的时候，天雅给李拉打电话，问其他同事都撤离了没有，李拉说撤了，天雅放下电话以后跟小王说，走，我们回去，我看看他们到底能怎么样。小王虽然有点不情愿，但是还是马上掉头了。

通过消防通道上来的时候，天贺资本这一层比较安静，她进到公司以后透过玻璃门往前台那边望，一路过去地上东倒西歪的都是坐地上或者侧着躺在地上的人，其实人数不多，听说大部分的人都集中在大会议室，高强和警察一起跟他们在谈。刘伟没走，还在公司里面，跟高强保持着沟通，他该去那边去那边，谈完就回来，如履平地。等到晚上六点多了，小王问天雅，要不要给您订饭，天雅说，订上，给刘伟和高强也订上，小王问，那些人呢？天雅白了他一眼。

七点多外卖送来，天雅等着高强一起吃，但刘伟说高强那边快完事了，这些人看着在这里闹也要不到钱，而且花钱雇来的农民工也不想加班，所以天色一黑就一哄而散了。也没有什么结论，高强也没有答应他们任何事情；如果不分青红皂白，闹闹就有钱，那以后公司门口动不动就会站一堆人。他们走了以后保洁阿姨进场加班，他们大多到处坐、随地抽烟吐痰，把公司弄得一塌糊涂，遍地痰渍、烟头和垃圾，要不是高强盯着，他们要把饮水机都搬走；发生在警察眼皮子底下，警察都不会管。天雅把送来的几份外卖都给了两个保洁，每人还额外发两百块钱的红包，然后请小王、刘伟和高强出去吃饭。

三个男的还是喜欢烤串，无奈，天雅陪他们去吃了，尽量选了一个看起来高大上一些的馆子，不能是那种大排档人挤人。进去以后要了个包厢，天雅跟大家说随便点，今天辛苦了。翻翻菜单，烧烤店就是烧烤店，没什么太贵的菜，天雅先要了四只烤乳鸽，剩下的就他们去点了。除了小王不能喝酒，天雅陪着他俩喝的啤酒。炭刚上来，天雅的手机就响了，一看是吴老板，天雅马上跑出包厢，在走廊上找了个稍微没人的地方接了起来。

"今天上班了吗？听说有人去你那里闹了？"

"上班了，这件事目前已经妥善解决了，警察来了，闹事的人都走了。"

"什么事啊？"

"不是我们的事，是投的一个标的体外集资还不上了，非说等着天贺资本的投资款来还钱，所以这些人才来天贺资本闹，也没有依据……"

"×，别跟我说这么多，我不想听，我不管是不是你的原因，这件事情出了影响不好，你尽快地解决，如果有问题就处理，解决不了就找我，别不了了之。你在外面有什么破烂事我不管，天贺的牌子绝对不能受影响。"天雅都习惯了，他来电话不会是嘘寒问暖，不会问自己是不是没事、有没有害怕，他这么问，都在意料之中。天雅安慰自己，吴老板给自己打电话就是在关心自己，他的重点在于问自己能不能解决，如果不能的话他肯定会出手的；只是他说的"破烂事"到底是什么？

天雅回来的时候，一堆串串已经在机器上自动地烤起来了，乳鸽也上来了，她赶紧跟他们干几杯。天雅问高强，这种事情是不是经常发生在春风？高强说，这种事确实不少，李春风都习惯了，这些人都是从农民工市场拉过来的，去工地帮工一天也就收入一百多，只要出到一天两百，他们就动力大大的，让干什么干什么，让举横幅就举横幅，让喊口号就喊口号；如果出钱的人再大方点，能出到一天三百，那么来闹的人就是各种带技能的人。天雅问，比如？高强说，反正这帮人已经找上天贺资本了，估计以后也会再来，我就先给你们剧透一下：自带技能，就是指几种警察看到都头疼的人，比如，抱着孩子的妇女，年龄在七十岁以上的老人，还有残疾人和生着病、抬过来的那种，这些人你根本就没辙，不敢说不敢动的。

天雅问，那原来李春风都是怎么对付的？高强说，如果是头痛医头脚痛医脚，那就无解了，李春风都是大风大浪经过来的，他都是直接找到背后花钱雇这些人来的人，说点好的或者给点钱打发了，总之是能拖一日就是一日。天雅问，难道这些人不能告李春风吗？借给李春风钱的人只要超过了二百人就是非法集资啊，报警可以直接抓人啊！高强说，您太逗了，这些人不但不会告李春风，别人报警的时候他们还要帮李春风说话，谁敢动李春风他们就跟谁急；李春风才是他们拿回钱的唯一希望，只有李春风好好活着，好好工作，把学校做好了，这些人才能拿回借出去的钱。天雅说，他们是不是有点偏执了？高强说，他们这些看上高利息收益的人，能相信实体企业有这么高盈利能力还能分享的人，您觉得他们很有理智和判断能力吗？很多人是学校附近的居民，春风所在地曾经是农村，借了城市扩张的光，很多人除了就地上楼还拿到了大笔的拆迁款，李春风看准了他们钱多无脑的特点，精准地收割了一拨土豪。这难道就是"凭运气挣的钱，凭实力都亏没了"？这些年她看到了太多的贩卖焦虑的文章，什么《你不理财，财不理你》之类的，说投资比存款收益高多了；而股市的软文更是遍地都是，每天抓涨停，买了就赚钱，不工作炒股的人都有；这些人到底冤不冤？

天雅问，这些钱是不是李春风用的？高强说，他观察过，一开始那个跑路的合伙人卷走了多少不知道，但李春风确实在那个期间做起来了几个学校；后来合伙人跑路了，李春风居然还继续在社会上融资，你说这个钱不是他用的？他天天被债务人讨债，还能一直相安无事地把学校经营下去，他就是骗人的，不是被骗的。

天贺已经投给春风一个亿了，这个钱除了退出了前股东的股份，也就是天雅学长安全下庄了，再就是给李春风还债了，这个成本是铁定地收不回了。她现在心里最怨恨的是自己的学长，当初投资之前，天雅还特意去拜访他，就希望问点情况，他守口如瓶什么都不说；是自己太傻了，商场上都是你死我活，好不容易有人愿意接盘一个烂摊子，难道学长会傻到告诉自己里面的坑？生意就是生意，不要掺杂其他的东西，因为其他的东西都不是生意人要考虑的因素。

不管怎么说，今天高强发挥了很大的作用，天雅敬他一杯，本来她还想着高强没什么大用，只是处理一下宝石龙的残局，现在觉得这个人招对了。天雅也敬了刘伟一杯，感谢他招的人很合适，同时让他和小鹿就今天发生的问题给全体员工写告知的通稿，让他们清楚事情的始末，同时也要让他们清楚未来遇到这样的事情要处理好，首先要保证个人的安全，其次是尽快通知公司，要有这个意识。

晚上天雅回到家，跟几个人商量春风集团的事情，目前只有两条路，要么是温和点，派人去辅佐李春风，希望他能自己解决这个烂摊子不要让别人给他擦屁股；要么是变革派，全面接管春风集团，跟李春风划清界限，早痛早好。李拉说，管理层不是一日炼成的，我们现在无法直接拉出一个团队去接管春风的业务，还是一步步地接管吧，先派校长，原来我们就派了财务，逐步地接过来。天雅说行，招聘校长这个事就由天伟去和刘伟一起完成吧，天伟尽快熟悉一下行业，因为近期天雅还要带着天伟去拜访起点的李总，想让天伟接茹萍的工作，她在公司的这几个 MD 里面扒拉了一遍，决定还是给天伟。

等电话会结束，天雅才看到手机上有一条富总发给她的消息："忙吗？"虽然有点晚了，但是天雅还是马上给富总拨了个电话回去："富总。"

"天雅啊，你在哪呢？"

"在家呢。"

"不在医院啊。"天雅这才想起来母亲的事情还没有跟富总说，自己虽然上班才一天，但是处理事情让她状态一下子回来不少，好像母亲的事情已经是很遥远的事情了。她感觉还是要跟富总说一下："不在，感谢您帮的大忙，我母亲还是走了。我也是忙得也没来得及跟您说一声，我已经上班了。"

"啊？多前儿走的啊？"富总冲口而出，但觉得不太合适，又说，"家里人都还好吗？你别太伤心了。"

"嗯，我知道，其他人我都没告诉，您帮的忙应该跟您说一声的。"天雅说，但是她知道富总找她应该不是这个事情，"您有什么事吗？"

"哎，没事，你刚上班是吧？"

"没关系的富总，我已经开始工作了，您不用担心，有事您尽管说。"

"……我明天晚上有个饭局，如果你能来一起听听最好，是个香港上市公司的事情。"

"行，我一定去。"

放下电话，天雅想着，富总什么时候和香港上市公司有联系了，难道和天贺合作不好吗？他偷偷地叫天雅过去，于公于私天雅都应该关注，这个时候忙一点，才能不那么痛苦。第二天小舅妈给天雅打了电话，说让父亲去小舅家住一段，省得睹物思人，刚好这几天他家新买了一个理疗仪，可以治疗肩颈和腰椎，让父亲去试试怎么样。天雅挺感激的，母亲不在了，她也一天到晚不在家吃饭，看着父亲日渐消瘦就知道他没心思吃饭，有人照顾着当然是求之不得；小舅妈说这都不算什么，天雅的父母都是那么好的人，当初要不是他们拦着，小舅妈就要把存款都给骗子了，说到这里的时候小舅妈还真的哭了，天雅还安慰了她一下，人好不好和生不生病没关系。

第十二节

天雅到公司的时候，公司已经和平时别无两样，并没有受昨天闹事的影响。天伟一大早就把李春风给揪来谈事情的处理，天雅看到他们两个和高强一起在小会议室，她对李春风没好脾气，要是法律不管真想给他两个嘴巴子，昨天一堆人来闹事根本无法评估造成的影响和损失，他这会儿就像没事人一样喝着咖啡，他居然还有脸喝。

刘伟过来说给她带了两个自己觉得还不错的小孩面试她的助理，两个都是应届的男孩，一个活泼一点，一个沉稳一点，让她确定最终人选。天雅一共就二十分钟空闲，两个人过来了，第一个是一个美国藤校毕业生，看着就挺有精神的，头发上还抹了发胶，说起话来滔滔不绝，还问起了天雅原来的职业经历；第二个是内陆重点大学毕业，说起话来有点腼腆，不问是不说的。天雅跟刘伟说，要第二个，明天就上班。刘伟说，第一个小孩心思挺活分的，他还跟刘伟聊有没有其他部门的工作机会，天雅说随便你吧，我觉得第一个孩子干不久，他心太大，沉不下来，可以问问有哪个部门要实习生。"张总，忘了及时跟您汇报了，公司现在名气大了，想来实习的人特别多，导致了有空子可钻，曾经发生过在这里实习的一个小伙子给其他部门推荐实习生，录用了之后小伙子跟被推荐的人收钱的事，所以我就把所有招聘的权力都收回来了，免得再出其他的事情。""好。"

天伟来汇报，说李春风要两千万，他处理当前这堆闹事的人，还可以让天贺资本派校长。天雅心想着，两千万买春风项目一年的平安过渡，不贵；要尽快找到校长，李春风说的话就跟放屁一样，他承诺的所有事情让他落实到书面上。天伟出去的时候，门外的小鹿已经等在那里半天了，是天雅问她当前的舆情的，她也汇报了，昨天的闹事并没有引起太大的关注，当然也有可能是集团的公关部出手了，她会持续地跟进。她小心翼翼地问天雅，年中旅游还搞吗？天雅说，必须弄啊，我看彭文报上来的业绩情况，上半年我们这么好的业绩，为什么不弄。小鹿说，这次去哪？天雅说，出国是必须的，要弄就弄高大上，让外界知道天贺资本能赚钱也舍得给员工花钱，去个海岛吧。小鹿说，去塞班吧，那里免签又是美国的地界，又不远，北京直飞才五个半小时，天雅说你弄吧，这次既然是免签让各个部门把实习生也带上，公司的每个人都辛苦了。

晚上，天雅按照约定到了富总的饭局，到的时候富总他们正在沙发上聊天，富总还是带着他的老朋友季主任，天雅是自己来的，还有一个男人，没见过，富总介绍了说这是梁总，原来是某央企的副总，跟梁总介绍说这是自己的朋友张小姐。大家边吃边聊，富总说梁总是季主任介绍的，他原来一直在央企，特别有能力，曾把公司的贸易从零做到几千亿，特别了不起。一般的央企领导，在听到这个话的时候，一般是说"没有没有，都是领导支持"，没想到梁总没有谦虚："那是，要是没有我，这个企业早就不存在了！"她默默地掏出手机，在网上查询央企的网站，高管没有梁总的名字，她又查了历史沿革，也没看到，这个梁总说的每一句话她听着都不靠谱。

她一直都在默默地吃，听梁总吹牛，说自己现在在香港弄的上市公司如何厉害，结合了医药、大健康、养老等综合服务，还可以借助养老的噱头在大陆的经济开发区批地，目前已经在海南拿了好几千亩地，开发出来以后公司估值要涨好多倍。天雅想着，这是季主任介绍的，估计富总就是给个面子，听他扯扯淡。

后面居然还聊到了香港上市公司的壳的价格，梁总说一个香港上市公司的壳至少值四个亿。富总问天雅，原来你不是在香港买过一个壳吗，多少钱？天雅有点分不清这个梁总是敌是友，如果他是富总的朋友，那么自己当面打脸不太好，如果他不是，也犯不上跟他结仇，还泄露自己的商业机密。天雅说，都算下来也要三个亿左右了。其实如果梁总不在的话，天雅会跟富总把话说明白，在香港买壳是花了三个亿，但是那是一个特别好的壳，不但没有受到过负面的处罚，而且还自带好几块重量级的金融牌照，每个牌照单拿出来都能卖几千万。但是这不就是吃饭的时候聊天嘛，这么认真干什么。

吃完饭以后他们还有活动天雅就走了，富总说送送她，走出来以后，富总问她觉得梁总怎么样，天雅说，有点说话不实在。富总还挺激动的，说，你说他是不是挺有能力的。天雅说，还是要好好调查一下的，我也不知道他说的是不是真的，富总说，你不跟他喝酒看不出来的。天雅是自己来的，她跟富总说不用送了，富总说看她状态还不错，人生就像闯关一样，需要过很多坎，习惯了就好了。

在回家的路上，天雅想着今天晚上这个饭局，到底是个什么饭局，她越想越觉得别扭，打开手机，她看了一下国强股份最近的走势，明白了很多，原来国强股份的股价涨了，富总把股票质押出去换钱，钱多了烧的。她给研究部发消息问国强股份最近为什么涨得那么好，据说因为环保，大辉厂的竞品厂很多关停了，所以国强股份走了狗屎运。

天雅想着也好，富总这些年拆东墙补西墙，捉襟见肘地维系着才把产业做得这么大，现在上市公司做起来了，侄子也大了，有点闲钱，干点自己感兴趣的事情多好。如果富总有钱了想投资，难道不应该听听天贺资本的意见吗？她给天伟打电话，问他有没有给富总推荐过标的，天伟说推荐过，但业内的标的富总都门清的，推过去的要么是人家看不上的，要么是太贵的；其他行业的富总看不懂也不感兴趣。天雅想着，哪天带着天伟拜访富总，他有钱可以跟着天贺资本一起投资的，防止未来再有像梁总一样搞不清底细的人缠着他。等天伟先把起点的事情弄完，这个事情像里程碑一样，弄好了以后教育类的项目以后就都归天贺资本。她前两天打电话给李总约时间的时候，听说天贺集团里面除了资本以外的其他团队，也在到处找教育类的项目，她没心思再想富总的事情，一门心思地想怎么搞定李总，她也不指望黄老哥了，这个男人靠不住。

天雅感觉自己已经有好多年没见过富帅了，如果不是富总非让她来，她也没想到能见到他。富帅还是老样子，比曾经更白更胖了，发型还是老干部的样子，坐在富总身边还是乖乖的，丝毫看不出他已经是几个娃的爹了。这次吃饭比上次天雅跟富总吃饭多两个人，一个是富帅，另一个，富总介绍，是国内新材料厂家的厂长许总。天雅见到富帅，也算是故人了吧，还挺意外，她说："富总，别来无恙啊。"

"张总你这么说话太客气了，叫我富帅就行。"

"你老婆怎么没来？"

"她不得在家带孩子啊。"问到这里，天雅想着这个天聊得有点尴尬，为了避免冷场，还是不要聊了，她以为过去了很久，自己成熟了，富帅也成熟了，没想到两个人还是这么地不会聊天。

这次富总特别开心，因为梁总收了富帅当"徒弟"，天雅还奇怪，富帅怎么管梁总叫"师傅"了，莫非他们要上西天取经？后来才知道，富帅会跟着梁总去香港那边多学习学习。天雅想着这个梁总，怎么这么好心，免费教别人，听他们席间聊的设立主体，资金出境，分别持股不披露这些事情，天雅基本猜到了，富总要在香港买个上市公司的壳，而实控人，其实是富帅，这相当于富总通过这个方式把几个亿的财富转移到富帅的境外账户。富总举起杯来："今天我特别高兴，在座的虽然岁数不同，但都是我的好朋友，季主任跟我是二十多年的朋友，张总帮过我，梁总这么有能力又是富帅的师傅，许总的公司是未来要被国强股份收购的明星公司，大家都是我的贵人。今天还请大家给我一个面子，我岁数大了，六十岁的人了，心脏也不太好，前一段我来北京专门看过病，现在都是随身带着药，怕自己耽误事。国强是我二十多年前一手创立的，我希望能在明年过渡给富帅接班，他岁数小，正是好好拼事业的时候；他比我强太多了，我小学没毕业，他学问比我多多了，又在外面锻炼过，还请在座的各位多多支持，多多帮助，我先干为敬！"

天雅明白了，原来非要给他们叫来不可，是富总要托孤。这么一来天雅就都懂了，富总应该是把公司上上下下都码齐了，把上市公司下一步的并购，和国强集团下一步的并购，都设计好了，才跟大家吃的这个饭，但是这个事情没听孙恒提起过啊，一般国强有什么大事小情他都会先告诉天雅，这次天雅有点意外。

这次吃饭过程中富帅都是乖乖仔，和他单独在外的时候不一样，所以并没有什么不愉快。天雅的新助理，小毛，就是面试中有点腼腆的那个，已经上班了，开车就像他的为人一样，不紧不慢的，比较平稳。天雅就是喜欢不太话多的，哪个领导都不喜欢一个多嘴的司机。回家的路上她又回忆起了饭局，越想越觉得哪里不对，恒斌一直都像狗皮膏药一样贴着富总，怎么他没来呢？她拿起电话打过去："恒总，好久不见啊。"

"张总，什么指示？"

"我今天看到富总，就是想为什么没有看到您呢？"

"唉，别提了。"

"怎么了？"天雅发现恒斌的口气有点失落。

"本来不关我的事，但你也不是外人，董事长被季主任带来的那个梁总给忽悠了，董事长新做了一笔融资，多融出来了三个亿，差不多两个亿给这个梁总去买香港上市公司的壳了，那就是个垃圾壳，香港很多这种僵尸的仙股壳，董事长还以为这个能赚钱。"

"不是说这个香港上市公司有一堆产业吗？"

"有什么产业，都是仙股了，根本没人交易。"

"不是说还在海南拿了好几千亩地吗？"

"那个土地我让人查了，都是工业用地，根本不值钱，在海南开发住宅还要看地方呢，工业用地根本没法开发，他画的饼特别大，说做养老产业，谁去盖楼，谁去建医院啊。"

"那你怎么没跟董事长说啊？"

"我怎么没说，我当然说了！但是他不听啊，天天季主任在他耳边念叨，他就信梁总，现在好了，富帅也不在这边上班了，跟着梁总跑去那边了。张总，您说话董事长还是听的，你帮着劝劝他，别瞎买香港的壳，这个东西我们不懂，值不值两说，万一操作过程中出了什么纰漏我都不知道该怎么办。"

"你别着急，我想想这个事该怎么跟他说。"说完天雅就挂了电话，这个恒斌，早不告诉自己，如果早点告诉自己，自己就都明白了。为什么第一次见梁总让天雅感觉就不好，就是他身上这股浮夸的气质，这种人在金融圈里面太多了，都是混江湖的，也不能说一点本事都没有，但是他说的那些本事一定是没有的；这些人活得够久，不说经过的，看过的、听说过的事情，随便把自己安进去说出来，就能忽悠不少人，不过这种人在内行面前都容易露馅，越是顶尖的人圈子越小，相互打听一下就知道彼此的底细。

想到这里，天雅给于越打电话，国企央企对于天雅来说超纲了，倒是于越的领域，她想让于越帮着打听一下梁总这个人。母亲走后，她那辆车由天雅继承，最近也要找于越配合处理，她就顺便问了一下。

于越还是比较警觉的，他问天雅为什么要打听这个人，天雅说业务上可能要合作，于越说你们公司不都是跟民营企业合作吗？怎么会有央企？天雅真的挺反感于越这样的态度的，可能因为于越在体制内时间长了，他的打听都不是白打听的，体制内相互的信息交换是需要付出代价的，随便问问，对方可能不会如实告知，或者反手就告诉被打听的人，惹一身骚。天雅本来特别生气地想挂电话，她让于越打听是看得起他，她让别人打听会被别人这么问吗？但是转念一想，这个时候就是谈业务，就把他当成合作伙伴："富总是妈住院的时候帮着联系床位的人，他可能要从梁总手里买一个香港上市公司的壳，我怕他上当。"

"哟，好吧，我打听到了告诉你。"于越可能也是看在还开着天雅的车分上，这才算答应了。

因为在路上还没到家，天雅想着给孙恒打个电话，问问他到底是咋回事，这么晚了，给别人打电话还要琢磨一下是否合适，给孙恒就无所谓了。

"喂。"孙恒倒是挺快就接了，就是有点不情愿。

"富总买壳的事。你知道吗？"

"不知道啊，你说说。"

天雅就给他把来龙去脉讲了一遍，包括自己正在托人打听梁总的底细，孙恒听完了跟她说："你是不是晚上了脑子有点不清楚啊！"天雅有点愣，孙恒马上缓和了一下口气："我也是着急的，你怎么这么糊涂呢？董事长信你，是因为你跟他作对吗？董事长做这么大事的人，是那种没主意的人吗？他动了这个心思要干这个，谁能拉得回来？你以为你跟他的关系比恒斌跟他更好吗？恒斌为此被冷落了，你干吗非要惹一身骚？你觉得你比董事长更精明？这个事情如果我想知道是可以知道的，但我不想知道，因为我不想掺和，你要知道季主任是董事长二十多年的好朋友，他们之间的恩恩怨怨谁清楚，或许董事长明知道这是个坑也要往里面跳，你拦着，你的下场就跟恒斌一样。融资是我帮着做的，钱直接打到了广州一个公司的账号，那个公司应该是用富帅的名新注册的，但是我不问，我劝你也别问，别跟董事长连朋友都没的做。"说完他就挂了，天雅感觉今天孙恒怪怪的，跟吃了枪药一样，意思她懂，但是也不用说得这么咬牙切齿吧。

于越回话了，天雅有点吃不准到底应不应该跟富总聊聊这个事，不插手良心过不去，插手了估计也不会影响结果，还让富总讨厌，而季主任和梁总会因此跟天雅结梁子。但还是应该提醒一下富帅，梁总不简单；天雅拿起手机来，又放下了，她应该以什么口吻去跟富帅说话呢？富总的朋友？好像在压富帅一头，他都已经是要接班的人了，身边应该都是能人吧，自己就别去秀存在感了。

第二天上午孙恒给天雅打电话的时候，她正在会上说春风集团的事情，每个团队尽调必须要尽调企业实控人的财务情况和为人，现在已经吃了两个大亏：宝石龙和春风。公司的损失不提，未来怎么样做才能避免再发生类似的情况；李洋现在这个时候倒是自在了很多，他成功投出去两个定增，又和新傍上的上市公司签订了三十亿的并购基金，正是志得意满的时候，再提起宝石龙也不垂头丧气的，说得也是头头是道，仿佛曾经犯错误的人不是他一样，听得天雅心里就不爽。会结束了，天雅回到办公室给孙恒回电话："找我？"

"没事我就跟你解释解释。"孙恒的声音还是那么温柔，"昨晚你给我来电话的时候我女朋友刚好在跟我作妖，你给我打电话不管是哪一个女朋友，听我接电话的口气都觉得咱俩关系不一般，所以昨天我特意特别严肃。"

听到这里天雅笑了，原来是这样，这些女人直觉也太准了吧："然后呢？管用了吗？"

"管用个屁，挂了电话以后这顿跟我闹啊，你知道咱俩坏在什么地方了吗？"

"什么？"

"咱俩打电话相互不说称谓，比如我接其他人电话，上来都会说，喂，富总，之类的，跟你就是上来就说，没有一点客气。"

"行吧，那就以后记得叫我张总。"

"现在说什么都晚了，昨晚跟我闹一晚上，问咱俩到底什么关系，给我烦的。"

"你自己找的女朋友怪谁。不说了，我忙了。"天雅还有一堆事要忙，没心情听小女朋友作天作地。

"哎哎，等会儿，你说的富总要不干了让太子接班是真的吗？"

"必须啊。"

"我说怪不得太子最近被选成了上市公司总经理，估计下一步就是董事长了。"

"人都安插好了吗？"

"富总应该为他考虑过吧，但目前还没看到其他人投靠，毕竟他岁数太小了，公司里大部分的人辈分都比他高，根本镇不住。"

"那你加油去抱大腿吧。"这下天雅是真挂了，太子能不能顺利继位不是她应该考虑的事情，她有什么立场替太子操心。

要想招个做投资的人，应有尽有，但是想招个学校的校长，难死了，刘伟天天发愁，好不容易通过拐着弯的关系，托人介绍了一个原来某公立学校的退休校长，天雅让刘天伟和韩校长一起搭帮处理好春风集团的管理交接，未来春风是天贺 100% 控股的公司，不是财务投资，是产业投资，未来要凭着教育行业为公司提供现金流的，一定要做好。

第十三节

这次塞班之旅除了叫上合作伙伴，还带上了实习生和家属，阵容庞大有两百人，可以包机了。天雅也邀请了很多朋友，但是想到母亲的事情，她还是不想邀请黄老哥。

给 Helen 打电话的时候，天雅有点自责，算算日子 Helen 也该生了，自己没有早点问是疏忽了。Helen 还是挺开心地说生了一个女孩，她一直想要一个女孩，现在终于实现了这个愿望。天雅问她很忙吗？她说还好，有人给带孩子，她只负责好好减肥，现在孩子都快满月了，她想快点上班，在家太无聊了；董总给她报了一个国外大学的 MBA，但还是太无聊了，她在自家的医美机构做了隆鼻手术，现在还有点肿，等消肿了就可以发美美的自拍照了；女人就是要内外兼修，可以通过自我修炼提升精神世界的修养，但是眉间的川字纹只有肉毒杆菌能管用。天雅跟她约好了，等岁数再大点一起去打针，岁月的杀猪刀哪里放过任何一个人了，只不过是有钱能使鬼推平脸上的皱纹罢了。天雅问她要不要带点东西，Helen 说最佳董秘的评选希望天雅帮拉拉票，天雅说没问题。

天雅和李拉她们几个没有坐公司的包机，坐的是通过韩国转机的这个路线，在首尔可以买买东西。到了塞班是晚上，一水的粉色野马跑车，公司租了一百辆停在机场，特别拉风。有其他人在前面开道，天雅也就跟着开，很快就从机场到了酒店。入住的这家酒店有着自己的生态保护区、海滩，还有景观，酒店安排了欢迎的歌舞，泳池边的 party 和自助餐。热情是热情，只是这里的服务员的身材实在是让人不敢恭维，和美国时候的俊男靓女完全比不了，天雅偷偷地问小鹿，怎么搞成这样，没有预算了吗？小鹿说，这个酒店离市区太远了，请不到人，后面换到市区去住就好了，忍耐一下哈。天雅后来一想，带着家属呢，低调一点也好，让家属放心。

这次旅游，天雅带了父亲一起，这是她第一次带家属，父女两个人还是有点拘谨，天雅跟姐妹们走在一起的时候，父亲都是隔几步距离跟在她们后面，帮她们拍拍照，她们会各种摆姿势，在手机上看效果不好会要求重新拍，而她们要给他拍照的时候总要反复邀请他，他才勉强肯拍，而且拍一张就行了，不管效果怎么样。

这次出去旅游，天雅完全没有之前几次的那种随心所欲的感觉，主要是带着父亲有点放不开，而且母亲走了她虽然表面上还算可以，但是心里一直不舒服，也谈不上哪里不舒服，仿佛心头蒙上了一层雾，不见阳光了。无论是坐潜水艇出海，还是海钓、浮潜，都无法让天雅开心，她后来看了游玩拍的照片，无论是她还是父亲，两个人怎么使劲地挤出笑容，最后看起来都是哭丧着脸的样子。公司包船去一个无人居住的小岛，父亲早上起来以后有点低烧，天雅让酒店给他叫了当地的医生，没和大家一起去无人岛玩，新来不久的助理小毛陪着他们。左等右等也不来人，天雅在跟酒店交涉的时候，路过几个台湾人倒是很热情，他们说带了很多药，父亲也说自己应该是肠胃炎，对方给了他们一些药父亲先吃了。休息了一个多小时以后父亲感觉好多了，天雅就陪着他在酒店里面走走，结果在教堂周围又碰到了那些台湾人，他们是自由行来玩的，两个岁数跟父亲差不多的人，父亲也坐在躺椅上跟他们聊天。大家没有聊有争议的话题，只是聊聊自己的家乡，就像两个不同省市的人聊聊天一样。天雅坐在旁边听着他们聊天，并没有说话，她记忆中的家乡就是母亲做好饭等着她的那个温馨的家，夏天的时候还有母亲熬好的绿豆汤，冬天的时候煮饺子的锅开着盖子煮，窗户上都是蒸汽。她突然感觉眼泪好像已经要掉下来了，赶紧站起来往远了走了走，幸好周围没有人。小毛等会儿给她打电话，说医生来了，天雅说不用了，我们出去转转吧。

本来就不大的城市也没什么好玩的，正无聊的时候看到了金碧辉煌的赌场。赌场送新人二十美元的筹码，听说原来送过现金但中国人领完就走，赌场学乖了，不但改成送筹码，而且两个小时内不让兑现。因为国内没有合法的赌场，本着猎奇的心态，天雅他们进来了，刚好赶上了免费教二十一点的活动，一开始只有父亲坐在赌桌旁边，天雅和小毛都在看热闹，后来父亲跃跃欲试，天雅给他找了个桌子玩，他拿着四十美元的筹码图个新鲜，输没了就不玩了，天雅看小毛特别投入，就让他坐父亲那个位子，小毛倒是运气不错，连着几把都赢了，最后带着一百多美元离开的赌场，天雅跟他开玩笑说，你真应该多玩几把，没准就不用上班了。

下午父亲状态好多了，天雅带着他们在码头租了一艘快艇去和大部队会合。临近无人岛，已经能看到有很多人在浮潜和玩水上游乐设施了，有摩托艇、海上拖伞，天雅跟父亲说，既然来了一趟，就要什么都玩一玩，她劝说之下，小毛带着父亲去玩了，天雅一个人坐在码头上，默默地看着脚下的海面，透过清澈的海水能看到珊瑚，虽然颜色没有那么鲜艳，但是也算是长得郁郁葱葱，上面能看到好多的小鱼在这里栖息，它们就像被秋风吹得漫天飞舞的树叶，随着水流浮浮沉沉；偶尔还能看到几只小型的护士鲨游过，还有蝠鲼。她看了很久，都入了迷，这就是生命的力量，让她忘却了很多心事。她也没想到自己会在码头上坐了一个多小时，直到父亲玩完了，换好了衣服来找她。很多同事都看到天雅在码头，坐在浮桥上，腿垂下来，呆呆地看着海面，大家谁都没敢过来，只是默默地观察着，如果天雅不小心坠下去肯定会发现。

去西藏玩的时候，天贺资本已经使用无人机来拍摄全体的合影了，这次合影手段又升级了，是水下的，这次的随拍摄影师跟着大家下了水，不担拍摄了很多珍贵的人和动物嬉戏的照片，还拍了合影。听小鹿说，这次拍照效果特别好，而且给集团其他的人都震了，天贺资本目前就是集团最让人羡慕的存在，其他子公司或者集团本部，一年一度的年会都赶不上天贺资本的一次出游风光，各种写真大片让其他公司的人口水连连。天雅想着人生得意须尽欢，既然业绩做的是全集团第一，待遇必须也是全集团第一，这样才对得起辛苦的付出。

晚上的时候，酒店给公司办歌舞晚会，还表演玩火，父亲早早就想回去休息了，天雅看他往回走也跟他一起走，走出去一段以后安静多了，天雅跟父亲说在沙滩上走走吧，两个人都没有说话顺着沙滩走了走，发现海面上好多白色的东西，后来仔细看，原来是好多沙蟹，晚上出来，有人来了四散奔逃，天雅眼看着一只沙蟹慌不择路地躲进了一个沙滩上废弃的易拉罐，要是原来，她肯定乐得开心就把易拉罐连同沙蟹当战利品带回去给大家玩玩，但是现在，她只想静静地散步，希望沙蟹好好地和家人在一起别走散了，因为，走散了就找不回来了。

不知道是不是因为出国以后信号不好，她手机响了一声就断了，她一看是富帅打来电话，犹豫了一下又打了回去。能听得出来，富帅还是有点紧张的："张总，忙不忙啊？我本想找你又怕你在忙。"

"还好，这两天公司组织大家在塞班旅游，没那么忙。"

"你们又出去玩了啊？没看到你发朋友圈啊。"天雅才想起来，这次出来玩兴致不高，确实没发朋友圈，难道富帅总看自己的动态吗？她不想跟富帅扯太多，问："富总有什么事只管说。"

"也没有什么事。"既然富帅这么吞吞吐吐的不利索，天雅不想再纠缠，就挂了电话。后来回想起来，天雅感觉自己还是疏忽了，应该好好地让富帅把事情讲完，或许富帅在这个时候给她打电话，是因为真的出事了，否则他怎么会低下他那高贵的头。

回来在机场的时候天雅就发现王林牵着一个女孩的手，女孩高高瘦瘦的，一头长发，长发下面就是大长腿。天雅问李拉，王林啥时候谈的女朋友，李拉说，你还不知道吧，到了塞班以后，王林这速度，约炮都没他快。这个女孩是研究部的实习生，头一天来塞班的那个晚上，王林请融资部的小伙伴一起去酒吧，融资部的实习生姐妹叫上了这个女孩，当然年轻人都爱玩，王林又不计较多请一个美女，他们开着跑车去了酒吧。后面的事情就老套了，王林又喝多了，他自己说不知道发生了什么，酒醒了一看又上床了。都是一个公司的，他醒来以后准备了半天，数数自己身上一共还有四千多美元，他就把其中的四千美元攥在手里，等人家姑娘醒了，王林给她跪下来道歉，并提出把四千美元给她作为补偿。

听到这里，天雅觉得王林太过了，李拉说："你根本想不到，其实那姑娘是早就看上王林了，她就是故意把他灌醉的，要不怎么她既拿了钱又成了他女朋友。这几天，听说王林的卡都刷爆了，不得不临时提高了额度。"

"王林这样的人都有人能看得上？她真的是岁数小，早来公司两年保证她大开眼界，王林的破事还少啊……"

"小女孩的心思你不懂，没准人家早就知道了，还觉得好看的皮囊才经不起扫黄打非，有趣的灵魂才涉嫌账号违规！"两个人都笑了，李拉说，小女孩的心思你还不懂，口红一买就买一打，包包和鞋都不嫌多，听说光爱马仕的围巾就买了三条。天雅说，这哪是找对象，是找提款机吧。总之，大家都不看好王林的这段感情，天雅和李拉打赌王林多久分手，天雅说就看这个花钱速度估计要半年才能花干净了分手，李拉说估计回去就玩完，这么能花王林等回去了肯定换人，两个人约定了赌一顿饭。

第十四节

让天雅想不到的事情是，对天贺资本的年中出游反应最大的人，是他们给春风请的韩校长。韩校长跟刘伟一顿嚷嚷，为什么没有带她和学校的管理层的人一起去旅游，不是说好了是一个集团的吗，凭什么不带她们。刘伟安抚了半天韩校长都不依不饶的，刘伟只能和天雅请示，能否让韩校长单独带着学校的管理层出去玩，天雅跟大家一商量，只要学校做好了，能给公司带来现金流，这点钱也不算什么，随她去吧。后来听说韩校长带着一帮子人去了日本，天雅想着，工作上也能这么争就好了。

随着起点集团的签约，本年度投资第一的项目基本也就确定了，就是起点教育集团。天雅在签约当天见到了黄老哥，两个人没有聊工作以外的事情。黄老哥的钱紧紧巴巴的，不是因为他经营情况不好，而是最近他投资了好几个地产项目；他为了挣钱尝试过各种投资方式，做旅游、教师培训、游学，但是所有的这些，都没有做房地产赚得多；他借着办学的名义拿地，找人开发后分账，现在他感觉开发的这一块也是肥肉，还是自己做比较好。所以黄老哥跟天雅商量，第一笔尽量少出点钱，天雅让天伟去解决资金的缺口，收购起点教育集团后可以发行 ABS，李总也满意。

签约的时候，天雅给吴老板发了现场的照片，吴老板跟她打了电话，说他回来了，让她带着黄老哥跟他见一面，毕竟是合作伙伴，还签了这么大的单。天雅开心得差点跳起来，她日思夜想的吴老板终于回来了；同时她心里埋怨吴老板，回来了不早点跟她说，让她毫无准备。除了开心，她还觉得吴老板不太信任她，都和客户签约了还需要自己再见面，当然他始终是老板。

得有好久没有踏入吴老板的庄园了，这次司机换成了小毛，庄园门口的保安看到小毛都没有开门，问他有没有预约，天雅放下车窗，保安跟以前都不一样了根本不认识天雅，她只能安静地等在门口等着保安查到她的车牌号查证后放行。庄园里面的景致大变样了，曾经的种满鲜花的路边现在是郁郁葱葱的草地，上面还多了根雕、奇石等摆件，显得很有日本风格。曾经的芦苇都不见了，现在是蜿蜒曲折的水系景观，两边都是修剪过的松树，还修了红色的拱桥。天雅想着，男人都是喜新厌旧的，估计是曾经的景观厌烦了吧。

车上还有天伟，今天带着他来，一是要在吴老板面前露露脸，二是把起点的功劳给他，就是要提拔他。这次再也不能走茹萍的老路了，留住能干活的人，比在外面招聘那些光会吹牛的人强。刘天伟能看出来有点紧张，他穿得西装革履的，领带扎得有点紧，松了好几次。来之前，天雅反复叮嘱天伟不要声张，她想借吴老板的口来提拔天伟，毕竟李拉跟她说想提拔王吉好几次了，天雅都以业绩没有那么满意为由没表态。

天雅也穿得比较正式，吴老板是老板，这么久没见，自己也要注意点形象，她还戴了一条自己在塞班新买的珍珠项链。昨天天雅以为自己会失眠的，她本来想失眠的时候好好想想这段时间发生的事情，想想自己应该以什么样的身份和立场去见吴老板，现在只能在车上想了。吴老板能毫发无伤地回来，应该是彻彻底底地安全了，只是不知道两个人还能不能像从前一样。

有吴老板的地方还是一堆人，天雅在门口等着黄老哥到了一起进去的，吴老板看到他们进屋了赶紧让人给他们腾地方，让他们几个坐在他近前的沙发上。吴老板一个人坐在一张宽大的沙发上，天雅他们三个人挤在同样宽度的沙发上，天雅看着吴老板跷着二郎腿姿势还是很伸展，不过他的肚子好像比原来大些了，脸上也长了些肉，线条不是那么犀利了，不知是因为屋里热还是喝了酒，有点脸红，他们刚一坐下，吴老板笑着说："黄总，你面子很大啊，为了陪着你见我，张总都穿了一身新衣服，还戴了新项链。"这句话是对黄老哥说的，但天雅感觉吴老板在调戏她，她感觉自己脸有点发烫，有点不好意思地低下头，笑着说："没有没有。"

之后黄老哥和吴老板之间的对话，少不了对天雅的调侃，她没敢看吴老板的眼睛，但是她感觉吴老板的眼神还是那么地让人有压力。黄老哥没想到天雅和吴老板这么熟，他也极力想表达自己和天雅很熟，这让天雅直想翻白眼。因为黄老哥接了丰收的大股东，吴老板比较赞赏他，吴老板跟丰收的刘老头打交道都没有占到什么便宜。两个人聊得不错，吴老板送给黄老哥一盒上好的普洱茶，黄老哥邀请吴老板有空去他那边看看，他有不少学校的资源，吴老板问他可不可以帮忙让亲戚的孩子上海淀区的重点中学，黄老哥说可以啊，孩子的学籍落在我的学校里，上学考试都在那个重点中学，只要考大学从我这里报志愿，这样是惯常操作，只要不声张，其他孩子不会知道的。吴老板一高兴，说让黄老哥去疏通一下关系，可不可以自己给重点中学捐点款，然后每年都送集团的一两个孩子去念书，黄老哥说他尽量办，他们两个相见恨晚，天雅感觉就像自己的客户被吴老板撬了一样有点不爽。

吃饭的时候还是熟悉的大排宴，熟悉的茅台，熟悉的觥筹交错。午饭之后黄老哥先走了，天雅本想跟吴老板说提拔天伟的事情，没想到吴老板也上车走了，临走的时候说，有什么事电话说。天雅给他发了消息，说起点是天伟弄好的，这是大功一件，天伟应该提拔成公司的管理层，吴老板未置可否，天雅想着，那就是不反对。她又跟吴老板请示，目前天贺资本已经收了春风和起点教育，是不是未来就应该主导集团的教育产业投资了？吴老板沉默了。

虽然之前母亲生病她怨恨吴老板没出手，但这次吴老板回来，天雅最怕他提起再去公寓，但他没有；既然他没有，天雅也没有提起公寓卖掉的事情，她怕自己提起来他会怪她，为了这点钱居然卖房子；她也没有提起自己的房子抵押给唐总，好像她质疑他的能力一样。

天雅让刘伟发通知，刘天伟升为公司的合伙人，参与公司管理。应该在教育产业上下更大的功夫，她让天伟尽快在并购上发力，公司又找了个标的领航，每年有两个亿的利润，已经搭了 VIE（可变利益实体）结构，本想在美国上市，后来领航的老板发现好多美国上市的公司都私有化了准备圈 A 股的钱，说明还是国内有钱，他正在广发英雄帖。

买方和卖方都是中国人，因为中介是外国投行，只能用英语很拧巴地沟通中国项目。对于卖方来讲，投行的钱花得值，有了高大上的包装，还能保证不被潜在买家烦；对于买方来说，资料都是英文的，数据只能上外国服务器的数据库下载，提问要用邮件的，尽调都不安排，在第一次报价之前，不开放现场尽调，还要提交资金证明，真是憋屈死了。为了做这个项目，天伟全力以赴，加班加得很凶，部门用了好几个实习生来翻译材料，第一轮的竞标前天伟想让天雅拜访领航的实控人，天雅还专门通过关系找到了，坐着高铁去了上海，但对方跟她一共见了十几分钟，就说投行不允许提前沟通，送客了。

第一次出价入围了，准备第二次报价的时候，天伟收到了投行的邮件，对方暂时不卖了。这件事情让天雅特别恼火，领航这个老狐狸拿人开涮，她在天伟面前发誓，下次看到他一定打他。没多久天雅就食言了，因为她确实看到了领航的实控，在吴老板那里。

天雅带着彭文找吴老板汇报上半年的业绩，到的时候助理出来说吴老板和上一家还没有谈完，让他们先去其他地方等等。天雅从来都是到了就会进去，哪怕是进去等，吴老板一般都希望早点看到她。看来现在吴老板的心是不一样了，她拉着彭文在四合院外面日式庭院里面溜达，也参观参观，免得吴老板吹庄园的时候他们跟不上节奏。结果等里面的人出来，天雅看到了，就是领航的实控。

忍着憋屈，天雅进去见到了吴老板，汇报完工作以后，她实在憋不住了，问吴老板刚才是不是见过领航的人。吴老板本来正在抽烟没理她，往空中吐着烟圈，她又问了一次，吴老板告诉她就是领航，收标的不是非要竞标才行，其他团队让吴老板出马帮着谈，你看，一次就搞定了。吴老板好像在责怪她，谁让你不找我帮忙的，所以我帮别人了；但是她觉得，他明知道天雅也在竞标，为什么不告诉她呢？后来她才知道，吴老板出马报价是天雅报价的二倍，对方不可能拒绝，就这么挖了她的墙脚；但是这个价格，只有吴老板敢出，她根本不敢，怕算不过来账。两三年以后，这个项目依然是赔本赚吆喝，外界都觉得吴老板搞定了领航很厉害，只有天雅知道，付出了多高的代价。

这次吴老板回来，天雅感觉他的状态明显地跟原来不太一样，尤其是在业务上。之前吴老板很喜欢拉天雅一起看项目，还鼓励她多发表意见，或许他认为她仅仅是帮手；现在集团的业务乏善可陈，天贺资本的业绩依然蒸蒸日上，吴老板感觉到压力；他如此不计成本、不顾吃相地亲自下场来和天雅抢项目，证明他心里犯嘀咕了。天雅想着还是应该多表达，她对吴老板不管是工作上还是感情上，都是百分之一百地真心实意，绝对没有半点的不臣之心；只是她不知道，他会不会信她？

唐总给她打电话，说了些业务上的事情，天雅表示自己都没意见，他和老板定了就行。唐特意问到她二级市场上赚的钱该怎么分，她说："这些都是老板的，你问他就好了。"唐最后跟她说，吴老板不在国内的时候给了他个别墅，他没怎么住过，以后也不会住，并且笑着转告她说，吴老板约你晚饭后老地方见。

还是在别墅，还是朦胧的月色，天雅感觉屋里的很多家具都换过了，床品也是，还是同样地没有人居住的痕迹。两个人好久没有在这里见了，感觉还有点生分和拘谨，原来洗完澡裹着浴巾就进屋了，现在天雅穿上了内衣，又换上了浴袍才进屋。本来天雅满肚子的话想和吴老板好好说说，见了面以后又是什么都忘了。

两个人开始还有点放不开，后来就轻车熟路了。随着喘息声逐渐地急促，吴老板突然问她今天是不是安全期，她好久没考虑这个问题了，说："嗯。"她仔细想想，好像有点危险，但这个时候，木已成舟，再说其他的也于事无补，索性就不惦记这个事了。穿衣服的时候，她跟吴老板说："这套别墅你给唐总住过？"

"我不在的时候钥匙给过他。"吴老板看了一眼天雅，"怎么了，你还不好意思了，唐又不是不知道咱俩什么关系。"没等天雅反驳，他又接着说："你那个房子先抵给他吧，赚了几个亿我其他地方还有用。以后你要用那套房子的时候来找我。"

天雅心里有点难过，不管她怎么表白，吴老板对她总有点防备，就像封疆大吏的儿子留在京城一样吧，这应该是吴老板用人的习惯，总要留一手以防万一。不管他是有心还是无意，天雅还是选择相信他，自己的一片真心总会有结果。

她洗澡的时候电话一直在亮，出来的时候吴老板让她接上电话，对方一直打，他也想听听是什么事。天雅本不想接，无奈美国的同事太认真，非要汇报，她不情愿地接了起来，在吴老板面前放到外放。美国办公室负责数字货币投资的老外，着急找她因为发现了一个千载难逢的机会，他早上在咖啡馆里碰到了所投货币的创始人，这个创始人从来不见投资人，创造的业绩却是一年上百倍，他和对方争取了机会，对方同意在电话里和天雅聊几句。这是天雅一直想做的事情，和卓越的人聊专业的事情，要是其他时候，天雅肯定欣然接受，但在吴老板面前她不想浪费时间，匆匆地挂断了。

没想到吴老板还挺感兴趣的，他也蠢蠢欲动地不想错过数字货币这场盛宴，也想听听。天雅只能马上跟同事说开始吧，虽然只是个电话，那边的背景还有点嘈杂，但对方的态度很认真，上来自我介绍，天雅也礼尚往来，说明一起旁听的还有天贺的吴老板。说到这里有点尴尬，对方对吴老板并没有一点耳闻，让吴老板眼中掠过一丝不快，但双方很快就进入了正题。一直都是吴老板带她见各种能人，现在却是她带着吴老板，而且对方对她的态度比对吴老板态度要积极，这让吴老板脸色不太好。

双方聊了币圈的技术发展，未来的爆点，天雅也提了一些设想，对方表示有兴趣，可以换个时间视频会议做深入探讨。这个时候吴老板想发表自己的观点，天雅帮他翻译，他想用具体的金融资产去发币，他说出来的时候，天雅跟他说，用具体资产对应去做的叫发债，和发币的概念不一样的。他有点不高兴了："让你翻译就翻译！"天雅只能说给对方听，对方听明白的那一刻就都笑了，这让他彻底地不高兴了，放下一句话："以后你的事别让我听。"就下楼去了。天雅想着，是你自己非要听不可的，还怪我。

这个世界是不断变化的，金融圈更是如此，亦步亦趋地追随着最新的科学技术和商业模式，吴老板曾经经历的时代，项目的技术或者模式一般三两句就说清了，所以吴老板不管是玩人还是办事，都游刃有余；现在他自己应该也明白，亲力亲为或许没有那么管用了，他生气的就是这个。

第十五节

朱浩和地方政府谈成立合作基金，需要天雅去签约，她在出差头一天晚上感觉身体特别不对劲，心慌慌的，果断地没去。去了医院，做了半天检查也没什么结果，她心里各种不踏实。

美国办公室进步神速，天雅安排了专业的律师团队来帮着吴老板打官司，之前吴老板上当以后集团找了香港的律师团，不但贵而且没有进展。天雅一直把这件事放在心上，她心里愧疚，感觉自己没有及时提醒他才被人得逞了；她让媛媛研究了当初的协议，诉讼地在美国也可以，她决定打就正面打，在美国正大光明地开战，不但要用法律的武器保护自己，还要让这些中美两头骗的伪精英声名狼藉，断了他们骗人的财路。

美国办公室的人员开支本来就高，打官司光律师费就已经陆陆续续地支付了几千万，天雅也有资金成本的压力，但她坚持要做。吴老板对谁都不太放心，他亲自和美国律师团打电话沟通诉讼策略，又需要翻译又需要给他解释清楚，即使他在干其他事情也要旁听，会议一开就是好几个小时，这些是通过对方的天价账单知道的。

好在付出总有回报，骗吴老板的那几个人臭了大街，估计以后很难在华尔街和国内的主流金融圈混了，只能去骗骗那些村里还没通网的土豪了。官司也有了阶段性的成果，美国的法院判决，吴老板认购的就是标的公司的股权，总归让他出了口气，本来他不愿意被人提起被骗，现在别人不提起他都要主动说，还要腰杆挺直了说："美国的法院都判决了，他们别想骗我！"他还给每个律师都送了一枚一百五十克的熊猫纪念金币：

Peter、Mark、Charlie、Tony 及各位同事：

你们辛苦了。感谢你们一直以来所付出的巨大的努力。虽然没有机会与你们相聚，希望天雅能再次转达我对你们的谢意。我相信正义一定胜利，这一信念激励我们一直走到现在。再次谢谢你们。

天雅心想，吴老板这么客气，律师费让他结一下呗。转念一想算了，自己都承担了这么多，就好人做到底吧，至少这也能让自己硬气点，对吴老板，她是问心无愧。虽然吴老板没有特别地感谢她，但让她去带话和送东西，就是认可自己领导有功，她也没有心理不平衡。

就在集团里面其他团队都在争相投资共享单车的时候，天雅这边谈定了物流标的，投资额二十亿，这应该是今年的单笔最大投资了，而这笔投资，同样是天贺资本独立开发的，对方都没有见过吴老板。虽然她汇报的时候吴老板说没关系，流程都走完了该投资就投资，但是她也能听出来吴老板有点失落。不管怎样，天雅一直记得吴老板的嘱托，他让她把天贺资本做好，所以她也在尽量这么做。

李拉提醒天雅，不能像之前吴老板不在的时候那样按流程办事了，还是应该多去汇报一下，离开了吴老板的偏爱，现在其他兄弟公司的态度都不怎么好，如果说之前兄弟公司对天贺资本是心里态度不好，那现在就是表现到面子上了。天雅未置可否，她其实心里期望这样，不要让吴老板在表面上对天贺资本表现出偏爱，这样让她更自得。她感觉这种关系不错，让她很舒服，做事情放得开，更重要的，她成长了，和吴老板不只是望其项背，她感觉他们可以一起往前走。

该来大姨妈的日子没来，天雅通过试纸发现，两道杠。看到这个，她的第一反应，是高兴。她早就渴望有个孩子，吴老板是她的爱人，又是在资本市场功成名就的一代枭雄，能和他有个孩子让她得偿所愿了，她满心地欢喜，想着以后一定要吃好睡好，照顾好自己，更是照顾好这个孩子。本想马上告诉吴老板，她拍了一张两道杠的图片要发给他，又迟疑了。吴老板是个什么样的人她不敢说了解全貌，他明察秋毫、杀伐决断、说一不二，但他绝不是个一诺千金的人。人都是复杂的，他的位置决定了他多疑狡诈、言不由衷，连天雅都感觉自己越来越触碰不到他的内心。即使说过他想跟天雅生孩子，也不一定是真心的，可能只是试探；而他每次都很小心、很在意是不是安全期，种种表现说明，他是绝对不想见到两道杠的。想明白这点，她一身冷汗。

吴老板的手段她不是没见过，不合他意绝不会听之任之，他出手没有一定之规，都是因地制宜、因人而异，人活一世不外乎名和利，吴老板总能找到杀人诛心的那个点；而最终的手起刀落，不一定是他亲自动手，多少人被他送进去了还对他感恩戴德。就像富总说任人唯亲，是因为职业经理人根本不会替他顶罪，天雅当时就没说话，这比吴老板的段位差远了，吴老板就可以让下属去坐牢。国家外汇控制这么严格，吴老板被骗被人挖出他弄出境的资金至少三十亿美元，足够他喝一壶的了，但是调查的最终结果就是个集团的部门总裁出来承认违规操作，而吴老板像以往一样，又一次是不知情的。吴老板毫发无伤，但不知道顶包的要在里面蹲多久，他的职业生涯，如果还能有的话，也只能在天贺了；这正是吴老板要的完全控制，离开了他或者天贺，都活不下去，让他最舒服。从这一点来说，天雅已经让他越来越有压力，她的能力让吴老板一眼相中了，但是她比周围的人难控制。

这个孩子如果让吴老板知道了，或许会变成他的手段和筹码，这是天雅不能接受的。如果说她对吴老板的爱还能支撑着让她勉强接受摆布，那么对于孩子的生杀予夺就是绝对不能触碰的底线。想到这里，天雅下定决心，她会用尽自己的所有去保护自己的孩子，给他更多的选择。为了做到这点，她决定了，怀孕的事情不告诉吴老板。

不告诉归不告诉，准生证怎么办？孩子的父亲怎么填？她有点慌，即使对于她来说，要做未婚妈妈，也是不小的挑战。她心乱如麻，想到了于越。电视剧里的情节，古有狸猫换太子，今有甄嬛给皇上戴绿帽子，也算是屡见不鲜的套路了，如果有一个正常的婚姻，她会容易很多。她对拿下于越是有把握的，太了解这个人了，同样是受过最优质的高等教育，两个人又都是那么争强好胜，于越再找只会找比天雅更年轻漂亮、更出色的，找了那样的还要全心全意地爱他支持他到能放弃自己的事业，不可能的。

想到这里，她随手拿起电话来给于越拨过去，响了一声他就接了："你找我？"

"嗯。"天雅盘算着怎么说出口，她虽然是十拿九稳，但是也不想折了面子。

"上次你让我问的事情我没有问到，所以挺不好意思的，还有什么我能做的吗？"于越的口气听起来就有点讨好，天雅不想废话，单刀直入："你上次说的求婚还算数吗？"

"啊？"于越显然是没料到，他虽然一时没反应过来，但是能听出来他满心欢喜，"当然算数，你要是觉得我不够重视，这次我好好准备准备，上次结婚有点太委屈你了，这次我……"

"你哪天有空我们出来说吧。"没心思听他废话。

"我随时都有空。"

"那我快下班了约你吧。"

整个一下午天雅都在想，如果和于越复婚了，关于孩子的一切就顺理成章了，但有个坎儿她过不去，就是她的心。于越虽然让她伤过心但是没有从道德上欺骗过她，她凭什么让老实人背锅？其次，跟于越复婚，无异于背弃吴老板，就算是为了孩子也不能这样，在任何情况下，她不想做这段感情的背叛者。思前想后，她还是下不了这个手，临下班的时候她给于越打电话。

"你完事了？"于越抑制不住地兴奋，天雅心里愧疚差点把于越卷进来，他不是个坏人，两个人只是不适合，她后悔之前和于越打的电话，想着自己能怎么说这个话，还能让双方都留下点脸面。

"我打电话来是想和你说，我之前打电话的时候没想好。"说完了这句话，她就沉默了，于越应该也懂了，她没有说后面的是因为她不想再拒绝他一次。双方沉默了几秒钟，于越有点低落："没事，我理解，你家里的事情才过不久。不过我说的话都是算数的，也是真心实意的，如果你心里难受，我可以陪你聊聊……"

"谢谢，再见。"

打完了这个电话，天雅感觉自己不能缩手缩脚的，她还应该像往常一样，解决问题。准生证的事她想到了孙恒，他不是已经研究过这个问题了吗？电话里面的孙恒虽然没想到，但他并没有问有的没的，只是说："你自己想好了，我就帮你弄。"后面看她的态度比较坚决，他态度又从紧绷恢复到幽默："没事的，你只管生，生下来你不要我要。"

"你想得美！"

天雅拿着孙恒办的准生证去找小南哥建了档，医生跟她说了，有点先兆流产。她只能小心加小心，小心翼翼地走路，没两下就被媛媛看出来了，媛媛来她办公室找她，跟她说："就你这个乌龟爬一样的走路速度，不了解你的还以为是你怀孕了，哈哈哈。"天雅没笑，媛媛说："你不会真的怀孕了吧？"天雅沉默了，媛媛关上门，天雅跟她说目前还不明朗，有点先兆流产。媛媛说："你结婚了？"

天雅还是觉得，不能继续上班了，媛媛能看出来，其他人或许也能，她的秘密就守不住了。她让刘伟对全员发通知，说她会在海外办公，就像前一段给母亲看病的时候一样，只有李拉、媛媛和小毛知道天雅闭门不出的真正原因，小毛负责把需要天雅签字的文件给到她。

天雅给楚楚打电话，楚楚先是觉得她是不是疯了，要一个人生孩子，后来看她没有一点犹豫，反而开始宽慰她，老公也没啥用，尤其是在怀孕期间，曾经以为老公能为自己遮风挡雨，后来发现风雨基本都是老公带来的。同时，楚楚安慰她要淡定，相信自己和宝宝。虽然楚楚自己有两个孩子忙得不亦乐乎，但还是抽出时间来看天雅，让她放轻松。要说最让人失望的，那就是吴老板了，怀的是他的孩子，即使是她病了在家躺着，不跟他说他也没有问；该拉着她熬夜看项目还要熬夜，对于她有时候表现出来的不情愿，他还各种嫌弃，认为她变懒了、摆架子，还要教育她；本来他就很少带天雅见客户了，把手里的好东西都给了别的公司，自从一次应酬被她推了之后，他就彻底地不找她过去了，她倒也乐得清静，卧床都不行呢，怎么应酬？就他这个态度，好几次她都想跟他嚷嚷，小不忍则乱大谋，她反复说服自己，孩子是给自己生的，不是给别人生的，为了保护好孩子，她宁愿背着"翅膀硬了"的名声，也不能在他面前暴露分毫。

这期间天雅也不怎么接电话，因为听说电话的辐射大，她把电话放远一点，如果有人找她，以她龟速的接电话速度，一般没接起来对方都挂了。

一天电话响了，天雅没接上自己挂了；接着响，天雅往那边走的时候又挂了，但之后又响了，吴老板的作风。接起来果然是他，出乎意料地，他问她多久能到，她本想说自己在海外办公室，但想着还是骗不了他，咬了咬牙，说一个小时吧。他说，我等你。

天雅找个长款的毛衣，省得勒着肚子，匆忙地穿好了衣服。想到小毛过来还要耽误时间，自己打了个车去了庄园。他已经好久没找她一个人过去了，她心里惴惴的，幸好他没说去别墅。她特意穿了一双平跟鞋，走路也不快，注意着千万别摔了。吴老板看到她，跟她说在外面溜达一下，她心里有一百个不情愿，但是还是跟着他走了出来。

从四合院走出去了几十米，周围看着也没有助理人影晃动了，吴老板看了一眼跟他隔着一个人距离的天雅，说："怎么这么生分了呢？"

"啊……也好久不见了。"她尽量掩饰。

"有很久吗？我怎么感觉上次见面就是几天前啊。"

"噢，我的意思是，好久没有单独见面了。"

"是吗？我总觉得，跟你一起在沙发上侃大山就是上个月的事情。"她不知道该接什么，一直在想。

"怎么不说话？"他的目光也到了她身上，她感觉一身冷汗："这不是在听您说话吗，我们好久没有这样并肩聊天了，甚至我都不知道是不是在做梦。"

"你做梦经常梦到我吗？"问这个问题的时候，他笑了，他对自己在天雅心里的位置有着绝对的自信，她感觉到了他的得意，并没有说话，他继续说："女人啊，三十如狼四十如虎，你这个年龄也不能太亏待自己了。"她一听这个话感觉有点蒙，莫非他要跟她人约黄昏后？自己该怎么拒绝呢？要不就说自己大姨妈来了，见机行事？她头脑里飞速地转着，他边走边说："其实你可以找个其他的男的，你俩上床的时候想着我。"她没说话，想看他到底要干什么。

"我在国外的时候，有人跟我说，你的银行账户资金上亿，也老有人跟我说你在背着我偷偷地弄其他的事情，但我都不信，我还是信你。但你如果有事背着我，我真的不高兴。"他到底是什么意思呢？什么事情背着他了？怀孕的事情他知道了？如果他知道了就被动了，怎么办？

看她站在原地低着头不说话，他说："你最近心不在焉的，还要去美国办公室工作，对我的态度也不一样，你以为我感觉不到吗？"

虽然心都提到嗓子眼儿了，话就在嘴边，她还是咬着牙没有说话，他葫芦里面卖的什么药？兵不厌诈，她深知他的脾气，他经常出其不意地抛出一些问题来试探，在弄清楚他发现了什么之前，绝对要沉得住气。

"看你这么久不上班，就知道你有事。今天如果不是我诈你，你是不是根本不打算告诉我你外头有人了？"他的目光像钉子一样盯到她脸上，她心想幸好刚刚咬死了什么都没认，否则死都不知道怎么死的。面对他的责问，她感觉简直是无稽之谈，如果只听到这种说法她会认为他在开玩笑，但是他认真的样子让她明白，他信了。

她拼命地回忆到他说的是什么事情，没有头绪，但她确实对他有所隐藏，这是没法抵赖的，不管怎么样，不能吃哑巴亏，她看着他的眼睛问："什么？"

"你不是之前一直和肖轩晖不清不楚的吗，现在他人在美国，你就那么巧地要去美国办公室工作，你让我怎么想？你这个岁数，看上哪个男的泄泄火我也理解，我像你这么大的时候天天都要女人，有时候一天好几次，但是你不能瞒着我，也不能把公司的业务丢到一边。我给你天贺资本，是让你负责，但是你现在越来越不把我说的话放在眼里了。那个肖的水平你还不知道吗？就那么个玩意儿也算个男人？跟着他早晚你还得哭着回来找我！你别以为美国办公室是你张罗的、会说两句英文，就是你说了算。我告诉你，只要最终的股东是天贺集团，就是我吴晓天说了算！"话说到这个份上，她感觉他是误会了，以为自己和肖有一腿，自己会为了肖去美国，她不知道又是谁煽风点火，但是她真的生气了，别人往她身上泼脏水可能因为不了解她，而他怎么可能不了解她？这种捕风捉影的事情，拿来骂她，还是这种口气，真的以为她是随随便便的那种人？想着自己费尽辛苦还保着肚子里的孩子，她憋不住心里的痛苦，眼泪抑制不住地往上涌，她用手擦拭了，他看到她的样子，迟疑了。她又平复一下心情，说："如果你想看我的手机，我随时给你，你知道我的为人，你这样说让我很痛苦。我和肖就是同事关系，他离职之后就不再联系了。"

他停下了脚步，抱住了她，她把头轻轻地靠在他的肩膀上，轻轻地抽鼻子，虽然他的态度有所软化，但她感觉自己这样不够蒙混过关，她对他的亲密动作本能地有点排斥。她说："这些日子确实很难，母亲走了我受了很大打击，所以精神状态不是很好，我自己也在往医院跑，但这个事情我不想让其他人知道，免得对公司业务造成影响。你说得没错，我确实不该瞒你，我让公司通报自己去美国只是名义上的，我本人是不会走的，在看病期间会在家办公，尽量不影响工作，等状态恢复了就回公司上班。您看这样可以吗？"

他在她耳边轻轻地说："你说就说，哭什么，我这不是回来了吗。"他低下头吻了她，说："别有思想顾虑，该休息休息，好好养病，这些我都理解。但是，有一条，以后别骗我，你骗不了我。"他吻得如此深情，她脑子里在激烈地斗争，要不要跟他说自己怀孕的事情，自己瞒着他到底应不应该，但没有确认他的态度，她还是没法说出口。她在他怀里轻轻地说："嗯。"

两个人继续往前走，她低着头跟在他身后半个人的距离，想着庄园的外墙没怎么变化，上次一起走在这条路上的时候，他们还在一起查看梧桐树的情况，黑暗中他和她的手紧紧地握在一起，现在想起来，恍若隔世。她有点恍惚，觉得有可能他还是曾经那个爱人，而她也还是曾经跟在他身后满眼是星星仰望他的人。

走到路的尽头，他说："那你看吧，身体不好也别勉强着上班，公司里方方面面能照顾上就行。现在你也有本事了，但是我话还是放在这里，医院有什么事情需要我帮忙的只管说。我这次回来，发现太多事情需要我去弄了，我是离开了一阵子，也不至于上上下下都不争气吧，这次你要跟我打好配合，我得好好收拾收拾这帮小兔崽子，翻天了他们。"

"您怎么说，我就怎么做。"她马上就表态了，在这个时候没有别的选择。

"天贺资本卖给国资那个事情可能黄了，现在国资里面也在新老交替，谁都怕出事，宁愿什么都不做，不能做错，我推了这么久，估计还是不行，抓紧做好业绩不会亏待你的。"

某省的省委书记被双规，当时天雅还想着这么巧，这不就是之前来尽调过的那个金控公司所在的省，对方一直在层层报批，据说都快批下来了，后来就不了了之了。抽丝剥茧，吴老板的行踪和新闻能对应上，李涛的事情估计不大，但是这次双规没牵连到他，才能安全地回来吧。她不禁感慨，自己以为跟他挺好的，但对他的事情基本只能后知后觉。

晚上睡不着，天雅想到吴老板，伴君如伴虎，他喜怒无常而且每句话都耐人寻味，她再好好地把他说过的话过一遍，怕忘了什么细节。不管什么时候，她想起他依然会有怦然心动的感觉，他紧紧地抓住了她的眼神和她的心，根本无法把目光从他身上挪开，只要他在，他的光芒就耀眼得让她看不到其他的一切，她本能地向光芒靠拢，哪怕这种光芒会蒙蔽她的双眼。

第十六节

怀孕到了三个月后，最初的恐慌该经过的经过了，吴老板安排给天雅的事情她一点都不敢怠慢。这些日子她天天都小心谨慎，顿顿少吃怕胖，担心着不要被人看出来她怀孕了，因为暂时还在处理天贺集团的事情，她对外宣称自己脚崴了暂时不去美国，所以走路都有点一拖一拖的，幸好她怀孕没有任何反应，没有食欲不振、恶心干呕，她看起来只是脚崴了。

天色暗下来以后，上海浦东的摩天大楼顶层才开始灯火通明，国家顶尖的银行和投行才能在这里挤到一小块办公地，这座大楼就像高僧开光一样为他们做了加持。只有那些需要去市场上拼杀的投行，才需要没日没夜地加班和做路演，高端猎食者都是等着猎物自动上门；相较于周围金融大厦的通宵灯火，这幢大楼到了下班之后亮灯的房间并不多，大多数是茶水间、洗手间和走廊。和楼下的点点灯火形成对比的是，顶层的金碧辉煌，在夜晚大放异彩，没错，这是一家私人会所。能开在这里的私人会所，也是一种高调中的低调，高调是这个位置，没有特殊的关系一般人拿不到；低调是行事方式，没有大张旗鼓，除了目标客户，其他人几乎不知道这个会所的存在。据说来这个会所的人至少需要充值五百万，在会所里面喝茶谈事情花费几万很平常，如果还要唱歌、狂欢，就要看人数再充值了。在这个会所里面私密性特别好，所以当吴子牛跟旁边的小妹妹嚷嚷再开一瓶拉菲的时候，猛然看到出现在包厢里的天雅，吓得魂不附体。天雅进来吴子牛一直没发现，她听着他嚷嚷："我是吴晓天的儿子，有什么喝不起的！"吴老板让天雅把吴子牛弄回来这么着急，原来是因为吴子牛在外面这么给他长脸。

"吴总，好久不见啊。"天雅笑盈盈地跟吓呆了的吴子牛打着招呼。

"张总，您、您怎么来了？"吴子牛也有点强装镇定，他摆摆手让小妹妹们先都出去了。

"我谈点事情，听到这边好像是您的声音，就过来看看，果然还是千里有缘来相会，您经常来这里吗？"

"没、没有，我也是来谈点事，这就准备走了。"吴子牛说着就站起来准备往外走，天雅没有动，微笑着说："吴老板还在北京等着您呢。"

"不知道跟张总有什么关系？"吴子牛显然是有怨气。

"您看，我也是怕吴老板天子之怒让您不好办，看来是皇上不急太监急了。"

"你已经没机会当太监了吧。"

"您还是有的。"吴子牛头也没回，恨恨地走了。

天雅找到吴子牛，还是通过一个上海的地产商，他曾经问天雅，吴子牛是不是吴晓天的儿子，天雅就问怎么了，对方正是这家会所的股东，跟她抱怨吴子牛没充值还赖在会所里白吃白喝，还把会所一个小妹给弄怀孕了。天雅当时就是随便听听，但是既然吴老板问她吴子牛总是心不在焉的怎么办，她就自告奋勇地来了上海。这招正是她算计好的，在这种地方敲打敲打他，折了面子让他没脸再来，就是让他明白，不管是在哪、说什么，都逃不过吴老板的手掌心。

回去北京，吴老板在庄园请大家吃饭，有天雅、吴子牛，还有吴子牛的二把手负责财务的。在饭桌上，吴老板当着众人的面夸奖天雅的听话和有能力，年少有为，公司治理得井井有条，简直是比亲侄子都亲，说得吴子牛脸上青一阵白一阵的；说到办事有能力，比起有些岁数大的老同志，不知道给力多少倍，剑指吴子牛的二把手。天雅还明着配合着吴老板说，如果自己岁数大了还天天占着茅坑不拉屎，肯定就自己走了，绝不赖在这里。吴老板说，集团下属子公司的财务情况现在也不知道都怎么样了，天雅说，集团应该把财务权都收回，天贺资本第一个支持，天雅会把财务权和公司的公章一起交回给集团。这顿饭后没多久，据说吴子牛的二把手就辞职了，吴子牛拱手交出了一把手的位置，又做回了吴老板的副手，天天跟在吴老板屁股后面点头哈腰。这个时候天雅在天贺集团的名声也达到了顶点，无人不知她就是吴老板眼前最红的人，连集团高管都需要和她打听吴老板的意思；一度有传言，说吴老板以后会让天雅接班，她是集团下一任总裁的首选。

这么卖力地给吴老板当好枪，天雅只是想，让他明白她绝对没有不臣之心。她知道自己怀孕了这个事情，是无论如何也包不住的，她现在下手这么重，只希望他能念在自己全心全意给他当枪使的分上，高抬贵手。

天雅想好了，她不可能待在北京坐以待毙让人看出来肚子越来越大，她已经真的开始筹备深圳办公室，深圳作为新近崛起的科技之都，也是投资者的乐园，这块蛋糕她一定要分，她请示过吴老板，北京这边的业务她可以顾上，但深圳那边的机会不能放弃；吴老板也同意她的观点，支持她去深圳再打造一个"天贺资本"，北京这边如果忙不过来，还有集团，还有他。天雅觉得自己安排得够好了，这样就能神不知鬼不觉地把孩子生下来了。她把离开北京的日子定在十二月中，因为直到怀孕四个月都看不出痕迹来的，再晚她就怕会有点明显了。在走之前，天雅还有一个事需要处理，国强的退出，关系到今年公司的利润达标。

早前天雅和天伟算计过了，国强股份的九亿非公开在年底就要解禁了，现在的股价早已经翻了一倍多，虽比不上江海文化，但利润也能有十几亿，这不是个小数目，天雅刘天伟做好减持策略，等股票解禁了就大刀阔斧地减持，协议转让、大宗和二级各显神通。带着这个方案，天雅约了富总一起见吴老板。富总这么久没见吴老板了，想当面感谢他当初的信任，未来就算是天贺退出了，大家也是朋友。所以在十一月中的一天，天雅带着富总、天伟和恒斌一起去见吴老板。

天雅穿了一条西服裙，因为她刻意吃得很少，水果甜品也控制着不吃，所以前三个月体重反而降了，看起来腰身也窄了点，刚好穿西服裙。为了让自己显得更有腰身，天雅还系了一条细皮带，她希望不会影响孩子，理论上这会儿孩子也就跟一毛钱钢镚那么大。西服裙显得腰细胸大，她感觉到吴老板的目光在她身上停留了好几次。

一见面富总和吴老板亲密地聊了起来，两个人都是饱经风霜的民营企业家，吴老板比富总小十岁："老哥你可算来看我了！"

"我们这种关系，见面特别不容易，但我心里一直有你。小张知道，我是一个特别感恩的人，对于帮过我的人都记在心上，最难的时候你帮过我，我一辈子都记得老弟的大恩大德。"

"别这么说，英雄惜英雄。听天雅说，你要不干了？"

"哎，我能带着企业走到上市，就已经努着劲呢，当时上市前市委书记的儿子看上我这块资产了差点给我弄进去，后来是我兄弟替我去的。要是没有这么多人的帮助，我也坚持不下来，上市了以后正赶上金融危机，为了完成业绩，一直过得紧紧巴巴的，我也一刻不得闲。现在侄子大了，我是想……"

"你今年才六十，还是当打之年啊，你看我至少要干到七十岁，不是我不想放手，是我实在放不了手啊，方方面面的，离了哪行啊，真交给那些小兔崽子，指不定给造成什么样了呢！"

"你可以让小张多帮着干点，她挺有能力。"

富总这句话让吴老板的脸上有一点点的不对劲，她不禁感慨富总还是太直白了，吴老板这么多疑的人，听到这个或许会怀疑天雅吃里扒外。从吴老板的表情看，他不是很高兴，尤其是富总没资格插手他的人和事。但他没黑脸，马上就换了话题："今年上市公司的业绩怎么样？"

"那是老好了，你也知道大辉厂的规模，通过技术改造我们的环评那是省里面第一家通过验收的厂子，其他厂子关停，我们都能转车，今年的业绩就有十个亿，这还是大辉厂两条生产线中停工一条的结果，等来年另一条上了，那业绩就硬气了，咱谁都别吹牛逼，一年十几个亿的工厂，全中国上哪找去！"富总的自豪溢于言表，他喝下了口茶，说，"这些东西我都帮侄子码齐了，我就寻思着退休了，自己有空再看看投资点啥玩意，每天喝喝茶打打牌……"

"我说老哥，你听我的，再干三年，我让天雅帮着你把上市公司打造到千亿市值，那个时候你再退行不行？"

"你们不是马上要退了吗……"富总有点摸不到头脑，天雅也是。

"你能继续干三年，能对赌每年的业绩增长不低于年化30%，我就继续陪你三年，不退了！你每年保我20%的最低收益，三年后天贺再减持。"吴老板这个话一出来天雅头都大了，他事先没跟她说过啊，她一点准备都没有，如果今年没有国强的退出收益，利润就要完不成了，少分了钱她怎么跟团队交代？这个时候天伟也要说话，他打开电脑对着减持方案刚要张嘴，天雅用眼神按住了他，她跟富总说："富总，我觉得老板说得有道理，天贺和国强的合作一直都比较顺利和愉快，老板认为您这边是不可多得的优质资产，您应该考虑继续干啊，这也不影响富帅接班，他还能多跟您学习。"这是她又一次说违心的话支持吴老板。

天雅能理解他的策略，天贺的业务都是高回报但是高风险，出问题的概率高也不足为奇，而且出了问题，职业经理人大不了一走了之，吴老板却是跑得了和尚跑不了庙，天天擦屁股都擦不完的，他的精力也不够了；为了维持这个庞大的金融帝国，风险大也不得不做业务。天雅揣测出了吴老板的心思，他估计是觉得新的合作伙伴还不知道靠谱不靠谱，为了让天贺集团的业务规模保持增长，他倾向于和之前合作的优质上市公司深度合作，比如继续持股国强。她没说过，但富总去香港买壳的事情让她很担心，大概率是血本无归的，她不担心上市公司，她担心富总的资金出问题。而且更凶险的是，吴老板搞对赌是几年前的玩法，现在资本市场已经和原来不一样了，所有的行业都是有周期的，花无百日好，能及时退出才是落袋为安，之后的事情谁也说不好。曾经的"人有多大胆，地有多大产"行不通了，不是富总或某个人能承诺公司业绩的，公司业绩受大环境、政策规定、行业周期、竞争对手的影响，就像黄老哥的教育集团，临门一脚的时候国家出台限制资本化的政策，马上就哑火了。但吴老板的思维定式一时半会儿改不了，天雅在当下必须要支持他。

富总本来就不想让天贺减持，他怕股价下跌影响质押融资，吴老板送上这个大礼包，富总喜从天降："老弟啊，你要是信我，我举双手欢迎你们留下来。"这个时候恒斌说话了："吴老板，年化20%的基本收益是不是太高了啊？"吴老板说："你和天雅下去讨论吧，这个事我就不管了。"

中午吃饭主要是恒斌和天伟在喝酒，天雅说自己不舒服不喝了，吴老板说还是要倒上点意思一下，大家举杯的时候也好看。恒斌挨着个儿敬，对方喝一杯，他喝一分酒器；敬到天雅的时候，天雅还是不想喝，她拿眼神暗示恒斌，让他放水过去，双方正在僵持的时候，吴老板发现了，他走过来帮天雅喝了，还顺手说了天伟，下属当得一点都不给力。

富总离开的时候，邀请天雅跟他一起去朋友酒店看看新装修好的办公楼，天雅看在跟富总的交情的分上，就跟他去了。办公楼一共是两个楼体，分东西侧。西侧是办公楼正对着朋友酒店内荷塘景观，东侧是住宿加办公。天雅和富总去的是西侧，古色古香的大门设计，一共是五层，一层是大厅，有会客沙发，迎宾字画，开阔明亮。二层的大会议室装修得又红又专，红地毯铺地，一圈白沙发，每个沙发旁边都有摆台，墙上挂着领导人写的字，中型会议室就比较现代化了，每个人前面都放着麦克风，屋里有视频会议系统，还有大屏幕和音箱。三层是富总的办公室，他的屋子还是中式风格，红木桌椅都很有年代感，背后还有珍宝阁，上面放着笔墨纸砚等物件，屋里还有喝功夫茶的台子，紫砂的摆台，富总邀请她坐下，先上水把茶具都烹煮了，然后用镊子夹出来一块普洱茶饼，说这是吴老板送的价值好几百万的普洱茶饼，头道水用来冲器皿，后面的倒在小杯杯里，放到天雅跟前。天雅拿起来品了一下，一股发霉的味道，比媛媛三块钱一颗的小青柑难喝太多了。

富总关上办公室的门，回来坐稳了以后说："老妹啊，没拿你当外人，吴老板是不是看上你了？"天雅没抬头，她没想到富总这么问，有点慌，幽幽地说："吴老板这样的人，怎么能看得上我。"

"嘿，他这个岁数了，你觉得他还能找什么样的，找你就是他赚了。"这话让她心里挺不愿意，我怎么了，比十八九岁的姑娘差是怎么的？她本想撑回去，但是感觉怪怪的，她作为天贺资本的董事长，和国强的实控富总，居然在屋里八卦。富总脸上藏不住地笑，虽然表面上看着老实，但是实际上也是老狐狸了，一下子就看出来了，吴老板也太不小心了。

富总又给她满上茶水："你俩搁一起睡了吗？"老同志八卦也太不矜持了，这种事是上来就问的吗？她说："你也知道他身体不好，还能行吗。"

"唉，这有什么不行的，一星期两回估计不行，一个月两回还是可以的。"富总笑得更明显了，她感觉这个谈话内容让她特别别扭："咱能不能不聊这个了。"

"你看你还不好意思了。"富总突然收起了笑容，"男人就这样，你千万别让他得到了，得到了他就不珍惜了。"

"不珍惜了会怎么样？"

"不要让他那样对你。"听到富总这样说，她低下了头，富总看她这样跟她说，"挺好的事情，别这样，他也是个男人，也喜欢在女人面前显得厉害，尽量顺着他吧。"然后富总喝了一口茶，说："天雅啊，老哥现在真遇到困难了，能不能再帮老哥一把？"

"您说。"

"年底了，很多银行机构的贷款我都该给人家付息了，本来这笔钱我准备好了，但是出了点岔子，我把准备好的钱挪去救急了。你也知道，如果不给银行付息，晚一天都上征信，以后就再也别想跟银行借款了，所以无论如何我也不能还不上利息，要不国强就完了。这次真的是没料到，我本来想和吴老板提的，但是你也看到了，吴老板这么看好国强，我没好意思说借钱的事情。"

"您想让我怎么帮您？"

"可以拆借点钱吗？"

"您是说天贺资本吗？我已经把财务权上交给集团，我说了不算，要到上面才能批的。"

"可以想办法吗？"

"富总，您也知道，我如果能帮是一定会帮的，但我真的做不了主。"

"明白了，那我再想想吧。"富总从包里掏出雪茄，他还是喜欢抽雪茄，点燃的时候用打火机烧了半天，吐出厚厚的烟，望着窗外。天雅没有说话，也望向窗外，看着窗外被风逐渐吹得光秃秃的树干时不时地摇摇晃晃，树枝上不服的黄叶子在苟延残喘，两个人都没有说话。雪茄比香烟更刺鼻，白色的烟雾更浓烈，富总突然抹了一把眼睛，然后说，进灰了，她感觉富总今天有点奇怪，但是他没说她也不问。她又坐了几分钟，觉得实在是呛，说，没事我先走了。富总还是扭着脸看着窗外，头都没有扭过来，说，那我就不送你出去了。

天雅慢吞吞地下楼，一点一点地，幸亏没有人，她下了半层还要停下来休息一下，那天和吴老板散步多了还出血了，过了头三个月她也不得不小心着点。就在她站在那里调整呼吸的时候，听到楼下一层的大门被人大力地推开了，"啪"的一声震得她心里激灵一下，有几个人冲进来的脚步声。有个男人声音有点沙哑，扯着嗓子："富总到底在不在？"

她听到富总的司机压低了声音说："……董事长今天有事……许总您不要激动……"

"我不管，我今天无论如何也要找他问个明白！"

"许总，您别着急，富总一定会给您个交代的……"

"你别拦着我，再拦着我分分钟把富帅送进去！"这里面为什么还有富帅的事？听着楼下气氛那么紧张，又有推搡的声音，天雅不禁用手扶住自己的肚子，别出什么事。这个时候，天雅头顶上传来了富总的声音："小那谁，别拦着许总，是我请许总来的。"一句话出来以后，楼下也不推搡了，她听着一阵脚步声从楼下传往楼梯这边，马上退到楼梯最外面贴着墙站着，看着一行三个人鱼贯而入，经过她身边的时候并没有人看她，从她面前快速地过去，然后听到富总的声音："许总，您看我是专门来北京解决这个事情的，快请坐……"对方的声音平和了很多："富总，我就知道您是敞亮人，肯定不会看着侄子进去的。"天雅不知道发生了什么，但是后面就听不清了，她站在楼梯上一半的位置，还有点惊魂未定，如果要想知道富帅到底发生了什么，需要上楼扒在富总办公室外才能听到，她已经不想再上楼了，捂着肚子一步一步地下楼了。

下到一楼突然想到自己是坐富总的车来的，掏出手机来准备叫车，富总的司机看到她马上站起来："张总，刚才富总交代过，让我送您回去。"

"这个时候，是不是你在楼下等着比较好？也好照应一下富总，万一有点事呢。我自己叫车就行了，没事的。"听天雅这么说，司机也就不争了，说："您是富总的贵客，对您实在是照顾不周了，我本来等在这里就是为了送您回去的，也没有想到突然……"说到这里就不说了，估计也怕自己说什么不该说的，天雅也没问，富总不想说的事情她怎么会问一个司机。凡是做到公司一把手的人，不管平时怎么吹牛逼，都是各有各的难处，难得都能让富总掉眼泪，必然不是好解决的事，他不想说，她就成全他的面子和尊严。出来以后天雅侧面地问孙恒富总怎么了，孙恒说富总神神秘秘的，因为买香港壳公司的事富总和恒斌不对付，所以现在富总的事恒斌很少管，而孙恒作为恒斌的下属自然也不掺和。

等天雅回到家以后，刘伟给她发信息问方便电话吗，她接了电话。刘伟跟她说，最近还得让她去趟北京办公室，面试助理的人选。她觉得挺奇怪，自己的助理不是小毛？刘伟问她："他跟您借过钱吗？"她说没有啊。刘伟说，小毛和公司很多人都借了钱，各种各样的理由，跟王吉说自己父亲生病了借十万，跟李洋说自己凑首付借十万，连跟公司的前台，都说自己信用卡着急还款借了六千块，但这之后小毛已经两天联系不上人了；这两天，公司前台陆续接待了好几拨网贷平台催收的人，好在现在做催收的人都比较文明，也知道冤有头债有主，小毛借的钱他们不会为难公司，只是确认了这个人不在这里以后，就说了要去他老家找他家人。虽然找不到小毛，但是公司目前已经报警了，公司的受害者都去做了笔录，刘伟知道小毛都没有找李拉和媛媛借钱，估计着他也不会找天雅借钱，所以最后才告诉天雅。

　　知道了这个消息，天雅有点震惊，她问刘伟，到底是发生了什么？小毛家里出事了吗？被人绑架了吗？小毛这么腼腆的男孩子，一看就是一直好好学习又听话的乖孩子，连女朋友都没交，发生了什么事情才让他变成这样？刘伟说，虽然联系不上本人，但警察说一直持续地往里面扔钱应该是黄赌毒。刘伟打电话给小毛的家人，老两口惶惶不可终日，找不到小毛怕他遭遇了不测，精神有点崩溃了。听到这里，天雅还是不相信小毛变成这样了，她让刘伟找人去看看小毛的父母，以公司的名义给他们送两万块钱安慰一下，虽然现在不知道发生了什么，但是公司相信小毛是个好孩子，会积极配合警方寻找小毛的。刘伟让她做好心理准备，小毛处心积虑地到处借钱至少半个月了，不太像是被绑架了，如果她有了他的消息及时报警。天雅不禁背后发凉，小毛清楚她的住址，有她家的门钥匙，如果真的鬼迷心窍，她岂不是特别危险？天雅马上让物业给自己家的锁芯换了，又从淘宝请人在家门口装监控。

　　天雅跟李拉和媛媛感慨，听话又乖巧的小毛怎么一下子捅出了一个这么大的娄子，他被这么多催收的惦记，只要被找到了估计凶多吉少；李拉安慰天雅说，现在的催收都文明了许多，这个行业李拉还真的看过，前些年经常有闹出人命的，这两年随着社会上扫黑除恶，不会拿着刀子卸胳膊卸腿，一般的伎俩就是威胁、恐吓，连上门限制人身自由的都不多了；媛媛说，很多催收短信言过其实，除了信用卡之外的一切贷款，都是民事行为，并不牵涉到法律刑事行为，小毛就是岁数太小了，又没什么法律常识，对方跟他说什么"限期抓捕""坐牢"，肯定被吓死了，不会怀疑这不是真的，如果他借的是高利贷那就太好了，高利贷是不受法律保护的。总之网贷平台的钱不一定需要如数归还，只是小毛下落不明，不知道还有没有机会告诉他。三个人感慨小毛也不跟大家商量，万一有个三长两短的，怎么跟他家里交代啊。

那天晚上，都快十一点了，富总给天雅来电话："方便吗？""您说。"

"这个事还是要你帮忙，我现在找了一个资金过桥，对方跟我合作多次了，但这次单纯的信用借款对方不同意，要增信，我自己还有个楼盘，但现在不动产证还没有下来无法抵押，这笔钱我是真的需要，不借我这二十几年的企业就完了，你看能不能帮我增信，我有一笔股票明年解禁，我卖了半年内肯定能还上。"

"我怎么能给您增信呢？公章都交给集团了。"

"不是你们公司的，你记不记得天贺集团是通过另一个主体持有的国强股份，你只要能让那个主体给我盖个章，就能放款了。"天雅陷入了沉思。她跟富总说："明年要卖的股票是什么情况？给我看看，只要确认明年肯定能卖了还钱，我给你想办法。"

天雅真的想给富总帮忙。私事不提，富总带着企业能走到现在不容易，而且是实打实地做出来的，不是轻资产堆砌的昙花一现；天雅加入天贺以来做了很多不得不做的事情，但和富总的合作让她感觉有意义，对推动社会的发展有作用；从公事看，保护富总别出事就是她的本事，变相为吴老板分忧；从她个人感情上来说，国强是她第一个负责的项目，富总对她不错，她想出手或多或少地也有这些考虑。

放下电话，天雅翻出一个原来没扔的旧手机，充上电以后在里面查曾经的聊天记录，持有国强股份的主体是天贺资源，曾经的对接人是集团财务部派过去的总经理，叫李哲，原来认购的时候天雅跟他联系过，当时合作还算是愉快；她发现李哲特别喜欢占小便宜，九个亿的资金打过去李哲非要把钱放在他指定的银行，公司开户他也要指定券商，就为了芝麻点的好处。现在的联系人只要还是李哲，就好办，她有把握搞得定。

天雅让天伟去联系李哲，天贺资源帮天贺资本代持国强股份的股票，这几年都没有人追究分红的处理，一千多万的现金该要回来了。天伟去找李哲要钱，对方当然爱答不理的；天伟只能让李哲交出持有国强股份的证券账号，李哲说了这不可能，这个证券账号还持有好多其他的股票；李哲觉得天伟的级别不够，所以懒得理他。天雅心里明白得很，李哲持有股票账户必然有问题，而她就要利用这个问题。

天雅让天伟别跟李哲费劲，走个流程让全集团的领导都知道这件事，天贺资本有理，到时候李哲看到流程必然会找上门来。没过三天，李哲亲自打电话找了天雅，她隔着电话都能听出他在电话那边点头哈腰的。李哲说："张总，您有什么事情直接找我不就行了吗，还走什么集团流程，我应该经常请示着点，是我的错，您大人不记小人过。"

"李总这么说就太客气了，大家都是给集团打工的，听天伟说他是公事公办的，我以后尽量直接跟您打招呼，我们都方便。李总也不容易，我记得资源公司的总部是设在西藏吧，您是不是在那边上班啊。"

"对对对，张总您说得太对了，只要工作能做好就行。我每个月在西藏上两周，回北京两周，也是两头跑，唉，都是为了做好工作。"

"听天伟说，证券账号里国强的分红一直没有拿回来。"李哲该表演了，给他舞台。

"哎呀张总，实不相瞒，您也知道资源这些年一直亏损，不但一直欠着别人的施工款，公司连工资都发不下来，多困难可能您没概念，我们都知道天贺资本不差钱，您一次旅游比我们全年的工资都高。"

"李总，我们一起共事多年，您有什么困难直接跟我说，有事好商量。"天雅嘴边已经露出了笑容。

"就知道您通情达理，这个事情早晚也得让您知道，哪怕是跟集团我都不怕，您也知道，虽然天贺资源是代持股票方，但是股票最后卖出的时候是资源公司来完税，目前天贺资源光是亏损就有五个多亿，所得税就要抵扣一个多亿吧，节税该给天贺资源，我现在占用了分红也不算师出无名，先扣除罢了。"

"李总，您说得有道理，天贺资本如果占用了资源公司的免税额，肯定不能白占用，吴老板不会让任何一方吃亏的，对吧。"是时候搬出吴老板了，这个时候，谁和吴老板说不上话谁紧张。

"那不用，张总您太认真了，我就这么一说，到时候都听集团的安排。"果然李哲尿了，也不强硬了，"我给您打电话不是说这个事，主要是说国强分红的事，这么说吧，去年的分红我们取出来用了，今年的还在，您看怎么办。"李哲只要几百万，她还担心李哲要一个多亿呢，看来是多虑了，对她来说还不是易如反掌。她早就知道贪小便宜的人好对付，但是没想到这么容易，他未经过任何流程就挪用了本该是天贺资本的几百万，她刚好要利用这个事情来让李哲对她言听计从。

"李总，这个事情我感觉没有必要跟集团汇报了，这么细节没必要让集团操心，我们两边相互体谅一下不就好了。"

"您看看，我就说张总这么敞亮的人，根本就不用这么费劲，您说得太对了！"

"但是我这边毕竟走了集团的流程，还是要有个结论，这样吧，我就私下做主了，您这边把今年的分红给我这边打过来，如果您这边今年开销还是不够，您再留一部分都无所谓的，知道您打过来点钱，我就跟集团好交代，问起来的时候也能说，分红打回来了，您看行吗？"

"哎呀张总太够意思了，您说什么就是什么，我今天就给您打！"

"还有个事啊，李总。"她不经意地说，圈套已经布置好了，就等着李总自己跳了。

"张总您千万别客气，资源公司或者我李哲，您都尽管提要求。"

"您也知道，集团在整顿各个子公司的业务，也跟我说了，代持的国强证券账号最好还是分出来给天贺资本控制，因为马上要到期了可能还涉及减持的事情，我们比较好操作。"

"这个事情吧，我觉得还是要集团有个文件，您说是不是……"

"那没问题，必须走个集团的流程，您放心，而且，我觉得刚才您提到的那些税款占用的事情都有道理，未来虽然证券账户我们拿过来，但是减持的资金关联的都是资源公司的账户，您可以先扣下税费再给我们，您看可以吗？"

"太可以了！只要有您这句话，我这边都听您安排，您说怎么办就怎么办！集团的流程后面慢慢走都不着急的，您需要怎么办就告诉我。"天雅要的就是这句话，她认真地看了富总给她的材料，富总未来会减持还款的，她感觉问题不大，天贺资源就做个傻白甜好了，神不知鬼不觉地帮富总个忙。

很快地，天伟就汇报，李哲把钱打过来了，但是只有五百万，少了整整一千万，天伟气得要去找集团告状，天雅说，不用跟集团说了，尽快去找个关系不错的券商把股票分出来是关键，小不忍则乱大谋。天伟憋着一口气，一天内就找好了券商，希望天贺资源能来北京开户盖章。天雅亲自跟李哲打电话说了，李哲安排公司的出纳带着公章法人章过来北京。天雅就知道万事俱备，她跟富总打电话，你要盖什么章，内容先给我看看。借款协议天雅看到了，上面写得很清楚，国强集团跟发财小贷公司借款（据说，借款人那栏是空白的），期限是三个月，担保方式就是等国强的房地产证下来以后追加抵押，富总个人的连带责任，还有就是天贺资源的担保。天雅跟富总说了，天贺资源的人会来北京盖章，富总心领神会。

天贺资源的出纳来北京还是天伟请吃饭，当天晚上因为上市公司国强股份还需要天贺资源盖一些不做内幕交易的承诺，所以孙恒带着上市公司需要盖章的文件也过来了，一起盖的章，天雅问天伟："盖的什么内容的文件呢？"天伟说："当时有点晚了，我们都没细看，孙恒让盖的有几个是抬头空白的文件，天贺资源的出纳自己都没看就哐哐地都盖了，我也没管。"

第十七节

临近新年，已经过了天雅对外宣称自己要去深圳办公室的时候，虽然天雅还在北京并没有离开，但是她已经不在公司和吴老板的庄园出现了。一天上午，刘伟又给天雅来电话了，说小毛找到了，天雅说，太好了，通知他父母没有？刘伟说，已经通知了，他们正往北京赶，小毛正送医院，他被人砍了几十刀。

天雅到医院的时候，小毛已经转移到病房里面了，是最便宜的八人间，他在一进门的位置。医院在北京城乡接合部，病房的楼道里面脏乱差，天雅走进来的时候就看到楼道里面有蹲着看手机短视频的，有坐在小马扎上靠着墙睡觉的，还有泡面的，地上有血迹、痰渍还有护工遗撒的排泄物、手纸，真难想象北京还有环境这么恶劣的医院。来之前天雅还有一点点犹豫，她一个怀着孕的人，去医院是不是容易受到感染？但她想到小毛，那么腼腆的孩子，还是放不下心，变成这样，天雅心里也不好受。天雅匆匆来的，穿的长大衣和垂下来的长围巾刚好遮掩了有一点点突出的小腹，手里拎着一些水果和零食，刘伟他们已经到了，在病房的门口，天雅看到他们的时候，刘伟过来压低声音跟天雅说："让您费心了，他刚缝合完不久，他跟我们什么都不说，等会儿警察会来做笔录。"

　　天雅一听刘伟说警察会来，还有点吃惊："你报警了？怎么样也要等他父母到了问清楚情况再报警吧，现在他又跑不了，你又何必现在报警呢？"

　　"不是你想的那样，不是我报的警，他们同时被砍的一共是三个人，等会儿你进去看到他旁边的两个人也同样是被砍的，他中了三十多刀，那两个人一个是十多刀，一个是几刀，他们三个合租在城中村，昨夜屋里进了小偷，动静太大被小毛发现了，他们起来跟小偷搏斗，没想到小偷有刀子，三个人没开灯在黑暗中让小偷跑了，但是幸运的是没开灯，小偷也看不真切，拿着刀一顿瞎划拉没有伤到什么要害，小毛有一刀比较危险从脸上伤到脖子上，差点就到动脉了，也算是万幸。"她刚才听到刘伟说小毛被砍了，还以为是被追债的打伤的呢，想着太没有人性了，小毛要受了多久的折磨被伤成这个样子，现在听说是小偷入室盗窃引起的，反倒让她心里好受些，受伤比较快相对没那么痛苦。但是这些天估计小毛东躲西藏的也吃了不少苦，天雅记得他在公司周围租的一居室，天贺资本给的工资足够高，他不用和其他人合租，已经比很多同龄人生活水平高了，现在怎么会在城中村，和另外两个人一起合租呢？虽然知道他办的事不对，但她对他还是有些恻隐之心。

　　"他住院的钱有吗？"

　　"是公司暂时垫付的，应该不是很多。"

　　"嗯，你们都别进来，我单独和他聊聊。"

　　虽然做好了准备，但进去以后还是让她感觉有点血腥，小毛躺在病床上没盖被子，基本上全身赤裸，只有重点部位用纱布盖上了，身上很瘦没什么肉，很多道伤口密密麻麻地都缝上了针，就像一堆蜈蚣爬在身上，胸前和腹部用纱布缠上了一个"之"字形，往下能看到小腹上的体毛，天雅看到这个情况马上转移了视线，她主要是怕小毛不好意思。护士小姑娘看到天雅，大大咧咧的跟她说："你是一床家属吗？"

　　天雅看了一眼小毛的编号是一，马上说："对。"

　　"你是他什么人？"

　　"我是他姐姐。"天雅想不出自己该怎么说，但开始说了是家属，就要咬死了。

　　"别愣着啊，他的尿袋满了，快帮着换一下啊！"

　　"哦。"这个时候小毛微微睁开了眼睛，有点激动想起来，马上就被护士按倒在床上，说："动什么动，伤口崩开了怎么办，我还得给你重新缝，躺好！"小毛有点不好意思，他又闭上了眼睛。屋里有点热，天雅把衣服和围巾都脱下来放在一边。

好在她也是大风大浪过来的，熟练地弄完了尿袋，护士跟她说："他全身都是刀伤，尽量给他晾着点，不要盖。"天雅看小毛腿上伤得不重，只是大腿上有伤，小腿几乎没有，她把病床的被子拉上来盖到他膝盖处，上面用病号服盖上腹部到膝盖之间的位置，免得太尴尬。她看看旁边那两个受伤的小伙子，伤得都没有小毛重，其中一个人也主要伤在上半身，上半身赤裸着平躺在那里，护士正在给他查看伤口，还有一个全身穿着病号服的应该是身上伤不重，脸上包着纱布。天雅搬了个小凳子坐在床边，其中那个穿着病号服的小伙子跟天雅说："你可得好好谢谢我，要不是我，他就得出血太多而死，这是大夫说的。"

"是是是，你吃个橘子，说说怎么回事。"天雅剥了个橘子塞给那个小伙子。"都是昨晚太冷了，我们在屋里生了煤炉子取暖，因为怕中毒所以我们把窗户开了一条缝，这些平房都没有防盗窗，夜里三点多有个歹人推开窗户进来了。他翻东西的时候，小毛就起来跟他动起手来，我们才醒。那个歹人跑了以后，我们三个才想起来开灯，一开灯就看到小毛浑身是血，当时我们相互搀扶着从出租屋出来，路上的出租车没有一个愿意拉我们，大夜里的又黑又冷，医院的急救车不知道多久才到，幸亏我跟楼下早餐铺的老板借了一辆平板三轮，才给他送来，当时就差给人家跪下来了。"

"你吃个苹果。"天雅又递给他一个苹果，他问自己能不能出院，护士说："你脸上的刀口应该问题不大了，最好能再观察一天。"小伙子说："我今天不上班，今天就没工资，我们都是按天算钱的，哪有时间在这里观察。"天雅基本明白了，这三个人都是临时工，干一天活给一天钱，怪不得出了事没有公司出面给他们联系医院，更别说在医院休息的时候能有工资了。

天雅看了一眼小毛，脸上都是纱布，有点肿。幸好歹徒用的只是小刀。她有点心疼地跟小毛说："下次别再这么冲动了，身上的东西值几个钱，还是命重要。"

"还不如死了算了。"他闭着眼睛，眼角流下了眼泪，怕他的眼泪打湿纱布，她马上用纸巾接住了他的眼泪，两边都给他擦掉了，但是没说别哭，他肯定要面子。

"人生能有什么过不去的坎，只要活着就有希望，多少人想活还活不下去呢。"她一边给他擦眼泪一边说，小毛还是闭着眼睛不住地在流泪。

"对不起，给您添麻烦了。"

"别这么说。你也知道我现在身体不好，一直没去上班，我今天过来就是想知道到底怎么了，是不是有人为难你了。"

"没有。"小毛停了一下，"我对不起公司。"

"公司的人都很关心你，没有人怪你。"天雅给小毛嘴巴边上递上了带吸管的杯子，他稍微睁开眼睛看了一眼，喝了点水，又闭上了眼睛。"不怪别人，我赌博了。在网上，我控制不了自己，一开始赢了，后来越输我越不服气，就像着了魔一样，就想翻盘，借了不少钱都砸到里面了……"说到这里，小毛又开始流泪。

"你还年轻，大不了从头再来，没什么的。"听到了他的理由，天雅有点无奈，早就听说黄赌毒沾不得，都是让人家破人亡的祸害，都是高额的利润让不法之徒变着法地害人，实体赌博取缔了就开网上赌博，小毛刚硕士毕业一年，家里这么辛苦地培养了他这么一个高学历的人，就这么深陷其中了，太让人惋惜了。

"太晚了，都太晚了。我欠了好多钱，不躲起来他们也要弄死我。"

"现在是法治社会，你可不可以相信法律？"真替他不值得，年轻的生命不应该葬送在这些人手里，她让自己平静下来说，"如果你只是跟网贷平台借款了，应该不涉及刑事犯罪，任何人没有权力把你抓进去，你一定要记得，有什么你认为过不去的事情一定要和父母、和公司多商量。你可能没有那个能力，但是公司的律师都会帮你。"

小毛睁开了眼睛，他看着天雅说："我还能从新开始吗？"

"只要你想，随时都可以。"小毛稚气未脱的脸上，还有血迹。

出来的时候，天雅和刘伟说，等会儿先不要和小毛说辞退的事情，如果他还想在天贺资本工作，可以让他去深圳，在那边从新开始。刘伟一脸吃惊："张总，我们不可能留着这样的人……""我只是让你这么说，你放心吧，他既然都没有张嘴跟我借过钱，就说明他还是要面子，相信我，我们也就是做个人情。"

这个时候，李拉和媛媛也来了，看到天雅站在那里，她们两个马上把天雅扶着出了楼，站在楼外面，天雅说："这么冷的天干吗跟这里说话。"

"冷算什么，里面有多少病毒你知道吗？现在流感这么严重，万一你传染上了又是两周才能好，你是吃药是不吃药，你不为自己考虑也要为孩子考虑考虑吧！"媛媛生气地说，她从包里面摸出一个口罩，给天雅递过去，天雅没接："我已经看过小毛了，准备走了。"

"你看看你，这种事你以后就别掺和了，我们来不就行了。"李拉缓和一下气氛。

"嗯，是，我现在就是废物，你们说奇怪不奇怪，我这么天不怕地不怕的人，怀了以后怎么就变成娇弱了？动不动就出血，我就不知道这孩子在我肚子里干什么呢，稍微不舒服就抗议啊，这脾气也太大了吧，出来了还得了啊。"

"以后折磨你的地方还多着呢，放心吧，这刚哪到哪啊。"李拉笑着说，天雅给她一个白眼。

"真的，你现在怀孕，你生病了还能自己照顾自己，还能睡着，等你把孩子生出来，他生病的时候，你才是真的别睡觉了。"媛媛说。

"不能这么说，我觉得这个孩子就是个福星，他提醒天雅要及时休息了，这个事情很重要啊，要不是孩子来了估计她还在没日没夜地加班呢。"李拉说。

"那倒是，现在我是能不管事就不管事，能躺着不坐着，能坐着不站着。原来我曾经设想着自己就算是怀孕了也是带球跑马拉松的那种英雄母亲，现在一到晚上十一点我就上床，还真是有点不习惯，觉得世界都不需要我了。"

"知道是男孩女孩了吗？"

"还没有。"

"你想知道吗？"

"不想，我对于男女都不在意。"她不在意孩子的性别，但是她想要个女孩，走一遍成长的道路，也许能理解她。她偷偷地想，如果吴老板知道是个女孩，应该很开心吧，他一直说自己就是没有"小棉袄"，但是他说的话不能信，或许他就只要能继承家业的男孩呢，女孩他都让打了也有可能，想到这里她就不寒而栗。

李拉问天雅要不要喝点奶茶，天雅说不了，控糖都控制不过来呢，她嘱咐媛媛跟小毛科普一下法律相关的问题，她先回家了。李拉和媛媛都希望她能出来过个生日，天雅这才想起自己的生日要到了，以往的时候至少提前好多天，母亲会絮絮叨叨生日的事情，倒不是说要给她怎么庆祝，而是说她一把年纪了能不能让人省点心，把自己的生活安排好，肩负起培养下一代的重任。今年母亲不在了，她居然差点忘记生日了，好在李拉和媛媛还记得。她和两人说，今年怀孕了要控糖，不想吃蛋糕了，但还是可以三个人出去吃饭庆祝一下的。媛媛说她来订地方，让天雅过两天一定要来参加，三个人好久没有聊天了。

从医院出来的时候，天雅想着，希望这只是小毛人生路上的一个小波折，他刚二十多岁，后面的年月还多。

富总这个时候又给天雅打了电话，说发财公司不满足于天贺资源在承诺函上盖章，他们要求法人手签。这就有点强人所难了，而且天雅觉得既然放款都放完了，还要补这些东西干什么呢？富总说了，对方一直在不停地烦他，他如果不能帮着弄完手续，对方就闹着让他提前还款。天雅只能再给李哲打电话，说上次券商开户还有些资料没弄完，对方要去西藏现场找法人签字盖章，李哲说没问题，他跟法人晓梅交代好，天雅直接让经办人过来就好了。听说法人看都没看就签了，集团这些高管，都是怎么招的，这点戒心都没有，天雅心里感慨一下，这都能随便签，也是没谁了，看来集团把各个公司的公章都收回去真的是应该的。

终究，小毛还是在一天夜里默默地走掉了，并不是因为没钱治病了。一年多之后，小毛问天雅想不想发发小财，他是澳门赌场在内地的办事员，具体办的什么事呢？很多时候内地的有钱人没带那么多钱过去，或者是在公海上用美元赌博的时候，没有那么多的美元；这个时候赌场里给提供金融服务，让他们用人民币或资产担保提供美元。不动产地下钱庄一般只按照四折的价值给美元，等输光了就会有人去办理不动产的过户。小毛手头有大把的赌徒输给澳门赌场的资产，他要做的就是变现清账，还能给处置人分不少。他举了个例子，有个富豪在北京有一幢商业办公楼，市场价格是两亿，那么澳门赌场只给他不到一亿做赌资，他输掉了这个钱，人会先回北京，如果一周内还不上，就要把这幢办公楼过户给赌场指定的机构，小毛来问天雅感不感兴趣接手两个北京的办公楼。天雅问小毛以后有什么打算，他沉默了，说自己先赚钱把曾经欠别人的都还上，之后他想去乡村支教，天天见赌场里的人人事事，他不希望自己未来变成一个只会吃人血馒头的赚钱机器。

和李拉、媛媛的庆祝就定在港式火锅餐厅，吃花胶鲍鱼鸡，吃完再涮鱼肉和菜，三个人举起了菊花茶碰杯，天雅有感而发："真的想不到自己都三十了，三十而立，希望自己能早日成熟起来。自己虽然没做出什么成绩，但是有一颗感恩的心，庆幸自己在当初没有选择移民，而是回国见证了经济社会日新月异的发展，庆幸自己加入了天贺的大家庭，见证了民营金融在金融体系中的突飞猛进，在不断的被质疑声中有了一席之地；这期间虽然经历了家庭的变故，亲人的离去，工作的挫折，有过挫败和委屈，但是作为一个小人物，能有幸见证这一切，在时代的滚滚浪潮中能投身其中，本身就是一种幸运。即使留下伤痕，也是另一种勋章。生而为人，每天都反省自己是不是变得勇敢，即使看到或者经历了这世间的黑暗面，依然能够怀有年少时的那份热血。今天特别开心，有你们这些好朋友陪着我走过风风雨雨，一路的坎坷，希望多年以后，我们回忆起当初的这些日子，依然觉得自己很牛逼！干杯！"猝不及防的认真，让三个人眼眶都有点湿，天雅还不好用喝多了来掩饰，李拉也说了好多自己的感慨，当初在北京北漂的时候她都有点坚持不下去了，感觉自己就是一个小小鸟，怎么飞也飞不高，眼看着自己的同学要么嫁给老男人一举找到了长期饭票不用工作，要么进了光鲜的外企说话中英夹杂感觉高人一等，要么就是家里根基深厚的回家乡找到了不工作吃空饷的好机会，自己嫁了同学两个人赤手空拳地从零开始，当初老公和孩子都没带就来北漂，内心充满了迷茫，再做不出什么来都没脸回家了，说到这里的时候李拉也落泪了。媛媛在天贺资本经过了不少痛苦的被王吉精神虐待的岁月，最终才熬出头，说起当初心灵上受到的折磨，媛媛也还记忆犹新。

虽然天雅之前说了不想吃蛋糕，但是李拉和媛媛还是定了一个彩虹蛋糕，预示着风雨过后总会见彩虹，希望天雅能够顺顺利利。三个人难免地聊聊八卦，李拉问起天雅和陈伟的事情到底是不是真的，现在能不能对姐妹们解密了，天雅说不可以，只要她和对方的关系一天没结束，她还是要维护对方的，不可以说。她们两个人虽然各种打趣，但是并没有追问孩子的父亲是谁，这或许就是她们之间的默契。

这年的生日，天雅没有给吴老板发信息告诉他，也没有发朋友圈，想着吴老板这种人日理万机自然不会记得的，他的秘书应该会提醒他的；果然，吴老板按照集团高管的待遇给北京办公室送来了祝贺的贺卡和生日礼物。听刘伟汇报，公司还收到了不少给她祝贺生日的礼物，天雅说不用给她送来了，让大家分了。

徐飞晚上打来电话，祝贺天雅的生日，并表示自己看她挺忙的又不在北京，就不说请她吃饭的事情了。徐飞不免又汇报了一下公司的进展，弄得不错，今年能有一千多万利润。天雅鼓励他做得非常好了，这个体量想独立上市确实还有距离，但是挂牌新三板还是可以的。徐飞听到这个概念一下子来了精神，好多家上市公司或者互联网巨头都表示过想收购他，但是他显然志存高远，他想着挂牌新三板也是他表明一个态度。天雅让他自己权衡好，挂牌以后知名度会提升，但是凡事都要规范化运作，一年的成本可能要多几百万。

第十八节

公立医院的产检人山人海，这个时候她才逐渐体会到 Helen 说的，在公立医院做产检是多么地没有尊严，医生对她的问题爱答不理，会让她当着其他患者的面脱裤子，在她还裸着下身的时候就让下一个患者进来脱衣服，护士会因为天雅不知道登记就让她改天再来。除了必需的检查，她都会去健健医疗的私人诊所，那边的服务态度好多了，至少让人感觉自己还是个人。但她还是不敢在私立诊所生孩子，公立是全科医院，如果有突发情况可以及时地抢救大人和新生儿。

天伟犹豫再三，还是给天雅汇报了一个情况，李春风说漏嘴了，他给过茹萍几百万。天雅没忍心让调查茹萍，毕竟茹萍跟她这两年非常辛苦，年终奖也没有让茹萍太满意，思前想后，她给茹萍打电话："好久不见啊，最近李春风说，当初收购的时候你拿钱了。"

"张总，不知道您听谁说的，但是我没有。"

"你知道我是可以把你交给集团处理的，但是我没有。"

"张总，我对您怎么样您是清楚的，那两年鞍前马后的，没有功劳也有苦劳，现在您要这么对我，我也无话可说。"既然茹萍不张嘴，天雅也不想再浪费时间了，她给吴老板发了一条信息，说明了情况，但是她有些犹豫，这样做对茹萍是不是有点不留情分了；她不是没见过灰色地带，也明白孙恒干的事情也不光彩，只是茹萍的态度让她火大，只要茹萍不瞒着她或许她还会想办法替她善后。到了晚上十一点的时候，吴老板给她回信息了：

> 人与人之间是一种缘分，无论是同事、朋友，还是亲人，都需要互相包容、互相体谅，当然也需要互相尊重。人最怕的就是自私，特别是要求别人用无私来包容自己的自私。有的人做了不诚信、不公道的事，还要求别人毫无底线地谅解、付出、牺牲与配合，拼命占便宜，宁死不吃亏，这种人才是最自私、最以自我为中心的。这个世界谁和谁都不相欠，一个处处对他人精打细算的人，就没有资格要求别人无私奉献，更没有立场要求别人为了自己的利益去无止境地牺牲。
>
> 孔子说得好："以德报怨，何以报德？莫若以直报怨，以德报德。"如果用宽容去回报恶行，那用什么去回报善意呢？我们应该用美德去回报美德，用坦荡去回应龌龊。这是最朴素，也是最根本的人生哲理。然而，并不是所有人都懂得这基本的因果报应。
>
> 回想这么多年，我走过了这么多风风雨雨，我努力地去理解人、包容人，更努力地让每个人，无论好坏，都得到公正的对待；而不是助长一些人无尽的贪婪，或是迫使另一些人做无谓的忍让，更不能一边被恶人占便宜而束手无策，一边又对老实人大加压榨。这个世界每一天都在进步、每一天都在变化，只有以公允的态度去对待每一个人，才不会"劣币驱逐良币"，才会真正赢得下属的尊敬。就像我给你取的这个名字："君"，君子如兰，君子如玉。君子，并非毫无原则与底线的老好人，而是志向高洁、有健全善恶观念并能在行动中秉持的人。

这一条信息，让天雅看了好多遍，吴老板心里有她，她在吴老板那里，终于有了姓名。她幻想着能和吴老板一直保持着这种不远不近的关系，如果吴老板知道她怀孕了会怎么办，是否会认为是她故意为之？是否依然还会跟她互诉衷肠？是否能真真正正地给她一个期待已久的名分？

好几次做梦天雅都惊醒了，梦到吴老板知道了实情派人送她去医院让打掉孩子，抑或是吴老板保护不了她，小马开车冲她撞过来，这些都让她大汗淋漓。她从来没有梦到过吴老板要娶她，看来她连做梦的时候都这么悲观。好在孩子还在正常地胎动，天雅安慰自己放松点，但是头脑里时刻绷着一根弦，那就是绝对不能让人知道孩子的父亲是谁。

天雅对公司的事情过问得不多，有一天江海的陈总给她打了好几个电话，所以她接了，陈总抱怨美嘉接手之后并没有什么建树，团队成员之间不可调和的关系依旧如故，几个板块的负责人天天吵个不停，无论陈总怎么做大家都觉得不公平，甚至有人公开地不服调遣了。另外，美嘉团队给推荐的标的都不靠谱，这么久以来并购再无建树。上市公司表面上一团和气，其实内里已经要开锅了，后面没有再并购，陈总担心要走下坡路，江海文化会被市场抛弃。天雅除了听他抱怨，并没有什么能做的，她已经把江海交给了美嘉，还有什么资格去插手？

还没完，陈总犹犹豫豫地跟她说，你知道李拉和苏总的事情吧？天雅说，知道的。陈总又说，你知道他俩在这边开发区拿了几个新建的加油站在运营吗？知道你身体不好，我没想跟你说的，但是我听说那几个站是天贺资本投资的，我就想着怎么没听你说起过。天雅轻描淡写地说，这种小事情不用跟我汇报，不过还是感谢陈总的提醒。这个电话放下以后，她心里有点不舒服了，天贺资本投资了，为什么她不知道呢？越想越心烦，又不好直接问李拉，公司里面好像就天伟可以用了，她让天伟帮着查查到底是怎么回事，不要声张。

天雅跟吴老板现在就像是笔友，相互写一写生活中的感悟，天雅跟他表达了自己身体不太好，导致目前工作的动力不足，吴老板给她回了一段话："有时想想自己到了这样知天命的年纪，每天还在血雨腥风、风大浪大的环境里拼搏，真是好像不太应该。最近，集团人事调整、不顺心的一些事情，让我几度崩溃。身体上的病，之前在日本好了很多，真担心状况转差，不能在这个工作岗位上待下去。想到这个，又多了一层的担心。但是，作为活着的生命，我们又能有其他什么选择呢？"吴老板是和她共勉，他也在坚持着，看不出平时挥斥方道的吴老板，也会在没人的时候偷偷崩溃，她有点心疼他，回了一条信息："我理解人并不能生而强大，也不能全部时候都乐观向上，但是痛苦挣扎留给自己，带给别人信念，就是成功的人。"这些日子见不到吴老板，两人的关系反而好了很多，通过文字上的交流，还真的有点之前心意相通的感觉。

小鹿问天雅年会的事，她真是一点兴趣都没有。这次年会李拉说了去澳大利亚，天雅说随便她。小鹿还小心翼翼地问，您去吗？天雅说，当然不去了。小鹿说，您是不是还是应该发表个演说啊。这个事情天雅考虑了一下，她现在如果出现，这个肚子很难不被看出来，她的唯一希望就在于掩饰，否则她整个年会都不出现，也不太说得过去。

天雅跟李拉、媛媛商量，李拉说，你现在月份大了些，如果你要出现还想不暴露，你要不然就穿着大衣，裹起来会好很多。天雅说这也不行啊，开年会都是在室内热得很，不能我专门组织大家在露天讲话吧。媛媛沉默了半天，突然说，有了，你视频连线大家不就行了，你找个办公室背景，就说你在海外不就行了，这也就露出你的上半身，完全没问题的。天雅说，开年会都不回来，海外有什么至关重要的事，我怎么圆回来？她一拍大腿，有了，坐轮椅出席年会，这样她不用站起来，就不会暴露肚子的大小了，坐轮椅比较好掩饰，腹部以下装饰一下，就说腿受伤了。这个主意她们两个都觉得还算靠谱，天雅试了一下，上身穿一件有松紧的高领针织衫，再穿一件宽松的西服坎肩，下面是裙子，大腿上盖上一条大围巾，坐在轮椅上根本看不出来肚子。

天雅让小鹿安排好了，在北京先开总结会，第二天全员再飞去澳大利亚。天雅只参加北京的部分，她出现又不至于暴露怀孕，而且对外也说明了她受伤无法上班。这次年会彩排的时候她都没有出现，连化妆都是自己凑合化的，就是怕出现时间久了会露馅；她破天荒地戴了一串很夺目的砗磲项链，耳朵上还夹了两串大耳环，就是为了让别人的注意力集中在她的脸上。这应该是她最后一次以长头发的形象公开亮相了，她知道会有摄影师拍下她的照片放在新闻里，尽量以一个好的状态参加，等年会之后，她就会把一头的长发剪到毛寸，怀孕已经让她脱发严重，她实在不想一洗澡就堵下水道。犹豫了一下，天雅还是给吴老板发信息邀请他参加天贺资本的年会，吴老板让他们尽兴，那天他刚好出差，她这颗心才放下来。这一年的年终奖，天雅没有去和集团讲，也没有和吴老板讲，她的心态已经有些变化了，能平安地生下孩子对于她来说是最重要的，而且今年没能退出国强股份，现金收益估计没能达到集团的要求，只有天雅和天伟明白是吴老板授意的，和集团去谈估计不占理，天雅就没去，好在吴老板还是有所考虑的，今年分给天贺资本的年终奖金不低于去年的金额。

今年讲话的时候，天雅发言时间不长，并没有对照PPT讲，更多的是感悟：

> ……吴老板说过，明年市场会全面启动，一个伟大的企业是有神灵在庇佑。今天所有在市场吃的亏，明天市场就会给你做合理的回报。没人能预知明天，没人能看清未来，我们能做的，只有做好每一天的功课，活好当下的人生。

> ……时光每天都在飞速流逝，"逝者如斯夫，不舍昼夜"，看看现在，无论是市场，还是人的精神面貌，和过去相比都发生了一些重大的变化。社会正在进入一个全新的阶段，每个人可能都需要慢慢适应这样的环境，重新建构自己的信仰。这就要求天贺资本，作为集团最优秀的团队，尽快地调整我们自己的思路去顺应当下的发展。但我相信，只要大家万众一心、群策群力，就肯定会有一个不错的结果。

第五章

第一节

二〇一七年的这个春节，天雅因为怀孕基本都在屋里，对于外界的感知基本都是吴老板带给她的，她看着吴老板笔下的描述，仿佛自己的心也在他那里：

"九点钟开始和馅包饺子，十点去庄园放烟花。新年的夜空星光璀璨，烟花将夜空点亮。三十年前人们回家的念想比较强烈，很少有外出旅游的；但是近些年，人们正以新的方式迎接春节。新的行为在改变历史，历史又在不断改变人的行为，循环往复，互为引导，这就是历史的进程。"

"今天回到家里，看到院子里，大红灯笼高高挂，洋溢着节日的气氛，祥和美好。不过十五，还是春节。下周一集团要正式宣布人事任命，管理层和经营层要分开，独立自主，自力更生，才能成为市场最卓越的公司。"

"今早比昨天更加晴朗，大量雾霾散去，还有少量雾霾，看来这个春天，一定会有更多的雾霾笼罩着这座城市，也许是周边恢复了生产的原因。"

"庄园的玉兰花已经含苞待放了。每年这个时候，玉兰花盛开的景象代表着春天的萌动与开始。晚上简单吃了饭。很难有这样的时候，没有客人在一起相聚。其实人少吃饭，或者一个人吃饭才能感受到食物的珍贵和美好。想想自己的情况，每当病情加重时，心情都会不好，可能酒精会使自己度过这样的岁月。人生就是这样，花开花落，心潮起伏，有高峰，有低谷，希望我们每个人都能像战士一样面对这每一刻。"

这期间吴老板给天雅发过他的自拍，有的用了美颜，有的光线太暗拍得不清楚，有的时候他戴着墨镜，帅帅地登上私人飞机，有的时候他去了东北的冰雪大世界，头顶上多了一顶全皮毛的雷锋帽，一下子让他高大的身材显得五短了，十分地滑稽。但是天雅没有给吴老板发过她的自拍了，她剪短了头发，有点假小子的感觉，自己都不好意思拍照。

有的时候吴老板也给她发点抒情的感悟，比如"初夏的紫禁城，绿意葱幽，枝繁叶茂，宁静的夜晚中，熙熙攘攘的车流渐渐稀疏，大地渐渐沉睡。人欣赏自然，享受着季节变换中的草木枯荣、风霜雨雪，对你的内心也是一种滋润"。有好几次她都想跟吴老板说说她的糟心事，怀孕的痛苦、一个人的挣扎，但是几次拿起手机来又放下了，她坚持得这么辛苦，不就是为了保护这个孩子吗？

这期间市场环境慢慢地起着变化，春江水暖鸭先知，经常在市场上到处融资的孙恒跟天雅打电话，问她最近看新闻没，市场上对于大股东违规行为开始高压打击，风头不对，感觉今年融资特别困难，天雅跟他说早点做好准备吧，有快要到期的贷款早点替换，笨鸟先飞。

上半年的时候国强的股价一直差强人意，因为行业的周期性，一般国强涨起来都是下半年。富总跟天雅一直沟通着上次借款的进展，发财公司给他的借款延期到了六月底，他已经沟通好了几个机构，会在六月份减持，几个公募和私募基金都会帮着撑股价，天雅跟富总说，可以介绍给他拉股价的人，但富总不要，他说违法的事不能做。既然富总这么有原则，天雅就没提唐总，不过天雅告诉了天伟，趁着国强股价平稳的时候，把天贺资源持有的国强股份通过协议转让的方式还原给天贺资本，以绝后患。因为还原代持涉及了天贺资源和天贺资本之间算账的问题，推得挺慢，天雅急得都给李哲亲自打电话了，但是李哲只是说，这个事情必须把利益分得稳妥了再推。

女人生孩子都是一场战争，必须抱着必死的决心，天雅为了这场战争也早就开始准备，包括合理饮食控制体重，坚持锻炼身体肌肉和拉伸骨盆等，这都是生命中必须要经历的洗礼，很多事情是无法逃避的，还不如坦然地去面对。这个时候，幸好还有吴老板的感悟给她一些安慰："盛夏，绿树荫浓，荷花送香，这蓬勃的生机从晨曦中升起。六点钟起床，望着窗前满园绿意，繁花似锦，凉风渐起，大自然的惬意令我的内心也感到片刻的宁静与喜悦，如同

《牡丹亭》里杜丽娘的心情：'可知我一生爱好是天然'。北方的季节难得这样舒适的天气，抓住这一瞬间大自然带给你的享受。"

想到吴老板这样地日理万机，还能抽出精神来有这样的体会，天雅也让自己调整心态，去做一个积极的人。这期间，江海文化出了两个负面新闻，一个是年报中被投资者发现影视公司的应收账款处理有问题，为此被交易所问询，孙洋亲自出面解释，是会计准则不一致，会调整年报；一个是影视公司业绩对赌到期，今年的利润急速下滑。叠加上从二〇一七年开始政策和监管层面对影视文化、游戏类的上市公司的高压态势，整个行业风声鹤唳，股价应声而落。江海文化没有再并购难以为继，股价一路下行，比板块下行的幅度大。从吴老板发给天雅的信息中，她知道陈总去找过吴老板了："……十点半见陈江海，当初我们投资时江海文化只有不到二十亿市值，最高到将近三百亿，如今又跌到一百五十亿，盛时忘乎所以，颓时垂头丧气，这是不成熟的表现。美嘉虽然非常努力，但陈总不配合也无法做事情。"看来陈总抱怨了，吴老板跟天雅说，还是尽量配合美嘉帮帮陈总。

还有两周就到预产期的时候，天雅已经太难受了，肚子太大、全身浮肿、睡不好觉，这些都让她天天烦躁不安。天伟已经查清楚了，在伟盛所在地的开发区，有几个新建的加油加气站，确实是李拉找人在运营，天贺资本占股49%，李拉、苏总、王吉和李洋在里面占51%，公司应该有银行贷款，不知道是不是天贺资本担保的，但是王林应该知情，好像是他弄的贷款。天雅心里不舒服，李拉背着她搞这些，这是被她发现了的，那么没发现的呢？她就快生了，实在不想在这个时候寻根究底，让天伟帮她留心一下公司新增的投资业务，有异常及时跟她汇报。天雅感觉，公司好像都是李拉的人了，她想起了范鹏离开的时候告诫自己的话。

未婚生子，她原以为跟父亲解释会很麻烦，但父亲倒是看得开，家里添丁总是好的，他像以往一样，并没有问东问西，说自己只会做饭，其他的事情别太指望他。天雅在做着最后的准备，在生之前给李拉他们开个电话会，布置一下公事；单独跟天伟打了半小时的电话，跟他说好自己可能要做个手术，没法及时回电话，让他有事留言。天伟汇报，天贺资本接收天贺资源股票的所有协议、公告都处理完了，款也支付了，万事俱备只等着去交易所过户了，之前交易所一直没让过去，说最近不方便，天雅让他务必在六月份前处理好，因为富总六月要减持。

凌晨两点，天雅发现了鲜血而且隐隐地有痛经的感觉，可能是时候了。从三点多开始，每次疼痛的时间间隔大约是十分钟，她疼得睡不着，数着宫缩明白指标还不够，不知道多久能真的发动，还是在家沉住气；四点多的时候爬起来开始给美国办公室写工作的邮件；居然在五点多的时候再次睡着了，七点多的时候醒来发现不太难受了。

早上刚起来，她就看到了吴老板发来的信息，这已经变成她每天的精神寄托："又是一个阳光灿烂的早晨。鸟儿婉转歌唱，在林间穿梭，玫瑰在阳光下绽放。夏天是一幅色彩斑斓的画卷，强烈浓艳，难怪日本民谣《四季之歌》里唱道：'喜爱夏天的人，是内心坚强的人；就像那击碎岩石的海浪，是我的父亲一样的人。'"这些文字能带给她精神上的力量。

天雅在准备待产包，但天伟发过来的一条链接让她头皮发麻：《证监会发布减持制度新规十条：严厉打击违法违规减持》。里面的内容更是让她胆战心惊，大股东减持股票被戴上了枷锁，这一下子就要了富总的命吧。来不及担心富总，天贺资本也是中枪人，持股5%以上就算是大股东；坏消息一个接一个，天贺资本和天贺资源之间协议转让的别想过户了，交易所因新规细则未出台暂停所有的转让过户，暂停时间不定，按照交易所的效率，或许要等到几个月后再办了。天雅恨得牙根痒痒，正常的业务因为细则未出台办不了，这些政策的制定者高高在上，不管是不是研究透了、条件成熟了、耽误事了，都必须马上执行。除了措手不及以外，天贺资本今年的减持计划都要从新写，因为减持不了了。给天雅急得整个上午都在开电话会，中午她勉强吃了点东西，感觉越来越不舒服，她还是忍住了给富总打电话。富总也是万万没想到，比较镇定地让她先专心做手术，他的事情自己负责，会想办法解决还债的事。天雅还给吴老板汇报了新政让她始料未及，吴老板回复："沧海桑田，斗转星移，每天都在无穷的变动中度过，每天的日程不得不改了又改，因为这个社会，好多人和事并不以我们的意志为转移。'物竞天择，适者生存'，我们只能主动去追随市场的变化，去适应现实。"在这种时刻，吴老板还有心情引经据典，看来他应该心里有数。

天雅本来想问问富总到底怎么给发财公司还款，但是她感觉到了宫缩来临的时候她根本疼得无法说话，实在来不及再管这个事情了。

第二节

孩子出生了，天雅没有任何的声张，她只是在李拉和媛媛三个人的小群里，发了一张孩子的照片，李拉说长得像天雅，媛媛说，对，眉毛最像。她虽然是顺产，但是生得太快了有点类似骨折，之后在床上躺了半个月才能勉强活动。跟她俩聊天，就是产后生活里比较让人轻松的环节了，除此之外就是吴老板发的微信，让天雅每天抓着手机眼巴巴地盼着。生之后吴老板给她发信息："今天是紫禁城今年以来最热的一天，晚上开始起风，但热浪仍在夜幕下涌动不息。生活也好，人生也罢，都像极了这四季，春夏秋冬，潮起潮落：冬天寒刺骨，春天百花绽，夏日炎炎，秋风飒飒。冷暖遍尝，才是完整的人生。"天雅估计他是又遇到什么烦心的事情了，才能在炎炎的夏日想到冬天，她安慰了他，那天他兴致还不错，给她朗诵了一段《致燕妮》。此时此刻，天雅觉得吴老板这些老式的情话很动听，她虽然没有像之前那么依赖他，但她在精神上越来越能理解他的痛苦和无奈，那是一种高处不胜寒的孤独，在外人面前无法言表的脆弱。她现在并不能帮他做什么事情，唯有在精神上理解他，支持他，而这同样也是她的精神寄托，让她从繁杂又痛苦的产后生活中暂时解脱出来。孩子刚出生的时候胎发就很重，父亲说这么小就满头的黑发，跟天雅小时候不太像。月子娃醒着的时候不多，需要喂奶的时候月嫂抱过来，每次看到她，天雅想着，像自己，尤其是脸型、嘴型，小孩的鼻子没发育都瘪瘪的，但眼睛却像极了吴老板。不知道孩子是不是像她一样坚强，月嫂说这不是个爱哭的孩子，吃奶的时候也很专注，天雅躺着喂奶的时候经常在回信息，手机掉下来砸到孩子额头都不影响她吃奶。好几次天雅真的想给吴老板拍张照片发过去，但她都忍住了。

马上出月子的时候，天雅的手机接到了一个没见过的号码。自从生了孩子之后，各种卖保险的，做胎毛笔的，卖尿不湿的，卖奶粉的就各种狂轰滥炸地打电话，没见过的号码她都懒得接。这个号码反复地来电话，天雅受不了就接起来了，是个女人的声音："张总，您还记得我吗？"

"你是？"天雅真的不记得了，莫非是个诈骗电话？她想挂了。

"我是发财公司的经办人小荣啊，还是您安排我去天贺资源盖的章呢。"这句话说出来，天雅感觉头皮发紧，发财公司为什么要找她呢？

"噢，记得啊，怎么了？"

"富总那笔钱一直没还啊，我想问问您该怎么办呢。"这句话就像子弹一样击中了天雅，她担心的就是这件事，居然真的要出事，她暂时镇定地说："我现在生病了在住院呢，你有什么事还是直接找富总吧，他肯定说得清楚。"

"好的，祝您早日康复。"

对方说完就挂了，大热的六月天，天雅的手却是冰凉的，她马上给富总打电话，富总关机了；急得给孙恒打电话，问还有没有富总的联系方式，孙恒给了她一个内部联系的电话号码，天雅打过去，还是关机。焦急中过了一个多小时，富总才给她回电话，声音有点疲惫："我这刚下飞机，怎么了？"

"富总，发财公司的小荣你认识吗？她给我打电话了，说借钱没还的事。"天雅说得很着急，她确实特别怕出事，当初只是想给富总帮个小忙，没想到是个雷。

"我知道，没事，你不用理她。我×他个×，不就是利息晚了一天，看她这个上蹿下跳的样子。要不是天贺资源有个东西在她手里，我××还真的就不理她。"

说完富总就挂了电话，天雅感觉富总这么说让她十分揪心，天贺资源的东西就是她违规帮着弄的，现在富总这个话的意思是还不上钱了，不是为了天贺资源就撕破脸了，他跟对方还拖着呢。到了这个时候，才反应过来她可能铸成大错了。她不禁想到了一个词"吃里扒外"，对于吴老板来说，她这种行为就是吃里扒外，居然帮着富总用天贺资源为他担保，现在看起来很有可能富总还不上钱，那岂不是天贺资源真的要为他还钱？两个亿可不是小数目啊！她一下子就全身凉透了，自己怎么能干出这样的事情呢？不说以自己职业经理人的身份，就说她出于对吴老板的感情，也不能做出背叛吴老板的事情啊，她当时真的是太大意了，如果真出了事情，她怎么和吴老板解释，和天贺资源交代？

她坐卧不安，虽然身体还虚弱、恶露还没排完，两个小时就涨奶一次，但她这个时候不能坐视不管了，已经闯了大祸怎么补救？她跟富总约好了时间，明天跟他好好谈谈。本来天雅想找律师问问情况，但这么大的事情，她实在张不开嘴跟别人说。

第二天早上，吴老板又发来了短信："静悄悄的黎明来到我窗前。五点钟醒了，窗外已经晨曦微露，热气从清晨就开始孕育，草木在这热气中更加灼灼其华。今日是芒种，'节序届芒种，何人得幽闲'，北方麦子正值拔节抽穗，南方水稻正值插秧。芒种忙种，生命轮回，始于希望，结于丰盈。这是忙碌的日子，也是撒播丰收希望的日子。"看来吴老板今天心情不错，天雅没有心思跟他一唱一和，她一心想着要去见富总的事情。她找出一身宽松的衣服，生完孩子以后她的肚子还像怀孕六个月的时候那么大，还要遮掩一下，她装上了吸奶器，跟月嫂说了先冲奶粉，再让父亲帮着盯着点月嫂，就打车去了朋友酒店。虽然她怀孕的时候体重控制得很严格，生完后回到孕前体重，但她没什么奶水，执着于母乳喂养，她大量地吃富含胶原蛋白的食物，出月子比刚生完胖了二十斤。但现在她来不及顾忌自己的形象，已经要发疯了。

到了朋友酒店的时候，富总已经到了，他明显地苍老了，独自望着窗外抽雪茄。看到天雅来了，感觉有点异样，说："你这是胖了？"

"不说我的事情，先说说到底是怎么了？"

"到了现在这个时候，也不瞒你了。"富总叹了一口气。当初天雅就觉得梁总不靠谱但没跟富总说，怕他反感。果不其然，梁总让富总花了小三个亿买了一个香港的烂壳，还带着富帅一起去香港待了两个月。富总最伤心的不是三个亿打水漂，而是富帅，学好不容易学坏一出溜，不知怎的染上了赌博，输得一发不可收拾还没跟家里说。其他的事情富总没说，他就说了一件事，吃饭的时候天雅见过的许总，富总跟他谈好了用上市公司并购他的公司，三亿一接51%的股权，虽然作价六亿但也是低估的，许总是看上了国强股份强大的管理和运营能力，富总也算过账，他让人去接手许总的公司，做好了净利润马上过亿。就是这样一个双赢的事情，被富帅给霍活儿了。富帅不鸣则已一鸣惊人，乖宝宝搞就搞大事情，他好不容易大权在握，只给了许总一千万，另外三个亿他跟许总说好上市公司用体外账号支付，对方同意之后签了补充协议，上市公司把三个亿打到了体外账号，结果钱就被富帅挪走去赌博了，上市公司已经支付了，许总也按约定完成了工商变更，富帅想着只要快速地回本再赚钱了，就能把钱给许总还上，所以一直拖着没付款。直到去年年底天雅带着富总去见吴老板之前，被许总找上门来，富总才得知富帅干的好事。富总当时没有慌张，他手里毕竟还有那么多国强股份的股票，许总也只是要求拿到钱。许总和富总说了，他是全村集资办厂，带领大家干了十年才干出来这个公司，等着这三亿给全村人分呢，他带人来堵富总，对富总的各种解释失去了耐心，他不管富总能不能找到付息的钱，再不给钱他就去报警，把富帅按照合同诈骗罪送进去；富总被逼无奈，当时就答应把原本给国强集团准备的四季度付息的一亿挪出来给许总，后续的两亿在半年内支付。所以那时富总才着急跟天雅借钱付息，也是被逼急了，国强集团晚付息上了征信真的就是死路一条，当时本想跟发财公司谈谈条件的，但没时间了，才牵扯到了天贺资源。

天雅都听傻了，她没想到富帅还能干出这种事来："富帅现在怎么样？还好吗？"

富总摇摇头，他望着窗外，抹了一把脸，说："×，怎么就突然来了减持新规，计划全都打乱了，我也没法卖股票，现在这个时候，市场上特别敏感，我要是公告说自己要减持，股价肯定就稀里哗啦了，我还有一堆质押的股票呢，股价跌了我也受不了，也是个死。"

"那现在怎么办？"她最关心的是会不会牵扯到天贺资源和她。

"没办法，只能挺着，等着股价高点再倒腾一下多押点钱出来就好了。发财公司真是吸血鬼，每三天支付一次利息，都是年化 100% 的高息啊，我天天想办法给她张罗上利息就够烦心的了，但是还能坚持，只要付息就没事；许总也还能拖住，所以你放心，不会牵扯到你。"富总抽了一口，又说，"一人做事一人当，有事也是我来担，跟你没关系。"

"既然是这样，您能帮我写个东西吗？我相信您，但我怕和老板解释不了。"天雅想到了吴老板，她已经犯了错，能不能尽量地补救一下，她来之前就想到让富总写个东西承认一切，总比她空口无凭地解释要好很多吧？如果未来真的要上法院，她宁愿承认配合富总欺骗了天贺资源，也不能让天贺资源承受不白之冤和这两亿的损失。看起来富总还能挺下去，但她要这个东西就是为了最差情况准备的，即使可能要到了这个东西也于事无补。

"行，写什么？"富总倒是一口答应了。

"实事求是，您要融资，天贺资源不知情，是您找人去骗天贺资源盖的章。"

"那哪行，这是犯罪啊，我想想该怎么写吧……"天雅递给他一根笔，还有几张打印纸，让他写，富总问天雅胸口怎么湿了，她低头一看涨奶了，拎着吸奶器就往出走，富总跟她大声说，楼上两层的办公室都没人，进去可以锁门。

等她回来的时候，富总已经写好，旁边还放了几张他写废的稿子，上面写着："……此函是国强集团提供出具，天贺资源及经办人均不知情，由此带来的一切后果由国强集团负责。富国强二〇一七年六月五日"。富总一脸的尴尬，没想到天雅会让他写东西，面子上有点挂不住："你弄这个东西也太小儿科了，这能管什么用？给法院，法院能认？给吴老板，他那么疑心病，能觉得你没责任？"天雅没说话，她想这个东西给法院或许是不认的，那是因为法院处理的是民事纠纷，而如果天贺资源对公安机关报案，刑事优先于民事，这个东西不会让天贺资源白白地蒙冤，只不过她不敢想那一步，到了刑事犯罪调查的时候她也跑不了。

"你是不是担心得太多了，以你和吴老板的关系，他这点事都会怪你吗？"

"这是两码事啊，我不为自己考虑也要为天贺资源的人考虑，人家是听我的话盖章的，有问题肯定我要负责。"

"这点事，瞅给你吓得。吴老板我不知道，我就说我自己，如果是我中意的女人需要我办点事，我都不在话下，别说这么小的事情了。男人为女人办点事还不是天经地义的啊！"天雅心里难受，感觉自己被富总利用了，到底富总是不是因为知道天雅和吴老板的关系，才故意教唆她去犯错？他以为吴老板肯定会包容她吗，以她对吴老板的了解，如果真的出事了，她和吴老板的感情或许一钱不值。

富总喝了一口茶，给天雅递了一杯："你看我这记性，今天过来也忘了给你泡茶了。"天雅没接，说喝点热水就好了。富总说："你是不是有点胖了？"

"我刚生完孩子。"她淡淡地说。

"他的？"富总眼睛都瞪大了。

"不是。"她一口咬死了。

"哦，那你有点难办了，你跟别人生孩子，他应该还是不高兴的吧？"

"我还没有跟他说。"

"那你准备跟他说吗？"

"嗯。"她知道纸包不住火，吴老板早晚要知道的；但是现在富总让她犯了大错，她不能再去火上浇油；而且她绝对不能跟吴老板坦白这是他的孩子，别的不说，吴老板会认为她是在用孩子要挟他。自从小荣给她打过电话，她一直生活在沮丧和自责中，感觉对不起吴老板，这种情绪让她在夜晚一刻都不能安息，吴老板给她发来信息："下班回到家已经是子夜了，看到院子前的池塘，水面平静，没有丝毫涟漪。灯光投射在水面上，光晕荡漾开来，配着蝉声、蛙鸣，更显得怡人、宁静。这个焦灼的夏天也只有此刻才复归平静。"她暗暗下定了决心，准备找吴老板坦陈。

第三节

天雅已经有日子没来过这家咖啡馆了，再踏入有点物是人非的感觉，曾经在这里和吴老板分享了很多的美好时光，她是多么期盼吴老板从门口的车上下来，迈着沉着的脚步走向她。现在她等在这里，心情却十分复杂。

她回想起自己曾经是一蹦一跳地来这里，当初还算身姿轻盈，现在生完了孩子，多了二十斤，身材难免走样，肩膀也厚了、背也圆了，这些都可以掩饰，但是小腹收不回去了，这点让她十分苦恼。

几天前她就问过孙恒，男人会不会嫌弃女人的身材走样，孙恒说，那是当然的。她有点沮丧自己还像怀孕五个月的，孙恒说，你要不试试调整型的腰封？他前妻用了以后还是有点效果的。听了孙恒的建议，她趁着两次喂奶的间隙跑到专柜买了一个腰封，穿上以后确实形态比没穿好些，肉被挤到腰封的两端，钢筋龙骨老硌着她不舒服，但为了看起来好些，她还是选择委屈一下自己。很久不见吴老板了，不知道他会不会嫌弃自己的身材。前几天约他的时候，他一直都在外面出差，说回来以后找她，与他的再见面感觉恍若隔世。

她沉思的时候，吴老板走了过来。她本该站起来迎接，但好像已经晚了，吴老板径直走到自己固定的位置坐了下来，盯着她，他今天不是特别高兴，但是她既然来了就躲不了这种情绪。吴老板倒是没什么变化，还是那么高大帅气，但头发或许白得更多了。

"说吧，你有什么事。"他坐下以后就下意识地掏出了香烟，看了天雅一眼，没有点，把烟放在了桌子上。

"我……刚生了孩子。"她声音很小，不敢看他的眼睛，估计他会勃然大怒，她说话的时候都吸着气，因为坐在那里腰封勒得她很疼，她吸着点还能减轻点压力。

"我已经知道了。"他掏出打火机点燃了一根香烟，皱着眉，她想不明白为什么他一点都不惊奇，或许她的事情他都知道了，只有她自己还在掩耳盗铃，一瞬间让她直冒冷汗。

"从一开始，很多人都不看好你，是我力主把天贺资本交给你的，是吧？"她不明白他是什么意思，要教训她一顿？她马上点点头："对。"

"你这个人啊，就是太傻，我感觉你不适合做一把手。"她没有说话，看着吴老板，不明白他什么意思。他歪着头抽烟，感觉到她盯着自己，突然回过头来盯着她，说："我有说错吗？"看她不说话，他从兜里摸出来眼镜，掏出手机来翻着，把手机递过来给她："你看看。"

她接过来，是他和李拉的对话，因为比较多她大略地翻了翻，李拉告状天雅对团队的把控力太差，如果不是她维系着，公司运转不到现在；说天雅撬走公司的资源，跟陈总、黄老哥这些人天天混在一起，在外面干私活；说天雅假公济私，跟国强的富总关系好，肯定拿了富总的好处；还说天雅在境外有大额资产，已经办理了国外的身份，随时跑路。天雅怀孕生子，她基本是对吴老板直播的，甚至有一次产检完，天雅问她轻度的阴道炎是否影响顺产，她都汇报了。天雅越看越背后发凉，她这么信任的人，当初舍弃了范鹏拼死保住的人，居然在背后捅刀子。是权力的诱惑吗？看着天雅在那里发呆，吴老板以为她不相信，他凑过来点开里面的语音，能听到李拉的声音，她的大脑一片空白，说的什么她都没听进去。她想到年前的时候李拉跟她说过今年公司还正常地去买奖，但天雅个人需要领奖的奖项就不买了，当时天雅还觉得她挺贴心的，现在想起来，李拉给自己买了好几个奖，早就准备上位了。

吴老板还放了一段他发过去的语音，说你和天雅一直配合得很好，虽然有这样那样的问题，但你能不能继续配合她做好公司的运营，我们一起争取早日给天贺资本找个好婆家，到时候你再去做主；李拉回得十分干脆，她已经不想和天雅一起了，天雅德不配位，管理能力缺失，做事独断专行，任人唯亲，根本不配坐在一把手的位置上。天雅很愤怒，她冲口而出："李拉自己在外面运营了几个加油站，用了天贺资本出资还瞒着我。"

吴老板抽着烟，没说话，天雅继续说："这个事情公司其他人并不知道，是听外面的朋友说的，我让人去查过……""不用说了，加油站的事情，是我同意她去弄的。"看着正在弹烟灰的吴老板，她一下子目瞪口呆，手里只有这一张牌，居然还是他授意的。他背着她偷偷地跟李拉谈了什么？已经放弃自己了吗？他做事还是老风格，总给自己留一手，目的很简单，时刻敲打着让下属好好干。根据李拉的汇报，天雅外面有恋人，偷偷地未婚先孕，所以吴老板出手了，他之前已经警告天雅不要骗自己，不会再说第二次。天雅感觉心头的委屈就像山一样，她虽然对吴老板有所隐瞒，但这是为了她和他的孩子。

"不说别的，你自己是职业经理人，这么重要的业务和这么好的资源交到你手里，总应该对我的信任负责吧。结婚生子对于女人来说都正常，但是你要对事业负责。我也很忙，不能什么都帮你摆平。而且客观地说，目前公司就是李拉在撑着，我现在没法做什么，你该怎么做，自己考虑一下。"他抽完了一根烟，把面前的柠檬水倒了些在烟灰缸里，把烟熄灭在水里。他摘下眼镜，看了一眼天雅："有孩子以后是不是比较辛苦？"

天雅听到这句话眼泪都要掉下来了，辛不辛苦只有她自己知道，产后因为奶水不足天天狂吃催奶，月嫂开始的时候给她揉，疼得她掉眼泪，夜里每个小时至少起来一回喂奶，后来她才知道是因为她的奶水太少了，孩子吃不了几口就累得睡着了，但是没多久就又饿醒了，她看书上说母乳喂养好就非要母乳喂养，没少让自己和孩子受罪，想起来就是一把辛酸泪。她看着吴老板，说："真的是太累了，我从来没想到过……"

"×，你累不累关我屁事，又××不是我的闺女。"说完这句话，他站起来头也不回就往出走，她一下子火往上撞，实在是气不过，脱口而出："确定吗？"说完这才意识到自己说错话了，她马上站起来，想着怎么圆场。

"难道还真是我闺女？"他停下了脚步，站在几米远的地方扭过身子盯着她的眼睛，语气那么地温柔和关切。

"不是。"她咬着牙说。

"我就说吗，××想要个孩子哪有那么容易，我每次都那么注意。你自己在外面乱搞，怎么，现在搞出孩子了想算在我头上？你如果想要什么就直说，别跟我玩这套！"说完他轻蔑地笑着转身继续往外走去。

天雅僵在原地，她本来怕自己守不住这个秘密，但他对她的蔑视结束了她内心的斗争。看着他高大的背影远去，一瞬间她想冲上去告诉他，费劲了千辛万苦生下的就是他的女儿，凭什么污蔑自己；但是她没有动，哀莫大于心死。幸好自己忍住了，她心里的那个吴老板或许只活在她心里。

她没来得及告诉吴老板富总的事情，但她转念一想，现在和他的关系已经有了嫌隙，连带着工作上也对她不信任了，拉拢李拉来打压她，正愁抓不到小辫子呢，再跟他说自己吃里扒外可能让集团遭受损失的事，他或许会落井下石。这次见面才十分钟，时间太短了，以前两个人一坐就是一个多小时，好像有说不完的话；现在则是不愿意跟她多待一分钟。天雅默默地追到咖啡厅的门口，他的路虎停在那里，不知道是他开始就知道不会待多久才让车停在这里的，还是他的司机擅作主张。小马站在咖啡厅的门口，吴老板上车了，小马面无表情地跟天雅说："张总，留步吧。"看着小马上车，车子开走了，他也没有问她怎么来的，需不需要送她回去，只留下她呆呆地站在门口，都忘了吸气。小马居然有胆子这么对她，他都不给她撑腰，看来他真的放弃她了。

浑浑噩噩地回到家，感觉天都要塌了，她不但是个没结婚、刚刚生过孩子的身材臃肿的女人，被李拉拆台、被富总拖累着卷入借贷诈骗，可能面对着刑事或者民事的审判，最重要的是，她还被所爱的人质疑和嫌弃，而她却宁愿背负着背叛他的罪名也要隐藏孩子的父亲。这些事情压得她有点怀疑自己，怀疑人生。看到孩子的小脸，她从来没有后悔生下她，而想到他，尽管心情沉重，但她从来没有后悔遇到他。

他的信息来了："这个世界没有永远的敌人，也没有永远的朋友。花无百日红，人无百日好，这也许就是地球上每个人的宿命。"她有一丝宽慰，至少他还在跟她联系，是不是说明他还惦记着她呢？按照她的脾气，如果他背叛了她，她应该不会再联系他了。她跟他回自己特别后悔，应该做的事情没有做好，该努力拼搏的时候去生了孩子。他说："人生对每个人来说都是一场考验，人生对每个人来说都是一场历练。我们并不能被眼前的现象所蒙蔽，必须保持清醒，拨开蔽眼浮云，识得庐山真面目。我多希望回到我生龙活虎的昨天，但是我也相信，岁月这壶酒，陈年才成佳酿，所经历的那些好的与坏的，都会让这酒的滋味更加醇厚、回味无穷。"是他对自己人生的感悟，她说有的时候自己都在怀疑自己的能力，他又回了一大段摘抄法国路易国王对他的儿子说的话来鼓励她。

从多年的交往中天雅知道，如果她没用了，吴老板不会理她的，现在之所以还理她，应该是还要用她的。后来她想想，他是那么心思单纯的人吗？他一直给天雅发信息，到底是因为他心里有她，还是因为，他要稳住她，让她以为他心里有她？李拉是如此地反感自己，那么媛媛呢？媛媛和李拉是校友，自己是着了她们的道了，被骗了这么久，还蒙在鼓里，自己真的太傻太天真了。

第四节

天雅无法单纯地为自己辩解的时候，她选择跟吴老板分享读书心得，来变相地拍马屁，他自己受过高等教育，和口语中的满口脏话不同，发信息的时候最喜欢引经据典，炫耀文化水平的同时恰如其分地表达心情。他非常喜欢看书评，尤其是看过的书很喜欢讨论，这次的软性拍马屁文章发过去以后，他回了："天晴了，天阴了，进入夏天，天气变幻莫测。'东边日出西边雨，道是无情还有情。'微妙的天气就像人生，前路莫辨，我们唯一能做的就是'但行好事、莫问前程'。"他还发了项目让她帮着看，关系逐渐在恢复。

天雅既然知道了李拉的心思，不可能坐视不管，孩子满月之后不久她回公司上班了。她就像没事一样地问李拉，公司当时给租的房子还在用吗？李拉说在用啊，怎么啦，天雅跟她说，自己要回来上班了，要解决孩子的喂奶问题。李拉说这么快吗？不在家再休息一下了？她说公司事情这么多，你们这么辛苦，我怎么能老躲起来逃避责任呢。李拉说再给她在公司旁边租一套房子，她说好。

小毛走了之后，天雅还没有新的助理，她让刘伟给李拉从新招个司机，要小王回来给自己当助理。李拉直接跟她表态不同意，这么久以来没有功劳也有苦劳，为什么她一回来就要房子要司机，有点兴师问罪的感觉呢？她已经有点被李拉架空了，要回去公司看看才能确认现在的状况，目前还不适合轻举妄动，所以她开玩笑地跟李拉说，自己是一孕傻三年，其他人都记不得了，确实有点忽略了李拉的感受，她会跟刘伟说再给个助理，是自己想得少了。李拉还在安慰她，不要压力太大，公司的业务运转得还好，即使多休息一阵子也是没事的，她心想，我信你个鬼。

让刘伟去招聘一个能帮着带孩子的助理有点困难，但还是招了一个小姑娘，小芳家里是农村的，家里有个弟弟，小的时候她经常帮着带弟弟，天雅感觉总比独生子女强吧。回来上班前，天雅还让刘伟把她的办公室装上电动窗帘，这样她在办公室里就可以吸奶或者喂奶了。

正式回来上班的时候小鹿在公司搞了一个生日会，欢迎她的归来。办得十分隆重，有气球和彩带的装饰，有香槟和甜品台，天雅在生日会上高调亮相为大家切蛋糕，勉励大家在变化复杂的市场环境中不断学习，用心做好自己的本职工作。虽然参会的人员里面有一半的人都不认识，但她还是大方地打招呼，希望自己能尽快地再次融入公司。她已经太久没有站在这个舞台上了，也想念一呼百应的感觉，而不是在家喂奶带娃，被社会抛弃的感觉。

得知她回来上班，最高兴的人是孙恒，有她塞给他的业务，做一个就够他吃几个月的。天雅曾经在和国资机构谈业务的时候发现，对方想把赚到的财顾费给员工发福利，直接干不了，她让孙恒用持有的好几个主体帮他们来回一倒腾，现金就送到他们手里了，孙恒不费劲就能赚两百万。这些小事情，都是天雅随手塞给他的，这下又能有业务了。公司里面最开心的人是天伟。公司几个 MD 和高管，除了彭文不明确到底是谁的人，其他基本都是李拉的人了，天伟在这个阵容里面怎么可能好受，各种的被查和提高 KPI，都有点坚持不了了，尤其是今年中出台了大股东减持新规，本来他的退出任务就重，这下变成了不可能完成的任务，天雅回来他就松了口气。

天雅回来以后第一个找她的是彭文，详细地汇报工作，今年公司的财务费用比去年同期高出 20%，退出因为受到政策的限制，到七月底只完成了全年任务的 30%，今年的业绩不容乐观。天雅问财务费用增长在哪里，彭文说主要是员工数量增加，新招聘的工资更高，因为金融市场供不应求，工资水涨船高。天雅把刘伟也叫进来，跟他们说，以后招聘每一个人必须要经过天雅的审批，对外正常地发布招聘广告，但招聘的名额慢慢地减少，当前资本市场多变的环境、退出受限，她担心招了太多人年底还要裁员。公司启动淘汰裁员，天雅让他们把这个消息散出去，只有人人自危，才会来找她。节流是下半年工作的重点，开源也是。她问彭文，王林的融资情况怎么样，彭文说自己不太懂他的那个业务，只知道今年融到的钱，量不成问题，但成本一路走高，就没降过。天雅让彭文尽量地掌握王林的业务情况，公司融资要尽快介入。

天雅让天伟帮国强集团找融资，她惦记着富总的事。根据天伟的汇报，起点集团之前已经和一家上市公司谈好了合作，但是今年资本市场风云变幻，让人始料未及。这里面就不得不提到政策的滞后性了，中国改革开放这几十年的发展太快了，政策的制定总是赶不上事情的发展，"先上车再买票"，什么事情法不禁止即可行，先做起来再制定行业标准和法律依据；教育曾经都是国家拨款，后来人民对教育的需求强烈，很多民营资本投入到教育行业中；国家对于民办教育的态度是暧昧的，一方面希望民营资本补充进来把教育做大做强，一方面又不希望造成乱收费和哄抬价格；国家对教育行业颁发的营业执照里面都规定了必须是"非盈利"企业，这就从法律上堵死了教育公司上市的道路。随着呼吁的浪潮，A股看起来很可能放开教育行业的资本化，但是二〇一七年资本市场好像突然开启了左转灯，可盈利的政策迟迟不出台，证监会的窗口指导又各种推诿，三推两推，起点集团的评估都过期了，实控人李总已经特别不耐烦了。

天雅作为并购基金的董事长，亲自给上市公司的董秘打了电话，明确地问他如果没有可能过会，那双方也别浪费时间和精力了，未来我们江湖再见。打完这个电话，天雅把天伟和媛媛叫到办公室，跟他们讨论单独上市的问题，目前看来在A股资本化可能性极低了，尽早地转战港股和美股才是正道。跟他们布置完任务之后，她给范鹏打了个电话，说有空的时候当面来给她讲讲港股上市的情况，希望能一起合作。

范鹏过来公司轻车熟路地摸上来，李拉看到他也挺开心，两个人站在走廊里面聊了几分钟，得知范鹏是回来讲解港股上市的，李拉表情还有点怪怪的，她最近也有点敏感，总觉得天雅来势汹汹，难道知道了点什么？难道范鹏要回归了？她想得真的没错，在天雅的办公室里，天雅跟范鹏说："你得帮我。"

基本谈定了起点集团港股的上市方案，天雅给李总打了电话。上来她先跟李总说明，自己这一段是生孩子去了，所以公司有很多事情确实处理得不到位，请李总见谅。李总自己也是女人，问天雅孩子多大了，天雅说四十多天了，李总就都明白了，孩子这么小能出来上班的女人，都有自己的苦衷。李总没有具体地听完天雅说的港股上市的方案，只是说你办事我放心，就按你说的做。

范鹏从新入职的时候，是刘伟亲自给他办的入职手续，公司里面大多数的人都换了新面孔。天伟是范鹏一把提起来的，两人是老战友了，范鹏回来职位并不高，因为高层的任命是要惊动集团的，天雅怕阻碍太多不好推行，范鹏的职位是并购基金的副总，算是下属子公司的高管，职位低于合伙人刘天伟，但是大家都知道天伟还是听范鹏的。

对于范鹏的回归李拉大吃一惊，但她表面上是欢迎的。作为曾经的合作伙伴，天雅没有跟李拉说过当初是为了保住李拉才牺牲的范鹏，所以李拉对于范鹏的出走和回归都有点摸不着头脑。当初范鹏走的时候解释是身体原因，这次他回归，根本没提身体的事情，就是说范鹏有很多香港上市的操作经验，今后来全面负责起点的港股上市，希望全公司都能鼎力配合。大家都举起香槟酒的时候，范鹏也笑嘻嘻地说，自己是老兵归队，听党指挥跟党走，保证完成任务。

天雅专门请黄老哥过来吃饭，希望大家相逢一笑泯恩仇，都是做买卖的，挣到钱是硬道理。黄老哥也是这个意思，他也受了不少打击，本来想把自己的学校装到丰收股份，炒作了大半年被政策扼杀，导致丰收股份股价大跌，他自己的亏损有窟窿，没实现承诺导致几个前任高管天天跟他闹。黄老哥对天雅感慨，他当初无忧无虑地做个大老板，没事和小三小四温温存存，挺惬意的生活，后来被天雅忽悠着再上一层楼，去弄了一个上市公司，现在疲于奔命，资本运作他不懂，市值一直做不上去，那些高管又来跟他闹，如果是愿赌服输，他需要赔偿高管几个亿把股票都接过来；他在实业里面摸爬滚打几十年，身家也就十几亿，在资本市场里面一年就能赔掉底裤，他心里不舒服，觉得天雅拖他下水了。但同时他又必须讨好天雅，解铃还须系铃人，他还指望着靠天雅运作去帮他做市值呢，如果做起来了，不但能解套还能赚钱。原来黄老哥傍上了吴老板，以为可以一脚踢开天雅了，但是发现真正做事情还是要落到办事的人头上，所以他才会欣然赴约。

李洋、王吉都是墙头草，天雅回来以后经常看到他们两个不经意地在自己办公室外面晃悠，因为不知道她是不是要吸奶所以不敢贸然敲门，等了好几天才见上。李洋一来就做检讨，说在天雅怀孕期间怕打扰她，一直没汇报工作，让她大人不记小人过。然后他汇报了部门的工作情况，去年年底李洋因为定增浮盈几十亿已经有点飘飘然了，但今年股市波动剧烈，浮盈回吐到几亿了，减持还被限制，他又有点战战兢兢的了；而曾经他主导的八音盒项目，也是命运多舛，本来自己玩命挂牌上了新三板，但今年文化传媒行业整体低迷，业绩又要不达预期，八音盒还放话爱上哪告上哪告。天雅把天伟叫来，让他去跟八音盒谈，书面通知三个月内回购，否则就法庭上见。天雅跟李洋说，这个项目退出了最好，没退出就交给资产处置部去处理，你不用担心。

王吉也是偷偷摸摸好几次，终于见到了天雅，天雅在这些 MD 里面是最反感王吉的，不是因为他脸上的青春痘印，而是他说话翻来覆去地说不明白。每次问他个什么事，他就态度特别好，然后说，我再去核实一下，我再去落实一下，我再去催一下，我回去查一下，就没有个爽快话。现在这个时候，天雅不想动他，她的目标是李拉，等解决了李拉，再去收拾这些小喽啰。天雅不想管王吉部门的烂事，说希望他自己能肩负起责任来，这样她才能继续提拔他。

公司游离在李拉小团体之外的 MD，还有朱浩和吴迪。朱浩毫不避讳地在外面找机会，已经两个月没来上过班了，但是近期又回来上班了，估计是出走之路又碰到坎坷了。其实天雅有心留朱浩，她请朱浩来自己办公室谈谈，朱浩一直推三阻四的，后来终于来了，天雅看到他就知道留不住了。朱浩穿得特别随意，一看这身打扮，就知道经常和游戏、互联网企业混在一起，被他们松散的作风带坏了。朱浩和天雅不客气，他门都没关，就跟天雅说，我是肯定要走的。天雅说，你先把门关上，朱浩说不用，吴老板都跟我谈过，他说让我去带一个团队，我不想背 KPI，能找个国企体体面面地待着多好，在私人的企业，天天累死累活的不也是给别人打工，你说是吧，张总。

吴迪团队的 KPI 特别难看，主要是由于健健医疗。健健医疗的 Helen 也是生孩子之后，公司的资本运作就交到了老员工手里，他们对于资本运作根本不了解，尽调项目就和审计一样，几个并购的标的都谈得极不愉快，就这样错失了好多机会。该做市值的时候没做起来，股价暴跌的时候也没怎么跌，但是资本市场最喜欢的就是波动，纹丝不动让很多基金经理避之唯恐不及，股价一路走低。按照公司的制度，吴迪团队所有人必须要降职降工资。所以天雅和吴迪谈得有点尴尬，吴迪不认可降级的理由，他认为自己努力工作了，股价低他没有办法。谈话后天雅预料到了结果，吴迪辞职了，带走了团队的两个人，还剩下三个人，范鹏要了一个当助理，剩下两个没人看上天雅把他们给了王吉。王吉是出了名的精神虐待狂，天雅的意思就是让他们自生自灭了。

回来一顿梳理，关键人都谈话了，天雅先把人都码齐了，只有李拉了。

资本市场下跌，难道不是天赐的良机来完成大清洗吗？持有青石保理的伟盛股份也不能幸免，青石保理的业绩下滑导致伟盛的股价节节败退。伟盛谁都知道是李拉做的，股价这么降可受不了，如果根据公司规则追究起来，李拉岂不是也要担责任？另外，保住股价就要保住青石保理的业绩，免得天贺资本因为完不成对赌需要赔偿，通过关联交易输送利润是天贺资本玩得溜的，但是必须要有个第三方公司来完成去关联化这个过程，哪个公司能有这么大的保理体量不被怀疑呢？李拉找不到能走几个亿利润的壳公司，她费劲地喝了好几顿酒才找到一个公司，不但要通道费还只能做几千万。

天雅想到了国强集团，国强集团一年的融资额就高达百亿，跟青石做个几个亿根本不成问题。她亲自打电话给富总，让他帮忙中间过道手，富总跟她说了，能帮的他都帮，他也没提费用的事情，直接找孙恒交办了。

搞定了青石保理的业绩，李拉跟天雅表示感谢，天雅说都是公司的事情，对了香港上市公司那边，联交所最近还在问询，原来挂名的董事长长期不在那边，你看我带孩子也没法老去，可不可以把香港上市公司的总裁换成你，你去解决一下这些问题，青石的事我帮你顶着，李拉只能同意了。

第五节

天雅回了公司一个月，业务基本上都抓回来了，李拉也被她支开去了香港。工作一多，她心里舒服多了。

带孩子去打预防针的时候，护士摸着她手热，让她量表试试体温，她才发现自己居然烧到了四十度，但她确实还没有觉得不能坚持。医生问了一下就明白了，天雅还在喂奶，这么轻轻松松体温就能飙到这么高又不怎么难受的，应该是乳腺炎。这是天雅第一次得乳腺炎，医生给她开了散利痛和消炎药，嘱咐吃药的时候不要喂奶，但夜里孩子就是闹着要吃，实在没办法，她还是喂了。

她左思右想还是咬咬牙决定给孩子断奶，要不她都没法出差了。孩子估计早就盼着断奶呢，几个月以来终于能吃顿饱饭了，不哭不闹两天就顺利解决问题。虽说断奶了，但她的身材还是中段聚集了很多肥肉，不得不穿腰封天天勒着，骨盆两侧的位置被腰封的支撑钢筋弄得血迹斑斑；终于可以少吃点减减肥了，但她现在少吃一点都觉得饿，强迫自己慢慢地适应，她想着女人生了孩子如果不能恢复身材，跟咸鱼有什么两样。

这段时间天雅、李拉和媛媛的小群里面天雅很少说话了，她是真的忙，而且没心情跟她们说话，尤其是知道了李拉在背后捅刀子的情况下。

吴老板跟天雅正常联系，该说工作说工作，该感慨人生也没少感慨，但她一直没再去过庄园，或者见过他。其实这是一种解脱，以目前的状态实在不好意思出现在他面前，她希望能有一点时间，让她把公司的业务理理顺，把自己的状态整理好再去见他。现在这个阶段，她希望他脑海里面依然是她曾经的样子。

公司业务还有些起色，起点集团的香港上市之路走得比较顺畅，天雅让范鹏给李总出个预案，未来上市以后还要持续地为她做市值管理，持续并购才能把起点集团推到风口浪尖，成为头部企业，天贺资本才能退得出去。八音盒却怎么说都油盐不进，她让高强接手了，直接起诉吧，别浪费时间了。八音盒的李总给她发了好多条信息，说天贺资本逼人太甚之类的，他全然忘了当初基金投资的时候他拍胸脯许诺下的业绩，让她感觉就像是农夫与蛇，当初那么帮他说话现在被反咬一口，法庭上见。

九月份的一天，吴老板给天雅打电话，上来就不容置疑地让她帮着写篇文章，他口述大纲她记录再润色。通过他的语气听出事情急迫，晚上孩子睡了她也躺下了，但是他一个电话让她马上爬起来，披上一件睡衣就打开了电脑，工作日租的房子没有书房，她只能抱着笔记本电脑进了卫生间，把电脑放在洗手池上，自己坐在马桶盖子上，扭着身子尽快写完。这是一封没写抬头的信，内容让她心头一紧：

现在是二〇一七年的秋天，感恩二〇一七年有您的帮助使我们度过了这个最艰难的时刻。自从一月和您见面后，我一直在整改，每天如履薄冰，希望这一辈子做这点事，能对监管机构、社会、朋友、家庭都有个交代。本来我想请您吃顿饭，秘书说您很忙，只想感谢您对我的帮助，我永远铭记在灵魂深处。真的，二〇一七年有无数个夜晚让我点灯熬油，夜不能寐。对于二〇一八年我已经做了新的调整，望借此机会和您汇报。

一是，跟您汇报集团业务整改的情况。谈话后我就马上着手集团开始整改：到九月末，非标债权从一千五百亿压缩到八百亿，母子基金规模从一百五十亿压缩到六十亿，产品多层嵌套问题已经整改过半。同时，我正在部署，拟三年内把集团所有的涉整改业务清零。

二是，集团控股金融机构的情况……

给您写完这封信，已经是深夜一点了，抬头看看窗上雾蒙蒙的，只见一点点路灯的光晕，心中感恩这熟悉的光晕陪我度过了人生中无数的不眠之夜，感谢您给了我足够的时间整改，让我没出问题，我终身铭记。我始终谨记身上的责任，惟日孜孜，无敢逸豫。希望您万事顺利，同时希望我能重新驾驭旗下各公司再接再厉，脚踏实地地做好每一件工作，用成绩来尽到我应尽的责任。

山雨欲来风满楼。看内容他早就开始动手整改了，而她才知道轻舟已过万重山。文章改了好几次，他一个字一个字地抠，能让他这么战战兢兢写完的东西，会交到谁的手里呢？

这期间资本市场翻云覆雨的，各种大佬下落不明的、配合调查的，甚至是传言被死亡和灭口的，都甚嚣尘上，唯有他还能稳坐钓鱼台，原来是努力的结果。在卫生间里面改了两个多小时，从十一点改到一点多，天雅腰都僵了，腿都麻了，他才说明天再改吧。

她惴惴不安地问："出事了吗？"

"要是上面没人早就不行了。"他咳嗽了一下，抱怨道，"这是什么政策措施啊！好人也得逼成坏人。……"他也非常疲惫道："这些话我没处说，你知道吗？我很喜欢干活儿，也喜欢对人好，中国这么多企业不容易，我投了三千多家民营企业，我觉得我还是对得起自己的良心，对得起这个民族，但是×××要坚持不下去了啊。"

一看他这么悲观，她马上安慰他："什么情况下都乐观面对吧，控制不了市场，但是你要相信自己。"显然她不知轻重就灌鸡汤，他懒得理她："你知道个××！你不知道我天天都在干什么，欲哭无泪！"最后，他又叮嘱她："以后尽量少给我发信息，发公开的数据新闻都可以，其他的事情不要再发了，我的手机被监控，你要特别谨慎。"当时她还不理解这句话的意思，之后他们的聊天只有工作，再也没有一丝一毫的其他线索。她曾经在思念他的情况下给他发过几首古诗词，这种佳作赏析她感觉是打打擦边球，但是每次都被他暗示，不能再发了。

好几个资本大佬被抓的被抓，跑路的跑路，让人心神不宁，她怕他哪天突然进去，是不是应该抱着孩子用外国的护照跑路？自己没拿他的钱，还在守法经营，怕什么？但她还是想掌握他的动态，天天都联系，万一他不回复了，她就紧张是不是他进去了？想到自己和他非亲非故，也无名无分，如果他进去了，自己只能去考个律师证才能见到他了，她想到这就一个激灵，马上说"呸呸呸"。

别说她对吴老板一往而情深，就算抛开感情不谈，她作为下属也关心他和天贺集团的命运，唯有政策的风吹草动能让他如此惶恐。她想到了于越，他借调去的地方刚好就是监管机关；她没有犹豫，她需要知道到底是怎么了，吴老板会不会有事，天贺会不会有事。

天雅和于越约在公司周围一家烤肉馆的包间里，于越比较迟钝，根本没看出天雅胖了。两个人寒暄之后，于越说多年的勤勤恳恳终于有了回报，他被大领导提拔到深化改革办公室当小组长。她边给他倒酒边跟他说："那今天刚好给你庆功，这里的雪花牛肉不输日本和牛，你一定要多吃点！"

她开门见山地问于越说自己听到风声，天贺集团是不是要出事了。于越低下头回避了她的目光，就知道他肯定知道什么，她紧追不舍："我们两个不管怎么说都是朋友吧，我的位置你知道，能不能给我提个醒？"沉默的他听到这句话，说："真的就是为了你，你可千万不能让别人知道。"政策上确实要对民营金控集团下手，天贺就是其中之一。她凑到他耳边问他有没有文件，他说有个不成形的草稿在内部电脑上，他犹豫再三，当场打开来给她看，但按住了她的手机不允许拍照。她把这些都深深地记在心里，盘算着怎么才能帮吴老板破局。

于越还想聊点别的，被天雅打岔过去了，虽然这么做有点不厚道，但如果不是为了帮吴老板她是绝对不会来见于越的；而且于越所想的，无非是复婚，如果知道她和别人有了孩子，肯定就死了心了吧。

　　过了两天，吴老板约她在咖啡厅见面，现场改文章。坐在他旁边，她感觉好久都没有和他这么亲密地坐在一起了，她的头发也长了一些，但还依然没有瘦到位，健身的强度大了她坚持不了，练一天疼一周让她痛苦不堪；还必须戴着腰封，才能让自己的身材显得没那么臃肿，虽然曾经自己也算不上多漂亮、身材多好，但至少看起来还算顺眼，现在生完孩子比曾经大了一号，让她在他面前抬不起头来。她有点瞻前顾后的，一方面她希望能从他的肢体语言上获得一丝安慰和鼓励，一方面又怕距离近了会暴露自己的缺点，假如两个人拥抱，他摸出来她身上的腰封怎么办？

　　其实她想多了，这次见面是单纯地修改文章，他说了自己这两天悟出来的新思路，她根据于越那些文件的回忆，提出了自己的修改意见。他很喜欢骂人，但讨论事情的时候，尤其是这个时候，他不骂人，他仔细地听她说完，说就按你说的写。她没有说自己的消息是怎么来的，但他拿到的小道消息应该被印证了。"君要臣死，臣不得不死，要递话儿上去求情就尽快，等草案报上去就晚了；整改的目标就是最终的后果，不想被动地被肢解，干脆就主动投降，争取时间，迂回着把集团的业务、牌照都好好梳理，留下强的剥离弱的，结构搭好了就不会伤了元气。"他盯着一直都没有打断她，没有表态同不同意，但是按照她说的在改文章。他当着她都控制着抽烟，一支烟一般只抽一半，但今天烦躁得烟不离手，抽完一包又打开一包，抽了一口他感觉烟丝有点干，把干了的烟扔在桌子上，拿起电话来给助理骂了一顿怎么保存的，这么贵的东西买起来这么麻烦就不能小心点。她一看这个情况，问："要不勉强抽个软中华？"她知道这家咖啡厅档次最高的烟就是软中华了。

　　"算了。"他还是凑合不了，捡起刚才扔在桌子上的烟，用手指头蘸了点水抹在整根烟的一侧，点燃了凑合抽。"唉，什么时候能算是个头儿啊……"他向另一侧的空中吐着烟圈，能看出他心里不好受。

　　"我的位置谈不上能理解你，但我感觉挺过去就好了，政策就是这样，不是西风压倒东风，就是东风压倒西风，执行过程中难免地'一刀切'，之后再矫枉过正，所以活下来是最重要的，到时候春风吹又生。"

　　"你这个说得对，是难得的理解。"他温柔地看着她，把没吸两口的烟按熄在烟灰缸里，浇上点水彻底灭了，打起了精神，向前坐起身来。

　　他给集团各个业务板块的负责人打电话，让他们在十分钟内汇报业务情况，要准确的数字。这种和他并肩作战的感觉，真好，只有工作才能让她暂时忘记对外貌和身材的自卑。她曾经有种感觉，自己不管再怎么干，都像是他手里的牵线木偶；但现在，她感觉他也在被无形的线牵着，一举一动也不由自己。

修改文章的过程中，吴老板的手机一直外放，有两个电话是他意料之外的，其中一个汇报天贺全资的一个矿山发生了瓦斯爆炸，死了十三个人，可能要上报国务院了，他让他们自己处理善后，破财免灾，注意做好舆论监控。另一个是上市公司沈玉股份的实际控制人，沈玉的电话。

沈玉恰好跟失踪的大佬是老乡，原来只是个小打小闹做施工的包工头，但是有野心，善于打牌，通过老乡介绍投入大佬门下，天天陪着大佬打牌，一陪就是三个月，输钱就输钱，对自己的事只字不提。在牌桌上大佬跟他说，你也别天天打牌了，去干点正事，给你块地，给你贷款，你开发去吧，这才让沈玉走上发家致富的道路。

事实证明，沈玉做房地产的眼光并不好，他的盘既远又定位失误，说是捂盘，其实是烂手里了，几十万平方米的楼盘，杵在城边上，售楼处一天也没几个人，那绝对是房地产老板的噩梦，也就是背靠大树好乘凉，没影响他继续拿地和开发。借着大佬的力，在借壳上市业绩对赌期结束后，沈玉股份开始难以为继，营收和净利润同比大幅下降，为了稳住上市公司的业绩，他一方面打包变卖资产，一方面打起了资本市场的主意。沈玉偷师港股的操作手法，通过高送转收割了近三十万散户，其中不乏吴老板这样的大鳄。套路一般是业绩包装，公告并购，利好配合着高送转，拉高股价出货。吴老板和沈玉的交集就是从这两年开始的，天贺参与了沈玉的非公开，确实这几年和沈玉合作的投资机构都成功套现了。

但一个在地产界都不太灵光的人，跨界并购怎么可能风生水起，沈玉应该是知道自己的水平，大概在一年前就判断自己难以为继，开始转战海外并购，明眼人一看就是洗钱的：收购海外野鸡公司，把评估值做高，合法地把境内上市公司的融资转移到国外。但成也萧何败也萧何，背后的大佬出事了，一切都戛然而止。沈玉挪走了上市公司账上近百亿资金，有一部分继续在体内囤土地等着翻身，一部分用于在体外和操盘手勾结操纵股价，只有少部分是挪到了海外的个人账户。大佬出事后，沈玉股份的股价一落千丈，炒股资金都陷在里面，而他的上市公司也被监管机构盯上，发现资金挪用就是时间问题，沈玉一看这个情况，自己带着怀孕的小情人果断地坐飞机跑到了香港。没多久，上市公司涉嫌年报造假记载被立案调查。沈玉更加惶惶不可终日，又带着小情人跑了。

刚接起来电话的时候，吴老板还劝他，回来吧，把事情都处理好，给自己一个心安，也给所有人一个交代。在沈玉的哭腔之下，天雅才知道，他已经逃到泰国了躲在地下室。没想到这位当初为了小情人不惜投重金拍合拍片的沈老板，如今已经惨到这步田地，他不敢用自己的身份，小情人肚子也大了都不敢到医院产检，天天两个人一听到外面有脚步声就吓得胆战心惊，惶惶不可终日。但他不敢回来，怕像那位失踪的大佬一样，回去就失踪，最后死在哪里都不知道。

沈玉哭哭啼啼的，吴老板低声跟天雅说："这个人疯了吧！"她默默地点点头，感觉沈玉的精神已经不正常了。他们这代人，经历的社会发展跨度太大了，发财靠胆量，对于这些游走在灰色地带的企业家，心里的不安全感是与生俱来的；不像天雅这代人没经过什么黑色风暴，这样相信法制，沈玉这代人中，很多做生意的都经历过钱权交易、强取豪夺，他们的思维停留在这种印象中走不出来，也让人理解。相比较起来，吴老板之所以可以成为聪明人汇聚的资本圈的翘楚，和他的勤学思辨也有关，美国打官司胜诉促使他转变，从一味的独断专行、大干快上，到做事走流程、合法合规，这些变化天雅是能看到的。

没几分钟，吴老板就烦了，他是一个商人，而且被沈玉坑了也没心情听他诉苦，更别说借给他钱。他跟沈玉说，要挂了。沈玉马上说别别别，他感觉自己还没死透，虽然人不在国内，但国内还是有不少资产的，他想委托吴老板做代理人，全权处置他的国内资产。这句话一下子说到了吴老板心坎上，商人是要赚钱的，他知道沈玉上市公司体内不少资产都不错，壳还是好的，大股东的位置还是有价值的；退一步说，即使是上市公司遭受到处罚退市了，里面的资产单拿出来卖钱也是稳赚，土地已经妥妥地升值了。他和沈玉说，你怎么委托给我代理？

接完沈玉的电话，吴老板感慨，沈玉就是当初太高调了，仗着有人给撑腰简直不要太得意；他逃跑了以后，在北京持有的几套房产都被封了，曾经收集的奇石字画都没有拍卖行和典当行愿意接手，要说他过得怎么样，没钱的日子那肯定是不好受的；前几天他父亲病逝，公安蹲守在那里多时都等不到他出现，他是真的不敢回来。吴老板想做这单买卖并不单纯地想赚钱，他和天雅说，前几天另一个人，他一说名字天雅就反应过来新闻刚报道这个人跳楼了，当时这个人找到他，他也无能为力。一般找到吴老板的，都是万般无奈下的最后选择，能找国家、政府、亲戚、朋友、银行、券商、合作伙伴、上下游合作商，但凡还有一点选择余地的人，都不会找吴老板——吴老板自身都在风口浪尖，合作带来的反噬或让人死得更快。

接完沈玉的电话，吴老板自己陷入了一阵沉思，他嗅到了苗头，当社会上财富积累到一定程度，新一轮的财富再分配也必然随之而来，他可能又要面临一轮大浪淘沙了；他让助理收拾一下他的几架私人飞机，准备都送出去，这些东西都是麻烦事儿。吴老板问她认不认识美国的基金，他控制着一套美国的豪宅，市价一亿美元，现在中国的富人估计能接盘的也不多了，想看看美国的基金能不能收了，她答应帮问问，吴老板反复叮嘱不能暴露是他控制的，要不市场上又要传闻他跑路或者有资金问题了。他把豪宅的资料发给她，这里面根本看不到一点他的身影，一个以色列富豪以九千万美元的价格买的，有唯一和稀缺性，价格远超其他高端公寓，应该只在超级富豪间内推，如果推向市场卖不出去，就很难看，以后也卖不上价。她问他李老和赌王都问过了没有，他瞥她一眼："我怎么问。"她怕目前在美国抛售资产的中国人太多，他这套万一一时半会儿出不了手，是不是能考虑抵押融资。这是个思路，他原来还没想到，她现场找美国基金的代理人商量，可以按市价的六折抵押，但年息 8%，这个成本在美国算高利贷了，看来华尔街早就嗅到了血的味道，中国人借钱都水涨船高。

看着眼前的这个男人，她感觉好陌生。曾经他标榜自己名下没有财产的时候，她以为他刻意也好、本性也罢，做到了高级趣味、两袖清风；现在一看自己简直太可笑了，他对于自己名下没有资产这么高调，无非是他对自己的智商有充分的自信，不会傻到像其他跑路的土豪一样明目张胆地敛财，一点都不给自己留后路；以他善于设计结构和各种代持、利益交换的手段，持有什么资产谁都找不到。如果有一天他身陷囹圄，估计查他的人会好吃好喝地供着他，因为解铃还须系铃人，他一手打造的金融帝国，只有他能让车轮运转，换个人根本玩不转，不说几万亿的资产可能贬值，背后涉及的老百姓上千万，动他必然需要庞大的维稳预算——他总能设计好后手，鲜有失手。她还听到他给徐姐打电话，约着有空聊聊，看来他要打探其他大佬的动向了。

她接着不断地在市场上听闻天贺集团下属的金融企业中有不少出了问题，但集团前两天还在辟谣，银行和保险没有任何兑付的问题。她试探性地问他："是不是保险那边的钱有点紧……""保险投的资产都没问题，股权投资的浮盈还有四百多亿，市场如果能好一点的话我们的盈利更多，没有问题的。""我不该问的，只是想帮忙。"她低下了头，觉得自己又说错话了，他显然脸上缓和了一些，她是好意，他语气温柔下来："有关系好的上市公司都去联系一下，目前银行手里倒是有不少资产要出风险，让上市公司通过买理财等方式变相地把这些不良接走最好。你也别太勉强，做好自己的事情，不值当为了帮别人的事情耽误太多功夫。""好的，记下了。"

他起身的时候说，你多惦记着点这个文章的事情，提醒我尽快找人帮着递上去，另外你那边的信息渠道别断了。说完这些，他并没有急于离去，而是盯着她，等着她说话。她想问问他最近怎么不去别墅了，但想到自己生孩子创伤比较大，觉得缝针的地方还不行；又想问问怎么没让自己去庄园，但又怕见到他轻蔑的眼神，犹豫着的时候，他往外走了。

吴老板过了两天让她帮着给上市公司"超级新"的大股东融资。说起超级新，她也不陌生，曾经他送她的一块翡翠玉牌就是这个大股东给的。吴老板平时特别喜欢炫耀自己投出了几个市值上千亿的公司，其中一个就是超级新，而且他入股的时候市值只有两百亿，现在走到了千亿，这个明星项目单体投资大、收益高，为他所津津乐道。

超级新实控人牛总，从二十世纪八十年代末开始创业，当时全国流行一句顺口溜"十亿人民九亿倒，还有一亿在寻找"，共和国也迎来第一批知识分子下海浪潮，牛总即是其中之一。下海之前，牛总在国企从事了近二十年的技术工作，一直对媒体强调超级新的初心："要为国家、为民族干出点事，为民族工业发展探路。"二〇一一年超级新在 A 股上市，业绩持续高速增长，收入从三亿元一路增长至一百五十亿元，净利润从一亿元增长至三十亿元；伴随着亮丽的业绩，短短六年时间，超级新的市值扶摇直上，成为无可争议的白马股。

她怎么样也想不到，看起来的业内超级巨无霸，控股股东居然缺钱到了五个亿的过桥都要到处找的地步。牛总亲自接待的她，他比较低调和谦逊，办公室除了最简单的办公用品并没有名人字画或者奇石古玩，四白落地但是窗明几净，特别有国企风格。他穿着白衬衫，邀请她坐下聊，上市公司是他的骄傲，但大股东自身的资金紧张，她料想吴老板让她来，必然是常规的融资途径都没戏了，她上来很直白地问："上市公司暗保可以吗？"

"这个……"并没有一口回绝，那就是可以，而且这不是他第一次接触这个词，她明白情况或许已经水深火热，并不比富总那边好。她又继续问："上市公司开商票（给大股东融资）可以吗？"

"最好是没有什么痕迹的……"

"那上市公司有存款吗？"

"存款是没有太多的，但是上市公司刚刚完成非公开发行不久，那个钱是放在一个统一账户里面的，这个钱可以吗？"

"这个我要问一下的，有的银行节操比较低可以考虑。"

"那就拜托了。"

"能问下借款用途吗？"

"刚才给你讲了上市公司还在不停地扩张和做业绩，扩张需要大量的初始投资，所以我融的钱都投出去了……"牛总确实像一心为公的人，但他的微信头像在挥动着高尔夫球杆，感觉有点违和。

如果说牛总还算是坦诚，财务总监就是揣着明白装糊涂，成本都说可以谈，涉及违规的擦边球一概装听不懂。她帮着找了资方，让两边自己对接的，她就不管了。

天雅感觉当前的市场环境和吴老板熟悉的不一样了，大的经济周期和政策环境就像看不见的手扭转了投资思路，比如买壳卖壳是曾经的香饽饽，现在稍有不慎就会触雷，东西砸在自己手里。她和彭文下了死命令，不管其他的事情，一门心思地募资，一定要有充足的资金储备，天天不许在办公室坐着，都出去路演。她感觉心里不踏实，所有的投资项目上会必须要谨慎再谨慎，曾经只要运作着让二级市场买单就行的思路不能再有了，要不潮水退了就真的是在裸泳了。

银行的不良她确实帮着接了，都是私下的安排，也不能和集团去要绩效，只觉得能帮吴老板分忧就尽量去做，她不知道自己还能不能追回吴老板的心。

第六节

一边和吴老板持续地一起工作，一边天雅也没闲着。天雅知道李拉虽然嘴里说着巴不得全世界都知道她和苏总是一对，但现实中她不敢这样张扬，抑或是苏总不敢，不管是谁不敢，这都是她手里的一把剑。

她终于等到了机会，在江海的陈总组织的饭局上，碰到了姜总。陈总这次饭局叫的都是自己的好朋友，因为陈总当地有个财政局的人和姜总熟就叫上了姜总，本来陈总和姜总是没有交集的。天雅纯粹是因为和陈总关系好，她因为不喝酒不太想来，想到应该把曾经的关系都捡起来，还是来了。经陈总介绍才知道伟盛的姜总也在，她当时就想，居然还有意外收获。

敬酒的时候，她端着饮料，敬完了陈总，就到了姜总。姜总端着酒杯站起身来，她声音不大地说："姜总，久仰大名，吴老板一直跟我说让我跟您多学习。"

"张总不敢当，我们这代人都老了，世界还是你们的。"姜总一脸的和气。

"姜总您过奖了，我们公司和您这边合作的是李拉，您应该经常见到她吧。"

"对对，李总非常地专业，而且也敬业。"

"您知不知道她和苏总已经结婚了，我说她太敬业了，自己都嫁过去了。"她开玩笑的口气，姜总的眼神不太对劲，和她又往酒桌外面走了两步，说："真的吗？我没听老苏提起过。"

"那可能是苏总比较低调吧，姜总您是不是应该给他办个婚礼啊。"她笑得更甜了。

陈总这次吃饭的兴致不高，目前他在公司的威信已经很低了，吴老板让他去找个职业经理人当董事长，跟伟盛的姜总学习，自己退到后面不要再去直接谈业务了。天雅心里是赞成吴老板的，陈总身上总有股暴发户的气质，得意的时候不但趾高气扬，还和小演员说不清道不明的，真的应该找个人好好弄弄业务了，如果再这么一盘散沙地走下去，江海文化这条船早晚要触礁。她问陈总有物色到什么满意的人选吗？陈总说有个认识很久的，天雅也见过，就是业内知名的影视上市公司的董事长汪总，目前年薪是两百万左右，他找人去沟通过，估计开价到三百万汪总就愿意过来帮忙，但是他特别犹豫这个钱花得到底值不值。这个时候陈总一拍脑袋，对了，你找他去聊聊吧，帮我个忙，看看他到底行不行。

需要支援的不只是陈总，还有黄老哥，他已经被丰收股份那几个高管给弄得头疼了。那几个高管天天追着黄老哥屁股后面让他按照承诺价格购买股权，黄老哥真心舍不得，但是那几个高管又是按合同办事，他们派出代表来跟黄老哥谈判，说，早知道你这么不讲信用，当初还不如选择卖给刘老头，还能套现走人，现在大家等着钱用的时候，你不给兑现，让我们去喝西北风吗。天雅帮着跟几个高管的代表打了个电话，她跟对方好说歹说，他们手里的协议即使上了法院，如果曝光了也是违规操作，对方同意再给黄老哥宽限两年，但是黄老哥一定要把股价做起来，否则就坚决要求回购。

天天在外面跑，偶尔天雅也在公司吃饭，媛媛说最近王林正在闹离婚，当初两人未婚先孕才领的证，等到孩子生下来，双方家长加入战斗，姑娘家埋怨王林让闺女太小怀孕，耽误了学业，王林家嫌弃这个姑娘花钱大手大脚的太浪费。王林刚领了离婚证，就已经带着其他小姑娘高调亮相、一起出差了，这个速度有点惊人。王林的前妻好歹也是财务部的实习生，财务部同仇敌忾地鄙视王林，王林还恬不知耻地去财务部门口叫板，说你们部门的女的脑子都有点问题，差点打起来。天雅想着，该死的彭文，也不快点把王林的套路搞清楚，还得留着他。天雅问媛媛，最近怎么没跟李拉一起吃饭，媛媛说，别提了，最近李拉可低落了，听说最近苏总离职了。天雅心想姜总的输出很强啊，但表面上还是很吃惊地问："怎么会这样？"

"不知道啊，据说苏总自己提的辞职，希望能够不影响李拉继续负责这个项目。"

这个李拉真的是有手腕，把苏总治得服服帖帖的，苏总居然为了避嫌而主动辞职，真厉害，她说："苏总都在伟盛干了二十多年了吧，姜总居然同意他离职？"

"可不是，听说他前妻是做财务的，姜总对她颇为关照，据说苏总和前妻离婚，前妻依然住在姜总送给高管的别墅里，她多年不上班了依然拿着工资，苏总辞职了以后被净身出户。"

"这么惨？那他岂不是特别郁闷？"

"那肯定的啊，你看现在李拉都不怎么回北京了，就是在那边陪着他呢。"

"她和苏总未来怎么打算？"

"这个我不知道，我只知道苏总正在托人打听工作机会，看能不能尽快地找到工作。"

每天忙忙碌碌的，天雅终于在深秋时节收到了李拉的电话，她申请在深圳办公室长期工作，能兼顾上香港的事，主要是因为苏总在深圳找到了新工作，而李拉又一次怀孕了。天雅有些感慨，回想她和李拉一起携手走过了无数的艰难岁月，好不容易走到了大路上，大家却走散了，到底是谁的问题？

媛媛知道了这个消息比较伤感，感慨以后再见李拉就不知道是什么时候了，天雅并没有说话，她不知道自己对李拉到底是什么样的心情，李拉当初对自己背后插刀到底为什么，这里面到底有没有误会，可能这辈子她都无法知道这些问题的答案了。

天雅看到新闻，沈玉的上市公司很快就被天贺接管了，看来吴老板还是决定帮沈玉一把。资本市场对于这个新闻毁誉参半，上市公司的股东和散户都是欢迎的，只要有新闻，有起起伏伏，他们就欢迎，刚好借此机会炒作一把，普遍认为这个消息值五个涨停；况且天贺要进来，上市公司的烂摊子终于有人管了，总比退市了强吧。持反对意见的是看热闹不嫌事大的，质疑天贺的实力，认为天贺就是资本市场搞投机的，根本不适合也没有经验做托管；另外的人主要质疑的就是天贺进来并不是来雪中送炭的，而是来拉股价的，因为这个消息从放出来以后沈玉的上市公司就一直涨停，他们怕天贺进来以后拉高了就走，可怜的股民和小股东好不容易有一点点希望又被无情地打破，更加残忍。天雅能理解这些人，就像落水的人垂死挣扎着，叫天天不应、叫地地不灵，估计等救生员和警察叔叔来了尸体都要漂起来了；岸边一堆看热闹的，边看边说风凉话，这人当初也不好好打听打听，这条河多危险，没那个本事还敢来这条河玩水，淹死了都不冤；好不容易有个跳下河的准备救人了，旁边还有一堆人说这个人行不行，自不量力淹死活该，等会警察来了还要收两具尸体；水里的人死死地缠住救命稻草，如果不能把他救上去就大家一起下地狱。多少年了，鲁迅仿佛又从棺材板里面跳出来，历史总是似曾相识。

第七节

国庆节放假的时间很长，天雅带着孩子哪都没去，孩子刚刚四个多月，只能抱在胸前，逛商场的时候碰到了早教的推广，看着孩子开心得手舞足蹈，她心动了，花了两万块钱给孩子报了一百节课。她原来看项目的时候，觉得早教都是智商税；现在自己当了妈妈，才理解家长都是拼尽全力地要给孩子最好的东西，明知是被收割也心甘情愿。吴老板跟天雅感慨过，"出身论"还是有点道理，环境和儿童时代的经历对人的影响非常大，他见过很多农民企业家，企业做得再大，也摆脱不了小农思想的束缚；而据他观察，从小就生长在权宦之家，见多识广，和别人肯定不一样，也许这就是人和人最根本的区别，王侯将相，还是有种的。

由范鹏亲自操刀的起点集团港股上市在紧锣密鼓地进行中，如果顺利明年年初就可以挂牌了，如果所有的事情都能像这件事一样顺利，该有多好。起点的李总对范鹏十分满意，她已经把资本运营的权限全权给了范鹏，希望他能全力以赴。范鹏跟天雅汇报下一阶段的任务是陪着起点的李总去做全国路演，找上市前的基石投资，天雅让他加油干，帮起点上市了以后，他回来继续做公司的高管。范鹏说他想明白了，高不高管都是虚的，多做点项目，多赚点钱，挣点人脉就好了，如果以后有可能，他希望能和天贺资本合伙成立一个公司，他自己在外面专门给人做资本化，给天贺资本分一部分利润，天雅答应了他，经过李拉的事情，她感觉，只有别人认为是好的才是真的好，她怎么认为的不重要。

十一月份的一天，刚上班不久媛媛就找天雅去剪头发，她晚上有个同学聚会要参加，着急给自己做个造型。到了美发店天雅才知道，是李拉请客，她离开北京的时候，还留下了好多储值卡，什么美发店、睫毛店、美甲店、纹眉店等等，媛媛帮她花了别浪费。既然是李拉请客，天雅也不客气了。修剪的时候，天雅的手机一直振动着有电话，不方便接。在她和媛媛回公司的路上，看到了发过来的信息："张总，我是发财的小荣，我给富总打电话没联系到他，我想和您见面共同探讨一下。"看到这个信息，她感觉自己的头"嗡"的一下，为什么小荣会找到自己？富总那边不是打包票没有问题了吗？担心的事情终于发生了？

天雅本想给富总打电话，由于媛媛在车上说话不方便，她熬到公司以后，不安地跟媛媛一起走的货梯通道，媛媛还挺奇怪地说为什么不走正常路，天雅说她俩上班剪头发还是要低调些，其实天雅是怕小荣堵门。到了公司第一件事就是让刘伟口头嘱咐前台和公司的人，加强安保，把公司几道玻璃门都关好，问清楚身份之前不随便给人开门；任何人来找张总，就说她不在。她回到办公室，打小号电话质问富总："为什么发财公司给我打电话？"

"唉，别提了，发财太难缠了，我也是被他们坑了！"富总说着特别沮丧，"你知道的，上次你来找过我之后，我就答应了你无论如何不会把资源公司牵扯进去，我找了发财谈了两个晚上，都谈到后半夜了，最后我实在没有办法了，答应用上市公司国强股份给他们做个暗保，他们才同意用暗保换天贺资源的保证。你也知道，上市公司出暗保是违规行为，当初发财公司跟我要这个东西我死都不给，现在我宁愿担着这个风险也不愿意让你难做。但是这些个杂种，逼着我拿到了暗保，然后说资源公司的保证在总部放着，要拿着暗保回去取，结果回去了就说总部不同意给，给我气的，也没辙。"

"这种事情怎么能先交出去东西呢！必须得交换啊，不见兔子不撒鹰啊！"她这个气，冲口而出，简直是赔了夫人又折兵啊。

"哎呀，我知道，我活了六十岁的人了，我能不知道吗！"富总被说恼了，毕竟是摸爬滚打了二十多年的老油条，她这么训他也不太合适。他平顺了一下自己的情绪，说："你说的我都明白，但我没的选啊。你看人家这么让我难受，不也是想让我还钱吗，现在我真的还不上这个钱，我还不能走漏了风声让其他人知道我还不上这个钱，资本市场就是这样，墙倒众人推，你好的时候人人都来给你锦上添花，你不好的时候没人给你雪中送炭，我但凡还想维持着，就不能让发财去起诉，否则上了网大家就都知道，更没人借我钱了。你知道我的资产能押的都押了，除了上市公司的暗保，发财公司还逼着我把许总那个公司的股权质押给他们，我说了上市公司买了51%，这部分是属于上市公司的，我一动就有人知道，不能动，但他们威胁着，我只能说服许总帮忙把许总手里49%的股权质押给了发财公司。你不知道我这边都快被他们逼死了，就在办公室堵着我，不让吃饭不让睡觉的，我真的是，能想到的都做了，就是为了维护着这个现状……"天雅听着富总的声音已经有点哽咽了，她本想安慰他，但想到这整件事都是因他借钱而起的，自己也算是受害者，有什么立场来安慰他？怪只怪他决策失误，又恰逢各种政策叠加下他无力反抗而已，说白了就是运气不好。

"现在的情况我也不瞒你，发财三天来收一回利息，都是砍头收的，我已经支付利息六千多万，通过陆陆续续还款，目前也就欠不到一个亿了。但是我的资产都用于融资了，能借的人都张过嘴了，到了现在，终于是借不到钱付发财的利息了，对方这两天就在上蹿下跳地闹腾，我这边还在找钱，没空理他们，估计就是因为这个他们去闹你了。"

"那怎么办？"

"你就跟她说，让她来找我，这个事跟你没关系。"这句话好歹让她心里安稳一些。

放下电话没多久，小芳就敲门来请示，门口有四个人来找天雅，自称是发财公司的，有很重要的事情，前台说了张总没在，四个人也没走，站在公司门口等。天雅看到手机上小荣的信息发过来："张总，您在哪里？"

"今天一天都在开会学习。"

"我现在在资本这边，要不我去集团等您？我们聊几分钟就好，事关资源公司。"

"你有问题找富总吧，我都不清楚情况，而且资源公司也不是我负责。"

"现在谁在负责资源公司？麻烦你给引荐一下，我们单位的领导非常重视，和我都在你公司这里，我本人建议面谈一下为上策，能协商总比走各种程序好。即使你决定不了，也不至于全部责任由你承担。"

她感觉到了威胁，小荣话说得很明白，要起诉资源公司；而"协商"无非就是想让资源公司把富总欠的钱还给他们而已，这是绝不可能的，资源公司不知道，也不可能负责，这件事天雅和小荣心里都应该清楚得很。

"这些事情你找董事长吧，协商也是和他协商。"

"是找你们吴老板吗？"

看到这句话她气就不打一处来，就凭你一个放高利贷的，也配见吴老板！别说这个事情根本不可能跟资源公司有关，就算真的有关，这点问题也到不了吴老板那个层面。

"这件事都是富总安排的，找富总。"

"那法院的文书你也不想看了？牵涉到很多人！我做了很多工作请领导过来希望还能协商，你是拒绝这个商谈的机会了吗？我就最后确认一下。"

"你约富总谈，钱是他借的，也是他安排的，我们私下见面不合适。"

"那请你约富总，今天我们一起谈。"

天雅给富总打电话，他关机了，天雅想着等会儿打通了再说。过了一个小时。

"约好了吗？你这边电梯间里面来了一堆农民工，我不知道他们是干什么的，特别吵，我在楼下等你消息。"

"没接我电话。"

天雅想着，农民工？难道是春风集团又出事了？这个时候小芳敲门来汇报，又有好多农民工聚集在电梯间，这次是打死都不开门了，天雅让小芳叫刘伟和高强过来。天雅让刘伟在公司群里发通知，员工要出入公司走公司内部的应急逃生通道，通常逃生通道的门不锁，但是今天锁门，只有公司内部通报好的出入才给开门，还有一点最重要，谁也不允许拍照或者发朋友圈，违者马上开除。天雅问高强是怎么回事，为什么春风的债主又来堵门了？高强说，就是春风的债主又来闹了，上次天贺资本给李春风的钱显然没解决所有的问题；而现在，刚好李春风和天贺资本关系也非常紧张，韩校长去了就发现学校一笔乱账，教职工里面很多都是李春风的亲朋好友在吃空饷；她大刀阔斧地开始改革，首先是收回了学校食堂采购权；其次是砍掉了学校的校车队，把生意外包了；所有员工按绩效打分，末位淘汰。这样的方式激怒了学校里很多人，加上李春风的怂恿，学校的招生越来越差，本来还能盈利的校区一下子就亏损了，原来李春风的债务问题一直没解决，还在用学校这个金字招牌骗更多的钱，新老投资人看到学校经营每况愈下坐不住了，李春风顺势把他们的怨气都引到了天贺资本身上。这次投资人下了本钱，据说除了老人，还请来了艾滋病患者，估计连警察都管不了。

天雅跟高强商量，不能跟李春风妥协，但现在该怎么办？高强说，还能怎么办，他们要无赖我们就拖着，咱们坐着他们站着，咱们代价小。天雅说，这样影响不好，我建议你还是跟他们讲一下事情的原委，李春风是借钱人，他怎么挥霍了，这些人应该去找他，冤有头债有主；天贺资本只是学校股东，他们在这里闹，并不能解决任何问题，耽误了天贺资本的生产经营，会进一步追究他们的责任。高强说会去门口喊话，张总不用紧张，警察马上就到。有了上次警察和稀泥的经历，天雅还心有余悸，她跟高强说，你还没长记性啊，不能让警察来，警察来了以后又呼啦呼啦地给他们放进来了，我们更被动，这次还有病人，你让全公司都恐慌吗？高强却是一脸微笑成竹在胸，他说，这次不一样了，警察局里面有人的孩子上了春风，是通过我们给他的学费打折的，动力不一样了。

就这样紧紧张张地又过了半小时，天雅都顾不上小荣的事情，富总给她回电话了，天雅问他该怎么办，发财公司就堵在这里不走，公司倒是还没有人顾得上理他们，但是这让她心理压力很大。富总说，你让他们过来找我，我弄出的事情我负责。天雅说，她说让我过去一起谈，我怎么说？我根本代表不了天贺资源，也不能承认天贺资源承担责任，您知道的。富总说，我知道你的难处，不想牵扯你，你愿意来就来，不来也没关系，我顶得住的。她已经打定了心思，绝对不去，不去就不会被录像录音，抓不到把柄。刚好放下电话小荣又发来了信息："我这边领导确实非常重视，能争取到这次专程来商谈机会挺难的。赶紧约好吧！虽说钱是国强借的，但领导这次拜访你们主要是想协商妥善解决你们的责任问题。"

之后小荣还发过来一张截图，是她和富总信息的截图，小荣请富总务必叫上张总，否则事情可能无法控制。她想着，我去你妈的，这么逼我，我能出钱都不会给你一分钱。

吴老板突然给她发信息了："资管新规出来了，多研究。"她这个时候神经都是紧绷的，看到信息差点吓得魂不附体，还以为他要问天贺资源或是公司被堵门的事，心脏差点蹦出来，一看内容还好，是自己吓自己。她仔细梳理思路，天贺资源的事情没人知道，如果资源的人知道了肯定气得大闹啊，而且小荣也清楚天贺资源是被骗着签的协议，资源连年亏损他们也占不到便宜，所以为了威胁也不会到处去说，真的给天雅惹毛了他们什么都得不到。现在天雅满脑子想的都是，富总不管是坑蒙拐骗还是违法犯罪，尽快把发财的钱给还上，别让他们阴魂不散了。至于堵门的农民工，又不是第一次了，她还是亲自坐镇，吴老板也无可指摘。

理顺了思路，她才长出一口气，豁然开朗，重点难道不是吴老板让她看的资管新规吗？她实在不想自己翻着去看了，问媛媛资管新规到底说的什么？媛媛说，我们天天忙活着研究资管新规对业务的影响，融资的时候如何绕过新规，您还不知道内容啊？天雅说，你别卖关子了，快点。媛媛说，资管新规，说白了和去杠杆就是一对伉俪，两个人携手出击，无往而不利……

听她这么一说，天雅感觉心情放松了很多，猛然想到曾经帮他写过的文章，吴老板在年初就应该已经获悉了这个政策，早就开始动手了。他让她看新规，不是要让她做多深入的研究，而是在跟她说：快夸我，我早就知道了，厉不厉害？无处炫耀如同锦衣夜行，懂了这层意思她赶紧发过去一段拍马屁的话，夸他英明神武，运筹帷幄，他给她回了一个得意的表情。天雅笑了，他这点小心思。吴老板应该心情不错，说自己拿到了还没公映的电影《芳华》，让她去他那里一起看，这个时候都火烧眉毛了，哪有心情看那些，她说自己时间不一定来得及，年底事情比较多，他就没理她了。

外面警察到了，听着乱哄哄的，警察拿着高强写的稿子跟堵门的人高声宣读，高强在门里面配合警察，两个人一唱一和的，但来堵门的人并不买账，一个岁数大些的白发大爷特别激动，高声嚷嚷着说自己的全部身家都投到了学校里，以后怎么活啊。这个时候估计警察也烦了，往外推了一把拥挤上来的人群，人群里面马上有人开始推搡他，他对人群里的人说，你再推我一把试试，警察身上便携的摄像头该管用的时候都管用，果然有愣头青不知深浅地上来又推了警察一把，警察马上通过对讲机申请支援，没两下上来好几个警察，让那个愣头青跟他们回去，这个是妥妥的袭警，而且警察对剩下的人说了，没你们的事，但再上来你们也是袭警，都拘留。这个操作满分，看着警察抓人了，三两下人群就瓦解了，有陪着愣头青去派出所做笔录的，有自己开溜的，乌合之众下去商量结款，反正没有人堵在天贺资本了。比起上次声势浩大、旷日持久的堵门，虽然投资者找了强有力的外援，但完败于警察。

天雅并不敢掉以轻心，她召集天伟、高强和韩校长开会，韩校长汇报春风里面有很多李春风留下的陷阱，当初他交接的时候特意把资质平庸的人提拔成负责人，误让天贺资本认为这些人很重要，激励措施绑定错了人，真正有本事的人很多都跳槽了；还有很多人趁着交接浑水摸鱼，搞猫腻给自己捞钱。她确实想大力整治但孤掌难鸣，天贺资本除了无法给她资源支持，还对她有 KPI

要求，目前看来如果不动李春风的人，只能维持微利，但动了这些人，她无人可用，至少两年学校的业绩会受影响。

天雅立即表态支持韩校长不破不立，改革开弓没有回头箭，但坚持下来，才能静待花开。她和天伟商量，给韩校长定的 KPI 可不可以根据现实情况重新修改，另外韩校长要加强对学生家长的教育，让他们不要借钱给李春风，从根本上解决问题。她想到一个人，或许可以帮着解决春风缺人的问题。黄老哥虽说人不太地道，让小三小四和老婆住在一个小区里面，但他也是做学校的，如果能让他来托管春风，他那里有大把的教师，不就解决了后备人才的问题吗。黄老哥并不是很热心，主要是托管学校不赚什么钱，他问托管费是多少？天雅说，目前学校还在亏损状态，托管费肯定是一部分固定的用以覆盖成本，一部分浮动的根据业绩，但是学校亏损的状态肯定是没有浮动的那部分了，固定的部分不会太高的。黄老哥放话了，一所学校低于三百万他不做的，太黑了。

经历了一天的提心吊胆，天雅这才想到，自己从早到晚还没吃饭，紧张得根本就没来得及饿。现在虽然说危机解除了，公司的安保还没有放松，她也没有放松下来，依然没觉得饿，小芳几次问她吃不吃东西都被她挥手撵走了，现在也依然没心情。小荣这么理直气壮，俨然是发财公司已经起诉了，那么起诉对象包括天贺资源吗？起诉书会寄给天贺资源吗？这件事到底会不会败露？她坐在那里，心如死灰，她和吴老板的关系刚刚才恢复到并肩作战的关系，感情上一直不明朗，而且这件事的确是她办得不对，她根本没脸开口。这个时候，她才第一次感觉到如坐针毡。心里的愧疚她竭力地隐藏，补偿性地联系了吴老板："电影看了吗？感觉怎么样？"吴老板说："之前还是很期待的，但是看完以后感觉不好，主人公一生做了无数好事，但结局并不好；好人没有好报，这是个悲剧。我不信任何的宗教，只有朴素的善恶到头终有报的信仰，影片里人品极差的人都过上了梦寐以求的生活，而诚实的人却落得这样的下场，让人有一种愤愤不平的感受，这就是人生吗？"

她心想着谁让你自己要看的，自寻烦恼，但又不能这么说："我没看这个电影，也不想看，并不是不能接受这样的结局，而是人生苦短，我不需要任何人给我揭示生命中的恶和世俗对人的摧残，美好的东西就是美好的东西，就算终将逝去也比未曾绽放有意义。"她说得挺义正辞严，这种正能量的话说出来她也有为自己打气的意思，她挺直了腰杆把这条信息发过去以后，就愁得盘腿坐在沙发上佝着背挠头，想着富总这边的娄子怎么解决。

她给认识的资方都打了电话，问他们能不能给上市公司的控股股东做融资，这些机构对这种业务都玩得很猛，信用贷大不了加一个上市公司的暗保作条件。但时至今日很多机构都没那么积极了，有几个机构上来就明确今年情况不一样，不像以往只是年底钱紧，而是整个一年都钱紧，新增借款暂时不做。还有说大股东信用借款这个业务现在不做了。还有一些机构态度比较暧昧，先问到底是哪家上市公司，听到国强名字的时候，笑得特别意味深长，说做不了，其中几个机构的负责人还说："张总，不知道你为什么帮富总打听融资，你是不知道，国强和富总都是'网红'，全市场都知道他在到处借钱，我们不敢做，我和您关系好才劝您也别掺和他的事。"她表面上谢过了对方，但心里骂，我不掺和不行啊，已经被他拉到这个坑里了。还是有几家没节操的机构表示，可以聊一聊，纯信用借款是没有了，但是其他方式，换汤不换药，还是能做的。天雅具体问了一下，到底是什么样的方式，对方解释说还是信用借款，但是不管采用哪种方式，大股东的信用现在都没有意义了，都是需要借用上市公司的信用，这是民营企业融资市场上新近的潜规则，具体各家的操作方式不同，有的要求用上市公司或全资子公司做借款主体，有的要求上市公司开商票做大股东借款的担保，有的要求上市公司的存款放在他们指定的银行。

找到几个头绪天雅给孙恒打电话对接，孙恒挺奇怪的，怎么天雅这么积极地给富总找融资，天雅就告诉他了原委。孙恒一下子就急了："你是不是脑子坏掉了！我的老天！"他稍微缓了缓，还是很生气："你知道我找融资的时候，好几次资方都要求我这个经办人也签连带责任担保，我宁愿做不成也不签，因为我就是个业务员，我不是老板，老板连带没问题，我不能连带，这点道理我都分得清，你怎么能这么糊涂！"

"我当时只是想帮他个忙，也没想那么多……"

"还帮他个忙，他是你儿子啊你这么管他，还是他给你钱了啊，如果说拿钱了，那这个事值不值得干还有的说。"

"没拿。"

"那你就是傻！这是你该管的吗？他死不死和你有什么关系！人家是老

板，你是什么？你就是个职业打工仔，别人叫你张总你还真的以为自己就牛逼了？人家企业做好了和你有关系吗？你为他担了这么大的风险，他有说未来如果出了事，你的下半辈子他负责了吗？你都多大岁数了，什么事该干什么事不该干还没数吗？男人的话能信吗？他说他负责，这就是屁话，他拿出钱来拿出房子来，这是他真的负责，否则这些都是屁话，你是小女孩吗？跟你说什么你都信，你说你到底是怎么干到现在这个位置的，我都替你不好意思！退一万步说，你真的想帮，那你拿钱出来啊，你把你的工资借给他，这没毛病，但你用的是你们吴老板下面的一个其他公司帮富老头做了担保，你这是犯罪懂不懂！如果未来吴老板追究你的责任，你怎么说？是不是不管你想得怎么样，事实都是给人家造成损失了？到时候你这些说辞只能留着跟公安局说了吧，你也是当妈的人了，这些后果你想过没有！"

这一顿咆哮可把天雅吼傻了，越听越觉得说得有道理，她真的是又傻又蠢，富总说帮个忙她就真的帮个忙，她有这个能力吗？这是她该做的吗？是啊，当时她就想着富总作为天贺资本的大客户，千万别出事，先把这一关过了再说，太傻了。过不了这一关，大不了是富总出问题，国强股份都不一定出事，她跟着瞎掺和什么？越想越难受，一想到自己可能会承担的法律责任，又吓得一身冷汗。孙恒看她一直不说话，想着是不是有点太过了，又有点歉意："我说话你别不爱听，我也是为你着急，现在既然都这样了，你就绑着富老头，让他想办法解决了千万别影响到你。知道你爱面子，现在都到这时候了，小荣都找上门来了，你再这样自己硬扛，假装没事人一样不去闹，富老头都意识不到对你有这么大的影响，可千万要跟他说。"

"嗯。"

"我和小荣也做过业务，虽然富老头欠他们的钱，但他们对外都不会说的，都知道让富总尽快找到新的融资才能还上钱，所以他们也在积极地帮富总找资金，你放心，如果在外面碰到小荣，她不会怎么样你的。"

"嗯。当务之急是帮富老头找到钱，早点把发财公司的钱还上就好了。但我心里难受，他们来公司堵我，这个仇恨得我牙痒痒，就冲这一点我就不想让老头还他们钱。"

"你理智点，先把你的问题处理好。我也在找钱，你有进展随时跟我联系吧。以后可长点心吧，什么是你该做的，什么是不该做的，你拿不准跟我商量一下也行。你看我就分得清，给公司干活可以加班，但是我自己不能装里面，公司再好也不给我股份，我也不姓富，我自己在外面跟朋友搞其他的事情，以后老头不行了自己也有条后路。"

"你在外面干啥？"

"凑了几千万在外面放贷款，就是民间借贷。"他马上补充，"你的那份钱也在里面，什么时候要用钱随时说，当然如果你有什么好的投资机会我们就一起投。"

小芳来敲门，天雅才猛然发现该下班了，她站在办公室的落地窗前往下看，下面只要站着几个人她就有点不安。

第八节

成年人之间没有什么对错，当初和乔哥的恩怨已经烟消云散，这些年乔哥建了自己的两所双语学校，因为他的孩子要上学，送到别的学校他都不放心。天雅曾经在酒桌上听说，他办的学校特别像传说中的"乌托邦"，上学基本都靠兴趣，中午和下午放学以后不允许孩子在教室里面学习，必须去操场上面锻炼和疯玩。期末的考试就是展示学生自己的研究成果，老师的教育都是以鼓励为主，家长的反应特别好，班里再没有优秀的典型，孩子像变了一个人一样特别有自信。很多家长开始的时候都是抱着死马当活马医的心理把公立校待不下去的孩子送过去读个出国预科，但孩子的变化让他们目瞪口呆，从此以后就变成了乔哥的死忠粉。

山穷水复疑无路，柳暗花明又一村，黄老哥看不上的小活儿，或许乔哥看得上，她想到这里毫不犹豫地给乔哥打了电话。乔哥接听得很快，没有准备，说话还有点不利索，张总，您什么指示？天雅说也没什么，就是想和你聊聊业务。乔哥说，我在一个饭局上，明天我去公司拜访您，行吗？

当晚，天雅就接到了李铭的电话，要不是她记性好都想不起李铭是谁。李铭跟天雅寒暄后说自己有个颠覆性的信息化项目，当初的是非恩怨暂且放在一边，他希望她能赏脸给他十分钟。天雅对李铭和乔哥的罗生门不感兴趣，她答应李铭，明晚等孩子睡了以后见面。有意思，这哥俩，要么都不联系，一联系就都着急忙慌地要见面。

晚上天雅想到自己办的蠢事心神不宁，孩子真的是上天送给她的小天使，再多的烦心事，躺在孩子身边，看着她睡着的小脸，就感觉好多了。天雅从来不能和别人盖一床被子睡觉，她闺女除外，好几次她被闹钟叫醒的时候发现自己和闺女相互依偎在一起，听着闺女均匀的呼吸声，她感觉内心是如此地安稳。

第二天上午，乔哥如约自己摸到了天贺资本，看起来比以前瘦些，头发也更白了，不过还是那么不会说话，一看到天雅说，你胖了啊。天雅跟他说，你的学校办得怎么样？乔哥这种私立高端学校一个月的学费是两万起，但乔哥说了，学校暂时是微利，因为学校的投入也大，他做就要做到最好，而且他还在做教师培训。所以当天雅跟他说春风要托管的时候，他一口答应下来，说托管费一年三十万就行，只要能有机会来探索来实践他的教育理念，他都愿意尝试。乔哥初步规划在春风试点实验班，他给输出教师，未来等实验班的效果和口碑上来再推广，这样学校也能全面提费，提高盈利，这是天雅关注的核心点。乔哥说了，托管协议要签五年的，前两年改造试点，后面铺开见效益，如果未来盈利了，超过目前预计的水平，那么高出部分他要分走 30% 的利润。天雅说你出个方案，这事肯定不能聊聊就定了，要走招标会的，到时候你来给所有人讲。

晚上孩子睡下了天雅悄悄地出了门，李铭已经到了，在她家楼下，这周围只有个永和大王是二十四小时营业的，就定在永和见面。

"张总，实在不好意思，本来想正式地请您吃个饭，今晚在这里实在是……"

"说正事吧，也这么晚了。"李铭马上就看出了她的心思，把没吃完的油条端到一边，用餐巾纸擦擦桌子，打开电脑上的 PPT，开始讲解他卖掉乔哥的老股，就是为了投入到现在这个公司的创业里面：这个公司是做学校信息化的，根据乔哥学校运营的痛点开发的，一体化的系统从孩子踏进校门就能识别出来并告知家长和学校，月末的时候自动生成缴费清单并推送；老师上课的板书、作业单都在系统中，系统中还有阅读的接入口，通过分级的方式学生们可以自行选择自己适合的内容阅读，读完会有测评传导给老师，因材施教。目前他的首要任务就是要迅速地铺开，让用户数保持成倍的增长。

天雅看了他的产品，在教育领域深耕产业，这其实就是互联网带来的红利终于扩散到了教育界，是有价值的，但是李铭如果现在还用互联网思维去做推广，不计成本地先让利、培养用户黏性再收费，天雅怕他活不过这个冬天。公司创业三年，今年预计亏损一千万，已经是比较快地收窄了，预计明年就可以盈利了。天雅听下来感觉这个项目还不错，但她跟李铭说，天贺资本很难投这么早期的项目，可以帮他找上市公司。李铭摇摇头，他专门找天雅的目的并不是让天贺资本来投资，天雅有点不爽，这不是浪费自己时间吗？她想走人了，李铭这个时候跟她说："张总，您别着急，我确实在找投资人，但是并不是像天贺资本这样的财务投资人，我的意思是，我希望我的投资人都是能对公司的发展贡献资源的，比如您本人。"她有点蒙了。

"您听我跟您解释，现在我不愁融资，想投资的机构都找上门来了；但我需要资源，天贺资本不是持有学校吗？还有你们投资的起点集团，包括合作伙伴应该也有不少是做这个的吧，如果您能帮着推广，那么可以给您在员工持股平台预留一部分的干股。我们目前进驻的教育机构是三百家，目标是每个月至少增加一百家，到明年年底至少推广到两千家，这样可以迅速地跑马圈地，占领这个细分领域龙头位置，拉高估值。"

"产品好我确实可以帮忙推荐，但我没有权力直接指定采购；我确实比较看好这个项目，干股我是不会要的，投资入股可以聊聊。"

当天晚上一直聊到十二点多，入股的事情谈得七七八八了，员工持股平台的入股估值打对折，她可以入股四百万。孙恒说的话启发了她，她在体外可以有其他的投资，不想错过这个项目。李铭说等着这轮融资在年底搞定了以后，天雅跟着员工一起投进来。作为交换，天雅会让春风先试点李铭的系统。从长远考虑，天雅建议他弄支付牌照，这也是平台类的企业的必经之路，她帮他留意着。

小荣后来也没有联系过天雅，应该是富总搞定了吧，但她实在不想问富总细节，还不如尽快给他搞定融资，一了百了。她约了孙恒一起去一趟某银行北京分行，这次是富总让孙恒代表自己去的。他俩和野鸡机构的人一起，去见的没节操的小银行，就是要问清楚上市公司存款给大股东放贷款的这个具体过程是怎么回事，是不是真的无痕。落座以后先相互倒了一番的苦水，机构说现在业务越来越不好做了，风控的要求越来越高，放款越来越严格，曾经一个月能放几十亿，现在一个月就做几个亿，今年的钱太紧了；银行的领导也诉苦，说大银行对小银行的挤占效应越来越明显，本来大银行的钱就便宜，占据了大部分的央企和优质客户，小银行只能去做那些小额和非标贷款，做着费劲，不良率还高，一到年底就要想着法子让不良出表，再满市场找钱摆账应付资本充足率，也是疲于奔命。

开会说了半天，中间还给富总汇报过，富总还是决定不做，开商票和子公司借款这两条路同样被否了，上市公司的财务总监就死活不同意，他是直接责任人，如果这种大股东借款用上市公司担保被发现了，他也跑不了一并处罚。天雅费尽心力，好话说尽给富总找来的几条财路都被断了，她有点急了，想到发财公司她心里就难受，跟富总嚷嚷："都到这个时候了，您还想这个想那个的，还不快点把发财公司的事解决了，我都快要烦死了！"

"你以为我不想快点借到钱啊？天天的都有人找我，我晚上回家都有人跟着我，这种感觉你能体会吗？我的苦都没处去说，天天晚上我都要吃安眠药，但是还不能让别人知道，免得他们恐慌，你想一把手恐慌了企业还能有好吗？"富总可能是意识到自己的态度不太好，他又缓和了一下跟天雅说，"你的事情，从始至终我都说了我负责，绝不连累你，这点你放心；但是我就算再着急，也不能违法吧？上市公司是我的底线，我自己就算是粉身碎骨也是扛着，但上市公司是我几十年的心血，就跟自己的儿女一样你懂吗，你让我怎么去搞我也没法去拖累上市公司。只要上市公司的资产还好，那些债权人就不会把我怎么样。"可能是怕天雅担心，富总又说："你放心吧，这还不是什么大事情，我还能处理，等我今年把难关过去了，明年大辉厂生产线全面提速，上市公司的利润又能上一个新台阶，股价上涨就全都破解了，到时候就扬眉吐气了。"

放下了电话，天雅想着自己是不是有点急躁了，明知违规的事情还怂恿富总去做，虽然发财公司搞得她病急乱投医，但还是应该有操守，现在倒是显得她比富总还不顾一切。但她转念一想，这些还不是从他自己的角度出发，他保住了上市公司就是保住了自己的身家，如果上市公司保不住受到处罚，他估计死得更惨，人都是自私的。

第九节

天雅跟孙恒抱怨富总没用她找的几个资方，她的关系还折了，孙恒安慰她这是正常，富总跟她面前脾气比较好，平时在国强集团说一不二；她跟孙恒说了李铭的事，没等详细介绍，孙恒就说，你看好了就行，你说投多少就投多少，我给你出钱。

眼看到年底了，彭文找到天雅，说公司通过二级市场现金退出的股票数量很少，只有年初制订计划的一半，今年的业绩可能会很难看。天雅问他有什么建议，他说是不是应该先和集团沟通看看是不是适当地降低标准，年中减持新规出来的时候集团曾经吹风说今年的 KPI 会做相应的调整。天雅约了吴老板，希望能跟他当面请示，自从上次共同修改文章之后，他们还没有再见过面，是她自己别扭，觉得因为富总的事情对不起吴老板了，他不主动提，她是不好意思要见他的；但一码归一码，这次见面是为了公司的事情。吴老板马上打来了电话："哎，什么事？"听起来心情还不错，应该是脸上带着笑的。

"本来想跟您当面请示的，就是今年业绩的事情，因为……"

"今年你也知道，大家都遇到了退出不畅的困难，尤其是信托、银行，让我很头疼。你看一下港股你一直负责的上市公司，市值从我给你造势时候的几十亿跌到现在才不到十亿，好多朋友听我的买了都套在里面，一给我打电话就让我没面子，你让我怎么说？你不是能往里面倒利润吗？天天帮这个帮那个还不一定有收益，还不如想办法把自己的壳运作好。天贺资本是集团的明星品牌，我相信你一定有能力和意愿完成今年的承诺利润，再把壳公司运作好，好吧。"

还是一如既往地，没等说完就被打断，他说完就断了电话，语气不容辩驳。这下她进退两难，本想当面去跟他说说公司的难处求求情，结果被一顿抢白，这是把她架在火上烤啊。港股她确实是疏忽了，自从生完孩子她的工作重点就放在北京，他说得没错，当初他确实拉了好多资金过来站台，天雅都给忘了，这些资金自己是不会忘的。怀着对他的愧疚，她想无论如何都要完成规定的 KPI，再设计架构倒到港股去，哪怕要担责任；未来真出事了，看在自己还有苦劳的分上，希望他不会太苛责自己。

她深吸了一口气，打定了主意，把彭文、范鹏叫到自己屋里，问今年的业绩还差多少？彭文说，利润还差四个亿。天雅问范鹏，能怎么办？范鹏说，非要办的话就做利润。天雅说，做也要做到位，把财务经理叫来。财务经理进来一看坐了这么多人，有点不安，范鹏笑着跟他说："别慌，就问问你公司的审计报告是你签字的吧？"

"跟领导汇报，是我签字。"

"从财务审计的角度，要确认收入，怎么做最稳妥？"

姿势很难摆，为了资产负债表好看，最好资产不真正地转出，唯有股票的收益权转让能做到，既可以保证负债表好看，又可以解决股票还握在手里钱就收到的问题，审计师也可以说得过去。唯一的难点是，必须是无关联的第三方接走天贺资本的股票收益权，而且资金不能跟天贺资本有关联。无关联的第三方，又有能力像资金池一样打散好几个亿的来源，还能配合着办这个事情：国强集团。

给富总打电话的时候，天雅有点尴尬，本来她是受害者站在高地上俯视富总，但是有事相求的时候，她就变了位置，打电话的时候有点不好拿捏这个口气。事关年底利润，她理所应当地站出来，为了业务，脸皮早就刀枪不入了。电话接通了以后，富总还是怯怯的声音："喂，怎么了？"

"富总，我想拜托您一件事情……"天雅也没有寒暄，上来一五一十地跟富总说了，富总有点不屑："你这不是小儿科吗？玩这种花招你以为谁都不知道啊？"她有点生气了，直白地说，帮了她今年天贺资本的业绩达标了，让吴老板满意了，未来她的位置才能坐得稳，才能继续帮富总；她退一步和富总说，如果天贺资源的事情暴露了，吴老板会不会暴怒？吴老板的暴怒是富总能承受得起的吗？但如果富总帮了天贺资本，或许双方不会走到那一步。

富总听罢长叹了一口气："我说天雅，你这不是胡整吗，你让我怎么办，我确实欠了你的情，但我不欠天贺资本的情，我自己已经够闹心了，掺和这个事情干什么？跟你说实话，就是看在你的面子上，我帮这个忙。"

为了这个事情，天雅专门带队去了一趟红石，秘书小芳、天伟和媛媛，富总带着恒斌、财务总监和公司会计一起商量。天雅他们是微笑着走进富总办公室的，但是看见坐在长桌子另一边的富总那边的人都满脸愁容，只有富总挤出了笑容。双方开始商量具体实施的条款，富总没提出什么异议，恒斌和财务总监不干了，恒斌说，协议签了就是有责任，未来这个法律上说不清，以后万一用协议来追究国强的责任该怎么办？你看看这个交易实质，出售的是江海文化 4.8% 的股份的收益权，按市值股票只值四亿五，你们非要按照六亿来定价，国强是不是傻才接盘？财务总监也不干：你们要通过国强集团走这么大一笔账，国强集团连年亏损一直交不上税，市里的税务局天天动不动地就来国强检查，恨不得一年来好几回，就是为了从国强集团身上揩咪点东西下来，年年请客吃饭送礼都忙不过来呢，你再从国强集团走这么大笔账，让税务一看，好啊，没钱上税，有好几个亿买这个玩意，我怎么解释？你们要是非要这么干，我就不干了。

财务总监越说越气愤，身体向前探紧挨着桌子，边说边瞪着眼睛一只胳膊扶住旁边的椅子扶手，一只撑在桌子上，用手攥成拳头敲击桌面，说完就站起来要离场，旁边的富总一脸尴尬，赶紧站起来，赔着笑说："郭总，这么大岁数的人了，咋脾气还这样呢。"

"富总，你在外面送人情我不管，到时候税务追究起来你我都跑不了，搞不好还要进去，我可承担不了！"说完他就往外走，富总尴尬地看了一眼在座的天雅，也站起来快步追了出去，听声音应该在走廊里激烈地对话，秘书轻轻地关上了富总办公室的门，外面的声音就听不到了。

屋里的人也有些尴尬，恒斌跟会计悄悄说："你还不出去劝劝郭总？""他那个脾气上来谁劝得住，再说董事长都去了。"会计也是一脸的无奈。恒斌跟天雅虽然谈不上关系多好，客客气气总还是有的，现在搞成这样，他也挤出了个笑脸，跟天雅说："张总，你也知道我们董事长，认准的事情一门心思地就非要干，根本劝不住，之前的事情你也看见了。"说到这里的时候，他敏感地想到这么说可能不太合适，毕竟家丑不可外扬，马上调整让自己变得乐观积极："既然董事长决定要干了，我先表个态，我是支持的，但是具体落实的细节我们必须得敲定好，张总和各位同事也看到了，不是想的这么简单，未来可能会带来各种各样的隐患，我们尽量从顶层搭建结构的时候就规避这些问题，将来不管是谁负责，谁来检查，我们都尽量保证不出大问题，好吧。"

"恒斌总说得很对。"这个时候门开了，富总一只胳膊拍着郭总的后背，一只手挽着他的胳膊，几乎是拖着把不情愿的郭总架回了桌子前面。富总确实是看着面子帮的忙，又不挣钱，她就更要保证交易的严密和安全。等着两人落座了，天雅站起来说："我这次过来带来了公司的精锐部队，郭总，知道您辛苦，我们公司虽然没有特别地被税务机关关照，但是监管机构一直追着我们的屁股后面，所以您说的痛苦我也理解，'上差'来了特别耽误事。我们还跟你们不一样，你们这边好歹还能请客吃饭送东西，我们这种，监管机构就来查你有没有问题，自己撇得干干净净的，恨不得连水都不喝你一口，而且每次来检查都是抽调的不同地方的机构，每次来的人都不一样，想维护关系都维护不了。有一个事你放心：我们公司的税务、财务和法务都是最专业的，合法是我们的底线，在业务能做成的情况下尽量地合规，不能遭到大金额的处罚。确实很感谢富总和您的配合，这也秉承我们之间一贯相互合作的精神，如果实在没有万全的方案，我们绝不勉强。"

富总说："张总请坐，都坐下说话。"旁边的范鹏帮她拉了一下椅子，她就坐下了。郭总有点不好意思了，他也表态了："董事长的决定我是坚决支持的，我这个人脾气太直，张总您别见怪，我也是在公司干了二十多年的老人了，希望公司好。"说完这句他看了一眼富总，富总一脸的和气："既然大家都说开了，张总也表态了，你们就在我的办公室里面谈，我等会儿还有客人，我先去见客人，等会儿晚上大家一起吃个饭，我也略尽地主之谊。"

范鹏跟天雅小声说："要不要我们先内部讨论一下？"天雅看了他一眼，摇了摇头："有什么事情我们就摊开了在面上说，方案我们一起讨论，这次是富总牵线，我们共同合作，大家现在就在一条战线上了。"恒斌说："我觉得可以，我们就事论事，收益权的价格不太合理，当今这个市场环境，大宗和协议转让的价格都有折扣，现在还是股票的收益权，你们这样交易的溢价太高，一下子就会被人质疑交易真实性。"天雅看了一眼范鹏，范鹏点头认可这个说法。

大家在那里算账，江海文化的股票市值是四亿五，卖到三亿八左右就是符合市场规律的，毛利扣去手续费和税费什么的，留下三个亿左右利润，还是差一亿的利润。这种情况下，范鹏说，还有办法，走财务顾问费，这是纯利润。郭总觉得这个主意有点不靠谱，财务顾问费给出一个多亿，这得是提供了什么服务啊，单笔这么大的财顾费说不过去啊，一般财顾费就是融资额的1% ~ 3%，这个事情税务局还能说得通，但是如果对应了一个多亿的财顾费，那得是单笔融资融了至少三十多亿啊！天雅说必须要对应上每一笔融资吗？郭总说一般是这样的，你想，五月份融资为什么要在年底才付财顾费？

这么说倒是提醒了天雅，她让郭总把国强集团全年的融资金额情况收集过来，郭总说这个东西我哪有，我也不负责融资。正在玩手机的恒斌听到后笑着跟天雅说这个问题我可能能帮你，我马上叫人来。恒斌说："小孙啊，这是张总，你们见过吧？"

"见过，见过，也是恒斌总上次带我见的，但是这边几位都不太熟。"孙恒一脸的谦卑，点头哈腰的。

"这个任务是董事长安排的，辛苦你尽量配合，好吧。"

"好的，领导，没问题。"然后孙恒转过头来跟天雅说，"张总，需要我配合什么？"

之后范鹏和郭总、恒斌和媛媛在那里捉对厮杀，天雅借着上厕所的名义拐出去找孙恒。到了他办公室，发现他正打开窗户，站在窗前抽烟。天雅说："还不赶紧干活，给我干活你也敢拖着。"孙恒一看她进来了赶紧过来把办公室的门关上，说：

"干干干，我的祖宗，我这是怕自己困先抽根烟都不行，就是董事长不安排，你要的东西我也都给你。"

"那还不快点，我等着你的数呢。"

"你要是着急就先看我电脑，里面我原来就整理了一部分，怕年底财务要跟我对账，基本就是比较全的了，我现在就是翻翻还有没有漏下的。"天雅直接坐到他电脑跟前，虽然还没到年底，但是从年初以来，国强集团的融资，光孙恒这里记录下来的就九十多亿。银行就涉及了十几家，其他券商也有不到十家，其他金融机构几家；单笔融资金额，少的六千万，多的十几亿，这么一看她心里就有数了，这个事情稳了。她的思路特别直接，就是除去国有的银行这些比较敏感，国强集团和其他机构的融资怎么也有个三十多亿，财顾费一般是1% ~ 3% 都算是合理，如果说根据通过融资国强向天贺资本支付财顾费，付个两个亿不成问题。她跟孙恒说："你尽快把这个表格发给我，我好倒钱，就用财顾费的名义。"

"如果你要这么说，那我可得告诉你点事情了，这个事情我还不能标在表格里面，但是友情告诉你躲着点坑。"说到这里孙恒吸完了最后一口烟，喝了口水漱了漱口，然后走过来天雅身边，一只手指着电脑屏幕，压低了声音跟天雅说："这笔、这笔、这笔和这笔，这四笔你别碰，这四笔自己就带了2%财顾费。"

"什么？"天雅有点没听懂，自己带了财顾费？

孙恒看天雅还是一脸迷糊的样子，就只能从头给她将一遍事情的来龙去脉："你知道恒斌跟着富总多久了吗？"

"不知道。"

"得有快十年了吧，他是上市公司职业董秘，富总最信任的'外姓人'。他的工资都是公开的，年薪二十万不到，凭着这个工资，能在北京和海外有别墅，你想想这是怎么来的。"

"天哪，现在集团都已经融资这么困难了，他还只顾着自己捞钱吗？"

"喊，你以为呢，夫妻大难临头还各自飞呢，更何况是企业情况不好了，当然得为自己考虑了，想好自己的后路最重要，他捞完了这一票以后就可以退休了，这是什么样的生活，神仙的日子啊。你就不想知道我是怎么知道的？"

"我不想听。"准备回去的时候，孙恒突然问她："前些日子你说过一个投资机会，什么信息化的那个，什么时候出钱？"

"哎呀，一直忙着把这个事忘了，我有空的时候问问。"李铭之后不再提入股的事情，天雅隐隐地感觉有点不靠谱，但是她还不能告诉孙恒，免得孙恒觉得她连这点事都搞不定。

"你也上点心行不，我这钱一直在活期等着你的消息，都没敢动。"

晚饭前，主要的架构都谈妥了，国强集团的资金是通过质押天贺资源持有的国强股份的股票融来的，这个里面天雅是有巧思的，富总如果还不上钱，这个股票肯定是发财公司力争的，这是天贺资源唯一值钱的资产，质押了就安全了，至少不会让发财占到便宜。刚好这个时候富总也回来了，眼看临门一脚了，对于这个多层嵌套的结构，郭总还是有点不同意，他说："这个东西我觉得挺悬的，第一个，财顾费这个事，这个看起来还没有那么过分，但是税务估计还需要好好打点；第二个，这个交易过程，国强集团借款质押的是天贺资源的股票，然后钱给了天贺资本，未来收益权如果处置了，天贺资本还要想办法把这个钱再打回来，这里面可就有税务问题了，还是不妥。"

天雅说："天贺资本和国强集团合作太多了，我们其实有很多的业务，未来税务这个问题，我们天贺资本承担这部分税款。媛媛，把这条加到协议里面，如果在整个交易过程中有任何或有的税务问题，都由天贺资本负责。"

富总说："张总，有了你这句话就齐了。"看了一下郭总也不说话，就算默认了。富总说："走，去宴会厅。"

往宴会厅走的路上，富总和天雅走在最前面，剩下的人都远远地跟在后面，富总小声地跟天雅说："你别怪他们，他们也是直来直去惯了。"

"嗯。"

"我还是那个意思，我答应你的事情我肯定办，其实后面那些事情不用你说，我都信你。"

"嗯。明白。"她看一眼身后，他们都离得很远，问道："富帅还好吗？"

"唉……不说了。"富总摇摇头，他两只手背在身后，虽然穿着一身西服，但是背驼得更深了，背影看起来就像是个村口的老头。

晚上吃饭的时候天雅没有喝酒，范鹏是主要输出喝得比较多，媛媛也稍微喝了点，但是在富总面前谁都不敢说自己能喝。他酒量不大，只能喝六两，但他会上来没开始吃饭的时候，先二两一碗，和大家先喝三碗，基本上能喝一斤的，被他这么一搅和就倒下了，节奏都打乱了，富总就靠这招打天下的。恒斌的酒量更是深不见底，据吴老板观察，恒斌至少能喝一斤半以上，原来他喝酒都不影响开车的，现在抓得严，才不敢。孙恒喝酒就是个战五渣，凑数的，但在天贺资本的人面前也能拔将军。天贺认怂了，富总还不算完，自己人和自己人喝，最后天贺资本的人都是自己走出去打车的，国强的是被搀着出去的。

天雅一行四个人打着车往酒店走，路上媛媛不知是喝多了，还是本来就兴奋，说话声音特别大："天雅，你真是，怎么说你呢，难度系数这么高的事情居然就办成了！"天雅让小芳扶着点她，她自己也挺高兴，说："还不是大家的力量，你等会儿回去再把协议看看，明天趁着我们在这里，一定要把协议敲死了，让国强先盖章，这样才叫万无一失！""不过这也就是你，给富总弄得服服帖帖的，其他人来了都搞不定！"这句话说出来天雅有点敏感了，这句话好说不好听，媛媛这句话好像在影射她和富总有什么不正当的关系，她没有说话，看向了窗外。

要不是孙恒提醒，天雅也想不起来李铭来，她给李铭发信息："股权什么时候可以缴款？"李铭马上就回复了："昨天处理公司紧急事情到半夜。"一看这个回复她就知道，李铭没诚意。成年人的答复，不正面回答就代表着拒绝。自己被耍了，她应该是个备胎。李铭肯定是一女多嫁，拿着公司的资料找了好多投资人，比较每个人能提供的条件，她肯定是落选了。她没空跟李铭纠缠，只是跟孙恒嘱咐了一下股权不投了，实控人不靠谱。

第二天下午事情搞定以后，富总安排了一辆商务车把他们送回北京，天气很好，天雅看向窗外，飞驰而过的草原和牲畜，天上的云形状不断地变换，她很想一个人，想起了一句古诗，恰如其分地写出她的心情，把这句诗发给他："晓看天色暮看云，行也思君，坐也思君。"

早上天雅醒来的时候，看到凌晨五点吴老板给她回信息了："你去红石干什么？"让她措手不及，本是满腔热情地想跟他诉说自己有多想他，但这句话让她汗毛都竖起来了，他不高兴了，到底是因为她去红石办的事情没告诉他而不开心，还是因为办的这个事情就是小聪明他不开心，还是他在介意天雅和富总的关系？她来不及多想，马上回话："公司的破事，坐车往返，我已经回来了，你怎么又起那么早？"

吴老板回复："你过去干什么？"

她有点冒汗，大早上的她一下子睡意全无，精神有点紧张："你管这些破事干啥，我能做的就是把工作做好尽量不让公司给你添麻烦；知道你忙，天天办大事，帮不上你别的。"

吴老板回："对，我每天都有很多大事情要做。哪有那么多时间听你这些无聊的人和事。"

她看不出他到底是想听还是嫌烦，不知道怎么回，索性就回："嗯嗯，我错了，我不该发诗句，就是想引起你关注，你忙你的吧。"

伴君如伴虎，吴老板对她的行踪都心里有数，又好像离她越来越远，不是那个随便说什么都行的人了。

第十节

天雅让富总打回融资款的时候，富总说没问题，但他的话显然没说完：

"天雅啊，我也不瞒你，但我确实遇到难处了，这不是又快到年底了吗，我有一笔股票质押融资恰好到期了，金额是十二亿。券商在到期前早早就说好了要续借；但现在大股东减持新规一出，券商秃噜了，早早地就通知让我找资金替换他们。你也知道，我在市场上借钱那是出了名的。"

听到这里，她想着完了，富总不会是跟她借钱吧，借十二亿是真的没有，如果富总的意思是帮着接收益权就要她帮这么大的忙，还是算了。

"你也知道，我是那种有什么说什么的人，券商其实也觉得我人还行，所以券商玩命帮我，他们做不了续借，但是眼看马上到期了，为了不出问题，他们找了一个地方银行来接我这笔借款。"天雅听到这个消息，长出了一口气，这不是吓人吗，这么大喘气地说话。

"但现在就有个难题了，这笔借款需要过桥资金倒贷。你帮看看能不能找到过桥资金，这个事还挺着急的，我怕券商帮我，我再害了人家。"

她听到这段话有点不平衡，我帮了你，你还害了我！但她还是决定要帮富总，毕竟富总接了她的收益权，借个过桥又不是特别大的事情；最主要的是，富总接了她的收益权，现在国强集团和天贺资本就像是拴在一根绳上的蚂蚱，一损俱损。想到这里，她答应下来。有人给她指了条明路：现在市场行情不好，做高利贷的好多都不做了，只有给银行做摆账的逆势大涨，资金量不降反升，好多做企业高利贷的都转做安全性更高的银行摆账了。

天雅找到了之前问过的摆账公司，挂靠在大型国企下面，听天雅讲完了情况，跟她说："张总，您别担心，这个事我们肯定可以做，我们账上资金也够，就是我们做业务有个习惯，必须见到借款公司的实控人，也就是，富总必须亲自来见见我们，我们谈完了，大家好合作。"

这个要求就有点超纲了，以往从来没有过，没想到富总说可以见，他刚好人在北京。天雅跟对方确认好了时间，等到接上富总，司机跟天雅说，有交通管制封路了，她跟富总说，要不咱俩坐地铁过去吧。

两个人一前一后地进了地铁站。天雅带包要安检比较麻烦，先过了安检，在进站口没看到富总，往回一看，富总还在拿着一沓百元大钞到处问在哪买票。天雅三步并作两步过去，一把拉起富总，边走边跟富总说，买票是在旁边的自动贩卖机上，她心说原来他们一家子都不会坐地铁，遗传的。富总还在贩卖机上找放钱的口呢，他抽出一张来想往里面放，她从自己包里面摸出五块钱纸币，让他闪一边去她来买，他还挺不好意思，要把钱给她，她都没理他。拿上票，让他刷一下进站，跟他说车票拿好了，下车的时候还需要，他像个小学生，背佝着木讷地点点头。

到了下车站，一开门人流哗地冲出去，他们也被滚滚的人流带下了车，他在地铁站里面迈着四方步，显得跟周围行色匆匆的人有点格格不入。上电梯的时候，他一开始站在左侧，让他站在右侧还一脸的疑问，后来看到不停地有人在左侧爬电梯，他就明白了，总之就像刘姥姥进大观园。

到了资方那里，对方正在悠闲地喝茶，笑着说不着急，他们公司的领导和法务是从机场赶过来，听说有点堵车，等等他们。天雅心里这个骂娘，挤地铁弄得浑身汗，着急忙慌地过来居然让他们等，气得想拂袖而去，但富总都没说什么，她也忍了。富总到外面去打电话了，天雅和这个女经理坐在办公室里面，她忍是忍了，心里不舒服，跟女经理说："栾总，我也是给富总帮忙，富总虽然是借钱的，好歹也是上市公司的实控人，平时这些事情都不是亲自出面的，这也是给我面子才亲自过来。"天雅的意思是你脸这么大，都不知道道歉的吗？

"张总，你也知道年底了，我们的生意好得很，不知道你们公司今年的净利润是多少，你知道我们公司今年多少净利润吗？"看天雅摇摇头，她单手递上自己泡的一杯茶，然后满脸笑容地说："不瞒张总，今年我们一共就五十亿在手里一直转，都是给各地方的银行做摆账，一年生意都特别火爆，我们是砍头收息，一天收千二的利息，少于五天不做，银行摆账的量又大，做一单五亿的，五天就是五百万进账。"这个生意简直就是抢钱，她不免撇了一下嘴，女经理看到了，笑着说："张总，你还别嫌我们收得高，你看我这个手机一直响，现在凡是摆账必须要提前两周跟我预约，还要先把利息作为预付款提前一周打过来，要不然我还不接，尤其是年底了，利息涨到每天千三都供不应求，地方上的小银行储蓄流失严重，资本充足率一年到头都不够，我要是不给他们帮忙，他们就不达标。我们公司没有三十个人，今年的利润已经到了二十五个亿，这是纯利润啊！中国有多少上市公司能做到这个业绩的？"看到那个得意的样子，天雅心说，一个摆账能有多少技术含量，能挣到这么多的钱，这个社会肯定是哪里出了问题了；再说二十五个亿又能怎么样，这些都是吸血的钱，吸的是谁的血？用脚指头都想得明白，这种公司不会交税的，天雅微笑着看她装逼，心说，如果跟税务总局举报，你分分钟完蛋，谁也别吹牛逼说不怕税务稽查。女经理显然是说来劲了，还在源源不断地说："张总，这是富总不在，我跟你说实话，今天富总能见到我，已经是够幸运了，我们现在都不接受跨年的摆账预定了，打款过来都不接了，不信你等会儿听听我打电话的内容，我一点都不夸张。前两年上市公司的实控还有点难见，这两年，上市公司的实控想见我们都得排队，真的，我昨天就见了××和××的实控人，人家不比富总身家更大啊，昨天还不是坐在你这个位置乖乖等了半天，我们还不一定能做呢。"她一听这个话坐不住了："栾总，你说什么？还不一定能做？"

"我是说对于昨天那两个人，不是针对富总。我跟你打过包票，肯定能做的，你放心吧！"这个时候的手机响了，天雅赶紧打了个招呼也去外面接电话了。走出去的时候，她仔细观察了，几十平方米的工位坐了两个人，看起来就是个皮包公司，居然一年能赚二十五亿，算是国资套利中会玩的。

后来直到栾总来找她，才草草收尾了电话。栾总的办公室里坐了三个人，中间的一个人是她领导，旁边的一个光头是法务，一脸精明的样子。对方递过名片来，天雅一看就是挂在建筑公司下面的子公司，她敢打赌公司的营业范围里绝对没有放贷款这一项。

这个领导还算客气，没有正面说能见到他是福气，他和国强集团还是熟悉的，这件事情让富总尴尬地笑了，他说："嗳，那国强集团的情况您应该很清楚吧。"对方意味深长地笑了笑，说："一面之缘，倒也没有那么熟，富总您这次过来机会难得，您给我们讲讲吧。"

富总讲得口干舌燥。等待一小时就面谈了半小时，天雅心里已经在骂娘了，富总倒是脸上还过得去，让资方能不能做尽快给个回复。两个人默默地出来以后好久都没说话。

第二天居然没回话，天雅催了半天，那个女经理就是顾左右而言他，让天雅憋了一肚子火。周六上午天雅正在带着孩子上早教课，女经理给她来电话，她只能把孩子放在海洋球池子里，自己在旁边接电话，女经理上来一阵笑："张总啊，告诉你个好消息，过桥的资金批下来了，就是具体有些条件需要满足，我稍后发给你。"好在她电话不长，客气了两句就挂了，回头一看孩子正在抱着海洋球狂啃，哈喇子流一地。

等她抱着孩子再回到早教嘻嘻哈哈的教室里，对方的信息才发过来，她笑着打开信息，表情有点凝固。这个哪是人提出来的条件啊？过桥的成本：每日千五！这也就是年化 182.5%！而且如果是不够四天按四天计算，富总曾经说了也就借三天，也就是三天的成本就到了 2%。其次是，要提供上市公司的暗保。再往下看，天雅鼻子都气歪了，居然还要她的连带责任担保，凭什么？但是毕竟对方发过来了，天雅还是要跟富总说一声的，她当着孩子不好骂人，只能在心里问候了对方好几十遍，然后把对方的条件发给了富总。富总果然马上就来电话了，天雅把孩子给了老师，自己出来接电话。

"我 × 她 × 哟，那天我就感觉这帮屁人不是玩意儿，果然吧。"富总可能觉得自己有点失态了，马上又说，"我感觉这个条件做不了，你也知道我现在的难处……"

"富总，我觉得你说得对，那个条件实在是太 × × 了，别 × × 跟他们废话了。"天雅都生气得飙脏话，给富总吓得差点没反应过来："行吧，那你给他们回了吧。能不能帮我想想办法，你也知道，我要是不能倒贷问题大了。"

"富总，资本现在的情况你也看到了，年底我自己都在美化报表，我也没有这个实力帮你啊。"

"这个事情我知道，我也没有说让天贺资本借钱给我。"

"您也看到了，能找的我都找了，除非……"天雅没有往下说，她下面要说的就是，除非她和吴老板张嘴，但是这个时候，她最不想求的就是吴老板。

"我知道你有点为难，我不想让你去说，但是我自己会亲自去跟他说。他是压轴的人，我到生死存亡的时候了，这个逾期了后面就要雪崩了，要不我也不会开这个口。"富总显然是猜到了她的为难，但如果天贺负责过桥，她就有隐隐的担忧，券商为什么这么配合？她见过银行对企业抽贷的伎俩，找另外一家出个批单，让企业找笔过桥资金还款，然后就不再放了，坑苦了好多企业，券商不会对富总玩这一手吧？从下属的角度，她有汇报的义务，思前想后原原本本地给他编了条信息："领导，知道你忙，本来我是最不想找你的。国强的富总有笔券商的质押借款需要倒贷，逾期可能会出问题，这些天找了好多家过桥资金，能做的伺机涨价，三天要百二的成本，如果答应了以后没法融资了。我不想去麻烦你，但是我实在是没能力，让资本公司干这个事。"

她这么说，就是看看他怎么说，没过一会儿，他回信息："他急着找我，就是这个事？"

天雅回："对的，如果您不感兴趣，就别见他了。"

周日的晚上，天雅收到吴老板的信息："富的钱，已安排好，三天一定收回来，这是我的信誉。"

吴老板居然把借富总钱这个情分算在了自己头上，自己要确保富总这笔钱安全地归还，这让她压力山大。平心而论，富总是自己去找吴老板的，吴老板是自己决定要借钱的，跟她有什么关系？但她也明白，吴老板的事情，就是她的事情。这边富总的电话马上就到了，说自己刚刚见过吴老板。天雅只是跟他说，一定要按期归还啊，自己会亲自过问进展的，富总说，我还不知道这个。

周一上班，天雅给孙恒打电话问着情况，到了周三下午收盘的时候，她给吴老板发信息汇报进展："钱已经放了。"

这期间天雅就一步步地催着孙恒快点，紧赶慢赶，必须要争分夺秒，因为时间很紧，周三这个钱还进去，券商办理解质押股票，周四再去办理质押，周五拿到质押登记证明才能放款，时间一环扣一环，一丝纰漏都不能出。结果周三刚一放款就出事了，孙恒催着国强的财务把钱往证券账户里面转得很快，但是那边迟迟收不到，银行说打出去了，就这么飘着，后来券商发现国强的财务打错了还款账户，打到了券商补仓的账户里；于是钱又打回给国强再来一遍，折腾了半天，周三到了下班好不容易还进去了，但时间太晚了，券商解质押流程没走完。知道这个结果，天雅简直崩溃了：三天肯定无法还款了，怎么跟吴老板交代？

孙恒跟天雅抱怨集团财务不靠谱的时候，没想到天雅吐槽得比他还严重，他都不明白为什么她这么着急，比他还急，她说你只要知道这是吴老板布置的任务，就行了。孙恒又是一天没合眼，两个人周四到处跑关系，也没有搞定。富总也给天雅打来电话，他十分无奈，告诉她券商的一把手原来是吴老板手下，岳鹏，他的意思是让吴老板给对方打个电话，看能不能让券商如期放款，天雅没有表态，她没脸求他，但凡有其他办法绝不找他。

到了周五下午，也就是富总过桥还款的最后时限，天雅无奈，只能给吴老板发信息："领导，因为周三没能解质押，我想着今天办了质押找找中登的人能不能今天出证明，或者中登受理了就让券商放款，结果中登的人没法搞定系统，券商不见证明又很难协调，估计还款要下周一了。"

吴老板给她打了电话，她估计肯定是一顿骂，但是还没接通他就挂了，给天雅回复："这些人办事太不靠谱了……"

天雅就知道他肯定是想打电话骂她，心里十分憋屈，富总是借款人，从头到尾都没管这么细，她着急上火地跟着孙恒跑来跑去的，好像是她借钱一样。委屈和痛苦一股脑地涌上来，她奋笔疾书："周三没还进去我第一时间就知道了，明知是不可能完成的任务，但还是不死心，怕让你担心所以自己扛着压力，原来我找过中登的人可以办成但系统改了才不行了，原来我和其他信托用受理通知也放过款，这次券商沟通不下来也是没有办法。这次给你添麻烦我后悔死了，我揪心难过都无所谓的，就是难为你了，以后国强的事我再也不让富找你了。"

吴老板并没有安慰她，也没有说什么责怪的话，只是回："任何事情只要有担当和责任心，比什么都重要！看来他还是怪她了。"

周日，天雅还想着这种煎熬周一终于能结束了，但孙恒给她打电话，说不好了，券商那边反悔了不想放款。天雅感觉山顶落石，她简单地交代一下孩子，就和孙恒一起，坐上了最近一班的飞机，直奔券商总部找他们谈谈，敦促他们周一务必放款，天雅责无旁贷。

因为孙恒坐的经济舱，天雅为了跟他坐一起也坐的经济舱，空间太狭小了，旁边的人还霸占了她的座椅扶手，还真有点不习惯。孙恒带了一个小女友，看起来就像是在校生，嫩得可以掐得出水来。天雅根本就没心思八卦，一路上除了睡觉，都在和孙恒讨论放款的事情，小女友根本不敢说话。下了飞机在洗手间门口，天雅出来碰到等女友的孙恒，有点不悦："你出来办事能不能干脆点，为什么带着个包袱？"

"我也没办法啊，我本来想着周五还款了我的工作都完了，要陪着小女友在北京玩两天的，她人都坐飞机来北京找我了，我不能扔下她自己去出差啊。"

"她还在上学？你也太没人性了吧。"

"刚毕业，她家里给她托关系找了个吃空饷的，天天不用去上班，所以她天天无所事事，就在家打游戏，我还得给她订外卖，不带着她出差我怕她好几天不吃饭。"

"你这是嫌一个小孩不够，还要收养个闺女是吧。"

"我也没办法，谁让人家就是看上我了，我这么帅，这么可爱，这么体贴，人家非要跟着我，像狗皮膏药甩都甩不掉。"孙恒一看天雅笑了不想吃亏，边说边笑，两个人打打闹闹的时候，孙恒看到小女友回来了，马上一脸严肃，咳了一下，大声跟天雅说："张总，我们走吧。"

到了酒店，把小女友和行李放下，天雅和孙恒来到了约好的茶馆。天雅情绪早就酝酿好了，券商来了三个人，经过介绍才知道原来天贺这边来的人级别这么高，都有点不好意思；天雅跟他们说没关系，今天是周日，别打扰你们领导休息，对方一看这个情况马上给领导打电话，券商的副总十多分钟就赶到了。

到了以后对方一个劲地赔不是，说不是他们反悔了，是这次要接的小银行反悔了，觉得金额太大了、股价有点波动什么的。天雅说得很直白，天贺是这次过桥资金的提供方，如果不能办成，大家就鱼死网破，当初放款的时候天贺就把这笔钱放给上市公司的子公司就是留一手，还款是走的上市公司的账户还的，券商这是挪用上市公司的钱，等着银保监会的调查吧。券商这边哪里见过这种不要命的阵势，天雅看他们目瞪口呆，起身就走了，孙恒当着券商的面劝了好久也留不住，留下来的孙恒需要表演的就是天真的傻白甜，他说，哎呀，我也不知道天贺留了这么一手，挪用上市公司的资金必然会被一查到底的，当初怎么慌慌张张的连哪个账户还款你们都没确认好啊？

孙恒假装不相信，当着券商的面，给恒斌和富总打电话求证。天雅都安排得明明白白，恒斌说上市公司的账户可不是闹着玩的，几天内倒贷还能掩盖，要是出事了估计有人都要为此进去；富总就表演得更真切，他那个沮丧和无奈透过声音都传导得过来，券商可是坑死我了，国强股份未来出了大事你们也跑不了，激怒了吴老板，你们谁能负责？孙恒给天雅打电话，怪她当初放款怎么能这样呢？天雅说，天贺的手段你还不知道，谁没有信守承诺，谁心里清楚。

券商的人当时就傻了，被天雅这一通吓唬，副总一个劲地给小银行打电话，还给券商的董事长打电话，玩命劝说下小银行松口了，同行是冤家，谁没有点把柄呢？

孙恒待到比较晚，天雅回酒店都洗完澡了，孙恒给她打电话，里面说话的是券商的副总，谨小慎微的生怕触怒了她，说了好多客套话，最后跟她说千万不要冲动，明天一早，岳董事长会亲自在公司接见她，放款的事情包在他身上，还请天雅务必跟吴老板汇报。

周一早上岳鹏有早会，和天雅约在了九点半见面，门口的接待小姐听到是岳总的客人，热情地把他们送到大会议室。层高四米多确实够气派，红地毯白沙发，主座的背后还有巨大的凤舞九天的艺术画，配上高处垂下来的水晶灯，也是一种视觉享受。天雅和孙恒进来以后没两分钟，岳鹏就带着副总进来了，双方交换了名片后落座，岳鹏作为券商的一把手还是端着自己那个劲，天雅就比较放松了，她随时准备开炮。他明确地承诺，一定会让小银行放款，即使小银行不放款，券商也用自有资金顶上后再找客户，让她放心他负责。她要的就是这句话，她笑着说，岳总，吴老板让我代他向您问好，感谢您的支持。

事情谈定了她就想走了，孙恒劝她，也不在这一会儿，等着还了款不是最踏实。果然，没有一件事情让她省心，收盘股价跌了，券商不想今天放款，想等着明天看看能不能涨回来。天雅给富总打电话说今天补钱也要放，富总看她坚持，只能让孙恒跟券商商量多给券商几百万保证金。这样一来虽然差了些钱，但能确保今天大头还给吴老板。天雅一直在券商工位上督办，直到快下班才终于尘埃落定。

在去机场的路上，天雅想着这两天的煎熬顺利收官，想跟吴老板邀功，她给他发了信息，他马上给她打电话问她在哪里，天雅说自己晚上到北京，他说，从机场回来的时候见见面吧，她心里开心极了，这么久以来，她费尽了九牛二虎之力，等的就是这个。富总给她来电话："有个事我想着还是得跟你提醒一下，你这次出差催着放款的事情千万别跟老板说。"

"为什么？"

"你都说了？"富总也是人精，他有点不爽，"你想想，国强的事情还要你去催，他会怎么想？是，他会觉得你还挺负责的，但他同时也会想，国强不行啊，这点事都搞不定，我以后还怎么去求他啊。"她心说你以后还有脸再去求他？

晚上九点，她落地先给吴老板发信息："刚刚落地，还在开会吗？"

吴老板回："在开会，庄园等你。"

结果天雅忘了晚上落地一般都是远机位，在地面滑行就半小时，然后又是摆渡车，出来以后都十点多了，吴老板说自己回家了，让她去他家小区门口见一面。她到了的时候，他已经出来了，晚上没有穿得西装革履的，而是一身休闲装，她躲在树荫底下，他出来以后还在佯装没事的样子到处找人，惹得她偷偷笑了一阵子。等他实在找不到给她打电话的时候，她才从树后面蹿出来，给他吓了一跳。真实的开心让她忘记了一直以来的阴霾，她感觉和他之间仿佛一直如此，上次见面就像是昨天。两个人在小区的高墙外面肩并肩地散步，聊聊天。

"你见到岳鹏了？"

"嗯。"

"他从我这里走了也十年了，现在怎么样？"

"还好吧，他还是很尊敬你的。"

"你还穿个裙子，勾引谁呢。"

"我穿个裙子不行吗，再说我勾引谁你管呢。"她就是开个玩笑，他也是开玩笑，两个人都笑了，他抬手想打她屁股，但抬起手来又放下来了，毕竟高墙上都是摄像头。两个人走完了一段路，他说自己要回去了，她有点不甘心，说，那我陪你走回去吧。到了小区门口，他说，你叫车了吗？她这才拿出手机来。他跟她说，我陪着你等，车还多久到？她说，还五分钟，你回去吧，站在门口多显眼。他说，怕什么，我们又没干啥。

这是一个美好的夜晚，多么想让时间就停在这一秒，但毫无征兆地，一辆车从小区里开出来停下后放下车窗，她看到小马的脸，听到小马对他说："老板，我把车开走了。"小马瞥了她一眼，他并没让小马送她，挥挥手让车开走了。

他突然问："你的孩子是谁的？"她想到了闺女，本能地要保护自己的孩子。

"反正不是你的。"她扭过头来，盯着他，看得他都有点闪避。等她上车的时候，他帮她关的车门，她能看到车子发动以后，他站在那里看了很久。

听孙恒说，回来后小女友跟他分手了，当然女方提分手他从来都不挽留，下一个更好。小女友觉得孙恒和天雅不对劲，他们交流的方式，相互一个眼神，就感觉不对；尽管孙恒一直刻意地避嫌，但女人的直觉感觉到天雅跟他或许更亲密，哪个女人都不能忍。

这件事情还不算完，富总还差几百万没还给吴老板，他准备好了这个钱，居然被发财公司给弄走了，吴老板至少催了她三遍，等了十天之后，富总这个钱还没有还上，她感觉富总这是靠上了自己，不还钱压力最大的是她，她实在受不了了。

按照之前国强和天贺资本约定好的虚增利润的操作，年底前国强融资到位要给天贺资本打款的，富总按照天雅默许的，从这些钱里面拆了几百万打给了吴老板。这件事让被蒙在鼓里的彭文和范鹏大为恼火，天雅表面上也同仇敌忾，当然富总没说挪用去干什么；但还是彭文转得快，他说，富总毕竟也是帮了忙的，好在挪用的钱也不多，就当吸取个教训，富总的忙肯定是不白帮的。

第十一节

吴老板今年早早地就跟天雅打了招呼，让她注意今年的年会最好不要太高调，今年资本市场风声鹤唳，搞不好就要被枪打出头鸟。她自己也明白，吴老板已经回来主持大局，天贺资本作为下属企业，年会办得不能比集团的年会还要风光。

今年应该是小鹿最轻松的一年，不用组织大规模的出游了，天雅让她去问问集团的年会情况，资本的年会不能高于集团的规格。集团年会是五星级酒店包场，天雅让小鹿找个饭馆，大家辛苦了一年，还是要表示一下的。

就在天雅的生日之前，黄老哥还派专人送来了一个巨大的紫水晶，让天雅摆在自家门厅，据说旺财，风水上用的。她让送货的人直接送到公司来了，放在大会议室门口，还挺漂亮的。黄老哥打电话给她要请她吃饭，她说最近确实没空，心意领了，她还想着黄老哥无事不登三宝殿，肯定是有求于她；果然她猜得没错，黄老哥是有求，而且还是半威胁的。

事情还是要从年前的那次学校托管的招标会说起，前来竞标的人里面，第一个是个穿得特别艳丽的老太太，竞标 PPT 就像是她个人的影集，标榜自己是大爱无疆，学校的教学理念、办学特色什么的都让人记不住，只是让人见识了她多么地自恋；第二个是乔哥，虽然公司里面的老人对乔哥都颇有微词，但是讲的内容确实征服了很多人；第三个就是黄老哥下面一个学校的负责人，看不出来内容有多新颖，但是中规中矩。根据投票，大家都同意让乔哥托管。

黄老哥没中标特别不高兴，他跟天雅说，我们是合作伙伴，应该相互支持，乔哥曾经耍了你，再找他合作让圈里人看不起。天雅根本不在意，看不看得起值几个钱？黄老哥看她不为所动，亮出了撒手锏：不托管给他，他就从共同的基金中撤资。天雅不想再给自己添麻烦了，马上缓和了态度，黄老哥想托管尽管托管，别影响大是大非；她只是感觉对不住乔哥，托管学校他的报价已经是赔本赚吆喝了，还亲自到天贺资本来了两次，做托管方案和讲解，诚意满满。想到当初的事情，乔哥拒绝投资确实让她心存芥蒂，但现在她见过了李铭，有点倾向于乔哥是冤枉的。乔哥的心血因为黄老哥一闹都付诸东流，对他也不公平。罢了，也许这就是一报还一报，当初他拒绝了天贺，现在天贺也拒绝他一回，就当是双方打平了吧。

今年天雅的生日是必须要和家人一起庆祝的，她现在的思路都是为女儿考虑，生日蛋糕定什么味道的不是很重要，主要就是蛋糕上一定要有卡通造型的磨牙饼，她女儿一头浓密的黑发带着自来卷，眼睛大大的亮闪闪的，比她小时候长得漂亮多了。

徐飞打来了电话祝天雅生日快乐，他挂牌新三板就是随时的事情，他鼓足了勇气，对天雅说："姐，董秘的位置我是给你留着的，希望你能考虑一下。"天雅没有接话，就算徐飞挂牌了新三板，几个亿的市值，融资也就融个几千万，可以操控的空间还是太小了；抛开工作的角度，她心里放不下吴老板，更不可能离开心血浇灌的天贺资本；她帮徐飞，有一部分富总的面子，更多的是被这个年轻人的干劲打动，希望他能成功。或许是沉默本身就是态度，徐飞很快换了话题。

自从上次在小区口一别，她就没见过吴老板了，心里矛盾着不敢见他，怕工作上暴露更怕孩子的事情藏不住；但还是想见他，现在这种状态让她很难受，她不是一个犹犹豫豫的人，但始终没想好话该怎么说，在快到生日的时候，她给他发了个消息："我快过生日了，就想见领导一面。"

他回："好。"没有约定具体时间就是拒绝，这让她很失望，生日那天，她又给吴老板发信息："能让我得偿所愿吗？"

他回："你生日哪一天？"

天雅："哪天能见面哪天就是我生日。"

他并没有再回文字了，而是回了几个流泪的表情。或许他已经对她放手了，只不过她自己一直都不愿意面对这个现实。她感觉应该给自己一个时间限制，不管再爱再不舍，都该放手了，让自己的心走出来。

一月份的时候本来都是开心的时候，又有年会，又有生日，又临近春节，但是天雅怎么都想不到，还出了个新规:限制大股东股票质押融资。国家对"去杠杆"三令五申，显然不是说说就完了的，她感到深深的不安，和之前股票大跌、被调查什么的不一样，这次是整个行业大厦将倾，她应该会有幸见证无数的生离死别，去年断断续续的片段都是序章，今年开始才是血流成河的正片。

这件事在公司的群里引发激烈的讨论，公司股票减持被限制，股票质押受到影响，这就是要强行降杠杆，但杠杆不是一天加上去的，就像病人太胖了，医生让截肢减肥一样。天雅关上门和范鹏聊这个事，他估计，很快地，会有很多私募的风云人物变成阶下囚，很简单的逻辑:金融去杠杆，旨在处置不良，结果处置不了反而自己成了不良，投资人一报警，就是非吸诈骗，妥妥的一堆人要进去。

天雅说，你先别管别人进不进去，先想想咱自己的生意。范鹏说，这个就跟原来的业务相反了，原来是买买买，现在是卖卖卖，真让人头大。天雅说，不管是公司债还是外部融资，都是加杠杆;我感觉真正的去杠杆，只有老 pe 的两条路，要么国企站台信誉背书，要么从家族信托中拿持久便宜的钱。她是第一次想到这个问题，资源很重要，尤其在她这个位置上。

监管机构已经约谈了，最多给天贺资本两年，让他们把资产负债率降到60% ; 集团在统一下发的文件里也下狠手提出了两年内去杠杆的目标，这些都是大事，但是吴老板都没有单独找自己谈过，天雅感觉失望至极，从事业和感情上，自己都被吴老板抛弃了。

孙恒认为天雅是杞人忧天，还安慰她:"你想太多了，国强的情况你还不知道吗? 拆东墙补西墙，墙墙不倒;借新债还旧债，债债还清。集团从没上市就一直在外面借钱，但一直晃晃悠悠的就是不倒，还是国强吉人自有天相，富老头比你能活，比你运气好;如果国强这种体量的企业都倒了，其他企业得死多少啊，天塌下来有高个子的人顶着。你放心吧，多少次这种政策出台了，每次都是雷声大雨点小，这一阵子抓得紧，下面都需要做出点成绩给上面交代，上有政策下有对策嘛，等过几个月，大家都要吃饭，就好了，到时候就是各有各的高招，还是要走上继续放贷的老路，你就别操这个心了。"

孙洋对天雅的电话显然没有准备，说话磕磕巴巴的，有点不对劲。得知天雅就是想问问质押新规对江海集团有没有影响，他顾左右而言他，说现在江海的情况不太好，陈总的士气有点低落，云云；他遮遮掩掩地说，还有其他的事情要干，会不再担任上市公司的董秘了。这个孙洋说话太费劲，既然这样就不说了。天雅问范鹏，江海最近怎么样？范鹏说江海最近人都找不到，特别忙，但也情有可原，岁末年初是人情往来的高峰，再加上上市公司都在加紧赶年报，江海的下属企业太多，肯定忙不过来；陈总新弄来个总裁，汪总到了以后光熟悉环境就熟悉了半年，只有同行业的七色光对他还算客气，其他子公司对他并不买账，他也给不了对方什么资源，他们纷纷地都在外单干了。

天雅听着有点自责，因为帮富总忙导致自己对国强投入了太多的精力，很久没过问江海的情况了，现在都有点分崩离析了，如果吴老板知道了肯定会责怪自己的，如果今天自己没有想起来问问范鹏情况，可能挨批评都不知道是为什么。想到这里她就出了一身冷汗，让小芳通知各个团队负责尽快把在手项目汇报上来，尽量地详细，她必须要复盘所有的项目了。

第十二节

刘岚收到大闸蟹的时候，感谢了天雅，听到天雅在带娃，她说："你啥时候生的娃，我咋都不知道？"

"去年，现在都快会走了。"

"有苗不愁长，多好啊，我也想要个孩子。"

"要呗，你自己条件也不差，"天雅想到了刘岚上次跟她说的，自己的男朋友有家室，她问，"你男朋友离婚了吗？"

"嗨，赖我没告诉你，我去年桃花运太旺了，你不知道，我现在的男朋友是星城最大的区的区长，单身，比我大三岁但有个女孩，我俩现在正打得火热。"

"是吗，那太好了，祝贺你！"天雅挺替她高兴的，但有点没算过账来，

"区长和你原来那个国企的处长，哪个高啊？"

"哎哟我去，我说你是不是学傻了，不管从级别还是从权力上说，区长都比原来那个傻帽强太多了！"

"为什么呢？原来那个处长不是直接能把工程包给你吗？现在这个区长能干什么啊。"

"这你都不知道吗？权力都是可以变现的。"看天雅还是没懂门道，刘岚索性掰开了揉碎了，"原来那个处长就只能给我工程的活，工程都在特偏远的地方，而且一般首期款只给30%，剩下的都算是应收账款，年底还要去催账，不一定多久能收到，我前年干的活现在都没有结清账款，都不抱希望了。干工程看着利润率高，能有一半以上的净利，但是让人心里不踏实，逢年过节就去催账，而且工程也不是老有的；我俩这种关系，我还不敢拿特别大的单子怕被人举报，所以赚的都是小钱。现在这个区长主要负责交通、城建和安防，带着我吃两回饭，就有人主动找我，转包出去就是干赚。"

"你俩好多久了？"

"一个多月吧，之前我都没合计过能找个这么好的，是我一个姐们带我去参加一个酒局认识的，应该是她搞不定，所以我搞定的时候，我这个姐们有点不高兴。"

"才一个多月？你就开始赚钱了？"这也太立竿见影了，上一个新地方工作一个多月都不一定摸得到头绪呢。

"好多事情，你不用说，就水到渠成。你说我俩在一起，他能老坐我的奥迪、奔驰吗？他参加的酒局，多少个做生意的人参加，人家那都是什么穿戴的档次和消费的水平他心里没数吗？有的时候就是直接约在人家的别墅里，我就感慨，这辈子要是能住上这样的房子就值了，但没有个几千万下得来吗？他自己心里明镜一样，我跟你说，苍蝇不叮无缝蛋，我看出来了，他找我其实还有一层意思就是想找个做生意的女朋友好变现，我跟他说了都听他的，而且赚到的钱我都放单独的账户，怎么用怎么分都听他的。"

"太棒了，祝贺你，一步步走得也不容易。作为朋友，我就是提醒你，官场风云叵测，如果和他结婚了未来最好也离婚，万一他动了谁的蛋糕牵连到你，也不安全。"

"你放心，我心里有数。你最近怎么样？跟你老板还好吗？"这个问题戳心了，她勉强着说："还好，就是他挺忙的。"

小鹿经过多方走访，年会就定在北京郊区的一个生态农庄，除了可以吃农家菜以外，还可以采摘大棚里面的蔬菜水果，还有室外的板栗等，可以带着家人一起合家欢。这次虽然不用出国了，但有带老人小孩的，必须要确保他们的安全。农庄被天贺资本包场，小鹿没少往那边跑，一趟趟地布置会场，采买，排查安全隐患，还要检查卫生情况。

这次年会天雅带了月嫂和孩子一同参加，她对吴老板对团队总感觉愧疚，虽然今年的业绩通过虚增终于上去了，成了集团树立的典型，但明年的业绩怎么办？一年到头应该带团队好好玩玩的，集团里面最优秀的人就该有最好的待遇。

农家院虽说菜色没有那么精美，食材没有那么昂贵，但胜在自产、新鲜。大家上午就陆陆续续地到了，孩子们在外面玩玩游乐设施，捡捡栗子捞捞鱼，去大棚里采摘。李拉没来，她身子重也来不了。农家院的厨房里面早早就飘出了香味，有铁锅水库鱼、走地鸡、酸菜白肉、排骨、大鹅等，今天的主菜是铁锅炖甲鱼，吃的都管够。

冬天的屋子里暖洋洋的，高高的屋顶上面满是氢气球，拴住气球的绳子长长地垂下来，刚好就是成年人伸手就能够到的，只要小孩子没抓住放上了天，就会被屋顶拦住；地面上也满是气球，到处都是玩气球的熊孩子，公司还请了小丑现场给孩子们用气球制作各种玩具，变魔术等，孩子们都特别开心。

上午财务核算没弄完，她和彭文也跟着揪心，还在农家院的一个屋里开会。下午她抱着孩子去大棚玩，孩子现在还不会走，特别想在田里爬，蹭得满身泥巴。这次年会是这几年最不像年会的一次活动了，员工发的朋友圈就像是几家好友相约着一起去郊区玩了个农家乐，大家都很开心，这次公司没有请专业的摄影师，天雅在意自己的形象不太好，不希望留下任何影像，全公司唯一的合影是大家穿着羽绒服在室外拍的，看不出胖瘦来。各个同事这次发出来的照片一点都看不出是高大上的年会，天雅想着这回够低调了吧，吴老板肯定表扬我。想什么来什么，吴老板还真的来电话了，天雅赶紧穿上大衣去室外接电话，她怕屋里面人太多她听不清让他反感："领导好。"

"我说你那业务都怎么做的？香港上市公司都那样了你还有脸待着？还不快去做业务，养着你们这些人，做点业务怎么这么难！"

"……"上来劈头盖脸的，她有点傻了，为什么这样骂她？她稳了一下跳动得太快的心脏，说："领导说的是，今年的年报出来您就能看到业绩会大幅提升的，明年这也是我司的工作重点，请领导拭目以待。"

"嗯，这还差不多。"说完他就挂了电话，她站在冰天雪地里，感觉自己的心都冻上了。

回到屋里，身体是暖和过来了，心还是冰冰凉，她气不过给他发信息："真是分开八片顶梁骨，一桶冷水当心浇。"他马上给她回了一段语音："刚才是几个银行的朋友在我这里，两年前他们凑了几亿港币买了你港股的股票，一直亏本心里难受，所以我当着他们才不得不说你几句重话，别放在心上。"

一点预兆都没有，如果不是她不满，他都不会解释，或许他自己就想骂她。不管怎么说，他也有自己的难处，能跟她这么说也是没拿她当外人；而且他的语气还是那么温柔，也让她感觉好多了，能继续参加年会活动了。当天晚上大家玩得都很开心，地上的气球都被孩子们踩爆了，氢气球都给孩子们分了，曾经天雅对这些东西不屑一顾，她不喜欢孩子，总觉得那是一些不能控制自己的麻烦。但现在她终于有了自己的孩子，为自己曾经的刻薄和严厉而惭愧，谁都是从小时候过来的，孩子带给她的是希望。

黄老哥又烦天雅来了，他挑肥拣瘦，春风的校区几个赚钱几个亏钱，他只想要赚钱的，不想要亏钱的。这个要求得寸进尺了，天雅跟他说招标就是整体招标，否则以后不好统一管理，但他就是不干。天雅硬着头皮亲自给乔哥打了个电话，乔哥听了也很无奈，他知道亏损校区的托管压力更大，但是天雅跟他说亏损校区的改革推行或许会更顺利，更有利于他按照自己的思路去实施，他最终还是决定帮一把天雅。于是就这样，春风托管被一分为二，黄老哥分走了盈利的，乔哥分到了亏损的。听刘天伟汇报，黄老哥把托管的事情交给了自己的小情人做，小情人也没闲着，除了在学校里面老找理由收费以外，还在校外各种开源节流，她自己办了好多小区里面小型托儿所，给全校的家长推广，吸收二胎客源，也在学校周围开了好几家店了。天伟提起她就头疼，不按合同办事，动不动就拿黄老哥威胁，托管了以后学校的盈利毫无起色。

年会开完是周五晚上十一点多，天雅准备睡下的时候，刘岚的电话到了，她披上一件外衣，到书房去接。

"没睡呢？"听着刘岚的语气，不像以往一样气定神闲的，而是有点局促。

"快了，怎么了？"

"那方便不？"

"哎呀，你就快说吧。"这么晚来电话肯定有事。

"你先别怪我啊，我今天晚上陪着我姐去参加个局，红的、白的、黄的都喝了。散了以后，我带着我姐，好死不死的就碰上查酒驾的了，警察让我吹了口气，是一百三十，然后又拉着我去抽血了，结果还没出，但是警察当时就告诉我，抽血的结果肯定比吹气的数值更高，我这个应该是醉驾没跑了。我这就是跟你打电话，合计合计该怎么办呢。"天雅一听，这个刘岚真的是不应该，喝了酒还开车，没出事就算好的了，怎么能犯这种错呢？醉驾要拘留，留案底。但这个时候，再去批评显然为时已晚，天雅说："这个时候商量什么啊，还不给你的区长男友打电话！"

"你以为我没打吗？我曾经听朋友说过，如果刚一拦下，还没吹气的时候能找人打招呼，或许还有救；结果我男友给各个交警大队的领导打电话，人家知道晚上要抓酒驾都关机了，根本找不到人，后来警察让我来吹气，我就只能把电话挂了，结果出来我发给男友了，但他也没说什么，你说他是不是生气了……"

"你给我讲一下今天到底是什么情况，原原本本的。"

刘岚今天是陪着她姐，也就是她和男友的介绍人，去参加一个饭局，饭局的召集人是国有工程公司驻当地的一把手涛哥，曾经也帮过她不少忙，她跟着去就是看在涛哥的面子上。当初她刚回星城不久就被涛哥的风度迷住了，她感觉涛哥对她也有那个意思；在一次酒后，她借着酒劲和涛哥挑明了喜欢他，涛哥说自己有家，也非常欣赏刘岚，但是希望她能找到更好的归宿，他把她当妹妹对待。后来两个人关系也一直不错，涛哥也照顾她的生意，而且确实是君子之交，所以刘岚才想来给涛哥捧场，这些事情她姐都不知道，还以为他俩也就是一面之交。所以饭桌上刘岚不矫情，能喝酒绝不推托，因为她的房子在星城的开发区，比较难叫到代驾，她姐虽然没喝多少酒，但不会开她的车，所以刘岚自己开车。她回家从来都走高速，但这次喝了酒怕查得紧，她姐建议还是走小路，结果只能束手就擒。当时她姐还在车上，目睹了整个过程，心有余悸，她姐说刘岚是替自己受过，如果今天刘岚不开车，被抓的就是自己，所以刘岚出事以后她姐也一直在到处找人看能不能帮上忙。

"你还没有跟你男友说得这么详细吧？"

"还没敢呢，今天晚上他不高兴了，说我太二了。我怕他心里觉得我不靠谱，再不想跟我好了，这就损失大了，这么好的生意刚刚开始，就这么没了吗？"

"别着急，你确定你姐现在听你的调遣吗？"

"那必须的啊，我姐其实脑子不是特好使，你想啊，自己看上的男的都看不住被我给收了。"

"那就好办了，你拿她当枪使，替你蹚蹚路。你让你姐给你男友打个电话，和你姐说——"刘岚让天雅稍等一下，她拿出笔纸来记录一下，免得等会忘这忘那的。等她准备好了，天雅继续说："你就说，你男友知道出事的时候你姐在你身边，对你姐很不满意，为了不影响他俩的关系，你偷偷告诉你姐了，但是你建议她最好亲自解释解释，免得误会：虽然你现在特别痛苦，都没脸让他帮忙，但你是自愿跟着去酒局的，也是自愿带着你姐回来的，跟你姐是没有一点关系的。让你姐再给涛哥打个电话，你就跟你姐说，今晚这个酒驾查得严，让她问问其他人是不是都没事，也让他们吸取点教训，千万别再出这么大的事了。"

"好。这么做是什么意思呢？"

"哎哟我的小姐，都要给你讲明白吗？那些宫斗剧你没看过吗？哪个娘娘过招是自己出去吆五喝六的，不都是丫鬟帮着穿针引线的啊，做成了那是吉人自有天相，做不成那是丫鬟自己在搬弄是非啊。"

"行行行，都听你的，马上打电话。"

放下电话已经十一点半了，等了大概十分钟，刘岚就来电话说完了，天雅说这个事今天还没完，马上准备跟她男友的说辞。刘岚说："你又不认识他，你怎么知道他喜欢听什么？"

"我知道成熟的男人都喜欢听什么话。"

"快教教我，我记着。"

"说话分层次：第一，一定要表明你认错，你做错了没有什么借口，一人做事一人当，你不怪任何人，未来一定要吸取教训，吃一堑长一智；第二，要楚楚可怜，你做错了，幸好没有牵连到他，但是你们两个是奔着结婚去的，如果有案底的话未来对孩子上学可能还有影响，一想到未来你的错误可能会影响你们的孩子，就心痛；第三，犯了这么大的错误，骂你两句你都觉得是应该的，但是你也只有他可以依靠了，他自己没有避嫌还在帮你找人，你对他感激不尽，但如果有一点点影响到他，你都不能原谅自己；第四，最重要的，通过这个事情，你觉得自己办事还是太幼稚，需要他的指导，以后办事必须要多请教他，什么都听他的，尤其是未来的生意，全都听他的，自己绝不轻易判断和下结论。"天雅说得很慢，她一边说一边想，一个傻白甜怎么样地用真性情去激起男人的同情；她跟吴老板过招，招招都像是孙猴子逃不出如来佛的五指山，根本原因还是她对他太在乎了，在他面前头脑都空白了。刘岚男友这样的对手她很感兴趣，她身材发福、不会打扮，但足以让刘岚见识见识，怎么凭头脑吃饭。

"之后呢？我怎么让他帮我？"

"哭，就不说，等着对方张嘴，谈判中谁先开条件谁就不利，你只要稳稳地站住了，他如果催你，你就说脑子有点乱、心脏不舒服，还要细细想想，然后你找我。"

"行，你可千万别睡着啊。"天雅太困了，等着就睡着了。

第二天早上，她看到刘岚的留言，断断续续地说了进展。首先是刘岚让她姐去打的两个电话，她姐都打了，而且这两个，男人都有了回音。她男友挺生气的，但她姐说完了以后好像就平静了，他说等第二天再去找分管交警大队的领导，再去试试能不能从上面施压把事情处理掉。同时他嘱咐刘岚，以后不能再这么毛躁了，尤其是以后两个人合伙赚钱的时候千万别掉链子，他还是爱她的，一定会帮她到底。刘岚灵机一动，跟男友说自己的车反正也开不了了，要把车送给他开，他问刘岚有没有人选，给自己找个司机，刘岚想到了自己在老家还有个表弟无所事事，男友说把你表弟弄过来吧，我在机关里给他找个活儿，然后让他给你开车，就这么解决了表弟的工作。她还真的装哭来着，结果男友安慰了她半天："你这个刚是哪到哪的事情，即使是再大的事儿，我都见过，放心吧，有那种犯了大事的，到边境那边，换套身份，十个指纹烧掉，照样从新再来。"而她姐的不打自招，彻底惹毛了男友，就认定了是她姐使诈陷害了刘岚，刘岚还要表明单纯地劝他不要这么想，她们感情这么好，她姐不会是这样的人。男友说："你太单纯了，吃饭她叫你的，饭后她让你开车的，路线她选的，怎么就那么正，大路上没有查酒驾的，只有小路上有，偏偏让你赶上了，你呀，就是太单纯，人家害你都看不出来。"

后面刘岚越说越激动，原来是还有意外收获，涛哥给她打电话了。涛哥跟她说，既然是来参加的自己的酒局出的事，就都是他的事，这种事他刚好前一段刚刚经历过一次，他知道一个渠道能解决，让刘岚早点休息，这件事情包在他身上。

接近中午的时候刘岚才醒，她没起床就躺着给天雅打电话，一边打着哈欠一边说："我昨晚寻思了一下，还是有点不放心，你说涛哥找人，会不会和男友找成了一个人？这样不就整又劈了吗？我昨晚也是脑子不转了，还是应该问问涛哥，他到底要找谁，这个事怎么办的，然后需要多少钱，毕竟这是我的事，我不能让人家给我出这个钱啊。"

"嗯，确实应该问问。"

"那我马上打电话给涛哥。"

"你怎么又忘了啊，让你姐去问啊！人家涛哥好心好意地来帮你，都和你说了包在他身上不用你管，你还去巴巴地问到底他怎么运作，就是怀疑人家的能力，让人心里不舒服。但你姐不一样，她听你说了自己感兴趣，想知道到底是怎么回事，你想办法把你择出去。"

过了半小时，刘岚又给天雅打电话，说她姐去问了，涛哥只是告诉她，肯定可以，费用上次是八万，这次估计也是这个数，他来出这个钱，具体怎么运作的就死活不说了，她姐也没问到。天雅说："你有没有想过该怎么跟男友说这个事？涛哥凭啥帮你这么大一个忙？"刘岚沉默了半晌，说："是啊，你说这个事情该怎么说？我说人家主动帮我的，本来事实也是人家主动帮我的，男友肯定怀疑啊，人家为了帮我又搭关系又搭钱，这里面必然有问题啊。我要是主动跟他说我俩的关系，那更是死路一条啊，要么我就不说了。"

"你是不是真的幼稚？你不说，你姐呢？早晚会暴露，到那个时候就被动太多了，基本没有挽回的可能。"说到这里，天雅心里突然刺痛一下，她自己的担忧，对吴老板的愧疚，他们之间还有没有挽回的可能？她赶紧把这根刺藏好继续说："你就不能举一反三啊，还是原来的配方，你让你姐去说。但是这次你跟你姐说的时候，角度一定要换一个，你要先让你姐以为，跟你只有一面之缘的涛哥，之所以帮着你，都是看在你姐的面子上。这样让你姐去男友面前邀功，都是她的功劳，有人帮着你。然后你再跟男友说，你跟人家也没有那么熟，人家即使愿意帮着你垫钱，你也不愿意让人家破费，自己的事情怎么能麻烦人家呢？只有麻烦你男友是天经地义的，别人的情你可不敢搭。这样一石二鸟，解决了男友对你和涛哥的误会，如果未来这个事办成了，你还能找男友拿钱，办不成，那是你姐不靠谱，跟你还没关系。"

下午刘岚给天雅回话了："你让我姐去说特别好，男友完全不怀疑涛哥和我的关系，但是他怀疑这一切都是我姐做下的套，她不但坑了我，还假装说涛哥能有办法。就跟你预料的一样，他自己主动就提出来了，说我的事就是他的事，涛哥能解决他出钱，不用我出。他让我周日去找他先拿四万，如果做成了再把剩下的钱都给了。最后他还安慰我，说能办得成最好，但他不太相信，他找局长都没辙，这边能有什么办法？就算是涛哥办不成，等我移交到了检察院办法就多了，让我别惶惶不可终日。"

然后刘岚就消停了，天雅参加了彭文的电话会，在说去年的财务报表怎么出，财务税务法务都参加，大家对于美化报表都心知肚明，税务说了其实税务局不管的，只要按时按量交税就行，法务说了这个东西千万不能给银行，万一以后出事了给列为骗贷，这个就是刑事责任了，公司的一圈人都跑不了。

晚上刘岚来电话："我越来越觉得这个事不见得是件坏事，你说对不？你看，通过这个事，我和男友的感情更稳固了，跟涛哥患难见真情，我姐对我言听计从，我感觉还挺幸运的……"

"是是是，我的姐姐，你先把事情摆平了再抒情行不行啊，现在还不是时候啊！"天雅都要被刘岚给逗笑了，这就叫没心没肺吧，眼看就要进去了还在这里美呢。两个人嬉笑了几句就挂了，昨天睡得太晚了，今天她九点多就和闺女一起上床了，只有听到孩子的呼吸声，她才会真正地把心放下来。

第二天是周日，她一早六点多起来了，刘岚给她回了好多条语音，涛哥见她终于讲了操作手法，交警在医院抽血以后并不是当场出结果，而是送到一个第三方的检测机构去检验，关键就在第三方的这个机构，他们做做工作可以直接把数值改小，本来是"醉驾"的数值，改成"酒驾"，问题就轻多了。中国说到底，还是一个人情社会，一个人不可能孤立地存在，总是有关系网的。少年时的天雅总觉得自己和这个社会格格不入，现在她虽然还是不愿意妥协，但是她已经能够接受这个社会运转的方式了，相比较起来，社会的现状才是客观的，她不愿意承认，反倒是一种幼稚。

周一早上，天雅还有早会，等她想起这个事的时候，刘岚给她发的语音，说搞定了，她只要等交警通知取车就行了。天雅嘱咐她以后夹着尾巴做人，别再出这样的事了。刘岚说她男友说了，虽然这个事处理了，但还把她表弟安排过来给她开车，以后彻底地避免这个问题。涛哥到底也没让刘岚出这个钱，刘岚拿着男友的钱没送出去，盘算怎么办。天雅说，能怎么办，给送回去啊，不说没送出去，就说你感谢他帮你办事，但是你有钱不能用他的钱，他的心意你领了，本来你以为他会嫌弃你的，这样看来他对你是真心实意的。刘岚挺不情愿的，但还是听天雅的话，去了。

晚上刘岚给天雅打电话，气呼呼的："刚刚我给他去送钱，他虽然没要，但是有个事气死我了。"

"又怎么了？"

"你知道他跟我说啥不？他说把生日时辰告诉他，他妈要给我看事儿。我当时脑瓜嗡一下，哎哟，我就觉得真的生气了，好像我是被选择的呀？当时听你的我就没说话，先回来了，给我憋得一肚子气。"

"什么叫'看事儿'？"

"就是算命，我人好，命又好，咱俩才能有结果啊？心里头有点儿不得劲儿。"

"我的姐姐，你忍了这么久了，好不容易守得云开见月明，你想想，人家要是不想跟你结婚，他妈管你是谁啊？你就把他跟你要的东西都给他，说心里没底，怕测出来结果万一不好，这些都是自己不能选择的，把话说到这里就够了，剩下的让他说。"

"行吧，我忍了，等会儿我发给你点照片，你帮我选选看哪个最适合发给他妈。"

第十三节

节前天雅接到了于飞的电话，问李铭是不是天雅的朋友，天雅问他怎么了？于飞说李铭太不地道了，当初介绍他买支付牌照的时候，于飞跟他说好了自己要收点辛苦钱，他当初答应了，因为他是天雅介绍的，就没签协议；但现在支付牌照都转让了，他也没提给于飞劳务费的事情，于飞心里憋屈。天雅安慰了他，以后看到他踩一脚就好了，李铭这个人她算是看清了。她给春风的韩校长打电话，问了她新上的系统用得怎么样，韩校长说没用；天雅说，不付款了，让他们把设备拿回去，别占着学校的地方。

今年过节带着孩子去海南，天雅想着还是早点走，怕走得晚了机场的人太多，乱乱哄哄的。跟集团谈定了年终奖，她就带孩子走了，父亲已经过去收拾房子了。今年的年终奖和去年差不多，虽说今年表面上完成的业绩最高，但她也心虚不敢争。节前最后一天上班，看到朋友圈，有个合作过的金融机构的一把手跳楼自杀了，最近这种负能量消息比较多，也和金融圈的不景气有关系。如果说实控跑路和跳楼什么的只是开始，那么现在金融机构的跳楼，就是压力由实向虚的传导。天雅本来是计划着让彭文在春节前裁员的，看风头不对怕会出事，马上通知彭文，年底不裁员，招聘先冻结，来年以后再说。自从她有了孩子，就懂得每个中年人都是家里的顶梁柱，压力都不小，至少要让大家都过个好年，否则出了问题她良心过不去。

今年集团年会没有天雅个人的奖项，想到去年自己因为怀孕没参加的时候，李拉还帮着自己领奖，心想生孩子太耽误事了，不过一年没有奖也不代表什么，未来自己回来了还能带着公司再创辉煌。

走之前她和吴老板汇报了春节期间去海南，并表示只要老板需要，自己随时有空，吴老板凌晨一点回的："走吧，有事会找你。"她觉得自己已经够低姿态了，他明知她想见面却一直没有见她，她已经问过三次了，都说在开会或者在忙，她实在难受，给他又发了一段："前两天看了一本现代教父的自传，里面有人问他会不会爱上手下的姑娘，他笑着说，我一天就会爱上七回，但是转头就忘了。"她没有直接责问他冷落了她，而是拐着弯地说他，这种行为原来她也干过，那时候他还会饶有兴趣地问她，到底是本什么书、写什么的、好看不，但这次很快地，他回的一段语音："以后再给我发信息就不要发别的事，最近我比较忙，你就说公司有啥大事好吧？我只愿听这件事儿，别的我都不想听了。"

飞机升空的时候，她感觉心里有些离愁。在北京生活了这么多年，还有了下一代，她总是在每次离京的时候如此不舍，现在又多了一个牵挂。她对别人说起北京的好，如数家珍，滔滔不绝，但是真的扪心自问眷恋的是什么，她反而说不清。是走在车水马龙的大街上的自在，是走在鳞次栉比的高楼间的自得，是熟悉的挤在地铁里、遛在胡同里，看金台夕照、午后银锭的闲适，是走在上班路上的期待和心跳。她在想，自省和珍惜，也许这就是离开的意义。

范鹏那边还是传来了久违的喜报，起点集团的基石投资终于募集完成了，目前已经万事俱备，东风都齐了，节后敲钟。天雅让刘伟把这个喜报在公司里好好宣传，今年因为要低调，并没有给公司的任何个人买单独的奖项，都是集体奖，榜样的力量不够强大，刚好有个机会，一定要好好抓住，鼓舞一下士气。她已经太久没有这种舒心的感觉了，自从生完孩子回来就疲于应对，和生孩子之前工作的感觉大不相同，之前她感觉顺风顺水，只要她拼命加油干就能取得更多的成就；现在她感觉，即使自己再事无巨细地亲力亲为，也有着深深的无力感，或许这不是她的问题，是时代变了，那个遍地黄金的时代，一去不复返了，就像她最惦记的那个人。

海南的房子父亲已经收拾好了，是第一个没有母亲的春节，天雅和父亲都有点沉默。节前该置办的年货还是要办的，天雅开车，父亲在后面带着孩子，两个人跑集市买菜买肉，都是称完了就给钱，天雅想着，如果是母亲在，必须要问问怎么卖的，还要跟人家砍砍价，最后再抹个零，想起来就让人尴尬，自己每次站在旁边都恨不得装不认识，但是现在不知道怎么搞的，她感觉这件事老困扰着她，仿佛她做事少了个程序一样，她不得已，只能买什么东西都问问价，感觉就像是做事情有了仪式感。母亲没有看到过她的外孙女，如果看到肯定喜欢得不得了，想到这些，天雅就感觉，自己怎么这么多愁善感了？

楚楚问天雅有没有离婚协议的范本，天雅一听就知道，她还是要和小老公离婚，但第二次了，天雅感觉没有再劝和的意义："这次没有那么伤心了吧。"

"没有伤心，这次他没做错什么，是我自己。"

"啊？"女同学都这么生猛了？

"我觉得我找到了精神伴侣。"

"我的天，你都是两个孩子的妈了，现在才找到精神伴侣？"太阳底下没有新鲜事，几句话天雅就明白了是办公室恋情，但是楚楚没有求助："我跟你说，其实我自己也想了，多放心思在家里，在孩子身上，是很对的，真的。我觉得心里藏着的那个被冷落被遗弃的小女孩，渴望被深度滋养关爱的小女孩，寄希望于靠和男人完全合二为一的关系来治愈自己，是不现实的。就像我的精神伴侣，我不是他的爱人不是他的女儿，我想要的他给不了。"

这一番猝不及防的精神剖白，是楚楚的感悟，但是天雅不觉得是她脑洞太大，反而怎么感觉就是说给自己听的，如果有一个人能感应到天雅层层防护下包裹的内心，那个人就是楚楚。她想到了吴老板提起儿子的那个样子，而她，是不可能被吴老板放在这个位置的，能把她这样放在心上的只有闺女。本来是楚楚给天雅打电话诉说自己的矛盾心理和感情状态，为什么打着打着突然就变成了楚楚给天雅答疑解惑，帮她指引方向？可能这个年龄阶段的职场女人，容易有同样的困惑，领导用谁不用谁，就看关系的远近。如何和领导建立关系就是能否更上一层楼的关键了，而男女关系无疑又是相对便捷和稳固的，她们都这样落了窠臼。

年夜饭还是比较丰盛的，天雅从北京拿了一瓶气泡酒，大家举杯，孩子兴奋得直拍桌子，丝毫没有注意到桌子另一端空位子上的酒杯无人端起。一到逢年过节，各种拜年短信就络绎不绝，天雅都把这些交给小芳处理，但有一个人是天雅必须要亲自发信息的，那就是吴老板："腊月的日子格外易过，不觉又到了新年；所冀岁有成，殷勤在今朝。"不管心中怎样地决定断舍离，她还是放不下，一直等着，他并没有给她回复。但是晚上一家人刚开始看春晚的时候，他突然给她来电话，她心头一热，赶紧跑进卧室里关上门接，他说，今天晚上宴请了集团骨干一百多人，光茅台就喝了两百多瓶，这些人走了以后终于剩他一个人了。天雅习惯性地问："一个人吗？司机和助理都不在？"他没接话，而是说明天陪个朋友去雍和宫上头一炷香，让她帮查查雍和宫的历史怎么演变，牌匾有什么典故。

她老老实实地给他找，前后编了好多条信息，总之年三十的这个夜，她一门心思地查各种史料，根本没有看节目，公司的红包雨是让小芳替她发的，抢红包她就更不感兴趣了。快一点了，她满怀愧疚地跟他说："差不多就这些了。"

"谢谢，这是明天准备讲给儿子听的。"她放下手机，心里堵得慌。她并没有介意吴老板的宴席不叫自己，集团代有人才出，很多新人她都不认识；她心疼的是太卑微的自己，和逝去的这个夜晚。

初一早上包了饺子，孩子最开心，玩了好几块面，还把面粉碗打翻了，一碗面粉就能让她手舞足蹈。吃完饺子大家一起去椰子博物馆，孩子第一次见到了树上长着垂下来的一串串的香蕉，巨大的和小腿一样长的树上垂下来的菠萝蜜；还有沙滩摩托等娱乐设施，兴奋得直叫。晚上出去海边放烟花，到了沙滩上已经有好多人了，异彩纷呈，海边的烟花总是特别地让人震撼，让人恍惚中就忆起往昔而湿了眼眶，但是最让天雅印象深刻的还是孩子拿着呲花开心地挥舞，她那么小，或许不会记得这些，但是这些开心是真切的。

第十四节

春节还没有过完，天雅还在海南享受着阳光和海滩，想着节后第一天是不是不去上班了，还有什么能比陪着家人开心更有意义呢。

初七早上九点，她接到了富总的电话，记得富总平时起不了这么早啊。正月里都是年，她心情不错，笑着接起电话来，说："富总过节好啊。"

"你在北京吗？"富总有点不自然，确切地说是反常，都没有问她过年好，肯定是出什么事了，她不由得紧张起来："没有，我在海南。"

"你能帮我找到吴老板吗？"

"可以。"富总为什么要这么惊慌地找他？难道他到了走投无路的时候？她心里略过一片阴影，想到发财公司，感觉富总会把自己拖入深渊。

"我这边出了点事……"

"您说吧，怎么回事。"

"你等我换个电话打给你，你还有其他号码吗？"

一个陌生的座机号码打了过来，这是小灵通？接起来正是富总："周围说话方便吗？"

"嗯。"

"大辉厂出事了，新来的送料的车刹车失控了撞向工人，出人命了。"

"很严重吗？"还以为是多大的事情，不就是出点事故吗？吓得她一瞬间都觉得自己的职业生涯要结束了。

"死了三十多个。"

"什么？什么！"前一段她和吴老板一起知道天贺下面有个公司出事故，但那个时候是看热闹的心态，事故严格来说跟天贺没有关系，天贺是出资帮助当地政府来整合资源，生产经营权全权都委托给了政府指定的管理公司。当然吴老板肯定不做慈善，换了些什么天雅不知道。当时出事故的时候，是政府的管理公司在法律上负责，但是因为原矿主拒不交出运营权，所以混乱中出事；当地政府和原矿主都想大事化小小事化了，事情刚一出来，新闻上报出来的数字是三人死亡，十人失踪，属于较大事故范畴，只要报到省里就可以了；没两天热度就撤了，关注的人很少，后来才慢慢地提高了死亡人数；事故的处理是罚款，停工都没有的。这次富总出事的就是上市公司的核心资产大辉厂，但没有涉及任何政府，肯定是没有人护着他的，富总应该是危险了。她问："您那边能控制吗？"

"我早上八点多被叫醒说了这个事，现在已经在车上往那边赶了。当时公安局的人就去了，如果是原来，都没有手机的时候，马上封锁现场就还能商量。现在再说这些都没有用了，所以我赶紧找人。"

"事情跟上市公司到底有没有关系？能不能尽量把上市公司择出去？"如果事故牵连到了上市公司，股价保不住了，国强集团岌岌可危的资金链或许万劫不复；但最重要的是，天贺资本还持有国强股份的股票，是她直接要对吴老板负责的。必要的时候，如果国强集团已经病入膏肓，她会牺牲国强集团和富总，就像刮骨疗毒一样，保住国强股份。如果国强股份坠落，她也要陪葬，感情的事情不说，工作上她已经不能再对不起吴老板了。

"我跟你说实话，上市公司还是受害者。工厂里面只有厂长是上市公司委派，其他都外包，这次出事的施工单位是层层转包，把活儿往下包了三四层，上市公司招标都挑选得特别严格，他们转包了好几层我们根本就不知道，节后刚准备开工就出事了，你说上市公司上哪说理去？"

"那听起来上市公司责任不重吧，最多是个疏于检查的职责，应该还好吧？"

"好什么啊，死这么多人，现在厂长、管安全的副厂长和生产组长都被控制了，据说要刑拘，我着急过去就是想看看能不能给他们先保出来，正月里让人蹲拘留谁都难受啊。"

"先不说别的，您会有问题吗？"

"我估计我的问题不大，上市公司都是问题不大的，但我也要找人啊，你想想大辉厂是上市公司主要的利润来源，出了这么大的事故，业绩肯定是会受到拖累，如果能定性成交通事故，那么事情就小多了；如果定性成了安全生产事故，那就是没完没了的调查，至少要一年才能出结论，之后又是整改。大辉厂如果停工了上市公司的股价就撑不住了，后面的连锁反应多了，那可是想起来就让人头皮发麻。"富总找她是维护上市公司的事情，还真不是私事，她就算看在天贺资本持股的面子上，也应该去找吴老板的。

国强祸从天降，她虽然也揪心，但觉得比她一开始想象的要好些，毕竟不是那种瓦斯爆炸、化工泄漏这种板上钉钉的安全生产事故，但是她绝不能就这么给吴老板打电话，她要说得清对天贺资本的影响，从这个角度说不清也不行，相当于说不清为什么让吴老板帮忙。她心里有点挣扎，三十多条人命。这个消息绝对属于内幕消息，她只给小鹿打了电话，让她密切关注春节期间所有关联上市公司的舆情，特别是国强股份的。能不能闪电卖掉国强股份呢？正想着，富总又来电话了，她马上问："富总，事故公告能不能拖两天再发？明天就是节后第一个交易日了，明天晚上发行吗？"

"这个倒是可以，节后第一个交易日大家都比较忙，但拖不过两天你知道的。你要干什么？你们股票都质押了，如果想甩，就算给你两天时间都不一定来得及。"

"不在二级甩。"

"我就是给你打电话让你去问吴老板有没有法儿，这么大的事情一定是下面盖不住的，或者说现在谁也不敢那么干，到了省里面、再往上，我就两眼一抹黑了，让吴老板帮着运作运作看能不能在关键时刻拉上市公司一把，要不就真的二十多年的企业就要完了。"

"那死去的人怎么办？"

"你这个人怎么糊涂啊，死者家属能足额拿到赔偿，谅解公司，事故定性成什么样跟他们没关系。而且你不知道孰轻孰重吗？如果停工，上千个工人会失去工作岗位，大辉厂是当地的就业支柱和纳税大户，一个工人的工资养活全家是足够的，你难道想看着上千个家庭失去收入来源吗？"

"明白了，我马上跟他说。"

天雅给他发了条信息："领导方便吗？"吴老板很快就打回来了电话：

"找我？"

"跟领导一共汇报两个事。刚才国强富总电话说大辉厂出事故了，目前应该是死了三十多个人了，一辆工程车失控撞人导致的。他找你看能不能找关系，把这起事故定性成交通事故，一旦定性成了安全事故就会停工好久，拖累国强的业绩。另外，我还想跟您汇报，天贺持有的国强股票，能不能马上找接盘方处理掉，您那边有没有渠道。"

"我知道了。"

下午天雅已经到了机场，在机场的时候，小鹿给天雅发过来了大辉厂出事故的新闻，新闻很快就报道了死亡十多人，失踪不详，天雅一看这个情况，就知道富总还是做了工作了；但即使如此，这个量级依然是重大事故。一石激起千层浪，舆论有点控制不了，目前全国上下的风头都比较"左"，企业家不犯错都有罪设定呢，出点错网上舆论更是欲置之死地而后快，小鹿推荐国强尽快找公关机构，也就是水军，尽量把矛头从自己身上引开，淡化处理，等以后风头退了再说。天雅把小鹿和恒斌拉到一个群里，让小鹿把公关的联系方式给恒斌，让恒斌重视起来；相比起她的起劲，恒斌倒是不怎么上心，他慢悠悠地在群里回，事故跟上市公司没什么直接的关系，他们在网上爱说啥说去吧，股吧里还天天咒我死呢，这些事情都当真我一天不干别的了。她不好再去跟富总说，只盼恰好能有个其他的热点新闻把这条冲淡了影响也好。

虽然天贺也是受害者，但网民才不管这些，只要是股东他们就骂，上市公司一共十几万的中小股东，每个买了国强股票的人在网民看来都有罪。之前天贺去接了沈玉股份的烂摊子，被骂得千疮百孔，说天贺吃人血馒头，现在更是被阴谋论者说成是国强背后的黑手。天雅迅速地拉了一个工作群，把新闻链接发在群里，让媛媛查明上市公司和富总可能承担的法律责任，天伟负责汇总信息，尽快给集团准备一份突发事件汇报，不等集团来问就主动去汇报，这才是天贺资本的工作态度。

候机的时候，吴老板跟她说，会马上乘坐私人飞机去那边见见省委书记，他找到了一个关键人物，为了富总的事情他亲自跑一趟，让她告诉富总，要记得他这个人情。看来他是明白人，居然亲自出马了，她很少见他这么仓促地出行。他还找了个朋友的基金接天贺持有的国强股票，条件就是不能在这件事公告之后，他让她上班前就准备好，节后马上交易。她和富总打电话，富总那边很嘈杂接得很仓促，她也没有说太多，但她心中还是暗暗地想，吴老板这么卖力地帮富总是因为事关重大？还是因为她，才这么办呢？

事与愿违，事故的热度一直在攀升，过节期间吃瓜群众和键盘侠都没什么事，等天雅下飞机的时候更多细节上了热搜：事故发生在假期的最后一天，就说资本家太残忍，放假都让工人加班加点地干活，又说上市公司为富不仁，去年十个亿的利润居然变成了原罪，一堆人带节奏说上市公司的利润之所以这么高都是因为压榨工人的利益，这种企业，只顾着赚黑心钱不顾工人的死活，就应该整死。事情越闹越大，等恒斌再去和公关公司询价的时候，对方的报价已经从三十万涨到了五百万，恒斌说，这不是冤大头吗？如果网民就能给定罪了，那还要检察院法院干什么？眼看着事情一发不可收拾。

大辉厂事故上了新闻频道，即使是地方政府有心祖护，中央已经关注了，这下富总工作估计都白做了。她给富总打电话已经关机了，找不到富总就问孙恒，孙恒那边乱哄哄的，嗓子也哑了，他跟她说全国强的人，能动员来的都来了，死了的不说，伤了的还有几十人在医院，这些人的家属，一家不多来，就来两个，要吃要喝要死要活总得有一个国强的人陪着吧，这边人都不够用了，他嗓子都说哑了，告诉家属死人了肯定会赔的，不会少于一个人一百万，对比年前旁边工厂死一个赔六十万强多了，大多数的家属都还没闹。孙恒说现场没有看到富总，估计是捞人去了，被拷走的三个人始终都没见到，估计是凶多吉少；现场的地方官员越来越紧张，来的时候还有说有笑的，现在都不怎么说话，只是让他们看到了记者尽快上报，虽说不能把记者轰走，但由他们统一接待，谁知道记者会怎么写，搞不好乌纱帽都要掉。有自媒体想在医院里采访伤者家属，被地方领导赶走了，结果迅速就上了热搜，听说那个倒霉的领导马上就被停职了。孙恒还挺为这个领导抱不平的，你说自媒体也没有个证，也没有授权，写的东西也没人管，瞎写什么激起公愤，他们是有点击量了，我们怎么办？本来我们损失够大了，还要在网上挨骂。天雅说，你就别愤愤了，快点回去看着点吧。

虽然上了新闻，但富总还是顶住了压力，当天晚上没发公告，但是市场上很多机构都知道了，不停地给恒斌、富总和上市公司打电话问询情况，证券部回复的口径一律是请等上市公司公告，目前还在调查。天雅让工作组运转起来倒腾股票，天伟和资方一起，明天早上就把一部分天贺资源持有的国强股份的股票解质押，在大宗系统挂单交易，天雅下了死命令，明天必须完成，这是吴老板好不容易给找的接盘方，不管以后是不是反悔，至少现在能交易，晚上大家把明天的行动演练一遍，谁都不能掉链子。

深夜吴老板的电话来了，他应该是喝了不少，说话声音有点大。他让她转告富总，省委书记那边他帮着说了不少好话，未来这件事就由新加盟集团的贵总负责，贵总曾经是国家直管机构的局长，曾经因天贺事故处理结缘，吴老板请他吃饭，他被吴老板的魅力（天雅感觉应该是开出的工资）所打动，放弃了仕途就此追随吴老板，吴老板准备对他委以重任，让天雅有事直接联系他。交代完了这些，他说富总就是遇到了他这样的贵人，今天吃饭的时候还有人来请示是不是先把富总抓起来，他还替他求情，这个时候不能抓，需要他处理问题呢；但他也估计富总凶多吉少，这次事情闹得不小，估计会引发一连串的官场地震，富总是在劫难逃了，让她早点理清和富总的利益纠葛。

另外，吴老板还让她跟富总要两百万，不是办事的钱，托关系不跟富总要钱，请人吃饭买酒还是要钱的，让富总最迟明天把钱打到。她说让您费心了，他说："富总干了三十年企业，比我岁数还大，这样的人能帮我就帮一把，看着他出事怪可惜的。不过你有空要去看看他的资产，我怕他还是挺不过去，实在不行的时候可能还要托管给我，你提前去做做工作，我也好心里有数。"刚刚出事，他就已经想到托管了，确实看得远。他现在跟她说话再没有过去的随意和玩笑，都是公对公的。虽然是这样，她还是心里不甘："老板，富总的项目在我这里，感谢您对我的支持。"

她和他客气一下，指望他像原来一样，说你这就见外了啊，男朋友帮你干点事还不是应该的。但他说："是吗？既然这么说你也帮我个忙吧，你在深圳不是有办公室吗，我这边有个人，你帮我给他安排个工作，一个月给两万就行，等会儿我把简历发给你。"她没回过神来，他始料不及地夹带私货，她没有等来自己想听的。

富总手机打没电了，刚充上，天雅复述了一遍，包括新加盟天贺的贵总，富总让她把名字发给他。说到给两百万的事情，富总嗓子也哑了："这个时候，我上哪弄钱去啊，一知道我出事了，好多人就不接我电话了。我感激吴老板，其他人都巴不得不认识我，只有他还在帮我。"他顿了一下说："我想想办法吧，现在真的太难了。"

　　第二天上班就像打仗一样，刘伟给天雅准备了好多开工红包，天雅暂时没时间给大家派发，让他等下午交易完了再说。资金的调度和还款都顺利，券商没解质押却趁机讲条件：必须提交最终受益人申报。这是券商一直就让申报的，但集团禁止在任何口径下披露受益人是吴老板，所以一直拖着，这次刚好被券商抓住了小辫子，可给天伟急坏了，天雅让媛媛紧急研究对策。媛媛的意思是其实不必提交吴老板的，只要提供自认的即可，又不是法律规定的必须是谁。券商接受得勉勉强强，但是补充材料提交上去后要系统审核，即使下单也要明天了。

　　天雅一看今天是铁定交易不了了，也就没那么着急了，先给大家把开工利是派了，给富总发信息："今天别公告，拖到明天。"吴老板发信息过来，问钱打了没有？天雅给孙恒打电话，跟他商量，这两百万是不是能帮富总出了。孙恒嗓子还是哑的："你脑子还是坏的？你和富总什么关系就帮他付这个钱？你们老板知道了肯定怀疑你，富总还不一定领你的情，未来咱不说这个钱收不收得回来，就说万一被查了要承担责任你怎么办？"她一想确实是，这还是孙恒不知道她和吴老板的事情的前提下，以吴老板的多疑，她肯定不能往富总身上贴钱了，但她为富总担心，怕吴老板不悦。孙恒说："就你是南海观世音菩萨，还替人家操心，人家是老板，你是什么？能不能摆正自己的位置，你就是个打工的，况且富总还不是你老板，因为发财公司拖累了你，你说你是傻还是单纯？"只能作罢。

　　过了一阵子，富总给她回了话："哎哟，这两天要了我的命了。你说怎的，今天还不能披露？"

　　"不能。"

　　"你知道我多难做吗？这两天我可算知道为什么有人宁愿跳楼了，要是能一死了之我也想走，但是我实在是走不了。"

　　"知道，我也在外面帮您找钱。"

　　"我记得你原来不是说能用上市公司开商票融资吗？你再帮我问问现在行不行？"

　　"您不是说这个违规吗？"

　　"哎呀，这个时候也顾不上这许多了，先活命吧。"

　　"我尽量问问吧。"那会儿把资方都得罪了，现在再找回去，就说她脸皮够厚，人家都不一定不记仇。

"吴老板让打款的账号你给我，无论如何也要先把这个钱打了，但他能不能给我开个发票，抬头就是国强集团，要不不能入账，财务要跟我急了。"

"行吧。"天雅一皱眉，真的，发票的事情还要让她去跟吴老板说吗？这么大老板管这么点小事？她都服气了，估计要挨骂：把老板当小打儿使唤。

她觍着脸给之前联系过的资方打电话，寒暄几句问问生意，相互抱怨一下钱不好挣，然后试探性地问还能不能用上市公司的商票融资。对方特别聪明，问不会是国强集团要融资吧？当初说做他不做，现在找回来对方都不想跟国强合作。她好说歹说，借着自己的职位画大饼，对方才说先做一个亿，她千恩万谢地去跟富总说了。

"我说，能不能上市公司给对方开手写的商票，因为电子票人行都是有记录的，怕审计的时候查出来，这是财务总监坚持的，我实在说服不了他……"她在电话这边听着都翻白眼，到了这步田地有愿意借钱的就不错了，还这么挑三拣四的，估计又要被资方骂了。她说："不是说借钱很着急吗？"

"这对我来说就是饮鸩止渴啊！借不到钱债主要给我逼死，敢动上市公司也一样是个死，你说我怎么办？"是啊，她也不知道富总该怎么办，听起来没个活路。

果然跟她猜的一样，又被资方骂得狗血淋头："我们是国企里不用的钱在外面放高利贷，现在高利贷不好放了，好多国企宁愿把钱存在理财都不拿出来做了，好不容易有点额度，国强还这个那个的，谁还陪他玩？再说他刚出了那么大的事故，我都听说了，再借钱能借到吗？以后国强的事情我绝对不管，你也别来找我。"天雅只能是好言相劝，谁跟钱过不去啊，能做业务还是做业务，做成了就收财顾费，当然是跟熟人做了。对方答应了手写票也行，但是上市公司账上要有资金，资方要求控账户。事情又卡住了，目前上市公司账上没有资金，几万块钱都没有。春节前是传统的清账时期，富总钱这么紧，通过上市公司多付预付款的方式把钱都倒出来自己用来补窟窿过年了，本想来年工厂转车就有钱了，没想到出事了要用钱。总之折腾了好久没借成，得罪了人估计国强以后都再难借钱了。

天雅心里挺难过，眼看着事情越来越糟糕，挺想埋怨富总的，但富总说了，死了这么多人，他心里不难过、不有愧吗？他也觉得这一年是他工作最不负责的一年，因为他没有精力，一步错步步错，资金链绷得太紧了，政策上稍微往左，他就难受得不行，疲于应对根本没有还手之力，所有的精力都用来借新还旧了，哪有时间抓生产和管理？他这一松，集团和上市公司存在的乱象就越发严重，他自己都清楚，工厂各种的利益勾结，绝对的权力没有制约都是隐患，这些他都知道，但是他哪有精力管啊？说到后面都哽咽了，国强集团到今年三十年了，三十年的企业，中国能有多少个？估计也就到这里了。国强股份是他一手带大的，就像自己的小孩，哪好哪不好他都清楚，但是再不好也是自己的孩子，不想让别人去管教，或许现在就到了不得不撒手的时候了。听富总在那边呜咽，她也沉默了，不能体会三十年是个怎样的感情，但她明白富总是真的伤心了。富总顿了一下，继续说："我也不瞒你，当初为了让国强上市，我赔进去了一个兄弟，我的亲兄弟。现在，富帅可能保不住了，我心里难受啊，受了那么多罪、吃了那么多苦，就是为了把亲人害了吗？"

"上市是什么事？"看他想说，干脆就让他说出来。

"当时我手里的资产不错，虽然是我从别人或者国企手里接的，但当初都是人家看不上的当垃圾给我了，我后来给弄好了人家就又眼红了。你没经历过，普通人没有点不一般的关系，上面没人保着你，根本就没法护住手里这些资产，被人家看上了就要弄我，逼得我不得不上市，只有上市才能保住我和我的东西。真的，你说我要是能当一个小老板，一年赚个几千万多舒服，每天想干就干，不想干就不干，我跟你说，当你办企业不赚钱的时候，来回跑客户累；一年赚几十万的时候，虽然累也有盼头了；一年赚几百万的时候相当地舒服了，那个时候想拓展也难，但比开头的时候容易多了，很多人就止步在这里，觉得赚几百万就够了，当时我在那个阶段也有过挣扎，后来觉得人活一世不就是要看看自己到底有多大本事吗？我就开始借钱，去收购其他的企业，通过并购做大。企业有小一个亿利润了，在省里面排得上号了，就被人盯上了。你看我平时为啥都不着急，我着过的急太多了，那会儿上市的时候才是千钧一发，我外面借着外债，那会儿比现在追债野蛮多了，平时就老上我家，踹开门就来，给家人都吓得不轻；我自己的工作压力也大，天天不着家，真的，我亏欠家人太多了，但是既然选择了这条路我也只能咬着牙往下走；这边资产又被人惦记着，人家就天天合计着怎么收拾我。明着开价几千万收购我的工厂，我心说一年挣这么多的工厂至少值几个亿，连我的外债都有几个亿，他们把工厂拿走了我拿什么还债啊，不卖！他们那伙人不是东西，天天硌硬我，让催债的来我家找我唠嗑啊，带着人去工厂闹事啊，我都差点发生车祸，那故事多了去了，我贵贱不卖，怎么地，还能强买强卖不成。结果要不说我那会儿真是小儿科，无知者无畏，人家还真的找到一个机会，就在上市材料都递上去的时候，红石市官场地震，有个大领导下马牵连了一串人，人家趁机给我弄进去配合调查，还不能和外界联系，那个滋味和煎熬，一般人都受不了；我惦记着家人、工厂和那些个追债的，见不到我别再把我家给端了；关键是，人家还跟我说了，你配合也得配合，不配合你就一直在这儿待着吧，到死你也别想出去。配合就是让我承认行贿，但我真的没有，你知道那些个违法的事情我都不敢干，请吃饭送点礼，这都是常规的，但直接往人兜里送钱的事我从来不敢。你想想，我一个开工厂的，一不跟政府交易，二正规银行都不给我贷款，跟政府机关和国企都没有交集，要行贿也是行贿基层的那些直管我的税务和安防，也够不上市里面那么大领导，而且我给他行贿也没用啊，所以当时我死活不认，我连人都不认识，你说我怎么给他送的钱，什么时候在哪我都说不出。当时幸亏有好几个好朋友在外面给我奔波，季主任就是一个，当时要是没有他，我估计就要死里头，再给我安个畏罪自杀的罪名。幸亏是我紧赶慢赶地交了上市材料还受理了，他们上下地活动要保护企业家，才给我弄出来。那个时候，不比现在，一把手一周没出现在工厂，放其他工厂都要乱了套了。别人天天嘲笑我是家族作坊，但不用自己人你说行吗？到了这种关键时刻，都是富家人撑着，工厂才没散架，人家收拾我的人早就放风说我进去了，但是工厂里面从厂长到车间主任都是本家人，厂长是我亲弟弟，谁来工厂他都不理。真的，要不是这些个亲戚，你换个现在的职业经理人，出了事早就散了。工厂维持着，家里人也不容易，追债的听说我进去了都住在我家，我回去了才走，你说这些天他们怎么过来的。既然被人家盯上了，不死也得扒层皮，无论如何我是要认罪的，人家不能白让我配合调查，总要有点结果，分到我头上就是五百万的行贿额，我死活不认，谈了好久才给我降到五十万。这个金额不多，但依法就要蹲五年牢啊！你想想，我进去蹲五年，还怎么弄企业，一个上市公司的实控人能在里面蹲着吗？要么说打仗亲兄弟，我亲兄弟真的为了我两肋插刀，他去帮我顶的罪。你说国强上市容易吗？我亲兄弟进去坐牢才换来的，他在里面蹲了三年，后面两年保外就医才出来，整个人都变了；原来是厂长啊，能力不比我弱，现在人都有精神疾病了，一直在外面看病，经常在北京跑医院。富帅是谁？是我亲兄弟的儿子啊！我已经对不起兄弟了，不能再对不起他……去交易所敲钟了我以为能喘口气了，但这些年业绩压力都让我疲于奔命。你也知道，实体企业，尤其是像我做的这行，压价竞争太激烈，上市的头三年我是背着业绩指标的，那三年恰恰是大打价格战的时候，全行业能维持着不倒闭就相当地不容易了，还要每年按增长完成业绩，那会儿为了做业绩我也在外面借了不少钱垫上。所以这些年我的外债越来越多，好在上市公司的股价走高，我也靠着股票质押逐步地能从银行借到点钱把前期的高利贷替换替换。但不管再怎么替换，高利贷都还不完，还越滚越多。我不瞒你，我所有的房产、土地都是我上市前攒下来的，自从上市以后我再没有赚到过钱，赚的钱只够付息的，这些年我一直在给资本打工，根本不赚钱。我也在反思，到底是怎么样一步步走到现在的，我做错了什么……"

听富总说了这么多，她手机都烫了，不知道国强"上市"的背后，居然还有这么多的辛酸泪，国强也算是杀出一条血路。但富总现在这个样子不行啊，实控都有点动摇了，其他人怎么办？想到这里，她安慰富总说："您也别太悲观，现在就是工厂摊上个事故，慢慢梳理，总会好的。"

"你说得对，我只要坚持着不倒下，每次都能挺过去，我觉得现在远没有到最困难的时候，这点事才哪到哪啊，你放心吧。"

本来她和富总打电话要说融资的事，现在她都忘记了打电话的目的。富总跟她说这些话，这种深深的无力感，命运面前的弱小和无助，都让她十分压抑。找了好几次机会想挂断电话，终于挂上了，她感觉，潘多拉的盒子还是盖上吧。

富总要吴老板帮着开发票，天雅还真跟吴老板说了，吴老板问富总要开哪个品类的发票，是办公用品、食品、服装还是酒水饮料，真的是难为了他，几百亿几十亿的买卖要他谈，开个发票都要他亲自管，而且一看他就是业务不熟练，说出来的好多都不是发票的品类，听起来就像是他自己编的，她还一本正经地听着，憋着不笑。富总对于开什么发票也是一无所知，还要去问财务，这两个人都挺逗的。

恒斌今天拖不了了，必须公告了，幸好天贺资本的股票终于处理完了。公告内容偏乐观，上市公司自己公告的就是交通事故，但愿如此。

第十五节

虽然国强股份公告了是交通事故，但是关注度一直没有降，反而愈演愈烈得控制不了，大批的记者、自媒体的人呼啦呼啦就来了，国强还不敢不接待。受害者家属对于赔偿基本都是满意的，采访在这里赚不到爆点，就去其他地方搞事情。

首先被挖出来的是富总，他们报道富总是红石首富，坐拥百亿财富，这样铺天盖地地一宣传，很多人就酸葡萄了，凭什么他这么有钱，查他！红石人并不富裕，别人都在讨生活，凭什么他能做这么大？通过"首富"这个爆点吸引了大量的眼球，接下来舆论就向着天雅最不愿意看到的地方发展了：阴谋论，和富总合谋的就是天贺。这哪是什么深度报道，根本就是新时期人血馒头的狂欢。一下子就把天贺推到了风口浪尖上，很多合作的机构都来电询问情况。更棘手的是，前两天天贺交易上市公司股票的事情被挖出并炒作内幕交易，证监会里让天贺做出解释。

天雅开完会才发现有好几个来自富总的未接电话，她赶紧打过去："富总，怎么了？"

"你那个手机一直打不通啊，给我急的。"

"又怎么了？"

"上次你跟我说过的那个吴老板最新请来的局长，贵总，不是一直在这边帮着疏通关系吗，他联系过我，带着我去省里拜访过应急部的领导，但是我看他这件事搞不定啊，我眼瞅着就是要给定成安全生产事故，这不是要了人命了吗？还是要找吴老板啊！"

"您自己有没有找找人呢？"

"唉，别提了，我现在就像过街的老鼠人人喊打。你看新闻了吗？因为这个事故，现在大辉厂所在地官场大地震，抓起来的就十好几个，基本上一锅端了，你说我不行贿人家不受贿的，这么牵连着把这么多人的前途都毁了，还有人能理我吗？都恨不得把我抽筋扒皮了呢。"

"那个贵总原来不是局长吗？搞不定？"

"嗨，可别提了。你在那个位置，就是万人敬着，拿你说的话当回事，你不在那个位置，人家管你是谁。贵总说得挺好，省里这些分管领导原来都是跟他汇报的人，他要见他们，随叫随到；但实际人家压根不把他放在眼里，你要说见面可以，还请你喝茶，但你想办什么事人家一概打官腔。而且这个贵总，原来还不是实权部门的，就是个清汤寡水的边缘部门刚提上来的局长，知道自己上不去了才出来赚钱的，这种人也就是吴老板用他，搁着我都不用他，为什么呢？他做惯了甲方，你让他来做乙方他未必清楚事情该怎么做。给我急的，原来我都是人托人，虽然可能找不到那么高级别的人帮我说话，但大家都是朋友，办不办得成，人家也给了痛快话；现在这种官腔，你一听就是分管领导不忿呢，我也能理解，我一个人造成了官场大地震，现在还有脸带着一个假菩萨来压他们，不但没帮上忙反而起了不好的效果。我听着人家打官腔的就说，现在正是狠抓安全生产的时候，国强还撞枪口上了，本来就要杀鸡儆猴的时候，谁来了也救不了，一查到底、绝不姑息。你听听这话，我感觉没戏了……"

"您先别着急，我问问吴老板，他可能不知道。"

"唉，你别跟他说啊，我告诉你，那天他跟我打过电话，我能感觉出来他现在已经谁的话都听不进去了。是，我不否认他一直在市场上做业务，懂很多东西，但时代已经不一样了。他再用原来的那一套找人平事的经验套用到现在不好使了，而且现在已经不是关键人就能解决问题的时代了，很多事情需要群策群力，但他还是那种独断专行的做法。不知道你有没有这种感受，你接他的电话根本别想说话，他说完就挂了，这就是他不想听你说话，只想按他说的办。"这简直就是她的感受，但富总说吴老板的不好，她当然不爱听，吴老板再不好也轮不到他品头论足："富总，您这个话说得就有点不对了。你想啊，吴老板给别人打电话，大多数是安排工作，他的时间那么紧，能交代一句绝不说两句，他也是有参谋的，我相信他的能力，否则他也做不到现在这个规模。""是是是，他那么大个老板，一天到晚该操心的事多了，可能我这些事在他看来都不值一提，所以还是请你多帮帮忙，跟他提一下。"

还没等她说富总的抱怨，吴老板反而是一肚子的不高兴："富总真的是不知足，不懂得感恩。贵总还没有正式入职，就跑前跑后地帮他招呼着解决事故，他倒好，不听指挥还自己私下去找人，你说两拨人同时弄，给办事的人也弄蒙了啊，这到底是怎么回事，搅和不清关系谁敢帮忙啊！我感觉贵总的工作太难做了，富总不对他交底还在背后搞一套，这个事可能不好弄了。"她明白他已经对贵总的说辞先入为主了，没等她说话他就挂了，她无奈地给他发信息："您让我安排工作的人已安排完了。"他回："知道了，谢谢。"他们之间什么时候变得需要说"谢谢"？

晚上她看到了上市公司最新的公告，公司除大辉厂外其余五个子公司被勒令停工停产停建，全面自查自纠。真是屋漏偏逢连夜雨，大辉厂的暂时停工就已经让国强股价受挫了好几天了。虽然是全地区规模以上的生产企业都停工自查了，但基本上其他家就是走走形式，最多停一个月，国强的就不一样了，富总惹得好多地方官乌纱帽都没了还得蹲拘留，肯定得往死里整他，这下真的是不知道什么时候能复工了。这几年富总勒紧了裤腰带保住了上市公司的业绩，刚刚要在资本市场上扬眉吐气，这下又掉进了深渊。看来富总想运作成交通事故应该是没戏了，事情正向着最糟糕的情况发展。果然，当晚的新闻频道播出了事故的专项调查，官媒用初步调查结果给定了调子：就是安全生产事故。

看来富总说得没错，他赶上了是那只鸡，一定要被杀了儆猴的，谁都救不了。看来富总是很难全身而退的，她也怕富总惹了当地政府进而被要求交出上市公司的控制权怎么办？她还是要找机会和富总说说，情况最坏的时候，还是要找她。

天雅还在操心国强的事情的时候，小鹿给她发了江海的公告，是董秘孙洋辞职的公告："孙洋先生辞职后，将由公司董事长陈江海先生代行董事会秘书职责。"必然是出大事了，董秘居然让陈总兼着。她给江海的会计打电话，公司现在是什么情况？为什么孙洋要辞职？会计在基金领的工资都是天雅批的，不敢不说："张总，您千万别跟别人说是我告诉您的，公司可能有点问题，陈总到处跑也是在跑这个事情。"为什么祸不单行，出事就是大家一起出事？

孙洋的电话打通了，他说自己只是暂时不担任董秘了不必这么紧张，天雅跟他说，我们认识好几年了吧，有必要这么跟我说话吗？孙洋说，这件事不该我说的，但我告诉你，今天晚上陈总要去找吴老板出手帮江海，陈总特意嘱咐了不要跟你说，怕你挑礼。

天贺资本还持有江海的股票，但她不好去问陈总情况了，又无法装作什么都不知道，她思索了半天，还是给吴老板发了条信息："领导打扰了，江海的事情是我没处理好，给您添乱了；不知道集团托管具体是如何实施的呢？我想了解一下，也为今后托管国强做准备。"马上，吴老板回了："江海的事情我让其他团队去托管了，事情都过去也不说谁的责任；托管的事我给你推荐个人，你可以问问她。"说明她猜对了，虽然怪她，但目前他关注国强的托管，如果她只发前半句，他是不会理她的。但她心里有隐隐的担心，如果是原来，她问的事情他肯定会给她讲明白怎么说、怎么做，哪怕他骂自己两句，只要能给她说清楚了，就说明他想让她负责干，但现在，他没有跟她说只言片语，而是让她去找别人问，这个力度就差远了，侧面地说明他可能不想让她管。

范鹏安慰她说，托管肯定要赚钱的，要出什么成本，能赚多少钱，就是一个方案，如果吴老板对托管国强感兴趣，那我们现在就可以着手出方案了，不用等着谁去安排，你现在看这个架势，国强早晚是会出事的，早做准备肯定是没错的。她给吴老板汇报，准备去国强开展一轮新的尽调，摸清楚国强股份和集团各自的情况，为未来的托管做准备，她这么做也是在吴老板面前卖个乖。他果然非常高兴，回了好几段语音，说了几个他关注的点，国强集团到底欠了多少债务？上市公司有没有未被发现的违规问题？另外，他还关心尽调质量的问题，沈玉的托管协议签订后还做了两个月的尽调，因为尽调质量不行来来回回地拉抽屉，浪费了太多的时间和机会，所以这次尽调必须要做好，最好是天雅亲自带队，她对国强的情况是最了解的，和富总的关系最好协调，即使她不去也要负责把控工作进展和整体的调度。——听完发现，并没有一条是说给她听的，她多想跟他问问什么时候能有空见见她，多想问问他最近到底是什么样的局势让他都不敢说其他的事情了，但还是没有。

天雅都开始点兵点将了，才想起来还没跟富总说，怎么说服富总同意在这个时候配合尽调也是个问题，上市公司已经缺人到了恨不得一个人当两个人用。不管怎样她已经在吴老板面前夸下海口，没有退路，必须要干，富总配合她要干，不配合她就过去以后自己找人也要干。想好了这个立场，她给富总打电话，富总满是疲惫地接起了电话："这几天可给我整死了！"

"现在那边情况怎么样？"

"别提了，我去了一趟，废了老大劲，才把厂长他们弄成取保候审。厂长是我亲戚，没说什么，其他两个人的家属都恨不得吃了我。我也没办法，这个时候还是亲人靠谱，你看厂长，才拿二十多万的工资，背这么大的责任，现在都不知道会判几年，这要不是亲戚谁干，外面请的人怎么样一年不得要个百八十万的啊。我也不想坑自己人，但是我这还不都是为了给上市公司省钱。每年的业绩都有人盯着我不能降，只要降了就卖我股票，我就这么被勒着脖子往前走，能走好吗？"听着富总倒了一肚子苦水，也没办法，她要把富总往托管那边引：

"我看新闻上已经定调了，就是安全事故，现在是不是很多持股机构都来问你情况？"

"嗯，好几家了，还有今天就动身夜里到的，非要让我说个所以然出来不可，要不不走。我也没办法了，这个新闻一出来，明天早上肯定是大甩卖，没跑儿了。"

"要是股价崩了不就全完了，您那么多股票质押融资的，拿什么补仓？爆仓了怎么办？"

"是啊，还用你告诉我，我都知道。上次我去北京找吴老板，他跟我说你认识一个做股价的人？"她心里激灵一下，这段时间几乎忘了唐总的存在了，她宁愿没有认识过唐总，他办的事情太灰色了都要黑色了。分明是吴老板把自己介绍给唐总的，为什么要和富总说天雅认识？当着富总又不好否认，只能说："对。"

"太好了，现在就需要联系他。早先我感觉公司业绩这么稳，根本就不用管股价的事情；他当时就说话不能说得太满，如果以后真的出了什么事情控制不了的时候，就让我通过你找唐总。"原来吴老板已经跟富总说好了，她试探性地问：

"您见过唐总了？"

"吴老板带着见过一回，能看出来那个小子挺尊重吴老板啊，他的手法我都听说了，当时他就跟我说了如果要做怎么配资……"

"这些事情您就不用跟我说了，准备怎么处理？"

"年前你帮我倒账那会儿，上市公司的账上有三亿多现金，那个钱被我弄出来了，我谁都没告诉，就是要把这个钱留到最关键的时候。你别怪我，这是我侄子的救命钱，但现在如果上市公司崩了我也就没指望了，不动这个钱不行了，你帮我问问唐总那边的账户，明天我们开盘看看情况，如果情况实在不好就用这个手段。"

她不想再说了，挂了电话心里挺生气的，当时富总手里攥着三个亿都不告诉自己，搞得她那么着急还上吴老板的钱，让天贺资本垫钱吃哑巴亏，当时看来富总就是吃定了她不敢看着他拖着吴老板的钱不还，这种算计的行为她能不窝火吗。她本是真诚地对待别人，没想到居然是被利用，而且是被各种人利用，她想起来吴老板曾经真心实意地跟她说的一句话：我们哪有一个好人。

气不过是气不过，她也知道各路人马的追杀压得富总透不过气来，不过富总这个人还真是挺乐观的，这种情况下，他居然幻想着看看明天开盘的情况，她估计连着几个跌停吧，至少三个起，现在资本市场本来就风声鹤唳，稍有风吹草动资金都紧张地避险，这种情况下唯一的悬念就是多大的跌停封单了。

富总准备和唐总联手的事情，他应该乐于看到吧，她问吴老板方便吗，吴老板马上打过来电话，天雅说，富总要和唐总合作了。吴老板说，这个事和我没关系，以后别跟我说这些，让他们去弄去吧，你也少掺和。吴老板自己都不掺和，撇得干干净净的，让她往前冲，这和从前差异太大了，从前都是把她护在身后，她落寞地答应着。吴老板没挂电话，他好像一直等着她说话，感觉到他还在听，她鼓起勇气："最近……还好吗？"

"你每天把国强实时的交易数据都发给我。"他还是在意，只是不想被牵扯其中。

带着满脸的失望，她默默地上了床，突然想到，还没有和富总说托管的事，算了明天再说吧，孩子一直在等她，等不到她就睡到她的被子里，她轻轻地把孩子往里面推推也躺下了，孩子在梦中感觉到她来了，又往她身边凑了凑，一直到贴着她的胳膊，然后居然在梦中痴痴地笑了，真的是世间最美好的事。

第十六节

天雅接到富总电话是上午十点多了，股市九点多就开盘了，在那之前，她从六点多开始不断地收到了电话来询问国强情况，有的机构找不到富总就来问她，都很恐慌地暗自盘算是不是马上甩卖股票。

早上刚一开盘，国强就天量五十万手封死在跌停板上，成交额只有几百万，看来是全面地引发恐慌了。她截图发给了吴老板，他回复说知道了。有陌生电话，接起来发现是唐总，她的心怦怦直跳，唐总显然清楚富总的意图，他让她找国强股份所有持股人、持股数、持股成本的信息文件。她说："我给你个董秘的电话，你直接找他从后台调吧，要跟富总沟通的信息，你都找董秘就好，通过我也是传话，怕说不清。"

富总来电话的时候，封停的抛单还在增加，这个量看起来至少五个跌停板。富总说："唉，看来不整不行了，别说再来五个跌停，我的情况你也清楚，只要再来两个跌停我就要爆仓了，到时候死无葬身之地啊！幸亏今天是周五，周六日我还能缓一口气，赶紧弄！"

"唐总找我了，我让他直接和恒斌联系，他要一些东西。"

"行。那你也把情况和吴老板汇报一下，他这么关心我这边的事情，他能帮我的都帮了，我也想让他知道自己尽力了。"

她心里也不知道到底是该埋怨富总呢，还是该同情他，吴老板让他做股价他就做，那股价是一般人能做的吗？唐总是游资的手法，他就算是十倍配资，也就三十多亿，看今天这个抛单，这个资金量勉勉强强地兜住，富总到底是无知者无畏，还是孤注一掷。

"你估计要多少钱才能拉起来？"她不想在电话里讨论，赶紧打住这个话题。

"富总，最近您在红石吗？我准备下周一带几个人过去帮集团和上市公司整理一下债务情况；现在这个情况，不管股价是否维护得住，大辉厂的安全事故难处理，万一出现最坏情况要卖壳，还是要预备着点是吧？"

"那个是不可能的，你放心吧。"富总还在这里说大话，但是他这个人一般说大话就会下意识地说好几遍，她已经发现了，他又说："你放心吧，绝不可能。有这样的案例吗？"

"有的，咱们先不说这个事情是不是一定会发生，就说您现在的情况，天天如履薄冰的，债权人、机构、券商、中小投资者、事故家属、监管机关、调查组，哪一方都可能随时上门让您睡不安生吧；现在您还能熬得住，那些人也暂时都没闹事，万一后面股价连着三个跌停，您这边情况能好得了吗？"

"这个事你放心，我今天就给唐总打钱，明天你就能看到效果……"

"好好好，那我们不说股价，就说您的精力，是不是一年前的时候您都想退休了？都活了一甲子了是不是也想过点人样的生活？"

"那可不，我这么多年熬着，又喝酒又抽烟又熬夜，动不动就是整晚地睡不着，前一段心脏不好，去北京看病来着。后来事情太多，也没看了，就那样吧，爱啥病啥病，我就知道必须得在这个位置上坚持着，多咱我倒了，也就两眼一闭不管了。"

"如果说，我假设啊，如果现在能有另外一个企业，对方就是想接手国强股份的控制权，能给您支付对价，您拿着钱就摆脱了这些个麻烦事，您说您干不干？"

"我跟你说国强股份那是我几十年的心血……"富总又开始喋喋不休地说自己创建国强多么不容易，一步步走来多么费心，大辉厂多么牛逼的工厂国内都找不出第二家，云云，天雅耳朵都要听出茧子了，她把手机开成免提和静音放在一边，自己开始处理其他信息，也让外面等着的小芳进来汇报什么事。

等富总连着说"喂"的时候，她才从新接起来："富总，不好意思刚才信号不好，您说什么？"

"我说啊，我现在最大的问题都不是要多少钱，我现在就想让接盘的人把我的债务都接走，"一会儿工夫她没听，富总的态度已经从对上市公司依依不舍变成了开始提条件了，看来一开始的不舍都是嘴硬和要价，"如果接不走，这就跟我当初上市前被迫卖资产是一样的，卖出来的钱都不够我还饥荒的，死都不能卖！"

"对啊，您说得对，必须要把饥荒弄走。所以我过去就是帮您忙的，帮您梳理一下到底有多少饥荒，你让人接走你总得告诉人家到底有多少吧？"

"嗯。"

"那我就带人过去了，其他事情等我到了再说吧。"

费了半天唇舌，当然她早就知道必然会说服富总，他很清楚，资本市场都是锦上添花，没有雪中送炭，天贺也是在商言商。

周日的时候，天雅带着团队到了红石，接他们的是孙恒和富总的司机，孙恒开的是自己的小破车，说："接张总我必须亲自来啊，开玩笑的，集团的车都派到大辉厂那边处理事情去了，在家的就董事长一个人的车，我想着你们这么多人他那个车装不下。"天雅说:"快走吧,你这个破车没空调冷死了。"当着这么多人,她没好意思问孙恒,你平时都是开大G的主儿,在红石上班开着八手奥拓,心里难受不?这次来国强她是没有必要来的,天伟来就足够了,但是她既然答应了吴老板,就想把这个事办稳妥,而且她过来对富总是一个信号,让他看到天贺的支持,为未来的托管打下基础。

晚上天雅和范鹏聊了半天,范鹏陪着李总去香港挂牌上市去了,所以没有跟她一起出差,她跟范鹏说自己有空肯定会去找吴老板说提拔他的事情的,准备未来把公司业务拆分给好几个表面上和天贺无关联的公司,通过风险和收益的合理分配来隔绝风险的蔓延,别一个项目出事了拖累整个公司。一些有能力独当一面的人可以去负责一个公司,这样她也能抽出很多精力来,现在都是在擦屁股。但是具体怎么拆分,他们也没有头绪,最善于做这个的是吴老板,她想着还是应该当面跟他请教,这是关系到天贺资本命运的大事。

第二天一早,天雅不想麻烦孙恒来接,他们自行去了国强,但原来形同虚设的看门岗现在管得死死的,不是国强集团的员工死活不让进,她亲自下车问对方,用不用她当面给富总打电话,看门的问,给谁打?你找谁也没用,提富总名字的人多了!看来这些个追债的人是没少来,看门的都清楚了。没办法她给孙恒打电话,孙恒还埋怨她干吗不说一声就去,等他到了,才带他们从一个不起眼的小门进去的,大门都是不让进。

天雅刚到办公室没多久富总就来了电话:"我本来今天上午留出时间要见你的,但是我这圪垯出点别的岔子,估计见不了你了,你有什么需要的尽管跟小孙说,我已经和财务都打过招呼了,你需要什么都配合。"

"没关系,都理解。"

"恒斌也出差了,我已经跟他说过了,最近要发点利好,我和恒斌商量了一下,上市公司仓库里还有一点存货,我们把这个变现了以后去回购上市公司的股票,这样能缓解一下当前市场上的紧张情绪。"

她把人分配好,天伟带人去和孙恒整理所有的借款协议,财务去国强的财务室对打款凭证,媛媛带着小芳整理富总在外面借的高利贷。

开盘以后国强股份还是毫无悬念地跌停了,但是封单没有周五那么大了,只有二十万手,她看着心焦,怕再跌得多了富总挺不住了,希望唐总快点出手力挽狂澜,但又怕和唐总孤注一掷了以后死得更惨。

猛然天雅发现今天江海文化的公告里，公司的一些其他高管居然也辞职了，看来是大厦将倾啊。天雅思来想去，还是给陈总打了个电话以示关心，大家毕竟相识一场，即使他没有那么信任自己。陈总听起来什么事都没有："张总，怎么给我打电话？"

"也没什么事，就是看到上市公司最近的公告。"

"现在确实情况不太好，我也去找了吴老板，他也飞来这边帮着我跟政府沟通，政府非常给力，说了不会让上市公司出问题，资金链紧张他们可以帮上市公司付息，当然我还得感谢他，你也就不用操心了。"

"托管得还顺利吗？"

"还可以，你们那边出了三套方案，到底按哪个目前我也有点举棋不定。"

"需要我帮您权衡一下吗？"托管江海与天雅无关，她只是单纯地想帮帮忙而已。

坐在孙恒的办公室里，这几年都没变，她还记得第一次来国强时的情形，仿佛就在昨天，他们几个人凑在孙恒这一张办公桌上加班到办公楼都锁门了，去酒店接着加班，那个时候感觉舍我其谁，能为了工作轻松地熬夜，现在不仅仅是她的身体状况不支持，好像现在她再没有见到过哪个同事对工作有这样狂热的责任心，她在想，究竟是自己老了，还是这个时代不同了。

江海总裁刘老师，求天雅推荐工作。天雅问他为什么？刘老师回：股价一直跌早爆仓了，大股东债台高筑，马上将迎来新的血雨腥风，公司早已停摆，无一个项目。天雅看到这个答复知道刘老师已经彻底失望了，都不藏着掖着了，想劝他打起精神，但是刘老师说：江海三年，伤痕累累，没挣到钱，还有一堆所谓高管股权激励留下的债，好多代持，无人说理；现在的我希望远离资本，我老了，也赔不起了，只想养老，不想多年积蓄一夜输光；你无畏只是因为，年轻而已。

到了红石的第三天，她给吴老板汇报："今日仍在国强现场尽调债务，因当前股价跌幅较大，上市公司为了稳定股价和市场信心，昨晚公告会在未来半年内开展回购，此举被解读为利好；国强股份今日开盘跌停，后放量拉起，目前已翻红，持续拉升中，有望冲击涨停，目前成交量十五亿。"吴老板回复说："好的！"看来唐总是发力了，恒斌也配合出利好了，是否就算药到病除了呢？

吴老板给她打电话，跟她要国强股份、国强集团体内外资产的详细资料，有国企到他那里做客，谈到最近出事的国强股份，对方对控制权特别感兴趣，想问问情况。天雅整理好发给他以后，他说对方周末再来谈一次，你参加。听到这个消息，她颇有些期待，已经好久没有见过他了，也不知道他现在是什么样子……她想到他就心里痛，一直骗自己他心里是有她的，没跟她联系或许是因为不方便，或者是被盯得紧，怕出问题连累到她，这是她自己在骗自己。到底怎么样做可以让她的心不再痛？

就在她在屋里走神的时候，孙恒进来了，说累死了，自己回来抽根烟来，她说你就不能出去抽，孙恒说，行啊，我拿了烟就走。她想有人陪，说就在这抽吧，窗户开大点。孙恒一边抽烟一边说："你知道 P2P 吗？"

"知道。"

"我原来在券商的同事去干销售了，非让我帮着买点，我没多买，买了一百多万的。"

"哪个 P2P？"

"省里的，你肯定没听说过。"

"最近有好多假借 P2P 名义诈骗的案件通报，你小心啊。"

"那你放心，应该不是诈骗，P2P 都多少年了，你看看去年披露出来的头部 P2P 销售额大几百亿，参与的少说也有几十万人，你觉得这些人都傻？就你聪明？"

"少跟我贫嘴，没事快滚。"

"你看你，有点耐心行不，女人还不温柔点。"她站起来就要捶他，他马上点头哈腰地缩成一团说，"别打我，开个玩笑还不行吗。这两年来，我一直挺信任前同事的，都是电话跟他下单，他之后带着协议来找我后补；而且网站是可以查到购买的产品的，所以我也挺放心的从来都不管。去年年底的时候，我本来都不想买了，但是前同事说他业绩完不成，让我买个三个月的短期，千万要帮他这一把，我实在抹不开面子就同意了。现在快到期了，我心血来潮地上网站上一看，我去年年底签的那个协议居然是个一年期的产品！给我气坏了，翻出自己手里的合同看了，就是三个月的，我感觉他给我下套了，你说我怎么办，我想去举报他们公司，钱没多少但做人太不地道了。"生气的时候动作容易变形，她赶紧劝孙恒：

"先别着急，你的诉求是什么？"

"我就想让大家都知道他不地道。"

"不想拿回钱了？"

"当然想了，既拿回钱，又要让他倒霉。"

"去举报他们公司，拿回钱就难了。"

"为什么呢？"

"你想啊，换位思考，如果有人和证监会举报你们公司有人内幕交易，你第一个考虑的事情是什么？"

"那必须是把这个害群之马揪出来啊，内幕交易还被发现，太逊了。"

"……你这个三观，我也是服了，算了，说正经的，你去举报你就和P2P公司整个为敌了，如果我是领导，我会说，我手里的协议书是有法律效力的，打官司去吧，多麻烦。"

"那怎么办？对方手里确实是有一份我签的协议，这个事情怎么办？唉，当初我也是太大意了。"

"你啊，现在最好的办法就是层层威胁，你先跟前同事打电话，把当初这个经过复述一遍，让他承认有这个事，然后你再告诉他网上的协议和当初约定的不同，你们之间的通话已经录音了，让他解决这个问题，否则就这些证据足够送他进去。我估计这个人敢对你下手，肯定也不是初犯，一直没出事就说明他有办法解决，等他把钱给你了，你再去爱举报谁举报谁。"

"你说得有道理，按你说的办。"

"有件事我要提醒你，P2P我觉得还是不安全，现在大环境都在去杠杆，最贵的钱肯定投到最危险的项目，连你们公司都要不行了，那些危险的项目能有好吗？退出不了，P2P就是庞氏骗局，早晚要崩的，你还是千万记住，别跟人置气，安全地把钱拿回来是关键。而且千万别声张，只要不声张都有的谈，万一闹大了被其他客户知道，人家也去闹，你就很难拿回钱了。"

到收盘的时候，她给吴老板发信息说了国强股份的交易的数据，涨停了。他给她回信息："今晚回来吧，明天陪我见光辉发展的人。"还是孙恒送她，两个人在外面说话痛快多了。孙恒说："我还真的按你说的找了那个孙子，他居然跟我说，因为一年期的利息比三个月的高多了，他不想看到我这么损失才给我跟公司签的一年的。你说说他坏不坏？要是我不知道，他还能赚这块利息差，太缺德了。"

"你现在就不跟他纠缠了，就要钱。"

"是啊，我也是跟他那么说的。我说我去年年底的时候就告诉你了三个月以后我要用钱，现在我就是要用钱了，你准备怎么弄？"

"他怎么说？"

"他开始的时候就说没问题，他原来就想用一笔其他的钱把我的替了，但我具体问他什么时候兑现的时候，他就说了一堆现在的难事，让我等他找到的，那不就没点了吗。给我气的，我还是想去监管机构投诉他。"

"你先等等，跟他们公司法务的人说，法务的人心里有谱，肯定不会让你去投诉，大事化小小事化了，到时候就给你解决了。"

"也有道理哈，金融这个圈子这么小，别说法务负责，连区域的负责人我都能找到，你不用管了，我自己去找他们说。"

"嗯，这招不好使你再找我，千万别意气用事。"

"知道了知道了。"

第十七节

第二天开会，天雅本来以为是去庄园找吴老板，但是早上起来的时候吴老板的秘书通知她是在集团公司的办公楼里面的会议室里。她早上选了好几套西服，都不是太满意，现在腰有点粗，想了半天，还是选了一件到膝盖的羊绒裙。虽然体重长了，好在脸上并没有暴露太多，还是能打的，就是头发没有做一下，只能是自己稍微弄蓬松一点了。高跟鞋是必须要穿的，区别就是粗跟还是细跟，现在这种情况还是穿粗跟吧，如果自己要摔倒，周围肯定没有人能扶住她了。

收拾完了以后，司机送她去集团开会。好久不去集团了，她感觉集团的安保都不一样了，里面也重新装修了，司机告诉她说，前一段曾经有人来集团堵吴老板，所以集团的安保全面升级了，集团的接待室在大楼的倒数第三层，审批很严，都不让人随便进，消防通道也关了，吴老板所在的顶层，没有助理领着没人能上去。天雅到了以后是由集团的前台带着到了倒数第二层的会议室，光辉发展的人已经到了，集团总裁坐在主座上，给她留着左手的位置，右边是新近红人贵总。她毕竟是准备一番来的，期待的是见到吴老板，还能像从前一样并肩作战，没想到，他根本没出现。总裁上来就说今天吴老板本来是要参会的，但是他在接待一个重要的领导，所以让总裁主持今天的会议，他把天雅介绍给对方，并跟天雅介绍，光辉发展是光辉省财政厅下属的投资平台，省里面有好几个工厂和国强的主业相关，对方对国强的控制权很感兴趣，未来能够以国强为上市平台，把国有资产资本化，实现保值增值。

吴老板不来，她就像丢了魂魄一样。她给他发信息："你在办公室吗？"他回了："在。"她马上坐不住了，假装去洗手间，其实是在摸着路往顶层走。

她是第一次来，以前她见他谈事都是在庄园，因为他从前都不来上班，从国外回来以后才逐渐地开始上班的，而那以后她和他渐行渐远。但她还是机敏地找到了上去的楼梯，走到楼上她看到尽头的办公室那边亮着很强的光，估计那里就是他的办公室了，她一心一意地快步走在通往光明的路上，两旁阴暗的过道里面突然站起来好几个人，都穿着黑西服，一看就是他的助理，她都没有正眼看他们就径直走了过去，他们没看清还跟她呵斥让她留步，直到她进了他的办公室，他给了后面跟着的人一个眼神，后面才烟消云散了。

她打量了他的办公室，并没有很大，跟自己的办公室差不多，只不过他的办公室比较空旷，不像她的办公室既有衣柜又有沙发，还有会客的桌椅和喝茶的地方，他的办公室就是老板椅、书桌，上面有台电脑，剩下就什么都没了。她进来以后都没有地方坐，只能站着看着他坐着，这个让她朝思夜想的男人，他看起来满面红光，很有精神。屋里只有他们两个人，突然显得空落落的。她转头看见门开着，转身走过去想把门关上，这个时候他小声地提醒她："开着。"她又折回来，他的眼神还是那么深邃，看得她有点觉得炫目。他身子都没动一下，问她说："下面会开得怎么样？"

"就那样吧，您也知道，国企来的有几个算几个，说话都不算，我觉得是浪费时间。"心里的不满和委屈，全都涌上来，她说话这么不客气，也是带着情绪。

"我感觉不妨听一听，万一人家有好的思路呢？你这个岁数就这么大成见，没必要吧。"他的目光缓和了一些，说这个话的时候还是非常温柔的，一瞬间她仿佛和他回到了咖啡馆，他还是那个熟悉的人。他接着说："你也帮富总把把关，他做了一辈子企业，别眼看着他彻底完蛋。我本来是要参加的，但是有个人要来见我，我一直等着他。"

"最近还好吗？"她问这句话的时候，他整个人都绷紧了，往前探着身子，好像特别怕她说出点什么不该说的、问出点什么不该问的，她接着说："还是那么忙吗？"这句话出来他的眼神就放松多了，身体往后靠向老板椅的椅背，两条腿搭到书桌上，能看到他的鞋底一尘不染。"就那个死样子，你也知道，我天天准点来上班，晚上下班接着加班，根本没有休息的时候，全是工作。一天到晚地开会解决问题，我感觉我的屁股都要坐烂了，但是除了坚持还能干什么？现在我发现集团的风气不太好，正在全力地纠正集团这种大机构毛病，我请了人成立调查组，来彻查一些项目上的问题。"这几句说完以后她感觉到他比曾经有沧桑感了，白头发似乎更多了，但这些都不影响他在她的眼里还是闪光。她不由自主地说："我给你揉揉腿吧。"记得他经常把自己的腿搭在她的腿上，让她给揉揉。他盯着她，没有说话，把跷起来的腿放下来，咳了一下，说："国强那边怎么样？"

"进展得还好，下周出报告。"

"他的债务规模大吗？"

"不小，初步统计他欠金融机构的外债本息一百亿，欠个人的高利贷本金至少三十亿，利息还没有算清楚，大数是这个不会错了。"

"嗯，你比较清楚，等会儿你也听听对方的方案，如果对我们有利要全力推。托管的事情他怎么说？"

"我还没有跟他认真说，感觉需要一个契机，如果不是出了什么大事也不会乖乖地同意。"她看到他轻蔑地笑了一下，说："你都清楚的，为了国强的事我亲自找人跑了好几趟，你已经见过贵总了吧，他很有能力，你应该多向他学习。目前股价算是稳住了，你尽快处理。"

"好的。"

"最近你那个港股走得不错，股价翻了好几倍。"

"去年的利润倒过去不少。"只要他再追问业绩，她就打算告诉他虚增利润的事，好在他并没有。他现在甚至都不提要打造天贺资本成为中国的伯克希尔·哈撒韦了，他也明白，美股二十年都上涨，里面的人做什么不重要，上了这部电梯才重要。

　　既然他直勾勾地盯着她，她就同样直勾勾地盯回去，两个人一本正经地谈工作，都有点吃力，双方现在都在坚持，但她不明白为什么要坚持，难道就是为了门口阴暗处坐着的那些助理？既然吴老板不让关门，这里应该到处都是摄像头了，到底是谁在看？她想问问吴老板这些天为什么不见自己，但外面传来了脚步声，他站起来了，或许是他的客人到了，她赶紧跟他打了个招呼就下楼去了，走出去的时候没有人拦着她，她也没有看到底是谁来了。她一边往下走，一边怨恨自己，日思夜想，为什么见了面就什么都没说？她用拳头用力地捶了一下自己的大腿，但是又怕有摄像头，让自己保持得体的样子。她边走边后悔，好几个事情，包括她想把公司拆分的事情，还有提拔范鹏的事情，这些都是文字汇报说不清楚，只有当面才能达到最好效果，她一件都没想起来。

　　再回到会议室，她的心情还是好多了，不管说没说，她见到了吴老板，今天此行的目的就达到了，对光辉发展的四个地中海头也有了笑脸，开始说话了。

　　总裁还在那里废话的时候，吴老板突然推门进来了，这让她始料未及，还以为他不会来了，看来他还是想办法来了。他一进来，所有人都起立，总裁马上让出主座给他，她也让，他唯独跟她说了句"你坐你的"，然后并没有马上坐下，而是跟助理说，快给总裁搬把椅子放右边。等总裁的椅子放好，他才坐下，所有人才跟着坐下。她还是坐在他左手边，两个人挨得很近，她有点紧张，低头看向自己的电脑，不敢往他那边看。

　　他一来她就认真听了，他说下周要去见省长谈共建一个产业投资基金，对方都对他肃然起敬；贵总适时地抛出省长是老同学，要一起去。他本来不是很情愿，但是当着光辉发展的人不好不给这个面子，答应了，贵总专门记下来，问他具体哪一天什么时候去，他说我定下时间来告诉你，坐私人飞机。看得她在一旁叹为观止，姜还是老的辣，也太会争宠了吧，但是他这个理由真的是羡慕不来，自己的同学才三十多岁，也太不争气了，都没有当省长的，让自己无话可说。

　　他没时间听废话，直接要听方案，对方说，光辉发展要做控股股东，刚才还听张总说了，大股东目前在外面有一些债务，这个问题我们解决着有困难，因为国资无法给大股东借款，但是假如光辉发展已经成了国强的大股东，那么可以借给上市公司资金，这个事是可以操作的，为上市公司注入资金，多少钱都可以，这块注资每年可以为上市公司增厚利润。一下子就说到了他心坎上，比起国强股份市值的提升，谁做大股东根本不重要。他当即在会上让她给富总打电话，她是一百个不愿意，这个方案不解决问题富总必然不同意。她说，富总现在还在现场处理事故，我会后和他说吧，不耽误大家时间，他脸色马上不好看了："让你打你就打。"她马上拨通，担心富总说什么不该说的，刚接通他一把拿过电话放在免提，跟富总说："富总，是我。"

"吴老板，你好！"

"我这里刚好有光辉发展的客人，他们对接国强股份的控制权还是有诚意的，提了个方案，他们用五十亿买你持的20%，然后给上市公司注资。你看行不行？"他说得比较轻松，口气就好像是问富总，你家门口那棵白菜五块钱卖不卖。

"你说啥？"富总不知道是没听清，还是不敢相信。他懒得再说，贵总看出来了他一脸的不耐烦，伸手示意一下，他就把电话递了过去。

"喂，富总，能听到吗？"

"贵总您好！"

"是这样，我给您解释一下吴老板的意思啊，是这样的……"富总其实一点都不笨，就是不愿意又不想直说，通过装傻充愣的方式想蒙混过关，但是这么一解释，他还真的不好说听不懂了，就用缓兵之计，说我听懂了，但上市公司的控制权我还要跟班子商量一下。这个时候他动了一下手指头，贵总赶紧探起身子把手机递到他手上。

"我说富总，大家在这里费时间开会，就是为了给你解决问题的，你有什么需要商量的就摊开了说吧。"他声音已经不悦了，富总肯定是能听出来的，但他也无法同意，只能硬着头皮表态："别看上市公司出了事故，现在最大的问题并没出在上市公司身上，而是集团的资金链挺不住了。我交出上市公司的控制权没有问题，能不能帮我解决点问题。"

这个时候坐在一旁一直没说话的一个地中海终于开口了："富总您好，我是光辉发展的总经理，今天我们公司的党委书记也来了，对国强非常重视的，有幸能和您直接交流，也是缘分，希望我们能合作成功。您说的这个，我们回去探讨论证一下，尽快给您回话，好吧。"其实富总等的就是这句话，他总不能当着他和这么多人的面儿，直白地说，这个方案不靠谱别谈了。她能听出来，对方对富总的债务情况存疑，越强调债务的问题，他们心里就越没底，也不像开始那么积极主动地报价了。

电话就这么挂了，从头到尾，她都没说一句话，虽然不敢往他那边看，但用余光就能知道他不高兴了，会场的气氛瞬间降到冰点。这个时候有人敲门进来，一个女人端着他的杯子进来，把杯子放到他面前，很自然地拉了一把椅子准备坐在他身后，天雅看到这个女人都惊呆了，这个女人虽然不戴眼镜、妆容有点显得老气、身材还不错以外，同样的黑色长发，长得居然和自己有点像，尤其是眉眼之间。她低下头，怕被别人看到她有点惊慌的样子。就在这个女人准备坐下的时候，他回过头小声说，这没你的事；她好像有点不高兴，脸上变了点形态，站起来走了。这是新来的秘书？没有人告诉她这是谁，她也没听他说过，为什么突然一切都变了？她心里一时半会儿的淡定不了，无心开会了，他也无心恋战，但声音一下子温柔很多，对旁边低着头的天雅说："你加一下光辉发展的微信，直接联系，沟通方案吧，我中午请光辉发展的朋友吃个饭。"说完后他就站了起来，屋里其他人也都站了起来，他头也没回地径直走出屋，其他人都不用陪着去吃午饭的，但贵总还是跟了上去，她可没有这么厚的脸皮。

看着他远去的背影，她尽量控制着自己的表情和体态保持正常，抑制不住的好奇心让她问总裁，刚才进来的那个是老板的新秘书吗？总裁说，应该不是吧，就是有个给老板拿杯子的。总裁没有发现她们长得有点像，她有点怀疑是自己的眼睛出现幻象了，是不是她根本就没看清那个女人？她越往外走，感觉越崩溃，走到了大厦的外面，想透透气，她脑子有点不转了。她走到楼下绿化带的树丛里，扶着干干的树枝，现在是上班时间，没有人经过，她感觉安全，眼泪终于掉了下来。

像他这样的人，身边怎么会缺女人？掉了一滴眼泪，她马上就摘下眼镜来擦掉了，她跟自己说，别慌，或许这只是个倒水的人，不会像自己一样那么理解他的心情和无奈，不会为他分忧解难，自己对他依然是有价值的、不可替代的；但她越来越感觉力不从心、应接不暇。如果市场环境好，高速扩张的时候她有用武之地，但现在市场环境变了，她是不是就用进废退了？她越想越凉，他用人绝对是这样，她感觉自己还在努力转型，没有自暴自弃或者无理取闹，希望他能看在往日合作的情分上，给她点时间和机会。

她突然自嘲，如果他找女人根本不用自己找，扑啦扑啦往上扑的人就不少，什么样的没见过，什么样的找不到，干吗非要找一个和自己像的，这不是有病吗。想到这里，她收起了崩溃，平静地走了回去。

回到办公室和刘伟说了今天中午别给她送饭。她决定用工作缓解心情，给天伟打了电话盯着那边的工作，之后接到了富总的电话，富总说："在哪呢？"

"办公室。"

"刚才你和他在一起？"

"嗯，还有一堆人。"

"他的态度是什么样的？"

"当然希望你能配合，如果能做得成对上市公司绝对是利好，控股股东变成了国企，市场上不安的情绪一下子就稳定下来了；对上市公司提供资金支持，也是业绩提高的保证，估计国企去和地方政府沟通事故的处理更有力度吧，绝对是有百利而无一害。"她不想说违心的话劝富总合作，挑着讲的都是实话。

"你说得没错，但你也知道这个方案完全不解决我的问题，他成了大股东，就算是给上市公司注资，我也不能用啊，等于我还是水深火热之中，而且还没了上市公司这个宝贝疙瘩。我的情况你都知道，很多金融机构的利息都拖欠着呢，阳历年前就说年后给，春节前就说节后给，再往后我怕要拖不了了，你也帮我在外面找找，我自己也在和几个想接上市公司的人谈，至少要帮我解决问题，我就像杨白劳一样，喜儿卖了，留下一堆债务几辈子都还不完，死活都不能答应。不是我对国企有偏见，但国企都做不了主，拖得黄花菜都凉了。所以还是要和有钱的私企谈，就像你们天贺，老板一个人说了算，流程才快。"她听富总这么说，感觉未来托管应该不难谈的，富总对天贺的评价一直都很积极。

她挂了电话突然看到他发来的信息，他或许也察觉到她的低落，告诉她不让她来是考虑到她不喝酒，然后还不忘叮嘱她再和富总活动活动。她看到这个心里还好受些，想回谢谢老板，又觉得自己是不是太软弱了？她分明已经不高兴了为什么不能表露出来？为什么越来越卑微？想到这里她就给他发了一个表情："祝老板天天换新娘，夜夜做新郎，全国各地都有你的丈母娘。"一句玩笑，他回了三个字和一个标点符号："过分了！"她反思了，他绝不会把感情的因素带入到工作中，之前之所以用她，是因为她好用、赚钱，一旦她不好用或者不赚钱了他都会马上弃用她；至于会不会因为工作的不利而连带着把她从感情生活里清除出去，她比较悲观，自古以来，商人重利轻别离。她不想再给他回信息了，她怕她会质问他，更怕自己会因为心痛而控制不了情绪。

这个时候孙恒开心地告诉她，自己的一百多万拿回来了，他根本就没有注意到她无精打采的，还自顾自地说："还是你说得对，我找了那孙子他领导，跟他说了这个人伪造协议，我本来想投诉到监管机构的但是觉得能和气处理最好，万一我一投诉大家都来挤兑，公司不就出问题了吗。对方特别感恩戴德的，拎着那个孙子上午就亲自来找我，把资金给我打回来了，还教育了那个孙子半天。"

"你这个事弄完了，就快点帮天伟他们准备材料吧。"

"是是是，你看你怎么没感情呢，我这么高兴还想请你吃饭呢，你就这样公对公的……"

"好了，先挂了。"

范鹏来敲门，天雅交代了刘伟自己有事，范鹏怎么还来？但范鹏刚刚去香港和起点的李总一起敲了钟，在公司的风头正盛，也是除了她之外暂时还没有头衔的二把手，跟她共事了好几年彼此说话都不用客气，所以他和别人不一样，她不耐烦地拉开门，拧着眉毛，说："有事吗？"

"你看见了？"

"什么？"

"江海的公告啊，我还以为你看见了呢，这么烦。"

"没看到，你说吧，一句话告诉我。"

"陈总暗保和挪用的事情东窗事发了。"

"啊？"她明白了孙洋为什么辞职，现在正是上市公司出年报的时刻，"自首式"公告就是因为去年的年报谁都不敢签字。范鹏说江海已经跌停了，我们手里还持有不到5%，怎么处理？她说，马上挂单，尽快成交，江海的问题除了自首出来的这些问题，肯定还有虚增利润、美化财务数据、内幕交易等各种问题，一旦潘多拉的盒子开了就合不上了。她不能汇报给集团，如果让集团知道，兄弟公司在托管，她在卖，这不是拆台吗？范鹏说，那我去和彭文说，让他尽快交易，她嘱咐着找个手快的去挂单。

她被突如其来的工作弄得没空顾影自怜，紧急召集财务法务项目组一起探讨江海违规带来的影响：去年为了凑利润，把江海文化股票的收益权卖了，现在财务上怎么处理？而且表面上接了收益权的国强集团也随时瘫痪，假如真的进入破产清算程序了，从法律上如何处理？真是一团糟，财务和法务吵个不停，她默默地退了出来，给孙洋打了个电话，孙洋居然接了："怎么了张总？"

"没什么事，就问问你是不是还好，陈总是不是已经进去了？"

"没有啊，你想太多了，现在还不是进去的时候，上市公司的这些事情目前都还没有查清，你看到交易所给的好几封问询函了没有，我帮着上市公司一起弄回函呢。"

"陈总也没事吗？"她有点不相信自己的耳朵，触了红线还不进去？

"没有啊，他还在跟着你们托管的人一起去找政府谈呢，政府一直不希望所管的上市公司出问题，一家出事会拖累很多当地的银行和机构，政府也不能见死不救啊，真出了大事谁都吃不了兜着走。"

"那未来呢？上市公司会怎么样？你们都有事吗？如果未来查出来高管一直帮着隐瞒也是要处罚的吧？"

"根据目前和监管机构沟通的结果，还是有可能尽量轻地处置上市公司的，大股东把所有的责任都承担过来。但是监管机构特别愤怒，我怕上市公司最坏情况会退市，这一点目前还没有确定，陈总还在和政府谈，让政府去找监管机构做工作。至于我，应该还好，如果查出来我在任的时候有违规行为，也就是一些行政处罚，大不了就是行业禁入几年，没什么大事。"听到孙洋这么说，她有点唏嘘，兔死狐悲，大家都是血雨腥风的资本市场里面的小喽啰，都是被人当枪使，如今落得这个下场未免让人悲伤，她虽然知道孙洋心里肯定不好受，在强装镇定，但是她还是忍不住问："如果是行业禁入那你未来的职业生涯不就完了？"说完了就有点后悔，当着矬人不说矮话。

"这个看你怎么想的，我是这么想的，当初我跟着陈总干的时候，就是个车间的财务，能到现在这个位置，已经比原来强了太多了，我虽然知道他这样做是不对的，但我还是希望他能挺过去。以后做不做董秘这件事对我没有那么重要，除了陈总，谁还会那么信任我让我去做董秘呢？而且陈总终归是瘦死的骆驼比马大，除了上市公司外还是有些其他的资产，我帮着他去打理这些资产也够活了。今年是不太顺，我也反思，资本市场是不是适合我们这些人。当初顺风顺水的时候，总感觉一切都太容易了，现在看来真的是太幼稚了，我们交的学费太高了，以后真的是不想再碰了。"她不禁想到前几天和刘老师的聊天，也是同样的论调，为什么他们都把经历的凶险和自己的失意归因于资本市场？多少人都削尖了脑袋要挤进来，他们却只求平稳落地，再也不想回来，是否自己未来也会是这样的结局？她的思绪飘远了，毕竟孙洋能跟她说两句肺腑之言，也算是对得起他们多年的交情吧。她感激江海还了天贺资本那时候借过的钱，如果江海拖着不还就让展期，估计她也会看在两家还在合作的面子上同意的，那现在就是几个亿的坏账，真的好凶险。

她不禁想到当初接盘江海的美嘉，心情应该是相当地难过吧，没准又去和吴老板告状了，唉，当初就应该市场化减持的。

第十八节

天雅让天伟尽快汇总情况，吴老板指示过尽快要报告，这个项目插队加到集团会议里面。她提前在公司内部组织预演，感觉有年头没有上过集团的会了，必须让集团的人见识一下天贺资本的实力。吴老板最不喜欢长篇大论，所以她让天伟把报告的主要内容精炼在三页纸以内，包括情况介绍、问题分析和几个方案，详细的内容都在附件里。

周日上会，他们一行人还是被前台领着进会议室的。上次是天贺的坐在一边，光辉发展的坐在另一边；这次是天贺资本的坐一边，而集团领导坐在另一边，正中间是吴老板，正对着他的人就是她。因为天贺资本是临时加进来的汇报人，所以桌子上并没有名牌，她看着对面坐着的这么多委员，大部分居然都不认识，就是贵总还见过好几面，她也搞不清曾几何时他身边的人都换了。上来由他开场，他已经开了一上午的会，相当地疲惫了，只想速战速决。当着这么多人大家都很严肃，她没敢跟他对视，纵观会议桌上，就只有他和她是靠着椅背坐着的，剩下的人都是身体挺得很直地坐椅子前侧；他是全桌坐得最随意的人，一条腿跷起来，脚脖子架到另一条腿的膝盖上，两只胳膊搭在座椅扶手上，姿势有点随意但是还是很专注地在听汇报。媛媛还私下给她发信息："注意点你的姿势，你看看除了老板，谁敢像你这么坐着？"她这才把电脑放到桌子上，自己也挺直了点身体。

天伟有点紧张，声音听着有点抖，她用眼睛扫了一下各位委员，他们的生面孔就说明了对国强这个项目不知前情；她感觉有点心烦，几年的合作想通过几分钟说清，除非是他，其他人肯定都听不懂。果然，天伟大致地讲完了手中发言稿的主要内容，开始提问环节，一个女的说这个托管项目难度不小，还刚刚发生了事故，我们是不是非要参与这样的项目？吴老板听不下去了："和国强合作是我的意思，我觉得必须要托管，才能保住当前我们在这个项目上的利益。"另一个分管财务的委员问统计的债务情况都有凭证吗？天伟补充的这个问题，债务人是机构的凭证都是有底稿的；但个人的高利贷借条都在个人手里，有些没有凭证。一下就被这个委员揪住了，说都没有核实清楚，怎么能在报告上确认这个数字呢？她气不过，说："项目组抽查了前几名的债务人，情况都和对方核实过了，不可能对所有的个人债务人一一地上门核实，那样也不现实；本次上会内容是针对是否接管国强集团，我们在收益测算里面先按照当前匡算的债务规模估计的，未来一对一谈判或许债务规模还能减免，那么收益情况会更好。"这个时候他说话了："我觉得财务说得有道理，张总，你们回去再核一下，没有经过核实的个人债务怎么就能确定包得住呢？我们犯了多少次想当然的错误了。"然后他站起身来，看了一眼在座的人，说："今天就到这里吧，什么时候确认了什么时候再说。"他就走出去了。委员都准备离开，天贺资本的一行人在会议室里面面相觑，怎么也想不到，准备了大半天，居然二十分钟就被打发了，而且最关键的方案、收益测算，通通没有讨论就结束了；这种感觉，就像在家做了一桌子的好菜待客，但客人吃了点瓜子橘子就走了。

压着不满带队回到公司，她说，这段时间大家辛苦了，中午请大家吃饭。她请大家刚吃完火锅，他的秘书找她让天贺资本尽快按照委员们提出来的问题来修改报告，最晚两周后重新上会。她问委员们提什么问题了，没有收到啊？秘书说，您没有会议秘书的联系方式吗？她说没有，把问题发给我吧。现在都怎么招的人，秘书这么没有眼色，居然敢来让她去联系？早晚让她们知道知道，天贺资本的位置，她的分量。她让范鹏准备一个起点上市的单独汇报，这是他大放异彩的机会，提拔他之前的关键，也是天贺资本在集团正名的时候，她既然回来了，就必须要让天贺资本再次发光。

她让天伟把这些问题尽快分发下去汇总成文字性的报告，两周内还要上会，要尽快准备；亲自给富总打电话，没说上会的事，就是问能否访谈所有的高利贷债权人。富总觉得这个有点强人所难了，讲了一堆理由。她跟他强调是老板要求的，富总帮忙就算给她个面子，总算是凑凑合合地答应了，他还说幸亏有唐总顶上，现在股价稳稳的，每天的波动不超过两毛钱，让收在多少钱就收在多少钱，心里踏实多了。她没接话，心里总有些隐隐的担心，有对唐总的，也有对市场的。

周二的时候，江海公告了托管，一时间资本市场哗然，江海文化盘中出现地天板，从跌停到涨停拉了个直线。周三、周四连续涨停，波动引起监管机构的注意，在严打炒作这个当口，监管机构对于托管事宜的问询函纷至沓来。周五的时候，没等监管发力，资本市场自己倒下了，顺带拉倒了刚爬起来的江海和国强。从早上开盘天气就阴沉沉的，受到外围市场的影响，两市低开两个点，上午的例会盘点公司的项目，开到中午的时候，就有人在会上小声议论说股市暴跌了，她让人把会议室的大屏幕切换到实时交易数据，中午收盘跌了快四个点，有人说，这是股灾啊，有人说，这还不算，还没千股跌停呢。下午的会上，大家都面如死灰，一动不动都在看大盘，天雅自己都在看，天贺资本的最终退出渠道是资本市场，如果资本市场暴跌了，金融产业上的每个人都跑不了。

理论上公司的员工都不许参与二级市场交易，但看着他们坐在那里就像霜打的茄子，天雅就知道他们或多或少地参与了，这应该就是人性吧。根据开户数的最新数据，中国有近四亿股民，也就是说能接触到资本市场的人都开户了，因为人人都想赚钱。

但不可否认的是，在股市占比超过99%的散户，在总盈利规模的占比中不到一成，妥妥的韭菜了。股票是虚拟资本，但股价上涨给股民带来的财富却是真实的，多少家庭希望能通过这种方式来实现家庭财产的保值增值。但是二〇一五年后股市长期地低迷，钱都只能往楼市去，全民炒房盛行；要不就投P2P，各种金融诈骗，百姓稍不小心就踩坑。她不禁感慨个人力量的渺小，谁不是无可奈何地被时代裹挟着往前走呢。

到了收盘的时候，她给他发信息："上证综指创逾三年最大跌幅。"除了交易数据，她还粗浅地写了点自以为的原因，或许政策出台才能止住当前的跌势。他回复了："今天的大跌是在意料之中，这是贸易战，叠加经济下行，叠加政策去杠杆，共振的结果，市场是有预期的。"

个股的惨状触目惊心，资本市场是资本流动的地方，现在上市公司大股东面临质押融资爆仓的有一百多家，还有五百家在路上，上市公司的再融资也无人问津，资本就像信心一样，很容易膨胀，也很容易挥发。上市公司的实控人全中国只有两千多人，他们是在行业里披荆斩棘、千军万马过独木桥杀过来的，这样的人都敌不过资本市场的血雨腥风，业内驰骋二十年，一朝倒在股市，再回到一无所有又背负天量债务的时候，不是所有人都能挺得过去的。有些实控人，像国强的和江海的一样，由于自身持股几乎全部质押，一旦出现股价暴跌就会被券商强平造成股价雪崩，也不能说是冤枉；但有些实控人就冤枉了，由于目前接近平仓线或者跌破平仓线的个股往往会选择停牌，机构股东为了应对赎回或者净值压力，会卖掉其他流动性较好的标的，触发群体性无指标的"连锁跌"反应。雪崩之下，无人幸免。

幸好今天是周五，明后天休市还能给人喘口气的机会，否则就这么一直跌下去谁也不知道什么时候是个尽头，如果再跌几天就是团灭。朋友圈一片悲观的声音，她不想去看这些负能量了，已经自顾不暇了。有个熟悉的券商给天雅打电话，说天贺资本质押的股票该补仓了："张总，实在不好意思，知道您忙，给您打电话说补仓的事……"

"这个没问题的，今天我让公司负责的人一定走流程，等周一就补，你放心。"

"您看能不能一次多补一些，这样也能留出一些富余量，免得周一一开盘又要通知补仓，大家都麻烦得很。"券商现在真的是缺钱了，但地主家也没有余粮啊，她表面上说着不差钱，实际上彭文那边已经有点告急了，公司已经紧急开会统一口径，需要补仓就说走流程拖上几天，这样公司的资金链才能应付。

"张总，今年我们太难了您也不是不知道，质押和资管新规让我们天天自查，无法做业务，那还只是让我们少赚点，也就忍了；但是现在股市一跌，我们自己都要出风险、受损失了，而且想维护自身的合法权益都不可以了，监管口头给了意见，即使跌破了平仓线不补仓也不让我们轻易强平了！万一未来卖不掉这不都是坏账吗？逼得我在还没到强平线的时候提前减持，我的逃生或许会加速股价下跌。但这不能怪我，我也想做一个好人，但我也要考虑让自己活下去……"

来不及在这里悲天悯人，富总的电话来了，背景音还是有点乱："今天要命了，真的要被整死了。"

"唐总那边控制不了了吗？"

"他也没有办法啊，太难了，这几天好不容易稳住了，今天真的是扛不住了。你也知道，我办这个事的钱是挪用的，不为了赚钱就为了稳定股价，但是股价这么跌下去，我这个钱也要打水漂啊，这可就死大了。"

"那怎么办？"

"现在这个时候，只有最后一个办法了，就是停牌。挑上一个体量大小合适的，能触发重大资产重组的，就有理由停牌。"

"必须要重大资产重组才能停吗？代价不小的。"

"哎呀，你以为我不知道吗？我这么大上市公司董事长我能不知道这个？"富总一下子就急了，她一听也不好说话了，他平复了一下着急的心情，说，"你看这个规模的市场恐慌，没有个三五个月的哪过去得了，必须把这段时刻扛过了，才能回到市场上，那会儿人才是理性的。我现在就一门心思地想停牌，这件事只有老板能帮忙。"原来富总找她就是为了找吴老板，她心里有点不悦，为什么富总的事总要找他，而且总要通过自己找他？她没有说话。富总一看冷场了，接着说："我这个人怎么样你是清楚的，有什么说什么，我能挡得住的我说话算话，你想想发财公司那么逼我，好几天晚上都不让我回家，我不是都坚持着吗？后来他们再没有去找过你，甭管我遭多大罪，既然答应你了就一定负责，对吧。"富总这么一说，她有点不舒服，始终觉得那就是富总的责任，富总就是应该负责到底的，不是说富总承诺他来管就是帮了她的忙，而是从一开始她就是帮的他。想到这里她说："富总，我当初给您帮忙的时候，也没有想到有今天这一天。"

"是我的错，但是有一点我必须说明白，当初我想让你给我帮忙的时候，绝对不是当初就计划好了这样的，我也是没有办法一步步地走到今天的。我感激你帮我，我不想坑帮我的人，所以你放心，我一定会负责到底的。"富总这么说，她想起了母亲生病的时候他帮过的忙，还是心软了。

"您刚才说为什么要找老板？"

"停牌可难了，我找了一个直管我们的老乡，他跟我说的，这周停牌的一共就批了三家，三家都是打招呼的，一家就是吴老板帮着打的招呼。"

她硬着头皮，给他打电话说："领导，有个事找您帮忙。"

"什么事？"

"国强这边挺不住了，想停牌。"

"×，他想停牌跟我有什么关系。"他骂了一句，接着说，"是富总求我的，还是你求我的？"这句话问出来让她一哆嗦，这不是送命题吗？本来他就不满意她和富总关系，怎样说才能让自己别被带到沟里呢？她尽量平静地说："领导，国强是资本的合作伙伴，您也知道维护股价的事情我一直关注，今天股价大跌，富总那边坚持不了了，所以讨论中想到了停牌。但是富总说现在交易所不让停，要么他早停了，所以我想到了问问您。"

"他要怎么停？"

"重大。"

"报上去了吗？"

"说不受理。"

"我知道了。"

他就挂了，就像曾经一样她不知道他答应了没有，猜不出他到底管不管；最重要的，猜不出自己那一套冠冕堂皇的说辞他到底买不买账。做点工作也挺难的，要防着富总算计自己，监管机构惦记自己，还得防着他误会自己。

孙恒来电话她正在心烦，孙恒倒是特别开心："请你吃饭，女神！"

"又怎么了？"

"你还记得我那个 P2P 吗？"

"不是要回来了吗？我今天很忙，而且也很烦，还有事吗？"

"你听我说啊，别着急啊，我刚刚才知道，那个 P2P 爆——雷——啦！"

她实在是不想听给挂了，但听到孙恒这么说也算是一天里为数不多的好消息了吧，为他的顺利逃顶而开心，同时也为其他没逃出来的人惋惜，他们做错了什么，后面解决问题的过程估计是旷日持久，不会比打官司更快，本身 P2P 就是新兴事物，爆雷的处理更是新上加新，没有先例，没有保障，所有的投资者都是小白鼠，在不知道是什么情况的时候，就随大流地投身其中，现在出了问题，不知道背后又是多少受害的家庭。

快下班的时候，吴老板回电话了："你让富总周末来找我一趟。"

"知道了。"

"这个事既然我给他卖个面子，我就要他当面领这个情。你还没有跟他说托管的事情吗？不指望你了，我亲自来说。"

"那个……"她有点犹豫，本以为他要挂了，但他没有，说："那个什么？"她鼓起勇气，问："富总去找你，我需要去吗？"

"随便，看你。"

这不像是工作上的说一不二，她真的有点举棋不定，万事不易，但揣摩人心最难，尤其是现在两人的关系有点微妙，她到底是应该往前一点，还是退后一点呢？从工作的角度，她还是应该去的，他谈完了总要有人去落地，别想太多了。她跟富总说了让他来见面的事情，富总挺着急的，说今晚出来夜里就能到，说好了明天上午见。

第十九节

资本市场的多事之秋，作妖的事相继地出来了。周五股灾之下，本来她没心情在公司加班，但偏偏就无法下班。公司里来了一个不速之客，是个上了岁数的女演员，演宫斗剧配角出名的，女演员之前是慕名而来，托关系见面特别希望把钱交给天贺资本打理，于是她以个人名义认购了几千万三年期的公司债，现在还没有到期。她跟着快递小哥一起进了公司，就在前台撒泼要求现在给她兑付，如果不给兑付就曝光天贺资本。她来的时候，他们在大会议室开会，听到了前台的动静，彭文好言相劝把她带到了小会议室。但她说了，我不管合同怎么约定的，那么些个P2P都爆雷的爆雷、跑路的跑路，你们也是一路货色。彭文跟她解释天贺资本是合规经营的、正规备案的金融机构，跟那些P2P不是一回事，如果她有什么诉求可不可以上法院？她死活不听："我这么大岁数了，就为了我自己，如果你们不给钱我就在各大媒体曝光你们，无良！骗钱！别跟我装大尾巴狼，以为自己什么都不怕，到时候曝光了，你信不信大家一人一口吐沫星子都能给你们淹死？废话少说，我既然来，就不是单枪匹马的，我下面还有人，有横幅，我上来好好跟你们说，如果给脸不要脸，我就马上下去拉横幅，再发博让一堆大V转发，看你怕不怕。"

彭文和他们商量，这个大娘不是来静坐的，就是来威胁的，而且她还掌握道德制高点，大娘的身份让人同情，说出是养老钱更加分，对手又是资本市场上的枭雄天贺，那必须是稳稳地赢了，这种情况如果继续发酵后果不堪设想。没有办法，只能妥协了，天雅让财务马上把大娘的钱给她，这种人惹不起，万一真的演变成了群体效应让天贺遭殃，谁也担不起这个罪过，她心里这个憋屈，这个时候谁是弱势群体？她不由得想到了跟八音盒要回购款，八音盒的说辞和这个老太太差不多，都是要去闹，散布天贺无良，股权融资不认账到底谁无良？按照合同都执行不了，谁不讲信用？

她又接到了黄老哥的电话，说托管要收费，她说具体的托管协议她没看，不清楚是什么情况，会问天伟的。天伟说，黄老哥的小情人吃里扒外的自己赚钱就一直没跟她计较，现在找各种借口跟天贺资本要钱，不是说要整修校园，就是说要采购新教具，天伟跟她商量用教学结余去处理，她偏偏要跟天贺资本要钱，一看就是别有用心。天雅让天伟拖着，这个黄老哥太过了，大家都资金紧张他还想法要钱。

周六上午，约好的十点半见面，她的车在庄园外的路口等了好久都不见富总的车，富总说自己还在往这边赶，快到了。他本想昨晚出发的，但被人围着脱不了身，只能今天早上不到五点就开车往北京走。

真正的见面就几分钟，吴老板和富总坐在一个长沙发上，拍着富总的肩膀和他说："你知道这几天有多少人来找我吗？在这个节骨眼上你想停牌，不找到说话算数的那一个，你是通天都办不到的。"

"明白明白，让老弟费心了，说起来我比你大十岁，管你叫老弟你别介意啊。"

"老哥，你自己说说，我对你怎么样？"

"那是太好了，这么多人里面，你可以去问去，我跟谁都说，吴老板对我，那真的是够意思了，太支持了。"

"你知道唐总那边你都需要补仓了吗？"

"哎呀，这个事还真不知道，一般唐总都是和恒斌联系，跟我不直接联系的。"

"那是我没让他去找你，早先我和唐总还有些别的合作，我还有利润、还有一些东西在他手里，所以他才没有去找你。你别以为唐总干的这个活儿谁都能干，他也是担着很高的风险，你的一比十配的杠杆的资金是哪来的？万一唐总要是真的亏了，把你出的钱都赔了也不够赔配资的，那些配资的人还要追杀他，他也是压力很大啊。"她的心又揪了起来，一想到唐总就心绪不宁，跟唐总合作是她不情愿的，如果说开始的时候她抱着好奇心还想了解唐总是怎么操作的，现在已经彻底不感兴趣了，只想着千万别和自己有关。她心里一直有一根隐隐的刺，自己的房子抵押给唐总了，为了什么抵押的她都忘记了，一直也没有给她解抵押。

"真的是多谢老弟帮我顶着。"

"咱不能老说这些个虚的，你看我这么帮你，是不是把上市公司托管给我，这样我未来帮你才更名正言顺；而且你的那些债务问题，那么多的债务人，谈方案多麻烦，你也没有经验处理这些问题，你托管了未来这些事情我都帮你处理，就让张总去处理，包你满意，怎么样？"富总被拍着肩膀，他脸上一直带着笑，这个时候，他还能说什么呢？

"我觉得你说得对，这些个事情，本来我就没精力去处理，如果当初能一门心思地去抓管理和生产，现在也不会有这么些个问题，摊上这么大事故。但是有个事，老弟，你管这些个事情，你怎么赚钱呢？不能让你白忙活啊。"

"这样，你和我签个托管协议，把国强集团在上市公司的权利都委托给我，未来国强集团持有的上市公司的股价上涨到一定价格了，我们对半分，怎么样？"

"这个我要回去算算，只要能解决我现在的问题就行，我不赚钱都行，只要别让我再这么难受了，再这么下去我也坚持不了多久了，天天来找我的人都乌泱乌泱的，我得稳住各方面的人，让他们对我有信心，别去卖上市公司的股票，累得我，一天有的时候就能吃上一顿饭。这种生活真的坚持不了了，我算是看清楚了，到了关键时刻，还得是老弟拉我一把，其他人都恨不得躲得远远的。"

"就是，你就信我吧。"这件事就算是谈成了，他看了一眼天雅，跟富总说，"你觉得张总怎么样？"她又一哆嗦，什么时候还非要扯上自己，她低下了头。

"张总确实工作认真负责，虽然她人挺好的，但是凡事都是为天贺的利益考虑的，不但是她，她的整个团队都不错……"富总说得诚恳又坚定，吴老板笑着看他说，好像也不在意他具体说的什么，富总还没说完，吴老板就站起来说："走吧，边吃边聊。你好好配合让张总尽快把托管的事解决了。"

她下午回到家后接到富总的电话，问是不是到家了、说话方不方便，富总在车上没给她打电话，就是怕她是不方便。富总说，既然他答应帮忙，周一应该能停牌了，股价稳了，后面就专心地帮她联系尽调高利贷的事，让她把尽调出来的债务情况发给他一份，就用这个他自己也要算算账。其实吴老板抛出这个方案的时候，她就已经粗略地算过账了，股价至少要是现在的二倍多，才能解决富总的问题，她劝富总："别的不说，这个时候愿意帮忙，不管是虚情还是假意，都是真心实意地帮忙，建议您还是托管，反正现在也不用付出对价，先干活后付钱，您也不会有损失，一本万利。"

"嗯，我知道，但横竖我也要回去算算再说，这次谢谢你了。我这次过来给吴老板带了好几头我自己养的猪和牛羊，都是冷柜车拉过来的，你家在哪里？"

"不用了，真的。"富总还以为她是客气，和她让了半天，看她确实不要，才作罢。

周日的时候，国强股份的停牌公告就出来了。下面的股民评论纷纷说："公司决策真棒""这摆明了就是躲大跌呢""能躲一时算一时""能在这个时候停牌，公司有担当，富老板有关系"，小股民都拍手叫好，能保护自己的利益大家都欢迎，但还是有一些阴阳怪气的声音，质疑停牌的内幕，是不是欺诈，呼吁应该好好查查国强的账。富总真是气得够呛："这帮唱反调的是不是脑子有病啊！以为干趴了黄世仁，喜儿就归你了吗？错！喜儿那是村长的！"她安慰他："这些人不知道打了土豪，田地也不归自己吗？未必，但如果参与打土豪能有机会让自己脱颖而出，不如一搏，也能理解。"

本来今天事情不多，只是梳理海外的项目和香港那边的情况，她听完后感觉海外的项目以后也没必要弄了，虽然交的学费也不少了，但时机过了，现在不管是资金还是政策，对外投资都越收越紧，早点撤出来早止损。除了一个数字货币的项目收益颇丰以外，其他的都石沉大海，她在小群里给刘伟、媛媛和旭日说，海外办公室全面裁撤，不惜代价，你们一定要弄好，做人留一线，以后好相见，实话实说公司遭遇了资金链紧张的问题要收缩，也给天贺资本留个好名声。

第六章

第一节

国强股份虽然是顺利地停牌了，但交易所催着尽快交了预案好复牌。其实天雅和富总都心知肚明，就是为了躲暴跌停的牌，根本就不想收购，但被收购方并不清楚自己是嫁衣，还以为马上就能资本化了，全心全意地配合尽调和谈协议。富总做戏做全套，出动了公司好多的工程师，还有外聘的各种机构，由恒斌带队，去那边常驻着尽调，让对方看出自己的诚意。

吴老板肯定是尽力了，她听市场上其他上市公司跟她抱怨，现在申请重大重组也只让停牌两周了，短暂停牌的都排着队等着进屠宰场，监管员的意思也很明确：阎王叫人三更死，哪敢留人五更天。上层虽然打了招呼，但也没有办法面面俱到，监管员一天到晚地追着恒斌不放，再拖着要强行复牌。

吴老板给她发了很多市场上爆雷的案例，她实在是猜不到他的意图："这些上市公司你也有？"

"跟我没关系，我就是让你看看现在的市场已经这样了。"

"我天天被市场蹂躏，还能不知道市场啥德行。"两人的交流确实太少了，除了工作，其他方面都不在一个频道了。

做嫁衣的公司已经渐渐发现富总的意图了，就是找个停牌的借口，富总拖了很久一直都没有签协议，他们有点烦了。不管富总怎么拖延，五月初，她还是看到了复牌公告。

复牌前，尽管做了很多的准备工作，所有的利空已经尽可能都发布在停牌期间，包括大辉厂停工对公司今年业绩的不利影响、其他工厂停工未恢复、大辉厂刚拿到的高新企业认证被取消等。另外，国强股份本来在去年六月份拿到了发行公司债的批文，当初觉得上市公司并不缺现金流一直没发，而现在国强股份最后的尊严，就是主动取消公司债的发行——总比被动地公告过期要体面一点点吧。

越到这种时候，实体企业可以哭惨，个人投资者可以哭惨，唯独金融机构谁都不敢发声。先哭惨的得到的不是援助和怜悯，而是市场恐慌的抛弃和投资者无情的挤兑。银行都怕挤兑，其他金融机构更紧张，市场上一点点的风吹草动都风声鹤唳，免得一点点负面新闻最后演变成公司挤兑的蝴蝶效应。江海那边已经立竿见影了，起因是大股东挪用，但是所有的银行和机构对上市公司也实行了限期还款的抽贷政策，这让上市公司正常运转的业务瞬间停摆，各家机构更紧张了，纷纷轮候冻结上市公司的资产和账户，子公司被拍卖还贷款是早晚的事儿。

尽管在复牌前，吴老板让她嘱咐富总一定要准备点钱，给唐总预备着，复牌了就是一场硬仗要打，但她知道富总的情况，他上哪弄钱去？尽管复牌的日子已经能拖就拖了，但终有一天要面对。她也没有什么能做的，等待着吧，希望是黎明前的黑暗，却不知道这只是黑暗前的黄昏。

五月上旬，近四百只股票集中复牌，都是前期跌停后临时停牌的，现在被迫赶鸭子上架，因为交易所一律不给延期。这些股票中的资金都在比赛跑得快，对整个市场带来的负面效应引发恐慌，指数就像洪湖水浪打浪，下跌的浪潮一浪接一浪。

第一天复牌，她一整天都心神不宁，动不动就去看一下手机上的股价情况，收盘的时候赶紧给他发信息："上证综指三连阳，今日国强股份跌停，但盘中打开了一直在成交，并没有淤积大规模的封单。"他回了一个微笑，看起来对这个结果相当满意，躲过了大跌的股票一般上来三个跌停起，对比其他跌停股票几十万手的封单，至少国强显示了还有流动性，让股民们都不要恐慌，股价还是有人托底的，不是自由落体。

但收盘后她接到了唐总的电话："尽快给我补仓行吗？我今天吸了太多的货，本来原来进的就亏着呢，也就是老板让我顶着，实在没有办法，其他大股东的钱被我挪用过来了，但是最近集中复牌，其他大股东也该用钱了，不能再挪用，富总必须给我补仓了，要不真的坚持不了了。"富总没有钱，他只能准备一些利好投放到市场，但他说会让恒斌给唐总打电话，尽量不让唐总去烦她了。

到了晚上十点她又接到了唐总的电话，她有点不耐烦了，跟唐总说："我已经和富总说过了，他也承诺了会让恒斌尽快给您回话，就算您去找老板都是解决问题的方法，但找我解决不了什么问题啊。"

"难道张总不比我跟吴老板更亲密吗？"唐总问得她无言以对，当初把她介绍给唐总的时候，她还是他女朋友，现在呢？还是给自己留点脸面吧。想到这里她说："那倒是。"

"不是我说话难听，但您可能不记得了，您的房子还在我那里抵押着呢。我没有别的意思，只是稍微提醒您一下，如果哪天我真的坚持不了了，跑路了，你那套房子也无法独善其身，你懂我的意思吗？"唐总慢吞吞地说出来，她听到感觉一拳拳地打到自己脑袋上。当初为什么要抵押自己的房子？唐总这么说，到底是威胁自己，还是说说而已？她想到自己的小公寓卖了，就剩下一套快要交房的毛坯房和现在住的这套大三居了，如果这套房子有个什么问题，自己应该住在哪里？

"你最好尽快去找老板，我挪了好几个人的钱给他捧场，不是第一回发生了，当初说得好好的，后来就各种兑现不了，现在我要找他，他要么不接电话，要么说没空，我也是三番两次地找不到他，只能辛苦你了。张总，说句公道话，如果是坑别人，那也是我被老板和富总坑，他们一个个地找我办事，但是出了事都不给我补仓，我是高价借的民间游资的钱，和游资都是天天结算利息的，为他们办事我钱没挣到还垫付利息，如果他们再欠我补仓款的话，我真的坚持不了太久。富总的股价你也清楚，今天就已经开始在亏他的本金了，如果再来一个跌停，他不但本金亏光了，更开始亏游资的钱了；我是死无葬身之地，只能跑路。张总，你看看，我们到底是谁坑的谁？"都说大鱼吃小鱼，小鱼吃虾米，或许最后只有大鱼能活下来，剩下所有的虾兵蟹将都会成为炮灰。她现在察觉自己被坑了，当初告诉自己没事，现在又不负责任的人是他。突然觉得孤立无援，她故作镇定地和唐总说：

"您说得太悲观了吧，怎么会这样，您这种战绩显赫的股神应该是常胜将军，不存在刚才说的情况的；老板最近比较忙，我见到他一定会跟他说的，你放心，几万亿的产业怎么会不管了。"

"最好是这样，我也是信他才听了他的建议，我现在好后悔没有坚持原则，我已不敢抛头露面，都是东躲西藏的。我真的挺害怕的，比原来天天被稽查都害怕，稽查最多就是抓进去，要是被游资抓到了，那真的是要断手断脚断子孙的啊！我怕我那会儿就跑不掉了，现在都是随时准备好，张总，明天你看看富总的股票，如果还是没有拉起来，我就无能为力了。"唐总后来又想起来，"张总，你房子要没了，老板都不管吗？"给她问得措手不及，硬撑着说：

"这件事是我自己要做的，根本没有跟他提过，就是怕他担心，他如果知道了肯定惦记着，做那么大产业的人为了这点事情惦记着我总觉得于心不忍，本想自己处理了，但如果可能出问题，他不会不管的。"

"最好是这样，尽快让富总给我回电话吧。"

挂了电话，她质问恒斌为什么不给唐总回电话，他说："不是我不给他回话，你让我说什么？补仓款没有，利好能放的我已经都放了，能联系的公募私募我都联系了，希望他们不要在这个时候卖公司的股票，我能做的已经都做了。再说张总，我不知道你出于什么考虑，但我劝你离唐总远点，我都怕黏上，以后出事了你怎么解释，怎么把自己择出来？都到了这个时候了，我们各自多为自己考虑一下吧，你说呢？"

好说歹说，恒斌同意给唐总打电话，但她明白，没有真金白银的支持都是安慰剂，或许她应该去求神拜佛了。想到自己的房子，毫不犹豫地给吴老板打电话，他秒接，估计这么晚了也还在处理工作："怎么了？"

"唐总找我，我的房子抵押给他了，如果再跌又不补仓，他不敢保证我的房子还在。"

"你把房子押给他了？什么时候的事？为了什么？"她真的气得不行，当初如果不是他首肯，她才不会干这样的事情，她委屈地说："当初不是你说押我才押的。"

"有这事吗？我会让你去抵押？真的，我自己住这套房子，如果能抵押出钱来，我都想去抵押了，要不你问问唐，能不能换成我的房子。"都这个时候了，能不能说点靠谱的，她有点不高兴了："你能自己问吗？"

"我现在见他确实不太方便，这样吧，先解决你的问题，你问问唐，补上多少钱能把你房子解抵押，然后我给你解决，好吧。"

这还像个男人，她想着自己刚才是不是太生硬了，是不是应该温柔点，劈头盖脸地直说，也没有说点贴心的关怀的话，好像有点过了，又有点后悔。他觉得有些过意不去的，发来信息："当初我就是那么一说，没想到你还挺当真的。这个世界从古到今都是这样，好人不长命，所以你不要太善良太为别人着想了。"她想着，哪是什么别人，还不是为了他。

第二天，她担心股价到了无法集中精力工作的地步，几乎每个给她打电话的机构或者个人都被她安利了国强股份，她跟他们说买这个，这个股票严重低估了；不但和别人这么说，她还让孙恒用其他的账户先买一百万的，同时为国强祈祷。刚开盘一个小时不到，成交额已经逼近十亿，真不知道唐总的子弹还够不够打。幸好拉起来了，唐总也不急着找她补仓了。等到快下班的时候，唐总把打款的账户发给她，三千万，只要钱到位了就解质押。

跟吴老板说了以后，他说："×，你以为我没事兜里就揣着三千万现金啊，我身上就有几百万，这个数我要想办法的，不是随时都有的。"

"让您费心了。"

"哪的话，你的事就是我的事。"这句话让她心里还挺暖和的。

复牌后第三天，股市整个收阴，国强也微跌了一点，她等着他的钱联系唐总呢，但他迟迟没有消息。她想着他要么是事情多，要么是没张罗出来呢，也不好天天催，要不他又要骂她，给自己干活不积极，催着别人干活就火急火燎的。

这段时间本就是天贺资本自己也补仓得应接不暇，她尽顾着国强的事了，自己这边都没心情细看；但她猛然一看彭文的月度汇报，这一周光补仓就有好几个亿，真是不看不知道，一看吓一跳，要是这么补仓可就亏大了，相当于自己付着高额的利息用来给券商解心安地摆在账户上。她紧急开会，不能现金补仓，去谈用其他东西补仓，比如限售股的股票、PE项目的股权。非常时刻，现金就是生命，她已经收到了几个兄弟公司求拆借的电话，这个时候不能大方，自己的钱袋子一定要捂好了。

但不知道怎么传到了吴老板的耳朵里，他亲自在开大会的时候给她打电话，问她公司的现金流到底怎么样，她说还能支撑，不给集团添麻烦；他说，我要代表集团批评你，听说你还在往外打投资款，解散海外团队就花了上千万，为什么不能拆借给他们？为什么不能多负点责任，和集团所有的成员共进退？这让她心里十分委屈，要花的都是早就集体讨论决定的，之前都已经上报过集团了，为什么现在执行会被微词？但被说的时候她搞不清有没有其他人在，他是为了给他们出出气才说她的吗？她只能说："我尽量，能拆借我一定借。"

"光说不做不行，我就问你明天能不能拆五个亿？"

"这个事情我要和财务核实一下。"

"×，你这个人说话怎么这么磨叽，我就问你如果有这个钱，你拆不拆吧？你说话干脆点。"

"全听老板安排。"

"好！有你这句话就行。"

彭文说账上刚好有五亿，是公司滚动发行的公司债刚好这一期封账了，明天到账。怎么这么寸，公司有多少钱他都知道？她心里难过，他答应给她筹备的三千万还没有回音，还有提拔范鹏的事，报告已经打上去一个月了，流程一直卡在他那里根本签不出来。她本想趁机要求解决范鹏的级别，但又怕未来自己要拆借的时候他不帮忙，还是私下先和他打听一下口风，不敢贸然要求，现在不比从前，他对她或天贺资本不偏爱了。

这个时候，市场上也都是机会，各个上市公司肯定都急眼了，炒概念过气了，业绩才是实打实的，这个时候就应该是卖资产给上市公司的时候，她在公司的班子里强调了，坚定不移地找优质标的，找到了就不惜代价地弄上手，别人都害怕的时候才要出击，等市场上印钱放水的时候才是收割的时候。

目标是丰满的，现实却是骨感的，天贺资本自己的资金都是辗转腾挪才够用，节流也不是个办法，还是要开源才行。这个年头，能找到钱和合理地退出项目才是王道，她让刘伟冻结了投资人员的招聘，但是对于融资人员加大了招聘力度。这些来应聘的人里面，很多人都是原来小银行或者机构里面做渠道的，连工资都发不出来了；现在天贺资本这样大的体量，都感觉十分地难受，那些小体量的公司更是在垂死挣扎。

第二节

盼望着，盼望着，周末政策面利好特别多，据说会有正经的"国家队"带资入市，为国护盘，多少股民翘首以盼，终于盼来了解放军。结果正规军基本是以大蓝筹为买入的方向，蓝筹涨得都还不错，指数护住了，但中小创都在阴跌，三天跌 10% 反弹一天涨 2%，这么下去就是钝刀割肉，国强股份支撑得也很勉强，资金拦不住地往出跑，但恒斌应该都接电话了，因为唐总并没有找她。

距离吴老板答应出钱的日子过了三天，周末的晚上，他才说钱准备好了，让她确认好打到哪个账户，把这件事敲死。她问了唐总，唐总的意思是周一开盘后再说。结果，周一开盘就毫无征兆地跌了，他特别生气，给她打电话，上来就嚷嚷："我 ××××，这帮人懂不懂，天天银行一拉，把小票的钱都拉过来了，更没有量了。政策上打压，高送转的都被问询打趴下在跌停板，新股还在每周至少两只地发，进来的那点根本就是杯水车薪，眼瞅着根本没有增量资金进来，全是存量瞎折腾！×× 懂不懂，一看就是自己都没想好要干什么！"然后他也不等她说话就挂了，纯粹是他气得不行发泄对"国家队"的愤怒。

上午唐总给她打电话，她赶紧从会议室出来跑到没人的地方接，他说，看今天的这个情况，让富总准备一个亿的资金补仓，他真的顶不住了，从头到尾，富总就没有再给过他一分钱，都是让他等等看，但是越等需要补得越多，他实在是等不了，让她去求求富总，哪怕是给他一千万也好，好歹是个信号，让他有点信心，要不这下去他顶不住压力去平仓，这不就是更大规模的砸盘了吗？比之前机构出逃的时候规模更大，因为唐总的手里已经接了市面上近 60% 的流通盘，成了最大的庄家。她说会去催富总的，但可不可以把房子先解抵押，吴老板已经准备好了三千万可以打到他指定的账户。唐总说，下午我们约个地方，我把解抵押的文件都给你，你把钱给我打过来，但是不能是这个数字了，这个数字早就不够了，要四千万才行。夜长梦多，她已经不想为了这件事再去求吴老板，现在抵押的是她的房子，不是别人的，最着急的人是她。她说现在没有地方再弄一千万，她手里有五百万，如果能同意就先给三千五百万，如果不同意就再商量吧，唐总才不情不愿地同意了。

下午两个人约在一个酒吧，工作时间人不多，唐总特意要坐在绿植后面隐蔽的地方，因为酒吧里面有直播的小姐姐总是举着手机让人揪心，唐总怕躺枪。手续都做好了，他把抵押主体的章证照和法人身份证都给了她，让她自己去办。她拿到这些东西才让吴老板给他打款，然后她也把自己积攒的五百万打给了唐总，一颗石头终于落地。两个人还聊了一会儿，大盘跌了不到3%，但是中小盘已经跌得稀里哗啦了，跌停一千只出头，国强股份因为有唐总控制着，才跌了4%，已经算是看起来相当好的了，但唐总说他快撑不住了，因为没有新的增量资金进来，不管是富总还是吴老板，答应他的口头支票都没有兑现，富总安排的上市公司回购也就买了几千万，杯水车薪，他现在已经是子弹打光、山穷水尽了，好在今天还有点现金补充进来，还能再坚持说服所有持仓人再有点耐心，看能不能挺过去。这个时候大家抱团取暖，都在一起，如果有一个人坚持不住了，就是大溃败。两个人唏嘘了一阵子，她想着这应该是和唐总最后一次见面了。

转过天，她找了个中介帮她去办解抵押，出乎意料地，从这个月开始还需要涉及主体壳公司的法人亲自去一趟，窗口才同意给办理。这下难倒了她，给唐总打电话就没接通，上午开盘还是微微红，到了下午又开始跳水，她看着大盘心里焦急，索性不看了，联系不到唐总更是焦急。急得她问孙恒该怎么办，孙恒说有的解，他有渠道找到法人。她心里担心法人不会不配合吧？自己还是太大意了，还是应该叫上个律师陪着自己论证清楚了。但是都已经到了这步，还是老方法，威逼利诱，怎么也要把事办了，已经跟吴老板要了三千万，自己又凑了五百万，要是没弄成简直是职业污点，阴沟里翻船了。

好在孙恒给力，对方还挺好说话的，双方说好了明天上午一起去现场。到了收盘的时候，她捂着眼睛从手指头缝里看，指数居然收红了，中小盘也就是微跌，热点还有涨停的，只要市场上一直有值得追逐的热点，就不算太差，比起泥沙俱下的行情，简直是好极了。

收盘以后唐总终于给她回了电话，一接通就让她无论如何也要找到富总，或者是老板，让他们要想办法再给弄点钱，自己这边真的要坚持不了了。事不过三，唐总天天和她说要弄钱她也烦了，本来只想让唐总帮着找到抵押房子的主体法人，现在既然找到了，她也不想跟唐总多说，敷衍了半天终于挂上了电话，富总那边电话都关机了。

第二天她早早地就到了房管局，但对方的法人却一直没来，给他打电话，他说自己起晚了，给他发了两百块钱的红包打车才慢吞吞地过来了。一看他就是一个出借身份的小混混，对公司的事情一窍不通，塞点好处就办事。到了以后房管局让他手写一个债权债务结清的文件，他坐在那里老老实实、歪歪曲曲地抄写给他的模板，但是写了没几个字就接到电话，停下了手中的笔。她看着有点蹊跷，他说他老板跟他说了，现在不能签，要等姓唐的还了钱才行。听到这里，她感觉一阵天旋地转的，自己被耍了。

今天的大盘并没有因为她不去看盘就幸免于难，又是万马齐喑的一天，她已没有心情去看交易数据了，给吴老板发信息联系不上唐总了。他给她回了一段语音，说这就是她的事了，跟他没关系了，他能做的已经做完了，当初是等她确认才打款的，她应该知道自己和唐总是不可能直接联系的。她的心情低落到了谷底，没有心思工作，早早就回家了。尽管她说服自己，唐总和吴老板合作了这么久，不会这么耍自己的，唐总肯定只是一时忙，就像他说的去安抚游资去了。

看着女儿在客厅圈起来的地方扶着围栏在走，她很开心，现在唯一能让她开心的事情就是女儿的一天天长大了，其他的事情都在一天天恶化。

经过了一晚上的心理建设才感觉可以上班了，她安慰自己，一切都会好的，唐总一定会解决这个问题的，这中间一定是有什么误会。上班以后她看了一下昨天的交易数据，不是特别好看，两市的成交额在持续地收缩，从年初高峰期的每天过万亿，到现在一天成交额只有两千亿，流动性严重不足，中小盘尤其重灾，别说像国强股份一样出了重大事故的上市公司了，那些没病没灾的，甚至是业绩还在不断向好的上市公司都被拖累到沟里了，股价膝盖斩，大家一起练匍匐。好在国强还有唐总，昨天仅仅跌了一分钱，如果小股民知道大股东冒着违规的风险弄来资金，冒着同样违规的风险来操纵股价不下跌，会不会感谢大股东的舍命相助？她笑了，真是魔幻。

开盘没多久大盘就再次掉头向下，这次奇迹没有发生，国强盘中闪崩了。她看到这个，知道唐总肯定是跑路了，不会回来了，而盘中这个惊天巨量，就是树倒猢狲散的那些游资的抛盘，富总被反噬了。她给吴老板发信息："唐跑了。"他没回，她心如死灰地坐在办公室里，外面要下雨天色突然变阴，办公室里面居然都开灯了，她没有开灯，头脑里面一片空白。唐总就这么走了，走之前没有解决房子被抵押的问题，还卷走了吴老板和自己的钱，这件事她根本没处去说。她反思自己是怎么了，感觉有种错觉，好像天天和这些老板在一起，自己就是个老板了，他们为了做生意干的事情，她也可以干，何况当初她和吴老板关系不错，至少她是全心全意地对他，那个时候，别说房子，就算是让她上刀山下火海估计她也会去的。她到底是不是没脑子，是不是太笨了？

她这个屋的门本来虚掩着，媛媛推门一看她在呢，进来说你在呢啊，没开灯我还以为你不在呢，李拉给寄来了特产猪肉脯很好吃，拿过来几盒，她问李拉最近怎么样？媛媛说李拉怀孕的时候就是羊水少，经常住院补羊水，后面就一直住院，最近一次联系还是上周末，按日子算估计快生了。想到多年的合作，她心里也很复杂，她还是给李拉发信息："生了吗？最近一直太忙了没来得及问你。"她跟媛媛吃着猪肉脯喝着茶，正聊着，李拉给她回信息了："凌晨刚生的，所有的罪都遭了，催产，宫缩，开到二指，胎心不好，剖了，还没下床呢。"她看到这个，心里有点担心："疼不？能睡着不？多久出院？去看看你吧。"李拉回了好几条："疼，但是能睡着，累，据说三天就可以出院，医生让明天下床，我下不了，还不知道怎么办呢；别来看我了，公司的事情多，现在情况都不好吧，加油。"她看到这句话心里还是有点不是滋味，她安排把公司的礼物给李拉送去，再以自己的名义买点小孩子的衣服给她寄过去。大家同事一场，不说其他的，过去的就过去吧，她对李拉并没什么血海深仇，也怀念过去一起战斗的美好时光。

晚上孙恒过来了，问她想吃什么，她说没食欲，孙恒说那去吃蒸海鲜吧，清淡些还不长肉。坐在店里，她一言不发，孙恒说："怎么了，谁惹你了？是不是因为我买了一百万的国强股份？没事，亏了就放着吧，我觉得我们公司就算好的了，这个钱也不急着用，亏了就亏了，放着总会回来的，我不怪你。"她看着桌子上的一个地方发呆，孙恒有点发毛，他伸出手来用手背放在她额头上，说不会是发烧了吧。她眨了眨眼睛，心里实在是太憋屈了，忍不住跟孙恒讲了自己房子抵押的来龙去脉，为了讲清楚唐总的事情，顺便把自己和吴老板的事简单地讲了讲。

讲完了她感觉好多了，总算是有个出口，孙恒边听边八卦地笑，还动不动就问点问题，丝毫没有那种感同身受的沉重和痛苦，开始听到八卦的时候，他说"你看，我就告诉你吧，你值得更好的，幸亏当初咱俩没成"，后来他又特别关注重点"你俩到底上床了没"，"他技术怎么样"，要不是她玩命瞪他估计还能继续问下去；听到后来他就生气了，不是气别的，他觉得她太傻，脑子有问题，居然可以就这样抵押房子，关键是她做了这个到底是卖给谁的人情？

如果说当初她这么做是给吴老板面子，后来吴老板的态度变化了她就应该及时地撤出来，她就是特别傻，总以为自己是观音菩萨要普度众生吗？现在可好，既没弄出来房子，吴老板也给得罪了，还觉得她没能力；再说富总那头，当初她给富总帮忙的时候孙恒知道了就特别反对，对她有百害而只有一利，那一利就是万一国强集团撑过去了，间接不给天贺资本的业务添麻烦；但她付出的代价是巨大的，天天地心惊胆战，而且由此她被富总绑架了，后面为了保着富总不出事她付出了多大的心力，这些东西对于她这个位置的人来说，都是巨大的成本。孙恒说："有句话怎么说的来着，有些事不上秤没有四两重，上了秤一千斤也打不住；如果天贺资源东窗事发，你在吴老板面前也是吃不了兜着走，想过没有？"现在可好，如果出现最坏情况，吴老板觉得不是他让她失去的房子，富总觉得不是他让她失去的前程，何苦来的。孙恒想到了一件事，他本想问孩子的事情，但她用眼神告诉他，这不能谈，他话到嘴边还是咽了回去。

但孙恒好歹想法给她帮忙："你不是让富总手写了一个承认书吗？那个东西能不能帮你撇清责任？"

"那个东西手写的，能有多少法律效力还不好说呢，唉，你能帮我盖个国强集团的章吗？"

"巧了，我这次出来带着章呢，等会儿送你回去的时候，你把那页东西拿出来，我给你盖上，是不是能好些？"

"好吧，总比没有强。"

服务员过来帮着揭开盖子，里面的各种海鲜都熟了，有扇贝、基围虾、鲍鱼，她没胃口，但服务员直接都给夹到了她盘子里，孙恒还是微笑着说："不管这些，先吃吧，等会儿凉了。"他已经上手剥虾壳了，看她不动，说："哪有那么糟糕，车到山前必有路，刚才都是吓唬你的，希望你记得这个教训，别再犯错了，你不会当真吧？不是那么有自信呢吗？不吃难道等着我弄好了喂你啊？"她一想也对，生活还要继续往前走，她也有点饿了。

孙恒知道她只是找人发泄一下，也挺佩服她的，能自己憋这么久；他说现在已经这样了，别有心理压力，走一步算一步，别自己吓自己，本来没多严重的事，自己吓死了；他用富总的例子安慰她，公司天天给他打电话要债的、要补仓的、要付款的就一大堆，富总的电话肯定就像客服电话一样，需要排队，富总一睁眼就是一堆要钱的，天天晚上要是想把电话接完都得通宵，但富总不也是该吃吃、该喝喝，也没见他减肥。但他话锋一转，这几天没见到富总，也联系不上，不知道他是不是跑路了；今天国强股份的股价闪崩了，多少债主估计都要上门，他先跑出来，说自己在北京出差，躲了。

第三节

　　五月份的最后一天，天气已经越来越热了，拉开窗帘，又是一个阳光灿烂的早晨。天雅感觉元气满满，昨天睡得不错，公司最近事情没有那么多，集团已经下了通知，要全面接管各个子公司的人事权，所有的项目都需要上报，除了吴老板钦点的项目其他的不新增投资了。富总一直没消息，国强股份几个跌停以后股价已经腰斩，大多数股东都抛不动了。恒斌给她打过电话，告诉她上市公司会公告大股东所有股票被冻结，这是富总借兄弟的手最先起诉自己，把资产都诉前保全了，要不这么暴跌的股价，抵质押物都要被拍卖，这下冻结了谁都别卖，主动权还在富总手里。要说富总每次招架得都不错，只是不知道他有没有察觉到，他一直在招架总轮不到还手，原因只能用一个词来形容：大势已去。

　　刚上班不久，她接到红石市的来电："张总，我和孙哥要的你的电话，我是国强股份证券部的小佳，不好意思打扰您了，有个事本来我想去找天贺资源的，但是恒斌总让我还是跟您说。"听到这里心里咯噔一下，她感觉，不会吧，天贺资源，她最怕出事的地方，终于出事了。她还是很镇静："你说。"

　　"这边收到交易所的通知，天贺资源持有的国强股份的股票昨天被法院冻结了，具体交易所的数据我可以发给您，您看是不是尽快地出个公告。"

　　"你那边能看到是哪个法院，因为什么事宜冻结的吗？"

　　"不能，但一般都是公司自己知道，要不您问下天贺资源？"

　　她平静地把电话挂了，自己明白是发财公司搞的鬼，但她还是有点侥幸心理，万一是天贺资源自己经营不善、拖欠工程款，被人家给告了呢？她深吸一口气，给李哲打电话。

"张总，什么指示？"

"李总，最近还好吗？"

"有什么好不好的，凑合活着吧，是不是国强股份要减持了？我就等着减持呢，总要给资源分点辛苦钱吧。"

"那是一定的，等减持的时候我跟你说。我就问问资源这边最近有没有什么官司，有没有收到法院寄来的起诉书什么的。"

"没有啊，我们就算是欠工程款，也是下面子公司签的协议，总不能子公司签协议把母公司给诉了吧？再说不应该啊，每次对方闹一回我们就付一点，从来没有说一点都不给，对方也从来不急眼，不应该起诉吧。张总，我跟你说，其实我们资源还真不怕起诉，你想啊，我们账上没钱，亏损了这么多年，谁来查账我们都不怕，就是没钱，你封账户都一点用没有的。没事的，您是听到什么风吹草动了？"

"我听说资源持有的国强股票被查封了。有这么个事吗？"

"不知道啊，从来没听说啊，您听谁说的啊？"

"那我再问问吧，或许是搞错了。"

"对，您问问吧，我们这边从来没有收到过任何的文件，也没有人给我们打电话说查封的事，我感觉是搞错了吧。"

听李哲这个话，她心里还算是有点底，天贺资源没收到过任何的文件，这说明即使真的是发财公司搞的鬼，事情还不算败露。她现在心里正在激烈地斗争，到底怎么办，能不能趁曝出来之前撇得干干净净，然后自己一走了之？或者能不能让谁来为自己背锅，自己还是无辜的，尽量去解决这个事？如果在以往，她可能会这样做，但现在她累了，这又如何能过得了吴老板那一关呢？她想到了自己曾经让富总手写下的那页纸，吴老板信吗？

正在屋里思想斗争的时候，响了电话，她冷笑一声，心说姓富的还有脸来电话。

"我听恒斌说了，资源的股票被冻结了。"

"是因为那个吗？"

"应该是因为那个事，他们刚刚也把国强集团持有的股票冻结了，马上我们就要出轮候冻结的公告了。"

"我现在没空管那些，我只想知道到底为什么会变成这样！你不是说你负责吗？你不是说肯定没问题吗？"她确认办公室的门关好了锁好了，实在是控制不了自己的脾气了，她无数次想到这个结果都吓得胆战心惊，安慰自己富总已经解决了，但现在还是出事了。

"我真的是努力去处理了，那些都是有痕迹的，这个时候，我恨不得把自己的心挖出来给你看看，我是真的努力了啊……"富总在电话那头泣不成声了，但是她还是异常地气愤，凭什么？凭什么她最终被这件事拖死？她好恨啊，恨发财公司，恨富总，更恨她自己。这个时候，不论富总再怎么一哭二闹三上吊她都不会有任何的同情，她明白，自己的前程可能就这么毁了，她脑子里思考的是怎么把这件事推出去。富总看她没说话，自己收住了悲伤，跟她说："事情是这样的……"

原来，去年十一月份富总还不上发财利息的时候，发财曾上北京堵过一回天雅，那个时候他们就拿着起诉书，一起把国强集团和天贺资源诉了，国强集团是借款人，天贺资源是担保人，富总当时对他们不敢强硬，因为他们攥着天贺资源和上市公司的暗保。富总跟发财的人画了半天大饼，有的没的什么都跟人家说，什么等着自己转过年来让从上市公司弄出一笔钱来这些问题就都解决了，什么集团还持有好几块地皮一直没开发呢，这些都可以抵押给他们，如果转过年来富总没有弄出这些钱来解决这个问题，那么他们去拍卖地皮就好了，富总都配合。

但发财公司可是高利贷中的战斗机，公司大楼就在法院马路对面，各种法条都熟悉得如数家珍，既然都走法律程序了，是绝不可能凭着三寸不烂之舌就能说服的，必须要刀刀见血，拳拳到肉。他们说了，如果要他们像富总应付的其他公司一样直接撤诉，是不可能的，除非富总能和他们庭外和解，这样他们就对天贺资源和上市公司撤诉。富总曾跟发财说，天贺资源那是吴老板的，你们都听说过吧，惹了他肯定是吃不了兜着走的，那对方也不让，发财的律师说了：富总，法治社会用证据说话。富总当时只能和对方和解了，让承认啥就承认啥，发财也讲信用，对那两个主体撤诉了。

天雅是知道春节前富总倒腾了一笔钱出来的，这笔钱除了还发财的本息，还有一部分是要打给被富帅骗了钱的许总。本来富总也没想骗发财的人，真的想给他们还钱了，但好死不死地出了重大事故，富总当时就是一门心思地想保住上市公司的股价，本想着还是能坚持过去的，但是谁承想赶上了股灾，他从上市公司挪出来的钱就这么灰飞烟灭了。上次起诉双方虽然是和解了，但是依然转执行了，执行庭就让发财去拍卖国强集团的两块地，发财这才消停点，请了人去评估土地价值啥的，正在走流程。

但坏事就坏事在股价闪崩了。富总挪走的钱灰飞烟灭，对许总的承诺本就快到大限，许总一朝被蛇咬十年怕井绳，他发现了富总的资产都被冻结，要钱又给不出，就认定了富总一直在骗他，希望破灭的他动用了资源，让所在地的公安蹲守在富总家附近，跨省把富帅给抓了，连夜把人弄了回去拘了起来，罪名就是诈骗。富总两天联系不上，才被通知原来人进去了，给他急得连夜往那边赶，但现在再说什么许总都不信了，一旦进去就不是随随便便能出来的了。如果说在平时，她肯定会关心一下富帅的情况，但现在她自顾不暇，根本不想管这个始作俑者。

这下发财手里的东西都变成了死扣，富总这边的土地不值钱、股票全都轮候冻结，发财也急眼了，再一次起诉了天贺资源，为了恶心天贺资源，冻结了他们持有的国强股票。其实这也是一着将军，目的就是逼着天雅出面解决，发财一直跟富总谈，都不用天贺资源还款，只要天贺资本能对债务担保，他们马上撤诉，没有一点痕迹，法院还没开庭，目前还属于诉前保全的阶段，还是可以做到不留痕迹的。

她鼻子都要气歪了，恨不得生吞活剥了发财的人，居然还想让她出东西，不可能，她就算是自己粉身碎骨也不可能放过发财。她这个时候整个人都是愤怒的，终于碰到了所预想的最差情况，不得不为自己考虑了。她跟富总故意复述了一遍事情的经过，然后问富总，天贺资源的担保是您让他们出的，对吧？让富总在电话里把这些都承认了吧，录音可以作为证据。

富总说："对。但你要知道，你如果想置身事外，就小儿科了。天雅啊，我跟你说，这个时候不是我往外甩责任，但你要装不知道，是根本不行的啊！"

"怎么不行？"

"你以为吴老板是蠢吗？出了这个事，你装不知道，他能发现不了是怎么回事？"她没说话，感觉过不了他这关，尤其是他的眼神。

"你冷静一下听我说，我理解你不可能再去跟发财谈任何条件，但就算是和发财上法院，也不代表这件事就会对天贺资源造成任何的确定的损失，对吧？咱不说别的，一纸担保函就能判决承担责任吗？我现在欠发财公司的，也就一个多亿，他们是高利贷，法院不一定支持这个金额；咱退一步说，如果法院支持发财，让天贺资源承担担保义务，那是不是要等我国强集团先赔付，不够的地方再找天贺资源追偿吧？我没别的意思，就是跟你说事情可能没有那么严重。"

"然后呢？"

"你应该单独和吴老板说这个事，你们毕竟更好说话一些，这件事你做得有点对不住他，应该坦诚地认错，但你也有你的理由。第一个，你不是出于个人利益，而是为了公司的利益，这个有点难解释，我们这么长时间的相互合作，他不一定都清楚；第二个，目前还没有造成任何损失；第三个，你对这件事一定会负责到底，后续一定会努力去处理。说了这三个，我估计他也就生生气，气消了就好了。如果你死活不认，你觉得他会对你怎么想？你本来是全心全意对他，这下坐实了你存心不和他讲真话，你说他气不气，可能比这件事让他更生气。"

她若有所思地挂了电话，背负着对吴老板的愧疚，几乎没有什么思想斗争就认定了要和他老实交代。富总说的有一定道理，她就如实说了，一人做事一人当，她对不起他和天贺资源，不能让无辜的人为她背锅；她也认为这不是个特别大的事，犯的比这个大得多的事她都知道，只要能追回损失他都能继续容人，不至于一棒子打死，而她和他又是这样的关系，她觉得只要她认真认错就没什么大不了的，他骂骂她出出气就差不多了。

她给他发信息问有空见面吗，没两分钟他回电话了，问她什么事，自己很忙。她知道他不会有空见面了，不想拖着就原原本本地跟他说了一遍，当初只想帮个忙，绝对是预料不到会到如今的地步。他居然没在中间打断，只是等她磕磕巴巴地说完后很生气地反问她："我就问你一句，你把我放在什么位置？为什么当初提前不跟我商量？"

"你根本就没空理我！再说我要是跟你说了你肯定不同意。"她被逼得没办法，实话实说了，她当时确实没想跟他商量，他那么忙，而且这种事她就可以判断了，只不过她判断失误了。

"你当初不跟我说，现在出了事你能承担吗？"反问之下，她醒悟过来自己是要认错的，不是来抬杠的，马上说："我知道自己做错了，来跟你认错，希望你能帮帮我，现在只有你能帮我了。"

"我再问你一句，真的没拿钱？"

"我们认识这么久了，你还不信我吗？我没法说了，我说了你不信，富总说了你不信，你到底要怎样才肯信我？"她是真的急了，这样的怀疑让她很难受，她的全心全意他根本就没感受到。

"当初天贺资源的章是怎么盖的？"

"我让盖的。"

"你让盖，他们就盖了？没有任何的集团的流程？"

"没有。"

"你怎么不早告诉我？！"

"我已经跟你说了我错了！这么多年，我自认工作上除了这件事，我对你都是问心无愧的，当初做出了错误的判断，从那以后我经常被这件事折磨，好几次午夜梦回我都无法入睡，犯错之后几次参与国强集团的融资，就是为了解决这个，我一个人扛着压力，不想让你怀疑我的能力，更不想让你分神。我理解你已经够忙了，太多的事情压得你天天分身乏术，所以我希望尽可能地处理掉，而不是给你添乱。我真的非常地后悔和痛苦，希望你能帮我。"她明白他肯定会发脾气，但她这么多年没有功劳也有苦劳，给他赚到的价值远超这个麻烦事可能带来的损失，为什么他要这么苛责她呢？她甚至以为，他知道了她的痛苦，会安慰她的，到这个时候了依然还是这么天真。

"好吧，这件事你不用管了，包在我身上。"这正是她最盼望听到的话，但后面还有一句，"我要解决这个问题，你再在这个位置上已经不太合适了，这样吧，我调你去集团当副总，你先不用来上班，自己辞去资本董事长的位置。"她有点傻了，没反应过来，她不相信难道他能为了这么小的事情放弃自己？她说："什么？"

"你信我的，你自己安排好，我今天中午前就签发调令。我希望你尽快地收拾好，不要拖拖拉拉的。"

"好的，都听您的安排。"她心里还惦记着天贺资源要公告的事情，和他嘱咐说，"现在股票被冻结了，公告要尽快出，我建议……"

"知道了，不用你管，你签好辞职信发给我。"

她选择相信他，辞职信封好了让小芳送去集团，又怕他追究资源公司的责任，特意把当初富总手写的文件拿出来拍照发给他，并跟他说这件事都怪自己。她看了一下自己的办公室，要好好收拾收拾，她让小芳给她找两个大箱子，把衣柜里的杂物放进去，书柜上有好多自己曾经获奖的奖杯和证书，还有照片，柜子里面有好多文件，让小芳把常规文件交给档案管理员，看着小芳听话地把一堆文件抱走，心里感觉挺不是滋味，她都没有给所有人安排好，但是没时间了，他说了中午之前，就必须要马上收拾好。有好多东西都是没什么用的，都不要了，但有些文件她想带走的，整理放箱子里。她在收拾东西，媛媛刚好路过，说："收拾东西呢啊？我帮你？"

"不用了，你看看我这里还有些书，哪些是你感兴趣的，我都不要了。"

"哇噻，你看的书真挺多啊，这几本我都拿走了，其他的太厚了我也没空看。你这是要搬地方？"媛媛问起来，到了这个时候，她对媛媛没什么好隐瞒的了，她走过去把媛媛往屋里推一点，把门关上，深吸了一口气："我要走了，老板刚通知的我，以后去集团，不在这里了。"

"什么？"媛媛一脸的惊讶，"这么大的事情为什么老板会突然通知你？"

"你就别管了，我现在也烦得很。"

"你到底怎么了？是你有二胎了吗？"这个时候媛媛还有心思开玩笑，天雅根本笑不出来，她心里苦又不想说，只是说："我有我的苦衷，但是我上午要收拾完。"然后就自顾自地收拾。

"哎呀你别收了，到底怎么了？"媛媛不禁走过来按住了她的胳膊，有点着急了，"你倒是说话啊，到底怎么了？张天雅！我们不说关系多么地亲密，好歹认识也好几年了吧？就算我职位没那么高，好歹我还自认是你的朋友，你有什么事为什么不能和我说？我没有想过你会比我更早离开公司，你离开公司了我该怎么办？你听到了没有啊！"她按得比较大力，天雅被她晃动得无法收拾了，但现在她真的没心情跟媛媛解释，只是一门心思地想按照他的话执行，她觉得只有他才能拯救自己于水火，把这一切一笔勾销。还是不要告诉媛媛发生了什么，人多嘴杂，走漏了风声，就不好办了，她说："没事的，我会回来的，只是暂时被调到集团。你掐疼我了。"

"真的吗？"媛媛松开了自己的手，盯着她说，"你保证只是暂时地被调走？"

"嗯嗯嗯，我保证。"

"哎哟妈呀吓死我了，还以为出什么大事了，你这个人说话总是半句半句说，真是让我胆战心惊！"

"你就放心吧，我又不是人不在了，公司的事情还管的。"

"要是这样的话我帮你一起收拾，我这个人别的优点不多，但是平时有两个娃要糊弄，手快得很。"她看着媛媛的背影，一时间眼睛竟然有点模糊，赶紧控制情绪不能露馅，虽然到现在都不知道媛媛是不是值得信任的人，但至少在这个时候，有媛媛陪着她心里好受多了。富总来电话了，她当着媛媛的面接起来了。

"说了吗？和老板。"

"说了。"

"怎么样？"

"让我暂时调到集团工作，他说他处理。"

"你看我就说嘛，只要你好好地承认错误了，他最多说你两句，不会不管的。"听着富总轻快的语气，她气就不打一处来，都是因为富总她才像现在这样狼狈，后面的路还不知道怎么走，但当着媛媛她又不好说："这个事情还没有定论，不知道他准备怎么处理。"

"哎呀，他都说了他管，你还操心什么？他让你干什么你干什么就是了，其他的事情交给他处理，这才是男人的担当。"她实在是不想再听富总说这些没有用的，挂了电话，媛媛问她说："香薰套装还是新的，还有谁送给你的冬虫夏草，怎么都不要了？"

"嗯，你要是要就都拿走吧。"

看着媛媛离开，天雅想着怎么也要给公司的人交代一声吧，她给他发信息："我已经收拾好了，要不要和公司说一下？什么口径说？"他回复："不用说，我来管。"她让司机把两大箱子东西搬到车上去，送自己回家。办公室里面的人，各自都在忙碌着各自的事情，她出来大家都看到了，司机帮她搬了箱子下去，周围的人在议论这又是哪家送来的东西，这么大的箱子，她走出去的时候，很多人还笑着跟她打招呼，她也微笑着跟他们打招呼，心想着，我只是因为不想面对而暂时地离开，等他摆平了就回来了。当时如果她知道，这就是她最后一次以天贺资本董事长的身份出现在众人眼里，不知道她还会不会就这样默默地离开。

第四节

天雅想着自己给闺女的时间有点少，借着这个机会，在这么好的季节，刚好带着她去游山玩水，也算是补偿她。工作日的郊外，人没那么多，开到地方的时候，已经是下午两点了，大家都饿坏了先去吃饭，她心里难受一直没食欲，并不是说肚子不叫，而是觉得心里堵得慌，吃不下。酒店的餐厅可以看到外面的花园，阳光那么灿烂，花朵开得那么美，闺女特别开心，花园里还有很多可爱的小动物，她专门点了一盘蔬菜蘸酱，让闺女拿着黄瓜、胡萝卜条去喂小兔子和小鸡。

吃完饭，闺女特别兴奋根本不睡觉，月嫂带着孩子在酒店的儿童乐园里面玩，她在酒店的行政酒廊里打电话。她和孙恒说了今天的事情，孙恒震惊了，他没想到这么快她就摊牌了。他想着就算是天贺资源的股票被冻结了，是不是只要她打死不承认就行了？因为富总和恒斌是不会和天贺说到底是怎么回事的，她只要咬死了自己也不知道，不就万事大吉了吗？她不想这样，她已经见过了用一堆谎言去掩盖一个谎言，不想再做违背自己本心的事，再也承受不了这种折磨。孙恒在电话那边啧啧地叹气："都到了这个时候了，你指望吴老板能全权地帮你处理了这个麻烦，你感觉他能怎么帮你处理？"她不知道，孙恒说："我不知道他会怎么办，但是如果我是你，我不会就这么全都认了，我肯定不到最后一刻不认的，因为办这个事的过程中肯定还有各种各样的问题和机会，到时候找个机会把责任推给别人，比你这种人家还没问呢直接就招了要有利多了，你没听过吗，'坦白从宽，牢底坐穿；抗拒从严，回家过年'。"她沉默了，相信既然说了他来处理，就让他来处理吧。

下午五点多下班的时候，媛媛给天雅来电话，应该是下班了走在路上，一边打电话一边走路，都能听到走路声音和周围的嘈杂声，她在电话刚一接通的时候说："到底怎么了？你能不能跟我说句实话，如果你现在不跟我说，那么以后我也就不管了。"

"怎么了？"

"你先别问我怎么了，你告诉我个实话，到底怎么了？"听她的语气很生气，但天雅答应过吴老板不能说，只能问："你先告诉我又怎么了。"

"张天雅，如果是这样，以后我们真的不要再联系了！"说完媛媛就挂了，天雅摸不到头绪，不知道为什么她这么生气，到底是发生了什么。不过有点反常的是她一直没有收到集团下发的调令，自己的办公系统显示她登录异常，或许是郊区的信号不好吧，还是别管这些了，享受带孩子的快乐时光吧。

周日傍晚的时候，天雅带着孩子回来了，接到了吴老板的信息："你晚饭后找我！关于国强。"终于要说这个问题了，最好能给他详详细细地讲讲，她回："好的，几点钟，在哪见？"

吴老板只是回了："九点。"

她马上行动，给富总打电话要材料，富总给了她公司法律顾问的电话，顾问给她发了之前发财第一次起诉的诉状及相关文件。这是她第一次看到天贺资源签署的文件，担保函上有天贺资源的公章和法人晓梅的亲笔签字，但是当初担保函的被担保人是空白的；发财一般都是签一堆空白合同，借款人手里没有，只有他们手里有，如果借款人正常还款了，他们就撕毁当作什么都没有发生过，也不用交税，如果借款人未能正常还款，他们选择诉诸法律，才会在借款人处写上信息。

晚上八点她已经准备好了出发，但吴老板并没有理她，她问了一下在哪，他说今儿不行了，太忙了。既然是这样，她就不着急了，因为周末带着小孩玩水受了凉，赶紧晚上吃了片感冒药早早上床睡了。

第二天早上七点她被手机的振动吵醒了，幸好孩子睡得实没有听到，是吴老板催她快点上线。他拉了一个群，里面是她、集团总裁、天贺资源的李哲和法人晓梅。从六点多开始李哲已经多次发起了通话，好像只有她没有上线了。她感觉特别意外，他拉这么一个群是干什么的？他解决问题自己出面就好了，为什么要把她拉进来，关键的是还有集团总裁，那自己的颜面怎么保得住？但不容她多想，他问她手里有没有天贺资源签的文件，她说有的，他让她发在群里。

一直到这个时候，她还不知道他的思路，单独给他发信息说："这是要干什么？"他说："走到诉讼了资源的人肯定不干，我得给他们个交代。你赶快找富总，让他把这件事情解决了，今天就解决，否则你就麻烦大了。"她气就不打一处来，富国强要是能解决，还能走到今天这一步？都是那天打电话的时候说的时间太短了，这个雷拖了这么久才爆发，中间详细的事发经过，还有富总和她一直地周旋，她本想当面和他解释的，电话里说不清。但他一直不见她，她就一直憋着没处说，他难道不懂吗？她这么傲娇，但凡还能有一点办法，都不会去求他。她拉下脸来和他一五一十地都说了，就是为了让他帮一把。

看她一直没有发文件，他又来催她，她带着情绪问："非要这样吗？不能帮我吗？"

"老富弄的事情，当然让他去解决。"

"现在他真的解决不了！"

"你不愿意找他我找他！人要为自己做的事情付出代价，哪能就这么不管了！"

话说到这里，她已经全明白了，他还是不信她，认为她没有全力地逼富总还钱。这一刻她明白他不会像以前一样再用橡皮擦帮她，他既然不信，就肯定怀疑她和富总是一伙的联手骗他；而富总一直有事就找她，到底真的是因为认可她的能力和水平，还是因为看透了她和他的关系，才加以利用？她感觉这两个人，都是一将功成万骨枯，他肯定会通过逼她倒逼富总还钱，而富总同样会通过让她难受去倒逼他帮忙，她只是他们两个交战的一片焦土。想明白了自己的悲剧，她也不想去跟他见面、解释、求饶了，他不信她，这些都没用了；至于富总，她要让他明白，自己和吴老板已经走到了尽头，当初不管他的动机是什么，她都是真心想帮他一把的，但是未来就不要再找她了，有事情直接去找吴老板。虽然富总导致了她陷入黑暗，但她心里没有嘴上那么怨恨富总，为这件事的焦虑已经持续了好几个月，她已经平静下来。心里不能承受的东西，来自于对吴老板手里举起的刀，她原以为大骂她之后还会帮她，最惨的情况就是未来一直被骂好几年，想不到这把刀真的会砍到自己身上。她已经在战场上翻身坠马了，他还没有停手。扪心自问，两人共事这些年，听的见的也不少，但是在任何情况下，她都自认不会对他捅刀子，甚至都没有留一手，她是无论如何也下不去手的。

她和吴老板既然说了实话，在他拉的微信群里也不好再装不知情，资源是受害者，她责无旁贷。她把资源签过的文件放在群里，吴老板就发起了集体通话，他先质问天贺资源的人文件是不是他们签的，一开始资源坚决不承认签过，后来他火大了，说晓梅你看看，那个是不是你的签字？她看出来了，他就是要先打资源板子，她把起诉附件中的营业执照和晓梅身份证复印件发了出来，重点是上面有晓梅签字和按手印，无法抵赖。看到这个晓梅当时就炸锅了，李哲倒是还好，一直在背后安抚晓梅。

"张总，你害我！"晓梅特别激动，李哲在后面拉。

"晓梅总，这个东西确实是你签的，当时我不在场，内容你看过的。"她没说自己没责任，但她不想在这么多的人面前承认，至少还要脸。但这句话显然是更加激怒了晓梅，已经开始嚷嚷了，吴老板说："晓梅，你签字之前没看文件的内容吗？你这个法人是怎么当的？"看来他是想推到晓梅头上，她心里挺过意不去，但现在还得听他的。他说你们讨论去，她想等资源的人冷静一下，再来帮着客观地分析一下当前的局势，探讨下一步该怎么办。

到了下午，晓梅在群里发了很长的一段话：

"吴老板，我恢复了通话记录，二〇一八年一月，张天雅总以公司完善资料为由，要求天贺资源配合将担保函签字盖章，并派人前来我司办公地办理。此行为性质极为恶劣，严重损害公司利益。经过公司领导班子决定，将对企图损害我公司利益的行为和个人，即刻向公安部门报案，追究法律责任。"

她看得心惊肉跳的，晓梅是不会善罢甘休的，要报案？她一直想着怎么解决诉讼，没想到资源的人想的是怎么撇清责任，这下她不能淡定了。但群里的吴老板和总裁都没有说话，也就是默许了这种情绪的表达，没有人帮着她，她只能自己发了个消息：

"签字盖章的文件内容，当时都是明确的，可以看出和之前要求配合的不是一回事。"

她的意思大家都有错，只要在群里认错了，吴老板给个台阶下就可以，何必搞成这样，晓梅做得也是不负责任，否则发财当初不会得逞的。但晓梅只是冷冷地回："张总，讨论这些已经无任何意义了。我们要及时挽回公司损失，等法律的裁判结果吧。"

真的是五雷轰顶，要是报案了该怎么办？自己要配合调查吗？吴老板让她和资源在群里撕逼，肯定预料到了资源的人不会善罢甘休，她被为难都是他默许的？现在毫无疑问，晓梅对她是最愤怒的，因为晓梅是吴老板主要责备的人，愤怒的晓梅不知道能干出来什么事。而吴老板，只是冷眼看着她不情愿地在群里和别人撕逼，哪怕他出来说一句，现在还不是追究责任的时候，还需要大家一起处理，都不会这么紧张。

怎么办呢？她真的好怕，给他打电话，他说晓梅和当地公安局特别熟，她老公就是公安系统的，他正在尽量安抚晓梅让她不要去公安局立案，但晓梅特别气愤，非要跨省去抓她不可。听到这里，她心如死灰，想不到会走到这一步。她心里怨恨他，没有拉她出来，但是到了这个时候她才是真的怕了，他站在岸边背着手看着她在水里挣扎，她也摸不透，他是让她长点记性就把她拉上岸呢，还是准备再踩她一脚让她死远点。平静下来，她压着对他的不满，还是尽量地去争取他，哪怕他就是要看她受罪，她也要真的受罪给他看；不谈感情，资源公司的麻烦事其实没多少钱，或许过不了多久，他就会想起她的为人，这些年鞍前马后的任劳任怨，气消了也就不追究了。不过她对感情失望了，她一直没有也不可能用任何东西去要挟他，就是因为她把感情看得太重了，在任何情况下她都不想亵渎最珍视的东西。

她给富总打电话诉苦，富总说："哎哟，闹呢啊，她有什么证据抓人？公安局是她家开的？你好好看看当初你和她的通话记录，哪里说了是你让人去找她的？再说了，你就往我身上推，你也是被我骗的，是我告诉你那些文件需要盖章的，你也是被骗了的。再说了，你放一百个心，吴老板不会让你进去的，你进去对他有什么好？你知道的东西也不少了，他会希望你去说？"她不想听这些嘴上的道理，她心里没底，还是需要律师商量，她想到了媛媛。

头一次给媛媛打电话没接，第二次她换了个手机号接了，天雅说自己真的很需要她帮助，让她不要在这个时候拒绝自己，媛媛说，我们见面谈吧，就在公司附近的那个黄焖鸡的店里面见吧，那个地沟油小店脏乎乎的肯定不会碰到同事。

天雅草草收拾了一下就出门了，她依稀地记得离公司大厦不远的小拐弯里面有个破破的小门脸，黄焖鸡，她们仅仅是在遛弯的时候嬉笑一番店名，从来没进去过，她下了半天决心才进来。里面没什么客人，只有四个餐厅的工人在吃饭，茫然的时候墙边的人叫她，她才发现，媛媛已经来了，她从来没有注意到媛媛居然还有黑衬衫。媛媛要了一瓶北冰洋，倒在面前的一个小玻璃杯子里面，给她也倒了一小杯，说："我的衣服就代表着我的心情。"本来媛媛有点气鼓鼓的，显然是生了她的气，但是看着她生不如死的样子就不说了，问："到底发生什么了？你那天走了以后，发生的事情你都知道了吗？"

"不知道啊，怎么了？"她满脑门官司，对办公室那些事并不感兴趣。

"我的姐姐，你知道我为什么非要和你在这里见面吗？"

"不知道啊，我还想着你不是下午一般都喜欢喝咖啡吗，我们为什么不在咖啡店见面。"

"姐姐，我不知道发生了什么，但是我看你也不知道。这两天你有没有发现没有人和你汇报工作？公司还有没有人和你联系？你说你要调到集团，有没有收到调令？"问得天雅有点心慌，她确实没把握，不知道发生了什么。

"唉，不知道你怎么想的，着了谁的道。那天你走了以后不久，彭文和刘伟就召集所有中层以上开会，集团的文件投影在会议室，里面没有像你说的调任你去集团，只是说因为一些事宜，免去你的董事长职务，由彭文接任；彭文给大家开会，希望大家能配合集团和公司的决定。你的离开是你个人的选择，你也已经对吴老板交了辞职信，吴老板也批准了。但由于你在公司这么久，可能涉及一些公司的核心机密，还有你个人可能会涉及一些问题，公司内部禁止任何在岗的人和你再联系，所有的公司微信群都会重新建，原有的微信群请大家删除。还有未来可能会有对你的调查和内部审查，让我们做好准备，在这期间尤其不能和你联系，否则开除。中层回去传达给本部门，如果手下有任何违反会受到牵连。好了，现在你可以告诉我，到底怎么了吗？你是不是卷入了特别大的事情？我今天出来都是偷偷摸摸的，而且我进来之前仔细观察过，这个店里面肯定没有摄像头。"媛媛说的时候，天雅感觉她说的都像开玩笑，但这次媛媛真的不是开玩笑的口气。

天雅不禁感觉自己被人设计了，为什么她刚刚辞职，集团的任免就下来了？为什么彭文会准备得这么好？为什么她辞职后的事情紧凑得就好像提前有预案和演练过一样地熟练？彭文和吴老板是不是联手在设计她？她不禁想到了无数次公司或者她个人的行动，吴老板都了如指掌，就像在她身边的摄像头一样，彭文是她辞职的最大受益人，这件事跟他脱不了干系。仔细想一想，彭文其实已经是公司里面，仅次于她和范鹏的人了，或者更准确地说，在公司事务的管理上仅次于她的人，和当初李拉处于相同的位置，为什么二把手都想让自己倒台？这到底是追逐权力的本性使然，还是背后有吴老板的意志？细思极恐。天雅在那里想得背后一身冷汗，媛媛看她那个样子就知道她是真的不知道。媛媛说："告诉我发生了什么。"

天雅感觉自己都要哭了，她现在已经不知道到底谁可以信赖，媛媛到底是不是被人派出来套话，对自己赶尽杀绝的？但她说服自己，媛媛在这个时候能见她，应该就是自己人。天雅说："你还好吗？"

"我目前还好，一直做后台又不多事。但彭文应该对我有警觉的，你记得原来财务部有个叫小静的吗？算了我知道你肯定不记得，彭文让这个贱人调来法务部，未来法务部审过的文件必须要小静再核一遍，这不就是凭空往我头上架了个人吗？这些我无所谓的，但是你也知道，专业公司最怕这种外行领导内行，她根本什么都不懂还要发表意见，这就可怕了。好在她还有点自知之明，经常是装作跟我很好的样子，跟我聊一些工作上的事情，然后记下我的意见；等到开会的时候，她就总是故意不告诉我参加，然后在会上发表我的意见，真的是让我醉了。"

"为什么范鹏和刘天伟没有找我？"

"别提了，那天下班以后，彭文找范鹏和刘天伟单独谈话了，还让我电话旁听，主要是说公司有几个项目目前退出困难，怀疑是当初投资的时候有徇私舞弊，要调查他们，让他们把自己经手的所有项目的前因后果梳理一遍，包括从立项、尽调到过会的全过程，还有后续投后管理的所有细节。然后当晚彭文就从财务部抽调了人成立了调查组，看着范鹏和天伟写情况说明。下班的时候，我说家里还有孩子才逃过一劫，但所有的人都很辛苦。你也知道，现在经济情况不好，外面的工作也不好找，我买了学区房还贷压力挺重的，不敢随便辞职，我心里挺难受的，我估计范鹏和天伟也不舒服，他们都有两个孩子应该压力不小，而且他们两个还都是家里唯一赚钱的人，估计都在挺着呢。我隐隐约约地感觉，彭文是在收集你的材料，他们能够免责的唯一可能就是承认主使人是你。周末他们好像都在加班，上班的时候公司气压也不对劲，都挺沉重的，你走了公司又是一轮大清洗。你到底犯了什么事？我听那个意思，集团的调查组应该会调查你的，我估计其他人都不敢和你联系也是因为这个，但是我始终觉得你不会就这么突然消失，你会回来的，你不是答应了我吗？"媛媛盯着天雅的眼睛，天雅低下头让自己振作点，现在不是自怨自艾的时候，她下定了决心，把天贺资源的事情原原本本地和媛媛说了，当然，她只跟媛媛说了天贺资源的事情，没有说唐总和吴老板的事情，这是她最后的尊严。

媛媛听了这个过程，惊得张大了嘴："你到底是不是疯了？！"声音太大，天雅下意识地往周围看了看，幸好那些服务员早都吃完了，躺在那里睡觉。"嘘！小点声。"

"你当初为什么要管这个事情？富总答应了你什么你才这样的？你跟我说实话，你是不是拿富总的钱了？如果是，一定要告诉我，我给你想办法。"

"真的没有。"

"那你去逼富总啊，让他快点把发财的钱还了，对方撤诉了，你不就没事了！"

"现在说这个也没用，但凡他还有钱的话肯定逼着他还了，但是你想想，他侄子都进去了，再说这个话还有意义吗？他现在是真的还不上。"

"你呀，让我说你什么好，你就是胆子太大了！就是借我好几个胆子，我也不敢啊！不过你倒是一贯地这么出人意料，而且还真的有这个手段能办出这样的事，要是我就算是有胆子估计也办不成。事后你还能沉得住气，好像什么都没有发生一样地隐瞒了这么久，你真的是很厉害！"天雅感觉怎么有点像夸她呢？媛媛接着说，"你就是因为这个负罪辞职的？"媛媛这么一问天雅有点没话说，她没有说吴老板的事，总不能说是他让她辞职保平安的吧？

"集团应该是对我还有其他的安排。"

"这个时候你怎么能走呢？公司有多少事情要处理，你走了你就不怕别人搞不定吗？"看着媛媛关切的眼神，天雅的心也很痛，他让干的事情她都没有怀疑，当时她确实没想下一步该怎么走。

"先不说那些，目前怎么办，晓梅要报案。"这一下把媛媛拉了回来，不管怎么抱怨，媛媛首先是个律师。

"你这个事情办得有点不太好，如果我是你，我就不会这么激怒天贺资源，我肯定是什么都不知道，都是被通知的，然后对方问怎么回事我就推给别人，这样愤怒的焦点也不会对着你。"媛媛说的和孙恒说的有点像，她已经和吴老板都认了，是不是当局者迷？她的坚持到底是不是幼稚？她以为的坦诚是不是一厢情愿？一瓶北冰洋已经被两人喝完了，都坐在那里不出声。

"这样吧，你先试着拉拢一下天贺资源，把这个事情往富总那边推，他才是你们共同的敌人；而且，即使公司的公章被盗盖，签的担保协议都是真实有效的，资源威胁要抓人根本就没用，分清了责任又能怎样？还不是一样要先承担担保的责任，你回一个试试。"听媛媛这么说，天雅拿出手机来，在群里发了一条信息就事论事，希望大家一起把工作的重点转移到对国强和对诉讼上。

但是很快晓梅就回复了："作为职业经理人，要遵守最基本的职业道德，从目前情况看，你是利用职务之便与客户谋取私利，用各种漏洞来挖公司墙脚。我们也不必说那么多了，根据调查情况来定论，你就等着配合调查吧。"

媛媛说："这个晓梅是不是有病啊？她到底有没有法律常识啊？现在是谁在推卸责任？"媛媛说："我们不跟她斗嘴，我们就讲道理，我来写。"道理讲了一二三，晓梅只是冷冷地回了一个："张总，我们各自做好分内工作，力挽不必要的损失。"

媛媛说："先这样吧，你如果要解决这个问题还是去国强那边，不管是让他们尽快和解撤诉也好，还是无法撤诉准备打官司也好，你都需要过去。现在这个时候这些事情没人能帮你惦记着，我尽量地帮你，但是咱俩联系尽量都是你用其他电话打给我，我们尽量不要有文件上的来往，后面走一步看一步，大不了就是准备打官司，放心吧，别想太多，还有我。"天雅有点要哭了，这种时候，媛媛依然和她说出这样的话，她十分感动。几乎是一夜之间，天雅就从公司的董事长，变成了敏感词，没有人敢跟她沾边，估计现在她如果出现在公司，大家都会躲着她走。而吴老板把她扔在这个群里和天贺资源撕逼，就不管了。

媛媛看到她难受的样子，说："现在不要想太多了，一心一意地等着发财出招，人家也是很正经地走的法律途径，换位思考，你如果是对方估计也会想尽办法去追回自己的损失吧，毕竟真金白银损失的是发财；但是既然对方出招了，你就把这个当作一个项目去做。做项目的时候，你怕过谁吗？况且现在是我们两个联手，当初我们联手的项目就没有失手的，你对自己要有点信心！"

"嗯。"天雅泪往上涌，说不出话来。

"那我就先回去了，出来时间也不短了，再不回去该被怀疑了。"

天雅虽然心里难受，媛媛的话让她感觉好多了，她现在冷静多了，给范鹏打了个电话："是我，说话方便吗？"

"王总啊，我现在在开会，等会儿我给您回过去，好吧？"

天雅觉得挺对不住范鹏的，一直都没解决他的高管身份，而且这次自己一时冲动还搞得大家全都被动了，不知道他是真的不方便，还是就此不跟她联系了。她又给刘天伟打电话，他说："张总，到底出了什么事，你这边影响大吗？"

"我这边并没有什么事，放心，而且我的任免都是和吴老板沟通好的，不是天贺资本的人能说了算的。听说你们不好过，不知道有没有为难你？"

"别提了，现在就在挨着个地审计做过的项目，和江海文化的并购基金都是早做的了，现在还在追究当初有没有完整的过会材料和流程，尤其是现在八音盒项目在走法律程序，彭文在追究当初投委会是不是存在渎职，天天我就写这些为自己澄清的材料都写不完的……"

"难为你们了。有任何问题，你就往我身上推，他们不会把你怎么样的，又不敢把我怎么样。"天雅已经相当地不高兴了，吴老板她对付不了，天贺资本怎么说也是她一手打拼出来的，就想这么给她扣帽子扳倒她，彭文还不可能做到，如果惹毛了她，分分钟就能把公司所有的高管送进去，她觉得自己有必要提醒一下彭文，轮不到他来自己人头上作威作福！但是她终究只是攥紧了手机，按住了自己的怒火，现在她自身难保，还腾不出手来管别人。她不由得觉得，深深地后悔，当初决定辞职太草率了，对于吴老板盲目地信任了。尽管如此，她还是惦记着工作："对了，天贺资源的公告出了吗？"

"没有，公司根本没人管这个事情，领导已经说过了，天贺资源的事情一概都不管，就这么搁置着呢。"

"这不是胡搞吗？万一被监管机构关注上怎么办？内斗也就算了，真的被关注上谁都别活！"气归气，这件事确实不是刘天伟能解决的，她让天伟注意自保，有什么事打这个号码和自己说就好。

之后范鹏也回电话了，说他刚下班，公司让他太难受了，他埋怨她要走不和他说一声，自己在公司也坚持不了多久了，现在正在联系猎头给自己找工作，一刻也不想多待。她问他有想去的地方吗？范鹏说，继续去找个地方做投资并购吧，现在市场环境不好，但是不能就此脱离市场，这样才能在市场恢复的时候迅速地出来抓住机会。她说，我帮你惦记着这个事，我这边摊上了点难事，等我处理完了一定会告诉你。

本来她已经平静下来了，一看富总的电话又火往上撞，越说越激动，富总这个时候还说吴老板不会不管的，她已经非常愤怒了，说出了一句平时不会说出来的话："你难道没有觉得自己有问题吗？你周围的人，相信你的人，哪个有好下场了？一直跟着你的侄子进去了，你亲戚因为事故也进去了，现在连我也要进去了，你还有脸安慰别人？"

"是，都是我的错，如果我当初老老实实地干我的公务员就好了！我活这么大岁数了，早该死了！天天被那么多人指着鼻子骂，我××就是贱！多少次我站在窗户前面，我都想一闭眼跳下去算了，一了百了！但是我不能啊，我再怎么困难都得坚持着，国强集团里面好几千人，算上工厂外包的得有小一万人了，这么多人都指望着我吃饭呢啊！对外我欠了好些钱，我都想还上，不想欠债。侄子是我心尖上的人，你说我能不想给他弄出来吗？但不把公司搞好了，不给当地解决税收和就业的问题，谁帮我？你以为我天天好过吗？生不如死啊！"听富总这一顿声泪俱下的崩溃，她也意识到，跟富总这个位置的人比惨是赢不了的，她说：

"富总，你的难处我都理解，当初我自作主张地帮你，也不是一次两次了，但你可不可以体谅我一下，我现在工作没了，还动不动就有人要我进去，他现在已经不跟我见面了，我也是崩溃的。"

"你放心，我有信心，比这个难的时候我都挺过来了，这次我也一样能过关。只要有我在，不说别的，你的难处我都帮你解决，工作的事情，吴老板不要你我要你！"她在这边冷笑，我的工作需要你来解决？难道富总以为他不用她，她就无处可去了吗？

"那这样吧，未来法庭上不可避免地要见发财公司了，我这边需要一些材料，您要配合。"

"那必须的。"

晚上回到家，吴老板跟她打电话："天贺资源我搞定了，后面集团让你配合什么，你就配合什么。你要去找富总啊，捅了这么大的娄子，不能拍拍屁股就不管了。现在处理了就按住了，要不集团就要全面接管诉讼了，就不好控制了。"

"明白，我找他。"她把那些不满和委屈暂时收起来，没有一点波澜地跟他说："天贺资本好像人事变动有点大，耽误了做事情，这样不太好吧？"

"是吗？我会和彭文说的，你虽然辞职了，但是该干什么还是要干什么，公司的事情你比较熟，现在你还是公司的法人，如果出了任何问题你也不希望，对吧。"

"明白，您说得对。"她咬着牙说。他这种牵制的手段，她见得太多了，只是这一招用到自己身上的时候，依然让人无法平静地接受。她需要隐忍，作恶的都是那些个太监宫女，跟皇上有什么关系？她心里有着深深的不忿，没有吴老板的支持，彭文怎么上位？但是毕竟自己授人以柄，不得不低头。她对自己产生了深深的怀疑，适者生存，或许她这样的人就是应该被淘汰的。她陷入了一片黑暗，或许当初他让她出去搞点小买卖的时候，就是对她的暗示。这些年，感情上兜兜转转终究是错付了，工作上不管再拼命也只证明她不能胜任，该怎样面对自己？后面的人生该怎么走？虽然她只是摘下眼镜捂着眼睛沉思，但这个时候，或许真正地哭出来会好一些。

第五节

突然地不用上班，业务电话突然减少，她还真有点不习惯，每天早上习惯性地看手机没有一堆未读信息，她总怀疑手机坏了。这几年积累下来了好几千的工作群，里面有着各种各样的文件和方案，一定要保存好这些信息，以免未来有需要，她把这只手机收好，换了个新手机。她从公司带回来的电脑，已经跟了她出生入死好多年，当年还换过一个不知道是哪里的屏幕，现在依然在用，里面的东西比较多，但是最近运行的过程中，电脑总是有点不稳定，好像有点软件冲突，系统推荐她更新一下，更新完就蓝屏了，她这次想找个专业的官方售后去修，而且看着点不能修个电脑丢了数据。

门店检测了半天，说是主板坏了。她在店里盯着换的零件，盯了两个小时，中午饭都没吃，之后装系统又等了一个多小时。这期间李哲打电话，她犹豫了一下，是不是李哲来逼问她怎么回事？替晓梅来威胁她？诱导她说点什么录音当证据？不管了，她还是接了起来。

"张总，还好不？"她反而有点不好意思，毕竟是因为她才把资源卷进来，但李哲好像并不在意。

"一直不太好，感觉给你们添麻烦了。"她实话实说，但也时刻加着小心，一定不能说出任何能作为证据的话。

"这事我倒是理解，原来我在集团财务的时候，见过的烂事多了，还有把公司办公楼卖了的，我还在劝晓梅，她有点轴，死活不依不饶的。张总，我们认识也好几年了，我感觉你是那种为了工作拼命的人，我们既然都是为了工作，何必非要闹得这么不愉快呢，你说是吧？有事就说事，有问题就解决问题，解决了不就是你好我好大家好了吗。再说天贺资源现在也没有损失啊，冻结股票冻结去呗，反正也处置不了，冻结账户我们也不怕，里面也没钱。这个时候，让国强把这个事处理了，不就没事了吗？大家何苦相互地这么难看呢？"

"您说得太有道理了。"

"退一步说，真的是法院判决天贺资源需要履行担保义务了，那不也有金额的问题吗？到时候扯一扯就好几年，这个期间指不定国强集团都还钱了呢？其实天贺资源没有钱，大不了破产清算，不会有特别大的损失的，要我看，最差情况也没什么，你们那天争得太凶，我都没敢说话。听天贺资本的人说，你不干了？"

"我心里挺过意不去的，现在不在天贺资本了。但您放心，只要有我能帮得上忙的，我还是会尽力的。"她这两句话说得特别真心，李哲知道她已经不在天贺资本了，并没有像集团其他人一样，对她避之唯恐不及，好友都删了，而是还想跟她聊聊，这就让她很感动。

"原来你在的时候都是天贺资本来管天贺资源的信息披露，现在你不在了，天贺资本不管了，国强股份有个小姑娘联系我，让我尽快披露，否则可能会被处罚，所以我就特别无奈，我不会这个，只能让小姑娘给我写了一个文本，然后就走集团流程准备盖章，集团问我我也不懂，可烦了。"

"什么？天贺资本没人管？你找刘天伟啊。"

"他已经不分管这个项目了，现在这个项目给了一个叫王什么负责，就是什么都不管，我也没办法，才想问问你的。"

"没问题，您把证券部写好的公告给我看看，我想想办法。"

看了一下把她鼻子气歪了，她嘱咐李哲，无论如何也不能这么写，还没有收到起诉书就说是因为提供担保事宜被冻结，就是给别人口实。打官司就是为了这个事情呢，怎么不打自招了？国强股份和国强集团其实就是一套班子、两块牌子，都是一个鼻孔出气的，国强股份证券部帮着写成的这份公告内容，对于国强集团只有百利而无一害，这么写等于把天贺资源拉下了水，逼着天贺资源承认跟这件事有关，让发财公司把火力调转对准天贺资源。这种大是大非是不能糊涂的，李哲问她该怎么写，她说因纠纷事宜，待后续搞清楚了再另行披露。李哲不知道怎么说这个话，她也不方便出面给他改，让李哲找王吉，王吉一定会交到媛媛那里，可以曲线救国。

但是千算万算，她没算到自己高估了王吉。李哲找过去，王吉只是说走了集团法务的流程就是最高裁定了，集团的人会考虑的，他压根就没有跟媛媛说。媛媛自己憋得难受，理论上她不应该知道的事还不能去找王吉问，天雅也是没料到。天雅亲自给王吉发信息，问他国强的项目是他在管吗？王吉给她回复说："张总，这个跟您没关系。"

她在电脑维修的地方打了半天电话，打完了的时候人家早就修好了，她拿着电脑就走了，结果回家以后，只用了半天，屏幕就花屏了。描述了这个情况，维修店说维修的费用退她，能不能当这个事没发生过。她也不想费劲了，但还是去了维修店一趟，让店员把自己笔记本的硬盘拆下来了，她单独带着保存起来，坏了的电脑也带回了家，好歹陪了自己这么久，她有点舍不得就这么扔垃圾堆了。

忙忙碌碌的生活突然被打断，她的生物钟一时半会儿的调整不过来，早上经常是五点多就醒了，睡不着只能起来看书，白天也是烦躁，根本安静不下来，媛媛、孙恒都是正常上班的人，也没有时间天天听她诉苦，而且孙恒觉得吴老板既然说了要保她就别担心太多了，而媛媛总觉得，以她对天雅的了解肯定能撑得住。她的苦根本没处诉，一想起案子的事情就让她的心狂跳，根本无心干别的；虽然媛媛让她做好打持久战的准备，一审完结就要至少半年，后面还有二审、终审，两年开外吧，但是这样的生活她真的想马上结束，一分钟都不想多待。那天她和吴老板和盘托出，就是想通过自首、自杀式辞职的方式来换一个和自己无关，她认为得到了他的保证，现在却还是被架在火上烤，搞得她也体会到富总那种求生不得求死不能的感觉，只能等着别人的审判，这种烦躁的感觉让她不想吃饭，睡不好觉，大把大把地掉头发。

要是这样下去就要垮了，她一面表现得坚强而果断，一面是自己一个人的时候反复地崩溃，有的时候孩子看见她突然流泪都会茫然不知所措。站在窗户前，她曾想过从这里跳下去会不会死；站在厨房里，她曾想过用刀子割胳膊会不会痛；她并不惧怕肉体的痛苦，如果肉体的痛苦能让她的心平静下来，就值得；她并不想给任何人打电话倾诉，她感觉内心的挫败感无法用语言表达，而她也是个高傲的人，把整个事情的来龙去脉讲给任何一个听，这个过程都像对她内心的鞭挞。更何况，谁能给她解脱呢？

她所有的希望都倾注到孩子身上，希望自己能给她更好的生活；但她居然到了连自己都保全不了的地步，至于孩子的父亲，她感觉他们之间的缘分或许已经尽了。为了孩子她不能再这样下去了，还没等到去战场，就倒在了自己的思虑里，她不允许这种情况发生。

她突然接到小芳的电话，小芳跟她说已经辞职了，未来会去一个朋友办的小公司里面去帮忙，真正地做些投资的事情。她知道小芳应该也是受到了波及，跟小芳说了对不起。小芳说："姐，你千万别这么说，跟着你让我见识了很多，我感激你能给我这个机会，让我进入金融这个圈子，未来的路我想自己闯闯，并没有什么不好。对了，我现在跟着的老板有好几个健身房，你要不要来试试？如果好的话，你可以考虑加盟，或者帮着找些投资人也行。"

说来也是奇怪，曾经请私教都不能让她按时上课，现在不用人提醒了，她反而来了劲头。最过瘾的还是搏击课程，她原来都觉得太激烈，心脏受不了，现在她才感觉到这是真正有意思的课程，自己出拳、肘击、踢腿等，好像都是在打她内心里那个让她不安的敌人，有的时候，她的假想敌是发财公司，有的时候，是她自己，有的时候，是他。

唯有满身的疲惫，才能让她平静地回到家里，浑身的酸痛，才能让她感觉活得真实，白天体力的耗尽，晚上才能多睡一阵。走在回家的路上，她感觉，人之所以群居，就是因为内心的孤独是逃不掉的。晚上她专门走到工体，正是演唱会散场，人山人海，交通一片瘫痪，跟着摩肩接踵的人流走了几条街，她才感觉生命是如此地真实，生活本该是如此地美好。看着自己身上摆脱不了的忧郁，她决定以后多挤地铁，既锻炼身体，又接地气和人气。

媛媛和她等来的，是天贺资源那份糟糕的公告，就是国强证券部写的文本，一点都没有改动。看到这份公告，她感到当初一直留着王吉真是天大的错误，不怕强大的敌人，就怕他这种猪队友。

她很失望，虽然之前做得不对，但她知道冻结的时候是第一个站出来预警的，已经做好了打官司的准备，而其他人，不是不懂就是装傻；最恨的就是自己那么轻易地就退出了，不管天贺资源有没有麻烦，是不是掉进了泥潭，都和天贺资本的继任者无关，都是她的错。

一石激起千层浪，最先坐不住的是给天贺资源的被冻结股票质押融资的资方，他们已经非常愤怒，根本不知道天雅已经不是天贺资本的一把手了，还是质问她让她给个说法。怕引起更多的连锁反应，她顾不上自己的身份，只要对方还以为自己是天贺资本的一把手，她就会想办法先稳住对方。放款的信托是由两个资方组成的集合，两个资方出发点还不一样，优先级一门心思地要轮候冻结去法拍，反正有劣后级垫着，亏着卖了能保住自己就好了。她能利用这点拉拢劣后级，而优先和劣后如果不能达成一致，所有方案就只能原地踏步。

"张总，优先级的人一直找我，想处置了质押物，但是如果处置了还亏了，追责就麻烦了，搞不好还不让辞职了，所以我一直特别犹豫，一直没同意处置呢。"

"我觉得你考虑得有道理，天贺资本很快就要接手国强集团的托管了，到时候我们是和每个投资人单独地谈条件，不比你现在按照劣后处置认亏强多了啊？我给你说的事情都是靠谱的，可以让国强给你出个红头函件，上面写清楚这些，你是不是也就能交代了？"

经过不断的游说，劣后那边是按下来了，对方答应即使未来要处置也会跟她先说一声。费了好大劲在这里擦屁股，她心里憋屈得很，天贺资本的座机打了过来，她想着还能有什么好说的，接起来对方的声音很陌生："请问是张天雅吗？"

"对。"

"你什么时候有空来公司办一下离职手续？"

"没空。"

她直接挂了，天贺资本现在的管事的人真的很龌龊，让新来的给自己打电话，还办离职，就不办能怎么样？刘伟来电话了，她笑了，倒要看看还有什么说法。

"张总您好，我是新来人力行政部的小江，刚才我没说清楚，领导刘伟总亲自跟您说。"她听到了刘伟的声音："天雅，不好意思，新来的小朋友没说清。我和你解释一下，是集团下的任免文件，文件上面写清楚了是需要你离职的，当然了，你什么时候有空再办理就来得及，如果你一直没空，到了集团约定的期限，我们也是只能公事公办地去汇报。"居然拿集团来压她，她心里本来就憋着火，但不便在电话里发作。

"我听懂了。"

"集团给一周时间，但吴老板和彭总交代得很清楚，让你尽快办了。"又搬出了他压自己，她笑了，搬谁她也不怕，尤其是他。但一瞬间她有点恍惚，他还靠得住吗？

"你看你什么时候有空，人力可以上门办理，不用你跑过来的，大热天的，是吧。"

"行，有空了告诉你。"还是没有爆发地把电话挂了，她已经不想和这些人纠缠。她最在意的是他的态度，虽然他让她很失望，但是她还是想说服他自己还能打，不要放弃她。她心底的另一个声音在说，不行就鱼死网破，你既然不仁就别怪我不义，资本有什么问题她太清楚了，不行就同归于尽，但理智又告诉她不要走到那一步。

就在她胡思乱想的时候，吴老板给她发了一个链接，是国强股份这次公告的链接，他什么都没说，但她理解应该是在问她到底怎么回事，她有苦说不出、干着急使不上劲。她和他说想把事情接过来直到处理完，但他没回。对于他这种吃软不吃硬的人，她想过好几种跟他交流的方式，最常规的应该就是一哭二闹三上吊了，但她偏偏就是不想用。她可以在没有人的夜里自己坐起来流泪，但不能在大庭广众之下哭泣。她现在只想向他证明她依然是一个能办事的人，留在他身边是因为她值得，不是因为她弱小、无助以至于只能依附于他。她纵使有万般委屈，都不想和他去说，她怕他仅仅是出于同情她，更怕他放任她悲伤，这种心死的感觉似曾相识。她确实有点憋得慌，就事论事，给他发信息："天贺资本让我办离职呢。"

他回了电话："怎么回事？你走的时候没有办离职吗？"

"走得匆忙，手续什么的都没办。"心里带着恨，她咬着牙说，"公司好多事情我还在处理，而且公司很多文件都存在我电脑里。"这句话说出来，她心里稍微有点担忧，不会以为她在威胁他吧？

"你该办的手续还是办了，你放心，我说了让你调到集团，就肯定会调的，但是稍微有点麻烦，后续我会让集团人力联系你，你和天贺资本办妥了才能过来。"他还不至于明目张胆地骗人，见她没说话，他说："你放心吧，现在天贺资本那些人都是傻×，我让他们自己闹去，后面好收拾他们。今天晚上，晚点的时候，我找你。"这句话让她一下子兴奋了，他如果还能见她就说明还有希望，她问："在哪里？"

"晚上我给你打电话，到时候看情况，看我那会儿在哪里，怎么顺路吧。"有张空头支票，总比没有强。

今天她特意没有去健身，等到晚上九点多，收拾得挺整齐，衬衫和裙子都是穿好的，还专门洗了澡化了点妆，头发都半干了，满心欢喜地等着见他，她对自己的身材比之前有自信，如果从上次她闯集团的办公室算起，也没有多久，但她总感觉和他已经很久没有单独地在外面约会了，要好好跟他说说这些日子的难受和痛苦，她需要他给自己撑腰，给自己希望。

他电话打过来的时候，人已经往回走了，他说今晚事太多了，没有机会见面，就在电话上说吧。这让她的心一下子就沉了下来，白白激动了一个晚上，她轻轻地"哦"了一声，他读懂了她的不甘，说："有个重要的事情要你帮我做，因为我要见很重要的人，这个事情你必须要保密，这关系到整个集团的命运。"

"是要我陪着您去见吗？"问出这个问题她就后悔了，不该这么幼稚的。

"你给我写个文章，你不是能做研究吗，把文章写得翔实一些，里面不要像市面上那些文章一样都是虚的，要实实在在的数字，每个数字都是禁得起推敲的。角度可以站在我的角度，内容嘛，就是当前的经济形势，主要是资金链太紧，和政策层面的急转弯有关系，说话的语气一定要诚恳，写得要客观，当然你可以从我们所在的资本市场下手写。"

"好的，我尽快。写好之后是当面改吗？"还是不死心，她还是想见他，自从出了事之后她还没见过他，没有机会当面和他说自己的后悔和焦虑，希望和他解释清楚，自己真的没有和富总一起联手坑他，这些话不当面说没有任何意义，就像是推脱和苍白的辩解。

"马上我会让集团下属其他的子公司的人力联系你的，你也知道的，天贺资本刚刚经历了人事变动还不稳定；天贺资源对你的怨气比较大，我也是要照顾他们的情绪的，这个时候马上把你提拔到集团当副总会造成矛盾，我先让你去子公司当总经理，好吧，等等再回归。"

"都听您的安排。"

虽然他没有正面回答她的问题，但还是惦记着她的，没有放弃她或者不理她，这让她感觉到了一点点宽慰。她本来指望着自己能马上回到集团去直管天贺资本，让这帮人狗眼看人低，她心里也憋着气。但她也在安慰自己，不要赌气或者逞一时之快，尽快地让自己摆脱当前这种被动的局面才是最重要的。

他要写东西是为了夹带什么私货她不知道，但单纯地从他想要的内容来看是有意义的。她琢磨如何把问题提出来，客观又不带指责地，后面还要再给出建议，尽量站在他的高度措辞。弄了一阵，她一看表，夜里两点多了，给他发了过去：《关于去杠杆和影子银行相关问题的研究和建议》。她合上电脑准备去睡觉了，他给她回了信息："收到，辛苦了！"

健身的人真的不能熬夜，第二天她被孩子拍脸闹起来，起来感觉脑袋沉沉的，筋疲力尽好几天缓不过来。

"请问是张天雅总吗？"这个电话听起来比较友善。

"对。"

"张总您好，我是天贺集团下属的投资公司人力部的小唐，我们公司的一把手是原来吴老板的秘书海峰，他常年在外面跑项目，所以让我帮您入职，入职以后您就是公司负责人。"听到这个她觉得天都一下子放晴了，是这些天以来最好的消息了，终于有地方去了，海峰天雅原来也见过，有一面之交。小唐告诉她，走个手续就可以入职了，需要离职证明。

她主动联系了刘伟："我要个离职证明。"

"没问题！不劳烦您亲自来公司，人力部的同事拿着离职证明给您送过去，顺便把离职手续需要签的字都签一下行吗？"

"行。"还算是刘伟识相，办事也还算有人情味，省得跟他们多费唇舌了。

第二天上午，天贺资本的小朋友按照约定的时间到了她家，到了以后没有说离职证明的事，让她把几个该签的字都签了，然后说电脑要交接，要确保没有带走公司的资料；她说自己的电脑坏了，根本打不开机，小朋友说那也要看看，他拿到以后和公司确认天雅平时确实是用这台电脑，就要把电脑拿走。她说，凭什么拿走我电脑？我不同意。刘伟在电话里又是一顿说好话，希望她能体谅公司的制度，高管的电脑要封存以备不时之需，否则他对集团交代不了，而且不会白白拿走，买电脑的钱，会和她的离职补偿金一起给她。她让小朋友在离职交接单上写好，电脑已拿走。现在公司的人都是多一事不如少一事，谁会发现拿回去的电脑只是个没有硬盘的躯壳？

等人走了她仔细看了，离职证明就是解除劳动关系协议书，上面写了她因为个人原因离职，居然还给了她一个 N+1 的工资补偿，看来在这一点上公司还是继承了她的风格，不管事情做得再恶心，补偿还是多少有点的。想到自己这些年付出的无数的心血，在公司一个个旷日持久的电话会，加班度过的不眠之夜，还有一个个突发事件的处理现场，她有点唏嘘，过去的都是过去了。

第六节

天贺资源的晓梅终究还是不能放过她，对集团写了举报信，要求彻查此事。这是媛媛告诉她的，晓梅不但举报了她，还顺手举报了天贺资本一连串的人，集团成立了一个调查组。是天贺资本让媛媛来劝说她的，如果她能回去配合调查组，其他人的压力和责任会小很多。媛媛说："来或者不来，都是你的事情。理论上来说，目前你和集团或者下属子公司之间都没有雇佣关系，你是不受公司内部调查强制限制的。"她几乎是没考虑就同意要去了，一人做事一人当，倒要见识一下集团的调查组。

去归去，这事让她十分不悦，他曾经答应过这个事情就到此为止了，为什么还要这么步步紧逼？她已经在给他干活了，为什么他还要让她这么硌硬呢？她给他打电话：

"跟您汇报我已经和天贺资本解约了，但还是会全心全意地给您干活。"

"好。"

"集团在调查天贺资本您知道吗？"

"当然知道了，集团的调查组有我最新从经侦大队挖来的老队长，我准备让他帮我把集团的风气好好地整治一下。"

"我也要去配合调查。"

"是吗？你需要去吗？"看来他没想到。

"对，为什么还要去调查？你不是答应我没事了吗？"

"如果你已经要去了，就正常地配合，刚好也见识一下经侦的队长。"

"后面会怎么处理呢？"

"这些事情就不用你管了，哪有你想的那么容易，总要给资源公司一个交代吧，最后结果怎么样还不是我说了算，时间久了也就不了了之了。"有了他这句话她就放心了。

到了约定的时间媛媛在楼下等她，媛媛嘱咐等会儿见机行事，别什么都说。她说，你今天怎么穿得这么正式，又是西裤又是衬衫，又是马甲的；媛媛说，你懂什么，永远都要做有准备之人，刚才我在这里等你的时候还看到吴老板打着电话往上走呢。天雅说，他记得你？媛媛说，屁嘞，我就今天穿好点不行啊，集团那么多人，他能记得谁啊。她没说话，她也不知道，他能记得谁。

上去之前媛媛紧张得不行，反复地做着深呼吸，提醒天雅说的时候一定要注意，防止对方录音录像，该说的不该说的别一慌了就忘了，这个事就是富总搞的，别逞英雄都大包大揽到自己身上。媛媛特意陪着她一起，和资本公司说是为了监督天雅，实际就是来给她打掩护的。媛媛再三和天雅确认，曾经的手机千万要收好，谁问就说丢了。天雅想着有吴老板给保底，她根本就不担心。

她们两个进到了一个大会议室里面，媛媛走在前面，轻轻地敲了敲门就推门进去了。透过会议室的窗户，外面的灿烂阳光洒下了铺在桌面上，天雅隐隐地看到背着阳光坐了一排五个人，她和媛媛坐在他们对面的位置，有点晃眼。天雅坐定了，适应了一下光线，才看到，打头坐着的人，正是老朋友——金娜。

金娜还是那么风情万种，身材比天雅维护得好多了，而且背着光，天雅看不到她脸上皮肤的具体情况，只是看出来她还是那么飒爽的披肩发，在阳光下呈现出金黄色，看不清她的脸，但能看出她在笑。天雅看了一眼媛媛，媛媛的眼神说明也是第一次知道。天雅真的感觉挺有意思的，金娜居然干上了这种事，也是一专多能啊！反正自己和金娜也算是老朋友，如果今天斗起嘴来只能算多有得罪了，她张天雅已经跳出三界外，不在集团中了，看她金娜还能怎么张狂。

"感谢二位的配合，我是集团调查组的组长，我叫金娜。我介绍一下，这边都是调查组的组员……"

"金总，我们都是老同事了，就不劳烦您介绍了，各位领导好，还请各位领导多指导工作。"媛媛一脸堆笑地赶紧跟上说。

"媛媛还是这么会说话。"金娜笑着对媛媛说，然后她对着天雅说，"张总听说你现在不在天贺资本了啊？"

"对，我已经离职了。"

"看来有一些事情还是只有你能说得清啊，天贺资源就是这么说的。这样，我们也不绕圈子了，就说说资源公司签的文件是怎么转过去了？"

"那个文件据我所知应该是有人直接带着去让法人签字盖章的。"她说得很冲，媛媛在下面疯狂地用脚踩天雅的脚，暗示她不要说话。

"不是你让他们签字盖章的？"

"国强的董秘恒斌通知我的，我当然有义务通知天贺资源配合，但是具体文件是什么内容要天贺资源自己审核。"

"张总，可以问您要一下当初恒斌和您联系的信息截图吗？他怎么要求的，您怎么回应的。"这个时候坐在旁边的经侦队长说话了。"可以，我找一下。"她真的拿出了手机翻了一下，这个手机是她新换的空白手机，根本就没有任何的信息记录，她说："这里没有，我原来的手机丢了。"

"那张总，我们可以现在给恒斌打电话，跟他确认这个事情吗？"经侦队长这么一问，天雅心里还真的有点虚，她跟恒斌又没有事先通气，这个时候媛媛跳了出来解围："这位领导，记得您姓马，马老师，您一看就是有经验的老前辈，您看，这件事明眼人一看就明白了，就是国强集团为了自己借款骗了天贺资源，并且借款后来也自己用了，这种情况下，您调查到国强那边去，您觉得恒斌会像张总一样配合调查吗？他会实事求是地回答问题吗？我如果是他，肯定不会承认跟这件事有关。"

"国强集团骗了天贺资源，这件事是他们亲口承认的吗？"经侦队长又问。

"是富总承认的，毕竟钱用了是不能抵赖的。"媛媛在旁边盯着天雅大气都不敢出，媛媛知道天雅手里握有富总写的东西，还有富总的录音，怕天雅把这些东西抖搂出来，就越闹越大了。

"你怎么证明这件事呢？"自从经侦队长开始上阵了以后，金娜就闭嘴了。

"怎么证明是您的事情，我只把我知道的都告诉您，您可以去找富总。"

"那您的离职跟此事有关系吗？"

"马老师对吧，您可以看我的离职证明，上面写了我在公司最后一天的日期，那个时候公司都没有接到上市公司的通知，都不知道具体是什么事情呢，我确实不知道。"

"那我很好奇，张总到底是为了什么辞职的呢？"这个时候金娜说话了。

"我相信我不在，天贺资本能做得更好。"天雅盯着金娜说，"我工作的时间太久了，也该休息一下了，不好意思占着地方，当然你可能理解不了。"

"各位领导，张总是专门抽了时间来配合的，您看还有什么问题吗？感谢各位领导。"媛媛又在那里打圆场，对方一看确实问不出什么，也就到这了。天雅和媛媛站起来想走，金娜说："媛媛留步，我们再单独问你一些问题。"她本不想留媛媛一个人，但媛媛用眼神告诉她，快走，自己都能应付得来。天雅往出走的时候感觉心里挺憋屈，她想见一眼吴老板，就算是在他办公室里众目睽睽也无所谓。她从集团的会议室往出来走的一路上经过办公区域，很多人都认识她，但他们好像都不认识她一样，或者看到她走过来了把脸扭向另一边，躲瘟疫一样。她给他发信息："在办公室吗？我想上去见你。"

他马上给她回了信息："在出差。"

她觉得特别没意思，刚才媛媛还在楼下看到他呢，她马上回："刚才还在一楼看到你。"必须要这样吗？如果不想见她，大可不必这么费劲，只要说自己没空即可。

他打来了电话，有点不高兴地说："我刚才就是从大厅经过要去地库坐车的，我不需要骗你，你以后不要这么跟我说话。"她一肚子委屈还没好好地表达，就因为一句话没说好惹恼了他，或许现在她说什么都是错。她给媛媛发信息问她什么时候完，媛媛一直没理她，估计是还没完，她不想站在大厦的一层看来来往往的熟或者不熟的人经过，她出来到大厦外面，看到李洋和王吉在不远处抽烟，没地方去，只能在楼外侧通风口周围走动，那里有点热，去的人少。

她在那里站了没多久就出了一身汗，媛媛给她回了："你回吧，资本的人在等我，别让他们看到。"大热的天，她不禁感到心里冰凉凉的，这是她为之奋斗的公司，现在公司对她弃之如敝屣；她曾经趾高气扬地走在人前，现在连她自己都觉得自己像过街的老鼠一样，灰溜溜的。这一瞬间她想流泪，但忍住了；走吧，难道还等着司机来接自己吗？

她低着头走在太阳下，楚楚给她发来信息，说自己还是不转去那个跟她扯不清的领导那里了，怕关系不好相处。她一看这个，想起自己曾经答应过楚楚帮她撑腰的，虽然自己搞得灰头土脸的，但帮楚楚撑腰没问题的。

楚楚只是跟她闲聊，根本想不到天雅在上班时间居然出现在了她单位，还穿得这么随意。天雅说自己就是来她工作的地方参观一下，让她带自己随便转转，今天刚好有空。虽然楚楚看出来了天雅心里有事，但她没有上来就问，两个人先聊了聊，天雅说自己现在不太顺，摊上点事；楚楚说，你不是有个男朋友吗？他能帮上忙吗？天雅低下头说，他已经在帮忙了。

走到办公室门口，天雅说我不进去，你那个领导是不是在旁边？楚楚说，对啊，她用手指了一下那个屋。天雅往那边走了几步，能看到那个屋门开着呢，里面有人。天雅几步走过去，敲了敲门，全然不顾楚楚在后面吹胡子瞪眼地让她回来。

里面那个男人看到天雅一脸蒙，看她的样子好像认识自己，只是短暂地尴尬了一下，然后就站起身来走上前，说："您找我？"

"对，我是楚楚的朋友。"天雅笑了，男人不像是八〇后，有点油腻，身材还算凑合不是特别胖，但没天雅高，整个人看起来稍微有点富态，白白净净的，戴着一个宽大的金边眼镜，脸有点宽，胖胖的五官，看起来还挺憨厚随和的样子，并不像楚楚说的脾气暴躁。看到天雅笑着进来，男人往前紧走了几步，伸出了自己胖胖的肉手，说："您好。"

天雅大摇大摆地坐下了，男人往前探着身子，坐了一半的椅子，两只胳膊架在办公桌上，抱着胸；两个人都面带微笑，男人笑得紧绷了些，天雅笑得很随意，她说："久仰久仰，总听楚楚提起您，还不知道您尊姓大名。"

"谈不上，鄙人姓丁，早就听过您的大名，张总，幸会幸会，希望我们未来能合作。"

"没问题丁总。我这次来主要是为了楚楚的事来的。"这个时候外面有点响动，天雅估计是楚楚根本没走，一直徘徊在门口，听到天雅这么说估计吓到了。听到响动，丁总的眼睛往外斜了一下，他站起来，说："要不我们把门关上说？"

"不用。我们就这么说吧，没什么偷偷摸摸的，都能听。"听她这么说，丁总又坐下了，笑得依然紧绷。

"丁总，听说您这边业务搞得不错啊，从全公司遴选人才呢。"

"啊，对，楚楚都跟你说了啊，确实这块业务发展得比较快，我们新成立的智能化中心……"天雅没听几句就打断了他："丁总，这个业务真的很有发展前景，我也预祝您这边可以大发大展，但还是那句话，我是为了楚楚的工作来的。"

"张总，楚楚确实参加选拔了，我本人也非常看好她，但她自己退出了。"

"我知道啊，我就是感觉有些问题需要丁总关照。"

"您指的是？"

"她为什么退出的，您应该比我更清楚吧。"天雅盯着丁总的眼睛，他有点回避她的目光。所谓来者不善，天雅既然来了不是打个招呼就走的人。坐在桌子上谈判她实在是太熟悉了，丁总显然没有准备，一下子被问蒙了。直到现在天雅都是笑着的，并没有一点点横眉立目的样子，他不会贸然地翻脸的。果然，他笑了，说："张总，听说你是女强人，果然是百闻不如一见。"

"丁总您过奖了，我和楚楚是同学，我当然是希望她好，我想，您也一样吧。"

"那是肯定的，我希望她能到我新组建的中心这边，虽然暂时解决不了更高的级别，但是业务很多，正是锻炼人的地方。"

"那您有没有想过，以您对她的了解，她能不能适合更有挑战性的工作呢？"

"您的意思是？"

"丁总，您应该清楚集团哪些板块、哪些领导更适合楚楚吧？我个人的经验，对一个人好，尤其是对下属，还是应该给个好环境和好发展，未来再相见，谁帮谁一把还说不定，您说是不是这个理儿？"

"您说得很有启发，确实是这样，有的时候我们看到人才总是想收到自己麾下，对其他的可能性考虑得稍微欠缺了些，您的意思我明白了。"

天雅走出去的时候丁总一直送到电梯口，楚楚早没影了，她给楚楚打电话，说自己弄完了先走了，楚楚说这个点儿了中午请你吃饭，天雅说，你不提醒我都忘了，中午我请你吃饭，你挑地方。

下午天雅健身完，在更衣室穿衣服的时候，看到手机上有个媛媛的未接电话。她给媛媛打回去："上午怎么样？"

"别提了，你走的时候自己提的离职也赔了 N+1？当月工资还发吗？"

"别冲动，我刚洗完澡，现在不早了，晚上我请你吃饭。"

中午天雅请楚楚吃的烤鸭，她下决心今晚再也不吃东西了，要不健身消耗的那点热量根本就是杯水车薪，白辛苦了；但现在这个情况，防止媛媛冲动是第一位的，只能舍命陪君子长肉了。

晚上媛媛选了一家天雅听都没听说过的网红苍蝇馆，人还不少，天雅占了最后一张空桌，看着站着等位的人她不好意思干坐在那里，学着旁边桌的样子先要了一打烤串占着桌子。

等了一个小时媛媛才姗姗来迟，点的串都冷了，让服务员拿回去热一下。

"你怎么这么晚？这个地方你来过？"

"别提了，开会又拖堂，我又是只有在会上才能听到新情况，在这之前'我的好姐妹'根本就不告诉我，让我措手不及，她就老这样让我难受，不想干了！"媛媛边说边和服务员点菜，基本上餐馆有的都点了一遍。

"咱吃得了吗？这也太多了吧，我根本没胃口……"

"哎呀，你放心吃吧，都是地沟油，味道一级棒，串小也便宜，放心吃，不亏的！"

"咱不至于吧……"

"怎么不至于，你现在没工作，我马上就没工作，就算公司给赔钱，那点钱也就够我还房贷的，不得节省着点啊！"

"就你那个花钱如流水的方式，又做头发又做脸，出门就打车动不动就请全部门喝咖啡，有多少钱够你花啊，一个亿都不够！"

"我要是有一个亿，先把房贷还了，然后就帮你'赎身'！你说集团对你有别的安排，是不是要送你去监管机构自首帮集团顶罪啊？还是让你去贩毒啊？"

听媛媛这么一说，她没词了，说："你别动不动就要不干了，我就是前车之鉴！"

"不管他们了，他们爱怎么死怎么死，我自己能把自己择得出来就行。"

"那怎么行！"虽然从天贺资本离职了，但资本毕竟是她多年的心血，她不希望公司出任何的风险，而媛媛就是公司的防火墙。她认真地看着媛媛说："就算只是一个清洁工，你也要做最负责的那个，公司业务的发展一直都靠猫鼠赛跑，老鼠钻了那么多的空子，你都要好好地去除痕迹，保证无论是什么猫经过，都绝对没有可能发现痕迹。"

"哎呀知道了，我天天都在奋力地铲屎，想要追到老鼠，除非从我的尸体上过去！"媛媛没想到她是这个态度，马上纠正了之前的措辞，"说说你的事情吧，既然现在都已经起诉了，早晚是要庭上见的，我准备在我走之前把你这个事处理好。这些年以来我也见过了不少律师，但看得上的就吕律师一个，你能不能把具体的过程写个说明给吕律师看看，尽快把你从这个坑里面捞出来。上菜了，快吃吧。"媛媛突然特别严肃地说："今天这顿我请，不要跟我争。答应我，等这个事解决了，一定要请我吃顿好的。"

天雅和媛媛都是说干就干的人，国强更是随叫随到，天雅写出了一个基本的情况介绍，还有她认为抗辩的点，想着自己相当于免费的劳动力，志愿当公司的编外员工。晚上孩子刚睡下，吴老板找她："你写的那个东西我看了，我觉得写得不行，不够深刻。"

"不够深刻是问题写得不够尖锐吗？还是解决方案不够直白？你提到的问题都提到了，你再指导一下思路吧，我好多研究研究。"

"我觉得研究得不行，美中资本市场差别在哪里？中国的特点就是权力来决定财富，几千年的官本位积重难返，骨子里就不会看得起商人，又追求财富上的政绩，才会扭曲了心灵。"

"我感觉是之前的监管不足导致猥琐发展的金融机构太多了，现在只是在规范化，或许有点下手重了。改革没问题，改革的同时要削减既得利益者，让市场竞争发挥作用，还要控制衍生的危机，就是良性的。西方不是就没有问题，华尔街崩溃的次数不胜枚举，但这并不适用于中国。如果用一个恰当的词来形容当前的局面，那就是消磨。经济、市场、投资人都不敢也不能承受剧烈波动，那就只能用绵长的时间来消化，用时间来换资产的空间。要不从新写一个？您看怎么写比较好？"

"我再想一想吧。"

"最近出差回来了？有空见我吗？"装作毫不在意地问，她已经太久没见他了，但也不想让自己的渴望太赤裸。

"回来了，我这两天有点拉肚子，一点力气都没有，等会儿晚上还有电话会。"

"既然生病了就多休息，不要再去开会了。"她本能地为他担心，但他并没有说什么。挂了电话后她心里也久久不能平静，他真的生病了吗？还是找个理由不见她？

躺在床上她也一直辗转反侧地想着他，不想去回忆曾经那些片段，只想着他在当前这种经济环境下，是不会好过的；越是经济不好，出问题的人越多，她很担心他。一直睡不着，到十二点了，她干脆起来给他写了条信息："我认为还是应该写篇文章表忠心：目前的局势对你很不利，中国的金融是政策市，任何风吹草动都致命；内忧外患，国内房价绑架了一切，国外美国又在虎视眈眈，国内有改革的愿望，去杠杆的行动，当前另一大痛点是想大力发展被美国捏住的高科技和高端制造。你是赞成去杠杆的，不要顾虑。建议：你看到目前的问题，希望可以用自身在经济领域实操多年的经验来为经济建设出力，大力发展高端制造业，毕竟你投了那么多制造实体企业，知道如何投资效率更高，你可以自己出资一部分和政府共同设立基金，为祖国投身改革，为领导出谋划策。"

没想到他马上就回了："有道理，具体说说举措。"

她根本就没有站到过山顶，如何能看到高处的风景？只能是自己揣测了："先保证天贺旗下的金融公司不出事，可以集团和政府共同设立产业基金，同时交叉持股，主要目的就是承诺收益都是政府的，集团可以不挣钱干；同时为资本市场的发展壮大献计献策，开源引资，做大才能激活资本市场；成立民营或者合资的不良资产债转股处置公司，现在这么多民营企业和上市公司债务危机爆发，取消刚性兑付必然要求新的形式解决问题。"

他说："你按照这个思路把文章再改改，再给我。"

第七节

虽然媛媛说了她需要点时间，但是天雅就是那种极其着急的人，从前是，现在也改不过来，她一天没有问媛媛，第二天就绷不住了，问媛媛有什么进展了。媛媛给她发语音说："我的姐姐，我这边还有很多公司的破事，根本没时间去搞你那个事，一个特别简单的问题好几个人一下午都不能决策，要不你去求求吴老板，说你不辞职了，行不行啊？"

晚上李哲给她打电话，说王吉让天贺资源出个委托书，委托吕律师去法院查起诉文件。她心里想着，这么巧，太好了，赶紧给媛媛打电话："你知道这个事情吗？"

"这是我送你的大礼包！"

"啥？"

"资源公司的诉讼应该是集团的法务部负责的，他们为了自己敛财在外面开了个律所，集团的官司都要聘请他们指定的律师，我跟他们说，这个事特别复杂，里面涉及无数嵌套交易和刑诉，他们才勉强同意把吕律师加到备选律师库里面。现在的情况就是，集团还没有认可就选择吕律师，我就已经让他去干活了，后面我的麻烦挺多。"

"好。"

"还有个事。天贺资本股票质押的机构不依不饶地要处置，现在我们兵分两路，我打官司尽量地保住资源和你，你从机构那边下手，让他们不要诉诸法院或者其他方式处置，这样保护住资源的利益不受损，也就是保住了你。"

媛媛白天太忙，她俩总是到了晚上才能讨论工作，天雅还是心疼媛媛，自己捅娄子加班责无旁贷，但媛媛只能在闲暇时间弄这个让她挺过意不去的。两个人就像回到了从前，还在工作组的时候，白天晚上连轴转，各自分工不同，搞定一头，就像好兄弟上了战场，背靠背地举着枪，准备和敌人放手一搏。

白天她给吴老板干活，虽然见不到人但可以随时联系。或许失去了才不舍，她总是忍不住去想曾经和他的点点滴滴，她虽然已经对他死心了，但忍不住在梦醒时分，恍惚中会觉得，他或许只是遭遇了什么很难过的坎儿，为了不拖累她才让她脱离了风暴中心，等事情过去了，他是不会放弃她的。她的死心能确保她大多数的时候都理智，但偶尔情绪上来的时候，她心里也充满了委屈和失落；多少次她想给他发信息，写好了长篇大论，但最终还是没发出去，她怕只是一厢情愿，更怕这种行为只能让自己陷入其中不能自拔。有一天夜里十二点他打电话过来，有些疲惫地问她："你知不知道什么比较干净的自杀方式？"

"啊?"她心头一紧,自己那些痛苦和委屈都抛诸脑后,不管她对吴老板多么失望和怨恨,毕竟还是无法眼见着他走到这一步的,她让自己保持平静,但是声音还是有些颤抖:"谁要用啊?"

"不是我,×!你记住了,没有勇气才自杀,我吴晓天永远都不会这样做!是别人问我的,挺好的朋友,我不想见他受罪,你帮我查一下,对了,别给我发信息说这个,免得留下痕迹。"听到这个话她就放心多了,即使是一个不认识的人,她也不希望对方采取这种极端的方式来面对打击,她没有按他说的查,而是发了很多的鸡汤文章给他,什么"只要能活着就好,就还有机会。人都有使命感,尤其是要当英雄,就注定被命运反复考验。如果你觉得累了,就让自己放个假,只要你能好好活着怎么样做我都支持你""年龄是客观的不可避免的,心态却是可以修炼的。里根和川普都是七十岁才当上总统,再看看九十三岁当总统的马哈蒂尔,我希望你九十三岁的时候也还能这么精神。现在确实是遇到棘手的事了,但是一定心态要好,还有四十年呢,想开点""市场越暗,曙光就越快要来临"。她想着,万一真的是他想不开怎么办?她想过很多种和他的结局,他们或许会江湖一别两宽,从此不复相见,或许会在多年后碰巧遇到再次坐下来聊聊世间百态,但她从来没有想过他会这么离场。在她能力所及的范围内,会竭尽全力地帮他,这或许也是她为了更体面地和这段感情说再见,能做的最后努力了。

转过天来他说昨天喝多了,胡说八道的,抱歉失态了,这两天在陪着证监会的领导,等他忙完了看看能不能有空,会见她。她听的时候就在苦笑,他们两个之间需要这样客气吗?她记得从一年前他说自己的手机被监控那一刻开始,他们之间的联系就再也没有那些言之无物的撩骚,电话也是光明正大随时被检查随时都没问题的内容,她当时以为是他逼不得已,现在想想,或许那个时候他的刀就已经举起来了,只不过砍得比较钝,她那时虽然觉得疼,但是疼着疼着就习惯了,居然没有领悟,是她太笨害得他还要再动手。

经过几天的奋战,她完成了一篇文章,希望能帮上他的忙:《建议成立股市维稳基金》。能力越大责任越大,他做到这个规模就应该肩负相应的社会责任,她就是这么想的,"为富不仁"就是因为不承担相应的社会责任,不管是公司还是个人,都必须和社会的进步方向一致,才能相互成就。以她对他的了解,他未必认可这种理想主义,或许看到了只会骂她"傻×";但她能理解,一代人身上有一个时代的印记，他经历的很多事情她没有经历；但他绝对不是一个老愤青，他身上的实用主义已经发挥到了极致，只要是对公司、经济好的事情，他都拥护，相信就凭这一点，他未来的结局不会太惨。

有天健身的时候，她接到了江海陈总的电话："张总，好久不见，别来无恙啊。"

"陈总，还好吗？"

"没事的，你不是知道我公司已经托管给天贺了吗？我刚见过吴老板，讨论方案来了，他还提到你，说你现在不在天贺资本了，心情不太好。"

"哦。"落井下石来了？自己平时也没得罪陈总啊。

"我没别的意思，就是慰问慰问你，你看我这么难，背行政处罚是肯定的了，其他还有一屁股事情，大家都在坚持着，吴老板心里惦记着你呢，你别太悲观。"一听这个话，她哭笑不得，陈总都到这个时候了，还有心情八卦。

到了晚上，媛媛打电话："我和吕律师说了基本情况，应该是还有希望撇清担保责任的，你别太悲观。对了，有个事情还没跟你说，现在有个矛盾的地方，天贺资源发的公告，里面自认了担保义务，不太好。"

她沉默了，媛媛倒是替她愤愤："唉，我有点搞不清楚，当时中登公司不就是告诉冻结了吗，什么资料都没有，为什么要公告得这么细啊？我×！这帮人平时混吃混喝地混日子也就算了，一到关键时刻就跟公司的卧底一样，我都分不清他们到底是哪边的人。有的时候我都懒得告诉你，就是因为跟你关系还不错，我坐在办公室里面都能听到他们在外面指桑骂槐，好像他们的那些工作上的问题都是你带来的一样，其实他们不知道正是因为你在，知道谁能解决问题，才没有在从前把这些棘手的问题分派给他们，他们就是一直被保护得太好了，而且一点都不知道感恩，我真的替你不值。"听媛媛这么说，天雅已经麻木的心有一点难过，媛媛说："我已经和刘伟说过了，我不干了，但是刘伟死活不让我走，说这个话题就到他为止，还给我灌了好多鸡汤。"

"你怎么这么傻，一旦说了，就不利了，开弓没有回头箭，公司估计暗中已经准备换人了。"

"可是不说我就要被逼疯了啊！"

"那就抓紧时间改简历吧，好好找工作，做好准备。"两个人讨论了半天，定了工作方案，分头去落实。

她健身之后猛然发现，自己这个月忘记还信用卡了。信用卡的还款日都设在发薪日后，这次忘了因为没在发薪日收到工资。她感觉这是自己这些年以来第一次看信用卡的账单，到底是怎么花的钱，账单上好几万是怎么来的？她是一个欲望不高的人，都不记得给自己买过什么东西，办了一张健身年卡六千，吃饭和打车的金额不超过一千，剩下的就是碎钞机了。碎钞机全年无休地开动，每个月奶粉就要一千多，尿不湿、婴儿辅食、餐具、衣服、玩具等这些也要两千多；上的早教课和游泳课很恐怖，一节课三百，买个五十节课，这就是一万五，但估计可以上半年；还有一个大头就是看病，有个感冒咳嗽的就要去私立儿童医院，每次去没有几千下不来。看到自己这些开销，她不禁感慨，还是孩子的钱最好挣了。

自从她来天贺工作，就没有对自己的财务情况再担忧过了；如果只是单纯地没有工资，以她这几年的积蓄都不是个问题，但她心里还有一根隐隐的刺，房子还没有解抵押，而她打给唐总的那五百万也石沉大海。她在天贺资本赚的钱基本都用于买房了，单纯的存款并没有那么多，她决定逐渐去除不必要的花销，让生活回归简单。

吃过晚饭，她把当前的经济状况和月嫂说了，让月嫂提前找下家，她或许请不起一个月八千的住家月嫂了，请保姆或者小时工经济很多。晚上总是很让人心情低落，想到自己，缺钱，身材变形，离婚，工作丢了，房子还不知道会不会被法院收走，自己没有工资还要负责擦屁股，还在坑里说不定什么时候就要进去了，还撑得下去吗？这个时候她不由得想到了母亲，母亲虽然叨叨，但如果是这种时候肯定会说："这有什么大不了的，不想干了就回家，别让自己委屈了，这么好的闺女，妈跟你待还待不够呢！"母亲肯定会说她一顿，为了这点事就想不开也太傻了，不管怎么说，她还有孩子。

这么晚了，范鹏电话说，我的车停在你家小区门口。她走出来以后，范鹏在车外面抽烟，她说就在周围走走吧。范鹏说："我待不下去了，要走了。公司的业绩今年肯定是相当地难看的，你可能想不到，如果集团年底不注资，公司应该都撑不下去了。"她预料到了，投资退不出、业绩不漂亮，融资就受影响，当然，这笔账肯定会被记在她头上。

"嗯，走了好，看现在的资本市场这种情况，估计一时半会儿后面也不会有什么比较大的机会了。"

"曾经的经历感觉还在眼前，之前我们都没想到会有今天吧……"她觉得心里无限地悲凉，当初让范鹏回来雄心满满，准备再和他联手大干一番，只是时不我待，个人的力量在大势面前根本都是蚍蜉撼大树。但她还是觉得对不住范鹏："之后去哪定了吗？"

自从她离职黄老哥就再也没有跟她联系，他那么利己也算正常，自己从来没有跟他成为朋友。无奈，为了范鹏，她还是想试一试，电话拨过去响了好久，就在她准备挂机的时候，接通了："喂，谁啊！"黄老哥那边有点嘈杂，特别地不耐烦和不高兴。

"是我啊，黄老哥。"

"谁？"

"是我，张天雅。"

"哦，张总，听说您离开天贺资本了，现在哪里高就啊？"消息倒是蛮灵通的，而且还是开门见山毫不避讳。

"就是现在还没有地方啊，看黄老哥这边有没有什么需要啊？"

"我这种小庙哪请得动您这尊大佛啊，别逗了，那个张总，我现在在外面应酬，改天吃饭啊，先挂了。"用人朝前，不用人朝后，估计以后是不会再联系了。她突然想到，起点的李总，之前联系不多，现在有点晚了，她给李总发了条信息："您方便通话吗？"对方一直没回，人都是趋利避害的，不理就不理吧。

没想到第二天早上八点多，李总回电话了："张总，昨晚我睡得早，早上我六点起来看到你的信息，等到现在才回电话，没打扰你休息吧？"

"没有没有。"

"有什么事情吗？"

"哦，也没什么特别的，就问问您港股上市了以后，资本化的路还顺利吗？"

"还好吧，这件事情我一直没怎么操心，你们公司那个范总不是一直在帮着弄吗？"

"李总都是实在人我就打开天窗说亮话了，我未来估计会在集团内部换个平台工作，范总最近比较想出去干，我想问问您需不需要人，大家都是合作过的，彼此都比较熟悉和信任。"

"哦……"李总没料到，她思考了一下，说，"其实我这个公司还真的缺这样一个人，你说得有道理，大家都合作过，我对范总的能力也挺认可的，但是我们一个教育机构，不比你们这种投资机构，没有那么先进，不管是管理方式还是工资结构恐怕都不能让范总满意，要不您帮我问问范总？如果他真的有这个意愿，我们可以见面聊聊。"她感谢了李总，跟范鹏打电话："起点你要不要考虑一下，我觉得你很适合，到了那边你可以从头开始，自己带个团队，是不是主动一些？"

"她那边我不是没考虑过，主要是她的思路还停留在做实业上面，总认为自己兢兢业业地把当前这几个学校做好了就行了，对资本市场根本没有认识，要有运作和高增长的业绩才会有人关注，没有这些当然没有人热捧了，股价也起不来。我是怕和她的理念不同，早晚都要散伙。"

"她那么想着，你才有机会呢，万一她什么都想得明白，还要你干什么？领导怎么想的不一定都是对的，你要想办法，潜移默化地说服领导，这不也是你的本事吗？"她说服了范鹏去和李总谈谈，她想着凡是对自己好的人，自己也应该多帮忙，说不定就是帮自己。范鹏介绍了自己相熟的猎头，猎头让她给发一份简历，她已经有年头没写过简历了，怎么弄呢？

媛媛着急找她，说今天集团的人要登录她的办公系统检查有没有违规的流程，她问天雅，回忆一下有没有违规的操作，如果有，她就拼命想出个下策来解决。天雅听了以后笑了，淡定地说："没事，让他们弄去吧，我办公系统里面都是合规的才走网络流程，不合规的都是线下的。"

"那你说他们会不会把一系列的事情串起来，发现公司虚增利润的事情？"

"你太高看他们了，你真的以为会有人仔细地看我的流程吗？我一天批几十个流程，我这么敬业的人都应接不暇，他们要几个人弄啊？再说了，他们那个水平，你真的以为他们看得懂？倒利润的交易结构是我一手操刀的，一个交易拆成五六个不相关的项目，协议之间的勾稽关系隐藏得很深，还有一些关键的补充协议是线下签的，我当时给你讲得一知半解都讲了很久，其他人不经指点根本摸不着头脑，放心吧，随便查。"

"那我就不管了啊。"

"你给我份你的简历，我看看怎么写的。"

拿着媛媛的简历，她好好端详自己的，要改，别人美化简历都是往上写，她是怕需要解释的事情太多,往下写。这个岁数的人一般差不多做到 MD 或者 ED,她就揣测着 ED 的职责编了编简历,还没想好后期背景调查怎么糊弄。她和猎头说好了,不能随便推简历,能见到一把手面谈才行,央企和国资金融机构是首选。

楚楚给她打电话:"虽然不知道上次你和老丁聊了什么,但他给我推荐到了集团大领导那边了。"

"比老丁这边如何?"

"你要是说级别待遇,那肯定比老丁这边上了一个台阶,都加起来三十多万一年吧,跟你是没法比,但在设计院绝对就算不错的;我如果在老丁这边绝对是想说什么就说什么,想做什么就做什么,我知道他都会罩着我,但是新去那边就必须要再装一段孙子了,从这个角度说,有点挑战。"这个老丁,还算是有点担当,给楚楚找了个好地方,她这个时候只能给楚楚打气了:"加油!相信自己,你一定没问题的,祝你早日升官发财!"

天雅想起来当天还没有追问发财官司的事,她给媛媛发信息,媛媛回了电话。

"要等吕律师的沟通成果了,我个人判断,实体乐观,程序上不乐观,很多法律程序需要时间,没那么快。明天你可以来一趟公司吗?你就来我办公室就行,我约了律师下午来。"

"我过去找你,会不会有人说闲话?跟我走得近不好吧,怕拖累你。"

"本身无一物,何处惹尘埃。这事儿我乐意。"媛媛能这么挺她,让她心里挺感动的。

媛媛约她早点到,她们还能讨论策略。她中午到的时候就发现自己的门禁卡刷不进去了,公司的前台换人了,根本不认识她,她敲门的时候前台还让她出示身份证登记,搞得她特别没面子。火速地坐电梯下楼,然后换成货梯重新上来一次,凭借她对公司的熟悉,拐到了媛媛屋里,想着快点躲进去再也不要出来,要不大家都尴尬。拉开门,她本想说自己有多狼狈,结果发现媛媛屋里坐着小静,小静特别尴尬,跟媛媛说还有事先走了,就像躲瘟神一样地出去了。她关上门说:"至于吗?又不是不认识。""你别管这么多,各人有各人的活法。吕律师刚才打来电话说突然有点急事,要晚点来,刚好你过来被小静看到了,估计今天下午没人敢来我的屋找我干活,我们还有两个多小时来梳理一下思路。"

媛媛打开了她的记事本，里面写了很多她的思路，她说平时她不管在干什么的时候，只要想到了什么她随时就写上，免得自己忘记了。她有好几个思路，但因为工作比较多，需要天雅来完善。天雅说自己不是律师啊，媛媛说你绝对够水平了，都超水平了。一看媛媛的记事本，天雅感觉，稳了，这些思路都是自己之前没有想到的，大有围魏救赵、釜底抽薪的感觉，虽然媛媛没说过她的策略，但是天雅心里基本有数了，她之前都是头痛医头，脚痛医脚，一味地只想解释和撇清自己，缺乏反击意识，看到了这些问题，她明白了为什么媛媛感觉偏乐观。

有些只有国强才能回答的问题，天雅知道，除了自己，再没有人能从国强拿到这些信息。她在准备诉讼，但又不能让富总察觉到她在准备的对发财的诉讼策略是从根本上否定天贺资源的担保责任，那样发财肯定会更加凶猛地逼迫富总还钱，富总和天雅的利益在这个时候是不同的，天雅会让富总以为，自己在准备诉讼，但诉讼的重点是对金额的确认，富总才会支持她。

"我×××，天下没有像发财这么不要脸的，收着那么高的利息，还敢上法院！我给了他们小一个亿的利息，没想到一步步地往死里整我，要不是他们，我侄子也不会进去，想起来我就气得牙痒痒！弄他！往死里干他！我现在就是有把柄在他们手里攥着，不敢跟他们翻脸，要是上市公司没事情，我×死他！弄，坚决弄，你要什么东西尽管说，我上上下下地都打过招呼了，要什么给什么！"

媛媛回来带给天雅一个不好的消息，集团的法律部不依不饶的，先斩后奏不好使，必须要公开招标，还要有三个以上的律所围标。媛媛特别不开心，吕律师已经在为了这个项目花精力了，但天贺资源迟迟不能和他签署代理协议，无法支付费用，集团分明是在强人所难，再招标和围标要等多久？她怕吕律师收不到钱，心灰意冷就不干了，耽误事，现在最关键的就是在开庭前做好所有的准备，抢时间就是抢胜算。两个人在屋里闷闷不乐，天雅先恢复了状态，她跟媛媛说，招标就招标，你找几个律师朋友围标还是可以的吧，吕律师的差旅费我给他出，如果最终没选他代理我再给他报酬。

出来的时候也是天雅自己摸出来的，她到货梯的路上碰到了一个曾经财务部的同事，对方看她走过来扭过去了脸；同时她也看到了一个融资部的小姑娘，还吃过自己的生日蛋糕，嘴刚有张开的动作，看了看周围没有一个人跟天雅打招呼，也默默地闭上了嘴，有点愧疚地低下了头，天雅看到这种情况，只想尽快离开。

天雅本来没想到猎头能起什么作用，但是还真的联系她了，对方特别着急要见面，面试人是某央企投资公司的一把手，是大她几届的校友。见面是在周末，她在整国强的账，约好了在离她家不远的一家咖啡厅，她急匆匆地出门了，也没有特意穿得正式。到了咖啡厅，没两桌人，有个在窗边的男士带着电脑在打字。

这个男人个子不算高，一身休闲装也不失品位，身材不像传统的央企领导一样中间突出，一看就是健身房雕琢过的，戴着眼镜，斯斯文文的，自我介绍叫方钢，是比她高四届的校友，一直都在投行工作，最近刚刚竞聘到央企投资平台；方钢比较感兴趣她的工作经历，特别羡慕天贺这种市场化的运作方式和快速的投资决策流程，按照他的话说，原来的国资光走完内部流程，PE 标的可能都等到上市了。方钢虽说竞聘一把手成功，但是目前公司里都是历史遗留的老家伙，不知道怎么干还占着位置，他人单势孤，觉得她非常合适，急切地想拉她过来，央企的高管有"工资帽"的限制，但中层就没有了，可以给到年薪百万，不给她太高的职位也算是为她着想了。还问了她好多公司的制度，他想大刀阔斧地把公司现有的结构重新梳理一番，给老央企注入新活力，否则投资平台就像是总部的投后管理部，存在感太低了。她对新工作并没有那么热切的向往，还陷在发财这个案子里，无心其他的事情；而且吴老板还许了她新工作，不管是什么样的新工作，但凡发财的事情不解决，她就不好驳他的面子；重点是她感觉方钢过于理想化了，央企是什么地方？她没吃过猪肉也总见过猪跑，一个央企的投资平台岂是他想怎么弄就能怎么弄的？她感觉，方钢在投行待多了可能脑子不大正常，他们学校毕业的人总显得有点头脑简单？她讲的好多业务他好像都是第一次听说，很惊奇的样子，她还是浅尝辄止地挑了几个还算见得光的案例讲，而且根本没敢往细了说，这样没见过世面的人值得她去搭档吗？方钢跟她说，两天内给他答复，刚好有个机会快速往公司里放自己人，错过这个村就没有这个店了。

因为白天有事耽搁了，晚上她工作到很晚，和媛媛说的一样，学习案例是漫长且孤独的旅程。看多了她没之前那么乐观了，主要是因为发财既往的案例中鲜有敌手，被告方都是被打得只有招架之功，没有还手之力：发财既通过第三方收高息，又同时签订咨询服务协议，法院都认可这些钱是咨询服务费，驳回了付息的主张。仔细地研究发财成功的秘籍，她发现成功真的可以复制：利用借款人急于拿到钱的心理，让他们签订了预先设计好的对借款人不利的许多空头文件，多数民营企业老板其实根本不知道签了这些文件意味着什么，就已经把利剑递给了发财，等他们还不上钱的时候，发财手里的这些利剑能确保这些土老板，合法合规地死得妥妥的。她又像过去做项目一样只睡四个小时，第二天还有上百页要看。

下午又是"天媛"工作组开工讨论的时候，她把自己汇总的案例都发给媛媛，感慨发财也算是高利贷公司中的战斗机了，实际控制人原来帮着省法院做司法拍卖起家的，对法律条款玩得得心应手，借款协议只有短短一页纸，但法院关注的点都覆盖了，而且用高管当"超级放款人"就是披着一层合法的马甲去放高利贷。她觉得法院是不是有点儿纵容，就相当于分明知道发财在干高利贷还总是判赢。媛媛说："你想太多了，我国的司法体系是值得信赖的。人家是民事庭，审查的就是：钱是不是放出去了？欠债还钱，天经地义吧。不还钱，当然判输了。高利贷公司就算约定的年化利率2000%，对方还不上，那法院照样可以把它调整为24%，这是对借款人的保护，不是对放高利贷者的许可。"媛媛说完以后天雅已经平复了很多："发财公司这么身经百战，还占据有利位置，吕律师是他们的对手吗？"

"有什么不是对手的，人家玩儿的是简单粗暴，吕律师玩儿的是花拳绣腿，完全可以过招，打什么不重要，我们给提供什么弹药才重要。"

天雅想起国强之前和解的协议就火往上冲，给富总打电话嚷嚷了半天，富总才听明白是怎么回事，说："嗨，我那个时候只想着尽快地解决这个事，根本没想这么多，我问法律顾问能不能签，他也没告诉我签了这个以后就不能再去打官司要回高利息了，我是真的不知道啊！"天雅跟他说，以后千万别省这个钱，该请个好律师了，要不太耽误事了。骂完了富总，天雅舒坦点了，她找了国强的财务，把能找到的所有材料都打包好，源源不断地发给媛媛。

夜里两点多，媛媛给天雅发过来一张歌词截图：

沿途红灯再红

无人可挡我路

望着是万马千军都直冲

天雅泪往上涌，两个人彼此都知道对方还在工作，都不可能放弃。媛媛跟她说了，防守反击，重点是反击，媛媛让天雅把所有判决书里面，发财自认收过利息的部分都找出来，媛媛就不信发财会合法纳税，想证明发财偷税漏税不容易，但这些自认的利息就是送上门的弹药了。

媛媛在公司也不顺，天雅走了以后开会都是漫长的空耗，搞得人心情烦躁；资本市场不好，全集团都降了工资，天贺资本全体降了15%就算是降得少了的；每个人都是一堆烦心事。两个人相互抱怨和打气，媛媛说："以前吧，觉得你不管什么时候都一脸的不开心，特丧，现在你走了，觉得日子更丧。你研究研究未来我们干点什么，我们这种人如果去正规的金融机构里面做螺丝钉，就浪费了这一身屠龙之技。"天雅跟媛媛聊了聊方钢的情况，媛媛其实要求不高，能给到年薪百万的央企子公司，简直是不能再要求更多了。方钢还是有点怨恨天雅没有选择他，他说之前那拨特招都过去了，但是他感觉媛媛也算适合，天雅安排着让两个人见面聊了聊。见完方钢，媛媛打来了电话，除了感谢推荐以外，还质问她："你到底还有什么事情瞒着我？"她一下子蒙了，难道媛媛发现什么了？她吓得没说出话来，只是问："什么？"

"你别不承认了，我和方钢聊天的时候人家说了，你高中就入选了省集训队，是在全国拿奖被北大提前录取的，你之前从来都不说，李洋提起来你还糊弄过去了，搞得我一直被蒙在鼓里，亏得我原来老拿你寻开心。"她心才放下来，原来就是这么个陈年旧事，也不好不承认，只是说："俱往矣，向前看吧。"

这期间她和吴老板互发信息没有那么频繁，主要是因为她比较忙，而吴老板回复也没有曾经那么及时。晚上十二点他跟她说："这几天都在开会，我都已经把这个事摆平了，集团的调查组也不出声了，没事，你该干什么干什么。"

她一直这么努力地去解决自己惹的麻烦，他跟她说没事了并不是真的完事了，只有处理完了发财的起诉才算是落地了。她本想跟他说集团的法务部在天贺资源应诉的律师问题上纠缠不清，但她想着还是不要说细枝末节的事惹他不开心，要尽量稳住他对自己的同情，她回道："我最近心理负担太大了，睡不着觉，想尽各种办法解决这个事情，目前依然在处理，但是依然觉得对不起你对我的好。这件事对我触动特别大，一方面我觉得自己确实做得不对，一方面也想当面跟你道歉，同时我会尽自己最大的努力处理好。"千言万语就是想见面，她相信他虽然是办事滴水不漏的人，但不是一个铁石心肠的人，只要能见到他，事情就有转机。

"等我回来吧，我出差了。"又一次开出了空头支票。

"我已经没脸留在天贺的体系内了。"

"先干着吧，现在工作也不好找。"本来她那句话有点赌气，希望他能安慰安慰她，或者像曾经那样让她别找事；结果他居然说的是工作不好找，好像她张天雅除了天贺就没地方工作一样，让她失望又伤心。或许在他心里她就是个包袱，需要他出马才能安排的一个包袱。她让自己平静下来，把发财的事处理好，在这之后她不知道自己会去哪里，但是肯定不会成为一个包袱。

第八节

眼看着辞职已经一个多月了，国强这边的调查告一个段落了，天雅能做的都做了，成堆的炮弹都递给了吕律师，就看如何用了。天雅有一天健身完了头发湿漉漉的，回家路上感觉有点着凉，到了晚上快睡觉的时候已经发烧了。她自己挣扎着爬起来去了医院，就在她挂号的时候，窗口里面的人说："医保欠费，没法用，是不是走自费？"

医保提醒她也该入职新公司了，和新公司的小唐联系好，七月最热的时候她准备上班了。她让媛媛也两手准备，一边是方钢那边走着流程，央企的流程没有个半年是走不完的，一边是她这边，到了新公司会看看情况，如果有机会一定带上自己人。

入职之前，她和海峰联系了，毕竟未来是要搭班合作的，之前在庄园有过几面之缘，海峰是老人了，十几年前就跟着吴老板，所有集团的高管里面他是最没有存在感的，平时都不知道他在干什么，神神秘秘的，都是吴老板亲自交办的业务。他长得人高马大，小眼睛大鼻子，一脸憨厚，说起话来也是一团和气，对谁都是笑眯眯的，她和海峰约在会所见面。两个人要了一壶花果茶，端上来的时候还送了几种曲奇和坚果，她好久没这么悠闲了。海峰其实对她要过来还挺不解的，问了缘由，她说在天贺资本那边有点麻烦事，他就不继续问了，而是安慰她："谁没有点麻烦事，放心吧，吴老板是个好人，会帮你处理掉的。既然他让你来我这边，就是让你好好地重新开始的，你也别有什么思想负担，如果原来的事情还需要你去处理，尽管去处理。"

两个人聊了聊现在的投资公司，海峰说现在他所在的这家投资公司往上穿透并不是吴老板的，所以集团对这间公司的管理没那么紧；公司的人员不太多，人际关系也比较简单，这边的人都不和集团的人掺和，所以她不必有疑虑；业务基本都是吴老板分派过来的，还有海峰在外面拉的，海峰天天在外面跑业务，从来不去公司，来了项目做完了初判觉得靠谱就和吴老板汇报，决策都在吴老板，流程特别简单。目前在管的已投项目有三个上市公司，比较松散；在做的投资项目有好几个，让她负责电子烟，这是当红炸子鸡，就像之前的咖啡消费，是又一个风口。

两个人也算一见如故，还聊了聊孩子，一直聊到吃饭点儿，海峰让司机拉着他们去吃个午饭。他让行政帮着订的包房，和她说把行政叫来，再把电子烟的武总叫来，我打个招呼，让行政配合你以后的工作，你和武总聊聊好开展尽调，我们要尽快决策到底投不投，投多少。两个人先到了包房，海峰和饭店应该是老熟人了，对方看他们坐下了就上了茶水坚果，还有一盘切好的西瓜，海峰说："我们先再聊一会儿，等他们到了就上菜。"

两个人继续闲聊，她问海峰当初是怎么一毕业就当上吴老板秘书的。海峰说："这个里面说来话长了，还有个故事。我和吴老板是一个地方的人，但并不认识，听父母说吴老板的父亲很仗义，早年饥荒吃不上饭的时候，他把自家仅有的粮食给家人留出两天的口粮，剩下都给了出去，还能笑着安慰邻居说'先把今天、明天过去，再去想后天的事'。当初我上大学的时候，吴老板已经从挂职的地方不干了，下海以后在我们当地承包了濒临破产的工厂，改制后把原来死气沉沉的老厂弄得生机勃勃，我父母都在那个工厂，对吴老板赞不绝口，他帮着从天南海北调东西来卖，分流下岗工人就业，连政府都让他做代理区长，只不过他自己再也不想做官了。当然这些跟我都没关系，我是九几年的大学生，那会儿还算是'天之骄子'，不出意外未来会被分配到北京的部委。我那时候还是太冲动，大一的时候被评选上校优秀生，在同学中声望也高，当时大学的学费和住宿费要涨价，那会儿还不兴助学贷款，同学们好多家里条件不太好的反抗得比较强烈，当时我太年轻，就感觉自己必须要做点什么，我就写了一篇讨伐校领导的文章，署上了自己的名字，贴在了校园里面，轰动一时，影响很大，同学们对我都拍手称快。但是学校特别生气，期末都着急放假，辅导员约着我谈了一次，说我问题巨大，学校还在商量对我的处理，最重可能直接给我退学，当时我就吓蒙了。放假回到老家以后我跟家里说了，当时家里也找过亲戚朋友，背着我想去给学校负责的人送点礼，人家都是坚决不收。当时就是死马当活马医的态度，家里求到了吴老板，本来也没抱什么希望，结果他为了这个事情，专门去登门拜访了校长，没有说我的事，只是聊了聊家常，他刚好从南方过来，身上带了成箱的冻带鱼、冻对虾，给校长留下了，再三强调了自己的家乡是哪的，校长和他提起了我的事情。我父母过年的时候提了些糕点，带着我去找他的时候，吴老板已经回来了，见到我的时候就忍不住骂我：'你脑子是抽了吗，现在你们学院要给你做退学处理你知道吗？'我那时候大二，十九岁，吓得说不出话来，家人说已经在给我凑钱，准备送我去日本工厂打工。吴老板说：'家里出你一个名牌大学生也不容易，看在这个分上我帮你一把，我前面已经做好了工作，你给校长写封信反映情况，我帮你递给校长。以后别再干这种蠢事了，别给自己的家乡丢人！'我回家好好认错，写了三页纸，被吴老板打回来了，他说：'你傻啊，认错了就是坐实了，你要有理有据抗争。'然后他给我改了一版，帮我给校长了。我二月再入学的时候，院里公告了处罚决定，口头警告，不记入档案。为了这个事情，我一毕业就返乡做了吴老板的秘书，吴老板当时让我千万不要告诉任何人自己的事，万一被别有用心的人知道没有好处，这个秘密我守了好多年。我今天告诉你，也是想让你知道，无论如何，吸取教训，不要丧失信心……"

她听得入迷，吴老板是个什么样的人很难评价，但他对于事情的本质把握精确，而且格局很大，并不是做点什么事情马上就要见到回报。当然他的发迹是时代的产物，但是他的格局就注定了他比其他人做得大。这个时候包房的门开了，行政进来了，海峰跟她交代了入职的事情，让她们配合好。不一会儿，做电子烟的武总也来了，他有点像典型的小老板，手上戴着手串，拿着男士大钱包，有点油腻，倒是不抽烟，但是进来以后拆开一包电子烟，先给每个发一支，天雅说自己不抽，他说，这个是卡布奇诺味的，尝尝吧，然后硬塞到她手里，幸好这个时候终于上菜了。

第二天天雅入职了，她有个带朝南落地窗的办公室，财务在一个办公室，人力和行政的两个负责人坐在一个办公室里面，其他的就是办公区域里面有八个工位，也就说，这家公司满打满算，加上从来不来办公室的海峰，一共是十四个人，海峰之前说公司没有那么大的时候，她还没理解原来是这么小。小唐给她办了一张门卡，和她签合同，合同上面的工资只有三万多一个月，和她几年前刚入职天贺的时候，是一样的。小唐有点抱歉地跟她说，自己刚刚接手人力的工作不太熟，公司的工资一直不是很高，但是张总的工资是吴老板亲自批的。三万多只是天贺资本一个入门级小经理的工资，天雅安慰自己今时不同往昔，自己戴罪立功的心态要摆正，她跟媛媛说，以后自己的工资只有媛媛的一半了，出去吃饭媛媛应该多买单。

折腾着半天把入职办了，中午小唐减肥，自己带的西红柿黄瓜，就不陪着天雅去楼下美食街吃饭了。曾经天雅在公司吃自助的时候，总嫌菜太油、荤菜太多、素菜炒得不够脆、口味重等等，还让助理给她叫外卖，现在她才知道，曾经的自己太挑剔了。美食街里乌泱乌泱的人满为患，所有的门店都有不少人在站着等，她都凑不进去看看到底卖的什么，看着成群结队来吃饭的人，觉得自己形单影只，顿时不想逗留了，她从便利店买了点关东煮、酸奶和水果拼盘就端着上楼了。到了这个时候她才感觉，有人陪着吃饭挺好的，有什么东西，不管是珍馐美味还是街头小吃，大家你一口我一口，才叫吃东西，一个人闷头吃只能叫填饱肚子。

刚来没有什么事，她想到了吴老板，心情复杂。吴老板不管是有意为之还是确实日理万机，在工作上已经像对待用过的抹布一样把她束之高阁，不管她心里多么委屈或者愤懑，也不管她是不是接受或者放得下，就像这段感情刚开始的时候一样，他都会按照自己的节奏进行，没有一丝的怜悯和心软。她总是安慰自己别多想，但大家都不是小孩子了，孙恒一句话给她骂醒："这种话不用明说，死活不见面翻译过来就是：分手。"当然吴老板这样的人不可能说这样的话，他只会用行动让她自己悟出来，做人留一线，以后想用她的时候随时还能捡起来。

她已经看透了他的招数，曾经自己确实着了他的道，她自认为绝不是一个拖拖拉拉的人，也不需要任何人的施舍，既然他放手了，自己又何必挽留。她做过最正确的，就是孩子的事情了，没有这种纠缠，她心疼也就心疼一阵子，如果被他知道了，或许自己就要心疼一辈子，永远都抽不出身来。她给自己三个月的时间心痛和淡化处理，三个月后差不多发财的案子就该判下来了，她也就真正地该和天贺做个了结了。

不管感情上对吴老板怎么失望，工作上他还是老板，如今自己也来新地方上班了，还是应该跟他报备一声。天贺资源的事至今她都欠他一个道歉，能说出来的痛苦都不是痛苦，现在她感觉自己的心情已经从烂泥坑里爬上来点了，也终于能正视自己的痛苦了。她沉思后给他写了一条信息：

老板中午好：

从今年年初起，我一直想再见见您，公司的业务，内忧外患，开始的时候我着急见您是想当面向您求教。理解您在集团掌舵，夜以继日地工作，我说服自己不因为资本公司的事情占用您的时间。后来想见您，是想当面向您承认错误，但是想到自己正在被集团调查和处理，求见您是否适宜，所以一直忧虑着。

我确实是犯了很严重的错误，自己内心的挣扎一直让我处于煎熬中。愚蠢无知和自以为是，让我丧失了对职业经理人原则的坚守、对规则的敬畏，我以为自己可以处理好一些事情，给您给公司都省心了，其实是一时的莽撞造成严重的后果，对不起您对我的栽培和信任。有两个月的时间，除了我主动去公司配合处理自己的错误以外，其他时间我都呆坐在家里反省，要不就是试着做些什么来弥补自己的错误，减少公司的损失。一直没有来海峰总这边上班，也是因为我在处理之前的遗留的问题的时候，无心开始新工作；我有的时候跑到健身房疯狂地流汗，仿佛只有累虚脱过去才能得到解脱，超高强度训练也导致膝盖滑膜炎，每一次弯曲都伴随疼痛，但是这些肉体上的痛苦都无法缓解心理上的内疚。

所幸您还没有放弃我，让我来海峰总这边上班。我个人没有任何要求，只希望有一天还能为您做点工作。每天看到很多相关的新闻，虽然市场和政策瞬息万变，但是各种报道中对于民营公司天贺更多的还是仰望和敬畏，每每看到这些，都使我的心情激动起来，想为您做点事，使我有机会能在努力工作中补过于万一，让自己能够得到救赎。

　　写这些给您，表达我内心中的愧疚和对您的感谢，并不希望占用您过多的时间，我随时静候您的指示。我衷心地诚挚地祝愿您身体健康，更好地引领集团运筹帷幄决胜千里。

天雅

　　吴老板并没有直接给她回复，而是转给她几篇自己签发的文件，集团重点工作转移到了实业上面，要把现有的制造板块拆分成两个集团，贵总去负责其中的一个，她想着他应该没有放弃自己的。最逗的是，他可能知道当初对天雅的调查组是金娜负责的，特意发过来一页文件的批示，这个文件是金娜交上来的，他的批示毫不留情："看来你离这个市场越来越远，已经不会做交易了！"看得她一阵窃笑。

　　做电子烟的武总在那天吃饭的时候，一直在说海峰总带着他去见吴老板的事情，隔空拍吴老板的马屁，但是天雅觉得他不对劲：事情都说得特别虚。天雅问他利润测算，他说那没问题，必须赚钱；问他利润率多少，他说要多少都行，要做利润他就定价高些，要做销量他就定价低些；问他生产情况，他说生产线就是自己的，随时吴老板拍板干了，随时就生产出货；问他渠道安排，他说没问题，有关系，可以进所有的烟草专营店。总之是说什么都打包票，但具体数字一个也说不出来。海峰跟天雅说过，吴老板确实对武总挺看好，武总是搞营销的，最早是代理山寨手机起家的，成功地给好几个互联网平台做过线下的推广，有了他不愁卖货，按照武总的说法，就用天贺的牌子，做电子烟就是稳赚不赔的买卖，利润率又高，只要海峰这边给他出个初始的启动资金几百万，他就能自循环着做起来了，成本六七十的产品能卖到三百，这是什么利润率，听得吴老板和海峰都很心动。

　　海峰专门在电话里和天雅说："天雅啊，出这么点钱，要是靠谱的话我自己都能出，反正赔了也没多少，赚了那可就是金蛋了。你想想，现在资产价格多贵，你去投资个电子烟公司，PE 好几百倍的都有，如果我们做好了卖给别人能卖好几百倍，这是多露脸的事情啊！"听到海峰这么激动，以为自己遇到了千载难逢的好项目，她也决定打起精神，虽然目前看起来，公司的项目组就只有她一个人，但这对她来说不是问题，她一个人就是一支队伍。

武总显然是没想到她的尽调追得这么紧，他推说晚上有会，要汇报工作，她说，那就现在吧，武总没办法，把自己的办公地址给了她。她到了才发现，是租用的公寓，楼里有很多住家，电梯里都是推着婴儿车和买菜车的，楼道里的白墙上印刷着各种小广告，她出了电梯后，根本看不到门牌号，只能给武总打电话才找到地方。

武总有点窘迫地介绍这里是自己放佛像的地方，他是个虔诚的佛教徒，早晚都要拜拜。天雅一看，三室一厅的房子，客厅里还真的放了个佛像，摆着供品和香炉，佛前还有一个垫子应该是用来跪的吧，屋里弥漫着一股烧香的味道。武总自己这间屋还比较宽敞，有喝茶的桌椅，武总叫唤了一声，隔壁过来一个小伙子给她倒杯水，这是比较少见的两个人坐在功夫茶具旁但却不喝茶的情况。

她开门见山地说，自己想比较详细地推演一下整个公司未来的运作情况的，吴老板和海峰既然这么信任武总，就要给他们出个计划书好出资。这句话深得武总欢心，他开始烹煮茶具，准备泡茶。武总显然不想老老实实地直接切入主题，而是给她讲自己的创业史，讲当初自己是怎么被老婆净身出户的，她根本没时间听他在这里扯这些没用的，她见过的资本市场的流星太多了，像武总这种，最多算个太空垃圾吧，不是所有能上天的都值得人们抬头看。她说自己晚上也有饭局，时间不太多，还是拣重点吧。她写了一个详细的问题清单，一个一个地开始问，武总在回答的时候并不像刚才那么挥洒自如了，对很多细节模棱两可，她一看就知道他从来没想到过这么细。

她回家的路上，媛媛刚好也在下班的路上，两个人都在地铁上，都需要声嘶力竭的才能确保对方能听到。媛媛和方钢见面聊过了，感觉机会挺好的，她回家也和老公说了，但毕竟这边还没提离职，不知道多久能到位，是不是应该跟方钢说清楚？天雅说，你先把这个坑占上再说。媛媛说，这不是怕天雅难做嘛，天雅说，这个年头，谁不为自己考虑啊，我没关系的。

下了地铁的时候，媛媛的电话来了，两个人出了地铁打电话省力气多了。媛媛说："下面就是时光倒流，见证奇迹的时刻了，我自从毕业之后就再也没参加过笔试和群体面试了，这一下感觉回到了十年前。今天刘伟偷偷地过来跟我谈了谈，我不是跟他说过不想干了么，今天他偷偷地溜过来，不是想劝我继续干，而是跟我说如果机会好的话可以看看，尤其是国资，我在想自己给国企投简历是不是被他发现了呢。"

"不会吧，刘伟其实人还不坏，你也别太多心理负担了。"

"嗯，他今天跟我说了，也是一起共事多年的同事，如果我出去找别的工作了他会很担心，因为我没有小静会为人处世。我挺难过的，我都是三十多岁的人了，居然还被这样说。"

"其实我挺想知道，他们背后是怎么说我的。"她是真的想知道，有了新公司的工作，她终于多了份勇气来面对之前的敌意，痛定思痛，一直都在反思自己哪里做得不好。过去她的位置注定了她根本听不到真话。

"一部分人不敢谈你，一部分人觉得你城府深，还有一部分人觉得，你觉得自己挺棒看不上别人。"听到媛媛这么说，她心里挺难受的，自己做了这么多，在位置上的时候虽然有过自私的选择，但是绝大部分的时候都是为公司考虑的；而最终，自己都已经曲终人散了，不愿意去拖累公司的任何一个人，她没有听到有一个人认可自己。她有点崩溃，说：

"我自己已经够沮丧了，做人做事都一败涂地。感觉在这个社会，做一个真诚的人很痛苦，有着深深的挫败感。"

"可以理解，苦才是人生。但你最好是个纯粹的人，否则我的价值体系会崩塌，愿我们相忘于世故。"她没说话，媛媛说，"好了好了，你能做到那个位置，就说明你能承受别人的非议，别太在意别人了，做好你自己。"她就是这样，一边怀疑自己，一边又对自己深信不疑，一边受伤一边成长，一边流泪一边奋力奔跑向前。

这次做项目天雅又想到了邱小平，虽然电子烟看起来和互联网没有一点关系，但是电子烟因为渠道多是以互联网销售，所以基本上是互联网的那帮人在做。邱小平的离开应该是在天雅去生孩子的时候，他走的时候没有跟天雅打招呼，天雅生完回来才发现。邱是做互联网和传媒的，天贺资本收缩这块业务之后他就感觉自己无用武之地了，本想去自己创业做公园年票，但前同事汪杰去了券商投资部做到了一把手，正在招兵买马，就给他弄过去了。她给邱打电话，邱一听就知道她应该是刚上手，还没有到可以讨论的水平，邱发了好多篇行研报告给她，让她好好学习一下，还邀请她参加券商主办的研讨会。

这次研讨会邀请的都是业内顶尖公司的实控人描绘行业的现状、前景和发展方向，以及面对的风险和挑战。各种测算的指标非常全，让她感慨，不管被应用在哪个领域，互联网都为人们生活的便捷和舒适做出了贡献；只是互联网思维有点可怕，不计成本地去攻城略地，以抢夺用户数为主要指标，通过烧钱的方式培养消费习惯，最后再实现盈利的模式，在经济不太好的时候，或许应该谨慎一些。但这或许只是她的担忧，参会的人乌泱乌泱的好几百人，都被瑞信咖啡闪电式的资本化打了鸡血，这种"蓝海"领域又挑起了投资界的胃口，让无数投资人都在摩拳擦掌，跃跃欲试。

越做研究，她就越反感这个项目，时尚电子烟的目标并不是替代香烟，而是吸引更多的人来尝试。如果说原来她做资本运作，那是行业规则，大家都在这么做，没的选择的话，那么投资单个项目，这绝对是有的选择的，不管测算收益怎么样，这是一个有原罪的项目。除了用更新颖的噱头吸引更多人去尝试，尤其是缺乏判断力的青少年去吸烟，赚些黑心钱，这个项目到底有什么值得做的？到了她这个年龄，更懂得有所为有所不为。

经过周末的梳理，她做了一份十几页纸的尽调，发给了海峰，同时还做了一个摘要。海峰很快就回复了，一看就是只看了摘要，他问："武总说的行不通？"她心想已经说得很直白了，还要我说得更明白吗？这件事就这么戛然而止了，仿佛根本都没有存在过。

过了两天，媛媛打电话说方钢面试的情况："你可不知道，一共招聘三个人，有三千多人在短短几天内投了简历，参加面试的我这组就有十个人，估计学历背景都比我好还比我便宜；方钢给我的职位可能没有给你的那么高，如果你能去就好了，你带着我，我们在那边再搭个团队，一起再战江湖，好不好？"

天雅虽然也觉得孤掌难鸣，但媛媛想得还是太简单了，国企能让人随心所欲？她都没赶上这次招聘，真的想去也要等天贺资源的事情处理了，那更遥遥无期了。天雅关注的电子烟自媒体推送了新闻："资本集团再出手 天贺入局电子烟"，看完她就明白了，不管她的态度如何，海峰还是去弄电子烟了。她不高兴，和媛媛说了其中的经过，明确地反对海峰不尊重她的意见，她想和吴老板直接去说的。媛媛显然是对她看不惯："姐姐，现在这个时候了，你还不能明白吗？如果说曾经你不太关注这些事情，那么现在你必须要花精力在这个上面了，你吃一堑能不能长一智啊？你想想你自己，这些年来搞成这样，你是不是一个领导特别喜欢用的人？"

"什么意思？"

"对于你这个位置上的人，会投老板所好是必需的，你可以不会拍马屁，但是你除了能力之外，必须要和领导一条心。"

"我是一条心啊。"

"吴老板如果已经明确表达了要做电子烟，你还和海峰说不要做？你直接去告状，你以为吴老板会开心吗？他可能会觉得你没有按照他的安排，和海峰做好配合，而且你反对他的决定。姐姐，你也三十多的人了，办事可不可以让人放心一点？你这样下去就是被边缘化、被冷落，别一天到晚地不当回事。我虽然没跟吴老板打过交道，不知道他是一个怎么样的人，但他已给你第二次机会了，集团的风格我略有耳闻，一般人不会有第二次机会，我希望你能珍惜，摆正你一个做下属的心态。你换位思考一下，你想干电子烟，我死活不让你干，你是换个特别赞成干这个的王吉继续去干这个，还是听我的？"

"我肯定听你的，你太高看王吉了。"

两个人戏谑归戏谑，但是挂了电话以后，天雅心里还是有点触动，本来她就已经被吴老板说不适合做一把手了，现在她对于自己在工作单位的表现都没信心了，是不是连最基本的都干不好？吴老板让她来海峰这边表面上是总经理，其实下面根本没有一个人，工资也给的是刚入司的工资水平，是不是说明，在吴老板眼里，她只值这个价？

第九节

媛媛的话就像应验了一样，天雅在公司并没有多少事可做，海峰不给她分派业务，只能自己出去承揽，她和海峰梳理了资本市场当前的情况，以及她建议的投资思路，并提出疑问，是否有自有资金，那么根据资金体量、回收期和收益率的要求，她再筛选相应的项目。他的回答都像是打太极，自有资金可以有，要看项目；上市公司也可以运作，要看项目，总之就是没有任何信息量。

就这样无所事事，她也没什么动力工作，反正不用打卡，干脆就不去公司了，根本没人管她，她就有一搭无一搭地带娃出去逛逛，看着孩子开心，觉得人生没那么灰暗了。曾经的期房终于交房了，因为交房推迟了一年，那边的价格也飙升了两倍多，开发商索性和所有购房者补签了合同，精装修交房，每平方米五千的标准，多收点钱。合同还是于越去签的，他看到了新房非常满意，和她商量就不按照当初离婚的约定执行了，他要新房，曾经两个人一起买的那套城里的老破小他不换了。于越听到孩子的声音，他不知道她居然已经当妈妈了，一时间沉默了。挂了电话，她估计以后于越都不会打来了。

天雅脱离了熟悉的环境，也没那么紧张了，终于有点放松了，反倒是媛媛，有点着了魔一样，发财委托的律师她处心积虑去结识了，还去偷窥人家的朋友圈，发现对方律师天天晒娃、出去旅游，她都欣喜若狂，这么没事业心的人是没有希望赢得了她的。夜里已经十二点多了，媛媛还在和天雅聊天，媛媛问天雅当初天贺资源签协议的时候，真的没有见过出借人的名字吗？天雅说，空口无凭，我有人证，当时资源公司经办人我搞得定。媛媛说，那有新思路了，为什么不釜底抽薪呢？这个事后被填上去的出借人，到底凭什么有的诉权？看媛媛这么殚精竭虑地为她打官司，天雅这个时候实在有点忍不住了，把自己留着的撒手锏告诉了媛媛，她手里有一张富总给她写的函件，证明天贺资源对担保的事情并不知情。媛媛说，这个东西很重要，但有可能会给你引火上身，你真的愿意拿出这个东西来吗？天雅说，我把原件给你，拿好了。

到了开庭的日子，媛媛一直没跟天雅联系，到了晚上，天雅实在绷不住了，她给媛媛发信息："怎么样了？"媛媛回了："高兴！在和中院的人喝酒！六瓶了！你那个东西没用上！"

等媛媛回来以后，一直很忙，两个人来不及好好地聊，匆匆在国贸见了一面，媛媛跟天雅说，具体的过程你不用管，但是对方应该是不能主张让天贺资源承担担保责任了，对方还在结束的时候特别贱嗖嗖地来吕律师这里说："帮我给张天雅带个话，这件事没完。"吕律师特别惊讶，他从来没听说过你的名字，他都不知道对方说的什么，对方还反问他："张天雅不是天贺资本的头儿吗？"吕律师说："不是啊，没听说过这个人。"媛媛说，你看，幸好我从来都不让你们单独联系，吕律师的反应才会这么正常，发财估计都摸不清头脑呢。

天雅也侧面地从富总嘴里听说了："你们在法庭上给发财公司弄得都恼了，

开庭完了就跑到我这里来了，跟我这一通嚷嚷，又让我签了好几个文件，追加担保的，把能追加的人都追加了，你说他们有多生气啊！他们跟我说了，当时在法庭上，你们那个律师递交证据都是几个箱子的文件，还有最让他们来气的，国强集团，就是我这里给搬过去的成套的账册，可给他们看呆了。……他们是来找我兴师问罪的，尤其是小荣，她本是大区的负责人，受牵连不小，都到我办公室来哭诉说让我负责她一家老小的吃喝……"

她本无心多说，但富总却像打开了话匣子一样说个没完，尤其是说到发财公司对他不依不饶，好像他是在为天雅解围一样，难道不是他惹出来的吗？他说："天雅啊，你还小，好多事你说得是有道理，就像那些法律条款，丁是丁卯是卯；但是你办事的方式总是那么地生硬，有的时候女人就要柔和，要懂得四两拨千斤，你看现在当老板的哪个不难，哪个不是一堆官司，你想想吴老板是不是好久没见你了，就你这种硬邦邦的性格，说话又冲，哪个男的喜欢啊，你别不爱听啊。"说到了她的痛处，确实，不管他再出现在哪里、做什么决策，她都是事后才知道，自己应该是按照他的规划，慢慢地远离了他的世界，他们就像两条直线，短暂地相交后向外发散，渐行渐远。她还在那里走神，富总又接着说："你比如发财这个事，其实就有很多变通的方式，发财去年就说了，只要能见到你一面，他们就没有那么生气，当时你死活不出面，我也就帮你顶着了；现在他们也还是在说，能不能再谈谈……""富总，我本人已经离开了天贺资本，代表不了公司，有什么话我们法庭上见，如果他们觉得这件事不算完，那我奉陪到底。"

富总还和她说了唐总东窗事发，已经被很多投资人报案了，公安正在通缉他，富总让她千万小心着唐总，万一要联系她注意保护自己，别出事。她的心都悬了起来，心里始终还在担忧自己房子的事情。

七月底的天气正是最炎热的时候，天雅和孩子不敢开屋里的空调直吹，只能把客厅的空调打开，刚睡下的时候还行，慢慢地等到夜里两点的时候她就热醒了，睡不着了，刚好在夜里的这个时候，她接到了一个未知号码的来电，她犹豫了一下，还是接了，对方是个女人，阴阳怪气的，跟她说："张总，还记得我吗？"天雅在记忆里搜寻了半天，只记得这个声音听到过，但是真的想不起来是谁。她正准备挂机的时候，对方接着说："你别以为你就赢了，我们走着瞧！我好心告诉你，你就等着搬家吧！"莫名其妙，天雅挂断了电话。但是接了个电话让她精神了起来，她在那里翻翻新闻，这时候一条新闻吸引了她的注意：蓝鲸鱼实际控制人左某于今日主动向公安局投案，目前已被采取刑事强制措施，公安机关正在持续加大对蓝鲸鱼涉嫌非法吸收公众存款案的侦查力度。

这真是眼看他起高楼，又眼看他楼塌了，资本市场的太多弄潮儿都像走马灯一样昙花一现，她不禁想到当初吴老板还让自己跟左旋学习。这下吴老板投资的几个亿又打了水漂，估计他心情不会好。幸好当初阻止孙恒碰无敌科技的股票，估计又要刷新资本市场的跌停板的纪录了。

屋漏偏逢连夜雨，就在同一时刻，天雅又发现了另一家吴老板口中的骄傲，超级新，公告了其最新一期的超短期融资券无法偿付本息，构成实质性违约，由此引爆了全市场的惊诧，因为超级新年报显示，其账上躺着几十亿现金，何以区区五亿的债券会偿还不了？不仅市场震惊，深交所也在深夜追问：这几十亿存放在哪？资金是否受限？为何还不上债券？是否存在财务造假？天雅算了一下，吴老板当初投资了六十亿拿了上市公司大概20%不到的股份，目前的浮盈是一百五十亿左右，这个事件出来估计超级新股价至少腰斩，吴老板的浮盈一下子就会少了近一百亿，对他而言也算不小的打击了。其他人都觉得很突然，她却知道，上次见，牛总就已经不顾及是否违规了，爆雷就是早晚的事情，就像富总一样，经历了太多的起起落落，总觉得自己坚持一下就会过去的，但最终等待他们的，应该都是不归路。这个时候，她突然脑子一抽，刚才深夜来电的人，像是发财的小荣，她愈发地睡不着了。

好久没去办公室了，天雅想着今天好好看几个项目，她找了几个科技类的项目，想看看能不能借上这波产业升级的东风，再把猪吹上天。刚坐到办公室，她接到了一个固定电话，里面说："张天雅女士吗？我是海淀法院的。"听到这个消息，她心里激灵一下，是不是发财和法院揭发了自己背后捣鬼，让法院找上了门？别自己吓自己，没准是诈骗电话，她说："什么事。"

"我口头通知，你有一套房屋被查封了，法院的房产查封通知书稍后会寄给你，要求在期限内搬离住所……"这个消息让她猝不及防，愣了一下才缓过神来，最怕的还是来了。她第一个想到的人是媛媛，但这件事她不太想告诉媛媛。富总那件事情和吴老板无关，在整个应诉的过程中，每一个细节媛媛都会问到，任何的隐瞒都会影响答辩，上战场的两个人如果不能完全信任对方，不可能放手一搏的。如果说让她去把所有关于吴老板的事情摊开来在阳光下接受检阅，她宁愿去独自承担这个苦果。

她已经有年头没搬过家了，下午回家大概地规划了一下，家具这些大件都在二手网上卖掉，她拍了照挂出去，卖的价格很低，大床二百，衣柜二百，餐桌椅一百，真皮沙发加茶几四百，打包都拿走更便宜，估计很快就能卖掉，只要约定什么时候拉走就行了；她自己的东西和衣服应该会需要十几个箱子打包，孩子的东西不少，至少十个箱子，加上厨房、卫生间、客厅的这些杂物，预计十个箱子，加上电器最少需要四十个箱子。她找了搬家公司，让他们先送四十个箱子，约好了周末搬家。

她想着先去一趟于越交换给她的小房子，看看情况。再回去熟悉的小房子她有点感慨，人面不知何处去，桃花依旧笑春风。还是那样市井和接地气的老旧小区，房前屋后熙熙攘攘的总有人影，这个老小区里面安置了不少就地上楼的回迁户，他们以前就是街坊邻居，现在也还是喜欢站在外面聊天说话，买个菜都要相互告知一下今天的特价。她安慰自己，这里有人气，有生活的气息，这都是正能量，或许在这里她的心情会变好。

她匆匆地走过，没有引起别人的注意，进了家门，审视一下这个自己曾经逃离的家，一切都好像就在昨天。现在的自己好羡慕当初的自己，那时候自己还有着最好的年华，有母亲，这些岁月她好像一直在寻找最好的自己，但现在她发现，最好的东西或许已逝。也许是阴天，在不开灯的房间，特别有气氛，她一阵悲哀，这个时候周围没有人，她任由自己的泪水无声地落下。

看看手机，她给自己崩溃的时限只有三分钟。她打开灯，审视一下屋里的布置，不再去挑毛病，只是想着如何改造现有的一切。她基本整理了一下，心中有数了，就回家了。出门的时候刚好碰到邻居老太太，老太太凑上来说："有年头没见你了啊，是不是出国了？你老公挺好的，经常把快递箱子都给我。""真谢谢您，我回来了，过两天就带着孩子搬回来，到时候还得让您多关照。""没问题，好邻居，都不说这么客气的话。"

天雅专门包了一个两万块钱的信封给月嫂，跟她说好了除了工资正常结以外，这个是额外给她的；月嫂早就看到天雅收拾东西这个场面，心里也有点准备，她没有多问什么，只是说自己还给孩子做了几套衣服以后记得穿。

之后天雅在家有空就收拾，还要去小房子那边，装新空调、新热水器，装护栏、装婴儿床，换沙发，旧沙发她送给楼外面活动区域的那些打牌的老人了，邻里关系也维护一下。她打包工作越来越熟练了，一个晚上就能打十几个箱子。幸好家里吃的东西不太多，冰箱里的东西都吃得差不多了，其他的厨房里的很多干货都是母亲在的时候采购的，只有母亲才是过过苦日子所以特别喜欢采购的人，如果是她还在的话，估计光粮食就要打包几十斤走。

等到周六早上，天雅预约的搬家时间是上午十点，因为怕早了会打扰孩子休息，但是七点钟的时候所有大人已经都起来了，热火朝天地忙碌着。上午先把孩子送去上早教了，等搬家的人到了，天雅盯着他们往车上运箱子，总共打包满了四十个箱子，还有十大编织袋，还有各种大件的电器单独打包带走，会带过去一个床，所以搬家的过来还有拆床的在家作业。一个大的厢式货车基本都堆满了，天雅开着车，车上装着很多小孩的东西，往小房子进发。到了地方以后，天雅指挥着往里面搬，邻居老太太还自告奋勇地过来帮着开单元的门什么的，天雅已经知道了她最感兴趣的东西，跟她说堆在楼道里的床、纸箱子都不要了，她需要可以拿走，老太太满心欢喜地答应了。

这几天的大腾挪，幸好她练过，也是腰酸腿疼的。再回到曾经生活过的地方，她也需要适应一下，很多的地方都不太适应，比如大家共用一个卫生间，经常需要等位，比如房子很多年久失修的地方，每次洗澡的时候淋浴间就会漏水；瓷砖或者踢脚线按几下就掉下来了；厨房的台面满是裂痕；卫生间经常反味。房间太小无法用扫地机器人，而且最让人经常心惊肉跳的是：有蟑螂。

她总告诉自己要看看好的方面：第一个好的地方，是省钱了，物业费基本没有，小房子水电煤都消耗少，电费只有大房子的三分之一；第二个好的，是省事了，楼下就是超市和菜市场，早上穿着睡衣买早餐，端到家还热乎，平时家里少了什么东西，穿着拖鞋下楼分分钟买好，虽然楼下脏乱差，但是真的好方便；第三个是省了闹钟，每天早上六点楼下的超市开始上货，晚上十一点楼上的群租房里的人叮咣叮咣地回来，刚好提醒她休息；第四个好的，是真的好，原来多是在屋里带娃，现在屋里没地方了，刚好带着娃出去，晒晒太阳。这个小房子虽说是临街的房子，但是有个好处，就是一层是大量的门面房，纵深很深，就让二层天然地占了便宜——一侧有个比足球场还大的平台，平台上的邻居都是各显神通，有种菜的有养鸡的，当然遛娃的更多。天雅不怎么带娃出来，带出来她也是一直贴身跟着娃，远远地站在聊天的人一边，不怎么跟他们说话，虽然邻居觉得她好像不爱说话，但是鉴于她送大家的沙发，大家都对她还算客气，见面都打个招呼。

搬过来一周她就非常适应了，也感觉小房子其实挺温馨，不像原来家里南面的卧室想走到北面的卧室，要走几十米，现在几步就到了，省时间；但是家务量大大提升。有一天小唐跟她说集团的人下午要来检查，最好还是在岗；她上午去得不早了，快走到公司门口的时候，就听到一阵喧哗，小公司平时关着的玻璃门，今天都大开着，她往里面探了一下头，居然看到了金娜的背影，她才突然记起小唐说的检查的事情，但是居然从下午提到了上午，除了金娜以外还有另外两个穿黑西服的男人跟着，她在外面偷偷地给小唐发信息："集团的人来了？"小唐给她回："嗯，他们来早了，现在在查公司的章证照，说要收走。"她就躲在门口，不想在这种情况下跟金娜见面。和有些人的恩怨她都不在意，也可以让往事随风，但金娜不同，她们的生存方式和三观都不一致，是绝对没有可能坐下来好好说一句话的。她扒在门上，就听见里面金娜的声音："你们把东西都收好……"天雅赶紧给小唐发信息："交接的东西都要写个交接单，让他们签字才能拿走东西。"之后她听到小唐怯生生地跟金娜说："金总，要不我们签个交接单吧……""后面会有人跟你签的，我这次只是负责把东西拿走，如果你有意见，让你领导去跟集团说去。"果然，金娜还是那么跋扈，小唐根本不在她眼里。她本想着自己冲出去算了，但一想没有必要的，金娜敢来肯定是有集团的圣旨的，自己出去了也是炮灰，还被金娜逮住一顿奚落，她给小唐发信息说："交出去的东西都拍照，给来人也拍照，未来如果扯皮就拿出来。"

金娜拿到了东西就该走人了，但她停在那里，跟负责财务的人说："听说你们这里新的总经理叫张天雅？"财务的人基本没见过天雅，她说，不太清楚。金娜问，她人在哪里？小唐只能说："张总今天有事，没过来。"金娜冷笑了一声，好像在感慨天雅逃过了一劫，但她还不甘心，跟小唐她们说："你们不知道她原来干的那些烂事？"小唐和财务负责面面相觑，天雅在门口听得都直翻白眼，趁着自己不在就跑来骂街？金娜还是这个水平？"哈哈哈哈，你们不知道就自己去打听打听，她是集团有名的贱货，要不是因为她，我也不会大驾光临，亲自来你们这么一个芝麻小的公司收章证照……"实在是听不下去了，她扭头就走，只想尽快地离开这个地方。

第十节

　　王吉突然来电，天雅本不想接的，但她毕竟和吴老板承诺过不管是天贺资本还是集团的事，都会管，还是硬着头皮接了。王吉颤抖着跟她问好，她还想着王吉怎么对自己突然这么恭敬了，王吉一听就是皮笑肉不笑地跟她说："张总，吴老板在我旁边，他有话和你说。"她本来心里烦闷得很，一听吴老板要说话她笑了，倒是想听他能说什么，让王吉吓得直哆嗦。

　　"张总，在哪呢？"想象着他在别人面前一本正经的样子，她捂着嘴笑得很开心，好久没有这么开心地笑过了，但还是要装一装严肃，说："老板，我在上班。"总不能说自己在家里看孩子呢吧。

　　"你看能不能配合贵总，给他介绍国强集团和富总的情况，今天和天贺资本的人开会，我已经交代得很清楚了，未来国强重整的事让贵总牵头，天贺资本配合，但是对这个项目最清楚的人应该是你吧，你看能不能和贵总当面聊聊。"

　　"没问题。"

　　"好嘞。"他说完了，她不想再跟王吉废话，马上就挂断了。不就是让自己去免费帮忙介绍项目吗，王吉搞得那么战战兢兢干什么？

　　王吉带着她去集团拜会贵总，路上他态度一直怪怪的，她没理他只是让他带路。坐下来后，她和贵总介绍了一个多小时，中间王吉也插不上嘴，就在埋头记录，也不知道在记什么。贵总能看出来很虚荣，他原来曾经是局长，现在王吉都讨好地叫他"贵局"，就是为了烘托出他曾经的官职，让他受用多了。贵总基本的素质还是过得硬，她说什么都能跟得上，比旁边那个在公司会上听过多次情况汇报，但仍是一脸蒙的王吉强多了。

　　见完了贵总之后，她不想去见媛媛，怕给媛媛带来不好的影响，更怕自己会太郁闷，不由自主地说出房子的事情。想到吴老板虽然心里痛苦，但也明白，他不会见她的。虽然她已经基本熬过了那个最痛苦的阶段，不再想和他倾诉痛苦和挣扎了，也不想和他说自己房子被查封的无奈，她其实只是想看看他，在经历了这么多之后，她想或许她放下了，他们可以成为朋友，她问他：

"您在忙吗？您要是不忙我去看看您，要是忙就不打扰了。"发了她就后悔了，还好，他回的是，自己在忙。

这于她也是个解脱，她给他写了汇报信息，不是要他回复，只是一种态度，做这些都是看在他的分上，什么时候发财的事情了结了大家就两不相欠。当然他能不能解读，她并不在意。太阳很大的夏天，她的小电动停在路边，无数的汽车飞驰而过，只留下空气中的尾气，她心想，让一切就到这里吧。

八月初，海峰突然给她发了一条信息："接到集团通知，所有人员全部裁撤，你尽快跟集团沟通。"短短一条信息，宣布了她和天贺集团的缘分已尽。她并没觉得特别意外，这个小公司自从金娜去过后她就明白，自己已经被盯上了，就是痛打落水狗的时候；再说今年以来集团就是在裁员的状态，很多人都离开了，而她，只是众多的对吴老板而言没有用的人之一。

但发财的隐患一天不解决，她都不敢说自己是自由之身，还要看他的脸色，他让她留着待命，她就不敢轻举妄动。她试探性地给他发了条信息："今天我按海峰总的安排已离职，未来不想给您添麻烦，希望您一切都好。""好的。"他还是秒回。这许许多多，或许从头到尾都是她一厢情愿的幻想，于他来说只是个茶余饭后的小插曲，邂逅路边一朵雨后牵牛花，摘下了陪自己走一段路就扔掉了，根本不会记得。

生活有些趋于平淡了，她想休息一段。平时跟她联系的人不多，孙恒算一个，有一天孙恒问她，知不知道什么没有痛苦的自杀方式，她有点吃惊："你怎么了？"

"不是我，替别人问的。"

"到底是谁？"

"这事你别告诉富总，是富帅。董事长让我去看他，我最近去给他送过钱，他偷偷跟我说的。在看守所还不如监狱，吃的那个苦让他没法形容，天天不能放风，看守所里面就是谁横谁厉害，经常被打被欺负；看守根本不管，就是变着法地捞钱，这次我去让我送两瓶茅台，上次别人去也让送东西了，但是根本不给关照。我们给富帅送钱都没用，照样在里面被打，我这次见他的时候看他脸上青一块紫一块的，一瘸一拐的，他说他有点坚持不了了。"

"你还是要和富总说，这个时候找人关照或者找关系想给他弄出来是没戏了，还是让富总推动着尽快把案情移交检察院，判了就好了，进了监狱反倒是解脱了；你多把富帅的几个孩子的作业啊、奖状啊什么的拿过去给他看看，不能让他天天想着怎么死，要让他天天想着怎么坚持下去。"想起富帅令人唏嘘，想想自己认识的这些上市公司的老板，她感觉这个时候，能平静地生活，挺好。

生活过得平淡，但她总感觉有点不对劲，有几天她在单元门口看到了乱扔的垃圾，还有一天早上有一摊呕吐物，她想着自己这个单元怎么这么倒霉。有天她早上带着孩子出门的时候，发现楼道里面到处都是废纸，本想着是不是楼上的群租户又搞了什么幺蛾子，但是一看那些个废纸，上面的内容居然是她身份证的正反面复印件，还有一句话：欠债还钱！满楼道里都是，她收集了起来，一共有十多张，这个时候她紧张了，是什么人有这个东西？又是什么人散在她家门口的？到底要干什么？她发了疯一样地上楼，楼上并没有这样的废纸，她又跑出去到平台上，平台上还是种花的打牌的在那里各自干着各自的事情，她冲出来并没有发现什么蛛丝马迹，只是她猛然看到几个小孩子在玩纸飞机，飞机上花花的好像有点不对劲，她过去一把拿过来，发现就是这个东西，天雅看到不远处有带娃的奶奶们，她走过去问问小孩子叠飞机的纸是从哪里来的，这些个老人都比较热心，告诉她是高层楼道的窗户打开了有人往下撒的，刚扔下来的时候，在外面的小孩子都特别开心地去追逐这些纸，没几下大家都抢光了。她一听这个是有预谋的，抬起头看向楼上，回迁房的低层虽然没有电梯，但高层是有电梯的，所有单元的高层居民分享两部电梯，通过大通道到达楼上的十个单元。所以说楼上扔下来东西，即使知道是大概哪个位置扔的，并不能有任何的帮助，因为老旧小区鱼龙混杂，谁都可以坐电梯上去，上去以后也可以走楼梯下来，总之是从无法锁定范围。

过了两天，中午吃过饭，她一个人带着孩子在外面，穿了个居家的连衣裙，脚上穿了个拖鞋就出来了，刚好外面还有一个小朋友大概三四岁了在玩，她姥姥在旁边不远的地方打扑克呢；天雅的宝宝学着大孩子的样子，捡了几个粉笔头，两个人站在单元门口的两级台阶上往墙上乱画，她陪着她们站在单元门口的一级台阶上，她的腿的正面紧贴着自己宝宝的后背，专注地看着自己的宝贝假装写字的样子，同时预防着宝贝突然向后仰过去摔倒。中午本来就很热，她想着出来待不了二十分钟孩子就该困了回去睡觉了。

孩子刚写了十分钟，她就感觉旁边很近的地方"嘭"的一声巨响，回头一看，一地的水和玻璃碎渣，两个孩子写得特别专注，居然都没什么反应，在打牌的那些大妈都被吓到了，几个人走出来对着楼上开始骂街，她带着两个孩子先躲到单元门里面，她不确定等会儿会不会再有其他的东西落下来。透过单元门上的窗口，她能看到外面的地上，闪闪的反着光的都是玻璃的碎渣，远远地溅到了几十米外的围墙那里，这应该是高空坠落的一个玻璃瓶，里面还装了不少水。这时候一起玩的孩子姥姥过来，天雅问她外面怎么样，她说不知道哪个神经病从上面往下扔东西，这要是砸到头上肯定活不了，不知道是从八楼还是从十楼扔下来的，看了半天也看不到人影，在外面骂了半天也没有反应，她骂骂咧咧地带着孩子回家了，往外走的时候还让孩子好好看着点路，别踩上玻璃碴。

这件事让她心有余悸，看看自己的小腿和脚，好像小腿上并没有划伤，脚跟上没有穿鞋和袜子，是有划痕的。天雅写了个纸条，贴在电梯里，提醒坐电梯的人自重，高空抛物是要承担法律责任的。

这件事之后，她就不怎么带着孩子在平台上玩了，孩子不知道是不是那天一冷一热了，有点咳嗽，天雅带她去医院看病。回家的时候，她在平台上都挺注意的，沿着平台最北面的围墙走，离楼体越远越好，到了该进单元门的时候，她赶紧推着婴儿车快步往单元门里面走。就在她到了单元门口刚拉开单元门的时候，背后又传来了两声巨响，这次有玻璃瓶摔碎了，还有一个大可乐瓶子没摔碎，里面装着一满瓶子黄颜色的液体；玻璃瓶的落点应该就在天雅单元门口一步之遥的地方，说没有针对性是不可能的，她赶紧进了单元门以后回到家里，往外面看到那个大可乐瓶子在平台上滚了好远。这次是午饭时间，平台上没什么人，她受不了报警了。也就过了几分钟，片区的警察就来了现场，拍照了，记录了。这个时候平台上的街坊邻居纷纷出来了，议论着到底是哪个生孩子没屁眼的人高空抛物。下午的时候，警察又回来取样了，一堆大爷大妈围上去和警察说，一定要查出到底是怎么回事，要不孩子在平台上以后没法玩了；说归说，警察一问，谁愿意去派出所做笔录，没有一个人吱声了，只有她答应下来。片区的派出所报警窗口旁边有个铁栅栏门，拉开以后一个警官在里面等着她，带她进来一间办公室，地上都是烟蒂，满屋的烟味，警察面前有电脑，但笔录还是她说他来手写。这不是她第一次做笔录了，感觉还是一样，好像自己是嫌疑人，所有的问题老实交代。警察问过了她的基本信息，然后说：

"平时有什么仇人吗？"

"没有……"说到这里，她想到了有天夜里的那个电话，有点犹豫，但警察提醒她说："没有证据的不算。"

"那就没有。"

"在什么公司工作？"

"暂时无业。"

"只有这一个居住地吗？"

"刚搬过来不久。"

"这样，笔录我给你做了，但是我也好心提醒你，不是说我们推卸责任，但是像这种没有人员受伤、没有造成财产损失的案件，我们的警力也是有限的，可能无法全力地去侦查。"

这样下去没找到凶手，她倒是要疯了，事关孩子的安危，还是要搬家。她马上给中介打电话，把现在这套房子租出去，再租一套。天雅不管是看哪个房子，心里还是想着自己原来的房子，中介劝她去大三居看看，刚好房主在屋里。天雅一看就喜欢上了，她不禁和房主聊上了，想办法和对方讲讲价，好说歹说，不要车位，这套房子最便宜一个月也要三万二，她对自己说，就是这套了，尽快搬家，自己休假结束，搬完之后尽快上班了。

第十一节

鉴于经济上这么重的压力，她还是要出来工作，猎头又给她找了一个国资的基金，谈得挺好，但是也要走常规招聘的流程，笔试面试一个不少。笔试的第一场居然是中翻英和英翻中，她真是边写边笑，她对面的姑娘比她小十岁，她在想，为什么要和这些刚毕业的大学生去拼翻译？这个时候她突然顿悟了，国企不需要她的经验，不需要她个人多么出色，国企需要的只是一个听话的螺丝钉。

笔试完自觉毫无意义，有点沮丧的天雅，接到了媛媛的电话，上来笑得乐不可支，说："你绝对猜不到发生了什么，让天贺资本的人下巴都惊掉了！"

"什么。"她还是很低落。

"你就要回集团工作了你知道吗？"

"什么？"

"我可是第一时间告诉你的，当时我在会上，你可不知道当时王吉的脸都绿了。"

"什么会？"

"是国强集团托管的会，在会上讨论集团委派什么人去国强集团做一把手，贵局给吴老板电话请示，开的外放，贵局去做一把手，但吴老板说：'我给你推荐个搭档，张天雅。她这个人很能干，就是单项太强，忽略了其他因素。'当时会上大家都惊了，尤其是很多人都感觉你已经是被扫地出门的人了，没想到吴老板还提起你，并且强调只能是你，让集团的好多人都吓坏了，你知道吗！"她并没有情绪起伏，能料想到他让她在贵局身边，或许只是为了备手，或许是利用富总对自己的一点歉疚感，让她好好地给富总带话，促成托管和重组的顺利推进。但这毕竟也算一个好消息，证明他还没有放弃她，至少让集团那帮在自己头上踩的人警醒警醒。媛媛越说越激动："这下你终于回来了，还能在集团，我们又可以在一起工作了，中午一起找地方吃吃饭，还能一起下班去健身、唱歌和逛街，这才叫生活！还有，你这次就算是扬眉吐气了！让那些之前出了事玩命踩你的人好好见识见识，我要是你就穿着最靓的衫，在集团的上上下下好好走走，让他们狗眼看人低！"

"你先别高兴得太早，现在还没有人跟我说这个事啊。"她还是那么淡定，在经历了两次被迫的搬家和一段时间的提心吊胆之后，媛媛的消息已经无法引起她的兴奋了，理智告诉她，远离他、天贺和国强，才能做个人。

"哎呀，吴老板都说了，你还有什么担心的，早晚的事情，我估计天贺资本的人肯定会找你谈的，他们之前完全没有预料你会卷土重来。"

媛媛的电话挂上了没多久，又打过来了，她还想着媛媛也太沉不住气了，这点事情说两遍。她有点不耐烦了，接起来说："怎么了？"

"你都想不到，刚才彭文过来找我，是少有的专门到我办公室，拜托我和你联系，说以后如果你去了集团，大家好歹也是曾经一起共事的，天贺资本是自己人，让你一定要关照关照。哈，你都想不到他的表情！"她觉得媛媛高兴得太早了，她去的是生死未卜的集团，给一个政府监管机构出来的老油条当副手，天然地就知道她是去监督他的，未来的路不好走。再说好不容易摆脱了这一切，真的要再回去吗？

富总的消息倒是灵通，倒是挺高兴的，认为托管交给天雅他放心。本来吴老板的意思是，国强股份托管之后，贵总任上市公司董事长，天雅任董秘，但富总说："天雅啊，咱明人不说暗话，董事长我真的不能给贵总，董秘容易背锅我建议你不要任。我不敢给吴老板直接说，怕他恼了。现在因为事故，官场上抓了一大片，当地的官员对我恨之入骨，几次让我过去就想给我拘了，我要不是还是上市公司董事长，顶着企业家的这个名头，早就进去了，现在是红石市政府的人发了文在保我，毕竟我这么大一个企业，不能眼看着我出问题。"她根本没有兴趣听他的说辞，只问目前天贺的工作进展到哪里了。

"上次大规模地来人做工作，还是几个月前你带着人来把集团的债务摸清楚了，之后我们讨论的一直都是根据你的数据来讨论的，吴老板的意思是他找个信托，牵头成立一个百亿规模的维稳基金，然后根据其他省的经验，让省里面出面支持，下文让各家金融机构配合，让他们去认购，然后基金把我现在的债务接过去，做个展期。"

"这个方案推成了吗？"

"嗨，别说了，为了他这个方案，我专门去拜访了市委书记。六月份去找的政府，七月份就下文了，这个效率也是够高了；但现在不是说推不动，而是这条路根本就走不通。吴老板不清楚，其他省有钱，省政府财政出几个亿，但我们省穷啊，现在都是贷款发工资呢。就这个财政的水平，怎么去认购？这条路根本就走不通……"

跳出这个圈子看得更明白，她明白吴老板为什么拼了命地要张罗救富总的国强集团，那是因为天贺有利益牵扯在里面，他已经踩了太多资本市场的大雷，总要做点什么来转危为安。方案表面是帮富总解决危机的，但不运用金融工具改变债务结构就是拖延，根本不是治疗方式。她问："富总，您有没有想过，五年以后，您拿什么解决维稳基金的偿还问题？"诛心之问，她自己清楚，富总一时语塞。方案里最稳妥的是吴老板，对于富总，只是择期再死，五年后一样是个死。

"……你的意思？"

"这个方案推不成，您不用任何沮丧，这本就是个权宜之计。"

"那怎么弄？"

"要从根本上缩减债务规模和形式，否则都是个死。"

"你快点去集团上班吧，除了你别人也弄不了。"

国强集团是一团乱麻，要想走到彼岸还要经历千难万险，但毕竟是个有意义的事情，不同于单纯的破产清收，如何盘活需要智慧和协调，有意思。贵局的电话终于姗姗来迟，并没有直接说工作的事，而是又约她过去聊聊。她感觉这里面还有埋伏，如果他按吴老板的安排执行，只要打个电话传达就好了。

方钢打来电话质问她为什么那么作践自己，去应聘国企基金的执行团队长，而不是管理岗，执行层又累工资又低，估计一个月两万吧。挺逗的，方钢也是何不食肉糜，他一直在国企之间跳来跳去感觉国企的管理岗很容易上，但对于她这种没有在金融国企干过的人，就是难于上青天。当然，当个小兵她也不够格，估计过不了笔试的翻译关。

她死活也想不到的，李铭居然还有脸打来电话："哈喽啊，张总，还记得我吗？"她还真的没听出来："不好意思，我手机换了，确实不记得。"

"您真是贵人多忘事啊，我是李铭啊。"

"有事吗。"她只想快点挂。

"看来是不欢迎我啊。"

"没有，李总做的都是大买卖。"

"谈不上，原来你不是知道我在创业吗，那个时候我没敢要你入股，也是怕亏了投资人的钱，真的。但是现在生意越做越大，我感觉有点力不从心，我第一个就想到了你，不知道你能不能到我这里来当总裁啊？"这个时候，还能对她发出这样的邀请，她感觉心里面挺暖的，但是同时她也挺多疑问的，他们只有一面之缘，莫非是自己当初的魅力太大了，无可抵挡？这真是天无绝人之路，或许去了李铭那边，也是个新的开始。

"李总目前生意进展得怎么样了？有没有具体的资料呢？我想这不是一个很容易做的决定，还是需要仔细考虑一下的。"

"当然可以啊，你稍等，我发个PPT，我照着那个讲……"李铭讲到自己企业的优势和发展方向是滔滔不绝，不知不觉一个小时就过去了，她觉得不对劲了，如果是真心要招聘自己，为什么李铭不去说公司面临的问题和挑战，不说公司目前的组织架构，以及总裁未来的工作职责呢？说着说着，李铭就说到了融资的事情，目前融资总额是一亿，到账四千万，还差六千万，想让她帮忙，当然，"总裁也是急缺的"。听到这里，她已经懂了李铭的重点应该是让她帮着融资，估计找自己当总裁也只是个幌子。突然间她想到，李铭是不是还不知道自己已经不在天贺了呢？

"李总，我现在已经不在天贺了您知道吗？"

"啊？那现在高就到哪里了，是不是提拔到集团当领导了？我可要抱紧您的大腿啊！"

"没呀，都已经在家待业好久了，正在看工作机会……"

"张总，我接个电话，先不聊了。"她估计双方都在心里暗骂，浪费了自己的时间。

这段时间她也在反思，是不是她并没有值得骄傲的不凡，只是因为底线低和敢干才获得的机会，离开了平台就一无是处，难道这就是所谓的竖子成名？她很痛苦，一阵子感觉还可以，一阵子就痛苦不堪，恨不得付出一切去摆脱这种难受的境遇。几个朋友知道她的低落轮番叫她出来，范鹏在国贸上班，约她来吃饭。国贸的各种档次的餐馆，在中午的时候都无一例外地沦为了金融民工的食堂。范鹏约她在一个马来西亚风味餐厅见面，她还以为有什么过人之处，过去了才知道是因为这家做得太难吃又贵，所以中午还有位置，不用等位。两人刚坐下没几分钟店里也满了。范鹏要了一个肉骨茶套餐和几个菜，她没有胃口，他给她点了一个沙拉，菜上来了，他给她夹了一块排骨让她尝尝，如果味道还行就再来一份，沙拉吃不饱的。但她焦虑得无心吃饭，餐厅里面人声鼎沸，左边在谈组个五百亿的基金，右边在说认购几十亿的份额，都是大手笔，她也没什么顾忌的，跟他说了集团让她回去，她特别犹豫。之前天贺资源的事情，她虽然没跟他讲，但他知道个七七八八，是比较清楚她的情况的。他没有接她的话，而是跟她讲起点集团的情况：

"当初你说应该改造李总的思路，我确实一直都在潜移默化地给李总洗脑，说服她不光是要实体企业做业绩，也要做资本运作，原来负责投资的那个人用财务审计的眼光去做并购，肯定无法成功，现在已经被调到别的地方去了，目前的战略和投资就是我说了算，国贸这边是我最新选定的办公室，也在自己搭团队，还是可以做一做的。你说的回不回集团，看你自己，如果你的事情处理完了，不会影响到你了，那你想去哪里全看自己；但如果你感觉不稳妥，还想等等，就回集团。我跟你说实话，不是所有的一把手都有吴老板的气度和眼光，这是一个客观事实，不管你以后去哪里，可能都要面对这个问题，你无法挑领导，你只能去适应。"吃完饭他请她喝咖啡，两个人绕着楼走走消消食，他最后说：

"有件事情我一直没好意思说出口，但我们这么熟了，我也就不隐瞒。如果你能过来和我搭档，我随时都欢迎。我们两个可以在李总这个平台认真地做点事情，帮她把上市公司做起来，同时我们还可以等着机会，市场复苏的时候我们再出去闯荡一番，怎么样？"看她没有说话，他说："这都在于你，我随时欢迎你入职，也清楚你的为人和特点，会尽量维护你，外面周旋的事情我来做，你只做工作就好了。"

"你和天伟联系吧，他应该也在找工作，让他先过来这边吧。"听说总让天伟出差，想必他在天贺资本应该是待得相当难受的，媛媛都有一段时间没看到他了。她明白，即使自己过去起点了，他们的身份应该是刚好反过来了，范鹏是领导她的；但她并不认为这是范鹏在炫耀或者施舍，他是真的想拉她一把，让她不要再这么消沉，或许有了新的目标以后她能慢慢地恢复。

其实范鹏还是了解她的，她心里已经默默地选择天贺，在天贺资源的案子没有了结之前，她还不敢忤逆吴老板的安排；而且她也隐隐地期盼着，自己或许能和吴老板建立新的合作关系。想到这里，她约了贵局。

没有王吉的监视，说话方便了许多，贵局说："听吴老板说，你是相当地能干的，当初从天贺资本出来也是有点其他的事情，所以这次给你找回来，也不知道你现在在外面是不是有新工作了，还是想征求一下你的意见。"

"我都服从安排的，天贺给了我很多机会，能为天贺做事我不会推脱的。"看来吴老板并没有跟别人说自己在海峰那里，应该是在保护自己。会不会是像富总说的，吴老板为了所谓的"负责任"给自己安排一个工作的地方？如果是那样，她感觉是一种侮辱，她不用任何人的怜悯和同情，出去干也饿不死。但她还是劝自己不要多想，吴老板还是觉得她有用，是对她能力的一种认可。

"行！我就知道老板不会看错人，听你这么说就知道你是一个负责任的人。现在集团编制特别紧张，我手下已经有两个人了，人力让调到外地的分公司去，而且集团还有业绩不达标降薪的预期。哎呀，这样，你看能不能我和富总说说，让你入职到国强股份里去，所有的问题就解决了。"贵局就是没安好心，吴老板说的是给他当手下，他这么一安排就直接给支出去到国强那边了。

和贵局谈完，媛媛非要拉她过来，到了媛媛办公室，却发现刘伟在那里一起等着她呢。看到刘伟她有点迟疑，但刘伟马上站起来说："张总，好久没跟您汇报了，快请进！"边说着边给她拉椅子，而媛媛笑得一脸的春风，应该说他们两个合谋强迫她见客。寒暄了几句，她就把刘伟送了出去，关上门跟媛媛说自己劳动关系可能不在集团，而在国强。媛媛说，在哪不重要，只要能回来好好的，大家一起工作就好了，还是媛媛暖心。其实连这个想法都是奢望，她发现贵局并不想让她在公司出现，甚至都没有给她安排办公位置。

她就这样带着自己的电脑、洗漱用品、拖鞋和睡衣，陪着贵总踏上了去国强的路，就像几年前她一开始工作的时候那样。只不过，当初她的心情是坚定的，觉得前途是光明的；现在她的心情是死水一潭，对于未来她不太清楚，甚至都没有期待。

知道她要来，孙恒帮着订票，她还有点不好意思，但孙恒说完全没必要，天贺集团的人架子大，过来都是让他订票。贵总的工作组浩浩荡荡，除了他俩，还有他的助理、集团外派到国强的财务、集团的法务总监，还有王吉。一辆车坐不下，孙恒弄了两辆车来接。天雅和贵总、助理坐孙恒车，其他人坐另一辆车。路上天雅和孙恒都没有说话，一直在听贵总讲自己去过的大江南北的奇闻异事，助理变着法地拍马屁。她想着，时代不同了，能不能进步点，大家都这么忙，可不可以聊工作？

晚上到了国强集团，富总还是在集团的宴会厅接待他们。她想着真是经费紧张了，都没有去外面吃饭。富总和贵总两个人就说面上的话，你好我好大家好，她想着，这不是吴老板的套路吗？晚上贵总也没有安排工作会议，只是说吴老板说了，这次过来一定要谈一个新方案，上次那个信托的没成。

第二天一早，贵总自己去了市政府，没说去干什么，王吉跟着去了。中午的时候王吉自己回来了，说贵总去完政府就去机场了，剩下的事情他们听天雅的。她仔细看看这几个货色，没一个能干的，贵总走了，他们就散了，第二天的时候就剩她一个人了。她给富总打电话，富总以为这些人还在就躲了，要是只有她一个人他就来。富总领着她找到了国强集团人力，给她办理入职手续，她不着急，还没有想好。富总说："贵总让我给你还有另外两个人办理入职，那两个人我都不管，但让你入职是我一直想办的。家族企业做了几十年，我也老了，未来还是要交给有能力的人，如果你同意是最好。你帮过我的忙我一直记得，你记住我这句话，什么时候，但凡吴老板能放手，我这边一直都等你。"

天雅和富总坐下来谈了她认为可行的方案，才回北京。落地机场的时候，她接到了贵总的电话，问她在什么地方他有急事。贵总十几分钟后接上了她，她不知道他到底有什么急事非要来亲自接自己，而且这么快就到了。路上他开着车，一直在问国强的方案，她给他讲了一路，并打开电脑给他讲解测算的结果。她的注意力都放在方案上了，等车开到吴老板庄园门口才反应过来，怪不得贵总没问她家在哪里。她心慌慌的，问："这是要去哪里？"

"当然是见老板汇报了，他特别关心，问了好几次。"贵总不经意地边开边说。

"您没跟我说过啊？"她心里特别别扭，这种事情难道不应该征求她的意见吗？

"没事的。"贵总回头看了她一眼，说，"刚刚出差回来，穿得休闲一点，解释一下就好了。"他显然不知道她心里已经惊涛骇浪，她现在已经不知道该以什么样的心态来见他了，她好不容易从沟里爬出了个头，见到点太阳了，怕被高高在上的他踢回那个深不见底的沟里，被抑郁和痛苦掩埋。他已经伤害了她一次，她不想再给他一次机会。她都能想象得出他见她的样子，就像什么都没有发生过一样，但是她却无法再和他谈笑风生。看着周围的场景全是自己不认识的了，曾经的隐秘的四合院变成了有装饰物的室外花园，道路也重新整修了，不能再犹豫了，她和贵总说："停车。"

"啊？"贵总显然没领悟她的意思和语气，"会议室搬到了庄园更深处，还有一百米就到了，那里有停车场。"还在继续往前开，能看到前面停了一堆车，一辆比较高的白色轿车停在那里，小马在车门处等候，而大长腿一伸出来她就知道是他。

他下了车没有往里面走，而是站在那里往这边望，贵总说："我们快点过去，老板在等着呢。"他把车停在路边，马上下去紧走两步到老板面前点头哈腰，她背好包，推开车门，能看到他的身子有往这边探的趋势，她没有和他目光接触，余光中瞥见他的样子；而旁边的司机小马依然是冷着脸斜了她一眼就不看她了，低着头似乎和他说着该进去了，贵总也弯着腰给他引路，他终于收起了目光，转过身子往里面走。她一直都没有看他，直到他转身了，才最后使劲地看了他一眼，之后背着包头也不回地往外面大步走去，大门在哪里她还是知道的。她都打上车了，贵总才偷偷摸摸地打电话问她人在哪里，她说："您汇报吧，我已经走了。"

第十二节

想着天贺集团都没有自己的位置，她第二天一早并没有上班，上午媛媛给她打电话，说中午一起吃椰子鸡，她请客。架不住软磨硬泡的一顿求，天雅答应了。

因为近期不断地搬家，她翻出来家里还有别人送的两盒中东的藏红花，包装得还挺漂亮，她带在身上准备送给媛媛。到了椰子鸡餐厅，工作日的中午并没有多少人，她没有看到一个人的桌子，这个时候正对着她的媛媛跟她挥手，她马上往那边走，但脚步却有点迟疑，因为背对着她还有一个人，之前没说还有人啊。走过去以后，发现媛媛对面的人是李拉。李拉比之前还是胖了些，她本就是娃娃脸，现在还是，膀大腰圆是避免不了的，胖得不算多，比天雅生完孩子好多了。两个人见面，都露出了真挚的笑容，天雅说："你胖了。"

"你还是那么不会说话，我这不叫胖，叫妈妈感。"李拉还是一双笑眼。

"怎么样，我是不是特别棒，组织了这次饭局。"媛媛一脸的开心，让服务员快点上菜。

"是，你最棒了！"李拉说，天雅从包里拿出了两盒藏红花，给她俩一人一个，李拉有点措手不及，跟媛媛说："你看你也不事先告诉我，我都没准备……"天雅看出来媛媛肯定是两边瞒了，她没揭穿，倒是媛媛说："来就来吧，还带什么东西，帮我放包里吧。"

这次吃饭李拉带了一箱黄酒，说是当地特产，本来是要给媛媛尝尝的，刚好拿出来喝。椰子鸡很快就煮好了，三个人边吃边聊，媛媛说，李拉也从天贺资本离职了，这次回来就是办离职的。天雅问李拉："未来有什么打算呢？"

"走一步看一步吧，此处不留爷，自有留爷处，对了，你有什么好的机会吗？"

"也在看呢，目前和天贺完全没关系了。"

"我看香港上市公司还在公告你担任高管啊，而且还为了公司的资本运作披荆斩棘。"

"扯淡，我就是一直忘了辞职，别信公告，要是信公告，中国每五个男人中有两个有勃起功能障碍，每三个人中就有一个是精神病，每四对儿夫妻中就有一对儿不孕不育！"三人都笑了，这就是她们所在的资本市场，一个神奇的地方。

"来来来，我们干一杯！"媛媛带动了气氛，场面总能因为媛媛的加入而欢快起来，三个女人翻出手机来各自秀自己的孩子，就像小女孩在比拼自己新买的皮鞋一样。秀孩子环节之后就是吐槽老公的时间，只不过李拉总是不按常理出牌，老是强行秀恩爱，让天雅不得不切换话题到吐槽男同事。对于其他人或许大家还有异议，对于王吉没脑子，大家是一致同意的，李拉说："有的时候我跟他打电话的时候都能急死，想让他六岁的女儿接电话，翻译他说的是什么意思。"

这或许就是相逢一笑泯恩仇。一路走来，经历过的和看到的，时而令她欣喜，时而令她沮丧，世俗是这样强大，强大到让她逐渐地生不出改变它们的念头来，多少次她自问是否应该随波逐流；可是如果有机会提前了解自己的人生，知道青春也不过只有这些日子，不知自己是否还会在意那些世俗希望她在意的事情，比如占有多少，才更荣耀，拥有什么，才能被爱。她希望自己不管多么渺小和不堪，都能带给别人善意和温暖，不管经历过什么人性的谜局，依然相信爱情和友情的珍贵。这段经历掏出来展示或许有着种种的瑕疵，但是并不能抹杀曾经付出过的一尘不染的真心，或许人生就该如此，风来则屈，风过则直。

这是天雅这些日子来最开心和痛快的聚会，每个人就着黄酒都说了不少话，三斤黄酒被喝得一滴不剩。最后要分开的时候，李拉和天雅说："如果我有什么机会，会叫上你，我希望能再和你合作。之前的所有事情，我们从此以后只记得开心的部分，好不好？"

"好！"清脆的碰杯之后大家一饮而尽。

天雅搀着媛媛一起站在街口，送李拉先上的车，她下午就要赶去机场。车开走以后，天雅居然感觉眼睛酸酸的，她望向天空，缓缓。媛媛突然紧张地对她说："哎，你看脚前面那张纸是什么，怎么还有红章？"

天雅捡起来一看，是张判决书，上面说的是天贺资源的案子，因为原告证据不足，无法说明出借的资金来源、和发财公司的关系，故驳回上诉。她还没来得及细看或者拍照，就被媛媛拿了回去，说："唉，我的东西怎么掉在地上了，你看了就看了，这可不是我让你看的哦。""别闹了快给我好好看看！你怎么不早点告诉我！""我就不，这页纸怎么说也值一顿小龙虾吧，必须要兑现的时候再给你看！"

中午喝得有点多，也喝到位了，回家以后天雅准备好好休息一下，这个时候孙恒给她打电话，她很疲惫地问："干吗？"

"我在医院呢，富总心脏病发作了，公司一团糟了，你赶快过来一趟。"这个时候她听到提示音，还有电话，看了一下海外的号码，是吴老板，她赶紧接起来了吴老板的电话："怎么了？"

"唐被抓了，你马上把和我联系过的所有手机都处理了，换个新的。另外我有事让你办，你来一下咖啡馆。"

"现在吗？我……"

"我给你一个小时，如果你不过来，以后可能都见不到我了。"

"我……"

"你不要走正门，后面有个门，我从后门出来见你，我们见面不要让任何人看到，包括我的司机小马，他车停在周围你一定要注意。这么多年了，我还是不知道他到底是谁派来监视我的，不能让他看到你。我现在被限制自由，我们两个联系不能让任何人知道。"

太阳高高挂在空中，街上依旧车水马龙，这座繁华时尚的城市，承载着多少人的梦想和希望。有多少人走上舞台，又有多少人谢幕，看着车窗外，天雅笑了。